Andrée Chedid

Romans

Le Sommeil délivré

Le Sixième Jour

Le Survivant

L'Autre

La Cité fertile

Nefertiti et le rêve d'Akhnaton

Les Marches de sable

La Maison sans racines

L'Enfant multiple

Préface de Jean-Pierre Siméon

Flammarion

© Flammarion, 1998.
ISBN : 2-08-067642-3

Préface

Le soupçon de la lumière

En ces heures aigres-amères où la littérature récuse d'un revers de manche l'humanisme qui fonda le ci-devant espoir d'un monde meilleur, où le chic artistique réside le plus souvent dans l'emboîtement, façon poupées russes, du dépit dans le cynisme dans la dérision, où l'hypothèse d'un bonheur collectif gagné dans l'effort des consciences et l'idée même d'un possible progrès moral ne sont pas loin de passer pour des naïvetés d'un autre âge, l'œuvre d'Andrée Chedid fait de toute évidence une troublante exception. On peut même affirmer à bon droit qu'elle constitue, à ce consensus morose de la défaite et de l'abandon, une objection radicale. Parce qu'elle est mue toute entière, sans jamais céder, du premier au dernier livre, sur cette conviction inaugurale, par le sentiment qu'il n'est rien, malgré tout, de plus nécessaire que l'amour de la vie.

S'il est peu d'œuvres contemporaines d'une aussi éclatante cohérence que celle-ci, c'est que, à travers la multiplicité des genres qu'elle assume, elle développe ses arguments et ses figures à partir d'une même et obstinée vérité : la vie, quoi qu'il en soit, a toujours le dernier mot. « Nos vies ont un terme, la vie n'en a pas » dit l'Alefa de *La Cité fertile*, Alefa, dont au reste, la parole expose, en un long poème incandescent, l'*alpha* et l'*oméga* de l'univers Chedidien, l'opiniâtre désir de durer par l'amour en dépit et au-delà de la mort, des mille morts et renoncements à quoi nous confronte l'existence. Il est d'ailleurs dans ce livre, qu'on conseillerait volontiers de lire en ouverture de la symphonie romanesque tant l'exposition des thèmes y est précise et exhaustive, une formule qui, définissant Alefa, révèle l'enjeu et la dynamique de toutes les œuvres de l'auteur, sans en excepter une seule. La voici : « À la limite du gouffre, au bord des chagrins sans retour, de l'extrême chute : d'un coup de reins, la vieille se redresse. » Il n'y a pas plus claire expression du principe dialectique qui fonde et structure les fictions de Chedid. De *La Maison sans racines* au *Sixième Jour*, du *Sommeil délivré* aux *Marches de Sable*, cherchez, vous ne trouverez pas, sous la variation multiple des motifs et des intrigues, d'autre ressort dramatique que cet oxymore qui juxtapose chute et résurrection. Au commencement, toujours est le malheur : la guerre, l'exil, le meurtre, la catastrophe naturelle, la rupture et la séparation, la maladie. Oui, d'abord la tragédie, exactement relatée dans ses effets les plus rudes, au prix même d'un naturalisme sans indulgence – voir par exemple la description récurrente des corps en souffrance qui inclut le plus souvent la vision des métamorphoses morbides de la chair. C'est le cas, entre autres, à propos de Luc dans *La Cité fertile*, de Cyre dans *Les Marches de sable* ou de Hassan dans *Le Sixième Jour*.

Ce n'est pas, avouons-le, un moindre paradoxe chez un auteur réputé célébrer la joie et le bonheur possibles, et restituer au lecteur les raisons de l'espoir. Mais on comprend bien sûr que cette lucidité intraitable est la condition même du système symbolique que l'œuvre de Chedid réalise. L'espoir ne réfute pas le désastre, il s'y adosse ou mieux, il en procède. La figure d'Omar-Jo dans *L'Enfant multiple* en est l'exemplaire illustration. L'énergie vitale et la générosité rayonnante du petit orphelin semblent lui venir de ce manque même qu'ont ouvert dans sa destinée les mutilations du corps et du cœur. Que signifie le refus qu'oppose Omar-Jo à son ami Maxime qui prétend lui offrir une prothèse ? Cela justement : on ne répare pas la perte et les droits de la vie ne prévalent que *la mort comprise*. Autrement dit, la vie n'est pas un don mais une conquête, position que développe métaphoriquement le lent accouchement de Jeph l'enseveli dans *L'Autre*.

« La peine est de ce monde, ô mes amis que j'aime / Mais chaque fleur d'orage porte la graine de demain » est-il dit dans un poème. On se gardera d'y lire l'expression d'un optimisme béat ou d'un vitalisme aveugle. Il faut, au rebours, y entendre l'aveu d'une complexité où le réel se conçoit comme naturellement versatile, ce qui interdit définitivement le confort d'un point de vue arrêté. Si ce principe fonde la foi dans un possible « retour de l'aube », il institue simultanément la précarité de toute joie comme la réversibilité de tout avènement. Cela justifie que les fictions de Chedid soient constamment traversées d'un tremblement d'inquiétude, que, structurellement, elles oscillent selon une alternance rythmique

PRÉFACE

savamment ordonnée entre l'élan et la défaite : inversion réciproque de l'ombre et de la lumière, succession de séquences aux valeurs (au sens pictural) antagonistes, le récit se déploie en points et contrepoints, souvent typographiquement signifiés par l'italique et le romain, comme par exemple dans *La Cité fertile*, *L'Autre* ou *La Maison sans racines*. Ici, il importe de souligner que cette vision des choses ne relève pas d'une théorisation préalable du réel, qu'elle ne s'argumente d'aucune idéologie intentionnelle et ne cherche nul appui métaphysique : elle est entièrement tributaire d'une perception aiguë et sans préjugés des tensions à l'œuvre dans le concret des circonstances, elle mesure des forces et met en scène leur circulation sans tenir un compte manichéen du positif et du négatif, donnant plutôt à en éprouver le débat perpétuel. Cela explique, n'est-ce pas, que les romans d'Andrée Chedid excluent le psychologisme comme le réalisme mimétique qui, s'en tenant aux effets, manquent à saisir le conflit originel qui les sous-tend.

À tout prendre, la littérature de Chedid est plus soucieuse de rendre compte des actions ou des abandons de l'homme aux prises avec les décrets de la fatalité (l'antique *fatum*) que de commenter ses désirs et ses regrets, bref beaucoup plus proche de la tragédie que du roman bourgeois occidental. Si les récits de Chedid sont rarement linéaires, usant à l'envie de l'anticipation, de la rétrospection, de l'interpolation ou de la simultanéité, c'est qu'ils n'ont pas pour fonction de relater l'itinéraire d'un individu singulier mais celle de restituer ce champ de tensions où s'engendre le destin de tout homme.

Ce que l'auteur formule ainsi : « Misères et merveilles, tendresse et crimes, horreurs diluviennes et sources : entre toutes ces contradictions, l'homme se débat. » Quoi qu'il en soit de son identité sociale et culturelle, de son âge ou de son appartenance géographique, chaque personnage est l'avatar, finalement anecdotique, d'un thème unique, l'humain façonné, refaçonné sans cesse par les énergies contraires de la vie.

Où l'on reparle donc d'humanisme. Décidément, par quelque bout qu'on prenne la chose, on en revient toujours là : pour Andrée Chedid, la littérature est un humanisme. Encore faut-il bien s'entendre : il s'agit d'un humanisme vigoureux et radical qui, comme celui de Primo Levi, par exemple, pèse misères et abjections. Seulement son pari est de ne pas *s'en tenir là*. Si chaque roman est l'accomplissement d'un deuil, il est également la traque obstinée de ce qui en lui le dément. *La Maison sans racines*, scrupuleuse autopsie de la plus absurde barbarie, le meurtre d'une enfant, est une frappante illustration de ce paradoxe. Il suffit de relire le

paragraphe qui achève le livre ; il contient, si l'on peut dire, tout Chedid :
« Harcelée par la brise, l'écharpe jaune, maculée de sang, garde dans ses
plis la clarté tenace du matin. Le morceau d'étoffe s'élève, s'enfle, se rabat,
rejaillit, s'élance, flotte, retombe à nouveau et s'envole de plus belle... »

Cette joie qui danse scandaleusement au cœur du drame, à côté du
corps défait de la jeune Sybil, c'est bien sûr l'évidence de la vie invincible
et l'élan qui portait l'enfant vers l'utopie d'une humanité réconciliée. On
aurait tort de croire, il faut le répéter, que cette foi dans la permanence
de la vie relève d'une sentimentalité naïve, d'une bonté d'âme qui prête
au monde ses désirs. Elle s'argumente d'une pensée complexe et assurée
qui envisage la réalité au-delà des faits, dans une continuité dialectique
où se construit le sens de l'aventure humaine.

On touche là, à vrai dire, l'argument majeur du roman chedidien : la
circulation de la vie entre les êtres comme un flux qui irrigue ce cœur
universel, la communauté des vivants. D'où l'omniprésence de la trilogie
enfant-adulte-vieillard dans des récits qui mettent systématiquement en
scène les processus de filiation, d'initiation et de transmission. Le trio
Cyre-Marie-Athanasia dans *Les Marches de sable* en est la manifestation la
plus éclatante mais on en retrouve le modèle dès *Le Sommeil délivré*, le
premier roman publié, dans les couples Samya-Om el Kher ou Samya-
Ammal. C'est assurément le trait le plus constant de l'œuvre, voir les relations entre Omar-Jo et son grand-père ou Omar-Jo et Maxime dans
L'Enfant multiple, entre Simm et Jeph, Simm et l'étudiant dans *L'Autre*,
entre Saddika et Hassan dans *Le Sixième Jour*, la liste n'est pas exhaustive.

L'affirmation de la continuité de la vie dans la réunion des générations,
tenue pour gage de l'harmonie du monde, est bien le seul moyen de
s'opposer à l'effet dislocateur et destructeur du désir de puissance et de
l'égoïsme qui, interrompant la dynamique naturelle de l'échange et du
partage, mènent tout droit à la mort.

Puisque le vecteur de la vie c'est l'amour, il n'est pas étonnant que de
l'amour l'œuvre de Chedid soit essentiellement préoccupée. Mais comme
toujours chez elle, il faut se méfier de l'apparente simplicité. L'amour ici
n'inclut que comme un cas particulier, heureux certes mais sans privilège
exorbitant, l'attraction réciproque de deux individus. Il s'agit d'autre chose
au fond : de cette capacité à discerner dans tout être, dans toute chose,
dans tout événement, la part belle, cette part fertile où s'engendre la vie.
Aimer, c'est reconnaître la vie en l'autre et, du coup, récuser l'autre, c'est
se priver d'un échange proprement vital, c'est peu ou prou ouvrir en soi
le chantier de la mort. Ce n'est pas, aimer, de l'ordre du désir ou du plaisir,

PRÉFACE

mais à observer cette logique, une nécessité. À sous estimer cette nuance, on risque fort le contresens. La passion de l'autre qu'illustrent à l'envi tous les romans de Chedid n'a ainsi que peu à voir tant avec l'hédonisme qui trouve sa fin en lui-même qu'avec l'amour du prochain selon la version chrétienne. Nullement tributaire d'une injonction divine, peu compatible au fond avec les concepts de compassion et de charité qui émanent d'une morale transcendante, c'est dans une compréhension laïque du monde qu'elle s'inscrit. Procédant de l'humain, elle n'en veut qu'à l'humain : « Les humains m'absorbent. C'est les aimer que j'aime » dit Alefa, sans doute aucun, porte-parole de l'écrivain.

Il faut reconnaître à Andrée Chedid cette réussite exceptionnelle d'avoir rendu plausible, au fil de fables qui problématisent la relation sociale dans la perspective du destin de l'homme, l'acception laïque de l'amour et de l'altruisme. J'y insiste : l'œuvre dont nous traitons ne fait jamais de leçon de morale ni ne situe son propos en regard des catégories du bien ou du mal. Elle scrute la vie telle qu'elle se donne à la conscience attentive, comme un perpétuel conflit où se comprennent les contraires, et détermine la loi qui résout ce conflit : « L'amour est toute la vie. Il est vain de prétendre qu'il y a d'autres équilibres. »

Affirmer la primauté de l'amour ainsi défini comme le particulier talent à saisir la vie où elle se dérobe, donc allégé de l'orgueil du sacré et dégagé de toute religiosité, c'est nécessairement reconsidérer la valeur et la hiérarchie des forces à l'œuvre dans le tumulte des circonstances. Un des caractères les plus originaux de l'œuvre romanesque d'Andrée Chedid réside dans l'absolue prépondérance, au titre des héros, des êtres désarmés et sans pouvoir, des gens de peu, des humiliés, des dépossédés. Sans qu'ils soient jamais magnifiés car ils sont constamment tenus pour ce qu'ils sont, des faibles au regard des valeurs dominantes, c'est paradoxalement en eux que le malheur trouve son plus ferme démenti. Parce que dénués de tous les conforts, tant moraux que matériels, ils sont conduits, dans la brutalité des faits, à se chauffer à la seule braise que l'autre leur offre, ce rien de vie qui d'être partagé s'augmente. La femme, le vieillard et l'enfant, figures obligées de toute fiction d'Andrée Chedid, théâtre et nouvelles compris, sont toujours, face à la violence des forces oppressives, ceux par qui la joie arrive.

Nul angélisme pourtant : dans la guerre, la misère, la maladie, ils souffrent et meurent sans rémission. Mais voyez comme devant la mort même chacun de leur geste est un éloge de la vie, comme ils font fête d'un baiser ou d'un sourire, voyez comme chez les humbles on chante et on danse à *tout bout de page*... Décidément ici, l'a-t-on assez remarqué ?, point de banquiers, de PD-G, de directeurs, de présidents, d'aventuriers sublimes, point de gens importants, en un mot, point de héros tonitruants : le héros de Chedid c'est la foule des petites gens, mendiants, villageois, bergers, artisans, bateleurs, forains, ceux-là qui ne possèdent rien que leur rêve ou leur mémoire, le peuple enfin, le peuple, n'est-ce pas ?

Allons, lisez autour de vous, qui ose encore le petit peuple dans le roman sans céder du moins au populisme amer ou rigolard, sans préjugé idéologique, sans pose avantageuse ? Chedid est rare aussi pour cette audace là.

Mais revenons à l'amour puisqu'il est toute la vie. Il n'est pas besoin d'être grand clerc pour éprouver combien le déploiement des intrigues est tout entier soumis à l'élan et à la rupture, à la perte et à la rencontre, bref à la quête de l'autre dans l'éternel recommencement. Or il n'est d'amour possible, dit Chedid, que dénouées les amarres, donc dans le libre mouvement. Raison pour laquelle son œuvre entière constitue une célébration du mouvement comme source et condition de la vie, de l'amour. C'est ainsi bien au-delà d'une généreuse pensée politique, dont on ne saurait douter par ailleurs, qu'il faut lire et comprendre la permanence chez notre auteur des thèmes de l'émigration, du dépaysement et de l'expatriation.

L'histoire de sa famille comme son existence propre, marquées par l'exil et le métissage culturel, lui ont sans doute enseigné que de ces malheurs on pouvait faire vertus. En ceci surtout : tout ce qui permet de sortir de son « étroite peau » est, accès à l'autre et à l'inconnu, un bénéfice assuré. C'est en quoi, dans plusieurs romans, l'exil et la séparation sont, par une imprévue inversion des valeurs présumées, les causes directes du bonheur.

On voit bien la cohérence des signes : l'exil est ouverture à l'autre, l'autre promesse de vie réinventée – ce qui est une sauvegarde puisque, pour Chedid, une vie qui ne se réinvente pas sans cesse pourrit sur pied. Rien ne vaut en vérité le mouvement qui déplace les lignes et renversant les points de vue rend disponible aux métamorphoses du réel, réceptif à la différence, tolérant à l'antagonisme.

Aussi les personnages de Chedid sont-ils souvent en marche et affectionnent-ils l'errance ou bien tels Alefa et Omar-Jo, ces grands amants de la vie, dans une manière de danse perpétuelle, toujours ailleurs. Mais il ne fait pas de doute que les plus sûrs alliés de la vie, ceux qui sont prêts à toutes les transgressions et à tous les départs, c'est la foule des artistes, poètes, chanteurs, comédiens, musiciens, bateleurs, montreurs et forains

PRÉFACE

dont le Simon de *La Cité fertile* peut faire la figure emblématique. Leur présence, fréquente mais discrète car ils sont toujours de passage, est si clairement valorisée qu'elle sonne comme une apologie franchement libertaire de la marginalité. Alefa la vagabonde peut bien déclarer en leur nom à tous : « J'ai le culte du mouvement, le goût des êtres et des cités. » Si donc l'amour, dans son acception large, est le maître-mot du roman chedidien, c'est qu'il détermine en chacun cet élan hors de soi qui consent, jusqu'au péril, aux mouvements de la vie. Cet amour-là est nomade, sa demeure est de chair, d'esprit et de langage, une maison sans racines ouverte à tous les ailleurs. Ce culte du mouvement, la romancière le manifeste si constamment dans son écriture qu'il est loisible d'en faire le principe fondateur de son esthétique. Si l'on excepte *Le Sixième Jour* dont l'élément organisateur est une stricte chronologie, mouvement linéaire qui signifie justement en l'occurrence que le chagrin est sans retour, les récits de Chedid sont généralement bâtis sur une multiplication des points de vue et des registres, proposant d'incessants déplacements sur l'axe temporel, selon une rythmique bousculée. Les commentateurs le plus souvent requis par la richesse thématique et émotionnelle de l'œuvre ignorent peu ou prou ces partis pris formels dont l'audace et l'originalité sont pourtant peu communes. *L'un et le multiple*, telle pourrait être la formule qui en rendrait compte. La permanence et la cohérence visibles des motifs et des figures sont en effet subverties par l'extrême diversité des moyens narratifs, flash-back, ellipses, digressions, anticipations, arrangements typographiques...

Dans la même logique, un des caractères les plus étonnants de la manière de Chedid est sans doute son aptitude à fondre dans un même texte les codes et modalités de genres réputés incompatibles, récit réaliste, fable, chant, script cinématographique, conte, poème en vers et en prose. Façon certes d'inscrire dans l'écriture même le dialogue des traditions culturelles par le croisement virtuose de l'oralité et du lyrisme orientaux avec les arrangements textuels propres à la modernité occidentale. Mais surtout tentative d'ajuster l'instrument de la langue à la particulière mobilité de l'objet qu'elle vise, en un mot à l'inventivité de la vie. On peut s'étonner, n'est-ce pas, que ces incongruités formelles, admissibles pour le lectorat expérimenté, rompu aux effets de la modernité, soient reçues sans réticences par le très large public auquel accède, on le sait, l'œuvre d'Andrée Chedid. L'hypothèse la plus probable est que la complication des modes narratifs fait d'autant moins obstacle qu'elle est portée par une parole dont se perçoit d'emblée la tonalité généreuse et complice. Auteur et narrateur ici se confondent : une femme parle dont la voix fait écho à celle immémoriale de la conteuse qui dit le monde et ses énigmes. Traces sans doute de la tradition méditerranéenne à laquelle son art de raconter ressortit, les fréquents traits d'oralité qui animent la prose de Chedid contribuent à donner au lecteur-auditeur la confiance et la disponibilité nécessaires à la réception d'un langage dont l'enjeu légitime la hauteur. Ce sont donc ici l'élan lyrique et l'intention de parole qui commandent l'esthétique, créant un effet d'imprévu, c'est-à-dire de vie.

Aussi, point de danger de formalisme, l'écriture ne cède jamais à des *a priori* théoriques. C'est l'émotion, donc le mouvement intérieur de l'écrivain, qui informe la matière textuelle, lui imprimant ses lignes rythmiques et son allure d'insolente liberté. Une écriture tributaire de l'émotion autant que de la pensée mais qui exclut le pathos et la complaisance à ses humeurs propres, c'est ce que réussit Chedid. Mais remarquez que sa langue est autant interrogative qu'exclamative. « Je ne vous apporte que des questions » dit Macé dans *Les Marches de sable*. En effet : de *La Cité fertile* à *Lucy*[1], *livre stupéfiant dont on pourrait dire qu'il invente le récit interrogatif*, Andrée Chedid a fait du questionnement explicite ou implicite, assumé par la narratrice ou délégué aux personnages, un des traits les plus typiques de ses narrations.

La question c'est l'ouvert et l'ouvert c'est la vie. À l'effondrement des preuves, dont parlait René Char, Chedid, à l'opposé de la plupart de ses contemporains embarrassés des décombres, tentés par les vertiges du déni définitif ou un libertinage dont l'élégance cache mal l'amertume, ose l'espoir. Contre vents et marées, contre toute vraisemblance, contre l'air du temps. Et de quoi, s'il vous plaît, s'autorise cette résistante conviction que « l'homme est possible » ? Ni d'une théologie, ni d'une idéologie, ni d'une assertion philosophique : d'un sentiment, figurez-vous. De ce sentiment intraitable, lucide et complexe parce que nourri de son doute même, que la vie excède l'homme et que si, laissant là son orgueil, il lui soumettait son geste et sa pensée, il atteindrait enfin sa raison d'être. Oui, c'est un bon sentiment, un sentiment heureux et je parie que cela embarrasse nos esthètes aux lèvres pincées qui s'en tiennent depuis toujours au décret qui interdit qu'on fasse littérature avec de bons sentiments. Je sais qu'Andrée Chedid ne se soucie pas de ce débat-là. Elle n'a cure des justifications théoriques, elle ne prêche ni ne discute. Elle ne prétend qu'à témoigner de son intuition, rebelle aux préjugés et aux conformismes,

---

1. Paris, Flammarion, 1998.

PRÉFACE

instruite de son seul regard, avec la patience et la confiance de qui aime. Et de ce regard, sans compromission, sans molle indulgence mais généreux, le lecteur à son tour s'instruit. Oh certes, ce lecteur-là ne gagne ni révélation souveraine ni rémission des douleurs. Il réapprend simplement à lire le soupçon de la lumière dans les visages blessés qui lui ressemblent. Et il sait alors, comme Samya l'humiliée, Omar-Jo le dépossédé ou Saddika la désemparée que « le cœur se rit de l'absurde. Sa vérité est au midi des contradictions ». C'est peu mais c'est assez parfois pour renouer le fil des jours.

JEAN-PIERRE SIMÉON

LE SOMMEIL DÉLIVRÉ

À *Germaine Aghion*

« *La femme est semblable à une eau très profonde dont on ne connaît pas les remous.* »

Vizir Ptahhotep, « Enseignement au sujet des femmes », (Ancienne Égypte, env. 2600 avant J.-C.).

PREMIÈRE PARTIE

1.

Sur la maison blanche, les reflets du soleil étaient moins aveuglants. Plus loin un bras du Nil retrouvait la souplesse de l'ombre.

Rachida sortit pour respirer la première fraîcheur et, comme chaque soir, adossée au mur blanchâtre, elle attendit le retour de son frère. Son chignon gris, ses vêtements étriqués et mornes gardaient toujours des traces de plâtre.

Son frère s'appelait Boutros. Il dirigeait l'exploitation des terres environnantes pour le compte d'un homme riche qui préférait habiter la grande ville. Trois fois l'an, l'homme, le propriétaire, venait contrôler ses rentrées d'argent. Pour ses rares visites, il s'était fait bâtir une maison de pierre. Celle-ci faisait face à la maison blanche ; ses volets restaient toujours fermés.

Boutros apparut au bout de la ruelle. Au-dessus de son visage tassé sur les épaules, sa haute calotte de feutre rouge ressemblait à un cylindre.

La double porte en bois était ouverte. Le frère et la sœur se dirent bonsoir, et le frère pénétra dans la maison.

Rachida s'était retournée. Elle le suivit des yeux tandis qu'il gravissait les premières marches en cuvette. Puis il y eut l'angle de l'escalier, et elle n'entendit plus que le bruit des pas.

La réserve de coton était au rez-de-chaussée. Rachida reconnut le grincement d'une poignée que l'on tourne. Boutros, comme chaque soir, s'assurait que tout était bien fermé.

Les bureaux se trouvaient au-dessus. Rachida reconnut le bruit que faisait la clé dans la serrure, et celui d'une porte que l'on ouvre. Elle accompagnait ainsi son frère, par la pensée. Elle le connaissait si bien.

À présent, il pénétrait dans les bureaux. Les murs et les plafonds étaient couverts d'écailles qui tombaient parfois sur l'épaule d'un comptable et s'émiettaient sur sa veste.

Les sourcils froncés, Boutros devait ouvrir les tiroirs. Il enlevait la feuille du calendrier. Il s'approchait du coffre-fort noir. Rachida voyait tout comme si elle y était. Elle voyait aussi la photo géante d'un homme avec sa calotte rouge et sa moustache bien taillée. Un homme assis et digne qui avait été à l'origine de cette belle fortune terrienne. Entre les jambes, il serrait une canne à pommeau d'or sur laquelle il avait posé les mains. Il ressemblait au propriétaire actuel, son petit-fils. Devant le portrait, Boutros s'inclinait toujours un peu.

La visite des bureaux s'achevait et les pas reprenaient dans l'escalier. Rachida les entendait qui s'attardaient sur chaque marche. Boutros allait vers les trois pièces du second étage. C'est là qu'il habitait avec Rachida et Samya, sa femme, la paralytique. Impotente malgré son jeune âge !

Il fallait que ce fût elle pour attraper une pareille maladie. Cette Samya attirait les catastrophes. Les deux jambes immobilisées. De quel péché Dieu avait-il donc voulu la punir ?

Maintenant, on n'entendait plus rien. Boutros avait dû pénétrer dans le vestibule, et Rachida se dit qu'elle avait bien le droit, à présent, d'aller se promener.

Elle marcha entre les deux maisons. Celle qu'elle venait de quitter, terne, striée de gris. Celle du propriétaire absent, fraîchement repeinte, aux larges fenêtres closes. Rachida avança dans la poussière et elle regardait ses pantoufles de feutre bleu qui laissaient paraître la pointe reprisée des bas.

La ruelle se terminait par un vaste enclos, désert à cette heure, où les fellahs battaient le blé. Elle y prenait souvent l'air avant le repas du soir. Pas ce jour-là. Un veau était né dans la nuit. Elle irait d'abord jusqu'à l'étable pour l'admirer.

Il faudrait s'acheter d'autres pantoufles, peut-être d'autres bas. Avec leurs robes aux chevilles et leurs pieds nus, les femmes de la campagne s'évitaient bien des soucis. Mais on ne pouvait pas faire comme elles. Il fallait tenir son rang, garder ses distances. Rachida y veillait. Pas comme sa belle-sœur, cette Samya sans fierté. Avant la paralysie, c'était une femme qui ne souhaitait qu'une chose : traîner dans le village, se mêler à n'importe qui. Elle prétendait qu'elle y était heureuse. Boutros avait dû se fâcher à plusieurs reprises.

C'était une fin d'après-midi comme les autres. Rachida allait vers

LE SOMMEIL DÉLIVRÉ

l'étable. Elle portait, noué autour de la tête, un mouchoir triangulaire bordé de boules en peluche rouge.

C'était une fin d'après-midi comme les autres avec un soleil moins plaqué sur la terre. Il y avait le bêlement de la brebis, l'aboiement du chien, le frottement d'ailes des pigeons.

Une fin d'après-midi comme les autres. On ne pouvait rien prévoir. Elle le dira, Rachida. Elle le dira plus tard. Les gens sont parfois si mal intentionnés. Elle saura faire taire les mauvaises langues. Elle dira tout. Elle n'a rien à cacher.

Voici : elle avait marché dans la ruelle. Elle allait à l'étable pour voir le veau qui venait de naître. Boutros, son frère, lui avait dit bonsoir comme d'habitude, avant de franchir le seuil et de monter l'escalier. Elle avait écouté les pas jusqu'à ce que leur bruit se fût étouffé derrière la porte du vestibule. Comme d'habitude. Ensuite, elle n'avait plus rien entendu.

*
* *

L'étable n'était pas loin.

À l'intérieur, des piliers de bois moisis la soutenaient. Des toiles de sacs tendues entre deux piliers étaient fixées par des clous. C'était ce qui séparait les bêtes.

Zeinab, encombrée d'un enfant à califourchon sur l'épaule et d'un seau de lait, venait d'en sortir. Elle était trop chargée pour avoir aperçu Rachida. Mais qu'on interroge les autres. Le village tout entier savait que Rachida se promenait tous les jours, à la même heure.

Qui songerait à le lui reprocher ? L'atmosphère des chambres était confinée. Il fallait qu'elle prît l'air. Elle n'était pas exigeante. Depuis son arrivée, cela faisait deux ans à présent, avait-elle jamais été jusqu'à la ville ? Elle n'avait nul besoin de distraction, elle se consacrait à son frère. Prendre l'air, c'est différent. Question de santé. Il y avait assez d'une malade à la maison.

L'étable était sombre. Mais Rachida en connaissait les recoins, et elle ne tarda pas à découvrir le veau. Il avait des pattes frêles, le poil brun, une langue énorme qu'il promenait autour de son museau. Elle se mit à le caresser. Elle lui parlait dans l'oreille. Elle lui frotta la tête contre son tablier noir.

Elle s'était attardée. Elle connaissait le nom de toutes les bêtes. Le nom de la jument, c'est elle qui l'avait trouvé. Par terre, elle ramassa deux clous, puis elle chercha un morceau de bois qui lui servît de marteau et elle les remit à l'endroit d'où ils étaient tombés. Les clous étaient tordus et rouillés, elle eut du mal à les enfoncer. Elle avait tapé, tapé. À s'en assourdir.

C'était peut-être à ce moment que la chose s'était passée.

Elle dira tout, Rachida. Tout ce qu'elle a fait depuis l'instant où Boutros a disparu derrière l'angle de l'escalier. Tout cela, et le reste.

Dans l'étable, il y avait de la paille humide qui collait aux semelles. Les mangeoires étaient presque vides, le fourrage traînait jusque dans les rigoles. Ammal, la petite fille du pâtre Abou Mansour, n'était pas encore rentrée avec ses moutons.

Cette Ammal était vraiment une fille de rien. Il suffisait de voir avec quel attendrissement elle regardait la paralytique. Elle pleurnichait chaque fois qu'elle lui montait son fromage. Elle disait qu'elle la trouvait trop bonne pour souffrir. Trop bonne !

Rachida reprit en maugréant le chemin de la maison. Sur le rebord du seuil, elle ôta ses pantoufles et les frotta pour en faire tomber la boue.

Les champs, de l'autre côté de la ruelle, s'étendaient à perte de vue. Plats, verts, coupés par des sentiers de sable noir. Les deux maisons étaient face à face, en retrait du village, qu'on apercevait, aggloméré et terreux, derrière un mince rideau d'arbres.

Rachida remit ses pantoufles, leur tissu n'avait plus de couleur. Elle entra. Elle pensa aux pantoufles qui apparaissaient sous le châle, au bout des jambes inertes : elles étaient noires, d'un vernis luisant. À quoi cela servait-il ? Pourquoi tout à l'heure ne proposerait-elle pas un échange à la paralytique ? Mais, il fallait compter avec l'égoïsme, comme toujours. Rachida se rappela ses griefs tout en se dirigeant vers l'escalier.

Elle monta sans se hâter. Devant les portes de la réserve et des bureaux, elle s'arrêta et d'un œil attentif elle examina les poignées. C'était sa façon de seconder son frère, mais tout était en ordre, il n'oubliait jamais rien.

Si seulement elle avait su ! Si elle avait pu se douter ! Elle ne se serait pas occupée des portes, ni des poignées. Elle serait montée quatre à quatre. Elle aurait ameuté tout le village !

C'était une journée comme les autres, on ne pouvait rien prévoir.

La rampe, avec ses fleurs en fonte n'était pas solide. Il ne fallait pas s'y appuyer. Les marches étaient incurvées, usées par les pas. L'unique lucarne avait perdu son carreau.

Au second, la porte était ouverte, Boutros savait que sa sœur ne s'attardait pas. Il avait, comme chaque soir, déposé sa canne dans la jarre de cuivre. Le portemanteau était vide, il n'enlevait sa calotte rouge qu'au moment de se mettre à table. Une tenture de velours sombre séparait le vestibule du salon où la malade se tenait pendant la journée, cette pièce servait également de salle à manger. La tenture de velours était toujours tirée car Samya grimaçait dès qu'elle apercevait un rayon de lumière.

Pourtant, par dévouement pour son frère, Rachida ne quittait jamais la maison avant le soir. Les villageoises lui apportaient les œufs, le lait, la viande, les légumes. Elles arrivaient, les bras chargés, leurs robes noires frôlaient les murs et elles riaient entre les plis de leurs voiles, rabattus parfois sur le visage.

Elles avaient les narines dilatées, un rire incertain qui tintait, des yeux mobiles comme des souris prêtes à s'échapper pour fureter dans les coins. Plus tard, elles pourraient dire : « Il y a de nouveaux fauteuils dans la maison du Nazer[1] ! Ce soir, dans la maison du Nazer, ils mangent des courgettes farcies ! »

Quand les femmes descendaient, Rachida se remettait à l'ouvrage, elle faisait tout elle-même. Dès qu'il y avait une présence, la malade se donnait silencieusement en spectacle.

Le vendredi était jour de prières et Boutros n'allait ni aux champs, ni aux bureaux l'après-midi. Ce jour ne le concernait pas puisqu'il était chrétien, mais il se conformait à la coutume du pays. « Je suis croyant », disait-il lorsqu'il parlait de sa propre religion, et il se vantait de ce que sa sœur Rachida n'eût jamais manqué une messe du dimanche. « Moi, reprenait-il, parfois le travail m'en empêche. Mais je suis croyant et Dieu me pardonnera. »

Toute la semaine, Rachida attendait le vendredi.

Elle préparait le repas dans deux marmites de cuivre ; et vers midi, au premier appel de Boutros, elle descendait. Ensemble, ils se dirigeaient vers les bords du canal.

Ses marmites, posées l'une sur l'autre, étaient enveloppées d'une serviette blanche dont Rachida joignait les bouts en un nœud sous lequel elle passait la main. Elles étaient lourdes et lui pesaient aux épaules. Elle soufflait, changeait de bras et hâtait le pas pour rattraper son frère. Il la devançait toujours en faisant des cercles avec sa canne de bambou. Parfois, il soulevait sa calotte rouge pour s'éponger le front d'un mouchoir aux larges ourlets.

Qu'ils étaient bien tous les deux ! Ils déjeunaient sous des saules pleureurs, les branches pendaient dans l'eau, vous protégeaient du soleil, et vous étiez enfermés dans une cage de verdure.

---

1. Homme de confiance qui surveille l'exploitation des terres pour le compte du propriétaire.

Boutros parlait plus que de coutume. Rachida faisait oui de la tête ; Rachida parlait et Boutros disait :
« Tu es une femme de bien !
« Tu es une sainte !...
« Heureusement que je t'ai fait venir !
« Que serais-je devenu ? »
Qu'ils étaient bien ensemble ! La malade ne les accompagnait jamais. Une chaise roulante aurait été une dépense inutile. À quoi bon ? Ils étaient mieux ainsi, sans elle.
Mais si elle avait su ! Si Rachida avait su, si elle avait pu prévoir ! Elle ne l'aurait jamais quittée, la malade ! Elle aurait acheté la chaise, et de son propre argent ! Elle l'aurait roulée devant elle toujours, sans jamais la quitter des yeux ! Elle l'aurait traînée partout avec elle, dans la cuisine, sur le balcon. Elle aurait appelé à l'aide pour la porter sur les escaliers. Elle aurait traîné Samya en promenade, dans la ruelle, dans l'enclos, dans l'étable, sur les rives, sur les sentiers. Au risque de s'épuiser, elle l'aurait traînée toujours, partout avec elle !
Rachida, ce jour-là, avait hésité avant d'entrer dans la pièce où se trouvait sa belle-sœur. Il y avait des légumes sur le feu, étaient-ils déjà cuits ? Elle poussa la porte de la cuisine. Le primus ronflait avec une flamme bleue et dure. Elle souleva le couvercle de la casserole et plongea les pointes d'une fourchette dans les fèves. Ce n'était pas encore le moment d'éteindre.
Dans le vestibule, chaque chose était à sa place, la chaise, la jarre de cuivre, le portemanteau avec son miroir, la tenture de velours pelée par endroits. Samya demandait toujours qu'on remplaçât la tenture. Elle disait qu'elle aimait les tissus de coton, elle disait que la sensation du velours sur les mains la faisait frémir !
Rachida haussait les épaules. « Des caprices d'hystérique ! »
Des deux mains, elle empoigna le rideau de velours et l'ouvrit en son milieu. Puis, elle tendit le cou, pour mieux voir dans la pénombre.

*
* *

La semelle usée des pantoufles de feutre bleu fit un bruit mat et précipité sur le plancher jusqu'aux volets qui s'ouvrirent avec fracas, jusqu'au balcon de ciment, jusqu'à la balustrade.
« Au secours ! Au secours !... Venez vite, vite ! Au secours ! »

LE SOMMEIL DÉLIVRÉ

Rachida se cramponnait à la balustrade. Elle tendait le buste en avant. Elle hurlait.

Sa jupe se soulevait sur ses mollets maigres et les reprises maladroites le long des bas de fil. Elle secouait la tête, de grosses épingles rouillées tombaient de son chignon. Du mur d'en face, sa voix lui revenait, énorme en plein visage :

« Au secours ! »

On aurait dit que ses cris allaient l'entraîner et la faire tomber du haut des étages. Elle ne voyait plus rien. Elle tournait le dos à la chambre, à la femme. Elle regardait droit devant elle. Elle hurlait :

« On l'a tué ! On l'a tué !... Venez, venez tous. On a tué le Nazer ! »

Des noms lui traversaient la mémoire, elle les jetait dehors en désordre :

« Hussein ! Khaled ! Abou Mansour !... Au secours !... On a tué mon frère ! »

Elle ne voulait pas se retourner. Surtout pas se retourner. Derrière elle, il y avait cette femme, cette Samya et son regard lui creusait le dos. Surtout pas se retourner avant l'arrivée des autres. Ah, qu'ils viennent ! Qu'ils arrivent tous ! Qu'ils soient partout dans la chambre ! Elle appelait, elle se centrait autour de sa voix !

« Barsoum ! Farid ! Fatma, ya Fatma ! Où êtes-vous ? On a assassiné le Nazer ! Mon frère est mort ! Au secours ! »

La voix, enfermée dans la ruelle qui séparait les deux maisons, heurtait une façade puis l'autre ; mais elle n'atteignait ni les champs, ni le village sous sa croûte de poussière. La voix se brisait contre les murs. Elle montait plus aiguë, et cherchait à franchir les distances pour s'emparer des champs et du village :

« Venez, venez tous !... » criait la voix.

La rampe de la balustrade s'imprimait dans les paumes de Rachida. Ses cheveux s'étaient défaits sur la nuque. Elle ne voulait pas se retourner, revoir le corps affalé de Boutros, rencontrer le regard de cette femme immobile.

Elle voulait tout oublier, et qu'ils viennent vite. Tout oublier, jusqu'à ce qu'ils viennent. N'être plus que ce cri !

« Au secours ! Vengez-nous ! »

*
* *

Enfouie dans son fauteuil, la femme ne disait rien. Les volets ouverts, la lumière avait tout envahi, elle n'en avait plus l'habitude et ses yeux clignotaient. Un châle aux couleurs déteintes lui couvrait entièrement les jambes.

Rachida hurlait avec des sons étranges qui se heurtaient.

Les mains blanchâtres de la femme reposaient sur les bras du fauteuil. Ses coudes étaient levés comme si elle s'apprêtait à partir. Ses cheveux avaient des reflets sombres, un bandeau violet couvrait en partie ses oreilles. Elle portait une blouse écrue, piquée d'une épingle de nourrice avec une pierre bleue montée en broche. Un collier vert aux pierres carrées faisait un nœud lâche autour de son cou.

La tête du mort s'appuyait sur ses pieds. La femme n'en sentait pas le poids.

Rachida hurlait et se penchait. On voyait ses mollets maigres, ses bas reprisés. Pourquoi se mettait-elle dans cet état ? Elle risquait de basculer, de s'abattre du haut des étages.

Un jour, Boutros avait tué un corbeau d'un coup de carabine. Il avait aimé le voir tomber du sommet de l'arbre. Sur le sol, le corbeau était noir, sanguinolent et gris. Il s'agitait. Si Rachida tombait dans la ruelle, elle serait noire et grise avec du sang sur sa jupe et ses cheveux défaits.

La femme était loin. Tout cela ressemblait à des histoires qu'on raconte sur le quai des gares quand on est sur le point de partir. Des histoires d'ailleurs.

Rachida criait. Elle criait. Sa voix se faisait plus rauque. Elle secouait la tête, elle regardait droit devant elle. Pas une fois elle ne se retourna.

Si Boutros avait été là, s'il n'avait pas déjà été glacé, il serait allé auprès de sa sœur. Sans hésiter, il serait allé près d'elle. Il se serait levé, il l'aurait rejointe sur le balcon et leurs épaules se seraient touchées. Ils étaient presque de la même taille. Ils se seraient penchés tous les deux ensembles, au-dessus de la balustrade. Ils n'auraient appelé d'une même voix.

Au bout d'un moment, Boutros se serait retourné. Il aurait demandé à Rachida de se taire et il se serait retourné vers Samya.

Il aurait avancé de quelques pas, puis les bras croisés, il aurait regardé dans la chambre, dans le fauteuil, sous le bandeau violet. S'il n'avait pas déjà été glacé, il aurait été là, lui faisant face, sévère, implacable, hochant la tête comme pour prendre un enfant en faute.

Puis, il serait revenu sur le balcon auprès de sa sœur. Leurs voix se seraient mêlées à nouveau.

Voilà ce qu'il aurait fait s'il avait été là, avec son visage de vivant surmonté de la calotte rouge. La calotte gisait maintenant au centre de la pièce sous les derniers rayons du soleil.

Plus tard, Boutros aurait dit :
« Avait-elle des soucis ? Elle avait tout ! C'était ma sœur qui s'épuisait. L'ai-je privée de quelque chose ? L'ai-je trompée ? Elle avait tout ! »
Voilà quelles auraient été ses paroles s'il avait pu se redresser sur ses jambes froides.
« Elle avait tout ! Un mari, une maison, la bonne nourriture ! Une femme, que peut-elle désirer de plus ? Je savais depuis longtemps qu'elle finirait mal. La religion me défendait de la répudier. À présent, je ne peux plus rien pour elle ! Emportez-la, faites-en ce que vous voudrez. »
Immobile sur son fauteuil dont le dossier montait très haut au-dessus de sa tête, la femme se serait tue. Comme aujourd'hui, comme hier, elle se serait tue.
La lumière s'infiltrait dans les coins, s'accrochait aux grains de poussière, aux immortelles entassées dans un vase de grès. Elles duraient sans eau, les immortelles, elles faisaient un bruit de feuilles sèches lorsqu'on les frôlait au passage. Deux chaises de cuir vert n'attendaient plus personne. Autour de la calotte rouge, il y avait un cercle de soleil.
Rachida, cramponnée au balcon, criait toujours. On s'habituait à son cri.
Le miroir donnait à chaque objet arraché à sa pénombre son contour cruel et vrai. La femme ne voyait qu'eux et ne se regardait pas. Elle ne voyait pas non plus la tache rouge sur la poitrine du mort.

*
* *

Dès l'aube, elle avait su que Boutros serait affalé ainsi, à cette place même. Ensuite, elle n'y avait plus pensé.
Cette journée, comme les autres, s'était mal détachée de ses minutes, entre l'ennui et le va-et-vient de Rachida. À peine celle-ci quittait-elle un coin de la chambre qu'on la retrouvait dans un autre coin, et ses lèvres remuaient sans cesse. Si elle disparaissait dans la pièce voisine, ses grognements passaient sous la porte. La pénombre, parce qu'elle mettait du sommeil autour de l'agitation et des choses, permettait parfois de fermer les yeux et d'oublier.
Ce fut vers les six heures que Rachida quitta la maison pour descendre se promener. Boutros devait monter peu après. La femme se mit à l'attendre. À cause des volets clos, il faisait sombre autour d'elle, et elle se raidit dans le noir pour guetter le pas dans l'escalier.
Elle l'entendit passer le seuil et se souleva un peu pour mieux écouter. Les objets se dessinaient à peine dans cette demi-lumière. La femme n'était

attentive qu'à ces pas, appliqués et lourds, et qu'elle pouvait compter marche après marche grâce à la porte entrouverte.

Le visage tendu, elle devinait les gestes de méfiance de Boutros devant la réserve et les bureaux, son tour de clé dans les serrures. Elle reconnut sa façon de traverser le dernier palier avant d'arriver au vestibule, puis le bruit métallique que fit la jarre de cuivre quand y tomba la canne.

Boutros ne s'attardait pas.

Elle sentit sur sa nuque le courant d'air et elle sut qu'il venait d'écarter la tenture de velours. Les pas étaient dans la chambre. Bientôt, Boutros serait devant elle et se baisserait pour l'embrasser.

Comme chaque soir, comme hier, comme il y avait une semaine, comme il y avait quinze ans. Il se baisserait pour l'embrasser. Cette fois, elle savait que ce serait insupportable.

Depuis l'aube, dès qu'on l'avait mise dans son fauteuil, elle tenait l'arme cachée. Le plus souvent, Boutros la portait sur lui dans la poche droite de son veston. Il disait : « Il faut être armé, on ne sait jamais... » Mais parfois, il l'oubliait dans la commode, entre ses chemises.

Samya y avait d'abord pensé comme à un objet dangereux. Puis, un soir, tandis que son mari et Rachida bavardaient sur le balcon, elle avait ouvert le tiroir, près de son lit, elle en avait sorti le revolver et l'avait déposé sur son drap. Elle l'avait tourné et retourné entre ses mains et les contours lui en étaient devenus familiers. Elle avait tâté de son doigt la gâchette. Ensuite, elle l'avait remis à sa place. Rachida et Boutros parlaient toujours sur le balcon. Ils parlaient bas pour qu'on ne les entende pas. L'arme avait été glissée entre les chemises, mais la femme ne pensait à rien encore.

Pourquoi ce jour-là précisément ? Sa nuit n'avait pas été agitée. Pourtant, c'était ce matin qu'elle avait décidé d'en finir.

Elle savait qu'elle se servirait de l'arme. Boutros tendrait les lèvres et s'inclinerait, les bras ballants. Il porterait sa calotte rouge, un peu en arrière pour dégager le front sur lequel perlaient toujours quelques gouttes de sueur.

Les lèvres approcheraient, brunes, énormes, avec de la salive aux commissures. Il s'inclinerait. On ne verrait plus que ses lèvres et la calotte écarlate. Ce serait insupportable. Il se baisserait encore.

Il ne s'était plus relevé.

Le coup était parti si près de la poitrine que le bruit en avait été étouffé.

LE SOMMEIL DÉLIVRÉ

L'homme avait perdu l'équilibre, ses bras s'étaient agités, il cherchait un appui. Il s'était penché en avant et la calotte était tombée de sa tête. Elle avait roulé comme un tuyau vide jusqu'au milieu de la chambre. Samya avait tiré de nouveau. L'homme semblait ivre. Il bredouillait des mots indistincts. Il titubait, puis il chancela et portant ses mains à son front, il tomba sur les genoux.

La femme avait desserré les doigts, l'arme glissa et fit un bruit sec sur le parquet.

Elle détourna le regard, elle voulait être loin. Elle aurait voulu abandonner son propre corps à ce qu'il venait de faire et penser à autre chose. Pour la première fois un acte s'était accompli ; il fallait s'en séparer. Plus tard, on aurait le temps d'y songer. Les autres vous y forceraient bien.

La tête de l'homme parut s'alourdir. Elle s'inclina sur la poitrine durcie qui luttait encore. Puis, comme si toutes les ficelles qui le retenaient s'étaient brisées d'un seul coup, Boutros vint s'abattre sur les jambes de la femme.

*
* *

La tête du mort ne pesait pas.

La femme respirait mieux. Son acte s'était détaché d'elle, elle ne s'en souciait plus.

Pour voir la tête du mort, il aurait fallu s'appuyer aux bras du fauteuil, se pencher en avant. Et que lui eût-elle rappelé alors ? Peut-être rien.

Elle sentait qu'à cet instant, elle aurait pu se lever. Elles lui obéiraient ses jambes, elle le sentait. Mais où irait-elle ? Il était trop tard et rien ne recommence. Enfouie dans son fauteuil, elle était maintenant plus loin qu'elle ne pourrait jamais aller.

Un poids était tombé de sa poitrine, entraînant sa chambre et l'instant. Cette histoire n'était plus la sienne.

Bientôt, la maison allait résonner du retour de Rachida. Rachida passerait le seuil, on l'entendrait monter. Elle montait vite malgré ses soixante ans. Elle répétait souvent qu'elle avait des jambes solides et qu'on ne vieillit pas lorsqu'on n'a rien à se reprocher.

Comme chaque soir, de sa main aux grosses veines bleues, elle essayerait toutes les poignées. Elle regarderait autour des portes. Méfiante comme son frère. Ils avaient toutes les clés en double. Elle monterait sans s'appuyer à la rampe branlante. La porte du vestibule était entrouverte, elle la pousserait.

Rachida hésitait devant la tenture de velours, celle qu'elle refusait de changer. Elle disait que le velours « ça fait riche ! » Elle disait que dans la maison d'en face, celle du propriétaire, tous les rideaux étaient de velours, et les fauteuils, et les canapés.

On l'entendait qui s'éloignait pour aller dans la cuisine, et le ronflement du primus étouffait le bruit de ses pas. Elle revenait en maugréant : « Je me donne trop de mal. Personne pour m'aider. À mon âge servir une femme qui pourrait être ma fille. Je le fais pour Boutros, que Dieu le garde ! Que serait-il devenu sans moi ? »

Dès que Boutros était là, elle s'affairait autour de lui. Après le dîner, ils rapprochaient leurs chaises, ils chuchotaient :

« Nous parlons bas pour ne pas te fatiguer », disaient-ils.

« Dans ton état », disaient-ils.

Bientôt Rachida écarterait la tenture de velours, elle traverserait la pièce en courant, elle ouvrirait avec fracas les volets, elle ferait entrer la lumière. Elle se pencherait à la balustrade, elle hurlerait !

Tout cela ne comptait plus. Des bulles sur l'eau.

* * *

Rachida hurlait, et personne pour l'entendre !

Au village, c'était le moment où les femmes s'inquiètent autour des enfants. Elles rassemblent leurs petits, elles n'ont d'oreilles que pour eux. Elles crient pour se donner de l'importance avant l'arrivée des hommes.

« Ahmed ! viens donc, ton père va rentrer. »

« Saïd, cours chercher de l'eau. »

« Tahia ? ... Où est Tahia ? »

« Amin, laisse les cailloux... tu sais que ton père veut te trouver quand il rentre. »

« Que ton âme se damne, Tahia ! L'année prochaine, tu verras, je t'enverrai aux champs. »

Elle devrait attendre, Rachida. Bientôt, sa voix ne sera plus qu'un souffle. Et la nuit venue, elle restera cramponnée à la balustrade. Seule avec Samya qui la regardera jusqu'à ce qu'elle ne soit plus qu'une ombre.

Sur le chemin du retour, les hommes se suivaient en file. Ils étaient las et ils avançaient sans se parler. Soudain, un des cris de Rachida tomba au

LE SOMMEIL DÉLIVRÉ

milieu d'eux comme une pierre et plusieurs l'entendirent. Hussein qui marchait toujours en tête, s'arrêta et dit :
« Écoutez... On appelle au secours.
— Encore une dispute de femmes ! » dit Khaled en haussant les épaules. Ses deux épouses l'avaient habitué aux cris.
La voix de Rachida continuait à monter solitaire, on aurait pu croire un chien qui sent peser la lune.
« Il se passe quelque chose », reprit Hussein.
Les autres se mirent à écouter. Ils commençaient à oublier leur fatigue.
« Allons voir, dit l'un d'eux.
— Oui, il se passe quelque chose », reprit Hussein.
Il se mit à courir, et les autres le suivaient. Ils couraient tous maintenant. S'ils apercevaient de loin un homme dans les champs, ils lui criaient de se joindre à eux ou d'aller prévenir le village.
Dès que les femmes apprirent qu'on appelait au secours, elles abandonnèrent tout, elles aussi. Nefissa, qui était trop vieille pour les suivre, mais qui lisait l'avenir dans le sable, répétait :
« Je le savais... Je savais que cette journée avait le goût du malheur ! »
Les femmes avec leurs enfants abandonnaient le village à Nefissa, aux nouveau-nés et à leurs pleurs. Les hommes couraient sur le chemin. Ils arrivaient de partout. Des masures, des bords de l'eau, des rizières, du cimetière, des champs de coton, du jardin, de la mosquée.
Rachida les voyait arriver. Toujours penchée à la balustrade, elle ne savait plus ce qu'elle criait.
Ils se rejoignirent tous entre les deux maisons. La ruelle était étroite, et les robes se frottaient aux murs. Une colère sourde qu'ils ne s'expliquaient pas encore, cognait dans leur poitrine. Ils étaient tous ensemble ils formaient un seul corps, et l'on entendait leurs cris.
La chambre chavirait au-dessus de ces voix. On aurait dit une barque.

*
* *

Le passé déferlerait avec ses images et viendrait tout envahir.
Les voix se collaient aux murs comme les mailles d'un filet. Ammal qui avait abandonné son troupeau était pressée dans la foule. Elle était petite pour ses treize ans ; elle portait la robe jaune que Samya lui avait faite. Pourquoi cette agitation ? Ammal s'inquiétait. « Qu'est-il arrivé à Sit[1]

---

1. La dame.

Samya ? » se demandait-elle. Elle jouait des coudes, elle voulait monter la première.

La vieille Om el Kher suivait la foule. Quelque chose s'était passé, quelque chose était arrivé à Sit Samya. Troublée, elle voulait monter, mais ne pas se poser de questions.

Plus loin, adossé à un arbre, l'aveugle aussi se tourmentait. « Qu'est-il arrivé à Sit Samya, pensait-il. Pourquoi Sit Rachida hurlait-elle ? On ne comprenait rien à ce qu'elle disait. »

Ils s'engouffraient tous maintenant dans la maison, tandis que Rachida se penchait sur la balustrade pour mieux les voir entrer. Elle les entendait dans l'escalier, ils montaient en se bousculant.

Lorsqu'ils seront partout dans la chambre, Rachida pourra s'affaisser. « Si j'avais su !... Si j'avais su !... répétera-t-elle. J'aurais abandonné ma promenade, j'aurais laissé le veau, j'aurais laissé les poignées ! »

Les marches étaient étroites. Les hommes et les femmes se heurtaient, se poussaient.

Ammal avançait, les mains sur la poitrine. « Pourvu qu'il ne soit rien arrivé à Sit Samya », murmurait-elle. Elle jouait des coudes. Elle voulait être là avant les autres. Sauver Sit Samya. Mais la sauver de quoi ?

La rumeur devenait distincte et brutale. Peut-être oublieront-ils que la rampe n'est pas solide ? Peut-être tomberont-ils dans la cage de l'escalier ? Peut-être qu'il n'y aura plus d'escalier, que Rachida se lassera et qu'on pourra dormir.

Mais s'ils parviennent jusqu'à la chambre, on mettra le passé comme une cloison étanche entre eux et sa propre vie. On appellera le passé pour qu'il dévale comme les paysages qui se poursuivent aux vitres des trains. Ce passé, il faudrait le retrouver, se mettre derrière lui. Qu'il semblait loin tout d'un coup.

« Un jour, j'ai été une enfant, un jour... Mais je ne me souviens pas... Où est mon enfance ? Et le visage de ma mère, où donc est-il ? Je ne vois rien. Je suis dans un couloir très sombre et je ne vois rien... Mais plus tard. Oui, je me souviens... je me souviens de certains soirs... »

2.

Ces dimanches soirs ! La voiture roulait dans la ville avec ses vitres relevées, son capot étroit et laqué. À l'intérieur, ses boiseries et son cuir sombre. La maison, le jardin, les visages familiers étaient loin derrière nous. La voiture roulait entre les magasins, les réverbères, les trottoirs. On débouchait soudain sur la place écrasée par la gare brune avec, au centre, la masse de l'horloge, dont les heures noyées de vacarme sonnaient inutilement.

Ali racontait que de l'intérieur de la gare les trains partaient vers tous les pays. Peut-être des pays sans école. Je n'avais jamais pris le train, je n'étais jamais allée nulle part. Cela aussi n'était peut-être que pour les grands !

Ali, sanglé dans son veston bleu marine lustré, conduisait à toute allure. Il fallait se retourner brusquement, regarder à travers la vitre arrière pour apercevoir encore la gare avec ses voyageurs pressés, ses portefaix vêtus de longues robes bleues et chargés de bagages. Devant les trottoirs, l'encombrement de bicyclette, les autos, les charrettes et leurs ânes.

Ali conduisait si vite ! J'avais à peine le temps de regarder les affiches, il fallait deviner le nom des rues et reconnaître la boutique du marchand de graines et d'épices devant laquelle, il y avait près d'un an, était arrivé l'accident. Ali, il y a un an, était monté sur le trottoir après avoir heurté l'autobus.

« Ces gens-là, on devrait les enfermer ! Tous des fils de bâtard ! » avait-il crié.

Le marchand de graines et d'épices s'était avancé jusqu'au seuil de sa boutique, son tablier amidonné ficelé autour de son ventre. Ses lèvres tremblaient d'émotion, mais sa corpulence et sa calotte sur le côté lui donnaient une face épanouie. Il m'avait aidée à descendre de voiture.

« Tu l'as échappé ! Tu l'as échappé belle ! » disait-il, et il me soutenait par le coude pour me faire entrer dans sa boutique. Il m'avait installée dans un coin sur sa chaise cannée, et je me rappelais longtemps l'eau et l'anis dans un verre aux reflets bleus. J'avais bu sans grimace, tandis qu'il me regardait, attendri.

Dans la rue, Ali avait examiné les pneus et le moteur. Mon frère Antoun, qui me raccompagnait toujours au pensionnat le dimanche soir, avait bondi hors de la voiture, lui aussi. Je l'entendais qui discutait mi-fraternel, mi-menaçant avec une foule déjà attroupée.

Le marchand de graines debout devant moi m'avait regardée longuement. Il imaginait l'accident tel qu'il aurait pu avoir lieu, et par moment, il claquait la langue contre son palais et tapait ses paumes l'une contre l'autre, puis, il levait les yeux au ciel, comme s'il me voyait morte.

« Tu l'as échappé belle ! » répétait-il.

Quand la voiture avait été en état de repartir, le marchand avait refusé d'être payé. Il faisait « non », « non » de la tête et jusqu'au dernier moment, il avait renouvelé ses vœux et ses conseils de prudence.

À partir de ce jour, je tâchais de l'apercevoir devant sa porte pour lui faire un signe d'amitié. Je ne pouvais oublier sa gentillesse et son visage attentif. Mais Ali était toujours pressé. Les portes du Pensionnat s'ouvraient à sept heures. Ali avait le sens de mon exactitude. Il roulait...

Ces dimanches soirs !

L'hiver surtout, quand la nuit tombait vite, et les images de la ville se défiguraient sur le capot verni.

Mon frère Antoun m'accompagnait. Il s'imposait cela par devoir. À seize ans, ses aînés pouvaient compter sur lui. Assis près de moi sur le siège arrière, il fouillait parfois dans ses poches pour en sortir des coupures de journaux sur lesquelles s'inscrivaient des valeurs en bourse. Derrière ses lunettes cerclées d'or, il les consultait avec gravité. Souvent, il s'assoupissait, l'air digne, tirant les années à lui pour ressembler à l'homme qu'il serait.

Il faisait froid près de mon frère.

La voiture roulait. Je regardais les maisons. Elles défilaient à une cadence vertigineuse avec leurs balcons surpeuplés, des grappes de couleur bourgeonnant sur les murs. Le bord des trottoirs, on aurait dit un

cordon, gris et dur, brutalement coupé par une ruelle. Ali, d'un brusque coup de frein s'arrêtait devant la grille.
Le Pensionnat était là.
La flamme terreuse de l'unique réverbère se réfléchissait sur la joue noire et balafrée d'Ali. Mon frère, réveillé en sursaut de sa torpeur, m'embrassait. Mon aîné de deux ans, il s'obligeait à quelques recommandations avant de me glisser entre les mains un cornet de bonbons ou de cacahuètes qu'il tenait toujours caché jusqu'au dernier moment. Les cacahuètes étaient défendues, il ne s'en souvenait jamais. Il fallait inventer mille astuces pour se débarrasser ensuite des écorces. Ali souriait de ses dents blanches, comme pour dire : « On reviendra te chercher dimanche prochain ! »
La grille était haute, je ne voyais plus qu'elle. Le bras gauche encombré du cartable, la main droite autour du cornet de bonbons, je soulevais la poignée avec le coude et poussais ensuite la porte de l'épaule. Elle cédait sans effort, mais se refermait aussitôt derrière moi, avec un bruit métallique. Où étaient mon frère, la joue luisante d'Ali, la voiture ?
J'évitais de regarder la façade sombre et pesante comme les vêtements informes des veuves. Je traînais dans le jardin, j'écrasais les graviers sous mes pieds, ils faisaient un bruit de plage. J'aurais voulu rebrousser chemin, courir, courir, ouvrir la porte, prendre la rue et fuir. Pour aller où ?
J'entendais la grille s'ouvrir, se refermer. Des pas étaient autour de moi, qui se hâtaient. Comment traîner encore ? Je m'arrêtais sur chaque marche. Je me dressais sur la pointe des pieds pour apercevoir une dernière fois la ville.
Mes épaules m'étouffaient. Je les sentais dures et rabougries. Il fallait franchir le seuil. La sœur de la conciergerie me faisait un signe de tête au passage. Je m'engouffrais dans le couloir où vivaient les murmures étouffés et le silence.
Il me venait parfois l'idée de me laisser tomber à terre et de ne plus bouger. Peut-être que les choses aussi s'arrêteraient. Mais j'avais l'habitude de suivre mes pas et je marchais jusqu'au vestiaire.

*
* *

Mon béret et mon manteau trop juste allaient rester toute une semaine sous l'étiquette rose qui portait mon nom, un vrai modèle d'écriture !
Ma jupe avait la longueur réglementaire. À la maison, Zariffa avait passé la journée à découdre, à recoudre l'ourlet. À cause de ses mauvais yeux,

elle m'appelait pour que j'enfile l'aiguille. Puis, elle m'avait mise à genoux, pour voir si la jupe touchait bien le sol. Ma jupe tombait droit, je sentais à chaque pas son lainage raide. Mes bas noirs faisaient des plis autour de mes jambes. Sous mon corsage, l'hiver, je pouvais mettre plusieurs tricots. Les manches me serraient les poignets et mes doigts tachés d'encre me semblaient trop longs.
Les placards grinçaient en se refermant. Une voix lisait l'appel :
« Trente-huit... Cinquante-quatre... Cent vingt-deux...
— Présente... Présente... Présente. »
C'était comme une complainte.
« Cinquante-six... Soixante-huit... Cent vingt...
— Présente... Présente... Présente. »
Si pratique pour la comptabilité, pour marquer le linge, pour gagner du temps. Que fait-on du temps qu'on gagne ?
L'ampoule versait une lumière étroite qui brouillait dans son cadre le visage de la Sainte. La lumière se reflétait sur le vernis des placards jouait autour des rainures de bois pour en faire des têtes de monstres. Comme ces fleurs qui s'ouvrent aux heures chaudes, les souvenirs de la maison s'épanouissaient.
« Quatorze... Trente-quatre... »
C'était mon tour :
« Présente... »
Je revoyais le soleil sur les tapis, je sentais l'odeur du repas et la voix de Zariffa : « Va te changer, ton père sera bientôt de retour ! »
« Vite, vite... Allez chercher vos voiles, vous serez en retard », disaient les surveillantes.
Elles s'agitaient, grondaient, et ce bruit cassant de leur claquette « Clic-clac ».
« Vite, vite... Prenez vos voiles. N'oubliez pas vos rosaires. Dépêchez-vous. Eh bien ! dépêchez-vous, en rang pour la chapelle. Et en silence. »
Dans la salle d'étude, les pupitres entrebâillés laissaient voir les cahiers, les livres, le voile noir, les gants de coton blanc. Quelques-unes tentaient de se regarder dans un bout de miroir dissimulé entre les paperasses. Je n'avais aucune envie de me regarder. Le voile pendait de chaque côté de mon visage, il m'emprisonnait. Les gants de coton m'isolaient de tout, même de ce rosaire dont j'aimais le grain de bois mal taillé.
« Vite, vite... En rang et en silence... Les retardataires sont toujours les mêmes ! »
Joséphine courait pour reprendre sa place et elle pouffait de rire. En

LE SOMMEIL DÉLIVRÉ

moi, tout se fixait. Ce voile, ces bas noirs, ces murs. Rien ne se dissipait d'un haussement d'épaule. J'étouffais. J'aurais voulu me battre. Pourtant, j'avais une peur étrange. Alors, je suivais mes pas, j'avançais, je répondais à l'appel, je restais dans les rangs, j'obéissais aux consignes.

« Clic-clac. » Ma jupe me battait les mollets, les rangs se serraient. Il n'y avait pas de place pour mon ombre.

« Clic-clac. » J'avançais. Je n'entendais plus que ce bruit et celui de nos pas. Ils résonnaient sur les grandes dalles de pierre.

Au cimetière de la vieille ville où la poussière s'était endormie, ma mère était couchée sous une dalle. On disait qu'elle avait été belle. Je regardais souvent ses photographies, elle paraissait si lointaine. On est peut-être mieux sous une dalle.

Une fois l'an, j'allais déposer des fleurs sur la tombe. Mon père se tenait près de moi. Il se penchait, la main sur mon épaule, et il murmurait à mon oreille : « Pour une fille, c'est une perte ! »

Nous avancions en file étroite. Les murs montaient, ils ne s'arrêteraient jamais de monter. Les adultes enviaient notre jeunesse.

*
* *

Chaque fois la chapelle m'apparaissait blanche, haute comme l'espace.

« Clic-clac. » Il fallait mettre un genou à terre, se signer, se relever, entrer dans les bancs, s'agenouiller, se recueillir, et les prières s'élevaient de toutes les bouches en même temps. Elles ne m'étaient rien, avec leurs mots usés qu'on ne cherchait plus.

Je serrais les lèvres pour qu'ils ne passent pas, ces mots. Je mettais mon visage à l'abri de mes mains. Je me grisais d'autres mots, de mots à moi que je sentais et sur lesquels j'aurais trébuché si j'avais eu à les dire. Je pressais mes paupières, je voyais un monde, un autre monde, celui de l'envers de mes yeux. Avec ses lueurs roses, ses boules qui tournent, ses rosaces trouées, ses pétales, ses plumes d'oiseaux.

Après les prières, c'étaient les chants. Il y en avait de différents pour chaque jour de la semaine. La mélodie s'insinuait dans mes oreilles et me distrayait. Je regardais les statues et leurs visages de poupées dépourvus de rides, cette marque du passage sur la terre. Le mouton de saint Jean avait perdu une patte. Les fleurs de sainte Thérèse s'affadissaient. La clé de saint Pierre n'avait plus que trois dents. Des lis artificiels se raidissaient dans des vases en forme de flûtes.

Le tabernacle était si loin, au bout du monde, sa porte dorée fermée à double tour.

Sous le vitrail jaune, la vieille qui s'occupait des lavabos se tenait à genoux, serrée comme un point. Avant d'entrer dans la chapelle, elle ôtait son tablier noir. Sa robe grise se détachait sur les bancs fraîchement cirés. Sa coiffe lui enserrait tellement le visage qu'elle le plissait et le faisait ressembler à une pomme tombée. La vieille était dure d'oreille et pour répéter ses prières, elle tendait les lèvres avec application. Je savais que ses yeux étaient d'un bleu vif, mais parce qu'elle ne cessait de coudre des chemises pour les enfants qui n'en avaient pas, elle commençait à ne plus voir.

« Des enfants qui ont froid, je ne peux pas le supporter, m'avait-elle dit un jour. C'est indigne de notre père ! » Puis elle s'était signée trois fois pour effacer le blasphème.

Ses larges poches étaient remplies des vêtements qui débordaient et qui gonflaient sa robe. Chaque fois qu'elle le pouvait, elle en tirait un au hasard pour y ajouter quelques points. Je regardais souvent ses gros doigt ridés ; sur l'un deux, l'anneau s'était incrusté dans un sillon de chair.

Parfois, l'envie me prenait de quitter mes compagnes aux paroles blanchies par l'habitude et de m'en aller seule dans l'allée centrale recouverte du tapis rouge. J'aurais rejoint la vieille sœur. Peut-être à ses côtés aurais-je trouvé les mots à dire. Ou bien, j'aurais tiré de sa poche un morceau de tissu froissé, je me serais mise à coudre, en dépit de ma maladresse, et je me serais sentie moins inutile, le cœur plus chaud.

« Clic-clac ». Les chants s'arrêtaient nets, ravalés par les deux petites mâchoires de bois.

« Clic-clac... » Il fallait sortir des bancs, mettre un genou à terre, partir en rangs serrés. Près du bénitier, je me signais du bout de mes gants mouillés : « Au nom du Père... » Je me retournais une dernière fois, la vieille était toujours là. Elle secouait la tête, elle grondait tout bas, cela faisait rire mes compagnes. Elle devait répéter : « Père, Père... Il y a trop d'enfants qui souffrent ! Que faites-vous ? »

J'aurais voulu qu'elle se souvînt de moi dans ses prières. Moi, qu'une chemise protégeait du froid, mais pas de moi-même. J'étais une « fille de famille » aux mains trop fragiles pour se battre. J'aurais voulu lui jeter mon image et qu'elle l'acceptât pour la mêler à celle des autres enfants, et sa voix monterait pour nous toutes jusqu'à ce Dieu muet.

Dans la chapelle haute, la vieille petite sœur était agrippée à sa prière. Je la laissais pour retrouver le couloir, éternellement le même.

LE SOMMEIL DÉLIVRÉ

Mon rosaire m'entourait le poignet. Devant moi, je regardais le voile d'Aïda qui lui pendait jusqu'à la taille. Elle semblait prise dans un filet.
Un jour, j'avais vu un poisson se débattre. Il avait fait un trou dans le filet et s'était échappé en laissant beaucoup d'écailles. Mon frère l'avait injurié. Il s'était penché au-dessus de l'eau et lui avait lancé des injures. Près de lui, je tenais mes bras croisés, mes mains serrées sous mes aisselles, pour ne pas applaudir.

*
* *

Sept longs jours. Dimanche soir, lundi, mardi, mercredi ; j'y pénétrais comme dans un tunnel. Jeudi, avec la visite au parloir.
Mon frère Antoun était toujours là, il avait le sens de la famille. J'étais assise en face de lui, sur la chaise, mon frère sur le fauteuil réservé aux visiteurs. Je portais mes gants blancs, ils faisaient partie du maintien.
Nous nous regardions Antoun et moi, nous n'avions rien à nous dire. Il étrennait un costume rayé et prenait soin, en s'asseyant, de relever, aux genoux, son pantalon.
Nous nous regardions, nous regardions les autres. Joséphine portait deux rubans de satin enroulés entre ses nattes. Aïda croquait des bonbons. Elle en avait toujours plein les poches ; ils finissaient par engluer l'intérieur. Pour les nettoyer, ses poches, elle les retournait entièrement et faisait sauter le sucre durci avec le bout d'une plume encrassée ; ce jeu l'amusait durant les heures lentes de l'étude du soir. Leila ressemblait à sa mère. Toutes deux avaient le même regard triste et se pressaient l'une contre l'autre. Leurs yeux se fixaient sur la pendule avec inquiétude. Mon frère regardait l'heure lui aussi, il trouvait toujours une raison pour partir avant la fin.
Vendredi, samedi, dimanche souligné d'un trait rouge dans mon calendrier.
Tout cela remuait dans ma tête pendant le repas autour des tables et, plus tard, dans le dortoir entre les rideaux blancs qui entouraient nos lits.
Leila pleurait au creux de l'oreiller.
« Chut !... » disait une voix.
Mes larmes n'étaient pas faites d'une eau qui coule, mais de petits grains qui se fixaient sur les parois de ma gorge. Leila savait pourquoi elle pleurait.
Pourquoi aurais-je versé des larmes ? Pour ma mère, mon absente au visage étroit ? Sur la photographie, elle gardait les yeux baissés. Pourquoi

aurais-je pleuré ? Parce qu'il y avait des murs entre la vie, entre les êtres ? Parce que je me sentais étreinte et que je ne savais pourquoi ? Parfois le sommeil me prenait d'un trait. C'était la plongée dans le noir. Il s'abattait sur moi, il me précipitait dans l'oubli. Et ce réveil brutal lorsque l'horrible coup de cloche du matin me tombait dans l'oreille comme une goutte glacée !
D'autres fois, j'attendais le sommeil. Je le guettais. Quand je le savais proche, je voulais le savourer. J'aimais le sentir monter le long de mes jambes, de ma poitrine, de mes bras. J'aimais qu'il emmêlât les rideaux, les visages, la maison et ma peine qui n'avait plus de sens. Ma peine tournoyait avec le reste et dansait à pas étouffés. Alors, les sanglots de Leila perdaient leur sens aussi et je ne comprenais plus le besoin des larmes.
Mes pensées s'effilaient. Elles devenaient une phrase, le seul lien qui vous retient à la vie. J'épiais, je guettais encore, je voulais rester présente et retarder l'instant où je ne serais plus.
Le matin, mon sommeil me quittait par lambeaux. Il se décollait lentement comme d'une blessure. Les volets s'entrouvraient. Les pas glissaient sur la pierre blanche. Mon sommeil s'habituait à me quitter.
La première, Joséphine bondissait hors de son lit. J'entendais le bruit de l'eau qu'elle versait dans sa cuvette puis, le joyeux soupir qu'elle poussait en retournant son matelas. Elle sortait du sommeil comme si elle n'y était jamais entrée. Elle nattait ses cheveux, rangeait ses objets. En cachette, elle m'aidait à border mes couvertures.
Elle était gaie, Joséphine ! Elle passait à côté de tout.

*
* *

À travers les vitres étroites de la salle de classe on voyait mal les arbres. L'hiver devenait l'été sans qu'on pût le surprendre. Les livres seuls parlaient des saisons !
Soad, avec ses cheveux en fil de fer et ses taches de rousseur, inscrivait des chiffres au tableau noir. Ses cahiers de mathématiques faisaient notre admiration. Elle possédait une collection de crayons de couleurs pour enjoliver ses pages de traits nets et elle maniait sa règle avec adresse. Elle dessinait ses chiffres.
La maîtresse, levant son ongle immaculé, disait que j'avais trop d'imagination. Mon père le disait aussi. Il affirmait que cela ne menait à rien. Mes frères se moquaient de mon ignorance en calcul et ils riaient de mes rédactions : « Ha !... ha !... ha !... Des arbres nus comme des bras !...

LE SOMMEIL DÉLIVRÉ

— Bientôt, il faudra songer à te marier », disait mon père. Il s'en inquiétait bien plus que de mes études. Une fille, quel problème ! Encore heureux de n'en avoir qu'une seule ! Il était tranquille de me savoir ici où on m'inculquait des principes, et je serais plus facile à caser. Mais l'instruction ? Il estimait déjà que j'en savais trop.

« Tant que tu pourras rédiger une lettre à ton vieux père pour lui annoncer la naissance d'un garçon, cela suffira », disait-il.

Toutes ces naissances, tous ces garçons qu'on m'a souhaités avant que je n'aie eu le temps de les souhaiter moi-même ! Je sortais à peine de cette enfance que l'on s'acharnait à me voler. Pauvre enfance étouffée, qui s'en allait de moi avec des cheveux de morte. Mon enfance défigurée, prise entre des couloirs qui n'aboutissent pas, des portes qui n'ouvrent pas, et cette pensée qui me rongeait : « Il y a la vie... Elle existe la vie ! Elle avance, c'est un grand fleuve... Si tu écartes les roseaux jaunis, tu pourras l'apercevoir. »

« Où il y a des roseaux, si on s'approche trop des berges, c'est dangereux », disait la voix de mon père lorsque nous nous promenions. « C'est dangereux. On glisse, on tombe, on se noie ! »

Soad inscrivait des chiffres au tableau noir. Aïda s'occupait de ses cheveux en cachette, ses gestes étaient adroits. Les verres doubles de la maîtresse ne l'aidaient pas à voir plus clair. Joséphine, pour ressembler à un démon, s'était fabriqué un masque en papier violet ; elle ne faisait peur à personne.

Bientôt on me marierait. J'aurais des enfants. Il fallait en avoir au plus vite. J'y repensais en pénétrant dans l'eau claire du bain.

Un bain une fois par semaine. Pour entrer dans la cabine, je mettais, conformément aux règlements, une chemise blanche qui me serrait le cou et descendait jusqu'aux chevilles. Seuls mes bras étaient nus. Il était recommandé de se laver à travers la chemise pour éviter les mauvaises pensées. J'avais demandé à Soad, qui avait réponse à tout, ce que cela voulait dire. Elle m'avait donné des explications si embrouillées, que j'avais ri de sa confusion.

Je frottais pour que le savon pénétrât jusqu'à ma peau. L'eau verte faisait gonfler la chemise.

*
* *

La cour avait des arbres en quinconce. La balle sifflait à mon oreille, je n'avais jamais le temps de l'attraper. Joséphine tendait les mains et la balle s'y blottissait avec un claquement sec.

Chaque fil de ma robe me pesait sur le corps. Je voulais m'éloigner, être seule, loin des autres. J'allais du côté des pelouses pour chercher des yeux Amin, le jardinier.

Il portait toujours sur le dos, comme une dépouille de serpent, son tuyau d'arrosage. Il marchait, penché en deux, sa calotte plate, brodée de fil de soie, cachait son crâne chauve. Il ne fallait pas trop s'approcher, Amin était jaloux de ses fleurs. Il se courbait au-dessus d'elles et leur parlait de cette voix que l'on réserve aux enfants. Il leur disait de pousser plus vite. « La saison est bien avancée », disait-il.

S'il apercevait une mauvaise herbe, il déposait le tuyau par terre tout en le surveillant du coin de l'œil, comme s'il craignait qu'il ne s'échappât. Lorsqu'il devait s'éloigner, il le suspendait par un anneau à la serre la plus proche, on aurait dit une bête prise au collet. Puis, il poussait devant lui sa brouette ; les pots de terre se heurtaient avec un son mat.

« Out ! » criait une voix.

La balle saisie au vol soulevait des cris d'enthousiasme. Il fallait s'éloigner encore pour qu'elle ne vous atteignît pas.

J'aimais regarder Amin. J'aurais aimé entendre de plus près le son mat des pots qui se heurtent. J'aurais aimé l'aider à racler le sable dans les allées, à pousser les brouettes, à faire jaillir l'eau sur les sentiers, sur le gazon qui pâlissait par endroits, sur les cailloux, sur les murs gavés de soleil. J'aurais aimé sentir l'eau sur mes mains.

Amin transpirait, sa robe collait à sa peau. De larges raies remplies de terre marquaient la plante de ses pieds. Il était heureux.

La cloche sonnait. Les joues de Joséphine étaient rouges de sa victoire.

« J'ai fait cinq "Out" », criait-elle.

Pour avoir enfreint la règle du silence, on la faisait sortir du rang. Le sourire s'effaçait de ses lèvres, mais il demeurait en moi. Sans me retourner, j'emportais sa punition, et elle me faisait mal.

*
* *

Les jours de fête Amin prêtait ses fleurs. Son tuyau d'arrosage avait un air menaçant et crachotait à ses pieds.

Si on venait trop près d'Amin, il agitait les mains pour que nous reculions. Plutôt que de nous laisser pénétrer dans les serres, il refaisait le chemin vingt fois, les bras chargés de pots. Il disait qu'il craignait pour

LE SOMMEIL DÉLIVRÉ

ses fleurs et que si nous étions trop nombreuses, elles suffoqueraient. Il disait que les fêtes, c'était bien, mais que ce n'étaient pas leurs fêtes à elles, pauvres fleurs ! Il nous harcelait de ses recommandations et nous poursuivait sur ses jambes osseuses jusqu'aux marches du grand escalier.

Les fleurs d'Amin n'étaient pas faites pour orner les couloirs que nous allions parcourir en procession, vêtues de blanc des pieds à la tête, un cierge à la main, dont la cire chaude tacherait nos gants. Elles se faneraient comme nous dans cette odeur d'encens et de bougie.

Les statues étaient parées. Les surveillantes ressemblaient à des oiseaux noirs et leurs larges vêtements bruissaient comme des feuilles. Elles étaient partout à la fois. On aurait dit qu'elles portaient des ailes en guise de chaussures. Une musique céleste se répandait d'étage en étage. Joséphine avait son visage de fête. Moi, je rêvais que je suivais mon propre enterrement.

Je me voyais étendue, étroite dans ma robe claire. Étendue, étroite et belle dans ma mort. Je portais des gants blancs (Zariffa les avait lavés à la hâte). Mes cheveux étaient huilés et leurs reflets paraissaient plus noirs. J'étais étroite et blanche dans mon cercueil. Une journée entière avait été consacrée aux larmes que l'on versait à cause de moi. Les épaules de Leila tremblaient. Joséphine mordillait nerveusement la médaille en vermeil qui pendait à son cou. Aïda frottait l'une contre l'autre ses bottines neuves. Soad répétait mon nom. Les religieuses, d'une voix monotone, débitaient leurs « Ave ». Amin était entré dans la chambre avec un pot de fleurs, des azalées, qu'il avait déposées au pied de mon lit. La voix de mon père devenait douce. Il traçait sur mes mains jointes le signe de croix. Mes frères, l'un après l'autre, m'embrassaient sur le front. Au coin de leurs lèvres, je sentais des larmes. C'était ma journée !

On m'aurait aimée ce jour-là ! Alors j'oubliais celui-ci avec ses hymnes affadis, son odeur d'encens, la vue des fleurs qui s'alourdissaient, la pensée d'Amin, qui, ces nuits-là, ne devait pas dormir.

L'autre fête, celle de la ville, passait deux fois l'an sous nos fenêtres.

Des charrettes, traînées par des ânons aux colliers bleus qui chassent le mauvais œil, étaient chargées de fillettes dans leurs robes bariolées, jaunes, vertes ou roses (de ce rose sucré des boules de friandise). Leurs couleurs se mêlaient aux vêtements noirs des femmes. La plus âgée d'entre elles chantait, en tenant comme un écran sa main devant la bouche. Toutes reprenaient en chœur, rythmant la mélodie avec des claquements de mains, et parfois elles ramenaient sur le front leur voile qui glissait.

Les roues grinçaient, les ânons avançaient péniblement.

Les garçons se frayaient un passage entre les robes pour essayer de grignoter les provisions de fève, de poisson salé, d'oignon vert. J'aurais voulu arrêter le temps autour de leur joie bruyante. Mais le tournant de la rue les avalait, l'un après l'autre, et les déversait plus loin devant les grands jardins où ils iraient s'asseoir pour chanter, pour rire et pour manger.
De l'intérieur, une voix m'appelait. Il ne fallait pas se pencher aux fenêtres.

*
* *

Parfois, l'une d'entre nous disparaissait avant la fin de l'année. Son départ était entouré de mystère. Peu après, nous apprenions qu'elle était mariée. Elle revenait ensuite déposer un immense bouquet à la chapelle, en compagnie de son mari.
Il m'arrivait de songer au mariage, au vrai mariage ; dans cette rencontre de deux êtres, la solitude devait se briser. Je rêvais à ce mariage qui était l'amour. Le mot lui-même avait la rondeur du fruit ; il en avait la douceur et la sève. En y pensant, j'évoquais des soirs d'été ; on plonge ses dents dans une pêche juteuse, et soudain cesse la soif.
J'avais aperçu Sarah lorsqu'elle s'apprêtait à repartir :
« Je te cherchais », dit-elle.
Nous avions été sur les mêmes bancs, je la reconnaissais à peine. De hauts talons. Perdue dans ses fourrures. Elle froissait dans ses mains des gants de daim marron. Un solitaire à son doigt jetait son éclat. Je ne la reconnaissais pas. Elle était vieille et laide avec ces parures.
Son mari portait aussi une bague, un brillant cerclé d'or. On sentait, à le voir, l'importance de son compte en banque. Il était petit et gras et son crâne luisait déjà.
J'aurais voulu battre Sarah, et dans un même temps, j'aurais voulu la serrer contre moi pour chasser d'elle ce cauchemar.
« Il faudra que tu viennes chez moi, disait Sarah. Je te montrerai mon trousseau. »
J'avais honte d'elle et de son renoncement. J'avais honte de sa jeunesse qui ne demandait rien de plus à la vie. Je la détestais, mais dans le même instant je la sentais si démunie, que j'aurais voulu la prendre contre moi, lui souffler dans la bouche pour lui redonner vie et chasser la cendre.
Sarah riait :
« Vous viendrez toutes chez moi », disait-elle. Et elle parlait de sa maison immense, de ses cinq domestiques. « Je vous montrerai tout. »

LE SOMMEIL DÉLIVRÉ

Elle inviterait toutes celles de la classe. « Il faut le leur dire, Samya. Un dimanche, je vous enverrai chercher, avec mon chauffeur. »
Non, non, cela ne m'arrivera jamais. Moi, je saurai dire non. Saisir ma vie. Quand je partirai d'ici, je saisirai ma vie. C'est sûr.
Mais soudain la voix de mon père montait en moi. Multiple, puis unique, résonnante. Elle se gonflait, elle était partout dans la maison.
« Tu l'épouseras !... disait la voix de mon père. Tu épouseras cet homme, sinon je m'en mêlerai et on verra ! »

3.

Le réveil du dimanche vous mettait jusqu'à la pointe de la langue ce goût d'espoir.

Les souvenirs avaient beau vous assaillir avec leurs déceptions, au bout d'une semaine d'attente, on se remettait à croire, ces matins-là. Je brossais ma robe, je soignais ma coiffure. Les heures prenaient un sens. Elles rapprochaient du départ.

Ali attendait devant la grille. On apercevait son profil noir, ses traits fins, sa calotte rouge très droite sur le front. Il était le plus souvent seul, mais parfois, il se faisait accompagner par son fils, vêtu, malgré ses dix ans, d'une culotte longue. Le fils était plus noir que le père, les mêmes balafres couvraient ses joues, trois de chaque côté. C'était lui qui ouvrait les portes et descendait devant le poste d'essence, tandis qu'Ali, le coude sur la portière, discutait du temps et de la politique. Il avait sur tout les vues de mon père, qu'il n'avait pas quitté un seul jour pendant plus de quinze ans.

Le dimanche, vers midi, nous retraversions la ville dans le sens opposé.

La voiture dépassait les réverbères, dépassait les boutiques, dépassait les charrettes qui traînaient comme si le temps n'existait pas. Les arbres, les trottoirs s'effaçaient. Rien ne résistait à cette course. La fumée montait de la gare, se mêlait à la fumée des usines, disparaissait au-dessus des toits.

Le dos d'Ali était immuable, pas un muscle de son cou ne bougeait. La voiture glissait entre les obstacles, passait une seconde avant les signaux rouges, faisait une subite embardée pour éviter un piéton. Ali penchait brusquement la tête au-dessus de la vitre baissée, criait : « Fils de chien,

que je te rattrape... Je te bourrerai de coups ! » Retrouvait son immobilité et maugréait : « Ils dorment debout ! »
Le bruit s'échappait des ruelles pour rejoindre celui des porches entrouverts. Il s'épaississait de chaque pas, de chaque son. Prenait de monstrueuses proportions avant de se ruer sur la place. Là, il encerclait la statue équestre et poussiéreuse, cognait aux vitres des immeubles et il tourbillonnait autour d'une rangée de cochers assoupis. On aurait pu crier de tous ses poumons sans se faire entendre. Le bruit était partout. Personne n'y prenait garde ; il devenait un bourdonnement, le tic-tac d'une horloge ou le fond d'un décor.

La ville fuyait si vite, qu'elle n'était plus qu'une suite d'images noyées dans ce bruit. Le désir de les prendre une à une, ces images, celle d'un passant, d'une façade triste ou d'une vitrine, pour les regarder et les comprendre, s'évanouissait sur les ailes de la voiture. J'étais seule sur le siège arrière et je faisais sauter du bout de l'ongle les écailles du cuir usé.

Le boulevard aboutissait à la maison. Elle avait un air tenace avec ses deux colonnes massives sous le balcon central. À cette heure, mes cinq frères et mon père l'avaient quittée pour prendre l'air, ou bien ils bavardaient attablés avec des amis aux terrasses des grands cafés.

Le portier, accroupi sur le banc, dormait, les pieds nus. Ses babouches jaunes luisaient par terre. Rien, excepté la voiture du maître, ne pouvait le tirer de sa somnolence. Dès qu'elle débouchait, le son même de ses roues lui transperçait le tympan. En moins d'une seconde, il était debout, le turban écru bien d'aplomb, les babouches aux pieds, la main prête à ouvrir la grille. Le portier gardait toujours les yeux fixés sur un point au-dessus des têtes, comme s'il craignait que ses paupières ne retombent d'elles-mêmes. Il dormait à longueur de journée, et dans les positions les plus diverses. Son emploi consistait à ouvrir les portes et à recevoir les insultes de mon père et de mes frères. Rien ne l'affectait. Il acceptait leurs paroles avec une grande égalité d'âme, les yeux toujours fixés sur ce point, un peu au-dessus de leurs têtes. Puis, dès que l'auto les emportait ou que la porte d'entrée se refermait derrière eux, il retournait s'accroupir sur son banc.

Mardouk, le chien, hurlait. Il ne me reconnaissait jamais. Il fallait toute la persuasion d'Ali pour qu'il consentît à me laisser passer. « C'est la fille de la maison ! disait Ali. Allons, allons, Mardouk... » et il insistait doucement pour qu'il me reconnût : « C'est Sit Samya, la fille de la maison. »

Sur les escaliers de pierre blanche, les fourmis ne pouvaient passer inaperçues, elles logeaient entre chaque marche. Mardouk, habitué à leur présence, ne leur faisait aucun mal.

Ali me précédait avec mon cartable. Ses semelles craquaient sur le gravier. Mardouk reniflait le bas de ma jupe. Qu'est-ce que je venais faire ici ? Ali poussait la porte mi-ouverte. Je pénétrais derrière lui dans la salle au plafond voûté, d'où partait un second escalier de marbre avec sa balustrade en fer forgé.

Les chambres étaient au-dessus. La mienne faisait face à l'autre, celle à la porte endeuillée.

Depuis qu'on avait emporté ma mère, sa chambre était restée intacte mais fermée à double tour, et la porte s'encadrait d'une bordure noire tracée à larges traits de pinceau. Dix ans que je sentais ma mère derrière cette porte, que j'aurais voulu ouvrir à deux battants ! Dix ans qu'on la gardait morte et que je m'efforçais de la vouloir vivante.

« Mais le terme est passé, disait mon père. Bientôt on repeindra la porte, on rouvrira la chambre et on l'aménagera pour un de tes frères, le premier qui sera marié ! »

Le terme était passé. Il la fallait morte ou oubliée. Mère, mère mon absente, voilà donc l'image de toi qu'on livrait à mon enfance !

Ma chambre sentait le renfermé. Lorsque j'ouvrais les fenêtres, il jaillissait d'entre les boiseries des nuages de poussière. J'avais beau arracher mon uniforme, le jeter loin de moi, dans le coin le plus sombre, ma prison ne me quittait pas.

* * *

J'entendais la voix de mon père, celle de mes cinq frères. Toutes ces voix résonnaient sous la voûte de l'entrée.

« Abdou !... Abdou !... »

Mes frères avaient faim. Ils réclamaient qu'on se mît à table. Mon père les calmait, il disait :

« C'est dimanche, il faut attendre Samya. »

Je me hâtais. Je tirais de l'armoire ma robe de sortie, celle que Zariffa avait repassée la veille.

« Samya !... Samya !... »

Mon nom frappait les parois de ma chambre. Ils avaient faim. Ma robe serrait aux coudes, j'avais du mal à passer mes bras, les coutures cédaient.

« Samya !... Samya !... »

Ils menaçaient de se mettre à table, de commencer le repas sans moi.

Mon père les faisait taire, puis il s'approchait du grand escalier et criait dans la cage :

« Samya, ma fille !... Tes frères ont faim !... Dépêche-toi, nous t'attendons tous ! »

Je me débattais contre les agrafes. Je n'avais pas le temps de changer de bas. En descendant les marches, je ne voyais qu'eux, noirs dans mes souliers vernis. Mes cheveux avaient été défaits par l'encolure trop étroite. Je n'avais pas eu le temps de les recoiffer.

« Quelle tête !... », disait Karim en s'esclaffant au bas de l'escalier. « Bien content de n'être que ton frère !... »

Les autres riaient :

« Enfin, te voilà... », disaient-ils.

Je courais, l'escalier était interminable. Mon père se dirigeait vers la salle à manger en chuchotant à l'oreille de Guirguis, l'aîné de ses fils. Ils se ressemblaient. De dos, on les prenait l'un pour l'autre.

Avant de m'asseoir, j'allais vers chacun d'eux et chacun m'embrassait sur la joue.

« Tu as encore grandi », disait mon père.

J'étais à sa gauche, à la table en bois sculpté, face à l'armoire vitrée où s'étalait l'argenterie. Les pièces manquantes avaient laissé des cercles de poussière sur les étagères de glace.

Le repas du dimanche consistait en une soupe d'herbe verte que l'on versait sur le riz, les oignons, la viande de mouton, le poulet. Mes frères et mon père engloutissaient des portions énormes. Je mangeais beaucoup trop, moi aussi, avec une espèce de rage...

Guirguis avait dépassé la trentaine. Il avait une peau foncée, des yeux narquois qui égayaient son visage épais aux traits tombants. Karim et Youssef, malgré une différence d'âge de près de six ans, étaient inséparables. Ils se savaient beaux et se vouaient une admiration réciproque. Ils parlaient cravates, femmes et autos. Parfois, ils baissaient la voix pour m'épargner leur dernière confidence. Youssef n'avait que vingt-deux ans. Il se vantait déjà d'un nombre incalculable de conquêtes et jurait solennellement de ne jamais se marier avant la cinquantaine.

« Moi, répliquait Barsoum, j'ai décidé de me marier cette année même. » Et il demandait à mon père s'il connaissait une jeune fille qu'il pourrait lui conseiller.

Mon père aimait à être consulté. Il répondait :

« C'est bien, c'est bien mon fils. J'y songerai. » Il disait qu'il trouverait sûrement. Il irait voir mes tantes, il irait voir l'évêque.

Barsoum voulait une famille, il prendrait la femme que notre père choisirait. Il la voulait jeune, le plus jeune possible.
« Certainement, mon fils. Il faut prendre une femme jeune, pour la former. »
Antoun se taisait. C'était le benjamin ; mais il avait l'air si réfléchi dans son premier embonpoint et derrière ses lunettes cerclées d'or, que les questions ne tardaient pas à l'assaillir :
« Qu'en penses-tu, Antoun ?
— As-tu une idée pour ton frère, Antoun ?
— Il faut se marier jeune, n'est-ce pas Antoun ?
— Il ne faut pas se marier avant la cinquantaine, n'est-ce pas, Antoun ? »
La conversation rebondissait. On parlait de la famille.
« Souraya, notre cousine, a plus de vingt ans. Elle n'est pas encore mariée ! Ses frères osent à peine se montrer dans les salons.
— Oui, pas encore mariée et malgré sa dot ! disait mon père.
— Elle fait la difficile, reprenait Antoun.
— La difficile ? questionnait mon père. On voit bien qu'il n'y a pas de chef dans cette maison. Ma sœur n'a pas d'autorité. Qu'elle me fasse venir, je m'en mêlerai et on verra !
— C'est une forte tête ! reprenait Antoun.
— Une forte tête ! disait Karim. Elle finira mal.
— Elle finira mal ! disait Youssef.
Pauvre Souraya ! Etiquetée, emprisonnée dans une armure d'une seule pièce. « Elle finira mal. » Déjà, ils parlaient d'autre chose. Les prix du riz montaient, les affaires seraient prospères. Souraya traînerait sa honte, parce qu'elle voulait choisir. Les cousins de Fayoum gagnaient trois mille livres dans une affaire de graines. Le cousin Hanna venait de faire un mariage brillant, sa femme lui apportait en dot plusieurs feddans[1]. « Que Dieu te comble aussi, Barsoum », disait Guirguis.
Ce n'étaient plus des visages autour de moi. Il me prenait l'envie de me lever et de secouer les bras. Pour sûr, tous les masques tomberaient à la fois par terre avec un bruit de carton. Mais je ne bougeais pas. Je me faisais petite, sourde, pour laisser le moins de prise possible à la blessure. Je mangeais, je mangeais à en mourir, par vengeance !
« Le cousin Ghalil ne mérite pas sa fortune. On devrait l'interdire ! Il abandonne ses affaires, il part pour l'étranger, il va y faire de la peinture.

---

1. Un feddan = environ 4 000 m^2

LE SOMMEIL DÉLIVRÉ

— Des gribouillages », disait Barsoum.
Dire que j'étais faite de cette pâte-là ! Je m'en voulais de leur appartenir.
Vers la fin du repas, les voix devenaient cotonneuses. Avant de servir le café, Abdou fermait les volets. Il portait une galabeyya blanche, avec une large ceinture rouge qui lui rendait la taille encore plus fine. Mon père dénouait sa cravate.
« Tu iras te promener avec Zariffa pendant que nous ferons la sieste. Ali vous conduira », me disait-il.
Là-haut, on préparait les chambres. On défaisait les lits qu'on avait à peine eu le temps de refaire. On tirait les rideaux. Bientôt la maison serait morte. On n'entendrait plus que les aboiements de Mardouk qui croyait qu'il devait défendre tout ce sommeil, en hurlant quand passaient les tramways.
Déjà mes frères parlaient moins, leurs bouches s'empâtaient. Ils quittaient la table, alourdis, sans un geste vers moi. Antoun me glissait à l'oreille : « Je serai ici à sept heures pour t'accompagner au Pensionnat. »
Mon père était le dernier à bouger. Il avait du mal à se mettre debout, à cause de son poids. Abdou le guettait du coin de l'œil, il était tout en nerfs. Au premier signe de mon père, il lui passait les mains sous les aisselles pour l'aider à se soulever. Mon père n'avait plus la force de se pencher pour m'embrasser. Soutenu par Abdou, il montait le grand escalier, lentement, à moitié assoupi.
J'entendais les portes se fermer. J'étais seule sous la voûte. Le sommeil planait au-dessus de ma tête, pesait sur mes épaules. Zariffa et son visage de plomb apparaissaient. Sa voix m'atteignait à peine : « La voiture est là... Nous t'attendons ! » Elle répétait ses mots en insistant sur chaque syllabe. Sans me retourner, j'imaginais sa tête penchée, le mouchoir gris autour de ses cheveux, la façon qu'elle avait de tendre les lèvres pour mieux se faire entendre.
Tout le sommeil de la maison descendait en nappes autour de moi, m'engluait, me collait au sol. Mon père, aidé par Abdou, devait être en train de revêtir son pyjama à rayures mauves. Une troisième fois, la voix de Zariffa :
« La voiture est là. Viens donc, le temps passe ! »
Tout à l'heure, assise auprès d'Ali, elle s'endormirait, elle aussi, la tête pendante.
Zariffa mit autour de mon épaule la courroie du sac rouge. Le sac ne contenait qu'une photo de ma mère, la plus ancienne que j'avais pu trouver. « Viens », dit Zariffa.

Je la suivais, je descendais les marches blanches et mes chaussures me serraient. Soudain, la pensée de Mardouk me faisait hâter le pas, il me prendrait encore pour une intruse. J'étais une intruse. Je suivais Zariffa, vieillie et grise, dans ses souliers plats, et je me voyais la suivre. « Qu'est-ce que je fais là ? » J'entrais dans la voiture. La portière se refermait, et Zariffa s'asseyait à côté d'Ali.

※
※ ※

La voiture roule. Devant moi, entre la balafre d'Ali et le profil de Zariffa, la ville, engourdie sous son opaque carapace de poussière, somnole. Elle ne respire ni par ses murs aux volets clos, ni par ses arbres dont les feuilles ont perdu l'espoir de l'eau. La voiture roule, m'isole encore de la rue, mais la rue frappe aux vitres.

Ali freine devant une boutique entrouverte, car le marchand de glace espère toujours un client, il répète sans trop y croire : « Que la soif chasse le sommeil. » À toutes mes sorties, Zariffa a charge de m'acheter un cornet.

À cette heure, la ville ne vit que de ses mendiants.

Les trottoirs semblent déserts, mais à peine sommes-nous descendues de la voiture, qu'un troupeau de miséreux se jette sur nous. Zariffa se met à les insulter en agitant les mains comme si elle chassait des mouches. Ils nous encerclent. Je ne vois que des paumes tendues, des loques informes qui tournent autour de nous avec des sons plaintifs.

Zariffa fend le cercle. Je reste au centre, honteuse de ma robe sans accroc et de l'auto qui m'attend. La voix haute de Zariffa me fait honte, elle aussi :

« Attendez que je revienne », dit-elle et elle paye la glace. « Attendez que je revienne, voyous ! Bons à rien ! Fils de chiens ! »

Je tremble. Je voudrais qu'elle se taise. Je voudrais tout donner, mais mon sac ne contient qu'une photo.

Je voudrais me joindre à eux, tourner avec eux autour de Zariffa, autour de la ville, autour de la vie, et répéter : « Pourquoi ?... Pourquoi ?...

« Des fainéants !... des voleurs !... » continue Zariffa qui s'est fait un cœur de crin. Elle brise à nouveau le cercle, me traîne par le bras jusqu'à la voiture. En nous apercevant, Ali, sans bouger, a ouvert la porte. Je m'engouffre dans la voiture, la tête baissée.

« Des fainéants !... Des voleurs !... Te souviens-tu de l'histoire de la vieille Zannouba ? »

Zariffa se retourne pour me faire face ; elle doit gêner les mouvements

LE SOMMEIL DÉLIVRÉ

du volant. Elle secoue sa figure ridée. Elle fronce le nez. Elle me prend à témoin :

« Toujours à la même place, aux mêmes heures, la vieille Zannouba ! On la connaissait, elle était si décharnée, qu'on se demandait comment elle tenait debout. Elle me faisait pitié ! Je lui en ai donné des piastres, que le diable ait son âme ! À sa mort, les voisins sont venus avec une obole, de quoi l'enterrer. Sais-tu ce qu'on a trouvé sous ses hardes ? »

Elle s'arrête un moment et me regarde dans les yeux. Je sais ce qu'elle va me dire. On a trouvé des liasses d'argent sous le matelas de Zannouba. « De quoi se faire construire un mausolée !... » dit Zariffa. « La tête qu'ils faisaient les voisins !... Sur des liasses... étendue comme une mendiante, avec des pieds terreux, durcis, tournés vers l'extérieur... Et la main tendue !... Elle l'a emportée comme cela sa main, avec elle, dans la tombe ! »

Zariffa continue, il n'y a pas de pitié dans sa voix. « La main tendue pour toujours dans sa tombe, c'était sa punition !... Pour toujours une mendiante ! Une femme de rien ! À vous dégoûter de tous ceux de son espèce... Eh, Samya, tu m'entends ? »

Qu'importent les mots de Zariffa ? Des mendiants il y en a. Des vrais, des faux. Qu'importe ? Ils existent. Ils sont là. Ils font et refont le geste de prière. Ils oublient le refus et l'insulte pour recommencer sans cesse. « Tu m'entends, Samya ?... Des menteurs !... Des fainéants !... » Elle en a connu un qui cachait son or dans sa jambe de bois. Un autre qui, pour apitoyer les passants, louait à la semaine un enfant rachitique. « Parfois, ils se jettent sous un tramway pour perdre un membre ! »

Qu'importent ces histoires ! Ils sont là, les mendiants. Sur leur poitrine, leurs os apparaissent comme des clous. Ils ont des yeux noyés, des moignons. Pour se faire prendre en pitié, s'ils se privent d'un bras, d'une jambe, la honte n'est pas sur eux !

« Des fainéants !... Des voleurs !... », continue Zariffa.

Et Ali qui n'est pas bavard ajoute :

« Des fils de bâtards... Tous. »

*
* *

Dans l'allée des flamboyants, les pétales rouges tombaient sur le capot et lui donnaient un air de fête. C'étaient des arbres aux fleurs en grappes, où la couleur du sang se mêlait à celle du soleil. Les flamboyants bordaient une île dont Ali faisait lentement le tour. Lentement, très lentement. Il voulait m'en donner pour mon dimanche. Ali sillonnait les rives du fleuve. Il les descendait, les remontait et traversait les ponts métalliques qui ouvraient parfois leurs dents de monstres pour laisser glisser une felouque d'un autre âge. Au loin, entre les banyans qui grimacent, le désert attendait de déchaîner son sable.

La tête de Zariffa s'alourdissait sur sa poitrine. Son peigne d'écaille pendait de son chignon, armé d'épingles noires. Ali allongeait sa route, s'attardait autour du jardin aux colonnes de mosaïque, côtoyait l'autre bras du fleuve. Il laissait passer le temps.

J'avais hâte de retrouver la ville, elle m'apportait, avec ses passants, cette vie, ce mouvement qui me manquaient. Devant les paysages, que j'aimais pourtant, c'était encore un reflet de moi-même qui me faisait face, et je voulais fuir mon propre visage.

Au retour, la ville s'était éveillée.

Les vrombissements des autos, les cris des marchands ambulants, la plainte des mendiants, le rire gras des hommes attablés aux cafés, la voix nasillarde des phonographes, tout ce vacarme lui tombait dessus à coups de trique. Les tramways surchargés avançaient avec peine, malgré les stridents coups de sifflets du contrôleur essayant d'intimider les flâneurs qui traînaient sur les voies. Trois chameaux reliés par une corde suivaient un homme qui les insultait. Un âne portait autour de son carcan des colliers de couleur. Hurlant les titres en trois langues, les vendeurs de journaux traversaient les rues en tous sens et secouaient les feuilles fraîches sous le nez des passants.

Ali était obligé de ralentir.

J'apercevais, près des magasins, une femme avec sur la tête un chou géant, on aurait dit un bonnet. Une autre, debout, le dos appuyé au mur, les bras pendants. Les bien-vêtus me semblaient en uniforme. Je préférais les enfants dont les doigts sales couraient sur les vitrines jaunissantes. Le long des ruelles, entre les trottoirs affaissés, bordés d'épluchures, des garçons jouaient à la balle. D'autres, en se tenant par la taille, montaient à quatre sur une trottinette de bois qu'ils s'étaient fabriquée. Les enfants devenaient de plus en plus nombreux, ils se multipliaient comme des démons, et ils se moquaient des menaces des marchands de fruits ou de légumes debout devant leurs charrettes croupissantes.

Parfois un aveugle se frayait miraculeusement un passage sans se faire renverser. Il se dirigeait vers l'une des chaises boiteuses, toujours à l'ombre du mur démantelé.

LE SOMMEIL DÉLIVRÉ

*
* *

Le ciel s'allégeait et se colorait de teintes différentes. Il était temps de rentrer.

Nous retrouvions la maison vide. Mardouk n'aboyait plus, je me gardais pourtant de le caresser.

La maison étalait un silence qui semblait plus épais autour de la chambre de ma mère, morte voilà dix ans ! L'encadrement noir me surprenait à chaque retour.

Mère, mon absente ! Que de fois t'ai-je emportée le long des marches que je montais péniblement jusqu'à ma chambre. Ton poids entre mes bras. Mère, mon absente, elle m'étouffait, ta mort ! Je gravissais les marches avec peine, comme si je te portais, mon enfant pâle, si lourde à mon cœur ! Comme une poupée de son, ton corps entre mes bras s'affaissait et tu ne m'aidais pas à te rendre plus légère. Ta joue contre mon cou était froide. Et tes lèvres... Zariffa répétait qu'à la fin elles étaient si blanches qu'on ne les distinguait plus de ton visage.

« Vite, vite... Dépêche-toi, criait la voix de Zariffa, tu vas être en retard. Il faut que tu sois au Pensionnat avant sept heures. » Je ne t'ai connue que morte, mère, mon enfant ! Je me souviens de cette photo de toi, celle qui est dans mon sac, tu as douze ans et un air si craintif. Je voudrais de la force dans mes bras et qu'elle te protège. « Tout est prêt dans ta chambre, tes chaussures sont cirées, ta robe est repassée... Ne traîne pas. » La voix de Zariffa me poursuivait. « Vite, Antoun sera bientôt de retour pour te raccompagner. » Mère, tu es si lourde entre mes bras. « La rentrée est pour sept heures... Hâte-toi, hâte-toi donc ! »

Ces dimanches soir !...

4.

Un matin, en pleine classe, la porte s'ouvrit, et je reconnus la sœur portière. Tout en parlant, elle secouait la coiffe amidonnée qui encerclait son visage. Vite, j'étais attendue au parloir !
Je cherchai mes gants blancs. Il ne fallait jamais se présenter sans gant devant un visiteur. Mes compagnes chuchotaient. La curiosité leur mettait de la couleur aux joues.
« Qu'est-ce qu'on te veut ? demandait Joséphine.
— Peut-être une malade dans ta famille ? disait Soad.
— Peut-être un mort ? » disait Leila qui se cachait ensuite le front au creux du coude.
Mes frères, mon père se portaient bien. Il n'y avait que Zariffa qui se faisait vieille ; mais elle, s'il lui était arrivé malheur, on aurait attendu le dimanche pour me prévenir.
« Bonne chance ! » cria Joséphine lorsque je tournai la poignée de la porte avant de sortir. « Bonne chance », répéta-t-elle, défiant la maîtresse qui réclamait le silence.
Le couloir s'allongeait. Je ne me posais pas encore de questions. Une des grandes était debout sous l'horloge, elle avait en main la cloche en cuivre dont elle tenait le battant. Elle attendait que l'aiguille marquât midi. Cet honneur revenait à celles qui se distinguaient par leur piété. Elle me vit et m'interrogea :
« Au parloir, aujourd'hui ? Qu'y a-t-il ? »
Je ne savais pas. Je continuais à avancer dans ce couloir sans fin. Je sentais, entre mes épaules, le regard de la fille, j'aurais pu dire l'endroit précis où il se posait. L'inquiétude commençait à me gagner.

LE SOMMEIL DÉLIVRÉ

Au parloir, je trouvai mon frère Antoun assis sur un fauteuil dont les fils de soie rouge lui pendaient le long des jambes. Les bras sur les accoudoirs, il avait un air si digne qu'on aurait pu penser qu'une rosette d'honneur venait de lui échoir. Il ne prit même pas la peine de m'embrasser.
« Je t'emmène, dit-il. Tu rentres à la maison. Ici, elles sont prévenues. On te marie ! »
Cette phrase lointaine et proche à la fois, il me semblait l'avoir toujours attendue, dans la crainte. Le fait de la vivre soudain me la rendait moins monstrueuse. Le contact brutal avec la réalité m'ôtait pour un moment toute pensée.
« Il faut que j'aille chercher mes affaires », dis-je à Antoun immobile.
Les surveillantes souriaient déjà de ce sourire gracieux que l'on accorde aux anciennes, à celles qui ne reviennent qu'aux jours de fête. La phrase de mon frère n'avait pas encore fait son cheminement en moi. Les questions de mes compagnes bourdonnaient.
« Alors, c'est vrai ?
— Tu te maries ?
— Quel âge a-t-il ?
— Comment est-il ?
— Est-ce que tu l'aimes ? » disait Leila.
Je répondais sans reconnaître ma voix – une rumeur étrange qui venait vers moi du fond de grottes obscures.
« Je le savais depuis longtemps, disais-je. Mais c'était un secret. Oui, il est beau... Et puis, je suis heureuse ! Parfois, il attendait des heures simplement pour me voir passer. »
Je mentais, j'écoutais ma voix. Je jouais de moi et de mes compagnes. Je me prenais au jeu.
« Oui, je vais être très heureuse ! » répétais-je.
L'imprécision du mot prenait dans ma bouche une forme. Et puis je fabriquais un visage, des bras aimants entre lesquels les peurs tomberaient, comme des galets.
« Oui... très heureuse ! »
Se pourrait-il que cela ne fût pas vrai ? Mes frères, mon père ne pouvaient me vouloir du mal. Ils m'aimaient. Ce serait indigne de penser que mon père avait mal choisi. Cet homme, je l'aimerais et lui, devait m'aimer déjà. Plus de nuits encerclées de rideaux durcis à l'amidon, plus de réveils comme des arrachements, plus de murs. Je mentais. Ma voix nous berçait, tandis que mes compagnes m'aidaient à faire les valises.

Nos mains soulevaient les couvercles, tapissaient le fond des valises de piles blanches. Il flottait tout autour une odeur de linge et de savon.

« Et votre voile ? Et vos gants blancs ? dit la surveillante. Ne les oubliez pas. Plus tard, ils serviront à votre fille. »

Ce qu'elle venait de dire me mit soudain en face de moi-même, comme réveillée en sursaut. Je sentais la plante de mes pieds sur le sol. Droite et tendue, je regardais la surveillante, je la défiais. Un jour, je protégerais ma fille d'elle et de ces murs qui asphyxient. Je poursuivais la surveillante derrière son regard, jusqu'à ce qu'elle eût détourné les yeux.

« Tes valises sont faites », dit Soad, et elle tourna la clé dans la serrure rouillée.

Les bras de Joséphine étaient autour de ma taille :

« Tu ne m'oublieras pas ? »

Leila, Soad, Aïda, Joséphine obtinrent la permission de porter mes valises jusqu'à la porte d'entrée. Elles marchaient autour de moi. Le bras de Joséphine ne me quittait pas. Mes compagnes étaient mes seuls souvenirs vivants. Je sentais une boule dans la gorge à l'idée qu'elles n'étaient déjà plus que des souvenirs.

« La pauvre enfant, elle est émue ! » dit la Supérieure à mon frère qui s'impatientait. « Ça se comprend... On s'attache tellement à notre chère maison !... »

*
* *

En voiture, Antoun m'expliqua hâtivement ce que j'allais trouver chez nous. Les affaires avaient été mauvaises ; si on ne m'avait pas sortie trois dimanches de suite, en prétextant une absence prolongée de mon père, c'était de cela qu'il s'agissait. Maintenant, il faut faire vite et avant que les gens ne le sachent. Vendre tout ce qu'on pourra pour payer les dettes et me marier. Avec une situation moins brillante, je serais impossible à caser.

« Mais nous avons trouvé un parti, ajoutait mon frère, et l'entrevue est pour demain. »

Dans la maison, quel bouleversement. L'entrée, le grand salon étaient encombrés de meubles entre lesquels mon père allait et venait en agitant les mains :

« Ceux qui seront vendus, par ici, à droite, disait-il... Ceux que je garde, dans le grand salon ! »

Ses ordres partaient en tous sens. Vers Ali le chauffeur, qui s'était joint à Abdou pour descendre la commode. Vers le cuisinier et son aide, qui tiraient

LE SOMMEIL DÉLIVRÉ

le vieux piano. Le portier, parvenu à chasser son sommeil, regardait toutes ces transformations, adossé à un mur.

Je comprenais de mieux en mieux ce qui se passait. Il fallait masquer une faillite. On dépouillait les chambres dans lesquelles les visiteurs ne pénétraient pas, pour préserver les salons, leurs fauteuils dorés, leurs tapis. On se débarrassait de moi. J'encombrais, je coûtais. Il fallait me marier au plus vite. Il fallait sauver la face. Il y aurait toujours des dîners et des invités. La maison continuerait d'être une « maison ouverte ». De cette façon on maintenait le respect et on pourrait ainsi remonter le courant, traiter de nouvelles affaires. Conserver la façade, poussiéreuse, un décor mangé de mites, imposant tout de même.

Entre les fauteuils, les tables, les objets, les chaises qui se chevauchaient, j'essayai d'atteindre mon père. Il me semblait ridicule avec sa voix et son doigt boudiné qui indiquait une chose puis l'autre.

« Ah ! dit-il en m'apercevant, tu es là ?... »

Il continuait à lancer des ordres :

« Non, non, Zariffa, vieille folle !... Je t'ai déjà dit que les meubles de Samya, on les vendait tous ! »

Zariffa se dépensait elle aussi, et risquait parfois un avis. Son attachement n'avait pas de limite. Jamais elle ne quitterait la famille, même si on ne pouvait plus la payer, elle se contenterait d'être nourrie.

Je tentai de m'approcher de mon père et de lui parler de ce qu'Antoun m'avait appris.

« Me parler, me parler de quoi ? répondit-il. Tu vois bien que je suis occupé. Antoun t'a tout dit, n'est-ce pas ? L'entrevue est pour demain ! »

Puis, il sortit un crayon de sa poche et me le tendit :

« Au lieu de poser des questions, rends-toi utile. Demande une feuille à Zariffa et dresse une liste du mobilier. »

J'insistai encore. Il fallait que je lui parle. Il me devenait de plus en plus difficile d'accepter que tout ait été décidé en dehors de moi. J'appuyais sur les mots, je voulais émouvoir mon père et qu'il éprouvât ma solitude. Si quelque chose en lui m'avait réellement aimée, il aurait été saisi par le ton de ma voix. J'étais près de lui, sa tête n'était pas beaucoup plus haute que la mienne et je mis ma main sur son bras : « Père ! »

Mon père détourna le visage, et, prenant un vase de cristal taillé qui se trouvait sur la table ronde, il appela Zariffa :

« Ce vase, Zariffa ? Ce serait dommage de le vendre. Il fait si bien sur la table de marbre. »

— Père... Père !... »

Cette fois, il se fâcha. J'étais une fille sans cœur. Mes frères et lui avaient des ennuis graves, ils me les épargnaient parce que je n'étais qu'une fille, et voilà que je m'acharnais à rendre les choses difficiles. Mais j'étais résolue à le voir un moment, seul. Je m'accrochai à son bras, je repoussai brusquement Zariffa qui me répétait de monter dans ma chambre et que j'allais mettre mon père en colère. Mes doigts se crispaient autour de sa manche. Il sentit que je ne céderais pas.

« Bon, dit-il. Allons dans le salon à côté. Mais cinq minutes... je te donne cinq minutes. »

Il ouvrit la porte vitrée du salon et j'entrai derrière lui. C'était une pièce aux tentures vertes avec des portraits de famille aux murs. Mon père sortit son mouchoir et tamponna sa bouche à petits gestes nerveux. Il m'en voulait de cette insistance dont je prévoyais moi-même l'inutilité. Mon espoir me retomberait tout à l'heure dans le creux de la main.

Je savais que nous pénétrerions mon père et moi dans ce salon, que je fermerais la porte vitrée derrière nous. Quelques instants après, je savais que nous en sortirions, comme si rien ne s'était passé. L'entrevue aurait lieu le lendemain et j'épouserais cet homme que l'on m'avait choisi.

« Alors, que veux-tu me demander ? dit mon père.

— Antoun m'a annoncé que j'allais me marier. C'était tellement soudain que je n'ai pas su répondre...

— Il n'y avait rien à répondre, reprit mon père. Antoun a dit la vérité. Que te faut-il de plus ?

— Il ne s'agit pas de cela, père.

— De quoi s'agit-il alors ? » Il était de nouveau près de la porte, la main sur la poignée.

« Cet homme, je ne le connais pas !

— C'est pour cette raison que l'entrevue aura lieu demain. » Sa voix était ferme, il entrouvrit la porte. « Tu n'es pas une beauté, continua-t-il. Nos affaires vont mal. Que cela se sache, et tu ne trouveras plus jamais de parti. Tu nous resterais sur les bras !... » Il ajouta qu'il n'était pas comme sa sœur, la mère de Souraya, qu'il saurait user de son autorité pour ne pas avoir une laissée pour compte. « Demain, elle sera ici, ta tante. Toujours aux aguets quand un parti se présente. Elle espère que les choses ne s'arrangeront pas et qu'elle pourra donner encore une chance à Souraya. Mais ici, cela s'arrangera... Je t'ai choisi un homme de bien. Tu l'épouseras. Sinon, je te jure que je m'en mêlerai, et on verra ! »

Tout était dit. Nous sortîmes du salon. Mon père se remit à s'occuper des meubles. Je remontai dans ma chambre. Je passai la nuit assise sur mon lit.

LE SOMMEIL DÉLIVRÉ

*
* *

Le lendemain, la maison avait repris son aspect normal. Tandis qu'elle m'aidait à prendre mon bain, Zariffa me raconta tout ce qu'elle savait sur mon futur mari. Elle me frottait le dos et elle versait dans l'eau chaude des cristaux parfumés. L'homme venait des villages. Il dirigeait une importante exploitation agricole. Il avait quarante-cinq ans, l'âge du mari parfait. Mon père aussi s'était marié à quarante-cinq ans et ma mère en avait quinze. « Comme toi, dit Zariffa, d'une voix émue. Ah ! Samya, ajouta-t-elle, quelle tristesse qu'elle ne soit plus avec nous. Elle t'aurait apporté, aujourd'hui, cette chance qu'il faut pour plaire à un fiancé. »

Le front gris de Zariffa se penchait au-dessus de moi, ses doigts noueux plongeaient dans l'eau pour ramener le savon. J'avais du mal à imaginer une vie d'où elle serait exclue. J'avais subitement peur d'une vie d'où Zariffa serait absente, avec ce sentiment de réconfort qu'elle m'avait toujours apporté. Elle avait une brusquerie qui cachait sa tendresse et j'aimais ses mains qui m'avaient frottée, peignée, depuis l'enfance.

— J'ai peur, Zariffa !...
— Peur ?... De quoi aurais-tu peur ? N'est-ce pas une belle chose pour une fille de trouver un mari ? Regarde-moi, quels sont mes souvenirs ? Rien que ceux des autres. Ne fais pas la bête ! Tu vas être une dame et avoir des enfants. Tous des fils, si Dieu te bénit, comme il a béni ta pauvre mère. »

Zariffa ne comprenait pas ma peur. Et toi, Mère, Mère lointaine et sans secours ? Où étais-tu ? Avais-tu voulu ton mariage ? Dans ton cœur, l'avais-tu voulu ?

Zariffa m'essuya avec une large serviette éponge, et quand je me retrouvai dans ma chambre, elle me laissa. Puis, elle revint, les bras encombrés d'un flot de robes qu'elle jeta sur mon lit.

« Elles sont toutes à ta mesure, dit-elle. Ton père te fait dire de choisir celle qui te plaira. »

Une à une, sous mon pâle visage, les robes ressemblaient à des objets déterrés. Zariffa qui me regardait, dit soudain :

« C'est celle-ci qui te va le mieux. Je le savais, à cause des broderies. Je vais te monter ton déjeuner et tu la mettras tout à l'heure. L'entrevue est pour quatre heures. Ton père te fait dire qu'il faut que tu sois prête. »

Peu à peu, la journée s'écoula. Il fallait avoir la patience d'attendre, et tout passerait. Le pire ne dure qu'un moment. Le pire coule aussi, irrémédiablement, pour se noyer avec le reste. Il fallait avoir cette patience-là. Attendre la fin. Avoir cette patience-là ou agir.

La journée s'écoula. On épousseta les meubles, on prépara le goûter. Zariffa ajustait les manches de la robe autour de mes poignets trop fins. À cinq heures, elle me dit qu'il était temps. Ils étaient là depuis un long moment. Je descendis l'escalier. J'entendais, à travers la porte, leurs voix, qui se mêlaient. Ils avaient sûrement discuté de ma dot, de mes qualités, de la date du mariage. Je reconnaissais la voix de ma tante, la voix grave de mon père, et ce timbre inconnu et sec : « C'est Sit Rachida, ta future belle-sœur ! » me dit Zariffa qui savait tout. Puis, elle m'arrêta sur le seuil pour faire sur mon front le signe de la croix. Elle tenait de l'autre main un petit bol en terre cuite qu'elle avait rempli d'encens. « Attends », me dit-elle, et elle tourna cinq fois autour de moi en prononçant des mots étranges. Quand elle eut terminé, Zariffa me répéta : « C'est pour que la chance soit avec toi. Pourvu qu'ils te trouvent à leur goût, sa sœur et lui, et que l'affaire soit conclue ! »

Ensuite, elle me prit par les épaules et me poussa vers le salon, dont la porte s'ouvrit sans effort.

*
* *

Ils étaient assis en cercle.

En face de moi, un front bas enserré d'un mouchoir noir qui passait au-dessus des oreilles et se nouait derrière la nuque. Avec deux yeux fixes, des yeux d'araignée qui me dénudaient. J'aurais voulu lever mes deux mains pour me protéger.

« Approche, approche », disait la femme aux yeux d'araignée. Je n'échapperais plus à ce regard, à cette bouche nouée. J'avançai, et lorsque la voix de mon père me présenta, disant : « Voici ma fille Samya... Samya, je te présente à ma chère amie, Sit Rachida », le visage de la femme, pour sourire, s'affaissa en mille petits plis comme une voile qu'on amène. Je ne disais rien, et mon père ajouta : « Les jeunes filles sont si timides ! »

Alors monta la voix de ma tante.

« C'est un signe de bonne éducation. Ma fille Souraya, par exemple, on ne saurait dire la couleur de ses yeux, elle les tient toujours baissés, le cher ange ! Un modèle de fille, ma Souraya, un vrai modèle ! »

Je tendis la main à Sit Rachida, et m'attirant, elle m'obligea à me pencher pour m'embrasser sur le front. Puis elle éleva le ton :

« Boutros, regarde comme elle est charmante ! »

Je ne voulais pas encore voir cet homme. Il était derrière moi, il s'appelait donc Boutros. Peut-être était-il différent de tous ? Un espoir comme un souffle me traversa le cœur.

J'embrassais ma tante et lui demandais tout bas des nouvelles de Souraya. Elle reprit pour que tout le monde pût entendre : « Elle fait en ce moment des travaux d'aiguille, des merveilles !... Ah, cette Souraya, quelle parfaite maîtresse de maison. À notre époque, on ne trouve plus de filles comme elle ! Lorsqu'elle se met au piano, on se croirait au Paradis. N'est-ce pas, mon frère ? »

Elle fit un large sourire à Sit Rachida et mon père se détourna sans lui répondre. Sur ma joue, le baiser de ma tante était de glace.

J'embrassai chacun de mes frères. Ils s'ennuyaient et m'en voulaient de cet après midi gâché. Mais ils tâchaient de donner l'impression qu'ils allaient me regretter et que mon futur époux serait comblé. Guirguis, mon aîné, qui se trouvait à ma droite, parlait à l'homme. Leurs voix se confondaient. Les yeux au sol, je continuais ma ronde. Je dis bonjour à Guirguis. Je ne pouvais retarder plus longtemps le moment de voir l'homme. Près des jambes de mon frère, il y avait les jambes de l'autre, ses pieds étaient petits et autour de ses chaussures de cuir jaune, flottait une odeur de cirage. Je tendis une main qui ne semblait pas m'appartenir, une main de poupée, vide à l'intérieur. La paume dans laquelle je la déposai était grasse et moite. Je sentis que l'homme faisait un effort pour se lever.

« Restez assis, restez donc assis, mon bey ! » dit mon père.

Il ne se le fit pas redire. Je voyais son ventre large et la chaîne qui allait d'une poche à l'autre du gilet. La main gauche jouait avec un collier d'ambre. Je devinais le visage. Pourtant la longueur du nez m'étonna. Perdu dans la masse des joues, les yeux étaient petits, mais prompts comme ceux des rats, sous des paupières plissées et brunes.

Partout, des voix chuchotaient, et mon père dit :

« Samya, ma chérie, passe-nous les gâteaux ! »

Je pris les assiettes et j'allai de l'un à l'autre. J'avais la sensation que des yeux d'araignées et de rats me poursuivaient. Je m'assis ensuite sur la chaise vide entre ma tante et Sit Rachida. Mon père, appuyé sur le coude, faisait à cette dernière des confidences. « Sa pauvre mère est morte si jeune. Il a fallu que je m'occupe de tout. Mais rien ne lui a manqué ! » Sit Rachida l'approuvait de la tête, mon père continuait : « Rien à dire du côté santé. Bâtie comme un arbre. Elle n'aura que des garçons ! Une fille solide, tenez, vous allez bien la regarder... Eh, Samya, ma petite Samya !... Veux-tu aller ouvrir la fenêtre, Sit Rachida a trop chaud. »

J'allai à la fenêtre, au fond du salon. Je savais ce qu'on me voulait. Leurs regards étaient sur moi. Rachida, pour éveiller l'attention de son frère dit : « Tu vois, Boutros, ils ont une vue sur le boulevard. » Ils m'observaient. Je n'étais ni boiteuse, ni difforme. Ma tante se rapprochait de Sit Rachida pour lui siffler dans l'oreille : « Certainement, elle n'est pas mal », sur un ton condescendant. Mes frères perdaient patience. Ils avaient parlé récoltes, vers de coton, hausse. Ils remuaient sur leurs chaises. Boutros s'adressa à moi, et me demanda si je gardais un bon souvenir de mes années de Pensionnat... Je répondis que oui. J'étais acculée au mensonge. Les mensonges cimentaient leurs maisons, leurs vies, leurs cœurs et ils m'entraînaient avec eux.

Sit Rachida et Boutros m'avaient vue, ils avaient entendu ma voix. Maintenant, ils pouvaient s'en aller. « Boutros, dit Sit Rachida, je crois, à notre regret, qu'il est temps de partir. »

Ils se levèrent tous. Sit Rachida pressa la main de mon père avec insistance comme pour dire qu'il pouvait compter sur son appui. Les adieux furent cordiaux. Ma tante sentait que l'affaire lui échappait, elle se renfrognait et partit sans m'embrasser. Souraya l'entendrait geindre toute la nuit. Qui, de nous deux, était la plus à plaindre ?

L'homme qu'on appelait Boutros me salua très bas. Un instant, je crus que sa calotte rouge allait tomber de sa tête et rouler jusqu'au bas des marches.

Tous ensemble, nous les avions accompagnés jusqu'à la grille du jardin. Ali les attendait, debout devant la portière entrouverte de la voiture. Zariffa, derrière les persiennes, devait nous regarder et se frotter les mains de joie. C'était une belle chose que de marier une fille !

« C'est Sit Rachida ! » dit Zariffa, lorsque la sonnerie du téléphone retentit, une heure après pour dire que tout était conclu. Elle tendit le récepteur à mon père, et se précipita sur moi pour me couvrir de baisers.

*
* *

Cette nuit-là, je dormis.

Je m'étais mise derrière un autre moi, venu sans que j'aie eu à l'appeler. C'était un autre personnage et pourtant moi-même. Il venait à mon secours lorsque les choses étaient trop lourdes et qu'à l'intérieur tout s'écroulait. Ma force se retirait de mes gestes et de mon regard.

Le lendemain matin, lorsque Zariffa entrouvrit la porte, et dit : « Ton fiancé et sa sœur viendront te chercher pour la promenade », je me sentais encore à l'abri de tout. Les voix pour m'atteindre venaient de très loin, puis elles se heurtaient à mon autre moi : des balles dont le choc s'amortit sur un mur de toile. Les bruits perdaient de leur acuité avant de me parvenir. J'étais absente de moi-même et pourtant, j'observais.

« Ta raie, fais-la plus bas », disait Zariffa.

« Serre moins ta ceinture », disait Zariffa.

« Tout à l'heure, disait Zariffa, parle avec le sourire. Les filles qui n'ont pas le visage aimable font grincer les dents du mari. »
« Mais ne parle pas trop, reprenait-elle. Les filles qui parlent trop portent au cœur un chat noir qu'elles veulent cacher. »
Je refaisais ma raie, je desserrais ma ceinture, et je disais oui de la tête. Je n'étais plus que gestes. Quelle détente j'éprouvais ! J'aurais voulu qu'il en fût toujours ainsi.

Dans l'après-midi, Zariffa vint me chercher pour me dire qu'ils m'attendaient devant la grille. Ils avaient loué pour la promenade une voiture à cheval.

Assise entre Sit Rachida et son frère, je n'éprouvais aucun malaise. Leurs voix allaient et venaient, se croisaient comme des brindilles devant mon visage. Sur l'asphalte, les sabots du cheval résonnaient.

Les voix se taisaient. Puis, elles reprenaient, elles s'adressaient à moi et m'environnaient de questions. Alors, j'aurais bientôt seize ans ? Et des maladies d'enfant, est-ce que j'en avais eues ? La typhoïde, ah oui ? Et une paratyphoïde ? Cela laisse parfois des traces. Et mes frères, quels garçons sérieux ! C'est de la chance pour un père de savoir que sa fortune ne sera jamais dilapidée. Combien au fait possédait-il de boutiques dans la vieille ville ? Et de domestiques, combien en avions-nous ?

Je répondais comme s'il s'agissait d'une comptabilité qui ne me concernait pas. Je me laissais bercer par la voiture. Le dos du cocher formait un écran noir qui nous abritait du soleil. J'étais absente, invulnérable.

Le fouet claquait. Le cheval évitait les autos, dépassait les ânons, et des cyclistes parfois nous devançaient. Le cheval, cerclé de ceintures de cuir, ses deux oreilles dans de petits sacs de toile qui les protégeaient contre les mouches, trottait par les rues de la ville, le long des berges, et dans l'allée des flamboyants. Ses sabots continuaient à heurter l'asphalte avec un bruit plein et monotone.

« Alors, votre cher Père ? disait Sit Rachida, est-il toujours content de son commerce ?
— Très content. »
Le fouet claquait. Le cheval accélérait son trot.
« Comme il doit vous gâter ! Quelle surprise vous réserve-t-il pour votre mariage ? Votre mère a-t-elle laissé des bijoux ?
— Je ne sais pas.
— Avance, avance donc ! » criait le cocher. Il jouait de son fouet sur le flanc du cheval. Il tenait bien les rênes en main, mais on sentait que c'était un cheval qui ne savait même plus hennir.

« Et vos frères ? reprenait Sit Rachida. Que comptent-ils vous offrir pour votre mariage ?
— Je ne sais pas.
— C'est bien embarrassant pour ces chers garçons ! Demandez-leur des bijoux, ce sont des valeurs qui ne baissent pas. Des souvenirs éternels !
— Oui, je demanderai des bijoux ! »
Le cocher agitait les rênes, bien que le cheval obéît à un seul geste du poignet. À gauche, à droite, en avant, lentement, plus lentement. On pouvait lui faire faire n'importe quoi.
« Oui, Sit Rachida, je demanderai des bijoux ! »
Je demanderais des bijoux, je demanderais ce qu'on voudrait. Je n'éprouvais rien, je n'avais aucun mal, aucune peine. Je ferais n'importe quoi. Les sabots du cheval faisaient à présent un bruit assourdissant.
« En avant, fils de putain ! dit le cocher.
— Il vous faudra un solitaire ! » dit Sit Rachida.
Boutros me souriait. Je souriais aussi. Furtivement, je regardais sur ses genoux la boîte de friandises, avec son papier glacé et son nœud rose ; je savais qu'elle serait pour moi. Le cocher s'était arrêté sous les arbres. Il était descendu de son siège et offrait dans sa paume ouverte deux morceaux de sucre au cheval, il l'appelait « Mon frère ».
« Mange, mange, mon frère ! disait-il.
— Pour votre robe de mariée, j'assisterai aux essayages, dit Sit Rachida. Comme une sœur aînée. Oui, c'est ça, à partir de maintenant, je suis votre sœur. Appelez-moi Rachida. »

*
* *

Au retour, je me laissai aller au balancement de la voiture. À travers ma robe, le soleil me brûlait les genoux. Les rues n'étaient pas encombrées, le cheval gardait une allure régulière. Mais dès l'entrée dans la ville, on entendit un murmure indistinct qui semblait venir de loin. Le cheval trottait toujours. Soudain des cris se mêlèrent au murmure. Rachida demanda au cocher ce que cela pouvait être, mais celui-ci haussa les épaules.
Devant nous, la rue était toute droite. Elle tourna brusquement à gauche, et le bruit prit alors une ampleur singulière. Des hommes couraient sur les trottoirs, on se trouva au milieu d'un encombrement d'autos, de gens et de charrettes, et le cocher dut tirer sur les rênes du cheval pour l'arrêter. La voiture eut une secousse subite. Rachida prit peur et poussa un cri. Elle se cramponna à mon bras, elle répétait tout haut : « Vierge... Vierge Marie !... »

LE SOMMEIL DÉLIVRÉ

Les gens se poussèrent pour mieux voir. De toutes les fenêtres, des visages se penchaient, curieux ou apeurés. Boutros ne sachant quelle attitude prendre se mit à insulter le cocher qui passa sa rage sur le cheval. Mais ce dernier se raidit.

Le cheval avait dominé sa torpeur et s'était dressé sur ses jambes arrière. Il remuait brutalement la queue et il essayait de sortir de son harnachement. Je m'étais raidie moi aussi, les mains appuyées sur le siège du cocher. Je voyais le cou du cheval tendu de veines comme des cordes. Mes muscles se crispaient. Le cheval hennissait en se cabrant. On l'aurait dit en face d'un danger. Le cocher perdit le contrôle de la bête et sauta à terre pour le saisir par le mors.

La foule s'agitait, elle venait des autres rues pour se joindre à l'attroupement.

« Que se passe-t-il ?

— Peut-être un accident ?

— Ou un attentat ? »

J'entendais des questions qui, confusément, se croisaient. Les plus entreprenants se frayaient un passage avec les coudes pour mieux voir au loin. Une fumée grise s'éleva au bout de la rue. D'où venait-elle ?

J'étais descendue de voiture, suivie de Rachida et de Boutros qui se tenaient par le bras. Je les avais quittés très vite pour me joindre à la foule. Il n'y avait plus ce voile qui me protégeait du dehors. Je sentais un appel de détresse surgi de loin, l'idée que je pouvais faire quelque chose me poussait en avant. Plus rien ne me retiendrait.

J'avançais dans la masse aux mille têtes. Il fallait que je marche pour arriver au centre de cette foule. Il s'y passait quelque chose. Sûrement il s'y passait quelque chose !

Près de moi, j'entendais qu'on parlait d'un homme. Quelqu'un dit qu'on l'avait vu courir peu de temps avant et que ses vêtements sentaient l'essence. C'était donc vers lui que j'avançais. Je n'avais pas le temps de poser des questions. Il fallait se presser. Mon impassibilité m'avait quittée, mon souffle était nerveux.

« C'est un fou ! dit une voix.

— Un révolutionnaire ! » dit une autre.

J'avançais toujours. Des voix venaient de partout. Je les recueillais au passage, et en même temps je jouais des coudes dans la crainte d'arriver trop tard. Quelqu'un dit que l'homme avait mis le feu à ses vêtements et qu'il brûlait maintenant comme une torche. Il était au centre de la rue. Il avait mis le feu à ses vêtements imbibés d'essence, il voulait en finir.

« Un fou !... Il n'y a pas assez d'asiles !... » dit une femme.

Une autre dit que le suicide par le feu devenait une chose trop courante. Le revolver, c'était bien plus simple.
« Un revolver, c'est trop cher ! coupa une voix.
— Il ira en enfer ! Pour lui l'enfer !», hurlait quelqu'un, qui aurait pu être Rachida.
J'avançais toujours. Il faisait chaud. Je me frayais un passage entre les autos, les bicyclettes immobiles et ces gens serrés les uns contre les autres qui continuaient à s'interroger. L'homme qui brûlait avait sept enfants en bas âge, et sa femme venait de mourir. Quelqu'un dit que c'était un lâche. Et puis de nouveau une voix hurla : « Il brûle comme une torche ! » et les mots se perdirent dans les murmures de la foule.
J'écoutais, j'avançais toujours, j'essayais de deviner les traits de cet inconnu qui se donnait la mort.
« Il n'a pas de travail !
— C'est un fainéant !
— Un fainéant ! Un bon à rien !»
Les voix montaient ensemble ou se coupaient. Chacun avait son mot à dire. Ils disaient que cette ville était infestée de mendiants. Les mots venaient parfois de loin, se passaient de bouche en bouche. Ceux qui étaient les plus proches de l'homme criaient : « Il brûle comme une torche. Il se démène. Il hurle : "Que tous me voient !... Que tous me voient mourir !" »
J'avais perdu Rachida et son frère et j'avançais avec peine. Quelqu'un pleurait près de moi. Tout d'un coup, je fus poussée en arrière : « Reculez... Reculez », criait-on. Une femme s'évanouit. Des gens s'inquiétaient de savoir si le feu risquait de se propager.
La foule m'empêchait d'avancer et pourtant je savais que je devais être là-bas près de cet homme qui mourait. Je voulais laisser derrière moi ceux qui pleuraient. À quoi servent les larmes si on meurt seul ?
Il ne fallait pas que cet homme mourût seul. Je marchais vers lui avec une espèce de rage. J'entendais en moi l'appel de l'homme. « Que tous me voient mourir ! »
Cette mort qui se voulait frappante et paralysait le ridicule mouvement de la ville, s'éteindrait dans les cœurs bien avant que le jour ne finît. Peut-être ne l'ignorait-il plus ?
Je voulais m'approcher, pour ôter de lui cette pensée, être ce dernier visage qui l'aurait compris. Mourir ensuite serait plus facile. Personne ne voudrait donc jamais comprendre ce que mourir veut dire, et pourtant quelle autre certitude y a-t-il ? S'ils comprenaient, ils arrêteraient leur farce, et il n'y aurait

LE SOMMEIL DÉLIVRÉ

plus ce grand filet d'indifférence sur le monde dans lequel se perdent les meilleurs.

Alors, avant que je n'aie pu approcher, quelqu'un cria : « C'est fini. » Je le voyais pourtant, cet homme, comme si j'avais été à ses côtés. Il se décrochait comme d'une corde et tombait comme un amas de linges calcinés.

On emportait les seaux d'eau. Des voix de femmes se lamentaient. On entendait le vrombissement d'une auto de police. Il fallait débarrasser la rue. Les agents se démenaient, bientôt on pourrait circuler.

Je sentis une main sur mon épaule, et la voix sèche de Rachida : « On te cherchait partout, disait-elle... Quelle fin de promenade ! Il a voulu brûler, eh bien ! il en aura des flammes, et pour l'éternité ! » J'aurais voulu mordre cette main osseuse qui encerclait mon bras. Boutros me prit l'autre coude et ils m'entraînèrent, tous deux, vers la voiture.

J'étais reprise dans ce qu'ils appelaient la vie. J'avançais entre Boutros et Rachida, encadrée par Rachida et Boutros. La foule s'était éparpillée, les voitures reprenaient leur route, et nous vîmes le cocher qui nous faisait signe de sa main enveloppée d'un linge.

« Par ici, par ici... » criait-il. Quand nous fûmes près de lui il se mit à se plaindre et nous expliqua que le cheval l'avait mordu à la main. Il n'y comprenait rien : quelle rage soudaine avait eue cette bête ? « Un cheval si docile ! »

Nous nous assîmes tous les trois sur le siège arrière. La voiture bifurqua dans une ruelle et prit un raccourci pour aller vers la maison. « La Vierge était avec nous, disait Rachida. Nous aurions pu être renversés !... » et Boutros l'approuvait en se signant.

Je ne disais rien. La tête baissée pour chercher le souvenir de ce mort, je me retrouvais moi aussi. Nous étions deux morts, deux suicidés, cet homme et moi. Sa mort brutale et ma mort lente me tournaient dans la poitrine, et je me penchais pour nous veiller, lui et moi.

La maison était là, je descendis de voiture, je dis au revoir à Boutros, au revoir à Rachida, mais rien de cela n'avait plus d'importance. Boutros me tendit la boîte de friandises. Je dis « Merci. » Je tenais la boîte contre moi. J'entendis le trot du cheval, la voiture était repartie.

Mes larmes coulèrent enfin. Elles transperçaient le papier glacé qui recouvrait le cuivre doré de la boîte sur lequel dansaient des angelots en émail. J'étais dans le jardin. Je gravis les marches. Zariffa m'accueillit à la porte et dit :

« Les larmes de joie d'une fiancée sont comme le miel ! »

DEUXIÈME PARTIE

5.

C'était le jour de notre mariage. Nous étions venus par le train. Le cocher Abou Sliman nous attendait à la gare pour nous emmener à l'intérieur des terres. Je portais encore ma robe de satin blanc.
Par le raccourci, on débouchait très vite dans la campagne. Elle s'étendait en lignes plates, brisées parfois par le mât d'un voilier. Les arbres, penchés à fleur d'eau, se laissaient toucher par la brise. Boutros posait des questions au cocher.
La route se poursuivait. Elle traversait le pont, s'engouffrait dans les champs, pareille à un ruban de cendre perdu entre des espaces verts. Plus loin, elle bifurquait pour passer entre les rangées de jeunes bananiers et devenait un chemin caillouteux qui secouait la voiture. Elle déboucha enfin entre deux maisons qui se faisaient face et Boutros, indiquant de la main celle de gauche :
« C'est notre maison ! dit-il. Voilà la clé, monte au second étage. Je te rejoindrai après avoir vu les employés du bureau. Fais-leur un signe de tête en passant. »
Les cinq employés nous attendaient devant la porte. Ils chuchotaient en se frottant les mains pour se donner une contenance. Le voile entre les bras, la couronne de fleurs d'oranger autour du poignet, j'avançais à petits pas, entravée par ma jupe. Je dis bonjour à tous. L'un d'eux avait une verrue énorme au coin de l'œil. Ils répondirent à mon salut, et puis se tournèrent vers Boutros pour le féliciter.
À l'église, ce matin-là, le prêtre m'avait donnée à cet homme. Il nous avait bénis tous les deux comme si nous étions faits l'un pour l'autre. Il

s'était contenté de mon « oui » pour me donner à cet homme avec des mots qui enchaînaient éternellement. Comme il s'était peu soucié de moi et de ses propres paroles, si lourdes à porter ! Il nous avait enchaînés, il nous avait bénis tous les deux, et jusqu'à la quatrième génération, les enfants de nos petits-enfants ! Et puis, il était reparti avec des gestes solennels.

J'appartenais à cet homme qu'on m'avait imposé et sa voix dure m'atteignait depuis le seuil. Je l'entendais qui demandait aux employés si tout allait bien et si rien ne s'était passé durant son absence.

J'étais dans l'escalier et je montais vers la porte de cet homme, vers sa chambre, vers son lit. Je montais péniblement. La soie de ma robe me collait aux jambes. Je montais péniblement, comme prise entre la chambre et cette voix. Il n'y avait pas de fenêtre dans l'escalier, rien qu'une lucarne aux vitres sales. Rien qu'une lucarne et, soudain, ce rire d'enfant.

Ce fut comme si on me secouait des grelots en plein visage. Je cherchai l'enfant et la trouvai accroupie à l'angle du palier. Elle avait des yeux d'un noir épais et un mouchoir rouge lui descendait très bas sur le front. Le nez, les joues, la bouche, le menton se perdaient dans son rire. Elle riait de moi, elle riait de se trouver là, elle riait d'avoir été surprise. C'était si bon, ce rire, que j'y mêlai le mien.

Mais l'enfant était déjà debout. Elle me poussa pour descendre et dévala les marches sans se retourner. Elle emportait nos deux rires le long de l'escalier, jusqu'à la porte ouverte, pour disparaître.

Plus tard, la lune devint claire. Sa pâleur s'attachait aux contours des choses. Elle facilitait ce pouvoir d'absence qui me permettait de m'isoler de cet homme étendu à mes côtés.

Parfois mes dents se serraient. Mais bientôt la nuit m'attirait encore avec ses rayons jaunis qui ôtaient à chaque meuble le poids de sa journée. La longue fenêtre qui donnait sur le balcon s'ouvrait sur trois étoiles. Elles étaient si proches, qu'en tendant le bras j'aurais pu les faire tomber dans ma paume. Leur chaleur m'aurait sauvée de la panique qui me saisissait lorsque je retombais près de cet homme suant, soupirant, en proie à des gestes qu'il me faisait haïr et que je me regardais subir avec une lâcheté qui me répugnait.

Alors, j'essayai d'imaginer la campagne qui nous entourait, celle que je ne quitterais plus jamais. J'essayai de l'aimer à travers cette nuit qui entrait par ma fenêtre entrouverte. Le ciel, malgré son obscurité, avait une transparence étrange faite de voiles superposés, en attente du premier vent. Les ressorts du lit grinçaient. Je ne voulais penser qu'à la nuit baignée d'étoiles et de lune. À la douceur de cette nuit qui glissait dans ma chambre. Le lit grinçait, le corps se tournait et se retournait avec des soupirs bruyants qui détruisaient le silence. De nouveau face à lui, je serrais si fort les dents qu'il me semblait que mon visage allait éclater. Mais un chant fluet comme des fils de soie me délivra et je reconnus la voix de la fillette qui avait ri dans l'escalier : « Nuit, ô ma Nuit !... » chantait-elle.

La même fillette que j'avais trouvée blottie sur le palier, je l'imaginais maintenant le dos appuyé contre la façade, la tête rejetée en arrière, et sa chanson montait et retombait en cascade le long des murs. La nuit était trop belle et la fillette avait dû quitter sa couche pour venir l'admirer. « Nuit, ô ma Nuit !... » chantait-elle. Sa voix mouillait la pierre brûlée par le soleil. Comme des gouttelettes, ses mots s'égrenaient dans ma chambre, l'élargissaient, la détachaient d'entre ses murs et l'emportaient dans la nuit. Elle flottait, ma chambre, dans la sereine campagne, loin du lit où je me trouvais, et dont j'oubliais l'affreux grincement.

« Fille de chien !... Fille de chien !... Je lui apprendrai à empêcher les gens de dormir !... » Boutros s'était dressé sur son coude et s'était mis à crier. Fébrilement, il écartait les couvertures, pour sauter hors du lit : « Je lui apprendrai !... » répétait-il. Sa voix écrasait la chanson dont j'entendais parfois une note insouciante et fraîche. Avant qu'il ait pu bouger, j'étais au pied du lit.

« Laisse, j'y vais... Nous n'entendrons plus rien ! »
Déjà près de la fenêtre, je fermais les volets.
« Elle ne perdra rien pour attendre, continuait-il, c'est moi qui te le dis ! »

Les fenêtres closes, je tirai les rideaux. La chanson continuait à me parvenir pourtant, mais comme un souffle. Je la savais vivante et j'avais l'impression de l'avoir protégée d'une menace. Soudain, le rire gras de Boutros.

« Alors, toi aussi elle te dérangeait ? Viens, rassure-toi, la nuit est encore longue ! »

La vraie nuit, je l'avais jetée hors de ma chambre, avec ses étoiles et sa chanson d'enfant. J'étais toujours près de la fenêtre et Boutros m'appelait :
« Par ici, par ici..., disait-il. Dépêche-toi, qu'est-ce que tu attends ? »
Ce que j'attendais ? L'impossible. Peut-être la fin du monde. Mes pieds nus collaient au sol, j'essayais de gagner du temps, je répétais : « Il fait très noir, je n'y vois rien », et il s'impatientait : « Dépêche-toi ! »

Quand je fus au bord du lit, j'hésitais toujours. D'un geste brusque, il m'encercla les hanches et me fit tomber à ses côtés. Le lit grinçait plus que jamais.

Mes dents se plantèrent si fort dans ma lèvre, que je sentis au coin de ma bouche le goût tiède du sang.

***

Le lendemain, j'allai sur mon balcon pour apercevoir la campagne. Elle entourait la maison d'en face, celle du propriétaire absent. C'était une campagne très plate et qui émergeait de l'aube avec langueur. Le long des sentiers, des hommes en file, une bêche sur l'épaule, avançaient comme un ruban gris. Les arbres, coiffés d'une boule de feuillage, ressemblaient à des piquets que déracinerait le premier vent. Le jeune soleil jouait entre les terres vertes, s'éparpillait dans l'eau stagnante des canaux et s'attachait à certaines pierres. Aucun vallonnement n'arrêtait le paysage, qui se poursuivait sans heurt jusqu'à l'infranchissable mur d'un ciel trop bas.

Ma vie, comme cette campagne, s'étalait devant moi. Ma vie inévitable. Que pouvais-je en faire ? Il fallait cesser de se plaindre. Les maternités viendraient, l'une après l'autre, m'ôter le souci de moi-même. J'y songeais comme à un refuge, et je frémissais en même temps à la pensée de l'enfant qui naîtrait de ces nuits où le désir d'être morte défigurerait mon visage.

« Il faut prendre les choses comme elles viennent ! » disait, au Pensionnat, Joséphine. J'aurais bien voulu. Je défis mes valises, j'ouvris les armoires pour suspendre mes vêtements. Mes livres étaient empoussiérés d'avoir séjourné dans le débarras, depuis la mort de ma mère ; je les époussetai avant de les placer sur les rayons. Je rangeai mes objets, je cherchai un endroit pour les malles vides. Quelqu'un frappa à la porte.

Avant que je n'aie pris le temps d'aller ouvrir, deux femmes, dans leurs robes et leurs voiles noirs, étaient au milieu de la pièce :

« Je suis Om el Kher, dit la plus âgée, voici ma fille Zeinab !... Comme nous faisions pour ta belle-sœur Sit Rachida lorsqu'elle habitait avec le bey, nous t'apporterons tous les jours les légumes et les œufs... »

Je les remerciai et pris le panier qu'elles me tendaient. Mais elles restaient figées sur place et me dévisageaient. Je sentais qu'elles auraient aimé me prendre dans leurs mains comme on ferait d'un jouet neuf. Qu'elles auraient voulu me tourner, me retourner entre leurs doigts, tâter l'étoffe de ma robe et mes cheveux. D'un geste gauche, je déposai le panier à terre, près de la table où se trouvait une boîte que je leur tendis, en disant :

LE SOMMEIL DÉLIVRÉ

« Tenez, c'est pour vous, mangez ces dragées !... »

Elles reculèrent, puis elles minaudèrent en les refusant : « Non, non, c'est pour toi », disaient-elles d'une même voix. J'insistai. Elles approchèrent et touchèrent la boîte, mais de nouveau : « Non, non, c'est pour toi !... Pour toi et le bey. Qu'Allah vous bénisse, vous fasse la vie longue ! »

Comme elles hésitaient toujours, je leur versai les dragées dans les mains. Elles se confondirent en remerciements, rirent de confusion. Puis elles glissèrent les dragées dans leurs robes et s'amusèrent longtemps du bruit de cailloux qu'elles faisaient au fond de leurs poches.

Om el Kher dit quelque chose à l'oreille de sa fille et elle se mit à tirer avec force sur son corsage, pour en décrocher une épingle double avec une pierre bleue.

« Tiens, me dit-elle. Elle est pour toi. Pour te garder du mauvais œil. Pour toi et le bey ! »

Ce fut à mon tour d'être confuse.

« Quarante ans que je la porte », continuait-elle. Depuis le jour de mon mariage. À présent, je suis trop vieille pour être enviée, tandis que toi ! »

L'épingle rouillée avait laissé deux trous dans la trame du tissu qu'elle essayait de combler en frottant autour avec son ongle. Elle m'aida ensuite à épingler la pierre sur ma blouse, et ajouta avec un soupir de soulagement.

« Oui, bien en évidence. Pour qu'elle fasse honte à l'œil mauvais. »

Je me jetai dans ses bras pour lui prouver ma reconnaissance. Om el Kher me pressa contre elle, sa robe dégageait une odeur de terre et de henné. Je sentis un grand calme et, à la pensée de ces moments qui sont comme des ponts jetés entre les êtres, je me dis que peut-être rien n'était perdu.

« Alors !... dit Om el Kher. Te voilà heureuse !... »

Elle était devenue familière et me donnait des petites tapes amicales sur l'épaule. Puis, les mains posées sur les hanches, elle attendit mes confidences. Zeinab approuvait chaque geste de sa mère par un hochement de tête. Un peu plus tard, elle aperçut le couvre-lit en satin rose et sans le quitter des yeux s'en approcha lentement.

« Alors, te voilà une épousée... » continuait Om el Kher. C'était à moi de parler et tandis que j'inventais pour elle, comme je l'avais fait pour mes compagnes de classe, une joie que je ne connaissais pas, Zeinab frottait ses mains sur le devant de sa robe pour les débarrasser de leur poussière. Elle les posa ensuite sur le satin luisant et des frissons lui remontèrent jusque dans la nuque.

« J'avais douze ans quand il m'a aperçue pour la première fois. J'allais à l'école, j'étais trop jeune pour qu'il me demandât à mon père.
— À l'école ?... dit Om el Kher. Tu sais donc écrire et lire comme les employés du bureau ?
— Oui.
— Ce n'est pas pour t'offenser, reprit-elle, mais à quoi cela va-t-il te servir ? »
Je me le demandai aussi, mais, ne sachant quoi répondre, je continuai : « Il m'écrivait toutes les semaines. Les jours de fête, il m'envoyait des fleurs ! »
Je parlais, je parlais, j'oubliais Boutros. Zeinab se désintéressa du couvre-lit et fit quelques pas vers moi. Je racontais mon mariage et le désespoir de mon père à l'idée de mon départ. Je mentais. Je disais avec quelles paroles émouvantes mes cinq frères m'avaient confiée à mon mari. Om el Kher et Zeinab s'approchèrent en me dévorant des yeux. Mes mensonges transformaient le visage bouffi de Boutros, l'œil dur de Boutros, le corps lourd de Boutros, instable sur des pieds ridiculement petits et qu'il tenait toujours un peu écartés.

L'image d'un autre, que je ne connaissais pas, m'envahissait, elle était partout dans la chambre jusqu'au moment où la poignée de la porte se mit à tourner et une voix se fit entendre :
« Les femmes encore ici ! Allez, ouste ! Vous fatiguez Sit Samya. Allez ouste ! À vos maisons !... »
On aurait dit des fillettes prises en faute. Elles ramassèrent leurs jupes autour d'elles, et sans prendre le temps de me saluer, elles disparurent avec un murmure craintif.

Je regardai Boutros. Les mots se séchaient sur mes lèvres. À mon corsage, il remarqua la pierre bleue.

* * *

Ce premier jour me resta dans la tête. Je me souviens, peu après, de l'arrivée d'Abou Sliman le cocher. En entrant, il me salua avec déférence et passa dans la pièce voisine.
« Abou Sliman c'est aussi notre cuisinier, dit Boutros. Il connaît mes goûts... tu n'auras qu'à le laisser faire. Aujourd'hui, reprit-il, j'arrive avant l'heure, exceptionnellement !... Ce n'est pas tous les jours qu'on se marie ! »
Il s'assit dans le fauteuil vert, sortit de sa poche un collier d'ambre, et

se mit à faire glisser les grains entre ses doigts. Sa calotte rouge était penchée très en arrière, à la limite de l'équilibre, pour dégager le front sur lequel perlaient toujours des gouttes de sueur. Boutros pesait de tout son poids sur le fauteuil, il avait les talons au sol et la pointe des pieds dressés. Sa main gauche égrenait les cailloux d'ambre polis, en faisait le tour, recommençait sans cesse.

« Je n'ai pas pu découvrir le nom de cette fille, dit-il.
— Quelle fille ?
— Cette fille qui s'est mise à chanter sous nos fenêtres la nuit dernière. Mais on me le dira. J'irai faire un tour au village cet après-midi et je le saurai. »

Je lui demandai de ne plus y penser, ce n'était pas grave, et nous n'avions qu'à fermer les fenêtres.

« Fermer les fenêtres ! » reprit-il. Il ajouta que je perdais la tête et qu'il ne comptait pas se laisser influencer par des caprices. « Cet après-midi, j'irai au village, je trouverai son père, je la ferai corriger. Je te garantis qu'elle ne sera pas prête à recommencer ! » J'insistai encore, mais il était décidé, me dit-il. « D'ailleurs, ce sont des choses qui me regardent, et ne t'en mêle pas ! »

Abou Sliman apportait le plat de riz. Il avait ôté sa jaquette de cocher pour mettre sur sa robe un tablier bleu qui montait très haut et se nouait autour de la taille. Ses yeux d'un gris rieur semblaient ne pas appartenir à son visage bosselé. Il revenait avec des portions énormes que Boutros engloutissait avec un bruit de langue. Ses lèvres, son menton luisaient de graisse.

Abou Sliman se multipliait. Boutros l'appelait pour lui redemander du sel, l'appelait pour se faire verser de l'eau de la carafe qui se trouvait sur la table, l'appelait encore pour qu'il ramassât la serviette qui venait de lui glisser des genoux.

Le temps passait.

C'était l'heure de la sieste et Abou Sliman se dressait sur la pointe des pieds pour faire le moins de bruit possible. Ensuite, il se dirigea vers la fenêtre pour tirer les volets.

À cet instant, des milliers de gestes pareils aux siens préparaient au sommeil qui allait couvrir le pays. Le sommeil s'emparait des villages et des villes. Ceux qui avaient des volets les rabattaient ; les autres, les plus nombreux, se contentaient de leurs paupières durcies. Le sommeil saisissait les nuques. Il les ployait en avant et rabattait les épaules. Il vous octroyait encore ce dernier sursaut de lucidité qui permettait de se lever pour aller s'abattre sur la couche la plus proche.

Boutros, d'une voix pâteuse, insistait, je devais m'étendre à ses côtés. Je résistais à l'engourdissement. Je me faisais étroite pour ne pas le toucher. Lorsque montèrent ses premiers ronflements, sans oser quitter le lit, je me glissai sur le dos pour essayer de me distraire en regardant la chambre.

La chambre tournait dans une demi-lueur avec ses fleurs mauves, son plafond bas, avec ses meubles couverts de bibelots et sa poussière. Elle tournait, ma chambre, et toujours la même, elle confondait ce premier jour avec les jours à venir. Une boule ronde sans issue, elle tournait, traçant des cercles qui se pressaient parfois autour de mes tempes.

**

Il fallait s'habituer à cette chambre.

Les journées à venir attendaient devant ma porte, serrées comme des écolières au teint de cire. Comment essayer de me libérer de leurs visages monotones et de leur donner une chaleur.

J'y pensais si fortement que l'envie de vivre malgré tout me donna un sursaut d'énergie.

Je voulais recréer ma chambre en changeant les meubles de place, en retirant les immortelles du vase de grès, en me débarrassant des bibelots. Je brossais les fauteuils, je rêvais d'étoffes vives pour les parer, je repensais à Om el Kher avec son odeur de terre et de henné : « Ce n'est pas pour t'offenser, disait-elle, mais à quoi cela te servira-t-il de savoir lire et écrire ? » J'apprendrais à lire aux petits du village, aux grands aussi. Je me voyais, comme les mères voient leurs enfants, semblables et détachés d'elles-mêmes.

Lorsqu'Abou Sliman apparut pour préparer le dîner, j'étais presque heureuse. « Écoute, lui dis-je, avant de commencer, va donc me chercher des fleurs. Tu cueilleras des branches de toutes sortes, le plus que tu pourras ! »

Il revint les bras lourds et je mis les branches et les fleurs dans des verres, des bouteilles, des vases.

Abou Sliman apparut à la porte portant un poulet, à moitié déplumé, il souriait : « C'est beau toutes ces branches... dit-il. C'est beau ! Je n'y aurais pas pensé tout seul. »

Il repartit, le poulet à bout de bras, se retourna encore pour dire :

LE SOMMEIL DÉLIVRÉ

« C'est beau ! On se croirait dans les champs ! » Puis, il disparut. J'entendais le bruit sec du primus, et l'odeur de cuisine envahissait tout.

À l'entrée de la chambre, j'avais décroché le rideau de velours, je détestais son contact. J'avais ouvert les fenêtres. La lumière jouait sur les murs, sur les meubles nus, entre les feuilles. La tête d'Abou Sliman surgissait parfois par l'entrebâillement de la porte, elle avait le même sourire. La chambre devenait ma chambre.

En fin d'après-midi, Boutros arriva ; il m'embrassa sur le front :
« J'ai trouvé la coupable ! dit-il.
— La coupable ? »
Mais soudain, il me poussa de côté pour mieux se rendre compte des changements dans la maison. Il écarquillait les yeux. Autoritaire, il appela Abou Sliman, qui arriva en courant, son tablier encore parsemé de plumes de volaille.

« Fils de chien ! hurlait Boutros. Qu'as-tu fait de ma maison ? »
Je reculai de quelques pas pour dire : « Ce n'est pas Abou Sliman. C'est moi ! C'est moi qui ai tout fait... »
Il ne prêta aucune attention à mes paroles. « Est-ce une insulte à moi et à Sit Rachida, vaurien ?
— Mais, mon bey... »
Boutros fit un geste du bras comme pour le battre. Je le suppliai de m'écouter, et lui répétai qu'Abou Sliman n'y était pour rien.
« Toi ! dit-il, rentre dans ta chambre. Ceci est mon affaire, ne t'en mêle pas ! »
J'allai vers ma chambre et mes jambes chancelaient.
« Ferme la porte derrière toi... », hurlait-il.
Sa voix montait toujours, ponctuée par la voix maigre du cuisinier.
« Mais, mon bey... »
Je collai mon oreille au battant pour entendre.
« Remets tout cela en place, et en vitesse, disait Boutros. Où sont mes bibelots ? Où sont-ils, voleur et fils de voleur ? Et le rideau de velours ? Et les immortelles ? Est-ce que tu as jamais vu des branches dans les maisons, qui fait ça ? Jette-moi toutes ces branches aux ordures, fainéant ! »
J'entendais les armoires s'ouvrir, les bibelots qu'on replaçait.
« Non, pas là, pas là, disait Boutros. La tour, plus à droite, à côté de l'éléphant d'ivoire. »
C'était la tour en bronze doré, je l'avais mise au fond d'un tiroir. J'entendais l'eau qui s'écoulait des vases, le bruit parcheminé des immortelles.

« Les fleurs que m'a données ma sœur Rachida, disait la voix de Boutros. Celles-là ne meurent jamais, elles vivent sans eau. Elles sont éternelles ! Tu m'entends ? Tu les avais jetées, fils de bâtard ! »
Abou Sliman ne protestait plus. Il remettait le rideau sur les anneaux rouillés. Ma chambre n'était plus ma chambre, elle cédait la place à l'autre avec sa vieille odeur. Je n'étais pas semblable à ces immortelles qui pouvaient vivre sans eau. J'étais vulnérable et la sécheresse ferait de moi une morte.

J'avais l'oreille collée au battant de la porte tandis que ma chambre se déformait, tandis qu'Abou Sliman était insulté par ma faute, et que Boutros, déjà assis dans son fauteuil vert, tournait entre ses doigts le collier d'ambre, en attendant le moment de se mettre encore à table.

*
* *

« Alors, reprenait Boutros, je te disais que j'avais trouvé la coupable ! »
Nous étions autour de la table ronde. Abou Sliman revenait avec ses plats. Je n'osais plus le regarder.
« J'ai été au village, continuait Boutros. Personne n'a voulu parler. Personne n'a voulu dire qui avait chanté... J'étais sûr qu'ils le savaient tous. J'ai questionné l'aveugle, il n'a rien dit, lui non plus... Et il savait ! L'aveugle sait tout, les femmes lui font leurs confidences !... Alors je les ai menacés de faire venir des filles d'ailleurs pour la cueillette, et je suis parti. Bahia m'a poursuivi en larmes, elle répétait "c'est moi !". Une nièce d'Abou Sliman. De la mauvaise graine. Son père, devant moi, lui a donné une correction ! »

Je détestais Boutros. Ma haine s'ajoutait à mon dégoût. Je le voyais, lui, et tous les Boutros du monde, compassés dans leur demi-autorité. Ils réglaient les destinées, ils écrasaient les plantes, les chansons, les couleurs, la vie elle-même ; et ils réduisaient tout à la mesure rabougrie de leur cœur. Tous les Boutros qui avancent prudemment et qui étouffent les flammes. Mais un jour viendrait...

Boutros mangeait en faisant claquer sa langue. Abou Sliman desservait, ranimait la lampe à pétrole.

... Un jour viendrait où les flammes feraient place au feu. Nos filles, nos filles peut-être ne seront plus semblables à ces mousses qui végètent autour des troncs morts. Nos filles seront différentes. Elles surgiront de cet engourdissement qui m'enveloppe lorsque j'entends la voix de l'homme : « J'ai déjà eu des ennuis avec cette Bahia. Mais les coups font leur effet. Pourquoi ne réponds-tu pas ? C'est bien, tu as raison, ce sont mes affaires ! Ne t'en mêle pas ! »

Abou Sliman ôtait la nappe blanche, la remplaçait par une autre, enchevêtrée de fils de soie. Il posa la lampe au centre de la table et prit soin de pousser le piston, une ou deux fois, pour rendre à la lumière toute sa vigueur. Puis, il disparut pour revenir, peu après, avec deux paquets de cartes écornées.

« Tu sais jouer ? demandait Boutros.

— Non...

— Alors, regarde-moi faire des patiences... »

La lampe grésillait, donnait un éclat cru presque insoutenable. Boutros étalait les cartes les unes à la suite des autres. « Le rouge sur le noir, disait-il, tu vois, c'est simple et ça fait passer le temps. Je fais des patiences tous les soirs ! »

Son collier d'ambre gisait près de son coude, avec ses grains orange encore chauds du contact de ses doigts. « Passe-moi le valet de trèfle !... ah, je crois bien qu'elle réussira... »

Abou Sliman revenait avec le café. Boutros sirotait avec bruit. Quand il eut déposé sa tasse, une traînée de marc lui collait aux lèvres. « Cette fois, je sens qu'elle réussira », reprenait-il.

Je restai avec mollesse à ses côtés et lui tendis la carte qu'il demandait. Je me soumettais à l'ennui.

« Non, non, disait Boutros. C'est la dame de carreau que je veux. Tu vois bien, rouge sur noir. Noir sur rouge. Série pique, série trèfle, série cœur... »

Ma vie s'émiettait sur cette table de réussites, elle s'en allait de moi jour après jour. Je m'étiolais ; si peu semblable à ces immortelles !

« Elle a réussi... Elle a réussi !... criait Boutros. Je le savais bien. Ramasse toutes les cartes. Nous allons recommencer ! »

6.

Le premier mois passa lentement. Dans la journée, je regardais Abou Sliman qui tenait son plumeau d'une main molle, un objet insolite au bout du poignet. Il s'était tissé autour d'Abou Sliman une trame serrée d'habitudes dans laquelle il se mouvait, l'œil absent. Son visage gardait un aspect rocailleux et tragique, comme si toute la douleur du monde s'y était acharnée ; son œil ne semblait pas lui appartenir. Je ne lui parlais plus, j'osais à peine m'approcher de lui. Souvent lorsque j'entendais son pas, je passais dans la chambre voisine. J'étais certaine qu'il m'en voulait, à cause de cette scène que Boutros lui avait faite et dont j'étais responsable.

Om el Kher, suivie de sa fille Zeinab avec son cageot de fruits et de légumes, venait tous les deux jours. Elles me saluaient avec déférence et me souhaitaient un jour béni. Om el Kher énumérait rapidement les choses qu'elle avait apportées, me souhaitait à nouveau un jour béni, et disparaissait aussitôt, suivie de Zeinab qui n'avait pas parlé. Elles aussi, je les avais perdues. Et Bahia ? Bahia, qui ne chantait plus jamais sous mes fenêtres.

À cause de tout cela, visiter le village me semblait impossible. Je le désirais pourtant. Et cet aveugle dont Boutros avait parlé, je désirais le connaître. Un matin, lasse de tourner entre mes murs, je décidai d'aller marcher dans la campagne. Je pris le chemin opposé au village, celui qui partait droit jusqu'à heurter l'horizon.

Il y avait un ciel bas, un ciel à parois, alourdi d'un soleil opaque. Je me pressais, encore plus solitaire à cause de cette haine que j'imaginais dans le cœur d'Abou Sliman, d'Om el Kher, de Bahia. Je ne pouvais oublier les

LE SOMMEIL DÉLIVRÉ

humiliations qu'ils avaient subies. Je me pressais pour mettre de la distance entre le village et moi. Le chemin coupait les terres en deux. Il était bordé d'arbres au feuillage maigre qui donnaient un semblant d'ombre. Le soleil me brûlait la tête. J'avançais en regardant devant moi. Puis une voix m'appela :
« Sit... Ya Sit ! »
Je me retournai et reconnus Om el Kher massive et noire, les deux bras tendus et qui me faisait signe d'approcher. J'hésitai un moment et soudain je me mis à courir vers elle sans même me demander ce qu'elle voulait. Quand je fus à ses côtés, elle laissa tomber les bras d'un air embarrassé et dit : « Viens au village ! Je voudrais te faire goûter mon pain ! »
Sans attendre de réponse, elle me précéda pour m'indiquer le chemin. On sentait que le fait de m'appeler lui avait pris tout son courage. Elle marchait maintenant sans me regarder, et semblait uniquement préoccupée de la route à suivre. Ensuite, ce fut un flot de paroles :
« Ce n'est pas pour me vanter, disait-elle, mais mon pain, c'est le meilleur pain du village ! Le pain d'Om el Kher ! » Elle tourna la tête vers moi, et se mit à rire d'un rire nerveux et bref. « Le pain d'Om el Kher, reprit-elle, c'est comme cela qu'on l'appelle. Je voudrais te le faire goûter. Le bey a-t-il aimé la pastèque que je vous ai apportée hier ? J'avais fait une entaille au couteau pour être sûre qu'elle était bien rouge... Tu vois, dit-elle, en se retournant à nouveau vers moi, cet arbre, c'est un manguier. Lorsque les fruits seront mûrs, je t'en apporterai. Pour savoir si une mangue est bonne, il faut lui tâter le ventre, qu'il ne soit ni trop mou, ni trop dur, comme le ventre d'un nouveau-né. »
J'aimais entendre parler Om el Kher, j'aimais ses gestes. Près d'elle on se sentait à l'abri. « Tu portes toujours la pierre bleue », dit-elle en l'apercevant sur ma blouse. Je ne croyais pas aux pouvoirs des pierres, mais pourtant jamais je ne me séparerais de celle-ci. « Tu auras un fils ! Aussi vrai que je te vois, tu auras un fils ! » continua-t-elle.
Le village était derrière le rideau d'arbres, peu après l'allée des jeunes bananiers. Leurs branches folles, liées entre elles par de vieux morceaux d'étoffe, les faisaient ressembler à des fillettes dont on aurait amassé les cheveux crépus tout en haut de la tête. « Ton fils poussera en même temps que ces bananiers, dit Om el Kher. Quand il aura trois ans, il mangera de leurs fruits ! »
Le village était là ; il ressemblait à un pâté de boue. Aucune porte ne s'ouvrait sur la campagne ; elles donnaient, à l'intérieur, sur une ruelle

poussiéreuse. Les toits étaient couverts de débris de toutes sortes, de paille et de ferraille.

« Il y a longtemps que je te guettais, dit Om el Kher. Ta visite sera un grand honneur pour le village !

— Tu sais, lui répondis-je, moi aussi je voulais venir, mais depuis que le bey s'est fâché, j'avais peur que...

— Oui, oui », dit Om el Kher, et elle marcha plus vite. Mes explications la mettaient mal à l'aise. « Oui, je sais, tu avais beaucoup à faire chez toi. Il faut prendre son temps. Toutes les femmes ici voulaient te voir, elles en parlent tout le temps avec l'aveugle. Mais je leur disais qu'il faut prendre son temps ! »

Les maisons étaient jointes l'une à l'autre et, sur leurs seuils, traînaient des enfants déguenillés. Des femmes, accroupies ou debout, s'appelaient, et leurs paroles ressemblaient à des cris. Elles se turent en m'apercevant :

« À cette heure, dit Om el Kher, les hommes sont tous aux champs. Le village appartient aux enfants, aux femmes et à l'aveugle ! »

* *

La masure d'Om el Kher était au bout du village, il fallait passer devant toutes les autres avant d'y parvenir.

Les femmes ne disaient plus rien depuis mon arrivée ; elles ouvraient une bouche ronde et se donnaient des coups de coude. Autour des enfants, agrippés à leurs jupes ou à leurs corsages, bourdonnaient des mouches. Les yeux des femmes se fixaient sur ma robe, sur mes cheveux, sur ma poitrine, sur mon ventre. Elles devaient s'inquiéter de savoir si je portais déjà un enfant. Elles n'aimaient pas les femmes stériles.

« Voici Nefissa », dit Om el Kher, et elle s'arrêta devant une vieille femme assise par terre, et qui, de son index, dessinait sur le sable des cercles et des lignes. « À toutes, elle prédit l'avenir. Mais rien de ce qu'elle prédit n'arrive jamais. N'est-ce pas, Nefissa, ma belle ?

— Tu es une vieille folle, Om el Kher ! dit Nefissa. Une vieille folle et une incroyante !

— Incroyante ! Moi ? » dit Om el Kher. Elle protestait, les mains sur les hanches. Elle croyait en Allah, disait-elle. Elle croyait en la Sheikha. La Sheikha, elle, connaissait l'avenir. « Je t'emmènerai chez la Sheikha quand tu voudras », me dit-elle. Puis s'adressant à Nefissa elle ajouta : « Eh, Nefissa !... Ne m'appelle pas vieille folle ! Tu entends. Ne m'appelle plus vieille folle ! Tu as le double de mon âge, tu pourras être mon aïeule ! »

On sentait tout le plaisir qu'elles prenaient à cette chicane. « Son aïeule ! reprenait Nefissa. Regardez-moi cette vieille fripée ! On dirait que toutes les mains de la terre lui ont pétri le visage ! » et elle se mit à rire : « Et laide, avec ça ! Vieille chauve-souris ! »

Elles riaient toutes les deux. Om el Kher s'était accroupie auprès de son amie. Elles se tapaient dans le dos ; leurs visages se rapprochaient :

« Vieux corbeau !

— Vieux bidon rouillé !

— Écoute, dit Nefissa, puisque c'est la première fois que la dame vient au village, laisse-moi lui dire sa chance.

— Non, non, Nefissa, pas aujourd'hui, une autre fois. Aujourd'hui, elle est venue au village pour goûter mon pain !

— Ton pain ! Ton pain ! Dis plutôt tes grains de sable ! »

Mais cette fois, Om el Kher se fâcha. Ses narines se pinçaient, elle plissait le front.

« Pain de cailloux !... Pain de paille !... Pain de galère ! reprenait Nefissa.

— Encore les aïeules qui se disputent, criaient des voix. Taisez-vous. » Les voix grondaient sans méchanceté. « Vous n'avez pas honte ? On voit bien que les hommes sont aux champs !

— Allons, partons », dit Om el Kher, et elle me fit signe de la suivre.

Nefissa leva vers nous sa figure plate et ridée.

« Que la vie te soit bonne ! me dit-elle. Aussi bonne que le pain d'Om el Kher. Le meilleur pain du village. »

Om el Kher lui sourit alors, et s'adressant à moi, elle dit : « Suis-moi. » Puis, elle s'arrêta de nouveau. « Nefissa, c'est de l'or, reprit-elle. Je la connais depuis toujours. Mais, quand tu voudras savoir les choses qui t'arriveront, je t'emmènerai chez la Sheikha. Même l'aveugle croit en la Sheikha. Elle habite le bourg voisin, ça vaut bien qu'on aille jusqu'à chez elle. »

***

Je suivais toujours Om el Kher. « C'est au bout, la dernière porte que tu vois », me dit-elle.

Une femme nous regardait depuis un moment. Liée au mur comme une plante, elle s'y appuyait de tout son corps. La couleur de son jeune visage ressemblait à celle qui l'environnait, boueuse et triste. Ses yeux immobiles demeuraient ouverts ; pourtant la femme ne semblait qu'à moitié éveillée. « Eh, Ratiba ! Ratiba !... dit Om el Kher en passant près d'elle. Viens saluer l'épouse du bey ! »

Ratiba fit un effort pour se détacher du mur et marcha vers nous d'un pas imprécis. « Que tes jours soient heureux ! » dit-elle, et un sourire lointain glissa du coin de sa bouche. « Allons, dit Om el Kher. Les choses s'arrangent, les choses s'oublient. Cela ne te sert à rien d'y songer sans cesse.

— Je les déteste, dit Ratiba... Je les hais ! »

On voyait ses dents luisantes, on aurait dit que les mots s'y forçaient un passage. Puis, elle serra les lèvres et regarda fixement.

« Tu passes ton temps à redire les mêmes choses, reprit Om el Kher. Il faut oublier. À quoi cela te sert-il de ne pas oublier ?

— Je les hais ! dit Ratiba. Qu'ils crèvent ! Qu'ils crèvent tous les deux !

— Tais-toi, dit Om el Kher. Si les hommes t'entendaient !

— Ça m'est égal ! Il faut qu'ils crèvent. Je le répéterai toujours, il faut qu'ils crèvent ! »

Elle parlait devant moi, comme si je n'existais pas. Son malheur lui collait à la peau. Ma présence, qui éveillait chez les autres une curiosité d'enfant, la laissait indifférente. Elle s'écartait maintenant de nous, en marchant à reculons. Lorsqu'elle sentit derrière elle le mur, elle s'y adossa, en poussant un soupir.

« Elle devient folle ! dit Om el Kher. Peut-être l'est-elle déjà ! C'est la sœur de Sayyeda...

— Sayyeda ?

— Mais oui, la voix d'Om el Kher se fit mystérieuse. Tout le monde connaît l'histoire de Sayyeda. Même les journaux en ont parlé ! »

J'eus un moment le désir d'empêcher Om el Kher de continuer. J'avais l'impression que cette douleur de Ratiba ne me quitterait plus. La douleur des autres m'étouffait, elle aussi. Mais Om el Kher ne s'arrêta pas. Elle me raconta ce qui était advenu à Sayyeda. Son père et son frère l'avaient tuée à coups de couteau. Elle était l'aînée de la famille et les avait tous élevés. Elle avait élevé Ratiba aussi. Un soir, on avait aperçu Sayyeda avec un homme près des palmiers. Son père et son frère l'avaient appris. Elle était veuve, Sayyeda, mais être vue avec un homme, cela entache. Le père et le frère ont perdu la tête, ils l'ont tuée ! « Mais Ratiba aime trop sa sœur, elle ne pèse plus les choses. Elle oublie que son père et son frère ont en partie raison. » Dans les villages, les hommes ont approuvé ce meurtre, il

LE SOMMEIL DÉLIVRÉ

lavait l'honneur. Les hommes surtout l'ont approuvé. Les femmes l'ont pris pour un avertissement. « Mais Ratiba ne veut rien comprendre. Son père et son frère ont fui. Elle veut qu'on les retrouve et qu'on les tue. Elle en deviendra folle ! »

Om el Kher parlait avec rapidité comme d'une chose qu'il fallait oublier, ne pas traîner derrière soi. « À mon âge, disait-elle, j'en connais des histoires ! Mais je veux les oublier. Les gens, c'est tout le contraire, quand ils n'ont pas d'histoires à eux, ils vivent de celles des autres. L'histoire de Sayyeda est devenue celle du village. On empêche Ratiba d'oublier. »

Comment aider Ratiba ? Et quelle aide pourrait être d'un assez long secours ? Le monde était à refaire. Ce monde de simulacre qu'on vous impose comme si c'était la vie. Je le sentais confusément. Mais à qui en parler ?

Un enfant s'accrocha à ma jupe. Il avait les cheveux rasés avec une touffe au-dessus du front. « Un millième, disait-il, donne-moi un millième, un seul !

— Fils du péché ! cria Om el Kher. Retourne chez ta mère qui t'apprend à mendier. »

D'autres femmes nous suivaient. Elles se tenaient serrées l'une près de l'autre, leurs vêtements n'en formaient plus qu'un seul. L'une d'entre elles me frappa par son regard clair et ses paupières qui clignotaient. Elle semblait porter tout le rire du village. À la voir s'avancer, en secouant son gros corps, on ne pouvait s'empêcher de sourire. Pour amuser, elle jouait de sa laideur comme d'un hochet. « Tu vas goûter du pain d'Om el Kher, dit-elle en s'adressant à moi. C'est le meilleur pain du village. J'ai perdu l'habitude d'en faire. J'ai les bras trop gros, je n'arrive presque plus à les remuer ! »

Elle se mit alors à battre ses bras contre ses flancs comme en un effort désespéré pour les lever au niveau des épaules, puis elle les laissa retomber lourdement avec de grands éclats de rire. « Elle s'appelle Salma », dit Om el Kher. Salma pouvait tout faire oublier. Elle pouvait prendre les peines comme en un large tamis et le secouer jusqu'à ce qu'il ne reste plus qu'une poussière fine sur laquelle elle soufflait pour l'éparpiller au vent. Seule Ratiba ne riait jamais. Elle était toujours à la même place et le soleil pesait sur elle. « Salma fait rire tout le monde, dit Om el Kher. Elle fait même rire l'aveugle ! »

J'entendais souvent parler de l'aveugle. Il m'apparaissait comme une sorte de divinité silencieuse qui régnait sur le village, au moment où les hommes étaient absents.

« Souvent, reprit Om el Kher, Salma a fait rire l'aveugle ! Excepté quand il est en colère... Les jours de colère de l'aveugle personne ne les oublie ! Le jour où on a battu Bahia, il s'est mis en colère. » Mais Om el Kher s'excusait. « Il ne faut pas lui en vouloir, dit-elle, il y a si longtemps qu'il ne voit pas. Il vit dans un autre monde !...
Lorsque sa colère monte, il tape contre la terre avec son bâton. Il y a dix ans, une femme d'ici avait volé quatorze artichauts et trente kilos de fèves de la réserve. L'ancien directeur des terres, celui qui était là avant le bey ton mari, est arrivé avec trois chaouiches[1] et ils ont emmené la femme. Elle a eu cinq ans de prison. Elle disait qu'elle avait sept enfants, qu'elle ne voulait plus les entendre crier de faim. Mais ils l'ont emmenée !

C'était mal de voler, nous avions tous peur, nous étions tous rentrés dans nos maisons. Mais l'aveugle, lui, ne voulait pas rentrer. C'était peut-être parce qu'il ne voyait pas qu'il avait moins peur... Il est resté au milieu de la ruelle pendant qu'on emportait la femme. Nous étions tous dans nos maisons, et lui, tout seul, au milieu de la ruelle. Il tapait sur le sol avec son bâton, de toutes ses forces.

Tu ne peux imaginer la force d'un aveugle ! Parce qu'il ne la dépense pas à regarder, il la conserve à l'intérieur et parfois elle explose. Il était debout, l'aveugle, et il tapait. Il avait fini par creuser un grand trou dans le sol pour y enfouir sa colère. Nous le regardions tous par nos portes entrebâillées. Les enfants étaient montés les uns sur les autres pour l'apercevoir à travers les lucarnes. Il était seul dans la ruelle et il donnait des coups dans le sol. Cela dura longtemps, bien après que la femme fût emmenée. Quand nous sommes sortis de nos maisons, il s'est arrêté. Et ceux qui se sont approchés de lui se sont aperçus qu'il pleurait... Voici ma maison, dit Om el Kher » sans reprendre son souffle.

* *

Une fumée brune sortait de la porte. Om el Kher me dit d'attendre, et pénétra d'abord toute seule. Quelques instants après, à bout de bras, elle me tendit une feuille de rafia :
« Tu peux entrer maintenant, dit-elle, et si la fumée te gêne trop, tu t'éventeras. »
À l'intérieur, Zeinab était assise, les genoux écartés. Sa robe noire l'enveloppait tout entière. On n'apercevait que ses doigts de pieds et ses mains

---

1. Policiers.

LE SOMMEIL DÉLIVRÉ

qui tournaient la pâte. Dès que j'entrai, elle me salua d'un mouvement de tête et continua à travailler sans me quitter des yeux.

« Chasse la fumée, dit Om el Kher. Quand on n'est pas habitué, ça gêne. »

Elles, la fumée ne les gênait pas. Om el Kher s'assit, et prenant de la pâte bistre, elle en fit une boule qu'elle rejeta d'une main dans l'autre. Elle se servit ensuite d'une palette de bois, à long manche, pour faire sauter la pâte jusqu'à ce qu'elle s'étalât comme une feuille ronde. Puis, elle la plaça dans le four en la laissant glisser lentement de la palette. Parfois, elle prenait quelques brindilles liées en fagots et elle les jetait dans le feu. Le sommet du four, fait de terre, servait de couche la nuit. La chambre était envahie par cette fumée qui faisait reluire les visages. Je toussai pour la chasser de ma gorge.

En retirant la première galette du four, Om el Kher dit : « Elle est gonflée comme une outre, légère comme le vent ! Goûte-la, tu l'aimeras ! »

La galette ressemblait à un ballon doré, elle s'affaissa quand j'enfonçai mes dents. Elle avait un goût âcre qui me plaisait.

« Alors ? dit Om el Kher.

— Alors ? » dit Zeinab.

J'avais la bouche si pleine que je ne pouvais plus répondre.

« Mange... Mange-le en entier ! dirent-elles. Nous t'en donnerons d'autres pour chez toi. »

Elles ouvraient la porte du four. Le feu grésillait, mettait des lueurs roses sur notre peau. Les deux femmes retiraient le pain neuf et chaud. Elles m'en mettaient plein les bras. Elles me chargeaient de pain. Le pain blanchissait ma robe. Elles souriaient de me voir sourire. Quand j'eus les bras remplis, Om el Kher dit : « Je te raccompagne chez toi, pour porter le reste. Tu en auras, comme ça, pour plusieurs jours. »

C'est les bras remplis de pain que je rencontrai l'aveugle.

J'étais trop chargée. Heurtant des cailloux, je perdis l'équilibre. Mes galettes tombèrent. Je n'avais pu en retenir qu'une seule, serrée sur ma poitrine, et dans laquelle j'avais planté mes ongles. Je ne vis d'abord que le dos de l'aveugle. Il s'était penché pour m'aider à ramasser les pains. Je savais que c'était lui. À cette heure, il n'y avait pas d'autre homme au village. Sa voix réconfortait Om el Kher. « Ce n'est rien, dit-il... La poussière ne colle pas. »

Il prit trois ou quatre galettes entre les mains, et les frotta sur le devant de sa robe avant de me les tendre. Je répétais : « Merci. » Je me sentais gênée et maladroite. Om el Kher avait l'air d'une enfant qu'on aurait battue.

« Ce n'est rien, Om el Kher, reprit l'aveugle. Ce n'est pas un peu de poussière qui pourra gâter un pain comme celui-là ! »

Puis, il se mit à sourire et, se tournant vers moi, il ajouta :

« Ta visite est un bonheur pour le village ! »

Son sourire rayonnait, il remplaçait le regard. Il avait un menton fin, un nez aux narines transparentes ; il portait sur la tête un turban large et très blanc qui paraissait fraîchement lavé.

Je répétai : « Merci. » Je ne trouvai rien d'autre à dire avant de suivre Om el Kher, à moitié consolée.

* *
*

Sur le chemin du retour je songeai à l'aveugle. J'aurais aimé rester un moment près de lui. Pour avoir écouté, dans le silence, la voix des autres, il devait connaître ce qui se passe dans les cœurs. « L'aveugle sait tout, disait Boutros. Les femmes lui font leurs confidences. »

Je songeais à l'aveugle, je le confondais avec cette terre sombre et sage que fait parfois gonfler la crue. « Il était debout et il tapait, avait dit Om el Kher. Il avait fini par creuser un grand trou dans le sol. »

Sur le chemin du retour, je ne pensai qu'à lui. Je l'imaginais qui avançait de son pas lent, comme s'il prenait sur lui le destin de son village. Son turban large et blanc brillait comme un joyau. On aurait dit un roi de nulle part, avec son visage lisse et sa couronne de lin. « À cette heure, disait Om el Kher, le village est aux enfants, aux femmes et à l'aveugle. »

Elle se retournait pour voir si je la suivais. Le seuil de la maison franchi, elle me précéda dans les escaliers. La porte de chez nous était entrouverte. Boutros était déjà rentré.

Dans la cuisine, Om el Kher m'aida à mettre les galettes dans le panier d'osier qui se trouvait sous la table, puis elle repartit sans bruit.

Boutros était dans le salon et tapait sur l'accoudoir de son fauteuil avec le poing. « Plus de visite seule au village, grondait-il. Il faut tenir son rang. On ne fraye pas avec les femmes du peuple ! Rachida, elle, n'a jamais mis les pieds au village. On lui apportait tout ce dont elle avait besoin jusqu'ici. Elle savait garder sa place... » Il continuait et ses sourcils se rejoignaient. « L'épouse d'un Nazer ne doit pas traîner dans le village. Ce n'est pas la place d'une femme qui se respecte ! »

Je ne savais que répondre. Il était debout maintenant et se dirigeait vers la cuisine. Puis il se pencha, tira le panier d'osier de dessous la table et souleva le torchon propre qui recouvrait le pain.

« Ce pain, dit-il, je n'en veux pas !... Ces femmes ont des mains sales ! Je fais venir mon pain du bourg voisin. Là ils ont une boulangerie. Je ne veux pas manger de celui-ci. De quoi attraper toutes les maladies ! Tu le jetteras ! Il est bon pour les animaux ! »

Dès cette nuit-là j'aurais dû partir. Dire « non » et m'en aller.

Je suis restée. J'ai courbé les épaules et mes pensées je les ai chassées. J'ai enveloppé les pains dans de vieux journaux. Je les ai mis derrière la porte.

Je les emporterai plus tard et je les jetterai dans le canal quand personne ne me verra.

7.

Le temps passait. Je l'ai laissé passer.
  Le miroir, sous le portemanteau de l'entrée, me mettait cruellement en face de ces huit années. Je n'en avais que vingt-quatre, mais quel sens avaient les nombres ?
  Lorsqu'il m'arrivait d'être surprise par mon visage, je voulais fuir et puis je m'approchais. Mes paupières s'étaient bouffies. Autour du menton s'installait une graisse terne. On ne devinait plus le sang sous mes joues et le fard s'étalait mal, on aurait dit deux plaques poudreuses. En caressant ma peau, du bout des doigts, il me semblait qu'on entendait un bruit de papier que l'on froisse. Il y avait deux sillons autour de ma bouche. Mes pupilles étaient fixes et troubles. Je serrais mes cheveux dans un large bandeau violet pour ne pas sentir leur sécheresse sur mes tempes.
  Si je reculais, le miroir me recevait jusqu'à la taille. Ma silhouette était lourde. Je posais mes mains sur mes hanches, et j'avais cette impression de chair fatiguée sous mes paumes ; je les croisais ensuite sur ce ventre qui n'avait pas porté d'enfant, et je le sentais pesant et sans nerf. À chaque pas, mes pantoufles vernies décollaient de mes talons et faisaient sur le sol un bruit morne.
  Je détestais mon image. J'étais autre chose que cela, je le savais bien. Il y avait dans mes bras d'autres bras, derrière mes yeux d'autres yeux. Il y avait en moi une autre moi-même que je gardais prisonnière, et qui se révoltait de cette mort lente dans laquelle je l'entraînais.
  Comme je ressemblais aux femmes de mon pays ! Les épaules ploient et la vie se déchiquète entre les habitudes. Mais, tandis qu'elles se rési-

gnaient, moi, je n'acceptais pas ma vie. Ma vie humaine n'était pas que cela ! Je ne l'acceptais ni pour elles, ni pour moi. Ni pour les pauvres, ni pour les riches. Je refusais l'idée que l'argent puisse faire taire la solitude des femmes de mon pays. Qui les regardait jamais avec cet amour qui transforme ? Et que peut faire l'argent à l'amour ? Je n'acceptais pas, mais je ne savais que faire, ni vers quoi me tourner.

J'aurais voulu découvrir dans des yeux aimants l'image de ce que j'aurais pu devenir, et je n'avais que ce miroir, avec sa surface glacée sous la paume, qu'Abou Sliman faisait reluire avec une peau de chamois.

*
* *

J'étais seule. Ma famille, j'en avais rarement des nouvelles. Mes frères étaient mariés. Leurs femmes me considéraient comme perdue pour la ville ; elles avaient eu peu de mal à me faire oublier. Mon père nous avait fait deux visites. À l'une d'entre elles, il m'apprit la mort de Zariffa.

Chaque fois, en l'honneur de mon père, on tuait un agneau.

Ses affaires semblaient prospères, mais il s'en plaignait toujours, de peur que je ne lui demande de l'argent. Je m'en serais bien gardée, malgré Boutros qui me talonnait : « Il ne t'a pas donné de dot. J'ai toujours eu les frais à ma charge. Son commerce lui rapporte gros. Il vient d'acheter une voiture ! On dit que tes belles-sœurs sont couvertes de bijoux. Tu ne dois pas te laisser faire ! Il faut demander. »

Mon père arrivait. Il mangeait l'agneau avec Boutros. Ils riaient ensemble. Après le café, Boutros se levait et me lançait un regard complice. Il nous laissait seuls tous les deux. Les mots me résonnaient dans la tête : « Il faut demander. »

Mon père parlait, disait : « On doit avoir un enfant ! » Disait : « Les affaires sont difficiles ! » Disait « Ah ! l'air de la campagne !... Il n'y a rien de tel que la campagne pour vous garder en bonne santé. Tu en as de la chance ! » Puis, au début de l'après-midi, il repartait.

« Alors ? » questionnait Boutros, dès que la voiture disparaissait à l'angle de l'allée des bananiers. Et son bras était encore levé pour saluer mon père dont on apercevait une dernière fois le mouchoir blanc.

« Et alors ? »

Je remontais l'escalier en courant, sans lui répondre.

*
* *

Je n'étais plus retournée au village.
Qu'il fallait « tenir son rang », cela les femmes l'avaient compris, et elles ne m'en voulaient pas. Un sentiment de malaise s'installa entre elles et moi pour une tout autre raison. J'étais stérile, et l'on se méfiait des femmes stériles. Au début, elles me questionnaient : « Est-ce que ce sera un garçon pour notre bey ? » Ensuite, elles se découragèrent et essayèrent de m'éviter. Om el Kher avait de la pitié dans la voix.
Boutros disait : « J'ai reçu une lettre de Rachida. Elle dit que tout cela n'est pas normal. On nous a trompés sur ta santé, voilà ce qu'elle dit ! »
Cet enfant, je l'appelais maintenant. Je remuais les lèvres pour l'appeler. Je le demandais aux plantes et aussi à la nuit et au soleil. Il se mêlait en moi un sentiment de honte et d'angoisse. Pour essayer de me distraire, je marchais dans la campagne. Qu'elle était grave et indifférente ! Mais, elle m'apaisait à cause de ses maisons basses, de ses troncs, de ses rives dont les couleurs pâles fondaient l'une dans l'autre et venaient fondre dans l'eau jaunâtre du canal. Parfois une voile s'éloignait, partait vers on ne savait où. Droite et vive au-dessus des saules pleureurs.
Boutros disait : « Amin, le chef du village, vient de répudier sa femme. Après deux ans de mariage, elle ne lui a pas donné d'enfant. Moi, la religion m'en empêche ! » et il se signait.
J'essayais d'oublier sa voix. Je regardais les femmes, elles avançaient à grands pas assurés en portant des jarres sur la tête. Au bord du fleuve, leurs jupes relevées autour de la taille, leurs longues culottes noires serrées aux genoux, elles lavaient le linge. Autour d'elles, les buffles se baignaient, et on n'apercevait souvent que leur mufle qui surgissait au-dessus de l'eau.
« Gamalat, la femme de Hussein, n'a que des filles ! disait Boutros. C'est à croire au châtiment du ciel ! »
Ce n'était pas pour faire taire la voix de Boutros que je voulais un enfant. C'était un vrai désir, il ne me quittait plus. Je promenais mes rêves avec moi. Dès que j'entendais des voix d'enfants, je me penchais au-dessus de mon balcon. J'écoutais leur rire et leurs histoires lorsqu'ils jouaient dans la ruelle. Je suivais les mouvements de leurs têtes. J'admirais la rondeur de leurs bras et le cercle de chair autour des poignets. J'aurais voulu les appeler et qu'ils montent pour les voir de plus près. Malgré la poussière dans les plis de leurs nuques et leurs paupières couvertes de mouches, j'aurais aimé les presser contre moi et leur parler.
Un matin, il fit plus froid que de coutume. J'avais tiré de l'armoire le manteau que m'avait donné mon père. C'était un manteau qui lui appartenait : « Tu le feras transformer et ajuster à ta taille, m'avait-il dit. Pour

la campagne, c'est bien suffisant ! » Je ne l'avais pas fait ajuster. Il restait suspendu dans mon armoire avec mes autres vêtements. À chacun d'eux, il manquait un bouton ou un point.

Les jours de froid, la maison se glaçait. Ses portes et ses fenêtres laissaient passer l'air. Le froid s'installait, il se plaquait aux murs et sur les poignées. Je restais souvent recroquevillée, des heures entières, à attendre le moment de me mettre au lit avec une bouteille chaude au fond des couvertures.

Ce matin-là, je mis le manteau de mon père pour sortir ; il me faisait des épaules tombantes et me battait les chevilles. Le vent s'engouffrait dans les manches. J'allais vite pour avoir chaud. Je voulais simplement marcher et ne songer à rien, rien qu'à mes jambes en mouvement. Souvent, pour chasser mes pensées, je me mettais à compter. Les nombres avaient ce pouvoir, ils chassaient, pour un moment, l'angoisse : « Un, deux, trois... » Je comptais mes pas. « Quinze, seize, dix-sept... » L'attention était prise. Il fallait compter encore. On avait chaud. Une espèce de joie m'envahissait, celle de n'être plus qu'un corps en marche. « Quatre-vingt-trois, quatre-vingt-quatre... »

J'étais déjà loin, lorsque j'entendis des pas derrière moi. On me suivait. Des voix se rapprochaient, basses, mystérieuses. C'étaient des voix d'enfants, et il me semblait qu'elles parlaient de moi.

« Cette fois, ça y est ! » dit quelqu'un.

Mais un autre le contredit aussitôt. Non, ce n'était plus possible, sa mère lui avait bien dit que ce n'était plus possible.

« Mais je te dis que oui ! » reprenait le premier enfant.

J'entendais des bribes de phrases et les pieds nus des enfants sur le sol.

« Je te parie ! dit une voix.

— Qu'est-ce que tu paries ? dit une autre.

— Ma balle rouge !

— Celle que tu as trouvée sur la route près du fleuve ?

— Oui !

— Je la veux ! »

Mais celui qui avait offert sa balle s'obstinait. Il ne la donnerait qu'à l'enfant qui irait voir.

« Moi je dis que ça y est, dit-il. Il faut aller voir !

— Et s'il n'y a rien ?

— Tu gagneras la balle rouge !

— Elle sera à moi ! dit quelqu'un.

— Non, à moi ! » dit un autre. Et ils se disputèrent.

J'aurais voulu avancer plus vite, prendre un chemin de traverse et leur échapper. Mais je sentis une main, elle s'agrippait à mon manteau. Puis, j'en sentis une autre. Les enfants m'encerclaient. Ils se poussaient mais ils ne me regardaient pas. L'un d'eux saisit un pan de mon manteau, et brutal, l'écarta au milieu des cris.

La balle rouge était perdue ! Celui à qui elle appartenait se mit à courir à travers champs, poursuivi par les autres.

Je m'étais assise au bord du chemin sur une pierre, et mes bras pendaient comme des objets trop lourds. Je ne songeais plus au froid. J'avais des moqueries d'enfants plein la tête et je ne pouvais penser à rien d'autre. Je restai longtemps ainsi. Puis, dans ma main, je sentis une autre main tiède comme un ventre d'oiseau.

« Je m'appelle Ammal ! » dit une petite fille.

Elle avait deux nattes maigres aux reflets roux qui se rejoignaient sur le haut de la tête. On ne pouvait savoir si ses yeux étaient tristes ou s'ils me souriaient, car ils étaient noyés dans une buée qui rendait leur expression indistincte.

« Je veux rentrer avec toi », dit la petite fille. Pour ces mots, j'aurais voulu porter sa main à mes lèvres. Mais il ne fallait pas l'effarer, je me levai et je me mis à marcher auprès d'elle.

« Je sais où tu habites, dit Ammal. C'est moi qui garde les moutons avec mon oncle Abou Mansour. Tous les soirs, nous passons sous ton balcon.

— Quel âge as-tu ?

— Je ne sais pas. Ma mère non plus ne sait pas. Mais je suis encore petite.

— Je crois que tu as cinq ans.

— Cinq ans ! dit Ammal. Je le dirai à mes frères, ce soir.

— Tu as beaucoup de frères ?

— Je n'ai que des frères », répondit Ammal. Comme nous étions arrivés près de la maison, elle ajouta : « C'est ici chez toi. »

Elle m'accompagna jusqu'à la porte et ne lâcha ma main qu'au bas de la première marche.

« Monte, me dit-elle.

— Reviens me voir, Ammal. Je te ferai une robe. »

Elle avait des dents brillantes qu'elle découvrait lorsqu'elle souriait. Elle rejeta la figure en arrière pour mieux me voir monter. Elle avait un visage décidé et son regard tenace s'attachait à moi. À chaque marche, je me retournais pour lui faire un signe.

« Reviens, Ammal ! »

LE SOMMEIL DÉLIVRÉ

Elle était au bas de l'escalier, les deux mains appuyées au pommeau de la rampe ; elle tendait le cou. Je me penchai pour lui sourire une dernière fois.

**

Et puis ce fut fini. Le visage d'Ammal m'échappa dès la porte fermée. L'apaisement qu'elle m'avait apporté disparaissait avec sa présence. Dans ma chambre, je ne pouvais me fuir longtemps et les objets autour de moi se déformaient. Ils n'étaient plus une chaise, une table, une lampe ou un tapis ; mais ils prenaient un aspect monstrueux. Les couleurs perdaient de leur intensité et chaque objet portait des signes de décrépitude. Les fils des rideaux se séparaient, mangés par le soleil et la poussière. Les plafonds se baissaient. Les murs étaient sur le point de se rejoindre. J'aurais crié.

Un visage ami aurait chassé le cauchemar. Je croyais qu'un visage ami pouvait tout, mais il m'était impossible de rien tirer de ma mémoire. Je voulais le visage d'Om el Kher, ou celui de Zariffa morte, ou celui de ma mère morte, celui d'Ammal que je venais à peine de quitter. Leurs noms étaient comme les enseignes que secoue le vent et qui n'évoquent plus rien. J'aurais voulu dormir. J'attendais sans cesse la nuit, la sieste de midi à laquelle je m'étais habituée, et encore la nuit.

Quelqu'un frappait à la porte, grattait plutôt.

« Est-ce que je peux entrer ? » dit la voix, dont je reconnus à peine le timbre. « Est-ce que je peux venir te parler ? »

C'était Om el Kher. Elle pénétra, en hésitant, lourde d'un secret.

« Entre, lui dis-je.

— Écoute, commença-t-elle brusquement, les enfants t'ont vue et ils ont raconté ce qu'ils ont vu... On parlait déjà de toi au village. Je ne peux plus entendre ça, le cœur me démange ! »

Sa voix s'épaississait comme si elle roulait de la terre.

« Ce n'est peut-être pas mon affaire, mais je n'aime pas entendre ça, reprit-elle. Tu n'as pas d'enfant et tu te consumes. Le matin, quand je viens déposer mon panier, je ne dis rien, mais j'ai des yeux. Je répète à Zeinab « la femme du bey, c'est la stérilité qui la consume... » Tu te souviens de Nefissa, la vieille bavarde qui lit l'avenir dans le sable ?

— Oui, je me souviens...

— Je l'ai consultée ! Elle dit que tu dois aller voir la Sheikha.

— Qui est la Sheikha ?

— Je t'ai parlé d'elle le jour où tu es venue manger de mon pain. La Sheikha, il faut que tu ailles la voir, elle te dira ce qu'il faut faire.
— Mais, qui est-ce ? repris-je.
— Tout le monde sait qui est la Sheikha », dit Om el Kher. Et elle se mit à me raconter son histoire. Très vite, comme elle faisait toujours, sans se donner le temps de reprendre son souffle. « Quand la Sheikha Raghia mourut, le bourg voisin où elle habitait et tous les villages autour étaient en deuil. »

J'étais assise au bord du canapé et Om el Kher accroupie par terre. Elle vit que le soleil était encore très haut et sachant qu'elle aurait du temps avant la rentrée de Boutros, elle continua :

« C'est la Sheikha Raghia qui guérissait les malades, qui faisait revenir l'époux infidèle. C'est elle qui faisait découvrir le voleur et retrouver l'objet volé. Elle avait des poudres. Tu sais, les poudres qu'on fait brûler. Elle avait aussi des morceaux de papier sur lesquels elle inscrivait des mots qu'elle seule connaissait. La Sheikha Raghia aidait à trouver un mari ou bien à avoir un enfant ! Les femmes lui racontaient leurs malheurs. Elle chassait les démons !... À sa mort, on crut que le malheur allait venir, et durant un mois il y en eut des deuils, des maladies, et les époux abandonnaient leurs femmes !... Et puis, un jour, dans la ruelle de l'Obstiné, Bayumi qui vendait des limonades, tu sais, ce n'était alors qu'un tout jeune homme, Bayumi fut soudain pris de tremblements. Il tomba par terre, on lui voyait des gouttes de sueur sur la peau. Il haletait. Une voix inconnue sortit de sa gorge. Quelqu'un passa et reconnut la voix de la Sheikha Raghia. Si tu avais entendu ses cris ! D'autres accoururent et reconnurent la voix eux aussi. On transporta Bayumi dans la demeure de la Sheikha. Voilà ! La Sheikha Raghia avait choisi Bayumi et elle l'habitait. Alors les femmes ont appelé Bayumi « Bienheureuse », et cela fait trente ans maintenant que la Sheikha continue à habiter Bayumi et à nous aider... Je te dirai un jour ce qu'elle a fait pour moi... Et toi, tu prends de l'âge, continuait Om el Kher. Les années pèsent double lorsqu'on n'a pas porté un fils. Le bey part demain pour toute la journée... On me l'a dit. J'ai parlé à Abou Sliman. Il l'accompagnera à la gare, au retour, la voiture sera pour nous... »

Je ne croyais pas aux pouvoirs de la Sheikha, mais j'étais heureuse à la pensée d'une journée auprès d'Om el Kher.

« À demain, me dit-elle et qu'Allah te garde ! »

« Demain, dit Boutros avant de se mettre au lit, je serai absent toute la journée... Tu diras à Abou Sliman de tuer deux pigeons et de me les faire rôtir pour mon retour. »

*
* *

Au bout de la ruelle de l'Obstiné et dans l'impasse de la Prophétesse, un escalier ressemblait à une échelle, et il s'enfouissait entre deux murs lézardés.

« La voici enfin ta demeure bénie, ô Bienheureuse ! dit Om el Kher. Que ces marches sont dures qui me séparent de toi ! Ah ! si je pouvais vivre à ton ombre pour toujours, ô Bienheureuse ! »

Pour monter, elle relevait autour de ses chevilles sa robe ourlée de boue. « C'est ici ! » dit-elle et sa voix s'exaltait davantage.

L'escalier déboucha dans un couloir en demi-cercle. Quelques marches brisées. Un autre couloir sombre s'ouvrit vers le ciel. Sur la terrasse étaient bâties plusieurs pièces. Om el Kher recommença à parler de « cette demeure bénie ! » et lorsqu'elle se tourna vers moi pour m'indiquer du doigt l'une des portes ouvertes, je vis qu'elle souriait. « Écoute-la. Elle parle ! » me dit-elle et elle s'arrêta.

On entendait une voix efféminée qui lâchait ses mots, un à un. Entre chaque phrase, elle s'arrêtait, comme si elle attendait que la prochaine lui fût dictée.

« Ton figuier ne porte que des ronces, disait la voix. Tu auras beau le soigner, il ne pourra que te piquer les doigts !... Mais, écoute-moi bien. Dans l'espace de trois, tu trouveras la figue ! Elle sera cachée, il faudra que tu la cherches longtemps. Mais ce jour-là, je me réjouirai avec toi, et je mettrai une rose à mon oreille ! »

La voix se tut.

« Nous pouvons entrer maintenant », dit Om el Kher, et elle me fit passer devant elle.

La chambre était spacieuse. Contre les murs s'empilaient des objets hétéroclites, des dons à la Sheikha. Des cages à pigeons, des cages à serin posées sur des meubles noirs en bois sculpté. Une gazelle empaillée en équilibre instable sur une armoire en laque. Une tour en bois ressemblait à un jouet d'enfant, on y avait planté des fleurs en plumes multicolores. Le vase de Chine était brisé, un de ses morceaux gisait par terre, à côté du bidon d'huile. Certains tiroirs, si pleins qu'on n'avait pu les fermer, laissaient pendre des écharpes de soie, une chaîne de montre, des colliers de verre. Sur le mur du fond, une immense toile représentait un Pèlerin sous un arbre. Elle était à moitié cachée par un arbuste en forme de palmier qui émergeait d'un énorme pot de terre. Om el Kher me murmura à l'oreille que c'était la Bienheureuse qui l'avait peinte. « Les arbres ont l'air si vrais, ajouta-t-elle, que parfois les oiseaux qui rentrent dans la salle essayent d'y faire leur nid. »

La Sheikha parlait de nouveau et nous étions restées Om el Kher et moi près de la porte. Personne ne nous avait encore aperçues. Je voyais la Sheikha de dos, assise sur un canapé bas, entourée de femmes accroupies qui formaient une grande masse mouvante et noire.

D'autres objets s'accumulaient sur des étagères usées, sur les rebords des fenêtres, sur le meuble de laque, sur le sol. Des animaux circulaient librement. Une chèvre et son chevreau, un chien, une poule presque entièrement déplumée, un dindon. Ils allaient et venaient entre les boîtes vides, des fonds d'arrosoir, des vêtements et ils se frottaient parfois aux robes des femmes.

La Sheikha se tut puis se tourna soudain vers nous, et reconnut Om el Kher. Elle leva les deux mains à la fois et se mit à les balancer d'avant en arrière en signe d'accueil.

« Eh ! Om el Kher... C'est donc toi, ma vieille amie ? Le temps sans toi me semblait long ! Puis, elle cligna un œil : Quel malheur t'amène, ma vieille amie ? Quel malheur t'amène ? » ajouta-t-elle.

Om el Kher, confondue de tant d'attention, porta ses mains à ses lèvres en signe de gratitude : « Sheikha, ce n'est pas pour moi, dit-elle, c'est pour la dame ! »

La Sheikha nous dit alors d'approcher, et puis, elle se mit à crier d'une voix forte :

« Ma femme !... Mon épouse, où es-tu ? Apporte donc une banquette pour la dame ! »

Une grosse femme entra, vêtue d'une chemise blanche en forme de sac, qui lui descendait jusqu'aux chevilles. Ses mains étaient trempées de savon et d'eau, on avait interrompu sa lessive et elle bougonnait. Elle indiqua aux femmes où se trouvait la banquette et elles l'aidèrent à la tirer du réduit.

« Plus près », dit la Sheikha. Ce privilège me gênait. Mais les femmes m'encourageaient, et toutes me regardaient avec un sourire compatissant.

« Je ne te ferai pas trop attendre, dit la Sheikha, le temps que tu te reposes. » Puis, elle s'adressa à Om el Kher qui s'était assise au milieu des autres femmes. Elles se serraient encore plus pour lui faire de la place.

« Om el Kher..., dit la Sheikha. Tu as illuminé la maison ! Et toujours aussi gaillarde, une molaire ! Une vraie molaire, ma vieille amie ! Qu'Allah te garde ! »

Om el Kher rayonnait. Une voix s'éleva du fond de la salle :

« Om el Kher, tu as rempli le cœur de la Bienheureuse. Qu'Allah triple ta vie !

— Silence, cria la Sheikha. Silence maintenant... C'est au tour de qui ?

— C'est mon tour ! dit une femme.

— Oui, c'est le tour de Nabaweyya, dirent les autres d'une même voix.

— À toi, Nabaweyya ! dit la Bienheureuse. Donne-moi ton mouchoir. »

Nabaweyya était au milieu du groupe. Elle tendit son mouchoir à une des femmes, et il passa de main en main. La Sheikha le prit et l'approcha de son nez pour le flairer.

La Sheikha était un homme d'une cinquantaine d'années dont la robe blanche soulignait les rondeurs. Le canapé sur lequel il était assis ressemblait à une cuvette. La figure de la Sheikha était une boule luisante avec des yeux en tête d'épingle. Son nez était une autre boule au-dessus de la moustache claire et ronde comme un gros point. Sur ses lèvres vermeilles, on aurait dit qu'on venait d'écraser des mûres. Il les gardait toujours humides en y passant constamment sa langue pointue et agile. Parfois, il aspirait une bouffée du narguileh qui gargouillait à ses pieds. Une des femmes avait pour rôle de ne jamais le laisser s'éteindre.

La robe de la Sheikha avait un grand décolleté en pointe qui laissait paraître une poitrine blanche et lisse. Autour du cou il portait trois colliers de jasmins qu'il respirait parfois en roulant des yeux. Lorsque l'un des colliers jaunissait, il l'arrachait du cou et le jetait loin derrière lui. Sur le crâne il portait une calotte de coton mêlé de fils de couleurs. On s'adressait à lui comme s'il était une femme. Il n'était plus que la Sheikha Raghia.

J'étais bien ici. À les dire, à entendre ceux des autres, les malheurs devenaient moins lourds à porter, et cela suffit parfois.

« Alors, tu t'appelles Nabaweyya ? » dit la Sheikha en s'adressant à la femme dont elle respirait le mouchoir.

— Oui, dit la femme.

— Dis : « Je te salue, Bienheureuse ! »

— Je te salue, Bienheureuse ! répéta Nabaweyya.

— Ta main, Nabaweyya, est mordue par le chien que tu as soigné. Sa dent est longue comme un couteau de cuisine. Je vais te la lui amollir. Elle deviendra flasque comme une tripe et tu pourras la manger à son tour. Tu comprends ce que je veux dire, Nabaweyya ?

— Oui, Sheikha.

— As-tu des enfants, Nabaweyya ?
— Oui, Sheikha.
— Je le savais.
— Qu'Allah te les conserve ! reprirent les femmes.
La Sheikha prit une des feuilles de papier en désordre sur le canapé. Il la déchira en deux parts égales et se mit à inscrire des mots mystérieux au crayon dont il mouillait sans cesse le bout violet avec sa langue. Il lui en restait toujours des traces au coin des lèvres. Puis il écrasa la feuille dans sa paume.
« Tu porteras ceci sur toi, dit la Sheikha. Porte-la entre ta peau et ta chemise. Porte-la et dans l'espace de huit, tu retrouveras ta paix ! »
La boule de papier passa de main en main.
« Qu'Allah te garde à nous, Sheikha ! criait la voix de Nabaweyya.
« Qu'Allah te garde à nous ! » reprirent les femmes.
Nabaweyya chercha quelques piastres au fond de sa longue poche.
« C'est la première fois que tu viens, dit la Sheikha, tu paieras un autre jour.
— J'ai ce qu'il faut, Sheikha », et elle tendit aux femmes une pièce d'argent.
« Comme tu veux, ma sœur, dit la Sheikha.
— Qu'Allah te couvre de bénédictions, Bienheureuse », crièrent les femmes, et elles prodiguaient en même temps des encouragements à Nabaweyya.
« À qui le tour maintenant ? demandait la Sheikha.
— À Amina !
— Où es-tu, Amina ?
— Je suis ici, Bienheureuse ! »
C'était une femme jeune, aux yeux apeurés. Son voile noir avait glissé en partie et découvrait ses cheveux luisants. Elle se trouvait près du canapé.
« Qu'est-ce qui t'amène, Amina ?
— Elle a été volée ! crièrent les voix.
— Taisez-vous, les femmes, reprit la Sheikha. Donne ton mouchoir, Amina, et dis : Je te salue, Bienheureuse !
— Je te salue, Bienheureuse !
— Je t'écoute !
— J'ai été volée, reprit Amina, si mon mari le sait, il me battra.
— Qu'est-ce qu'on t'a volé ?
— Mes bracelets. Quatre bracelets en or, Sheikha. Je les cherche depuis

LE SOMMEIL DÉLIVRÉ

deux jours. Je les ai cherchés partout. Dans les coins, entre la paille des animaux et dans les savates de ma belle-mère.
— Dans les savates de ta belle-mère ? » dit la Sheikha.
La femme baissa la tête et ne répondit pas.
« Ta belle-mère ne t'aime pas, reprit la Sheikha, elle veut que son fils te chasse. »
La femme baissait toujours la tête. Les autres la regardaient et elles commençaient à se lamenter. Elles se serraient davantage. Mais la Sheikha se mit à parler et les femmes sentirent que les choses s'arrangeraient. « Tu es venue de loin, mais tu ne repartiras pas les mains vides, dit-elle à Amina. Tu vois cette poudre, je vais en mettre dans ton mouchoir ! » Lorsque sa belle-mère s'endormirait, Amina devrait lui jeter une pincée de cette poudre sur les cheveux et en jeter une autre pincée sur les cheveux de son mari. Avant que la semaine ne fût écoulée, Amina retrouverait ses bracelets. « Ta maison est boueuse comme une semelle, Amina... Mais il y aura une route d'eau pour toi ! Tu comprends ce que je veux dire, Amina ? Une route d'eau !
— Merci, Sheikha... Qu'Allah te le rende !
— Chasse ta peur, Amina... Ta vie deviendra douce comme le vol d'une colombe, et les mots te seront comme du miel !
— Qu'Allah te garde, Sheikha... ô Clairvoyante !
— Non, ne me donne rien, Amina... Je ne veux rien de toi. Tu as perdu tes bracelets, c'est plus qu'il n'en faut pour une semaine. Quand tu reviendras, apporte-moi une caille. Ma femme me la fera rôtir avec des amandes !
— Qu'Allah te couvre de bénédictions, Sheikha ! Mais au moins prends ceci, c'est de la confiture à la rose. Prends-la, et que ta langue demeure sucrée ! »
Amina se leva pour partir. Ses yeux n'étaient plus les mêmes. Elle se pencha vers le chevreau pour le caresser et, dans un élan de joie, elle lui embrassa le museau. Tandis qu'elle s'en allait, la Sheikha s'adressa à moi.
« C'est à toi ! me dit-elle. Approche ta banquette. »
Des femmes s'écartèrent. Om el Kher s'était levée pour m'aider. Je venais de me rappeler pourquoi j'étais là.
« Alors, dit la Sheikha quand je fus de nouveau assise, que puis-je faire pour toi ?
— Il faut que tu viennes à son aide ! dit Om el Kher.
— D'abord, comment t'appelles-tu ? demanda la Sheikha.
— Samya... répondis-je.

— Donne-moi ton mouchoir, Samya... Dis : Je te salue, Bienheureuse !
— Je te salue, Bienheureuse !
— Alors, que veux-tu de moi, Samya ?
— Elle n'a pas encore d'enfant ! dit Om el Kher. Pas d'enfant, après huit années de mariage !
— Quel malheur ! reprirent les femmes. Pas encore d'enfant !
— Taisez-vous, cria la Sheikha. Laissez-moi penser à elle ! »
Elle ferma les yeux et plissa les paupières. Puis elle se mit à parler en détachant chaque syllabe. Les femmes répétaient chacune de ses phrases du bout des lèvres.
« Samya ! Samya !... dit la Sheikha, tu as un nœud de fer dans la poitrine. Tu as un oiseau mort dans ta poitrine, ô Samya ! Peut-être que ton enfant le ressuscitera... Un enfant te viendra, Samya ! Comme je vois les choses, l'enfant te viendra ! »
Om el Kher poussa un soupir de soulagement. Un grand soupir passa dans la salle, on aurait dit qu'elles n'avaient toutes qu'une seule poitrine. Je m'étais mise à croire, moi aussi.
« Pour toi, je vais prendre les trois poudres », dit la Sheikha, avant d'ouvrir les yeux.
« Tu auras un enfant, dirent les femmes, tu auras un enfant, Samya !
— Femmes, taisez-vous ! dit la Sheikha. Avec tout ce bruit, j'ai l'impression qu'un essaim d'abeilles s'agite entre vos tempes.
— Je fais trois cornets de papier, Samya, reprit la Bienheureuse. Dans chaque cornet, je mets une poudre de couleur différente. Tu les feras brûler l'un après l'autre dans ta maison. Samya, tu peux partir en paix, et que tes pas éveillent les fleurs ! »
Je mis quelques pièces d'argent dans une boîte en fer rouillé au pied du canapé. Les femmes me firent des signes d'amitié jusqu'à la porte et la Sheikha nous accompagna du regard. Puis je sortis, suivie d'Om el Kher.
Sur les marches de l'escalier, nous entendions encore la voix :
« La lune pour toi s'est empoussiérée, Zannouba. Un de ta famille marche dans des sentiers aussi noirs que le dos des buffles ! Et je crois bien que c'est ton fils, ô malheureuse !... Mais dans l'espace de... »

8.

Le désir d'avoir un enfant me poursuivait.
Deux ans s'étaient écoulés depuis que nous avions été voir la Sheikha. Je ne m'étais pas attendue au miracle, mais j'étais pleine de remords à la pensée d'avoir peut-être ébranlé la foi d'Om el Kher. Elle ne me parlait plus et n'apparaissait qu'au moment où sa présence était nécessaire. J'essayais de deviner si elle m'en voulait. Mais si peu de choses s'inscrivent sur un visage, et l'on ne sait jamais exactement à quel degré d'amour ou de haine on se trouve dans le cœur des autres.
Les sentiments s'embrouillent vite. Que de barrières entre les êtres et même entre ceux qui s'aiment ! Lorsqu'on a fini de détruire ces conventions qui se dressent autour de nous, il reste encore tout ce qui surgit de soi avant même qu'on ait eu le temps de le surprendre. Tout ce qui naît d'un geste maladroit ou d'un oubli et qui porte en lui ce poison qui déforme. Si l'on n'est pas en éveil, tout nous sépare et nous enferme chacun dans sa propre cage.
Parce qu'elle est simple, Om el Kher parla la première :
« Tu as dû te tromper, me dit-elle. Tu as dû mal brûler les poudres, c'est pour cela que tu n'as pas encore eu d'enfant. Mais j'irai revoir la Sheikha et je lui expliquerai.
— Oui, répondis-je, j'ai dû me tromper. » Je savais qu'il n'en était rien et que j'avais jeté les poudres sans m'en servir. Mais je ne voulais rien dire qui pût l'éloigner davantage de moi.
Ce désir d'un enfant me poursuivait.
Je le voulais pour moi, je sentais qu'il m'ouvrait à la vie. Je souhaitais

aussi que cette naissance me rapprochât de ceux du village parce que je voulais leur sympathie.

Boutros, lui, se frappait la poitrine. Il disait qu'il accomplissait son purgatoire sur cette terre. Il faisait le signe de la croix. « Je me fortifie dans ma religion », disait-il. Dans le même temps, il se vantait d'avoir roulé un acheteur pour faire doubler sa commission. « Ce balourd ! » disait-il. Il priait des lèvres. Il disait : « Ni dot, ni enfant ! Si je n'étais pas chrétien, je te jetterais à la rue ! »

Ammal venait me voir. Son oncle Abou Mansour lui confiait le soin de monter le fromage. Je l'appelais « mon oiseau ». Elle venait se frotter les ailes dans ma chambre et me laissait un peu de tiédeur. J'avais acheté au marchand ambulant un tissu jaune pour lui faire une robe. Je cousais mal, mais je m'étais si bien appliquée que la robe lui allait. Dans tout ce jaune, je trouvais qu'elle ressemblait encore plus à un oiseau avec sa tête toujours mobile et cette façon qu'elle avait de se frotter les mains. J'aimais la regarder, et le jaune de sa robe était si éclatant, qu'au moindre rayon de soleil, il projetait des taches rondes sur les murs. Souvent, elle s'asseyait par terre, les genoux sous le menton, les bras autour des jambes et elle me demandait de lui raconter des histoires. Rien que de voir l'appel dans ses yeux, je trouvais mille choses à dire.

Cette année-là, pour la première fois, elle me montra la petite figurine de terre qu'elle venait de sortir de son corsage.

« C'est moi qui l'ai faite ! » dit-elle fièrement.

La figurine représentait son oncle Abou Mansour assoupi, il était enveloppé de sommeil et semblait faire partie de ses robes. On voyait à peine ses traits, mais c'était bien lui, tel que je l'apercevais souvent, couché à l'ombre d'un tilleul. Je tenais ce petit objet encore maladroit et une joie m'envahissait. Je ne m'expliquai pas d'abord pourquoi. Mais, je me tournai vers Ammal et je dis :

« Tu seras sauvée, Ammal ! »

Je ne savais pas encore ce que je voulais dire. C'était comme si je venais soudain de comprendre qu'Ammal tenait une réponse à la vie et que je devais être auprès d'elle, pour l'aider.

De son regard tenace, Ammal fouillait ma pensée.

*
* *

La scène avec Boutros commença d'une manière inattendue.

Il me répétait encore : « À quoi sers-tu si tu n'es même pas capable

d'avoir un enfant ? » Je le regardai droit dans les yeux et répondis : « Et, si c'était toi ? »
— Moi ?... Moi ?..., il en perdait la parole : Moi ? Répète ce que tu viens de dire ! »
Je mis toute ma rancœur dans mon regard. Je voulais l'atteindre et que sa fausse dignité se décrochât et tombât de lui.
« Répète..., disait-il. Répète...
— Et si c'était toi, le responsable ? »
Il éleva le bras et me gifla. Je ne reculai pas. J'étais heureuse de cette gifle. Elle venait enfin confirmer cette attitude de brutalité intérieure qu'il était difficile de définir tout à fait. Ma haine jusqu'ici s'éparpillait sur mille faits. Maintenant elle prenait forme. Que lui reprocher jusqu'ici que les autres auraient pu comprendre ? Ne m'avait-il pas épousée sans dot ? M'avait-il jamais trompée ? J'étais bien nourrie. Voilà ce qui saute aux yeux. Le reste, de l'imagination, de l'hystérie !
Cette fois, enfin, je pourrais écrire à mon père :
« Mon père, cet homme m'a battue ! »
Qu'aurais-je pu lui écrire avant ?
« Mon père, cet homme me traite comme une chose. Mon père, la vie passe et je n'aurai connu aucune joie. Mon père, je n'ai jamais été heureuse. Mon père, mes journées sont lourdes, et mes nuits... Mon père, pourquoi faut-il renoncer au bonheur si ce n'est même pas pour aider les autres ? Mon père, j'ai soif, je veux de l'eau sur mes lèvres. Mon père, à chaque instant ma jeunesse est enterrée. »
Mon père aurait ri de ma lettre avant de la mettre au panier.
Mais cette fois, je pourrais écrire :
« Mon père, cet homme m'a battue. Il faut venir me chercher ! »
Boutros avait des taches de colère autour des yeux et sur le front. Il titubait sur ses petits pieds. Il ressemblait à un amas de vêtements qui allait s'effondrer. « C'est comme cela qu'il faut agir... répétait-il. J'ai été trop bon jusqu'ici ! »
Dans la lettre à mon père, j'écrirai :
« Mon père, Boutros m'a battue ! Il va me battre encore. Venez vite me chercher ! »
« Tu me dois le respect ! hurlait Boutros. Et tu seras soumise, tu l'entends ? »
Dès qu'il recevra ma lettre, mon père viendra. Il m'emmènera loin d'ici. J'irai vivre auprès de mon père.

« On ne supporte pas une folle toute la vie ! criait Boutros. Attention, je pourrais te faire enfermer ! »
La réponse de mon père ne tarda pas.
Comme il avait l'esprit juridique, il collectionnait, par plaisir, les conclusions de certains procès. Il en découpa une à mon intention, la colla sur une feuille blanche et la mit dans une enveloppe qu'il m'envoya. Elle disait, cette conclusion :
« L'homme a le droit de battre sa femme correctionnellement, sans toutefois que les coups qu'il lui administre dépassent les bornes de l'intention correctionnelle. »
Puis, de son écriture appliquée, il avait ajouté au bas de la page :
« N'attire pas la colère de ton époux. Souviens-toi, tu as souvent été difficile, même chez nous ! Ton père qui t'aime. »

*
* *

Lorsque je sus que j'attendais un enfant, je voulus d'abord en garder le secret. Ne pas le livrer à Boutros, ni à la curiosité de Rachida qui commenterait longuement, dans ses lettres à son frère, cette naissance tardive. Elle m'emplissait d'un sentiment si profond et si tendre, cette naissance, que je ne voulais, sur elle, aucune pensée qui pût lui porter atteinte.
Ce fut à Om el Kher, parce que je la sentais proche, que je l'annonçai la première.
« Je le savais, répondit-elle. La Sheikha ne peut pas se tromper ! »
Puis, elle recula de quelques pas, posa ses mains sur ses hanches et me regarda des pieds à la tête avant de dire :
« Alors, te voilà mère ! »
Les jours qui suivirent, comme si elle sentait que je voulais m'entourer de mystère, elle ne m'en parla plus, mais elle me jetait un regard complice.
Un peu plus tard, je le dis à Ammal. D'abord elle se mit à pleurer dans la crainte que je ne l'aimerais plus autant. Je me mis à genoux pour lui répéter qu'elle était ma première petite fille et que je ne pouvais pas l'oublier. Je sentais entre nous un lien qui allait au delà des mots.
Ammal avait plus de huit ans maintenant. Ses ongles étaient toujours cerclés de terre et ses doigts secs comme des fagots. Elle continuait à faire des figurines qu'elle venait me montrer.
« Quand je reste sans rien faire, mes doigts brûlent ! » disait-elle.
Lorsqu'elle parlait de ses figurines, elle avait un sourire qui venait de très loin :

« Je les aime, disait-elle, je les aime plus que mes frères, plus que mon oncle Abou Mansour ! »
Ces petits objets de terre, ce n'était rien encore. Mais quand Ammal en parlait, elle découvrait un monde.
Elle serait sauvée, Ammal, parce qu'elle possédait un amour qui s'exprime. Un amour qui ne s'épuise pas, et qui vit aussi longtemps que le sang qu'on porte. Je le pressentais plus qu'elle-même. Aider Ammal, la sauver, c'étaient les seuls moments où je découvrais un sens à ma vie. Elle partit, ce soir-là, rassurée et heureuse.
La présence de l'enfant s'imposait et je ne pouvais la cacher plus longtemps à Boutros :
« Il était bien temps ! » me répondit-il.

*
* *

« Ce sera un fils ! » disait Boutros.
Je sursautai, et tout d'un coup, comme si je pouvais les toucher, je vis deux Boutros l'un près de l'autre qui avançaient vers moi.
J'essayai de me raisonner et d'imaginer mon fils semblable à ces enfants qui jouaient souvent sous mes fenêtres. Ils s'amusaient de tout, de pierres, de vieilles planches, de ce mélange de boue et de paille qui sert de combustible l'hiver. J'essayais de me représenter ce fils au milieu d'eux, pareil à eux avec des yeux noirs et un rire. À l'instant même, l'image s'amplifiait, se déformait et c'était de nouveau un autre Boutros qui marchait vers moi, avec la corpulence et les pieds ridicules de son père.
La nuit, lorsque je me sentais oppressée et que je me tournais entre mes draps pour me plaindre doucement, j'entendais leurs voix s'élever. Celle de Boutros et celle de son fils, tous deux criaient que je les empêchais de dormir. Puis, je les trouvais debout, près de mon lit. Ils avaient allumé la lampe de chevet qui donnait une lumière blafarde à travers le tissu soyeux de l'abat-jour. Ils se penchaient vers moi, ensemble, tous les deux. Ils portaient la même chemise de nuit en toile blanche, qui descendait jusqu'aux mollets et dont l'encolure en pointe était déboutonnée. Ils avaient le même nez étroit dans un visage qui luisait de graisse et de sommeil. Leurs épaules se courbaient comme si une bosse leur pesait sur le dos. Leurs deux ombres étaient sur mon drap : « Qu'as-tu encore ? disaient-ils. Tu nous empêches de dormir. »
« Ce sera un fils ! disait Boutros. J'ai demandé à Rachida de m'envoyer

un grand portrait de sainte Thérèse. Je ferai des neuvaines, l'une après l'autre jusqu'à la naissance. Et une lampe brûlera tout le temps ! »
Le portrait arriva dans une caisse de bois, avec une réserve de bougies plates qui pouvaient surnager dans un verre rempli d'huile. C'était une grande photo de couleur dans un cadre doré. Boutros la fit clouer au mur par Abou Sliman. Dessous, on mit une table haute, avec un verre pour la bougie.
« Il faudra ne jamais la laisser s'éteindre, dit Boutros. Tu y veilleras. Et les fleurs, tu en remettras tous les jours ! »
Je veillais la petite flamme. Je changeais l'eau des fleurs. La Sainte avait un visage de jeune fille, elle me devenait familière, et tous ces rites m'ennuyaient pour elle. Dès que Boutros franchissait le seuil, il allait se mettre au bas de l'image, et marmonnait des prières en se frappant la poitrine. J'étais derrière lui, et je criais à l'intérieur de moi : « Que ce soit une fille ! Il faut que ce soit une fille ! » Je criais très fort à l'intérieur de moi comme pour conjurer les paroles de Boutros, pour conjurer surtout la montée de la flamme dont la présence incessante m'inquiétait un peu.
Si c'était une fille !... C'est à moi qu'elle ressemblerait. Ou plutôt à ce que j'aurais voulu être. Elle sera belle, ma fille ! Je la ferai forte, humaine et de cette vraie bonté si différente de l'autre, celle qu'on vous fabrique avec son odeur rance d'objets qui séjournent longtemps au fond des armoires. Mais pourrais-je faire de ma fille ce que je désirais ? Confinée dans ces trois pièces sans vie, le pourrais-je ? À cette pensée, il me prenait l'envie de fuir.
Ces nuits-là, je me réveillais en sursaut et couverte de sueur. Dans l'espace de quelques secondes je vivais une chose, puis l'autre. J'emportais ma fille et je fuyais. Un courage qui forçait tout était en moi et les peurs s'écroulaient comme de vieux et monstrueux décors. Ou bien alors des questions s'embrouillaient dans ma tête. Où irais-je ? Je n'avais pas de fortune. Mon père, mes frères me renieront et personne ne me fera travailler. On me rattrapera sur les routes. Peut-être dira-t-on que je suis folle, et on m'arrachera l'enfant ? J'étais à nouveau figée par la peur.
Je prenais une décision, je prenais l'autre. J'étais si profondément dans l'une qu'il me semblait que l'autre n'avait jamais existé. Mais, elle revenait à la charge et jetait la première dans son ombre. Mille raisons faisaient que je devais fuir, mille raisons que je devais rester. Les idées les plus contradictoires se mêlaient en un flot, et il m'arrivait parfois de me demander « où suis-je moi, dans tout cela » ?
Je n'avais pas résolu ce débat lorsque l'enfant naquit.

LE SOMMEIL DÉLIVRÉ

*
* *

C'était un vrai mot, ce mot de « délivrance. »
Tout chantait en moi. J'avais le cerveau et le cœur délivrés. Je respirais en cadence. Il me semblait que je flottais entre des couches d'air et que rien d'anguleux ne pouvait me toucher. Le temps était en arrêt. J'abordais une île ronde et verte à la frange lumineuse. Une chaleur très douce montait le long de mes hanches et s'attardait autour de ma poitrine qui me semblait légère et tiède.

Rachida était arrivée quelques jours avant la naissance. « Elle répond toujours à mon appel, m'avait dit Boutros. Quel dévouement ! Quand elle sera ici, je serai tranquille. C'est elle qui prendra tout en main ! » Rachida était venue avec trois valises. Elle s'installait pour de longs mois. « C'est elle qui élèvera mon fils ! avait dit Boutros. Nous avons les mêmes principes, ma sœur et moi ! »

À présent, Rachida portait une blouse grise, dont les manches remontées autour des coudes, laissaient paraître ses bras olivâtres. Elle donnait des ordres à la sage-femme. « C'est Rachida qui choisira la sage-femme », avait dit Boutros. Elle s'agitait, Rachida, elle remuait l'eau dans les cuvettes. Elle disait : « Le coton est sur la dernière étagère à droite... Reprenez de l'alcool. » Elle ouvrait l'armoire à linge. « Voici encore un drap ! » disait-elle.

C'était également Rachida qui, tout à l'heure, avait dit : « C'est une fille ! »

Sans se retourner vers moi, elle avait jeté ces trois mots par-dessus son épaule.

Rien n'arrêtait ma joie. Je n'avais pas encore vu ma fille, pourtant je la sentais proche. Je m'abandonnais à mes sensations. Je me balançais à mi-air. Une pluie très fine, et la caresse de longues feuilles m'enveloppaient le corps. Mes cheveux à leur racine étaient légèrement mouillés de sueur. Mon front était doux comme l'envers des ailes de pigeons, j'y glissais mes doigts. De petites vagues parcouraient mes bras et mes jambes ; et ce sourire sur mon visage, j'aurais pu le dessiner.

Rachida ôtait sa blouse grise qui s'ouvrait dans le dos. Elle se débattait avec les boutons, elle maugréait : « Comment annoncer à Boutros, le malheureux, que ce n'est pas un fils ? » Puis, elle s'approcha de moi. Elle était debout, ses genoux frôlaient mon matelas. Elle baissa la tête pour me parler, et son menton touchait sa poitrine. Son regard dur tomba sur moi : « Je repars maintenant, dit-elle. Je prends le train, ce soir même. Je ne

pourrais supporter longtemps la déception de Boutros, le malheureux !...
Puisque ce n'est qu'une fille, vous n'avez pas besoin de moi ! »
 Ma fille qu'on ne m'avait pas encore montrée était là. Je n'étais plus seule. J'étais comme dénouée. J'allais pouvoir aimer, me faire aimer à toute heure.
 Des larmes s'étaient fixées dans mes yeux, elles me faisaient belle. J'étais belle et épanouie. Je chantais entre mes tempes.
 Sans un mot de plus, Rachida partit. Elle partit sans même fermer la porte de ma chambre derrière elle ; mais je n'écoutais pas ce qu'elle disait à son frère dans la pièce à côté. Soudain, la porte d'entrée fut ouverte avec fracas, comme si on l'arrachait de ses gonds. « Je sors respirer », criait Boutros, et ses pas s'engouffrèrent dans l'escalier.

*
* *

 Maintenant, j'entendais distinctement ses pas qui se mêlaient au bruit de sa canne. Vlan Vlan ! Il frappait avec sa canne contre la rampe. Vlan ! Il tapait de toutes ses forces. Cela résonnait jusque dans ma chambre.
 Ma fille était là ! C'était son cri que j'entendais. Bientôt je la tiendrais contre moi. La joie tremblait dans ma poitrine.
 Tout au long de l'escalier, Boutros frappait sa canne contre la rampe. Il tapait furieusement : « Une fille... Une fille !... » devait-il répéter. Le mouvement brusque de son bras secouait ses épaules, les pas rapides de Rachida le suivaient, elle devait se demander ce qu'elle pouvait faire pour son frère « le malheureux » ! La canne s'abattait sur la rampe, sur les fleurs en fonte de la rampe. Chaque coup résonnait dans ma chambre, avec un bruit assourdissant et métallique qui ne m'atteignait plus.

TROISIÈME PARTIE

9.

Avec Mia je retrouvais la vie.
Ma tristesse se détachait de moi comme une peau morte. Physiquement aussi, je me transformais. J'avais le corps plus mince. Je l'arrachais à cette indifférence qui en avait fait une masse traînée à ma remorque.
Tout, jusqu'au moindre de mes gestes, vivait. Mes pieds contre le sol, je les sentais, et l'air autour de ma nuque. Le corps de Mia contre le mien, je le sentais. Les bras de Mia autour de mes jambes, les bras de Mia autour de mon cou.
Les objets eux-mêmes se mettaient à vivre. Je me découvrais, pour Mia, une langue de magicienne. Les tasses devenaient des barques, caressées par les queues émaillées des poissons. Entre les plis des rideaux se cachaient des forêts et leurs troncs étaient des flûtes pour le vent. Les tapis se transformaient en villes mystérieuses où un monde de génies et de fées dansait tout au long des nuits. La tour en bronze doré avait été réduite par la foudre, mais elle se souvenait du nom de chaque nuage.
Je croyais ouvrir les yeux à Mia, et c'étaient les miens qui s'ouvraient aussi.
Om el Kher avait été déçue, comme les autres, que ce ne fût pas un fils. Au début, de peur d'éveiller mes regrets, elle n'avait même pas osé me féliciter. Mais, je rayonnais de tant de joie, qu'elle s'en aperçut.
Elle commença par me questionner au sujet de l'enfant. Puis, un jour, elle demanda à le voir de plus près. Dès qu'elle s'en approcha, elle lui trouva toutes les qualités. Elle éleva ensuite la voix pour dire :
« Les filles !... Il n'y a que ça ! Y a-t-il un seul de mes fils qui m'ait

donné autant de joie que Zeinab ? Qu'Allah me la garde, cette enfant de mon âme ! »
Elle riait. Elle frottait ses mains l'une contre l'autre, on aurait dit un bruit de parchemin. Elle promenait sa vieille tête fripée à droite, à gauche, pour faire sourire Mia. Elle disait : « Elle va sourire !... Tu vas voir qu'elle va sourire ! » Elle inventait des grimaces. Elle tirait sa langue grise en écarquillant les yeux. Elle faisait de larges mouvements de bras, et sa robe était agitée de vagues. Mia souriait. « Ah !... soupirait Om el Kher, le sourire d'un enfant, ça vous dilate les veines ! »
Elle s'enhardissait alors et forçait ses grimaces. Elle plissait le front en un effort pour retrouver les chansons de son enfance. Des bribes de phrases lui revinrent en mémoire et elle se mit à chanter en se balançant sur ses pieds :

> *Mes cheveux peuvent blanchir*
> *Et ma main se rider*
> *Mon enfant est venu*
> *Du soleil plein les lèvres.*

Elle chantait d'une voix éraillée, et Mia assise, se cramponnait aux barreaux de son lit pour mieux écouter :

> *La lune est son amie*
> *Tous les oiseaux l'attendent*
> *Mon enfant est venu*
> *Et le cœur me tient chaud.*

Om el Kher chantait toujours. Le bonheur était dans la chambre.
Le bonheur ! C'était donc un mot auquel j'avais droit, moi aussi ? J'aurais voulu le prendre entre mes mains, comme un fruit ou une chose, et qu'il se reflète dans des miroirs innombrables pour que tous en aient leur part. Mais l'indifférence est telle, que même le bonheur trouve difficilement accès dans le cœur des autres.
C'est Om el Kher qui voulut apprendre à Mia son premier mot : « Laisse-moi faire, dit-elle. Neuf enfants, dix-sept petits-enfants, j'ai l'habitude ! »
D'abord Mia ne voulait pas. On aurait dit qu'elle défendait encore cette liberté d'exister en dehors des mots. Om el Kher adoucissait sa voix. Elle serrait, elle écartait les lèvres jusqu'à ce que Mia se prît au jeu. Le petit

corps se dressait, les yeux étaient attentifs, mais de la bouche il ne sortait qu'un souffle.

Om el Kher revint tous les matins. Elle faisait déposer par Zeinab le cageot à légumes sous la table de la cuisine. Elle lui disait : « Descends, je te retrouverai tout à l'heure. Je dois voir l'enfant ! »

Le jour où Mia prononça son premier mot, Om el Kher se tourna vers moi : « Tu vois, me dit-elle, j'ai l'habitude ! » Le sourire éparpillait les rides de son visage dans tous les sens. Mia s'endormit aussitôt.

La sensation de Mia endormie...

Je me mettais à genoux pour la contempler. Je frôlais de mes lèvres ses bras qui pesaient sur le drap frais. Ses boucles se détachaient de l'obscurité et faisaient une ombre autour des tempes. Ses narines battaient. Sa bouche était à peine ouverte. Je posais ma joue dans sa paume. J'appuyais ma joue contre sa paume pour sentir la pression de ses doigts abandonnés et tièdes.

La voix de Boutros disait :

« Que fais-tu ? Tu es ridicule !... Tu vas réveiller cette enfant ! »

La voix de Boutros appartenait à un autre univers. Lorsque je regardais dormir Mia, jamais elle ne se réveillait.

* *

Plus de trois ans avaient passé quand Mia et l'aveugle se rencontrèrent pour la première fois dans le sentier des eucalyptus.

C'était un sentier court ; nous le prenions souvent pour échapper au soleil. Nous allions et venions sous son ombre. Les feuilles allongées et grises projetaient sur le sol des formes effilées comme des doigts de femme. Mia s'amusait à courir après ces ombres que la brise remuait. D'autres fois, elle me demandait d'écraser entre mes mains une feuille d'eucalyptus, pour qu'elle en sentît mieux l'odeur.

C'était un sentier tranquille. Il y passait parfois une femme avec une jarre sur la tête, un marchand ambulant ou un homme sur un âne, avec un immense parasol blanc et de larges babouches qui tenaient miraculeusement à ses pieds.

Je reconnus tout d'abord l'aveugle à sa canne.

Mia jouait. Elle avait découvert une pierre plate et noire. Elle la lançait du côté des arbres, puis elle courait la chercher. La pierre retrouvée, elle poussait un cri de joie et revenait vers moi pour me la montrer. L'aveugle avançait d'un pas sûr. Le bout de sa canne effleurait à peine le sol. Quand il fut à mes côtés, il s'arrêta un moment, porta sa main à sa poitrine et dit :

« Ton enfant se fait grande. Je l'entends qui court.
— Elle a quatre ans ! répondis-je. Le temps passe.
— Je sais, dit l'aveugle, le temps passe ! Mais qu'Allah te garde cette enfant ! »
Depuis ma première visite au village, je n'avais pas revu l'aveugle. Mais si j'ouvrais ma fenêtre ou si je me promenais, il était là qui marchait dans la campagne. Je le suivais des yeux, il allait la tête haute. Souvent j'avais voulu lui parler, je croyais qu'il m'aurait comprise. Mais j'avais cette pudeur qui m'empêchait de me livrer, il fallait que tout l'effort vînt de l'autre. L'aveugle devait le savoir. Il connaissait aussi mon attachement pour Ammal et son secret, car il se tourna vers moi et me dit encore : « Tu as éclairé Ammal et son bonheur lui vient de toi. »
Mia s'était approchée de nous, elle toucha la robe de l'aveugle et se mit à caresser son bâton. Ses yeux vides ne l'étonnaient pas.
« Qu'Allah te garde à ta mère ! répétait-il. Une enfant c'est une seconde vie ! »
Mia caressait toujours le bâton, puis, elle plaça la pierre noire dans la main de l'aveugle et dit : « Lance-la très loin. »
Il se pencha en avant et jeta la pierre assez bas pour qu'elle pût ricocher au pied des arbres. Mia me tirait par la manche : « Regarde, regarde ! » criait-elle.
« Qu'Allah te garde à ta mère. Qu'Allah te garde à ta mère », répétait l'aveugle. Puis, il partit après m'avoir souhaité un jour béni.
« Pourquoi t'en vas-tu ? demanda Mia.
— J'ai une longue route à faire, répondit-il, et je dois marcher lentement.
— Pourquoi ? dit Mia.
— J'ai beaucoup d'amis sur la route, reprit l'aveugle, si je marche trop vite je n'aurai pas le temps de leur parler.
— Ah ! oui... » dit Mia.
Elle me tendit la pierre pour que je la lance à mon tour. Mais il était tard, et je me baissai pour soulever Mia. Je l'avais dans les bras et je me suis mise à courir.
Son corps est tiède comme celui des cailles, ses boucles frôlent ma bouche. Je cours. Elle rit : « Plus vite, plus vite », crie-t-elle.
Le sentier des eucalyptus est loin derrière nous. Elle tremble de joie, Mia. Elle tourne la tête pour regarder le champ de coton. Ses cheveux me couvrent la moitié du visage. Nous avons commencé à apercevoir la maison : « Plus vite, plus vite », criait Mia.

LE SOMMEIL DÉLIVRÉ

Que c'était bon ! La sueur glissait le long de mes tempes. Mes jambes étaient légères. Le poids de Mia entre mes bras m'animait. J'aurais voulu que le temps s'arrêtât, que ma vie ne fût plus que cette course. Le soir, Boutros se moqua de moi : « Tu es ridicule ! dit-il. Tu te donnes en spectacle et tu n'as plus dix ans ! »

Je répondis : « Oui, oui... » sans entendre ma voix. J'étais ailleurs.

Je revoyais Mia comme si elle était encore dans mes bras et comme si je courais encore. La route filait. On sentait à peine l'odeur des arbres.

Le corps de Mia se laisse porter, ses narines se dilatent, ses boucles me caressent le visage. Elle crie : « Plus vite ! plus vite ! »

**

Ammal...

Elle venait parfois nous voir dans l'après-midi, lorsque Boutros était sorti.

Mon père m'avait envoyé un phono et quelques disques éraillés. Mia et Ammal s'embrassaient, puis elles me demandaient de faire tourner les disques et de leur mimer des histoires. La musique était confuse, elle évoquait mille images. Je disais : « Regardez, il y a une maison de cristal au bout de la route. Lorsque les oiseaux l'effleurent de leurs ailes, elle fait un bruit de grelots. Entendez-vous les grelots ? Je m'approche, je m'approche de la maison de cristal... »

Je disais encore : « Le sentier court sous mes pieds. Il court tout seul, je n'ai pas besoin de bouger et j'avance. Derrière chaque tige de coton, il y a une petite fille. J'ai une grande jupe avec des feuilles autour, semblables à celles des bananiers. Les petites filles s'accrochent à ma jupe et le sentier les entraîne avec moi... »

Ammal était assise par terre auprès de Mia, et toutes deux se tenaient la main. « Encore !... Encore !... » disaient-elles.

Je mimais toutes les histoires qui me traversaient la tête. Ma joie se confondait avec la lueur. J'inventais de nouveaux gestes. J'étirais mes doigts, comme si ce qu'ils voulaient toucher était très loin, au-delà de tout. C'était peut-être pareil à ce que voulait saisir Ammal avec sa terre. « Encore, encore », criaient les voix.

Je disais : « Regardez ! Il y a des fruits qui tombent de partout. Je ne sais pas d'où ils tombent. J'essaye de les recevoir entre mes bras, dans ma jupe. J'appelle partout pour qu'on vienne. Il y en a trop ! Il y en a pour

tout le monde. Alors, j'appelle. J'appelle de toutes mes forces. J'appelle et personne ne m'entend. Personne ne vient ! »
Je dansais mon histoire. Ammal et Mia la vivaient.
Fatiguée enfin, je venais m'asseoir auprès d'elles. Ammal fouillait dans son corsage et elle en sortait une statuette de terre.
« Elle est pour toi ! » me disait-elle.
La figurine représentait une mère et son enfant. Leurs corps étaient mêlés, et le visage de l'enfant surgissait d'entre les vêtements comme une plante plus jeune.
« Mon oncle Abou Mansour a trouvé les autres statuettes, dit Ammal. Il dit que je copie l'œuvre d'Allah et que je serai maudite. » Elle me raconta ensuite que son oncle avait jeté les statuettes par terre, et les avait piétinées. « Il faut les détruire, criait-il, sinon tu attireras les malheurs sur le village ! » Il lui avait défendu de recommencer.
« Mais j'en referai ! » reprit Ammal en me regardant. Elle plissait son front d'un air déterminé : « J'en referai toujours. Personne ne pourra m'enlever toutes celles que j'ai dans la tête ! »
Ammal ne céderait pas. Elle avait maintenant plus de douze ans et son désir se confirmait. Je sentais du feu dans son corps maigre. Ammal avait aussi le geste patient et tenace. Un cœur tourmenté et des mains de travailleuse. Des mains qui bâtissent.
J'aimais regarder Ammal. Elle était ce qu'il m'aurait fallu être pour saper les faux murs, heure après heure, sans découragement, et qu'ils s'écroulent avec l'ombre mauvaise qu'ils jettent autour des pas. J'aimerai Ammal. Je ne peux faire que cela, l'aimer encore plus. Être un peu de cette terre dont elle a besoin pour pousser.
Mia, elle-même, était fascinée, lorsque Ammal parlait. Souvent je lui souhaitais d'être plus semblable à Ammal qu'à moi-même. Elles étaient heureuses, l'une près de l'autre. Mia avec ses boucles ; Ammal dans sa robe jaune qu'elle ne quittait pas. L'empiècement lui arrivait maintenant sous les aisselles ; au bas, pour l'allonger, elle avait ajouté une bande d'étoffe verte.
Lorsque Ammal s'en allait, Mia la poursuivait jusque dans la cage de l'escalier pour lui crier « au revoir ». Ammal descendait sans se retourner et l'on entendait le bruit, léger et ferme, de ses pieds nus sur les marches.
Peu après, c'étaient les pas de Boutros qui remontaient pesamment.

*
* *

Le bonheur était si bien en place qu'il donnait au reste un aspect fragile et dilué. Seules, les images de Mia me vibrent devant les yeux.

Mais parfois, la nuit, à trop vouloir penser à Mia, son image jouait de moi et s'effaçait. Il me devenait presque impossible de l'évoquer. L'émotion se mettait entre son visage et le mien. J'avais beau me redire son nom ou me rappeler un de ses gestes, l'image entière demeurait absente.

Je vivais de cet amour, je me rassemblais autour de lui. La haine de Rachida, la lourdeur de Boutros, et cette indifférence des miens n'avaient plus de prise sur moi. Je songeais aussi à un autre amour que je ne connaîtrais jamais. Ce rapprochement n'était pas sacrilège. L'amour est toujours grand ; que ce soit l'amour d'un homme, d'un enfant, l'amour des autres, ou celui de créer que possédait Ammal. C'est celle-là, la réponse, la seule, à l'angoisse qui vous projette face à vous-même.

À l'intérieur de ma tête, ce n'était plus cette nappe stagnante. L'amour de Mia m'avait ranimée.

Et pourtant jamais je ne me suis assoupie dans le bonheur, comme s'il s'agissait d'une simple habitude à prendre. À chaque aube, je me disais : « Je suis dans le bonheur. » Quand j'entendais la voix de Mia et quand j'avais ses bras autour de moi, je me répétais : « Je suis dans le bonheur. » Si Ammal modelait auprès d'elle, en lui parlant doucement, je me disais encore : « Je suis dans le bonheur ! » C'était neuf à chaque instant. Si différent de ces trésors que l'on place au fond de boîtes sombres et qui sont, croit-on, l'assurance d'une vie. J'égrenais mon bonheur. Je le tournais et le retournais, entre mes mains. Je n'en perdais pas un seul aspect.

D'autres fois, ce bonheur m'inquiétait. Il me semblait qu'une menace pesait sur lui. Il y avait des jours où cette peur s'installait et me poursuivait jusque dans mes rêves.

Je me souviens d'un de ces rêves.

Nous marchions Mia et moi, nous tenant par la main. Et puis, il y eut une clairière. Des arbres en cercle autour d'un gazon très vert. Un gazon d'un vert beaucoup plus vif que ceux que je connaissais. Il y avait de l'eau et, dans l'air, cette douceur. Sur nos bras nus, dansaient les reflets d'une lumière verte, elle aussi, mais d'une grande transparence, comme le miroitement d'un lac. Les arbres devinrent plus longs. Leurs feuilles ne formaient pas des masses compactes, elles ressemblaient à une pluie légère, soulevée par une brise incessante. On aurait dit que des papillons invisibles les caressaient de leurs ailes.

Tout était calme. Je ne regardais pas Mia. Il me suffisait de sentir sa main dans la mienne pour avoir l'impression de me pencher sur elle.

Et puis, j'aperçus un homme entre les troncs d'arbres.
L'homme était habillé d'un costume de flanelle blanche. Un costume neuf et fraîchement repassé. Il portait des chaussures blanches et une cravate blanche. Il était grand et mince. Étroit comme un cierge. Je ne voyais pas son visage, ou du moins je n'en garde aucun souvenir. Mais ses cheveux souples étaient d'un noir luisant.

De sa longue main, il me faisait signe de venir le rejoindre. Je me détournai avec un irrésistible dégoût. Je ne sais ce qu'il y avait dans ce blanc et ces cheveux luisants qui me donnait la nausée.

Je sentais toujours dans mes doigts la main de Mia, et pourtant, je vis dans le même instant, à quelques pas de moi, Mia qui s'éloignait. Tout d'un coup, elle fut près de l'homme et ils se tendirent les mains. Je ne pouvais rien faire pour la retenir. Je voyais leurs mains ouvertes qui s'appelaient. Mia avançait vers l'homme avec une grande douceur. Je ne pouvais rien.

Elle avançait. On aurait dit qu'elle marchait un peu au-dessus du sol. Mes pieds et mes mains étaient glacés. Je me sentais malade, très malade et je ne pouvais pas bouger.

Quand leurs mains se rejoignirent, ils basculèrent dans le vide, ensemble, derrière le rideau d'arbres...

10.

    Mia venait d'avoir six ans et elle m'arrivait à la taille. J'avais fini par obtenir de Boutros de l'emmener en ville pour lui acheter des vêtements. Abou Sliman nous avait déposées à la gare, la ville était à deux heures de distance. Dans le compartiment Mia était assise sur mes genoux. Il me semblait laisser derrière moi tout un monde. Le train avançait avec un bruit assourdissant. Le village, ma chambre et la voix de Boutros devenaient des souvenirs. Je croyais partir vers une vie neuve, aussi neuve que cette jeunesse que Mia m'avait redonnée, et je me laissais aller à mon illusion.
    Je me penchai pour regarder la voie. J'aurais voulu que le train allât plus vite, qu'il abandonnât tout derrière lui. J'aurais voulu qu'il traversât des continents et qu'il ne s'arrêtât jamais. Ou, s'il devait s'arrêter, que ce fût dans un pays sans mémoire.
    Mais les trains ont des rails et des gares. Je descendis du marchepied et Mia sauta dans mes bras.
    Nous étions parties à la découverte de la ville, elle ressemblait, en moins grand, à la ville de mon enfance. Nous longions les magasins, et nous nous attardions devant les vitrines. Je me sentais libre. Je tenais ma fille par la main. Boutros était loin. Tout d'un coup son existence même me sembla un mythe.
    Nos pas étaient légers. Nous avons ri, Mia et moi, tout au long des trottoirs.

* * *

    Ce ne fut qu'une semaine plus tard que Mia eut la fièvre. Elle accepta

d'abord de garder le lit comme s'il s'agissait d'une nouvelle aventure. La poupée et l'ours pelé, les morceaux de bois de sa construction, les tasses minuscules s'entassaient sur sa couverture. Mia parlait à sa poupée : « Nous faisons un voyage, disait-elle. Mon lit, c'est un bateau ! »
Au début, je n'avais pas d'anxiété. Mais à la fin de la semaine, la fièvre persistait toujours et je demandai à Boutros de faire venir le médecin.
« Ce n'est rien, ça passera », répondit-il. Puis, il tapota la joue de Mia et ajouta : « Cette enfant n'est pas malade ! N'est-ce pas Mia que tu n'es pas malade ? »
Mia souriait : « Non, je ne suis pas malade. »
Elle me posait sans cesse des questions et me demandait des histoires. Si elle entendait les pas d'Abou Sliman, elle criait son nom « Abou Sliman ! » jusqu'à ce qu'il apparût ; elle lui tendait alors, en souriant, sa petite main.

Peu de temps après, l'inquiétude me reprit. J'avais remarqué, que depuis deux jours, Mia n'avait pas changé la robe de sa poupée. L'enfant ne paraissait pas souffrir, pourtant, la nuit, elle geignait doucement. Sa fièvre ne la quittait pas. Je voyais une ombre se dessiner autour de ses yeux ; et, au creux de ses mains, il y avait cette perpétuelle moiteur.

« C'est ce voyage à la ville, dit Boutros. Elle n'est pas habituée à l'air des villes. » Il ajouta que je ne pensais jamais qu'à moi : « Voilà le résultat ! » dit-il.

Cette fois, j'insistai : « Fais venir le médecin, Boutros, cela fait trop longtemps que ça dure !

— Bon, dit Boutros, je lui téléphonerai. » Il murmura, pour lui seul, qu'on ne pouvait jamais être tranquille. Avant de quitter la chambre, il se pencha au-dessus de Mia : « Alors ? Tu ne souris pas à ton père ? » dit-il. Je répétai : « Il faut appeler le médecin, Boutros, aujourd'hui même ! » mais il partit sans rien dire.

Je restai un moment immobile. Puis, à la pensée que Boutros oublierait, je me mis à courir. Je traversai les deux pièces, le vestibule, et penchée au-dessus de la cage d'escalier, je criai encore : « Boutros, il faut que le médecin vienne, aujourd'hui ! » Je répétai : « Aujourd'hui même ! »

Boutros ne répondit pas. J'entendis ses pas sur les marches. La porte des bureaux s'ouvrit et se referma derrière lui.

Je revins dans la chambre de Mia, et je m'arrêtai soudain au seuil, saisie par la vue de son lit. Il me sembla plus grand que de coutume, et le visage de Mia se perdait entre les draps. Il faisait sombre dans cette chambre avec les volets tirés. Un faible rayon s'était fixé sur les jouets, en tas sur l'édredon bleu. Ils étaient amassés au pied du lit. On aurait dit un tertre. Cette idée s'ancra. Je n'arrivais plus à distinguer un jouet de l'autre. C'était une masse qu'une lumière blafarde détachait de l'obscurité. Un tertre. Je demeurai près du seuil, sans oser faire un pas. Les jouets ressemblaient à un monceau de pierres. Ils m'effrayaient. Au-dessus d'eux, le rayon lumineux formait un triangle dans lequel tournoyait la poussière. Il jetait sur ce tertre une transparence grise.

L'angoisse me clouait sur place. Il aurait fallu pourtant la rendre absurde, toucher ces jouets et relever la tête de Mia sur l'oreiller. Je ne savais plus qu'une chose ; si le médecin tardait, tout serait perdu. Il fallait le redire à Boutros, le crier à Boutros. De nouveau j'ai traversé les pièces, le vestibule, j'ai couru dans l'escalier avec cette phrase sur les lèvres : « Il faut le médecin ! »

Devant les bureaux, je tournai brutalement la poignée et je courus dans la salle sans me soucier de la stupéfaction des employés. La porte de Boutros était entrouverte. Boutros était assis, derrière son bureau et il cherchait des papiers dans un tiroir.

À peine entrée, je me mis à crier : « Tout de suite, Boutros. Il faut un médecin, tout de suite !

— Mais je viens d'arriver, dit-il, donne-moi le temps ! »

Je me remis à crier. Derrière moi, j'entendais un remous de chaises. La porte était restée entrebâillée, et il me semblait que les employés parlaient :
« C'est la petite fille qui est malade ?

— Les enfants font souvent de la fièvre, ce sont les nouvelles chaleurs !

— Les mères s'inquiètent toujours ! »

Boutros faisait claquer ses mains. Quelqu'un entra :
« Ferme cette porte, dit-il, et fais-nous servir deux sirops de mûres bien glacés. » Quand l'employé fut sorti, Boutros ajouta : « Des sirops bien glacés, cela te calmera ! »

Mais je ne me calmais pas. J'avais les bras tendus et les mains appuyées sur le bureau. Je faisais face à Boutros et je criais encore : « Il faut le médecin ! »

Boutros décrocha lentement l'écouteur du téléphone. Puis, il le reposa et débrouilla les fils. « Je ferai couper ces fils, ils sont trop longs, dit-il. Assieds-toi, assieds-toi donc. » Il me parlait comme on parle à une femme qui perd la tête.

Abou Sliman arriva avec deux verres de sirop sur un plateau d'étain. Je refusai de boire. Boutros haussa les épaules et fit signe au domestique de déposer le plateau et de s'en aller. Il tenait maintenant l'appareil, et il buvait à petites gorgées. Il y avait des taches d'encre verte sur le cuir du bureau, la bande dorée qui le bordait s'était détachée par endroits. J'étais restée debout, pendant que Boutros demandait le numéro. L'impatience m'aurait fait pleurer. Je croyais la minute perdue irréparable. Tout d'un coup, dans l'appareil, une voix répondit, mais avant que Boutros n'ait eu le temps de dire un mot, je lui avais arraché le récepteur des mains. « Tu es folle ! » dit-il en me repoussant. C'était lui qui parlait maintenant. On lui dit que le médecin était en visite, et qu'il ne pourrait venir que le soir. « C'est bien, dites-lui qu'il vienne ce soir ! »

Quand il eut fini, il se tourna vers moi : « Cesse de t'agiter ou je me verrai obligé de faire venir Rachida. Si je lui écris, elle viendra. On peut compter sur Rachida. Mais je pense que nous avons assez abusé d'elle jusqu'ici ! »

L'image de Rachida penchée sur mon enfant me glaça. Il me fallait retrouver le calme. « Mais non, je suis calme, Boutros. Il faut comprendre, j'ai eu peur. Cela va mieux maintenant. » Je lui dis ensuite que j'allais remonter auprès de Mia : « À tout à l'heure. Tu vois, je suis calme maintenant. »

Dans la pièce voisine, je passai entre les rangées de tables. Les employés firent le geste de se lever à mon passage, et Brahim, celui qui avait une verrue au coin de l'œil, m'accompagna jusqu'aux marches : « Les enfants font souvent de la fièvre, dit-il. Ce sont les nouvelles chaleurs. »

Dans sa chambre, je trouvai Mia endormie. Sa respiration était régulière. J'ôtai, un à un, les jouets qui m'avaient terrifiée. Je les séparai l'un de l'autre. Ce n'étaient plus que des jouets ! Un cube de bois, une poupée aux cheveux décollés, une maison aux volets verts. Je les mis dans le fond de l'armoire. Je m'étais effrayée pour rien. Les jouets ne sont jamais que des jouets, et partout des enfants tombent malades et guérissent. J'étais calme. Mais il fallut attendre jusqu'au lendemain, l'arrivée du médecin.

La nuit réveilla mes fantômes. Je m'étais assise dans un des fauteuils que j'avais approché du lit de Mia. Sur l'édredon bleu, nos mains se tenaient. Boutros dormait dans la chambre à côté. On l'entendait ronfler.

Les heures ne finissaient pas. J'avais déposé sur le sol la lampe, pour ne pas fatiguer Mia. À cette clarté, je pouvais observer son visage. Je me forçais à croire qu'une attention soutenue empêcherait un malheur et, lorsque le sommeil me submergeait, je me réveillais en sursaut, saisie de remords. Il me semblait qu'une présence fatale était déjà dans cette chambre, et que la lutte commençait entre elle et moi. Réveillée, je me sentais forte. Je tenais la main de Mia et je tâtais son pouls, l'enfant res-

LE SOMMEIL DÉLIVRÉ

pirait mal. Je voulais la savoir endormie, et assumer cette bataille seule. Je mettais toute ma force dans mon regard, pour qu'il la protégeât. À six heures, lorsque Mia se réveilla, j'avais l'impression de l'avoir sauvée de sa nuit.

* * *

Le médecin n'arriva que plus tard dans la matinée. Après avoir examiné l'enfant, il dit que c'était une mauvaise typhoïde. Puis, il s'assit. Il tira, de sa serviette de cuir noir, une feuille d'ordonnance, et il se mit à chercher son stylo dans toutes ses poches. « J'ai dû l'oublier », dit-il.

J'allai dans le salon pour chercher une plume et de l'encre, et je dis à Abou Sliman de prévenir Boutros que le médecin allait bientôt partir. Mia pleurait de m'avoir vue m'éloigner. Elle ne pouvait plus se passer de moi et, dès que j'approchais d'une porte, ses yeux m'appelaient. Je tendis la plume au docteur, qui, les jambes croisées, jouait avec la fermeture éclair de sa serviette de cuir. Tandis qu'il rédigeait l'ordonnance, il répéta que c'était une mauvaise typhoïde et qu'on aurait dû le faire venir beaucoup plus tôt. Il fallait maintenant observer tout ce qu'il avait écrit, l'observer à la lettre.

J'essayai de chasser mon inquiétude. Je me répétai « avec des soins, elle va guérir ». Je dis tout haut : « Avec des soins, elle va guérir. » Le médecin ne m'écoutait pas. Machinalement, il fit oui de la tête, mais son regard était ailleurs. Son regard fixait le rideau de la fenêtre, comme s'il cherchait à savoir de quelle matière il était fait.

Dès qu'il fut parti, je lus la feuille et fis venir les médicaments, puis je me mis à soigner Mia avec application. D'un crayon rouge, je marquais sa température sur une grande feuille de carton. J'avais le geste appliqué et précis. J'ai recouvert toutes les tables de nappes blanches. Je me suis habillée de blanc. Comme si, grâce à tout cela, je conjurais la maladie.

Mia devenait indifférente à ses jouets ; elle acceptait les soins avec une résignation qui n'était pas de son âge. J'essayais de lui raconter des histoires. Les mots venaient lentement ; j'avais du mal à trouver des images. Mia détournait la tête et répétait : « Non, non... » comme si le son même de la voix la fatiguait.

Le médecin revint régulièrement. Un jour, il dit qu'il amènerait un confrère en consultation.

Je craignais que mes nerfs ne me lâchent. La nuit surtout, avec le poids de l'ombre et de la journée sur moi. Mon inquiétude grandissait. Parfois, je bondissais hors de mon fauteuil, et debout, je me mettais à scruter le visage de Mia. J'approchais ma joue de sa bouche, et son souffle était brûlant. Je voulais que le matin arrivât et qu'il fît culbuter mes peurs. Et dans le même temps je craignais qu'il ne me rapprochât d'une issue plus affreuse.

Ces jours-là ont passé, eux aussi. Je ne me souviens plus de rien. Il y a Mia partout. Je ne sais rien d'autre. Je ne sais si le médecin revint. Boutros était-il souvent près du lit ? J'entends, mais comme dans une brume, la voix d'Om el Kher : « Mon âme est avec toi », disait la voix. Dans un coin du salon, des sanglots étouffés, qui sont peut-être ceux d'Ammal ? Et un jour, je crois qu'Abou Sliman m'apporta un petit panier d'osier pour Mia, de la part de l'aveugle. Je me souviens à peine de tout cela. Je ne me souviens de rien d'autre. Pourtant, les jours furent longs.

Le matin de ma vraie mort, Mia me regardait, et elle souriait ce matin-là.

Je m'étais penchée pour prendre ce sourire au coin de ses lèvres, quand elle se retira de moi pour toujours.

*
* *

Au bas de l'escalier, il y a les femmes du village. Elles restent l'une près de l'autre. Une masse noire et immobile. Au début, elles ont poussé des cris de deuil qui sont comme les hululements des chats-huants. Mais, depuis deux jours, elles se taisent et elles restent là, sur les quatre dernières marches, tout en bas. Si quelqu'un veut monter, elles se serrent un peu plus pour lui céder la place. Elles ne se disent rien depuis deux jours. Elles ne se demandent même pas si je sais qu'elles sont là. Pourtant elles restent au bas de l'escalier. Om el Kher, Zeinab, Ratiba et les autres n'ont pas bougé de toute la nuit. Elles ont pris du pain sec, de quoi les soutenir, et elles l'ont gardé sur leur poitrine, entre la robe et la peau. Le jour, elles sont assises, le menton dans les mains. La nuit, elles dorment sur les marches.

Une grande tache de silence au bas de l'escalier, elles gardent ma peine.

Et moi, je suis là-haut, dans la chambre de Mia. Sur une chaise. Un de mes bras passe par-dessus le dossier et pend. Personne n'a pu me faire bouger d'ici. Du salon, des voix me parviennent. Boutros reçoit les condoléances.

« C'est la volonté de Dieu », disent les religieuses. Elles ont passé deux nuits à veiller l'enfant mort.
« — Qu'ai-je fait au Ciel ? dit Boutros. Je suis un homme juste.
— Il faut vous reposer, disent les employés. Cela ne sert à rien de perdre ses forces.
— C'était un ange ! disent les religieuses. Dieu la voulait pour lui.
— Moi, dit une voix de femme, moi aussi j'ai perdu un enfant ! Mais, depuis, Dieu m'a comblée. »
Sur les dernières marches, Om el Kher est silencieuse. Et Zeinab, et Ammal, et les autres sont silencieuses. Abou Sliman va parfois se pencher au-dessus de la rampe, pour prendre part, lui aussi, à ce silence.
« — Qu'ai-je fait au Ciel ? répète Boutros. Je suis un homme juste, et il pleure bruyamment.
— Vous êtes chrétien, disent les religieuses. Que la volonté de Dieu soit faite !
— Mon fils aussi a eu la typhoïde, dit une voix. J'ai failli le perdre !
— Il faut du courage, dit quelqu'un à Boutros. Vous aurez besoin de toutes vos forces. »
Je chasse ce bruit de mes oreilles. Je répète : « Ma vie, ma petite vie... » Je répète : « Où es-tu ma petite vie ? » Je ne sais plus ce que je dis.
Je suis seule dans la chambre où Mia n'est plus. Elle est immense, tout d'un coup, cette chambre, et les pieds de ma chaise font des ombres maigres sur le plancher.
Encore ces voix autour de moi. On demande à me voir. Je dis « non ». Les voix sont toujours là. Elles remuent des souvenirs. Chacun a eu ses malades. Chacun a eu ses morts. Boutros explique combien l'air des villes est nocif aux enfants, et les voix l'approuvent. Est-ce que j'entends tout cela ? Je suis loin...
Et pourtant je ne suis pas seule.
Au bas des marches, il y a ces femmes qui gardent ma peine et qui ne prononcent pas un mot depuis deux jours.

11.

Je n'ai plus voulu vivre.
Était-ce la vie, que ces jours qui se suivaient sans but ? À présent, je souffrais bien plus que de l'ennui, et le sommeil ne pouvait m'apaiser.
Boutros portait un brassard noir. Lorsque j'essayais de parler de Mia, il se détournait d'un geste nerveux comme s'il voulait se préserver d'un souvenir pénible.
J'essayais de me raccrocher à mes moments de bonheur, de les rappeler, et en même temps, j'éprouvais une espèce de crainte, comme si je faisais planer, par ma faute, un autre danger au-dessus de Mia. J'avais un cri de douleur en moi que rien ne calmait. Les jours venaient s'abattre les uns au-dessus des autres pour étouffer le passé, ils n'apportaient aucun répit. Mon mal ne cessait de brûler.
J'ai voulu en finir. Je savais où le fleuve était le plus profond.
C'était l'époque des récoltes, et Boutros rentrait tard. En fin d'après-midi, j'ai quitté la maison.
J'ai marché sur la route. La grande route, celle qui borde le fleuve et qui mène à la ville. Le sol était d'abord poudreux et le ciel embrasé de plaques rouges. Je n'ai voulu penser à rien, ni à personne. J'ai rejeté de mon esprit Om el Kher et sa peine. J'ai rejeté Ammal que je trahissais. J'ai marché à la rencontre de ma mort. Plus je m'approchais et plus elle me semblait familière, cette mort tant de fois haïe. Cette mort de ma mère sitôt enlevée, cette mort injuste de ma mère. Cette mort de Mia, cette insulte à la fraîcheur de Mia. Cette mort de l'homme qui a brûlé comme une torche. Toutes ces morts ! Oui, maintenant, cela devenait soudain

LE SOMMEIL DÉLIVRÉ

simple et facile. Exaltant presque. Je répétais « Ammal, Ammal » comme si je voulais lui donner mon dernier souffle, et qu'il s'ajoutât à sa force. Je voulais qu'Ammal pût s'accomplir.

Quand le soleil décline, l'asphalte se refroidit et ne colle plus aux semelles. Chacun de mes pas se détachait avec un bruit distinct. J'ai marché au milieu de la route sans rencontrer d'autos. Sous le pont métallique plus loin, à ma gauche, l'eau était la plus profonde.

J'allais de plus en plus vite et les tempes me battaient. J'ai couru sur la route et je croyais rejoindre toutes les routes du monde. J'entendais le claquement de mes talons sur l'asphalte. Le pont se teintait des dernières couleurs du soleil. J'entendais mes talons claquer sur l'asphalte, mais comme si c'étaient d'autres talons qui n'appartenaient à personne, et qui me poursuivaient de leur bruit. J'avais une rumeur dans la tête. La mort, ce n'était peut-être que cela, une rumeur très douce, comme celle qui tournait dans ma tête, et dans laquelle on n'aurait qu'à se jeter.

J'ai couru sur le pont, et je me suis arrêtée à l'endroit où l'eau était la plus profonde. Jaunâtre, avec de grandes rides qui s'effaçaient pour renaître. Je me suis accoudée sur le parapet pour mieux voir.

Je ne sais combien de temps cela a duré.

* *

La nuit était tombée quand je me suis retrouvée sur le chemin de la maison.

Voici la route d'asphalte, la route poudreuse, le village, l'allée des bananiers et la maison blanche. Voici les escaliers, le vestibule, la tenture de velours que j'écarte, et la voix de Boutros.

« Est-ce une heure pour rentrer ? Où étais-tu ? Mais où étais-tu donc ? »

J'ai répondu : « J'ai marché loin et j'ai oublié l'heure ! »

— Que cela ne se reproduise pas, reprit-il. Abou Sliman a dû réchauffer trois fois le plat. »

Son bras s'agitait en direction de la cuisine. Son brassard noir s'était usé et avait perdu de son luisant.

« Je t'ai acheté une montre, dit Boutros. Il n'y a pas de raison pour que tu sois en retard. » Il continuait : « Et puis, quel sens y a-t-il à traîner sur les routes. Je t'ai déjà répété que je n'aimais pas te savoir en dehors de la maison après cinq heures. M'entends-tu ? »

J'ai répondu : « Oui, Boutros », mais je pensais à l'eau du fleuve. Elle

était sombre cette eau, elle vous entraînait très loin, n'importe où. Vers l'oubli, ou vers Dieu sait quelle rencontre ?
« Le riz est trop sec et c'est ta faute, disait Boutros. Jamais je n'ai mangé un riz aussi mauvais. »
Le fleuve s'en allait. Il traversait les villes et les campagnes avec votre corps. Le fleuve vous promenait entre les rives où marchent les femmes chargées de branchages ou de jarres. Parfois un ânon gris trotte tout seul. Les saules pleureurs gaspillent une existence à se mirer dans l'eau. Le fleuve vous entraînait sous les ponts, vous découvriez l'envers des barques. Votre mort et celle du fleuve allaient se mêler, bientôt, au fond des mers.
« Om el Kher nous a apporté trois pots de miel, disait Boutros. Tu me feras servir de ce miel tous les matins, mélangé à de la crème fraîche. »
Le fleuve ne voulait pas de moi. Il ne voulait pas de la morte que j'aurais pu être. Il ne s'arrête pour personne, il continue sa route. Pour qu'il vous emporte, il faut courir après le fleuve ; sinon, il vous abandonne sur la berge. Il vous laisse à votre mort, à votre petite mort solitaire et sèche.

*
* *

Entre ma douleur et la honte de n'avoir jamais rien accompli, je m'empoisonnais lentement. Chacun de ceux qui m'entourait, s'alourdissait de symboles, et prenait à mes yeux une importance démesurée.

L'image de Boutros dépassait Boutros. Je le faisais semblable au méchant dans les rêves d'enfants. Je le chargeais de ma souffrance et de celle du monde. Boutros était laid et sans amour. Il tuait l'élan du cœur, il priait des lèvres et il vous emmurait dans ses calculs. Sa voix, son corps massif étaient dans chaque souvenir, entre moi et les autres, entre moi et la vie, écrasant la joie la plus délicate. Boutros était mon étouffement ; et ma crainte de lui me gardait muette.

L'image de Boutros s'amplifiait, se mêlait à l'image de mon père qui n'avait jamais su se pencher que sur lui-même ; se confondait à l'image de mes frères qui ne respectaient que l'argent. La misère était partout, Boutros lui opposait son indifférence. Il devenait, à lui seul, tous ceux qui vivent de principes aussi desséchés que leurs âmes. À la pensée de tout ceci, je l'ai haï plus d'une fois.

J'étais seule. Ma raison de vivre, arrachée. Devant un mur qui rejetait ou déformait ma propre voix. Il faut me comprendre. J'avais trente ans à peine, et quel espoir me restait-il ? Un horizon bouché. D'autres, comme moi, ont dû sentir leur vie s'effriter au long d'une existence sans amour.

LE SOMMEIL DÉLIVRÉ

Celles-là me comprendront. Si je crie, je crie un peu pour elles. Et s'il n'y en a qu'une seule qui me comprenne, c'est pour celle-là que je crie, que je crie au fond de moi, aussi fort que je le peux.

Mais bientôt, même pour les cris, il sera trop tard. Tout deviendra inutile. Bientôt, il ne restera plus qu'à faire le vide autour de soi, et à se terrer.

*
* *

J'ai commencé par éloigner Om el Kher. Les images de Mia s'accrochaient à elle, traînaient sur ses robes. Je ne pouvais plus le supporter. Om el Kher revenait pourtant avec fidélité, mais j'évitais sa présence.

Pour les mêmes raisons, j'évitai Ammal, je ne pouvais plus rien pour elle ! Je voulais le vide, le silence. Je refusais tout. Même le souvenir de Mia, je le refusais.

Souvent, avant de dormir, je sentais Mia auprès de moi. Ses bras autour de mon cou, ses pieds se blottissant entre mes jambes. Je me retournais entre mes draps. J'enfouissais ma tête dans l'oreiller. Je répétais : « Non. Je ne veux pas. » Le souvenir de Mia était tenace.

Une nuit, j'aperçus son visage collé à la vitre et qui me regardait. Qu'elle s'en aille Mia ! Je m'étais levée brusquement pour tirer les rideaux. Sur le chemin blanchi par la lune, l'aveugle marchait. Je le reconnus à son turban très clair. Qu'il s'en aille lui aussi ! J'étais debout près de la fenêtre, Mia ne s'y trouvait plus. Mais soudain, je la vis, montée sur l'épaule droite de l'aveugle. Ils me tournaient le dos et ils partaient tous les deux... Qu'ils s'en aillent ! Qu'ils s'en aillent tous ! J'ai tiré sur les cordons des rideaux, pour être dans le noir.

Le lendemain, je ne pouvais plus bouger de mon lit. Mes jambes étaient complètement inertes. J'en avais chassé la vie.

*
* *

Boutros se frappait le front : « Que vais-je devenir ? répétait-il. Que vais-je devenir ? »

Tout d'abord, il essaya de me persuader que je n'avais rien. Il arracha mes couvertures. « Marche ! » me dit-il. Mes jambes n'obéissaient pas.

« Que vais-je devenir ? » se lamentait Boutros.

Il se mit ensuite à m'insulter et à se plaindre de tout ce qu'il avait subi jusqu'ici, à cause de moi. De nouveau, il me rendit responsable de la mort de Mia : « C'est à cause de cette promenade en ville, c'est là qu'elle a attrapé sa maladie ! » ajouta-t-il.

Lorsque le médecin arriva, Boutros s'inquiéta de savoir si j'étais contagieuse.

« Non, dit le médecin. Mais elle ne pourra pas bouger. Elle ne pourra s'occuper de rien pendant longtemps. Pourtant à son âge, ça devrait passer. »

Boutros s'effondra dans le fauteuil et laissa ses bras pendre de chaque côté des accoudoirs. « Quel malheur m'arrive », répétait-il.

Le médecin s'était assis au pied de mon lit, il sortit de sa serviette de cuir jaune les feuilles d'ordonnance, et tira son stylo de sa poche.

« Je ne l'ai pas oublié, cette fois », me dit-il.

Il écrivit sans se presser, et il ajouta au bas de la page une signature illisible.

« Vous ne pourrez pas bouger pendant longtemps », me dit-il. Puis se retournant vers Boutros il continua : « Les malheurs arrivent tous à la fois ! Cela fait à peine quatre mois, n'est-ce pas ?

— Six mois », dit Boutros et il soupira.

Le médecin secoua lentement la tête. Puis il se leva, s'approcha de Boutros et lui mit la main sur l'épaule.

« Courage, lui dit-il, c'est comme cela. Les malheurs arrivent tous à la fois. »

Abou Sliman venait de rentrer. Il portait, sur un plateau laqué noir, trois verres d'eau et trois tasses de café. Le médecin se rassit dans l'autre fauteuil, près de Boutros. Tous deux buvaient le café, je n'avais pas voulu le mien. J'étais étendue et je regardais les deux hommes.

Je ne bougerais plus jamais. Je ne le voulais pas d'ailleurs. Ah, si je pouvais chasser aussi ce qui remuait dans ma tête. Je me répétais, sans cesse, que j'avais été faite pour autre chose. Je me répétais qu'une action seule aurait pu me libérer et que j'en avais été incapable.

*
* *

Boutros ne tarda pas à faire appel à Rachida. Il écrivit la lettre sur la table ronde et je l'aperçus, par la porte entrebâillée, qui cherchait ses mots. Rachida ne tarda pas à lui répondre. Boutros larmoyait en parcourant ses lignes : « C'est comme si on venait de m'ôter un poids », dit-il.

Boutros ne revenait à la maison qu'à l'heure des repas, et Abou Sliman s'habitua très vite à m'asseoir tous les matins dans le fauteuil au grand

LE SOMMEIL DÉLIVRÉ

dossier, qu'il poussait ensuite jusqu'au salon. J'y restais sans rien demander, excepté qu'on fermât les volets. La pénombre, parce qu'elle mettait du sommeil autour de l'agitation et des choses, permettait de fermer les yeux et d'oublier.

Le jour de l'arrivée de Rachida, Boutros ne cachait pas son impatience. Dès la fin du déjeuner, il partit avec Abou Sliman, pour ramener sa sœur de la gare.

C'était l'hiver et la nuit baissait vite. J'allumai la lampe à pétrole déposée sur une table à côté de moi. J'avais l'impression de savourer mes derniers instants de solitude. Bientôt Rachida sera là, et ses pas seront partout.

J'aperçus tout d'abord une ombre. J'avais dû somnoler car je n'avais entendu aucun bruit. L'ombre s'allongeait sur le tapis et se heurtait au coin du mur. Elle était étroite avec un visage en larmes. Puis je sentis le baiser de Rachida sur mon front.

« Qu'est-il encore arrivé à mon pauvre Boutros ? » dit-elle.

Rachida s'installa dans la maison, ou plutôt, elle reprit la place qui lui avait été gardée. Je sus vite à quel point chaque objet ici l'attendait. Il flotte autour d'un objet quelque chose qui appartient à celui qui l'a choisi. Quelque chose d'impalpable et qui ne s'efface pas. Près des immortelles, du meuble foncé chargé de bibelots et des rideaux opaques, Rachida était à sa place. C'est elle qui avait voulu la couleur grise du mur, avec ces impressions vers le bas qui imitaient le marbre.

Rachida donnait des ordres à Abou Sliman d'une voix cassante :

« Va chercher mes valises, et ne traîne pas. Tu sais que je n'aime pas attendre. »

Tandis qu'Abou Sliman descendait de son pas fatigué, Rachida allait et venait dans la maison. Elle avait ôté ses chaussures pour mettre ses pantoufles de feutre bleu qu'elle venait de tirer d'un large sac. Elle ne me prêta aucune attention. Elle se sentait soudain rajeunie, ces seize années n'avaient pas compté, elle se retrouvait, comme jadis, partageant la vie de son frère. Elle parcourait une chambre puis l'autre, elle examinait chaque meuble. À présent, elle ouvrait mon armoire.

« J'enlève tes robes, disait-elle. Dans l'état où tu es, à quoi peuvent-elles servir ? Elles seront mieux dans ma valise. »

Elle s'était mise à décrocher mes robes et les jetait l'une sur l'autre. Abou Sliman remontait. Il portait d'une main une grosse valise bardée de lanières de cuir, sous l'aisselle il avait placé une valise plus petite entourée de cordes. Sur son dos, un énorme sac en toile verte. Il avançait péniblement.

« Enfin te voilà », dit Rachida, l'apercevant dans l'encadrement de la porte.
Elle sortait maintenant mes manteaux, mes lainages. « Tout cela doit être rangé autrement », disait-elle. Mes vêtements gisaient partout sur les fauteuils, sur les tables, quelques-uns avaient glissé sur le sol. « Il faudra nettoyer les armoires, reprit Rachida. Abou Sliman, va m'apporter ce qu'il faut. »
Abou Sliman partait, revenait avec une cuvette pleine d'eau savonneuse et une brosse. Rachida vidait ses valises. Il y avait du désordre partout.
Rachida s'installa. Elle ne m'accorda pas plus d'importance qu'à un objet encombrant qu'il fallait subir.
Deux années, je crois, s'écoulèrent ainsi.

**

Au début de ma maladie, c'était à moi qu'Ammal remettait le fromage de son oncle Abou Mansour. Elle avait les yeux pleins de larmes quand elle me regardait. Rachida ne tarda pas à lui défendre l'accès du salon. Elle n'aimait pas Ammal et trouvait que je me donnais en spectacle.
La dernière fois que je vis Ammal, je trouvais la force de lui reparler de ses statuettes, et elle me promit de ne jamais les abandonner. « Je te le promets ! » me répondit-elle avec une passion soudaine. La seule lueur de volonté qui me restait était tendue vers elle. Je me disais que, si Ammal était sauvée, ma vie aurait eu un sens.
Des jours. Encore des jours à l'ombre des volets clos.
Parfois, j'entendais la voix d'Om el Kher près de la cuisine. Elle demandait de mes nouvelles. On lui répondait que les visites me fatiguaient. Et c'étaient de nouveau les pas de Rachida, les plaintes de Rachida, l'ombre de Rachida sur les murs, qui tissaient autour de moi une prison.
Ma présence ne gênait plus Rachida et Boutros. Ils parlaient de moi comme si je n'étais pas là. Au réveil, Rachida omettait de me dire bonjour. Mais Boutros, lui, n'oubliait pas ce baiser qu'il me donnait sur le front chaque soir, un rite dont il ne pouvait se défaire. Bientôt toutes les pensées de ma journée viendraient se concentrer autour de cet instant où je sentirais le contact de ses lèvres sur ma peau.
Mes derniers sursauts de révolte se fixaient autour de ces minutes : la porte s'ouvrait et j'attendais, crispée, que les lèvres brunes me touchent le front. Un jour, je ne pourrai plus y tenir, je le sens bien.

Qu'est-ce que je dis ? Qu'est-ce que je viens de dire ? Les choses se mêlent terriblement. Une rumeur incessante dans ma tête. Tout s'embrouille. Et cette autre rumeur ? Qu'est-ce que c'est ?...

On dirait qu'on crie mon nom, qu'on crie le nom de Boutros. C'est de plus en plus proche. Que s'est-il passé ?

Des pas montent et se pressent dans les escaliers. Je ne sais plus, je ne veux plus rien savoir. Je n'ai plus peur de rien. Qu'ils montent avec leurs pas et leurs cris ! Qu'ils soient partout dans la chambre, tous !

Je suis morte à cette histoire, et tout se tait en moi.

12.

Dans le vestibule, tout près de la tenture de velours qui a été arrachée par la foule, Ammal se dresse sur la pointe des pieds pour essayer d'apercevoir Samya.

Hussein est entré le premier, et il a tout vu malgré ses yeux malades. Les cris des autres se croisent comme des bâtons que l'on cogne. Rachida parle très haut. Barsoum sent une chaleur lui monter dans les bras : « Qu'on la jette hors de son fauteuil, qu'on la tue ! » crie-t-il. Les femmes se donnent des coups du plat de la main sur la poitrine et poussent ce même hululement de chat-huant. Om el Kher, le poing à moitié enfoncé dans la bouche, retient ses larmes voudrait oublier, ne pas regarder Samya, ne pas regarder l'homme mort.

Peut-être qu'on tuera la femme là, sur place ? Farid s'approche, la peau de son visage jaune et tendue : « On te piétinera ! » hurle-t-il. De grosses gouttes de sueur glissent le long de ses tempes.

Mais Samya est loin. Elle ne semble même pas respirer. Seule sa façon de se tenir, le buste droit, les mains sur les bras du fauteuil et les coudes légèrement surélevés, comme si elle était sur le point de se dresser sur ses jambes, laisse supposer qu'elle est encore en vie. Ammal l'aperçoit, mais seulement de profil. Elle la regarde de tous ses yeux.

« Tu seras sauvée, Ammal ! » Ce visage mort avait-il dit cela ? Il est si blanc maintenant le visage de Samya, on dirait de la pierre. Ammal entend ses paroles muettes. Ammal sent tellement de choses qu'elle pourrait tout crier à la fois. Mais quels mots emploierait-elle ?

Rachida, elle, trouve tous ses mots. Au long des jours qui viennent, elle dira tout ! Quand elle parle, ses sourcils se rejoignent et deux sillons de chaque côté de sa lèvre inférieure tirent sa bouche vers le bas. Sa voix grince, on dirait le bruit d'une lime sur du bronze. On fait cercle autour de Rachida, on crie avec elle.

Mais, l'arrivée soudaine du Maamour[1] fait taire les voix et la foule s'écarte. Puis, c'est le pas lourd des policiers sur les marches. Ils montent chercher la femme pour la prendre, et la mettre dans la voiture cellulaire qui attend dans la ruelle. Le Maamour veut qu'on fasse vite ; il veut être chez lui pour le repas du soir. Il y a près d'un mois, il a épousé Fatma, une fille de quatorze ans, belle comme un fruit.

Fatma !... Le Maamour la voit comme si elle était là, assise, les mains sur les cuisses, dans la robe verte qu'il lui a choisie. Quand il entre, elle se lève pour lui céder l'unique fauteuil.

Le Maamour a fait chasser la foule hors de la chambre. Il ne reste que les quatre hommes qui porteront le fauteuil. Ils se baissent, ils la soulèvent, et la femme ne bouge pas. Elle semble si étrangère à tout cela que le Maamour n'a même pas songé à lui poser de question.

Les porteurs traversent le vestibule. Un instant Ammal est tentée de crier : « Je suis là ! » mais Samya n'entendrait pas. Et si elle se jetait contre la foule, toute seule, pour la lui arracher ? Que ferait-elle ensuite de cette Samya de pierre ?

Les quatre hommes descendent péniblement les marches. Un des policiers les précède ; à chaque pas, il se retourne pour dire : « Plus à droite », ou « Plus à gauche ».

Personne sur les escaliers, excepté Fakhia, le visage troué de variole. Le menton sur la rampe, elle épie avec son œil de chouette. « On descend la meurtrière ! » crie-t-elle. Tous se précipitent alors pour escalader les marches en secouant leurs poings. Les policiers menacent de leurs bâtons.

« Jetez-la, qu'on la piétine ! » hurle la foule.

La femme n'entend rien, elle ne voit rien non plus. Même pas l'aveugle qui parvient, malgré les remous, à se maintenir à sa place ; la tête si haute que son turban blanc domine.

« Jetez-la par terre, le démon est en elle ! »

La main de l'aveugle se crispe. Il sent la terre qui cède sous son bâton. Il frappe de plus en plus fort. Il imprime sa silencieuse colère dans le sol pour qu'elle ne le quitte plus.

---

1. Chef de la police

***

Dans le vestibule, il n'y a plus qu'Ammal.
Il faut partir d'ici. Avec des êtres qui naissent de vos doigts, plus semblables aux vivants qu'eux-mêmes ne le seront jamais, on n'est pas seule.
Il faut partir. Loin de ce qui étouffe et de cette pourriture que devient la peur.
Ammal va jusqu'aux marches, et elle les regarde.
Elle remonte sa robe un peu au-dessus des genoux et la tient dans chaque main.
Elle attend encore, pour recueillir tout son souffle. Puis, elle se met à courir.
Ammal court.
« C'est Ammal, elle court ! crie Fakhia.
— Elle a pris peur ! »
À ce cri, l'aveugle a cessé de creuser le sol.
— Elle court Ammal !
Le dos au mur, l'aveugle respire en paix.
Comme elle court, Ammal ! Comme elle court !

LE SIXIÈME JOUR

*À ma mère,
Alice Godel,
cette compagne.*

« Écoute... Toi tu penseras que c'est une fable, mais selon moi c'est un récit. Je te dirai comme une vérité ce que je vais te dire. »

PLATON, *Georgias.*

PREMIÈRE PARTIE

1.

Secouant sa charge de gravats, la carriole cahotait le long de la route agricole. La vieille Om Hassan se tenait assise auprès du conducteur.
— Je te dépose et je m'en vais tout de suite, grommela celui-ci.
— C'est comme tu voudras.
Les yeux fixés sur l'horizon, elle attendait que son village apparaisse en même temps que l'aube. Plusieurs fois, l'homme avait essayé de la détourner de ce voyage : « Au Caire tu es tranquille, pourquoi aller là-bas ?... Dans les campagnes le choléra a eu les dents longues... Ce que tu vas voir n'est pas un spectacle pour toi. »
— Il faut que j'aille.
La veille, elle avait expliqué son départ à Hassan, son petit-fils, qu'elle quittait pour la première fois :
— Ce sont les miens, petit, j'ai besoin de les voir. J'aurais dû partir depuis longtemps, mais avant c'était impossible, il y avait des policiers partout. Maintenant, on peut circuler librement. Je serai absente une journée seulement. Mais il faut que j'aille, tu comprends ?
Il avait fait « oui » de la tête. C'était vrai qu'il comprenait. Il suffisait pour cela de lui parler d'une certaine manière, et qu'il sente qu'on avait besoin d'être compris. « Fils de ma fille morte, fils de mon âme », soupirait-elle en songeant à l'enfant.
— Cela fait combien d'années que tu n'es pas retournée à Barwat ? questionna l'homme.

L'action se situe en 1948.

— Sept ans.
— Sept ans, ce n'est rien. Ce sont ces trois derniers mois qui comptent. La nuit s'effilochait. La femme reconnut son village au bout du tournant.

*
* *

— Je me sauve, dit l'homme dès qu'elle eut mis pied à terre.
Le visage tourné vers Barwat, Om Hassan entendit derrière elle le bruit des roues disparaître et mourir.
Les maisons, écrasées sous un amoncellement de branchages et de paille, émergeaient à peine de terre.
Elle fit quelques pas, s'approchant des portes ouvertes. Les intérieurs étaient sombres, vides, remplis d'objets calcinés. De peur qu'aucune voix ne réponde, elle n'osa pas appeler.
La vieille revint ensuite se poster au centre de la ruelle. Quelque chose d'insurmontable l'empêchait d'avancer. Elle se laissa tomber sur le sol, prit un peu de cette terre entre ses mains, y appliqua sa joue, y mêla ses lèvres.
Quelqu'un l'interpella :
— Qu'est-ce que tu viens faire chez nous, Om Hassan ?
Se redressant de toute sa haute taille, elle se dirigea à pas lents vers son neveu, immobile près du bassin. Quand elle fut près de lui, elle posa avec soulagement la main sur son épaule.
— Tu peux repartir, continua Saleh d'une voix butée. Tu arrives trop tard.
— Trop tard ?
— Ici, il n'y a plus que des morts pour t'accueillir.
L'aube cendrait le hameau. Des nuées de moustiques se croisaient au-dessus du bassin recouvert d'une croûte spongieuse et jaunâtre. Des corbeaux volaient bas, on entendait le bruissement de leurs ailes.
— J'ai quitté Le Caire dans la soirée. J'ai voyagé toute la nuit.
— Le choléra n'est pas pour ceux des villes. Seulement pour nous !
— Je voulais venir depuis longtemps...
— Depuis des années tu n'es plus des nôtres.
— Une moitié de mon cœur est restée avec vous.
Elle ne pouvait s'empêcher de songer à Hassan en regardant son neveu. Saleh portait une calotte de feutre marron sur ses cheveux ras. Elle vit ses pommettes saillantes, ses joues mangées du dedans. Le bas de la tunique bleu indigo était souillé, les jambes couvertes de boue, les pieds nus. Son

petit-fils était toujours vêtu d'une robe propre, toujours chaussé de sandales. À l'âge de Saleh, il aurait de l'instruction, un métier en ville.
— Tu es trop loin, tu ne sais rien de nous.
— Non, je ne sais rien, Saleh.
— Il y a eu onze morts dans notre famille. Au village, je ne sais plus combien. Mais le pire c'est l'hôpital ! L'ambulance arrivait, les infirmiers pénétraient de force dans les maisons, brûlaient nos objets, emportaient nos malades.
— Où ça ?
— Ils ne le disent jamais.
— J'ai fini par savoir à quel endroit on avait parqué mon père et mon frère : sous des tentes, en plein désert. J'y suis allé. On nous a d'abord chassés avec des gourdins, ma mère et moi ; mais nous revenions en hurlant le nom des nôtres, pour qu'ils sachent que nous ne les avions pas abandonnés, que nous étions là, près d'eux... J'ai fini par me glisser dans une des tentes, c'était horrible ! Le même visage partout : bleu, maigre, la langue pendante. Les malades couchent les uns près des autres sur le sable, vomissant ; deux étaient déjà morts et on les avait laissés sur place... J'ai encore appelé, ils me regardaient tous d'un air hébété... Un infirmier est entré portant des bottes, un masque, il m'a poussé dehors... avant que je retrouve les miens. Ceux qui n'ont pas vécu tout cela ne savent rien... Jamais je n'oublierai... Depuis nous cachons nos malades et même nos morts !
— Je te comprends, mon fils.
— Maintenant, c'est fini. L'ambulance vient, fait une tournée, repart sans personne. Notre mère est tombée malade il y a quelques jours. Saleh ajouta d'une voix terne : « Elle est morte cette nuit. » Puis il recula, privant la vieille de son soutien, s'éloigna sans rien dire.
— Je vais avec toi, cria-t-elle.
— Retourne d'où tu viens.
— Non, allons ensemble.
Il ne viendrait jamais à bout de son obstination :
— Alors, viens, dit-il haussant les épaules. Tu n'as qu'à me suivre.

* * *

Ils tournèrent à gauche, prirent le sentier couleur de suie. Au loin, sur le terrain vague piqueté de palmiers aucun enfant ne jouait.
Le chemin se rétrécissait. On pouvait presque toucher des épaules les

habitations qui se faisaient face. Un garçonnet au ventre ballonné, courant dans le sens opposé, se prit un instant entre les jupes de la vieille. Se dégageant, il la repoussa de ses petites mains poisseuses, s'enfuit à toutes jambes.

— Où sont tous les gens d'ici ?

Sans répondre, Saleh bifurqua à gauche.

Om Hassan reconnut la pierre plate qui sert de banc aux vieillards. « Si nous étions restés, c'est ici que Saïd serait venu s'asseoir. » Elle l'imagina, au crépuscule, assis au milieu des autres ; laissant couler entre le pouce et l'index les grains de son chapelet.

La route serpenta près de la bâtisse en briques crues du garde champêtre Hamar ; la seule maison à un étage de tout le hameau. Saillant hors de la façade, la plate-forme qui servait de balcon s'effondrait ; le mur s'émiettait autour.

— Tout croule ici, dit la femme.

— En quoi un balcon sert-il aux morts ?

Plus loin, il se retourna :

— J'étais sorti pour chercher ça, dit-il, montrant la houe qu'il tenait à la main. Autrement tu ne m'aurais pas trouvé.

— Je serais allée chez vous.

— Il n'y a plus de chez nous.

— Vous avez changé de maison ?

— On a brûlé nos maisons. À cause de la contagion, ceux des ambulances viennent et mettent le feu... Toi, tu n'as pas peur, dit-il, approchant son visage du sien.

— Allons, coupa la femme, ne perdons pas de temps.

*
* *

Le ciel fut, d'un seul coup, badigeonné de clarté. Il ne resta plus un doigt d'ombre sur la pellicule bleue. « Soleil qui sort tout rose de la montagne rose », l'ancienne mélodie lui revint en mémoire, cette fois comme la plus triste des complaintes.

Une bufflesse squelettique, traînant sa corde, sortit à pas lents d'une masure en balançant sa longue tête.

Sitôt après, ils débouchèrent sur un minuscule carrefour où se dressaient la grange commune, la boutique du barbier-apothicaire, l'épicerie.

— Taher aussi ils l'ont emporté. Il n'est jamais revenu. Jamais ils ne reviennent.

LE SIXIÈME JOUR

— Ne pense plus à ces choses.
— Comment ne pas y penser ?... Ma mère, ils ne l'auront pas. Nous l'enterrerons cette nuit.

Coincé entre les volets de l'épicerie, un pan de cotonnade rouge pendait jusqu'au sol. Contre le mur de la grange s'entassaient des galettes – mélange de vase et de paille – utilisées comme combustible l'hiver. Des bidons juxtaposés, qui servent de pigeonniers, n'abritaient plus d'oiseaux.

— Regarde ça, dit Saleh, indiquant plus loin une bande de terre calcinée. « Des familles entières vivaient là ! »
— Mon Dieu, protège l'enfant jusqu'à mon retour, murmura-t-elle prise d'angoisse.
— Où est l'enfant ? demanda Saleh comme s'il devinait sa pensée.
— Je l'ai laissé chez le maître d'école.
— Et mon oncle Saïd ?
— Il ne peut plus bouger. Yaccoub, le menuisier, s'occupe de lui quand je ne suis pas là.
— À quoi sert-il de les avoir quittés ? Sa voix grinçait comme une lime. « Eux ont besoin de toi. Pas nous ! »
— Il faut me pardonner si je ne peux rien, j'ai souffert de ne pas partager vos malheurs.
— Qui partage le malheur des autres ?

*
* *

Le chemin rampa hors du village, jusqu'aux bords de l'étroit canal. Près d'un tamaris, croulant sous le poids de ses feuilles, Saleh indiqua à la vieille un groupe de cabanes construites en tiges de maïs.
— C'est là-bas.

Ils contournèrent ensemble une charrue renversée qui bloquait le passage. Une fillette, la tête abritée sous un sac de jute, se précipita à leur rencontre. Elle avait un visage gris, tout en museau. Au bas de sa robe effilochée, paraissaient ses jambes couvertes d'escarres.
— Vite, vite, avant qu'on vienne nous la prendre, souffla-t-elle.
— C'est Nefissa, une de tes nièces, dit Saleh à la vieille.
— Tu as trouvé la houe ? demanda l'enfant.

Il la lui montra. Puis, ils se mirent à courir ; Om Hassan eut du mal à les suivre. Devant la porte, Saleh commanda à la fillette de faire le guet.
— C'est le jour de leur tournée. Si tu les entends, si tu les vois, frappe trois coups...

— Je sais.

Tandis que Saddika traversait le seuil, une fade odeur de saumure mouillée lui emplit les narines. Saleh expliquait aux trois jeunes hommes, groupés au centre de la pièce, qui était cette femme qui entrait. Ils se retournèrent, firent un rapide signe de tête. Elle reconnut Moustapha à cause de son œil borgne, Omar le plus jeune ; mais pas le troisième. Peut-être était-ce Rashad ? Mais déjà, lui tournant le dos, ils s'étaient remis à chuchoter. Une jeune femme aux joues hâves et grêlées, aux sourcils en forme d'hirondelle, s'éventait avec un coin de son voile ; le menton sur la poitrine, elle dévisageait la vieille avec méfiance.

Il n'y avait aucun objet dans cette chambre. Sauf, calée dans un coin, une de ces jarres qui servent de réserve alimentaire. Du plafond pendait une botte de gros oignons rouges.

La femme avança lentement, cherchant le corps de sa sœur. Soudain, s'écartant tous à la fois, ses neveux la mirent sans ménagement en face de la morte. Le bout de ses sandales venait de toucher la plante cornée des pieds nus.

Enroulée dans ses robes noires, couchée à même le sol, Salma paraissait démesurément longue. Sa face étroite et tannée rappelait celle de cette momie que Saddika – en compagnie de Hassan et du jeune maître – avait entrevue au musée derrière une vitrine poussiéreuse. Ce masque n'avait plus aucune ressemblance avec la figure épanouie de sa sœur cadette. On aurait dit que, sous la peau, des cordelettes rugueuses et sèches s'entrecroisaient pour maintenir les traits en place.

L'espace d'une minute, Om Hassan se représenta la Salma d'autrefois : l'accoucheuse du village, ses mains sur ses fortes hanches, riant aux éclats. Elle contempla de nouveau la forme étendue. Les deux images se juxtaposaient d'une manière hallucinante. La vieille ferma les yeux.

— Va t'asseoir, ma tante.

Elle se retrouva, assise, en compagnie de la jeune femme. Le visage de celle-ci si proche du sien que Saddika discerna, dans la paroi de la narine percée, la ficelle en forme d'anneau que l'on remplace un jour par un cercle d'or.

— Elle a reçu la dernière lettre que tu as fait écrire, clama Saleh. Tu disais que tu étais laveuse, que tu gagnais bien ta vie, que tu avais beaucoup de clients et qu'elle devrait venir te rejoindre... Mais jamais elle ne nous aurait quittés.

Il partit alors d'un grand rire qui rappelait celui de la morte.

Les hommes s'affairaient à présent autour du cadavre, tandis que sur

LE SIXIÈME JOUR

ses doigts engourdis, la vieille faisait le compte des absents. Omar coupa le cordon rouge qui entourait le cou de sa mère pour détacher la clef du coffre des fiançailles ; ses couleurs criardes paraissaient une offense en pareil jour. Il fallut ensuite utiliser la houe pour faire sauter une seconde serrure. Ensemble, ils en retirèrent le contenu. Des objets les plus divers jonchèrent bientôt le sol : une marmite, des chiffons, des herbes séchées, des babouches, du poivre, un sachet de kohl, des aiguilles, cinq bracelets d'or et même des œufs.

Soudain, on entendit trois coups et Nefissa entra précipitamment, rongeant ses ongles, tiraillant de l'autre main le bout de sa natte roussie.

— Il faut faire vite, dit Saleh.

À quatre ils portèrent la morte jusqu'au coffre, et s'efforcèrent ensuite de la tasser à l'intérieur. Le corps était de pierre et beaucoup trop long. Ils s'y reprirent à plusieurs fois avant de le déposer, de nouveau, sur le sol.

— Dépêchez-vous, ils visitent les maisons, murmura la fillette.

— Scions-lui les jambes, proposa quelqu'un.

Om Hassan poussa un cri, cacha sa figure dans ses mains.

— À quoi serviront ses jambes ? redit la voix.

Saleh, le visage en feu, frappa son frère de toute la force de son poing, et celui-ci alla toucher le mur d'en face.

S'infiltrant à travers les branchages, les rayons du soleil doublaient la chaleur. Une seconde fois, les hommes soulevèrent le cadavre. Mais, ils eurent beau le déplacer, le hausser, le baisser – le cognant chaque fois contre les parois de la caisse – rien n'y fit.

La fillette trépignait à présent devant la porte entrouverte. Peu après, ce fut le bruit d'un moteur qui se remet en marche.

— Il faut la cacher jusqu'à ce soir, souffla Saleh. Allons vite dans les champs.

Suivie de la jeune femme, la vieille s'approcha pour leur venir en aide.

*
* *

Soutenant à six le lourd fardeau, ils passèrent près du puits à balancier dont le contrepoids en argile était empêtré d'herbes. De l'autre côté du bras d'eau, juste après les ajoncs, la campagne s'étalait, plate comme une paume.

Il n'y avait personne tout autour. Pas un laboureur. Pas le moindre enfant juché sur une bufflesse. Pas une seule bufflesse tournant autour de la roue à godets.

La vieille, qui soutenait la tête de la morte, ne parvenait plus à détacher les yeux de ce visage racorni.

— Cette nuit, quand tout sera tranquille, nous l'enterrerons, dit Saleh. Près de la cabane, la fillette leur faisait signe de se hâter. Ils traversèrent la passerelle mouvante. En contrebas des plantations en damiers, ils prirent le sentier des berges et s'enfoncèrent jusqu'aux chevilles dans la terre bourbeuse. Enfin, parvenus près d'une immense gerbe de papyrus, ils se baissèrent pour coucher Salma sur le sol. Le corps pesa, s'enfonça à moitié dans le limon.

Om Hassan ôta son collier de perles jaunes et l'enroula autour du poignet bleu et froid.

Puis, chacun repartit par un chemin différent.

2.

À l'une des portes de la ville, Om Hassan descendit du camion gris.
Il fallait, avant de retrouver Hassan, changer de visage, se purifier de ces images souterraines. Elle respira profondément, traversa le terrain vague, continua d'avancer en direction de son quartier. Les maisons imbriquées l'une dans l'autre n'étaient surplombées que par le minaret et par deux palmiers malmenés par le vent.

Elle s'engagea dans la première ruelle avec l'idée de retrouver son petit-fils au plus tôt.

Plus loin, elle enjamba un monticule de détritus humides autour duquel bourdonnaient des mouches, releva ses jupes en passant à côté de la flaque verdâtre dans laquelle des enfants jetaient des cailloux. Taher, l'albinos, se retourna et la fixa de ses yeux roses. Il était gras et vacillait en marchant.

Des enfants aux yeux d'ébène surgissaient de partout. Abdalla poussait une roue de bicyclette. Amin et Sami se disputaient un bidon vide. Des fillettes en calicot bariolé, un mouchoir de mousseline noué aux quatre coins sur leurs cheveux crépus, se fabriquaient des poupées au moyen de chiffons et de bouts de ficelle.

— Habillez-moi !... geignait Yassine leur arrachant un morceau de tissu. Il grimaçait leur montrant son dos nu. Sa tunique en loques ne tenait sur lui que par les manches. « Ma robe est mince comme une feuille de "konafa[1]", une offense pour vos yeux ! » Ils partirent tous, lui le premier, d'un immense éclat de rire.

---

1. Pâte feuilletée.

— Où étais-tu, Om Hassan ? demanda Halima, reconnaissant à peine la vieille entre ses paupières purulentes. Habillée de rouge, assise en boule, la petite fille passait des heures à caresser le chat qu'elle tenait serré entre ses genoux.
— J'étais en voyage...
— Ah ! En voyage... Satisfaite de la réponse, elle se remit à câliner le chat. « Biss, biss, mon joli, mon Noiraud... »
Plus loin, la vieille dut rompre un attroupement. Le jeune Barsoum, vêtu d'un pyjama rayé, grimpé sur une caisse de bois, mimait le choléra. Des rectangles de papier vert collé sur le front, les paupières, les pommettes, la bouche grande ouverte, les mains au ventre, les yeux presque retournés, il parodiait les douleurs et l'agonie du malade.
— Je suis cholérique ! cholérique !... hurlait-il sous les acclamations.

*
* *

— D'où viens-tu ? demanda Ali le bédouin, devant sa cabane de palmes et de chiffons, son mouton toujours à ses côtés.
— Ne me retarde pas, je n'ai pas vu mon petit-fils depuis deux jours.
Son visage couleur d'épice, son regard perçant, ses mâchoires étroites, ses poignets fins le distinguaient des autres :
— Ne t'en va pas comme ça, dit-il. Je veux te saluer, car demain je serai loin.
— Où vas-tu ?
— Je n'ai pas pu m'habituer. Où il y a trop d'hommes l'air se pourrit. On respire mal ici. Je retourne dans mon désert.
— Je ne connais pas, lui répondit-elle sèchement.
Il la rattrapa par le bras :
— Une minute encore... Écoute : « Lorsque Dieu créa les choses, il joignit une seconde à chacune d'elles. Je vais en Syrie, dit la Raison ; je vais avec toi, dit la Rébellion. Je vais au désert, dit la Misère ; je vais avec toi, dit la Santé. L'Abondance dit : je vais en Égypte ; je t'accompagne, dit la Résignation. »
— Je ne te comprends pas, je ne pourrais pas vivre loin de ceux-là.
D'un geste large, elle lui montra ceux qui allaient et venaient dans l'entrelacement des ruelles : la femme portant son marmot à califourchon sur l'épaule ; le teinturier, aux doigts tachés de bleu, empêtré dans ses discussions ; le vendeur de pommes de terre douces et celui de concombres, poussant chacun sa charrette et cherchant vainement à se

croiser avec leurs véhicules. Elle eut même un regard attendri pour Zakieh, à la langue de scorpion, accroupie sur sa natte ronde et qui épiait les passants de son œil de furet. Elle montra Amina, la petite marchande de tomates à moitié aveugle, qui sommeillait au pied de la boutique du barbier :
— Sans eux, je ne pourrais pas vivre.
— C'est toi qui ne comprends pas, ô femme !
— Tu me fais perdre mon temps, Ali. Je t'ai déjà dit que l'enfant m'attendait.

Elle le quitta brusquement et sans adieu, se faufilant parmi la foule, baissant la tête pour éviter d'être reconnue. Mais, peu avant de s'engager dans la ruelle de l'échaudé, saisie de remords, elle se retourna cherchant à entrevoir le bédouin. Ce fut en vain. Elle tendit alors son bras à la verticale, balança sa main très haut par-dessus la marée des têtes, et forçant sa voix :
— Que le salut soit sur toi, Ali !
La réponse ne se fit pas attendre :
— Que le salut soit sur toi, Om Hassan !

*
* *

L'école, composée d'une seule et longue pièce, était recouverte d'un enduit ocre. Bien qu'elle fût assez neuve, ses murs se lézardaient. Un terrain qui servait de place de marché la séparait des autres habitations.

Om Hassan alla s'asseoir sur une des trois marches, et poussant légèrement la porte, elle regarda dans la salle. Son cœur battit plus vite en apercevant, au premier rang – ils n'étaient qu'une trentaine d'élèves – la nuque bien nette et les grandes oreilles décollées de Hassan.

Sur la minuscule estrade, le jeune maître finissait d'écrire au tableau. Il portait une coiffe rouge, un costume à l'européenne et s'était affublé, malgré la chaleur, d'un manteau râpé – couleur olive – qui le bridait aux échancrures. Lorsqu'il se retourna, Saddika opina de la tête comme pour marquer son entière approbation. Tout dans ce jeune homme lui inspirait confiance. Elle trouvait beau son visage aux traits fins, lumineux son regard et « son sourire, disait-elle, c'est de la rosée ». Mais, lorsqu'il arrivait à l'oustaz[1] Selim de s'expliquer sur l'ignorance, la misère, l'injustice, subitement sa figure se métamorphosait. Ses oreilles s'enflammaient, ses

---

1. Maître.

tempes se venaient. Une multitude d'idées se bousculaient dans sa tête, une étrange violence le possédait. Ses mots culbutaient, ses phrases devenaient confuses ; des flots de générosité, une révolte, dont il avait à peine conscience, l'assaillaient sans qu'il soit encore en mesure de les comprendre ou de les conduire.

Dès qu'il enseignait, sa voix était au contraire mélodieuse, cristalline. Chacun de ses mots luisait comme un galet tiré de l'eau.

— La classe est finie, levez-vous, les enfants, dit-il en tapant dans ses mains.

Hassan disparut derrière la masse des dos ; même en tendant le cou, Saddika ne pouvait plus l'apercevoir.

— Pour terminer, on répète la leçon d'hygiène... Vous la savez par cœur ?
— Oui...
— Alors, tous ensemble... Pourquoi as-tu un nez ? demanda-t-il.
— Pour respirer, répliquèrent les élèves.

La vieille connaissait toutes les réponses et mêlant sa voix aux leurs :
— Pour respirer...
— Pourquoi faut-il respirer ?
— Pour vivre.
— Et si on te bouchait le nez ?
— Je mourrais.
— L'air est-il une bonne chose ?
— Oui.
— As-tu des fenêtres chez toi ?
— Oui, crièrent la plupart.
— Alors, si l'air est une bonne chose et qu'il y a des fenêtres chez toi, que dois-tu faire ?
— Les ouvrir !
— Les ouvrir... reprit Om Hassan.
— C'est très bien, les enfants !... C'est très bien. Vous pouvez partir.

Ils se ruèrent vers la sortie, la vieille recula jusqu'au bas des marches pour les laisser filer.

Hassan fut le dernier à paraître. Il se jeta dans ses bras.

*
* *

Saddika rêvait de retrouver ses chambres de lessive (situées sur des terrasses, posées dans le ciel) et d'y mener Hassan comme elle le faisait autrefois. Assise devant une immense cuvette en étain, les bras jusqu'aux coudes dans l'eau savonneuse, elle lavait le linge et l'enfant s'amusait autour d'elle. Dans les quartiers riches, penché au-dessus du parapet il observait ce monde d'en-bas. Le Nil miroitait entre les flamboyants ; les vastes maisons assises dans leurs pierres – parées de balcons à colonnades et d'un escalier de marbre blanc – s'inscrustaient dans un temps éternel. Les pelouses des jardins, piquées de fleurs, ressemblaient à des tapis de cérémonie.

Le soir, comme deux pèlerins, ils quittaient un monde pour l'autre et, la main dans la main, retrouvaient avec tendresse un sentier poussiéreux, des maisons périssables ; et puis, l'absence des fleurs.

Seul Saïd se plaignait parfois, la terre lui collait au cœur. « À la campagne, les choses sont compatissantes, soupirait-il ; il y a une ombre pour chaque arbre et chaque arbre est un peu votre maison. » Un même cauchemar l'obsédait : étendu, ligoté sur le macadam, un soleil brûlant trouait sa poitrine.

Depuis son retour de Barwat, Om Hassan n'était plus la même. Il lui semblait que le ciel allait soudain se fendre. Malgré sa peau fraîche, ses larges yeux noirs et vifs, son corps vigoureux, ses jambes fermes, la vue de Hassan la plongeait dans l'anxiété.

*
* *

Un matin, Saddika arriva devant l'école. Dans le fond de la classe, il ne restait plus que Hassan qui parlait au jeune maître. Celui-ci avança, suivi de l'enfant.

Au milieu du parcours, l'oustaz Selim sembla perdre l'équilibre. Puis il se remit en marche, traînant les jambes, prenant appui sur les tables d'écoliers.

— Qu'as-tu ? lui cria Om Hassan du seuil.

Il fit quelques pas encore, parvint péniblement jusqu'à la porte, tandis que l'enfant, inquiet, le soutenait de ses petits bras. À bout de souffle, portant brusquement ses mains à son ventre, le jeune maître s'adossa au battant.

— Qu'as-tu ?

La petite place était déserte, criblée par les rayons de midi. Les lèvres du jeune homme se touchaient, mais aucun son ne sortait de sa bouche. Soudain, il tira un immense mouchoir bistre de sa poche, et tournant le dos, se mit à vomir.

— Hassan, cours chercher l'ambulance, prononça-t-il enfin.
— L'ambulance ? Pour quoi faire ?... dit la vieille.
— Qu'il aille vite...

— Mais qu'as-tu ? s'obstina-t-elle.
— C'est le choléra. Je le sais.
— Tu te trompes. Il n'y a plus de choléra.
— Ne discute pas, ô femme, je sais ce que je dis...
Il la fixait d'un air las :
— Que l'enfant aille, supplia-t-il.
— C'est de la folie. S'ils t'emportent, on ne te reverra plus jamais... Elle se rappela le récit de Saleh. « Si tu savais ce qui se passe là-bas. »
— Je suis un homme instruit, affirma-t-il. Puis, sa tête tomba en avant : « Un homme instruit va à l'hôpital... L'exemple... »
Ses bras pendaient le long de son corps, ses jambes tremblaient ; il s'efforçait cependant de conserver une attitude digne. Avec ce qui lui restait de voix, il insista :
— Hassan, c'est ton maître qui te l'ordonne, va chercher l'ambulance.
Hassan leva les yeux vers sa grand-mère.
— Il n'y a plus d'ambulance, coupa celle-ci. Elle ne vient plus ici depuis des semaines. Le choléra est mort.
— Je reconnais les signes. J'ai lu des livres, ô femme, tu ne peux pas comprendre...
— C'est bien, accorda-t-elle, c'est le choléra... Mais alors, nous te soignerons, moi et l'enfant. Personne n'en saura rien. Appuie-toi sur mon épaule et je te ramène chez toi.
— Tu es folle. Folle... Chaque mot lui demandait un effort considérable. « Sais-tu que, par ignorance, tu peux être la cause de grands malheurs ? »
Quel autre malheur y avait-il, en cet instant, que celui de le laisser partir ?
— Seul, seul... Tu seras seul ! gémit-elle.
— Cours jusqu'au boulevard, dit-il à l'enfant. Là, tu demandes au premier policier, il saura ce qu'il faut faire.
L'enfant dévala les trois marches, traversa la place, disparut.
— Surveille bien ton petits-fils, ces temps derniers nous avons été trop souvent ensemble. Il s'exprimait mieux, le mal accordait un répit : « Tiens-toi je te prie sur la plus haute marche, ô vieille, bien en face de moi pour me cacher des passants. Il vaut mieux que ceux du quartier l'apprennent lorsque je serai loin. »
Elle fit ce qu'il lui disait.
— Tout à l'heure, c'était comme du feu dans mes entrailles. » Il sortit de sa poche une boîte de cigarettes, essaya d'en porter une à ses lèvres, mais y renonça aussitôt. « Dans six jours je serai guéri. N'oublie pas ce

que je te dis : le sixième jour ou bien on meurt ou bien on ressuscite. Le sixième jour... », ajouta-t-il se remémorant les termes du journal, « c'est une vé-ri-ta-ble ré-sur-rec-tion ! » Puis, esquissant un sourire : « Il ne faut pas t'en faire. Six jours c'est vite passé. Ensuite, je serai de nouveau là. » Du bras il fit un geste vague vers le fond de la salle.

* *
 *

Blanche, étincelante comme mille dards au soleil, l'ambulance déboucha, avec Hassan grimpé sur le marchepied, et freina au milieu de la place, soulevant la poussière.

Trois hommes en blouse mirent pied à terre. Sans poser de questions, ils poussèrent Om Hassan de côté pour se saisir du malade.

— Où l'emmenez-vous ?

Personne ne lui répondit. Passant le bras sous les aisselles du jeune homme, ils l'entraînèrent. Elle s'accrocha à la manche d'un des infirmiers :

— C'est mon parent. Je dois le visiter.

— Il n'y a pas de visite. Va-t'en, laisse-nous faire notre travail.

— Je veux savoir. Il est seul. Je ne peux pas le laisser seul.

— Ça suffit, dit l'homme, se dégageant. C'est pareil pour tous, tu nous fait perdre notre temps.

Le jeune maître haletait sous le soleil, son cœur allait se rompre.

— Laisse faire. Je reviendrai le sixième jour. Je t'en prie, laisse faire, supplia-t-il, s'abandonnant aux mains des infirmiers et soulagé de n'avoir plus d'effort à soutenir.

En quelques secondes, ils l'avaient transporté dans l'ambulance et couché sur un brancard. Saddika ne bronchait plus, ses jambes étaient de pierre, sa langue plombée. Au moment où la voiture se mit en marche, elle courut en avant et les mains en cornet devant la bouche hurla vers la cage noire :

— Tu reviendras !... C'est sûr, tu reviendras. Nous serons là, Hassan et moi, le sixième...

Le claquement de la portière sectionna sa phrase.

— Le sixième jour... acheva-t-elle tout bas.

* *
 *

Le sixième jour, Hassan et la vieille, assis côte à côte sur la dernière marche de l'école désertée, attendirent jusqu'au milieu de la nuit. Il ne vint personne.

— Rentrons, dit Om Hassan.

Sur le chemin roussi par la lune ils partirent, à pas lents, se retournant plusieurs fois. Devant leur porte, d'un geste rageur, l'enfant ramassa une pierre qu'il envoya ricocher le plus loin possible.

Le battant grinça en s'ouvrant.

— Ah, vous êtes là, enfin !... fit la voix geignarde de Saïd. C'est comme ça qu'on laisse un pauvre vieillard seul ?...

La femme et l'enfant patientèrent six autres jours. Mais de nouveau, l'attente fut vaine.

Alors, sans se l'avouer, ils renoncèrent ensemble à l'espoir.

3.

Les jours se succédèrent. De tristes jours.
À la suite de quelques cas isolés, on parla d'une seconde poussée de choléra. Les quartiers populeux furent, de nouveau, fréquemment visités ; la sirène de l'ambulance redevint une hantise. En raison de toutes ces mesures, la vieille n'avait pu reprendre son travail. Quant à l'enfant, privé d'école, il traînaillait partout entre les heures de repas. Durant des journées entières, Om Hassan le perdait de vue ; il filait comme les chats dans l'entrelacement des ruelles.

Ce matin, d'énormes cernes brunâtres bordaient ses yeux. Mais, à peine Saddika s'était-elle détournée pour s'occuper du vieillard, Hassan s'échappa. La matinée se passa à l'attendre. Elle se souvint que la veille, il avait repoussé Fifo, la chèvre, sur laquelle il aimait grimper ; ensuite, il avait mal mangé, mal dormi, s'agitant dans son sommeil. Toute la matinée elle y pensa. À l'heure habituelle de son retour, ne le voyant pas arriver, elle se mit à arpenter la pièce sans prononcer une parole.

Etendu sur une natte, ses jambes paralysées enroulées dans un sac d'emballage, le tronc caché sous une couverture de coton, Saïd la suivait du regard. On ne voyait que le visage et les mains du vieil homme. Un visage tout en rides et – de chaque côté de la calotte de feutre – des oreilles aux lobes pendants.

Tous les vents du désert s'étaient engouffrés dans les robes de son épouse ! Elle allait et venait, perdue dans ses voiles.

— Assez, assez...

L'homme était taciturne. Il n'aimait ni l'agitation, ni le bruit et ferma les yeux pour ne plus rien savoir.

Mais à travers ses paupières closes, il sentait encore cette grande ombre passer et repasser, franchir avec obstination le court espace qui sépare un mur de l'autre.

Tournant légèrement la tête à droite, il cherchait à présent à entrevoir la porte d'entrée. Faite de planchettes de bois hâtivement clouées ensemble, fermée sur l'extérieur depuis la sortie de l'enfant, sa vue le plongea dans une profonde tristesse. À l'angle opposé, il fixa ensuite la minuscule courette et aperçut Fifo, la chèvre, attachée à la roue d'une charrette, celle qui avait servi au déménagement. Liée à sa corde, Fifo laissait pendre une langue verdâtre. « Err, err... » murmura Saïd, avec une inflexion douce pour attirer l'attention de l'animal. Un instant l'homme et la bête échangèrent un regard ; puis l'homme soupira et détourna la tête de nouveau.

Interrompant soudain sa marche, la vieille se cala devant la porte, poussa des deux mains le battant vers l'extérieur et sortit. Un jet de lumière transperça la chambre. Le buste penché en avant, le cou tendu, elle cherchait l'enfant. Avançant de quelques pas, elle s'engagea dans la première ruelle, l'abandonna, s'engagea dans une autre. Mais elle renonça très vite à les explorer toutes, préférant se poster devant sa masure et guetter dans plusieurs directions à la fois. De plus, elle craignait d'éveiller la curiosité des voisins. Chaque cas dépisté recevait une récompense ; quelqu'un la trahirait peut-être pour de l'argent.

Pour la première fois de son existence elle se méfiait ; chacun lui parut un dénonciateur possible. Assise sur sa caisse de bois, Zakieh l'aïeule, contournée comme une racine, était plus laide que la vieillesse ; de son œil de lynx elle scrutait sûrement chaque geste d'Om Hassan. Le teinturier aux doigts bleus passa devant celle-ci, avec une lenteur étudiée qui l'affola. Sur une balance plus volumineuse qu'elle, la petite Amina simulait la pesée des tomates ; en réalité, elle observait tout entre ses paupières à moitié fermées.

Om Hassan rentra dans la pièce et l'arpenta de nouveau.

— Arrête-toi par pitié, adjura Saïd, tu vas faire basculer la chambre !... « Par pitié... » le reste de sa phrase s'entortilla. Souvent sa langue se prenait dans une bouillie de mots et rien de clair ne traversait ses lèvres. Mais son épouse le comprenait toujours. Sauf aujourd'hui, elle paraissait frappée de surdité.

Pourtant, quelques secondes plus tard, un son lointain la figea sur place.

LE SIXIÈME JOUR

La femme se dressa dans l'embrasure de la porte ; une masse bloquant le jour, plongeant l'intérieur de la pièce dans un bain d'encre. Saïd eut l'impression qu'il tombait au fond d'un puits. Ils joignit les mains pour mendier une parole, un geste, n'importe quoi. Mais Saddika était à des lieues de cette chambre.

— Tu ne le vois pas encore ? souffla-t-il, faisant effort pour partager l'angoisse de son épouse.

Elle ne répondit pas. Elle n'entendait que le roulement de la voiture, le sang battre entre ses tempes ; son cœur lui emplissait la bouche.

Midi. Un soleil cruel pesait. L'ambulance s'éloigna, cela se devinait au bruit des roues.

— Tu ne le vois pas encore ?

La voix de Saïd se fraya un passage et Om Hasşan se retournant fixa le vieil homme de ses yeux gris. À quoi servait d'ajouter à l'inquiétude ?

— Ce n'est rien. Il ne va pas tarder. Repose-toi.

Qu'il lui parut misérable ! Il n'y avait plus que des os dans ce visage, ses doigts rappelaient ces baguettes de saule blanchies au soleil. Le passé avait-il existé ? Cet homme debout ? Sa voix autoritaire ? Elle, toujours à quelques pas derrière lui ? « Si c'est l'un d'eux qui doit mourir, que ce soit plutôt le vieillard. »

Pour racheter cette sinistre pensée, elle se laissa tomber à genoux au pied du matelas. Puis, tirant un large mouchoir rouge de sa poche, elle épongea le front de son époux. Ensuite, elle l'éventa, balançant le carré écarlate d'avant en arrière.

L'homme retrouva son indifférence, et lentement s'assoupit.

**

L'ambulance freinait cette fois à quelques mètres. Saddika distingua le bruit métallique de la portière, puis des pas. Aussitôt après – elle n'avait pas eu le temps de se relever – deux infirmiers et une jeune fille franchissaient le seuil, et faisaient cercle autour du vieillard.

— A-t-il été vacciné ? Que fait-il couché par terre ? A-t-il vomi ? A-t-il froid ? Des vertiges ? De la diarrhée ?

Vêtus de blouses blanches boutonnées dans le dos et qui leur descendaient jusqu'aux chevilles, coiffés de petits calots de toile, les infirmiers, penchés au-dessus du vieillard, continuaient de le harceler. La jeune fille – c'était sa première visite dans ce quartier – inspectait la pièce.

L'odeur âcre de la chambre l'avait désagréablement surprise dès l'entrée et elle toussait dans sa main, le visage tourné contre le mur.

Excédée par le nombre et la rapidité des questions, Saddika se redressa :

— Vous ne voyez pas qu'il est paralysé ? Il n'a pas le choléra. Il est paralytique !... Paralytique... vous comprenez ?

Le premier infirmier posa un genou à terre, ôta cérémonieusement ses lunettes, souffla dessus, les frotta avec un coin de sa blouse, avant de les replacer sur son nez. Même avec ses verres, il y voyait mal ; en examinant le vieillard il paraissait le renifler :

— Cet homme n'a rien. On nous a trompés, conclut-il.

Le second infirmier approuva d'un hochement de tête. Sur son petit calepin noir, la jeune fille nota : « Rien à signaler ».

— On peut s'en aller, dit alors le premier.

L'autre le suivait toujours. Il avait une démarche de canard et tirait sur son cou pour se donner de la taille. Malgré ses talons plats, la jeune fille était la plus grande des trois ; ses longs cheveux retenus par une résille lui donnaient un air sévère.

— Il n'y a que vous deux ici ? demanda subitement le dernier infirmier, juste comme il passait le seuil.

— Il n'y a que nous, mentit la femme.

L'épidémie touchait à sa fin, l'infirmier chef décida de laisser tomber cette soi-disant enquête. Un mauvais plaisant avait indiqué cette ruelle. Tant pis... À cette heure, le soleil commande le repos. L'infirmier avait faim et soif. Il songeait, avec délices, à sa sieste prochaine. Dans son demi-rêve, Khadria, la fille du cafetier – ses seins qui font craquer son corsage rose, ses paumes blanches et charnues – s'approchait toujours de lui en souriant. Bientôt, il la demanderait en mariage à son père. « Je suis fonctionnaire », dirait-il à Mustapha. Ce serait un honneur de l'avoir pour gendre.

La jeune fille ne les avait pas suivis. Elle souhaitait parler à la vieille sans témoin ; mais celle-ci coupait court à toute avance. Si elle avait osé, Om Hassan aurait jeté l'intruse dehors. Pour quelle raison s'obstinait-elle ainsi, proposant de l'aide, prodiguant des conseils :

— Il ne faut pas manger des crudités. Pour se défendre contre le choléra, il faut se laver... Tout bouillir, faire attention aux... » Sa voix bourdonnait comme une guêpe. S'approchant de l'unique étagère elle montra le réchaud à pétrole. « Il faut l'utiliser. » Elle examina ensuite la casserole de cuivre : « C'est propre », approuva-t-elle.

— Je suis laveuse, répliqua la vieille.

Elle indiqua ensuite la cruche ventrue :
— D'où cherches-tu ton eau ?
— De la pompe.
— C'est bien, mais je te le répète il faut aussi la faire bouillir.
— Oui, oui... oui... oui.
Saddika l'aurait encensée de « oui », couronnée de « oui » si seulement l'autre avait consenti à s'en aller.
— Je voudrais te venir en aide. Maintenant, plus tard, quand tu voudras », balbutiait-elle. Malgré ses lèvres à peine fardées, ses joues pâles, sa coiffure, ses vêtements volontairement ternes, elle appartenait à un autre univers. Un morceau de miroir fixé au mur capta, un instant, leurs deux visages ensemble. La vieille en reçut le reflet comme un choc et tout de suite lui revint en mémoire la phrase de Saleh : « Tu n'as jamais été des nôtres... »
— Je m'appelle Dana... Dana S... Je reviendrai », insistait-elle, et détachant une feuille de son carnet, elle inscrivit son adresse. « Si, un jour, tu as besoin de moi, voilà où tu me trouveras. »
— Je te remercie, murmura la femme, fourrant le papier dans son corsage et se dirigeant vers la porte dont elle poussa le battant.
Mais la jeune fille ne bronchait pas. Son regard faisait lentement le tour de la pièce, s'attachant au plafond bas, aux murs noirs, aux nattes sur le sol, à la corde tendue entre deux clous et qui servait d'armoire. Elle secouait tristement la tête, ne pouvant se résigner à partir. La vieille se figurait déjà l'entendre : « Pardonne-moi... », allait-elle sans doute ajouter de son air embarrassé.
— Adieu, dit Saddika à bout de patience.
Finalement, l'autre marcha vers la sortie, mais à regret, s'attardant encore devant la porte :
— Au revoir, dit-elle enfin.

**

Dès qu'elle entendit le moteur se remettre en marche, Saddika se prosterna et baisa plusieurs fois le sol avant de se remettre aux aguets.

Il n'y avait plus qu'elle dehors. C'était l'heure où le soleil se déchaîne, où les gens se terrent. L'attente fut de courte durée.

Une forme gracile, indécise, venait d'apparaître tout au bout d'une ruelle.

La femme hésita. La robe bleue qu'elle reconnaissait ne flottait pas autour des mollets fermes, des jambes bondissantes. La robe bleue collait au corps, entravait les pas. L'enfant tituba. L'enfant se plia en deux, les mains pressées contre son ventre.

· — Hassan !

Aussitôt, relevant ses jupes, elle se mit à courir dans sa direction. En gémissant, il se précipita dans ses bras. Elle le pressa d'abord contre sa poitrine sans le questionner. Puis, se relevant elle chercha à le ramener au plus vite. Il se débattait à présent pour ne pas se laisser porter. Elle plaqua sa paume contre la bouche de l'enfant pour étouffer ses plaintes. De l'autre bras, encerclant sa taille, elle le traîna vers sa porte entrouverte. Les talons de Hassan raclaient le chemin, soulevant des nuages de poussière.

Le seuil enfin traversé, Saddika rabattit violemment le battant et poussa à fond le verrou.

4.

Sauf cette vis, tombée depuis des semaines et qui s'était enfoncée quelque part dans la terre battue, le verrou tenait bien. Le pêne grossier, engagé à fond dans la gâche, donnait à la porte, pourtant frêle, un air robuste. La femme poussa un soupir de soulagement. Derrière cette planche bardée de fer, elle se sentit à l'abri, solidement protégée des voisins, du soleil, de la rue.

Traînant toujours Hassan, elle l'attira jusqu'au fond de la pièce, le plus loin possible du vieillard.

Plaçant l'enfant en face de la minuscule lucarne, elle s'accroupit devant lui, haletante, osant à peine le regarder. Puis, de ses deux mains, elle se mit à palper tout son corps. À travers le tissu bleu, le cœur battait comme d'habitude, la forme du ventre était la même, avec ce très léger ballonnement vers le bas. Elle souleva la robe. La peau était tiède, à peine granulée sur les hanches ; c'étaient les mêmes cuisses lisses, les mêmes genoux rugueux. Ses doigts peu à peu la rassuraient. Elle ne tremblait plus.

Tournant son visage vers les rayons soufrés qui traversaient la vitre, elle s'accorda quelques instants de répit. Puis, de nouveau, elle leva les bras. Cette fois, elle prit l'enfant par les épaules. Elle le maintint longtemps ainsi, comme si ces paumes pouvaient communiquer à Hassan une force, une certaine paix.

Toujours allongé sur le dos, le vieux haletait ; il croyait sentir une pierre sur sa poitrine qui ne s'arrêtait pas de grossir. D'habitude, dès le retour de l'enfant, tout s'allégeait. Son ombre remuante, ses paroles donnaient vie aux murs. Saïd savait que Hassan était rentré, mais aujourd'hui, la lourdeur, l'obscurité persistaient. Un funeste pressentiment le saisit, il ne put s'empêcher de pousser un cri rauque.

— Assez, supplia la femme. Je ne peux pas m'occuper de toi en ce moment.

Après ce hurlement, le vieillard se sentit soulagé. Rejetant la femme et l'enfant hors de son monde, il s'enfouit, se perdit — une fois de plus — à l'intérieur de son corps.

Troublée par le cri de l'homme, Saddika frissonna et ses mains lâchèrent les épaules de Hassan. Comment ne s'était-elle pas aperçue que les prunelles de l'enfant étaient fixes, que le blanc des yeux avait perdu toute transparence ? Et les oreilles ? Les grandes oreilles décollées de Hassan toujours attentives à ce qui se passe plus loin, étaient rabougries, aplaties, leur peau toute cloquée. La bouche était presque sans lèvres, les fossettes avaient disparu.

La vieille pivota, s'éloigna pour contempler l'enfant des pieds à la tête. Le torse contourné, il lui rappelait ces linges encore gris qu'elle tordait après un premier savonnage. Lui, qui bondissait à travers le quartier comme s'il tenait au ciel par un fil invisible, soudé sur place à présent !

— Tu vas mal, mon fils ?

Elle regretta aussitôt sa question :

— Allons, ce n'est rien. Ça passera... Cela ne sera rien.

Pour toute réponse Hassan fit quelques pas en avant, puis se laissa aller de tout son poids contre sa grand-mère. Il se déchargeait sur elle. Il ne pouvait plus supporter, même plus partager, le fardeau de sa propre vie. Ce corps pesa tout d'un coup comme celui de mille enfants ensemble.

De sa main libre, la femme débarrassa l'enfant de sa calotte en piqué, effleura son crâne. Les cheveux de Hassan avaient trop poussé : « Je l'amènerai chez le barbier, sinon il aura des poux. » Elle caressa la petite touffe fournie et drue plantée sur le devant de la tête, et se laissa distraire par tout ce qui lui rendait l'enfant semblable au Hassan des autres jours.

Mais brusquement il la repoussa d'un bond en arrière. Les deux mains plaquées contre son ventre, il grimaça d'une manière horrible. Il avait ensuite relevé ses robes, découvrant ses jambes, ses cuisses, son bas-ventre. Une odeur fétide se répandit dans la pièce. La femme tira prestement le grand mouchoir rouge de sa poche, et se dépêcha de nettoyer toutes les parties souillées de l'enfant.

— Ce n'est rien, ce n'est rien. Je te le jure.

LE SIXIÈME JOUR

À genoux, elle tamponnait ses mollets, ses pieds, épongea la place où il se tenait debout.

Le vieillard revenait à lui-même par intermittences. Chacun de ses retours s'accompagnait de tels désagréments qu'il ne songeait plus qu'à les éviter, qu'à s'écarter de ceux qui troublaient sa tranquillité. Quelque chose d'inhabituel, de grave planait autour de lui, mais il ne voulut pas s'attarder à cette pensée : « Demain... Demain, on verra... » D'un mouvement uniforme – comme s'il s'était trouvé sur un radeau et tentait de s'éloigner des berges en chassant l'eau – sa main, recourbée en forme de godet, allait et venait près du rebord de sa couche.

La femme ne cherchait plus à se mentir. Elle avait assis l'enfant, le dos appuyé contre une caisse vide, et s'apprêtait à rincer le linge sali. Sa réserve d'eau était épuisée, elle soupesa la jarre, il restait à peine de quoi remplir un gobelet. « J'irai plus tard jusqu'à la pompe. » Le plus urgent était de se rappeler les symptômes du mal. Tout lui revint en mémoire. Certaines discussions, des bribes de phrases entendues à la radio du café, le teinturier lisant tout haut son journal. « Diarrhée. Déjections ayant l'aspect de l'eau de riz. Vomissements. La soif. Boire, il faut boire. Les membres se glacent, la peau est moite, couleur de cire fondue. »

Pas de doute, l'enfant était atteint. Elle dit : « Il a le choléra. » Plusieurs fois, elle se le redit pour s'en convaincre. Elle se le répéta ensuite sans mots, se persuadant qu'il ne restait plus qu'à accepter cette chose. Que c'était uniquement en acceptant qu'elle parviendrait à lutter, puis à vaincre. Comment ? Elle ne le savait pas encore, mais elle trouverait. « Le sixième jour, c'est une vé-ri-ta-ble ré-sur-rec-tion », avait dit le maître. Pour Hassan ce serait vrai. Sans effort, elle projeta l'image de l'enfant, loin devant elle, dans l'avenir. Elle le vit, debout, adolescent, marchant d'un pas assuré. Il y avait d'une part Hassan, d'autre part le choléra. À présent Hassan et le choléra étaient un. Il fallait les prendre ensemble. L'un avec l'autre. La mort avec la vie. On ne pouvait plus rien séparer. Il fallait traverser cela. Ensuite, tout serait bien.

Se penchant vers l'enfant, dont la tête retombait lourdement d'un côté puis de l'autre, Saddika la soutint entre ses deux mains, ses doigts se croisant derrière la nuque de Hassan.

Délivré de ses crampes, de la sensation de ne pouvoir se retenir, de cette glu qui recouvrait ses jambes, celui-ci se détendit. Les mains tièdes de la femme, pressées contre ses oreilles, faisaient naître un bruit de battements d'ailes, de vents du soir, de tambourins.

L'enfant se souvint alors du coquillage – énorme, aux bords déchi-

quetés, orange de l'intérieur – que le marchand de cigarettes avait ramené d'Alexandrie. Barsoum était le seul du quartier à avoir vu la mer.
— Prends... Écoute..., disait-il souvent à Hassan. Rien que de posséder un tel objet lui conférait autorité et prestige.

Ce bruit que l'enfant s'ingéniait parfois à retrouver le soir avant de s'endormir – enfonçant pour cela chaque index au fond de l'oreille – voici qu'il l'entendait :
— La mer ! soupira-t-il.
— Oui, la mer !... répéta la vieille.

Pour prolonger son plaisir, Saddika garda ses bras tendus, jusqu'à ce qu'ils se fussent complètement engourdis.

Bien que privée de soutien, la tête se maintint droite. D'un air espiègle, Hassan, du bout de sa langue, mouilla sa lèvre d'en dessous. Ensuite, il se mit debout, apparemment sans peine. Il tenait bien sur ses jambes. Il les écarta un peu pour se tenir encore mieux. Plongeant une main dans sa poche, il en tira une balle verte, spongieuse, qui semblait par endroits mangée aux mites. Ses doigts ne purent la retenir. Elle glissa, rebondit faiblement sur le sol, se coinça au bord du matelas. Le vieillard la reconnut au toucher et s'en saisit.

La balle est molle, tendre. Saïd se met à la malaxer. Le sommeil tapisse le plafond, les murs, la chambre devient ouateuse, de plus en plus petite : une cage, une guérite, un cercueil. Un cercueil entre les parois duquel le vieil homme pourra tout oublier. La balle est cotonneuse, douce aux doigts. Si douce, une présence. Le sommeil est une ronde, une prière, un puits...

* *
*

— Tout tourne, gémit l'enfant.

Il chancela, s'agrippa à la vieille. Cette fois, elle s'assit, étendit l'enfant sur ses genoux. Les ailes de son nez se pinçaient, les lèvres bleuissaient. Les yeux de charbon vif étaient formés, à présent, d'une matière flasque et terne. Hassan remuait beaucoup. Elle le berça. Il s'agitait toujours. Pour le calmer et se donner le temps de réfléchir, elle se mit à lui parler tout haut, lui racontant des histoires comme elle en avait l'habitude :
— Nous irons, demain, jusqu'au fleuve. Je piquerai un roseau dans ma savate, elle deviendra une barque et nous pourrons monter dessus... Nous emporterons une oie, une poule, un chien et Fifo la chèvre. Pour chaque barque qui flotte sur l'eau il y en a cent, au-dessous, qui l'accompagnent.

LE SIXIÈME JOUR

Elle disait tout ce qui lui passait par la tête, et l'enfant écoutait :
— Les moustaches de l'écrivain public sont faites d'herbe fine. Les lettres qu'il trace sont délicates comme des paupières. Quand tu seras grand, tes lettres à toi ressembleront à des étoiles, à des boulevards, à des cités... » L'enfant s'apaisait. Un jour il sera grand. C'est sûr. « L'ombre, la nuit, sont les masques du soleil... Tu m'entends, petit, le soleil n'a pas de compagnon. Il joue seul. C'est toujours lui, derrière ses visages noirs. Il se cache, il ne meurt jamais. Il revient toujours... La maladie, c'est pareil. Tu sais ce qu'est la maladie ? » Elle attendit un moment pour que les mots viennent. « ... C'est un masque aussi. Un grand filet dans lequel on se prend, comme les poissons se prennent. Mais il y a toujours des poissons qui luttent et qui s'échappent. Ensuite, ils sont plus forts qu'ils n'ont jamais été... Des poissons au fond d'une barque, c'est un tapis d'argent ! Mais, au fond de l'eau, des poissons qui résistent aux monstres et qui vivent, ça c'est plus beau que tout ! »

L'enfant se tenait tranquille. Le jour cédait. À travers la lucarne, la lumière s'anémia.

— Qui sait, petit, si on creusait un trou jusqu'au ventre de la terre, peut-être trouverait-on des pierres vivantes ? Oui, les pierres sont peut-être pleines de vie et de craquements ?... Tout est plein de craquements. Les peines, les larmes d'ici-bas sont, sans doute, d'éternels craquements dans le cœur de Dieu.

Hassan s'assoupissait. On vidait un seau de sable entre les tempes de la vieille, ses paroles devenaient confuses :
— Au prochain passage des cigognes, nous irons les admirer du haut de la citadelle... Les cigognes...

Sa tête tomba en avant, lourde, plombée, tirant sur le cou.
Combien de temps cela avait-il duré ?

Soudain l'ambulance se projeta, en vrombissant, dans la chambre. Énorme. D'un blanc cru. La femme en fut aveuglée. Dressée de toute sa taille, elle lutta contre la gueule de fer. Autour d'elle, le plafond, les murs s'écroulaient.
— Hors d'ici ! L'enfant est à moi... Personne ne l'emportera. Personne ! hurla-t-elle.

Ses propres cris la réveillant en sursaut réveillèrent l'enfant endormi.

5.

Il n'y avait plus une minute à perdre.
Bien qu'elle sentît le poids de l'enfant sur ses jambes, Saddika ne voyait pas Hassan. Avec précaution elle le souleva, puis se courba en avant et le coucha par terre. En tâtonnant dans le noir, elle chercha une vieille boîte en fer déposée dans un angle de la chambre, et qui contenait des bougies. Elle en prit une, l'alluma, la fixa sur le sol dans un peu de cire fondue. La pièce devint translucide, elle crut voir partout des yeux qui l'épiaient. Le verrou, avec sa vis manquante, lui parut tout de travers, un simulacre. La porte ?... Un poing de vieillard suffirait à l'enfoncer.
— Nous partons, dit-elle penchée au-dessus de l'enfant.
Les yeux de Hassan, démesurément agrandis, fixaient un point invisible. Soudain, secoué de spasmes, il se redressa et vomit par flots. La vieille lui cala le dos contre une chaise renversée, essuya sa bouche, le devant de sa robe.
— J'ai soif...
Sa langue pendait ; sèche, rouge sur les bords.
— Attends, je reviens.
Elle emplit à moitié le gobelet en étain, le lui apporta. Il y trempa ses lèvres, avala une ou deux gorgées qu'il rejeta aussitôt.
— Pas d'hôpital, supplia-t-il.
— Jamais ! Nous allons partir. N'aie pas peur. Ni les hommes, ni la mort ne nous rattraperont... L'ombre, c'est la maladie du soleil, et rappelle-toi, le soleil gagne toujours. Toi, tu es mon soleil. Tu es ma vie. Tu ne peux pas mourir. La vie ne peut pas mourir. » Elle ajouta : « Je vais préparer la charrette. Ne t'inquiète pas, bientôt nous serons loin. »

Sa bougie à la main, elle pénétra dans la courette. La chèvre s'approcha, se frottant contre ses jambes. Elle défit sa corde. « Brave Fifo, dit-elle, belle Fifo. » Puis, tout en inspectant la carriole elle se demandait où partir ? Une image d'arbres, d'eau, de champs verts dansa devant ses yeux. « J'irai plutôt jusqu'au centre de la ville, là, personne n'ira me chercher. » Sous la lueur jaune, elle examina les ridelles, tira sur les mancherons, frappa sur les roues. Tout paraissait en ordre. Dans le fond de la charrette elle jeta un sac de fèves, des pains de maïs, des dattes confites et un grand nombre de chiffons sur lesquels elle coucherait l'enfant.

De retour dans la pièce, elle s'aperçut que le vieux dormait encore. Elle s'agenouilla près de lui, et glissant son bras sous le matelas, elle retira une enveloppe en peau de bouc pleine de leurs économies. Puis, elle en compta la moitié qu'elle empocha avant de replacer l'autre.

À un moment, elle fut tentée de réveiller Saïd, de lui expliquer ce départ ; ensuite, elle pensa qu'il était préférable de le laisser dormir. Il se résignerait très vite à leur absence, cela faisait longtemps qu'il avait renoncé à n'importe quel combat. Elle se dit aussi que leur voisin Yaccoub le prendrait une fois de plus en charge.

L'enfant, qui s'était laissé porter dans la petite cour, gisait à présent au fond de la charrette.

— Où va-t-on ? s'inquiéta-t-il.
— Vers la guérison.
— C'est loin ?
— C'est devant nous.

Penchée au-dessus de lui, – la cire chaude coulant sur ses doigts – elle lui demanda de ne pas pleurer, de ne pas crier et d'être patient. Il fit « oui », écartant à peine ses lèvres. Les faibles rayons lumineux éclairèrent sa bouche, dévoilant l'interstice entre ses dents de devant. Se rappelant que c'était signe de chance, la vieille posa une seconde le bout de son index au-dessus du petit espace : « C'est inscrit, dit-elle, le soleil est au bout de notre course. »

Tenant sa bougie – qu'elle venait de fixer sur un éclat de poterie – elle revint dans la chambre pour un dernier coup d'œil. La mèche se consumait. Sous les rougeoiements de la flamme, le visage endormi de Saïd ressemblait à un masque d'étain.

— Que Dieu te prenne par la main, murmura-t-elle avant de se retirer.

De retour dans la courette, la femme se dirigea vers la sortie. Un vieux battant, dont elle souleva le crochet, s'ouvrait sur une minuscule ruelle

qu'elle examina longuement. La trouvant tranquille, nue, suffisamment éclairée par la lune, elle pensa le moment venu de souffler sa bougie.
Poussant ensuite la charrette, elle l'obligea – après plusieurs essais – à franchir la pierre du seuil. Derrière elle, quelque chose bougeait. Fifo, traînant sa longue corde, les avait suivis jusqu'au milieu du passage. La femme l'éloigna d'une bourrade. La chèvre s'entêta. « Kht... Kht... », répéta-t-elle pour la chasser, mais rien n'y fit. Saddika dut alors la saisir par les cornes et la traîner ainsi jusqu'à l'intérieur de la maison. Fermant le battant sur elle, elle le cala à l'aide d'une vieille borne qui servait souvent à attacher l'animal dehors.

Om Hassan repartit cette fois, les bras à l'arrière, le corps arc-bouté, entraînant la carriole et l'enfant. Mais la bête, cognant de son front la porte close, s'obstinait encore. Durant une bonne partie du chemin, la femme continua d'entendre ce bruit mat, insistant.

*
* *

Plus loin, le grincement des roues rongeait le silence, et la vieille eut peur d'éveiller les voisins. Plusieurs fois elle se retourna, mais aucune porte ne s'ouvrit. « Ils sont tous avec moi », se dit-elle, « même Zakieh, l'aïeule, malgré sa langue de scorpion ». Dans leurs cœurs engourdis, peut-être ne songeaient-ils qu'à la secourir ? Cette pensée la réconforta jusqu'à la sortie de l'agglomération.

Après d'autres détours, elle parvint au bord du Nil. Une longue corniche menait au pont. Celle-ci, loin d'être achevée, s'étendait sur plusieurs kilomètres. La femme souhaitait se trouver dans la cité avant l'aube. « Une chambre de lessive serait un bon refuge. Mais laquelle ? »

La route fraîchement asphaltée adhérait à ses semelles. Dans son immobilité, l'énorme rouleau compresseur ressemblait à un monstre prêt à vous laminer avec ses cylindres noirs. Elle le dépassa rapidement. Tout à côté, sur un monticule de graviers, un homme en robe écrue dormait, couché de tout son long. Le bruit des roues le réveilla en sursaut, il s'assit, se frottant les yeux :

— Ho ! Ho ! cria-t-il tandis que la femme poursuivait son chemin. Où vas-tu à cette heure ? Tu ne trouveras pas une âme au marché.

— Dors, homme de Dieu, lui répondit-elle. « La nuit est faite pour dormir. »

En parlant, Saddika fit lentement pivoter la charrette pour l'avoir devant elle.

LE SIXIÈME JOUR

— Tu as raison, vieille femme ! La nuit est faite pour dormir.

L'ouvrier se recoucha, les bras en croix, mais les pointes des cailloux lui meurtrissaient à présent le dos. « Maudite vieille, moi qui dormais si bien. » Avec ce goudron partout, il ne pouvait même pas se laisser glisser sur la chaussée. Il se rassit. « Elle va tous les tirer du sommeil... Maudite vieille ! » maugréa-t-il, la regardant s'éloigner.

Le long de la corniche elle ne rencontra plus personne. Des gouttes de sueur glissaient sur ses tempes, ses jupes se plaquaient contre ses jambes moites. Après avoir traversé le pont, elle se reposa un moment contre la butée.

L'enfant dormait sans doute, car à l'intérieur de la charrette rien ne remuait. Om Hassan ferma les yeux, aspira une bouffée d'air, souffla, aspira de nouveau. Puis, avant de s'engager dans la ville, elle la regarda longuement.

Sous la lune fauve, toutes les couleurs durcissaient. La cité parut hostile, coulée dans du métal. Des corbeaux, en file au bord d'un trottoir, ressemblaient à des figurines de fer. Les branches, les feuilles des rares arbrisseaux se figeaient dans le plomb. Avec son ciel d'airain, ses bâtiments durs comme la fonte, ses arbres griffus, ses maisons tout en arêtes, bouclées sur des hommes immobiles, qu'était-elle cette ville ? Peut-être un dragon frappé de léthargie et qui s'éveillerait pour les écraser, elle et l'enfant ?

Mais quelle autre issue y avait-il ? Elle n'avait pas le choix.

— On approche, dit-elle assez haut pour que Hassan puisse l'entendre.

6.

Les rues s'étiraient entre leurs réverbères éteints. De loin, Om Hassan aperçut l'arroseuse municipale qui commençait sa tournée. « Le jour va bientôt se lever », songea-t-elle, poussant la charrette avec plus de vigueur.

Au milieu du rond-point, l'homme de bronze debout sur son piédestal, sa large main projetée en avant, interrogeait cette cité où il n'avait plus depuis longtemps sa place. Saddika contourna la statue, traversa le grand boulevard.

La plupart des devantures de magasins se dissimulaient derrière des volets de fer, d'autres laissaient voir leurs marchandises à travers des vitrines bardées de grillages. Un immense café, réputé pour la qualité de ses fèves, gardait sa porte entrouverte toute la nuit, et l'on pouvait apercevoir, tout au fond, la lueur d'une salle allumée.

La ville s'éveillait. Om Hassan pensa qu'il fallait se cacher au plus tôt.

L'immeuble du Grec, situé au fond d'une impasse, lui revint soudain en mémoire, c'était le refuge le plus proche. Madame Naïla, la couturière pour qui Saddika avait travaillé, y possédait, au sixième, une chambre de lessive. « Je sonnerai chez elle. » Elle se vit, pressant du bout de son index le bouton de cuivre bien astiqué. Le long de l'interminable couloir, il lui semblait déjà entendre le claquement des pantoufles de la couturière – des pantoufles lilas à talons avec des plumes sur le devant. Celle-ci apparaîtrait enfin, le visage poudré blanc, ses cheveux frisés et roux couvrant son front et ses oreilles, l'éternel sautoir de jais autour du cou :

— Eh, Saddika ! qu'est-ce qui t'amène ?
— Je voudrais du travail...

LE SIXIÈME JOUR

— Je n'ai pas de travail pour toi, ma pauvre !

Comment dire après cela qu'il lui fallait la clé de cette chambre ? La couturière était tatillonne, curieuse, elle poserait des tas de questions. La vieille continua cependant de marcher en direction de l'immeuble. L'endroit lui convenait pour une autre raison aussi : l'impasse servait de parc à charrettes et Saddika se dit que personne n'y remarquerait la sienne. « J'attendrai son neveu, l'étudiant... Il descend de bonne heure, c'est à lui que je demanderai la clé. Les hommes sont moins méfiants. »

Agitée par ses pensées, elle ne songeait plus à l'effort de pousser la charrette, ni aux crampes dans ses bras.

Om Hassan allait d'un bon pas lorsque, tournant le coin d'une joaillerie, quelqu'un l'interpella. Elle fit semblant de ne pas entendre. La voix reprit. On se levait pour la suivre. Elle se retourna, jetant un regard pardessus son épaule. Un bras, une main se tendaient hors d'un amas de guenilles. Prestement, elle tira quelques millièmes de sa poche qu'elle lança aux pieds du mendiant. Mais, celui-ci s'obstinait à la suivre. « C'est un policier caché sous ce déguisement. » La peur la pétrifiait. Ce ne fut qu'en voyant l'homme hésiter au bord du trottoir, qu'elle comprit qu'il était aveugle. Elle posa alors les mancherons de sa charrette au sol, et s'approchant du mendiant, elle se baissa pour ramasser l'argent. Elle le lui plaça ensuite à l'intérieur de la paume ; tenant la main de l'aveugle par en dessous, refermant ses doigts calleux autour de la pièce.

— O compatissante, je ne connais pas ton visage, je n'ai pas entendu ta voix, mais je te devine ! Je te devine !...

L'aveugle continua de la louer, à voix haute, longtemps après qu'elle eut disparu.

**

L'aurore bronzait les murs. Entre les feuilles de l'énorme banyan, planté au centre de la petite place, les oiseaux s'étaient levés.

Poussant la charrette dans l'impasse, Saddika ne put éviter les cahots, et son ventre se déchira à la pensée des souffrances qu'endurait ainsi l'enfant. Tout au fond se dressait une cabine en bois à l'enseigne verte – une plaque de zinc cassée en deux, chaque moitié tenant encore à un clou – sur laquelle s'inscrivait la marque d'une limonade. Depuis l'épidémie et l'interdiction de vendre des eaux gazeuses, le limonadier avait abandonné les lieux. Om Hassan poussa la porte de la cabine vide, puis revint chercher l'enfant.

Ôtant lentement l'étoffe, elle découvrit Hassan ; et le voyant, elle se mit à trembler. L'enfant gisait, immobile, couché en chien de fusil. Pour étouffer ses propres gémissements, il avait collé ses deux poings contre sa bouche ; des cernes bruns dévoraient son visage. Les bras, les jambes de Saddika ne lui obéissaient plus. « Allons, allons... Il n'a que toi. Allons... » se dit-elle.

Elle souleva l'enfant, le porta jusqu'à l'intérieur... Puis, l'asseyant sur le sol, elle cala son dos contre une caisse en ripolin rouge pleine de bouteilles de coca-cola décapsulées.

— Attends-moi ici, je vais chercher une chambre où nous serons bien... Ne crie pas, ne m'appelle pas, il ne faut pas qu'on t'entende... Je reviendrai.

Elle le fixa d'un air suppliant ; l'enfant fit « oui » de la tête. Le moindre geste lui demandait un immense effort.

« Quelle patience est en nous », songea la femme refermant le battant derrière elle et se dirigeant vers l'immeuble le plus proche. « Quelle patience est en nous et en nos enfants. »

Elle gravit les trois marches, pénétra. Les murs du dedans – cloqués, recouverts par endroits de graffiti et d'entailles – n'avaient pas été repeints depuis l'époque de leur construction, qui remontait à une quarantaine d'années.

La femme s'installa sur la banquette qu'occupait jadis Ali, le portier borgne. Celui-ci était mort depuis plusieurs mois, personne d'autre ne l'avait encore remplacé. Ali était un saint homme qui marmonnait sans cesse des prières, et Saddika, – aux aguets sous la cage d'escalier – lui adressa une requête dans l'espoir qu'il pourrait l'entendre, de là où il se trouvait.

L'aube éclata comme un bourgeon, inonda l'impasse et l'entrée de l'immeuble, s'arrêtant en bordure de la zone sombre qui cernait la banquette. Seuls les pieds d'Om Hassan baignaient dans la clarté. Elle les glissa hors de ses sandales, les regarda ; ils étaient jaunes, luisants, comme séparés de son corps. Puis, l'attente s'installa – longue, douloureuse – doublée par l'autre attente, celle de l'enfant. À l'affût du moindre bruit, elle espérait chaque fois reconnaître le pas de l'étudiant.

Une heure passa ainsi. Le buste droit, les mains posées l'une dans l'autre, elle patientait.

Un boulanger, portant sur sa tête des galettes de pain nouées dans une serviette blanche, monta les marches en sifflotant. Ce fut ensuite le tour du laitier. À quelques pas d'Om Hassan, il déposa ses deux cageots par terre, se moucha bruyamment entre ses doigts, reprit sa charge et grimpa

LE SIXIÈME JOUR

à la suite du premier. Les unes après les autres, les portes s'ouvraient sur les paliers.
Peu après le jeune homme descendit. Saddika le connaissait bien, elle l'avait vu grandir.
— Qui m'appelle ? demanda l'étudiant au moment de franchir le seuil.
— Tu ne me reconnais pas ?
Il se retourna vers la cage d'escalier.
— Je ne vois rien. Approche...
Elle avança...
— Je suis la laveuse.
— Je te reconnais à présent... Où étais-tu ces temps derniers ? C'est à cause du choléra qu'on ne te voyait plus ?
— Oui, à cause du choléra...
— Maintenant tout ça c'est fini. Heureusement, tout passe.
— Oui, tout passe...
— Va chez ma tante, elle te donnera du travail.
— Ce n'est pas elle, c'est toi dont j'ai besoin.
— Moi ?
— Voilà : je n'ai plus de maison... La mienne s'est écroulée. Il me faut un abri, pour deux ou trois jours ; après je retourne dans ma famille à la campagne... Peux-tu me prêter la chambre là-haut ?
— Je vais voir. Allons ensemble...
— Écoute-moi, interrompit-elle, à quoi servira de discuter ? Madame Naïla n'en saura rien, elle ne monte sur la terrasse que les jeudis. Et jeudi, je serai loin, j'aurai remis la clé sous le paillasson.
L'étudiant regarda sa montre. Il était temps de partir. La clé se trouvait dans le vestibule, au fond d'un vase chinois, personne ne s'apercevrait de sa disparition. Cette femme avait raison, pourquoi discuter ?
— C'est d'accord, attends ici.
La vieille se pencha, et saisissant la main du jeune homme voulut la baiser.
— Non, non, ne fais pas cela, dit-il, la lui retirant brusquement.
Il disparut au coin du premier palier. Elle l'entendait grimper les marches quatre à quatre.

*
* *

Saddika serrait la clé dans sa paume, tandis que l'étudiant s'éloignait.
— À propos, où est l'enfant ? questionna-t-il avant de quitter l'impasse.
— Je vais le chercher...

— Il a toujours son air malicieux ?
— Il est plein de malice. Il en sait plus long que moi.
— C'est l'agneau qui apprend à la brebis à paître, répliqua le jeune homme qui aimait les proverbes.
Il se retourna encore pour demander :
— Tu l'envoies à l'école ?
— Bien sûr... Plus tard, il sera quelqu'un !
— Oui, bien sûr.
Cette fois, il s'en alla.
L'étudiant n'aimait pas se presser. En abordant la place du banyan, il compta les voitures à cheval, avec leurs cochers somnolents, disposés en cercle autour du terre-plein. Plus loin, il leva la tête vers l'immeuble jaune. La jeune fille en kimono n'était pas à son balcon ; pourtant à chaque allée et venue il l'apercevait, le poids de son corps contre la balustrade, le regard fixe et lointain. Qu'attendait-elle ? Que ce temps immobile se mette soudain en marche ? Peut-être, un soir, lui ferait-il signe ? Simplement pour voir ce qui adviendrait. Mais rien ne se passerait ; il en était certain d'avance. Rien ne se passe ici. Les jours s'enlisent, l'un dans l'autre. La révolte vous saisit comme une grande colère pourpre, vous mord d'un seul coup et se recouche aussitôt.

Certains éprouvaient, par bribes, par éclats, le besoin d'un éveil – mais lequel ?, la nécessité d'un changement – mais en vue de quoi ? Ensuite, tout se dissipait au cours d'une promenade, d'une conversation, de la banalité des rencontres, et l'on remettait à demain. D'où venait cette difficulté à persévérer ? Il semblait qu'on avançait au centre d'une marée humaine travaillée par des rêves vagues, des désirs flous, des projets jamais réalisés. L'espoir perdait de sa verdeur. Un doux et facile ennui collait à la peau. La terre de ce pays était lourde. Si lourde.

**

En proie à de violents frissons – ses bras et ses jambes se projetant de toutes parts – l'enfant avait glissé sur le sol. L'entrée d'Om Hassan parut cependant le calmer. Elle se baissa, s'assit sur ses talons – depuis la veille, son corps lui obéissait comme s'il n'avait plus d'âge. Le souffle de l'enfant était rapide, saccadé ; sa langue pendait hors de sa bouche. Il avait soif.

— J'ai trouvé la chambre ! Sur la terrasse, loin de tous. Nous serons bien. Il y a un robinet, et de l'eau ! » Elle haletait d'impatience. « Toute l'eau que tu voudras. Tu vas boire et guérir, mon âme ! »

LE SIXIÈME JOUR

Elle l'enveloppa ensuite d'une couverture usée, l'emporta. Il lui parut plus léger que tout à l'heure.

— À présent, j'ouvre la porte. Nous sommes dans l'impasse, il y a des gens plus loin mais qui nous tournent le dos. Voici l'immeuble. » Durant le trajet, elle ne cessait de lui parler comme s'il leur fallait tout faire ensemble. « Je monte les marches : une, deux... tu n'as pas trop mal ? » Il se serra contre elle, son souffle brûlant traversait le tissu de son corsage. « Ce n'est plus très loin. »

Pour prendre courage, elle se figura la chambre, ses murs de chaux, le robinet en cuivre. Il suffirait de l'ouvrir pour que gicle une eau claire, pleine de bulles. « Je te laverai et tu boiras... » À cette évocation elle se sentit enveloppée de fraîcheur. « Plus que trois étages... » Sur le palier qu'elle venait de quitter un couple sortait en se disputant. Une porte claqua, une autre s'ouvrit. La vieille pressa le pas ; mais l'enfant commençait à peser et elle s'arrêta pour souffler un peu. S'approchant de la rampe, elle se pencha, regarda vers le haut : « Plus que deux étages... », il lui sembla qu'elle n'en finirait jamais de les gravir. L'enfant s'accrochait comme s'il allait sombrer. « Allons, dit-elle, ce sera bientôt passé. » Elle se mit à compter les marches. Ses jambes se plombaient. « Plus que dix... » Puis, tout haut : « Cinq, quatre... deux, une. » Sur la dernière, il lui resta tout juste assez de force pour soulever avec le coude, le crochet qui fermait la porte de la terrasse.

Dehors, elle s'adossa un long moment contre le parapet.

Tout autour, d'autres terrasses à l'aspect catholique s'étendaient à perte de vue ; quelques chambres, pareilles à des cabines, surgissaient entre la ferraille et de vieux meubles pêle-mêle. Plus loin, on apercevait des îlots de verdure ; plus loin encore, les agglomérations, taches brunes et plates de la périphérie. À l'est, la chaîne montagneuse et désertique du Mokattam qui domine la ville, annonce l'océan de sable qui déferle parfois sur la cité en vents rougeâtres.

Dans la chambre, tout est en place : la cuve, le primus, un pain de savon, le bâtonnet qui sert à remuer le linge bouillant. Le mur blanc réverbère la lumière, le robinet étincelle : couleur d'or. Plus beau, plus vif que l'or, avec sa goutte d'eau suspendue.

— Nous sommes sauvés ! Tu m'entends, petit, nous sommes sauvés !

DEUXIÈME PARTIE

1.

Le crépuscule adoucissait les contours, reposait le fleuve et les arbres, rosissait les pierres, lorsque Okkasionne – le montreur de singe – apparut tout en haut des marches du ministère de l'Hygiène, qu'il se mit à descendre très lentement. Il tenait d'une manière ostentatoire, entre le pouce et l'index, un billet de dix livres qu'il laissa flotter, un moment dans la brise. Puis, il le secoua tout près de son oreille et se délecta de son bruissement.

Dix livres ! Jamais il n'avait possédé une telle somme en une fois. Il examina ensuite le papier vert. Satiné, lisse, fraîchement sorti des presses, il en était sûrement le premier possesseur. Pour libérer l'autre main, le montreur glissa sa canne de jonc sous sa ceinture ; puis, il lança une chiquenaude en plein dans le billet. Ce fut alors un claquement sec qui le combla de plaisir.

— Mangua, mon singe !, dit-il à son ouistiti au derrière pelé et cramoisi, juché sur son épaule, « Dieu soit loué, nous ne sommes pas aussi fous que nous le paraissons, toi et moi ! »

De plus, le fonctionnaire venait de lui exprimer, de la part même du ministre, des félicitations pour son action patriotique et humanitaire. Il avait même ajouté : « Les journaux parleront de toi et te citeront en exemple. Sans te nommer, bien entendu, pour que tu puisses persévérer en toute tranquillité. »

— Mangua, ma fille, vive le choléra !... Je suis comme l'oignon qui s'introduit dans tout, mais hélas, cette fois j'ai compris trop tard où était notre bien !... C'est dommage, l'épidémie touche à sa fin. Si nous l'avions su plus tôt, nous aurions été millionnaires, avec un palais qui s'élèverait jusqu'au ciel, et nous n'aurions plus dansé que par fantaisie... Mais, qui sait, Mangua ? La chance garde peut-être son œil vissé sur nous, et nous trouverons bientôt d'autres cas à signaler.

D'un bond, le singe avait atterri sur le sol et il tirait sur sa chaîne, en proie à une folle excitation.

— Calme, calme, Mangua ! Repos... Je vais t'offrir un plein cornet de cacahuètes, tandis que ton maître se paiera mille bouffées de narguileh plus une pincée de haschiche, arrosées d'un thé plus noir que la suie.

Peu après, assis dans une taverne, Okkasionne se balançait mollement sur sa chaise. L'endroit ressemblait à une caisse pleine dont les parois seraient sur le point de craquer. Entre les rideaux de fumée, des hommes échangeaient des propos à voix haute et de table en table, tandis que le serveur se frayait difficilement un passage au milieu d'eux. Une radio déversait un flot de paroles entrecoupées par des chants.

— Buvons à notre santé, Mangua ! » monologuait le montreur. « Que notre prospérité soit longue, longue comme les jours d'été mis bout à bout... »

Abruti par la nourriture, l'odeur et le bruit, le singe – accroupi près d'un amoncellement d'écorces vides – venait de se pelotonner au pied de son maître et il enfouit son museau dans la longue robe bleue.

* * *

Vers minuit Okkasionne se leva et sortit.

D'un pas nonchalant, suivi de l'animal relié à sa ceinture par une chaîne souple aux larges anneaux, il se dirigea vers le jardin des grottes, devant les grilles duquel il comptait passer la nuit.

Pour y parvenir il coupa à travers le quartier résidentiel. Les jardins dormaient moelleusement sous un ciel rond, piqueté d'étoiles. Passant entre deux immeubles hauts et blancs aux volets verts, près desquels il venait parfois mendier, le montreur s'arrêta et les considéra longuement. Durant cette pause, le ouistiti, ayant flairé et reconnu les lieux, se mit en devoir d'exécuter une série de savantes cabrioles.

— Mangua, mes yeux, mon étoile ! Saute !... » dit Okkasionne, en se tapant sur les cuisses. « Tu as un cri dans la gorge, il faut que tu le danses... Saute jusqu'à la lune, si ça te fait envie ! Mais ce soir, rappelle-toi, c'est seulement pour ton propre plaisir. Cette nuit, nous ne demandons rien. Celui qui n'a nul besoin est libre. Nous sommes libres. Tu m'entends, libres !... Personne dans cette ville n'est plus libre que nous ! »

Mais au bout de quelques instants, comme si son propre sang le démangeait, le montreur recomposa son numéro habituel. Tournoyant sur ses jambes repliées, tapant sur le tambourin suspendu à sa taille, formant de l'autre main des moulinets avec sa canne, il arborait un si large sourire que son visage semblait fendu en deux. Ses yeux plissés disparaissaient sous son front en promontoire et ses épais sourcils.

Mangua virevoltait, se trémoussait, soulevait son bonnet déteint, secouait son cou pour faire vibrer les trois clochettes fixées à son collier de cuir, montrait ses dents jaunes.

— Mangua, ma belle... » chantonnait le montreur entraînant le singe dans sa ronde, « contemple ton maître !... Tu as devant toi un homme riche et patriote. Te doutais-tu que c'était aussi facile d'être un citoyen estimé ?... Je plais aux grands de ce monde, Mangua ! Dans peu de temps, et si Dieu prête encore un peu de vie au choléra, notre fortune est faite ! »

La lune éclatait de suffisance dans un ciel de plus en plus sombre.

Quelques dîneurs attardés se penchaient au-dessus d'un balcon. Des piastres, accompagnées d'éclats de voix et de rires, tombèrent dans la ruelle.

Dans l'immeuble de gauche, une baie s'éclaira. Une femme vêtue d'une robe de chambre parut alors dans l'encadrement. D'un geste amical, elle salua le groupe de dîneurs en face, puis elle disparut. Au bout de quelques secondes, elle revint et laissant pendre sa main contre l'appui de la fenêtre, elle en laissa couler d'innombrables piécettes.

Une autre, puis une autre fenêtre s'ouvrit. Bientôt les deux bâtisses furent trouées de points lumineux. D'un étage à l'autre, d'une maison à l'autre les locataires échangeaient des plaisanteries ; leurs voix, leurs applaudissements s'entrecroisaient. Personne ne songea à faire déguerpir l'intrus.

— Quelle gaieté, ce soir, quelle bonne humeur ! et tous se connaissent... Il est vrai, continua le montreur, que dans leur monde ils ne sont pas comme nous, des multitudes ! Calamités et multitudes !... Quel trop-plein déborde sans cesse sur nous ? Toujours sur nous et rien que sur nous... On secouerait le ciel et ses étoiles qu'il nous tomberait encore sur les épaules des enfants et des malheurs !... » D'autre fois, un portier ou un domestique aurait pris le montreur en chasse dès que celui-ci se serait mis à tambouriner. « Toi là-bas avec ton singe, fiche le camp ! »

Tandis que ce soir... « Écoute-les, Mangua, ils m'applaudissent ! ... Je suis roi. Leur roi. Le roi des bouffons ! ... Aucun jour ne ressemble à son aîné... », proclama-t-il enfin. « L'homme est comme un arbre, ma belle, tantôt déshabillé, tantôt habillé ! » Il éleva les bras avec majesté, comme s'il lui poussait tout d'un coup des branches et des myriades de feuilles par tout le corps. « Et sais-tu », cette fois il parlait en confidence, « je pourrais sécher le rire sur leurs lèvres si je criais la vérité : « Le choléra est encore dans vos murs ! » Voilà ce que je pourrais crier. J'ai vu, moi, un cholérique et pas très loin d'ici. La mort est toujours entre vos murs. Elle couche dans votre sang, elle encercle vos visages. Je la vois partout ! »

Il éclata de rire tout en poursuivant ses mimiques. Ses bras se tendaient, à présent, comme des ailes. L'homme vira alors sur son talon et, le bas de sa robe s'enroulant autour de ses chevilles, il effectua pour terminer une grandiose pirouette.

— Maintenant, ça suffit, dit-il à l'adresse de son partenaire.

Mais là-haut, on ne voulut plus le lâcher :

— Encore ! ... Encore ! ... Joue sur ton tambourin. Danse ! ...

Il fit comme s'il ne les entendait pas. « La maladie des mains sales », continua-t-il pour lui-même, « voilà comment il appellent le choléra... Eux, ils ne craignent rien, ils ont les mains propres ! » Il se pencha, ramassa sous les réverbères une quantité de piécettes, qu'il regarda luire dans sa paume grise. Il attrapa ensuite le singe, le forçant à ouvrir son poing déjà rempli de piastres. « De vraies mains de cholérique, toi aussi », s'esclaffa-t-il. Cérémonieusement, après avoir empoché l'argent, il fit claquer un baiser bruyant à l'intérieur de la petite main ridée, tandis que Mangua poussait des cris aigus.

Sur le premier balcon, des couples s'enlaçaient au son d'une musique qui venait de l'appartement et que l'on entendait à peine dans la rue. Un gros homme chauve se débattait mollement, tandis qu'une blonde à la voix perçante vidait le fond de sa poche, pour en déverser le contenu par-dessus la balustrade. Elle parut ensuite tituber et s'affala contre sa victime.

« Ils ont bu... », se dit le montreur, « eux aussi cherchent l'oubli... Mais quoi, qu'est-ce qui leur manque ? » Les mains aux hanches, il considéra une fois encore l'immeuble ; puis, le long des trottoirs, la file des voitures ventrues aux larges dents chromées : « Qu'est-ce qui leur manque ? ... Eh, Mangua, ma souris... », dit-il s'adressant au singe, « veux-tu que je te dise : ils en ont trop ! Ils en possèdent tant, que c'est eux qui sont possédés... Ça les étouffe ! ... Mais nous, on ne va pas faire pareil. On ramasse ce qui

LE SIXIÈME JOUR

est par terre et on s'en va... Ce qui suffit, suffit !... Même si après cela ils nous jettent de l'or, on s'en ira. »
Jamais Okkasionne n'avait fait une telle recette.
— Qu'est-ce que je te disais, Mangua ? Ce soir, nous sommes les chéris du destin, les favoris de la fortune. Il suffit que nous paraissions, le bel argent blanc nous inonde !... D'autres fois, t'en souviens-tu, ma belle, sous un soleil qui me transperce le crâne, je danse à en crever, tu sautes jusqu'à ne plus savoir lequel est l'air, lequel est le sol, je tape mon tambourin à me briser les doigts, tu tournes à te dévisser la tête et pas une de ces futures charognes ne me lance une aumône... Il y a des soirs, Mangua, des soirs comme celui-ci – je te le prédisais lorsque nous n'avions qu'un céleri à partager et le ventre creux – des soirs où la chance est un si tendre vieillard qu'on peut s'asseoir sur ses genoux et éplucher sa barbe... Des soirs, où on peut faire signe à un morceau du ciel de descendre pour qu'il nous prenne à son bord... Mais n'aie crainte, Mangua mon sucre, le ciel... je le laisse à sa place. Moi, je reste ici. Avec toi. En bref, cette ville me convient plus que n'importe quel paradis !

D'autres piastres avaient roulé sous les voitures. Pour les récupérer, le singe se faufila entre les roues. Il en ressortit couvert de cambouis.

— On s'en va, dit Okkasionne quand il n'y eut plus rien sur le sol, et, mettant un genou à terre, il fit signe à Mangua de sauter sur son épaule.

Redressé, la tête droite, il s'éloigna à pas mesurés comme s'il fermait un cortège. Derrière eux, leurs ombres s'allongeaient en une immense traîne noire.

Au moment de bifurquer en direction des jardins, le montreur entendit un cliquetis. Une, deux, trois, cinq pièces venaient de frapper le sol. Il hésita, ralentit sa marche. Reviendrait-il sur ses pas ?

— Nous sommes libres, Mangua, dit-il enfin, le visage levé vers son singe. « Nous avons dit : « Nous partons », et nous partirons... »

Quelqu'un l'interpella :
— Eh, fils d'imbécile, tu laisses plein d'argent derrière toi !
Trois autres pièces se firent écho.
Cette fois, Okkasionne prit une large respiration, haussa les épaules, et sans même se donner la peine de répondre, il poursuivit son chemin.

2.

Le même crépuscule descendait sur Om Hassan, qui n'avait pas quitté la chambre de lessive de la journée. À présent, la lampe à pétrole, faiblement éclairée, posée sur le sol juste au-dessous du robinet de cuivre, peuplait la pièce d'ombres. La nuit se pétrifiait autour de l'enfant endormi. Une nuit plus insoutenable que la précédente. La femme regretta l'effort de pousser la charrette ; entre ces murs de chaux, qui rappellent les enduits des cimetières, elle était seule, cruellement seule.

Elle se leva et resta longtemps debout, les bras croisés. Puis, cherchant à s'occuper, elle poussa plusieurs fois le piston de la lampe. Une chaude lumière inonda de soleil les murs et le plafond. Elle regarda autour d'elle comme si elle venait de surgir d'un puits.

Mais, s'apercevant que l'éclairage gênait l'enfant – il gémissait, la figure plissée, les paupières clignotantes, se tournant d'un côté puis de l'autre – la vieille s'efforça aussitôt, en desserrant une vis, d'adoucir les rayons, de replonger peu à peu la chambre dans sa pénombre.

Depuis quelques heures elle n'osait pas faire boire Hassan. Il ne parvenait plus à garder une seule gorgée ; au moindre contact d'un linge mouillé, tout son corps frissonnait. Pourtant il avait soif, et ses dents étaient recouvertes d'un enduit gommeux. La vieille retourna s'asseoir près de lui, après avoir jeté un regard mauvais en direction du robinet, plus luisant que durant le jour et qui paraissait les narguer.

« Il ressemble à Saïd », songeait-elle en fixant le visage de l'enfant. Le même front crevé de petits sillons, les lignes profondes de chaque côté de

la bouche. Partout la peau paraissait trop large ; la femme s'ingénia, en la lissant du bout des doigts, de faire disparaître tout ce filet de rides. « On dirait un pruneau sec et bleu. » Seuls les yeux, par éclairs, se mettaient à vivre, laissant filtrer un regard acéré et tragique. Au bout d'un moment, il parla :
— Je vais mourir, dit-il.
— Ne dis pas cela.
— Mourir... continuait-il.
— Ce n'est pas vrai.
— Mon maître est mort et moi je vais mourir, reprit-il d'une voix cassée.
— Ton maître n'avait personne pour le veiller... Toi, tu m'as.
— Je vais mourir comme mon maître.
Elle pensa qu'il ne l'entendait plus et cependant elle insista :
— Ni les hommes, ni la mort ne t'arracheront à moi.
— Je vais mourir, c'est comme ça, s'obstinait Hassan.
— Ce n'est pas comme ça. » Il fallait le tirer de cette résignation. Elle se pencha jusqu'à frôler les joues moites, et reçut en pleines narines l'haleine fétide de l'enfant. « Tu es ma vie », lui souffla-t-elle sans reculer. « Entends-moi bien : tu es ma vie. »
— Ça fait comme des cloches dans mes oreilles, des centaines de guêpes dans mes oreilles... Je sais que je vais mourir.
— Non, non, fit la femme.
Levant les bras, elle les croisa violemment et à plusieurs reprises devant elle. On aurait dit qu'elle faisait des signaux à quelqu'un qui se trouvait sur une autre berge ; qu'un large fleuve, qui empêchait sa voix de porter, les séparait :
— Non... non, dit-elle plus doucement.
L'enfant se taisait, et il parut sombrer dans un sommeil opaque. Penchée sur lui, la vieille détailla ses traits. Ce visage qui avait été rond et plein comme un fruit neuf, comment était-il devenu, si vite, cette chose ratatinée ? « Pas lui, pas lui... ce n'est pas juste. » Elle ou Saïd, il leur avait fallu toute une existence pour que la chair s'enlaidisse à ce point. Elle se figura, tout d'un coup son buste de jeune fille, ses seins durs comme retenus du dedans, son ventre, ses hanches, pareils à l'argile des jarres lorsqu'elles sortent toutes satinées des mains de l'artisan. Elle se revit ensuite telle qu'elle était devenue, avec ses seins comme des outres sur le point de faire craquer la fragile peau, ses énormes mamelons noirâtres, ses cuisses traversées de veines éclatées, ses mollets grumeleux. « La vieillesse est une terre plusieurs fois labourée, et cela est juste, mon Dieu...

Mais un enfant !... » Lentement, elle souleva la chemise de Hassan, découvrit son ventre ; il était aplati, en forme de barque, avec une peau flasque qui pendait autour : « le ventre des morts... », songea-t-elle le recouvrant aussitôt.

Le robinet gargouillait avec insistance. Om Hassan s'en approcha et mouilla un linge ; puis, une fois encore, elle s'efforça de faire boire l'enfant. À la seule vue du linge mouillé, il vomit de nouveau. Ce qu'il rejeta était plein de mucosités. Une odeur de vieille saumure envahissait la pièce, et la femme revit la cabane de roseaux, ses neveux manipulant la morte, la botte d'oignons qui pendait au plafond, la fillette, à moitié folle, qui se rongeait les ongles...

— Ce n'est rien, petit, ce n'est rien... marmonnait-elle comme si ses lèvres ne lui appartenaient plus.

*
* *

Traversant la lucarne, les rayons de lune font flamboyer le robinet inutile. Saddika avance de quelques pas et lance un jet de salive sur le métal brillant.

L'enfant est immobile. A-t-il renoncé à vivre ? Et elle, a-t-elle renoncé pour lui ? Le désespoir est partout qui la guette, tapi dans chaque coin de la pièce. Il a un corps velu, des pattes d'araignée ; tout d'un coup il s'abattra, l'entortillera dans sa toile.

Brusquement la femme est debout ; même ses vêtements lui pèsent, elle fait un geste des épaules comme pour les rejeter. La voilà qui tourne la clé, qui ouvre la porte, qui sort sur la terrasse.

Un souffle léger gonfle ses robes, les rend moins lourdes. Une brise s'insinue dans ses longues manches, caresse ses bras, glisse sous le voile le long de ses tempes, pénètre sous ses cheveux.

Autour, c'est la nuit. Encore la nuit. À présent, elle et l'enfant sont voués à la nuit. « O toi, qui dissipes la tristesse... » À qui s'adresse-t-elle ainsi ? Y a-t-il quelqu'un pour l'entendre ?... Ne pouvoir sortir que la nuit, lorsqu'il n'y a que des pierres à qui parler, lorsque le ciel ressemble à une dalle avec des clous jaunes qui le verrouillent. La vieille s'accoude au parapet. « Immense ville et personne pour m'entendre ! » Si seulement quelqu'un pouvait monter. N'importe qui, mais voir un visage... Saïd ou l'étudiant ou même Zakieh la voisine ; ou encore madame Naïla en train de dormir en bas, couchée dans ses cheveux rouges, avec son long collier de jais noir autour du cou. « Si je crie assez fort... si j'appelle toutes les

LE SIXIÈME JOUR

mères de cette ville, elles viendront à mon aide... Voilà que je deviens folle !... Je finirai à l'asile. »
Elle quitte la terrasse, rentre dans la chambre de nouveau.

**

Accroupie, le dos au mur, elle pose ses deux mains à plat sur le ventre de l'enfant. Une paix, venue du fond des âges, lentement, s'installe, parcourt ses veines.
« Au sixième jour, Hassan ressuscitera. » Celui qui est couché là n'est qu'une image de l'enfant de demain. Aujourd'hui n'est rien, puisque demain approche. D'ici quatre jours, l'enfant n'aura plus de vomissements ; il réclamera à boire, il boira. Son pouls frappera fort, ses vaisseaux se gorgeront de sang, sa peau se réchauffera. Il retrouvera son odeur d'enfant.
La vieille se met à chantonner, modulant de la manière que Hassan aime :

Combien y a-t-il d'oiseaux dans le ciel ?
Un pour le nourrisson
Un pour le mariage
Un pour les moissons
Un pour l'enfant sage

Combien y a-t-il d'arbres sur la terre ?
Un pour la guérison
Un pour le grand âge
Un pour chaque vie de garçon
Un pour le voyage.

3.

Enveloppé jusqu'au menton d'un tissu quadrillé, l'enfant respirait bruyamment. La vieille, habituée depuis la dernière nuit à ce souffle précipité, pensa qu'elle pouvait s'éloigner sans trop de risque, pour attendre l'étudiant dans l'impasse. Plus que tout elle craignait sa visite. La chambre était nue, comment ferait-elle, s'il montait, pour lui cacher l'enfant ?
Midi sonna, tout était calme sur la terrasse. Celle-ci ne comportait que sept chambres de lessive, séparées les unes des autres et qui n'étaient utilisées qu'en fin de semaine.
Mais au moment où la femme tournait la poignée de la porte, elle entendit du bruit. Elle écouta. Les pas s'éloignaient puis se rapprochaient de nouveau. Quelqu'un allait et venait devant sa chambre. Sans doute cherchait-on à l'espionner ? Elle retira la grosse clé de la serrure et regarda par le trou. Un homme – gras et court sur jambes – tenant serrée entre le pouce et l'index une longue cigarette, la fumait par petits gestes saccadés. Elle reconnut ce tic et aussi ce visage mité par une ancienne variole.
La vieille trouva l'épicier plus laid encore qu'il y avait quelques mois. Il arborait une veste en tussor, aux revers luisants. Autour de ses jambes, ridiculement courtes, flottait un pantalon de pyjama rayé. Il portait des bottines rougeâtres à boutons, impeccablement vernies. De temps en temps, tirant une montre de son gousset, il la fixait et la replaçait à nouveau pour reprendre sa marche. Enfin, il lança un juron et partit en direction de l'escalier. Mais comme il atteignait la porte de la terrasse, celle-ci s'ouvrit sur l'extérieur.
Tout se passa très vite, presque collé à la chambre de Saddika. Elle vit

une jupe couleur coquelicot, des jambes jeunes, vigoureuses, l'une d'elles marquée d'une verrue au mollet, se frotter au tissu flasque du pyjama. Les bottines vernies coincèrent les sandales aux lanières usées, découvrant des chevilles fines. Un billet voleta près du sol ; d'un mouvement vif, la fille l'immobilisa sous sa semelle. Son rire aigre, la respiration hachurée de l'homme traversaient les murs.

Om Hassan se retourna, les mains pressées contre les oreilles, s'adossa contre la porte cherchant des yeux l'enfant.

Le mince visage entouré de chiffons était grave. Si blanc, si frêle, si grave...

Dehors, on riait toujours.

**

Le couple avait disparu. Sur la terrasse, il ne restait de leur passage que des traces de pas et des mégots. Saddika broya l'un d'eux sous son talon.

Dans l'escalier elle ne rencontra personne et quitta l'immeuble. Le soleil se braquait sur l'impasse, mais les écoliers s'amusant à courir avec leurs cartables encore sur le dos, n'en éprouvaient aucune gêne. Artim, le fils aîné du tailleur arménien, reconnut la vieille debout sur les marches, et s'approcha pour lui demander où se trouvait Hassan et s'il ne voulait pas se joindre à eux. Ne sachant quoi répondre, elle fouilla au fond de sa longue poche, découvrit quelques dattes confites qu'elle lui offrit. Il les prit et partit en courant.

Comme elle se dirigeait vers l'emplacement des charrettes, Om Hassan reçut, en plein dans ses jupes, une balle de tennis au feutre blanchâtre et pelé.

— Lance-la, cria une voix d'enfant.

— Oui, lance-la... fort !

La tenant dans le creux de sa main, la femme ne put s'empêcher de songer aux doigts de Hassan, trop faibles pour se refermer sur n'importe quoi.

— Allons, allons..., réclamaient les voix.

Elle leva la tête, regarda là-haut vers la terrasse. « Si je lance la balle de toutes mes forces, peut-être qu'elle atteindra la lucarne, peut-être que Hassan la verra... » Elle se dit aussi que la vue de cette balle rappellerait à l'enfant des souvenirs heureux. Elle imagina son sourire.

— Vas-y, Om Hassan !

La vieille se concentra. Tendant son bras à l'arrière, elle le projeta ensuite d'un seul coup à la verticale, le buste brusquement renversé. La balle s'arrêta à mi-course ; retomba comme une pierre, entre les mains tendues d'Artim.

**
* **

D'autres charrettes se trouvaient à côté de la sienne ; à l'une d'elles était attelé un ânon portant un collier bleu, décoré de pompons rouges. Autour de ses grands yeux, bordés d'un cerne noir et humide, des mouches s'agglutinaient. La patience de l'animal paraissait sans limite, mais parfois, en proie à une fureur soudaine, il secouait la tête, frappait le sol de ses sabots, avant de retomber dans sa tenace apathie. Om Hassan s'attarda auprès de l'animal, le caressant entre les oreilles, lui grattant le col, chassant les mouches.

Elle tapait à présent contre les ridelles et les roues de sa charrette pour en éprouver la solidité, sans doute aurait-elle bientôt à s'en resservir. Ce ne fut qu'au bout d'un moment qu'elle aperçut, assise sous le plateau de son véhicule, une fillette suçant une écorce de melon. Entendant du bruit, d'un geste machinal, l'enfant tendit sa main pour demander l'aumône. Ses doigts étaient gluants, avec des pépins jaunes collés aux phalanges. Comme rien ne tombait dans sa paume, elle la retira et tranquillement se remit à sucer le fruit.

— Il n'y a plus rien à manger là-dessus, dit la femme.

La fillette éclata de rire. Elle portait une robe crasseuse et grise qui lui descendait jusqu'aux chevilles.

— Tu as encore faim ?

— J'ai toujours faim.

À quatre pattes elle sortit de l'ombre. La vieille remarqua ses dents saines et luisantes, ses lèvres charnues, sa peau lisse.

— Qui s'occupe de toi ?

— Personne... Nous sommes quatorze à la maison.

— Viens... » dit Saddika après s'être assurée que l'étudiant n'était pas là, « j'ai un peu de temps pour toi. »

La tenant par la main, elle conduisit la fillette jusqu'à l'épicerie. L'épicier somnolait derrière son comptoir, tassé dans sa graisse, sa jaquette en tussor suspendue à un clou. Son aide balayait mollement le sol, poussant les épluchures dans la rue. Dans le fond de la boutique, une énorme marmite de fèves cuisait au-dessus d'une minuscule flamme.

LE SIXIÈME JOUR

— Donne-nous des fèves dans une galette de pain et des oignons crus.
— Alors te revoilà dans le quartier, dit l'épicier les paupières à peines soulevées, je le dirai à ma femme pour qu'elle te donne son linge.
Om Hassan ne quittait pas l'impasse des yeux.
— Prends, dit-elle à la fillette lorsque le jeune aide l'eut servie.
— Et toi, tu ne manges pas ?
Elle paya.
— Je n'ai besoin de rien, dit-elle.
L'enfant prit la galette, la balança plusieurs fois d'une main dans l'autre, la huma ; puis, l'appliqua contre sa joue pour en éprouver l'exquise tiédeur. Om Hassan eut soudain l'impression que la fillette se décomposait. Ses joues se mangeaient du dedans, le visage se résorbait, la peau mollissait autour du cou, les dents jaunissaient...
Elle poussa un cri, sortit brusquement de la boutique.
Au milieu de l'impasse les écoliers formaient une ronde. Leurs figures étaient bleues, ridées, leurs vêtements flottaient sur leurs squelettes. Ils encerclèrent la femme et se mirent à danser autour d'elle en chantant la mort. Saddika tournoya sur place, cherchant à leur échapper. Subitement elle rompit la chaîne de leurs bras, courut vers l'immeuble.
Dans sa course, elle heurta la jeune fille en jupe coquelicot qui, haussant les épaules, poursuivit son chemin, les talons de ses sandales claquant contre la plante de ses pieds.
Juste comme elle disparaissait, la fillette rattrapa Om Hassan par le bas de sa jupe.
— Pourquoi pars-tu ?
— Va-t'en ! Ne me touche pas.
L'enfant recula, effrayée.

* * *

— Om Hassan ! Ne t'en va pas... appela soudain l'étudiant, j'allais monter chez toi.
La vieille se retourna, le fixa sans rien dire.
— Qu'as-tu ? Tu es malade ?
— Ces enfants ne me laissent pas en paix. J'allais t'attendre à l'intérieur, sur la banquette.
De son bras, il menaça les écoliers :
— S'ils t'ennuient, ils auront affaire à moi.

— Je venais te dire qu'après-demain tu trouveras la clé sous le paillasson, dit-elle.
— Tu reviendras plus tard ?
— Oui, plus tard, je reviendrai.
Il lui tendit la main ; mais elle fit comme si elle ne s'en était pas aperçue. Depuis tout à l'heure, la mort était partout. Elle ne voulait plus toucher personne.
L'étudiant s'en alla. Assise sur les marches, Om Hassan attendit un moment.
Une cloche se fit entendre.
D'un seul coup les enfants disparurent. Il ne resta plus que la femme dans l'impasse désertée.

4.

Saddika se releva. Comme elle s'apprêtait à remonter les six étages elle s'entendit appeler.
— Eh ! Om Hassan, que ton jour soit d'huile !
L'accent lui parut familier. Descendant une marche, elle chercha autour d'elle sans voir personne. Puis à l'angle du dernier immeuble, elle aperçut un immense bâton peint en blanc et décoré sur toute sa longueur de guirlande. L'objet touchait terre, remontait, formant des cercles.
— Qui m'appelle ? cria-t-elle.
La perche fut bientôt suivie d'une paire de babouches écarlates. La vieille descendit une seconde marche, se courba en avant pour mieux voir. Enfin, l'homme parut. Vêtu d'une robe de soie bleue recouverte d'une large écharpe chamarrée, il portait sur son épaule un singe en habits éclatants.
— Regarde, nous voici ! annonça-t-il, faisant une pause, comme s'il entrait en scène.
— Okkasionne !... s'exclama la vieille qui le connaissait de longue date.
— Que fais-tu en ces lieux, ô femme ?
— Je cherche du travail...
— Du travail !...
Le montreur haussa les épaules et déposa son bâton sur le sol, il tira un fifre neuf de sa ceinture. Il se mit alors, soufflant dans l'instrument, à parader dans l'impasse vide. Son châle flottait derrière lui, se gonflant comme une tente ; tandis que le singe, debout, le bras passé autour de la tête de son maître, exhibait sa jupe de satin rose. Tous deux étaient coiffés d'une calotte en piqué jaune.

De peur d'un attroupement, Saddika lui fit plusieurs fois signe d'interrompre sa musique :
— Ce n'est pas un quartier pour toi... tu ne récolteras rien ici.
Il s'arrêta, se drapa entièrement dans son écharpe — rutilante, à fond bleu, parsemée d'étoiles rouges :
— Contemple-nous, ô vieille, et dis si tu nous trouves beaux.
— Très beaux, répondit-elle cherchant à couper court.
— J'ai mené mon singe chez le barbier, vois, son poil est à présent ras comme une pelouse. Après, nous avons choisi nos habits... Les vendeurs s'affairaient, se pliaient en deux, comme si nous étions des rentiers.
La femme recula, pressée de s'éloigner.
— Comment, tu ne me demandes pas d'où j'ai eu tant d'argent ?
— Ça te regarde.
— Mais où vas-tu ? Pourquoi es-tu si pressée ?
— J'ai à faire.
— À faire ?... À cette heure ?... Il n'y a pas de travail qui ne s'arrête, Om Hassan ! Celui qui dit le contraire est un menteur et en plus il va contre les lois de Dieu... Il attendait une réponse qui ne vint pas. « Tu es trop pressée et pas assez curieuse. Ce n'est pas normal pour une femme... et une vieille femme de surcroît ».
— Laisse-moi, insista-t-elle.
Il s'approcha. Quand il fut tout près, fléchissant un peu les genoux, il la regarda par en dessous.
— Si tu ne veux pas aller avec moi, j'irai avec toi, ô ma tante.
— C'est bien, dit-elle, je reste un moment.
— Voilà qui est parlé ! À présent, pose-moi des questions.
— Quelles questions ?
— Tu sais bien... Demande-moi comment j'ai eu tout cet argent.
Le montreur brûlait de tout raconter.
— Comment as-tu eu cet argent ? demanda-t-elle sans conviction.
La tenant alors par le coude, il débita son histoire. « Le choléra, conclut-il, c'est une mine d'or. Si j'avais su... » Il lui proposa tout de suite un travail en commun. « Tu circules beaucoup, tu pourrais m'indiquer le nom de ceux qui cachent leurs malades... S'il en reste ! soupira-t-il. Tu vois, c'est une occasion heureuse qui m'a permis de te rencontrer ». Comme elle ne disait rien, il poursuivit : « Pour aujourd'hui, j'ai trouvé autre chose. J'ai appris qu'il y avait un grand mariage en ville. En nous dépêchant, nous serons aux portes de l'église pour le début de la cérémonie. Les porte-monnaie bâillent volontiers en ces circonstances ! »

LE SIXIÈME JOUR

— Je ne mendie pas, répliqua-t-elle sèchement.
— Qui te parle de mendier, ô femme ! Moi non plus je ne mendie pas. J'offre un spectacle, et toi, tu recueilles notre dû... C'est tout.
— Je n'ai pas le temps. Je cherche du travail...
— Et moi je cherche ton bien. Allons, pourquoi t'obstiner ? Une heure, rien qu'une petite heure. Il faut regarder plus haut que soi, autrement on finit comme la limace, le ventre collé à terre.
Lui prenant la main, il l'entraîna. Elle se laissa faire de peur d'éveiller ses soupçons. En ville elle profiterait de l'encombrement pour s'enfuir.
— Va, je te suis.
Il lâcha aussitôt sa main et marcha devant elle d'un pas délié.
— Om Hassan, s'exclamait-il se retournant de temps à autre, tu es la Dame des dames. Ma parole, tu vaux mieux que toutes celles que nous allons voir défiler !

* *

À cinq cents mètres de l'impasse, avisant un tram – d'où débordait déjà une multitude compacte – Okkasionne y poussa la vieille.
— Nous sommes en retard, souffla-t-il grimpant derrière elle sur le marchepied.
Suivie du montreur, Om Hassan se glissa au milieu de la foule. L'apercevant, deux femmes voilées s'écartèrent pour lui permettre de s'asseoir entre elles, sur le banc ; tandis qu'Okkasionne, debout, empoignait une manette qui pendait du plafond.
Des épaules et des coudes le contrôleur se frayait péniblement passage. Il étouffait dans son uniforme kaki aux manches tirebouchonnées, au col entrouvert. Sa coiffe rouge, trop large pour son crâne, prenant appui sur ses oreilles, lui conférait un air contrit, accentué par sa moustache tombante aux poils épais et secs comme de la paille. Stoppant devant les femmes assises, il feuilleta ses tickets. La sueur dégoulinait le long de ses joues.
— Pour celle qui a le visage découvert, c'est moi qui paie ! claironna le montreur.
Une véritable fourmilière s'agglutinait sur les marches, s'agrippait au toit, aux portières, aux barres de fer.
Dans une cacophonie de vitres et de ferraille, le véhicule cahota vers le cœur de la cité. Les rues se métamorphosaient en boulevards, les trottoirs s'élargissaient. Des buildings succédaient aux immeubles vétustes, d'amples vitrines de magasins aux boutiques. Le ciel paraissait plus spa-

cieux. Les arbustes – bien que continuant à ressembler à d'éternels convalescents – se multipliaient. Par endroits, leur écorce bouffissait, éclatait, comme sous la pression d'une trop longue sécheresse.

La vieille était hantée par le visage de l'enfant. Soudain, il se brisa, comme du verre, en mille miettes ; il n'en resta plus que les lèvres. Des lèvres sèches, grises, fendillées. La femme avança sa bouche, cherchant à l'appliquer contre celle de son petit-fils pour qu'il en partage l'humidité et la fraîcheur.

L'arrêt du tram la tira brusquement de sa rêverie.

— C'est ici, lança le montreur. Eh ! ma tante, tu descends ?

Par égard pour son âge, on s'effaçait pour qu'elle passe, et l'aidant à descendre le contrôleur la dirigea vers Okkasionne.

— Tiens, dit celui-ci, lui plantant le singe entre les bras, « je te prête Mangua !... »

Puis, il partit en avant, laissant la chaîne se dérouler entre eux.

*
* *

Okkasionne connaissait cette ville comme s'il l'avait faite. Il savait aussi le nom des rues, des magasins, et même celui des propriétaires d'immeubles. Il était rare qu'un visage lui fût totalement inconnu.

Entraînant la vieille derrière lui – le bout de la longue chaîne allant du collier du singe à sa propre ceinture – le montreur se faufilait partout. Il salua Fattal, le nabot qui vendait des billets de loterie. Il adressa ensuite quelques encouragements au fleuriste ambulant, qui secouait d'énormes bouquets de roses-thé aux tiges dégoulinantes sous le nez des passants. Un peu plus loin, apercevant Nabil, l'aide-coiffeur, qui traversait la chaussée, portant sur un plateau d'étain trois tasses de café, il vida d'un trait l'une d'elles ; puis faisant sonner sur le plateau de métal sa dernière pièce :

— Quant à la monnaie, tu peux la garder et te faire raser, à mes frais, par le patron lui-même ! », proclama-t-il.

Adossé à une librairie, le vendeur d'épingles et de résilles – sa marchandise dans une sorte de boîte ouverte, suspendue à son cou – l'interpella :

— Eh ! Okkasionne... qu'as-tu fait de ton singe ?

— Je suis plus léger qu'un grain de sésame ! rétorqua celui-ci. J'ai une personne tout exprès au service de Mangua... Regarde...

Ils continuèrent d'avancer. Plus loin, dans d'immenses paniers d'osier, s'entassaient des citrons doux, des oranges, des mandarines et des

pommes du Liban. Un garçonnet leur donnait du luisant en soufflant dessus et en les essuyant avec un chiffon. Les deux mains croisées sur son ventre, le propriétaire le regardait faire d'un œil complaisant.
— Qui me paiera une pomme ? s'écria Okkasionne.
— Donne-lui une pomme, dit l'homme sans décroiser les bras.
— Non, c'est moi qui la choisirai !
Le montreur cueillit à la surface du panier, un fruit velouté et du plus bel incarnant.
— Tiens, c'est pour toi, fit-il la tendant à Saddika, elle te donnera des couleurs.
Elle la prit sans rien dire.
— Mange-la...
— Je ne pourrais pas... », l'odeur même l'écœurait. « À cause de mes dents », finit-elle par ajouter.
— Alors, rends-la moi.
Il tendit les paumes pour l'attraper au vol, puis à pleines dents mordit dans la chair. Le suc gicla autour de son menton. « Merveille, s'exclama-t-il, le fruit des paradis !... » Mais, à quelques pas de là, apercevant devant la pâtisserie Gelin, El Koto, le mendiant bossu – la robe toujours soulevée au-dessus de sa cuisse droite pour exposer sa jambe rachitique –, il lui fourra la pomme dans la main et s'écarta avec panache, sans attendre de merci.

Des voitures aux flancs larges éclaboussaient la rue de leur faste. En traversant, du bout de sa flûte, le montreur donna des petits coups sur un des capots :
— Vous ne me faites pas peur avec vos râteliers !
L'homme au volant – portant des lunettes cerclées d'écaille et qui avait à ses côtés une femme jeune et rousse sortant de chez le coiffeur – descendit sa vitre et se mit à agonir d'insultes le montreur. Celui-ci rétorqua par une obscénité. Puis se tournant vers Om Hassan, livide, il lui conseilla de se hâter, si elle ne désirait pas finir sa journée au poste de police en sa compagnie.
— Pourquoi es-tu si pressé, Okkasionne ? lui cria le portier de la banque quand il vit défiler l'étrange cortège. Où allez-vous ?
— À nos affaires, répliqua le montreur.
Ils bifurquèrent à droite.
— Voici l'église, dit Saddika à bout de souffle, apercevant l'énorme bâtisse surmontée d'une croix.

5.

L'église franciscaine entourée d'une murette que surmontaient de hautes grilles noires, émergeait au-dessus d'une foule bariolée.

Okkasionne, à qui rien ne semblait impossible, se fraya un chemin jusqu'au porche.

— Pour moi, la meilleure place ou rien du tout !... souffla-t-il à sa compagne.

Ils avançaient, à présent, coude à coude, tandis que Mangua affolée, gigotant dans les bras d'Om Hassan, ôtait sa calotte de piqué pour la lancer dans les airs, poussait des cris, soulevait ses jupes.

— Tu te prends pour la mariée ! ricana le montreur.

Devant l'étrange trio les gens s'écartaient. Le singe chipa un foulard, s'attaqua à un chapeau fleuri. D'un mouvement vif, Okkasionne arracha son ouistiti aux bras de la vieille et lui maintenant la tête serrée sous son aisselle, il menaça de l'enfermer dans sa besace s'il ne se calmait pas sur l'heure. Mangua fit alors la morte, jusqu'à ce que son maître la libérât.

— Que je ne t'entende plus, gronda celui-ci. Quand il faudra te donner en spectacle, je te le dirai. À présent la comédie est ailleurs, il ne faut pas gâter mon plaisir...

Il baisa alors le singe sur son crâne, l'installa sur son épaule. L'animal se tint coi, pelotonné contre la nuque du montreur.

Saddika n'était plus liée par la chaîne, et pourtant elle se sentait prisonnière, emmurée par cette foule. Elle avait peur du montreur, peur d'eux tous, peur de sombrer dans une folie immobile.

Okkasionne était au comble de l'animation. Le visage tendu, des gouttes

de sueur perlant sur son front, il buvait le spectacle des yeux. Les grandes orgues commençaient de se faire entendre.
— Regarde, dit-il poussant soudain la femme par le coude.
Dans un nuage de dentelle blanche, la mariée avançait le long du tapis rouge. Un homme âgé, au nez pointu, au torse important, lui tenait le bras. Il regardait les gens d'un air furieux et faisait, de temps en temps, de sa main baguée, un geste autoritaire pour les écarter.
— Mariage de première classe !... s'esclaffa le montreur. « À quoi jouent-ils ?... Pour finir où ?... Enterrement de première classe ! » Il se boucha le nez : « Ça sent déjà la pourriture... D'ici cinquante ans nous aurons tous retrouvé le ventre de notre mère la boue... C'est quelle classe la terre mère ? Hein, Om Hassan, tu le sais, toi ? »
Juste comme elle passait devant eux, la mariée s'arrêta. Elle fit un lent signe de tête à la vieille qu'elle venait de reconnaître et lui sourit. Saddika reconnut aussi la jeune fille d'il y avait trois jours. Mais Dana s'était déjà éloignée. Sa longue traîne disparut bientôt derrière elle dans l'église.
« Quel visage triste... », songeait à présent la femme...
Les portes restèrent closes durant plus d'une heure et Saddika chercha une fois encore à échapper au montreur. Dès qu'elle esquissait un geste, la main de celui-ci s'abattait sur son épaule. Sans doute était-il doué d'étranges pouvoirs. Elle s'efforça de vider son regard de toute inquiétude, de toute pensée, d'offrir à l'homme un visage lisse. Peut-être savait-il tout et attendait-il un geste d'impatience de sa part ? Ce geste, elle ne le ferait pas. Elle patienterait encore, elle trouverait le moyen de s'enfuir.
La foule s'écoula vers l'extérieur. Des gamins environnèrent Om Hassan et le montreur, applaudissant Mangua – de retour en grâce – qui évoluait de part et d'autre du bâton. D'autres enfants se pressaient autour d'une boutique verte. Le marchand de cigarettes, participant à l'euphorie générale, dévissa le couvercle d'un gros bocal et du bout de ses doigts jaunis, distribua généreusement des bonbons à la gomme.
À la fin de la cérémonie, dès le signal des portes ouvertes, les ruelles avoisinantes se vidèrent et les gens se ruèrent à nouveau dans la cour. Seuls Saddika et le montreur demeurèrent au bord du trottoir devant la limousine blanche.
— Maintenant, c'est ici la bonne place », affirma ce dernier en clignant de l'œil en direction du chauffeur. « Il faut saisir l'occasion par son aile pour mériter de s'appeler Okkasionne ! »
En effet, au bout de quelques minutes, les époux rentraient dans la voiture, tandis que Tamane tenait la portière ouverte.

Dana, indifférente à tout ce qui se passait autour d'elle, fixait la vitre. Puis le visage de la vieille s'encadra en face du sien.
— As-tu vu le marié ? chuchota Okkasionne, même Mangua n'en voudrait pas.
Peut-on se comprendre à travers une vitre ? Om Hassan ne pouvait plus détacher les yeux de ce visage. Dana aussi la regardait. Au fond de l'une et de l'autre, malgré l'extrême distance, quelque chose de semblable – un cri, une détresse – se répondait :
— Qu'est-ce que tu attends pour partir ? dit le marié au chauffeur.
Tamane klaxonna, menaça, injuria la foule qui encerclait la voiture. Okkasionne poussa la vieille pour prendre sa place, et tapant contre la vitre du bout de son fifre, exhiba son singe et tendit la main.
Entrouvrant la portière, le marié se pencha et lui jeta quelques pièces dans la paume.
— Les singes portent bonheur, dit-il à sa compagne.
L'haleine du montreur avait embué la vitre, Dana n'y vit plus danser que les yeux jaunes et moqueurs de Mangua.

* *
*

— Tu veux encore t'enfuir ?... s'exclama le montreur rattrapant Saddika par le bras comme elle traversait le boulevard.
— Le temps passe. Je suis pressée.
— Il n'y a qu'une heure que nous sommes ensemble, ô vieille. Allons, accompagne-moi, tu ne le regretteras pas...
« Il n'y aura jamais de fin à cette course. » Elle se voyait traversant les heures, les semaines, la ville, le pays, enchaînée pour toujours au montreur. Jusqu'où l'entraînerait-il ainsi ? Que devenait l'enfant ? Elle espéra qu'il patienterait sans appeler ; elle misait sur sa patience. Mais la sienne était à bout. Il lui arrivait par moment de souhaiter la mort de cet homme.
— Tu sais, continuait Okkasionne tout en marchant, le spectacle des humains vaut la peine qu'on s'y attarde : une assemblée de singes et jamais de montreur !... Où donc se cache leur montreur ?
Il s'immobilisa sur la chaussée et, sans se soucier des passants, pointa son index à l'ongle noir vers le ciel, riant à gorge déployée. Mais aussitôt, comme s'il craignait d'avoir outrepassé de mystérieuses limites et mis en branle des forces obscures, il abaissa son bras, cacha sa main dans sa poche, bomba le dos. On aurait dit qu'il s'attendait à recevoir une volée. Rien n'intervenant, il reprit sa marche.

— Pas de montreur, murmura-t-il.
— Où allons-nous ? demanda Om Hassan.
— À la réception.
— Pour quoi faire ?
— J'ai mes idées !
— Tu sais où ça se trouve ?
— Je sais tout, Om Hassan. » Puis il enchaîna, tandis que Mangua se frottait contre sa joue. « Tout ce qui se passe dans cette ville, je le sais. Les crises qui se préparent, l'adultère qui se cache, les mariages qui se trafiquent. Je sais jusqu'aux prénoms des vivants et des morts... J'ai quatre oreilles, quatre yeux, n'est-ce pas, Mangua, mon âme ? Mais une seule langue, que j'utilise à bon escient. »

— Pourquoi aller là-bas ?
— Tu manques d'imagination, ô femme !

Saddika ne pouvait plus rien imaginer, même plus les souffrances de l'enfant.

— Ne peux-tu me confier ta destinée pour quelques heures ? Suis-moi et tu verras bien... Pourquoi l'enfant n'est-il pas avec toi ? demanda soudain Okkasionne.

Elle se hâta de répondre :

— Le vieux se fait de plus en plus vieux, on ne peut plus le laisser seul. L'enfant est auprès de lui.

Après un assez long parcours, ils parvinrent devant la villa en briques rouges. Son perron blanc, surmonté d'un balcon que soutenaient des cariatides, étincelait. Plusieurs voitures, déjà aperçues devant l'église, stationnaient dans la rue. Okkasionne se dirigea vers la petite entrée qui donne sur les cuisines. Se baissant, il frappa contre une porte du sous-sol. Les deux battants s'ouvrirent sur un visage noir et rond comme une bille.

— Tu tombes bien ! dit Soumba le marmiton, riant de toutes ses dents.
— Je sais, je sais... coupa Okkasionne.
— Tu sais tout, » continua le marmiton. Il vouait au montreur une admiration sans bornes, qui n'avait d'égal que le mépris qu'il professait pour le cuisinier. Un homme qui se contentait de donner des ordres, d'assaisonner les aliments du bout des doigts, d'engraisser ; tandis que lui, Soumba, lavait, balayait, croulait sous le poids des paniers à provisions, récurait, vidait la volaille, épluchait les légumes.

— Tu as quelque chose pour nous ? » demanda le montreur en faisant un geste circulaire : « Nous sommes trois. »

— Quand il y en a pour un, il y en a pour deux, et deux ça fait tout de suite trois...

Soumba ôta sa coiffe amidonnée et prenant la calotte de l'animal il fit rapidement l'échange et battit joyeusement des mains.

— Très bien, approuva Okkasionne. Tu peux être drôle quand tu veux. Il faudra que je t'engage pour une tournée.

— Attendez, je reviens tout de suite, dit le marmiton empressé à lui plaire. J'apporterai tout ce que je pourrai.

— Dieu te le rendra, dit le montreur.

— C'est un honneur de te servir.

Il reparut au bout d'un moment avec une casserole remplie à ras bord. Des tranches de viande mélangées à du poisson ; du riz, des légumes, quelques fruits. Okkasionne tira alors de sa besace un plat en étain qu'il donna à la vieille :

— C'est pour mettre ta part, dit-il. L'enfant sera content ce soir quand tu rentreras.

Mangua plongea la main dans la casserole, tira une cuisse de poulet qu'elle frotta contre ses dents.

— Si tu recommences, Mangua, je te livre au cuisinier, » gronda-t-il en lui administrant une tape. « Il te mettra en sauce et te servira sur une vaisselle d'argent. »

Tout en parlant, il mima le cuisinier, gonfla ses joues, tira sur d'absentes moustaches, rejeta le buste, attrapa son ventre entre ses deux mains comme s'il soutenait un poids énorme.

— C'est tout à fait ça !... s'esclaffa le marmiton, sautant sur place d'un air hilare.

— Ce soir, viens me rejoindre au café, lui glissa Okkasionne. Je t'attendrai et nous fumerons ensemble.

— Oui, nous fumerons ensemble, répéta le marmiton.

Saddika qui n'avait rien dit depuis qu'elle était là, cherchait au fond de sa poche ; il lui restait quelques dattes qu'elle remit au jeune garçon.

— Elles viennent de ton pays, lui dit-elle.

*
* *

La vieille et le montreur avançaient maintenant à l'ombre des lourds eucalyptus, sur le chemin qui borde le fleuve.

Om Hassan se demandait si Okkasionne ne connaissait pas son secret, et s'il n'essayait pas de la pousser à bout pour qu'elle révèle la cachette de

LE SIXIÈME JOUR

l'enfant. S'il le fallait, elle pousserait l'homme du haut de la falaise, puis se mettrait à courir.

— Eh bien, Om Hassan, tu pourras dire que tu n'as pas perdu ta journée, déclara-t-il, lui montrant le plat d'étain rempli de nourriture.

— J'ai un service à te demander, dit-elle prise d'une idée soudaine.

Elle déposa son plat sur le rebord du chemin, tira de sa poche un grand mouchoir rempli de ses économies, le déroula sur le sol.

— Si tu m'aides, la moitié est pour toi.

— C'est comme si c'était fait, conclut-il. Dis ce que tu veux.

— Je veux partir, au village, pour quelques jours. » Elle cherchait ses mots. « Ce sont des raisons... »

— Tes raisons sont à toi, répliqua le montreur les yeux fixés sur le mouchoir.

— Alors, voilà : il me faut trouver un voilier qui descende vers la mer et qui me débarquera en route. Je crois que tu es au mieux avec les bateliers. Peux-tu m'arranger cela ?

— C'est comme si c'était fait... Quand désires-tu partir ?

— Demain, dans la nuit.

Le lendemain elle devait céder la chambre, et nulle part l'enfant ne serait plus en sécurité que sur l'eau.

— Demain, Abou Nawass embarque ses sacs de coton. Je lui parlerai. Il te prendra avec lui. Sois, vers minuit, au coin de l'Île Verte. Tu sais, au bas du grand escalier de pierre, à l'endroit où les voiliers amarrent...

Sur ces mots, il la salua, pirouetta et repartit dans la direction opposée.

— D'ici là, ma tante, que ton jour soit plus clair que le lait !

— Tu es certain que cela s'arrangera ? cria-t-elle.

Il cracha dans sa main :

— Plus que certain ! Sur mon âme, tout sera comme je l'ai dit. Tu ne me paieras qu'embarquée... À demain, Om Hassan !

— À demain, dit-elle, ramassant le plat.

Le soleil s'inclinait, allégeant le ciel qui parut respirer, s'arrondir. Sous les feuillages les ombres moins sautillantes s'étalaient en forme de petits lacs. La vieille se retourna plusieurs fois, s'assurant que le montreur ne la suivait pas. La distance le rendait de plus en plus minuscule ; il perdit peu à peu toute réalité.

Avec son singe assis sur le haut de sa tête, Okkasionne avançait à présent les bras écartés, imitant un funambule qui va le long d'une corde tendue.

— Prends garde de tomber, cria un enfant qui partageait dans le fleuve

et qui venait d'apercevoir, au-dessus de lui, le montreur en équilibre sur le parapet.
— Tomber ?... Moi !... Ne crains rien, la terre s'accroche à mes pieds de peur que je ne m'envole... C'est une vieille putain qui m'a dans la peau, et je le lui rends bien !

* * *

Au carrefour, la femme chercha à se débarrasser du plat dont l'odeur lui était devenu insupportable. Avisant un groupe d'enfants déguenillés qui s'écrasaient devant une étroite boutique, elle s'approcha.

De l'autre côté de la vitrine, un homme à barbiche et à tête de chèvre laissait couler d'une louche en bois, jusque dans une bassine où sautillaient des boules dorées et fumantes, un long filet de sirop blanchâtre.

Frappant sur l'épaule du plus loqueteux des marmots, Om Hassan lui posa le plat dans les mains et fila.

6.

Om Hassan fouilla fébrilement au fond de sa poche pour retrouver la clé de la chambre. Ses doigts tremblaient, il lui fallut ensuite plusieurs secondes avant de tourner cette clé dans la serrure. La porte, enfin, s'ouvrit. Hassan avait rejeté ses couvertures. Ses jambes recouvertes de marbures se tenaient écartées dans une rigidité inouïe. Elle appela, dès le seuil ; mais il n'esquissa pas le moindre mouvement. Penchée au-dessus de l'enfant, elle s'effraya de ses paupières rétractées, de ses lèvres d'asphyxié, de son inimaginable amaigrissement. Le cœur battant, elle s'agenouilla pour lui souffler dans la bouche. Il respirait encore. N'osant le toucher de peur que ce corps si fragile ne tombât en poussière, elle le fixa longuement.

Tout la poussait à abandonner la lutte, à se laisser crouler sur le dos, pluie de sable ou feuilles mortes ; à s'étendre à côté de Hassan. Puis, que la mort les emporte ! L'un et l'autre, ensemble, comme deux barques.

Une main se leva, toucha sa robe, chercha à en agripper le tissu. À travers des brumes opaques, l'enfant venait soudain de sentir sa présence. Ce seul geste, si frêle pourtant, chargea la femme d'une nouvelle vie.

S'asseyant, avec des précautions infinies elle attira Hassan. La sagesse d'une main calme, d'un souffle mesuré, d'une voix douce, d'une poitrine tiède restait le seul recours qu'elle pouvait encore donner.

Le buste s'arqua tandis qu'elle prenait l'enfant sur ses genoux ; il paraissait composé de baguettes de saule, minces et friables. La femme se fit berceau. Elle se fit champs d'herbes et terre d'argile. Ses bras coulèrent comme des rivières autour de la nuque rigide. Sa robe, entre ses cuisses séparées, devint vallée ronde pour le poids douloureux du dos meurtri,

des jambes raides. Sa tête s'inclina comme une immense fleur odorante, son buste fut un arbre feuillu :
— Mon roi, mon âme, mon enfant bientôt debout...
Les paupières de Hassan ressemblèrent de nouveau à celles de n'importe quel garçon endormi.
— Dors, petit. Il faut dormir pour traverser ce chemin de boue... Ce soir, je veille pour toi ; plus tard, tu veilleras à ton tour pour moi. C'est ainsi que va le monde pour ceux qui s'aiment... Ne parle pas, ne bouge pas, je parle et bouge à ta place. Mais écoute : je te dis, que tu vas guérir... Le sixième jour est là, le sixième jour approche. Un jour, plus un jour, plus un jour encore et tout sera accompli... Je te vois (comme si c'était à présent) : tu cours très loin devant moi sur une route, et plus tu t'éloignes, plus tu grandis. Sais-tu que mes jambes sont trop usées pour te suivre et qu'il y a du plomb et de la paille à l'intérieur de mes genoux ?... Mais elles me porteront encore, mes jambes, jusqu'à ta guérison. Elles me porteront, et toi avec, jusqu'à l'eau, et nous embarquerons la nuit prochaine... L'eau guérit, l'eau est sainte. Bientôt, avec des rires et un vrai petit corps d'homme, tu t'éveilleras en face de la mer...
Un souffle d'air vif et salé venait d'envahir la chambre. Cette nuit-là, la femme trouva son premier repos.

*
* *

L'interminable journée a pris fin, la nuit s'avance.
Des marches. D'autres marches à descendre. La vie n'est-elle que descentes et remontées ? Plus loin, il y a le voilier et la mer ; des images qu'il faut garder présentes.
Personne sur les paliers, une lumière ocre filtre sous certaines portes ; pas sous celle de madame Naïla. Om Hassan se baisse, glisse la clé sous le paillasson.
Hassan est à peine un corps, elle pourrait ne rien tenir entre ses bras que ce serait pareil. Pourtant, il vit ! Comme les moineaux aux formes presque inexistantes. La sortie de l'immeuble, trois marches encore. La lune est rognée sur ses bords, sa lumière glace.
Les pas craquent sur les cailloux de l'impasse. Personne ne se penche sur la rue...
Si, pourtant. Accoudé à sa fenêtre, l'étudiant rêve d'un monde différent. Les filles descendraient des balcons pour venir à votre rencontre, les gens ne seraient ni trop riches ni trop pauvres. Il rêve de voyages sous des

LE SIXIÈME JOUR

arbres inconnus, de livres qu'il n'écrira pas, de toiles qu'il ne peindra pas, de rencontres... Une femme marche dans l'impasse, c'est Om Hassan. Que tient-elle ainsi ? S'il descendait lui donner cet argent qu'il garde au fond d'un tiroir pour acheter son costume neuf ? « On n'est jamais assez généreux. » Mais quel effort pour descendre, pour appeler, pour courir... Et puis, la vieille vient à l'instant de se confondre avec la nuit, jamais il ne la retrouverait !

Le cœur d'Om Hassan craque comme l'écorce d'un vieil arbre, tandis qu'elle regarde de droite à gauche en avançant. Elle souhaiterait jeter un voile sur cette lune qui dénude cruellement le paysage ; ou bien, qu'un vent de sable se lève. Celui-ci métamorphoserait la ville en cité fantomatique, sa poussière gris foncé barbouillerait les visages, les rendrait méconnaissables et chacun ne chercherait plus qu'à s'abriter. Mais qui peut quelque chose sur la lune ? Et ni le vent, ni les sables n'écoutent les humains ! Saddika met un pied devant l'autre ; peu à peu ses propres pas l'entraînent loin de l'impasse, jusqu'au petit rond-point.

Autour du banyan – dévoré de racines jusqu'à mi-tronc – c'est le parc des voitures à cheval. Il en reste deux en stationnement, avec leurs cochers endormis. Om Hassan s'engouffre dans la seconde à cause de son immense capot de cuir noir, entièrement rabattu sur le devant comme en plein jour. À l'intérieur, on se croirait sous une tente.

L'avant-bras sur un sac de luzerne à moitié éventré, le cocher ronfle. Le plan de sa jaquette kaki déborde sous la barre de fer, qui sert de dossier à la banquette, la femme tire dessus pour l'éveiller et d'une voix impérative, imitant le ton des clients :

— Allons, secoue-toi, je suis pressée.

L'homme relève d'une chiquenaude son turban blanc qui a glissé jusqu'aux sourcils ; mais le sommeil le tenaille encore.

— Réveille-toi, reprend-elle.

— Où veux-tu aller ? demande-t-il d'une voix maussade.

— À l'Île Verte, où amarrent les voiliers... Tu connais ?

Sans se donner la peine de répondre, il agite mollement son fouet et le cheval se met en branle.

* * *

Le centre de la ville baigne dans une fête de néon et d'enseignes. Mais le capot noir tombe si bas que la femme ne voit rien. Ni l'Opéra avec ses globes lumineux, ni la statue équestre, ni les jardins fermés la nuit. En se gardant immobile, elle essaye d'amortir les cahots de la voiture, de créer autour de l'enfant une zone calme.

— Tu as de quoi payer ? interroge le cocher d'une voix placide. Mais avant même que la femme lui réponde, il se met à morigéner son cheval qui va trop vite à son gré et qui fait subir au véhicule des secousses incompatibles avec la suavité de la nuit.

— J'ai de quoi payer.

Ne tenant aucun cas des recommandations de son maître, le cheval – comme s'il venait de découvrir qu'il avait des pattes – trotte au même rythme précipité, faisant claquer ses sabots. Fatigué de lutter, le cocher se laisse mener, dodelinant de la tête et guidant l'animal d'un mouvement du poignet. À la sortie de la ville, deux badauds s'arrêtent pour voir passer la voiture qui brimbale sur le macadam, et s'imaginant que des amants s'y cachent : « Vieux maquereau, crient-ils au cocher, il est honteux à ton âge de faire servir ton véhicule de chambre de passe.»

L'enfant geint faiblement, mais le bruit du trot étouffe ses plaintes. La ville s'amenuise, s'aplatit, s'éloigne ; on dirait un gros ver luisant. La route qui descend au fleuve est mal éclairée et le cheval forcé de ralentir.

L'enfant gémit plus fort, et de peur que l'homme ne le surprenne, la femme se met à parler. Elle parle tout haut et de tout, mêle questions et réponses : le prix de la vie, la saison touristique, les enfants du cocher ; tout y passe. Craignant qu'il ne paraisse singulier de ne pas mentionner la fin de l'épidémie, elle ajoute même quelques phrases à propos du choléra.

— Assez !... assez... Tu me saoules de paroles, interrompt le cocher. Tu ne vois donc pas que tu m'as arraché à la douceur du sommeil et que je ne suis pas encore tout à fait réveillé ?

La vieille se tait, espère que l'engourdissement collera à la peau de l'homme jusqu'à ce qu'elle ait disparu avec l'enfant Puis se courbant jusqu'à toucher l'oreille de Hassan, elle lui chuchote :

— Je sens déjà l'odeur des voiles et de l'eau...

Une des roues se bloque contre une pierre, le cheval fait marche arrière, tire d'un coup sec et repart. Le long du chemin caillouteux, bosselé, la voiture va à un rythme d'enterrement.

— Hue ! fait le cocher tirant sur les rênes et s'arrêtant sur un terre-plein au-dessus de la berge. « C'est ici ? »

— C'est ici.

Elle paye avec l'argent qu'elle a préparé d'avance et qu'elle lui tend de l'intérieur. Tandis qu'elle met pied à terre, le cocher frotte une allumette pour compter la monnaie.

— Que Dieu te garde, ô femme ! Ta générosité me fait cracher sur le sommeil... Comment t'appelles-tu ?
— Om Hassan, crie-t-elle sans se retourner.
— Om Hassan ?...
— Oui.
— Ecoute-moi bien, Om Hassan. Le jour où tu débarqueras, je te ramènerai en ville, à mes frais... Fais-moi savoir ton retour et je viendrai. Tu me trouveras là. C'est juré.

Elle commence à descendre les larges marches. L'homme la rappelle :
— Qu'est-ce que tu portes ? Veux-tu que je te vienne en aide ?
— Non, non... fait-elle, clouée sur place.

Puis le fouet claque, elle entend le grincement des essieux ; la voiture fait demi-tour et repart vers la cité.

TROISIÈME PARTIE

1.

Une brise tiède amplifiait les robes de Saddika tandis qu'elle descendait les quarante marches, blafardes sous la lune. Le groupe de chalands fixés au rivage par des chaînes, flottait plus bas sur l'eau. Leurs voiles s'enroulaient autour d'un mât souple en forme d'arc que prolongeait une vergue plus longue. Couchés au fond de leurs barques, les bateliers dormaient. Deux ou trois ancres gisaient sur le bord de la rive.

Seul, pieds nus sur la berge, un homme veillait encore et il chantait en regardant le fleuve :

> *Dans la terre et dans l'eau*
> *Ma chanson voyagera*
> *Où le noir est si haut*
> *Ma chanson s'effacera*

Les pas se rapprochaient. À chaque marche franchie, la femme se sentait plus légère. L'homme qui, malgré sa chanson, prêtait l'oreille se retourna :

— Om Hassan ?
— C'est moi.
— Je suis Abou Nawass.

Il était de taille moyenne, avec des épaules larges et un corps étroit. Sa tunique bleue – les bords relevés et passés dans une ceinture de corde – laissait paraître une culotte ample, couleur bistre, serrée autour des mollets. Un couvre-chef en coton blanc, rabattu sur les oreilles, dissimulait presque entièrement ses traits.

— Sois la bienvenue.

Puis, appelant son aide, invisible derrière la cargaison, il annonça que la passagère étant arrivée, on pouvait commencer à dérouler la voile. Celui-ci, les pieds suspendus au-dessus de l'eau, mangeait du maïs à l'avant de la felouque, s'amusant à cracher les grains dans l'air, et à les rattraper dans sa bouche. Il grommela que la femme avait une heure d'avance, mais se leva quand même pour faire ce qu'on lui commandait.

— Je pensais que tu serais seule, dit le batelier.

— C'est mon petit-fils. Il dort sans arrêt, il ne te dérangera pas.

La figure de Hassan était dissimulée sous un carré de moustiquaire ; dans l'épaisseur de la nuit, on devinait à peine la forme de son corps. Saddika avait fait exprès de devancer le rendez-vous avec le montreur, pensant avoir ainsi le temps de cacher l'enfant au fond de la felouque.

La soutenant par le coude, Abou Nawass aida la femme à embarquer. Grâce aux reflets de la lampe à pétrole, placée près du gouvernail, elle aperçut son visage. Le soleil et l'âge avaient marqué ses traits, mais sans les alourdir, ni les durcir. L'homme paraissait silencieux, sans malice, comme étranger à ces rives ; on aurait dit qu'il avait passé son existence à naviguer.

— Dessouki, trouve une place pour l'enfant.

Le jeune Nubien s'affairait autour du mât. Ramassant le trognon de maïs, qu'il avait déposé par terre, il y mordit avant de héler la femme :

— Par ici, par ici !

La vieille le suivit.

Sur le devant, des balles de coton tapissaient la barque ; posées l'une sur l'autre, elles atteignaient parfois la hauteur de dix sacs. Tandis qu'Om Hassan, avec l'enfant dans ses bras, le regardait faire, Dessouki déplaçait les ballots avec agilité. Ses manches retroussées laissaient voir ses bras noirs et luisants, le trognon de maïs entre ses dents, il bondissait, souple comme un chat, les jambes nues, chargeant un sac, le déchargeant plus bas sur les planches, recommençant plusieurs fois de suite jusqu'à former une tranchée.

— Voilà une place !... Une maison, une vraie maison pour ton enfant. Là-dedans, il dormira tranquille.

S'éloignant, le jeune Nubien hésita un moment, soupira, avant de jeter à l'eau son trognon décortiqué. Quelques secondes plus tard, il s'était remis à désentortiller les voiles.

Après avoir ôté le mince tissu, la vieille appliqua ses lèvres contre la joue d'Hassan. La peau collait aux os ; il n'y avait plus ce moelleux de la chair, cette tiédeur du sang. Agenouillée ensuite sur la plate-forme des

sacs, elle prit tout son temps pour introduire, sans secousse, le corps au fond du réduit. Dans sa maigreur et dans son immobilité, serré entre ces cloisons – le jute des ballots prenant, sous cette lune, la teinte du granit – l'enfant faisait penser à ces rois d'autrefois qui sommeillent entre leurs murs de pierre, en attendant le grand voyage du retour.
— Tout va comme nous le voulons, mon fils, chuchota-t-elle.
— On part ?
C'était sa voix ! L'enfant avait parlé. Etait-ce possible ? Une voix qui s'était tue durant deux jours, un souffle à peine murmuré. Bien qu'évanouie, la femme continuait de l'entendre cette voix. Longtemps elle vibra dans sa tête.

Confondue de gratitude envers Hassan, Dieu, le fleuve, l'univers entier, la vieille se ploya en avant et baisa le rebord de la barque.
— Oui, répondit-elle tout haut, la guérison est proche.
Penchée au-dessus de la cavité, elle espérait une autre réponse ; mais cette fois, rien ne lui parvint. Alors, se couchant de tout son long, elle étira son bras jusqu'au fond du réduit et tendit ses doigts pour caresser le front moite, les pommettes saillantes, s'attardant autour de la bouche, du menton. Le visage était froid. Si froid qu'Om Hassan sentit sa main se glacer. Des frissons lui remontèrent jusqu'à l'aisselle et tout son corps fut secoué de tremblements.

**

— Si Okkasionne n'est pas bientôt là, nous partirons, dit Abou Nawass après que deux heures se furent écoulées.
La femme se redressa, cria vers l'arrière qu'elle devait une somme d'argent au montreur.
— Si tu ne l'as pas payé, mort ou vif il viendra, affirma Dessouki. Mais si par chance il ne vient pas, tant mieux pour ton argent...
— Une dette est une dette, répliqua-t-elle.
Se courbant ensuite au-dessus de Hassan, elle lui murmura qu'elle s'éloignait pour quelques instants :
— N'aie crainte, ce sera court... Si tu peux encore compter, va jusqu'à dix, sept fois de suite. Après cela, je serai de nouveau auprès de toi.
Le montreur ne pouvait plus tarder. Om Hassan pensa qu'il était préférable de se tenir du côté de la rive, pour lui tendre à bout de bras la monnaie, sans qu'il eût besoin pour cela de monter à bord.
La voile flottait, prête pour le départ. On n'entendait plus que le clapo-

tement de l'eau contre les flancs des barques ; parfois le passage d'un groupe d'oiseaux.
— Nous partons, dit le batelier, je ne peux plus attendre... Je paierai, pour toi, au retour.

Dressé sur la pointe des pieds, Dessouki s'apprêtait à manœuvrer, tandis qu'Abou Nawass, debout, s'aidant d'une longue perche, repoussait le rivage.

La felouque reculait en ondoyant, quittait l'alignement des autres embarcations. Soudain l'on entendit des cris. Okkasionne venait d'apparaître tout en haut des marches.

— Ohé !... Ohé !... s'écria-t-il. Attendez, il faut m'attendre.

Les bras de son singe autour du cou, au pas de course il descendait l'escalier en protestant et en agitant les bras.

— Eh ! oh ! Vous, là-bas !..., hurla-t-il en direction de la barque, tandis que Mangua, les poils hérissés, s'accrochait désespérément à son maître.

Dévalant sur le blanc des marches, il ressemblait tour à tour à une immense araignée, un oiseau fabuleux, un arbre en délire, un sorcier, un fantôme à mille bras ! La femme, effrayée par toutes ces métamorphoses, recula pour se tenir le plus près possible du batelier.

Parvenu sur la rive, le montreur ôta ses sandales et, les tenant à la main, il entra à mi-jambes dans l'eau. S'agrippant ensuite à la felouque, il s'y hissa sous l'œil indifférent d'Abou Nawass. Puis, à bout de souffle, il tomba assis aux pieds de la vieille.

— Om Hassan... lui dit-il, la fixant avec un air de reproche. Jamais je n'aurais cru cela de ta part.

— Tais-toi, fit le batelier, c'est toi qui es dans ton tort. On ne pouvait pas attendre jusqu'au matin.

La vieille se dépêcha de vider une partie de son argent entre les mains tendues du montreur, dans l'espoir que celui-ci se hâterait de redescendre. Mais, déjà, le voilier avait atteint le milieu du fleuve, il fallait compter un bout de temps pour faire demi-tour et revenir. Sans dire un mot, la femme tourna le dos et se dirigea, lentement, vers la cachette de l'enfant.

Assise tout près de Hassan, elle n'esquissa aucun geste, ne prononça aucune parole qui pût laisser deviner sa présence ; mais elle tira sur un pan de son long voile pour le faire glisser et pendre jusqu'au fond de la tranchée. Au simple contact de ce voile, l'enfant comprendrait qu'elle était de retour.

— À présent Abou Nawass, débarque-moi, fit le montreur.

— J'ai déjà perdu trop de temps, répondit celui-ci. Ou tu nages jusqu'au rivage, ou bien tu restes avec nous.
— Nager?... Je ne sais pas nager. Excepté sur la terre ! Elle, je la connais. L'eau, l'air, ça fuit de partout. Ils ne sont pas à mes mesures.
— Alors, tu n'as pas le choix, tu restes.

Accroupie sur ses jambes, Saddika qui avait tout entendu, maudissait l'entêtement du batelier. Ses ongles s'enfonçaient dans un des sacs, faisant craquer le tissu de jute, creusant toujours jusqu'au moment de sentir la mousse du coton sous ses doigts.

Okkasionne jeta un regard navré sur la rive et plus haut vers la ville qui s'évanouissait. Ne sachant contre qui tourner sa rage, — le calme du batelier le désarmait — il saisit Mangua, la décrocha de son cou et la fourra au fond de sa besace, qu'il resserra tirant sur la cordelette avant de la nouer.

Un chaland, qui partait en direction de la berge — ses deux voiles croisées en X, rempli de jarres et de poteries, — frôla la felouque d'Abou Nawass. La vieille espéra, un moment, que le montreur quitterait d'un bond une embarcation pour l'autre. Il n'en fit rien. On aurait dit que, prenant parti de sa mésaventure, il s'efforçait de se rendre sympathique au batelier. Mais celui-ci, le regard portant loin — au-delà de la proue légèrement relevée — ne paraissait s'intéresser qu'aux courants et qu'aux caprices de la brise.

— Pourquoi s'en faire ? monologuait le montreur. Je suis un homme libre, et rien ne me retient nulle part... Ici, ailleurs, c'est tout pareil !... Allons, batelier, prenons le vent par les cornes et glissons vers la mer.

Comme Abou Nawass ne répliquait pas, il s'adressa tout haut à son singe :

— Un petit voyage ne peut que nous déviser l'esprit, Mangua.

Subitement il se souvint d'avoir emprisonné l'animal. Il souleva sa besace, la tapota doucement. Le ouistiti ne réagissait plus.
— Eh !... Ho !... Mangua... mon singe.

Inquiet, il desserra la cordelette, tira la petite bête de la sacoche. Le corps mou, elle paraissait à moitié asphyxiée. En tremblant, Okkasionne la déposa sur le banc, et sous le regard étonné d'Om Hassan, il se mit à pousser des cris aigus, des hululements comme font les pleureuses, frappant ses joues, tirant sur ses habits :
— Eh, Mangua !... Ma belle !... Mon innocente !...

Les yeux exorbités, le montreur secoua son singe, tira sa queue, lui massa le dos et la nuque, lui pinça les oreilles, sans aucun résultat. Enfin, le prenant entre ses deux mains, collant ses lèvres contre les siennes, il se mit à souffler dans la bouche de l'animal :

— Ne m'abandonne pas, ma fille, suppliait-il des larmes dans la voix.

Mangua clignota des paupières, ferma la bouche, remua la tête. Puis, d'un seul coup, elle fut sur ses pattes, et recommençait de gambader. Rompu par l'émotion, Okkasionne, affalé sur le sol, contemplait avec ravissement le singe.

— Que deviendrait Okkasionne sans Mangua ? s'exclamait-il, en tapant ses mains l'une contre l'autre. « Coquine ! Tu fais la morte pour me faire peur... Coquine !... Possédée !... »

Le batelier esquissa un vague sourire.

« Combien de vies de singes valent une vie d'enfant ? », songeait Om Hassan.

Elle se demandait si Dieu se servait de cette sorte de mesure.

2.

Le fleuve brillait comme le dos des poissons, s'élargissait, filait loin de la cité. Quelques maisons flottantes ballottaient sur le Nil ; à l'un de leurs pontons scintillait parfois un lumignon orange.

Le batelier n'était guère bavard. Dessouki dormait et Okkasionne se préparait au sommeil. Un grand calme s'installait partout. La femme se sentit rassurée ; l'angoisse allait-elle disparaître, en même temps que la ville ? Devant elle il n'y avait plus qu'une longue étendue d'eau ; devant cette eau de l'eau encore, et ainsi de suite, jusqu'à la mer.

Plus qu'un jour, plus qu'une nuit et l'enfant surgirait de l'ombre. D'ici là, il suffisait d'éloigner toute menace, de prévoir le danger, de veiller, comme veillent les louves, avec des yeux qui creusent la nuit. Il suffirait de ne pas s'endormir.

Om Hassan songeait à Saïd ; cette nuit connaissait-il le repos ? Elle pensa à Barwat, son village : dans leurs cœurs avaient-ils enterré leurs morts et connaissaient-ils, cette nuit, le repos ? Le repos. Qu'était-ce, le repos ? Même plus tard, lorsque l'enfant serait guéri, elle ne le retrouverait plus. L'avait-elle jamais eu ? « Je ne suis pas faite pour le repos... » Quelque chose la travaillait toujours, la poussant sans cesse en avant. Quelque chose qu'elle ne savait nommer et qui ressemblait, sans doute, à la vie mystérieuse.

Une longue heure passa. Okkasionne – bercé par le chuintement du fleuve, les yeux levés vers la coupole noire percée d'étoiles – se laissa envahir par un sentiment de béatitude.

De grandes nappes de fatigue pesaient sur les épaules d'Om Hassan, ployant son dos, tenaillant sa nuque. Sa tête tomba plusieurs fois sur sa poitrine, elle la redressa à maintes reprises. Bien vite, renonçant à tout effort, la vieille sombra dans le sommeil.

* *

Magnanime, le montreur détachait son singe :
— Va, mon furet... je te confie ta liberté ! Je suis tranquille, ajouta-t-il à l'intention du batelier, elle est trop prudente pour se pencher au-dessus de l'eau...
Mangua, malgré ces encouragements, ne bougeait pas.
— Allons, profites-en ; je vais voir si, tout seul, tu sais te conduire... Balade-toi ! Cette place te convient : ni trop longue, ni trop large. Juste de quoi user ta liberté sans la perdre... La barque est à toi avec son morceau de ciel par-dessus. Vois, comme il file, ce n'est jamais le même. À chaque poussée de la barque, à chaque seconde nous sommes ailleurs. Sur une autre eau, sous un autre ciel.
Le singe s'éloignait, revenait sur ses pas, repartait de nouveau.
— Tout est en mouvement, batelier, même la vieille terre collée à nos pas. Mais qu'y a-t-il au fond de tout cela ? Du vide ?... Qui donc en sait quelque chose ? N'empêche que rien ne s'arrête et, comme le reste, nous aussi, nous allons... Où ça ?... Je n'en sais rien !... Mais nous allons, c'est sûr. Comme l'eau, le vent, les astres.
— C'est juste, prononça enfin le batelier, le calme des nuits fait songer à d'étranges choses.
Grimpée sur les sacs, Mangua s'amusait à présent à grattouiller le jute, à en tirer des fils qu'elle frottait entre ses dents. Puis, elle avança à quatre pattes, flairant les lieux.
— Pourquoi as-tu choisi de vivre sur l'eau, batelier ?
Il attendit, mais l'autre ne disait rien.
— Moi, si j'avais le choix, j'aurais encore voulu la terre. Sais-tu que même entre paradis et terre, c'est la terre que je choisirais ?... J'aime ce qui se palpe, ce qui se retrouve, ce qui ne glisse pas entre les doigts... J'aime le narguileh, le thé noir, l'amour... celui qui ne vous colle pas aux basques !... J'aime l'argent pour le dépenser sur l'heure. Il me plaît que Mangua soit habillée comme une princesse ; et moi, de porter autour de mes épaules une étoffe de monarque ; même si le lendemain je n'ai pas de quoi me mettre une olive sous la dent. Ces temps-ci, j'ai pu faire une brillante affaire, j'ai déniché – à force d'astuce – un des derniers cas de

LE SIXIÈME JOUR

choléra. Sais-tu que cette opération est rémunérée ? Royalement... Eh bien ! Batelier, tu m'écoutes ?... Pourquoi détournes-tu la tête ? J'estime que c'est là un acte de bienfaisance. Je dénonce un moribond pour sauver des bien portants. Ne crois-tu pas que la mesure est bonne ?... J'ai la conscience tranquille !

— Alors cesse de te défendre, dit le batelier.

— Je ne me défends pas, j'explique... Si je m'étais dégourdi plus tôt, la ville m'aurait compté parmi ses bienfaiteurs... On m'aurait un jour dressé une statue de bronze et j'aurais exigé qu'on sculptât Mangua sur mon épaule... Eh, tu ne réponds pas ?

Sautant de sac en sac, le singe était parvenu près de la vieille endormie. À pas feutrés, il en fit le tour, puis s'asseyant à ses côtés, il fit mine de sommeiller comme elle. Enfin, lassé de cette mimique, il se remit à fureter et à flairer partout. Au bout de quelques secondes il avait découvert la cachette. Il se pencha, tendit vers la cavité son bras velu, frappa contre les parois, découvrit, puis toucha l'enfant immobile. Bondissant sur place, il éleva les deux mains à la fois, poussant des cris stridents pour alerter son maître.

Réveillée en sursaut, Om Hassan, comprenant le danger, empoigna le singe par sa nuque et l'envoya rouler jusqu'au fond de l'embarcation.

— Comment oses-tu lever la main sur Mangua ? criait le montreur.

Il décrocha une lanterne, la prit, et menaçant la femme, marcha vers l'endroit où elle se tenait debout. Se hissant sur les balles de coton, bientôt il lui fit face. Mais soudain, remarquant la tranchée à son tour, il poussa brusquement Om Hassan en arrière, fit quelques pas et braqua sa lumière vers le fond du réduit. À la vue de ce corps bleui, noyé sous les jets de lumière, il resta figé sur place, la bouche ouverte, les yeux exorbités. D'un seul coup il se mit à hurler :

— C'est le choléra !... Le choléra !

Rebroussant chemin, il courut vers le batelier lui ordonnant d'accoster immédiatement. Il agitait tellement sa lanterne, que Dessouki – craignant qu'il ne mette le feu à l'embarcation – lui prit vivement l'objet des mains, tout en continuant à se frotter les paupières.

— La mort est avec nous, batelier. Rentrons vite.

— La mort est toujours avec nous, dit Abou Nawass.

— Vite, batelier, ce n'est plus le temps de philosopher.

— Cesse de t'agiter et laisse cette femme à son enfant, répondit l'autre.

— Tu es fou !... Toi aussi, tu es fou !

S'apercevant que ses paroles ne portaient pas et qu'elles se pulvérisaient devant un mur de tranquillité, le montreur se tourna vers la femme, la traita de « criminelle » et de « cinglée ».

La vieille se tenait debout devant la tranchée, faisant à Hassan un paravent de son corps. Puis, craignant que tous ces cris n'atteignent et ne terrifient l'enfant, elle se mit en marche en direction du montreur. Descendant de la plate-forme, elle continua d'avancer dans la petite allée bordée par les sacs. La violence déformait ses traits, masquait son visage :

— Débarrasse-moi de ta présence, siffla-t-elle entre ses dents.

Okkasionne fit un pas en arrière ; mais la femme approchait toujours. Bientôt, elle fut si près qu'il sentit son souffle chaud contre les joues.

— Je te le jure, je t'arrache les tripes, si tu ne te tais pas, cria-t-elle.

Le montreur bredouilla, recula de nouveau.

— Encore une parole, une seule parole et je te jette à l'eau !

Environnée par ses voiles que le vent gonflait, terrifiante, dépassant Okkasionne d'une tête, Om Hassan paraissait immense, sortie toute armée d'un cauchemar. Se jetant à quatre pattes, le montreur se réfugia près de la banquette. S'y adossant, il ferma ensuite les yeux pour ne plus rien voir. Mangua venait de sauter sur ses genoux. Pelotonnés l'un contre l'autre, retenant leur souffle, ils ressemblaient à un tas de pierres.

— La vie est une calamité, maugréa le montreur à l'oreille de son singe. Une véritable calamité !

La femme rebroussa chemin, retourna lentement à sa place. Puis, elle s'assit de l'autre côté de la tranchée, face au montreur. De son œil implacable elle ne cessait de le fixer. Ni lui, ni son singe, n'osèrent relever la tête de toute la nuit.

Le jeune Nubien, qui ne comprenait rien à l'affaire, marmonnait des prières dans un coin.

Abou Nawass, les yeux au loin, s'était remis à chanter :

> *Je chante pour la lune*
> *Et la lune pour l'oiseau*
> *L'oiseau pour le ciel*
> *Et puis le ciel pour l'eau*
> *L'eau chante pour la barque*
> *La barque par ma voix*
> *Ma voix pour la lune*
> *Ainsi recommencera.*

LE SIXIÈME JOUR

Dans la terre et dans l'eau
Ma chanson voyagera
Où le noir est si haut
Ma chanson s'effacera

La lune m'entendit
Et par la lune, l'oiseau
Le ciel m'entendit
Et par le ciel, l'eau
La barque m'entendit
Et par la barque, ma voix
Ma voix m'entendit
Et j'entendis ma voix.

Du temps s'écoula ; puis, l'aube stria l'horizon. Un ciel de gouache couronna fleuve et terres.

3.

On voyait loin, à cause du matin clair et sec, à cause de la campagne plate. Parfois, on aurait dit une pellicule de verdure, posée sur une vaste étendue. Le fleuve se rétrécissait, se comprimait entre des berges en dos de tortue, couvertes de sable ou de gravier. À la vue des saules pleureurs et des lentisques, on pouvait déjà imaginer – tandis qu'un soleil plein et haut meurtrirait le paysage tout autour – la protection des branches, formant des cages d'ombres au bord de l'eau.

Au cours de cette seule nuit, le montreur avait vieilli de plusieurs années. Accroupi, les coudes sur les genoux, les mains appliquées contre ses joues, il balançait sa tête d'un côté puis de l'autre en geignant. Le singe, immobile à ses côtés, clignait sans arrêt des yeux.

Vers la pointe du jour, Abou Nawass s'était endormi après avoir cédé le gouvernail au jeune Nubien.

Om Hassan savait qu'elle n'avait plus rien à craindre du montreur, toute la nuit elle l'avait tenu sous son regard ; il paraissait prostré, vaincu, sans réaction. Elle se leva, et se détournant fit quelques pas, pour contempler le soleil. L'astre atteindrait son sommet, déclinerait, s'épuiserait, puis, naîtrait de nouveau. Au prochain lever, l'enfant aura terrassé la mort.

Durant cette dernière journée, elle s'obligerait à ne pas le troubler, elle éviterait les soins qui commandent des efforts inutiles. Peut-être même qu'elle le regarderait le moins possible, pour ne pas exiger de sa part un signe. Elle se refuserait à l'inquiétude, cela aussi risquait de se communiquer. Il fallait que Hassan baigne tout entier dans sa prochaine métamorphose, qui rien ne vienne interrompre l'obscur et lent travail de tout son corps.

LE SIXIÈME JOUR

Elle rôda longtemps ainsi autour de l'enfant étendu. Un morceau d'étoffe, fixé par-dessus l'abri, le dissimulait entièrement.

Au bout d'une heure, au comble de l'impatience, elle se baissa ; puis, s'allongeant sur les sacs, elle souleva un coin de l'étoffe. « Rien qu'une seconde », se dit-elle, « le temps de l'apercevoir. »

Malgré ses résolutions, à la vue de Hassan, elle fut envahie d'une profonde terreur. Les membres étaient contractés, moites, doublés de sueur froide comme d'une seconde peau. Une odeur fade, écœurante montait du réduit. La robe de l'enfant s'auréolait de taches d'urine, Saddika fut tentée de la lui ôter, de la laver, de la sécher au soleil, puis de la lui remettre propre et nette. Mais elle y renonça aussitôt, la peine que l'enfant prenait pour respirer paraissait déjà au-delà de ses forces. Elle ne pouvait rien lui demander de plus. On aurait dit qu'il avait un moteur dans le corps qu'il s'efforçait de garder en marche et que la moindre distraction le perdrait.

Les yeux d'Om Hassan se mouillaient. Elle rejeta brusquement le buste en arrière pour que l'enfant ne découvre pas qu'elle pleurait. Malgré son visage et son regard inertes, elle avait sans cesse l'impression que rien n'échappait à Hassan.

L'étoffe remise en place et l'enfant de nouveau à l'abri, Saddika lutta contre elle-même ; mais en vain. Chaque heure passée lui pesait cruellement dans le cœur. « Je suis trop vieille, trop vieille, gémit-elle, je ne peux rien pour lui. » Jamais elle n'avait éprouvé un tel désarroi. Levant la tête vers ce ciel sec, craquelé comme un coquillage, elle fut reprise de violents sanglots. Dessouki, qui la voyait de dos, devina aux secousses de ses épaules qu'elle était en larmes. Il claqua plusieurs fois sa langue contre son palais, ne sachant plus que penser de toute cette aventure.

Saddika laissait couler ses pleurs, se livrant à un torrent intérieur que rien n'endiguait plus. Etait-ce elle, la même femme qui avait tant marché, tant cherché, maîtrisant le désespoir et la peur ? Etait-ce elle qui avait supporté d'être enchaînée au montreur ? Etaient-ce ces mêmes jambes qui l'avaient ramenée ensuite à travers la ville, fait grimper le long d'innombrables marchés ? Etaient-ce ces bras qui avaient poussé la carriole, soutenu et porté l'enfant ?

Elle inclina la tête sous le fardeau de ces souvenirs. Des cauchemars l'assaillirent, l'accablèrent ; elle ne leur résista pas.

**
* **

Hassan pèse le poids de deux enfants ensemble, puis de trois, puis de huit... Le poids de cent enfants ! Le long d'une route pierreuse dont elle ne voit plus la fin, la femme chemine inlassablement. Chaque pas semble une éternité. Elle ploie, tombe au sol, charrie, à présent, son vieux corps d'un genou sur l'autre, portant toujours l'enfant dans ses bras étendus. Tout au fond, une masse, un rocher sans doute. Est-ce vers ce bloc de granit qu'elle se dirige ? Elle avance cependant, elle continue d'aller. Mais voilà tout d'un coup qu'elle s'effondre. L'enfant se retourne, s'agrippe à ses épaules, grimpe et se couche sur son dos, son haleine froide lui glace l'oreille, il lui souffle de ne jamais s'arrêter. Elle avance, mais en rampant cette fois, s'aidant de ses paumes, et l'enfant pèse sur ses omoplates, sur ses reins... Il faut de toute façon avancer, échapper à cette route, se libérer de ce poids écrasant, s'éloigner de ces pierres qui vous déchirent les mains, le ventre, fuir ce chemin sans arbres, ce soleil sans clémence. Un bruit d'eau dans le lointain... Est-ce une source là-bas, dans cette roche de granit ? Est-ce un mirage ? Qu'importe ?...

Au même instant, d'autres sources se délient. Embarquée dans ses cauchemars, Om Hassan assise sur les sacs non loin de l'enfant, pleure sans discontinuer. Ses yeux débordent. Ses joues, bistres et ridées, sont noyées sous les larmes. Elle laisse faire. Elle se laisse envahir, et ne lève même pas le bras pour essuyer, du revers de la main, sa face inondée. Les larmes glissent près de la commissure de ses lèvres, descendent le long du cou, mouillent l'encolure de sa robe. Depuis combien de siècles, Saddika n'a-t-elle pas pleuré ?

* *

Un village... Cela se passe aujourd'hui, hier, dans un temps perdu... La route agricole, blanche de poussière, on ne voit personne. Saddika y dépose sa poupée et va tremper ses pieds dans le canal. Soudain une carriole, entraînée par un mulet furieux, débouche sur le chemin. Les roues tournent, rapides, folles, dans un bruit grinçant. Avant que Saddika ait pu remonter la pente, la carriole vire, roule, passe, a passé... Il ne reste plus sur le sol que des chiffons, un peu de paille et quelques baguettes minuscules.

— Je t'en fabriquerai une autre, dit Nabila, la sœur aînée.
— Jamais, jamais.. C'est cette poupée-là que je veux.
— Avec ces mêmes chiffons, cette même paille, ces mêmes baguettes, je t'en ferai une pareille...

LE SIXIÈME JOUR

— Non, non... c'est la mienne que je veux.
Rien que ce petit tas de boue et d'étoffe entre les mains, Saddika sanglote. Jamais elle ne se consolera.
Si pourtant. Au milieu de la nuit, elle est déjà au bout de ses larmes. Etonnée, déçue que ses pleurs se soient si vite usés, elle retourne au canal, pour y déposer cérémonieusement les restes de sa poupée. Celle-ci s'éloigne alors, enroulée dans un linceul humide, une éternité de larmes l'enveloppera pour toujours.

....

Une autre fois, Saddika pleure ; et cela fait un chapelet de larmes qui la relie à celles d'à présent. Son père la bat parce qu'elle refuse l'homme qu'il lui a choisi. La pièce est un antre sombre. Le père a le visage las, rongé par la fatigue, mais comme il sait frapper ! La mère, tassée contre le mur, fait écho à tout ce qu'il dit. La tête enfouie dans ses bras, les coudes relevés, Saddika reçoit les bourrades, mais elle sait qu'elle ne cédera pas. Malgré le père qui la menace à présent de sa houe, la mère qui tremble dans un coin, les voisins, le fiancé qui attend une réponse, elle ne cédera pas. Ce n'est pas en ce moment, ce n'est pas devant son père qui frappe qu'elle pleure. Ce sera la nuit, tapie dans l'ombre, en pensant à Saïd qu'elle aime.

**

On fait sa vie. Il faut vouloir sa vie. La volonté d'aimer, de vivre, est un arbre naturel, vigoureux, qui vous pousse dans le corps. L'existence est ce qu'elle est. Les hommes ce qu'ils sont. Le mieux est toujours quelque part. Dans le sable, dans le granit, dans le plomb, en nous-mêmes. Le don des larmes, la grâce des larmes est toujours quelque part.

Comme elle éprouve son vieux corps, comme elle sent sa vieille âme, toute pétrie de passé. Comme tout remue en elle. Mille vies se contredisent à l'intérieur de sa seule vie. L'âme qui renonce et celle qui poursuit sont les siennes ; l'âme quotidienne et celle qui regarde au loin. L'âme des colères est la sienne et puis aussi l'âme de la plus secrète douceur.

Tout s'apaise après qu'on a longtemps pleuré. En pressant ses deux paumes contre ses yeux, puis les écartant comme deux ailes vers les tempes, Om Hassan essuie son visage. Avant de se pencher de nouveau sur l'enfant, elle efface toute trace de pleurs. Et même, elle dissimule sous son voile une mèche blanche ; Hassan en serait sans doute bouleversé, il n'a jamais vu sa grand-mère en cheveux. Toujours assise, elle s'approche de la cachette.

Elle a soulevé une fois encore le tissu qui recouvre le réduit. Rien n'a changé, pourtant tout est différent.

Ces marbrures, cette sueur sont des vêtements d'emprunt. Ce souffle bruyant n'est pas le signe de la fin, mais celui du grand combat ; et rien ne se gagne sans combat. Cette chair, ces os rassemblés ne sont pas vraiment Hassan. Hassan est derrière tout cela, qui veille. L'enfant lui-même, ne semble pas tellement y croire, à son propre corps. Malgré ce corps, il va vivre. Les enfants des hommes font de ces miracles ; pas les poupées. Hier, n'a-t-il pas demandé : « On part ?... » Il sait qu'on se dirige vers la mer. Il veut voir la mer. Il la verra.

Un grand vent balaye les incertitudes et les tristes souvenirs. Il n'y a plus sa mère confondue aux murs, mais sa mère qui rit au crépuscule tandis que les hommes rentrent des champs ; et puis son père qui vient d'acheter son premier feddan. Il y a la lune du soir où Saïd l'a aimée. Il n'y a pas seulement la cueillette du coton, à six ans, courbée sous le soleil en délire ; mais aussi les champs d'un vert si frais qu'on souhaiterait grimper au sommet d'un arbre pour plonger ensuite dans cette mer verte. Il y a la cité avec son pouls qui bat. Il y a demain « et cet enfant que j'aurai fait, et cet enfant qui à son tour fera des choses... » Il y a ce fleuve, cette terre belle, l'étrange suavité des matins. Il y a les berges, ces femmes qui descendent portant leurs jarres et leur linge. Il y a la vie qui jaillit de partout. Il y a la fin du choléra, la fin du mal. Le choléra condamné, enterré, définitivement mort dans le corps de cet enfant.

4.

Tournant le dos à la felouque, Okkasionne fixe les berges qui commencent à se peupler. Elles sont proches, très proches, hors d'atteinte cependant. « Ceci est la barque de la mort, mais aucun de ceux qui vont et viennent tranquillement sur les rives ne s'en doutent », maugrée-t-il. Pourtant un grave danger les menaçait tous ; ceux de la barque, ceux des rives aussi. S'il prenait à la femme l'envie de laver les linges souillés de l'enfant, le fleuve serait la cause d'autres morts. « Crasse, ignorance. Ces femmes des campagnes sont pourries de préjugés ». Le montreur se flattait d'être un homme des villes. Depuis trois générations sa famille s'était établie dans la cité, son père y tenait encore boutique. Mais Okkasionne ne pouvait supporter de rester derrière un comptoir. Il vivait à sa guise, hors des contraintes, loin des murs... Mais voilà que lui, qui vouait son existence à la fantaisie, se trouvait sur cette barque, dans un espace limité, cerné par le bois et par l'eau, prisonnier de la stupidité humaine. Cette femme empestait le limon. Elle était bornée comme les autres paysans ; elle et les siens n'avaient jamais vraiment surgi hors de terre. À quoi servaient leurs existences ? On se le demandait parfois... Le montreur se reprochait surtout d'avoir manqué de perspicacité. Il s'était laissé entraîner par sympathie, par générosité. Voilà la récompense ! « Je me vantais de connaître la vie, les humains... il me reste beaucoup à apprendre ». Om Hassan, presque une meurtrière !... S'en serait-il douté ? Hier, n'avait-elle pas menacé de le jeter à l'eau ? Le souvenir de cette scène le fit frissonner. Ensuite, toute la nuit, pareille à une louve blessée, elle avait veillé sur l'enfant. Si on avait pu lui livrer la mort, elle se serait sauvagement jetée dessus ; elle l'aurait dépecée avec ses dents, avec ses ongles... Okkasionne haussait les épaules : « Avec un peuple tel que celui-ci, jamais nous n'en sortirons... Après tout, je m'en fous. La vie est une corde tendue ! Il faut la prendre en se balançant d'un pied sur l'autre. Pas la peine de trop regarder ce qui se passe autour de soi ; sinon gare à la chute, on s'écroule avant que son heure ait sonné... » Il estima cependant qu'il ne pouvait se pardonner d'avoir manqué de flair, et qu'en une seule nuit il était tombé au plus bas. Ne l'avait-il pas passée, ratatiné au fond de cette barque, pareil à l'agneau qu'on va tondre ! Il eut honte de sa couardise et se retourna pour affronter le regard de la femme.

Celle-ci ne se souciait plus guère de lui. Allongée sur les sacs, la tête passée sous l'étoffe qui protégeait le réduit, elle parlait tout bas à l'enfant. On entendait sa voix un peu chantante ; mais de ce flot monotone et rythmé seules des bribes de phrases parvenaient jusqu'au montreur.

Que manigançait-elle encore et pourquoi ne laissait-elle pas mourir en paix ce malheureux enfant ? Une parole s'échappa, puis une autre. Le montreur entendit : « Jeune. » Il entendit ensuite : « Parasol... » Puis : « Libellule, graines, étoiles, maison, faim... » volèrent jusqu'au fond de la barque.

* *

— Ce matin, le fleuve est si mince, mon fils, murmure la vieille penchée au-dessus de l'enfant, que tu vois tout ce qui se passe sur les berges, comme si tu y étais... Le soleil est vif, tu ne t'en aperçois pas derrière ton voile, mais demain tu le regarderas bien en face... Les terres ne m'ont jamais paru aussi jeunes, ni d'un vert aussi frais. Il y a une route, un peu plus haut entre les eucalyptus. Voici un camion qui file, couleur argent comme tu les aimes, avec des pneus doubles. Après c'est une file de chameaux. Attends que je les compte... Il y en a cinq. Mais le cinquième est petit et chétif, il boite des genoux. Un jour, tu me feras visiter les pyramides, à dos de chameau...

Elle continua :

— Sais-tu à présent ce que je vois ?... Un gros homme assis sur un ânon qui trotte. L'homme est aussi gras que Fikhry le teinturier. Il porte des babouches neuves et orange, leurs pointes tournées vers le dehors pour que tous puissent les admirer tandis qu'il passe. Il tient à la main un parasol blanc doublé de vert qui déplace une belle ombre partout où il va ! Nous nous achèterons un parasol comme celui-là pour nous promener avec nos ombres à nous... Il y a des enfants sur la rive, qui aspergent une nappe de libellules. Tu sais, ces insectes qui ne vivent qu'une journée ?... Si j'avais seulement en poche une graine ! Une seule graine ! Je l'aurais jetée ici, au bord de cette terre noire et fertile, ainsi au bout de dix ans quand nous serions revenus, toi et moi, nous aurions reconnu l'endroit où nous étions passés... Hassan, comme tu as raison de vouloir construire des maisons quand tu seras grand, c'est ce qui manque dans nos campagnes. Des maisons dures telles qu'en ville, mais rondes et blanches. Toutes blanches, à l'intérieur desquelles tous mangeraient à leur faim...

*
* *

« Faim » entendit Okkasionne. « Moi aussi, j'ai faim ! » Il chercha au fond de sa besace, n'y trouva rien. Puis, tourné vers Dessouki, qui manœuvrait le gouvernail, le montreur porta plusieurs fois la main à la bouche, faisant signe qu'il voulait manger. Le Nubien se pencha, déplaça une planchette sous son siège, et glissant la main dans l'ouverture en tira du pain et des oignons.

— Prends, lui dit-il.

Okkasionne s'assura d'abord que la femme ne s'était pas approchée de cette nourriture.

— Elle a ses provisions, répliqua le premier. Le montreur déchira en deux la galette ronde et plate ; puis, plantant ses dents dans la première moitié, il arracha une grosse bouchée qu'il se mit à mâcher lentement, la faisant passer d'une joue dans l'autre. Mais à la pensée de l'épidémie, de l'enfant si proche, sa gorge s'obstrua, et Okkasionne ne put rien avaler. Il se leva, cracha dans le fleuve.

— Tiens, dit-il à son singe en lui passant le reste. Toi, essaye...

Mangua imita son maître, et croyant à un jeu, elle forçait ses grimaces. Le montreur lui enleva alors des mains le dernier morceau, et s'apprêtait à jeter le tout par-dessus bord, lorsque le jeune Nubien bondissant de sa place, lui rattrapa le bras au vol. Reprenant la galette entamée, sans rien dire, il la remit dans la réserve.

*
* *

De peur que le voilier ne s'ensable, Abou Nawass, muni de sa longue perche qu'il plongeait dans la vase, repoussait les rives des deux côtés.

Debout, à l'avant, il allait et venait sur le rebord de la barque. Ses jambes étaient brunes et musclées, ses pieds se maintenaient fermement sur l'étroite planche.

Plusieurs fois, il passa sans rien dire devant l'endroit où Om Hassan se tenait accroupie. Enfin, comme tout danger paraissait écarté, il s'arrêta quelques minutes auprès du réduit.

— L'enfant va mieux ? s'informa-t-il.
— Il vivra, répondit la vieille. Il vivra, je te le dis.
— Si tu le dis, c'est que c'est vrai, répondit le batelier.

Soutenant sa longue perche entre ses bras croisés, il demeura ensuite un long moment face à la vieille, silencieux, attentif. Puis, il s'éloigna.

Se postant à l'extrême pointe de la barque, il fixait à présent la route d'eau. Un cadavre d'animal gonflé comme une outre et flottant sur le fleuve, l'apparition d'un autre voilier, étaient des obstacles possibles dont il fallait tenir compte entre ces berges trop rapprochées.

*
* *

Recroquevillé, avec Mangua blottie sur ses genoux, Okkasionne avait vu les vieux se parler. Que s'étaient-ils dit ? Le batelier était de nouveau loin, uniquement préoccupé du sort de sa barque. Un homme sans imagination. Un homme sans avenir, sans passé. Il aurait pu naître n'importe quand, n'importe où. Il lui aurait toujours suffi d'une barque et d'un fleuve pour se remettre à naviguer sans s'inquiéter de ce qui se passe autour. Quant à la veille, une pauvre folle, mais dangereuse. Dans ce pays, l'obstination s'éveille chez les femmes avec l'âge. « Folle, criminelle, ignorante. » Il ne pouvait pourtant s'empêcher d'admirer sa performance. Elle ne dormait sans doute pas depuis des jours, et elle trouvait encore la force d'inventer des histoires pour l'enfant. Comme si celui-ci pouvait l'entendre !... Impossible d'expliquer quoi que ce soit à Om Hassan, ni au batelier. « Drôles de gens, ils vivent ailleurs, dans leurs mondes à eux !... Peut-être que Dessouki ?... »

— Tu sais que cette femme nous fait courir les pires dangers, dit Okkasionne, s'approchant du jeune Nubien et lui parlant à voix basse. « Moi, j'ai vu l'enfant : il crèvera ! C'est écrit sur son visage. Il n'y a rien à faire. Peu en réchappent ; et celui-là, je te le dis, c'est comme s'il était déjà mort. »

— Tu crois vraiment qu'il mourra ? La femme affirme qu'au sixième jour...

— Le sixième jour n'est pas fait pour ce malheureux, je te le jure... Toi, par exemple, si on t'emmène au marché des poissons et qu'on te montre des pleins sacs de poissons, tu sauras reconnaître ceux qui sont pourris, non ?

— Je ne connais rien aux poissons.

— Avec toutes ces semaines sur l'eau, tu n'as jamais pêché ?

— Jamais.

— Comment ça ?

— Chez nous, les bateliers, il y en a qui s'occupent de la pêche, il y en a qui font les transports.

— Mais le temps est long.

— Le temps est ce qu'il est.

— Vraiment vous n'êtes pas curieux, vous vous contentez de peu.

— À chacun son métier.

— Moi, si j'étais batelier, je ferais les deux. La pêche ça rapporte.

— C'est à voir...

— Puisque je te le dis.

— Où veux-tu en venir avec tes histoires de poissons ?

— C'est pour t'expliquer que moi, à force d'en voir des hommes, je sais quand l'un d'entre eux va mourir. Je le flaire, je le sens. Je ne me suis jamais trompé. Quand je te répète que cet enfant va mourir, c'est la vérité... Veux-tu que je te dise, cet enfant, c'est la mort elle-même. Regarde comme il se laisse faire, il s'abandonne. C'est la vieille qui s'agite. C'est elle qui est vivante, pas lui.

— Peut-être qu'elle a de la vie pour deux et qu'elle lui donnera...

— Je comprends ce que tu veux dire, mais ces choses ne se communiquent pas...

— Et si, pour une fois, c'était le contraire ?

— Écoute, il n'y a rien à faire. Devant l'impossible, on ne peut rien. Même Dieu ne peut rien. Pourquoi t'obstiner toi aussi ? La seule chose raisonnable, c'est de sauver notre peau. Dans quelques heures elle ne vaudra plus cher. Pour nous, il reste une chance, il faut la prendre.

— Laquelle ? dit le Nubien.

— C'est toi qui tiens le gouvernail, rentre dans un banc de sable. À peine touché terre, toi et moi nous nous sauvons. Tu es un garçon doué, je te trouverai un gagne-pain dans la cité.

Dessouki détourna la tête, sans répondre.

— L'air est infesté ici, te dis-je. Dans quelques heures pour nous aussi il sera trop tard... Tu es jeune, n'oublie pas que tu n'as qu'une vie.

— Et alors ?... Tu tiens tellement à ta vie ? Qu'est-ce que tu en as de la vie ?
— Dans la vie, il y a la vie, dit le montreur.
— Hier tu te plaignais, dit l'autre, je t'entendais dire : « La vie est une calamité. »
— Hier n'est pas aujourd'hui...
Le Nubien haussa les épaules.
— Alors, réponds-moi, qu'est-ce que tu fais ?
— Ne compte pas sur moi pour cette chose... Dans le temps, continua-t-il après un silence, j'avais une mère... » Mais remarquant la moue ironique du montreur il détourna son visage de nouveau.

*
* *

En vérité, Hassan n'allait pas mieux. Les paroles de la vieille ne l'atteignaient plus. Il respirait à grand-peine. Saddika craignait qu'il ne puisse soutenir longtemps cet effort. Elle alla prendre une des branches de palmier qui recouvrait la jarre d'eau et revint éventer l'enfant.

Les heures passaient lentement. Le cœur d'Om Hassan bondissait, comme s'il cherchait à s'évader de ce temps immobile.

Un peu plus bas, elle aperçut des femmes groupées au bord de la rive. On entendait leurs voix aiguës avec parfois des inflexions tendres et enfantines. Entourées de marmites en fer-blanc, qui étincelaient au soleil, elles lavaient le linge sur des pierres plates, tandis que d'autres, portant leur jarre appuyée contre leur hanche, descendaient les rejoindre. Saddika se vit soudain au milieu d'elles, comme si le temps avait cessé d'exister. C'était elle, c'est elle, dans sa robe vive, cette jeune fille assise au milieu de ses compagnes en noir.

— Alors, c'est vrai, tu te maries, Saddika ?

Les rires fusent. L'une des femmes lui tire le bout de sa natte. Saddika se tient accroupie, les coudes sur les genoux, le visage entre les mains ; c'est la seule qui ne rit pas. Elle fixe ce voilier : oui, c'est elle qui passe, en compagnie d'un enfant qu'elle ne connaît pas encore.

— Où vas-tu, ô vieille ? crie une des paysannes.
— Je vais à mon village, répond Om Hassan.
— Comment s'appelle ton village ?
— Barwat, dit-elle, continuant d'éventer l'enfant.
— Il y a le choléra à Barwat, crie une autre.
— Non, le choléra est fini, réplique sa compagne.

La jeune fille en rouge c'est elle-même, Saddika. Elle reconnaît la robe, elle se reconnaît ; silencieuse, comme si elle portait déjà le poids de tout ceci. Elle reste assise tandis que les autres courent vers l'eau pour mieux se faire entendre.
— D'où viens-tu ? demande l'une des femmes les mains en cornet.
— Du Caire... répond la vieille.
— Il y a eu beaucoup de morts ?...
— Non, pas beaucoup...
Une d'elles, un peu à l'écart, rattrape le jeune enfant qui barbotait à ses côtés, et le soulevant à bout de bras elle l'expose aux regards :
— Vois, ô vieille, celui-ci a eu le choléra, mais il est guéri.
L'enfant gigote, s'agite, impatient de retrouver le sable.
— Ils me l'ont ramené de l'hôpital il y a dix jours. Il est plus beau qu'avant.
Les mots retentissent, Saddika contemple la scène ; Okkasionne observe cet enfant ruisselant au ventre rond.
Les manches de la mère glissent et l'on voit ses bras nus. Humides, bistres, du même bistre que le corps de l'enfant. La barque s'éloigne, l'image s'évanouit. La jeune fille n'est plus qu'un point écarlate.
Saddika continue d'éventer Hassan, il souffle de plus en plus fort, il a une forge dans la poitrine.
Plus loin, une femme porte un tout petit à califourchon sur son épaule, son linge sous l'autre bras, et cinq autres enfants qui piaillent et la harcèlent. Il lui faudrait cent bras à la fois pour venir à bout de cette marmaille. Apercevant la barque et la vieille assise, elle ne peut s'empêcher de crier :
— Que la vieillesse vienne pour que je puisse me promener comme toi !
Les berges s'écartent, bientôt elles ne feront plus partie du voyage, Om Hassan se retrouvera plus seule encore qu'au matin. Comment passer cette dernière nuit ? Quoi fixer dans tout ce noir qui va descendre ? Le batelier ne parlera sans doute plus, il a rejoint sa barre. Le jeune Nubien trouvera sans cesse à s'occuper. Il ne restera plus que le montreur.
La femme le cherche des yeux. En ce moment, son singe coincé entre ses genoux, il s'applique à lui lisser les poils avec un peigne en fer. Elle aimerait lui parler, mais comment faire ?

5.

La nuit a tout absorbé. La barque est seule au monde. Devant le mur ocre de l'école, l'oustaz Selim a dit : « Le sixième jour est une véritable résurrection. » Ce n'était pas pour lui qu'il le disait, puisque lui-même est mort. C'est pour l'enfant qu'il le disait... Le jeune maître est mort. Pourquoi meurent les bons ?... Pourquoi ?... Il ne faut pas trop y songer ce soir. Il ne faut pas penser à plusieurs choses à la fois. Penser à l'enfant suffit. Il ne faut penser qu'à l'enfant.

Quelques paroles échangées aideraient à faire glisser les heures. Un vent un peu vif s'est levé, le batelier et son aide manient les voiles. Om Hassan fixe une fois encore le montreur. Leurs regards se croisent. Lui aussi brûle d'envie de parler. L'appellera-t-elle ? Elle hésite, puis d'un geste du bras, elle lui fait signe d'approcher. Interloqué il cherche tout autour. Non, c'est bien de lui qu'il s'agit. Il accroche son singe à la chaîne, qu'il fixe au pied de la banquette.

— Moi ? demande-t-il une fois debout.

Elle refait le même geste. À cause de toute cette ombre, il discerne à peine son visage ; mais soudain au souvenir des menaces de la veille : ce masque de fureur, ce souffle brûlant contre ses joues, Okkasionne pris de panique, se rassied.

— Approche, dit-elle. Ne crains rien.

Il se relève, avance de quelques pas, retrouve peu à peu son assurance et, se hissant enfin sur les sacs, approche lentement.

— Tu ne parviens pas à dormir ? demande Saddika quand il est tout près.

— Non, je n'arrive pas à fermer l'œil.

— Moi non plus.
— Ça se comprend.
Il n'a plus de coiffe, ni de châle ; le vent applique l'étroite tunique contre sa poitrine, ses hanches. Il a l'air maigre, misérable. Un papillon sans ailes.
— Assieds-toi, fait la femme.
Okkasionne s'assoit, en face, de l'autre côté de la tranchée. Un silence. Que dire ?
— Comment va l'enfant ? demande enfin le montreur.
— C'est sa dernière nuit, dit la femme.
— Sa dernière nuit ?
— Comprends-moi bien, sa dernière nuit de souffrance. Il est en train de guérir.
— Tu crois ? laisse-t-il échapper.
— C'est sûr.
Le ton est sans réplique. À l'autre bout de la barque, Mangua tire sur sa chaîne.
— Mangua, si tu continues, lui crie le montreur soulagé de cette diversion, je te jette aux poissons.
Encore du silence. Des boulets de silence. Cette fois, c'est la femme qui reprend :
— Qu'est-il arrivé à ta guenon, hier ?
— Cette lunatique a failli s'asphyxier...
« Jusqu'à quelles limites irais-je pour sauver Mangua ? » se demande-t-il soudain. Puis, il chasse cette pensée absurde. À quoi bon se bourrer la tête de suppositions ? Rien n'est prévisible. Rien n'est jamais pareil. Aurait-il imaginé, hier, qu'il serait tranquillement assis à quelques pas d'un cholérique ? Le temps, l'ennui, les événements usent la peur, font de vous un autre homme.
La nuit stagne, puis avance par soubresauts à chaque échange de phrases. Okkasionne évite de parler de l'enfant, mais il interroge la femme à propos de Saïd, du teinturier, de l'aveugle et d'autres personnes de leur quartier. Om Hassan répond, se souvient, raconte. Elle n'a plus rien à craindre de cet homme, et même il lui inspire une certaine sympathie. Elle va jusqu'à lui confier son voyage à Barwat.
— Connais-tu la mer ? demande-t-elle pour finir.
— J'ai vu la mer, une seule fois, je m'étais caché dans un wagon entre des caisses d'oranges pour faire le trajet jusqu'à Alexandrie.
— Et par le voilier, il faut combien de jours ?
— Je l'ignore. Pas trop longtemps, je crois.

— C'est bien... Cela fait des années que j'ai promis à Hassan de lui montrer la mer.

« Je suis sans doute stupide, se dit le montreur, mais cette femme est la stupidité même. L'enfant ne parviendra jamais jusqu'à la mer. Peut-être qu'aucun de ceux qui se trouvent sur cette embarcation n'y parviendra non plus, et par la faute de cette vieille. » À cette pensée, la colère le reprend. Il se lève brusquement, tourne le dos à la femme, et va, en maugréant, retrouver sa place auprès du singe.

* * *

Vers minuit, un vent de sable se leva. La brise fouettait l'eau, la hérissant par plaques.

Dessouki dormait dans le fond de la barque, la tête enveloppée dans sa tunique relevée à partir de la taille. Le batelier tenait la barre ; son regard lointain imposait le silence, décourageait toute avance. Okkasionne qui n'avait pas quitté la vieille des yeux, remarqua qu'elle tremblait de fatigue.

Ramassant son châle bleu, tombé de ses épaules depuis la veille, et qui avait glissé au bas de la banquette, il se dirigea vers Om Hassan. Celle-ci ne l'entendit même pas avancer.

— Garde ça, tu as froid, dit-il en la recouvrant du tissu étoilé.

Elle frissonnait toujours.

— Descends à l'abri, ici tu es en plein vent.

— Non, je ne peux pas le laisser. Je dois veiller à côté de lui.

— Mais il ne te voit même pas.

— Il me sent.

— Tu crois ?

— Il sait que je suis le plus près possible.

Il le sait.

— C'est bien, je te comprends...

Le montreur s'éloigna, redescendit vers sa banquette. Tassée sous ce châle rutilant, la femme paraissait plus vieille, plus pitoyable encore. Okkasionne ne pouvait supporter de la voir ainsi. Détachant son singe et l'emportant sous le bras, il remonta vers Om Hassan.

— Si je peux, je veillerai avec toi, dit-il s'étendant à ses pieds.

Elle inclina la tête.

— Le ciel te le rendra.

Luttant contre le sommeil et songeant encore à la femme, le montreur se demandait si tant d'obstination ne viendrait pas à bout du destin.

6.

À travers la longue nuit, la femme a veillé sans chercher à voir l'enfant. Maintenant l'aurore s'annonce.

Penchée au-dessus du rebord de la barque, elle emplit d'eau un bidon que Dessouki lui a prêté. À l'écart, elle se rafraîchit les bras, le cou, la figure, mouille ses cheveux. L'eau est bonne. En se rinçant la bouche, elle lui trouve un arrière-goût de sel. « Vie, murmure-t-elle, vie... » Elle est prête, elle respire, elle attend.

Du coin de l'œil, Okkasionne l'observe : « Vieille cinglée », marmonne-t-il avec une sorte d'attendrissement.

Om Hassan revient à sa place, plie l'immense châle avec des gestes mesurés, le pose derrière la tête du montreur étendu.

— Je ne dormais pas, dit celui-ci.

Puis, elle va s'asseoir tranquillement, les mains l'une dans l'autre, face à l'est. Chaque arbre qui défile, chaque pierre, chaque grain de sable sur la rive se noient dans le passé, se fondront pour toujours dans l'oubli. Jamais plus elle ne se souviendra de tout ceci ; elle ne voudra pas s'en souvenir. Il ne faut pas entraîner les cauchemars avec soi, ni couvrir d'ombres les pas d'un enfant.

Le montreur se frotte les yeux, se gratte la plante des pieds, se redresse. Fait-il bien de sortir du sommeil ? C'est le seul refuge qui lui reste ; que lui réserve encore cette journée ? Sa langue est sèche, sa tête, vide. Par curiosité, par impatience, une fois debout, il se remet à rôder autour d'Om Hassan.

— Alors ? questionne-t-il.

Le visage de la vieille est lisse, serein, heureux.
— Sa nuit a été bonne, je ne l'ai pas entendu gémir.
— C'est peut-être à cause du vent qui soufflait...
— Je n'ai pas d'oreille pour le vent, je n'ai d'oreille que pour Hassan, réplique-t-elle.
— C'est bien, ô vieille, je ne faisais que m'informer...Alors, tu disais qu'il n'avait pas gémi ?
— Pas une seule fois... Bientôt, il sera guéri.
— Bientôt ?... C'est quand bientôt ?
— Lorsque le soleil sera plein.
— Mais c'est déjà l'aube, Om Hassan. Si l'enfant doit guérir, il est déjà guéri.
— Il faut attendre que le soleil soit en son entier.

« Comment lui expliquer ce qu'elle ne veut pas comprendre. Tant pis, laissons faire, on verra bien. » Okkasionne n'a plus qu'à se taire, qu'à attendre, à côté d'elle. Avec elle.

— C'est bien, attendons...
— Il faut attendre, réaffirme Saddika.

Le soleil se tire lentement des profondeurs. Le montreur ne sait plus ce qu'il doit souhaiter, que le temps se bloque ou bien qu'il se déroule, vous entraînant loin de ce jour, de cette semaine, de cette année. « Mieux vaut en finir. » Il observe sur le visage d'Om Hassan la montée de l'aurore. Peu à peu la robe, les mains, le menton, les joues, le front se teintent. La face entière est éclairée, flambe comme les vieux cuivres près du feu. La femme tape alors ses mains l'une contre l'autre et la voilà qui se met à chantonner : « Soleil qui sort tout rose de la montagne rose. »

— À présent, il est guéri, dit-elle d'une voix ferme.

Okkasionne est ébranlé par tant d'assurance. « De nous deux, c'est peut-être moi le plus ignorant. » Saddika s'adresse ensuite au batelier :

— Hassan est guéri, proclame-t-elle.

Du fond de la barque, debout, Abou Nawass – qui a changé de coiffe et qui porte un turban bleuté – incline plusieurs fois la tête pour dire qu'il a bien entendu.

Om Hassan ne montre aucun signe d'impatience, elle n'a plus besoin de voir, ni de toucher. Mais le montreur ne tient plus en place :

— Voyons, dit-il, voyons...
— La vieille se lève, s'approche de lui, et posant sa main sur son épaule :

— Va toi-même, Okkasionne, c'est toi qui m'annonceras la bonne nouvelle, dit-elle pour sceller leur réconciliation.
— Moi ?
Le montreur ne s'attendait pas à cet honneur, il n'y tient pas tellement non plus. Jetant un regard anxieux vers le batelier et son aide, il voudrait bien attirer leur attention, leur demander d'approcher, d'aller voir avec lui. Mais ni l'un ni l'autre ne le regardent. La main d'Om Hassan se presse sur son épaule, contraignante et douce.
— Oui, toi !... Va, mon fils...
Il hésite encore :
— Mais qu'est-ce que je dois faire ?
— C'est facile... Tu retires la moustiquaire que j'ai mise sur son visage, et tu regardes... L'autre soir, tu as vu la mort. Ce matin, tu reconnaîtras la vie.
— Et mon singe ? Qu'est-ce que je dois faire de mon singe ? demande le montreur, retardant le moment de s'exécuter.
— Laisse-le moi.
Okkasionne se dirige alors vers le réduit ; mais à chaque pas, il se retourne, troublé, espérant qu'elle le rappellera.
— Tu n'as pas besoin d'avoir peur, dit Saddika. Je prends cela sur moi. » Puis, sa main gauche à plat sur sa poitrine : « Il est ressuscité, te dis-je ! »
— C'est bon... J'y vais.
Va-t-il se mettre à croire, lui aussi ? Près de la tranchée, il s'agenouille. Mais le doute le reprend aussitôt. Il s'attarde, gratte avec ses ongles noirs les bords d'un des sacs, transpire à grosses gouttes, cherche des yeux le batelier.
— Penche-toi, dit la femme.
Il se penche. Hassan est entièrement recouvert. Le morceau d'étoffe dissimule son corps et le carré gris, sa figure. Okkasionne allonge le bras, l'abaisse avec lenteur jusqu'au fond de la cachette. Enfin, saisissant entre le pouce et l'index le coin du mouchoir, il s'apprête à le soulever. Une dernière fois cependant, il vacille, interroge la femme du regard.
— Ote donc ce voile, dit elle du même ton.
Il ne reste plus qu'à obéir.
Tout est immobile. Les paysages se figent. Le temps s'interrompt. Les oiseaux retiennent leurs ailes. On n'entend même plus les clapotements de l'eau.

Finalement, d'un geste rapide et sec – tirant à lui le bout de moustiquaire – le montreur dévoile d'un seul coup le visage de l'enfant.

$$* \atop * \; *$$

Le carré gris flottant au bout de ses doigts, Okkasionne recule, épouvanté, jusqu'au milieu de la barque. Puis, le mouchoir tombe, et le montreur contemple sa propre main avec horreur.

Om Hassan voudrait s'approcher, mais ses jambes s'amollissent. Dans sa tête tout s'embrouille, les mots chevauchent, s'empêtrent. De sa bouche, il ne sort que des sons inarticulés.

— Parle, prononce-t-elle enfin.

Okkasionne n'a pas besoin de parler. « Pauvre folle ! », murmure-t-il. D'un bond le singe a sauté des bras de la vieille dans les siens ; et voilà que tous deux, ensemble, poussent ces hululements qui accompagnent les morts.

Om Hassan met une éternité pour franchir le petit espace qui sépare du réduit, tandis que les autres la fixent. Des nuages se forment devant ses yeux. C'est grisâtre, c'est noir ; son corps est aspiré au fond d'un puits. C'est gris de nouveau. Au bout d'un couloir infini, obstrué par des toiles d'araignées, elle perçoit un lumignon qu'elle cherche à atteindre. Elle tend ses deux bras en avant. Jamais elle ne l'atteindra.

Abandonnant la barre aux mains du Nubien, le batelier accourt ; mais trop tard, la vieille s'est effondrée. Le choc a fait un bruit mat qui a brusquement interrompu les plaintes du montreur. Rejetant Mangua qui s'accroche à sa tunique, Okkasionne s'approche de la vieille tombée de tout son long sur le dos, tandis qu'Abou Nawass se dirige rapidement vers l'enfant.

Le montreur s'agenouille derrière Om Hassan, se glisse en avant, soutient la tête, la soulève, la repose ensuite sur ses jambes repliées. Puis il caresse les tempes moites, tapote doucement les joues ridées ; mais il sent bien que la femme est morte de la mort de l'enfant. Il ne faut même plus souhaiter qu'elle vive ! Jamais le montreur n'a éprouvé tant de peine. Un jour on tombe de sa corde, on perd l'équilibre, on se retrouve au milieu des autres, de la souffrance des autres, on ne joue plus. On ne peut plus continuer de jouer. « Mon cœur saigne, c'est la première fois. »

Avec ses yeux gris habitués à percer les distances, Abou Nawass cherche, au fond du réduit, à voir cet enfant qu'il ne connaît pas. Il glisse son bras dans l'épaisseur de l'ombre, l'étire jusqu'à ce que sa main touche le corps. Les tempes sont immobiles. Il palpe les bras ; les poignets ne battent plus. Il s'attarde sur la poitrine, effleure le ventre, presse les cuisses, les genoux. Tout est dur, froid. Du froid des grottes. Cette forme, cette pierre glacée, était-ce cela un enfant ?

— Om Hassan ! hurle-t-il soudain, devinant que la vieille n'a plus que quelques secondes à vivre. « C'est toi qui as raison, l'enfant est vivant ! »

Cette forme, cette pierre, cette roche glacée, c'est sûr, c'est autre chose que cela un enfant. La voix du batelier s'élève :

— L'enfant vit ! proclame-t-il.

Et Dessouki qui tient le gouvernail, reprend en écho :

— Om Hassan, l'enfant vit !

Décontenancé, le montreur se tourne vers l'un, puis vers l'autre, cherchant à comprendre. « Okkasionne, c'est toi qui m'annonceras la bonne nouvelle », lui avait-elle dit.

— Ses joues se réchauffent, continue le batelier. Hassan vient d'attraper mon doigt dans sa petite main... et il serre ! Si tu savais comme il serre bien, Om Hassan.

Jamais Abou Nawass n'a senti si intensément ce qu'était un enfant. « Il vit », répète-t-il pour lui-même. « Demain est vivant. »

— La force lui est revenue, crie le Nubien dont le visage s'est éclairé, il serre dans sa petite main le doigt du batelier.

Tout en continuant de caresser le front de la femme, le montreur hoche tristement la tête. Elle est trop loin déjà, elle n'entend plus ces appels. « C'est toi qui m'annonceras la bonne nouvelle, Okkasionne », lui avait-elle dit.

— Tout continue, poursuit le batelier. J'ai dit à Hassan que nous allons jusqu'à la mer, il m'a compris !

Et le jeune Nubien qui n'a même pas entrevu le visage de l'enfant, qui ignore la taille qu'il avait quand il se tenait debout, se met soudain à le voir. Jamais il n'a été aussi vivant !

— Hassan a compris que nous allons vers la mer ! répète-t-il le plus fort possible.

Okkasionne s'incline, tourne légèrement le visage de Saddika sur un côté, colle ses lèvres à son oreille et reprend à la suite des autres :

— C'est toi qui avais raison, Om Hassan, ton enfant vit... Il fait une pause après chaque phrase, pour que les mots aient le temps de s'infiltrer. « Ses joues se réchauffent. Il tient dans sa petite main le doigt du batelier, et il serre... Tout continue, Om Hassan... Nous allons vers la mer. »

Sur la berge, un garçonnet, solitaire et nu, recueille de l'eau entre ses mains pour la déverser au fond d'un trou creusé dans le sable.

ANDRÉE CHEDID

Un oiseau au ventre blanc, aux ailes d'acier – pareil à ceux que l'on aperçoit au large – effleure le mât, puis s'éclipse à une vitesse vertigineuse.
— Tu lui as donné ton dernier souffle, Om Hassan, hurle le batelier.
— Tu lui as donné ton dernier souffle et il est vivant ! annonce Dessouki.
— Tu l'as sauvé avec ton dernier souffle, murmure Okkasionne, ses lèvres frôlant le visage de la vieille.
— L'enfant verra la mer, Om Hassan ! » insiste Abou Nawass, les mains en cornet devant sa bouche. « Par Dieu, il entrera dans la mer ! »
Jamais le batelier n'a tant compris, tant désiré la mer.
— L'enfant verra la mer ! reprend Dessouki.
— Tu m'entends, Om Hassan, poursuit Okkasionne. Je t'annonce la bonne nouvelle : l'enfant verra la mer !
Un sourire se dessine sur sa bouche ; elle entend leurs voix. De grandes rivières coulent. Om Hassan se laisse doucement porter.
L'enfant est partout, l'enfant existe. Près d'elle, devant elle, dans la voix, dans le cœur de ces hommes. Il n'est pas mort, il ne pourra plus mourir. On dirait qu'elles chantent, ces voix. Entre la terre et demain, entre la terre et là-bas, le chant est ininterrompu.
— La vie, la mer... soupire-t-elle. Enfin, la mer...

LE SURVIVANT

À Michèle, qui ressemble à demain.

Je règne par l'étonnant pouvoir de l'absence.

Victor SEGALEN.

PREMIÈRE PARTIE

LA VILLE

Si tu n'espères pas, tu ne rencontreras pas l'inespéré qui est inexplorable et dans l'impossible.

Héraclite d'Ephèse.

1.

Lana se sentit tirée du fond d'un puits par les cheveux, une eau lourde gonflait sa robe, des herbes entravaient ses genoux, ses coudes frottaient contre les parois. Il lui fallut plusieurs secondes pour s'arracher à tout ce sommeil.

La sonnerie du téléphone se prolongeait.

Pour ne pas réveiller Pierre, elle n'alluma pas la lampe de chevet, se glissa rapidement hors du lit. La chambre était sombre, elle dut tâtonner jusqu'à la porte. Les mains en avant, elle se hâtait le long du couloir ; puis, parvenue au seuil de l'autre pièce, elle rabattit ensemble les deux commutateurs. Une lumière blanche, crue, dissipa les dernières traînées de la nuit. La sonnerie s'interrompit brusquement.

Qui avait appelé ? Elle haussa les épaules, regagna sa chambre, et se rappelant que Pierre était en voyage, qu'elle l'avait accompagné à l'aérodrome il y avait à peine quelques heures, elle hésita à s'étendre sur le lit vide.

On sonna de nouveau. C'étaient, sans doute, des amis de passage qui n'avaient pas trouvé à se loger ou bien une erreur. Elle décrocha :
— Qui est là ?
— C'est Mme Pierre Moret à l'appareil ?
— Oui. Qui m'appelle ?
La voix s'amenuisa, s'éloigna.
— Madame Moret, je vous parle de l'aérogare...
— De l'aérogare ?... Mais qui êtes-vous ?
Les mots parvenaient mal, on aurait dit qu'il y avait une rumeur, des chuchotements tout autour.
— Qui êtes-vous ?
— Madame, il s'agit... Cet après-midi vous avez accompagné...

Non. Lana n'entend plus, ne veut plus entendre. Tout s'embrouille comme dans certains cauchemars. Les oreilles se bouchent, le cœur coule à pic. Non. Il ne faut pas, il ne faut pas entendre. L'autre n'a encore rien dit, mais ce qu'elle cherche à dire, Lana sait qu'il ne faut pas qu'elle puisse le prononcer.

« Pierre, tu franchis le seuil de l'immense porte vitrée, celle qui mène à la piste d'envol. Tu ne l'as pas encore franchie. Tu es là. Encore là. Au seuil de cette porte. Tu te retournes, tu as pris mon bras. Tu dis : « Souviens-toi que je t'aime. » Pourquoi : « Souviens-toi » ? Pourquoi as-tu dit : « Souviens-toi » ? À l'instant même cette phrase avait glissé presque inaperçue, mais elle resurgissait, insolite, inquiétante à présent. Non. Tu n'as pas encore dit cela. Pas encore. Tu es là. Là. Tu vas le dire, tu les aurais dit ces mots, mais je t'en empêche, je te retiens : reste. »

— M'entendez-vous, madame Moret ? reprend l'hôtesse qui, machinalement, coche sur la liste des personnes à prévenir le nom de sa correspondante.

Sa main bloquant l'écouteur, Lana n'entend rien. « Je dis : Reste. Ne pars pas. Remets à demain. Remets d'un seul jour. Il ne m'écoute pas. Il sourit : « À quoi vas-tu penser ! C'est ridicule. » Il ne faut pas sourire, Pierre. Il ne faut pas se moquer. Je dois te retenir, n'importe comment, par des pleurs, des cris, s'il le faut, mais tu ne dois pas partir. Tout est encore possible, si j'agis vite, très vite. »

— Écoutez-moi, madame Moret.

Elle n'écoutera pas. Elle barre le passage aux mots. Les mains crispées autour du récepteur, la jeune fille n'entend au loin qu'une respiration

LE SURVIVANT

hachée. Elle se penche comme au bord d'un gouffre, mais que faire et quelles paroles trouver ?
— Madame, je vous en supplie, si vous m'écoutiez...
C'est presque l'aube. Le personnel est clairsemé, les voyageurs peu nombreux – il ne faut pas qu'ils se doutent de quelque chose. Les galeries s'étirent, n'en finissent pas. Un grand vide a succédé à l'affolement de tout à l'heure.
— Qu'est-ce qui se passe ?
— Le 1022 s'est écrasé, avait annoncé Sophie à sa compagne qui venait d'arriver et qui s'étonnait de sa mine défaite.
— Les malheureux !
Catherine s'était alors laissée tomber sur sa chaise, les coudes sur la tablette, le visage dans ses mains.
— Je suis contente de n'avoir pas été là quand ils partaient, je préfère ne pas les avoir vus.
— Madame, si je vous ai appelée comme ça, en pleine nuit, c'est que...
D'un coup la voix éclate :
— Un accident ! C'est un accident, n'est-ce pas ?
— Oui, mais...
— Alors, c'est fini. Fini.
« Pierre, entraîne-moi. Tire-moi hors d'ici, avant que je ne sache. »
L'hôtesse s'obstine, se raccroche, ses tempes battent. Tout est soudain si proche comme à l'intérieur de soi.
— Ne coupez pas. Attendez.
— Attendre. Que voulez-vous que j'attende ?
Lana le savait depuis toujours. Elle le savait. « Je le savais. » Si l'ombre ne précède pas, elle suit. Elle se le disait souvent pour ne pas se laisser endormir, pour veiller toujours, pour résister au pire, mais qui croit réellement au pire ? Elle ne parvient pas à desserrer les doigts, à lâcher le récepteur. Tout au fond des mots continuent de grésiller.
— Catherine, qu'est-ce que je peux faire ? Elle refuse de m'écouter !
— Continue, elle finira bien par entendre.
Sophie avait d'abord refusé de transmettre certains de ces messages, ce n'était pas son rôle. Mais il avait fallu, dans ce cas précis, parer au plus pressé, atteindre les familles avant que des nouvelles incomplètes et plus désastreuses ne leur parviennent de l'extérieur.
— Écoutez-moi, ce n'est pas fini. Je ne vous aurais pas appelée si c'était fini, quelqu'un serait allé chez vous pour vous prévenir. Si je vous ai appelée, c'est parce que...

Une corde glisse au fond du précipice ; mais on dirait que chaque nœud, chaque parole se dissout dans l'espace.
— Il y a des survivants. Vous m'entendez ? Des survivants. Survivants. Survivants...
Ce mot-là se frayera-t-il un passage ?
Rien. L'horloge encastrée dans le mur débite une à une ses minutes. Le temps s'agglutine.
— Insiste, elle n'a pas raccroché, dit Catherine.
— Un accident, oui, mais pas comme les autres. L'emplacement de la chute a été rapidement repéré. L'appareil accidenté a percuté dans le désert, dans un sable très mou, une partie de la carlingue a été épargnée. Un avion de reconnaissance a déjà survolé les lieux et des survivants ont été aperçus, les secours sont en route. D'ici à quelques heures nous saurons tout. Si je vous ai appelée c'est pour que vous sachiez cela avant la sortie des journaux, avant que la radio ne propage la nouvelle, leurs informations risquent d'être incomplètes. Vous m'avez entendue : des survivants !
— Des survivants ?...
— Enfin, elle m'a répondu !
Sophie se redresse, reprend son souffle, s'appuie contre le dossier de sa chaise : « Enfin ! »
— Oui, des survivants, reprend-elle.
La voix répète :
— Des survivants.
Un mot à dire, à redire jusqu'à la fin des temps. Sophie ne l'avait jamais entendu, ni prononcé, ni imaginé comme cela, dans toute sa plénitude.
— Des survivants !
Des sanglots comblent la distance.
— Rappelez l'agence à midi. Gardez espoir.

Un employé vêtu d'une longue blouse blanche, avance, poussant devant lui une machine à faire reluire les dalles. Il a une bonne tête ronde et des moustaches tombantes.
Dans l'appareil, Sophie insiste :
— Il faut garder espoir.
Tout autour se déroule un autre univers où ces mots-là paraissent excessifs, déplacés. Le haut-parleur annonce un nouvel atterrissage, un

LE SURVIVANT

autre départ. L'employé sifflote tandis que l'eau gicle autour de sa machine, plusieurs brosses se déclenchent en même temps, elles frottent et font briller le sol. Tous les matins, regardant Sophie, l'homme emporte le regret de la voir aussitôt repartir. Leurs heures ne coïncideront-elles jamais ? Et si elles coïncidaient...

— Alors, pas trop longue cette nuit ? lance-t-il sans attendre de réponse.

2.

C'était hier, il y a quelques heures à peine. C'est maintenant. C'est toujours. Lana et Pierre pénètrent dans l'aérogare. Les portes vitrées s'écartent à leur approche. Les dalles font rêver à des glissades dont on n'a plus l'âge. Sur l'escalier roulant, Lana se retourne. À une marche de distance, Pierre la dépasse encore d'une tête. Mais ses mains – aux doigts courts, épais, aux ongles carrés – sont d'un enfant. Pierre porte le même tricot anthracite, souple, distendu, les pans de son écharpe sont dénoués. Il a toujours l'air de rentrer du dehors, d'être de passage, de rompre le moule du vêtement, de l'enracinement, de la proche quarantaine.

En face, sur le vaste tableau noir, les capitales voisinent. Océans, frontières abolis. Une même terre, enfin ! Merveille de l'aujourd'hui. « J'aime aujourd'hui. C'est ici, à cette époque-ci que j'aurais choisi de vivre. » De plus en plus de clefs à notre portée. De clefs, oui, mais où est la porte ? On la trouvera, la porte. Un jour, les humains trouveront la porte. Tout commence, ce n'est encore que le début. Lana se jette à corps perdu dans l'espérance. « Tu ne changeras jamais », aurait dit Pierre.

— Si le voyage se prolonge tu me rejoindras ? demande-t-il.
— Oui. En attendant, tu m'écriras ?
— C'est promis. D'ailleurs, toi, je t'écris toujours.
— Tu ne pourras pas faire autrement, ta valise est bourrée d'enveloppes à mon adresse.

Ils rient. Il y a Pierre. Il y a Lana. Et puis ce « nous » qui se tient un peu à l'écart, à égale distance de l'un et de l'autre. Un complice qui se jette en avant quand il faut parer les coups, renouer, unir. Un « nous » qui garde le sourire, qui broie les violences, qui gomme les grands mots, qui remet les événements à leur place. Un « nous » bourré de sagesse, qui sait comment agissent les couples, comment ils se font ou se défont, pourquoi ils se jouent des tours, s'essoufflent, s'aiment moins, s'aiment à nouveau, peut-être pour toujours. Les années l'ont façonné, modelé, enrichi. Il sait ce qui mérite patience, il distingue ce qui est passager de ce qui est indestructible. Quand on le rejette, chacun brandit ses propres désirs, les volontés s'affrontent, les égoïsmes se déchaînent ; si l'on n'y croit plus, l'ennui mine, détruit, alors mieux vaut la cassure que la résignation. Un « nous » qui se gagne, mais qui demeure fragile, exposé. Exposé comme tout ce qui compte. Un « nous » sans repos, qui combat, qui affronte, qui traverse parce que cela vaut la peine de traverser. Un « nous » qui vient de l'amour, qui va à l'amour, parce que le temps est une des dimensions de l'amour.

— Je suis bien avec toi, dit Pierre.
— Mais tu es aussi content de partir.
— Oui.

Dans la salle d'attente, le soleil ruisselle à travers les baies. Pierre déplie un des journaux dont il tient une pile sous le bras :
— Juste un coup d'œil.
La plupart des passagers sont là. Lana se retourne, les regarde. Elle pourrait passer des heures à observer les gens ; il lui semble alors – plutôt qu'elle ne les détaille – qu'elle se perd un peu au fond de chacun, qu'elle devient pour un moment l'un ou l'autre. Comment se comporteraient ces personnes, ou elle-même, si d'imprévisibles circonstances les tenaient enfermées dans un lieu clos, avec des compagnons que seul le hasard aurait désignés, et cela pour un temps assez long ? Dans une île par exemple, un bateau, la cave d'une maison écroulée ? Quelles intrigues se noueraient ? Quels drames naîtraient ? Comment chacun résoudrait-il ses attaches avec le passé ? Lesquels de ces êtres seraient différents de ce qu'ils sont, de ce qu'ils paraissent ? Quel autre soi-même sommeille au fond de soi ? Combien d'autres soi-même enfouis, enterrés ? Le sait-on, le saura-t-on jamais ?
— Je n'ai jamais l'impression qu'on se quitte, dit Pierre. Et toi ?
À ce moment, à ce moment précis – l'a-t-elle vraiment éprouvé ou est-ce seulement maintenant ? – ce poids sur la nuque, ce voile devant les

yeux, ce pressentiment. Un moment, l'éclair d'un moment – cette noyade du cœur – juste avant que ne se déroule la scène avec l'enfant.

Deux religieuses entrent, tenant par la main un enfant de douze ans dont l'énorme casquette – portée bas sur le front – ne parvient pas à dissimuler les traits de mongolien. Derrière eux, vient la mère. Elle porte une valise et, suspendu au poignet, un filet contenant une grosse balle rouge. À peine dans la salle, les trois femmes s'arrêtent, gênées, comme devant le photographe. Puis elles cherchent un coin à l'écart, s'assoient, et parlent tout bas.

L'enfant se débat, essaye de se libérer, les religieuses finissent par lui céder, et le voilà qui se lève, s'éloigne, avance tout seul. Elles le rappellent, mais il n'écoute pas. Il va droit devant lui. Fasciné, la face barbouillée de sourires, il marche vers le fond de la salle.

Tout d'un coup il s'arrête, se plante devant une jeune femme aux cheveux roux. Celle-ci le regarde, médusée, tandis qu'il se dresse sur la pointe des pieds, élève ses bras, touche le beau visage comme pour le saisir, l'emporter. Subitement, elle le repousse. Elle le repousse si fort qu'il vacille, perd l'équilibre, roule à terre sans un cri.

L'incident n'a duré que quelques secondes, certains passagers n'ont rien vu. La mère se précipite, tombe à genoux auprès de son fils, le couvre, l'enveloppe avec les pans de son manteau, le prend contre elle, le berce :
— Pourquoi ? Il ne voulait aucun mal. Il ne veut aucun mal, gémit-elle.
Une jeune fille en robe verte s'est soudain dressée, pâle, raide :
— Assez, maman, assez ! Regarde plutôt là-bas ce qui se passe, dit-elle à la femme au long collier de perles qui, depuis un moment, bavarde, ordonne, s'écoute parler.

Des mains se tendent vers la mère et l'enfant, on les aide à se relever. Trop de mains, trop d'yeux posés sur eux, elle souhaiterait plutôt que la terre s'ouvre, disparaître avec son fils pour toujours. Son compagnon entraîne la femme aux cheveux roux :
— Pourquoi as-tu fait ça ?
— Quand j'ai vu son visage si près, j'ai eu peur.

« Je connais tout ceci », pense soudain Lana, éprouvant, comme cela arrive parfois, ce sentiment du déjà vécu. « Exactement ceci. Ce même endroit, ces êtres-là. » Tout y est : la salle presque ronde, les vitres éclaboussées de lumière, dehors le ciel d'un bleu si frais. Tout y est : la jeune fille, debout, dans sa robe verte, bouleversée, révoltée, ne supportant plus

LE SURVIVANT

en cette minute la vanité de sa mère, toutes les vanités ; le vieux couple couvant des yeux le jeune homme à lunettes qui est proche de son départ ; l'adolescent auprès de parents si jeunes qu'ils pourraient être ses frères ; les coiffes, semblables à de grands oiseaux captifs, des religieuses.

— Calmez-vous Lydia », murmure la plus âgée prenant la mère par le bras. Puis, elle s'occupe de l'enfant, lui remet sa casquette : « Vous voyez bien, il a tout oublié. »

— Sans moi, que va-t-il devenir ?

— Nous nous en occuperons beaucoup. Nous l'aimerons.

La seconde sœur, qui a le teint pâle des novices et leur œil étonné, se tient toujours sur la pointe des pieds, prête à intervenir.

L'enfant se laisse guider par les épaules – ses bras pendent comme des quilles –, se laisse asseoir, frissonne. Ses yeux sont embués.

Lydia se presse contre lui. Elle paraît de plus en plus maigre, de plus en plus étroite. Sa poitrine se creuse, ses joues se craquellent, ses bandeaux bruns absorbent ses tempes. Comment s'empêcher de mettre son bonheur en balance avec tout cela ?

— Qu'est-ce que tu as ? demande Pierre. Tu es si pâle tout d'un coup.

— Rien... Rien. Tu es là.

L'heure approche.

— Je vous écrirai tous les jours, Lydia. Mais avant de venir nous rejoindre, prenez ce mois de repos, vous en avez besoin, dit tout bas la sœur Berthe.

La novice a tiré un chapelet noir de sa poche, elle l'égrène en ne quittant plus l'enfant des yeux.

— Je ne devrais pas m'en séparer, ma sœur. C'est la première fois qu'il me quitte.

« ... Le fruit de vos entrailles est béni », continue la novice.

— Le couvent est près de la plage, poursuit sœur Berthe dont le visage épanoui rassure, soulage. Il aura de l'air, la mer... Le médecin a dit qu'il valait mieux vous séparer quelque temps. Pour lui, pour vous, c'est mieux.

Lydia incline la tête. Peu après, se penchant à l'oreille de son fils qui se tient les bras croisés, prostré en avant :

— Voyage, Lucien. Voyage..., murmure-t-elle.

L'enfant a soulevé la tête, il écoute, il se fait répéter chaque mot, il cherche à prononcer à son tour :

— Vo – ya – ge...
— De l'eau. Du soleil, Lucien !
L'enfant dit :
— De l'eau !
Et soudain comme si une joie trop forte le submergeait, il se dresse sur sa chaise, il tressaute, il bat des mains :
— So-leil !... So...leil !
— Vous voyez bien qu'il est heureux, fait la religieuse.
Éperdue de reconnaissance, la femme saisit alors les mains de l'enfant, les porte à ses lèvres, les couvre de baisers. Puis, détachant le filet suspendu au dossier de la chaise, elle lui montre le ballon rouge :
— Pour toi, Lucien.
Il rit. Il se frotte la joue contre l'épaule de sa mère. Il rit encore, longtemps.

L'hôtesse a entrouvert la porte. Les passagers se groupent à présent autour d'elle.
La jeune fille en robe verte est partie la première. La femme aux cheveux roux fouille au fond de son sac pour trouver son billet d'embarcation, son compagnon s'impatiente ; « Où l'as-tu encore mis ? » Les deux vieux embrassent le jeune homme à lunettes, puis, trop émus, se détournent et s'en vont dès que celui-ci s'engage sur la piste. L'adolescent salue nonchalamment les siens, mais prenant appui contre le mur il les regarde s'éloigner, ne les quitte pas des yeux jusqu'à ce qu'ils s'engouffrent dans la carlingue. Un homme d'une trentaine d'années vêtu avec recherche, dont la serviette est marquée à ses initiales, S.B., précède les religieuses et l'enfant. La porte à peine franchie, ce dernier se rejette soudain en arrière, refuse d'avancer, tape des pieds, se retourne vers sa mère les yeux hagards, perdus. Alors celle-ci, les mains en cornet devant la bouche :
— Tu prends l'oiseau, mon grand. Tu vas vers le soleil.
L'enfant a entendu ; tout son corps s'apaise, il se laisse entraîner. Et jusqu'au bout, sans se soucier des regards braqués sur elle, oubliant, s'oubliant, la mère continue de crier de plus en plus fort, accompagnant, soutenant l'enfant de sa voix :
— Soleil. Voyage, Lucien ! Maman va venir. Maman vient.
— Souviens-toi que je t'aime, dit Pierre tourné vers Lana une dernière fois.

LE SURVIVANT

Lana cherche l'avion dans le ciel ; il est déjà loin. « Pierre. » Un regret, une ombre qui passe, le temps d'éprouver que l'amour est vivant, un oiseau aux plumes tièdes, au sang vif.
Que voit Pierre, à présent, de son hublot ? De si haut, à quoi ressemble la ville ? Regarde-t-on suffisamment d'assez loin, d'assez haut ? De si loin, de si haut, à quoi ressemble la vie ? À quoi ressemble Lana ? Et Pierre pour Lana ? Et Lana pour Pierre ? De si loin, de si haut, qu'est-ce qui s'estompe, qu'est-ce qui se voit encore ?

De chaque côté de l'autoroute, qui file d'un seul élan vers la cité, les arbres, les champs sont bientôt remplacés par des pâtés de maisons, des files d'immeubles, des usines. Une voiture blanchâtre, conduite par le compagnon de la femme aux cheveux roux, vient de doubler celle de Lana.

À l'entrée de la ville, le ciel a brusquement viré au gris, un goulet d'étranglement paralyse les voitures. Les piétons se hâtent, le pas court, le front plissé. Quelque chose vous étreint. Un automobiliste s'en prend à un autre, la colère le défigure. Le ciel se plombe de plus en plus, la ville s'obstine dans ses pierres, arbore son masque de fumée et de rides. On voudrait être loin. Voir, toucher la mer. Se perdre dans une forêt. Respirer. L'absence de Pierre, c'est soudain toute l'absence. Mais il y a, il y aura d'autres instants. Ils reviennent. Toujours ils reviennent. Il faut se souvenir qu'ils reviennent.

À ces instants-là, pour tous les vergers de la terre on ne s'éloignerait pas de ces toits d'ardoise, de ces rues encombrées. On voudrait ne jamais manquer le printemps entre ces pierres, ou même l'hiver sur ces jardins, les marronniers et les réverbères qui voisinent, l'oiseau posé sur une balustrade en fer. On renoncerait à tous les voyages pour ces bâtisses-là, ces avenues-là, ces milliers de fenêtres-là, pour cette foule, pour le bonheur d'être anonyme, perdu, confondu, mêlé, partie de cette ville. Le bonheur de ne plus appartenir. De se sentir libre. Libre. Si libre. Plus libre que nulle part ailleurs.

Mireille joue au fond de l'impasse, saute à cloche-pied devant la loge où sa mère prépare le repas du soir :
— Alors, il est parti ?
— Oui, dit Lana.
— Je voudrais monter dans un avion.
— Un jour, tu y monteras.

— Ce soir, je me promène sur les toits, maman l'a permis.
— Tu crois qu'il fera beau ?
— C'est sûr, c'est l'été. Je marcherai au-dessus de ta chambre.
— Je t'entendrai ?
— Tu m'entendras.
L'ascenseur s'arrête à l'étage le plus élevé, Lana tourne la clef, pousse le battant de la porte.
— Seule.
Le mot cette fois résonne bien. Pile ou face les mots. Non, plus que cela, une infinité de faces. À force de les utiliser, on ne connaît rien aux mots. On pourrait jouer avec un seul d'entre eux. L'habiller de jour, de nuit. Le barbouiller d'émotion ou bien l'aiguiser, le polir, l'analyser à la loupe, le panacher de drôlerie, le métamorphoser à coups d'humeur, de couleur. « Seul », c'est noir, c'est froid, c'est un tunnel, un gouffre. « Seul », c'est vif, c'est brûlant, c'est jaune et rouge, c'est une force multipliée. « Seul », c'est stupide, ça manque d'herbes, de cheveux, de racines, c'est bête comme un œuf dans un pré. « Seul », c'est le moyen de vivre toutes ses vies. « Seul », c'est tourner le dos à la vie, à la chaleur, à la passion de vivre.
— Seule et libre !
— Et alors ?
Qui ne possède des champs en friche, des océans assoupis, des bulldozers pour des régions incultes, des terres inexplorées, des ailes que le quotidien rogne, des cavales pour d'autres parcours, des regards pour d'autres regards ? Pierre aussi connaît cela, possède cela.
— Pourtant nous sommes ensemble.
— Le mariage, toute une vie, c'est inconcevable, dit Pierre.
— Le mariage j'étais contre, j'étais contre depuis toujours, dit Lana.
— Comment a-t-on fait ? disait Pierre.
— Je hais les liens. Je déteste appartenir, disait Lana.
— Pourtant nous sommes ensemble.
— Libre, c'est quoi ?
— Choisir...
— Une fois pour toutes ?
— Non, souvent, très souvent. Chaque jour.
— Le bonheur, c'est quoi ? C'est où ?
— Dans le travail, les plaisirs, en l'autre...
— Un peu dans tout.
— Devant soi ? Derrière soi ? À côté ? Au-dedans ?

LE SURVIVANT

— Oui, au-dedans.
— Mais l'événement, le hasard, la chance ?...
— C'est exact. Mais, au-dedans tout de même.
— À la portée de tous ?
— Peut-être. Sans doute. Je ne sais plus.
— Il faut être lucide. Lucide.
— Au diable la lucidité.
Lana ouvre toutes grandes les fenêtres, le ciel a rebleui et se déverse dans la chambre. Elle se couche par terre, sur le dos, étend les bras. « Libre ! » Faire ce qu'on veut, quand on veut. Libre. Le mot est plein d'espace. Elle ferme les yeux, sachant déjà tout ce qu'elle ne fera pas.

Mireille a raison. C'est l'été. Le plein été. Une saison pour marcher sur les toits, pour prendre des avions, pour traverser les mers. Que fait Pierre, à cette seconde ?

Lana entend au-dessus d'elle de petits pas, à la fois fermes et légers, on dirait que Mireille porte des semelles en feutre. Elle va, vient, le long de la passerelle que protège une haute balustrade ; parfois, elle s'y accoude, contemple la ville à ses pieds. Un gros ver luisant, cette ville ; des milliers de vers luisants dont Mireille, avec ses nattes courtes, sa robe jaune électrique, est pour un soir, la bergère.

Plus tard elle s'appuiera contre la souche d'une cheminée, qu'on pourrait prendre – à cause de ce capuchon en forme de heaume ou de mitre – pour un chevalier sans royaume ou un évêque sans église.

— Plus haut, plus haut, Mireille ! clamera l'évêque du plein vent. Tu n'as pas besoin de cabine plombée.

— Viens, viens, Mireille, suppliera le chevalier des toits. Par-delà la poussière d'étoiles, il y a des plates-formes, une prairie, des cirques et puis des crépuscules.

— Des nuages..., dirait l'évêque à la barbe invisible, des nuages blanc bleuté s'éclaireront chaque fois que tu mettras le pied dessus.

— Fais vite, petite fille, reprendrait le chevalier. Bientôt tu ne sauras plus tenir une étoile dans ta main.

— Il te faudra un livre pour parler à la lune.
— Des vêtements pour l'espace.
— Des tampons, des papiers.
— Apprends la terre vue d'ici ; ça vaut la peine.
— L'univers de plus loin, ça vaut la peine.

— Plus haut, plus haut, allons, monte, nous sommes à côté de toi...
Lana entend de moins en moins, les voix s'affinent, s'essoufflent. L'écran du sommeil tombe, isole. Les creux du sommeil aspirent. Lana se glisse dans ses draps, s'abandonne délicieusement.

Mireille referme derrière elle la porte des toits, Lana perçoit le claquement métallique.

La main sur la rampe, Mireille descend, sans doute, les marches. Oui, Mireille descend, s'enfonce, s'enfouit dans les entrailles de l'immeuble. La cage de l'escalier gravite. Tout gravite et se rétrécit. « Il faut sans cesse monter, descendre, aller d'un palier à l'autre. Sauver les toits. Sauver le sol. Monter. Descendre. En bas, se rappeler les toits. En haut, se souvenir du sol. Remonter. Redescendre. » Les images défilent, vous entraînent, échappent.

Mireille tourne et vire, tourne et vrille. L'escalier est de plus en plus obscur, mystérieux. La nuit de plus en plus opaque. Lana sombre, se laisse boire.

Mireille hésite sur la toute dernière marche. La minuterie s'éteint toujours avant qu'on ne soit arrivé.

3.
———

— Gardez espoir.
Depuis des heures, Lana tourne en rond dans sa chambre. Lentement, la phrase chemine. « Il faut garder espoir. » Des accidents, des maladies ; il y en a eu. Des tempêtes en mer, des orages en montagne ; d'autres voyages, d'autres bateaux, d'autres avions. « Mais tu enjambes les obstacles, tu déjoues le destin, tu guéris, Pierre... »
— C'est cela, aligne des raisons puisqu'elles te sont favorables, additionne des souvenirs. Trie, choisis, invente. Échafaude. Enracine-toi où tu le peux. Berce-toi. Rassure-toi. Aveugle-toi autant que tu le peux.
Les vagues frappent, se retirent, reviennent, contradictoires, se doublant, se dédoublant. Lana tourne en rond dans ses pensées.
— Je dis ce qui est, certains ont l'étoile.
— Pour un temps.
— La force, ça compte. Le courage, ça compte.
— Tout cède au temps.
— L'étoile, ça existe.
— Rien n'existe pour toujours.
N'était-ce qu'un cauchemar ? A-t-elle vraiment entendu l'appel de tout à l'heure ? Lana téléphone. On la renvoie d'un service à un autre. Des voix se succèdent. L'hôtesse en question est déjà partie. Les autres sont vaguement au courant. Ils ne peuvent pas répondre. « Attendez. » Quelqu'un confirme :
— Oui, il y a des survivants. Appelez l'agence plus tard, vers midi.

Ce n'est plus la voix de cette nuit. La voix terrible, mais fraternelle de cette nuit.
— Je veux y aller tout de suite.
— Ils ne sauront rien de précis encore. Il faut attendre.

Comment broyer les heures de cette matinée qui commence ? Éteindre, rallumer la radio, ouvrir un journal, le rejeter, prendre un café après l'autre, téléphoner à un ami, y renoncer de peur de propager la nouvelle et que d'autres y croient, admettent le pire. Aller, venir, tourner en rond, annuler, disperser chaque minute, s'emparer d'un objet, s'en défaire, entrouvrir un livre, le refermer. Prendre, puis garder un objet dans la paume, n'importe quoi – ce coupe-papier, cette boîte d'allumettes – le tenir, le passer d'une main dans l'autre, y trouver un fragile réconfort.

Soudain, ne plus rien supporter, ne plus se supporter. S'habiller en hâte, sortir. Fuir. Se fuir.

Un mouchoir noué autour de sa tête, la concierge balaye l'entrée :
— Déjà dehors, madame Moret ?
Mireille avale son bol de lait devant la fenêtre qui donne sur l'impasse.
— Hé, madame. tu m'as entendue, hier soir ?
— Je t'ai entendue.
Cette nuit, qui parlait à la nuit ? Elle ou l'enfant ? Qui marchait sur les toits ? Qui se penchait sur la ville ?
— Goûte, c'est bon.
Debout sur sa chaise, Mireille lui tend une tartine.
— Je n'ai pas faim.
— Maman trouve mes promenades idiotes. Plus bas : « Je m'en fiche, je me promène pour moi toute seule. »
— Pour moi aussi.
Durant quelques instants, il n'y eut plus devant elle que ce visage de petite fille.
— Pour toi aussi.
Son balai à la main, la concierge ouvre la porte de la cuisine :
— Mireille ! Ça suffit ! N'ennuie pas Mme Moret.
Lana :

LE SURVIVANT

— Non, je vous assure, elle ne m'ennuie pas.
Cette halte, elle aurait voulu la prolonger.
La mère :
— Assieds-toi et mange, Mireille.
— Laissez-la. Laissez-la me parler...
Les mots s'étranglent ; Lana se détourne brusquement, s'écarte, se hâte vers la rue.
C'est terrible une grande personne qui pleure, c'est comme si la terre s'effondrait sous vos pas.
— Vois ce que tu as fait, maman. Vois ce que tu as fait ! hurle Mireille.

Le temps se bloque, se plaque, sa trame est de plus en plus serrée. Lana quitte un banc pour un autre, un trottoir pour celui d'en face, une rue pour la suivante. Il fait chaud, elle ôte sa veste, la traîne à bout de bras, marche à la dérive, perdant au fur et à mesure le souvenir de son parcours. Les minutes stagnent, s'enferrent.

La vitrine d'un marchand de primeurs renvoie à Lana son image. Elle reconnaît à peine cette noyée dont la tête flotte, flotte absurdement, au-dessus d'une pyramide d'oranges. Elle recule, reprend sa marche, pousse le temps devant elle. Mais s'il fallait, tout au contraire, retenir ce temps, empêcher que la bobine ne se dévide, faire que l'instant s'amarre ? Ne plus bouger, s'interrompre ? Interrompre ? Se tirer du jeu ? Creuser un trou dans le temps ? S'y incruster ?

Lana va où ses pas la conduisent, poursuivant la courbe d'un trottoir, imitant le trajet d'un passant, se fixant pour limite un arbre, pour but un feu rouge, un arrêt d'autobus, une bouche de métro. Pour résister aux pensées qui assaillent, elle laisse tout pénétrer en vrac : slogans, noms de boutiques, lambeaux de phrases auxquels parfois se raccrochent des bribes de son propre délire. « Picardie la belle. Vacances en Auvergne. J'achète tout. Temps difficiles. Temps des rois. Bouche cousue. Jamais le loriot ne reviendra. Défense de stationner. Défense d'afficher. Défense de comprendre. Défense de savoir. Personne ne saura. La baromètre du 1022 est au beau fixe. La télé-évasion . Respirer à trois mille mètres en trente secondes. La deuxième chaîne bientôt. Boire. Ne pas boire. Enfants d'alcooliques. Velours de l'estomac. Plaisir de boire ne dure qu'un moment. Plaisir de vivre. Amour de vivre. Toujours plus blanc. Du blanc de la mort. Du bleu de la mort. Blanc et plus blanc. Lave mieux. Mieux et toujours mieux. Finis. Fini. La fontaine de jade. Pas de fin aux fontaines. Autour des fontaines iront Pierre et Lana... »

— Vous n'êtes pas trop pressée ? demande le chauffeur de taxi en se retournant.
— Si.
— Les gens sont tous pressés ! Et tous ce temps qu'on gagne, qu'est-ce qu'on en fait, je vous le demande ?
Lana n'en pouvait plus d'attendre, elle a préféré se rendre à l'agence, devance l'heure.
Le chauffeur bougonne :
— Vivement l'hiver. On étouffe dans la ville.
— Vous préférez l'hiver ?
— En plein été. Il rit : « En janvier, c'est tout le contraire. »
Les dernières minutes sont les plus longues, Lana n'en peut plus de se taire :
— Vous avez lu les journaux ?
— Pas encore. Pourquoi ?
— Vous n'avez as entendu parler de l'accident ?
— Ah, je sais, c'est horrible. Deux cent dix mineurs enterrées. On espère en sauver quelques-uns.
— L'autre accident...
— Lequel ?
— L'avion, la nuit dernière...
— Non, je ne savais pas. Une autre catastrophe ? Alors, là, personne n'en réchappera.
— Cette fois, il y a des survivants.
— Des survivants ! Vous parlez. Des bobards de journalistes, oui.
La femme s'est brusquement jetée en avant, les mains crispées sur le dossier du siège :
— Vous vous trompez, il y a des survivants !
Elle a crié ces mots, et la regardant dans le rétroviseur le chauffeur a compris.
Devant l'agence, elle descend, sort son portefeuille.
— Vous ne me devez rien
— Pourquoi ?
— Je souhaite... je vous souhaite... Pour rien.
Il ne sait pas trouver les mots qu'il faudrait dire, et aussitôt il démarre.

LE SURVIVANT

Dans la file de stationnement, il prend le journal posé sur le siège et s'empresse de le déplier.

Lana traversa le hall d'entrée. Dès qu'il entendit son nom, un jeune homme quitta en hâte le guichet et s'introduisit dans une pièce attenante. Quelqu'un s'avançait vers elle :
— Je me présente, André Leroc. Moi aussi, madame Moret, je n'ai pas pu rester chez moi, attendre, communiquer plus tard par téléphone. Quelle nuit atroce ! Mais à présent, nous pouvons être rassurés, les nôtres ne sont pas parmi les victimes. Le directeur nous le confirmera sous peu. Regardez, les Klein aussi sont là.
Elle reconnut, dans un coin de la salle, les deux vieux assis l'un près de l'autre.
— Quelle nuit ! J'avais deux personnes à bord, ma femme et ma fille. Et vous, madame Moret, c'était...
— Pierre.
— Ah oui, votre mari. Je vous le répète, il fait partie des rescapés. Au début, personne n'a voulu parler ici, on cherchait même à m'éloigner, me demandant d'avoir encore un peu de patience, de rentrer chez moi. C'était tout de même inconcevable ! À force d'insistance, j'ai obtenu que le directeur nous reçoive. Il y a quelques instants, une petite secrétaire m'a refilé la liste.
— Quelle liste ?
— Celle des victimes. Sur les vingt-sept passagers, il y a eu dix-huit victimes, toutes identifiées au cours de la nuit. J'ai appris que dans ce cas, quelqu'un est chargé de se rendre à domicile et d'annoncer la catastrophe, avec le plus de ménagements possible, aux malheureuses familles. Pour nous, cela a été différent. J'ai tranquillisé les Klein aussi... Les nôtres n'étant pas sur la liste des disparus, c'étaient donc eux les survivants. Neuf survivants !
Lana ferme les yeux, tout tourne, la joie est trop immense pour l'exprimer.
— Ma fille Martine, continue M. Leroc. Je ne sais pas si vous l'avez aperçue hier, à l'aérodrome. Peu avant le départ, cette pitoyable scène avec ce pauvre enfant avait bouleversé Martine. Une jeune fille si pondérée, si clame ; mais, comment dire, d'une sensibilité toute rentrée. Inquiétante parfois. Autant sa mère est impulsive, autant Martine... Ma femme, Florence, vous voyez qui je veux dire ? Grande, blonde, de l'allure, de l'assu-

rance. Vous l'avez certainement remarquée ? Vous-même, madame Moret, vous n'avez pas d'enfants ?
— Non, je n'ai pas d'enfants.
Hier, M. Leroc paraissait muscle, malgré son embonpoint que dissimulait à peine un costume foncé à fines rayures. Hier, il n'y en avait que pour Florence, triturant son collier de perles, agitant sa main baguée, surchargeant son époux de courses à faire durant son absence. Toute la salle pouvait l'entendre :
— Tu n'oublieras pas, André. Tu téléphoneras... tu payeras... tu retiendras...
— Un vrai miracle ! Mais quelle effroyable nuit ! Ma petite Martine, j'ai peur qu'elle ne s'en remette jamais. Qu'en pensez-vous, madame Moret ?
Hier, Martine, soudain dressée, criant : « Assez » ! Et avant cela, à l'écart, lisant son livre, comme on laboure, fouillant les pages avec une sorte de passion. « Quel est ce livre » ? s'était demandé Lana. Plus tard, Martine aidant l'enfant à se redresser, fouillant ce visage. De nouveau, Martine, dans sa robe verte, debout, face à sa mère, et ce cri : « Assez » !
— Ça ne vous incommode pas que je fume ? demande M. Leroc, tirant un cigare de son étui. Puis, faisant claquer plusieurs fois sa langue contre son palais : « Pour une jeune compagnie d'aviation comme celle-ci, une catastrophe pareille c'est un coup dont on se relève difficilement. »
Avec les gestes d'hier, Emilie Klein, assise au bord de sa chaise, tire sur sa robe pour dissimuler son jupon défraîchi.
— Quand René sera devant mes yeux, j'y croirai dit-elle.
— Mais puisque ce monsieur a vu la liste...
— Je lui avais répété qu'il était préférable de prendre le bateau.
— Il faut être de son époque, Emilie. C'est nous qui l'avons élevé, ajoute-t-il tourné vers les deux autres. À trois ans, il n'avait plus sa mère, ensuite son père, notre fils, est mort à la guerre. René, pour nous, c'est tout.
Lana le revoit, pas très grand, avec des épaules carrées, il portait des lunettes.
— Il est instituteur, reprend le vieux. Il voulait partir pour l'Afrique, ça lui plaisait d'enseigner là-bas.
— Je n'aurais pas dû céder, je n'aurais pas dû le laisser partir, surtout en avion...
— Puisqu'on te dit que tout va bien.
— Il ne faut jamais céder.

LE SURVIVANT

— C'est plus sage de céder, Emilie, tu sais bien que les jeunes font ce qu'ils ont décidé de faire.

Elle soupire :

— Qu'est-ce qu'on va devenir ?

— C'est plus beau qu'avant, réplique le vieux. C'est comme s'il vivait deux fois. C'est comme si on nous le donnait une seconde fois...

— Quels sont les autres survivants ? demanda Lana.

— J'ai fait ma petite enquête, Jean Rioux et sa femme. Lui, c'est un peintre assez connu. Vous en avez peut être entendu parler ? Ils n'ont qu'un fils, Marc. Hier il les accompagnait.

Lana les avait remarqués, ce père et ce fils, leur ressemblance était frappante. Craignant que Pierre n'éprouve à les voir le regret de l'enfant qu'ils n'ont pas eu, elle s'était rapidement détournée. Elle se souvenait de la femme aussi, trente-cinq ans peut-être. Dès le début, celle-ci s'était postée devant l'immense baie vitrée, absorbée par tout ce qui se passait à l'extérieur.

— Mais où est notre avion ? avait-elle dit au bout d'un moment se retournant vers les siens.

Le fils avait, nonchalamment, levé le bras en direction de la piste d'envol :

— C'est celui qui s'avance.

Depuis qu'il était entré, il n'avait pas échangé un seul mot avec son père ; mais ils étaient restés l'un près de l'autre, liés, aurait-on dit, par une sorte de silence.

Un homme, l'air furieux, traversa la salle d'attente, sans saluer personne. Puis, frappant à une porte, il tourna la poignée avant qu'on ne lui réponde, et entra dans le bureau du directeur.

— Hier, il accompagnait la femme aux cheveux roux, dit Leroc. Elle fait aussi partie des survivants. C'est heureux, une si belle personne. Lui, s'appelle Jacques Lomont, c'est un journaliste. Ces gens-là sont toujours à bout de nerfs.

— Et l'enfant ?

— Qui ça, le mongolien ?

— Oui.

— Il vit, lui aussi. Pourtant, dans ce cas, il aurait mieux valu...

— La mère de l'enfant ? interrompit Lana.

— Elle n'est pas venue. La famille de Serge Blanc non plus. Vous vous souvenez, cet homme d'une trentaine d'années, élégant, assez beau ? Florence m'avait fait remarquer la coupe de son veston. Il paraît qu'il est séparé de sa femme, et que c'est sans doute une autre qui a téléphoné. Quand elle a appris qu'il en avait réchappé, elle a crié de joie ; mais dès qu'on lui a demandé son nom, elle a raccroché.

La porte s'ouvrit. Le directeur apparut en compagnie du journaliste. Ses traits étaient tirés, il tenait ses lunettes à la main.

— À présent, dites-leur, commença brusquement Lomont.

Le directeur hésitait. Il pressa ses doigts contre ses paupières ; des boutons d'onyx ornaient ses manchettes immaculées :

— Il m'est très pénible, en ces cruelles circonstances...

— Où sont-ils ? interrompit le vieux Klein.

— Quand pourrons-nous les voir, ou du moins les entendre ? poursuivit Leroc.

— Hélas ! les choses ne sont pas si simples.

— Pas si simples ? Mais qu'est-ce que ça veut dire ?

Il replaça ses lunettes sur son nez ; soudain tous ces visages lui parurent toucher le sien.

— Mais où sont-ils ? répéta François Klein.

— Durant toute la nuit, les nouvelles n'ont cessé de nous parvenir. Un avion de reconnaissance s'est rapidement rendu sur les lieux de la catastrophe.

— Mais après ? Après...

— Ce premier avion a d'abord tournoyé autour de l'épave, mais il était de trop grande dimension pour pouvoir atterrir et même pour voler assez bas.

— Et ensuite ?

— À cause de cette distance... Certains membres de l'équipage ont pris pour... Enfin, l'émotion, les lumières des projecteurs braqués sur les débris de l'appareil, les ombres, ont pu d'abord laisser supposer...

— Mais supposer quoi ?

— Dès le début, nous avons jugé de notre devoir de vous prévenir avant que vous n'appreniez la catastrophe. La catastrophe sans l'espoir. Un espoir que nous étions alors, nous semblait-il, en droit de vous donner.

— Et maintenant, maintenant ?

Leurs voix se chargeaient d'une angoisse presque insoutenable.

— Les équipes de secours ne sont parvenues sur les lieux que dans la matinée. Sur les vingt-sept passagers ils ont pu identifier dix-huit victimes.

LE SURVIVANT

— C'est cela, c'est bien cela, s'exclama M. Leroc, il reste neuf survivants !
— Je me vois, hélas ! dans l'obligation... je dois vous dire... que les premiers rapports sont incomplets, inexacts. C'est la première catastrophe qu'a subie cette compagnie... Peut-être que cette nuit – à ce sujet je suis dans une certaine mesure d'accord avec M. Lomont – avons-nous agi trop hâtivement.
— Mais quoi ? Qu'est-ce que vous cherchez à nous dire ?
— Qu'il n'y a plus personne ? Pas de survivants ?
— Pas un seul ?
— Un seul. Oui, c'est cela. Il reste un seul.
— Mais les autres ?
— Les huit autres ?
— Méconnaissables.
— Un survivant ?
— Mais alors, qui ?
— Qui ?
— Nous l'ignorons pour le moment.

— Mais nous le saurons bientôt, reprit le directeur.
Ces choses dites, il éprouva un mélange de pitié et d'irritation contre eux tous.
— Je vous demande du courage, de la patience. Je me mets à votre place, je sais combien...
Il continua : « Un siège a été découvert loin de l'épave, éjecté par miracle. Au bas de ce siège il y a des pas ; et ces traces se prolongent, s'enfoncent dans le désert. D'autres preuves, confirmant celles-ci, indiquent clairement la présence de quelqu'un s'éloignant, s'écartant des lieux. Cette personne où est-elle ? Qui est-elle ? On l'ignore pour le moment. Commotionnée par le choc, il est très possible qu'elle se soit avancée très loin sans savoir comment se diriger, et que, plus tard, des nomades l'aient secourue, emmenée. Dans ce cas, nous la retrouverons dans l'une des proches oasis. Les recherches ont commencé. Pour l'instant, il semble qu'après cette enfilade de pas – dont le cours sera étudié, fixé – il n'y ait plus rien. Nous attendons la conclusion des experts.
Le directeur voudrait, à présent, trouver un ton plus chaleureux. Il possède la mémoire des noms propres, et s'adresser à chacun personnellement est un moyen, lui paraît-il, d'exprimer sa sympathie :

— Vous êtes madame Moret ? demande-t-il s'adressant à la plus jeune des deux femmes.
Mais celle-ci ne paraît pas l'entendre. Se tournant alors vers le couple, qui ressemble à de vieux moineaux trempés de pluie :
— Monsieur et madame Klein, n'est-ce pas ?
— Oui.
— André Leroc, dit l'homme au cigare prenant les devants.
— Oui, monsieur Leroc, je sais qui vous êtes.
Ils échangent un rapide sourire.
— Les rapports, poursuit-il, restent à votre entière disposition, et vous seront communiqués dès que vous en ferez la demande au fur et à mesure de leur arrivée. Appelez-nous autant de fois que vous le désirez. Nous ferons tout ce qui est en notre pouvoir pour éclaircir... pour que...
La voix du directeur s'infléchit, s'éloigne, se disperse. Chacun n'entend plus que les battements de son propre cœur. Le balancier de l'horloge débite un temps mort. Un cri rompt soudain le silence :
— C'est Pierre, le survivant !

Emilie Klein a levé vers Lana son étroit visage de souris, les autres la regardent, stupéfaits :
— C'est Pierre, insiste-t-elle.
Haussant les épaules, Jacques Lomont sort lentement, laissant la porte grande ouverte derrière lui.
— Je dois partir, dit Lana. Tout de suite.
— Vous ne m'avez sans doute pas compris, madame Moret, reprend le directeur d'une voix plus sourde. Je n'ai pas prononcé de nom. Dans l'état actuel des choses, il est d'ailleurs impossible...
Il faut dire et redire : « Pierre ». Que le nom s'ancre dans le temps, dans la tête de chacun, que la chair ressuscite tout autour.
— C'est Pierre, j'en suis certaine.
— Rien ne vous autorise à...
— Vous ne pouvez pas l'empêcher de partir si elle le désire, dit André Leroc.
— À quoi cela servirait-il ? Seules des personnes ayant une connaissance suffisante du désert pourraient faire avancer l'enquête.
— Je dois partir.
— C'est comme vous voulez. Mais il nous sera impossible de vous trouver un passage avant quarante-huit heures.

4.

— Pierre, c'est toi le survivant. C'est toi ! Autrement tiendrais-je encore debout ?

Dans le hall des gens se renseignent, attendent, bavardent, se pressent devant les guichets. La sonnerie des téléphones, le cliquetis des machines, les tiroirs métalliques glissant et reglissant dans leurs rainures, la porte d'entrée qui s'ouvre, se referme, s'écarte de nouveau, forment un bruit de fond perpétuel. Perpétuel.

— Où que tu sois, je te retrouverai, mon amour...

Le cœur bat contre ses propres rochers, se noie dans ses propres cavernes. La rumeur du sang recouvre le brouhaha de la salle.

— Ta mort, ça n'existe pas. Ton absence, oui, mais pas ta mort.

Lana avance, personne ne se retourne, ne comprend, ne la regarde. Chacun marche à l'intérieur de ses propres limites, entre les uns et les autres les distances paraissent infinies.

Tirant un garçonnet par le bras, une femme vient de pousser la porte vitrée. Apercevant Lana, elle se dirige rapidement vers elle :

— Je vous reconnais, vous étiez là hier. Dites-moi ce qu'on vous a dit. Quand devons-nous les revoir ?

— Je n'en sais rien.

— Vous savez, vous savez sûrement. Je suis madame Barsow, Lydia Barsow. L'enfant à la casquette, c'était le mien.

— Je ne me rappelle pas.

— Mais si, hier, vous m'avez aidée à me relever. Vous n'avez pas cessé

de nous regarder. Pourquoi ne voulez-vous pas me le dire ? Je sais qu'il est en vie. Je vous demande où il est, c'est tout.
— Ils se sont trompés, ils vous expliqueront.
— Comment, trompés ?
Elle s'agrippe au poignet de Lana ; hier aussi, elle avait ce visage triste mais déterminé, volontaire.
— Dites-moi. Il faut me dire.
— Il n'y a qu'un seul survivant.
— Ce n'est pas possible, un seul ?
— Un seul.
— Je ne comprends pas. Comment un seul ?
— Un seul. Ils vous le diront.
— Mais alors qui ? Qui ?
— Pierre.
— Qui est Pierre ?
Fasciné par les reproductions au mur, l'enfant gigote, se débat, trépigne jusqu'à ce que sa mère lui lâche la main. Enfin il s'échappe et court se planter sous la pente neigeuse, qu'un jeune homme en veste rouge dévale à toute allure.
— Vous mentez, dit Lydia.
Le petit garçon s'est encore rapproché de l'affiche, s'élevant sur la pointe des pieds, il a allongé le bras et parvient, du bout de l'index à toucher la belle neige poudreuse.
— N'est-ce pas que vous avez menti ?
— Je ne sais plus.
— Qui est le survivant ?
— Personne ne sait. Personne.
L'enfant de Lydia a des cheveux noirs, bouclés, un nez droit, une bouche rieuse. Il est là, il remue, il vit. Agenouillé auprès d'une table basse, il tire à lui toute la pile de prospectus dont il s'emplit les poches.
— Mentir ne le ramènera pas. Si c'est comme vous venez de le dire, le survivant est à chacun de nous. À tous. Croyez-vous que c'est plus supportable la mort d'un enfant ?
Les joues en feu, le petit garçon revient et entrouvrant le sac de sa mère, il le bourre de tout ce que ses propres poches n'ont pu contenir.
— Vous l'avez, lui, dit doucement Lana.
— C'est la première fois que j'ai accepté de me séparer de Lucien. Je n'aurais pas dû.
Avant de partir ses yeux imploraient, comment effacer cette dernière

LE SURVIVANT

image ? Au moment de la catastrophe, il a peut-être cru que c'était elle qui l'avait précipité dans le feu, que c'était elle qui l'avait rejeté, trahi.

— Aucun enfant ne remplace un autre. Et ceux-là, ces enfants-là... Non, vous ne pouvez pas savoir.

« Ils n'ont pas d'esprit. Rien qu'un cœur, mais si vaste. Vaste et friable... On se lie par d'autres fibres, mais profondes aussi, enracinées aussi, à ceux qui ne dépendent que de vous, qui ne sont rien sans vous. Bernard est beau, intelligent, vif. Mais Lucien... Comment expliquer ces choses ?

« Lucien, c'est... comment dire ? Toute l'innocence, toute la bonté...

Un océan de bonté, un ciel d'innocence, sans les ombres. Tandis que les gens continuent d'aller et venir, Lydia tient toujours le bras de Mme Moret, mais les mots ne passent plus. Pourtant, tout ce qui se rapporte à l'enfant l'envahit, la submerge, l'entraîne, en cet instant encore, dans un courant rapide où flottent les épaves de souvenirs, auxquelles Lydia se raccroche, avant que celles-ci à leur tour ne sombrent, aspirées par le fond des mers. Un soir, Nicolas s'est emporté et a giflé l'enfant. Il fallait le comprendre, lui aussi, rentrant épuisé d'un travail qui ne lui plaisait pas, buvant trop (c'est ce qui l'a finalement emporté), se sentant atteint, diminué, humilié par l'aspect de ce fils. Son fils. Que de fois ensuite a-t-elle vibré, résonné, dans sa tête à elle, cette gifle ; raturant, brouillant les jours les plus clairs. Le jour des noces de sa sœur – la mariée descendant les marches de l'église, la brise s'insinuant dans sa robe, dans ses voiles, les transfigurant en un bouquet d'ailes – noirci, entaché. Le jour des trois ans de Bernard – les bougies, les petites flammes jaunes flottant par-dessus le gâteau blanc, les enfants qui applaudissent, Lucien qui applaudit – éclaboussé, assombri. Le bruit sec de cette gifle l'éveillant en pleine nuit, la jetant hors du lit, la précipitant au chevet du petit ; et là, s'agenouillant, glissant furtivement les doigts le long des paupières dans la crainte d'y sentir des larmes. Maintenant encore, le claquement de la gifle ; l'enfant ne bronchant pas sous le choc, l'horrible silence qui a suivi. Puis, de nouveau, l'enfant, ses deux mains en avant, prenant, enfermant entre les siennes la main du père. La ramenant, la remontant, cette main, vers la joue meurtrie, l'apprivoisant, lui enseignant, lui révélant avec une douce patience le bienfait d'une caresse ; faisant que cette main effleure, frôle le visage, comme si ce n'était pas seulement son visage à lui, Lucien, mais tous les visages endoloris. Ranimant à travers cette caresse quelque chose en lui, quelque chose en son père. Se trouvant

et se retrouvant tous les deux, comme ils ne s'étaient jamais retrouvés. S'aimant quelques minutes par-delà l'entente.
— Toute l'innocence... toute la bonté.
— Je l'ai aimé, hier, dès la première seconde, dit Lana.

Que faire ? Où aller ? Comment rompre ces deux jours qui vont suivre ? L'avenue est longue, longue, avec ses centaines de boutiques, ses kiosques à journaux, ses passants, ses marchandes de fleurs, ses vitrines. Surtout ne plus s'entendre, ne plus s'écouter, trancher les langues de l'hydre, s'introduire dans un temps neutre, se laisser happer par la foule, se soumettre à ses vagues, s'enrouler dans ses plis. Devenir multitude, s'enliser. Ne plus rien savoir. S'enfoncer dans le tunnel, l'étroit passage, jusqu'au moment où, de l'autre côté, m'apparaîtra ton visage : « Pierre. »

Alors, seulement, m'éveiller.

En attendant, pour attendre, endiguer hier, ne plus appeler demain, se changer en murs, en bois, en seuils. Se faire ardoise, brique, vitre. Suivre des yeux le défilé des voitures, se laisser obséder par le martèlement de ses propres talons sur la chaussée, se laisser assourdir par l'implacable rumeur de la cité.

Une auto, brusquement, freine au bord du trottoir. De l'intérieur quelqu'un appelle :
— J'habite de votre côté. Montez, je vous accompagne.

Le journaliste de tout à l'heure... « Son nom m'échappe. Quelque chose comme Beaumont, Aumont, Lomont. Oui, c'est ça, Jacques Lomont. »
— Je préfère rentrer à pied.
— Vous n'êtes pas en état de marcher. Venez.

Il se penche, insiste, ouvre la portière, lui tend la main :
— Croyez-moi, il faut venir.

Le parcours était semé de feux rouges, mais jusqu'à l'entrée de l'impasse ils ne s'étaient rien dit.
— C'était mieux, je vous remercie. Je me noyais.
— Vous voulez toujours partir ?
— Oui. Personne ne le cherchera comme je le chercherai.
— Si vous ne le trouvez pas ? Si c'était un autre qui...
— Je chercherai, je chercherai...

Elle répéta le mot avec une ferveur qui l'étonna elle-même, comme s'il continuait, par-delà les faits, à garder une signification.

LE SURVIVANT

Elle entra chez elle, referma la porte. Les murs cernaient de partout.
— Je chercherai, reprit-elle comme pour se délivrer de leur présence. Qui était Pierre ? Où était Pierre ? Lequel de ces Pierre qu'elle imaginait ressemblait réellement à Pierre ? Et qu'est-ce que ça voulait dire « réellement » ? Les visages de Pierre avancent, s'effacent, se multiplient. Pierre est chacun d'eux et autre chose encore. Tout est encore possible. Tout.

— Tu ne t'es pas trompée, Lana. C'est moi le rescapé. Tout était calme à bord. Nous survolions l'Afrique. Soudain, les roues de l'avion se sont mises à vibrer, j'ai vu de la fumée au bout des ailes ; puis, ce fut un craquement, suivi d'un fracas sinistre comme si le ventre de la carlingue se déchirait, une chute vertigineuse dans le vide, une explosion. C'est tout ce que je sais. J'ai dû m'évanouir au moment où nous touchions le sol. Je me suis retrouvé bien après – comme on te l'a décrit – éjecté à plusieurs centaines de mètres, couché aux pieds du fauteuil, entortillé dans mes vêtements et dans les lanières de la ceinture.

« Il m'a fallu un moment pour tout me rappeler. L'immense brasier commençait de s'éteindre, et mes oreilles s'emplirent de l'infernal et lointain grésillement. Ensuite, n'ayant plus rien à dévorer – la tôle déjà tordue, le bois carbonisé, le kérosène bu par les sables – le feu se résorba, les flammes se firent courtes. Piquée, plus bas dans le sable, l'épave aux ailes recroquevillées, gigantesques, ressemblait à un monstrueux insecte veillant sur son propre désastre. J'approchai, les pieds nus, m'enlisant tout d'abord, avançant ensuite pesamment, sur une terre crevassée, labourée, dure et noircie. Le cœur battant, j'espérais, sous ces décombres, trouver d'autres, aussi miraculeusement épargnés que moi.

« Ce que j'ai vu, jamais je ne te le dirai. J'ai reculé d'horreur, j'ai fui. Le plus loin, le plus vite possible courant à toutes jambes, hurlant pour que ma voix m'accompagne, déroutant la mort. La creuse, la maudite mort. Vivant. Deux fois vivant. Survivant, Lana, comme tu le dis.

— Lana, réveille-toi, éveille-toi, il faudra bien finir par tout affronter. Tu sais bien que c'est fini. Pourquoi t'obstines-tu ? Terminé, ma petite fille, mon amie, mon amour. Suspendu, le défilé des images ; au clou, notre panoplie. Tirés, les rideaux. Révolues, nos années. Abolies. Accomplies.

« Je n'ai plus de jambes pour aller vers toi, Lana. Plus de voix pour t'appeler. Plus de bras pour te tenir. Je sens que tu t'insurges, que tu refuses, que tu résistes. Que tu frappes des poings, que tu heurtes du front, quand il n'y a plus de murs à défoncer, ni de portes à ouvrir. Tu veux, tu réclames nos lèvres, nos mains, nos yeux, nos paroles – comme c'est incarné, soudain, une parole ; comme c'est savoureux une vie vécue – tu te raidis, quand il ne s'agit plus que de glisser ; tu te déchaînes, tu te blesses, quand il ne s'agit plus que de te fondre. Retourne-toi comme un gant. Viens, descends, plonge, pénètre. Peut-être au fond de toi, y a-t-il toi ? Peut-être au fond de toi, y a-t-il moi ? Au fond de nous est la réponse, qui sait ?

— Lana, comment te faire comprendre ce qui se passe, ce que j'éprouve ? Des nomades m'ont trouvé peu après l'accident. Ils m'ont emmené avec eux dans leur oasis.

« La fraîcheur y est toute verte. La brise, le balancement des feuilles, le chant des oiseaux m'environnent. Dehors, le soleil peut s'acharner, frapper à coups de corne un désert impassible, ici commence la vie. Ici règnent l'arbre et l'eau.

« Ces hommes ne s'adressent à moi que par gestes, des gestes qui me conviennent à partager, jamais à expliquer. Sans doute accordent-ils peu de crédit aux éclaircissements et croient-ils surtout au silence. Sans doute ont-ils, en partie, raison. En partie. Mais c'est ce silence-là qui m'est, à présent, nécessaire.

« Ce que je vais te demander, Lana – c'est cruel, j'en ai conscience, mais tu peux comprendre, et cela te ressemblerait assez de me faire la même demande un jour – c'est de me donner ce sursis, cet intervalle, cette pause. Le temps, comment dire, oui, c'est presque cela – mais les mots, souvent, restent lamentablement à côté – le temps de démêler la vie de ce qu'on appelle vivre. Un moment, m'écarter d'un espace débité, d'heures à parois, de ce personnage – étiqueté, catégorifié – que nous finissons par devenir, comme si nous ne parvenions à présenter aux autres et à nous-mêmes que les multiples faces d'une marionnette, mais jamais la main qui la meut.

« Ne pas, une fois encore, négliger l'occasion d'en savoir un peu plus. Ne serait-ce qu'un grain, un cheveu, une paille de plus. Je m'en voudrais d'avoir fait si peu de cas de ces heures que je viens de vivre, horreur et lueur ensemble. Oui, plus tard, je m'en voudrais d'avoir passé en bordure de la mort et de m'être éloigné, légèrement.

« Laisse-moi à ce dépaysement, à cet univers sans couture. Que j'apprenne le silence, que j'escorte quelque temps la mort. La prodigue mort. La fascinante, la fertile mort. Sans elle la terre ne serait qu'indifférence, lac sans fin, inertie.

LE SURVIVANT

— Assez, assez, Lana. Tu m'entends mal. Ce n'est pas moi que tu entends, c'est toi qui t'écoutes parler. Moi, je ne souhaite qu'une chose : revenir.

« Comment peux-tu imaginer que, volontairement, je t'aurais laissée sans nouvelles ? C'est absurde, Lana. Même sachant que tu m'accorderais cette liberté, je serais venu d'abord te la demander. Et devant toi... Toi, ternie, vieillie par ces jours d'attente, comment aurais-je pu résister au désir de te garder dans mes bras, t'enveloppper, te protéger, te défendre de toi-même et de moi ?

« Lana, me prends-tu pour un moine, un ascète, un fou de Dieu, un assoiffé, un éperdu de je ne sais quelle réalité insondable ? Crois-tu qu'on a si long à vivre qu'il faille encore se gaspiller en vaines questions ? Un sursis, oui, peut-être, mais pour aimer d'autres femmes. Un intervalle, oui, mais pour visiter d'autres pays...

« À ces nomades qui m'ont recueilli je m'évertue à expliquer ce qui m'est advenu et où je désire me rendre. Entre eux et moi, c'est une forêt de gestes dans laquelle nous nous égarons. Ah ! paroles, mots familiers, langue maternelle, où êtes-vous ? Il me semble avoir enfin compris que nous ne pourrons quitter l'oasis avant quelques jours, car une tempête de sable se prépare. J'en éprouve déjà le malaise. La cime des arbres tressaille, un frémissement s'empare des feuilles ; moi-même je suis au bord des cris.

— Hâte-toi, Lana, hâte-toi... Je marche depuis deux jours. Pieds nus, les mains en sang, les jambes brûlées, le visage tuméfié. Je n'ai aperçu dans le ciel qu'un seul avion, mais celui-ci a poursuivi sa route malgré mes hurlements, ma chemise en lambeaux que je secouais à bout de bras. Rien. Plus personne sur cette terre désolée. Fais vite. Presse-toi. Presse-les. Bientôt il sera trop tard. Ma langue se parchemine, mes yeux brûlent. Je n'ai plus la force de chasser la poussière qui couvre mes paupières, qui obstrue mes oreilles, pénètre dans ma bouche. Le soleil fauve ne me lâche plus, je ne sais plus comment m'en défaire. J'enfonce dans le sable. Je dérive. J'ai soif. Je crains de m'abandonner...

5.

Le départ de Lana fut encore remis de quarante-huit heures. Le lieu de l'accident n'était accessible que par une piste de modeste dimension, située à la limite du désert, sur laquelle un très petit nombre d'avions pouvaient atterrir.

Une fin d'après-midi, on sonna à sa porte. Trois coups brefs, une pause, deux coups encore. Elle sursauta :

— Pierre !

C'était lui ! Sa façon de presser le bouton quand il avait oublié sa clef. Il était revenu sans prévenir. Il avait marché, lutté et s'en était sorti seul. Rien de ce qu'elle avait imaginé ne ressemblait à ceci. Elle se précipita, courut le long du couloir. Le miroir de l'entrée lui renvoya son image. Quelle tête ! Quel accoutrement ! Elle avait vécu hors d'elle-même ces deux derniers jours. Rapidement, elle glissa ses doigts écartés dans la masse de ses cheveux, rajusta d'un geste l'encolure du pull-over, se jeta sur le loquet, tira brusquement la porte à elle, comme si elle voulait l'arracher de ses gonds.

— Il ne fallait pas vous presser, j'aurais attendu, dit le télégraphiste.

— ...

— Mais vous avez l'air malade, qu'est-ce qui ne va pas ?

— Rien. Ce n'est rien.

Il repousse sa casquette découvrant ses cheveux blonds, ondulés. Il a vingt ans, des yeux bleus, ronds, moqueurs ; un sourire de côté épinglé sur sa bouche.

— Signez ici.

LE SURVIVANT

Il lui tend le pneumatique, elle jette un coup d'œil sur l'adresse de l'envoyeur. Elle signe :
— Attendez-moi, je reviens.
De nouveau, le couloir, la chambre. Elle se débarrasse de la lettre, ouvre son armoire, cherche sur les étagères ; puis dans un tiroir, un second. Où a-t-elle mis sa monnaie ? Elle vide son sac, fouille dans ses poches, déplace des livres sur la table, glisse sa main derrière le coussin du fauteuil. Elle tourne, tourne en rond. Gire et tourne depuis des siècles au centre d'un manège. Un tour, deux tours, mille tours, la piste s'agrandit, se rapetisse ; on n'échappe pas à sa vie. Trois mille tours sans pouvoir s'arrêter, ignorant quel rôle le ciel vous assigne ou si le ciel existe, ne sachant pas ce que le public attend de vous. En cet instant une foule composée d'une multitude de télégraphistes assis tout autour, en rands serrés, s'impatientent, trépignent, vous jettent à la tête des centaines d'enveloppes bleues. Attendent une réponse. Quelle réponse ? Et tous ces papiers qui jonchent l'arène, s'entassent, s'élèvent, se dressent comme des murailles autours de Lana, paralysant ses mouvements.
— C'est tout ce que j'ai pu trouver, s'excuse-t-elle, tendant enfin un paquet de cigarettes au jeune homme.
— C'est bien mieux.
Il rajuste sa casquette. Ses yeux ne sont pas bleus, mais gris et plutôt mélancoliques. Est-ce le même ? Une cicatrice à la commissure des lèvres lui donne un air désolé. Il a peut-être vingt ans, un visage résigné et pâle comme s'il sortait d'une longue maladie. Il remercie et s'en va.
Appuyée au chambranle de la porte, Lana l'écoute s'éloigner. Puis d'autres pas remontent, quelqu'un sifflote dans l'escalier :
« Les amoureux qui s'bécotent sur les bancs publics
bancs publics
bancs publics
les amoureux... »

La sortie du métro débouche sur un minuscule rond-point piqué de quatre arbres dont les branches se touchent et forment, l'été, un seul bouquet mauve. Les maisons tout autour paraissent peintes sur toile. Lana accoste une passante, et celle-ci lui indique l'adresse inscrite sur l'enveloppe bleue.
C'est un immeuble, cette fois, bien ancré dans ses pierres, auquel des balcons massifs aux fers lourds, sans beauté, ajoutent encore du poids.

Du papier, imitant le cuir de Cordoue, tapisse et assombrit la cage d'escalier. Entre chaque palier des vitraux ternes bleuissent le jour qui s'écoule – chétif, famélique, à contrecœur – sur le tapis aux motifs persans qui recouvre les marches.

Au cinquième la porte s'entrebâille.

— Je savais que vous viendriez, dit Marc.

Elle pénètre dans une vaste pièce lambrissée, décorée de stuc et de dorures qui contrastent étrangement avec des toiles aux couleurs fortes, aux lignes heurtées accrochées partout sur les murs.

— L'appartement de grand-mère, nous y sommes depuis qu'elle est morte. Avant on habitait un atelier. Entre papa et sa famille ça n'avait jamais marché, et puis, on n'a pas compris pourquoi, il a voulu revenir ici. Maman détestait cet endroit, elle voulait tout changer. Papa s'y opposait, il craignait que cela ne dérange son travail. Ça, ajouta-t-il montrant une série de cartes fixées par des punaises et couvrant un étroit pan de mur, c'est de moi...

— Vous voulez être peintre ?

— Ah, non ! C'est nul. Nul ! Seulement dès que je griffonne n'importe quoi – c'est pareil depuis que j'ai quatre ans – maman s'en empare et le colle au mur. Ça doit agacer papa bien qu'il n'ait jamais rien dit. J'attendais qu'ils partent pour tout jeter au panier. Mais maintenant... avec ce qui est arrivée, je n'ose plus rien toucher.

Il lui indiqua le fauteuil en rotin et s'assit en face d'elle sur un tabouret étalant ses jambes devant lui :

— J'ai appris ce qui s'est passé à l'agence. Pour dire ce que vous avez dit, vous avez des raisons, n'est-ce pas ? Vous en savez plus long que nous.

Il semblait se désintéresser de ses phrases au fur et à mesure qu'il les exprimait. Se penchant en avant, il se perdit dans la contemplation de ses chaussures, les bords de ses semelles disparaissaient sous une carapace de boue durcie.

— Je ne sais rien de plus que les autres.

— Alors ?

— Alors quoi ?

Il relaçait son soulier :

— Vous disiez que c'était Pierre, votre mari, le survivant. Vous le croyez vraiment ?

Il ne la regardait pas. Le buste presque couché sur ses jambes, il relaçait la seconde chaussure avec application, s'exerçant à réussir un nœud impeccable.

LE SURVIVANT

— Je le crois, oui.

L'écoutait-il encore ? Pourquoi lui avait-il écrit de venir ?

— Comprenez-moi, Marc, ça ne vous empêche pas de croire que c'est un des vôtres.

— Moi, je ne crois rien.

Il s'était redressé. Puis comme si l'effort avait été trop grand, il plaça son coude sur son genou, son menton dans sa main et dévisagea attentivement la femme.

— Maman ne rêvait que de ce voyage. Elle répétait qu'elle se mettait à l'avant, que c'était de là qu'on voyait le mieux. Toute cette partie de l'appareil a été pulvérisée.

— Nous ne pouvons pas savoir comment les choses se sont passées à l'intérieur de l'avion.

— Je suis sûr qu'elle s'est mise à l'avant. Elle avait cela en tête. Elle était si contente de partir, depuis une semaine elle ne tenait plus en place.

Il se leva, marcha vers l'établi :

— Venez voir.

Des feuilles, des cartons, des tubes de peinture avaient été poussés de côté, il étala sur la tablette vide une série de photographies.

— C'est elle, Francine, dit-il.

— Je la reconnais, fit Lana.

On la voyait, dévalant une côte à bicyclette, piquant une tente près d'une rivière, plongeant dans la mer, courant le long de la plage, Marc-enfant grimpé sur ses épaules. Mobile, mouvante, sur le vif, dans le vif, se projetant, s'expulsant de l'image, débordant la plaque, tournant le dos au cliché, s'élançant hors de l'instant, hors du cadre, émergeant ici, dans le présent – ce présent qui n'est plus le sien, ou qui est peut-être encore le sien – ses gestes crevant, fouettant, ranimant les sites.

Du peintre, il n'y avait qu'une seule photo, mais en agrandissement. Jean Rioux, debout, adossé à une falaise de craie. À ses pieds, un océan de craie. Océan, visage, cheveux, roches fondus dans cette tonalité neutre, voulue (certainement voulue), comme si le cliché avait été préparé d'avance, étudié, le peintre lui-même s'y intéressant personnellement, choisissant l'attitude, décidant de la qualité du développement (insistant sur les blancs, le côté matière : argile, visage et falaise mêlés, l'artiste s'intégrant à – et, à la fois, dominant le paysage, l'univers). Une belle reproduction, réussie. Il devait en être satisfait.

— Il pose pour l'éternité, dit Marc.

Peu après, il disparut, pour revenir portant un magnétophone, qu'il déposa sur une table basse où s'empilaient des journaux, des magazines. Ayant mis l'appareil en marche, il s'en éloigna lentement, alla vers la cheminée et s'y accouda.

— Il faut attendre un peu. J'ai effacé ce qu'il y avait au début.

Une certaine excitation commençait à le gagner. Il croisait, décroisait les pieds ; ramassait un des coquillages placés sur la tablette de marbre, le portait à son oreille, s'en débarrassait aussitôt. Puis il empoigna un gros galet qu'il jeta en l'air et rattrapa dans sa paume.

Soudain, des voix tailladèrent le silence.

— C'est eux, dit Marc.

Ne s'accordant aucun répit, elles montaient à l'assaut l'une de l'autre, s'affrontant, se supplantant.

— Tu m'englues, Francine. Je n'en peux plus, tu ne comprends pas. J'en ai assez !

— Moi, moi ! Tu ne penses qu'à toi. Il y a toi. Toi. Et encore toi ! Tu n'as d'oreilles que pour toi, d'égards que pour toi. Moi je peux crever à tes côtés...

— Tu n'as qu'à foutre le camp, ou à t'occuper. T'occuper ! Faire autre chose que de me tourner autour, t'agiter, remuer autour de moi. Me parasiter. J'en ai... »

— Arrêtez ça ! cria Lana, à peine revenue de sa stupeur.

— Pourquoi ?

Les mots s'échappaient toujours. Des mots-lanières, des mots-serpes, envenimés.

— Je ne veux plus entendre !

Elle se rua sur l'appareil, tourna brusquement le bouton.

— C'est odieux ! Comment osiez-vous ?

— C'est eux qui me l'ont demandé.

— Comment eux ?

— Ils se querellaient sans arrêt, et j'étais souvent là. Un jour, ils m'ont dit qu'ils ne savaient plus où ils en étaient, qu'il fallait que j'enregistre leurs disputes à leur insu, et qu'ensuite ils pourraient se rendre compte, savoir à qui était la faute, et pourquoi chaque discussion finissait dans des cris. Ils pensaient que c'était le seul moyen d'en sortir.

— Jetez ça, détruisez-le.

LE SURVIVANT

— C'est tout ce qui me reste, ça et les photos. Si l'un des deux revenait, je détruirai la bande. Pas avant.
— C'est pour ça que vous m'avez fait venir ? Pour entendre ça ? Je n'y ai aucun droit.
— Le droit ? Qu'est-ce que ça veut dire ? C'est à moi, ça m'appartient, j'ai le droit de le faire entendre à qui je veux.
— Ils n'étaient pas que cela.
— Ils étaient aussi cela.

Lana s'en allait.
Penché au-dessus de la rampe d'escalier, il la regardait descendre. Au bout de plusieurs marches, elle se retourna :
— Je pars après-demain, Marc.
— Je sais. Vous ne pourrez plus les oublier maintenant.
Elle sentait son regard la poursuivre et fut tentée à une ou deux reprises de remonter, de s'asseoir auprès de lui et de la laisser parler. Lui aussi avait besoin de quelqu'un qui l'écoute... « Si l'un ou l'autre revient il s'en sortira », pensa-t-elle, les mots perdraient alors de leur immobilité, de leur poison. Oubliant que ce retour ôterait toute chance à Pierre, durant quelques secondes, elle le souhaita de toutes ses forces.
Elle se retourna encore.
La cage d'escalier était trop sombre, elle ne distingua plus les traits du jeune homme. Mais il était toujours là, attendant qu'elle disparaisse pour s'en aller à son tour.

De qui M. Leroc portait-il le deuil ? Martine ou Florence ? Laquelle espérait-il revoir ? Durant ces trois jours, il avait eu le temps d'y réfléchir sans trouver de réponse.
— Au moins, vous, vous savez qui vous attendez, dit-il à Lana assise en face de lui.
Parfois il souhaitait le retour de Martine. « Martine, ma petite Martine ! » comme il l'accueillerait ! Peut-être parviendrait-il, ensuite, à franchir cette barrière qui les séparait, à surmonter cette gêne qui faisait qu'il se sentait à nu, écorché jusqu'à l'âme quand elle le regardait d'une certaine manière.
D'autres fois c'était Florence qu'il appelait. Alors tout garderait sa place comme avant. Une maîtresse femme, Florence. Une organisatrice. Tout lui

obéissait, les objets, les bonnes, les fournisseurs, Martine. Les réceptions, les relations, les voyages, elle s'occupait de tout. Et lui ? Il lui suffisait de se laisser faire. Une fourmilière, une vraie fourmilière cette maison sous les ordres de Florence. Si elle ne revenait pas ? Les vitres tomberaient en poussière, les tableaux s'effondreraient, les tapis s'effilocheraient, les fleurs pourriraient dans leurs vases, les objets n'en feraient plus qu'à leur tête, les réceptions seraient annulées, les bonnes, les relations, tout ça en déroute ! Et Martine ? Que deviendrait Martine livrée à ce « non » perpétuel, ce non au monde, au décor, au décorum ? Ah ! il préférait ne pas y songer.

— Mais les dés sont jetés et nous n'y pouvons rien, continua-t-il s'adressant à la visiteuse.

En parlant, il avait appuyé sur la sonnette. La bonne ne tarda pas à paraître – mince, en noir, nette, le tablier blanc, court, amidonné, sur le devant de sa robe – portant le plateau d'argent et par-dessus les bouteilles, le nombre de verres qu'il fallait, les cigarettes, le briquet anglais. Dressée, entraînée, parfaite. Rien n'avait encore eu le temps de se dérégler. Elle approcha une table basse, posa le plateau dessus, les mêmes gestes que d'habitude mais le sourire en moins. « Depuis l'accident, elle ne sourit plus », remarqua M. Leroc. Disparu ce joli sourire, malicieux, espiègle, frais, sorti d'un conte. Un sourire mi-femme, mi-lapin. C'était sans doute cet espace entre les deux dents de devant qui lui donnait cette expression étrange, ambiguë, attirante.

— Votre conviction m'a tout de même ébranlé, madame Moret.
— C'est pour vous rassurer que vous m'avez fait venir ?
— Non. Plutôt pour vous dire que nous sommes la main dans la main. Vous partez, moi, je reste. Mais d'ici je ferai ce que je pourrai pour faciliter vos recherches.
— Comment cela ?
— Nos intérêts sont liés. Quoi que vous pensiez, vous partez, un peu, pour chacun de nous.

Il s'étonnait que les mots vinssent si facilement. En dehors des affaires, ici entre ces murs, décorés par Florence, entouré de ces vitrines regorgeant de bibelots choisis par Florence, de ces volumineux bouquets où se mêlaient avec un raffinement extrême les fleurs rares et l'humble fleur des champs (disposées par Florence et qui n'avaient pas encore eu le temps de se faner), il cédait la parole à sa femme. Cette Mme Moret était d'une autre race, elle avait du Martine en elle. Elle parlait peu, elle écoutait. Écoutait-elle vraiment ?

LE SURVIVANT

— J'ai tout mis en œuvre, madame Moret, pour que, sur place, en plus de l'aide officielle vous trouviez d'autres commodités : une équipe à votre disposition, un logement, une voiture. Je tiens à voir clair le plus vite possible, moi aussi. Vous me tiendrez au courant, n'est-ce pas ?

— C'est promis.

— Voyez-vous, ce qui est fait est fait. Nous ne pouvons rien, n'est-ce pas, sur le passé ?

— Ce qu'on ignore n'est pas encore le passé.

Pas encore, mais tout de même le passé. Tout est-il déjà inscrit autour de Jean Rioux, de Francine, de Martine, de Florence, autour du destin de Pierre ? Reste-t-il quelque chose à changer ? Une faille où pourrait encore se glisser l'espoir ? Le passé n'est pas dans ce présent-ci. Dans le futur sans doute, mais pas encore ici. Lana peut, a encore le droit d'imaginer Pierre respirant quelque part en ce monde. Le cœur vivant de Pierre. Son cœur de chair battant quelque part dans le monde.

Un basset entre en glapissant, se frotte aux chaussures de son maître. Au bout d'un moment, celui-ci se penche, le prend sur ses genoux :

— Florence lui passait tous ses caprices.

Florence est partout. Florence déborde Florence, on a l'impression qu'elle va descendre de son portrait, celui où elle porte ce même collier de perles, qu'elle avait au cou le jour du départ.

— Quel cauchemar, madame Moret ! Si l'un des nôtres revenait, il faudra l'aider à oublier.

— Peut-on oublier ? Faut-il oublier ?

— Pour vivre, madame Moret, il le faut. Il faut enterrer la mort. L'enterrer.

Il parut satisfait de l'image.

6.

La chambre d'hôtel, minuscule, donnait sur les toits. Un canapé en recouvrait la majeure partie, il ne restait de place que pour un guéridon, une chaise, quelques livres sur une étagère.

Assise les jambes repliées dans un coin du sofa, Jeanne Zell leva la tête vers Lana :

— Non. Pas lui. Pas Serge. Rien n'a pu lui arriver.

Lana n'avait pu résister à l'appel au bout du fil : « Venez, je vous en supplie. Qu'est-ce que je vais devenir ? » Depuis son arrivée, la femme avait longuement décrit Serge Blanc, mais Lana n'arrivait pas à s'en souvenir, les mots évoquaient à peine une silhouette désinvolte, un vague profil.

— On étouffe ici !

Jeanne Zell se leva d'un bond, ouvrit la fenêtre à deux battants, respira. Une pluie fine nappait l'ardoise des toits, ravivait la poterie rose des cheminées. Elle tendit ses mains ouvertes vers l'extérieur, les ramena mouillées, les plaqua contre ses joues.

— Je voudrais mourir.

Elle ne bougea pas durant de longues minutes, puis se retournant, elle reprit :

— Vous êtes certaine que vous ne l'avez pas remarqué dans la salle d'attente ? Je sais qu'il était là bien à l'avance. Ce sont les seuls endroits où il arrive à l'heure – les gares, les aérodromes – les seuls rendez-vous qu'il a toujours peur de manquer !

Elle avait ri. Un rire forcé, pénible.

LE SURVIVANT

— Vous ne voyez vraiment pas qui je veux dire ? dit-elle, s'efforçant de raccourcir les heures dont personne ne pouvait plus rendre compte.
— Non, vraiment, je ne vois pas, ou à peine, dit Lana.
Les cheveux blonds, souples de Jeanne retombaient sur son front, elle les rejetait sans cesse d'un rapide mouvement de tête. Son pantalon vert, étroit, allongeait ses jambes, une chemise soyeuse affinait son buste. Elle s'éloignait brusquement d'un meuble où elle venait de prendre appui, y revenait, s'y raccrochant, caressant le dossier de la chaise, la surface du guéridon. Il y avait dans son attitude quelque chose de fugitif et d'enveloppant, chatte et liane à la fois.
— Je ne lui suis rien, vous savez. Ses proches ignorent mon existence. Je l'aimais, c'est tout. Il n'y a que par vous que je pouvais savoir, que je pourrais continuer à savoir. C'est demain que vous partez ?
— Demain soir.
— Je pourrai vous écrire ?
— C'est sûr.
— Vous me répondrez ?
— Mais oui, je vous répondrai.
Elle remercia d'un signe de tête, ses cheveux retombèrent dissimulant son profil. Elle garda un long moment le visage baissé, puis, d'une voix sourde :
— C'était votre mari, n'est-ce pas ?
— Oui.
— Vous l'aimiez ?
— Je l'aime.
— Cela fait combien de temps que vous l'aimez ?
— Quinze ans.
Elle se redressa, se rapprocha, se campa en face de Lana :
— L'aimiez-vous au-delà de tout ? Par-dessus tout, durant quinze ans ? Où voulait-elle en venir ?
— Répondez-moi.
— Pas à chaque moment avec cette intensité-là, mais cela revenait toujours.
Cette intensité, cette fulgurance, cet embrasement, oui, cela revenait toujours. Elle le savait. Elle avait appris à le savoir, à s'y attendre. Les affrontements souvent difficiles, elle en surgissait de plus en plus avec la certitude que ce n'était rien, que cela n'entamerait plus rien, que le fond s'affermissait chaque fois, demeurait solide, inébranlable, vivant. Oui, vivant. Cela s'éprouvait. Au cours des jours plus ternes, où l'on semble

s'éloigner du centre, de la moëlle de son amour, où le quotidien paraît l'estomper, où tout l'être s'affole « ce n'était que cela, c'est si vite cela... », elle avait fini par comprendre que ce n'était pas d'un éloignement qu'il s'agissait mais d'un déplacement, d'une présence (qui ne pouvait sans cesse tenir en haleine, talonner) à l'arrière-plan, terre et phénix à la fois.

Il y avait même des jours où la passion de son métier faisait écran. Des jours où elle ne vivait qu'à travers sa caméra, ne songeant qu'à cet album dont elle composait les images : univers de cruauté et de clarté ensemble, monde sans cesse se rachetant, racheté. La lumière rachetant l'ombre ; le rêve multipliant le réel. Ou bien parfois tout le contraire, les ombres aiguisant la lumière, le velouté des ombres, la magnificence du vécu, de la chair, donnant consistance au rêve. Les visages-antidotes, les moments-antidotes, les lieux-antidotes et parfois dans un même visage, un même moment, un même lieu cet entremêlement d'instants morts, d'instants de vie. C'était cela qu'elle voulait exprimer. Tout dépendait parfois d'une disposition personnelle, d'autres fois d'une technique, d'un assombrissement, d'un blanchissement de la pellicule... Elle espérait fixer un jour des formes – surgies d'on ne sait quoi, allant on ne sait où, incarnées, passagères comme nos vies – des formes-poèmes, mues de l'intérieur, en perpétuelles révolutions, en perpétuelles révélations. Il n'y avait pas de fin à cette recherche et parfois cela comptait plus que tout ; l'amour perdait sans doute alors, en apparence, de son urgence, de sa chaleur. Il semblait qu'à ces moments privilégiés – privilégiés aussi au même titre que l'amour – les événements, les êtres, les choses, les lieux venaient à elle, glissaient dans cette sorte de trame mouvante, dans ce fleuve du dedans. Oui, il y avait cela.

Il y avait aussi l'amitié. Une rencontre qui vous ranime, une heure qui vous emplit. Les autres. Tout le mal, tout le bien qui vous vient d'eux.

— Mais cela revenait toujours. Comme au début. Plus qu'au début, reprit Lana.

Il suffisait d'une pause. Simplement d'imaginer Pierre soucieux, inquiet, malade, s'éloignant, ou un simple geste familier – sa façon de rire, sa manière de rejeter son manteau en entrant, de se gratter la tempe – pour que tout chavire, bascule et qu'il ait lui. Rien que lui.

Mais aucune réponse ne lui paraissait satisfaisante ; jusqu'à quelles limites Jeanne Zell cherchait-elle à les entraîner ?

— Auriez-vous tout quitté pour lui ?
— Oui.

Elles se tenaient, à présent, de chaque côté de la fenêtre. La pluie

LE SURVIVANT

tombait en longues stries. Des pigeons, qu'on n'apercevait pas, devaient nicher quelque part sous les toits, on entendait distinctement leur roucoulement lugubre.
— J'ai quitté une vie qui me plaisait, des enfants... L'auriez-vous fait ?
— Si Pierre avait été l'autre, je l'aurais fait.
Jeanne rabattit ses cheveux de ses deux mains, qu'elle garda ensuite nouées derrière sa nuque. Elle continua :
— Qu'en savez-vous ?
— Si c'était Pierre, j'aurais...
— Mais quel Pierre ? Celui d'il y a quinze ans ? Celui d'aujourd'hui ? Quel vous ? Celle d'aujourd'hui ? Celle d'alors ?
Elle cherchait la brèche, la faille.
— Il n'y a qu'un Pierre, dit Lana.
L'autre continuait à lui tenir tête :
— Vraiment ?
Il n'y avait pas qu'un Pierre, et pourtant... Il n'y avait pas qu'une Lana, et pourtant. À travers ces multiples Pierre, il y avait Pierre. Unique. Saisissable. Insaisissable. « Je le reconnaîtrai entre tous. Qu'on m'aveugle et entre des centaines je le reconnaîtrai. Qu'on m'arrache mon corps, qu'on lui arrache le sien, et je le reconnaîtrai. » Elle répéta :
— Il n'y a qu'un Pierre.
Jeanne avait encore ri, un rire de gorge, très bref :
— Vous ne savez pas ce que vous auriez fait. Si vous m'aviez posé la même question il y a quelques années, j'aurais répondu « jamais ». C'est à l'heure du choix qu'on apprend à se connaître. Pas avant. J'avais une vie, sans histoire, des enfants... Vous n'avez pas d'enfants, n'est-ce pas ? » Elle coupa court. « Tout a basculé... »
La voix s'était radoucie :
— Quand c'est arrivé, j'avais quarante ans. Le feriez-vous à quarante ans ?
Lana hésita.
— Vous voyez bien, vous ne l'auriez pas fait, vous n'auriez pas pris ce risque, celui de se sentir parfois pesante, de trop ; celui d'accabler quelqu'un de ses propres renoncements, même si on les tait.
Quelle terrible blessure étalait-elle ainsi ?
— Pourtant, l'amour, c'est cela. Aimer jusqu'à sa propre destruction. Aller jusqu'au bout. Jusqu'au bout. Se brûler.
La pluie avait brutalement cessé, mais il faisait toujours aussi chaud, une moiteur exaspérante. Des nuages de plomb, ourlés d'une lumière

acide, progressaient lentement. Les toitures n'avaient plus la légèreté de certaines heures, elles pesaient à présent comme des dalles. Les pigeons se déchiraient la gorge avec leur même cri.

— Mon amour me consume, lança Jeanne.

Le ton paraissait souvent théâtral, mais une déchirante vérité passait à travers ces mots. Elle tourna brusquement le dos à la fenêtre et alla se rasseoir.

Elle s'était remise à questionner, comme si elle cherchait à authentifier son amour.

— S'il vous humiliait sans cesse, seriez-vous restée auprès de lui ?
— Mais s'il cherchait à m'humilier, c'est que...
— Je vous demande de répondre par oui ou par non. Avec des phrases on s'en tire toujours, on brosse un tableau à ses mesures, on corrige, on adapte. Répondez seulement à ceci : s'il cherchait – inconsciemment sans doute – à vous humilier, seriez-vous restée auprès de lui ?
— Non.
— S'il vous repoussait pour ensuite vous reprendre ?
— Non.
— S'il se vantait d'avoir eu d'autres femmes au moment où il vous revenait ?
— Non.
— Auriez-vous attendu des jours, des nuits, des semaines ? Au point de devenir attente, de vous figer dans l'attente ?
— Non. Non.
— Alors que savez-vous de l'amour ?
— Ce n'est pas cela l'amour.
— Pourquoi est-ce que ce ne serait pas cela ? C'est aussi cela. C'est surtout cela peut-être ?
— L'amour, c'est être deux.
— Cela aussi c'est être deux.

La chambre se rétrécissait, les murs allaient se toucher, il ne resterait bientôt plus au centre qu'un champ clos. Ce ciel de ciment boucherait la seule fenêtre.

— Je serais partie, quelle que soit la souffrance.
— Partir n'est pas du courage, se sentir héroïque est une satisfaction, une sorte de revanche. Souffrir, c'est rester, Lana. C'est savoir qu'un homme peut vouloir et ne pas vouloir de vous à la fois. L'accepter. Rester.

LE SURVIVANT

Miser sur ses retours. Rester avec ses doutes. Se laisser broyer, dévorer au-dedans et n'en rien laisser paraître. Etre toujours prête, gaie. Oui, gaie. Gaie, pour quand il reviendra, pour quand il dira : « Tu aurais tort de t'inquiéter, tu vois je reviens toujours. »

Bientôt ce plafond, ce sol se rejoindront, il n'y aura plus la place de bouger, de respirer. Il faudra s'étendre à plat ventre sur ce tapis, sentir cette odeur de renfermé dans les narines, espérer que quelqu'un vienne vite vous tirer de là. En attendant, se boucher les oreilles pour ne plus entendre ce roucoulement souffreteux des pigeons.

— Je serais partie. Partie.

Sa voix résonna. Il semblait, tout d'un coup, que la porte s'était brusquement ouverte, qu'un grand vent balayait la chambre, que les volets claquaient contre la façade, que le ciel se trouait, perdant toutes ses pierres.

— Vous n'auriez pas pu, si vous l'aimiez.
— Libre. Le laisser libre. Je serais partie. N'importe où. Je lui aurais laissé le temps de voir clair.
— N'importe où ? Voir clair ? Qu'est-ce qui est clair ? Où c'est n'importe où ? Qui est libre ?

Elle s'était avancée jusqu'au bord du canapé, et pour la première fois depuis l'arrivée de Lana, les mains de Jeanne reposaient calmement sur ses genoux, des mains aux ongles rubis.

— Auprès de lui, je vivais, prononça-t-elle doucement.

Son visage se lissa, ses mains perdirent de l'âge, la limaille du ciel se fit paillettes, des plages de lumière n'apparaissaient pas encore, mais on les devinait à présent sous la coulée des nuages. Le plafond recula. Les meubles perdirent de leur poids, les couleurs s'avivèrent, le bois du guéridon contrastait avec la reliure verte d'un livre.

— Vivre !

Elle continua :

— Avant j'existais à côté de moi-même. J'avais soif et je ne le savais pas.

« Auprès de lui, le regard s'intensifiait, le corps apprenait à se connaître. Un arbre, celui-là même qu'on croise sans le voir, on l'éprouvait, on le sentait enraciné dans sa propre poitrine. On portait l'arbre...

« La forêt, la campagne, même les rues, avant lui je passais au travers. Elle découvrait, redécouvrait, se découvrait :

— Connaissez-vous la soif, Lana ?
— Oui.

— La fièvre ?
— Oui, mais...
Elle ne se souvenait pas d'un seul jour où le bruit de la clef de Pierre tournant dans la serrure l'ait laissée de glace. Pas un matin, pas un soir où ils ne s'embrassaient, où elle n'éprouvait le même plaisir, la même joie à retrouver ses bras. Une soif, une fièvre, oui, mais étalées dans le temps.
— Lana, j'ai tout éprouvé dans l'instant, dans l'éclair de l'instant. Des moments arrachés, d'abord aux miens, ensuite aux siens, à ceux que je ne connaissais pas et qu'il continuait de voir et qu'il ne voulait jamais que je rencontre. Mais je parle pour rien, n'est-ce pas ?

Elle s'était levée et se penchait à présent à la fenêtre.

Lana se leva aussi, s'approcha :
— Pas pour rien, Jeanne.

L'autre se tut un moment, puis :
— Si c'était Serge, le survivant... Vous serez la première à le savoir. Si c'était Serge... ne lui parlez pas de ce que je vous ai dis.
— C'est promis.

« Nous ne sommes pas des adversaires », eut-elle envie d'ajouter. Mais les mots paraissaient inutiles ; Jeanne savait cela, c'était sûr.

Dehors les toits ressemblaient à des damiers qu'un soleil neuf prenait pour cible. D'autres fenêtres s'ouvraient tout autour. Une d'elles, encadrée de lierre, ressemblait à un bocage. À une autre, un jeune homme accoudé cherchait à voir la rue. Plus loin, adossée à ses volets, une femme offrait son visage aux premiers rayons. Un vieillard tendit son bras en avant, on apercevait sa main tournant et retournant plusieurs fois dans l'air. Constatant que la pluie avait définitivement cessé, il replaça la cage du serin sur le rebord de la fenêtre.

— Ferme ce livre. Tu t'esquintes les yeux à cette lumière.
— Laisse-moi, Emilie. Laisse-moi faire ce que je veux.

L'autobus freina devant leur loge. La carafe, les verres sur la table pas encore desservie, tremblèrent légèrement comme à chaque arrêt. On frappait à la porte.

— Sûrement cette Mme Moret, dit Emilie. Je ne comprends pas ce qu'elle nous veut.

Quand elle fut là, le vieux s'assit en face d'elle. Ses pantoufles grenat, usées, trouées au bout lui parurent soudain visibles de tous les coins de

LE SURVIVANT

la pièce ; il tira sur la nappe jusqu'à ce qu'elle touche le sol et dissimula ses pieds en les glissant dessous.
— Je ne voulais pas partir sans vous voir.
Chacun des absents surgissait à présent avec une force étrange. « Qui cherches-tu, Lana ? Toi, Pierre. Renonces-tu, Lana ? Non. Jamais. » Mais les autres n'étaient plus des ombres. Ce n'était plus des fantômes qui l'accompagnaient, qui l'escorteraient.
— Je les ai tous vus, continua-t-elle. Vous êtes les seuls qui ne m'ayez pas appelée.
Sans chercher à lui répondre, le vieil homme lui montra le volume qu'il était en train de lire :
— C'est à René.
La couverture était terne, les pages jaunies, il lui indiqua des passages entiers soulignés au crayon :
— Je lui ai promis de le parcourir quand il serait parti. D'habitude, je ne lis que les journaux. René disait souvent qu'il fallait que j'essaye, que ça m'apporterait quelque chose. Alors, voilà, j'essaye. J'ai même appris quelques lignes par cœur. Au retour, ça lui fera une drôle de surprise.
Il fronça les sourcils, faisant un effort pour se rappeler :
« Ma vie n'est pas cette heure abrupte,
Où tu me vois précipité... »
En redémarrant, l'autobus fit trépider les vitres, on apercevait son ombre massive à travers les voilages.
« Je ne suis qu'une de mes bouches... » continua le vieux.
— C'est encore ce Maria, fit Emilie.
— Rainer Maria Rilke, reprit-il détachant chaque syllabe.
— C'est trop compliqué ce nom-là ! Moi, je me rappelle Maria. Je croyais d'abord que c'était une femme.
Elle s'affairait autour de la table, amassant avec une serviette repliée, les miettes, qu'elle faisait ensuite tomber dans le creux de sa main.
« L'image valable, rien ne peut la lui détruire », poursuivit le vieux.
« Qu'elle soit en chambres, qu'elle soit en tombeaux. »
— Tu ne comprends même pas ce que ça veut dire, coupa Emilie.
— Pas encore. Mais, je finirai par comprendre.
Il prit le livre entre ses mains, le soupesa :
— Ce n'est pas trop lourd. D'ici son retour, je saurai beaucoup de pages par cœur.
— Il n'y aura pas de retour, dit Emilie.

Il continua comme s'il ne l'avait pas entendue :
— Ce soir-là, quand tu auras desservi, j'attendrai que tu apportes le café, le marc. Nos tasses, nos verres seront pleins. René aura commencé de boire. Et moi, sans prévenir :
« Oui, tu es l'avenir, la grande aurore
Qui point des plaines de l'éternité. »
Il récitait, les yeux à moitié fermés, comme s'il lui fallait déchiffrer une lettre après l'autre sur un tableau placé à distance.
— Pourquoi a-t-il fallu qu'il parte ? Il rentrait à peine du service militaire, de la guerre. On n'aurait pas dû le laisser... C'était encore un enfant.
— Ne parle pas de lui au passé, Emilie.
— Le survivant, c'est le sien ! s'écria-t-elle en pointant son index vers Lana. Elle l'a dit l'autre jour. Tu l'as entendue ! Elle doit avoir des raisons pour le dire. Alors, qu'est-ce qu'elle vient faire ici ?
Emilie éclata en sanglots. Le vieux se leva, lui entoura les épaules de son bras, s'efforça de la calmer, de l'entraîner vers l'autre pièce :
— Tu ne comprends pas, murmura-t-il. Elle n'en sait pas plus que nous. Laisse chacun à son chagrin.
Emilie se laissa emmener. Mais avant de disparaître le vieux avait fait signe à Lana de l'attendre.
Elle l'avait attendu.
Si seulement elle pouvait pleurer, pleurer elle aussi. Mais elle se sentait à mille lieues des larmes. Elle n'éprouvait soudain – et cela lui ressemblait peu – que lassitude, que dégoût de l'existence. À quoi servait de se débattre, d'agir, de s'illusionner – oui, tout bonheur, toute vie n'étaient qu'illusion, mensonge – puisque la mort était là, toujours là, inévitable, quoi que l'on fasse ? Ce morceau de vie qu'on vous jetait en pâture, puis qu'on vous retirait, c'était inacceptable !
Les Klein ne revenaient pas, elle eut envie de s'en aller. Tout lui parut inutile, ces plaintes, ces chuchotements à côté, le passé, demain. Il lui semblait soudain se mouvoir au milieu d'un décor, que les objets s'évanouiraient si elle cherchait à les saisir. Même cette table, sur laquelle elle prenait appui, était faite d'une matière, d'une texture impalpable qui vous fuirait entre les doigts. Et par-dessus cette table : la nappe blanche, les mains qui l'avaient brodée, qu'était-ce que tout cela, doté d'une vie trop fragile, empruntée au temps ? Rien en dehors du temps, ce temps sans cesse en voie de disparaître. Rien ces murs. Rien ce bruit, rien cette rumeur des villes. Rien la trépidation du métro qui passe, à intervalles réguliers, exactement sous les fondements de l'immeuble. Temporaires

l'immeuble et ses fondements, rien la cadence de l'autobus, cette trépidation des choses. Rien cette rue, présente jusqu'au milieu de cette chambre. Rien cette chambre flottant au gré du temps. Rien ce monde. Rien ces gens qui vont, qui viennent, transportés, emmenés, ramenés, tandis que leurs vies s'écoulent, s'écoulent, s'écoulent...

Lassée d'attendre, elle feuilleta le livre entrouvert :
« Pourtant, bien que chacun se fuie
comme la prison qui le tient et le hait,
Il est un grand miracle dans le monde :
Je sens que toute vie est quand même vécue. »
Elle rabattit la page avec impatience. La phrase pourtant s'incrustait : « Toute vie est quand même vécue », éveillant de lointains échos, rejoignant une réalité, plus forte que le présent. Le vieux venait d'entrer. Il se retourna pour une dernière recommandation à son épouse, referma la porte derrière lui, avança en hochant la tête :

— Excusez-la, excusez-la...

Puis il se laissa tomber sur le fauteuil, ses mains recouvrant ses genoux :
— Il faut la comprendre...

Cela aussi, peu à peu, vous usait. Comprendre, se mettre à la place. Devenir l'un, devenir l'autre. Ne plus retrouver son propre cri. Être avec soi, contre soi, à la même seconde. Ah, si quelque chose pouvait rassembler tout cela, ces peines, ces pleurs, ces cris, ses propres contradictions, en une seule gerbe. Une seule. Une. Elle souhaita le désert, la nudité du désert, la solitude, l'éloignement de tous ; mais au même instant elle aurait aimé se mettre aux genoux de ce vieillard, caresser ses vieilles mains, lisser les rides sur son front, lui ôter sa peine.

Il venait de tirer de sa poche un portefeuille bourré de lettres :
— René m'écrivait souvent. Il était instruit, pas comme moi. Mais on s'entendait tous les deux. Il disait que la poésie n'avait pas de frontières, que ça plongeait si loin, si loin dans le cœur des hommes que rien, jamais, ne l'en arracherait. Avec lui, j'aurais fini par comprendre. Tenez, par exemple, cette phrase...

Il approcha le livre, promena son index le long de la table des matières :
— Voilà :
« Sens, tranquille amie de tant de larges,
Combien ton haleine accroît encore l'espace. »
Il s'adossa. La tête rejetée en arrière, il ferma les yeux :
— « Tranquille amie de tant de larges », redit-il très lentement. « Ça lui ressemble, vous savez. »

Au bout d'un moment, il tendit le livre à Lana.
— Lisez-moi quelques lignes, n'importe lesquelles.
Les feuillets s'écartèrent d'eux-mêmes sur une page marquée au coin.
— « Qui maintenant pleure quelque part dans le monde,
Sans raison pleure dans le monde,
Pleure sur moi. »
Leurs regards se croisèrent, elle continua :
— « Qui maintenant marche quelque part dans le monde,
Sans raison marche dans le monde,
Vient vers moi. »
Les mots restèrent longtemps comme suspendus.

Puis elle déposa le livre ouvert sur la table, et repoussant doucement sa chaise se leva pour partir.

De l'autre côté de la cloison, Emilie sanglotait toujours.

DEUXIÈME PARTIE

LE DESERT

> *Je questionnai l'un de ces hommes, et je lui demandai où ils allaient ainsi. Il me répondit qu'il n'en savait rien, ni lui, ni les autres, mais qu'évidemment ils allaient quelque part, puisqu'ils étaient poussés par un invincible besoin de marcher.*
>
> Charles BAUDELAIRE, *Chacun sa chimère.*

1.

L'avion volait bas sous un ciel brossé, métallique, frotté à l'émeri. À travers son hublot, Lana aperçut la plage d'Afrique.

La frange blanche de l'eau lappait les rives, reculait avec une sorte de langueur, découvrant un sable pailleté qu'elle envahissait à nouveau. Suivait une terre horizontale, dure, désertique, emmaillotée de chaleur. Peu après, des villages se suivaient, plaqués au sol avec leurs maisons de boue desséchée et quelques arbres piqués autour. Ici, sans doute, battait une autre vie ; plus secrète, plus déchirante aussi. De loin, on apercevait la vallée fertile, sa brassée de verdure de part et d'autre du grand fleuve. Mais l'appareil s'en détourna, s'enfonçant vers l'arrière-pays.

Il ne devait atterrir qu'au bout d'une heure sur une des rares pistes aux confins du désert.

La porte de la carlingue venait de s'ouvrir. Un homme, qui attendait depuis plus d'une heure sous le hangar, s'avança le long de la piste jusqu'au pied de l'escalier roulant, et n'eut aucun mal, parmi le petit nombre de passagers, à reconnaître Mme Moret.

— Je suis Rigot. Robert Rigot. L'agence m'a demandé de me mettre à votre disposition. Vous logerez chez nous ; je ferai ce que je pourrai pour vous aider.

— Pouvez-vous me conduire là-bas, le plus vite possible ?

L'homme était petit, trapu, avec une face lunaire — aux traits fins, aux lèvres inexistantes — alourdie par des sourcils en broussaille. Seuls ses yeux, globuleux, à fleur de tête, d'un noir incandescent animaient ce visage.

— Le lieu de la catastrophe est loin, à plusieurs heures de route. Les pistes qui y mènent sont mauvaises. Vous feriez mieux de prendre d'abord du repos.

— Je vous en supplie, cela fait des jours que j'attends.

Ils traversèrent, puis s'éloignèrent ensemble du hangar, chacun portant une valise. Au bout de quelques pas, il s'arrêta, et la fixant dans les yeux — on aurait dit que, gêné de sa corpulence et de la pâleur clownesque de ses joues, il ne comptait que sur l'acuité de son regard pour que ses mots portent :

— Vous savez, n'est-ce pas, qu'aucune recherche n'a encore abouti, et que sur place vous ne trouverez rien. Rien qu'une suite de piquets en bordure de quelques grosses pierres sur lesquelles on a coulé de l'asphalte, un chemin qui s'égare dans les sables sur les traces du survivant.

Il avait repris sa marche, lente, lourde. Habituée aux grandes et rapides enjambées des villes, Lana s'efforçait de ralentir son pas.

— Il y a un survivant, c'est sûr ?

— Les preuves sont formelles.

— Laissez-moi aller tout de suite.

— Madame Moret, on m'a fait part de votre conviction. Vous êtes persuadée, m'a-t-on écrit, que votre mari est cet unique rescapé. Avez-vous de bonnes raisons d'affirmer cela ?

La tête dans le cou, il continuait d'avancer.

— Pas ce qu'on peut appeler de véritables raisons. Non. Mais... la mort ne lui ressemblait pas.

— À qui donc ressemble la mort ?

LE SURVIVANT

Ils avancent entre deux rangées d'eucalyptus aux troncs jaunâtres, rachitiques, aux feuilles étroites et grises. L'air brûlant prend à la gorge, le soleil ressemble à une fleur géante qui ne cesse de grandir. Du revers de sa main, la femme essuie la sueur à la racine de ses cheveux. Son chemisier colle à son dos.

Un peu plus loin, un tuyau d'arrosage, à l'abandon au pied d'un arbre, gargouille ; puis une eau noirâtre se met à gicler, emplit la cuvette, déborde, se déverse sur le chemin, éclaboussant les chevilles de ceux qui passent. L'écorce boit avidement, les craquelures s'estompent. Il semble à Lana qu'elle aussi respire mieux.

— Puisque vous le souhaitez, dit enfin l'ingénieur, nous partirons tout de suite.

Sous une tente en toile bistre, à l'abri du soleil, un jeune Noir dort au volant de la jeep.

— Seif ! Eh, Seif, on s'en va.

D'un coup il s'éveille, et bondit hors de la voiture, débarrasse chacun de sa valise.

— Nous allons à Mayid, Seif.

— Maintenant ?

— Oui, passe d'abord à la maison pour que je prévienne Mme Rigot.

Plus loin, à la limite du désert, la maison de l'ingénieur ressemble à un cube peint à la chaux.

— Ce ne sera pas long.

Dès qu'il eut disparu, le jeune Nubien se retourna vers la femme.

— Longue route jusqu'à Mayid, dit-il.

Le bras passé autour du dossier de la banquette, ses doigts pianotaient dans l'air. Sauf pour ce visage – en forme de bille, aux contours fermes, éclairé par un regard d'oiseau, aigu et doux à la fois – toute sa personne s'étirait en longueur. On avait l'impression que, s'il s'étendait, son orteil atteindrait le bout de la voiture, sa main irait toucher le mur de la maison blanche.

— Vous avez déjà été là-bas ? demanda-t-elle.

— Oui, avec l'ingénieur.

Il se détourna brusquement, pencha sa tête en avant, murmura pour lui seul, mais elle l'entendit :

— Là-bas, il n'y a rien.

Mais aussitôt, se reprenant :

— Qui sait ? Dieu seul le sait.

Rigot s'attardait. Un bruit de voix qui ressemblait à une dispute parvint jusqu'à la voiture. Seif hocha plusieurs fois la tête, puis cherchant à distraire la passagère, il tira de sa poche une photographie qu'il exhiba :

— Toute ma famille, dit-il.

Il y avait là une vingtaine de personnes groupées autour d'un banian. Il nomma chacun. Ensuite, mais cette fois avec une sorte de gravité, posant son doigt sur l'un ou l'autre, il dit :

— Mort. Celui-là : mort. Et celle-là. Et ici, mon frère. Et le père. Et le petit. Mort. Mort. Mort.

Il indiqua ensuite l'arbre, ses racines multiples, apparentes, monstrueuses :

— Celui-là, en vie. Pour le père du père de mon père, il est là. Pour le fils, du fils de mon fils, il est là. Toujours là.

L'ingénieur tenait à la main un vaste chapeau en raphia aux bords effilochés :

— Ma femme me l'a donnée pour vous, dit-il à Lana.

La jeep repartit en cahotant, avança sans se hâter et n'accéléra qu'en abordant un tronçon de route asphaltée. Au bout d'un moment celle-ci allait en se rétrécissant, jusqu'à s'engouffrer dans le désert et se transformer en piste.

— Ça fait longtemps que vous habitez ici ?

— Douze ans, dit l'ingénieur.

— Vous retournez souvent en Europe ?

— Jamais depuis.

— Ça ne vous manque pas ?

— Ma passion ce sont les routes : construire où rien n'existe. J'aime respirer l'odeur du goudron. Je ne suis heureux que lorsque le compresseur plaque dans le sable sa bande noire. Je voudrais que l'on puisse traverser le désert de part en part. En Europe tout est déjà dit, tracé ; on invente le superflu, on se préoccupe des loisirs. Ce qui m'intéresse ce sont les premiers pas, les balbutiements...

— Votre famille est avec vous ?

— Ma femme.

— D'être si loin, est-ce que ce n'est pas parfois trop dur pour elle ?

— Je n'en sais rien. Parfois, je me le dis. Ici, malgré tout la vie est facile, ma femme n'a aucun souci matériel. Là-bas, elle travaillait, elle se plaignait du manque de temps. Quand nous nous sommes mariés, il y a

trois ans, je l'avais prévenue. Elle m'avait dit qu'elle préférait n'importe quoi à ses heures de bureau, aux encombrements, matin et soir, aux files d'attente. Elle a toutes ses journées à elle à présent.
« Dans la vie, reprit-il, il faut savoir se contenter. Moi, je me contente de mes routes.
— C'est quelque chose une route...

L'air était sec, palpable. On aurait pu l'effriter comme des brindilles, s'attendre qu'il tombe en poussière entre les doigts. La voiture sursauta, évitant de justesse l'ensablement ; des deux mains, Lana rattrapa son chapeau par le bord.
Le dernier cactus se perdait dans le lointain. Bientôt ce fut un univers de dunes, dominé par un ciel inerte.
— Se laisser boire par tout ça, c'est une tentation, n'est-ce pas ? dit-elle.
— Ça dépend de ce que l'on cherche.
— Qu'est-ce que l'on cherche ?
— Ça aussi ça dépend, ce n'est pas pareil pour chacun. La vie a un sens différent pour chacun. Elle est partout. Tenez, même là-dessous, elle crépite la vie.
— Sous cette mort, cette sécheresse ?
— Elle fourmille là-dessous. Le lézard, la souris, le serpent, le rat, une multitude de fouisseurs qui se passent d'eau, grouillent sous cette carapace. Et vous... fermez les yeux, ne regardez plus en dehors, faites le vide. Là-dedans aussi, ça fourmille. On n'échappe pas à la vie. Pas besoin de la chercher. Elle est là.
Il joignit le geste à la parole. Privé d'yeux, on aurait dit un roi de carnaval au masque en papier mâché :
— Ça vit là-dedans, ça vit, continua-t-il d'une voix presque exaltée. Mais on n'a pas le temps, ni l'envie de s'en soucier...
Il souleva lentement les paupières :
— Vous ne fermez pas les yeux ? Vous ne faites que fixer la route.
— C'est avec mes yeux que je veux voir.
À l'instant même une bouffée tiède lui rappela d'une manière foudroyante, douloureuse, l'âcre odeur des doigts de Pierre après qu'il eut longuement fumé sa pipe. Elle revit ses doigts, ses ongles, jaunis, carrés. Elle toucha sa main pour la retenir. Elle la retint l'espace d'une seconde. D'une seule seconde...

— Regardez ! s'écria Seif.
Une large nappe mauve s'étalait devant eux.
— Qu'est-ce que c'est, un mirage ?
— La verveine des sables, dit l'ingénieur.
— La vie ! s'exclama Seif, et il éclata de rire, comme si – de connivence avec les plantes – il venait de remporter une victoire personnelle sur le désert.
Poussant la voiture au plus près, il longea l'étendue colorée.
— La fleur du désert n'a pas de feuille, elle économise son humidité, dit Rigot.
— Comment se nourrit-elle ?
— D'un rien, la faible rosée du matin. Quelques gouttes lui suffisent.
Le champ bientôt dépassé s'emmêlait, de loin, au paysage ; sa tache vive se résorba peu à peu dans les teintes sablonneuses. Ensuite tout sombra à l'horizon.

— Que savez-vous de l'accident ?
Depuis le départ ils n'y avaient plus fait allusion ; on aurait dit que toutes les paroles échangées n'avaient fait que repousser ce moment.
Il hésita, ne valait-il pas mieux, jusqu'au bout, éluder cette question ?
Elle revint à la charge.
— Qu'est-ce qui s'est passé ?
— On ne connaît pas la cause précise.
— Vous pouvez tout me dire. Je préfère.
— L'enregistreur du vol a été récupéré, mais cela ne nous a pas aidés à comprendre. Il semble que l'avion ait piqué d'un seul coup.
— Et les secours ?
— L'intervention n'a pas été immédiate, mais ça n'aurait rien changé. Un gigantesque incendie s'est déclaré immédiatement et personne n'aurait pu approcher de ce brasier. Le premier appareil qui a survolé les lieux, ses projecteurs braqués sur l'épave, était trop puissant pour tenter d'atterrir loin de toute véritable piste.
Il continua sans se hâter, avançant comme on navigue entre des écueils, avec prudence.
— Certains membres de l'équipage ont cru voir des rescapés, ce n'étaient sans doute que des ombres. Ils volaient trop haut et la fumée était intense. Quelques heures après, lorsque les sauveteurs sont arrivés – le kérosène s'échappait toujours du réservoir alimentant une dernière

traînée de feu – ils n'ont trouvé personne, et ont dû découper la tôle au chalumeau pour dégager les corps.
— Le survivant ?
— C'est à l'aube qu'ils ont découvert le fauteuil, éjecté à une assez grande distance.
— Mais cet homme ?...
— Nous n'avons aucune preuve que ce soit un homme, madame Moret. Mon camp est le plus proche du lieu de l'accident, je m'y suis rendu très vite. Du fauteuil partaient des empreintes légères. Nous avons immédiatement fixé le parcours avec ce dont nous disposions. Je suis revenu le lendemain pour le consolider à l'aide de grosses pierres et de piquets.
— Au bout de ce chemin ?
— Rien.
— On ne peut pas disparaître comme ça, sans laisser de traces.
— Un vent violent s'est sans doute levé à l'endroit où semblent aboutir les pas – en contrebas d'un plateau. À partir de là, il n'y a plus rien et l'on ignore quelle direction a été prise. Le survivant a probablement été secouru, emmené par des nomades. Pour l'instant, on ne peut que supposer...
La voiture roule, mais pas assez vite. D'immenses mâchoires de chaleur, de poussière l'enserrent comme un étau. Le silence aussi est un étau.
— Plus qu'une heure, dit Seif.
— Dans la nuit des siècles..., commence l'ingénieur. Mais, je vous ennuie.
— Non, non, parlez. Je vous en prie.
— Dans la nuit des siècles, à l'emplacement de ce désert, il y avait un océan. Tout un océan, peu à peu vaincu, cerné par les plissements, aspiré par le soleil.
L'écoutait-elle ? Il ne voyait que son profil et ce regard tendu vers la route.
— La terre vole l'eau du ciel. Le ciel vole l'eau de la terre. C'est la guerre, toujours la guerre, il n'y a de paix nulle part, dit Seif.
— C'est exact, dit l'ingénieur.
— Il ne peut y avoir de paix, dit Lana.
— Il faut creuser la terre, enchaîna Seif. Dessous, on trouvera un morceau de mer, un grand lac. Dessous, il y a le blé, la bonne ombre, la nourriture pour demain. L'eau, ça vaut mieux que le pétrole, monsieur Rigot !
— Ça dépend pour qui, Seif.
— Pour nous, monsieur Rigot. Pour nous !

2.

Abandonnant la voiture au bout de la piste, tous trois se dirigent vers la falaise qui surplombe le lieu de l'accident. Ils gravissent lentement la pente, s'enfonçant parfois jusqu'aux chevilles dans le sable mou. L'ingénieur soutient le bras de Lana, tandis que le jeune Nubien s'arrête pour se déchausser. À partir de ce moment, on dirait que celui-ci survole la surface du désert ; ses pieds bruns à la plante cornée glissent, légers, sans entrave. Seif précède les deux autres, s'arrête pour se laisser rejoindre, repart en avant de nouveau.

Les jambes de Lana sont de plus en plus lourdes ; le point culminant du tertre s'éloigne à chaque pas.

Soudain, n'en pouvant plus, elle s'efforce de courir. Un sol de cauchemar, aimanté par en dessous la retient, s'agrippe à ses semelles. Elle tombe, se relève, repart, s'affale encore.

L'ingénieur la rappelle :

— Ça ne sert à rien, madame Moret, on ne peut pas se presser sur le sable.

Elle n'écoute pas, se hâte, parvient à dépasser Seif, arrive la première au sommet de la butte.

Une fois là, elle s'arrête, recule...

Au bas de la colline, au seuil de l'immense plaine, elle a vu l'épave.

Monstre mutilé qui balafre, défigure la nappe tranquille du désert ; aigle criblé de blessures, centaure calciné, poulpe géant dont la chair serait d'acier, gigantesque requin percé de lances, oiseau démembré, fixé sur son nid souterrain. Tout cela à la fois. Mais si rude, si acérée aussi, l'épave, qu'en la regardant s'exclut toute idée de mort d'homme. Si inhumaine. À moins que...

À moins que, depuis toujours nous ne soyons que cela. Ce corps vivant, chaleureux, rien d'autre qu'un agglomérat, qu'une mécanique... Rien d'autre, ce toi. Ce moi qui t'appelle. Ce moi qui va, ce moi qui me regarde aller. Notre seul lien, notre seul langage, celui-ci : cendres, matière. Eh bien alors que cette comédie cesse ! Pour quoi, pour qui a-t-elle jamais commencé ?

L'ingénieur s'approche, pose une main sur l'épaule de la femme :

— Venez. Rentrons.

Elle ne veut pas rentrer. Pas encore. Elle n'est pas venue de si loin pour fuir.

— Je dois rester.

— Comme vous voulez.

Il faut continuer, s'habituer, faire face. Il faut le temps de chercher, de comprendre. « Je ne te retrouverais jamais si j'abandonnais si vite, Pierre. » Rigot reprend son bras, l'aide à descendre la dune, chaque pas creuse le sol, chaque creux s'ensable, se comble de nouveau.

À l'ombre de l'épave, Seif se couche sur le dos, déplie son mouchoir bistre, l'étale sur son visage pour dormir.

Lana s'approche, effleure un bout d'aile, frôle la carlingue, va plus près, fait le tour de la carcasse, pénètre plus avant, touche une portière déchiquetée, se glisse entre les pattes géantes, reconnaît un débris de hublot, se familiarise, s'apprivoise, apprivoise – à travers chaque geste – la peur, l'angoisse, elle ne sait quoi encore.

— Dites-moi pourquoi...

— Il n'y a rien ici que l'on puisse comprendre, réplique l'ingénieur.

Rien. Toujours ce rien. Une citadelle. Un gouffre. La femme se penche, fouille le sable, fouille ce rien, fouille les cendres. Peut-être suffira-t-il d'un objet ?

— Il n'y a rien à trouver.

Elle persiste :

— J'ai trouvé !

Elle amasse un petit tas de sable, lui montre une perle au-dessus. L'ingénieur hausse les épaules :

— On ne saura jamais à qui elle appartient.

— Je sais.

— À qui ?
— À Florence.
— Qui est Florence ?
— La femme d'André Leroc.
— Vous la connaissiez ?
— Non.
Pourtant il lui semble qu'elle la connaît, qu'elle les connaît, un à un. Ils font partie d'elle. Elle se reprend :
— Je la connais.
Puis se détournant, elle avance entre les tentacules de fer, s'introduit sous une arcade... Surtout ne rien trouver ici qui appartienne à Pierre. Une plaque de tôle déchire sa robe, ses bas sont troués aux genoux. Une heure, peut-être plus, passe ainsi.

Plus tard, l'ingénieur l'a conduite à l'écart, assez loin, pour lui montrer le fauteuil éjecté. Le dossier sans déchirure, les accoudoirs en nylon bleu sans un fil d'arraché, le coussin sans un accroc, contrastent bizarrement avec l'âpre paysage.

Au pied de ce fauteuil, s'amorce le chemin. Fait de grosses pierres hâtivement badigeonnées de noir et que bordent d'un côté des piquets peints en rouge, il s'étire, s'obstine à travers la plaine.

3.

— Où allez-vous, madame Moret ? demande-t-il tandis qu'elle s'engage sur le chemin. Ça ne mène nulle part...
Il a dit cela, sachant cependant qu'il ne parviendrait pas à la retenir, et qu'elle préfère partir seule.
— Je vous attendrai ici.
Tandis qu'elle s'éloigne, il redescend vers l'épave, tire un stylo, un carnet noir de sa poche, fait lentement le tour de l'appareil, notant quelques récentes observations.
Malgré le mouchoir posé sur son visage, Seif a deviné la présence de l'ingénieur. Il se redresse :
— Où est-elle ?
— Elle croit trouver quelque chose en suivant les traces. » Il hausse les épaules. « Mieux vaut la laisser faire. »
Seif se lève, aperçoit de loin la femme qui tourne le dos au fauteuil et qui avance lentement. Il remet ses chaussures.
— Où vas-tu, Seif ?
— Avec elle.
— Elle veut être seule.
— Elle sera seule. Je resterai loin derrière.
Le ciel est une immense coque retournée, un soleil de proie y fait son nid. Le large bord du chapeau de raphia forme un îlot d'ombre qui se déplace autour de la femme. Seif suit à distance. Il a noué rapidement son mouchoir bistre aux quatre coins, et l'a posé sur sa tête comme un bonnet. Le ciel est un antre, le soleil est pris dans ses filets comme une caille. La

femme marche dans l'étroit sillage. Chaque parcelle de sable est en feu. Parfois un piquet de bois s'est renversé, Lana se penche, le redresse ; un autre s'est enfoncé, Lana le dégage, le rend apparent de nouveau. Chemin, chaînon, chimère, chenal, chiffre. En cet instant, qu'y a-t-il d'autre au monde que ce pas qui entraîne ce pas ?

« Quel que soit le chemin, les hommes n'arrivent jamais nulle part », dirait Pierre. Est-ce Pierre qui le dirait ? « J'ai marqué chaque bloc d'une tache de goudron, expliquerait l'ingénieur, pour qu'on aperçoive le chemin de loin. » « Je suffoque, crierait Jeanne ; depuis que Serge est parti, je ne vois plus de chemin, rien que des portes qui se ferment. » « Pour Bernard, confierait Lydia, un chemin c'est un sentier, sur lequel on avance en grandissant un peu plus chaque jour. Mais pour Lucien, qui tangue, qui tangue dès qu'il se met debout, un chemin c'est un bras de fleuve, ou le dos d'un poisson endormi ; c'est le pont qui oscille entre deux bras de terre, la terre, la solide terre de ma poitrine contre laquelle il viendra s'abattre, la solide terre de mon amour. » « Mon collier de perles, il faut qu'on le retrouve, grain par grain, réclamerait Florence, qu'on examine le sentier, qu'on enlève les piquets, qu'on ratisse le sable. » « Un chemin pour fuir, pour leur tourner le dos, pour devenir moi-même, enfin moi-même », et Martine s'y précipiterait. « On ne peut pas être deux sur ce chemin, dirait Jean Rioux, tu vois bien qu'il est trop étroit, écarte-toi, Francine. » « Écoute, grand-père, tu peux, tu peux comprendre, un chemin c'est comme le reste, c'est toujours un peu autre chose, c'est toujours un peu plus que ça ne paraît. » Lana avance, avance toujours, progresse le long du sentier, de cette ligne effilée, de ce tracé noir, de cette courroie, de cette lanière, de cet interminable passage tandis que défilent en même temps d'autres sentiers, ceux des autres s'emmêlant au sien, différents, semblables, serrés, étranglés entre les bras des sables et de la mort.

— Que ce chemin cesse.

— Non. Plutôt qu'il ne s'arrête jamais.

— Que ce chemin s'épuise, qu'il débouche dans un puits ; un puits où je me noierai. Qu'il fonde dans un bûcher où je pourrai me jeter.

— Non. Plutôt que tout continue. Que rien n'aboutisse.

— En finir. Tirer le trait. Qu'au-dedans, ce quelqu'un d'éternellement présent, d'éternellement éveillé se taise, que sa bouche s'ensable, que ses paupières se verrouillent, que ses oreilles se murent !

— Non. Aller encore. Vivre. Jusqu'au bout. Au bout de « l'honneur de vivre ».

— Qui parle, qui parlait de « l'honneur de vivre » ? Encore les grands mots, le creux, le vide des grands mots.
— Non. La vitalité des mots, de certains mots. Amour, vivre... Certains mots respirent : « présent, matin, eau, route, fenêtre, demain... » Certains mots rognés, usés, renaissent.
— Ne plus se laisser berner. Sortir du jeu. S'abstraire, s'enfouir. S'engluer sur place. S'éteindre.
— Non. Marcher. Choisir. Je choisis de vivre. J'ai choisi. Quelle que soit la route.

Seif a pitié. Pitié de cette femme, devant lui, qui titube, se redresse, s'abandonne, se reprend. Pitié de cette femme-chapeau, de cette femme-douleur, de cette femme-pèlerin, de cette étrangère, de cette femme semblable aux femmes. « Assez ! » Voilà ce que Seif voudrait hurler à la face du désert, à la face du ciel, à la face de ce qu'il ne sait pas. « Assez ! » Tellement lui paraît intolérable le spectacle de cette douleur. « Assez ! » hurlerait Seif, si seulement il osait. « Assez ! » dans sa langue à lui, dans sa langue à elle, dans toutes les langues du monde. Mais il n'ose pas. Redressant sur le sommet de sa tête le mouchoir qui ne cesse de glisser – mince, trop mince protection contre cette fournaise là-haut – il continue de suivre cette femme, pas à pas, sans trop approcher. D'un bond, il sera à ses côtés si elle tombe, si elle ne parvient pas, toute seule, à se relever.
Subitement, elle s'arrête comme si elle butait contre un mur. Puis, se retournant, elle aperçoit Seif :
— C'est ici la fin ? demande-t-elle, indiquant l'endroit où elle se trouve.
Il va vers elle, constate :
— Oui. La fin.
Mais ce n'est pas exactement ce qu'il souhaitait dire, et il s'emploie tout de suite à trouver d'autres mots, des mots qui rachèteraient les premiers. Il cherche, il s'embrouille. Il ne trouve pas. Alors, d'un large mouvement du bras, il embrasse toute la plaine, la balayant de part en part dans toute son étendue. Ce simple geste a suffi, pour susciter, lever, délier les paroles qui se pressent maintenant à ses lèvres :
— Tout ça. Il reste encore tout ça !
Seif, le Nubien, fils de barquier, qui a la beauté lisse et simple des pierres, et la femme venue de loin – habitée, façonnée par d'autres pensées, d'autres lieux, d'autres raisons, formée, structurée par la cité –

fixent ensemble, pour un moment, le même horizon, vivent ensemble, pour un moment, le même espace.

La femme, en premier, se retourne et, son index en direction du chemin parcouru, elle éclate soudain de rire. Un rire, des rires qui se chevauchent. « Absurde. Idiote. Je suis idiote. Suivre ce chemin ! Avant de commencer je savais qu'il ne menait nulle part. Absurde. Folle. Stupide. Tout va à la mort. À quoi sert de marcher, d'avancer. D'où nous vient la force ? » Elle rit. Et Seif recule, par respect, pour ne plus être témoin de ce rire. Il recule, s'éloigne sans pourtant la perdre du regard. Il ôte son mouchoir, s'essuie la bouche, s'essuie le cou. C'est pire que tout, ce rire. C'est pire que tout.

De nouveau la femme s'est tournée vers la plaine. Elle lève son visage et fixe le soleil. Si cela dure trop, elle s'aveuglera. Peut-être est-ce cela qu'elle cherche ? Seif s'accroupit, guette, s'installe dans sa patience, attend que sa conduite lui soit dictée.

Enfin, la femme s'est assise.

De loin, tassée sous le large bord de son chapeau, ses bras enserrant ses genoux, on la prendrait pour un fragment du paysage.

Elle pleure. Ses épaules sont secouées de sanglots. Et Seif a pitié. Encore pitié, pas seulement d'elle, mais de toutes celles qui pleurent, de sa mère qui se cachait pour pleurer, de ses sœurs qu'il a vues pleurer, pleurer sur leur misère, sur la mort, la maladie, sur l'humiliation, sur la souffrance. Faisant couler le sable d'une de ses mains dans l'autre, Seif se laisse envahir, submerger par la pitié, et se figure qu'il ne peut pas y avoir de fin à la peine des femmes de ce monde.

Mais peu à peu une autre idée le traverse et Seif commence à se dire que les larmes c'est comme l'eau, et que l'eau est bénie. En dépit de ce ciel où se heurtent et retombent les sanglots, Seif se met à penser, se plaît à penser, que sans doute les larmes, toutes les larmes se joignent quelque part en un fleuve souterrain qui fertilise, adoucit, éveille, transforme la terre. Peut-être pas dans l'instant pour celui qui est tout à ses larmes, mais pour d'autres, et – qui sait ? – plus tard, pour celui-là même qui a pleuré !

Et Seif s'agenouille, touchant de son front, puis baisant le sol aride, rendant grâce d'avoir eu cette bienfaisante pensée.

4.

Une ampoule sous son abat-jour safran éclairait faiblement la table que Seif desservait. L'ingénieur se leva pour bourrer sa pipe. Sa femme, assise en face de Lana, portait des lunettes noires, munies de verres larges qui lui dévoraient la figure ; on avait l'impression que tout ce qui se passait dans la pièce défilait, dérapait à la surface de ces écrans couleur de fumée comme s'il n'y avait pas d'yeux derrière. Des cheveux, assemblés sur la nuque en un chignon lâche, étaient piqués de grosses épingles qui s'échappaient sans arrêt et que la jeune femme devait constamment rajuster. Son corsage en soie violette dégageait le bras, le cou, accentuant leur pâleur.

— ... J'aurai bientôt vingt-huit ans, conclut Elizabeth après avoir longuement parlé.

Elle en paraissait davantage, ou bien alors c'était un de ces soirs où sur un visage chaque année laisse son empreinte.

Tout en évitant de parler de l'accident, ou de rappeler les événements de cette journée, l'ingénieur s'était efforcé, au début, d'animer la conversation. À présent elle se déroulait sans lui, c'était un soulagement de n'avoir plus à s'en soucier.

L'arôme du café se répandait. L'air conditionné, renouvelé, rafraîchi par un appareil qui ronronnait dans un coin, maintenait une bonne température dans la pièce. Celle-ci était spacieuse, pourtant murs et plafond paraissaient tangibles, s'imposaient. Des tapis suspendus alourdissaient les parois, des tables basses en cuivre voisinaient avec une radio, un pickup, des disques jonchaient le canapé. Dans une eau grisâtre des fleurs se mouraient. Le bocal de poissons était vide, une algue flottait sur la surface liquide. Il y avait aussi une cage sans oiseau. C'était un peu comme si la vie s'efforçait, sans y parvenir, de se maintenir entre ces cloisons. Quelque chose de secret, d'impénétrable, d'oppressant suintait à travers les objets, s'imposait par la manière dont certains étaient mis en valeur, tandis que d'autres étaient rejetés, négligés. Sur le seul panneau vide Elizabeth avait fixé un immense œil de pierre – de ceux que l'on trouve dans les tombes anciennes – un œil en forme de longue barque, surmonté d'un sourcil en saillie, le même œil qu'elle portait en broche sur son corsage.

— Vous êtes la seule personne qui soyez venue jusqu'ici, reprit-elle. Vous pensez vraiment que c'est votre mari le rescapé ?

— Oui.

— Madame Moret, vous devriez demander à Elizabeth de vous montrer ce qu'elle écrit, interrompit l'ingénieur voyant que la conversation prenait un tour qu'il cherchait à éviter. Elle a beaucoup de talent, vous savez...

La jeune femme se leva brusquement, sa tasse de café se renversa, se répandit sur la nappe :

— Tu ne vas pas encore parler de ça, Robert !

— Mais si, montrez-moi, dit Lana.

Elle sentit aussitôt qu'elle n'aurait pas dû insister. Les paroles vont vite, trop vite. Que savait-elle de l'existence, des raisons de chacun ? La vie ne se déroule pas seulement sur scène, elle se répand dans les coulisses, se déverse, s'infiltre derrière soi, devant soi, côté cour, côté jardin.

L'ingénieur insista :

— Mme Moret est certainement au courant des dernières tendances, de ce qui se fait en ce moment, elle pourra te conseiller.

Sans répondre, Elizabeth sortit de la pièce. Elle ne revint qu'au bout de quelques minutes. Avec une éponge elle se mit à tamponner la tache répandue sur la nappe.

Elizabeth se retourna sur les marches :

— Ne n'en veuillez pas pour tout à l'heure, madame Moret.

Au troisième étage elle montra sa chambre à Lana.

— Vous serez tranquille ici, vos fenêtres donnent sur une terrasse. Certains soirs c'est d'une terrible beauté qui vous écorche.

Elle éclaira la chambre. Une moustiquaire blanche encageait le lit.

— Restez le temps qu'il vous faudra. Robert vous aidera de son mieux, dit-elle en s'en allant.

Devant les portes-fenêtres, Lana se déchausse, ôte sa blouse, détache sa

LE SURVIVANT

jupe. Puis, en combinaison, pieds nus, elle avance sur les dalles en ciment de la terrasse.

« Je te retrouverai, demain... Demain. Mon demain. Notre demain. » La nuit est opaque malgré le semis d'étoiles, l'absence est profonde malgré cette battue de paroles, ce chapelet de pensées, ce carrousel, cette cavalcade où l'on tourne et virevolte. « Je ne me contenterai pas de souvenirs. Je te verrai avec mes yeux, je te toucherai avec mes mains, c'est ton épaule qu'il me faut, le creux de ton épaule, les battements de ton poignet ; la nuit, tes jambes nouées aux miennes. » Lana s'appuie, étend les bras le long du parapet, pose sa joue sur le rebord. On dirait que la pierre respire, rend peu à peu sa chaleur, se disjoint. Parfois il ne reste plus que la tendresse des choses, la suavité du bois, le poli d'une vitre, le grain de la pierre. La nuit s'affirme, s'incruste. Ciel et désert se confondent, femme et pierre s'enchevêtrent, femme et désert, femme et ciel, femme et brise ; cette brise qui fraîchit à mesure que filent les heures.

La terrasse se tient toute seule, flotte sur l'épaisseur de la nuit. Des papillons volent, des oiseaux presque invisibles passent à tire-d'aile. Qu'est-ce qui tient debout face à toute cette ombre ? Qu'est-ce qui, seul, s'oppose éternellement à la nuit ? Quelqu'un en soi parle, raconte, improvise, commente, fabule, parlera jusque dans l'agonie. Mots-ronces, mots-cibles, mots-griffes, mots-crosses, mots-brèches, mots en charpie :

— PIERRE !

Le buste penché au-dessus du parapet, la femme jette ce nom en pâture :

— PIERRE ! PI...ERRE !

Erre. Errant. À grande erre. À belle erre. Hier. Lierre. Aire. Air.

Un ciel où fourmillent les étoiles a bu sa voix. Alors les autres mots se terrent, s'enfoncent, creusent, martèlent, ne parviendront plus aux lèvres. Mots-poings, mots-lambeaux, mots-labours, mots-fouets. À coups de bec les mots minent le seul arbre encore debout. Des mots-tenailles broient les saisons. Temps sous un saule ? Temps de pause ? Temps des ombrages où êtes-vous ? Mots-claies, mots-prairies, mots-cigales, où êtes-vous ? Le silence ressuscite la blessure. Les paroles ressuscitent la blessure. Cuirasse du ciel ; impénétrable coquille, murée comme l'oreille des dieux. Fantômes que les cités. Fables que les larmes. Inventé, l'amour. Illusoire, la mort. Absente, la vie. Nulle part. Ni ici. Ni ailleurs. La nuit est notre chevelure. Les sables, nos robes agglomérées. La roche serrée de demain nous rejette. Demain nous pousse hors du temps. Nous ne serons plus personne. Demain...

À l'aube, Elizabeth frappe à plusieurs reprises à la porte de Lana ; tourne la poignée, entre, s'étonne de trouver le lit vide, les fenêtres ouvertes, et celle-ci couchée sur la terrasse.

— Vous m'avez fait peur.

— Je ne sais plus ce qui s'est passé, je me suis endormie dehors sans m'en rendre compte.

— Voici une carte de la région. Une équipe de six hommes sera ici dans une heure ; vous partirez avec eux pour visiter l'oasis la plus proche et Seif sera votre interprète. Les jours suivants, vous choisirez vous-même votre itinéraire.

Autour, tout avait changé. Les papillons du soir s'étaient abrités, les oiseaux, astucieux et sombres, avaient trouvé refuge dans le cactus du jardinet. Une ligne nette séparait le désert du bleu matinal.

— Si vous ne voulez pas en rentrant ce soir retrouver une fournaise, il faut rabattre vos volets.

Elles déroulèrent ensuite, sur le sol, l'immense carte, la fixant aux quatre coins.

— Voici les oasis, dit Elizabeth, qui les cernait d'un coup de crayon. Plus loin, quelques villages. Tout ce jaune, c'est le désert.» On ne voyait que lui. « Il faut du courage pour fouiller là-dedans. Je ne l'aurais pas eu ce courage, je vous le dis, Lana. Pour personne.»

5.

Tout au bout d'une allée entre deux champs de trèfle, un vieillard, assis, sous les branches recourbées d'un saule :
— Depuis trois ans vous êtes les seuls étrangers qui soyez venus jusqu'ici.
Il secoue sa tête surmontée d'un turban en laine bistre. Seif traduit :
— Nous n'avons vu personne.
....
« Tu m'appelles, Pierre. Non, tu appelles. Tu ne sais plus qui tu es, tu ne sais plus ton nom. »

Une journée torride, sans étape, le parcours à dos de chameau, enfin l'oasis de Tawa : le gargouillis de l'eau, l'ombre palmée des arbres. Soudain, tout ce vert dans lequel on pénètre, cette fraîcheur...
— Un garçonnet joue à la marelle. Il est seul. Il ne sait pas. Les visiteurs ont été aperçus, et d'autres enfants accourent, se rabattent autour d'eux, les encerclent, riant, se poussant pour mieux les voir. Puis, ils entraînent la femme et Seif vers un groupe de fellahs qui travaillent la terre, la retournant avec de larges bêches :
— À part les archéologues, on n'a vu personne.
....

« Je viens vers toi, Pierre. De partout je viens vers toi. »

Un minuscule village, trois vieilles près de la pompe à eau. Lana se tait, tandis que Seif raconte, explique. L'aïeule lève les bras au ciel, pousse des cris stridents pour appeler ses compagnes. En un rien de temps, elles sont là, surgissant de partout, s'attroupant, les bras encombrés de linge, de branchages, les unes portant un enfant sur le dos, les autres une jarre sur la tête. Elles se font répéter toute l'histoire, s'en désolent, se lamentent, se frappent les joues :
— Quel malheur !
— Qui cherche-t-elle ?
— Son époux ?
— L'époux de cette femme...
— Tombé du ciel !
— Tu as déjà vu un avion, toi ?
— Une fois, pendant la cueillette du coton.
— Moi, ce jour-là j'accouchais de Hassan.
— Alors ça peut tomber un avion ?
— Ça peut tuer ?
— L'époux n'est pas mort.
— Où est-il ?
— Elles n'ont vu personne, traduit Seif. Si un étranger était venu, elles s'en seraient souvenues.

Bouleversées, elles entourent la femme, la retiennent au moment où elle cherche à partir.

— Allez-vous-en, maintenant laissez-nous, insiste Seif.

Elles ne s'en iront pas, elles accompagneront l'épouse jusqu'au bout. L'une lui prend le bras, une fillette s'accroche à sa manche. Quel malheur ! Elles arrivent à peine à se figurer un avion au sol, ou un avion qui tombe, mais elles savent ce qu'est le malheur. L'une tient le coude de Lana ; l'autre, lui entoure les épaules ; la troisième lui offre son bracelet de pierres bleues qui ramènera la chance. De guerre lasse, Seif s'écarte. Devançant le cortège, il se dirige vers la voiture, s'installe au volant. Attend.

Soutenue par cette muraille mouvante d'où s'échappent des plaintes, des lamentations qui lui sont destinées, Lana se laisse à présent mener, conduire, porter par cette foule. Assistée, protégée, fondue à leur masse, confondue, étourdie, presque apaisée.

— Presque apaisée, pense Seif en la voyant qui s'avance.

....

« Je rêvais. Par périodes, et souvent du même rêve. Celui-ci par

LE SURVIVANT

exemple : – je ne sais pas, Pierre, si je t'en avais parlé – il me fallait trouver une chambre, c'était urgent, nécessaire, vital. Alors commençait une course folle, à travers un circuit imprévisible. Je dévalais des escaliers, je gravissais des échelles ; les paliers, les étages se succédaient. Je traversais des perrons, je m'engouffrais dans des ascenseurs, j'arpentais des couloirs percés de portes. Des portes, des portes, des portes, que j'ouvrais l'une après l'autre. Je n'avais aucune idée précise concernant cette chambre – ainsi il arrivait parfois que toutes soient numérotées, mais il m'était impossible de me souvenir du chiffre qui devait figurer sur la mienne – je ne savais pas non plus à quoi elle ressemblait de l'intérieur, ni à quel signe je la distinguerais, et pourtant j'étais sûre de la reconnaître. Au seuil de chacune – il s'en présentait souvent d'agréables, d'accueillantes dans lesquelles il m'aurait plu de séjourner – je sentais d'une manière irréfutable que ce n'était pas encore *celle-là*. De nuit en nuit, je n'étais jamais encore parvenue à destination. »

Au village de Rifane, elle montre une photographie qu'on se passe de main en main :
— Personne.
Au bourg de Kafr-el-Dawass, le barbier-apothicaire rassemble la population :
— Non, ils n'ont vu personne.
D'autres oasis. D'autres jours, d'autres semaines. Des tentes de bédouins visitées, revisitées. Des cabanes de roseaux, des baraques, des bicoques. D'autres semaines. La hutte des nomades, l'abri dans le rocher. Visités, revisités.
— Personne.
Sur les routes, ils stoppent à présent les rares camions qui passent :
— Avez-vous aperçu un homme qui cherche sa route ?
— Voici sa photo.
— Personne.
— Un homme égaré ?
— Voilà à quoi il ressemble.
— Personne.
— Quelqu'un d'étranger au village ?
— Il était comme ceci.
— Personne.
— Il répond au nom de Pierre.

— Personne. Personne. Personne. Personne. Le mot cependant fait son chemin, se modifie. Personne. Non : quelqu'un. Un survivant. Un homme perdu. Un frère. Il cherche à revenir parmi les siens. « Les puissances mauvaises dressent des obstacles entre lui et l'épouse », murmurent les vieilles. Chaque enfant rêve de devenir le héros qui le découvrira, le ramènera. En labourant, en bêchant, les paysans restent aux aguets. La nuit, les femmes s'éveillent au moindre bruit. Les nomades repartent sur d'anciennes pistes, inventent des pistes nouvelles. Les conducteurs ralentissent, observent les bas-côtés de la route, braquent leurs phares dès qu'une ombre leur paraît insolite.

....

« Au fond d'une citerne, ils ont jeté ton nom.
Au fond des hommes, j'ai creusé ton nom.
Pierre. »

Au bout de six mois, l'ingénieur avait confié à sa femme qu'il ne croyait plus à la possibilité de retrouver le survivant. L'agence venait aussi de lui notifier qu'elle estimait ce dossier clos ; les familles elles-mêmes commençaient à s'en désintéresser et sans doute Mme Moret finirait-elle par se résigner à son tour. Il avait en outre appris que celle-ci avait été obligée de fermer son studio de photographe et que bientôt, à bout de ressources, elle serait forcée de repartir.

La chambre que Lana occupait dans la maison de l'ingénieur était indépendante du reste de l'habitation ; elle pouvait aller, venir sans déranger ses hôtes.

Parfois, rentrant le soir après une absence de plusieurs jours, il lui arrivait de ne pas rencontrer Robert Rigot déjà endormi, ni Elizabeth. À ces heures-là, celle-ci faisait marcher pick-up ou radio et n'avait d'oreilles que pour cette musique qu'elle choisissait en général tumultueuse, saccadée et dont elle forçait le volume.

D'autres fois, il arrivait que la jeune femme fût à sa fenêtre, guettant le retour de Lana, car ce retour se présentait comme le seul événement qui puisse rompre la monotonie de ce lieu perdu. Depuis la grave insolation dont elle avait souffert au début de son séjour, Elizabeth avait renoncé à sortir et passait sa journée derrière ses volets. Le soir, elle attendait que son mari se couche – souvent sa présence l'excédait. « Je ne vis que la nuit », disait-elle.

LE SURVIVANT

Elizabeth remontait à présent les marches avec Lana.
— Je ne vous dérange pas ?
Elles pénétraient dans la chambre, elles ouvraient les portes-fenêtres sur la terrasse.
— Qui avez-vous vu ? Où avez-vous passé la semaine, Lana ?
Celle-ci racontait. Elizabeth se demandait comment cette femme retrouvait chaque fois la force de repartir. Ces questions, cette recherche ne menaient apparemment à rien ? Comment était faite cette Lana ? Qui était ce Pierre qui la tirait, la poussait sans cesse en avant, hors d'elle-même ? Était-ce vraiment Pierre qu'elle cherchait ? Parfois c'était comme si elle voulait forcer une réponse, comme si elle allait à sa propre découverte.
— Quel âge aviez-vous quand vous l'avez connu ? Vous vous êtes aimés tout de suite ?
— Nous étions jeunes, très jeunes...
De quel Pierre parlait-elle ? Elle ramenait des brassées de souvenirs, confondant les âges de Pierre, les parcourant, traversant ses propres âges, les entrelaçant comme si tout ce passé s'était vécu par instants, par plaques, à rebours, par intervalles, par bonds. Pierre à trente ans, Pierre à vingt ans, alternativement, Pierre étudiant à la veille des examens, travaillant toute la nuit, son profil éclairé penché sur l'épais dictionnaire. Plus tard, Pierre insatisfait. Pierre soudain enthousiaste. Pierre sur une nouvelle voie, un nouveau départ. Pierre au soleil, dans l'eau. Pierre préoccupé par la proche quarantaine, s'examinant devant un miroir. Pierre rompant le temps. Pierre des échappées. Pierre tendre : « Que ce bonheur dure, c'est tout ce que je demande » ; Pierre des affrontements, des puits, des cataclysmes. Pierre des marées. Lana des marées. Et cet océan sans césure qui vient tout recouvrir.
— L'amour est un océan, dit Lana.
— L'amour est un désert. Un désert, répète Elizabeth.
Tout à l'heure, elle fermera la porte de sa chambre, les souvenirs de ses brèves amours sont des fleurs trop sèches ; elle sera seule.
— Je n'y ai jamais cru, à l'amour.
— Et Robert ?
— Je cherchais une fin. Je voulais le mariage, le sacro-saint mariage. L'idée fixe des filles les plus libres ! Dans une ville, cela aurait pu durer ; mais ici, ce face à face...
— Si vous vouliez, peut-être trouveriez-vous en Robert...
— Il n'y a rien à trouver. Parlons plutôt de vous, interrompit Elizabeth.

Dites-moi comment était Pierre ? Était-il grand ? Quelle sorte de voix avait-il ?

Lana le décrivait avec exactitude, chaque trait de son visage lui apparaissait clairement, les premiers temps les détails s'embrouillaient mais à présent tout était net. Elle aurait pu dessiner, toucher sa bouche, ses paupières, la naissance des cheveux, les narines. Pourtant la voix s'était perdue. Elle avait beau se recueillir, fermer les yeux, tendre l'oreille, la voix de Pierre lui échappait. Était-elle profonde, sourde, forte, lente ? Elle ne se rappelait aucune intonation.

— Était-il attentif, amoureux ? continuait Elizabeth.

Un soir, c'était il n'y a pas si longtemps, elle lisait, assise, il s'était mis à ses pieds, il avait embrassé ses genoux, il l'avait lentement déshabillée...

— Amoureux ? redemanda Elizabeth.

— Je crois...

Elizabeth a fermé la porte de sa chambre à double tour pour que Robert ne puisse pas entrer ; songeant à cette femme là-haut, qui repartira encore, elle ne peut se retenir de l'envier.

Les fenêtres sont ouvertes, un ciel sans lune noie la chambre. La jeune femme tourne et se retourne entre ses draps. Elle compte jusqu'à vingt, recommence. Elle respire lentement, elle se concentre sur ses paumes, un exercice que conseille elle ne sait plus quel hebdomadaire. Rien n'y fait.

Enfin, c'est le nom de Pierre qui lui vient à l'esprit.

« Pierre, Pierre, Pierre, Pierre », répète Elizabeth jusqu'à ce que le sommeil l'emporte.

— Pierre...

6.

Accroupi sur la terrasse, une lampe à pétrole posée sur le sol à ses côtés, Seif lit la missive qu'il tient en main. Accoudées au parapet, Lana et Elizabeth l'écoutent.

— « Pour celle à la recherche de son époux », dit Seif traduisant lentement.

Ces lettres venues des alentours – le plus souvent dictées à un écrivain public – sont toutes adressées à Mme Moret et s'accumulent ici durant son absence. Le jeune Nubien éprouve du plaisir à les lire tout haut, à leur donner vie, à les traduire ensuite dans une langue qui n'est pas la sienne.

Des nuages de moucherons cernent le globe de la lampe affaiblissant encore sa lumière, et Seif a ainsi l'impression qu'il va à la découverte de chaque ligne, qu'il tire de l'ombre un mot après l'autre.

— « Hier, à la tombée de la nuit, lit Seif, j'ai aperçu un homme qui rôdait devant la grille de notre jardin. J'étais sûre qu'il sonnerait et que notre servante irait lui ouvrir. Mais, comme s'il changeait d'idée, il s'est éloigné brusquement. J'ai pensé que c'était peut-être lui, le disparu. Ce n'était pas quelqu'un d'ici, J'en suis sûre ; il était grand avec des cheveux clairs. Mon père tient office de juge dans ce bourg que j'habite depuis ma naissance, mais je ne lui parlerai pas de ceci – bien que lui m'ait raconté toute l'histoire de l'accident – c'est un homme sévère qui pense qu'une jeune fille ne doit pas se montrer aux fenêtres. Vous qui êtes l'épouse, venez. Venez vite et interrogez chacun des habitants. »

« Chère amie, écrivait M. Leroc. J'estime que vous comme moi, nous avons fait tout ce qui était en notre pouvoir pour retrouver nos malheureux disparus, et qu'il nous faut à présent regarder la réalité en face. Je pense que toute recherche est dorénavant inutile. D'ici à un mois, je me verrai dans l'obligation de suspendre tout paiement et d'arrêter les frais que j'avais pris en charge. Je pense que vous me comprendrez et qu'il serait raisonnable que vous y renonciez à votre tour. »

— « Je tiens l'épicerie de Senah, lisait Seif. Une fois l'an, à cause de mes affaires, je vais à la ville et cela me fait trois heures de trajet. À mon dernier voyage, quelqu'un est monté devant moi dans le wagon. Il n'avait pas de valise. Il avait la fièvre, ça se voyait. Par gestes il m'a demandé le nom de la prochaine station, l'heure d'arrivée. Plus tard, il a sauté du train en marche pour échapper au contrôleur. S'agit-il de l'homme que vous cherchez ? Il porte une verrue sous l'œil gauche et il boite. »

....

La lune est trop étroite, trop jeune ce soir pour servir d'éclairage ; les moucherons obscurcissent de plus en plus la lampe rendant la flamme presque invisible. Seif tire son mouchoir de sa poche, frotte le dessus du globe, le débarrasse de ses cadavres d'insectes. On dirait soudain un minuscule soleil planté sur les dalles.

Plus loin, les silhouettes des deux femmes se découpent avec une grande netteté.

« Je ne sais plus que penser de moi », écrivait Jeanne Zell à Lana dans une de ces autres lettres venues de la ville – sa ville, si lointaine aujourd'hui – et qui lui rappellent sans cesse qu'elle n'est pas ici seulement pour elle. « Huit mois ont passé et je ne retrouve plus mon chagrin. Quel personnage est-ce que je jouais ? Quel personnage est-ce que je joue à présent ? À quel moment étais-je moi-même ? J'aurais préféré qu'il en soit autrement, continuer de souffrir, et que cet amour pour lequel j'aurais tout sacrifié (oui, c'est le mot, Lana, bien qu'il me paraisse grandiloquent, impudique) du moins en moi, continue de resplendir. Je n'éprouve depuis quelque temps, qu'indifférence, et vous l'avouerai-je, je me sens comme délivrée. N'étais-je liée à Serge que par la terreur de le perdre ? »

LE SURVIVANT

« À celle venue de loin... »

Au bout d'une longue phrase, Seif redresse parfois la tête, prend sa respiration, fixe une étoile, laisse couler un peu de temps, se délecte d'un souffle de brise. Puis apercevant de nouveau la femme de l'ingénieur – jamais elle ne lui a paru aussi belle que ce soir – il la regarde longuement. D'ordinaire, on dirait qu'elle porte un masque ; elle n'a de vivant que cette broche épinglée à son corsage – cet œil vert turquoise, largement échancré – qui vous fixe sans cesse. « Qui me fixe en cette minute », pense Seif. Mais ce soir, c'est différent, et Seif continue de regarder cette femme comme jamais il ne s'était permis de la regarder. Pourquoi a-t-elle ce ton si cassant quand elle parle à l'ingénieur ? Quand elle s'adresse à lui, sa voix est toujours sur le point de se briser. Pourtant cet homme est bon, Seif le sait ; il a longtemps vécu auprès de lui, bien avant l'arrivée d'Elizabeth. Seif aime la bonté, la bonté ne court pas le monde, il le dirait à cette femme s'il pouvait. Souvent Seif lui en veut d'être ainsi, renfermée, nerveuse. Souvent, mais pas ce soir. Ce soir, elle est là, elle l'écoute. Ce soir, elle est belle. Très belle. Belle au point qu'à présent Seif ne tourne plus son visage vers les étoiles mais vers elle, chaque fois qu'il lui arrive de faire une pause entre une missive et la suivante.

— « À celle venue de loin », répète-t-il.

— Oui, dit Lana.

— « Nous : Zeinab, Fatma, Karima, Hamida, Aïcha, Sayyeda. Toutes six, du village de Kernes, nous dictons à l'écrivain public ceci : nous étions ensemble, hier, sur la berge du fleuve criant au barquier Abou Fattal d'approcher. Mais celui-ci a poursuivi sa route, comme si nous n'existions pas. Pourtant l'homme était là – nous l'avons vu, assis à l'avant de la barque – cet homme, dont on parle, le survivant, l'époux. Il portait une barbe de plusieurs jours, il était blond comme le miel, il regardait au loin... »

La large enveloppe brune ne contenait pas de lettres, seulement deux photographies. Lana les avait longuement regardées, avant de les placer entre les feuillets d'un livre.

Sur la première, elle avait reconnu Jean Rioux, adossé à sa falaise de craie, son beau visage comme taillé dans le sel. Sur l'autre, Francine, les cheveux coupés court, riait aux éclats ; un gros poisson, qui venait sans doute de lui glisser des mains, frétillait à ses pieds.

Au revers de chaque cliché, le jeune Marc avait signé son nom.

— « Depuis deux nuits », reprenait Seif, et regardant Elizabeth sa voix s'infléchissait, « j'entends des pas dans la ruelle. Avec nos lampes, nous nous précipitons dehors, ma mère et moi. C'est toujours trop tard, l'homme a déjà disparu... »
— « Un inconnu a longé la rive du petit canal. Une ombre s'est approchée de l'eucalyptus... »
— « J'ai vu un tronc d'homme roulé par le fleuve... »
Seif hésite.
— Continuez, dit Lana.
— « L'homme a été assassiné, dépecé, je vous le dis. Les poissons se partagent ses membres... »
— Ce sont des gens simples, madame Moret, dit Seif. Il ne faut pas faire attention.

« Chère Lana. À présent, j'en ai la certitude, le survivant c'est Lucien. Comment peut-il en être autrement ? Réfléchissez. Qui d'autre aurait pris le risque de s'éloigner de l'épave ? Qui d'autre se serait enfoncé aussi inconsidérément dans le désert ? Qui, au cas où l'on l'aurait retrouvé, se serait tu durant si longtemps ?

« Voici comment les choses se sont probablement passées. L'enfant avançait dans les sables lorsque des nomades l'ont aperçu. Ne voyant rien autour, ils l'ont sans doute pris pour un habitant d'une autre planète, un messager d'on ne sait où. Je me suis laissé dire que dans ces régions-là, ceux que nous considérons ici comme des arriérés, sont traités avec respect et qu'on les imagine en communication avec l'ange ; que les mains que nous jugeons inutiles parce qu'elles ne savent ni saisir ni retenir, là-bas on les croit bénies. Lux. Lucis. Lucien. Lumière. Quel nom prédestiné ! L'enfant a sans doute été recueilli par ces hommes que n'effarouche pas le mystère ; peut-être aussi a-t-il été accepté tel qu'il mérite de l'être, c'est-à-dire comme l'envoyé d'un monde qui dépasse notre raison.

« Oui, Lana, de plus en plus souvent il m'arrive d'être persuadée que l'enfant est enfin heureux. Alors je renonce même au désir de le revoir... »

Contemplant une fois de plus Elizabeth, Seif découvre qu'elle a des yeux couleur de prune, qu'une fois dénoués ses cheveux touchent ses épaules.
— « L'époux ne sait plus où il va, lit Seif. La nuit, il danse sur nos

LE SURVIVANT

champs de trèfle. Il chante plus tristement que la lune, il cache son visage entre ses bras... »

Et Lana, l'écoutant, se sent à la fois au centre et en bordure de ces images ; emplie du bruissement confus et riche de cette terre d'orient, pourtant un peu à l'écart ; envahie et cependant témoin.

— « L'exilé ne parle plus que la langue des ibis, poursuit Seif. Il ne supporte que ce qui a des ailes. Il nous fuira toujours... »

Regardant encore Elizabeth, qui caresse sa chevelure d'un lent mouvement de la main, Seif se souvient que cette femme appartient à un autre et qu'il doit chasser, enterrer toutes les pensées de ce soir.

— « Le banian de notre village craque au crépuscule. Tous se moquent de moi quand je le leur dis. Pourtant, c'est la vérité. Que la femme vienne et qu'elle apporte avec elle une échelle (la plus longue qu'elle puisse trouver). Nous grimperons à l'arbre, elle et moi. Là, entre les branches, nous surprendrons l'époux. »

Seif détache chaque mot, laisse glisser un peu de temps entre une phrase et la prochaine, tandis que Lana, les yeux mi-clos, se laisse emporter par toutes ces paroles, par toutes ces voix. « Quel indice, quel espoir pense-t-elle trouver là-dedans ? » se demande Elizabeth.

— « L'oiseau de fer a éclaté, conclut Seif. L'époux s'est brisé sur les sables. Son corps s'est dispersé à tous les vents. Des siècles d'épouses ne suffiront pas à la rassembler... »

— « Des siècles d'épouses », murmure Seif, et les paupières abaissées, se laissant aller au rythme des mots – chassant d'une main distraite la nuée de moucherons qui auréole, obscurcit de nouveau la lampe – il se balance doucement, d'avant en arrière, d'arrière en avant...

— « Des siècles d'épouse... », redit-il en remuant à peine ses lèvres.

Une autre carte de la région, celle que François Klein lui avait expédiée, restait toujours ouverte sur la table de Lana. Lui-même en possédait le double. « Je les ai trouvées chez un bouquiniste sur les quais, écrivait-il. Ainsi je peux suivre et noter sur ma propre feuille tous vos déplacements. » Parfois, c'était lui qui suggérait d'autres itinéraires ; sa correspondance était la plus régulière, la plus fournie de toutes.

Pourtant, depuis quelques semaines, il ne répondait plus aux lettres et Lana s'inquiétait. Enfin, elle reçut un mot bref de Mme Klein l'informant que le vieil homme était à l'hôpital. Bien qu'elle écrivît encore de nom-

breuses fois pour demander de ses nouvelles, il n'y eut plus jamais de réponse.
Mais Lana croyait-elle encore à ce survivant ? Cela variait avec les jours. Il y avait des matins où les jambes étaient de plomb, la poitrine sanglée dans une cuirasse. Il y en avait d'autres où ce même corps, plus vif que la pensée, s'élançait hors du lit, l'entraînait loin des murs, vers une autre route sur laquelle il suffirait d'avancer pour forcer la découverte.
Ces derniers temps cependant, les heures s'empilaient. Jaunies, usées par des centaines de jeux de patience, on aurait dit des cartes dont on aurait épuisé toutes les combinaisons et qui ne pourraient plus réserver de surprise. Un sentiment de malaise l'engluait sur place. À ces moments-là, elle se demandait comment échapper à ce désert. Ce silence, cette solitude qu'elle avait parfois souhaités, lui paraissaient alors au-dessus de ses forces. Elle guettait le retour de Rigot, les pas d'Elizabeth ; elle brûlait d'entendre leurs voix, les conseils de l'un, les questions souvent importunes de l'autre. Si cela eût été en son pouvoir, elle aurait fait que sa chambre éclate et soit subitement envahie par Jeanne, par Lydia, par Marc, par tous ceux qui lui avaient écrit. Oui, qu'ils parlent, parlent, parlent... Que leurs voix se confondent avec sa propre voix, que leurs vies se mêlent à la sienne. Tout paraissait préférable à ces plongées, à ces moments souterrains qui amenuisaient, dissipaient, effilochaient l'image de Pierre, le retranchaient des autres, de l'existence, le retranchaient d'elle.

7.

Ce soir, Elizabeth verrouille la porte de sa chambre, s'assoit sur le fauteuil d'osier, face au grand miroir ovale de coiffeuse.

Le clair de lune se glisse entre les lamelles des volets, tapisse le mur de gauche d'écailles lumineuses.

Elizabeth croise ses jambes, s'adosse – l'osier crisse – décachette, puis déplie la lettre. C'est Lana qui l'a priée de lire, durant son absence, celles qui étaient rédigées en français et de la prévenir si c'était utile.

Lentement, la jeune femme parcourt les lignes :

« Je suis maltaise et couturière, j'habite Manhour, la ville la plus proche de l'endroit où l'avion est tombé. À l'époque, j'ai suivi de près toute l'histoire. J'ai appris votre arrivée, madame Moret, j'ai beaucoup cherché avant de trouver votre adresse. Alors voilà ce que j'ai à vous dire : depuis quelques mois, un homme s'est installé chez ma voisine ; une femme aux mœurs légères dont je connaissais de vue tous les amants. Ils défilaient l'un après l'autre et cela ne faisait jamais d'histoires. Puis, celui dont je vous parle est arrivé, et tout a changé depuis. Cette débauchée qui menait ses affaires, sans honte, en plein jour, se cache avec l'inconnu, ferme sa porte à tous les autres. Ça n'a pas été sans complications. J'ai fini par apercevoir l'homme. Il a une balafre au front, un bras bandé. Venez vite avant que cette femme ne le détourne complètement. Moi aussi, dans le temps, on m'a enlevé un fiancé. Le monde est plein de créatures perverses... »

Elizabeth déchire cette lettre comme Lana l'aurait fait. Elle se lève, va vers la coiffeuse, allume le globe qui la surplombe. Debout devant le miroir, elle défait son chignon ; sa chevelure, qu'elle rejette d'un mouvement de la nuque, recouvre ses épaules, elle glisse ses doigts écartés dans leur masse. Puis, tirant à elle le couvre-lit bariolé, elle s'enveloppe les hanches, et se promène ensuite dans la chambre sans perdre de vue son image : « Je m'étais oubliée... »

Maintenant, elle s'approche de la glace. Elle ne voit plus que son buste, plus que son visage qui, à chaque pas, s'agrandit. « Je suis jeune, jeune. » Elle cherche des rides, il n'y en a pas ; elle applique sa joue contre la surface polie et fraîche, son souffle forme une buée qui adoucit et teinte sa peau. « Jeune, mais pour qui ? Mais pour quoi ? »

Des amants, un mari. Des aventures, une fin. Où est l'amour dans tout cela ? Avant l'arrivée de Lana, elle n'y pensait plus. Avant l'arrivée de Lana et de Pierre. Oui, de Pierre. On n'entend que ce nom par ici. Le passé revient, cerne, vous arrache à une sorte de sommeil, trop hâtives, trop nombreuses, ces amours. Un vertige, l'illusion d'un vertige. Et Elizabeth trop jeune ou mal éveillée pour éprouver la saveur de l'instant, simplement la saveur de l'instant. À présent, comme si l'approche de la trentaine, comme si cette longue attente l'avait transformée, elle se découvrait prête pour des rencontres sans lendemain, pour cette fulgurance-là, pour tout ce qui la tirerait de cette grisaille. « Un soir, quelqu'un viendra et ce sera différent, je l'aurai si longtemps attendu... » Un soir. Quel soir ?

Robert sera loin sur les routes. Lana partie pour plusieurs jours. Un homme sonnera à la porte. Il n'y aura qu'Elizabeth à la maison pour lui ouvrir.

« Pierre. » Ce sera Pierre, et Lana sera loin, ailleurs. Pauvre Lana. « Je l'aime bien pourtant. » Étrange Lana. N'invente-t-elle pas son amour ? Quel amour résiste aux années, à l'absence ? Aux années surtout ? Pourtant avec elle rien ne paraît impossible. « Elle découvrirait une source dans un bloc de ciment que ça ne m'étonnerait pas. »

Il y a une semaine, entrant dans la chambre de Lana, Elizabeth a découvert la photo entre les pages d'un livre. Un homme adossé à une falaise blanche : « Pierre ! » Un sourire tendre, des yeux clairs ; oui, tel qu'elle l'avait imaginé. « Suis-je amoureuse d'une ombre ? »

Plus tard, elle s'était allongée sur la terrasse. Le menton dans les mains, le cliché serré entre les coudes, elle avait longuement dévisagé l'absent. Du bout de ses doigts, elle avait caressé son front, le bord de ses cheveux ; ôtant ensuite du revers de sa main le rouge sur sa bouche, elle avait posé plusieurs fois les lèvres sur la photographie.

LE SURVIVANT

Peu après, replaçant l'image dans le livre, elle n'avait pas remarqué au revers la signature de Marc Rioux.

Elizabeth s'enferme de plus en plus fréquemment dans sa chambre. Ce soir, surtout.
Ce soir, Pierre est venu.
Le pick-up est au maximum de son volume. Une bouteille à moitié vide est posée sur la table basse au pied du lit. Sa joue contre la joue mal rasée de Pierre, Elizabeth danse. Les notes du pianiste noir se détachent une à une.
Pour la troisième fois, Seif frappe à la porte :
— Le dîner est prêt, madame Rigot.
— Je n'ai pas faim, que Monsieur dîne sans moi.
Pas de lampe, ce soir ; des bribes de lune suffisent à éclairer la pièce.
— Je ne descendrai pas, qu'on ne m'attende pas, Seif.
Pierre et Elizabeth dansent. Qu'on les laisse l'un à l'autre. Le miroir lui renvoie l'image d'un couple, là-bas, au bout de la chambre, qui tourne, enlacé.
Elizabeth danse, ploie dans les bras de Pierre. Le sol est léger ; au plafond, d'immenses brèches s'ouvrent sur un ciel marine. L'armoire, le fauteuil d'osier, la table basse, la bouteille, flottent et se dispersent. « Il n'y a plus que toi et moi, Pierre. » Ici, et en même temps au fond du miroir ovale. « Toi et moi. »
Venant de la salle à manger, Rigot remonte l'escalier, s'arrête devant la chambre de sa femme, hésite, prête l'oreille. N'entendant que cette assourdissante musique, il frappe, une, deux, trois fois, de plus en plus gauchement :
— Tu ne veux pas descendre, Elizabeth, Mme Moret vient d'arriver.
— Non. Laisse-moi. Qu'on me laisse ! Je t'en supplie.
— Bien. C'est comme tu veux, Elizabeth.
Rigot redescend. Il ne sait pas s'y prendre avec elle, il le sent bien. « Je n'ai jamais su. »
Sa tête sur l'épaule de Pierre, Elizabeth tourne et danse. Il n'y a plus qu'eux au monde. Eux, ici. Eux, dans le miroir. Ils ne sont plus que deux au monde. Plus que deux. Plus qu'un. Un. Mais voilà que soudain ils se séparent, ils se doublent, se dédoublent, et se dédoublent encore. Ils sont deux, ils sont dix, trente, cent... La glace va voler en éclats. Puis de nouveau ils redeviennent deux. Ils sont un. Un.

Elizabeth s'est laissée tomber sur le lit. Sous son poids la moustiquaire s'est décrochée de sa corniche, on dirait un parterre de mousse.
— J'étais plus seule que seule, Pierre.
— Elizabeth, ton corps de jeune fantôme sous tes robes flottantes, jamais je n'aurais supposé...
— Tu es revenu pour moi, Pierre.
L'aiguille du pick-up va toucher le bord du disque. Soudain, c'est le déclic et tous les bruits du dehors assiègent, envahissent la chambre. L'appareil tourne à vide. À l'extérieur, Seif ferme les volets, une porte grince, Robert et Lana se parlent dans l'entrée.

Peu après, quelqu'un remonte les marches, s'éloigne. Puis, Lana revient de nouveau sur ses pas :
— Vous n'êtes pas malade, Elizabeth ? Vous n'avez besoin de rien ?

La jeune femme ne répond pas. C'est exaspérant ce soir, la présence de Lana, sa façon de gravir l'escalier, d'ouvrir, de refermer la porte de sa chambre. « Mais que puis-je, Lana, si c'est moi que Pierre a choisie ? » Dès qu'il a aperçu Elizabeth, il est allé vers elle. « Qu'est-ce que je peux y faire ? » C'est insupportable l'idée de cette femme là-haut qui cherche, qui aime, qui patiente. Sur quelle route s'obstinait-elle tandis que Pierre était ici ? Pourquoi l'imagine-t-elle sans cesse ailleurs, lorsque Pierre est fait de chair et de sang ? Elle n'avait qu'à être là ! « Je n'y peux rien, Lana ! »

Elizabeth s'enroule, enfouit son visage dans les plis rugueux de la moustiquaire, garde les yeux fermés.

Une tenace odeur d'insecticide imprègne à présent le tissu.

— Descendez, descendez vite, madame Moret !
Robert Rigot, le visage livide, les yeux énormes, se tenait, le lendemain soir, devant la chambre d'Elizabeth.
— Regardez !
La moustiquaire affaissée s'emmêlait aux draps, des disques jonchaient le sol. Le miroir ovale de la coiffeuse avait reçu un choc, et les morceaux du verre cassé gisaient par terre dans le liquide répandu.
— Je n'aurais pas dû la laisser seule aujourd'hui, je n'aurais pas dû. Hier soir, sa voix paraissait étrange...

Rigot s'affala sur le fauteuil. De temps à autre, comme s'il ne pouvait encore y croire, il jetait un coup d'œil sur la lettre d'Elizabeth qu'il tenait dans sa main. Pour la quatrième fois, il se remit à la lire tout haut :

« Je retourne d'où je viens. Pardonne-moi, Robert, si tu le peux, mais je ne suis faite ni pour toi ni pour le désert. Ne cherche surtout pas à me retrouver. »

Plus tard, Seif vint confirmer qu'une des deux voitures avait disparu du garage. Au début de la matinée, un ouvrier avait vu Mme Rigot s'éloigner rapidement au volant de la décapotable.

— Préviens le chef de chantier que demain je serai absent toute la journée, dit l'ingénieur.

Il fouilla au fond de sa poche, retrouva la lettre qu'il froissa dans un geste de rage qu'il regretta aussitôt.

— Demain, nous irons ensemble avec la jeep, reprit-il s'adressant à Seif, et nous ramènerons la voiture de la gare.

8.

Le chemin de fer déboucha dans une campagne rosie par les premiers aiguillons de l'aube. Lana descendit du train, chercha le jeune garçon qui devait la piloter. Sur le quai, il n'y avait qu'un vieillard, assis par terre, et qui dormait la tête sur les genoux.

Dans la salle d'attente, elle s'installa sur la banquette face à l'immense embrasure qui donnait sur les champs. À l'intérieur, les murs étaient cloqués, brunâtres ; du plafond pendait un long fil électrique – enrobé, comme la douille, d'une poussière compacte – sans ampoule au bout. Aux quatre coins de la pièce, de grosses et patientes araignées raccommodaient leurs toiles.

Dehors, le jour retraçait, réinventait le paysage. À gauche un arbre renaissait à la vie. Plus loin, des buissons s'éclairaient. L'herbe partout retrouvait sa couleur.

Enveloppées d'amples robes noires, portant sur la tête des baluchons ou des cages remplies de poussins et de cailles, parlant haut avec des éclats de voix, un groupe de femmes avançait vers la gare. Apercevant l'étrangère, elles baissèrent le ton, traversèrent hâtivement la salle pour aller s'accroupir près de la voie ferrée.

L'enfant apparut bientôt.

Courant le long d'une mince allée bordée de cannes à sucre, piquant droit sur la station, il était tel que l'ingénieur l'avait décrit, vêtu d'une culotte courte, d'un tricot rouge vif, chaussé de semelles retenues aux chevilles par des cordelettes, les cheveux châtains ondulés, les yeux verts.

LE SURVIVANT

Sans hésiter, il se campa devant Lana, et la déchargeant de son fourre-tout, il l'engagea à le suivre.
— C'est loin ?
— Après le village.
Tout en marchant, il était parvenu à décrocher la longue chaîne qui servait de courroie au sac et s'amusait à la lancer en l'air, puis à la rattraper. De temps à autre, il se retournait pour s'assurer que la femme lui emboîtait le pas :
— M. Mansour attend. Il est devant l'école. Je vous conduis chez M. Mansour.
Comme s'il les avait apprises par cœur et que les mots lui demandaient un effort de concentration, il reprenait souffle après chaque phrase.
— C'est lui qui t'a appris le français.
— C'est lui. On l'appelle El Sayed Mansour, le maître. Il sait beaucoup. Plus que les autres.
Le village – aggloméré, humble, ses toits rasant le sol – se découvrait entre les troncs dispersés des hauts palmiers dont les branches touchaient le ciel. Bientôt, ils longèrent ensemble un caniveau de la largeur de deux paumes qui paraissait fraîchement creusé. La poussière du chemin, d'abord fine, volatile, poudreuse, s'appesantissait, noircissait, adhérait aux semelles. L'enfant se baissa, trempa une main dans l'eau jaunâtre, s'en aspergea la face :
— On a l'eau et une pompe depuis dix jours !
« Ce lieu, ce village, le prix de l'eau, j'étais loin, si loin de tout ça », pensa-t-elle.
— Je peux ? demanda l'enfant.
D'un geste il lui montra le jeu qu'il venait d'inventer.
— Oui.
Il plongea alors la chaîne du sac dans la rigole, racla le fond, remua l'eau ; des bulles se formaient tout autour. Puis il la retira, ruisselante, ravivée, ses anneaux éclatants comme l'or.
— Elle est pour toi, je te la donne, dit Lana.
— Mon nom c'est Zaki. Tu m'appelles maintenant Zaki, reprit l'enfant comme s'il lui offrait un présent en retour.
— Merci, Zaki.
Le chemin bordait à présent le village. Bâti en cercle, ses portes ouvrant vers le dedans, celui-ci n'offrait à la vue que des murs aveugles et terreux.
— C'est là que tu habites ?
— C'est là.

Le sentier se fourvoya entre des palmiers nains, disgracieux, comme engrossés, et des cactus si proches les uns des autres qu'ils semblaient s'entre-dévorer.
Au loin un homme venait à leur rencontre.
— C'est lui ! s'écria l'enfant.

— Madame Moret ?
— Oui. Je voudrais vous dire combien...
— Ne me remerciez pas encore.
Zaki remit le grand sac à Lana, tourna les talons et, faisant des moulinets avec la chaîne, s'engouffra dans une ruelle.
— L'école est encore loin. Il faut marcher un quart d'heure.
— Comment est cet homme ?
— Patience, madame Moret. Vous le verrez, vous le verrez...
— Depuis quand est-il ici ?
— Dix jours.
— Qu'est-ce qu'il a fait durant toute cette année ? Où se cachait-il ? De quelle façon a-t-il vécu ?
— Je ne sais pas. Je ne sais pas si c'est M. Moret. C'est un Européen, c'est tout ce que je sais. Plus tard, si c'est votre mari, il vous dira...
— Si c'est lui, il n'y aura plus besoin de questions.
— Je savais que vous étiez dans le pays depuis longtemps, madame Moret. Quand j'ai appris que vous partiez, vite j'ai écrit à M. Rigot – je le connais bien, il a beaucoup fait pour moi, pour notre école. Je lui ai parlé de cet homme. Je disais : il y a une chance que ce soit le mari de cette personne, il faut qu'elle vienne voir. Rigot est d'accord avec moi puisque vous êtes venue.
— Racontez-moi son arrivée...
— Une nuit, on frappe à ma porte. Un homme blond, grand ; il parle français. Je connais ma langue, un peu le français et c'est tout. Il voulait rester au village ; m'aider pour l'école, pour l'atelier. Quand j'ai dit : « Qui êtes-vous ? » Il a répondu : « Appelez-moi Charles... » J'ai mal entendu l'autre nom. Je lui ai demandé de répéter. Il m'a regardé, il a levé les épaules. « Ça n'a pas d'importance. » J'ai compris que je ne devais pas insister. Il avait la figure fatiguée, la nuit était froide, je ne pouvais pas le laisser dehors. Il couche à côté de l'atelier, sa chambre a une seule fenêtre au plafond. Comment appelle-t-on ça, madame Moret ?
— Une lucarne.

LE SURVIVANT

— Oui, une lucarne. Nous allons monter sur la terrasse, et vous, vous allez regarder par la lucarne. Vous pourrez le voir. Peut-être que l'accident a chassé sa mémoire et qu'il vous attend pour trouver le passé. Mais si ce n'est pas lui, vous serez courageuse n'est-ce pas ?

Elle fit oui de la tête.

— M. Rigot m'a dit que je peux avoir confiance en vous. Il faudra repartir tranquillement sans qu'il vous entende, sans qu'il vous voie, n'est-ce pas ?

— Oui.

La bâtisse apparaissait dans le lointain. De construction rudimentaire, elle était entièrement blanchie à la chaux.

— Il y a longtemps que vous habitez ce village ?

— Je suis né au Caire. Il y a six ans, je suis venu ici et je ne suis plus reparti. J'ai une école et un atelier avec un grand four. Après la leçon, j'apprends aux enfants à faire des poteries, des statuettes. Ils aiment ce travail, ça leur enseigne à faire mieux, toujours mieux. » Sa voix s'articula, on aurait dit qu'il cherchait le ton, le mot juste pour exprimer ce qu'il jugeait important, capital. « Toujours mieux. Ne pas se satisfaire, ne pas se résigner... Ça c'est le commencement de tout, madame Moret. Le commencement... Le réveil. Ici, partout, les yeux s'ouvrent, et c'est une chose très grande. Très grande... »

La bâtisse était de plus en plus proche. Pour l'atteindre au plus vite, il suffirait de courir ; se ruer ensuite sur la porte, en forcer la poignée, pénétrer. Une fois dedans, Lana trouverait facilement l'entrée de la chambre. Les serrures céderaient : « Pierre ! »

— Attendez, madame Moret.

D'une main ferme, il la retint :

— J'ai dit aux enfants que vous veniez examiner leurs travaux. Il ne faut pas qu'ils devinent...

Elle ralentit sa marche ; et peu à peu, se laissa gagner par la tranquillité du paysage tout autour.

Plus tard, elle retrouverait au fond d'elle-même cette plaine horizontale que rien ne vient heurter, ces arbres fragiles, ce fleuve d'éternité, cette bienveillance, cette gentillesse des habitants. Elle emporterait avec elle, dans son pays, dans sa ville, le souvenir de tout cela. « Cette bienveillance, cette gentillesse », se redit-elle. Une pudeur, ou était-ce une sorte d'ignorance, vous détournait, là-bas, de ces mots. On s'en gaussait toujours un peu, de peur d'être dupe ; il ne fallait surtout pas être dupe ! Pourtant lorsque les murs perdent leurs pierres, que les défenses, les créneaux s'assouplissent, lorsque quelque chose en soi se fait herbe, se fait eau – il semble que la vie est plus présente que jamais.

— J'aime ceux qui vivent de cette terre, continua Mansour comme s'il devinait sa pensée. Ils possèdent « un cœur aimant où toutes les paroles sont encloses ». J'ai lu cette phrase dans un très ancien texte de notre pays. Connaissez-vous le conte du naufragé ?

— Non.

Il lui tenait encore le bras – ça le gênait, car il n'était pas assez vieux pour se permettre ce geste familier, il continua cependant de le faire sentant qu'à cette minute cela devait passer avant toute autre considération. La maison était à une très petite distance ; il n'aurait sans doute pas le temps d'aller jusqu'au bout de son histoire :

— Un homme sombre en mer avec tous ses biens, commença-t-il. Il nage jusqu'à une île. Il a peur, il est seul, il a tout perdu. Cependant il entre dans l'île, il avance, il met un pied devant l'autre, un pied devant l'autre... Petit à petit, il reprend courage, et il marche, il marche. Petit à petit il découvre qu'il n'est pas seul, qu'on n'est jamais seul, quand on a « son cœur pour compagnon »...

Lana ne l'écoutait plus. Un portillon en bois défendait l'accès de l'escalier extérieur qui, longeant la façade, conduisait vers la terrasse. El Sayed Mansour tourna la clef dans le cadenas.

Ensuite, refermant la portière derrière eux, il précéda la femme sur les marches.

Une perle bleue – de celles que les fillettes enfilent sur une ficelle ou sur une épingle double pour en faire un collier, ou une broche – avait glissé dans une des rainures de l'escalier. Lana la ramassa, la tendit à son compagnon.

— Gardez-la, c'est un porte-bonheur, murmura-t-il.

Elle ne croyait guère aux talismans, mais elle conserva la perle, la faisant rouler entre le pouce et l'index.

La lucarne, entourée d'une sorte de tablette en béton, formait une saillie dans un coin de la terrasse. Mansour lui fit signe de s'agenouiller à côté, puis de se pencher avec précaution, pour regarder la chambre en dessous. Il s'éloigna en reculant sur la pointe des pieds, un doigt sur la bouche pour l'inciter à la prudence.

Elle serrait si fort la pierre bleue entre ses doigts, qu'il lui sembla que celle-ci traversait sa chair, devenait sa chair. Un froid intense se plaquait

LE SURVIVANT

entre ses épaules, des tremblements l'agitèrent, elle eut l'impression qu'elle perdait le contrôle de ses membres, que ses gestes se désorganisaient. « Si c'était toi... » Si c'était Pierre, aurait-elle la force d'attendre ? Elle briserait sans doute la vitre, elle pénétrerait par effraction, à bout, à bout de toute cette patience... Tandis qu'il faudrait, sans doute, lentement, graduellement retisser, fil à fil, la trame de cette mémoire perdue. Lentement. Interminablement. Elle qui n'était pas faite pour temporiser... « Si c'était toi, tu me reconnaîtrais, tout de suite. » Les voiles se déchireront, la lumière les submergerait... La perle vient de lui échapper ; Lana la cherche sur le sol ; la retrouve, la retient dans le creux de sa main « le refuge de tes mains ».

On ne voit rien à travers ce carreau. Avec son mouchoir, Lana essuie la poussière, dégage un morceau de vitre. En dessous tout se confond ; on dirait une minuscule plate-forme au fond d'une citerne.

Finalement, une zone claire émerge de cette grisaille. Elle distingue à présent une chemise blanche. Un homme est endormi, le buste affalé sur une table, les bras croisés sous la tête, comme si le sommeil l'avait brusquement surpris. De si haut, le blanc de la chemise forme une tache en éventail de plus en plus nette, mais qui ne révèle rien ; on discerne seulement que l'homme a de larges épaules, comme Pierre.

Lana se baisse, scrute la chambre, s'efforce de découvrir un objet, un vêtement qu'elle pourrait reconnaître. Mais elle n'aperçoit qu'un matelas à terre, un panier à provisions dans un coin.

Autour de la bâtisse, la campagne s'éveille, s'ébranle.

Un troupeau d'oies caquetantes, menées par une fillette borgne, passe à proximité ; on entend le sifflement de son long bâton flexible tandis qu'elle cingle, plusieurs fois de suite, l'air et le bas des murs.

Des chiens aboient à l'écart. Un âne commence et n'en finit pas de braire. Plus près, les roues d'une charrette grincent. Des voix enfantines appellent. Quelqu'un secoue le portillon :

— El Sayed Mansour !... El Sayed...

Penché au-dessus du parapet, celui-ci répète :

— Plus tard. Revenez plus tard, je vous ouvrirai...

Tout en bas, l'homme continue de dormir. On devine sa lente, paisible respiration. Combien de temps cela va-t-il durer ?

Lana a mal dans les genoux, mal dans le cou, dans la tête. Entr'ouvrant la main, elle aspire la pierre bleue, la roule dans sa langue, la fait crisser entre ses dents, puis, la rejette de nouveau.

Un soleil vorace engloutit la terrasse, décuple l'éclat des murs.

Combien de temps encore ? Combien de temps... Une poignée de sable, du gravier, de la pluie, que quelque chose s'abatte sur cette vitre !

Enfin, l'homme remue.

Peu à peu, il se redresse, pose ses mains à plat sur le battant de la table, se soulève avec lenteur, comme s'il était engourdi.

Maintenant, il est debout.

Elle le voit de dos. Sa haute stature emplit la pièce.

Lana se penche en avant, se penche trop. Ses coudes glissent du support en béton, frôlent, patinent, frottent contre la vitre. La perle bleue lui glisse des doigts, roule, rebondit sur les carreaux ; un bruit faible, sec, mais qui n'en finit pas.

L'homme a sursauté. Puis, d'un seul coup, il s'est retourné, face à la lucarne.

La lumière l'aveugle. Brusquement, il hausse les deux bras à la fois pour protéger ses yeux.

Lana se rejette en arrière.

9.

Lana fuit droit devant elle. Loin, le plus loin possible de la bâtisse ; El Sayed Mansour n'a pas pu la retenir. Il l'a vue se précipiter dans le premier sentier venu, courir ; puis disparaître.

Lana hésite devant une fourche, fonce à gauche, aboutit dans une impasse, retourne sur ses pas. Il faut s'éloigner au plus vite, effacer, oublier. Oui, cette fois elle y avait vraiment cru, cette fois elle allait toucher au but, elle y comptait vraiment...

Courir, courir d'une route à l'autre. Ne plus penser à rien. Courir.

Elle va, va, va, s'égare dans un champ de maïs, se perd dans un verger, s'embourbe dans une ornière, franchit une passerelle, retrouve une allée. Plate, si plate la terre d'ici. Plane et sans limite. Comme l'éternité. N'y aura-t-il jamais d'issue ? Jamais de fin ? Jamais de mort ? Qui voulait supprimer la mort ? Qui voulait que la vie s'allonge, s'allonge ?...

Un troupeau de moutons bloque le long sentier poudreux – celui qui s'écarte du village –, retarde Lana dans sa course. Elle s'arrête, indécise, puis brusquement fait demi-tour. Mais des enfants accourus de partout lui coupent la retraite, une masse d'yeux – immenses, noirs, éclatants, étonnés – la dévisagent. Elle se retourne de nouveau, s'enfonce cette fois au milieu du troupeau, ses jambes se frottant aux toisons, elle se fraye un passage, soutenue, repoussée, ballottée par le mouvement des bêtes.

Ahuri, le vieux berger se gratte la barbe, puis avec son bâtonnet il s'emploie à lui ouvrir un chemin.

— Écartez-vous, mes agneaux, mes jolis. Bêlez, bêlez tant que vous voudrez, mais écartez-vous.

Lana est seule devant la petite gare. Le prochain train ne partira que dans une heure.
Elle entre dans la salle d'attente, prend place sur la banquette. Les mêmes murs lépreux, le même fil électrique enveloppé de suie, la même absence de lampe, les mêmes patientes araignées...

— C'était vous ?

L'homme avait longtemps hésité devant la gare, mais quelques instants après, il se campait dans l'embrasure de la porte examinant la femme assise au fond de la salle. Il s'était ensuite, lentement, approché. Elle continuait de tenir la tête baissée, et s'était mise à fouiller dans son sac comme pour y chercher quelque chose. À mesure qu'il avançait, elle entendait le crissement de ses semelles broyant au passage les graines de melon et de pastèque qui jonchaient une partie du sol. Puis elle vit le bras de ses jambes, ses chaussures venant droit sur elle. Ses genoux allaient bientôt toucher les siens.

— C'était vous ?

Sans se redresser, elle dit :

— Oui. C'est une erreur, excusez-moi.

— Que me vouliez-vous ? Qui vous a envoyée ?

Elle remarqua son accent assez lourd.

— Rien. Personne. Je vous dis que c'était une erreur.

Elle chercha à se lever, à s'éloigner, mais il la força à se rasseoir, pesant des deux mains sur ses épaules.

— Vous n'allez pas vous en tirer comme ça !

Comment avait-elle pu, même pour une seconde, le prendre pour Pierre ? Il avait un visage massif et sans arêtes, des yeux étroits, gris, en retrait, un demi-sourire tenace, une bouche sans lèvres. Comment avait-elle pu ? Peut-être à cause des cheveux épais et blonds, de la stature...

— Parlez. Expliquez-vous.

Un semis d'oiseaux s'abattit sur la campagne déserte. Par la grande ouverture, elle les vit qui se croisaient, se recroisaient avec une dextérité, une vitesse vertigineuses ; puis, comme aspirés, escamotés par le ciel, ils s'éclipsèrent d'un seul coup.

— Mais enfin qui êtes-vous ?

Elle sentait qu'il ne la lâcherait pas, et personne n'était là pour lui venir en aide. Rapidement, elle relata son histoire. Il desserra alors son étreinte, recula de quelques pas :

LE SURVIVANT

— Alors, cette femme, c'était vous ? Moi aussi, j'ai entendu parler de tout ça. Je pensais que depuis le temps vous étiez repartie.
Il croisa les bras, la contempla un long moment, eut un rire goguenard :
— Isis à la recherche de son époux démembré ! C'est ça ?...
Et poursuivant sur le ton du récitatif :
— Apprenant qu'Osiris a été capturé, tué, dépecé et son corps dispersé à travers le pays, Isis parcourt le delta à la recherche des membres épars de son bien-aimé. Elle les retrouvera, elle les réunira ; le cadavre se ranimera, pense Isis.
Il sélectionnait ses mots ; on sentait que la langue dans laquelle il s'exprimait lui était étrangère.
— Assez, je vous en prie.
Se penchant au-dessus d'elle, il assourdit sa voix :
— La mort ne rend rien. Nous ne vivons plus un temps de légende. Ce qu'elle prend elle le garde !

Il s'était laissé tomber sur la banquette :
— Moi aussi quelqu'un me recherche. Une femme. Mais pour une autre raison...
Une énorme araignée glissa hors de sa toile, dérapa le long du fil, se balança un moment à mi-air avant de tomber sur les genoux de Lana. Elle recula, voulut s'en débarrasser.
— Ne bougez pas.
L'homme venait de saisir l'insecte par une patte et il le jeta sur le sol. Puis il appuya dessus le bout de sa chaussure, le regardant se tordre et se débattre durant un temps infini. Elle le vit faire avec répulsion, se leva d'un bond pour interrompre elle-même le supplice ; mais il la saisit par le poignet, l'obligeant à se rasseoir. Il écrasa alors la bête d'une seule torsion du pied.
Elle chercha désespérément des yeux d'autres voyageurs. Il semblait qu'il n'y aurait personne pour le prochain départ.
En face, s'étalaient les champs ; on n'y apercevait aucune créature vivante et l'on ne devinait même pas la présence du village, trop à l'écart. Malgré le soleil, tout paraissait lugubre, dépeuplé. Depuis tout à l'heure, les oiseaux n'avaient plus reparu.
Il se rapprocha, étendit son bras le long du dossier de la banquette ; quelque chose en lui continuait de l'horripiler.
— Laissez-moi.

— Vous ne voulez pas savoir qui je suis ?
Il avait besoin de parler, il allait parler, elle le sentait bien. Comment faire pour ne pas entendre ?
— Écoutez-moi...
— Non. Si vous avez quelque chose à dire, parlez à celui qui vous héberge. Lui a le droit de savoir.
— Lui m'a trahi. Je lui ai dit que je ne voulais voir personne.
— Il ne vous a pas trahi. Il savait que je partais bientôt, il savait que je m'en irais d'ici sans rencontrer personne.
— S'il avait su, peut-être qu'il ne m'aurait pas ouvert sa porte...
Le même sourire se plaquait sur sa bouche, il n'avait pas desserré sa main autour du poignet de Lana :
— Je connais cette sorte d'individus. Un idéaliste, un rêveur. De cette race qui soutient les faibles, de quelque côté qu'ils se trouvent, de ces doux qui se révoltent, qui s'enragent, qui parlent d'égalité, de liberté. L'époux de cette femme était aussi comme cela. Mais c'était la guerre, et ces renseignements il me les fallait. Ce n'est pas facile de tenir un pays occupé.
— Assez, je ne veux pas vous entendre.
Il la retenait toujours par le bras :
— L'homme ne voulait rien dire. Mais j'avais les moyens de le faire parler, je les ai utilisés. Il semblait tenir le coup, je croyais que le moral céderait en premier.
— Pourquoi me racontez-vous ça ? Pourquoi ?
— Des années que je me tais. Des années ! Des mois, qu'aucune femme...
Elle était parvenue à se dégager, et profitant de sa surprise elle se hâta vers la sortie. Mais en quelques pas, il la rattrapa, la contraignant à revenir :
— Vous allez m'écoutez, jusqu'au bout.
Il l'entraîna, l'obligea à s'adosser contre le mur.
— L'homme est mort. Je ne sais pas comment sa femme l'a su. Tant et tant d'hommes sont morts. Après la guerre, je croyais qu'elle aurait perdu mes traces. Elle m'a poursuivi, jusque dans mon propre pays, elle avait juré de le venger. Depuis dix ans, je suis dans ce coin du monde. Je croyais avoir la paix. Il y a quelques semaines, j'étais assis à un café, en ville...Soudain elle était derrière moi. Je l'ai aperçue dans la glace, au moment où elle entrait. Je suis parti, j'ai fui. Ces gens-là sont dangereux, parfois organisés, on ne sait pas de quoi ils sont capables... Je suis venu dans ce village. Je voulais rester longtemps. Personne ne m'aurait trouvé. Mais tout à l'heure, ce visage dans la lucarne...

LE SURVIVANT

Il rit :

— Ce n'était que vous !

— Je vous hais, lâchez-moi, cria-t-elle. Il n'y a rien au monde que j'exècre autant que vous !

Elle le repoussa avec violence, il fut obligé de reculer ; mais au bout de quelques secondes il la maîtrisa de nouveau :

— Vous n'êtes qu'une enfant !

« Pierre ! Pierre ! C'est un cauchemar, je vais me réveiller. C'est un de ces cauchemars qui m'habitent. Ce personnage – je le reconnais, c'est celui de mon cauchemar – l'auteur des déportations que nous n'avons pas vécues, des ghettos que nous n'avons pas subis, de ces camps où nous n'avons pas été suppliciés mais dont le souvenir, si souvent, nous révulsait. Et ces « comment » et ces « pourquoi » auxquels il n'y eut jamais de réponse... Un cauchemar, rien qu'un cauchemar, pareil à l'autre.

« Cette nuit-là, il y a bien longtemps, je m'étais réveillée les jambes glacées, t'appelant, t'appelant, me consolant, oubliant auprès de toi, bénissant ce temps de paix où il nous était donné de nous aimer loin de la peur.

« Je me souviens. Nous étions assis, toi et moi, à une table ronde, recouverte d'une nappe amidonnée. À notre gauche, un affreux buffet Henri II encombré de piles d'assiettes. Nous nous querellions. Des mots agressifs, durs, violents ; de ces mots qu'il faut se hâter de dissoudre et qui ne sont que de l'écume. Soudain, ces hommes ont surgi. Ils étaient huit : casqués, bottés, portant des mitraillettes. Tout de suite, ils nous ont séparés, nous forçant à nous tourner le dos, nous poussant chacun dans une direction opposée, face au mur.

« — Pour vous, c'est la fin, ont-ils dit.

« Je savais que nous étions séparés à jamais, comme l'avaient été tant et tant et tant d'autres. Mais durant quelques secondes, ce qui me paraissait le pire, c'était de nous être quittés sur ces paroles là ; et puis, de savoir que nous n'y pouvions plus rien. Pourtant, il aurait suffi que nos regards se croisent... Même cela n'était plus possible. »

Les yeux fermés, la femme semblait se débattre contre des hallucinations. Exaspéré par cette lutte, l'homme lui maintint la tête, cherchant ses lèvres. Il était le plus fort, il finirait par avoir le dessus. Un jour, plus tard, lui et les siens finiraient aussi par vaincre. Lorsque toutes ces nouvelles idées seront balayées – car elles le seraient, elles le seraient sûrement – lui et ceux qui pensaient comme lui domineraient le monde. Lui et les siens reprendront leur véritable place, seront les maîtres, une fois encore.

Plaquée contre le mur, la femme transpirait à grosses gouttes, se raidissait, le repoussait. Il éclata de rire à la vue de cette révolte dérisoire.
Elle ne voyait plus que ce torse, de plus en plus énorme. Une masse, une muraille, qui l'écraserait...

Soudain – par la grande embrasure sur la campagne, par les deux portes donnant sur le quai – une foule de paysans, une ribambelle d'enfants, une volée de femmes firent irruption dans la salle, s'engouffrant, pénétrant par les trois ouvertures à la fois, portant des paniers, des caisses, des ballots.
L'homme perdit contenance, recula.
La bousculade le contraignant à se déplacer, Lana put lui échapper et se mêler à la cohue.
Il la chercha du regard, la retrouva, à une certaine distance, déjà confondue à cette foule. Elle parlait à l'un, puis à l'autre, mais en quelle langue ? Elle semblait faire partie de ce peuple, seuls ses cheveux clairs la différenciaient, elle paraissait unie à cette masse, soutenue par cette multitude, accordée à cette fourmilière. « Plus proche d'eux que de moi ! » constata-t-il avec un sourire de mépris. « Encore une qui a perdu l'orgueil de sa race !... »
Se frayant un passage dans ce grouillement, il se dirigea, en haussant les épaules, vers la sortie.

La banquette fut prise d'assaut par des garçonnets, munis de longues cannes, qui s'ingéniaient à frapper des coups au plafond. L'un d'eux embrocha une toile d'araignée, qu'il vint ensuite secouer sous le nez de femmes assises en rond. Quelques-unes sursautèrent, poussant des cris aigus et d'autres pouffaient de rire en les regardant.
Un sifflement suivi d'un bouillonnement de vapeur annonçait l'arrivée du train. La foule se précipita alors en direction de la voie. Là, ce fut un nouveau tumulte.
— Venez, dit un groupe de femmes à Lana.
Elle les aida à s'engouffrer dans un des trois compartiments réservés aux voyageurs. Plus loin, un marchand de bestiaux – qui attendait depuis un moment sur le quai – forçait, en pestant, ses gamooses récalcitrantes à l'intérieur d'un wagon réservé aux bêtes, et déjà aux trois quarts plein.
Les ballots, les sacs, les marchandises encombraient les couloirs et les

enfants s'asseyaient par-dessus. On fit place à Lana sur un banc de bois. Une jeune femme, qui voulait allaiter son bébé, lui confia sa fillette.

Le train s'ébranla. Sa vitesse était encore très ralentie, et Lana put jeter un dernier coup d'œil vers le village. Longeant les rails, elle aperçut l'inconnu qui avançait tournant le dos à l'agglomération. Ce mépris, ce besoin d'opprimer, ce poison qui pourrissait le monde, c'était cela la mort, la seule mort.

La petite fille s'assoupissait entre ses bras. À plusieurs reprises, Lana chassa une mouche qui s'obstinait autour des lèvres de l'enfant ; puis, elle essuya la traînée de sucre dont la bouche était barbouillée. Parfois, la mère se tournait dans sa direction, souriait, découvrant ses dents éclatantes.

Une autre femme proposa une orange à l'étrangère. Voyant que celle-ci avait les bras embarrassés, elle la lui épluca, lui tendant ensuite quartier par quartier. Dans l'encadrement de la vitre, les champs s'étalaient comme des paumes vertes, limités, au loin, par un désert safran. Le poids de cette petite fille, son souffle tiède traversant la soie de son chemisier, réconfortaient, ranimaient Lana. Penchant sa tête au-dessus des cheveux de l'enfant, elle respira une odeur de henné mêlée à celle de la transpiration. La forte lumière dorait les visages autour.

À l'extérieur, bordant le canal, une série d'arbres, assoiffés, foncés par la poussière, se courbaient, s'allongeaient au-dessus de l'eau.

L'aïeule, assise en face, se pencha en avant, tapota gentiment les mains enchevêtrées de Lana :

— De quel pays viens-tu ? lui demanda-t-elle.

Elle fut sur le point de répondre :

— Du vôtre.

Oui, quelque part, en deçà de leur pays et du sien, existait ce pays-là (ce pays où ne pénétrerait jamais l'inconnu), le pays de chacun et de tous. Elle le savait depuis toujours.

Quand elle eut répondu, citant le nom de sa ville, toutes lui souhaitèrent la bienvenue, et lui demandèrent d'autres détails. Elle les leur donna en peu de mots, en beaucoup de gestes, libérant un bras, maintenant la petite fille dans l'autre. Une des femmes fit alors claquer un baiser à l'intérieur de sa paume, puis elle éleva sa main vers le ciel, comme pour exprimer qu'en l'honneur de la voyageuse elle confiait sa cité lointaine à la pensée de Dieu. Les autres l'imitèrent, et durant quelques instants, le vacarme des roues fut couvert par le concert de tous ces baisers.

Le train avançait en cahotant, ralentissait, stoppait à toutes les stations, repartait avec des secousses, vibrait sur ses rails. Mais la trépidation ne traversait plus un certain seuil, une certaine paix.

Quelqu'un baissa le store noir, le déroula à moitié, et le compartiment fut plongé dans une rafraîchissante pénombre.

On pouvait encore apercevoir, en transparence à travers la partie basse de la vitre, la bande verte de la vallée ; et, au-delà – éternelle escorte – la raie blanche du désert.

10.

Rigot qui n'avait pas quitté le pays depuis une dizaine d'années, allait s'absenter pour plusieurs mois. Il était parvenu à persuader Mme Moret qu'elle devrait songer à partir elle-aussi. Le dernier trajet de Lana, qui remontait à quelques mois, paraissait confirmer l'inutilité de ses recherches. Toutes les pistes étaient fausses. Ces deux années avaient-elles été un échec ? Souvent elle le pensait ; d'autres fois elle sentait au contraire qu'elle s'était rapprochée de Pierre en le cherchant.

La veille de son départ, rompant avec ses habitudes, Rigot avait beaucoup parlé d'Elizabeth :

— Cela a été terrible pendant des mois, j'en avais perdu le sommeil. Mon travail, mes routes m'horripilaient. Je ne comprenais pas ce qui s'était passé, je me heurtais à un mur. Et puis, un matin, Elizabeth s'est détachée de moi comme une branche qui casse. C'est exactement cela.

Il avait encore parlé cherchant des raisons à cette indifférence subite, s'arrêtant parfois au milieu d'une phrase, fermant les yeux – ses énormes sourcils en broussaille dévoraient alors ses paupières, son front plissé absorbait le bas du visage – demeurant là, immobile, ancré, vissé dans ses pensées. « Quand j'approchais d'Elizabeth... » C'étaient des souvenirs qu'il n'aimait pas ressasser, mais ces images le poursuivaient, entraînant d'autres à leur suite. Durant son enfance, ses camarades se moquaient de son teint blafard, de ses yeux en saillie, le surnommait « œil de caméléon », disaient qu'avec des yeux aussi ronds on pouvait voir dans quatre directions à la fois.

— Lana, reprit-il, vous avez trente-huit ans, vous êtes encore jeune.

J'ai l'impression que vous ne le savez plus, que ça ne vous intéresse plus. Il faut revivre...

Sur la nappe où Seif venait de poser la cafetière, il restait, toujours imprégnée dans le tissu, la tache brune qu'Elizabeth avait faite en renversant sa tasse le premier soir.

— J'ai oublié Elizabeth. Pour vous, ce n'est pas pareil je le sais bien ; pour vous il importe de se souvenir. C'est parfois aussi difficile. Plus difficile...

— Rien ne me dit que Pierre n'est pas vivant.

— Pour moi, Elizabeth est morte.

Il aurait voulu ajouter qu'il souhaitait pour elle la preuve de cette mort de Pierre (cette mort dont il était convaincu), que tout valait mieux à son sens que l'incertitude, que cet espoir de plus en plus creux.

— Il faut revivre, se contenta-t-il de répéter.

Une semaine après le départ de Rigot, ce fut au tour de Lana de s'en aller. Elle devait s'envoler le lendemain. Après avoir refermé sa valise, elle sortit une dernière fois sur la terrasse pour revoir le désert. Jusqu'à ce que ses yeux lui fissent mal, elle continua de le fixer. Soudain, elle s'entendit dire : « À perte de vue, je te cherche à perte de vue ». Sans s'attarder au sens de ces paroles, elle eut de nouveau l'impression que son séjour ici n'avait pas été vain.

Au bas de la maison, Seif arrosait le jardinet.

Un peu plus tard, un groupe de sept bédouins poussa la grille. De là-haut, Lana les vit entourer le jeune Nubien, et lui parler tous à la fois. Ils paraissaient surexcités.

Ils racontaient à Seif qu'ils venaient de découvrir un cadavre et que c'était sans doute celui du survivant :

— Couché sur le dos, les sables le recouvrent. On voit seulement son visage...

Abdallah, le plus vieux de la troupe, dit qu'à son idée l'homme avait longuement marché, puis qu'il s'était perdu et qu'au bout de quelques jours il était mort de soif.

— Ce n'est pas très loin d'ici, mais en dehors des pistes. Il faut y aller à dos de chameau. Nous n'avons pas voulu le toucher avant que la femme ne vienne. Elle seule pourra le reconnaître. Il faut qu'elle nous accompagne.

— Qu'y a-t-il, Seif ? demanda Lana penchée au-dessus du parapet.

— Je monte vous dire.

LE SURVIVANT

Il grimpa les marches, se demandant comment il allait le lui annoncer. Si au moins l'ingénieur avait été là... Celui-ci aurait sans doute pensé que cette découverte était un heureux hasard, un bienfait plutôt qu'un malheur. Mieux valait peut-être que les choses se terminaient ainsi. Et pourtant...

Mme Moret l'attendait sur le palier :
— Qu'y a-t-il, Seif ? Qu'y a-t-il ?...

La caravane avance, s'étire le long des dunes.
— C'est à une heure d'ici, dit Abdallah.

« Deux ans que je te cherche, Pierre, et tu étais si proche. Deux ans que je t'invente, et tu n'existais plus. » « Rien n'a changé, Lana, j'étais dans l'absence, pourtant tu m'as gardé. » « Ton absence, c'était encore la vie. Tu vivais. Autre part, loin de moi. Mais au moins tu vivais. » « Tu as raison, Lana, ce n'est pas pareil. Je ne voulais pas vieillir, je ne voulais pas mourir, je n'étais pas préparé à ces renoncements. » « Pierre, mon enfant chéri, si je pouvais te porter, t'emporter loin de la mort... »

— Il ne faut pas, il ne faut pas pleurer, dit Seif s'approchant. Ecoutez, quelle paix...

Les hommes du désert vêtus de noir, enturbannés de noir, ouvrent la marche, portent un deuil éternel.

— C'est là-bas, dit l'un d'eux levant le bras.

Le soleil de toute vie se renverse, s'écroule, croule. Il faut étouffer en soi, ces paroles qui se succèdent, n'écouter que cette paix.

La caravane se regroupe, les bêtes s'accroupissent, les bédouins conduisent Lana, désignent au loin ce léger renflement sur le sol, cette forme de barque renversée.

« Je me suis avancée, Jeanne. À un moment je ne savais plus qui je venais reconnaître. Etait-ce votre Serge ? Jean Rioux, l'enfant de Lydia, René Klein ? Mais quel que soit ce survivant, la mort de chacun, la fin de Pierre, serait là, inscrite sur ce visage. »

Le vieil Abdallah s'agenouille auprès de l'homme étendu. Avec un linge propre, il essuie la mince pellicule de poussière qui recouvre la face.

Lana se penche, regarde. Soudain, sa voix éclate :
— Ce n'est pas lui ! Pas lui !
Elle se retourne, elle crie vers Seif :
— Pas lui.

— Alors, c'est un des autres, madame Moret, dit doucement le Nubien.
Lequel ? Vous savez lequel ?
Elle s'approche, scrute ce masque que le soleil a bronzé, durci, préservé.
Les noms, les souvenirs défilent :
— Aucun des autres.
— Vous êtes sûre ?
— Je suis sûre.
Pourtant il faut bien une explication. Un mort, ça ne surgit pas d'entre les sables. Ça possède un nom. Ça vient de quelque part.
— Il n'est pas d'ici, on l'aurait reconnu, disent les hommes.
« Jeanne, Lydia, tandis qu'ils le désensablaient, je ne pensais qu'à ce sursis. Je n'éprouvais même pas de peine pour cet être encore jeune, même pas de curiosité. Mais aussi, quelque chose en lui était au-delà de toute peine, au-delà de toute indiscrétion. Quelque chose d'illimité, de tranquille, d'à sa place... »
— Qu'on le laisse ici, Seif.
— C'est impossible, madame Moret.
Accroupis, en cercle autour du mort – leurs larges robes noires formant une sorte de rempart – les bédouins continuent de repousser le sable, de dégager les jambes, puis le buste.
— C'est un pilote de la R.A.F., dit Abdallah, dès que la veste fut visible.
Glissant alors sa main à l'intérieur des poches, le vieil homme finit par découvrir un carnet qu'il tendit aussitôt à Lana.

Cette-nuit-là, avant de s'endormir, elle en feuilleta les pages.
« Anthony Starron, né à Barrow en 1901 », lut-elle. Cet homme, ce jeune homme dont elle n'oublierait plus le visage, aurait eu soixante-deux ans aujourd'hui.

« C'est pour toi que j'écris, Maureen, dans quelques jours nous nous retrouverons. Si quelque chose m'arrivait (pourtant je suis persuadé que je vais m'en tirer), il faut que tu saches comment cela s'est produit et combien je pense à toi. »
« Avec ce nouveau biplan j'ai voulu traverser le désert ; je regrette de n'avoir pu accomplir cet exploit, et d'avoir été forcé d'atterrir. J'ai touché à plusieurs reprises le sol avant de capoter – les sables par ici sont doux comme un matelas et je n'ai pas eu grand mal. »

LE SURVIVANT

« Impossible de repartir, le moteur est fortement endommagé. J'attends du secours. D'ici à deux jours, ceux qui connaissaient mes projets se mettront à ma recherche. Je patienterai jusque-là. À moins qu'avant, le hasard ne place quelqu'un sur ma route... »

« Je suis blessé au visage, aux mains, aux genoux, des contusions légères, le sang s'est très vite séché. Le désert cicatrise, aseptise. Un mort ici doit être moins laid qu'ailleurs ! Tu vois, le moral tient bon puisque j'ai le cœur à plaisanter. »

« Pour me protéger du soleil, j'ai passé la matinée étendu sous les ailes de l'avion. Maintenant le temps s'est rafraîchi, j'ai vainement tenté de réparer ce damné moteur. L'intérieur de la carlingue est intact, il me reste encore deux cent quarante litres d'essence ! Je me suis installé dans mon fauteuil, à la commande des leviers, essayant contre tout espoir de m'arracher au sol. »

« Jamais je n'aurais pensé, Maureen, que les nuits au désert puissent être aussi froides. J'ai sacrifié les pales de l'hélice pour faire un feu. »
« Un feu. Personne ne verra-t-il ce feu ? Suis-je si loin de tous. Et de toi, Maureen, suis-je si loin ? Ce bout de terre me paraît soudain hors de l'univers. Aucune route ne s'en approche, ni au ciel ni sur terre. Peut-être que cet endroit n'existe que dans mon délire. N'existe que pour moi. Je n'en peux plus d'attendre. »

« Ce matin, j'ai crayonné de mémoire une carte sommaire de la région, je vais partir en direction du nord. Trois jours que j'attends, que je guette. J'ai l'impression que si je ne bouge pas d'ici, rien, jamais ne viendra à mon aide. »

« Je marche lentement vers le nord. J'économise le peu d'eau qui me reste. Je ménage mes forces. Il y aura bien une limite à ce désert. »
« Maureen, ma cascade, mon étang, mes larmes... »

L'écriture s'agrandissait, s'effilochait. Parfois, un seul mot recouvrait toute une page : « Soif » ou « Maureen ». D'autre fois, un croquis représentait un arbre sans feuille ou une cité ensevelie.
« Je n'aurais pas dû m'éloigner de l'appareil, au moins ses ailes me

protégeaient du soleil. Si j'avais tenu bon, peut-être aurais-je réussi à le réparer ? Je retourne sur mes pas. »

« Je ne retrouve plus mon chemin. Où est le nord ? Où est le sud ? Je te cherche. Je ne te vois plus, Maureen. Je ne t'appellerai plus. Tu es trop loin, je t'abandonne. J'abandonne. Tout est trop loin. Ce que je veux, c'est dormir. Ne plus entendre ce qui crie dans ma tête. Ce soleil qui hurle dans ma tête. Ne plus t'écrire. Me coucher, m'étendre... Il me faut la paix. Ne me retiens plus. Je t'en supplie, ne me retiens plus. Plus... »

Il était tard. Lana referma le carnet, le posa sur la table de chevet. Qui était Maureen ? Où se trouvait-elle ? Quelle petite vieille était-elle devenue ? « C'est pour toi que j'écris, Maureen... » « C'est pour toi que j'écris, Lana... » Dans trente ans, lui ramènerait-on le carnet de Pierre ? Non, un événement aussi bizarre ne pouvait se reproduire.

Elle se tourna sur le côté, éteignit la lampe.

Pierre survivait toujours.

« Cette nuit, Pierre, la mer est venue jusqu'à nous comme pour tout conclure, pour tout recouvrir. Une mer démontée, vert-de-gris, théâtrale, raclant la plage, débordant dans les criques, se fracassant contre les roches. Une mer en crêtes, en aiguillons, en nœuds, hurlante, avec sa face à mille faces, son incoercible colère crachant ses vagues, ravalant son écume, reculant, reprenant chaque fois sa lancée, de plus loin, de plus profond.

« Cette nuit, ensemble, nous avons été à la mer.

« Sur une embarcation légère comme l'osier. Toi, par défi, par courage, pour conquérir. Moi, pour ne pas te quitter. Massée sur la plage, la foule nous criait de revenir ; nous criait que ce n'était pas une barque que nous avions là, mais une simple planche de bois, pourrie, vermoulue. Et pourtant nous naviguions, nous chevauchions les vagues, nous ne cessions pas d'avancer.

« Cette nuit, je ne craignais rien. Ni le rugissement des eaux ni ce ciel privé d'étoiles. Je te criais : « Plus loin. Plus loin ! » sans savoir, sans m'inquiéter de ce que nous quittions ; sans savoir, sans m'inquiéter du lieu où nous allions aborder. »

....

« Plus tard, je ne sais comment, nous nous sommes retrouvés à l'intérieur d'une place forte. Les bouches de la mer rugissaient autour. Les flots butaient contre les fortifications. Entre un ressac et l'autre, il ne resta bientôt plus le temps d'un soupir. L'écho s'emmagasinant dans l'enceinte nous assourdissait.

« Soudain un des remparts se déchira en deux comme une feuille de parchemin. Alors, forcée par les vents qui la soulevaient, la hérissaient par plaques, l'eau déferla à nos pieds.

« Nous étions debout sur un des remblais, les barrières s'écroulaient une à une. Nous étions seuls, impuissants devant ce désastre, et pourtant les yeux tournés vers la muraille qui nous faisait face, je savais que celle-ci, la dernière, ne céderait pas. Sur toute sa surface étaient plaquées, clouées, pêle-mêle, les parties éparses d'une secrète et subtile mécanique : des rouleaux, des pênes, des cylindres, du mâchefer, des lames, des roues, des vis, des axes. Immense, pitoyable insecte de fer au ventre éclaté, aux membres éparpillés, tournant chacun pour son propre compte dans un indescriptible et bruyant chaos. La suprême menace venait de là, tu me l'a dit, répété. Mais je savais pourtant avec certitude que de là aussi viendrait, s'il venait, le salut.

« L'enjambement infernal de la mer se poursuivait. Nous étions à découvert de partout. Pour ne pas laisser la peur me gagner, je fixais à présent cette muraille et sa panoplie d'objets en débâcle comme si quelque chose devait forcément se produire, se produirait, parce que tout était en marche pour cela. Je n'avais pas une idée précise de ce qui devait arriver, mais je savais que cette chose je la désirais à en mourir. Et pour ne pas me quitter, tu regardais cette muraille reprenant peu à peu confiance, toi aussi.

« Ce fut alors comme un déclic. Le craquement d'une vieille horloge dont on aurait désespéré et qui, soudain, se serait remise en marche, ébranlant jusqu'à la moindre fibre de sa cage de bois. Un déclic, une pulsation, un emboîtement, une rencontre ; nous en étions secoués, bouleversés. Oui, voilà que tous ces objets dont le lien, la signification nous échappaient – broyés, à l'abandon, déchiquetés, convulsés – retrouvaient soudain utilité et fonction. Voilà que, les contemplant, c'était comme si nous assistions à notre propre spectacle. Chaque élément continuait de se mouvoir séparément, mais le rythme de chacun devint celui de tous. Oui, tout se réconcilia. Tout. Jusqu'à la plus infime parcelle de limaille ; et bientôt les tourbillons de la mer, les nôtres, s'accordèrent à cette tranquille respiration.

« Cette nuit, Pierre, comme nous avons été heureux. »

« Mais soudain, marchant en tête d'un grand nombre de personnes richement vêtues, M. Leroc, en smoking blanc avec une orchidée à la boutonnière, descend les marches vers la digue. Il parle, gesticule, on dirait qu'il sert de guide au groupe. Je ne distingue aucune de ses paroles.

« En quelques secondes, nous sommes cernés. J'entends cette fois, distinctement, André Leroc te murmurer à l'oreille (l'odeur de son eau de toilette trop sucrée me monte désagréablement aux narines, j'ai horreur de cette bague lourdement sertie qu'il porte au petit doigt) :

« — Un bon, un excellent spectacle, monsieur Moret ! Je finance. Nous finançons.

« Des bras se lèvent. Une volée de chèques s'agite dans l'air.

« — Je lance des actions dès cette minute. Est-ce une tragédie, une comédie, un opéra, un ballet ?... Je n'en sais rien. Rien. Mais en tout cas, je finance. C'est un spectacle qui ira loin ! »

TROISIÈME PARTIE

LA VIE

Tout mur est une porte.

Emerson.

1.

Il lui aurait soudain fallu des centaines d'yeux, des milliers de jambes pour qu'elle puisse se trouver partout à la fois. Tout en marchant, dans sa ville retrouvée, il lui était venu l'absurde envie de caresser les murs, les portes, de se baisser pour toucher l'asphalte ; de tout prendre contre elle : les jardins, les avenues, les gens, d'avancer ainsi les bras chargés, bercée par ce tumulte tout autour. Elle se répétait : « Je suis d'ici, d'ici. » Comme si, durant ces deux années, elle ne réalisait pas combien tout cela lui avait manqué. Oui, il lui semblait que la cité, si longtemps à l'écart – enrichie par l'absence, par le silence, par le désert, mieux regardée à présent – venait à elle, d'un seul élan, dans sa plénitude. Les gris du ciel la fascinèrent, elle fixa un long moment ces nuages qui se remaniaient, inventant, innovant sans cesse et comme nulle part ailleurs.

Elle hésita à rentrer chez elle, dans ces rues, le long de ces quais elle sentait la présence de Pierre ; entre quatre murs, elle craignait de ne plus le retrouver.

— Qui es-tu, Pierre ?

— Je ne suis que toi.
— Et pourtant...
— Si peu nous sépare.
— Mais ce peu, c'est toute la vie.
Plus tard, elle s'assit à la terrasse d'un café. Le tintement de la soucoupe contre le dessus de marbre, les plaisanteries du garçon, le même journal qu'on dépliait chaque soir, tous les gestes reconstruisaient un monde familier. De l'autre côté de la vitre les passants défilaient, vite, très vite, rattrapant le temps.
— Qui es-tu, Pierre ?
— L'opposé de toi.
— Et pourtant...
— À présent, tout nous sépare.
— Mais ce tout n'a qu'un temps.
Un garçonnet en chaussettes bleu roi, balance à bout de bras la légère sacoche des jeudis et avance en chantonnant. Au bord du trottoir il s'arrête, hésite, trop de recommandations bourdonnent soudain dans sa petite tête, la ville-jeu devient la ville-monstre, « Attention à droite, à gauche, aux feux rouges, aux motos, à ceux qui veulent te faire traverser, aux feux verts, aux clous. Attention ! »
Un peintre porte sous son bras un tableau sur lequel se retournent et ricanent quelques passants. Une femme, dans un manteau de prix, marche à petits pas perchée sur des talons trop hauts. Une autre porte des bas en coton beige qui cachent mal le gonflement de ses veines, ses chevilles énormes.
Avec son index recroquevillé, un clochard frappe contre la vitre du café :
— Vous, là, qui êtes-vous ?
Lana cherche une réponse ; mais, haussant les épaules, l'autre est déjà reparti.

L'impasse. Au coin de la rue : la boulangère, celle qui sourit toujours. À l'épicerie, la marchande n'est plus la même, le fleuriste a changé lui aussi. Peut-être Mireille est-elle toute proche ? « Et si elle ne me reconnaissait pas ? »
— Tu m'as reconnue, Mireille !
Pour courir vers Lana, la petite fille a brusquement lâché la voiture de poupée qu'elle s'ingéniait à faire grimper sur le trottoir.

— Tu m'as reconnue !
— Je t'attendais chaque jour.
Elles reviennent la main dans la main, redressent la voiture tombée sur le côté, époussettent, réinstallent les poupées.
— Et lui ? demande Mireille. Tu l'as retrouvé ?
— Pas encore.
— Tu as cherché partout ?
— J'ai beaucoup cherché.
— Peut-être qu'il est ailleurs.
— Peut-être.
— Alors tu le retrouveras.

L'entrée de l'immeuble est sombre, Lana est seule de nouveau.

Il y a, il y aura cette lente, interminable montée dans l'ascenseur hydraulique jusqu'au septième, ces murs autour de la cage vitrée. Ces murs qui n'en finissent pas. Cette barre de plomb dans la poitrine, cette chape sur la tête, cette douleur, cette déchirure, quand il faudra ouvrir la porte, tourner la clef. Ensuite faire face. Face à quoi ?

L'absence se rapproche. Le cortège des nuits froides s'avance. Il y a, il y aura cela.

Il y a, il y aura aussi, le retour de l'aube ; certains matins qui ressembleront forcément à des matins. Parfois cet éclat dans les choses, parfois cet éclat dans l'instant. « Ce toi en moi, Pierre, qui ne cesse de grandir. »

2.

— Dès qu'il fait sombre, j'allume, dit le vieil homme pressant sur le commutateur.

La photographie de René Klein brillait à présent sous l'ampoule nue.

— Je n'aime pas que la nuit recouvre sa figure.

Il s'approcha, passa la main sur le front de son petit-fils, rajusta la lampe.

— J'ai été malade, très malade, je ne pouvais plus vous écrire. Mais je savais que vous reviendriez me voir, que vous m'annonceriez qu'il est toujours vivant.

— Je ne peux pas vous dire cela.

— Aucun des passagers n'a été retrouvé, n'est-ce pas ?

— Aucun.

— Alors, vous voyez bien, c'est un message de vie que vous m'apportez. Mais oui, madame Moret, nous n'avons pas le droit de renoncer.

Ils passèrent dans l'autre pièce. Par l'entrebâillement de la porte, on continuait à voir briller l'ampoule.

— La nuit, je ne l'éteins jamais. Quand René était petit, c'était pareil, je laissais entrouverte la porte qui séparait nos chambres, pour l'entendre remuer ou appeler s'il avait besoin de nous. Maintenant, c'est comme s'il dormait à côté, mais d'un sommeil un peu plus lourd.

Un courant d'air venait de rabattre la porte, on apercevait cependant le globe lumineux à travers les voilages.

— J'ai renoncé à apprendre le livre, madame Moret. Je suis trop vieux et la maladie a encore affaibli ma mémoire. Mais je le recopie dans un cahier aux feuilles épaisses, que je lui offrirai à son retour.

— Croyez-vous que... ?

— À présent que vous êtes rentrée, c'est moi qui partirai, interrompit-il. Il faut qu'il y ait quelqu'un là-bas. Pendant que j'étais au lit, je ne faisais qu'étudier la carte, j'ai pensé à d'autres itinéraires, je vous montrerai...

— J'ai été partout.

— On ne peut pas avoir été partout. Il a pu remonter le fleuve très loin. Peut-être vit-il quelque part au milieu d'une tribu ? Peut-être qu'ils n'ont plus voulu le laisser repartir ? J'ai mon idée là-dessus, il faut que j'y aille.

— Et votre femme ?

— Elle est d'accord... Si, au bout d'un an je n'ai trouvé personne, eh bien j'irai là où René devait se rendre, dans cette école en plein bled. Emilie me rejoindra et nous saurons bien leur être utiles à quelque chose, nous aussi.

— La perle !

M. Leroc la fait doucement rouler entre le pouce et l'index.

— Oui, madame Moret, c'est exact, cette perle appartient au collier de Florence.

Au mur, le portrait en pied de Florence porte témoignage. Un beau collier qu'ils avaient choisi ensemble.

— Une ressemblance frappante, n'est-ce pas madame Moret ? Mais Florence n'aimait que l'abstrait, vous verrez tout à l'heure notre collection.

Curieuse femme cette Mme Moret, se boucler ainsi deux ans dans un désert, et pour quel résultat ?

— Du temps de Florence, commence-t-il, mais il s'arrête aussitôt. Pourtant c'est bien cela qu'il fallait dire : « Du temps de Florence, du temps de Martine, du temps de monsieur Moret ». Il tient la perle au creux de sa main, la laisse rouler dans sa paume, la rattrape entre ses doigts incurvés :

— Du temps de Florence nous avons visité l'Afrique, mais pas le désert. Elle détestait le désert. » Il regarde de nouveau la pierre : « Les objets nous survivent, madame Moret, c'est tragique, cruel, ne pensez-vous pas ? »

Soudain, se rappelant qu'il est l'heure de sa pilule, il la tire, en hâte, de son gousset. Depuis l'alerte de l'été dernier, il faut qu'il se soigne. « Les hommes d'affaires sont guettés par l'infarctus », cette phrase il l'a tellement

entendue. Discrètement, il porte la main à son cœur, cela lui arrive souvent d'éprouver un pincement désagréable, mais qui, heureusement, ne dure pas. Il faut pourtant se hâter de vivre, se hâter... En posant sa perle dans le tiroir de la table, il repense à Marcelle. Chaque soir il l'attend à la sortie du salon de coiffure. Pas Marcelle, plutôt Rosie. Oui, il avait insisté pour qu'elle se laisse appeler Rosie. Ce nom de Marcelle, ça lui rappelait trop Martine, d'autant plus qu'elles avaient presque le même âge. Elle était accommodante, Marcelle, elle avait tout de suite accepté.
— Rosie, ça te va ?
— Si tu veux.
Elle venait à lui, s'offrirait, fraîche, pimpante, jolie. Dans la rue, les gens se retournaient pour l'admirer, il en était fier. Elle souhaitait faire carrière au cinéma, il l'aiderait. Qu'est-ce que cela pouvait faire si l'amour n'était pas entièrement désintéressé ? C'était tout de même l'amour. Il regarda sa montre, Mme Moret aussi paraissait pressée de partir, elle venait de se lever, lui tendait la main :
— Je vous laisse.
— Vous avez été admirable, madame Moret, dit-il la raccompagnant. Ne protestez pas, admirable. Supporter cette solitude durant deux ans, sans être certaine de la retrouver. Je n'aurais pas pu. Comme vous deviez l'aimer ! Mais à présent, c'est un conseil d'ami que je vous donne, il faut tourner la page. Je ne dis pas oublier, mais tourner la page. Vous avez encore vingt ans de jeunesse devant vous. À notre époque...

C'étaient des mots ; il n'y croyait pas à cette éternelle jeunesse des femmes. Seules lui plaisaient les très jeunes, de plus en plus jeunes, de plus en plus fraîches. Si Florence avait été là... Mais Florence l'aurait admis, l'avait admis. Elle était raisonnable, Florence.

— Florence aurait eu cinquante-cinq ans aujourd'hui, madame Moret, qui l'aurait cru ?

Quand elle fut partie, il récupéra la perle, ouvrit son portefeuille, la glissa au fond de la poche intérieure. Comment serait Rosie avec un collier de vraies perles ? Elle n'avait pas l'allure, la distinction de Florence, mais elle avait tout le reste. De nouveau, il éprouva ce pincement au cœur ; mais léger, rien de comparable à la douleur de l'autre soir.

L'autre soir, c'était il y a une semaine, ils entraient dans un restaurant, Rosie et lui. Elle était particulièrement bien ce soir-là, dans sa robe bleue, avec ses grands cheveux blonds. À l'une des tables, des amis l'avaient reconnue, l'avaient appelée.

LE SURVIVANT

— Marcelle ! Mar... celle. Mar... tine. Marcelle !
Sans hésiter, elle l'avait planté là, au milieu de la salle pour courir vers eux. Ce fut alors un brouhaha de voix, de rires et des « Marcelle » et des « Martine » partout. Durant quelques secondes, pris de vertiges. Il crut qu'il allait s'écrouler ; par chance personne ne s'en était aperçu. Une lame, un fer rouge lui fouillait le cœur, il lui semblait qu'il ne pourrait plus jamais remuer. Mais peu à peu il s'était ressaisi ; il était parvenu à se retourner, à se diriger, lentement, vers la sortie. Le maître d'hôtel qui venait de le reconnaître se précipita :

— Monsieur Leroc, une table ?

— Non, je reviendrai une autre fois.

Sur la chaussée il respira. Il avait besoin d'air, de grand air.

Quelques minutes après, Rosie était venue le rejoindre, elle ne comprenait rien à toutes ces simagrées. Elle le pressait de questions auxquelles il ne répondait pas. Il l'avait ensuite raccompagnée chez elle ; elle était exaspérée, furieuse. En descendant du taxi, elle lui lança :

— Ce n'est pas parce qu'ils m'ont appelée Marcelle que tu fais cette tête-là ? Comment veux-tu qu'ils devinent, eux ?

En enfilant son manteau, il se rappela qu'il venait à peine de laisser partir Mme Moret, qu'il ne reverrait sans doute jamais, sans avoir proposé de la raccompagner. Pourtant, il allait dans sa direction.

Il regarda de nouveau sa montre, il était près de six heures. Oubliant qu'il devait se ménager, il descendit en se pressant, marcha à grandes enjambées jusqu'à la voiture ; cela agaçait Rosie d'attendre.

— Plus vous cherchiez, Lana, plus je m'éloignais, plus je me délivrais de Serge.

La longue silhouette de Jeanne se découpe à contre-jour.

— S'il revenait, je ne le reverrais pas. S'il insistait, s'il me rappelait, et il insisterait, me rappellerait sans doute, je refuserais de l'écouter. De ces années auprès de lui, il ne me reste que le souvenir d'avoir souffert. Je sais, c'est injuste, mais c'est comme un acide qui détruit ce qu'il y a autour. J'ai du mal à imaginer les instants de bonheur ; cette chambre où j'ai vécu, je ne peux plus y penser sans un serrement de cœur ; je m'y vois, prisonnière, engluée, guettant ses retours.

— Et à présent ?

— À présent...

Elle esquiva la réponse :

— J'étais seule à aimer, ce sont des choses qu'on s'avoue difficilement. Chez lui, il y avait une sorte de disponibilité que je prenais parfois pour de l'amour ; il n'y a pas d'amour possible sans certains renoncements. Ou du moins si l'on doit se satisfaire de cela, il faut que tous les deux restent lucides, complices. Oui, complices ; mais ça, il faut encore le pouvoir ! J'avais fait de Serge le centre de ma vie. Est-ce que Pierre était le centre de votre vie, Lana ?

— Ce qu'il y avait de plus important dans ma vie, mais pas le centre.
— Qu'est-ce qui était le centre ?
— Autre chose.
— Mais quoi ?
— Quelque chose qui nous dépassait, Pierre et moi.
— Dieu ? Vous croyez en Dieu ?
— Je n'ai jamais nommé Dieu. Peut-être Dieu, peut-être la vie ? Peut-être une soif à combler ? Je ne sais pas.
— Pierre, l'avez-vous rêvé, Lana, ou est-ce vraiment celui avec lequel vous avez vécu ?
— D'une certaine façon, chacun se rêve, chacun est rêvé ; vous-même, Jeanne...

La sonnerie du téléphone l'interrompit. Sans hésiter, Jeanne souleva le récepteur.

— C'est pour vous, Lana.

Elle s'excusa de sa précipitation, une habitude dont elle ne parvenait pas à se défaire.

Quand elle attendait un appel de Serge, elle rôdait durant des heures autour du téléphone, ne le quittant pas des yeux, composant rapidement un numéro pour s'assurer qu'il était en état de marche. La présence de l'appareil rejetait dans l'ombre tout le reste ; Jeanne finissait par en connaître chaque détail : la fêlure au bas du manche, certaines lettres effacées, l'endroit où se nichait la poussière. Souvent, fascinée, elle demeurait assise, le menton dans les mains, contemplant cette boîte mystérieuse, monstrueuse qui la tenait à merci, la métamorphosant en objet à son tour.

— Marc, je vous entends mal, continua Lana.

Chaque fois que la sonnerie retentissait Jeanne pâlissait, tremblait ; on aurait dit que le corps restait à la traîne, refusait de se libérer aussi vite que l'esprit.

— Je suis rentrée il y a trois jours, Marc. Oui, je comptais vous appeler.

Au début cela avait été le contraire. Cette pâleur, ce tremblement, ce vertige dès que Serge apparaissait furent les premiers signes de son amour.

— C'est comme je vous l'ai écrit, Marc, je n'ai trouvé personne.

LE SURVIVANT

Une nuit, Serge était là et il dormait auprès d'elle. Soudain le téléphone s'était mis à carillonner, l'appareil était au pied du lit, oubliant la présence de son ami, et croyant que c'était lui au bout du fil, Jeanne avait étendu le bras, soulevé le récepteur. Une voix inconnue appelait : « Marie, c'est toi ? » Avant qu'elle n'ait eu le temps de répondre, Serge lui arrachait l'écouteur des mains, le rejetait, loin, au milieu de la pièce.

— Laisse, je veux dormir.

— Annie, elle s'appelle Annie ? demanda Lana. Oui, je viendrai Marc, je serai contente de la connaître.

Les volets entrouverts laissaient filtrer la clarté des réverbères. Le récepteur gisait sur le tapis dans une plage de lumière ; la voix appelait toujours : « Marie, oublie ce qui s'est passé, je t'aime, je te le jure. Mais qu'est-ce que tu as ? Réponds-moi. » L'homme paraissait de plus en plus angoissé. « Je t'en supplie. Un mot. Un seul mot... » Serge retenait le bras de Jeanne. Elle se débattit :

— Je dois répondre.

— Tu es idiote, laisse ça !

Elle s'était enfin glissée hors du lit, s'était agenouillée pour soulever le manche de l'appareil :

— Vous vous trompez de numéro, avait-elle murmuré.

Elle entendit un soupir de soulagement, puis :

— Merci, merci...

Elle n'avait plus retrouvé le sommeil cette nuit-là.

— Oui, j'y serai, Marc. À demain, dit Lana.

3.

— J'attendais votre retour, Lana.
Tandis qu'ils marchaient le long des quais, Marc tira de sa poche la bande du magnétophone et la lui montra :
— Je m'en débarrasserai tout à l'heure. Je n'ai plus besoin de ça pour me souvenir.
C'était le même Marc, pourtant un autre. Il ne tenait plus la tête baissée en parlant, il cherchait au contraire vos yeux.
— Vous allez rouvrir votre studio ?
— Oui, dans quelques jours. Et vous, que faites-vous Marc ?
— La médecine... Dites-moi, Lana, est-ce qu'Annie pourrait aller vous voir ? Je lui ai parlé de vos photos. Elle est journaliste, mais elle voudrait aussi illustrer ses reportages.
— Qu'elle vienne quand elle voudra.
— Vous vous entendrez sûrement, Annie et vous.
C'était un mois d'août assez gris. Il avait plu tout le jour, la chaussée était couverte de plaques luisantes.
Lana s'appuya un moment contre le parapet. Depuis son retour, elle ne se lassait pas de regarder la ville, de s'émerveiller de ses arbres touffus.
Soudain, le désert se superposa à tout ceci. Une plaine de fin du monde s'étalait à l'infini sous sa lumière crue, tyrannique. La sévère beauté de l'image la saisit une fois encore, s'imposa comme le reflet d'un paysage du dedans, illimité, d'une vérité nue, aveuglante presque inhumaine, où pourtant une part de soi se retrouvait. Par-dessus, chevauchèrent de nouveau les arbres, et Lana, comblée par tout ce vert, se reconnut éga-

lement dans ces feuilles qui foisonnent, dans ces racines qui s'entremêlent au fond des terres toujours humides.

— Je préfère jeter cette bande ici, dit Marc indiquant le fleuve. C'est idiot, mais je n'aurais pas pu supporter l'idée de la savoir enfouie sous un tas de chiffons et de ferraille.

Ils s'engagèrent sur la passerelle qui ne servait qu'aux piétons.

La Seine reflétait ses berges, redisait chaque branche, répétait l'arc des ponts, rendait aux passants leurs fugaces silhouettes, imprégnait d'eau les bâtisses renversées, dédoublait un chaland et les voitures à quai. Là-bas, le Nil comptait ses rares arbres, s'appropriait les roseaux, portait noblement de hauts et silencieux voiliers. Lana vit soudain ce fleuve-là, s'étaler, se coucher, s'étendre, se mêler à celui d'ici ; et la vallée plane et verte se posa en transparence sur cette ville verticale, adoucissant ses angles.

Bientôt, il lui sembla apercevoir, approchant du parapet opposé, une femme enveloppée de ses voiles noirs et portant un enfant à califourchon sur l'épaule ; puis celle-ci venir s'accouder auprès d'une étudiante aux cheveux clairs. Elles se penchaient, à présent toutes deux ensemble, regardant l'eau dans un coude à coude familier, chacune reconnaissant son propre fleuve en dessous.

— Voilà ! dit Marc.

Il venait de lancer la bobine par-dessus bord ; on entendit le choc léger du métal sur la surface de l'eau. Il n'avait pourtant pas lâché l'extrémité du ruban, et celui-ci déroulait – brun, luisant, se tordant comme un long serpent – entre le pont et le fleuve. Le visage de Marc était crispé, tendu ; il ne parvenait pas à desserrer ses doigts. À un moment, il fit le geste de tout ramener à lui. Ensuite, d'un seul coup, il ouvrit la main. Le ruban se détacha, s'affaissa. La bobine flottait maintenant, la bande s'entortillant, s'amassant, formant une sorte de nid autour. Puis tout sombra au fond de l'eau.

— Annie ne va pas tarder. Elle nous rejoindra devant les grilles du jardin.

Le parcours était encore long. Dans la ville dépeuplée la circulation était peu intense ; les automobilistes en profitaient pour redoubler de vitesse.

Traversant la cour du musée, Lana et Marc pénétrèrent dans le jardin qu'ils remontèrent lentement. Quelques enfants jouaient près du bassin, les chevaux de bois reposaient sous leurs housses, des touristes munis d'appareils venaient en sens inverse, s'arrêtant pour prendre des photos.

« Nous nous sommes retrouvés souvent ici, Pierre, auprès de ce banc. Je n'avais jamais vu autant de moineaux que le premier jour où tu m'as dit que tu m'aimais. »

— Nous avons vingt ans, Annie et moi. Ses parents disent que c'est de la folie. Qu'en pensez-vous, Lana ?

— C'est de la folie.

— Vous aussi ?

— C'est de la folie, mais qu'importe...

« Nous parlions ainsi, Pierre : inquiets, mais y croyant tout de même. Ce même chemin que je refais mes pas peut-être dans nos pas, je le referais si je pouvais le refaire. »

— Il n'y a pas de plus difficile épreuve que la durée, Marc.

— J'aime le risque, dit-il.

Il regarda sa montre :

— Annie sera là dans un quart d'heure, nous arriverons en même temps.

« Pierre, nous réglions nos montres nous aussi pour arriver à la même seconde. Une fois, tu t'es caché derrière un porche et tu m'observais, allant, venant, m'inquiétant, m'impatientant. « Tu étais si drôle, j'aurais dû te filmer » as-tu dit. »

— Annie a confiance, on a l'impression que la vie le lui rendra.

« Nous allons vers Annie et Marc, je le sens, Pierre. Nous allons vers Marc et Annie. Ce Marc que je connais à peine, cette Annie que je ne connais pas... »

Ils ont laissé le jardin derrière eux et stationnent devant les grilles qui donnent sur l'immense place.

— Elle ne doit plus tarder.

Ça sent l'été, ça sent les feuilles. « Deux années sans voir le printemps », songe Lana. Le désert n'a pas de saison, les mois s'écoulent là-bas les uns dans les autres.

— La voilà ! s'exclame Marc.

Parmi celles qui descendent l'avenue, laquelle est Annie ?

— C'est la plus belle, dit Marc, Son visage c'est du soleil, il rayonne. Elle a des yeux bleus, bleu-vert.

Lana aperçoit au loin une longue et souple silhouette, des cheveux clairs :

— La jeune fille avec le chemisier jaune ?

— Oui, c'est elle.

Marc s'étonne qu'on puisse lui poser la question. Il n'y a plus que cette place qui les sépare, avec de rares voitures qui passent en trombe. Annie lève son bras, remue la main.

LE SURVIVANT

— Elle nous a vus ! dit Marc.
Sous cette lumière diffuse, les avenues ressemblent à des bras de mer, les deux fontaines à des îlots. Annie fait un dernier signe, place son sac en bandoulière, fonce sans s'occuper des clous. « Pierre, quand je te voyais de loin, rien ne pouvait m'empêcher de courir vers toi. »
Annie est à présent au milieu de la place sur le terre-plein qui borde une des fontaines. Elle salue de nouveau :
— Ho ! Marc !
C'est vrai que son visage rayonne, et Marc reste là, les bras ballants, à la regarder. Elle traverse une deuxième fois. Elle ne voit plus que Marc, elle se précipite.
— Annie ! hurle Lana. Annie, attention !
Sur la gauche, elle vient d'apercevoir une voiture qui arrive à une folle allure :
— Annie !
Lana se rue au milieu de la chaussée pour qu'Annie l'entende, s'arrête, recule :
— Annie.
L'auto freine brutalement, mais trop tard. Un bruit strident recouvre celui du choc.
Marc court.
Des passants se rabattent vers le lieu de l'accident.

La foule s'agglomère. On fait cercle, on s'interroge.
— Ecartez-vous, vous allez l'étouffer.
— Vite. Une ambulance.
Le conducteur est sorti de sa voiture. Etourdi, il s'est laissé tomber sur le trottoir et reste longtemps assis, la tête sur les genoux.
— Comment ça s'est passé ? demande quelqu'un dans la foule.
— Je n'en sais rien.
— Moi, je l'ai vue courir.
— Elles couraient toutes les deux.
— Elles couraient l'une vers l'autre.
— La plus jeune n'avait pas aperçu la voiture.
— L'autre criait pour la prévenir et c'est elle qui a été renversée.
— Des fous, des toquards, ces conducteurs !
— On n'a pas idée non plus de se précipiter comme ça, en dehors des clous.

La pluie tombe. Une pluie fine d'été, en chaînettes.
« J'approche, Pierre, j'approche. C'est plus clair à présent ce rêve qui revenait toujours. »
— Elle vit, n'est-ce pas, Marc ? demande Annie penchée au-dessus de la femme étendue.
Marc tamponne les blessures de Lana, lui fait rapidement un garrot au bras.
— Tout ira bien, dit-il.
— Faites vite pour l'ambulance, insiste quelqu'un.
« Je marche de nouveau, Pierre, je marche. Toute mon existence qu'aurais-je fait d'autre que de marcher ? Comme si je savais qu'il me fallait à tout prix avancer, sans savoir exactement ce que je trouverais au bout, sans savoir s'il y avait quelque chose au bout. Je marche, Pierre, cette fois encore – oh ! combien de fois, combien de fois, mon amour – avec, entre mes deux mains ouvertes, tendues, assemblées, cet enfant, ce nouveau-né, cette vie (qui donc me l'a confiée ?)... cet être minuscule, langé, emmailloté, plus petit qu'un doigt d'homme mais dont le visage est parfaitement achevé. Je revois le dessin de la bouche, les ailes du nez, le renflement, la transparence des paupières, les petites veines sur les tempes, et lorsqu'il ouvre les yeux, ils sont d'un bleu profond, ultra-marin. D'un bleu ineffable. »
— C'est la mère du jeune homme ? demande quelqu'un dans la foule.
— Je ne crois pas, il l'appelle par son prénom.
— La mère de la jeune fille alors ?
— Je n'en sais rien.
La pluie tombe lentement, obstinément. Une volée d'hirondelles quitte un arbre pour un autre. Des voitures s'arrêtent, d'autres gens s'informent, mais tout cela semble se passer très loin. Les visages s'emmêlent, se confondent, tournoient. Seif est là, il vient d'ôter sa veste et la glisse sous la tête de Lana avec des gestes bienveillants faits pour guérir. Marc est là, tenant le pouls, pansant une plaie avec des gestes efficaces faits pour guérir.
— C'est sûrement un étudiant en médecine.
— La femme n'a pas l'air de souffrir.
— Elle parle seule, elle délire.
— C'est le choc.
Marc est là. Annie. Mireille. Lydia. Seif. Ceux et celles du lointain pays. Les distances se rompent. Lana marche au milieu de ces femmes des campagnes, Lana fait partie de ces femmes assemblées dans le train. Certains visages vous escortent pour toujours.
— Tu comprends ce qu'elle dit ?

LE SURVIVANT

— On l'entend à peine.

« Il faut que j'avance, mais j'ai si peur que cet enfant fragile, exposé, si menu, ne me glisse entre les doigts ; une seconde d'inattention suffirait. J'ai chaud, je transpire, mon cœur bat à se rompre tandis que je parviens à un sentier très étroit, couvert d'embûches. Il n'y a pourtant que ce chemin-là devant moi, il faut bien que je le prenne car je sais que je ne peux pas m'arrêter, ni retourner sur mes pas. Bientôt ce seront des escaliers en colimaçon avec des vides entre chaque marche, bientôt la balustrade s'effondrera (mais à quoi sert une balustrade quand les deux mains sont prisonnières ?). Les yeux fixés sur l'enfant j'essaye de prévoir le moindre de ses gestes, de lui épargner la plus petite secousse. À présent, je franchis une passerelle suspendue entre deux gratte-ciel éventrés, sur celle-ci s'entassent de vieux moulins à café, des bassines en cuivre, des radiateurs hors d'usage, des fers à repasser, des bouteilles vides, des chiffons. Je les enjambe les uns après les autres. »

— Elle a l'air de souffrir, Marc.

— Non. Ne t'inquiète pas.

Un homme s'est tout de suite écarté pour appeler du secours, quelques minutes à peine se sont écoulées. Les passants forment un écran entre Lana et la ville, leurs paroles sont un bruissement, lointain, répété.

« J'atteins un palier qui peu à peu s'amenuise, devient une gorge, un boyau. Je dois me frayer un passage entre des tables renversées, des chaises retournées, des fauteuils défoncés ; j'avance avec les coudes. Mes pieds enfoncent dans des sommiers aux ressorts trop mous, je navigue entre des arrosoirs rouillés, des cadres brisés, des livres en vrac. D'un côté, le mur ; de l'autre, la cage d'ascenseur. Je longe ce trou béant, j'ai de plus en plus peur, mais je marche. Puis l'enfant, une fois encore, a ouvert les yeux et soudain je suis aidée, portée, secourue par ce regard. Je m'y plonge, je m'y rafraîchis... »

— Ses mains sont tièdes, son pouls bat régulièrement, dit Marc.

On entend la sirène. La foule s'écarte au moment où l'ambulance débouche sur la place. Tout se déroule alors avec rapidité : les infirmiers soulèvent la femme, alors la placent sur un brancard, l'introduisent dans la voiture.

— Tu vois comme ils viennent vite, dit une vieille femme à son compagnon.

— Elle s'en tirera, Marc ?

— Oui, elle s'en tirera.

« Tout est limpide, Pierre. Pour la première fois je vais jusqu'au terme d'un de mes rêves. Jusqu'ici ce n'étaient que des lieux que je ne trouvais pas, des obstacles à franchir, à enjamber sans fin et sans jamais aboutir nulle part. Maintenant, avec mon fardeau, mon précieux, mon inestimable fardeau – cette vie parfaite et incomplète à la fois, dont je suis, dont nous sommes responsables – j'arrive au bout de mon parcours. Oui, me voici enfin sur une plage.

Une plage de sable, longue, au bord de laquelle une mer apaisée, frangée d'une légère écume vient doucement mourir. Au loin, l'horizon est lavé. Et toi, tu te détaches de ce fond et tu viens à moi. Je ne te vois pas, mais je sais que c'est toi qui approches, je sais à présent que tu es là. Je n'aperçois que tes deux mains, tes paumes ouvertes, tendues vers les miennes pour que je te passe ma charge, pour que tu portes l'enfant à ton tour. Ah, Pierre, parce que nous sommes deux, et puis dix, et puis cent, et puis mille, et puis des milliards tout se prolonge et il n'y a pas de fin. Plus loin, plus loin que nous, toujours plus loin, tout recommence. De relais en relais, de réponse en réponse, la vie se survit toujours... »

L'ambulance file à présent à travers les avenues clairsemées.

« Pierre, je ne sais plus si tu es vraiment revenu, si tu es jamais parti, si tu reviendras, si je reviendrai... mais avoir vécu me lie à toi, au monde, à tout ce qui vient. Je me sens presque heureuse, Pierre, presque libre. Presque toi... »

Annie et Marc sont partis ensemble, en courant. Ils ont pris au vol l'autobus qui les mènera à l'hôpital. De la plate-forme, ils aperçoivent encore, sur les lieux de l'accident, quelques curieux qui entourent le conducteur. Celui-ci, parvenu enfin à se mettre debout, explique à trois agents les circonstances de l'accident. La grande place s'éloigne, recule, se rétrécit – devient un cercle de plus en plus petit sur lequel on ne distingue plus personne – s'estompe, disparaît.

— Dans quelque temps, elle pourra reprendre sa vie, dit Marc.

Prenant appui contre la rampe, Annie se penche pour regarder devant elle. Un vent tiède la décoiffe. L'avenue s'élance sous un éclat de soleil. Des marronniers défilent, elle aimerait tendre la main, toucher leurs feuilles au passage ; une folle envie de vivre l'étourdit.

Plus loin, la ville se ramifie, se concentre. Peu à peu, les rues se resserrent, les murs se rapprochent. Des nuages ont soudain masqué le soleil, les façades ont pris un air hostile.

Annie se retourne, cherche Marc, se laisse aller contre son épaule :

— Tu es là... Tu es là.

L' AUTRE

À Guy Levis Mano,
(G. L. M.)
poète du
« Dedans et du Dehors ».

TERRE RASE

1. La fenêtre

— Ils dorment, mon chien !... Ils dorment tous. On va les réveiller !
Simm se baissa, ramassa une pierre, la lança – drue – sur la bande claire de la chaussée. Elle ricocha, se perdit dans l'ombre de ce tronçon de rue, bordé de maisons hautes, que l'aube n'avait pas encore éclaboussé.
Bic dévala, retrouva la pierre en dépit du sol noir, revint triomphant.
— Tu es dégourdi, mon chien !... Dans le clair, dans le foncé, toi, tu trouves toujours !
Le vieil homme lui frottait le museau entre ses deux mains, lui tapotait les flancs.
— Tu aimes ça, dis ?
Bic jappait de plaisir.
Simm aimait ça, lui aussi. Sentir sous les paumes cette joie, cette fatigue roulées l'une dans l'autre ; cette fatigue, cette joie – palpitantes, tangibles – qui prenaient os, qui prenaient chair.
Tout juste l'aube. La saison estivale battait son plein ; mais à cette heure, une main géante et molle recouvrait la colline, accablant la bourgade d'un sommeil lourd.
Plus loin, après le premier tournant, la rue principale s'encadrait d'hôtels et de magasins. Seuls quelques villageois peuplaient les lieux, lavant à grande eau savonneuse le seuil de leurs boutiques.
— Salut, Simm !
— Il y a des semaines qu'on ne t'avait vu !
— J'ai dormi la nuit dernière chez un cousin, dans le village à côté... À présent, je rentre chez moi.

— À pied ?
— J'en ai pour trois heures de marche.
— Trois heures ! À ton âge ?... Tu veux dire une demi-journée !
— Pour trois heures, je te dis.
— Bien, bien, je plaisantais, Simm.
— Ne te fâche pas, moi aussi, je te crois... C'est toujours le même chien que tu as là ?
— Le même... Eh, Bic, ne dérive pas, on s'en va.
— Tu as bien le temps. Viens t'asseoir quelques minutes. Je t'offre à boire... Qu'est-ce que tu prends ? Du tiède, du chaud, du frais ?
— La prochaine fois. Aujourd'hui, je traverse... Je ne fais que traverser.

Simm esquissa un pas de danse : pliant le genou, élevant la jambe, dressant en chandelle un de ses bras. Sa silhouette robuste, noueuse, se fit indécise ; oscilla, chancela l'espace d'une seconde... puis, se raffermit.

— On te reverra ?
— Mais oui.
— Quand ça ?
— À la pleine lune !... Malgré les conseils de Jaïs, je ne prends...
— Comment va-t-elle, Jaïs ? Donne-nous des nouvelles de ton épouse.
— Elle va le mieux possible... Je disais : malgré ses conseils, je ne prends jamais ma lampe de poche. J'aime bien, au matin, voir comment le jour se débrouille, tout seul, pour faire craquer toutes ses écorces... Mais, alors, moi, sans lumière ! Vous devriez voir ça ! Je bafouille, je titube sur les chemins escarpés, je bute sur chaque caillou, les branches d'arbres me taillent la face... Tu peux approcher. Oui, là, sur ma joue droite. Et là encore, tu vois, dans les plis du cou... Bic, mon chien, c'est toi qui as raison : courir le nez collé à la terre évite bien des déboires !
— C'est que tu te presses toujours. Tu vas trop vite toujours.
— Je ne peux pas m'en empêcher.
— Alors, c'est promis, à la pleine lune, on attend ta visite ?
— Juré !
— On te montrera les nouvelles installations.
— Elle s'annonce bonne, votre saison ?
— On n'avait jamais vu ça !... Il faut revenir dans l'après-midi pour se rendre compte. Ça grouille ! Pas une chambre d'hôtel vide. Même chez l'habitant, tout est loué. Ce n'est presque plus un village, c'est devenu...

Simm s'immobilisa, arrondit les bras, aspira l'air, se gonflant de l'intérieur pour mimer le village. Des rires l'accompagnaient. Il sortait le ventre, écartait les jambes, boursouflait ses joues et doublait lentement de volume.

— Tu vas éclater !
Il éclata.
— Chez nous, c'est plus petit qu'une fève. Ça tient encore dans le blanc de ma main !
— Chez vous, c'est le calme. Ça a ses avantages.
— Le calme ?... La léthargie plutôt ! Il ne s'y passe jamais rien.
Simm bâilla, la bouche énorme.
— Votre tour viendra. Les choses changent de plus en plus vite.
— Qu'elles changent ! Ah oui, qu'elles changent !
Simm leva, remua ses bras, forma dans l'air des serpentins, des flèches, un astre...
— Avant de mourir, je veux que ça bouge. Je veux tout voir bouger !
— Ça ne te fait pas peur ?
Il haussa les épaules, s'éloigna ;
— Peur ? ! !
Seule l'inertie le glaçait.

L'épicier, le marchand de tabacs, le coiffeur à la moustache touffue, le rappelaient tour à tour. Il rebroussait chemin, serrait des mains, repartait de nouveau ; revenait, questionnait, écoutait...

* *
*

Au bout du village se dresse l'Hôtel Splendid. Il faut le dépasser, tourner à gauche, pour rejoindre en contrebas le chemin qui, à travers bois et collines, mène vers le hameau de Simm.

Précédé par son chien, le vieil homme avance sans se hâter.

Il admire la façade bistre, rénovée ; l'enseigne rutilante, les volets écarlates, bouclés sur le sommeil des estivants. Tous rouge-feu, ces volets. Sauf, à l'angle du second étage, arborant l'ancienne couleur : une fenêtre bleue. La porte d'entrée non plus n'a pas été refaite. Simm a remarqué ses planches délavées que l'on a négligé de revenir, leur pâleur qui contraste avec l'ensemble irradiant, neuf. Ici, c'était souvent comme si la clémence du ciel, envoûtant les hommes, les empêchait, insensiblement, de mener leur ouvrage jusqu'à terme.

Simm reviendra. Des cuisines aux terrasses, il visitera l'hôtel en compagnie de son ami le gardien.

— Tiens, Bic, attrape encore !
Une autre pierre, partie d'un jet, décrivit une large courbe avant de

rebondir sur le trottoir. Le chien la rapporta aussitôt, mais cette fois Simm la mit en poche.
— Suffit, Bic. Assez joué !... Il faut qu'on soit à la maison avant le repas.
Empruntant le trottoir qui faisait face à l'hôtel, le vieil homme s'apprêtait à quitter la grande rue, à bifurquer sur sa gauche, lorsque

dans un bruit de détonation

des volets violemment rabattus vinrent frapper, de chaque côté, le mur de la façade bistre.
Simm sursauta, se retourna, leva la tête en direction de la fenêtre soudain ouverte.

* * *

Ce visage, brusquement surgi, absorbe à lui seul la clarté ténue qui flottait jusque-là autour des pierres, du sol, des toits. Décolore, à son profit, tout ce qui naissait graduellement de l'ombre.
Ce visage... On ne voit que lui !

— Bic, mon chien, reviens !... Ici, Bic. J'ai dit : Ici !

L'homme. Le jeune homme à la fenêtre. Vingt-cinq, vingt-sept ans au plus. L'âge d'un petit-fils à la peau plus blanche. Des cheveux clairs gonflés par la mer et le vent.

Bic s'agite, aboie plus fort que d'habitude.
— Tu vas nous faire des histoires. On nous chassera du village, nous ne pourrons plus jamais revenir. Calme, du calme mon chien...

Le buste avance hors du cadre en bois, dépasse le rebord de la fenêtre. Celle-ci, la bleue, différente des autres, semble flotter sur le mur. Le cou se tend, la poitrine respire. Les bras en croix s'appliquent, de tout leur long, contre les persiennes séparées, étirant dans cette posture le tissu blanc de la chemise aux manches retroussées. Les poignets, la paume des mains aux doigts écartés se

L'AUTRE

plaquent contre la masse des volets, pour éviter que ceux-ci ne se rabattent, bouchant de nouveau l'ouverture.

— Je vais te frapper, Bic, si tu continues !
Les menaces ne servaient à rien. Bic s'agitait de plus belle, se couchant entre les jambes de son maître en gémissant, se redressant, mordillant ses chevilles pour le forcer à repartir.
— Qu'est-ce qui t'arrive, mon chien ? Je ne t'ai jamais vu comme ça !

L'aube en son entier s'ancre à ce bout de mur. Une joie safran, aiguë, baigne les traits du jeune homme. Il aspire le paysage autour. Il sort du cocon, il va prendre son vol. On dirait un grand frémissement d'ailes contre le ciment opaque.
Il regarde. Comme il regarde !
Embrassant Simm dans son regard ; clignant des yeux dans sa direction comme pour le rendre complice de ce bonheur.
Le vieil homme se sent soulevé, transporté. Le voilà soudain de l'autre côté de la rue, à la même place que l'inconnu, penché à la même fenêtre, partageant les mêmes yeux. Le voilà surprenant ce bout de terre, le sien, qu'il croyait connaître comme le dos de sa main. Saisissant, comme pour la première fois, le mystère, l'animation d'un matin comme les autres. Apercevant, à vif, les maisons basses des villages assoupis, la vallée d'arbres et de rocs ; plus bas, la mer dépolie, qui se couvrira peu à peu de languettes métalliques ; plus loin, l'horizon sabré d'ivoire. Assistant, comme jamais, à la naissance d'un olivier, au dévoilement d'une vigne. Guettant le jaillissement des créatures et des choses hors de la nuit confuse. Goûtant l'air. L'air bleuâtre qui s'appuie sur les pommettes, les tempes, les lèvres. L'air duveté de lumière.

Bic pousse des glapissements lugubres. Mais cela se passe loin, très loin... Le vieil homme fait un vague mouvement de la main pour l'apaiser.

Ici, le flanc des collines se couvre d'herbes, les haies sont mouchetées de soleil, la pulpe déborde de tous les silences. La vie émerge, navigue le long des veines, s'écoule dans la gorge, cogne dans la poitrine, annule les distances, annule l'âge, suspend le temps.
Le jeune homme lâche les volets, prend des deux mains appui sur le rebord

de la fenêtre, se penche encore, sourit. Sourit à Simm. Un sourire à crever les murs !
Même s'il vient d'un pays lointain, s'il parle une autre langue... en cet instant, un seul monde les enveloppe tous les deux.
Il va parler. Il parle.
— C'est beau ta colline !
Il parle encore.
— Je te souhaite une très bonne journée !
L'inconnu a dit cela avec un accent d'ailleurs, mais des mots exacts. Simm connaît lui aussi des bribes de langues étrangères ; le long des côtes, avec une bonne oreille, on en amasse toujours. Tourné vers le jeune homme, il cherche à son tour à lui adresser une phrase assez longue, assez complète, de bienvenue.
L'autre avance un peu plus ; le visage, le torse, comme une proue. Il lève son bras droit, puis l'incline en un large salut. Un geste comme on en fait par ici : de haut en bas, de bas en haut. Un signe, une arche, un pont...

Bic hurle. Sa voix est gluante, son poil se hérisse.
— Assez, Bic ! Maintenant, on s'en va... On s'en va, mon chien, c'est promis.

Ces aboiements embrouillent les paroles qui venaient. Impossible d'en trouver en assez grand nombre, de les lier ensemble... Ce chien ne se taira plus, il faut partir ! Mais avant de s'en aller, Simm dresse le bras, la paume vers le ciel, pour rendre au moins au jeune homme son salut. En s'éloignant, il l'abaissera, ce bras, pour répondre par ce signe – le même – au geste de tout à l'heure.
Lentement, tout en marchant, il l'abaisse, les yeux toujours tournés vers la fenêtre...

La secousse dura vingt secondes.
Ne dura que vingt secondes...
L'intensité de sa magnitude fit tout de suite l'objet de savants calculs dans les observatoires.

2. La secousse

Le grondement venait des entrailles de la terre. Simm se sentit poussé entre les omoplates. La surface de la chaussée remuait comme de l'eau. Bic perdit pied, glissa vers l'arrière, disparut ; le vieil homme ne parvenait pas à se maintenir debout. Il tomba à quatre pattes, le sol se sauvant sous ses genoux. Épouvanté, il chercha la fenêtre des yeux.
La façade se contracte, ondule, se plisse autour de l'ouverture. Pris au piège, le jeune homme bascule à l'intérieur de sa cage.
Au loin, des morceaux de collines roulent vers la vallée. Au large, la mer, boursouflée, inquiétante, progresse en bouillonnant.
Ici, les murs oscillent, se séparent, interminablement. Arbres, poteaux se brisent dans un craquement infernal.
La poussière aveugle Simm, le prend à la gorge. Derrière un rideau de cendres, il aperçoit ce bras, de nouveau levé, mais qui ne complétera par son geste. Ce visage, qui n'est plus que grimace. Cette bouche, qui n'est plus qu'un cri. Le vieil homme assiste, impuissant, à l'effondrement de toute la façade, à la chute du jeune inconnu aspiré par les fonds.
Une série de secousses succède au tremblement initial. La foudre s'est nichée dans le ventre des pierres pour les faire éclater. Une trépidation violente s'empare des murs. Des briques volent. L'une d'elles frappe Simm au front et le blesse.
Pluie de vitres, balcons effondrés, antennes de télévision arrachées, bâtisses qui s'affalent déversant leurs habitants dans des sépulcres béants.
— Non !... Non !... Ce n'est pas vrai. Ça ne peut pas être !

Ce salut, ces paroles, cette terre reconnue, partagée, cette jeune vie, ces instants, ce geste... détruits, volatilisés !
Ça ne doit pas être !

*
* *

Cela est. Et ce qui reste, le voici :
Sol en cratères, en dos de tortue, enchevêtrement de bois et de torchis, squelette fragile des immeubles, pans de mur taillés au rasoir. Coincée entre deux parois : une chambre pimpante comme un décor, son lit ouvert, ses draps encore tièdes, son armoire debout, avec sa glace ovale à peine fendue. L'autre pièce, soufflée de l'intérieur, dont il ne reste que trois cloisons et une porte. Voitures, vélos, charrettes, sous un même linceul. Objets réduits à leur matériau. Poussière qui égalise.
Par-dessus : un ciel de calicot, sans fissure, engrossé d'un soleil qui s'enfle, s'enfle...
Les premiers survivants, caricatures géantes, se hissent hors des ruines. Dominant leur peur, certains retournent dans leurs maisons, s'y engouffrent pour ramener quelqu'un ou quelque chose. Une fillette vient de s'échapper ; elle rampe vers une galerie, disparaît, ressort, un animal en peluche entre ses bras.
— Bic !... Bic, mon chien, où es-tu ?
Simm se tamponne le front, essuie sur sa chemise ses doigts maculés de sang, tourne en rond, comme dans un cirque.
— Bic !... Eh, Bic !...
Les gens se heurtent sans se reconnaître, enjambent des pierres, des corps. C'est une cohue d'aveugles, une babel de prénoms
— Henri, Frantz, Costa, Marielle, Diego, John, Faustina, Ilse, Dalia, Paul, Kateb, Lucien, Elie !...
Ces appels étouffent les cris qui s'élèvent d'entre les ruines.

*
* *

Le cou raidi, faisant des efforts désespérés pour tirer les mots de son gosier et les faire monter jusqu'aux lèvres, un homme se cramponne à Simm
— Qu'est-ce que tu veux ? Je ne comprends pas ce que tu cherches à dire ?
L'autre, les muscles noués, essaye encore.
— Éloigne-toi, quitte cet endroit, la parole te reviendra... Tu étais seul ici ?

L'AUTRE

L'homme opine de la tête.
— Alors, pars ! Rien ne te retient... Lâche-moi, je ne peux rien pour toi.
Et soudain
— Moi, j'ai quelqu'un ici. Il faut que je le retrouve ! Ne t'accroche pas comme ça, on m'appelle. Je dois m'occuper de celui que j'ai perdu.

À quelques mètres de là, Simm est de nouveau pris à partie
— Vous ne l'avez pas vu, il portait un pyjama à rayures vertes ?... Elle était en chemisette jaune, elle a une frange ?... Mon père a une barbe grise, il est très maigre ?... Vous l'avez vu ?...
— Non, je vous assure... Non, je ne l'ai pas vu...
Le vieil homme pousse des coudes, avance, revient sur ses pas ; il lui semble qu'un paquet de chaînes encercle ses chevilles. Puis, il questionne à son tour
— Où est l'Hôtel Splendid ?
reprend sa marche, s'engloutit dans un attroupement, cherche à s'en dégager ; mais tous piétinent comme s'ils avaient des crampons aux semelles. Un troupeau de moutons, aux regards stupides, vient se perdre dans les jambes de la foule.
— La terre va encore trembler !
Une voix, puis d'autres, reprennent le cri. La mêlée se disloque. Un villageois heurte Simm, le reconnaît. La main sur la joue, il pleure et rit tout ensemble, se noie dans les explications. Simm se débat.
— J'ai quelqu'un ici, je dois te quitter... Laisse-moi passer.
À sa gauche : un rez-de-chaussée aux chambres éclatées ; une seule, au centre, paraît encore habitée. Simm voit la table à moitié desservie, le poste de télévision intact ; au-dessus du buffet, trois portraits solennels dans leurs cadres noirs, un bouquet d'immortelles sous chacun d'eux. Dans le coin, un fauteuil dans lequel on s'est récemment enfoncé.
Sur sa droite : une pyramide de poutres cassées, allumettes géantes jetées hors de leur boîte, servent de piédestal à un landau juché sur de hautes roues. Dans son manteau blanc-poussière, un mulet chemine parmi des tentacules de ferraille, les éboulis.

Simm trébuche sur une vieille allongée, par terre, contemple durant quelques secondes ce profil coulé dans le bronze, surmonté d'un casque de cheveux blancs. À califourchon sur ce corps inerte, une jeune femme cherche à le ranimer
— C'est trop tard, n'est-ce pas ?

Sans attendre de réponse, elle continue de lui souffler dans la bouche. Simm se penche, tâte le pouls ; puis, ne sachant quoi dire, reste sur place les bras ballants
— Répondez !
— Trop tard...
Gêné, il se demande comment repartir
— J'ai quelqu'un ici. Il faut que je le retrouve...
Il recule de quelques pas, se retourne, s'éloigne. Mais de nouveau, on lui saisit le bras, on le prend à témoin.
— Vous qui êtes d'ici, elle vous croira ! Dites à ma femme que la terre ne tremblera plus, qu'on nous sortira vite de cet enfer !
De l'autre main, l'homme soulève le menton de sa compagne, la rassure avec une tendresse infinie. Elle ne l'entend pas, elle est ailleurs ; personne ne peut plus l'atteindre.
— Elle ne m'écoute plus. Parlez-lui, vous !
— Partez ensemble, le malheur s'effacera. Ensemble, le malheur s'efface... Je dois m'en aller à présent, on m'appelle.

Beaucoup plus tard, un garçonnet indiquera à Simm l'emplacement de l'Hôtel
— C'est par là, j'en suis sûr

avant de disparaître dans un tourbillon.

*
* *

Le vieil homme marche dans cette direction.
Sous un monceau de gravats, un plafond s'incurve. Assis, juste en dessous, un chat saupoudré de cendres fixe de son œil d'ambre chacun des passants.
— Bic, ma petite bête, toi, tu savais. C'est par ma faute que tu es perdu... Mais je ne pouvais pas t'écouter, Bic ! Je ne pouvais pas...

Là, planté dans le sol, l'enseigne-épitaphe

HÔTEL SPLENDID.

Plusieurs étages se sont enfoncés sous terre.
L'immense dalle de la terrasse recouvre la majeure partie du bâtiment.

3. L'ARÈNE

Projetée dans l'arène du monde, la bourgade tragique sema ses images partout. Celles-ci s'agitèrent sur les écrans, se multiplièrent sur des illustrés, traversèrent pour un temps les murailles intimes. Grâce aux ponts aériens, hommes et matériel affluaient ; un hôpital de campagne fut rapidement dressé dans le voisinage. En moins de vingt-quatre heures, le modeste périmètre fut envahi de machines à antennes, à nervures, à écailles, à mandibules, camions-citernes, pompes à oxygène, marteaux-piqueurs, bulldozers. Des spécialistes du groupe de détection sous ruines, disposant d'appareils d'auscultation, s'étaient déjà mis à l'affût du moindre appel, du moindre gémissement.

La plupart des experts affirmaient que la terre s'étant stabilisée, il n'y avait plus à craindre de nouvelles secousses. On dénombrait les victimes, les chiffres allaient en s'amplifiant. Les journaux dressaient des tableaux comparatifs : en 1923, 19 000 morts au Japon ; 1 250 morts à Orléansville en 1954 ; 5 000 à San Francisco en 1906 ; 1 000 en Iran, 1960. Les officiels se laissaient photographier parmi les ruines, serrant des mains, assurant de leur appui, promettant de faire élever ici

— Ici même !

une ville qui ferait oublier l'ancien bourg.

Le drame s'élargissait aux dimensions de l'univers, se rapetissait à la mesure de l'anecdote. On présentait au public les *déterrés* ; leur pâleur rendait l'écran livide. Sur son lit d'hôpital, une jeune fille décrivait comment les sauveteurs l'avaient retrouvée : le plafond de sa chambre,

retenu par miracle à quelques centimètres de son front, son corps coincé entre sommier et matelas. Un jeune Italien expliqua qu'il avait alerté les équipes de secours en heurtant un bout de bois contre une poutre de fer durant plus de vingt heures. Un reporter commenta l'événement, fit un rapide croquis des lieux, évoqua l'ambiance, insista sur le détail *humain* : ce rescapé empoignant des deux mains une gourde d'eau qu'on lui tendait, avalant le liquide d'un trait... sa voix en surimpression.
— Je bois tous les fleuves de la terre !
Muni d'une grosse pelle, on aperçut – paraissant, reparaissant sur l'image, comme un leitmotiv – un vieillard au front bandé, écartant les décombres autour d'une enseigne marquée « HOTEL SPLENDID ».

*
* *

— Il est sans cesse dans nos jambes, ce vieux ! Qu'on nous en débarrasse !
— Au moins, s'il se contentait de poursuivre son idée tout seul ! Mais il revient à la charge, il veut qu'on s'en mêle.
— Du côté de l'Hôtel on a tout examiné, il ne reste plus âme qui vive.
À l'entrée de la bourgade, des cadavres à l'aspect momifié sont alignés par dizaines ; un rectangle de papier, épinglé sur leurs poitrines, porte leurs noms, leurs prénoms. Parfois, saisi dans son sommeil, un couple s'enlace pour l'éternité.
Des groupes s'écartent des constructions en dur, fuient sur le chemin qui mène aux pâtures. D'autres, repris par l'espoir, viennent s'agglutiner autour des ruines que fouillent les sauveteurs. Dès qu'apparaît une civière, ils approchent, croyant, un instant, reconnaître sous la bâche un des leurs.
Un chien sans maître erre depuis deux jours ; certains le suivent à la trace, pensant ainsi retrouver d'autres emmurés.
D'un monticule grumeleux, Simm vient de tirer une cage d'oiseau. Ouvrant la minuscule porte, il attire le canari entre ses doigts

le jeune homme à la fenêtre cherchait à s'évader lui aussi
et d'un coup, ouvre la main, lâche, dans les airs, l'oiseau
— Vole ! Toi, tu peux... Envole-toi !
Les pelles mécaniques déblaient dans le vacarme. Les bulldozers harassent le sol, broient sur leur passage jusqu'à ce buffet rempli de vaisselle, dans un tintamarre assourdissant.

L'AUTRE

* * *

Simm accourt, secouant sa main gauche. On le repousse.
— Tu n'as rien à faire ici, rentre chez toi !
— Avant de me renvoyer, regarde...
— Qu'est-ce que tu veux me montrer ?
Plantée dans l'enflure du pouce : une grosse écharde bleue, visible, sous la transparence de la chair
— Un éclat du volet ! Tu te rappelles, la fenêtre bleue dont je vous ai parlé. À présent, je connais l'endroit où la chambre s'est écrasée.
— Tu ne vas pas encore nous harceler avec ton histoire ! Fais-toi plutôt retirer l'écharde par un infirmier avant que ta main ne s'infecte.
— Jamais ! Je tiens ma preuve. La chambre n'a pas pu s'enfoncer très loin. En écartant les décombres, j'ai même découvert un orifice. Tout indique qu'il y a une poche d'air en dessous. Il faut revenir, vite.
— Nous avons fouillé plusieurs fois ce secteur. Il n'y a plus rien par là-bas, on te l'a dit.
— Vous êtes partout ; vous ne pouvez pas, comme moi, connaître une seule place. Il faut me croire et revenir...
À quelques pas, un autre groupe de secouristes avait, à l'aide d'une perforeuse, pratiqué un trou dans le béton de la terrasse. Médusé, Simm vit qu'un homme en surgissait...
Tirant un mouchoir grenat de sa poche, il se précipita, s'empressant autour du rescapé, essuyant la poussière qui recouvrait sa face, aveuglait ses yeux. Son cœur battait comme si ce retour à la vie était à la fois le sien et celui de *l'autre*. Revenu vers son interlocuteur, il insista
— Pour celui dont je parle, ce sera pareil.
— Bon, on reviendra ; mais ce sera la dernière fois. Tu m'entends, Simm ? Je t'envoie une nouvelle équipe, si elle ne trouve rien, ce sera fini. Fini. Tu as compris ? Nous sommes d'accord ?
Le vieil homme s'éloigna sans répondre.
Plus loin, il se retourna, cria par-dessus la cohue
— Faites vite. Il attend !

* * *

À compter du troisième jour, les sauveteurs ne manœuvraient plus que le visage recouvert d'un masque antiseptique. Le gémissement des

emmurés s'affaiblissant, l'espoir de retrouver d'autres survivants s'amenuisait.
Pour éviter l'épidémie, on arrosa méthodiquement la terre de chaux vive. Par plaques, on la brûla.
Utilisant draps, caisses d'emballage, armoires, placards de cuisine, on ensevelissait en toute hâte les morts dans des tranchées.
Découvrant le magasin des pompes funèbres, quelques-uns en forcèrent la porte d'entrée. Tué par un éclat de vitres, le croque-mort gisait au milieu de sa boutique intacte. Des familles se disputèrent autour des cercueils rutilants.

4. Paroles

— Je ne peux pas partir, Jaïs. Pas avant de l'avoir sorti de là.
— Tu n'y arriveras jamais. Tu ferais mieux de rentrer avec moi à la maison. C'est la troisième fois que je reviens, que je trompe la surveillance des autorités. Demain, ils doublent leurs effectifs, personne ne pourra traverser le cordon sanitaire, comment ferais-je pour te rejoindre ? Allons, tu viens ?... Mais réponds, Simm. Parle. Enfin, qui est cet homme ? Tu ne le connais même pas !
— Je le connais. Donne-moi un crayon et je te dessinerai chaque trait de son visage.
— Laisse-moi rire, Simm. Tu es une passoire, tu oublies tout !
— Pas tout.
— Vous ne vous êtes même pas parlé !
— Je n'ai pas dit ça.
— Vous vous êtes parlé ?... Mais en quelle langue ? Ce n'est pas parce que tu amasses des mots par-ci par-là, que tu peux prétendre...
— On ne s'est presque rien dit.
— Presque rien ?... Tu veux dire : rien.
— Rien, si tu veux ! Mais ce ne sont pas toujours les mots qui parlent.
— Tu deviens fou, Simm !
— Essaye de comprendre. Le jour se levait. Je m'en allais... quand, soudain, une fenêtre s'est ouverte.
— Eh bien quoi ? Continue... Qu'est-ce qu'il faisait à sa fenêtre ?
— Il regardait... La colline, le ciel, la mer, les toits...
— Et alors ?

— Chaque grain du paysage lui entrait dans la peau... Alors j'ai vu, moi aussi ! J'ai senti cette terre, la mienne, qui battait dans ma poitrine. J'ai vu la vie, comme si c'était une première fois. Elle était à moi, à lui, à tous, en même temps, partout... C'est difficile à expliquer. C'était comme si, ensemble...
— Ensemble ? !
— Oui, ensemble.
— Comment ça, ensemble ?... Lui, à sa fenêtre ; toi, dans la rue ! Lui, on ne sait d'où ; toi, un paysan, né ici, qui a vécu ici, qui mourra ici ! Lui, un jeune homme ; toi, un vieillard ! Lui, du blond d'au-delà les mers. Toi, de père en fils, tanné au soleil !... Tu appelles ça, ensemble ?... Toi et moi, on est *ensemble*.
— J'ai dit *ensemble*, pas *à côté*, Jaïs.
— Je te répète : c'est un étranger. Ces gens-là nous prennent pour des ignorants. Quant à nous, même leurs habitudes on n'y comprend rien ! L'été, quand ils accourent, je tremble pour nos filles !
— Tes filles ?... Je ne t'ai donné que des garçons !
— Mes nièces, mes petites-nièces, mes cousines, mes voisines. Toutes les filles de chez nous !
— Te voilà tout à coup grosse de toutes les pucelles du pays !
— Tu ne respectes rien, Simm. Tu n'as pas un brin de morale. Le plus débauché des hommes s'alarme pour sa fille, mais toi !... Dommage que tu n'aies eu que des mâles, le contraire t'aurait fait réfléchir !
— Jaïs, Jaïs, qu'est-ce que tout cela vient faire ici ?
— C'est la troisième fois que je te supplie de revenir, que je traverse cet enfer pour toi, mais tu ne veux rien entendre. Pour quoi tout cela ? Pour qui ?... Quelqu'un dont tu ne sais rien, même pas s'il respire encore ! Tu agis pire qu'un enfant, Simm. Tu as beau être poilu comme un vieux singe...
— Plus bas, Jaïs, tu es en train de dire des obscénités !
— Comment as-tu le cœur de plaisanter dans un endroit pareil !
— Des obscénités, Jaïs !... Tu auras bientôt toute la tribu des *saintes femmes* sur le dos ; et ma vertueuse belle-mère se retournera dans son cercueil !
— Ne touche pas à ma mère !
— Que Dieu m'en préserve ! Je souhaite que sa tombe soit de miel et qu'elle y séjourne en paix jusqu'à la fin des temps !
— Entendre tes sottises au beau milieu de ce bruit de machines va

L'AUTRE

me rendre folle ! Je m'en vais !... Mais d'abord, apprends ceci, Simm : je te traverse !
   Hé, attention, recule ! Tu ne vois donc rien ? Le rouleau compresseur allait t'écraser !
   Tu m'écoutes ?... Je te traverse, malgré l'épaisseur de ta chair ! Veux-tu que je te dise ce que tu trouveras au fond de ce trou ? Veux-tu que je te le dise ?... Rien d'autre que ta vieille figure !
   — Rentre au village, Jaïs.
   — Tu restes ?... Alors, c'est que tu l'aimes plus que nous !
   — Ce n'est pas ça ! C'est, comme si, je dormais, depuis des siècles, blotti dans ma propre poitrine... Comme si... quelque chose m'avait mis debout... comme si... Il ne faut pas laisser la vie se perdre, Jaïs... c'est... tellement... tellement important ! Si ce jeune homme est vivant, personne d'autre ne le sait que moi. Je ne peux pas le quitter. Ce serait, comme si...
   — Tu ne vas jamais au bout de tes phrases... C'est toujours des « comme si... ». Ensuite, tu te plantes là, les bras ballants ! Comment veux-tu que je te comprenne ?... Adieu, je te laisse, je pars.

*
* *

À la sortie de la bourgade, soudain Jaïs rebroussa chemin.
   Portant sous le bras le même paquet enroulé de papier journal, Simm la revit qui trottinait dans sa direction.
   Escaladant les bosses, les plissements du terrain, elle avançait à vive allure, s'évanouissant derrière un rideau de poussière, surgissant, se perdant, apparaissant de nouveau.
   — Tiens, Simm, ce paquet est pour toi ; j'avais oublié de te le donner. C'est une couverture, tu en auras besoin. Je savais bien que tu ne me suivrais pas.

*
* *

Dès qu'elle eut disparu, le vieil homme s'approcha d'un autre groupe de secouristes.
   S'efforçant de troquer la couverture contre une nouvelle série de coups de pioche autour de l'orifice, il marchanda longuement.

*
* *

Au soir du quatrième jour, les autorités donnèrent l'ordre d'abandonner le site.

Une partie des survivants avait été rapatriée ; d'autres s'étaient réfugiés chez des proches, ou bien sous des tentes dressées à une distance raisonnable du lieu de la catastrophe.

À tous ceux qui s'en allaient et qui le pressaient de les rejoindre, Simm n'avait cessé de dire
— Je ne bougerai pas d'ici.
Malgré les moqueries, les quolibets, il s'obstinait
— Vous pouvez tous partir. Je reste.

Au cinquième jour, le dernier camion bourré d'hommes et de matériel allait quitter la bourgade, lorsqu'un sapeur-pompier hurla d'assez loin
— Eh, vous n'allez pas m'abandonner ici ! Je viens. Attendez-moi !

Agitant sur son cintre une robe de mariée, qu'il venait de trouver au bas d'un mur, il accourut, puis grimpa dans le car qui faisait machine arrière.

Enfin, le chauffeur démarra.

La robe, maintenue à bout de bras, flottait hors de la voiture. Apercevant Simm, appuyé sur sa pelle et qui les regardait partir, le sapeur-pompier la secoua plusieurs fois en signe d'adieu.

L'étoffe de soie, le voile, dansaient sous le soleil haut.

5. Terre rase

De loin   collines en bordure de mer
Plus près   paysage-sepia   déchiqueté
              sous un soleil cru

Plus près   ruines   dislocation
encore   monticules   cratères

Là   cette arène sèche
          ce cirque pelé

Fin de monde   ou bien recommencements
Mort géante   ou Source à naissances

              Terre   rase
                Ici
s'emparant peu à peu de la nature
de tout l'œil
ce point   ce dard   cet instant
ce cerne   ce scandale   ce tumulte
ce *non* en forme de corps
partie du sol mais différent
séparé mais semblable

              l'homme

ce vieil homme au visage tanné, la tête rejetée en arrière, qui fixe le ciel, le transperce du regard, secoue son poing dans sa direction. « Le ciel ?!... », cette coquille, cette carapace inerte. Les morts trichent toujours. Simm crache sur le sol. Puis, de nouveau, se campe sur ses jambes, redresse le buste, prend à partie l'immensité bleue, radieuse ; cette sérénité qui ment, cette clarté qui écorche

— Je te hais ! Tu offenses ma vue !

Ses paupières clignotent sous l'insoutenable clarté, il les frotte, ouvre largement les yeux, soutient la brûlure, attaque, lapide

— Tu es sourd. Sourd !

Il la connaît pourtant cette voûte – très souvent lisse engourdie dans ces contrées – couvant un soleil tyrannique.

— Lève-toi, éclate !... Tu nous écrases de ton éternité !

Ces malédictions, ces injures qui blessent-elles ? Simm cherche-t-il à s'évader, lui aussi, à s'étourdir, à se détourner de ce qui se passe *ici*

— Viens avec nous. Viens. Tout a été fait, il n'y a plus rien à faire.

— Il reste tout à faire.

— Tu ne trouveras pas ce que tu cherches.

— Je trouverai.

De la bourgade, il ne reste que des immeubles gauchis, des pans de mur, de la pierraille, des marches qui ne mènent part, des débris de voitures, une charrette carbonisée, des arbres meurtris, un espace vide, énorme.

Cet orifice...

6. L'ÉTUDIANT

— Allons, grand-père, laisse-toi faire. J'ai juré de te ramener, ne me fais pas mentir.
— Ne me fais pas mentir, toi non plus. J'ai dit que je resterai, je reste.

Le motocycliste met pied à terre, immobilise sa machine, ôte son casque, ses lunettes et s'approche du vieux

— Pourquoi t'obstiner ? Les sauveteurs m'ont raconté ton histoire, elle ne tient pas debout !
— Chasse tout ça de ta tête ! C'est dans ta tête que ça se passe, nulle part ailleurs.
— Je pense le contraire.
— Tu n'as rien à sauver. Personne à pleurer ! Tu as la chance de n'être pas de ce village. Alors, pourquoi rester ?
— Lui non plus n'est pas d'ici.
— Qui ça, lui ?

— L'homme d'en dessous.

Un soleil encore tendre rosissait l'angle de la façade, l'horizon s'étalait. « C'est beau ta colline... Je te souhaite une très bonne journée.. » Le bras se lève. Un aboiement frénétique agite Bic. Le bras... comme une passerelle, s'abaisse, lentement. La fenêtre... éclate en mille échardes bleues

— À quoi réfléchis-tu ? Est-ce que tu vois plus clair maintenant ?

Le motocycliste questionne, les mains sur les hanches.

— Tu sens bien que j'ai raison ?
— Quel âge as-tu ?
— Vingt ans dans quelques jours.
— Vingt ans et toute la vie... Toi, tu devrais me comprendre...
— Ceux qui vivent marchent sur la surface de la terre. En dessous, il n'y a personne.
— En dessous il y a quelqu'un, puisqu'il reste *celui-là*.

L'étudiant retient un sourire narquois, tire un mégot de sa poche, l'allume,

— Es-tu jamais monté sur une motocyclette ?
— Jamais.
— C'est l'occasion ! J'ai une place pour toi à l'arrière, regarde.

retourne près de la machine, tapote
le siège en cuir

> — C'est bien rembourré !... Grimpe là-dessus et je t'emmène.

Simm hoche la tête, croise ses mains derrière le dos, marche de long en large sans parler ; manifeste qu'il ne cédera à aucun discours.

> — Je t'ai fâché ?... Tu ne veux plus me répondre ? Mais tu seras seul, tu sais, si je m'en vais. Vraiment seul ! Ils sont tous partis : les cantonniers, les sapeurs-pompiers, les ingénieurs, les fouilleurs, les infirmiers...

Simm fait le pitre, reprend sur le ton d'une rengaine

> — ...les chiens, les chats, les ânes, les oiseaux, les souris, les insectes, les heures, les parfums, la brise...
> — Il ne reste plus que toi !... Mais enfin, pour qui te prends-tu ? Pour un commando de la mort ?... Qu'est-ce que tu espères ? Regarde cet endroit, c'est plus perdu qu'une île. D'où nous nous tenons, on n'aperçoit ni le campement des réfugiés, ni un des villages voisins. Même pas la mer !... Laisse tout ça. Dans quelque temps, on viendra tout rebâtir ; on construira ici une bourgade plus étendue que la première. Plus qu'une bourgade, presque une ville !... Est-ce que tu m'écoutes au moins ? Non, tu ne m'écoutes même pas !

L'étudiant ne veut pas s'avouer battu.
Avant de partir, il avait pris le pari
de ramener le vieux ; il en faisait son
affaire. À bout d'arguments, il
cherche à le provoquer

> — De loin, sais-tu à quoi tu ressembles ?

Simm se concentre, plisse le front, le
nez, ferme les yeux, essaye de se voir
à distance, se prend au jeu, part d'un
énorme éclat de rire

> — À un gros hanneton qui cherche un trou pour ses larves !
> — Pire que ça !
> — Dis toujours.
> — À une mouche verdâtre qui ne vit que de charognes !

Simm prend une pose burlesque,
imite la démarche du hanneton, de
la mouche. Puis, d'un coup, se
redresse, secoue la tête avec force

> — Non, tu te trompes !
> — Cette fois, tu ne ris plus !
> — Tu te trompes. La mort ne m'attire pas. Je n'ai qu'en faire, des morts !... Qu'est-ce que l'on peut pour eux ? C'est *avant* qui compte. C'est *avant* qu'il faut sauver.

Le vieux ne démord de rien. Le jeune
homme essuie la sueur qui coule le
long de ses tempes, de ses joues. À ce
train-là, la discussion risque de durer
jusqu'au soir

L'AUTRE

— Tu perds ton temps, et le mien.
— Qu'est-ce que tu fais dans la vie ?
— J'étudie.
— Je n'ai pas besoin de toi, retourne à tes études !

Le soleil se coagule, perce le crâne comme une vrille. L'étudiant remet son casque, ses lunettes

— Tu ferais bien de te protéger, toi aussi.

Simm tire de sa poche le large mouchoir grenat, y enfouit sa figure, la frotte. Puis, le nouant aux quatre coins, il l'ajuste sur sa tête comme un bonnet. À travers le tamis des lunettes, ses traits paraissent plus flous ; sous cette coiffe improvisée, ses yeux, sa bouche s'apprivoisent. Le vieillard semble soudain plus maniable ; et l'étudiant se demande s'il ne faut pas opérer autrement, forcer l'issue. Simm se grise de paroles, s'emballe ; mais souhaite sans doute, dans son fort intérieur, qu'une action décisive lui permette de céder sans se dédire. Peut-être suffira-t-il de le saisir à bras-le-corps, de l'entraîner solidement pour qu'il n'offre plus aucune résistance ?

— On a suffisamment discuté ! Allons, viens !

Mais le vieil homme s'arc-boute, se cabre, cogne violemment des poings.

Surpris, désarçonné, l'étudiant roule
dans la poussière

> — Maudit vieillard !
> — Pardonne-moi, petit... Si je
> pouvais te suivre, je t'aurais suivi.
> Mais pas comme cela ! De cette
> manière-là, jamais. Tu m'entends :
> jamais !

Le jeune homme se relève, décoche
un coup de pied dans un tas de
détritus pour reprendre contenance

> — Je renonce !
> — Écoute, il me faut une semaine...
> Qu'on me laisse une semaine ;
> répète-le là-bas, et qu'on arrête de
> me tourmenter...

Simm cherche un fait à l'appui : du
solide, du concret à leur donner en
pâture

> — Tu leur diras qu'à Agadir, un
> jeune Marocain a survécu treize
> jours. C'était dans les journaux.
> — Je leur dirai ce que tu veux... Je
> pars ; mais au bout d'une semaine,
> c'est moi qui reviendrai te chercher,
> grand-père. Et cette fois-là, mort ou
> vif, tu me suivras.
> — C'est promis, je te suivrai.

L'étudiant enfourche sa motocyclette,
la fait pétarader sur place ; elle s'enfonce, se bloque dans le terrain
sablonneux. Simm le rejoint, soulève

l'arrière de la machine, dégage la roue.

— Tu as de fameux muscles !
— Toute ma vie, j'ai porté des fardeaux.
— Ça m'ennuie vraiment de partir, de te laisser... Mais qu'est-ce que je peux faire ?

Il remet le moteur en marche, démarre, s'éloigne. Plus loin, il freine, se retourne, crie vers le vieux qui le regardait partir

— Comment vivais-tu jusqu'ici ?
— Au jour le jour !
— Et ça ne te suffisait pas ?!!

Le jeune homme tourne à fond la manette. Le bruit du moteur recouvre la réponse...

**
* **

Lui et sa machine décollent, frappent le sol, rebondissent, projetant autour d'eux plaques de terres, grêles de cailloux.

Le cœur de Simm se comprime, se caille ; puis, se rue en avant pour échapper au silence, à la solitude – qu'il aime, qu'il hait tout à la fois – pour rattraper l'étudiant bientôt disparu.

Sa bouche voudrait crier... elle murmure

— Ne me laisse pas. Reviens. Veillons ensemble.

Mais le motocycliste a déjà atteint la sortie du village. Le mûrier, dont les branches sont frappées à mort, fait écran.

La machine s'engage en vrombissant dans le chemin qui longe la colline, qui décrit une quinzaine de lacets avant de se fondre, plus bas, dans l'autoroute.

L'autoroute à quatre voies, qui file vers la Cité.

7. L'ORIFICE

Simm se hâta vers l'emplacement où il avait groupé, en un petit tas, les restes du volet bleu.

Dès la première secousse – il s'en souvenait de plus en plus distinctement – ce morceau, qui formait l'angle de la façade, s'était séparé, détaché, de l'ensemble, avait glissé en avant, entraînant la fenêtre et la chambre du jeune homme dans sa chute, évitant – de quelques secondes – l'écrasement final sous l'énorme dalle de la terrasse.

Le vieillard s'agenouille, recueille par poignées le ramassis de poussière, de cailloux ; le jette au loin, cherchant à dégager l'orifice. Ensuite, pour ne plus perdre celui-ci de vue, il décide de singulariser l'endroit en dressant autour une petite enceinte. Ainsi pourra-t-il, sans difficulté et d'où qu'il se trouve sur le terrain, le repérer, ou indiquer le lieu exact aux autres, dès que ceux-ci reparaîtront.

Forcément, ils reviendront.

Il suffirait pour cela que l'homme d'en bas se fasse entendre, pour qu'aussitôt Simm les alerte, se faisant fort cette fois de ramener la meilleure équipe de sauveteurs pour le nombre d'heures suffisant.

Comme s'il craignait que tout ne s'enraye – même ce battement, ce souffle, qu'il sent, qu'il sait, *là*, en dessous – au cas où lui-même arrêterait d'agir, le vieil homme se maintient en mouvement. Avec une application presque excessive, il dresse son plan, fixe les limites du coin à explorer, se rapproche du goulot, s'en éloigne, racle le sol autour avec minutie.

Comme si, en bougeant, il remuait des forces invisibles ; comme s'il

L'AUTRE

espérait qu'en manifestant une *présence*, il finirait par ranimer la vie cachée ailleurs : Simm multiplie ses allées, ses venues.

Il va. Charriant des pierres, déplaçant des pieux, emportant des fragments de rocs, amassant des débris de bois, des éclats de plâtre, des tuiles, dans le but d'élever sa clôture.

Aucune rumeur ne transperce ce crépuscule qui s'installe lourdement. Pas une créature, pas un arbre alentour. Même pas un de ces oliviers têtus dont les feuilles témoigneraient pour la brise.

La mer ?

Il faudrait grimper sur les ruines du Bâtiment des Postes pour l'apercevoir. S'enclavant dans une baie réduite, elle clapote toujours, même par vent plat. Qu'il ferait bon l'entendre !

L'air s'épaissit. La terre est calleuse. Sur les rebords de la nuit, le paysage se cuirasse, s'ankylose.

Cependant, Simm continue de remuer. Inventant d'autres gestes, de nouvelles manipulations ; empêchant les choses de s'éteindre tout à fait.

*
* *

Bien plus tard, à bout de fatigue, le vieil homme se laissera tomber sur le sol.

Là, il s'étendra d'abord sur le côté. Ensuite, il se retournera, s'étalera sur le dos, les bras en croix.

Maintenant, il ne veut plus rien. Il n'éprouve plus rien. Même plus la fatigue qui l'aurait au moins rendu complice de son corps ! Une sorte d'indifférence s'insinue, s'infiltre ; puis, l'inonde et l'enrobe. Qu'est-ce qui, tout à l'heure, le maintenait debout ?

La solitude, le silence, l'horrible sursaut de la mémoire, l'accablent. Et cette odeur !... douceâtre, fétide. Cette odeur à vomir qui lui parvient par bouffées, bien qu'il ait depuis la veille bourré ses narines de feuilles de menthe.

Simm frôle le sol de ses mains. Est-ce cela la terre ? La terre de partout ? La terre qu'il connaît ?... Celle des semailles, des pousses, des naissances ? Celle qui dispense ses graines ? Celle que l'on traite avec sollicitude et qui vous répond ? Est-ce la même : racornie, close, étanche ?

Il gratte le sol de ses ongles, saisit ce qu'il peut, l'effrite entre ses doigts. Puis, le bras dressé au-dessus de sa poitrine, regarde couler – sur sa chemise, dans le creux de son cou – ce filet de sable mêlé de petits graviers.

— Qu'est-ce que je fais ici ?
Vraiment il ne sait pas. Vraiment il ne sait plus.
Striée par un jet d'oiseaux furtifs, la nuit s'abat à vive allure.

***

Maintenant, Jaïs et sa maison appellent...
Liées quelque part à sa chair, nouées quelque part à son sang, Jaïs et sa maison gémissent au fond de Simm : « Reviens, tu nous abandonnes ! Pourquoi ? Qu'est-ce que tu cherches ? Qu'est-ce que tu veux ? » Leurs plaintes criblent l'espace, torturent, prennent en défaut. « Ce n'est pas contre toi que je suis ici, Jaïs ! Comment, sachant quelqu'un là-dessous, m'en aller ? Ce n'est pas pour t'offenser, comprends... »
Jaïs hausse le ton, réclame, accuse, conclut : « Qu'est ce que ça te rapportera ? ! » Certaines paroles rompent les amarres. Elle en dit toujours trop, Jaïs ; toujours trop ! Une rivière s'offre, il suffit d'une enjambée.
Simm franchit le pas, pénètre dans l'autre élément ; s'y baigne. Sur la berge, Jaïs oscille, s'amenuise.
— Sacrevie, il parlera !
— Naïf !... Tu es un naïf, Simm. La vie ne t'a rien appris !
— Qu'est-ce qu'elle peut nous apprendre de plus que *vivre* ?
— Tu as trop de fibres et pas assez de raison, Simm ! Où tout cela te mènera-t-il ?
Simm se retourne sur le côté.
Lierre, nœuds, anneaux – tout ce qui ficelle, freine, harnache, fixe – se détachent, se délient. Simm rejette tout le gris, le vieux, l'usé. Simm se défait de tout ce qui le ligote. Simm incline son profil vers la terre, colle son oreille à l'orifice. Simm

ÉCOUTE...

LE CHAUDRON CENTRAL

Interroge
Pénètre la terre

Écorce   Glacis sur l'écran nocturne
Magma percé d'ondes
Battement   Fureur   Métal
Corps en travail   Veines à nu

Interroge
Traduis

Traduis en langage intime
Traduis à mots ouverts
Ce fond des fonds qui sécrète la pierre d'angle
Ce noyau où persiste la cible
Ce grain sans résidu

Interroge
Relie

L'homme à ses montagnes
Fleurs géantes aux troncs solaires
s'étreignant dans la fournaise abrupte

L'homme à ses continents
Radeaux doublés d'espace
greffés sur la simple racine

L'homme aux hommes
Annexés   tant qu'ils sont
à la mort

Interroge la terre
Interroge-toi

Les sursauts de la braise
Le mouvement qui nous attelle
aux flammes   à l'onde   à nulle part
à partout

Interroge l'image
écho intarissable

L'incision des sols
Les cadences qui précipitent
Puis le souffle qui surprend distance
bouscule le temps

Le souffle à gorge d'oiseau
à ventre de lumière
qui transperce nos écrans

Interromps   Fais silence
Apaise en toi ce *toi*

Ses allées   ses venues
tissant on ne sait quel sommeil
égarant   en quels reflets   quels replis
ton chiffre

Traduis
Traduis toujours

Gagne le centre de proche en proche
Affronte ce frémissement de la lave
Ces crevasses   ces violences verticales
Ces éclats qui délivrent et saccagent tout à la fois

L'AUTRE

Ce qui a nom de feu   de sables
et d'ailes profondes
Qui a nom d'insomnie   d'absence   d'avenirs
Écoute

En deçà des mots-chenilles
Des paroles-écorces
Des brindilles de l'heure
Du miroir de nos ombres
Des larmes bues à pleine bouche
Des abris qui séparent

Écoute   la turbulence
de l'arbre bâillonné

Reconnais   en tout
Le grain
La pierre première
Le cri de l'être
L'inflexible lueur

Et chante !

Chante et dis la fête
À travers plaies et nuits

Chante
Longue vie à l'homme !
Homme-forêt
Homme-cité

Alphabet sur l'infini
Œil de la terre
Tête sonore
L'homme charriant l'astre et l'olivier
Longue vie !

Chante
L'argile et l'océan

ANDRÉE CHEDID

L'humus et le vent
Longue   longue vie !

Chante
Ceux qui brûlent l'idole
Ceux qui rient des mirages
Ceux qu'embrase *liberté*
Chante tous ceux qui chantent
Longue longue longue vie !

Longue vie et salut !

À l'homme veillant en lui-même
À l'homme debout aux carrefours

Simm ÉCOUTE...
Simm n'est plus qu'une oreille.
Mais aucun murmure ne monte jusqu'à lui.
Simm patiente ; écoute encore, et encore.
Pas un craquement.

La fenêtre bleue tangue, chavire : voilier en perdition sur une mer cannelée
— Si je m'étais approché assez vite. Si j'avais hurlé « Saute ! ». Si j'avais ouvert les bras assez tôt. Si, si... Si seulement... Si...
Le vieillard se déplace, s'étend à plat ventre, fixe ses coudes dans le sol, met ses mains en cornet devant sa bouche, les doigts comprimés pour qu'aucun son ne s'échappe, aspire à fond ; et dirigeant sa voix vers le bas
— Hôo !... Hôoooooo !
Puis, de nouveau
— Hôoooooo !...
coule comme une ancre jetée à la mer, retirée aussitôt pour qu'elle révèle la nature des fonds : varech, corail, épaves.

Le cri n'agrippe rien ; se dissipe, les lèvres franchies.
Simm se rapproche, penche son visage jusqu'à frôler du menton le bord de la cavité, resserre l'entonnoir de ses mains
— Hôoooooo !... Hôoooooo !
Mais soudain son cœur, se pressant comme un gros caillou dans sa gorge, bloque son souffle. Pareil à une petite bête prise au piège, le cœur tremble, fuit, s'échappe par mille galeries ensemble. Le vieil homme halète, détend ses doigts, abaisse ses bras,
— Assez mon cœur... tout doux...
penche la tête en avant, ne par vient pas à s'apaiser ; laisse retomber ses épaules, appuie son front contre ses paumes, ferme les yeux
— Assez, assez. Tu me fatigues. Tu galopes, tu galopes, mais je n'ai plus ton âge ! Je ne peux plus te suivre.
— C'est toi qui m'entraînes !
— Calme, calme-toi... Voilà, je ne fais plus rien. Tu n'as plus de raison de bouillonner.
— Tu me fouettes toujours. Tu me pousses toujours.
— Voilà, voilà. Je fais le vide. Je suis tranquille... Voilà...

La terre est vague. Une plage s'étire sous des nuages gonflés d'algues. De lentes, lentes images, se suivent, en procession.
— Voilà, voilà... Je ne veux plus rien. Je ne pense plus à rien... Tu es satisfait ?
Les ombres ont des traînes vertes. Des feuillages caressent les dunes. La terre est un ventre, un nid
— Voilà, voilà...
Le sang lavé ne s'engorge plus. La nuit est horizontale
— Voilà...
Le cœur ne se cabre plus. Le cœur ne regimbe plus. Furtivement, Simm redresse la tête, regarde de gauche à droite comme s'il craignait d'être de nouveau assailli. Puis, graduellement, il retrouve sa posture de tout à l'heure, se donne quelques secondes, et de toute sa voix.
— Hôoooooo !...

Le cri plonge dans la crevasse, s'enfonce. S'y engloutit.

*
* *

Minuit. Le vieil homme se rasseoit les bras le long du corps, la masse du buste se tassant. Que fait-il ici, lui, qui n'aime que le jour ?
Aura-t-il assez de force, au matin, pour se hisser hors de cette place et partir ?
La nuit a dévoré jusqu'aux ruines. L'ombre se condense. Face à tout cela, la mort est un jardin !
— Qui a dit « la mort est un jardin » ?
Des mots veillent, on ne sait où ? Précédent, naissent au bout de la langue. Des mots que l'on prononce parfois avant de les habiter.
— La mort ?...
Même un vieillard l'effleure à peine !

Au café de son hameau, réuni avec d'autres villageois autour de la télévision, un soir Simm écoutait cet homme terminer son exposé : « Notre planète sera rendue à l'abîme. Cela prendra le temps qu'il faudra ; mais elle est condamnée, comme nous, irrévocablement, à disparaître... de mort naturelle, si on lui en laisse le temps ! »
Cette vie, fragile, miraculeuse, comme il faut l'aimer ! Et ce siècle, malgré ce dont on l'accuse, le vieil homme en est épris. Quand il aura des économies, il achètera un poste, pour savoir ce qui se passe ailleurs, pour

L'AUTRE

ne jamais être séparé... Il voudrait sans cesse éprouver le pouls de cette terre, guetter ses battements, s'accrocher à son poignet comme à celui d'une femme aimée, sur le point d'enfanter, mais toujours en travail, en souffrances, en convulsions.

La solitude tomba comme décembre. N'y aura-t-il personne avec qui partager cette veillée ?

Le sommeil rôde.

Le sommeil surprend ce vieil homme accroupi, s'accroche à ses épaules, les recourbe, pèse sur sa nuque, arque son cou, fléchit sa taille.

La tête dodeline, croule en avant, roule d'un côté, puis de l'autre.

S'immobilise, enfin.

8. La rencontre

Simm s'éveille, renoue peu à peu avec le poids de la nuit, se souvient. Le ciel est d'encre.
Une clarté acide et ronde apparaît, disparaît dans le lointain.
La boule luisante avance à ras du sol. Au bout d'un moment, le vieil homme distingue des sandales, un pyjama rayé sous une robe écarlate, une longue écharpe violette. Enfin, proche de plus en plus proche : un visage. Des yeux légèrement rapprochés, deux nattes minables croisées sur le haut de la tête.
L'enfant porte la lanterne d'une main ; de l'autre un paquet de hardes où le rouge domine encore.
— C'est toi, le fou ?
— C'est ce qu'on t'a dit ?
— On me l'a dit.
— Alors, c'est moi !
— Ne te fâche pas ! Ils diront la même chose de moi bientôt.
Simm est debout, la fillette lui arrive un peu plus haut que la ceinture. Elle pose la lanterne sur le sol, s'accroupit pour raccourcir la mèche, montre le paquet.
— C'est pour elle que je suis ici
                    exhibe une poupée à laquelle il manque un bras et la tête.
— Depuis le temps que tu cherches, je me suis dit : il a peut-être trouvé une tête pour elle... Je l'ai toujours eue sans ce bras, mais sans figure, c'est terrible ! Je ne m'habitue pas !

L'AUTRE

— D'où viens-tu ?
Elle leva le bras en direction du campement.
— Avant, on habitait ce village, dans une cahute en bois. On a eu de la chance, en tombant elle n'a fait de mal à personne, seulement à Aga. Aga c'est le nom de ma poupée, nous avons le même nom elle et moi... Tu ne m'as pas répondu pour sa tête ?
— Je n'ai rien trouvé, retourne d'où tu es venue.
— Laisse-moi faire un tour avec ma lanterne.
— Ce n'est pas un endroit pour toi, Aga... Et si, là-bas, ils s'apercevaient de ton absence ?
— Ils pleurent, ils gémissent toutes les nuits. Je m'enroule la tête dans des chiffons pour ne plus les entendre. Pendant la journée, on ne nous laisse pas tranquilles, on nous questionne, on nous compte, on nous pique avec de très longues aiguilles. Je préfère être avec toi, ici.
— Ici, c'est pire que tout.
Simm fut étonné par ses propres paroles.
— Pire que tout ?
— C'est loin. C'est sec. C'est seul.
— Alors, pourquoi restes-tu ?
— Pour *lui*. Pour l'entendre.
— Et maintenant ?
— Il faut que tu t'en ailles. Je vais te raccompagner.
— Depuis six jours que tu es là, tu ne l'as pas trouvé ?
Aga s'assit, cala sa poupée entre ses jambes.
— Moi quand je cherche, je trouve !
Le vieil homme empoigna la lanterne, s'approcha de la fissure, fit pénétrer les rayons jusqu'au fond de la crevasse, attendit.
— C'est là ?
— Peut-être.
— Tu n'y crois plus.
— Je ne sais pas.
Il haussa les épaules, vint s'asseoir à ses côtés.
— Tu te racontais des histoires ?
— Tu as raison, c'est peut-être ça. Je me racontais des histoires. On va rentrer tous les deux.
— Tu habites toi aussi sous une des tentes.
— Non, je te ramène d'abord. Après je rentrerai chez moi.
— C'est vrai, tu préfères partir ?

— Nous ne trouverons rien, Aga. Ni toi, ni moi... Partons.
Toujours assise, elle applique le corps de sa poupée contre son buste, la tête surplombant les frêles épaules
— Dommages, ça lui irait bien une tête !
— Tu vas changer de village, de maison... Il faut tout changer. Laisse ta poupée ici, ça vaudra mieux.
— Tu veux que je l'abandonne ?
— Pour elle, ce sera mieux. Que fera-t-elle parmi les vivants ?
— Alors, il faut qu'on l'enterre.
— Si tu veux, on l'enterrera.
— Et qu'on fasse une cérémonie !
— On fera une cérémonie !

* * *

Simm ramassa la pelle et se mit à creuser.
Tandis qu'il s'exécutait, l'enfant tournait autour de lui, éclairant une large partie du sol
— Creuse encore... La terre est plus fraîche par en-dessous.
Avant de déposer Aga dans le trou, elle la serra une dernière fois contre elle, couvrit de baisers ses épaules. En les tapotant avec ses paumes, elle aplatit ensuite les bords de la petite tombe, et les décora de coquillages qu'elle tirait de sa poche
— Tu crois qu'il faut la recouvrir ?
— Comme tu veux.
Elle éparpilla entre ses doigts raidis un peu de sable sur les loques. Puis, fermant les yeux, elle lança de larges brassées jusqu'à boucher le trou.
Simm qui s'était éloigné, revint tenant un piquet qu'il planta dans le sol fraîchement remué
— Comme ça tu retrouveras sa place plus tard.
— Tu sais écrire ?
— Un peu. Qu'est ce que tu veux que j'écrive ?
Elle trouva une pierre blanche, un bout de bois calciné
— Écris : Aga... Non, écris : je ne t'oublie pas... Non, mets son âge... Non et non ! Ne mets rien !... On s'en va ?
Elle déchira un pan de sa robe écarlate qu'elle noua autour du piquet.
— Oui, on s'en va.

L'AUTRE

Le vieil homme ramassa la lanterne.
La tenant à bout de bras pour éclairer en même temps le chemin de l'enfant, il ouvrit la marche d'un pas décidé.
Derrière lui, Aga trottinait sans rien dire.

9. Le cri

Simm s'écarte du terre-plein, avance entre des monceaux de ruines, contourne une bâtisse effondrée, enjambe des monticules de gravats, force le pas.
Plus tard, il ne ralentira sa marche qu'en entendant derrière lui les sanglots d'Aga.
Alors, le vieil homme est tenté de s'arrêter, de revenir vers elle, de trouver des paroles qui consolent, qui apaisent. Des paroles qui l'auraient consolé, apaisé, lui aussi. Mais il ne peut pas, il ne doit pas hésiter. L'espoir est parfois un mensonge. Ce qui n'a pas de racine n'est qu'illusion ! Il faut s'en séparer, marcher, aller de l'avant, s'éloigner rapidement d'ici.
Depuis ces pleurs, les pas de Simm sont moins assurés. Il vient de heurter un obstacle ; plus loin, de buter contre une grosse pierre. Il trébuche plusieurs fois, se retient de tomber.
— Attends !... Laisse-moi aller devant !
Cela fait un moment que la démarche du vieux inquiète Aga. Cela fait un moment qu'il s'est mis à ressembler à ces marionnettes de foire dont le montreur lâche les ficelles d'un seul coup. Des années se sont soudain abattues sur ses épaules. On dirait que ses os ont fondu, qu'il va s'écrouler comme un sac de farine
— Attends !... Je viens !
Du revers de sa main, Aga essuie ses larmes, vole au secours du vieil homme
— Donne-moi la lanterne. Je connais le chemin, c'est moi qui vais te conduire.

— Tu ne pleures plus ?
— Je ne pleure pas. Donne !... Je ne marcherai pas trop vite et tu auras de la lumière.

Pour le lui prouver – sur la pointe des pieds, le bras tendu à la verticale – elle éclaira le plus de surface possible
— Comme ça !... Allons, tu viens ?
Simm la suivit.

* * *

Le sentier louvoyait entre les décombres. Des formes bizarres surgissaient de la nuit. Tous deux longèrent le bâtiment des Postes, la station des cars. Une rangée de fenêtres brillaient dans la demi-obscurité
— Tu me suis ?
Le vieux s'attardait encore, comme s'il avait du mal à s'arracher à tout cela. Une monstrueuse, indestructible silhouette de voiture s'échappait de l'ombre. Un mur friable, brunâtre, menaçait de s'effondrer. La fillette cherchait à entraîner Simm
— Tu viens ?

D'ici peu, ils bifurqueront à angle droit, s'engageront dans un second, un troisième tournant pour rattraper le raccourci qui mène au village de toile
— Tu es là ?

Il ne répondait plus. Depuis quelques instants, il semblait qu'il n'était plus sur ses talons. Elle se retourna, braqua son jet de lumière
— Qu'est-ce que tu as ?... Tu es malade ?

Il se tenait raide, immobile, comme s'il venait d'être terrassé par la foudre.
— Mais qu'est-ce que tu as ?
Elle se rapprocha. Le vieux balançait son buste d'avant en arrière, sans bouger le reste du corps. Ses muscles s'étaient noués, ses os avaient durci ; sa stature s'était mystérieusement agrandie. Il lui parut immense
— Qu'est ce qui t'arrive ?
Elle dirigea son éclairage en plein sur sa face. Son visage était un brasier. Des yeux énormes la regardaient avec une fixité étrange.
— Dis-moi ce que tu as ?
Comme un automate, il leva le bras, le secoua vers l'arrière.
— Quoi, qu'est-ce qu'il y a ?
— Tu n'as rien entendu ?

* * *

Il fit volte-face. S'élança vers l'endroit qu'ils venaient d'abandonner.
— Attends que je t'éclaire !... Attends-moi !
Simm se précipite, tombe, court, s'affaisse, se relève, repart en flèche.
Aga galope pour le rattraper, soulevant autant que possible la lanterne.
— Attends-moi !... Tu ne vois rien, attends !

Ce vieillard a de l'orage dans les tripes ! Lui, qui ressemblait tout à l'heure à un paquet de linge que l'on vient de tordre
— J'arrive !... Attends-moi !
Sur le terre-plein, une légère brise agite le chiffon rouge autour du piquet.
Simm se jette à terre, se prosterne, colle son oreille au sol.
L'ayant enfin rejointe, Aga, le bras toujours dressé, l'entoure d'une plage de lumière.
Ni l'un, ni l'autre ne bronchent.
Cela dure, dure...

La fillette commence à sentir des fourmis le long de la nuque et du dos.

* * *

— Tu as entendu ?
Il releva à peine la tête pour lui faire signe de s'agenouiller, de tendre l'oreille à son tour
— Écoute...
Elle fit ce qu'il demandait, déposa la lanterne et se courba.
— Tu entends ?
L'attente fut courte. Très vite, le visage en fête, elle se redressa
— Oui, j'entends !
— Toi aussi !... Toi aussi !
Il eut envie de la serrer contre lui.
— La voix !...
Cette voix ressemblait à... Elle ne pouvait pas dire à quoi au juste. C'était jaune à crier ! Merveilleux, horrible à la fois. Le hurlement d'une bête qu'on écorche vif, la clameur d'un mourant à qui on accorde un autre matin...

L'AUTRE

Simm reprit sa place, et comme auparavant les mains en cornet devant la bouche
— Hôoooooo !...
Aga voulut crier de la même façon que lui.
— Approche... Plus près. Les lèvres bien au-dessus du trou
Elle effleura la bouche d'ombre. Puis, terrifiée, recula
— J'ai peur !
— Ne crains rien, lui aussi a peur.
De son bras, Simm lui entoura les épaules. Mais à l'idée que là-dessous quelque chose pourrait la happer, l'aspirer vers le fond, elle se débattit
— Je ne veux plus !
— Tu sais ce que tu vas faire ?
— Non ?
— Il y a quelqu'un là-dessous. Tu l'as bien entendu, n'est-ce-pas ?
— Je l'ai entendu.
— Tu vas courir leur porter le message. Tu leur diras qu'il est *vivant* !
— Je le leur dirai.
— Mais d'abord, tu vas écouter encore une fois. Il faut que tu sois sûre et certaine, pour qu'eux, à leur tour te croient.
Le vieillard plissa le front, se courba, toucha le sol
— Hôoooooo !...
Puis, il laissa l'enfant plaquer son oreille contre l'orifice
La réponse tardait. Est-ce qu'ils rêvaient tous les deux ?
— Il n'y a plus rien...
Patiemment, il recommença
— Hôoooooo !... Hôoooooo !...
laissant un temps de pause entre chaque appel, approchant sa joue de celle d'Aga.
La mèche de la lanterne se consumait. La face du vieil homme s'inondait de sueur. Dans sa main, la main de l'enfant tremblait

— Aâââaaaaaa !... Aâââaaaaaa !...

Du fond de l'abîme, soudain : le cri...

10. Célébration

Le cri éclate. Il est partout. Partout. Il n'y a plus que lui !
Des oiseaux inondent le ciel. Les étoiles échappent aux pièges obscurs. Des fontaines fendent l'écorce des pierres. Des branches respirent, leurs aisselles au vent...
Debout, face à face, le vieil homme et l'enfant se dévisagent. Trop de choses débordent. Les mots ne viennent pas.

Soudain, chacun se met à virevolter sur place. Vite. De plus en plus vite. Simm, Aga, tournent comme des toupies de chair.
L'écharpe violette, les pans de la veste brune, la robe écarlate, s'enroulent, se déroulent, autour de leurs corps. Leurs gorges chantent. Leurs jambes sont ivres.
Aga, Simm, les bras en croix, fauchent l'air tout autour. Pirouettent, tourbillonnent, l'un à côté de l'autre.

**

Simm s'arrête le premier ; va vers la lanterne, dévide la mèche dans toute sa longueur pour qu'elle se consume d'un trait.
Une épaisse tranche de nuit s'enflamme.
À son tour, la fillette s'interrompt. D'un bond, elle est au bord de la petite tombe. Elle arrache le piquet, le lance au loin, s'accroupit, écarte le

sol avec ses ongles, l'entrouvrant, le déchirant, refoulant la terre sur les côtés ; y plongeant enfin les mains, pour ramener l'enterrée.

Trouvant Aga, elle la saisit par la jambe, l'attire si rudement à elle que tout le sable lui saute à la figure, l'aveuglant. Du revers de ses manches, elle essuie ses yeux, secoue la poupée pour la dégager de sa membrane de poussière.

Enfin, tenant Aga à bout de bras, elle revient vers Simm.

Le vieil homme qui a ôté sa veste et l'a nouée autour de sa taille s'est remis à danser.

Durant quelques secondes, elle le regarde tournoyer seul. Puis, elle court le rejoindre.

*
* *

Ils dansent, ensemble maintenant. Une ronde à trois.

D'abord, un lent cérémonial, jusqu'à ce que le mouvement les saisisse, les habite, les emporte peu à peu.

L'air se ranime. La sueur est bonne. Le souffle se presse dans la bouche, emplit les oreilles. La terre est brûlante et douce sous les pas. La terre s'allège, la terre naît, la terre aime

— La terre nous aime, Aga !...

Poupée sans tête, nuit à n'en plus finir, chairs vieillies, horizons durs, rocaille des visages, mots qui démolissent... En cet instant tout ce qui entaille, tout ce qui mutile, se dissipe, s'efface. Il n'y a plus de grisaille, plus de blessure. En cet instant, tout vit !

— Il est vivant, Aga !... Vivant !

L'écharpe violette, les pans de la veste brune, la robe rouge, les hardes de la poupée, les nattes défaites d'Aga, tourbillonnent, flottent à l'horizontale, s'écartent, se joignent, se déploient en éventail, s'assemblent. Ce cercle de feu mobilise la nuit, fait éclater l'ombre.

Sur le terre-plein, la danse domine.

Des vagues de joie s'éternisent sur le rebord du temps.

— Assez, Aga, arrêtons-nous !... Il faut que tu partes avant que la mèche ne s'éteigne. Il faut que tu coures les avertir.

Simm sèche son visage, son cou dans la doublure de sa veste. Aga l'imite, utilisant les haillons de sa poupée.

— Tu leur diras ?
— Je leur dirai.

— Qu'ils reviennent aussitôt. Il faut des ouvriers, des machines, de la nourriture... Dépêche-toi !

* * *

Avant de partir, elle souleva la lanterne, éclaira par en dessous la face du vieil homme qu'elle considéra longuement
— Pourquoi me regardes-tu comme ça ?
L'ayant jaugé, elle lui tendit sa poupée
— Je te laisse Aga. Tu me la garderas.
— Tu penses revenir ?
— Je reviendrai.
— Comment feras-tu ?
Elle cligna de l'œil
— Je trouverai.

Aga se met en route, s'achemine. Aga s'amenuise, tandis que Simm l'exhorte encore.
— Tu diras qu'il faut faire vite. Que tu l'as entendu de tes propres oreilles !... Tu ne les lâcheras pas avant qu'ils ne reviennent !
Sa voix continuait de se faire entendre, bien après qu'elle ait disparu.

L'AUTRE

1. L'écho

Il faut patienter, ne rien tenter de plus avant l'arrivée des sauveteurs. Une manœuvre maladroite risque de rabattre des nuages de poussière dans l'étroit canal, de boucher la fragile ouverture.

Encoffré dans sa nuit, plaqué comme un rat contre les parois de sa cachette, que se passe-t-il dans la tête de l'homme d'en-bas ? Dans quel état se trouve-t-il ? Simm a du mal à l'imaginer.

Là, dedans, en dessous, séparé de la terre, que possède-t-il ? Ni l'aube qui fend par degrés la cloison sombre ; ni le matin qui va bientôt s'y inscrire en traits d'acier. Il ne peut plus se dresser de toute sa taille. Bouger, ni avancer. Traîner s'il le désire le long d'une rue, autour d'une place, comme le fait Simm en ce moment. Ni aller, ni revenir, ni s'asseoir, ni regarder. Ni échapper au froid, ni échapper au chaud ; s'approcher d'une jarre, se rincer les mains, s'humecter la face, comme Simm le fait en cette seconde. Ni prendre dans une boîte de fer dont quelqu'un s'est débarrassé, un morceau de pain ; le rompre, le mâchonner. Ni lever les yeux vers le chemin qui blanchit, ni assister à l'arrivée des autres, ni voir apparaître leurs silhouettes dans le lointain. Ni, ensuite, leur parler. Parler !... Parler, comme Simm, cette nuit, avec Aga... Danser, comme Simm, cette nuit, oubliant ses artères, oubliant ses vieilles jambes !

Là, dedans, en dessous, à quoi est-il réduit l'homme d'en bas ? Simm a mal de cette solitude, mal de cette peur qu'il devine. Avant que l'autre ne resurgisse, avant que tout ne lui soit rendu, le vieil homme ne pourra pas retrouver sa paix ! Fatigué de monter la garde et cherchant à s'unir plus étroitement encore à l'emmuré, Simm se laisse aspirer par le souterrain, plonge dans la cage d'ombre, glisse dans ce boyau chargé de menaces, s'y enferme, laisse de grandes nappes désertiques recouvrir ses pensées.

Simm se tasse, cherche à disposer d'une place de plus en plus exiguë, plie ses jambes, les ramène vers sa poitrine, les encercle de ses bras, les serre contre lui, pose son front sur ses genoux, se tient comme à l'intérieur d'une urne.

*
* *

L'attente est interminable.

Plutôt que d'endurer avec l'autre, de doubler son silence, Simm songe à présent à le rassurer.

Il doit cependant ménager sa voix. Celle-ci ne supporterait pas longtemps de se laisser malmener, et la lâcherait au moment où il en aurait le plus besoin.

Le vieil homme délace promptement ses bottines, les ôte, fourre ses mains à l'intérieur de chacune d'elles ; puis, satisfait de sa trouvaille, les entrechoque aussi fort qu'il peut. Les semelles, rigides, se rejoignent bruyamment. À coups secs, réguliers, il continue de les frapper l'une contre l'autre, jusqu'à ce que le vacarme, formant une grotte autour de Simm, l'isole

Le claquement tenace, répété, l'entraîne si loin, qu'il laisse échapper un
— Hôoooooo !...

strident, mais se reprend aussitôt. Les bras supportent sans peine un effort prolongé, tandis que les cordes vocales... « Si tu es souvent aphone, c'est ta faute, Simm. Tu parles haut, tu fumes, tu fais tout avec excès !... », gronde Jaïs, ajoutant à ce grief une comptabilité précise : tant de cigarettes économisées équivalant, à la longue, à l'achat de tel ou tel objet, d'un lopin de terre, d'une action en banque. « Tout ça, parti en fumée !... » Malgré lui, l'idée de toutes ces choses rendues à l'air, à la transparence, le ravissait !... Pourtant, c'était vrai qu'il fumait trop. Beaucoup trop. Toussant, crachotant dès le réveil, s'enrouant pour un rien. Mais il fallait détendre les rênes, céder parfois au caprice, au plaisir.

Le vieillard dépose une des chaussures sur le sol, tapote de sa main libre l'épaule opposée, frotte, pétrit sa nuque. L'âge venu, une sorte de bienveillance s'ajoutait à la complicité qu'il avait toujours entretenue avec son corps. Il éprouvait de la compassion, de la tendresse pour cette chair plus opaque – motte de terre mal jointe, facilement ébranlée – pour cette chair lasse, ces plis venus s'amasser autour du cou, ces rainures cerclant poignets et chevilles, pour ces taches brunes sur les mains, pour toutes ces marques de l'usure. « Allons, allons, encore un effort. Allons, allons, je ne te quitte pas, toi, ne me laisse pas tomber !... » Se souvenant de son corps d'adolescent – fluide, coloré – il s'était, petit à petit, sans trop en souffrir, accoutumé, attaché à cette charpente lourde, à ce torse martelé, à l'épine du dos plus fragile ; à ces genoux, à ces coudes dont on aurait dit que des grains de blé bloquaient les articulations. « Allons, allons... » Ce corps, plus complexe, plus organisé qu'une cité, il s'en émerveillait sans le comprendre. « Allons, allons, supporte-moi encore un peu... » Pour l'éprouver, il soulevait des fardeaux, marchait à grandes enjambées autour de son verger. Quand il n'y avait pas de témoin, il s'élançait, au pas de course, vers le chemin des vignes. « Tu vas, tu viens, tu bois, tu gloutonnes, tu fumes ! Je parie que tu forniques encore !... Tu creuses ta fosse, Simm. Je me demande jusqu'où tu irais si je n'étais pas là ?... » Qu'on le laisse en paix ce corps ! Le corps est innocent.« Innocent, le corps ?... Tu dis n'importe quoi, Simm ! » Le mal est ailleurs, comment expliquer ? Trop de sédiments s'entassent à l'intérieur des créatures. Il faudrait déjà qu'en soi-même chacun renverse habitudes, croyances, raisons ; et puis, regarde à neuf, les yeux lavés. « Quoi ? Qu'est-ce que tu racontes, Simm ?... Mais sous quel Dieu as-tu été élevé ? »

Simm reprend sa chaussure, se remet à frapper
— Klaccc !... Klaccc !...
Un heurt plus métallique jaillit, soudain, de la crevasse
— Gracc !... Gracc !...
Le vieil homme double la cadence. L'autre fait de même.
Ecartant largement ses bras, Simm les rabat d'un coup. Les semelles se heurtent dans un claquement énorme. Il prend une pause, recommence. L'autre, le suit.
Il varie l'espace des silences, la fréquence des coups. L'autre, l'imite
— Klaccc !... Klaccc !... Klaccc !... Klaccc !
— Gracc !... Gracc !... Gracc !... Gracc !

Plusieurs fois, Simm change de rythme.
Chaque fois, l'autre reprend en écho.

*

ANDRÉE CHEDID

Le matin se consolide, s'empare de la colline, se déverse sur le terre-plein.

Pensant qu'il ne doit pas entraîner l'homme d'en bas à un surcroît de fatigue, le vieillard s'arrête de frapper.

L'opération de sauvetage risque d'être longue ; l'un et l'autre doivent ménager leurs forces pour les jours à venir. Ils en auront besoin...

2. Du cinéma

Le camion s'arrêta sur le terre-plein. Trois infirmiers, une demi-douzaine de manœuvres, suivis du chef de chantier et de deux techniciens étrangers, mirent pied à terre. Le fils d'un des postiers du village disparu les accompagnait, leur servant d'interprète
— Je le reconnais, c'est lui !
— Qui ça ?
— Simm !
— Le vieux qui nous poursuivait avec son écharde ?
— Oui, c'est Simm !
— Comment peux-tu le reconnaître d'ici ?
— Ça ne peut être que lui.

Le vieillard s'était sans doute endormi. De loin, sous le soleil cuivré, on ne distinguait qu'une masse sombre, ramassée en boule sur le terrain. La tête paraissait enroulée dans la veste. Seule la plante des pieds – large, sèche, ligneuse comme une coupe de bois – était visible.
— Ôter ses chaussures dans un endroit pareil !
Un des ouvriers exhiba un éclat de vitre, donna un coup de pied dans un entrelacement de ferraille, de poutres, saupoudré de verre brisé
— C'est insensé !
L'interprète souleva délicatement le tissu qui recouvrait les cheveux du vieillard
— Tu dors ?
Il y eut des rires.

— Il nous envoie chercher en trombe, et il roupille !
— Eh, Simm !... C'est moi, le fils de ton ami le postier.
Il le secouait gentiment par l'épaule
— Réveille-toi, sinon ils vont repartir.
Le vieux sursauta, rejeta d'un coup sa jaquette, se retrouva assis, ouvrit les bras
— Vous êtes là !
Un des infirmiers lui glissa à l'oreille
— Remets d'abord tes chaussures, tu vas te blesser. On est ici pour le sauver *lui,* pas pour s'occuper de toi !
Simm rayonnait
— Pour *lui !*
Le chef du chantier haussait les épaules, s'approcha d'un des techniciens.
— Lui !... Il faut d'abord savoir s'il existe.
Les autres entouraient Simm l'air sévère. Pour les dérider, il enfila les chaussures au bout de ses mains, leur fit exécuter des tours, des courbettes, les assistant de sa voix de ventre comme au guignol.
Au lieu de s'en divertir, ils le dévisagèrent avec plus d'inquiétude encore, échangeant des regards entendus. L'interprète se pencha
— Sois sérieux !
En moins d'une seconde, Simm avait remis ses bottines ; sans les relacer, il bondit sur ses pieds
— Aga vous a tout raconté, n'est-ce pas ?
— Oui.
— Eh bien, allons-y. Faisons vite. Il faut le sortir de là !
— Aga n'est qu'une fillette.
— Aga n'est qu'une fillette ; moi, je ne suis qu'un vieillard... Et alors ! On a des oreilles comme tout le monde, non ?
— Ne te fâche pas. Il nous faut une certitude. On ne peut pas déplacer des gens, du matériel, pour rien.
— Qui dit que c'est pour rien ?... Je donne ma parole. Le jeune homme est là. À l'endroit même où j'étais couché.
— Tu en es sûr ?
— Puisque je vous le dis.
— Tu dis, tu dis !... Il faut que d'autres l'entendent.
Craignant que l'emmuré, à bout de fatigue, ne se soit lassé, endormi, Simm se demandait s'il obtiendrait, cette fois, une réponse
— Vous devez prendre ma parole.

L'interprète le prit de côté, lui montra le chef de chantier ; les techniciens, qui s'entretenaient un peu à l'écart du groupe ; les manœuvres qui semblaient peu disposés à se mettre à l'ouvrage sans assurance
— Essaye de comprendre, ce n'est pas le travail qui manque ces jours-ci. Les équipes étrangères sont presque toutes reparties ; celles d'ici qui restent, on en a besoin partout. Si vraiment il y a quelqu'un là-dessous, il faut qu'on le sache.
Il expliquait les risques de l'opération
— Ce sera une besogne compliquée. À l'intérieur de ces crevasses, il y a toujours un enchevêtrement incroyable ; il suffit parfois de déplacer une poignée de sable pour que tout s'effondre. Le sauvetage exige un appareillage spécialisé, des efforts, de l'argent, sans que l'on puisse être certain du résultat. Alors, si en plus, il n'y avait personne !... Ils n'engageront aucune recherche avant d'être sûrs. Tu entends, Simm ?
Le vieillard plaqua ses deux mains contre sa poitrine
— Je l'ai entendu. Je le jure !
Un des manœuvres vint vers lui
— Fais-le-nous entendre aussi, et on reste !... Si ce que tu racontes est vrai, ça ne doit pas être difficile.

**

Simm s'est assis le plus près possible de l'orifice. Simm s'est déchaussé et tape de nouveau, l'une contre l'autre, les semelles de ses bottines, laissant un long intervalle entre chaque claquement.
Rien ne vient combler les vides.
Rien que le souffle haletant de ces hommes rassemblés autour de lui. Simm lève les yeux, reçoit leurs haleines en pleine figure ; se glace sous leurs regards moqueurs, entend
— Quelle farce
répète
— Ma parole, je l'ai entendu !
Et se remet à frapper, fort, de plus en plus fort, jusqu'à ce que, soudain, ne se contrôlant plus, il laisse échapper
— Hôoooooo !...
Puis, confondu, levant une seconde fois la tête vers eux tous, étouffant sous leur mutisme, sous le cercle de leurs visages clos, se sentant aux abois, se figeant à l'idée qu'ils vont le prendre pour un forcené, l'emmener

loin ; patinant sous ces regards lisses, cherchant des paroles qui le fuient, Simm se réfugie encore, désespérément, dans le cri
— Hôoooooo !...
se plie en deux, le menton touchant le bord de l'orifice, suppliant, conjurant *l'autre* de lui répondre enfin
— Hôoooooo !... Hôoooooo !...
Le cri le quitte sans cesse ; le vide, sans cesse, de sa substance
— Hôoooooo !... Hôoooooo !... Hôoooooo !...
Mais c'est en vain

Derrière une brume, il entend l'apostrophe d'un infirmier
— Ce vieillard est un cataclysme à lui tout seul !
De plus belle, il reprend
— Hôoooooo !... Hôoooooo !... Hôoooooo !... Hôoooooo !...

*
* *

Une main s'abat sur son épaule, le tire en arrière. Simm résiste. Un ricanement en déclenche d'autre. Une seconde main, une troisième, l'empoignent, le remettent de force debout. Simm lutte comme si on l'arrachait à lui-même. L'infirmier l'oblige à se chausser, tandis que deux hommes le soutiennent par les aisselles
— Laisse-toi faire. On sait que tu es fort comme un bœuf ; mais nous, on est plus nombreux !
Stupéfait par tant d'obstination, le chef de chantier ordonne un essai avec le microphone
— Mais seulement s'il se tient tranquille...
L'interprète lui montre l'objet fixé au bout d'un long tube
— Tu as déjà vu comment cela fonctionne, Simm. On l'introduit dans les décombres, le plus loin possible. C'est un instrument ultra-sensible qui détecte même un grattement d'ongle, un soupir. On l'essayera, si tu te tiens tranquille...
Cherchant à se les concilier, le vieil homme croise cette fois les bras, courbe le front
— Je ne bougerai pas.
— Enfin, tu deviens raisonnable.
Il s'excuse
— Des nuits que je ne dors pas, il ne faut pas m'en vouloir...

L'AUTRE

— On sait tout ça, grand-père. À des lieues à la ronde, on te connaît à présent !
Ils lui font signe de se retirer. Il obéit. À distance, il renoue posément les lacets de ses bottines, tout en les regardant s'affairer autour de l'ouverture. Puis, d'une voix neutre, bien timbrée, sur le ton du compte-rendu
— Lorsque la fillette est partie, j'ai eu l'idée de faire se tapage avec mes chaussures. Plusieurs fois, j'ai recommencé avant qu'il ne réponde. Enfin, je l'ai entendu ! On aurait dit qu'il tapait un morceau de bois contre du fer...Là-dessous, ça doit manquer d'air, le moindre effort épuise, c'est ce qui explique son silence... Vous vous souvenez qu'à Agadir...
— On finira par la connaître, ta rengaine ! « À Agadir, un jeune homme a survécu treize jours, et nous ne sommes qu'au septième !... » On ne peut pas toujours compter sur le miracle.
— Qui parle de miracle ? ! !
— On ne t'insulte pas, Simm ? Pourquoi est-ce que tu fulmines ?
— Il n'y a pas de miracle, je vous dis. Quand il sera dehors, il nous dira les raisons qui lui ont permis de survivre.
— Ce jour-là n'est pas encore arrivé.
— Ce jour arrive !
— Bien, Simm, calme-toi et laisse-nous faire.
Il les observe, tandis qu'ils introduisent le fil rigide du stéthoscope dans la brèche, le faisant pénétrer millimètre par millimètre ; tandis qu'ils tirent d'un sac la pompe à oxygène en pièces détachées. La mise en service des deux appareils pose de nombreux problèmes. Dos arrondis, jambes fléchies, nuques recourbées, ils paraissent absorbés par un jeu, aimantés par une force souterraine
— Bientôt on saura si ce que tu racontes est vrai, ou si c'est du cinéma dans ta tête !
Le vieil homme éclate de rire.
— Tu ris comme un dieu, Simm !
Un rire communicatif qui les saisira tous, qui le tient lui, Simm, qui l'entraîne... Trop loin, peut-être ? Si loin, que ce rire paraît soudain discordant. Quelque chose vacille. La fenêtre, la rencontre, le visage, le cri... Tout cela a-t-il existé ? « Du cinéma !... » Le cri, le visage, la rencontre, la fenêtre... « Rien que des images qui défilent dans la tête ? » Mais très vite le vieil homme se reprend
— Toute la vie, c'est du cinéma dans la tête !
— Tu auras toujours le dernier mot, grand-père !

*
* *

Couché à plat ventre, le technicien ausculte le terrain. La pompe à oxygène vient d'être fixée sur son trépied. Un infirmier se détache du groupe allume une cigarette. Simm tend la main
— J'en voudrais une !
L'autre lui jette le paquet, une boîte d'allumettes
— Tu peux tout garder, dans une heure on sera parti !
Le chef de chantier distribue des ordres. Puis, escorté de l'interprète, s'approche de Simm pour le questionner.

LE CHEF
Demande-lui ce qui s'est passé au juste.

Simm est submergé par ses souvenirs. Il parle, mime, raconte.

LE CHEF
Au fait ! Dis-lui d'aller droit au fait !

Comment endiguer ce flot de paroles ? Simm dit les creux de la solitude, les ronces de la nuit, la trouée, puis la fuite de l'espoir. Il répète : « la fenêtre », comme si le mot contenait trop de choses pour qu'on puisse hâtivement le survoler. Il revoit l'arrivée de l'enfant, les funérailles de la poupée ; décrit les coquillages ornant les rebords de la petite tombe, désigne l'endroit

SIMM
Elle l'avait mise là... Vous voyez, la terre est encore fraîche...

cherche d'un regard circulaire la poupée. Où l'a-t-il mise ? Et Aga qui doit revenir !

LE CHEF
Qu'il se dépêche !

SIMM
J'ai dit à l'enfant que je la raccompagnerais, que je rentrerais ensuite chez moi. C'était fini. On s'en allait...

L'AUTRE

L'INTERPRÈTE
... il a dit à l'enfant qu'il la raccompagnerait, ensuite...

LE CHEF
Avec tous ces détails, on n'en finira jamais !

SIMM
Tu es sûr que tu lui répètes tout ce que je te raconte ?

L'INTERPRÈTE
Il te demande d'aller plus vite.

SIMM
Bon, pour te faire plaisir. Mais ces gens-là ont toujours le feu quelque part !

L'INTERPRÈTE
Tu penses bien que je ne vais lui répéter ce que tu viens de dire. Continue, mais ne rumine pas...

Le vieil homme indique le chemin qu'il a pris avec la fillette, entraîne ses interlocuteurs du côté du Bâtiment des Postes, signale l'emplacement

SIMM
Ici. C'est ici que le cri m'a déchiré de haut en bas ! Pire qu'un poignard...

L'INTERPRÈTE
Pire qu'un poignard, le cri l'a déchiré...

LE CHEF
Comment ça ?... Sous cette épaisseur de terre, à cette distance ? Un cri aigu ?...

L'INTERPRÈTE
Dans nos contrées, on met de l'excès dans tout. C'est dans le sang. Il faut faire la part... Simm, tu sais que tu exagères !

SIMM
Vous pouvez penser ce que vous voulez. Moi, j'étais fendu en deux ! Je te dis ce qui est.

L'INTERPRÈTE
Ça ne sert à rien que tu te mettes en colère, il ne comprendra pas mieux.

SIMM
Dis-lui ce que tu veux. Mais, je te le répète, c'était comme si on m'ouvrait le ventre !

L'INTERPRÈTE
C'était comme un long gémissement. Ensuite, Simm, continue...

Simm reprenait : la course vers le terre-plein, la fillette le poursuivant avec sa lanterne, la plage de lumière autour de l'orifice. Ensuite, de nouveau : blanc, cru, transperçant la terre

SIMM
Ce cri !... Elle, avec ses oreilles neuves, l'a entendu aussi !... Les miennes, vous pouvez peut-être vous en méfier, plissées comme des feuilles de choux, usées. Mais celles de l'enfant !... Des pétales !

LE CHEF
Le voilà reparti ! Qu'est-ce qu'il raconte ?

L'INTERPRÈTE
Il dit... qu'une enfant... a des oreilles...

LE CHEF
Qu'une enfant a des oreilles ! On s'en doutait !... Demande-lui combien de fois ils ont entendu ce cri ?

L'INTERPRÈTE
Il veut savoir combien de fois vous avez entendu ce cri ?

SIMM
Combien de fois ?

L'AUTRE

Simm enjambe la question, parle d'Aga et de l'autre Aga, la déterrée ; éprouve la chaleur de la mèche flambant derrière la vitre de la lanterne, sent la danse monter le long de son corps, esquisse un pas, puis un autre. Simm se laisse envahir par le mouvement ; puis, par l'idée que ce faisant il gagne du temps, et que l'homme d'en-bas aura ainsi une chance de plus de se faire entendre. Simm allonge malicieusement sa performance, joue tout en se laissant prendre au jeu. Simm tourne, tourbillonne, virevolte, danse sur le terre-plein ; comme cette nuit, il dansait...

LE CHEF

Qu'il s'arrête ! Dis-lui de s'arrêter !... Il ne va tout de même pas faire un numéro en ce moment !

L'INTERPRÈTE

Simm, arrête-toi !... Si tu continues, ils s'en iront et tu seras bien avancé !

SIMM

La joie !... Explique-lui, ça nous sortait des pores ! Ça ne peut pas se traduire. Tu n'y arriveras jamais. Ça se danse. C'est tout ce qu'on peut faire, la danser !... Aga et l'autre Aga...

L'INTERPRÈTE

Aga et l'autre Aga...

LE CHEF

Comment, il s'agit de deux petites filles à présent ?

L'INTERPRÈTE

Tout à l'heure, Simm, tu nous disais qu'il y avait une enfant avec toi. Une seule...

SIMM

L'autre Aga, c'était sa poupée.

L'INTERPRÈTE

Sa poupée ?... Écoute, trouve autre chose, Simm ! Déjà comme ça, tu vois l'effet que ça lui fait.

LE CHEF
Qu'il nous décrive le second bruit. Celui qui répondait à son claquement...

L'INTERPRÈTE
Il te demande de lui décrire l'autre bruit.

SIMM
Un bruit sec. Quelque chose comme : « Gracc !... Gracc !... »

LE CHEF
Qu'il recommence... Plus lentement.

L'INTERPRÈTE
Recommence. Mais que ça se rapproche le plus possible de ce que tu as entendu...

SIMM
Tiens, je prends cette pierre. Trouve-moi un morceau de fer, un bout de tuyau, n'importe quoi... Voilà... L'un contre l'autre. Si j'arrêtais, il arrêtait. Il reprenait quand je reprenais. Si je tapais vite, il faisait pareil.

LE CHEF
Pas besoin de traduire, je comprends... Demande-lui à quelle heure tout cela s'est passé ?

L'INTERPRÈTE
Il te demande quelle heure il était ?

SIMM
Quelle heure ?... Je ne sais pas.

LE CHEF
Alors, il répond ?

L'INTERPRÈTE
Essaye de te rappeler. Fais un effort.

SIMM
Je te jure que je ne sais pas.

L'AUTRE

L'INTERPRÈTE
Tu n'as pas de montre ?

SIMM
Il y en a une au café du village, elle me suffit.

L'INTERPRÈTE
Tu ne peux pas lui répondre ?

SIMM
Dis-lui que c'était la nuit. La nuit de la nuit !

L'INTERPRÈTE
Tu ne pouvais pas avoir une montre comme tout le monde !... Tu sais comme ils sont. Ils veulent tout savoir au millimètre près. Ta réponse va encore l'énerver !

SIMM
La prochaine fois qu'il y aura un tremblement de terre, je penserai à me déplacer avec l'horloge du cafetier sur le dos !

L'INTERPRÈTE
Tu trouves que c'est le moment de plaisanter !

LE CHEF
De quoi discutez-vous encore ? Oui ou non, t'a-t-il dit quelle heure il était ?

L'INTERPRÈTE
Il était... environ...

LE CHEF
Environ !... Environ !... Je me tue à le répéter, on ne fera jamais rien, on n'arrivera jamais à rien avec des gens pareils !

Eh, vous, là-bas !... Vous avez entendu quelqu'un là-dessous ?... Toujours rien ?... Bon, vous me démontez et vous me rangez tout ça. On s'en va !... On a besoin de nous ailleurs !

3. L'AUTRE

Pendant qu'ils replient bagage, Simm approche de l'orifice qu'ils ont tous abandonné. Profitant du branle-bas, il s'agenouille, s'empare de l'extrémité du stéthoscope. Il le soupèse, le palpe, le tourne, le retourne entre ses mains, le frotte contre sa poitrine, contre sa joue, cherchant à s'y accoutumer.

Autour, les hommes se démènent, replacent les outils dans leurs boîtes, démontent la pompe, soulèvent la bâche du camion, entassent le matériel à l'arrière. Pour l'instant, personne ne prend garde au vieillard ; mais d'une seconde à l'autre, ils vont venir, et lui arracheront l'appareil des mains pour le ranger avec le reste.

Comme pour réchauffer l'instrument et s'en rendre complice, Simm fait claquer un baiser au dos du micro-écouteur.

Puis, les yeux mi-clos, s'extrayant chaque syllabe de la chair, attendant qu'elle se gorge de sang, d'espace, avant qu'elle ne traverse les lèvres ; puisant à une source où la parole est encore libre et peut atteindre *l'autre* où qu'il se trouve, d'où qu'il vienne

— Ami... é-cou-te !... E-cou-te-moi... Tu es là... Je le sais... E-cou-te... Ré-ponds... Il faut qu'on t'en-ten-de...

Soudain, ils sont tous revenus. Une forêt de jambes encercle Simm. Celui-ci serre l'objet encore plus fort entre ses doigts. Ses mains sont moites, la sueur coule le long de ses tempes jusque dans son cou

— A-mi... si tu ne veux pas parler, crie !... Vite, ou ce sera trop tard... Les...

Simm cherche désespérément le mot, l'interprète le lui souffle
— Les sau-ve-teurs sont ici... ils at-ten-dent ta voix... Vite, vite, vite...
Ils vont partir !
Les piétinements soulèvent la poussière. Sans relever la tête, le vieillard sent sur ses épaules le poids de leur impatience, de leur hostilité. La menace de leur départ le paralyse, lui arrache le temps de trouver d'autres mots. Mais subitement, ses paroles le devancent. Subitement, elles se bousculent dans sa bouche, dévalent dans le trou
— Vite, parle, un mot, un cri, ils sont là, après on sera seuls, toi et moi, rien, je ne peux rien seul, vite, vite, très vite... Ils s'en vont ! Vite...
Remontant toute la longueur du tube ; traversant, enfin, l'écouteur
— Jjjjje...
en ondes interminables, se prolonge et s'étire...

* * *

Simm brandissait le micro par-dessus sa tête
— Voilà !... Il a parlé !... Venez tous. Ecoutez !
L'appareil passait de main en main. Chacun voulait entendre. Chacun entendit.
Le chef des travaux reprenait l'affaire en main
— Diego ! Prends Elie et Stavro avec toi. Ramenez un tracteur, une remorque, les éléments d'une baraque, tout ce qu'il faut pour la monter sur place. De la lumière, du ravitaillement. On campera ici, jusqu'à ce qu'on le sorte !... Remontez la pompe à oxygène. Il faut, le plus vite possible, lui donner de l'air. Vous introduirez le tube lentement, très lentement ; la moindre maladresse et vous risquez de boucher l'ouverture !... Il faudra un autre tube pour lui passer des aliments liquides. Tout cela est urgent !... Anwar, vous n'avez pas besoin d'être quatre pour remettre cet appareil sur pied !... Badian, Ali, aplanissez les bords du réduit... Que le vieux continue de lui parler. Qu'il lui dise de tenir, qu'on l'en sortira !
Déjà Simm avait repris sa place
— Hôoooooo !... Hôoooooo !... Ils t'ont entendu... Ils restent !... Tu sortiras !
— Tu crois qu'il te comprend, passant comme tu fais sans arrêt d'une langue à une autre ?
— L'autre matin, il m'a salué avec des paroles de chez nous... Moi, je

fais collection des mots de tous les pays, c'est ma marotte !... Hôoooooo !... Tu seras dehors. Tu verras le soleil. Je te le dis !
— Ne te réjouis pas trop tôt, Simm. C'est maintenant que les complications commencent.
Le chef des travaux distribuait des consignes
— Joseph, tu préviendras les autorités. Il faut empêcher les curieux d'approcher. Et surtout pas de journalistes ! Ils s'agglutinent sur le malheur comme des mouches. Avec eux sur place, il n'y aura plus moyen de travailler... Il faut tenir la chose secrète jusqu'au bout. Officiellement, nous sommes ici pour poursuivre des travaux de désinfection, de déblaiement, un point c'est tout. Aucun d'entre vous ne devra rentrer chez lui avant que tout ne soit terminé, cela évitera les fuites... Quand l'homme verra le jour, il sera temps d'ameuter tout le monde. Pas avant !... Maintenant, c'est le tirer de là qui doit seul compter ; et ce n'est pas encore dans la poche !
— Qu'est-ce qu'on fait du vieillard ?
— Il peut encore être utile. Après tout, c'est à lui que le rescapé a toujours répondu.
— Il est mort de fatigue.
— Demande-lui s'il veut partir. Dans ce cas, recommande-lui le silence.
— Alors, grand-père, qu'est-ce que tu fais ? Tu pars ou tu restes ?
Simm regardait bouche bée
— Tu ne m'entends pas ? On te demande ce que tu veux faire ?
— Ce que je veux faire ?
— Si tu veux partir, ou bien...
— Partir ? ! !...
Simm leva les bras au ciel, éclata d'un rire énorme
— Moi, partir ? ! !
— Bon, bon. On a compris !... Mais tu ne peux pas répondre « oui ou non », comme tout le monde !

4. EST-CE QUE TU VOIS LE JOUR ?

— EST-CE QUE TU VOIS LE JOUR ?
— JE NE VOIS RIEN.

* *
 *

Dès qu'on lui cédait la place, Simm, élargissant fragment par fragment l'orifice du réduit, cherchait à couler un rayon de lumière dans la nuit d'en-dessous.

Non loin, les sauveteurs venaient d'entreprendre l'ouverture d'une tranchée, qui permettrait d'atteindre l'emmuré par en bas et de biais ; ainsi, éviteraient-ils d'ébranler le fragile échafaudage au-dessus de sa tête. La pompe à oxygène avait fonctionné correctement, un tube débouchant dans la cavité y déversait à présent de l'air frais.

Avec minutie, s'efforçant de remuer le moins de poussière possible, le vieil homme écarte les gravats, ramasse des bouts de bois ou de métal qu'il lance au loin, des poignées de sable qu'il jette derrière lui ; avance ses doigts comme des antennes, glisse prudemment ses mains dans la trappe, les enfonce pour retirer un caillou, de la ferraille, un morceau de plâtre, tout ce qui peut obstruer la brèche.

D'autres secouristes dressent en hâte la baraque en tôle, assemblent, vissent montants et traverses. Au mieux, sans que l'on puisse cependant en garantir le résultat, l'opération durera de trois à quatre jours.

— N'oubliez pas que la manœuvre est des plus délicates !

Convaincu à présent de l'utilité du vieillard, le chef de chantier insiste pour que Simm continue de parler à l'homme d'en dessous. Depuis le début, l'inconnu ne paraissait réagir qu'à cette voix-là. Les appels des autres, chaque fois, restaient sans réponse.

En dépit des précautions, la nouvelle s'ébruita. Elle pénétra les villages, entra dans la cité, s'enfla, toucha les ondes, se multiplia. Une fois de plus, le transistor connut ses heures d'apogée. Inquiétude et curiosité s'emmêlaient. La solidarité alternait avec le spectacle. L'homme, cet homme..., qui était-il ? Il refusait de livrer son nom. Rien d'autre pour le moment qu'un souvenir dans la tête d'un vieillard, qu'une voix venue des profondeurs. L'inconnu semblait se complaire, se retrancher dans cet anonymat. Il appartenait d'autant plus à chacun qu'on ne lui connaissait ni visage, ni identité. Un homme ? ou bien une image dans la tête d'un vieillard ? Dans la tête d'autres et d'autres encore ? Un visage sans contours baignant dans les eaux humides de leurs chambres intérieures ? Un aimant pour rêves en dérive ?

— Je le revois trait par trait. Je pourrais le décrire, comme s'il était là. Etait-ce le jeune homme que Simm avait aperçu à la fenêtre ? Etait-ce le même ? En était-il certain ?

Le terre-plein était devenu un enclos séparé du reste du monde. Une surveillance stricte autour de la bourgade détruite en interdisait l'accès. À part le vieil homme et une vingtaine de secouristes, nul n'avait obtenu l'autorisation de pénétrer sur les lieux.

Quant à Jaïs... affirmant à qui voulait l'entendre qu'elle n'avait jamais douté de la parole de son époux, elle triomphait dans son village.

* * *

— ET MAINTENANT, TU VOIS LE JOUR ?
— PAS ENCORE...
— Est-ce que tu es blessé ?
— Non... mais fatigué. Mort de fatigue !

* * *

— Laisse-nous ta place, Simm. Nous devons introduire le second tube qui servira à l'alimenter. Après, tu lui expliqueras comment il doit faire.
— Ce sera long ?
— Assez long. Tu as le temps de te dégourdir les jambes.
— Quand ce sera fait, vous me rappellerez ?

L'AUTRE

— On te rappellera. Pars tranquille.
Simm rejoignit ceux de la baraque pour les aider à terminer leur besogne. Il déplaça d'épaisses feuilles de tôle, raffermit les parois à coups de marteau. Tout en cognant, une phrase se planta dans sa tête
— Je te laisse, Aga ; tu me la garderas !
Il sortit précipitamment, chercha un long moment avant de retrouver la poupée.
Celle-ci gisait entre les roues du camion, les robes déchirées, piétinées. Il l'épousseta, la rafistola le mieux qu'il pût, pénétra de nouveau dans la cabine pour la mettre à l'abri.
— Voilà à quoi tu joues !
— Tu n'as pas honte, vieux pervers !
Quelqu'un lui arracha Aga des mains, la lança dans les airs. Un autre la rattrapa
— Pas de tête ! Une seule jambe ! Et tu la serrais contre toi comme si c'était ton paradis !
Simm la leur reprit en plein vol, l'abrita sous sa veste, recula, heurtant le mur métallique. Le choc fit vibrer toute la cabine.
Stavro s'empara de la poupée, tandis que les autres forçaient Simm à tournoyer sur place, menaçant de lui bander les yeux s'il ne se laissait pas faire. Bientôt ils furent quatre, cinq, sept, neuf, autour de lui, poussant des glapissements, riant, escamotant Aga sous le bras, derrière le dos, pour la faire soudain reparaître et s'en servir comme d'un ballon, se la passant à une vitesse vertigineuse
— Rendez-la-moi !
— Eh, là, Badian, attrape !
— À moi, maintenant !
— Attention, il va nous la reprendre !
— Idiot, tu t'es laissé avoir !
— Il a le bras comme une anguille !
— Il est plus malin qu'un moine !
— Je l'ai rattrapée ! Hop, Ali, à toi !
— Jette-la plus haut, par-dessus sa tête !
— Je l'aurai ! Je l'aurai !... Elle est à l'enfant !
Les hurlements de Simm se noyaient dans le vacarme.
Quelqu'un frappait de l'extérieur avec un bout de fer contre la cloison
— Vous êtes devenus fous là-dedans !
Ils n'écoutaient pas, et reprenant
— Hop-là !... Attrape ton sac à pénitences !

— Tiens, on te la rend ton ignoble ruine !

Etreignant la poupée, Simm tenta encore une fois d'atteindre la porte et de filer. Poussant des coudes, esquivant l'un, échappant à l'autre, il avançait la tête baissée comme sur un terrain de sport. Mais ils le rattrapèrent

— Donne-nous une revanche !

Ils étaient trop nombreux, il ne restait plus qu'à entrer dans le jeu

— D'accord !

À répondre à leurs injures par d'autres plus vertes encore. Pour les gros mots, Simm ne craignait personne !

De nouveau, la poupée voltigea.

— Tu connais le blé, les olives, la vigne, le soleil, les étoiles ! Mais tu es trop vieux pour être un homme !

— Bande de femmelettes ! Il en faudrait une vingtaine de votre taille pour m'en remontrer !

— Attrape ta reine, monarque, elle est fendue de partout !

— Os de plâtre ! Eperons de cire !

— Débarrasse-nous de cette moribonde, et bon appétit !

— Moutons à têtes de babouins !

— Que ta graisse se change en maigreur !

— Fesses plates !... Aboyeurs !...

— Vieux blaireau ! Farci de rien !

— Quilles fondues ! Langues bouillies !

Ils riaient dans une cacophonie d'enfer. Saisie, rejetée, frappant murs et plafonds, la poupée retombait mollement entre leurs mains tendues, repartait en flèche, rebondissait toujours.

— Tu es trop vieux le vieux ! Tu te déplaces comme un hanneton !

— Que l'araignée vous enfile !

— On ne te la rendra plus ta muette !

— Par la chair des moineaux, vous me la rendrez !

— Par la mâchoire du serpent, elle est à nous !

— Par l'eau, elle est à moi !

— Par tes reins, elle est à nous !

— Par toute la terre, Aga est à Aga, et je la lui rendrai !

Secouru par Ali, soudain passé de son côté ; profitant de la lassitude des autres, Simm récupéra enfin la poupée et la garda.

La cabine tanguait. Le vieil homme sentit le sol se dérober sous ses pas. On lui tapait sur le dos

— Tu sais te battre !

L'AUTRE

— Elle n'est pas raide, ta langue !

L'infirmier qui avait frappé plusieurs fois sur la cloison poussa la porte et entra. À sa stupéfaction, il aperçut, soutenu par les autres, Simm debout sur un escabeau, qui suspendait un paquet de hardes à un crochet fixé haut.

— Qu'est-ce que c'est ?
— Aga !
Aga ?... À quoi cela ressemblait-il ? À une chauve-souris, la tête entre ses membranes fripées ? L'infirmier referma la porte derrière lui, approcha pour examiner la chose de près. Le vieux était redescendu, mais tous les regards restaient fixés sur Aga. Le corps peu à peu prenait forme ; mais l'absence de tête laissait un vide terrifiant. Dans la pénombre, des visages surgissaient à l'endroit du cou...
Une voix mal assurée rompit le silence
— Sortons d'ici !

Ces apparitions successives engluaient les hommes sur place, ils ne parvenaient pas à en détacher le regard. Des têtes défilaient : bergère à naseaux d'âne, fille des séismes et des fléaux ; œil de vipère, de colombe ; visage de derrière les vitres, mendiante des crépuscules, méduse en toile de lin, innocente envoûtée, sorcière à maléfices...
— Sortons d'ici !
Badian ouvrit toute grande la porte.
La brutale lumière rendit la chose à sa simplicité.

*
* *

Dès qu'il put quitter la baraque, Simm se précipita vers l'orifice. Personne n'était là. Fou de colère, il se tourna vers ceux qui creusaient la tranchée
— Vous l'avez abandonné !... Vous auriez dû m'appeler !
— T'appeler !... Tu en as de bonnes ! Qui pouvait t'atteindre au milieu de ce tapage ?
Simm s'agenouilla, se courba vers la terre, parla

*
* *

— À PRÉSENT, EST-CE QUE TU VOIS LE JOUR ?
— UN PEU...

5. LA CREVASSE

— ... Un peu.

... très peu... à peine. Le dos de ta main que tu ne voyais pas, soudain tu l'as vu. Ce morceau de chair, tout d'un coup, éclairé comme par un coup de pinceau... Tu le regardes, tu ne peux plus en détacher les yeux... tu fais courir le filet de lumière le long de chaque phalange, jusqu'à l'extrémité des doigts... Fabuleux... incroyable... Avant ?... j'étais absent, immobile. Avant ? C'était quand, avant ?... Ce jet de lumière, je le boirais !... Ma main peut l'atteindre, le garder. Avant ? Je n'existais plus. Avant d'entendre cette voix, c'était l'enfer... Même pas !... Ce n'était rien... plus rien... Ça ne bougeait plus autour de moi, ni en moi... autant qu'il m'en souvienne, c'était fini... Tu n'étais rien... Le silence était vide. Je ne me vivais même plus. Jusqu'à cette voix... À présent, j'écarte, je referme mes doigts, je les avance, je les retire... Le rayon de lumière est toujours là, dans ma cage. Je l'attrape comme un oiseau, il se répand sur toute ma peau... Je me sens !... Depuis sa voix, je me sens... Tu remues lentement sur place, tu vis !... J'ai mal dans les mollets, les épaules, la nuque... Avant ?... J'étais de la pierre. Un tas. Abandonné. M'abandonnant. Je voulais que ça finisse, glisser dans le sommeil. Une larve. Tu t'enfonçais, c'était presque bon... Qui m'en a arraché ? Pas moi. Je ne voulais pas revenir, recommencer, me débattre encore... J'étais dans ma coquille, je m'absentais doucement, ça me suffisait... L'autre, avec son cri !... Je n'en voulais pas. Il criait, criait, ça traversait tout. Il fallait se battre contre soi-même pour répondre... Comment tout cela est-il arrivé ? C'est loin. Tu te rappelles ? J'essaye. Quand tout s'est déchiré, j'ai lutté comme un fou. Je glissais, je glissais, le sable, les gravats, les poutres

L'AUTRE

me retombaient dessus... la poussière m'emplissait la gorge. Tu étouffais. Tu hurlais... Tu as hurlé des heures, mais personne ne t'entendait. Tu n'as plus de force, tu t'engourdis, tu renonces. Des heures, des jours, des siècles... Et lui, criant !... *Plus tard, beaucoup plus tard. Qu'est-ce qui t'a enfin poussé à répondre ?... Au bout de combien de temps ?... À tâtonner pour trouver une pierre, un morceau de fer, à les frapper l'un contre l'autre pour te faire entendre... Encore le cri, et puis sa voix... Je la reconnaîtrais entre mille, cette voix... Il ne me parle plus depuis un moment...*

— Hé !... Hé !... Tu es là ?
— Je suis là. Je reste là, ne t'inquiète pas.
— Je veux sortir !
— Patiente. C'est pour bientôt.

... Tu tombes dans le gouffre, les yeux ouverts... ça se rabat sur la tête, ça explose tout autour. Je ne veux plus entendre ces hurlements d'écorchés. Je ne veux plus m'entendre... Non, essaye, essaye, fais un effort, rappelle-toi, tu t'es retrouvé emmuré, seul... Tu découvres au fond de la poche un briquet, tu t'éclaires... le plafond te semble fragile, il risque de s'effondrer d'une seconde à l'autre... tu es cerné, tu cherches un passage, il n'en existe plus... J'allume, j'éteins ce briquet, l'étincelle te garde en éveil, tu t'attaches à cette petite flamme, tu n'as plus qu'elle, tu veux la garder, la préserver, chaque goutte d'essence compte, chaque goutte... Dehors, tu gaspillais les minutes, le temps... tu laissais filer, tu dilapidais... Dehors, des fièvres intermittentes... rien ne m'atteignait vraiment... Je respire mieux depuis qu'ils m'ont passé ce tube d'oxygène... ces jours-ci j'ai pu m'alimenter grâce à cette boîte de biscuits retrouvée à côté de moi... la soif était horrible... Ils travaillent pour me sortir d'ici. Où en sont-ils ?

— Je veux sortir !
— Patiente. On s'occupe de toi.
— Depuis combien de temps est-ce que je suis ici ?
— Presque une semaine...
— Une semaine !... Qu'on me sorte vite, je ne tiendrai pas un jour de plus !

6. Le nom

— Faites vite, il est à bout. Il ne pourra plus tenir longtemps !
— Calme-toi, grand-père. En se dépêchant, on risque la catastrophe.
— Il vous faut combien de jours ?
— Trois ou quatre... Dès qu'on approchera du réduit, il faudra qu'il nous vienne en aide. On aura besoin de ses indications. À toi de le garder en éveil.
— Qu'est-ce que je dois lui dire ?
— Dis-lui qu'on fait tout ce qu'on peut !
— Hôoooooo !... Tu sortiras bientôt.
— C'est quand bientôt ?
— Demain !
— Demain ?...
— Demain... Sois tranquille. La nuit descend. quand elle sera là en entier, je te le dirai et tu pourras dormir. On s'occupe de toi ici. Je veillerai, jusqu'à ce qu'on te sorte.

*
* *

Durant toute la nuit, l'homme d'en dessous n'avait pas appelé et Simm supposa qu'il s'était endormi. Au matin, les travaux n'avaient guère avancé, et le vieil homme rétrécissait l'ouverture de la crevasse pour que la lumière n'y pénètre pas trop fort et que l'autre puisse prolonger son repos.

L'interprète s'accroupit à côté de Simm
— Interroge-le. Demande-lui son nom. Il y en a qui donneraient cher pour le savoir.
— Il ne veut pas le dire.
— Essaye toujours.
— Plus tard. Je préfère le laisser dormir, les heures passeront plus vite... Laisse ce micro, ne le réveille pas.
— Tiens, il t'appelle !

* * *

— Oui, c'est moi. Oui, je t'entends. C'est le matin.
— J'ai dormi très longtemps.
— J'aimerais connaître ton nom. Comment t'appelles-tu ? Dis-le-moi. Ce sera plus facile pour se parler.
— Je ne veux pas inquiéter ceux qui sont dehors. Je te le dirai quand je sortirai d'ici.
— Tu sortiras !
L'interprète posa sa main sur l'épaule de Simm
— Il te l'a dit, son nom ?
— Il ne veut pas le dire.
— Insiste.
— Pourquoi faire ? Laisse-le en paix.
— Bon, je m'en vais. Mais quand tu sauras, tu me rappelleras.

— Hôoooooo !... Je vais te trouver un nom. Tu veux ?
— Trouve.
— Je t'appellerai Jeph... C'est un nom pour étrangers. Ça te va ?
— Ça me va... Et toi, comment tu t'appelles ?
— Trouve-moi un nom, toi aussi.
— N'importe lequel.
— Celui que tu diras sera le bon.
— Je t'appelle : Ben... Ça te va ?
— Ça me va.
— Alors ce sera : BEN.
— Et toi : JEPH.

Simm rappela l'interprète
— Eh, là-bas, il s'appelle Jeph !
— Jeph ?... C'est un nom d'où ?
— De n'importe où ! De partout. Qu'est-ce que ça fait ! Ça me suffit pour le reconnaître.
— Tu poses mal tes questions, Simm. Tu ne sais rien de cet homme.
— Je sais qu'il est vivant, je ne veux rien de plus !

*
* *

Au cours de l'après-midi, Simm reconnut au loin la robe rouge de la fillette. Comment s'était-elle faufilée jusqu'ici ?
Quelques minutes après, elle se posta devant lui
— Où est Aga ? Je suis revenue la chercher.
Le vieil homme lui montra la baraque.
— Demande à ceux qui travaillent à côté, ils t'aideront à la décrocher.
Elle le regarda avec désapprobation
— À la décrocher ?... C'est à toi que je l'avais confiée, pas à eux.
— Celui qui est en dessous me prend tout mon temps... Mais ne t'inquiète pas, ta poupée est à l'abri, tu n'as rien à craindre. Tu la retrouveras comme tu l'as quittée.
— Et l'autre ?
— Comme tu l'as quitté, lui aussi.
— J'aimerais le voir.
— C'est impossible.
— On ne parle que de lui sous les tentes. Si tu me le montrais, je serais la seule à l'avoir vu, et je pourrai leur raconter... Ils n'écouteront plus que moi !
— La terre, tu la connais Aga, elle n'est pas transparente !

Un peu plus tard, Aga revint, tenant la poupée dans ses bras
— Tu me laisses lui parler ?
— Oui, viens.
Elle s'agenouilla près de Simm
— Toi, tu l'as déjà vu ?
— Juste avant le tremblement de terre.
— Longtemps ?
— Le temps d'un salut.

L'AUTRE

Il lui tendit le micro
— Parle là-dedans.
— Qu'est-ce que je peux lui dire ?
— Tout ce que tu veux.
— Tu crois qu'il me répondra ? Dans la baraque, ils m'ont juré qu'il ne répondait à personne, seulement à toi.
— Essaye toujours.
Elle déposa sa poupée entre les genoux de Simm, saisit l'appareil
— Ça me fait drôle !
— Approche tes lèvres et parle... Vas-y, parle, ça ne te mordra pas.
— Je vais lui raconter une histoire.
— Tu ne veux pas d'abord savoir s'il t'écoute ?
Elle commença
— L'oiseau mort m'a visité cette nuit. Il était plus grand qu'une maison et ma porte trop petite. Il s'est cogné le front, il s'est blessé les ailes en essayant d'entrer. Il saignait si fort que je suis sortie pour le soigner, et je l'ai guéri. Après, nous avons joué ensemble ; nous avons volé au-dessus des arbres en picorant les fruits. Puis, tout d'un coup, dans les airs, il s'est mis à me battre, à me frapper... Je suis tombée comme une pierre au milieu du jardin. J'étais en colère. Je lui ai crié : « Ça m'est égal si tu gagnes, parce que tu es mort. Mort, mort et mort ! » Mais j'ai vu qu'à lui aussi tout était égal. Il était mort et il ne voulait pas le savoir !... Bientôt on l'enterrera dans toute la colline, au milieu de pleureuses à qui on aura fermé la bouche avec de grosses épingles doubles...
— Aga, tu ne veux pas savoir s'il t'écoute ?
Elle se cramponnait au micro
— Laisse-moi. Je sais quand quelqu'un m'écoute.
— Et alors ?
— Il m'écoute. Depuis le début, ça s'entend... Je veux continuer. Là-bas, ils sont trop malheureux. Personne n'a d'oreilles pour mes histoires. Personne !
— Continue.
— Le ciel est une longue jeune fille, mince et courbée comme un pont au-dessus de la grande boule du monde. La terre, c'est un homme vert-brun qui ne la voit pas, qui ferme ses yeux, qui ne sait pas se tenir sur ses jambes, qui reste couché comme un enfant, qui se bouche les oreilles avec ses poings...
— Il te répond peut-être ?
— Non, il ne veut pas répondre. Il préfère quand je parle.

Elle déposa l'appareil sur le sol, prit la main de Simm entre les siennes, la pressa contre son corsage
— Mon cœur est chaud quand je parle beaucoup. Tu sens comme il est chaud ?
— Tu as beaucoup parlé !
— Quand je n'ai pas Aga, il n'y a personne pour m'entendre !... Je ne peux pas me prendre dans mes bras, je ne peux pas me bercer... Alors, quand Aga n'est pas là, c'est froid comme dans une citerne !... Toi, parle-lui maintenant, je veux entendre comment il te répond.

*
* *

— Hôoooooo !... Est-ce que tout va, Jeph ?
— Quel jour sommes-nous ?
— C'est le même jour, mais quelques heures ont passé.
— Tu m'as dit que je sortirais demain. C'est quand, demain ?
— Bientôt. Très bientôt.

*
* *

— Il ne t'a pas parlé de moi ?
Déçue, l'enfant est repartie, la poupée dans les bras, un voile bleu dissimulant l'absence de tête. Simm la regarde s'éloigner. Cette fois, elle ne reviendra plus.

Plus loin, elle fait un détour du côté d'un groupe de secouristes, s'arrête devant eux, observe leurs manœuvres. Un contremaître essaye en vain de mettre une foreuse en marche : la courroie glisse, se déplace, il faut sans cesse la remettre sur le cylindre. Le bruit du moteur se déclenche, puis de nouveau s'éteint

— Quel est l'imbécile qui a réparé cet appareil ?
La fillette approche
— Faites vite, sinon l'homme va mourir au fond de son trou.
— Est-ce que ça te regarde ?... Fous le camp !
Aga redresse la tête ; le fixe avec insolence. Le visage baigné de sueur, le contremaître l'injurie
— Retourne d'où tu viens, sous la tente !
— On en sortira ! Lui, de son trou. Moi, de dessous la tente ! Et le jour où tu auras appris à faire marcher des machines, peut-être qu'on en sortira plus vite encore !

L'AUTRE

Brusquement, la foreuse s'est remise à fonctionner dans un bruit assourdissant. Le contremaître, ôtant sa veste et la tenant à bout de bras, menace l'enfant comme d'un fouet
— Fous le camp !
Aga lui tire la langue et se sauve. La jaquette fait des moulinets dans l'air, essaye de l'atteindre. L'enfant court devant. L'autre la pourchasse, comme on ferait pour une nuée de mouches
— Petite peste ! Vermine !
— On en sortira ! On sera partout ! On vous grimpera sur le dos ! On saura faire tourner les machines !
Le vrombissement du moteur recouvrait sa voix. Le contremaître venait de la rattraper et s'apprêtait à lui administrer une correction, quand – une fois encore – la machine cala, se bloqua.
Le silence du moteur tomba entre eux comme un couperet. Le contremaître s'immobilisa.
Les cris exaspérés du chef de chantier le rappelaient sur place.

*
* *

Le lendemain, Simm interrogea les sauveteurs
— Ça avance ?
On ne lui répondit pas.
L'interprète se détacha du groupe, vint vers lui pour lui tendre une gamelle. Puis, ôtant son casque, il le plaça de force sur le crâne du vieillard.
— Tu risques d'attraper une insolation !
La coiffe lui serrait les tempes, Simm préférait de loin la mince protection de son mouchoir grenat. Le soleil, ça le connaissait !
— Et l'hôpital, ça te connaît aussi ?!
L'appareil grésillait. Simm le souleva aussitôt
— Chut !... Il m'appelle...
— Comment fais-tu pour entendre toujours ?
— Je reste tapi dans mon oreille.
— Qu'est-ce qu'il te veut ?
— Il veut être rassuré, c'est tout... Hôoooooo ! Jeph, je suis toujours là, et tout avance !
— C'est tout ce qu'il voulait ?
— C'est tout !

— Tu te débrouilles bien avec ces tubes, ces appareils, Simm !... Comment fais-tu ? Ça ne te fait pas peur toutes ces machines ?
— Pourquoi veux-tu ? Elles sont là pour nous servir. On en a besoin...
— Tu n'entends pas ce qui se passe dans le monde ? À quoi elles mènent, les machines ?
— C'est la main qu'il faut changer, pas les choses...
— Les hommes, quoi !... Toujours eux !
L'interprète s'éloigna en traînant les pieds.

— Hôooooo !... Tu verras la terre, Jeph... Au sortir de la nuit, tu la verras sous un autre jour !

7. L'échelle du temps

— Ça avance trop lentement. J'en ai assez ! Assez !... Quand est-ce que je serai dehors ?
— Patiente, ami, patiente...
— Tu n'as que ce mot à la bouche, Ben ! Avec ce mot-là, vous n'en sortirez jamais, toi et les tiens !
— Tu respires, tu vis, Jeph. Patiente... Tu m'as dit que tu n'étais pas blessé, que tu peux bouger tes bras, tes jambes... Dehors, on travaille pour toi. Attends, je vais te faire entendre le bruit d'une turbine. Il y a cinq machines qui tournent pour toi, et une trentaine d'hommes qui creusent. Tout ça pour toi, Jeph... Pour que tu reviennes.
— Non, non, arrête ce bruit... Dans ce trou, ça fait un vacarme horrible... Il faut me tirer d'ici !
— Ce sera fait, Jeph. J'y veillerai. Ce sera fait, tu peux me croire.
— Ben !
— Oui, Jeph.
— Ne fais pas attention à mes cris.
— Crie autant que tu veux, ami. Je sais, c'est difficile là-dessous... plus qu'on ne peut imaginer !
— Ta voix, Ben... comment te dire... je m'y raccroche. Je voulais que tu le saches... Ne t'éloigne pas !

L'air libre ! Échapper à la nuit. Eux se vautrent dans leur patience. Leur espoir, c'est de la résignation. Ben ?... J'ai parfois envie de le secouer, parfois de lui dire « merci » à genoux. Quand ses mots viennent tout droit, comme une blessure dans la terre, je patiente à mon tour. Des montagnes sur ma tête, des forêts colossales, abattues. D'une seconde à l'autre, je sens que je vais toucher le sol de mon front. Un mufle qui s'écrase, sans une goutte de sang...

— Qu'ils dégagent par en haut, Ben ! Dis-le-leur !
— Ils ne peuvent pas. Ce serait trop dangereux. Ils viennent vers toi par les côtés.

Envie, folie de vivre tout d'un coup. De plus en plus. Dehors, souvent, c'était le contraire. Il y avait des jours où je souhaitais en finir. L'air du temps était à la dérision. Ton air. Que cherchais-tu vraiment ? Que voulais-tu vraiment ? Aimais-tu cette vie que tu réclames ?... Si peu ! Ou alors sans le dire, pour rester lucide, pour ne pas être dupe, niais, ridicule. J'étais lucide. Extralucide. Tu t'égarais dans le labyrinthe des idées. Tu raisonnais tout. Tu t'enfermais dans cette citadelle, prenant tes distances, comme « au spectacle ». Tu perdais chaleur. Chaleur ? Est-ce que c'est cela la voix de Ben ? Où en est-il, Ben ? À quoi ressemble-t-il ? Où en sont-ils dans ces pays si démunis ? Nous, eux, on dirait deux trains qui se séparent, partant dans des directions opposées, à une vitesse qui s'accélère. Un vide de plus en plus béant entre leurs pays et les nôtres. Bientôt, qui pourra survivre ? « Qui pourra survivre ?.. » Un titre dans un journal, avant de partir. Où est-ce que j'avais lu ça ?

— Ben !... C'est long, c'est trop long ! Dis-moi s'il n'y a aucun espoir, dis-le-moi. Je préfère savoir.
— Tu dis n'importe quoi, Jeph !... Aussi vrai que je te parle, tu sortiras. Restons ensemble, toi et moi. Réponds et je te répondrai, le temps passera plus vite.
— Je ne veux pas mourir dans ce trou !
— Qui te parle de mourir ! C'est du contraire que je te parle...
— Ça traîne, ça traîne trop !... Vous dormez tous ! C'est pour ça que ça n'avance pas. Vous traînez votre pays derrière vous comme une brouette !
— Assez, Jeph ! Ne prends pas avantage sur ce que tu possèdes, je ne prendrai pas avantage sur ce qui vous manque...
— Tu es en colère ? Je t'ai mis en colère ?

L'AUTRE

— On est tous sur le même radeau entre terre et ciel. Si tu ne comprends pas ça, on ne peut plus se parler !

« Qui pourra survivre ? » Oui... j'ai lu que d'ici dix ans un désastre d'une ampleur sans précédent surgira dans le monde... des famines plus vastes qu'à aucun moment de l'histoire ravageront les nations pauvres... Ce sera la mort de dizaines de millions... Tu étais mal à l'aise, tu as eu honte. Oui, c'est cela, honte ; juste le temps d'oublier ! Les événements se succèdent trop vite. Ces lignes disaient encore... oui, je me souviens... que la technique était incapable d'accroître la production d'aliments à temps pour éviter la catastrophe. Le rouleau compresseur était en marche ! Il suffisait d'être né d'un côté ou de l'autre de la planète pour récolter vie ou mort ! Des privilégiés, voilà ce que nous étions... réduisant la vie à des besoins de plus en plus arti...

— Ben, je me rappelle pourquoi j'ai voulu venir dans ton pays.
— Pourquoi ?
— J'avais honte...
— Honte ?

Était-ce faux ? Était-ce vrai ? Tu ne sais plus. Tu ne savais pas. Ça me prenait par à-coups, comme un éclair. Autrement, j'existais. Sans trop de feu, sans trop d'imagination...

— Honte ?... Tu disais « honte », Jeph ?
— Je n'ai pas dit ça ! Qu'est-ce que je suis venu faire dans ce sale bled ?... Leurs travaux sont toujours au même point. Ils traînent comme des limaces. Quand est-ce qu'ils vont me sortir d'ici ?
— Tout est en mains Jeph.
— En quelles mains ? !...
— Je m'en vais, quelqu'un d'autre viendra te parler à ma place !
— Non, non, reste... Je ne veux personne d'autre. C'est ta voix que je connais. Je suis fatigué, Ben, pardonne-moi.
— Tu te malmènes, ami. Tu veux blesser la terre entière, mais c'est toi que tu blesses quand tu fais ça.
— Tu restes ?

— Je reste. Mais écoute, Jeph : aide-toi.
— Comment m'aider ?
— Ferme les yeux. Regarde dedans. Baigne dans ta racine. Écoute la vie monter, écoute... Elle est dans ta poitrine, la vie ; dans ta gorge, dans ta bouche... Elle est à toi, à nous.

Profiter de ce silence. Ce silence jamais vide. On dirait, c'est vrai, qu'une présence l'habite. « Je me vis... » Tu es resté longtemps évanoui après le choc. Au réveil, tu voulais vivre, vivre, vivre. Chacun de tes muscles. Chacune de tes pensées. Le mot résonnait comme un glas « vivre, vivre, vivre », puis m'échappait ! Tu avais peur de périr de soif. Tu as taillé les veines de ton poignet pour boire ton sang. Tailladé tes lèvres pour t'humecter la bouche. Oui, je me rappelle, les cicatrices je le sens sous mes doigts. Tu aurais fait n'importe quoi pour te garder en vie. Tu as bu ton urine, presque sans répulsion. La vie, la vie ! Un éclat d'acier dans cette ombre lourde où tu te tenais, collé, aplati...

— Ben... que penses-tu de la mort ?
— La mort, la vie... Ça ne peut pas se séparer, ça se regarde ensemble.
— Quelqu'un me parlait tout à l'heure, qui était-ce ?
— Aga, une petite fille. Tu aurais dû lui répondre.
— Je ne peux parler qu'à toi.
— Tu l'écoutais au moins ?
— Oui, c'était comme une chanson. Qu'est-ce qu'elle faisait près de toi ?
— Elle était venue chercher sa poupée. Une drôle de chose, cette poupée : du sable ficelé dans de la toile, des habits rouges et sales, une seule jambe, pas de tête ! Mais elle, Aga, la serrant dans ses bras comme si c'était tout l'amour du monde ! Si tu avais vu ça !... Peut-être que ça t'aurait fait rire !... Dis, Jeph, est-ce que ça t'aurait fait rire ?

Noël. La nuit soyeuse déborde de guirlandes, s'injecte de lumières, s'engorge de victuailles. Tu entres dans un magasin, tu traverses des couloirs, des couloirs, les jouets s'empilent, se multiplient comme des microbes. Tu ne penses plus à rêver, à imaginer ce que l'enfant aimerait. Tu piques là-dedans, vite, au hasard. Il y a de tout : automobiles à sièges de cuir, trains électriques, fusées, poupées à qui il ne manque même plus la parole, avions rutilants, tanks à la carapace verdâtre, fusées, mitraillettes, et même... guillotines, roues à supplice. Noël ! Chantons la paix. Ailleurs, on ne joue pas. Les prisons regorgent. Les guerres tuent. La faim mine... Ailleurs !

— Hôoooooo ! Jeph !... la tranchée s'allonge. Ils approchent. Tu me diras quand la terre bougera à côté de toi.
— Il n'y a rien encore ! Mais j'entends, loin, le bruit d'une machine qui perce.
— Fais attention, Jeph. Dis-nous tout ce qui arrive. Tu peux nous aider maintenant.

Chaque fois qu'il dit « Jeph », je réponds comme si c'était mon nom. Quand il appelle, ça devient mon nom. Ton nom. Plus vrai que l'autre ? Ce nom qui encadre, emprisonne, comme le monde avec ses murs étanches... En soi, pourtant, quelque chose échappe toujours. Etre sans nom. Jeph de nulle part. Se retrouver sans identité. Par-delà. En deçà... Se retrouver vraiment.

— Jeph, je pense parfois que tu es le fils de mon fils. Toi, la graine de demain. Moi, le tronc qui respire pour toi tout autour. Quand tu deviendras arbre, tu perceras la terre, et je disparaîtrai.
— Ça ne te fait rien de disparaître ?
— J'aurai eu mon temps... Parfois tu es mon enfant, parfois je suis le tien. Est-ce que tu comprends ? Nous naissons ensemble... Pour ceux qui s'aiment, ça devrait être comme ça, tu ne crois pas, Jeph ?
— Ben, quel âge as-tu ?
— Devine...

Il doit être vieux, ça se sent par instants, à sa voix. D'autres fois, il est sans âge, s'élançant comme un enfant... Toi, tu prends des distances. Tu vis comme « à côté ». Ton regard traverse, ne s'attarde pas. Tu ne sais plus dire « non », tu ne sais plus dire « oui »... c'est un « non-oui » perpétuel. Tu envies ceux qui ont de la rage au ventre. Tu as raison de les envier. Plus tu t'approches, plus ta passion s'effrite. Même elle, Mora ! Tu ne la saisis qu'en facettes, une addition de gestes, de traits. « Tu détailles trop, tu ne sais plus où je me trouve ! », elle crie, se cabre, cette Mora dispersée, cette Mora que je disperse. Ceci plus cela, plus cela encore, et encore et encore... Mora en miettes, jamais en rivière ! Dans ce silence, tout se met à compter. Chaque souffle, chaque parole prend étendue. J'habite chaque mot. « J'habite. » Même Mora, je l'habite à présent.

— Tu te reposes, Jeph ? Tout va bien ?
— Je suis bien, Ben. Toi aussi, repose-toi.

J'habite Ben. Lui, à son tour, m'habite. Je navigue dans mon propre corps. La vie est étale. C'est étrange. Je ne sens plus les rouages. Je repose dans une sorte de durée...
Qu'est-ce qui arrive ? Ce vacarme ! Mes tympans éclatent. La paroi s'effondre... La terre me retombe dessus.

— Au secours ! Ben !... La terre tombe de partout ! J'étouffe, Ben !... Au secours !...
Simm ne fit qu'un bond jusqu'à la tranchée
— Arrêtez ! Vous allez le tuer !
À cause du bruit, ils ne l'entendaient pas. Il sauta dans la tranchée au milieu d'eux, empoigna un des hommes par les épaules, le forçant à lâcher la perforeuse.
— Si quelque chose lui arrive, vous aurez affaire à moi !
— Calme-toi, grand-père, calme-toi !... C'est un travail de fou qu'on nous fait faire. La crevasse est entourée de rochers, de sable, de ciment, de pierres... Comment veux-tu qu'on pique là-dedans ?
— Vous avez failli l'ensevelir !
— On va changer d'instrument. Ce sera plus long, mais tant pis !
— Ça durera combien de temps ?
— Comment veux-tu qu'on te dise ? Tu vois ce qui arrive si on se presse !
— Ça fait déjà deux jours de passés !
— Si toi aussi tu perds patience !... On fait ce qu'on peut, mais le danger n'est pas écarté. Retourne à ta place, c'est là que tu peux nous être utile. Il faut qu'il suive l'opération par en dessous. Demande-lui si tout va maintenant ?
— Hôoooooo !... Est-ce que ça va, Jeph ?
Pas de réponse. Simm souffla dans l'appareil, cria
— Jeph, réponds-moi !
Une toux le rassura.

L'AUTRE

*
* *

Depuis des heures, les mots restent sans écho. Mais Simm parle, pour que l'autre sente sa présence. Le vieil homme a honte, lui aussi ; honte de respirer à plein poumons, de ne rien risquer là-haut, tandis que Jeph... entre des murs qui menacent ! Jeph, dans ce trou plein d'odeurs, plein de dangers !... Quel courage il lui faut, pour parler, pour tenir. Simm oublie trop souvent cette peur d'en bas, ces risques... il fonce comme une brute, mordant à pleines dents dans l'obscurité. « Tu parles trop, Simm. Tu fais germer l'inquiétude dans les têtes les plus tranquilles ! » Le maire de son village le morigénait souvent : « Laisse les gens où ils sont, Simm ! » Le vieil homme avait horreur des « têtes tranquilles », il les aurait bourrés de coups, ces jeunes qui se contentaient de vivre comme par le passé. « Si ce n'est pas vous qui allez la retourner, la vie, ce sera qui ?... Si ce n'est pas vous qui sortirez de votre peau, qui chercherez plus loin que vos yeux, ce sera qui ?... » Le rance, le recuit, il ne le supportait pas. Les gens à têtes trop assises, ça le rendait fou ! Il fallait des printemps, des commencements... d'autres commencements toujours !

— Jeph, ne perds pas courage. Il faut tenir. Ta vie est unique, Jeph !... Elle est là. Elle t'attend...

Pour la huitième fois, le soleil disparut.
Le vieil homme avait-il rêvé tout cela ? Cette blessure en plein front l'avait peut-être sérieusement atteint ; depuis ce jour-là, peut-être que tout chavirait, divaguait dans sa pauvre cervelle ? Ou bien, si tout cela était vrai, l'éboulement de tout à l'heure avait été fatal, et l'homme agonisait.
La nuit prenait ses quartiers sur toute la terre. L'homme était mort. Simm était mort. Les hurlements de Bic. Le grondement qui avait annoncé la fin du village n'était qu'un présage, le prélude à l'éclatement de toute la terre. La déflagration totale tant de fois annoncée !

— Ben !... Ben !... raconte-moi ce que tu vois autour de toi.

C'était la nuit. Mais Simm raconta. Il raconta le jour ; la clarté du jour soulignant toutes les formes.
L'autre ne répondait plus, son appel avait suffi ; les idées affluaient. Simm racontait sans fin. « Tu me fatigues », se plaignait Jaïs, « tu ne t'éteindras donc jamais ? » La mère de Simm s'était éteinte lorsqu'il venait

d'atteindre ses douze ans. Il l'avait vue, longuement, se parcheminer, puis mourir. Lorsqu'on a vécu, traversé cela, cet arrachement, cette disparition, qu'est-ce qui peut ensuite vraiment vous démolir ? Elle était douce, sa mère, elle oubliait de vivre sa propre vie. Simm aurait voulu ouvrir les portes que l'on bouclait sur les femmes de ces pays. Sa mère avait disparu avant qu'il n'ait pu rien faire pour elle... Jaïs, c'était différent. Elle était bourrée de préjugés masculins à propos des femmes. Par chance, ils n'avaient pas eu de filles, elle les aurait rabougries !... « Même tes fils ne pensent pas comme toi, reprenait Jaïs. « Les femmes, on ne peut pas tout leur confier, leur donner la même liberté, c'est dangereux !... » Toutes ces idées se transformaient lentement. Trop peu de femmes, encore recroquevillées sous leurs peurs, leurs habitudes ancestrales, s'en sortaient. Leurs yeux restaient encore fixés à terre. Comment pouvait-on partager avec la plupart une vie, ou même un regard ? Simm songeait à sa mère, songeait à Aga. S'en tirerait-elle, Aga ? La misère n'aide pas. Elle bâillonne, entortille dans la même histoire. On se rabâche avec la pauvreté. Il faut faire vite, foncer dans les cloisons, gagner ces vies perdues, ces vies qui chaque jour se perdent. « Eh, grand-père, où l'as-tu dénichée, ta putain de langue ? » grondait l'instituteur en présence des notables. Puis, prenant Simm de côté : « Ça changera, tu peux me croire. Ce n'est pas d'une souris que la montagne accouchera, mais d'une fourmilière. On lui bouffera ses mauvaises racines, on n'en gardera que les vivantes !

— Tu n'as besoin de rien, Jeph ? Est-ce que tu as suffisamment à boire ?
— Tout va bien maintenant. Je me suis reposé.
— Parle-moi... Parle-moi de toi. Est-ce que tu as une femme, Jeph ?
— Non.

Cette question !... Il ne doute de rien. Chacun connaît à peine la langue de l'autre. Quant à nos univers, autant comparer le fer à l'eau !... « Le fer à l'eau !... » Voilà que je parle comme lui à présent !... Une femme, quelle femme ? Dévorante la femme, quelle qu'elle soit. Il faut s'en servir, et c'est tout. Leurs visages, leurs corps, des explosions dans la mémoire...

— Parle-moi de celle que tu as le plus aimée...
— Je suis toujours resté libre, Ben. Toujours.
— Libre ?

L'AUTRE

— Oui, j'ai dit : libre.
— Comment être libre sans aimer ?..

Celle que j'ai le plus aimée !... Qu'est-ce qu'il peut y comprendre ! Et moi, qu'est-ce que j'en sais !... Il faudrait des jours, des semaines, des années pour se déchiffrer... et encore. Trop simple pour me comprendre, ce Ben ! Tout d'un bloc... tout en sentiments, comme ils le sont souvent dans ces pays... Pour en revenir aux femmes, ce n'est pas dans ces contrées qu'elles l'ont trouvé, leur paradis !... Comment communiquer ? Ben, tout d'un jet. Moi, nous, avec nos mots à degrés, à double, à triple sens... traînant, ou croyant traîner des univers avec nous, sachant trop, ou bien pas assez ?... L'œil trop ouvert pour aimer... ou était-ce une sorte d'impuissance ?... Mora, l'as-tu aimée... Mora comme un dimanche dans ta semaine. Mora, ingouvernable. D'une tendresse confondante aussi ; avec, parfois, ses mots à fendre les écrans... Ingouvernable. Ayant son quant à soi... Ce n'est pas tout à fait comme cela qu'on les souhaiterait. On a beau être de son époque !... Qu'est-ce qu'elle pense à présent ? S'est-elle résignée à ma mort ? Je voudrais revenir, réapparaître, un soir, sans qu'elle s'y attende. Comment me recevra-t-elle ?... Mora à éclipses. Fascinante, irritante, posant trop de problèmes. Je préférais, souvent, les jambes fuselées des longues filles placides, leur épine dorsale comme une tige sous les doigts...

— Dis, Ben !... Comment fais-tu pour être libre ?
— Ma mère racontait qu'un homme riche, estimé, entra un soir dans sa maison avec une hache. Et pan ! Vlan, vlan, vlan ! Il casse et brise tout : tables, chaises, lits, armoires, glaces, vaisselle... Les voisins, la famille tentent de le calmer, de le raisonner : « Tu as construit cette maison avec ta sueur, ton argent... on l'admire, on la montre du doigt. Tu es « quelqu'un » à cause d'elle... On respecte ton nom ! » Et vlan, vlan, vlan !... pour toute réponse. Il ne veut plus de nom, il ne veut plus être « quelqu'un ». Il fracasse tout : le buffet, le coffre, déchire billets et rideaux, fend les murs, éventre les portes. Enfin, quand il ne reste plus rien, il sort... Il sort comme un dieu d'entre ses ruines. Un sourire... un vrai soleil au milieu de sa figure !
— Tu es heureux, Ben ?
— Cent fois par jour je meurs et je renais...

La nuit tomba, drue.

Les secouristes venaient de buter sur un nouvel obstacle
— Il est farci de roches, ce terrain !
Simm entend leurs jurons ; puis le chef de chantier leur donner l'ordre d'arrêter. La veille, celui-ci avait réclamé un nouvel appareillage qu'on avait dû commander à l'étranger, et qui ne devait plus tarder à arriver. Il décida, en attendant, d'interrompre la fouille
— Qu'est-ce que vous faites ?
— On arrête jusqu'à demain, Simm.
— Pourquoi ?
— Tu ne vois pas l'obscurité qu'il fait ?
— Qu'est-ce que je dois lui dire ?
— C'est ton affaire, débrouille-toi, grand-père !

*
* *

— Hôoooooo !... C'est la nuit, veux-tu qu'on dorme à présent ?
— Tu m'as dit que je serai dehors demain ?
— Oui, demain.
— Je préfère veiller si c'est la dernière nuit.
— Prends des forces, Jeph. Le retour ne sera pas facile...
— Depuis que je suis ici, Ben, avec la mort dans le dos, depuis que tu me parles, c'est étrange comme la vie est devenue... comment t'expliquer ?... Avant, je n'aurais jamais osé dire : « J'aime, la vie... » Maintenant, je le dis. Je le crie au fond de moi.
— Vivre, c'est cela, Jeph ! Ce n'est presque rien d'autre que cela...

Tu collais aux parois du présent, peur d'être en retard sur ce qui se passe. Tu ne sais plus choisir. Tu veux. Tu veux tout. Toujours plus. Même les choses s'affolent d'être tellement appelées. Ces caillots de voitures dans nos villes. Ces objets, rapaces, bouchant l'horizon. La matière que l'on traite en nouveau riche, qu'on triture, amalgame, émiette, juxtapose, sans chercher ce qui l'articule, ce qui la lie. Ce qui t'articule, ce qui te lie. Tu veux, tout, trop, embrasser, prendre. Ah ! ouvrir les mains, les ouvrir !... Ce qu'on aime ne se possède pas. L'avenir ne se possède pas, il se détache, plus loin, plus libre. Garder, garder, le souffle, l'écho, à travers tout, cette chaleur... Des mégapoles dévoreront nos rives. Nous serons six milliards et demi d'habitants en l'an 2000, le double d'à présent. Garder, garder cela, la voix de l'autre, la vague, la pulsion... Trente-cinq penseurs, professionnels du futur, sont réunis à Tappan Zee, c'est le

L'AUTRE

« Think Tank », réservoir à réflexion. Qu'ils n'oublient pas ce qui nous fait vivre, et dont le nom est sans doute très simple. Qu'ils n'oublient pas cet instant, ce noyau, cette seconde où nous sommes là, vraiment là, entre mort et vie. Qu'ils n'oublient pas d'éveiller en l'homme-caméléon ce qui nous rejoint, apaise, accorde. Panoplie nucléaire, merveilles électroniques, effaceurs de mémoire qui supprimeront les souvenirs douloureux, moyenne de vie 90 ans, hibernation, sur ordinateur réglant notre existence, collectivités dévorant l'individu, contrôle, surveillance, téléphonie, matériaux résistant à toutes températures, transports à propulsion, cargos submersibles, navires-containers, fusées transocéaniques, médicaments contrôlant nos humeurs, nos tendances politiques, métaphysiques, détermination du sexe des enfants, synthèse des aliments, pigmentation des Blancs, dépigmentation des Noirs, décèlement des intentions criminelles par la seule voix, entente des supergrands, guerres limitées, bâclées, laissées aux sous-développés... Maelström !... Où, comment, tenir debout ? Corps encore étranger à cette tornade, nous restons cramponnés au radeau d'hier. Se chercher d'abord un regard, un regard !... Ces jours-ci, je n'ai pas eu besoin de mes yeux, Ben me prêtait les siens.

— Eh, Ben !... Tu es réveillé.
— Je compte les étoiles, Jeph. Il y en a une au-dessus de ta cachette.
— Ben, j'ai parfois envie de vivre sous ton ciel. D'abandonner l'autre monde, avec toutes ses machines.
— Tu ne sais pas ce que tu dis, Jeph ! Essaye de vivre sans eau, à quinze sous une tente. Essaye de vivre avec la faim au ventre. Essaye l'humiliation... J'ai vécu cela. On y est mal, très mal. Il n'y a pas de démons dans la machine. Les machines délivrent. J'en ai vu qui creusaient pour découvrir une source, d'autres qui montaient en quelques jours des panneaux de maison, celles qui lient la terre, qui brisent les distances. Si nous nous parlons, Jeph, c'est parce que la terre est une, aujourd'hui. De plus en plus. Tu sais, l'ignorance est une défaite aussi.
— Notre défaite, Ben, sais-tu où elle est ?
— Peut-être, d'aimer les choses plus que le chemin ?...
— C'est quoi le chemin ?
— Où l'on marche, où l'on avance, où l'on va...
— Tu crois vraiment qu'on avance ? Avec ce qui se passe partout ? Avec la mort, toujours au bout ?
— Notre œil est trop petit, Jeph... Si nous possédions un œil géant qui regarderait au-dessus du monde, au-dessus du passé, au-dessus de l'avenir :

nous verrions l'ombre d'une échelle sur laquelle les hommes glissent, recommencent, reculent, escaladent, escaladent, tout au long du temps...
— Au bout de l'échelle, qu'est-ce qu'il y aurait ?... Dieu ?
— Si Dieu existe, il devrait prendre conseil de tous les vivants... De tous !
— Je t'entends rire, Ben. Tu ris souvent !... À quoi ressembles-tu ? J'aimerais bien voir ta figure...
— À quoi je ressemble !...
— Tu ris encore !... Réponds-moi. À quoi ressembles-tu ? Après, je te parlerai de moi.
— Ne me parle pas de toi, je te connais. Je te vois comme si tu étais encore là, à ta fenêtre.

À ma fenêtre ? Qu'est-ce qu'il veut dire ?... J'ai trop parlé, trop de choses me tournent dans la tête ; je suis à bout de forces... Je ne peux plus bouger dans ce réduit percé de tuyaux. Pas de couleurs. Mes mains d'anthracite. Ces murs blindés. Cette peur qui me reprend. Je m'en vais en morceaux...

— Hôoooooo ! Jeph, tu ne réponds plus ?

Plus rien n'a de relief. Les mots sont gris. Je ne veux plus, plus rien dire. Ils me mentent là-haut. Ils mentent. Ben ment ! Je ne serai jamais dehors. Il m'aide à mourir, c'est tout. Des tombereaux de sable au-dessus de cette crevasse, des pierres meulières, d'énormes épaves... Le couvercle s'est rabattu. À quoi sert de manger, boire, respirer, puisque tout doit finir ?

— Hôoooooo ! Jeph, tu ne veux plus répondre ? Tu veux dormir ?... Tu as raison, repose-toi... Encore une nuit, et demain...
— Tu mens !... J'en ai assez de tes « demains » !
— Jeph !... Jeph !... Ne te laisse pas noyer !
— Fiche-moi la paix, Ben !... Je ne t'écoute plus !
— Demain, je te parlerai... Maintenant, ne pense plus à rien, repose-toi... Repose-toi.

8. Descente vers la mer

Simm attendit l'aube pour se remettre à appeler. D'en bas ne vint aucune réponse. Jeph se retranchait-il ? Ou bien ne s'était-il pas encore réveillé ? La chaleur était accablante ; la nuit n'avait débouché sur aucune fraîcheur. Le vieil homme avait mal dormi, il s'en ressentait. On avait beau faire, l'âge vous cernait par moments.

Depuis une heure ou deux, les travaux avaient repris. Un groupe de secouristes, éclairés par une lampe à acétylène, ouvrait à la pelle une troisième tranchée.

La veille, Jeph, à plusieurs reprises, avait manifesté de l'impatience, de la lassitude, et même de l'hostilité. Simm l'imagina, collé contre la paroi, replié comme un fœtus. Cette pensée le dévora jusqu'à l'os, le sentiment de son impuissance l'accabla. Toutes ces heures lui paraissaient à présent inutiles, chaque morceau du paysage était criblé de mort. Les jambes, les bras de Simm s'ankylosaient, il se sentit incapable de retrouver parole, de porter le moindre secours.

Le vieil homme crispa tous ses muscles, déploya un effort considérable pour s'arracher à la terre et se remettre debout.

Enfin debout, il pensa à la mer.

**

Simm chaussa en vitesse ses bottines qu'il a ôtées pour dormir. Il laisse sur le sol sa veste, roulée en boule, qui lui a servi d'oreiller, et se met en marche, quittant le terre-plein.

D'un pas décidé, il se dirige vers le sentier qui pique vers le rivage. En moins d'une heure, il débouchera sur la petite anse, presque toujours déserte, qu'il connaît bien.

— Eh, grand-père, où files-tu ?

Du doigt, Simm montre l'horizon.

— Tu nous quittes ?

— Je vais jusqu'à la mer.

— Jusqu'à la mer ?... Pourquoi ?

— Je veux entrer dans l'eau.

— Tu abandonnes ?

Le vieil homme n'a pas envie de discuter, d'expliquer ; il hoche simplement la tête.

— Tu n'abandonnes pas ?

Simm continue d'avancer.

— On te comprend, va !... Tu en as eu assez. Tu n'y crois plus, à sa sortie !... C'est trop long, on ne l'atteindra jamais. Ou bien, quand on le rejoindra, ce sera trop tard !... Il aurait mieux valu que tu ne l'aies pas retrouvé... Ce matin, on ne t'a pas vu lui parler. C'est peut-être qu'il est mort déjà ?... C'est à cause de cela que tu t'en vas ? Réponds, Simm !... Tu sais qu'il est mort, et tu pars ?

Simm a rebroussé chemin et en quelques secondes les a rejoints

— Vous n'avez pas fini de me houspiller comme des guêpes ?... Vous ne pouvez pas laisser un homme à sa paix ?... Qu'est-ce que vous avez à la place des paupières, du crépi ? Ouvrez-les, vos yeux !... Par terre, vous verrez ma veste ! Est-ce que je l'aurais laissée là si je ne comptais pas revenir ?... Je veux me rafraîchir, me laver ! Je ne me suis pas débarbouillé depuis des jours. Je veux avoir une tête propre pour quand il sortira !

Le vieil homme leur tourna le dos, reprit sa marche en bougonnant.

Peu avant d'atteindre le sentier, il s'arrêta, se retourna. Ils étaient toujours là, en groupe, le regardant s'éloigner.

Du plus fort qu'il pouvait, il cria dans leur direction.

— Si je descends vers la mer, c'est que je suis tranquille ! Tranquille, vous m'entendez ?... Tranquille !... Il est aussi vivant que vous et moi !

* *
*

La pente entraîne vers l'eau, vers plus loin. Les pas devancent, tirent hors de soi-même. Il n'y a plus qu'à les suivre. L'univers se décharge de son fardeau, s'entrouvre comme un fruit éclaté.

La mer...

L'AUTRE

Présente-absente. Jouant à disparaître, à reparaître entre arbres, buissons, rochers. Son odeur et celle des pins s'entremêlent, s'accentuent. La mer, la voilà, sous sa carapace d'émail ; sous sa peau souple saupoudrée d'étain. Rétive. Apprivoisée. Faite pour le creux des paumes, ou bien violente, acharnée. Métamorphose des métamorphoses. La mer...
La bourgade s'annule au fond de la mémoire. Jeph se dissipe... Puis, resurgit avec la force d'un coup de poing.
Alors soudain Simm hésite, interrompt sa course, se sent tiré en arrière, songe à revenir...
Le sentier s'effile, louvoie au bord de la falaise, s'embrouille parmi les genêts, s'évase d'un coup, devient crique, devient plage.
La plage...

Simm ôte ses bottines, enfonce jusqu'aux chevilles dans le sable moelleux ; plus bas, imprime la marque de ses pieds dans le sable humide, se surprend à courir ; court. Se déshabille tandis qu'il court, jetant, éparpillant autour de lui ses vêtements à toute volée.
Simm entre dans la mer...

L'eau monte jusqu'à sa taille. Le vieil homme asperge son buste nu avec de larges brassées, arrose son rude visage, hume l'air marin. La peau respire. Les touffes de poils sous ses aisselles frémissent comme des oursins.
Couché sur le dos, les bras en croix, Simm se laisse porter par la vague. Ses muscles se détendent. La masse du corps, bercée, est plus légère qu'une paillette, qu'une plume de grive !
Le vieillard ferme les yeux, goûte au sel de la mer. L'angoisse se dénoue. Dedans-dehors, partout : c'est un univers de bruissements, de silences, de calme et d'ondes...
Tout à l'heure, il le dira à Jeph. Il lui communiquera tout cela : la terre et ses tendresses, la mer qui n'en finit pas... Malgré le peu de mots à sa disposition, il faudra que Simm dise : le sel, l'air, l'arbre, le vent, le bleu, l'eau qui porte. Malgré le peu de mots, malgré l'épaisseur qui les sépare ; il faudra qu'il trouve comment traduire tout cela. Le goût des choses, de l'instant... Il faudra qu'il parle, qu'il parle encore, jusqu'à la trouée béante, jusqu'à ce que l'emmuré surgisse, et tienne de nouveau debout sur ses deux jambes. Il faudra, à neuf, lavé, débarrassé d'écorces, faire naître en mots, sur la langue : ce sel, cette vie, ce partout...
— Je saurai tout dire. Je saurai à présent. Je saurai !

9. Le silence

De retour, pénétrant dans la bourgade détruite, Simm fut pris d'une irrésistible envie de s'enfuir. La vue de cette terre ravagée l'empoigna. Que faisait-il, ici, depuis des jours ? Il se rêva, loin. Assis sur sa terrasse, contemplant son verger...

Débouchant ensuite sur le terre-plein, il vit un attroupement autour de l'orifice. Il semblait que les sauveteurs avaient abandonné leurs différents travaux, pour se rassembler autour du réduit.

Le vieil homme pressa le pas.

Au bord de la caverne, l'agitation était à son comble. Un peu à l'écart, un manœuvre, le torse nu, aidé des deux infirmiers, actionnait énergiquement la pompe à oxygène.

— Qu'est-ce qui arrive ?
— C'est perdu !
— Comment perdu ?

Simm se frayait passage, bousculant ceux qui tentaient de le repousser.

— On te dit que c'est trop tard !
— Lâchez-moi !
— C'est fini ! Mais comprends donc, c'est fini !
— Tu ne pourras plus rien !
— Laissez-moi approcher !

Il les força à reculer, se jeta sur le sol. Puis, étendu, il demanda qu'on lui relate en quelques mots ce qui avait eu lieu.

C'est ce qu'ils firent, lui expliquant qu'une paroi s'était effondrée et qu'un flot de débris avait sans doute bouché le réduit.

L'AUTRE

— Ça s'est passé peu après ton départ...
L'homme avait toussé, haleté, comme s'il avait été pris à la gorge. Ils s'étaient tous démenés, essayant de dégager l'ouverture. Puis, ils l'avaient entendu suffoquer. Enfin, ce furent des râles. Et finalement, plus rien... Ils avaient appelé, appelé, un à un. Chacun hurlant à son tour dans le microphone... Rien. Même pas un souffle. Rien.

* * *

— Jeph, c'est moi, Ben !... J'étais allé jusqu'à la mer, et me voici revenu...
— Tu parles dans le vide, tu sais bien qu'il ne peut plus te répondre !
— C'est Ben qui te parle, Jeph... Je suis là. Est-ce que tu m'entends ?
— Tu peux aligner des mots jusqu'à la fin des âges, on te dit qu'il n'est plus là !
Le bonheur de l'eau, du sel, de l'espace, l'odeur des pins, Simm ne trouvait plus les mots pour les dire. Sa langue était sèche. Il répétait :
— Je suis là... Je suis revenu...

Cette longue marche n'avait donc servi à rien ; ni cette descente, ni cette remontée, ni cette vigueur qui semblait s'être emparée de Simm. C'était plutôt le contraire, l'éloignement avait été fatal. Jeph s'était senti abandonné, Jeph avait cédé au vertige... Le vieil homme prit sa tête entre ses mains, cherchant à retrouver le bienfait de l'eau, de la marche, cherchant des mots justes, familiers, efficaces
— Jeph, j'ai vu la mer !... J'ai vu le sable sous un grand soleil, l'eau, l'horizon qui mène vers chez toi... J'ai vu pour toi, Jeph. Avec toi. J'ai marché comme tu marcheras. Je me suis baigné. J'ai flotté longtemps...
Lentement un mot raccroche un autre ; les paroles des deux langues s'entrecroisent, s'emmêlent
— Mes yeux voient, Jeph. Tes yeux verront. On dit un mot après l'autre et quelque chose arrive. On fait un geste après l'autre et quelque chose change. Essaye, bouge, l'un après l'autre, tes doigts. Parle. Dis n'importe quoi, dans ta langue, dans la mienne... Reviens. Essaye de revenir, Jeph... Prononce : bonjour. Prononce : pain. Dis : rivière. Dis : oiseau. Dis : midi. Pense aux fontaines, Jeph. Pense aux yeux. Les yeux de ceux que tu aimes. Pense à ceux qui t'espèrent. Pense à moi qui t'attends. Reviens. Regarde devant toi, Jeph...

La plupart des hommes s'étaient écartés, attendant que le vieux se lasse.
Penché au-dessus de lui, l'interprète lui parla bas
— Ça n'a pas de sens commun, tout ce que tu racontes là !
Simm fit la sourde oreille
— Rappelle-toi, Jeph, ce qu'est un matin !... Vois des enfants courir... Sens une femme dans tes bras... Rappelle-toi comment c'est, quand tu ouvres la porte de ta maison et que tu entres... quand tu marches vite dans la foule... quand tu t'arrêtes pour regarder un arbre, un visage, une rue... Rappelle-toi...
— Tu délires, grand-père !
— Lève-toi, Jeph, la vie t'attend. Les oiseaux, les villes, les femmes, l'avenir. Reviens !...
— Parle plus clairement, Simm. S'il reste une chance qu'il soit encore en vie, comment veux-tu qu'il comprenne quelque chose à ton charabia... Tu sautes d'une langue à une autre, tu piques un mot d'ici, un mot de là... Moi qui suis interprète, j'arrive à peine à te suivre !
— Laisse... Lui et moi, on se comprend !
— Assez, Simm ! Tu vois bien que c'est inutile. Les autres s'impatientent, ils veulent s'en aller. Pense un peu à eux !... Les voilà ! Ils avancent vers nous portant leurs pioches et leurs pelles. Le chef du chantier marche au milieu d'eux. Ils ont l'air décidé. Regarde...

On expliqua au vieillard que son assurance était vaine. Il n'y avait pas de doute possible : l'homme avait succombé. Autrement, le stéthoscope, toujours enfoncé dans le réduit, aurait permis de déceler son souffle. Cet appareillage, ces sauveteurs, immobilisés sur place, coûtaient non seulement des sommes importantes, mais privaient les réfugiés de l'aide dont ils avaient un urgent besoin. L'homme d'en-bas avait eu un sursis, sans plus. C'était tragique, mais qu'y pouvait-on ? En dépit de toutes les bonnes volontés, nul n'avait pu l'atteindre ; au moins tout avait été mis en œuvre pour le sauvetage, et l'on pouvait se retirer la conscience en paix. Le réduit, il est vrai, avait une forme diabolique : une sorte de tuyau coudé, coincé entre des poutres, de la ferraille, des plaques de ciment, et tous les interstices étaient bourrés de gravats et de sables, qui retombaient vers l'intérieur au moindre choc. Dedans, l'air devait être complètement vicié, malgré l'apport de la pompe à oxygène.
— En conclusion et en tout état de cause, il n'est plus question de tergiverser et d'attendre.
Bien qu'une décision de cette sorte soit douloureuse à prendre, il

L'AUTRE

incombait – après consultation avec les infirmiers, les techniciens – de s'y tenir.
— Tu comprends ce que dit le chef, Simm ? Tu écoutes ?
Il ne restait plus à présent qu'à foncer à coups de pioches et de pelles pour dégager le cadavre. C'était une consolation, un soulagement de penser que l'homme avait refusé de donner son nom, évitant ainsi aux siens de faux espoirs...
— Maintenant, retire-toi, grand-père. Tu as bien entendu tout ce qu'on vient de dire ?
Simm s'affala sur le trou, le recouvrant de toute la largeur de sa poitrine.
— Pas encore !
Les manœuvres l'encerclaient sans oser le toucher. La voix du chef se fit sévère.
S'étonnant de sa propre audace, sans relever la tête, Simm réclama une heure de plus.
— Une heure, une seule ! Après, je m'en irai.
À la stupéfaction générale, le chef céda. Entouré de toute son équipe, il repartit assez loin. Puis, les hommes se dispersèrent parmi les ruines.

Seul l'interprète était resté.
— Une heure ça veut dire *une heure*, Simm ! Tu as bien compris ? Ne t'avise pas de la traduire dans notre langue !
— J'ai compris.
— Je suis là auprès de toi avec ma montre. De temps en temps, je te ferai signe pour te dire combien de minutes il te reste... Ça te va ?
— Ça me va.

10. LES LARMES

Un matin comme les autres, au village. Le coq de chaque jour chante. Toute la nuit, Bic n'a pas cessé d'aboyer. Dans le verger, le poirier attend sa greffe. Simm s'en occupera sitôt levé.

La veille, au Café de la place, la boîte à images à tout déversé en vrac : cataclysmes, répressions, tueries, guerres, tornades. N'y a-t-il rien d'autre à attendre de la terre et des hommes ? La pitié bouleverse un instant. L'indignation, un instant, monte aux lèvres. Puis, tout se dissipe comme ces reflets derrière l'écran...

Cette bourgade engloutie... tous ces vivants, disparus sous les yeux de Simm, aspirés dans l'immense entonnoir. Jeph s'est lassé d'écouter. Jeph s'est lassé de vivre...

Au fond de ses draps, Simm tremble. Le coq s'obstine. Jaïs, débout avant l'aube, prépare le café dans la pièce adjacente. L'odeur se répand. Simm sort du lit, mais les frissons le reprennent ; il doit se recoucher, se couvrir. L'hiver est pourtant loin...

Qui est Jeph ? Est-il mort vraiment ? Cette voix, cette présence... plus rien ? Plus qu'une chose, une pierre glacée, une masse dure, cartonneuse ?... Qui est Simm ? Un tas de chair, assemblé, noué, par on ne sait quoi...

L'AUTRE

Jaïs entre avec la cafetière brûlante, elle s'asseoit, sirote lentement. Simm se lève, met pied à terre, cherche ses savates qui ont glissé sous le lit.
— Elles sont là, Simm, sous ton nez !... Ça fait un quart d'heure que tu tournes en rond. Ton café sera imbuvable !

— Un quart d'heure de passé, grand-père ! Souviens-toi : le chef a une montre ! Depuis un moment, tu n'essayes même plus d'appeler dans la crevasse. Qu'est-ce qui t'arrive ?
— Je ne sais pas. Mes pensées s'écartent...
Elles s'éparpillent, se décomposent, s'enfoncent dans une sorte de fouillis...
— Je ne sais pas ce qui m'arrive. Je ne sais plus...
— Tes mains tremblent. Tu grelottes. Tu n'es pas malade, au moins ?
— Non, je ne suis pas malade...
Tandis que Simm répond, une grimace s'empare de sa bouche, la déforme, se répand sur ses traits. Les tremblements redoublent. Les yeux hagards, Simm fixe l'interprète comme pour le supplier de s'éloigner. Le vieil homme ne peut plus rien sur lui-même ; la fatigue, la peine le submergent. Il assiste, impuissant, à sa propre débâcle. Ses prunelles s'aveuglent. Les sanglots l'assaillent.

Ahuri, gêné, l'interprète a tout juste le temps de détourner son regard ; tandis que Simm, honteux de se donner en spectacle, se débat inutilement.

D'un pas tranquille, comme s'il ne s'était aperçu de rien et qu'il décidait soudain d'aller faire un tour, l'interprète s'éloigne. À quelques mètres de l'orifice, il s'attarde au-dessus d'un monceau de décombres, déniche dans ce bric-à-brac un pied de fauteuil, puis un tableau, paraît se perdre dans sa contemplation, tout en gardant fixé sur le vieillard un œil vigilant.

* *

Le corps regorge-t-il de tant de larmes ? Énormes, boursouflées, celles-ci rompent les digues, bouillonnent au fond des ravins, grossissent, butent, chevauchent, montent à l'assaut...

Simm enfonce sa tête dans ses épaules, plaque contre la terre sa face pour la cacher, touche sans s'en apercevoir le micro des lèvres.

Un chagrin immense, confus, cogne entre ses tempes ; tout le chagrin du monde s'acharne à coups de marteau.

— Stupide vieillard, tu me fais honte ! Quand est-ce que tu vas t'arrêter ?...
  Il ne s'entend plus. Les pleurs redoublent, crèvent la surface. Simm n'est plus qu'un magma informe.
  Peu à peu, il s'abandonne à ces larmes ; se laisse porter comme une particule d'ombre ; se laisse flotter comme un fétu de paille, sur des fleuves sans couleur qui s'échelonnent...
  Peu à peu, la brûlure se cicatrise, s'efface...
  Peu à peu...

* * *

Toujours aux aguets, l'interprète laisse l'accalmie s'installer.
  Puis, du même pas paisible, il revient vers Simm, balançant le tableau au bout de son bras
  — Plus que dix minutes, grand-père !

11. LE GRAND BATTEMENT

Tandis que Simm reposait encore, le front contre terre, lentement, sûrement, du fin fond du silence...
s'éleva le *battement*.

Ce battement qui escorte, assiste, le périple du sang : quatre-vingts, soixante-quinze, soixante-dix, soixante fois par minute
— pom-POM... pom-POM... pom-POM...
Assidu, reconnaissable entre tous, métronome, cadence unique et partagée, plus tenace que le temps, plus ferme que murailles
— pom-POM... pom-POM... pom-POM...
ce battement !...
Stupéfait, Simm se penche sur l'écouteur. La pulsation est là. Proche, palpable. Plus besoin de mots !
— pom-POM... pom-POM... pom-POM...
« Bienvenue la vie, bienvenue !... » Simm se parle tout bas. Plus besoin de cris !...
Le vieil homme se rasseoit, « Bienvenue, bienvenue », ferme les paupières, balance le torse d'avant en arrière. Hier, aujourd'hui, demain, se rejoignent... Le grand fleuve coule, traverse, irrigue
— pom-POM... pom-POM... pom-POM...

* ***
*

— Tu en fais une tête, Simm !... Qu'est-ce que tu as ? Tu entends des esprits ?
— pom-POM... pom-POM... pom-POM...
— Arrête de te balancer, grand-père ! La fatigue, le chagrin t'égarent. Ce n'est qu'un mort de plus, après des milliers d'autres !... Il est temps que tu rentres chez toi... L'heure est passée. Voilà les autres qui approchent ; il va falloir que tu leur cèdes la place à présent.
Simm lève le bras, secoue l'appareil
— Qu'est-ce que tu veux que j'écoute ? Tu vas me rendre ridicule !... Bien. Mais après ça, tu te lèves et tu quittes les lieux !
L'interprète se penche, tend l'oreille
— pom-POM... pom-POM... pom-POM...

* * *

En rangs serrés, provocants – brandissant leurs pelles et leurs pioches – les secouristes avancent, pressés d'en finir. Ils paraissent se demander ce que font, face à face, immobiles, le vieillard et son compagnon
— On t'a donné plus d'une heure !
— Rentre chez toi, le vieux !
— C'est à nous, maintenant !
Ni Simm, ni l'interprète, ne bronchent ; on dirait des mottes de sel.
Les sauveteurs les encerclent. Déterrer ce mort est un travail pénible dont il faut se débarrasser au plus tôt. La voix du chef de chantier
— Il faut nous céder la place tout de suite.
L'interprète lui tend l'écouteur.
— Pourquoi faire ?
L'interprète insiste. Le chef écoute. Le battement s'élève, déchiffrable, transparent
— pom-POM... pom-POM... pom-POM...
Les autres se resserrent tout autour ; leurs têtes se rassemblent
— pom-POM... pom-POM... pom-POM...
Le rythme est clair, net. On dirait que l'homme d'en bas a plaqué l'autre extrémité du stéthoscope sur sa peau, contre le muscle même
— pom-POM... pom-POM... pom-POM...
Le grand battement atteint, touche chacun et le pénètre. Puis s'enfle, déborde, emplit le silence, envahit le terre-plein
— pom-POM... pom-POM...

L'AUTRE

POM-POM... POM-POM...

POM-POM

POM-POM...

* * *

Munis d'un éclairage autonome, les sauveteurs poursuivirent leurs travaux jusqu'en pleine nuit.
Pas une plainte, pas un soupir. Ils s'escrimaient, soudain infatigables, comme si chaque homme se tirait lui-même hors du gouffre. La tâche était rude ; mais au bout de quelques heures, l'orifice s'était déjà considérablement élargi. Il semblait que l'on envisageât à présent d'atteindre l'emmuré par le haut. Puis, de l'extraire comme du fonds d'un puits à l'aide d'une planchette fixée au bout d'une corde que l'on remonterait grâce à une poulie.
Aux environs de minuit, les progrès étaient tels que le chef annonça la sortie de l'homme pour le lendemain.
Vers deux heures du matin, il leur recommanda de prendre un peu de repos avant d'entreprendre la dernière partie de l'opération.

12. LE CHANT

Techniciens, manœuvres, infirmiers, interprète, tous s'étaient retirés, soit dans la baraque, soit dans le camion, pour dormir. Le vieil homme patienta un moment, s'assura qu'ils ne reviendraient pas de sitôt ; puis, s'étendit une dernière fois le long de la brèche.
Jamais la terre ne lui avait paru plus douce. Simm la caressa de sa paume et du revers de sa main. Sous sa lourde robe, la nuit, mate, duveteuse, avait tout englouti : ruines, camion, baraque, foreuse, wagonnettes, grues. La lune, à son extrémité, n'éclairait plus qu'elle-même. Ce soir, on traverse l'ombre comme un vallon. Ce soir, la nuit bénit le paysage, la vieillesse est légère, plus légère qu'une plume de geai. Ce soir, les pierres fondent, la chair est heureuse ; on est neuf comme le ventre d'un enfant
— Je suis bien, bien, bien, bien...
Le microphone est tout proche, le battement a cessé de se faire entendre, mais dorénavant l'objet est autre chose qu'un objet... on dirait qu'il perce l'obscurité, qu'il respire ! Simm résiste à la tentation de le saisir entre ses doigts, de se remettre à parler... Après ce battement, quel mot ferait le poids ?
— Je suis bien, bien, bien, bien, bien, bien, bien...
L'univers remue dans ses flancs, Simm est une vaste demeure... Simm frotte sa joue contre le sol, entend la montée des sèves, la graine qui s'émeut au loin, donne de toute sa bouche un baiser à la terre.
Tout est très simple... mais indicible. Les mots ne feront jamais, jamais le poids !

L'AUTRE

*
* *

Alors... les jambes, la cuisse, la hanche, prenant appui sur le terrain ; le buste légèrement relevé, se dressant sur son coude, penchant la tête de côté – la soutenant de sa main droite qui forme une conque autour de l'oreille – amassant sa voix...
Simm entonne
— Nuit !... Ô ma nuit !...

Le chant s'élève.
— Nuit !... Ô nuit !...
Simm s'empare du mot – de ce seul mot – le creuse, l'étire sans le violenter, l'entrouvre, le déploie, s'y déploie, l'éloigne pour le rappeler, le bleuit, le chauffe, l'emprisonne et s'y laisse enfermer, le rejette pour mieux l'étreindre
— Nuit !... Nuit, ô nuit !...
Nuit jusqu'aux confins, nuit sans lieux, sphère lisse, tresses phénoménales
— Nuit !... Ô toi, la nuit !...
Le chant s'évase, s'affine, oscille au bord des gouffres, voyage, perd mesure. Et soudain, touche la fleur
— Nuit !... Nuit des nuits !...
Une. Une seule parole contient toutes paroles. La vie s'y déverse. La vie est dans chaque grain, dans chaque mot... Si seulement, chaque fois, on le savait ; si seulement chaque fois on le voulait. « NUIT » Simm est tout à la nuit. Simm est au monde. Simm est à sa voix. Il s'enchante de ce passage du chant dans sa gorge, du tiraillement des cordes vocales, de leurs accents au loin. S'enchante du mot qui part, se dilapide, s'offre, impudique, à l'aventure. Puis, du même mot qui revient, s'aiguise, se serre autour de la brèche, se comprime, pénètre dans la nuit douloureuse
— Nuit plus que nuits !...
Nuit dans les chambres solitaires, nuit sur les villes mutilées, nuit sur les lames, l'acier, les bielles, nuit qui coulisse dans les essieux, qui s'engrène dans les engins de mort, lanière pour les mains liées, gueule pour les massacres
— Nuit plus nuit que les nuits !
Nuit sur les tentes déchirées, nuit de la furie en nous, nuit de tertre en tertre. La voix de Simm s'épuise à ces ombres... et soudain, s'en arrache, troue les murailles, renaît
— Nuit, d'entre les nuits !... NUIT !...

Nuit dans la main des hommes, nuit qui tremble de beauté, nuit de notre plus tendre visage, nuit pour s'adosser, nuit pour viatique, nuit à front de jour, à bouche de lumière
— NUIT !... Oh, oh, oh, nuit !...

* *
*

— Silence, le vieux !
— Assez, le vieux !
— Nous sommes morts de fatigue !
— Laisse-nous dormir !
Pourtant, au même instant, d'autres voix reprennent
— Chante, Simm !
— Chante encore !
— On t'écoute !... Chante !
Quelques secondes, indécise, la voix bascule, puis reprend
— Nuit, Nuit, NU-IT !... NUUUUUU-IT !... Nu-IT !... Ôôooooo Nuit d'entre les NUITS !...
L'interprète accompagné de trois manœuvres, approchent sur la pointe des pieds, et s'accroupissent autour du vieillard.
Des protestations montent encore
— Maudit vieillard !
— Il ne nous laissera jamais en paix !
— Jusqu'au bout, il nous poursuivra. Jusqu'au bout !
— Eh, bon Dieu !... Vieil Adam, tu ne vas pas te taire !
Mais les autres
— Ne les écoute pas, Simm !... Chante ! Continue de chanter !
— Chante pour nous, Simm !... Chante !
— NUIT, Ô, ô, ô, ô, nuit !... nUit, Ôoo, Ôoo !...
Le chant file, caresse la masse des collines, s'enfièvre, dévale jusqu'à la mer...

La porte de la baraque s'ouvre, la bâche du camion se soulève
— Nuit par-dessous les nuits !... NUITS par-delà la nuit !...
Un second, un troisième groupe approche. Ils viennent, en file, plus légers que des ombres, rejoignent les premiers, s'asseoient en rond, autour de l'orifice.
— NUIT !

L'AUTRE

Le mot se livre, se délivre, s'ensoleille, se répand, se renverse, se rétablit
— NUIT ! ¡ⵏN Oui, à la nuit... Nuit, notre NUIT... oui,   IⵏO, OUI ¡ ⵏo

Ils sont là, presque tous, à présent. Simm ne s'appartient plus. Simm n'est plus personne. Le chant traverse. Les mots traversent. La chair est transparente. Le mot rejoint. Le mot est à toutes les bouches !
— Nuuuuuuuuit !... Ô ma nuuuuuuit !...
Les voix alternent, se soutiennent, communiquent, partagent la parole
— NUIT !

Du fond de la crevasse – du fin fond – l'autre *voix*.
Seul, Simm l'entendit.
— Que je t'aime, vieil homme !... Que je t'aime !... Chante !

PREMIER JOUR

1. Midi

Le terrain qui entourait l'orifice a été largement creusé, les derniers travaux ont aussi permis de dégager des pelletées de sable qui obstruaient le trou. Le calibre de l'ouverture est à présent suffisant pour permettre le passage d'un corps. Une planchette suspendue à un double filin d'acier s'enfoncera bientôt dans le réduit, bientôt l'homme y grimpera, bientôt il s'y tiendra debout. Ensuite, les sauveteurs le hausseront, par degrés, à l'aide d'une poulie bricolée sur place.

Durant les dernières heures, l'emmuré a accepté de communiquer avec ceux du dehors, collaborant à la mise en place de l'appareil, à sa glissade le long des parois internes.

Pour ne pas gêner la manœuvre, Simm s'est écarté.

Assis à l'ombre de la baraque, il reste toujours aux aguets et à l'affût de cette seconde qui amorcera la remontée, cette seconde qui déclenchera le grincement de la poulie.

*
* *

L'annonce du sauvetage a fait le tour du pays. Tous les moyens mis en œuvre pour protéger les lieux se révèlent, en cette matinée, insuffisants. Une multitude monte à l'assaut de la colline. Le service d'ordre est débordé, les premiers barrages sont rompus. Des renforts de police appelés de toute urgence, auxquels sont venus se joindre une partie des

secouristes, parviennent enfin à dresser une barrière – faite de piquets, de cordes, de chaînes de bras – à une distance raisonnable de la crevasse.
De l'emmuré, on ne sait toujours rien ; sauf qu'il est étranger à cette contrée. Dans l'ignorance de son état civil, des familles alertées ont dépêché un des leurs sur place. À ceux-là, s'est ajoutée la masse des curieux ; puis, tous ceux de la presse et de la télévision.
Peu avant midi, Jaïs se frayait, elle aussi, un passage dans la foule. Avant son départ, elle a échauffé, galvanisé son hameau, en jurant de leur ramener dès que possible, Simm, le triomphateur !
Jaïs pousse des coudes, navigue entre ces dos, glane des renseignements tandis qu'elle marche ; se heurte enfin au cordon surveillé par un officier de police
— Laisse-moi passer !
— Personne ne passe. C'est un ordre.
— Pas pour moi ! C'est mon époux, c'est Simm qui a tout fait ! Sans lui...
— J'ai dit : « Personne ! »
Jaïs tend le cou, glisse la tête par-dessus l'épaule de son interlocuteur, met les mains en cornet devant la bouche, crie du plus fort qu'elle peut pour surmonter la rumeur
— Simm !... Simm !... Viens me chercher !... Je suis ici !
Elle bouscule le représentant de la loi qui cherche à la faire taire
— On m'empêche de passer ! Où es-tu, Simm ?
Jaïs s'inquiète de ne pas apercevoir les sauveteurs, hurle, tempête. Mais qu'il vienne, ce Simm, qu'il la délivre de cet « embourbé » !

— Tu vois, personne ne te répond !
— « Personne, personne, personne !... » Tu n'as que ce mot à la bouche !
Qu'il accoure, ce Simm ! Qu'il la tire des griffes de cet « abruti » ! Lui et toute sa clique, avec leur morgue de geôlier, leur sottise à couper au couteau !
— C'est moi que tu insultes entre tes dents, femme ?... Prends garde, même si tu es vieille !
— Je n'insulte personne. « Personne, personne, personne ! »
Mais où est-il, ce Simm ? Jaïs monte sur la pointe des pieds pour qu'il l'aperçoive, secoue à bout de bras l'écharpe mauve que Simm lui a offerte.
Soudain, parmi le groupe des secouristes, l'interprète la reconnaît.

L'AUTRE

Se retournant, il répond à son signe, pointe son index en direction de la baraque.

Jaïs regarde de ce côté-là... Enfin, elle aperçoit son époux. Adossé contre la cloison de tôle ondulée, Jaïs voit Simm. Assis. Tranquillement assis !

Que fait-il si loin de tout ce qui se passe ? Si loin de la crevasse dont personne n'aurait pu l'arracher tous ces jours-ci.

— Eh ! Simm !... Simm !... Qu'est-ce que tu fais là ?

Jaïs crie. Mais sa voix sombre dans la ruche bourdonnante des autres voix. Celles-ci sont de plus en plus impatientes, fiévreuses. Jaïs hurle. En vain...

Un peu plus tard, comme touchées par une baguette magique, toutes ces voix basculent d'un seul coup, s'abattent, se tassent, se dispersent, pour laisser place à un immense silence.

Longtemps, une calotte de silence recouvre le terre-plein. Énorme, ce silence. Énorme...

Énorme et subitement râpé, élimé. Subitement, raclé, strié, par ce crissement, ce hièment, ce frottement – aigre – de la poulie

— Ah ! Enfin !...

Simm pousse un soupir et se redresse. Simm se met debout. Simm tourne le dos à la scène ; et gravement, d'un pas modéré, s'en éloigne.

Jaïs appelle

— Où vas-tu, Simm ?... Ce n'est pas le moment de partir !... Eh, Simm, reviens !... Reviens !

*
* *

Simm s'achemine. Un peu plus loin, il s'arrête, approche d'un sapeur-pompier tout au bout de ce cordon qui maintient la foule en respect, et lui parle à l'oreille. L'homme s'absente quelques secondes, revient portant une cruche qu'il déverse entre les paumes du vieillard. Simm se baigne le visage, s'inonde le cou, remercie, reprend sa marche.

— Eh, grand-père !... Tu pars ?... Attends-moi !... J'ai dit que je reviendrais te chercher avec ma motocyclette, et me voici !... Cette fois, tu me suivras !... Eh, tu m'entends ?... Cette fois, je t'emmène, tu me l'as promis !

Simm reconnaît la voix de l'étudiant, essaye de le distinguer parmi la foule compacte, n'y parvient pas ; hausse le bras, le balance d'avant en arrière pour répondre par un salut et continue d'avancer.

Simm va, sans se retourner ; son attention uniquement fixée sur ce bruit qui l'escorte. Ce bruit discordant du filin d'acier dans la rainure, plus attachant que la plus douce des mélodies.

Simm va. Plus loin, parmi un fouillis de décombres et de mobilier, il découvre une chaise intacte, rembourrée de paille. Le vieil homme escalade le tas, tire le siège à lui, le transporte et poursuit sa route, allant vers sa gauche, où les ruines plus basses laissent voir un troupeau de collines, un pan de mer.

Simm ancre les quatre pieds de la chaise dans le sol, s'y installe, à califourchon, le dos au spectacle.

Les bras noués autour du dossier, le front contre la barre de bois, le vieillard s'abandonne à la fatigue. Celle-ci s'abat sur ses épaules comme un vautour, l'enferme entre des ailes repliées, l'agrippe de toutes ses serres, creuse la nuque de son bec. Simm se laisse aller, se laisse aller... jusqu'à ce que tout en lui se dénoue, et que la joie s'installe.

La joie afflue, monte aux joues, prend la forme de chaque trait, s'empare du visage, devient ce visage, ces lèvres, ces pommettes, ces paupières, cette peau...

La joie...

Simm tire son mouchoir grenat de sa poche, le noue aux quatre coins en forme de bonnet, le place sur le crâne. Simm contemple la vallée, les verts, les jaunes, les bleus, qui s'allongent.

Là-bas, loin, à l'arrière, la manivelle est toujours en action. La poulie grince toujours, rassurante.

Là-bas. Le soleil à son zénith coule à pic dans le réduit.

La joie !...

*
* *

— Alors, mon pauvre vieux !

Simm sursaute comme si la voix de Jaïs l'écorchait

— Pourquoi « mon pauvre vieux » ?

— Tu es malade, tu es sûrement malade !

— Malade ?

— Alors, qu'est-ce que tu fais là ?

— Je prends l'air.

— Tu prends l'air ? À un moment pareil ? L'heure la plus importante de ta vie !... Allons, viens, retournons là-bas ensemble. Il faut que tu sois sur place quand l'homme sortira.

L'AUTRE

— Pour quoi faire ?
— Comment « pour quoi faire » ? Pour qu'ils te reconnaissent, lui et tous les autres !
Simm allonge ses jambes, fait pivoter ses talons plusieurs fois pour bien les incruster dans le sol, serre jusqu'à les faire crisser les barreaux de sa chaise, arrondit le dos.
— Tu t'installes ?
— Je m'installe.
— Tu ne vas pas rester ici, quand c'est autour de la caverne que tout se passe ?
— Tout se passe devant, Jaïs...
— Mais ces jours derniers, tu ne décollais pas de ton trou !
— Ces jours derniers, j'allais vers la même chose.
— Mais qu'est-ce que tu veux dire ? Je ne te comprendrai jamais. Tu vas me rendre folle, Simm ! Tu t'échines, tu farfouilles, tu vas, tu viens, tu flaires la terre comme un limier, tu oublies de dormir, de manger et de boire !... Puis quand le résultat est là, quand tout te tombe dans les mains. Pfftt ! Tu disparais !... Explique-toi, réponds-moi...
— Je t'aime bien, Jaïs, je t'aime bien... Mais si, parfois, tu pouvais me laisser à moi-même...
— Stupide bonhomme ! Vieille mule ! Lève-toi ! Mais lève-toi donc !... Grimpe au moins sur cette chaise et regarde dans la bonne direction. Je soutiendrai le dossier pendant que tu te tiens debout...
Qu'un cyclone se lève ! Un cyclone, aux flancs moelleux, qui cueillerait délicatement Jaïs, l'envelopperait sans lui faire de mal et la déposerait, pour un temps, ailleurs... Comment peut-on écouter parmi ce moulinet de paroles. Écouter l'air, le chant de la poulie, son propre sang...
— Qu'est-ce que tu marmonnes ?... Tête carrée ! Bûche ! Charrue !... Tu es indécrottable, Simm. Indécrottable !... D'une minute à l'autre, l'homme va surgir de son trou, ça ne t'intéresse pas ? Tu ne cherches même pas à savoir si c'est celui que tu as aperçu à la fenêtre. La fenêtre bleue, tu t'en souviens ? Tu nous l'as assez serinée, ton histoire ! C'est le moment de la raconter... Aujourd'hui, il y aurait des oreilles pour t'entendre ! La presse, la télévision, ils sont tous là !
— Assez, Jaïs !
— Voilà que tu cries à présent !
Il faut toujours en venir aux extrémités pour se faire comprendre ! Comment se glisser dans la peau des autres, ou les faire entrer dans votre propre peau

— Va-t'en, Jaïs !
— Je m'en vais. Ça ne sert à rien de te parler ! Ça n'a jamais servi à rien !
Entre les phrases, le filin d'acier grince, obstinément.
— Je vois une ambulance... Maintenant, une limousine noire... tout au bout du village. Elle s'arrête. Non, elle repart et avance sur le terre-plein... Le bruit du moteur recouvre celui de la poulie.
— Des officiels mettent pied à terre. Ils se dirigent vers le réduit... Tous les écrans du monde vont donner ces images, tu te rends compte, Simm ! Et toi, pendant ce temps !... Je te laisse ! Moi, je vais là-bas !
Les pas de Jaïs s'éloignent, s'arrêtent
— Tu viens ?
Simm fait « non » de la tête. Les pas reprennent, se hâtent.
Depuis quelques instants, on dirait que le grincement s'est tu.
Le vieil homme tend l'oreille, se raidit, se prépare à courir vers l'orifice...
Mais, de nouveau, le raclement a repris.

2. Retour de l'étudiant

— Alors, grand-père, tu fonces dans toute cette affaire, et quand tu touches au but, tu t'en vas !
— Tu ne vas pas me harceler, toi aussi !
— Fais comme tu veux. Mais il y a une chose que tu m'as promise. Tu te rappelles ?
— Me ramener au village sur ta moto...
— Cette fois, tu es d'accord ?
— On le fera !
— Quand ?
— Quand l'homme sera dehors.
— Ça, c'est pour bientôt ! Je ne veux pas, moi non plus, rater sa sortie. Mais d'ici on ne voit pas grand-chose, même si on a de bons yeux.
— Je n'ai pas besoin de mes yeux.
— Pas besoin de tes yeux !... Bon, bien, Simm, je ne veux pas discuter avec toi... Je ne te quitte plus, mais je m'installe pour le spectacle !

Au sommet d'une pyramide de décombres, l'étudiant découvre une table ovale qu'il remet sur pied tout en haut du monticule. Il y grimpe, écarte les jambes des deux côtés du plateau pour se maintenir en équilibre

— D'ici, j'ai une vue plongeante. Je suis aux premières loges. Il ne me manque plus qu'un cigare à la bouche !... Je serai ton chroniqueur, Simm. Ça te va ?

Le vieil homme applaudit des deux mains

— Si ça me va !... Ça me plaît que tu sois là, avec moi, aujourd'hui...
— Moi aussi ça me plaît, grand-père ! Ça fait des jours que j'essaye de t'approcher, que je fais le tour de la bourgade, que le cordon de police m'empêche de passer... Tu es un taureau, Simm. Tu es de la dynamite ! Moi aussi ça me plaît d'être là.
— Qu'est-ce que tu vois, maintenant ?
— La foule se contient, se tait. Si la remontée est trop longue, on ne pourra plus les retenir, ils briseront les barrages... Les secouristes tournent la manivelle. Les infirmiers attendent... À présent, ils se penchent à plusieurs au-dessus du trou... ils vont tomber dedans !

En dessous, la terre craque et

L'AUTRE

transpire. Que de cavités à traverser !... Simm aurait voulu être présent lorsque – c'est loin déjà ! – Jaïs donnait naissance à ses fils. Mais celle-ci refusait, prétextant que les hommes tournent de l'œil à la vue de ce sang-là.

— Maintenant, ils reculent, tous ensemble... La foule serrée comme pierre. Un bloc.

Le col se dilate, l'expulsion est difficile. Les membranes de la terre se crampent ; l'orifice se craquèle. La tête

— Les infirmiers viennent de s'agenouiller autour de la crevasse...

s'engage... Les mains se tendent pour aider à sa rotation

— Il remonte, Simm !... J'aperçois... les cheveux...

Mieux qu'avec les yeux, Simm voit !... Ces cheveux gonflés de poussière, ce front couvert de cendre, cette peau presque bleue tant elle est pâle.

— Sa figure, blanche comme du plâtre !...
— Pourquoi s'arrêtent-ils ? Je n'entends plus le bruit de la roue...
— Ils ont du mal... Je crois que les épaules se sont bloquées dans l'ouverture...

— Surtout qu'on ne le replonge pas dans le noir... Il ne le supportera plus !
— Ils font ce qu'ils peuvent, grand-père !
— S'ils le redescendent, je retourne auprès de lui !
— Ça y est, Simm !... Ils le remontent de nouveau. Mais doucement, très doucement... Tu entends la poulie ?
— À peine...
— Oui, oui, le voilà !

Le visage se découvre écaille après écaille. Le torse gravit l'épaisseur à son tour. La terre s'amollit... Ses bras soudés au corps, l'homme se faufile dans le goulot, remonte, remonte durant des siècles vers son fragment de jour... Le bassin, puis les cuisses, les genoux...

— Simm, il est debout !... Je le vois. De la tête aux pieds !

À l'air libre, dressé comme une tige !

— Lui mettent-ils du collyre dans les yeux ? Des lunettes ?
— C'est fait, grand-père, un infirmier s'en occupe. Le second lui frictionne les jambes...
— Parle... Raconte...
— J'ai la langue sèche, grand-père !

3. Premier jour

Une jeune femme fend la foule, se précipite les bras en avant. Elle court, court. L'espace à franchir semble infini. Elle passe comme un éclair, tandis qu'autour d'elle tout stagne et se fige. Les sauveteurs s'écartent du rescapé pour la laisser venir jusqu'à lui. Les voilà, face à face.

La femme s'arrête, le souffle haletant, elle examine l'homme – gris, immobile – des pieds à la tête, esquisse un mouvement de recul... Prend sur elle, avance jusqu'à le toucher, hésite encore. Puis, lève le bras, soulève les lunettes de soleil qui lui cachent une partie du visage. « Non », elle ne le reconnaît pas. « Non, ce n'est pas lui. »

Durant ce temps, l'homme n'a pas bronché ; il s'est laissé faire. On dirait qu'il va tomber en cendres. La jeune femme, bouleversée, hoche la tête plusieurs fois

— Pardon, je croyais... j'avais cru...

Elle s'enfonce à reculons dans la foule, qui la récupère, l'engloutit.

Les caméras ont tout enregistré. Balayant à différentes reprises la distance à parcourir, la distance parcourue, serrant de près les visages : la palpitation de l'un, l'indifférence de l'autre. Cernant ce geste, ce tremblement de la main qui a soulevé les lunettes... poursuivant, jusqu'à leur disparition, dans la masse des spectateurs, ces pieds, élégamment chaussés, qui reculent...

Puis, revenant, se braquant sur l'homme

Lentement, douloureusement, celui-ci ébauche son premier pas.

***

Cet afflux de sang dans les jambes. Un mal cuisant. Le ciel est trop cru. Les couleurs coulent. Les visages sont laineux, ils n'ont pas de contours. Je ne vois que leurs yeux. Leurs yeux partout, des phares. La terre est meuble. J'ai peur. J'éloigne les bras. Je voudrais essayer, seul... mettre un pas devant l'autre... seul, en m'aidant de mes bras... comme on nage... L'air, le plein air... je le bois... Je suis là. Ici !... C'est lancinant. Vivre !... ça crie entre mes tempes... Un pas devant l'autre. Le ciel est trop blanc, le sol... un lac chromé... Si je glissais... Non. Un pas après l'autre. Sans se presser. Ne pas être reconnu encore. Libre. Sans lieu, sans nom. Quelques secondes encore... Seulement, la vie... comme un vertige, immense... IMMENSE...

***

— Tu me saoûles de paroles, Jaïs ! Tu connais ton époux mieux que personne ! Que veux-tu qu'on y fasse s'il refuse d'être ici ?
Elle s'accroche au bras de l'interprète
— Jamais là où il faudrait !... Jamais !
— S'il est content où il est, laisse-le ! Il ne m'écoutera pas plus qu'il ne t'écoute !
— Souffle-leur au moins son nom à ces journalistes. Toi, tu sais bien tout ce qu'il a fait !... Peut-être, qu'eux le forceront à revenir... Regarde, il est là-bas...
— Où, là-bas ?
— À gauche de la foule... tu vois ce monticule... surmonté d'une table sur laquelle se tient en équilibre un jeune homme qui porte une veste de cuir ?
— Je vois le jeune homme...
— En bas, encore plus à gauche, la personne qui est assise, nous tournant le dos... Eh bien, ça, c'est lui : Simm !
L'interprète hausse les épaules, échappe à l'étreinte de Jaïs, rejoint les sauveteurs.
— Mon pauvre vieux, ils t'ont tous oublié !...
Mais la femme ne se décourage pas, elle parle aux uns, aux autres, essaye d'atteindre le rescapé. Celui-ci, terreux, fragile, debout sur ses pieds joints, ressemble à du linge tordu, à une momie que le soleil va effriter !... Jaïs a pourtant confiance en lui ; d'ici quelques secondes, quand il aura repris ses sens, il réclamera Simm ! Par-dessus toutes ces têtes, il rappellera

le vieil homme... Et Simm, écoutera cette *voix-là* ! Pour lui, Simm reviendra. Jaïs est en attente... D'une seconde à l'autre, elle le sent, elle le sait, l'homme va crier.
 — Où est Simm ?... Je veux Simm !... Il faut que Simm soit ici, à mes côtés !
 Et Simm aura beau protester, jouer à l'indifférent... à l'appel de l'emmuré, il accourra. Heureux d'être appelé, heureux que l'autre se souvienne. « Je te connais, mon bonhomme, je te connais. À sa voix, tu vas fondre !... » Ensuite ?... Ensuite, ils rentreront au village. Simm et Jaïs, bras dessus, bras dessous, des piles de journaux sous les bras avec leurs photos en première page.
 — Mais qu'est-ce qu'il attend pour appeler ? Qu'est-ce qu'il attend ?
 Jaïs se faufile entre les secouristes, s'accroche à un des infirmiers, comme si elle avait une communication importante à lui faire. Si le survivant continue à se taire, à serrer les lèvres comme il le fait, elle approchera et carrément lui soufflera
 — Simm !... C'est lui qui t'a sauvé !... Tu te souviens ? Il est là-bas. Il attend que tu l'appelles ?
 Tout en se parlant, Jaïs se hausse sur la pointe des pieds pour apercevoir de nouveau son époux. Il est toujours assis, enraciné sur place. Seul, cette fois. Même le jeune homme, qui était debout sur le monticule, l'a quitté !
 — Mon pauvre vieux...
 Qu'attend-il, l'emmuré ? Il n'ose rien, même pas mettre un pied devant l'autre, même pas prononcer une parole. Et les autres ! À le regarder comme s'ils étaient tous frappés de paralysie !... On dirait un fantôme qui tient cette multitude sous son emprise...

* * *

Le jour est ample. Des milliers de feux s'allument sous ma peau. Je n'appartiens à rien encore. À rien... Je suis. J'appartiens à la vie. Seulement à la VIE. Rien qu'à elle !... C'est bon !... Où est mon corps ? Où commence-t-il ? Où finit-il ? Je voudrais sourire, je ne peux pas encore. Pourtant, tout sourit en dedans. Ivre, lancinante, cette vie ! Des galaxies entre les tempes, des océans dans les veines. L'amitié de l'air. Serre-toi contre les parois de l'air. Entre dans le temps, sans oublier ce que tu sais, ce que tu portes... Mets un pas devant l'autre. Essaye encore. Des mouches bourdonnent. La jambe se soulève mal, entraîne des épaisseurs de terre... Vivre, longuement, sur place... comme l'arbre. Visiter, longuement, le pays de son corps, le bruissement de la vie sur les choses. Si peu de chair et tant de rumeurs en nous ! ... Cet appétit soudain, cette fièvre... le sol est immense. Célébrer le retour. S'en souvenir ensuite. Célébrer jour à jour. Garder cet espace, ce tressaillement du premier jour. Sa densité. La densité de tous : la femme, l'étranger, le passant... La ferveur, plus puissante que les nuits. Garder cela... Où est-il, celui qui m'appelait ? Où sont-ils, lui et sa voix ? Là, en avant. Il faut que je le retrouve. Que je lui dise... Un pas, un autre. Encore. Surmonte le vertige. Il est là, soulève le genou...

* * *

— L'homme s'écroule. La civière, vite !
Jaïs s'affole
— Ils vont l'emporter ?...
— Il a besoin de soins.
— Il ne veut pas, il se débat. Il cherche à parler... Mais qu'on le laisse parler !...
Jaïs a rejoint ceux qui le soutiennent. Les caméras qui font face enregistrent le moindre frémissement de son visage. D'un instant à l'autre, le nom de « Simm » fleurira sur ses lèvres, fleurira sur l'écran. Leur existence au village en sera toute changée !... « Simm », c'est un nom facile à retenir, un nom qui se prononce sans effort, même par un moribond !... Il suffit de joindre les dents pour un sifflement, de laisser la langue se rabattre, d'écarter les lèvres comme pour sourire : « Simm, Simm, Simm, Simm... »
— Qu'est-ce qu'il cherche à dire ?
— Il veut appeler quelqu'un...
— C'est Simm, qu'il appelle...
— Tu n'en sais rien, tu n'es pas dans sa tête ! Jaïs sait. Elle est si près qu'elle touche le bras de l'homme couvert d'écailles de terre ; tandis que les autres le soutiennent, le font avancer comme une statue. Jaïs est si proche, qu'elle pourra lire le mot sur sa bouche et le répercuter dès qu'il le prononcera...
Voilà, il va joindre ses dents comme pour un sifflement, il va laisser sa langue...
— Non, non, pas comme ça...
L'infirmier repousse Jaïs
— Ote-toi de là !
Pourquoi l'homme serre-t-il ses lèvres ? « Simm » ne se dit pas en serrant les lèvres.
L'homme rompt, un instant, l'étreinte, la pression de toutes ces mains

L'AUTRE

sur lui. Il parvient, l'espace de quelques secondes, à se tenir debout. Seul. L'homme ouvre largement les bras en avant, fait deux, trois pas. Et distinctement, ne laissant rien échapper de la syllabe, il crie
— BEN !...

* *
*

Le cri l'a épuisé, l'homme s'effondre.
— Qui a-t-il appelé ?
— Ben !
— Personne ne s'appelle Ben par ici !
— C'est quelqu'un de sa famille qu'il réclame !
Jaïs laisse tomber les bras. Laisse emporter la civière
— BEN !...
Couché, enveloppé dans une couverture, l'homme s'est évanoui. L'ambulance s'ouvre, on l'y introduit. Les infirmiers, le médecin, un journaliste l'accompagnent.
— Quelques jours à l'hôpital et tout ira bien !
La porte claque, le moteur se met en marche.
La voiture démarre lentement ; s'éloigne, disparaît.
D'un coup, les cordons de police se rompent. La foule se répand sur le terre-plein, visite les ruines, examine, attentivement, la cavité.

* *
*

— J'ai été chercher ma motocyclette, et me voici revenu, grand-père ! En passant, je les ai vus emporter le rescapé sur une civière. Puis, l'ambulance est partie.
— Comment va-t-il ?
— Quelques jours d'hôpital, et il pourra repartir dans son pays.
— Je suis heureux. Heureux.
— Tu dois surtout être mort de fatigue. C'était un vrai cauchemar...
— Non, ne crois pas cela... Parfois c'était dur, mais j'ai *vécu*.
— Tu rentres chez toi, à présent ?

    — Je rentre.
    — C'est moi qui te ramène ! On prendra l'autoroute.
    — Ça me va !

Le jeune homme tapa sur la selle arrière de sa moto

    — Allons, grimpe là-dessus... Maintenant, mets tes bras en ceinture autour de ma taille... Il faudra t'accrocher, surtout dans les virages... Je les prends, le flanc à ras de sol !... Tu n'as pas peur de la vitesse, au moins ?
    — La vitesse !...

L'étudiant se retourna, les yeux de Simm étincelaient

    — La vitesse, je veux la connaître ! Roule aussi vite que tu veux !
    — Tiens fort quand même ! Ça bondit encore plus vite que tu n'imagines, ces engins-là ! Surtout, ne desserre pas les mains. Le terrain par ici est plein de bosses, tu vas être drôlement secoué !

....

Serrés l'un contre l'autre, Simm et l'étudiant traversent la bourgade démolie, zigzaguent autour des obstacles, contournent l'arbre foudroyé, descendent le long d'une série de lacets avant de déboucher sur l'autoroute. Celle-ci s'étale à perte de vue : évasée, lisse

L'AUTRE

— Tu tiens fort ?
— Ne t'en fais pas, je tiens !

Le jeune homme rabat vers lui la manette des gaz. Le moteur s'emballe

— Cette fois, grand-père, on y va !

Simm serre les genoux, se penche de côté par-dessus l'épaule du conducteur, hurle par-dessus le vacarme

— ON Y VA !

LA CITÉ FERTILE

À Roselyne Eddé

Abattez mes branches et sciez-moi en morceaux les oiseaux continueront à chanter dans mes racines.

Anise KOLTZ.

Il partit à la découverte de la rivière et la rencontra parmi ses os.

Bernard NOËL.

1.

Fleuves
Le voilà ce fleuve métallique, continu. Il s'écoule le long des quais, puis s'obstrue. Soudain, c'est l'ankylose. Ensuite, de nouveau, le flux rigide.
Partout, la chaussée a rongé les trottoirs.
Moulée dans l'asphalte, celle-ci disparaît à son tour sous les carapaces, mobiles, trépidantes, des voitures.
Feux rouges, feux jaunes, feux verts. Les épaules rentrées, le visage tendu, les piétons foncent comme le gibier.
Les fenêtres se ferment au bruit.
Les arbres ont perdu de leur verve.
Tenaces, les autos freinent, repartent, stagnent ; puis, s'ébranlent une fois encore.

Plus bas, voici l'autre fleuve.
Celui de l'eau.
De tout son long, souverainement, ce fleuve-ci traverse la ville.
Bateaux-mouches, chalands, canots, naviguent ou stationnent sans troubler son courant.
Sur une des berges, que les véhicules n'ont pas encore envahi, Aléfa – vêtue jusqu'aux chevilles d'une robe bleuâtre – danse.

* * *

Aléfa danse
Au milieu d'un petit attroupement, Aléfa, la vieille, danse. Elle vient ici presque chaque jour depuis le début de l'été.
Ce morceau de rive sert d'annexe au colossal chantier qui borde l'autre côté de la rue.
Entre poutrelles, baraquements, monceaux de pavés, poteaux d'échafaudage, plaques de fibro-ciment, tas de sable, sacs de plâtre : Aléfa se promène, brasse l'air de ses bras, recule, change de cadence, s'immobilise, s'ébranle de nouveau.
Palissades, matériaux, deviennent son décor. Elle s'invente des coulisses, des marches, des plateaux. Elle oscille soudain sur place comme un arbuste harcelé par le vent. Elle s'étire comme un mât. Elle évolue, à larges pas, accusant l'ampleur de sa jupe. On fait cercle autour d'elle, on l'escorte.
Elle a déjà ses habitués auxquels se joignent, sans cesse, de nouveaux promeneurs. On lui lance :
— Fais l'arbre. Fais la pierre. Fais le silence !
Elle écoute. Elle n'écoute pas. Selon l'humeur.
— Fais l'air. Fais la ville. Fais les larmes !
Elle s'exécute. Elle ne s'exécute pas, selon l'instant. Elle interprète ce que son public réclame, ou bien ce qu'il ne demande pas ; pour faire plaisir, pour se faire plaisir. L'un ou l'autre, l'un et l'autre. Elle passe ou ne passe pas à l'action.
Ses cheveux gris, ramassés dans un épais chignon, dégagent le front, la face. Une face craquelée, hâlée. Un visage de carte ancienne, ravivé par l'éclat bleu de l'œil.

C'est juillet. Jour de canicule.
La vieille se déplace dans l'air brûlant, à l'aise comme dans une seconde peau.
Par moments, le fleuve cisaillé de soleil la fascine. Les flâneurs zigzaguent alors avec elle ; se penchent, avec elle, au-dessus de l'eau.

* * *

Métamorphoses d'Aléfa
Soudain, Aléfa fait volte-face.
Le dos au fleuve, elle tire du fond de sa poche quelques pages d'un quotidien presque journellement renouvelé.

LA CITÉ FERTILE

Le sourire en coin, les bras tendus pour maintenir la feuille, elle lit d'un ton inspiré, enflant comme un ballon les mots d'un seul jour :
— « Le tunnel sera mis en service à la fin de 78. L'exactitude des experts devra cependant composer avec les caprices de la nature... »
Elle retourne la page, élargit le geste, et d'une voix épique :
— « Cette condamnation sans appel n'a pas empêché la Boldanie de trouver un *modus vivendi* avec son voisin... Tous les pays sont menacés d'un même mal : la formation d'une caste... »
Elle s'interrompt, cherche d'autres lignes, déclame :
— « Un des principaux constructeurs de voitures a déclaré qu'en dépit des baisses de production entraînées par les grèves, il espérait que la production mondiale de son groupe serait un peu supérieure à celle de l'an dernier. »
La vieille parcourt des yeux une colonne, puis une autre, fixe enfin son regard, tend ses cordes vocales et dans une dernière envolée :
— « Deux "observatoires à gibier" seront inaugurés en automne. Ce sera l'heure du brame et des hallalis. La chasse aux cerfs battra son plein. Le massacre sera permis jusqu'au 2 janvier... »
Rompant tout, elle froisse les pages en boule, jette celles-ci par-dessus son épaule, dans l'eau.
Avant de sombrer, le morceau de journal flottera, quelques instants, sur la surface liquide, tandis qu'Aléfa se fraye un passage parmi les spectateurs.

Sans interrompre sa marche, la vieille dit à présent, de sa voix la plus nue, un texte qui n'a plus d'âge et qu'elle ramène des fonds de sa mémoire :
— « Je salue mon seul parent survivant dans le monde : la terre. »
Elle s'appuie ensuite au bras d'un jeune homme, lui confie un poème :
— « Tu es l'ornement du monde nouveau, le seul héros d'un fastueux printemps. Dans ton bourgeon tu ensevelis ton bonheur et, jeune barbare, te ruines en donnant peu... »
Plus loin, comme pour elle-même, dans une intonation sourde, voilée :
— « Alors, mon âme... Sois nourrie du dedans, jamais riche au-dehors ! Ainsi tu te nourriras de la Mort qui se nourrit des hommes et, morte la Mort, plus rien ne meurt. »
Ensuite, sans transition, son corps entier se mobilise.
Aléfa mime les affres de la mort, les déchirures de la séparation.

À la limite du gouffre, au bord des chagrins sans retour, de l'extrême chute : d'un coup de reins, la vieille se redresse.
Elle gonfle ses joues, se caricature, serre sa bouche, arrondit l'œil, dénoue ses cheveux, s'agite comme une clochette, déchaînant autour d'elle la risée.

*
* *

Entrée de quatre personnages
Un long sifflement.
Essoufflée et en nage, la vieille se retourne.
Penchés au-dessus du parapet, les mains en cornet devant sa bouche, elle reconnaît Simon, le jeune comédien. Livie, sa femme, et un autre couple l'accompagne.
De là-haut, ils l'applaudissent, font signe qu'ils descendent vers elle.
Aléfa salue, les invite d'un large mouvement des bras.
Les deux hommes dévalent l'escalier de pierre.
Deric se presse pour descendre à la même cadence que son jeune frère, Simon.
Deric saute par-dessus les trois dernières marches comme pour enjamber les seize années qui les séparent.
— Tu gardes la forme !
— J'essaie... Où l'as-tu découverte ta vieille ?
— Personne ne découvre Aléfa.
La vieille habite le même immeuble que Simon et Livie. Une chambre au septième, presque un cagibi. On ne sait pas d'où elle vient.
— Qu'est-ce que ça fait !
— Tu as peut-être raison.
Depuis quelque temps Deric cherchait à revoir Simon.
— Tu es toujours en tournée !
— Toi, toujours en voyage d'affaires !
Deric se retourne.
Les deux femmes descendent lentement les marches. Livie adopte le même pas que Natia qui ne cesse de se plaindre de la chaleur et craint d'égratigner ses chaussures en chevreau.

*
* *

Le chantier, la berge
En face, s'ébauche le nouveau quartier.

LA CITÉ FERTILE

La vieille a choisi cet endroit pour que voisinent et s'assemblent : l'eau, le ciment, une berge, un chantier.

Hors d'un socle incurvé, gainé d'un carrelage luisant et noir, surgit un building de trente étages.

Son soubassement, qui possède la grâce d'une immense fontaine d'encre, ne donne lieu qu'à une bâtisse rigide, aussi taciturne qu'une carte perforée.

Autour, les sols éventrés s'apprêtent à recevoir fils électriques et canalisations. Une grue transporte au bout d'un filin un énorme boulet en métal qui, propulsé contre des immeubles décatis, réduit en miettes de vastes pans de murs. Parfois, la massue s'acharne contre un escalier irréductible, contre l'angle d'une pièce qui s'obstine. Des pelleteuses, aux allures de dinosaures, déplacent d'énormes mottes de terre.

Champignons de poussières, détonation, stridence.

Au milieu du vacarme, des hommes, vêtus et casqués de jaune fluorescent, vont, viennent, comme un peuple de fourmis.

En ce lieu, cependant, la cité rencontre sa rive.

Les crissements de la ville et des constructions escortent le clapotis de l'eau.

C'est cela qu'Aléfa aime ; c'est cela qu'elle cherche à assembler.

*
*

Les jeux, le silence
À l'arrivée de Simon et Livie, le visage bistre d'Aléfa s'éclaire.

Puis, voilà la vieille qui repart, qui navigue de nouveau au centre de son public.

Elle interroge celui-ci, écoute celui-là. Un jeune homme se met à jouer sur sa guitare. Aléfa l'accompagne d'un battement des mains.

Natia fait la moue :

— C'est le cirque !

Subitement, les bras au corps, juchée sur une poutrelle, la vieille vocifère :

> *Celui qu'on nomme « Fou »*
> *Debout sur nos cités*
> *Pleure la fin des soleils*
> *Et le carnage des âmes*

« *Au dernier soir des soleils !*
Au dernier soir de l'âme !
Venez tous au secours !
Venez tous ! » *hurle-t-il*

Assis derrière leurs vitres
Des hommes aux ombres tièdes
Se contentaient des chiffres
Se fiaient au néon.

Natia se penche sur Livie :
— Qu'est-ce que ça veut dire ?
— Ça dépend.
— C'est discutable, reprend un quinquagénaire à la voix traînante.

Soudain, les mains d'Aléfa se dressent.
Elles sont seules au monde, ces mains. Plus usées que le sarment, elles expriment toutes les vagues de l'angoisse.
Ensuite, lentement, elles s'apaisent, et flottent, tranquilles, comme sur des nappes d'air. L'instant est grave.
Simon se tourne vers son frère :
— Regarde-la.
Aléfa a remarqué ce geste. Elle ne veut pas de confusion : c'est la vie, non pas elle, qu'il faut prendre au sérieux. Alors, d'un coup, elle rit, d'un rire énorme :
— Secouons-nous ! Le jardin est grand, ne laissons pas le cœur se pourrir !

— À quoi riment ces changements, ces bizarreries ?
Natia se demande pourquoi ils se sont laissés entraîner jusqu'ici, surtout par cette chaleur. Trois ans que la famille ne s'était pas revue, mais quelles retrouvailles !
— C'est un original, ton Simon ! Qu'est-ce qu'il peut bien lui trouver à cette vieille ? Toi, tu approuves ?
— Oui...
— Tu as l'air d'hésiter... Où est Deric ?

LA CITÉ FERTILE

Livie le cherche des yeux, l'aperçoit aux côtés de Simon :
— Ils se ressemblent, tu ne trouves pas ?
— Je ne trouve pas.

La vieille se courbe à présent vers le sol. S'agenouille, comme pour écouter un chant, une plainte qui monterait des fins fonds de la terre.
Elle lève ensuite le visage :
— « Qui élargit son cœur rétrécit sa bouche. »
Et posant son index devant ses lèvres, elle se dirige, à pas lents, vers un monticule de sable gris, devant lequel elle s'accroupit.
Enfin, elle s'y adosse.
L'assistance se tait à son tour.
C'est le silence.

Il est une heure.
Là-haut, le chantier s'assoupit, les machines se sont tues. La circulation s'est ralentie.
La ville se dissipe dans une pelote de laine diffuse.
Le silence continue de régner sur la berge.
Natia s'impatiente :
— Ça va durer longtemps ?
Une partie de l'auditoire s'est assise. Certains arpentent le quai sans parler. D'autres contemplent le fleuve qui charrie tant d'images ; le fleuve qui navigue, interminablement, vers la mer.
Simon observe Aléfa :
— Regarde, Deric, elle remue les lèvres...

I

Ma ville
... Un jour j'ai décidé de prendre le large ; comme ça, sans quitter ma cité. Cela m'a pris – un matin, un soir, je ne sais plus – une brûlante envie de m'offrir ma ville, de la palper, d'en extraire le suc, de la ressentir dans toutes ses fibres, d'ouvrir l'œil à perte de vue. De la reconnaître, ma ville, dans une pierre, un tronc d'arbre, un visage ; de la nommer en chacun et partout. De m'attacher à ce passant, ou à cet autre ; d'aller un moment dans leurs pas.
Depuis, je marche, le regard à ras de terre, ou bien à hauteur d'yeux, ou bien par-dessus les toits. Selon mon désir.
Voilà, j'ai décidé : je l'arpenterai sans fin ma ville jusqu'à ce que mort me saisisse !

* * *

Millénaire
J'ai vécu !
Tout un passé me presse : passions et gouffres, solitude et hublots, condoléances et fiestas, pudeurs et impudeurs, sel et sources... J'ai vécu !
À présent, oublions. Ma substance est ailleurs.
Ou du moins : ailleurs que dans un relevé de souvenirs. J'ai horreur de ressasser. Maintenant je suis ici. Gravée dans ma vieille peau. Si labourée ma peau que je ne lui reconnais plus d'âge. Centenaire ! Millénaire ! Voilà ce qu'elle m'a faite. Voilà ce que je me veux.

* * *

LA CITÉ FERTILE

Ici

Certains décideront que ma place est au bord d'un fleuve séculaire, au fond d'une grotte greffée dans le désert, au creux d'une forêt primitive.

Eh bien, non ! Ma place est ici : en pleine ville, en plein siècle. Près du béton, de l'acier, de l'asphalte, des feux rouges, des métros, des boutiques, des voitures, des bidonvilles, des motos, des drugstores et compagnie... J'y retrouve mon rythme, mon blé, mon eau, mes herbes, tous mes oui, tous mes non !

Du goudron à l'étoile, j'accorde mes extrêmes. Aucun désir de m'étendre ne me taraude, aucun empressement à jouer à la momie, à me blottir dans un coin de la nature pour contempler l'horizon. Pour contempler tout court !

Comme chacun je suis pétrie d'horizons et me battrai pour que ceux-ci paraissent et pour les peindre du mieux que je peux à travers les moyens limités – ressources, expressions, médias ! – dont je dispose.

J'aime notre temps. Malgré ses bilans tragiques, ses maléfices. Quelque chose y remue. Quelque chose s'y cherche. Mon existence se décuple les jours où je tends l'oreille. Alors, il me semble que l'homme est possible.

Que l'homme est possible, que l'homme sera.

* * *

Le mystère

D'où avons-nous surgi ? Où vont nos pas, et pourquoi ?

Nous habitons cet inconnu, ce mystère. Qui ne l'éprouve, qui ne l'a éprouvé ? Pourtant cela se définit mal, nous suffoquons à l'intérieur des mots.

Pour m'en sortir : je chante, je joue, je crie, je danse, je brandis des images, je culbute les paroles ! Je fais avec ce que je peux.

Souvent je pulvérise façades, masques, personnages ; je défais des mailles, j'écarte les étaux, je me rejoins...

Alors, soudain, rien ne résiste à la source ! Alors, la fête ! Alors, l'amour ! Alors, alors, alors : la vie !

À quels nœuds échappe-t-on ainsi ? Ou bien « vivre », n'est-ce qu'une illusion ? Une farce ?

* * *

La farce

Une farce, la vie ?... Mais l'admirable farce !

Comme elle, je ne fais que mourir et renaître, l'espoir chevillé au corps. Je ne cesse de ressentir ce qui nous propulse plus loin que le geste, les mots,

l'écorce. Je ne cesse de nommer ce qui n'a pas de nom, mais frémit de l'autre côté de nous.
Lorsque les ombres m'accablent et que je me fais défaut : je laisse affluer les paroles des autres : « Quand celui qui a vu s'en va, vient celui qui écoute. » Ou bien, j'accueille le silence, le rumine et m'en nourris.
Je ferme les yeux, me tais au plus profond.
Ainsi, je dérive. Longuement. Loin de moi-même et des enclos. Ainsi, ce silence m'accorde à l'univers.

* *

Crac !
Et puis, crac !
Du cheveu à l'orteil, je m'incarne. Je fonce sur l'assistance. Je me précipite goulûment sur les mots. Je me délecte de chaque voyelle, de chaque consonne. Je prends racine dans l'événement. J'entre, avec appétit, dans le remue-ménage de l'existence. J'achète, en vrac, des journaux, des victuailles, du vin. Je gloutonne. Je m'infiltre dans ma peau, et m'y trouve bien.
Une femme-bouffon. Une femme-pitre. Une femme-guignol. Pourquoi pas ?
Pourquoi n'y aurait-il pas de féminin à ces surnoms ? Pas de féminin à Polichinelle, à bateleur, à Gilles, à pantin, à Gringoire, à saltimbanque, à baladin, à Auguste ! Pourquoi pas ? Ces personnages me ravissent, j'y pressens une liberté. De quel droit n'y aurais-je pas droit ?
Les interdits m'irritent, me pousseraient à foncer sur l'obstacle ; ou bien, dépitée, à m'enfoncer dans ma coquille, m'y incrustant jusqu'à la fin de mes jours.
Mais non, je n'ai pas la bouderie tenace. Sans cesse d'autres passions, d'autres souffles me renflouent.
La fleur chagrine n'est pas mon signe !

J'ai le culte du mouvement, le goût des êtres et des cités. Ils sont mon faible, ma fibre, mes fables, mon fort !
Soudain, rues, impasses, boulevards, m'aspirent, m'inspirent. Je les parcours. Je les hume, essence comprise. Je les hante, je les remonte, je les redescends.
Pour qu'une voix réponde à la mienne, je demande à un passant une adresse à laquelle je ne me rendrai pas. Je parle aux vieillards, aux vieilles, dont le temps ne compte plus mais auxquels reste si peu de temps. J'adopte par brassées

la foule et sa jeunesse : svelte, barbue, chevelue ; ou bien celle qui joue aux bonzes, crânes chauves poudrés de blanc.

Je plonge dans les marchés aux heures d'affluence. Dans la ruelle pleine à craquer, une voiture s'engouffre ; agressive, elle se taille un chemin. Je caresse son museau, je l'apprivoise ; ses ronflements s'assourdissent, elle me livre passage.

Je passe...

Plus loin, je discute avec la rempailleuse de chaises, celle dont les cheveux sont carotte et frisés ; je m'assois à ses pieds sur le trottoir, je lui tends ses outils, je noue les liens d'un dossier qu'elle répare.

Sur les étalages, je tâte le ventre dodu d'une caille ou d'un dindonneau. Je chaparde un grain de raisin. Je frôle de l'index la peau bien serrée d'une tomate. Mon pouce glisse sur le vernis d'un poivron. Je m'octroie tous les plaisirs de l'œil, de la main, de la bouche. Du moins ceux qui me restent !

Je me porte bien, c'est une veine. Je marche tellement que j'ai de moins en moins de graisse sur les hanches, malgré ma propension à grignoter.

Mais je ne vais pas mettre mon corps sur la sellette ! Puisqu'il tient toujours, je m'accorde de l'oublier.

**

Fibres et racines

Avant mes os, mes souvenirs ont rejoint la poussière. J'ai un passé que le temps clairsème.

Mes atavismes sont multiples. À tous les azimuths mes ancêtres se sont entremêlés. Tous ces croisements me gardent libre et sans frontières, que le ciel en soit remercié.

J'ai fibres et racines sur au moins trois continents !

2.

Tout est paysage
Toujours adossée à son tas de sable, la vieille regarde au loin. Enfin, la voilà qui se déchausse, masse un pied après l'autre, remue les orteils. Simon s'accroupit, en face d'elle, délace ses souliers, l'imite. Un chat famélique se faufile entre des caisses ; approche, le dos rond. Aléfa allonge le bras, l'attire dans le creux de sa jupe. L'animal s'enroule, s'enfonce dans les plis du tissu.
Le ciel se fonce. Un à un, les badauds sont partis. Seuls une dizaine d'enfants circulent autour d'Aléfa, parlant à voix basse.
Le regard de Simon fixe la plante des pieds nus, s'attarde sur les méandres de la vaste jupe, se perd dans les vallonnements du buste, s'appuie sur les épaules.
Tout est paysage.

Simon cligne des yeux. Une tribu de chats assiège Aléfa. Une tribu d'enfants l'embrasse. Elle est assise, elle est couchée, elle est debout. Une tribu de mots se bouscule aux lèvres d'Aléfa. Elle est bleue, elle est rouge, elle est multicolore. Des bras lui poussent partout. « Je lui mettrai des bras sur tout le buste et des légions de têtes. » Une par âge, une par pays, une par saison.
Sur la scène du théâtre Aléfa tournera sur elle-même comme une planète. Le plateau sera transparent, éclairé d'en dessous. Aléfa emportera

le monde dans sa danse. Aléfa ce sera vous, ce sera moi, ce sera nous. Aléfa ce sera le mouvement, ce sera le silence.
Aléfa, c'est soudain l'univers.

* * *

Pleurer et rire
Le soleil s'est retiré en bloc. D'une seconde à l'autre, il va pleuvoir. Deric et Natia remontent en courant les marches qui mènent au quai. Simon est toujours assis en face de la vieille. Où est Livie ? Il l'appelle.
— Je suis ici, derrière toi.
— Comme tu es pâle. Tu n'es pas malade ?
— L'orage va éclater. Tout le monde est parti sauf toi.
Simon lui montre Aléfa.
— Sauf elle.
— Elle !
Livie hausse les épaules.
Aléfa ouvre sa bouche, promène sa langue dans l'air, goûte à la pluie. Aléfa ferme les yeux, compte le battement des gouttes sur ses paupières.
Simon se promet de l'emmener en tournée, il faudra qu'elle accepte. Dans une tente, une clairière, un entrepôt, une cave, une place de village, une chapelle désaffectée... n'importe où, Aléfa est chez elle. Il bâtira son prochain spectacle tout autour d'elle. Aléfa sera son personnage. Aléfa avec ses pleurs, avec son rire.
Simon voudrait faire rire et pleurer. Pleurer, comme son fils Paulo qui a six ans sait encore le faire. Pleurer et rire, comme Paulo et son frère Gilles qui a quatre ans sait encore le faire. Pleurer et rire comme savent les peuples qui souffrent, et comme savent les enfants.
Livie suit du regard Natia et Deric qui s'éloignent très vite. Leur voiture les attend, luisante, rouge, solide, moelleuse au-dedans. L'automobile se glissera tout à l'heure dans le garage de leur immeuble. Celui-ci donne sur un jardin privé.
Livie se souvient de ce quartier résidentiel, celui de son enfance et de l'enfance de Simon. L'image, un instant, se fixe, rassurante, lointaine, à l'abri des rues.
— On s'en va, Simon ?
À quoi sert de toujours prendre des risques, de vouloir autre chose toujours ?
— Simon, tu viens ? Rattrapons Deric et Natia.

La rafale d'eau s'abat en plaques mauves sur le fleuve. Une volée d'enfants entraîne Aléfa sous les arches du pont, où se trouve un terre-plein couvert de gravier. Un chien fouine dans une boîte de carton, puis s'acharne après une balle en caoutchouc.
Les enfants encerclent Aléfa, leurs petites mains s'agrippent, tirent sa jupe :
— Raconte une histoire.
Simon court jusqu'au refuge, ses souliers à la main. Livie le rejoint :
— Je t'avais prévenu qu'il allait pleuvoir.
Simon se chausse.
Ensuite, Simon met son bras autour des épaules de Livie, l'entraîne rapidement sur l'escalier.
— C'est trop tard, ton frère et Natia ont disparu !
Sur la dernière marche, Simon s'arrête, crie en direction de la vieille :
— Au revoir, Aléfa !
— Comment veux-tu qu'elle entende sous l'orage ?
Pourtant, le bras levé, Aléfa leur répond.

* * *

L'identité
Peu après, des femmes revêtues d'imperméables sombres, groupées sous leurs parapluies, se pressent contre le parapet. Un agent les accompagne.
Une main se dresse, l'index en avant. Puis, une autre, une autre encore :
— Sous le pont, la robe bleue : c'est elle !
Les doigts accusateurs s'agitent.
— Ça fait des semaines qu'elle revient ici.
— Plus moyen de faire rentrer les gosses.
— Dieu sait ce qu'elle leur raconte !
— Qui est-ce ?
— Personne ne sait.

L'agent se retourne vers le groupe compact :
— Attendez-moi, je vais descendre mettre de l'ordre dans tout ça.
Il les quitte et se dirige vers l'escalier.
Les mères s'agglutinent encore plus, s'enchevêtrent, comme pour mieux résister à la tempête.
— Ne craignez rien, je vous renverrai vos enfants.

— C'est ça. Faites-leur peur, Monsieur l'agent.
Ce dernier descend les marches en maugréant sous l'averse.
Sur le terre-plein, il prend sa grosse voix, saisit les enfants par le coude, les épaules :
— Allez, ouste ! Vos mères sont là-haut, elles vous attendent. Allez, ou vous aurez affaire à moi !
En quelques secondes, ils ont tous déguerpi.
Sauf un. Un seul. Les yeux cachés sous sa frange rousse, il baisse la tête, s'accroche à la vieille :
— Garde-moi.
— Veux-tu te dépêcher, galopin !
Aléfa le pousse doucement, la paume contre sa nuque :
— Va, petit. Va...
— Je pourrai revenir ?
— Bien sûr.
— Tu seras là ?
— Je serai là.
L'agent la toise :
— C'est à voir ! Et d'abord, montrez-moi votre carte d'identité.

Aléfa fouille dans ses poches.
De l'une d'elles elle extirpe une tortue, de l'autre une poignée de mousse. Puis, pêle-mêle, des allumettes, un caillou, des noyaux, un bout de journal, des épingles...
Elle retourne ses poches, ostensiblement. Rien. Pas de carte !
— Pas de carte ?... Bon, vous me suivez au poste.
La pluie tombe, drue.

Au commissariat, la vieille appuie son coude sur le guichet, darde en direction de son interlocuteur son œil bleu :
— L'identité, c'est quoi monsieur le Commissaire.
— Comment ?... Vous dites ?...
— L'identité, c'est quoi monsieur le Commissaire ?... Date et lieu de naissance, noms des père et mère, mensuration, couleur des yeux, photo d'un autre temps. C'est ça que vous appelez l'identité ?
— Qui pose des questions ici, vous ou moi ? Votre nom ?
— Aléfa.

— Aléfa comment ?
— Aléfa tout court.
— Et ça s'écrit ?
— Comme ça se prononce.
— Aléfa T-o-u-c-o-u-r-s ?
— Si vous voulez.
— Si je veux ?
Elle épelle après lui, donne consistance à chaque lettre :
— T-O-U-C-O-U-R-S.
— Votre adresse ?
Elle se retourne, lance au plafond comme un projectile le nom de sa rue.
— Vous, Lordier, accompagnez-la. Vous vérifierez ses papiers sur place.

Assis à l'extrême bord de sa banquette, un jeune agent sursaute.
À l'ordre du commissaire, la face poupine de Lordier s'est embrasée. Pour la première fois, le voici chargé de mission ; lui, un novice, entré en service depuis à peine quinze jours.
Il bondit, accourt :
— À vos ordres, monsieur le Commissaire.
La vieille l'apostrophe :
— Jeune homme, suivez-moi !

3.

Retour, détours
Aléfa défile sur le boulevard, suivie de l'agent à la face champêtre. La robe bleue bat les chevilles. Du chignon à moitié défait pend une mèche de cheveux gris qui va, vient, en queue de cheval, au milieu des omoplates.
Aléfa fait un bond de côté, joue à saute-ruisseau.
Aléfa repart en trottant, se coule dans le fleuve des passants, se laisse déjeter vers un porche, s'attarde, repart à toutes jambes.
L'agent emboîte le pas :
— Eh là ! oh là ! N'essayez pas de me semer ! Vous avez de la veine, le Commissaire aurait pu vous boucler.
Des boutiques champignonnent. Vêtements, chaussures, parfumerie, confiserie, vêtements, vêtements, vêtements. Une vitrine chassant l'autre. Lordier s'arrête, ahuri : vestes fuchsia, mouchoirs qui rutilent, cravates couleur verre-cathédrale « Tous des tapettes ! » Son image, bien nette, calée entre des épaules viriles, lui fait face, le rassure. Il se regarde, complaisamment.
Aléfa se retourne :
— Alors, on se plaît ? On est le plus fort ?
Elle reprend sa marche. Confus de s'être laissé surprendre, l'agent la suit.
Musique, spectacles, s'enroulent autour de la colonne Morris. Devant l'arrêt d'autobus, les gens se coagulent. Aléfa chantonne :
— Bientôt, on sera là ! Là, là, là, là, lalalalalala...
A-t-elle un domicile, cette vieille ? Ne ferait-il pas mieux de l'arrêter tout de suite pour vagabondage ?

Subitement, Aléfa l'interpelle :
— C'est ici !
Derrière ses rideaux verts la concierge ne les voit pas entrer.

*
* *

Couples
Au même moment Simon et Livie pénètrent dans l'immeuble :
— Qu'est-ce qui se passe ?
— C'est pour mes papiers.
Aléfa, des papiers ? Simon évite de sourire. Pourtant, si l'homme de loi insistait, s'il refusait de comprendre ?
— Aléfa, je reste avec toi.
La vieille sait qu'ils partent en tournée ce soir même, elle ne veut pas les retarder. Elle cligne de l'œil, chuchote :
— Je lui prouverai que j'existe.
L'agent s'impatiente :
— Qu'est-ce que vous racontez tous les trois ?
De quoi se mêle ce long jeune homme avec sa tignasse noire qui lui enveloppe le cou, ses yeux qui dégoulinent. Elle, la jeune femme, a l'air plus normale.
— Vous faites quoi dans la vie ?

Sans lui répondre, Livie entraîne Simon. Ils s'éloignent.
Adossée au mur de l'entrée, Aléfa les regarde partir. Ils sont jeunes, ils sont beaux, ils s'aiment. Aléfa les respire, les habite. Aléfa ne perd jamais une occasion d'être heureuse.
Aléfa flotte entre les palmes vertes de leurs corps, vogue à l'intérieur de leurs membres, coule dans leurs veines, s'irrigue de leur sang neuf, s'immerge dans cette transparence.
Elle ne refait surface que lorsqu'ils ont disparu.
— Vous rêviez ! On voit que vous avez du temps à perdre !
— Que fait-on du temps qu'on gagne, monsieur l'Agent ?

La Portugaise ouvre la porte de sa loge.
Tirée du lit, sa fillette porte des écailles de sommeil sur sa peau. Elle se débat mollement entre les bras de sa mère.

Le locataire du troisième, flanqué de son épouse, apparaît au tournant du palier. Apercevant la vieille en compagnie d'un agent, tous deux se détournent, respectables, réprobateurs.

Ce sont eux, à présent, qu'Aléfa regarde.

Mais comme elle se glisse mal entre ces corps tout en nœuds ; comme elle navigue mal parmi ce sang trop sec, ces artères semées d'impasses. Comme elle respire mal rien qu'à les voir descendre les marches.

N'y tenant plus, Aléfa choisit soudain de s'en divertir. Son œil photographie la scène, et en rajoute.

Aléfa surmonte le profil solennel du personnage d'une couronne de lauriers. Elle lui ôte sa veste grise et l'enveloppe d'un péplum. Elle va plus loin : elle retrousse ses pantalons pour qu'apparaissent les mollets du notable, hérissés de poils blonds. L'épouse n'a pas de profil, rien qu'une face de pierre tombale qui chute sur des lèvres rétractées. Est-ce possible d'être de la vie avec cet air-là ?

Aléfa égaye le front dur d'une perruque multicolore, étire la frange pour voiler le regard sentencieux. Elle pare ensuite la chair presque absente d'une robe à traîne. L'étoffe adoucit la démarche, cache l'os maigre du genou.

Enfin, la vieille s'avance jusqu'à la dernière marche. Ravie de son tableau, elle fléchit le dos pour une profonde révérence, et s'écrie :
— Avé !

La Portugaise se tient les côtes. Sa petite fille gigote, pour se joindre à la fête. Sa mère la dépose sur le sol.

Debout, l'enfant sabre l'air de ses bras, multiplie les courbettes :
— Avé, avé, avé...

Sans perdre contenance, le couple traverse l'entrée ; puis le seuil, martelant les dalles de leurs pas aigus.

Ils font claquer la porte cochère derrière eux après avoir proféré des menaces.
— Valé ! chante Aléfa.
Et l'enfant à sa suite :
— Valé, valé, valé...

L'agent se ressaisit :
— À quoi jouez-vous ?
— Monsieur de la Force publique, à présent je suis à vous !
La Portugaise s'avance, inquiète :
— Je connais Aléfa, monsieur l'agent.

Elle n'a rien pu faire de mal, je vous jure.
Celui-ci la repousse :
— Ce ne sont pas vos affaires.
Aléfa lui prend le bras, et jouant de la prunelle :
— Venez, suivez-moi, Brigadier !
— Je ne suis pas brigadier !

*
* *

L'escalade
Aléfa déclenche la minuterie. Les murs bruns et cloqués de l'escalier de service viennent au jour.
La vieille soulève sa jupe, franchit les degrés, se retourne de temps à autre pour contempler la face rougeaude de l'agent. Une face tout en vallonnements et en rondeurs, faite pour les bocks de bière, le rire gras, les repas de noces sous les ormes.
Aléfa, d'un sourire, l'encourage à redevenir ce qu'il est. Inutile. L'homme colle à son rôle. Aléfa n'insiste pas, elle soupire :
— On est sur terre pour gravir. Gravissons !
— Vous avez de ces formules !
Il la voit venir, il flaire la manœuvre. Cette femme ne possède sans doute aucun état civil ; il en est de plus en plus certain.
— Je suis venu pour vos papiers, un point c'est tout.
— Alors, hâtons-nous !
Aléfa s'élance sur les marches ; si vite qu'il a du mal à la rejoindre :
— Eh, oh ! N'exagérez pas.
Devant le palier du cinquième, prise d'un étourdissement subit, la vieille s'agrippe à la balustrade.
— Je vous avais dit de ne pas...
Aléfa vacille. Il a peur qu'elle ne tombe à la renverse. Il avance les bras, effrayé, mais ne sait par quel bout la tenir.
— À votre âge, vous n'êtes pas raisonnable.
Elle ne répond pas, mais caresse à plusieurs reprises son front moite. Les murs se dissolvent, la rampe, le plafond, cet homme... La cage d'escalier est un entonnoir qui l'aspire. Elle se retient à l'épaule de l'agent :
— Quelques secondes, ça va passer...
En effet, ça passe. Le vertige la quitte par lambeaux.
Tout autour, une fois de plus, les choses, les êtres, s'emboîtent dans leurs formes et se précisent.

— Prodigieux !
— Vous dites ?
— Tout s'en va, tout revient... Prodigieux !
— Vous m'avez fait peur. Ce n'est pas le moment de s'extasier !
— C'est toujours le moment.
— Avec vous, c'est le monde à l'envers.
— Qu'est-ce que l'endroit, Monsieur de la Maréchaussée ?
Elle l'étourdit, cette vieille. L'agent prend l'air courroucé, fronce les sourcils. Il les voudrait gigantesques, broussailleux, ses sourcils, et qu'ils lui en imposent.
Tous deux reprennent l'escalade.
La démarche d'Aléfa est plus pesante que tout à l'heure ; son dos s'arrondit. Encore deux étages. Elle souffle à chaque pas...

*
* *

Le village
... jadis, quand sa bisaïeule allait à sa rencontre, elle avait ce même souffle, de plus en plus court.
De ce temps-là, chaque après-midi, elle quittait la ferme, marchait longtemps pour venir l'attendre à la sortie de l'école.
Elle ressemblait à une petite flamme, sa bisaïeule. Les pommettes roses, le cou plissé ; toute minuscule dans sa robe mauve en forme de clochette. Quand elle se déplaçait, la plante de ses pieds touchait à peine le sol ; on l'aurait dit montée sur des patins.
Souvent, son merle noir au bec orange l'accompagnait ; voletant autour d'elle, se posant par moments sur son épaule.
Ce jour-là, il s'en souvient encore, la place était vide, et soudain sa bisaïeule s'est effondrée devant l'épicerie.
Plouf ! D'un seul coup.
Se noyant à l'intérieur de sa jupe, comme dans une mare violâtre. Les deux bras longtemps dressés, pour appeler au secours.
Le merle s'affolait ; perçant le ciel, piquant vers la terre.
Et lui, ce petit garçon en culottes courtes, sa sacoche sous le bras, ne sachant comment intervenir, restait là, cloué au sol, la bouche ouverte, les yeux hors de la tête...

*
* *

La chambre
... l'agent avance brusquement la main pour soutenir le coude d'Aléfa :
— Vous allez mieux, c'est sûr ?
— Un peu de patience, on arrive, Monsieur l'Inspecteur.
— Mais je ne suis pas inspecteur !
Au septième, la vieille pousse la porte peinte en jaune.
— Vous ne fermez pas à clef ?
— Pourquoi faire ?
— Et les cambrioleurs ?
Il n'y avait rien à mettre à l'abri. Les objets, elle s'en était toujours méfiée, les tenant à distance de crainte qu'ils ne se mettent à vivre à ses dépens ; s'en séparant très vite, les distribuant à toute volée, de peur qu'ils ne l'écrasent sous le poids de leur existence inerte.
La chambre était exiguë, mais claire. Des murs soleil, un plafond très blanc.
— Aucun bruit, n'est-ce pas ? Le calme au cœur de la cité ! Et la vue ! Avez-vous remarqué la vue que j'ai d'ici ?
— Quelle vue ?
Elle lui désigne la lucarne.
— Ça, une vue ?
— Remarquez ce bleu. Ce rectangle bleu de bleu. Et qui, en plus, change de peau à toute heure.
Aléfa se plante derrière l'agent, enveloppe de ses mains la nuque rasée. Doucement, elle le force à redresser la tête :
— Laissez-vous faire. Regardez !... Rien qu'un châssis, rien qu'une vitre, et vous voilà en possession d'un fragment d'univers : pluie, étoiles, lune, hirondelles, soleil, nuages, jour et nuit, rien n'échappe à mon filet.
À bout de patience, il cherche à se dégager. Mais, sur le point de dénouer, brutalement, les deux mains de la vieille qui maintiennent son cou, voilà, de nouveau...

* * *

Le village
... la tache violâtre et molle sur la place ronde, devant le seuil de l'épicerie.
Par-dessus : le vol affolé du merle, décrivant au-dessus de la morte, des cercles et des cercles et des cercles.
Se laissant aspirer plus avant le long des couloirs du passé, il revoit, l'une sur l'autre, les mains de la bisaïeule, couleur de résine. Il entend le bruissement

de papier de soie que font ces paumes-là quand elles s'entrefrottent. Sur sa tête d'enfant, il les sent ces doigts frêles comme des brindilles qui, tendrement, remuent dans ses boucles. « Plus tard, quand tu seras grand... »
Il a grandi. Tout seul.
Sous l'enseigne de l'épicerie en lettres capitales, la petite flamme s'est éteinte, étouffée dans le panier mauve de ses robes...

***

La question
... les mains d'Aléfa s'entrouvrent enfin. L'homme est encore troublé.
— Alors, ma lucarne, qu'est-ce que vous en dites, monsieur l'Agent ?
— Vous savez, j'avais une bisaïeule. Je l'ai bien connue...
— Lordier, je sentais bien qu'avec vous je n'étais pas trop mal tombée.
Il recouvre ses esprits :
— N'empêche que je vous tiens à l'œil. Si vous comptez me jouer un tour.
— Quel tour ?
— C'est à vous qu'il faut demander ça.
— Vous aimez les voyages ?
— Qui vous parle de voyage ?
— Répondez-moi. Vous voyagez ?
— Quelquefois, l'été, en famille. Vous, votre pays, c'est où ?
— C'est ici, c'est nulle part, c'est partout... Vous aimez la ville ?
— Je déteste. Cette foule, le métro, le bruit, la poussière, ces jeunes qui ressemblent à des guignols. Enfin, qu'est-ce qu'ils veulent ?
— Autre chose.
— C'est quoi, autre chose ?
— Voilà la question !
— Je vous le dis : ils ne savent pas ce qu'ils veulent, ils ne savent pas ce qu'ils sont !
— Et vous, vous savez ?
— Moi ?
— Oui, toi ! Qui es-tu, mon frère ?

***

La rue
Mission non accomplie. De nouveau, la rue.

Autour de la colonne Morris, la bisaïeule jette à flots des graines aux pigeons.

C'était donc elle, la coupable !

Les locataires des immeubles voisins dépêchaient régulièrement un délégué au commissariat pour porter plainte contre inconnu. Quelqu'un s'obstinait à nourrir ces volatiles qui dégradent balcons et façades.

L'agent se hâte dans sa direction, la morigène :

— Tu ne devrais pas, c'est défendu.

— Qui êtes-vous ?

— Tu sais bien qui je suis, voyons.

La bisaïeule insiste :

— Qui êtes-vous ?

— Tu ne me reconnais pas ?

Elle secoue la tête, butée :

— Qui êtes-vous, qui êtes-vous, qui êtes-vous ?

Elle hausse le ton. Elle va ameuter tout le quartier. Comment pourrait-elle le reconnaître ?

Il s'en va, il renonce :

— Chut ! Plus bas...

Elle le pourchasse. Il se tire en vitesse.

Parvenu à l'angle de la rue, juste avant de disparaître, il se retourne une dernière fois...

Plus de bisaïeule !

Seulement une assemblée de pigeons qui pataugent, joyeusement, dans une mare de graines orange.

L'agent prend sa tête entre ses deux mains. Cette matinée lui a fait perdre le sens commun.

Plus d'Aléfa !

Mais sur le toit de l'immeuble, surgissant de la lucarne, lui faisant signe : la robe bleuâtre, au bout d'un balai à tête de loup, flotte au vent.

Tout à l'heure au commissariat, il prétendra que tout était en règle.

4.

Le hangar
Simon et sa troupe s'installent dans le hangar, plantent leur décor, avivent les murs que ce temps nuageux obscurcit.
Le village aux ruelles en spirale, aux maisons à flanc de coteau, avec son perron d'église piqué d'herbes, ses lanternes, ses murs tapissés de lierre crépu, aurait suffi au spectacle ; s'il n'y avait eu cette pluie.
À force d'aller sur les routes, plusieurs fois par an, aucune intempérie ne les surprend plus. La camionnette est une boîte à trésors qui permet tous les déguisements. Un éclairage, un support, un morceau de tissu, et c'est la métamorphose !
En ce moment, sur la place du marché, le véhicule fait office de panneau d'affichage.
Les portes du hangar sont grandes ouvertes. Mais ce soir, en dépit de l'été, la nuit suinte déjà à travers les couches d'air.
L'heure du spectacle a sonné. Il n'y a encore personne.
Simon, Marc, Serge, Antonio, avancent sur le seuil du hangar jouant de leurs guitares, de leurs flûtes. Paulo et Gilles munis de baguettes frappent, de toute la force de leurs petits bras, sur des tambourins ceinturés autour de leur taille.
Un volet s'entrouvre :
— Vous n'avez pas le droit de faire ce tapage !
Une autre voix :
— Retournez dans votre hangar !
La lune se givre.

Livie rentre les épaules, empoigne ses fils par leur chandail, les attire à l'intérieur.
Simon fait signe aux autres de continuer en sourdine :
— Ce n'est pas encore perdu.

**

Sous le poirier
Avant-hier, dans un village voisin, ils ont joué sous un poirier. Le soleil, la foule, étaient au rendez-vous. Les dernières clartés du soir se prolongeaient.
Comme ils avaient vu faire Aléfa, Simon et ses comédiens entremêlaient des textes de tous les temps, de tous les pays. Soudain, dans ce petit verger toutes les voix du monde s'étaient rejointes.
Livie dansait autour de l'auditoire, le traversait parfois ; entraînait d'autres danseurs, inventait, avec eux, d'autres danses.
Gilles et Paulo, perchés sur un arbre, récitaient une fable.
Antonio accompagnait ses lamentations d'une flûte plaintive ; haines, misère, guerres, infestaient toujours la planète.
Serge clamait la joie.
« Que fait-on sur cette terre ? », demandait subitement Simon.
Sa question passait alors de bouche en bouche en un interminable écho.
L'homme des champs côtoyait l'ouvrier de la petite fabrique avoisinante. Des femmes, entourées de leurs petits, souriaient aux deux enfants dans l'arbre.
La séance avait duré, duré.

Quelques-uns partaient, puis revenaient avec leurs repas qu'ils partageaient. Le tapis d'herbe joignait spectacle et spectateurs.
Ce soir-là, ils étaient venus très nombreux du bourg et des fermes avoisinantes. Ce soir-là, tout s'ouvrait : les bras, le cœur, les mots.
La terre était hospitalière. Il suffisait d'appeler pour qu'on vous réponde.
Ce soir-là, le monde était innocent. Quelques hommes devenaient l'humanité entière. Un morceau de ciel, c'était toute l'étendue.
Il y a de ces soirs où tout devient possible, où l'ombre se résorbe.
Il suffit – aux soirs tristes – de s'en souvenir.

LA CITÉ FERTILE

* * *

Personne
S'en souvenir dans cette nuit avare, aveugle ; cette nuit à volets tirés.
S'en souvenir dans cette nuit où la musique ne rend plus qu'un son insipide, où les paroles sont d'écorce, où l'enfance paraît infantile, où la joie bascule.
— Cette tournée est ratée !
Du fond du hangar, Livie lance ces mots pour qu'ils atteignent Simon. Puis, elle allume le réchaud à gaz, s'y réchauffe les mains.
De nouveau, sa voix transperce la salle vide :
— Ratée !
Simon sursaute comme si l'on venait de lui planter un dard. Le cri de Livie se double du regard narquois de Natia.
Deric, lui, a réussi sa vie. Réussi ! La réussite. Qu'est-ce que ce mot cache ? Un mot que Simon refuse, qu'il rejette quoi qu'il arrive. Ce qu'il cherche c'est autre chose. Autre chose, Livie le sait bien. Ce jour, sur la berge, en compagnie de Deric, Simon avait senti que même son frère...
Le ton de Livie se hausse :
— Tu crois toujours au miracle, Simon !
En silence, Simon allume les réflecteurs, fait surgir une zone ronde d'une clarté éclatante. L'espace noir recule.
Exaspérée, Livie emporte vers un coin sombre les enfants qui se débattent. Elle les enroule dans une couverture de laine kaki.
— Couchez-vous. Il faut dormir.
Simon règle d'autres éclairages, déplace les bancs.
— Vous êtes prêts, Serge, Marc, Antonio ?
Sa voix les entraîne. Antonio approuve d'une cabriole, Serge par quelques sons de flûte. Marc éclate de rire :
— Vraiment, on attend quelqu'un ce soir ?

* * *

Le village endormi
— Je sors !
Simon essaie de retenir Livie. Celle-ci traverse le hangar en courant. Plus loin, elle repousse Marc qui lui barre le passage.
— Il pleut des cordes. Tu veux que je t'accompagne ?

— J'ai besoin d'être seule.
La jeune femme franchit le seuil, entre dans la nuit.
Simon tamise un peu les lumières ; tire une chaise et s'assoit à califourchon face à l'entrée.
Antonio et Serge font un simulacre de combat, se roulent par terre dans un corps à corps jovial.
Marc fume nerveusement, le dos tourné à la porte.
— Eh, Simon, tu m'appelleras quand l'oiseau rare fera son entrée. Je parle du premier spectateur, pas de ta femme !

Dehors, les ruelles s'emboîtent dans d'autres ruelles serrées entre des façades de plomb, sur lesquelles la pluie dégouline. Coupé de son panorama, le village ressemble à une caverne.
Sur la place, la camionnette a l'air d'une curiosité de foire que ses funambules auraient abandonné.
Au bout d'un quart d'heure, Livie revient, les vêtements, les cheveux trempés.
Marc se retourne, s'avance vers elle :
— Mauvais signe, Ophélie ?
— Aucun signe.
— Ils dorment ?
— Rien ne les fera bouger.
Antonio suivi de Serge fonce vers le porche :
— Annonçons la fin du monde, ça les secouera !
Au son d'un tambour, les comédiens s'étirent, gesticulent, décrivent des ombres immenses et fiévreuses sur la façade du hangar :
— On réclame la Mort sur d'autres planètes ! Ce soir, elle nous quitte et liquide tous les hommes ! Vivez la dernière fête, la dernière nuit ! Vivons-la !
Livie les évite, se bouche les oreilles, s'engouffre dans le hangar. S'enroulant dans un vieux rideau rouge, elle s'étend et se tapit auprès de ses enfants.
Être loin. Loin. Ne plus chercher à dire, ni à comprendre. Se réveiller, loin. Tout au fond d'un jardin, dans le ventre d'une maison, le renforcement d'une chambre, le creux d'un lit...

*
* *

LA CITÉ FERTILE

La comédie
Simon s'agenouille au-dessus de sa femme, caresse sa joue du revers de ses doigts :
— Rappelle-toi, certains soirs, comme c'était bien...
— Je ne sais plus. C'est ce soir qui compte.
Livie s'enveloppe la tête dans le tissu écarlate :
— Ça n'avance à rien tes rêves. On se joue la comédie.
Simon brûle de lui rappeler ses propres paroles. La vie est ici puisqu'ils y croient, puisqu'ils s'aiment. Ce chemin ils l'ont choisi, ensemble. Tout, en ce siècle intense, est à un tournant. Comme d'autres ils tâtonnent ; ce qu'ils souhaitent et cherchent finira par s'éclaircir.
Parfois, quand Livie joue, un souffle passe. Simon se souvient du soir où elle fut Ophélie. Tous les pourquoi, toutes les collines, toutes les sources du monde étaient dans ses cheveux, sur son visage. Toute la détresse, et tout l'amour.
— Souviens-toi d'Ophélie.
— Je ne suis pas Ophélie. Je veux être moi.
— Qui est-ce *moi* ?
Surpris par ce qu'il vient de dire, Simon se lève :
— Donne-moi une cigarette, Marc.

*　*　*

La visite
Une femme vient d'entrer.
Elle porte un tricot rose, qui bride ses gros seins et s'évase sur les hanches. Elle a des bas gris, des espadrilles usagées.
— J'habite à droite de l'église. J'ai deux chambres où vous pouvez passer la nuit.
Livie se hisse hors de sa couverture, tend la main pour prendre la clef :
— Je vais réveiller les petits.
Simon explique leur spectacle. Il voudrait que la femme y assiste, avec sa famille, les voisins. Celle-ci, gênée, s'excuse avec de petits rires de gorge ; ce n'était vraiment pas un temps pour sortir, les gens préféraient rester au chaud près de la télévision. Pourtant elle aurait souhaité faire plaisir, encourager ces jeunes « qui font quelque chose ». La bouche crispée, elle parle soudain de son fils parti vivre dans la cité, et dont elle n'avait plus de nouvelles :
— Les jeunes, il y en a qui s'en méfient.

Elle dévisage Simon, laisse flotter un demi-sourire sur ses lèvres.
Celui-ci insiste :
— Ce soir c'est à guichets ouverts, rien à débourser.
Livie lui fait signe de se taire. Marc ajoute :
— Laisse ! Ça nous fera au moins une nuit entre des draps.
La femme dodeline de la tête :
— Il ne faut pas vous désoler, demain à S... ce sera différent, vous aurez du monde. À présent, il faut que je parte, ils vont s'inquiéter.
Ses chaussures trop plates déséquilibrent sa marche. Ils la regardent s'éloigner, le buste s'enfonçant, tanguant d'une hanche à l'autre.
Parvenue à la porte, elle se retourne :
— Il ne faut pas vous désoler.

* * *

L'innocente
Une grande fille dégingandée, au visage perdu, tirant au bout d'une corde une chèvre, arriva peu après. Saisie par la lumière de la salle ses yeux papillotaient, sa bouche restait ouverte.
Livie recula. Ses deux fils qu'elle emmenait, tout encapuchonnés, dans la maison d'à côté, lui échappèrent. Ils coururent vers l'animal, s'accrochaient à ses poils, cherchant à lui grimper dessus.
La fille joignit plusieurs fois les lèvres, remua la langue pour parler ; son élocution paraissait difficile. Au bout d'un pénible effort elle prononça :
— Je veux voir la fê-te !
Livie cherchait à retenir Gilles et Paulo :
— Ce soir il n'y a pas de fête. On ferme !
La chèvre venait de s'enfuir et gambadait dans la salle, traînant sa corde derrière elle. Gilles et Paulo la rattrapèrent, se suspendirent à sa longue bavette.
Clouée sur place, la fille fixait Livie de ses énormes yeux gris qui mangeaient ses pommettes.
— Vous entendez, on ferme.
Elle ne broncha pas. Puis, saisissant l'épaisse natte qui lui tombait au milieu du dos, elle la plaça par-dessus son épaule et se mit à la défaire pour imiter la chevelure tombante de Livie.

Simon les avait rejointes. La fille le contempla à son tour. Soudain son visage se fit suppliant, un visage terriblement démuni qui bouleversa Simon.

— Va t'asseoir là-bas. On va jouer pour toi.
— Pour moi ?
— Pour toi seule.
Il lui indiqua la banquette tout au bord de la zone éclairée. La fille s'y dirigea, les bras en avant, avec une précaution d'aveugle bue par la lumière.
Livie s'impatiente :
— Tu n'es pas fou !
— Reste, toi aussi. Rien qu'une heure.
— C'est ridicule. Elle n'est pas capable de comprendre.
— Qu'est-ce que tu en sais ?
— Mais enfin, regarde-la.
Simon appelle :
— Serge, Antonio, Marc, vous êtes d'accord ?
Les deux premiers accourent auprès de Simon pour décider du spectacle. Marc regarde de loin, hoche la tête, en s'approchant de Livie.
— Marc, aide-moi à rattraper les enfants. Ils ont besoin de dormir. Moi aussi, je veux dormir. Tu nous accompagnes ?
Marc saisit l'aîné qui s'écroule dans ses bras comme une petite motte de terre. Livie s'empare du second. Sa chair tendre et fondante, contre sa poitrine, l'apaise. Elle le berce à peine, il coule à pic dans le sommeil.

Le chant de flûte d'Antonio s'élève.
Avant de franchir le seuil, Livie jette un dernier coup d'œil vers le fond du hangar. Sur son blue-jeans, Simon a revêtu un large vêtement pourpre. Quelle tirade va-t-il choisir pour ce soir ? Elle s'attarde, attendant de reconnaître les premiers mots :
— « Je ne saurais te dire non : ma tristesse est trop grande. À qui pourrais-je mieux me confier qu'à toi ? »
La voix de Simon enveloppe Livie. Son beau visage irradie au-dessus de l'habit écarlate. La jeune femme le regarde, indécise.
Puis, entraînant Marc, elle s'en va rapidement.
Exténuée par les acrobaties des enfants et la chaleur des lampes, la chèvre s'est étalée sur son flanc.
Simon bondit hors de sa propre peau, se glisse dans chacune des paroles qu'il prononce.
Serge attend un geste pour faire son entrée.

Assise au bord de la banquette, les mains croisées sur les genoux, l'innocente ressemble à une statue dont les yeux seuls vivraient.

***

La promenade
La pluie a cessé. Les enfants sont au lit. Livie rejoint Marc sur le palier.
— Sortons. Je n'arriverai pas à dormir.
Tous deux déambulent à la recherche d'un bistrot. Ruelles à peine éclairées ; boutiques et portes closes. Le village est fermé comme un poing. Marc et Livie s'éloignent le plus possible du hangar, marchent côte à côte sans se parler.

À la sortie de l'agglomération, tout est plus sombre encore.
Quelques lumignons, au bout de la vallée, font frissonner la nuit.
— Ce n'est pas la peine d'aller plus loin.
Une pluie fine s'est remise à tomber. Passant près de la camionnette, Marc et Livie hésitent, puis s'y réfugient.
— Tu as froid ?
Il ôte sa veste, la lui place sur les épaules. Livie l'embrasse sur la joue.
Marc prend alors entre ses mains le visage de la jeune femme, cherche ses lèvres. Elle ne résiste pas.
Les doigts de Marc déboutonnent ensuite son chemisier :
— Cela fait des semaines que je cherchais à te dire...
— Ne dis rien.
Marc caresse ses épaules, ses seins. Livie ferme les yeux, se laisse emporter d'une manière presque délibérée. La bouche de Marc se saisit de la sienne. Elle s'y noie, à dessein.
Livie cherche à n'être plus que ce corps, à n'exister qu'en cette seconde. Simon s'estompe. Même Marc est absent.
— Regarde-moi.
Elle se détourne obstinément.
— Tu es toujours avec Simon ?
— Je suis ici.
— Ici. Mais pas avec moi.
Soudain, elle se blottit contre Marc avec une brusquerie douloureuse qui le trouble.
Elle lui tend ses lèvres. Les caresses de Marc se précisent. Des flots

soulèvent Livie hors d'elle-même. De petites crêtes fuient le long de sa peau.

Une dernière vague la dépose sur une plage à marée basse, les membres souples, reposés.

* * *

Le partage
Assis en tailleur aux pieds de l'innocente, Simon lui tend une parole après l'autre. Ce sont des paroles venues de loin, transmises de voix en voix, de signes en signes.

Des paroles simples, pleines.

Simon patiente ensuite pour que la jeune fille les reprenne, une à une, et les lui rende à son tour.

Le regard de plus en plus mobile, elle répète après lui :

> *À ton père, à ta mère*
> *Annonce le soleil !*
>
> *Dis-le*
> *À ceux qui ne le connaissent pas*
> *Répète-le*
>
> *Aux poissons dans la rivière*
> *Aux oiseaux dans le vent*
> *À celui qui ne sait pas*
> *À celui qui sait !*

Enfin Simon se met debout et, lui tenant la main, l'entraîne vers l'aire lumineuse.

Simon danse, et la fille avec lui.

Abandonnant sa guitare, Antonio se joint à la ronde. Serge les accompagne avec des battements de tambourin.

La fille se dégage, applaudit, tournoie, seule, sous les feux des réflecteurs.

Antonio s'étire comme un échalas.

Le tambourin de Serge crépite, allume des braises partout.

La cape de Simon, déployée, énorme sous les lumières, est une roue de flammes, la voile d'une galère, un arbre d'automne pris de folie.
L'innocente transperce les brumes, avance comme une étrave fendant les flots.

Simon va tout au bout de son souffle, tout au bout de ses membres. Il le sait, il le sent : quelque chose d'assoupi en lui-même, en chacun, ne demande qu'à être éveillé, célébré. Alors, soudain, cette chose explose, s'accroît.
L'innocente jubile. Son visage perdu, dispersé, se rassemble ; son rire fuse.
Le hangar flambe sous l'incendie de la musique, sous le soleil du partage, sous l'éclat des mots.
La chèvre s'ébroue comme à la sortie d'un bain.

La face heureuse de l'innocente dessine des échancrures dans les recoins où se tasse la nuit.
Où est Livie ?
De larges entailles multicolores fendent les pans lépreux des murs. Dans chaque écaille, dans chaque parcelle du monde, la beauté remue.
Où est Livie ? Où es-tu, mon amour ?

***

L'autre rive
L'énorme porte du hangar vient de s'entrouvrir en grinçant.
Livie la pousse. Elle entre seule, Marc a refusé de la suivre.
L'apercevant, Simon saute à pieds joints sur la banquette. De tout son corps, de tous ses bras, il la salue.
Te voilà, mon amour.
Serge met de la sourdine dans ses battements. Antonio recule, un son de flûte s'élève.
L'innocente s'accroupit au milieu de la salle. Elle contemple cette jeune femme, immobile dans l'encadrement de la porte.

La voix de Simon abolit les distances :

LA CITÉ FERTILE

> *La belle est sur l'autre rive*
> *Un fleuve est entre nous...*

La gorge serrée, Livie avance de quelques pas.
Antonio et Serge s'effacent dans la pénombre.
La jeune fille boit le spectacle des yeux.
Simon parle, là-bas, à Livie qui se rapproche ; chaque mot la ramène vers lui :

> *La belle vient sur ma rive*
> *Je vais sur la sienne*
> *Nous marcherons ensemble*
> *Ensemble nous vieillirons...*

Le regard de l'innocente va de l'un à l'autre.
Les mouvements de sa tête sont de plus en plus courts.

II

La randonnée

Je vais dans ma cité et jamais ne l'épuise. J'invente des itinéraires, je pousse dans tous les sens mon exploration. Je prends les autobus d'un terminus à l'autre. Parfois, ma ville se fige. Odeurs, fumées, vacarme, rendent ses rues hypnotiques ; je ne l'aperçois qu'à travers des voiles et sa tristesse m'envahit. Je sais que des milliers d'habitants la traversent jusqu'à l'épuisement. Je vois certaines faces s'y user, s'y durcir. Leur désespoir m'érode.

Il me prend souvent l'envie de la tenir, cette ville, entre mes doigts. De la pétrir comme l'argile pour la rendre habitable à tous ; de fondre son hostilité au creux de mes paumes.

Pour garder corps et cœur en confiance, je fais un bel effort. J'étire mes vertèbres, je rentre le ventre, et en avant ! la démarche allègre. « La démarche fait l'homme. » Du moins c'est, par moments, ce que je me dis.

Ainsi, je randonne ; respirant à bonne cadence. Je redeviens robuste et juvénile. J'entrouvre une porte cochère et découvre un jardinet peuplé d'oiseaux. Je m'attache avec des élans d'amoureuse à la grâce d'une façade, au triangle d'une perspective, au vert frais des feuilles, à l'élancement d'une avenue, à un parterre de fleurs, à la fraîcheur d'une fontaine, à la boutique écarlate d'un bougnat.

Lorsque mes yeux sont trop appelés vers le dehors et qu'il m'arrive de craindre que tout ne me fuie par ces deux ouvertures ; je me rassemble et parcours l'allée d'un cimetière parlant à la mort.

Dans ce face à face, je retrouve nudité et mesure. Sans cesse je plonge dans l'ombre, pour mieux vivre la lumière. Sans cesse je hante la nuit, puis me hâte vers les matins.

LA CITÉ FERTILE

Si je tourne à vide, je laisse courir mes pas et, docilement, les suis. Ils me ramènent presque toujours à un être vivant.

**

L'enfant
Devant la loge, la seconde fillette de la Portugaise tangue, ses bras à l'horizontale. Pas à pas, le souffle tendu, un pied en l'air, le genou replié, elle apprend l'usage de ses jambes et du sol. Au bord de la chute, l'enfant retrouve de mieux en mieux l'équilibre. Je la regarde qui va sur une corde tendue à la rencontre de sa vie. Elle recommence, hésite, repart ; l'émotion est à son comble. Juste après le triomphe, c'est l'accalmie.
Je crie : « Bravo ! »
La concierge vient sur le palier, me demande si tout s'est bien passé l'autre matin, si mes papiers étaient en règle. Je la rassure.
Sur ces entrefaites, arrive le postier malgache, qui me tend une carte de Simon. L'air m'entre dans la poitrine, je suis bien.
Le facteur me donne ensuite le journal, mon cordon ombilical avec l'événement. Durant des jours, j'en néglige la lecture ; puis durant des jours, je le consulte avidement.

**

Mode d'emploi
J'ai découvert un mode d'emploi pour extraire poésie des cadastres, des nomenclatures, des congrès internationaux, de la feuille financière « La Norvégienne de l'azote a subi des dégagements, après un début d'année morose... », des petites annonces, de l'hétéroclite ! J'en respire mieux, pourquoi dès lors m'en priver ?
Je compare les lampadaires étranglés par des colliers à boulons à ceux qui ressemblent à de géantes tiges. Je joue à cache-cache avec les vestiges de la « Belle Époque » : fontaines Wallace, vespasiennes, bouches de métro. Je me raccroche à une affiche. Je me délecte d'un graffiti.
Ainsi s'ébattent mes heures.

J'arpente un boulevard. J'entre, je sors de la foule. Je récolte les noms des rues, les scande par plaisir, marche à leur rythme : rue des panoramas, du pas

de la mule, des solitaires et de la mare, des hautes femmes, du soleil, du retrait, du repos des plantes et des quatre vents !...
Mes lèvres parfois me devancent, je les surprends à parler seules. Alors, je les rattrape, j'en rajoute : des mots en pagaïe, en torrents, en geysers. À m'en étourdir !
Mais m'interdisant toujours de franchir la crête où tout bascule, j'introduis soudain une ordonnance dans mes propos. Je me sers de ces rênes, qui retiennent au bord des pays sans retour.
Je vais, je viens, je chevauche, sans lunettes et sans canne. Pourtant munie de mon garde-fou.

**

L'éponge
Parfois, par exercice, je m'enracine dans un seul objet. J'adopte mon œil le plus lucide, le plus froid.
Par exemple : j'attaque l'éponge.
Je décris ses pleins, ses vides, ses excroissances, ses cavités. Je ne me fais grâce d'aucun détail. Je rends compte de la fongosité des pores, de l'élasticité, des moisissures. J'explique comment elle s'imbibe de liquide, comment elle le rejette. J'analyse. Je subdivise, je traite un à un chaque élément ; je m'infiltre dans chaque pore. Je la dépeins : mollasse ou dure. J'en énumère les espèces : éponges fines et douces de Syrie, fines et fermes de Grèce, blondes de Venise, de Marseille ou de Barbarie.
Je monte l'éponge en épingle. Je la dissèque jusqu'à épuisement.
Peine perdue ! Inaliénable, elle m'échappe encore.

L'appétit aiguisé, je file vers un autre objet.
Je le choisis, élémentaire ; espérant ainsi en faire plus commodément le tour.
Je prends une pierre, une goutte d'eau, un épi, une allumette, une boulette de mie de pain.
Mais, chaque fois, c'est l'échec.
Je me mets au défi. Je fixe la prunelle sur un de mes ongles. Je trime. Je scrute chaque particule, je fractionne. J'expose l'une après l'autre les zones d'observation. Je développe en gros plan le tissu corné, la courbure, l'incarnation.
Les parcelles se multiplient. Les détails prolifèrent, m'assiègent. C'est un effroyable éboulis !

Mais l'ongle demeure impénétrable.
Au diable, la lucidité !

Harassée, déçue, je rempoche mes loupes, et rejoins de plein fouet l'humanité confuse.

* * *

La passante
Les humains m'absorbent. C'est les aimer que j'aime. Déjà, d'un quartier à l'autre, ils se transforment ; jamais je ne finirai de les découvrir.
Dans ma journée, je fais une réserve de visages, d'hommes, de femmes et d'enfants. Le soir, quand je suis seule, je les revois, je les revis et, longuement, ils me peuplent.
Après la dispersion, ce parti pris me tire d'embarras, cette passion me sauve. Avec insistance, c'est vers les hommes que je reviens. Vers ce qui, d'unique, tressaille au fond de chacun.
L'âge m'a développé une immense oreille ; un tympan où viennent frapper les vagues les plus sourdes de leur cœur.

Je me souviens d'une femme, la quarantaine, qui sortait d'un Ministère, une serviette de cuir sous le bras. Le planton la salua au passage, comme on salue une notabilité.
Son port raide, sa coiffure retenue, la réduisaient à cette sorte de personnage qu'on brûle d'extirper de son cocon et de plonger, nu, sous une cascade radieuse.
Elle s'éloigna.

D'un coup, elle s'est mise à crier au fond de moi. Et me voilà courant à sa poursuite dans les méandres de la foule.
Il fallait que je l'atteigne, c'était urgent.
Elle marche d'un bon pas. De temps en temps, son dos affleure parmi d'autres. Elle traverse. Moi aussi.
J'ai l'impression qu'elle se défait, qu'elle s'effeuille, au fur et à mesure qu'elle s'écarte du lieu de son travail. Peu à peu, ses cheveux perdent leur apprêt, ses épaules se voûtent ; elle se tasse sur ses talons, sa serviette de cuir devient d'un poids insoutenable.

Je me hâte, cherchant en même temps par quel biais l'aborder.
Soudain, elle disparaît, happée par un attroupement.

*　*　*

Le bonimenteur
Je m'enfonce à sa suite, mais dans la bousculade la perds de vue. Un cercle compact de badauds se presse autour d'un gros homme qui liquide un stock de bas.

Je joue des coudes, je cherche à m'échapper ; mais me trouve, à mon tour, engluée dans cette foule remuante et vive.

Par poussées, celle-ci me force, inexorablement, jusqu'au premier rang. Je me retrouve face au camelot qui n'a soudain d'yeux que pour moi.

— Eh ! la vieille, je vais t'administrer la preuve que ce bas impérissable est la fine fleur des bas !

De ses mains pataudes, il l'étire jusqu'à l'extrême pour en éprouver la solidité. Il accompagne ses gestes d'une avalanche de paroles qui lui procurent, et procurent à l'assistance, un évident plaisir. Puis, il finit par glisser sa tête à l'intérieur du bas.

Sa face épatée, emprisonnée dans la résille, ressemble à une monstrueuse gargouille. Ses doigts pianotant sur son ventre, qu'il arbore comme un paon son plumage, l'homme reprend ses boniments :

— Délégué, explorateur, traducteur, gouverneur, voilà ce que je serais devenu ! Si ceux, que je m'abstiens de nommer, ne nous avaient fabriqué une civilisation aussi mercantile ! J'ai un cerveau en or, un encéphalogramme tout à fait inattendu, et voyez à quoi on m'accule !... Allons, allons, en attendant que ça change, achetez-moi le bas Universel. La plus fabuleuse, la plus abondante des cuisses n'en ferait pas craquer un filament !

Il m'en offre une paire.

— Je t'embauche. Aide-moi à les persuader.

Je décline l'offre, cela fait au moins trois décennies que je n'ai serré ma jambe dans un fourreau ! Surtout, je veux m'en aller, retrouver ma passante.

À force de remuer, je parviens à me dégager, tandis que la voix du vendeur s'élève toujours :

— Qu'est-ce que je fais ici, mes frangines, moi qui rêve comme tout un chacun de son petit katmandou personnel, de son île au soleil ?... Sans doute pour le plaisir de vous voir agglutinées autour de ma personne. Tenez, je me retiens, je me retiens, pour ne pas vous servir tout cru mon couplet érotique. Sachez-le, mes jolies, je suis dans le vent ! L'amour technique et gymnastique, j'en connais un bout. Mais, chut, un moutard s'est faufilé dans vos rangs, alors motus et pas d'ennuis ! À moins que... Vous vous débarrassez de l'intrus, et moi je vous lâche ma salade ! Mais en attendant, mes julies, faites un geste, achetez-moi l'indéfectible, l'incontestable, l'indestructible, le bas qui invite à toutes les ruades : le seul, le vrai, l'Universel !

Je viens d'apercevoir la femme, avec ses yeux éteints, ses pupilles mates. J'écarte la foule des deux bras, il en renaît toujours devant moi. J'écarte, j'écarte. J'ai l'impression de faire du sur place, comme dans les cauchemars. Il faut pourtant que je l'atteigne, il le faut.
La passante s'éloigne, la tête dans les épaules, la serviette serrée contre sa poitrine.
Enfin, je la rejoins.

* * *

De nouveau, la passante
— Ne courez pas, parlez-moi. Vous avez mal, je sais...
Elle répond « oui », sans étonnement, comme si elle n'avait fait que m'appeler et attendait mon aide. Tout de suite, elle s'est mise à parler et nous avons marché côte à côte.
Elle parle, parle, me regardant à peine, comme si elle craignait que mon visage lui devenant soudain trop familier n'interrompe son débit.
Enfin, elle me quitte brusquement, traverse la rue, me laissant avec le poids de sa vie défaite.
Je la suivis des yeux. Son dos, me semblait-il, s'était redressé, sa serviette paraissait plus légère, elle la balançait au bout de son bras.
Soudain, elle revint, s'approcha du bord du trottoir, m'appela par-dessus le trafic.
Dès le feu vert, je la rejoignis.
Elle venait de griffonner quelque chose sur un bout de papier qu'elle me tendit. C'était son numéro de téléphone.

Je l'appelai. Cette nuit-là et les suivantes. J'avais rapidement repéré une série de cabines publiques, autour desquelles je faisais les cent pas en attendant l'heure de mon appel.
Elle était toujours chez elle.

Des lambeaux de son existence s'engouffraient dans l'appareil.
Je voyais une épaule d'homme disparaître pour la dernière fois dans une cage d'escalier. Sa porte à elle, ouverte sur le palier ; béante, pour une éternité. Je voyais, rien qu'à l'entendre, un visage d'homme qu'elle décrivait avec complaisance. Celui-ci interrogeait ses rides dans le miroir, se rassurait ensuite dans le jeune sourire des femmes.
À l'écoute de cette voix je remontais le temps.
Je les apercevais, elle et lui, épaule contre épaule, leurs bras levés dans la foule compacte d'une manifestation. Je frémissais de l'interrogation dans les locaux de la police, de leur fuite à travers les frontières barbelées. Je respirais de leur arrivée dans cette ville-ci. Puis, ce fut l'existence d'émigrés, les nuits blanches pour apprendre la langue, rattraper les études. Le coude à coude des années difficiles. « C'était le beau temps, maintenant je le sais... » J'essayais de ne pas fixer ses images, ses regrets, mais de les laisser couler comme sa parole. Elle ne demandait d'ailleurs aucune réponse, seulement que quelqu'un soit là. J'étais là.
Quand l'heure de la communication approchait, je lâchais tout pour pénétrer dans une cabine. Je me souviens d'avoir attendu un soir près d'une demi-heure sous la pluie tandis qu'une jeune fille occupait les lieux. À intervalles réguliers, l'index replié, je tapais sur la glace. Le regard de la fille me traversait comme si j'étais, moi aussi, en vitre.
Ce soir-là, l'inconnue m'apprit qu'elle partait en voyage ; il y avait une animation fiévreuse dans sa voix. Elle me pria de ne pas la rappeler avant dix jours. Je demandais son adresse, qu'elle refusa de me donner. Puis, d'un ton ému :
— À bientôt. Merci.
Elle me parut heureuse. Sans doute, quelque chose s'entrouvrait.
Pourtant, au cours de son absence, son souvenir, par moments, se plantait en moi comme une vrille.
J'ai peur pour elle. Pour elle, et pour Simon et Livie...

Au bout de dix jours, je téléphone. Pas de réponse. J'essaie le lendemain, le lendemain encore. Je laisse passer une semaine, puis j'appelle de nouveau. Personne.
Enfin, à l'heure de la sortie, je me suis postée devant le Ministère. La femme n'apparaît pas. J'interrogeai le planton ; mais celui-ci n'était plus le même qui conversait avec elle la première fois que je l'avais aperçue. J'eus beau décrire,

expliquer, il ne fut d'aucun secours. De plus, mes questions – sans doute aussi mon apparence – l'inquiétèrent :
    — C'est une parente ?
    — Non.
    — Comment s'appelle-t-elle ?
Je battis en retraite.
Durant des jours et des jours, j'ai carillonné.
Au bout d'un moi, une voix d'homme me répondit. C'était le nouveau locataire. Il ne connaissait pas la personne précédente, toute l'affaire avait été réglée par une agence.
Il savait seulement qu'il y avait eu un accident.
Mais il n'était pas superstitieux.

5.

La demeure

Livie fait le tour de sa chambre aux murs bleus, puis s'accoude à la fenêtre. Depuis quelques jours, Natia et Deric l'ont accueillie dans leur maison. Ils habitent un rez-de-chaussée qui donne sur un jardin privé.

Le même jardin où Simon a joué dans son enfance.

Le même jardin, la même balançoire qui monte, descend en ce moment, emportant Gilles, poussé par la même gouvernante vêtue de blanc. Tandis que Paulo enfoncé dans un fauteuil en rotin contemple son frère qui le regarde à son tour.

Le même jardin, la même demeure. Avec son passé, recouvert d'un enduit, qui suinte, qui reflue vers la surface.

Plusieurs fois Livie refait le tour de cette chambre ; elle cherche à n'être plus qu'ici, à n'être plus que d'ici.

La jeune femme caresse le tissu du couvre-lit, reconnaît le portrait d'un aïeul, ouvre et referme une tabatière ancienne, tire un livre relié de la bibliothèque, le feuillette, le replace, s'enracine peu à peu.

Soulevant une statuette de bronze posée sur un guéridon, elle la retourne entre ses mains. Le corps étendu, la décontraction des membres, le coude fiché en terre, la tête nonchalamment appuyée dans la paume ouverte, cherchent à donner une apparence sereine ; mais ne parviennent cependant pas à assourdir un appel, un cri coulé dans le métal.

Se débarrassant de l'objet comme s'il lui brûlait les doigts, Livie aperçoit avec étonnement la signature de Deric sur le socle.

LA CITÉ FERTILE

Il y a cinq jours à peine, Livie arrivait ici avec ses deux enfants. Natia, sur le seuil, s'était retournée vers Deric et à voix basse :
— Tu vois, je te l'avais dit.
— Qu'est-ce que je vois ?
— Qu'il ne faut pas rêver.
Les fenêtres du salon étaient grandes ouvertes ; l'été se prolongeait mordant sur l'arrière-saison.
Gilles et Paulo couraient partout, ouvrant les portes, découvrant une pièce après l'autre.
— C'est ici que votre père vivait quand il avait votre âge.
La déclaration de Natia ne paraît pas les convaincre ; rien ne ressemble à Simon ici. Ils se tournent vers Livie :
— C'est vrai, ça ?

**

La balançoire
Sans plaisir, la gouvernante pousse, repousse la balançoire. Livie imagine les yeux de Simon dans le visage sérieux de Gilles.
Ses enfants lui font soudain penser à des marionnettes dont les ficelles auraient lâché. Des pantins plongés dans des vêtements qui ne sont pas à leur taille, et qu'on aurait posés dans un lieu qui ne leur convient pas. Leur vivacité s'effrite. On dirait qu'ils prêtent leurs corps ; puis, qu'ils s'en sont retirés.

La même balançoire blanche, avec son mouvement de métronome, remonte le temps. Elle va, vient, rejoint ce soir d'orage gravé dans le passé.
Simon a neuf ans, il se balance sous l'averse. Il refuse d'entrer dans la demeure où la réception bat son plein.
Brusquement, Simon atterrit sur le gazon.
De ses petits bras, il pousse violemment le siège de la balançoire, redoublant à chaque coup son effort.
Le flux, le reflux de plus en plus rapide fouette l'air. Le mouvement déborde, s'amplifie, s'accorde aux déchaînements du ciel. Le bois, les cordes oscillent comme toutes les branches du jardin.

**

ANDRÉE CHEDID

La réception
À pleines mains, Simon reçoit, rejette la banquette.
La pluie se déverse, trempe ses vêtements, ses cheveux. L'éclair fend les nuages.
Comme une grande volière, fenêtres illuminées, la demeure surnage. On dirait une cage étincelante bourrée de victuailles, de jeux, de femmes à aigrettes, d'hommes faisant la roue. Une volière, un bateau de plaisance qui flotte – indifférente, légère – tandis que ciel et terre se déchirent autour.
De tous ses muscles Simon renvoie, multiplie les battements de la balançoire. Les poussées de plus en plus tenaces accompagnent la détonation des éclairs, les zigzags de la foudre.

— Simon, où es-tu ? Rentre vite.
Par la fenêtre entrebâillée, sa mère l'appelle.
Entre deux danses, quittant pour quelques secondes les bras d'un inconnu, ou ceux de l'autre – l'homme chauve qui l'accompagne partout dans sa décapotable verte – elle crie :
— Simon, où te caches-tu ?
L'enfant mord sa lèvre jusqu'au sang.
Sa mère distingue à peine, sous les rideaux de pluie, cette balançoire déchaînée qui rythme l'orage. Une main l'attire à l'intérieur, sous les lustres.
Les battants de la fenêtre se sont refermés. Simon sort de sa cachette, se remet à pousser de toutes ses forces, crie à tue-tête :
— Hourrah !
Plus tard, il entendra la voix de son père. Cette même voix autoritaire qui ordonne, qui s'emporte ; ici ou bien au bureau.
— Rentre tout de suite, Simon !
Mais très vite, lui aussi est ramené dans la salle.

Enfin, voici Deric. Ébloui de faire partie d'une assemblée si brillante ; adulte, déjà. Deric avance sur le porche de marbre blanc, affrontant la nuit :
— Où es-tu Simon ? Rentre. Tu es fou !
Puis, à son tour, Deric bat en retraite sous les trombes d'eau. Il rentre à reculons dans la salle étincelante, claque la porte, retrouve les convives.

Simon, lui, n'a d'yeux, n'a d'oreilles que pour cette tempête. Elle s'engouffre dans sa poitrine, frappe entre ses tempes. Elle est trop vaste pour lui. Il tente de faire faire un tour complet à sa balançoire pour libérer l'orage qui bat dans ses veines et pour qu'elle s'imprime dans les choses autour.
La pièce de bois, au bout de ses cordes tendues comme des perches, décrit, enfin, une superbe rotation.
Simon hurle de joie.
Et, pour ne pas recevoir la banquette en pleine poitrine, il se jette à plat ventre, face contre le sol.

Les bras en croix, trempé de sueur et de pluie, les paumes enfoncées dans le gazon abreuvé d'eau, Simon respire l'humus.
L'averse redouble. Des rafales s'abattent sur ses épaules, sur sa nuque.
En cette seconde, Simon se lie à jamais à son cœur, à ses rêves d'enfant. Se lie à jamais à cette terre des vivants, des morts. À l'odeur puissante de cette terre.

La demeure continue de flotter.
La demeure pleine de ramages se dissout, quelque part, au fin fond des jardins.

***

La balançoire
À sa fenêtre, Livie observe ses fils.
C'est au tour de Paulo de se laisser pousser sur la balançoire ; tandis que Gilles enfoui dans le fauteuil d'osier le regarde.
Ils n'ont jamais été aussi tranquilles.
De petits tas de son bien ficelés, bien tassés dans leurs vêtements neufs.

***

Le miroir
Livie tourne le dos au jardin, rentre dans sa chambre, s'approche du miroir oblong. Son image la rejoint.

Livie dénoue ses cheveux sombres qui lui couvrent les épaules, secoue plusieurs fois la tête pour se débarrasser de souvenirs tenaces.
Natia qui vient de rentrer – les bras chargés de vêtements, de colliers, de produits de beauté – s'avance.
— Je viens t'aider.
Natia place les habits sur le lit, dispose avec minutie les boîtes de fards, les pinceaux, sur la coiffeuse.
— Tu me laisseras faire ?
Elle entoure l'œil gauche de Livie d'un halo de gras et de poudre, teinte de plusieurs couches la paupière, souligne celle-ci d'un coup de crayon, noircit les cils au rimmel.
L'œil s'émaille, la prunelle s'aiguise.
— Maintenant, compare avec l'autre.
Livie tourne à présent le dos au miroir, tandis que Natia entreprend la métamorphose de tout le visage. Comme un peintre, elle cligne des yeux, avance, recule, utilisant toutes les gammes de sa palette.
Parant ensuite Livie de bijoux, la drapant dans une robe chatoyante, elle la fait brusquement pivoter :
— Regarde-toi !
La surface du miroir s'enlumine.
La voix triomphante de Natia emplit la pièce :
— Profite de la vie, sotte !

Au bord d'un ruisseau, après la représentation, les mains de Simon lavaient à grande eau la face de Livie :
— C'est comme ça que tu es la plus belle !
Le murmure de ce ruisseau traverse à présent la chambre aux murs bleus.
Les vêtements de Simon, de Livie s'envolent comme des serpentins aux quatre coins de la clairière :
— Tu la sens, la vie, mon amour ?

— Qu'est-ce qui te fait sourire, Livie ?
— Je pense à la tête de Simon, s'il me voyait recouverte de tout ça !
— Tu n'en as pas assez de ton existence de nomade. Qu'espérez-vous tous les deux ? Quelle situation a-t-il Simon ?
— Tu ne comprends rien à Simon.

Livie s'approche du miroir jusqu'à le toucher, cherche à se fondre dans son propre reflet, à s'engloutir dans ses propres yeux.
— Qu'est-ce qu'il cherche ? Qu'est-ce qu'il aime, Simon ?
— La vie.
— La vie ! Quelle vie ?
— La vie, la vraie.
Livie se sent soudain embarrassée, encombrée, par ces paroles. Des paroles trop simples, trop graves. Que veulent-elles dire au juste ? Par instants, elle l'avait su.
— C'est quoi la vraie vie ?
— Je ne sais plus.
— De l'utopie ! Tu ferais mieux de t'occuper de votre avenir, de ta personne.
« La vie, la vraie vie, l'avenir, ta personne, la personne... » Au bord d'autres lèvres les mots prennent d'autres chemins.
— Tu sais, Livie, je suis heureuse, très heureuse que tu sois venue. Surtout en ce moment.
— Pourquoi en ce moment ?
— À cause de Deric. Je t'expliquerai, plus tard...

III

La navette
Chaque jeudi, depuis quelques mois, je fais la navette entre un lotissement que j'ai découvert à la périphérie de la ville et mon quartier.
Des baraquements, faits de bois ou de métal, s'y entassent, se dégradent. Les ruelles se franchissent en deux enjambées.
Suspendu à des cordes, le linge jaillit de toutes les ouvertures. Parfois, une porte neuve, une fenêtre fraîchement peinte rompt la grisaille des lieux.
Les jours de pluie, je patauge dans un sol spongieux ; une boue tenace souille mes orteils, mes sandales. Des toits de zinc, l'eau s'écoule en ruisselets. J'ai dans la bouche un goût de cendre et de désolation.

Ma première visite se déroula sous un ciel maussade. Munie de mon harmonica – j'ignore le solfège, mais j'ai un brin d'oreille – j'ai joué ce matin-là au milieu de l'agglomération.
Soudain, un nuage s'est scindé.
Le soleil, me prenant soudain en pitié, se déverse sur moi et m'englobe dans un cône de lumière.
Ce fut du plus bel effet !
Les enfants, déjà alertés par ma mélodie, se ruèrent hors de chez eux dans ma direction.
Il en surgissait de partout.
Chacun voulut souffler dans mon instrument. Utilisant tout ce qui leur tombait sous les mains, ils fabriquèrent, sur-le-champ, des batteries, des flûtes, des gongs, pour accompagner ma cadence.

Une heure après, ingurgité par d'autres nuages, le soleil s'éclipsa. Son absence n'importait plus. Sans lui, nous flambions de musique et de rires.

Ici, les parents ne m'étaient pas hostiles. Certains, venus de loin, avaient gardé ces yeux de voyageur à la fois dépaysés et prompts à l'étonnement. Je fus vite adoptée. J'allais ainsi d'une maison dans l'autre, jusqu'au jour où ils m'offrirent l'entrepôt. Là, pour quelques heures, le jeudi, le dimanche, j'aurais de l'espace pour amuser les enfants.
Un entrepôt assez vaste. J'en ai tout de suite parlé à Simon. Sur place, avec Antonio et Serge, nous avons imaginé les fêtes à venir.
Marc les avait quittés pour se joindre à une autre troupe.
Livie non plus n'est pas là. J'ai demandé de ses nouvelles ; Simon a évité de répondre. Je ne poserai plus de questions.
Je déteste fureter, fouiller les existences. Je refuse de donner ces coups de pic qui, détachant, par-ci, par-là, des bouts de minerai, réduisent la vie – ses galeries souterraines, son mystérieux gisement – à une faille ou à un filon.
Livie est debout en Simon. Si présente parfois qu'elle me saute au visage. C'est tout ce que je veux savoir, c'est tout ce que je sais.

* * *

Quand je songe
Quand je songe à l'amour... je remonte une rivière.
Avec ses crevasses, ses cascades ; ses vallées perdues, ses vallées retrouvées ; sa montée des eaux, son lit parfois à sec.

Quand je songe à l'amour... je descends une rivière.
Je reconnais ses rives sauvages, ses bouillonnements, ses détours, ses grottes froides. Puis, je la traverse, à gué, à la rencontre de ses chevreuils, ses cailles, ses soleils, son lilas.
Quand je songe à l'amour... je poursuis une rivière.
Je grimpe sur ses hauts talus, je sombre dans ses fossés. Je verse dans ses nappes noires, je renais dans sa source. Je flotte sur son miroir, je roule entre ses crêtes ébouriffées. Je m'étends, enfin, sur son visage découvert.

Quand je songe à l'amour... je prononce amour.
Je répète ce mot rompu jusqu'à la moelle. Jamais éculé.

La tête opiniâtre et le cœur constant, j'embouche mes trompettes avec amour amour amour amour amour amour amour amour. En grave, en aigu, à tous les diapasons.

Malgré ma peau râpée, ma voix qui s'éraille, mes seins comme des outres vides : je le sacre, le salue et l'innocente, ce mot !
Sinon, quoi ?

Quand les corps ne seront plus que des corps ? Souples, avisés, glissant l'un sur l'autre comme des poissons à chair froide ?
Quand les corps se visiteront sans passion, sans pudeur ? Joute de connaisseurs, passe-temps raffiné ?
Où en serons-nous ?

* * *

Lettres à Dieu
Le spectacle s'organise. Les enfants ont peint et collé leurs affiches sur les murs. Ils m'ont dessinée en bosses et en trous.

Ils m'ont criblée de visages qui émergent de mes oreilles, de mes yeux, qui explosent hors de ma bouche, débordent de mes manches.

Cette chose, c'est donc moi ! Moi, cette face-monticule, qui regorge d'autres faces ?
En vérité, je m'y reconnais. Cet ovale qui n'a plus de contours, ces traits en éruptions, ces robes frottées de mousse, percées de vents, oui c'est bien moi.
Pourtant, jadis...

J'étais une femme, jadis. Le regard de cet homme me soulevait. J'ai porté des enfants ; ils ont multiplié ma vie. J'étais comme sont les femmes, fragile et forte à la fois. J'aimais marcher à côté et ensemble ; rien n'est jamais facile, je le sais. J'aimais mon état de femme, semblable à la terre, sans cesse en place, sans cesse en naissances, sans cesse remuée. Mais laissons cela. Laissons...

Dans cette partie limitrophe de la ville, avec Simon, Serge, Antonio, nous nous sommes acquis une petite réputation. Notre public s'est accru d'autres enfants venus de quartiers lointains.
L'existence n'a pas encore dressé ses cloisons. L'enfance est d'un seul pays.
En attendant la grande fête, nous changeons de jeux à chaque séance. L'autre

jour, Simon a suggéré que chacun écrive une lettre à la personne qu'il choisira. On lira ensuite pour toute l'assemblée ces pages à haute voix.
— *À qui voulez-vous écrire ?*
Une fillette aux cheveux en broussailles, aux yeux pluvieux, a levé l'index :
— *À Dieu !*
— *Qui d'autre veut écrire à Dieu ?*
Une forêt de bras se dressent. Simon me regarde, étonné.
— *D'accord ?*
— *D'accord.*
Les enfants :
— *La prochaine fois, on les lira ?*
— *On les lira.*

Les missives s'amoncellent. Je prends ma voix la moins rauque, et découvre chaque lettre en la lisant.

Serge accompagne ma lecture à la batterie, Antonio la souligne de sa flûte, Simon prend le relais.

— Cher très saint Dieu, je t'écris mais je ne suis pas comme les autres. Moi je sais que tu n'es pas une personne comme papa. Je t'écris quand même, parce que j'en ai envie.

— Cher Dieu, as-tu un nez, as-tu des lèvres, un petit tuyau comme moi pour faire pipi ?

— Cher Dieu, si tu as fait le règlement que c'est moi qui dois vider les poubelles en rentrant de l'école, change vite ce règlement s'il te plaît.

— Je dois savoir pour l'expliquer à mes parents. Dis-moi, cher Dieu, c'est toi qui as voulu que ma sœur Manuela perde une jambe dans l'accident ? Si c'est toi, il faut me le dire.

Nous ouvrons des douzaines d'enveloppes.

Nous lançons les lettres déjà lues dans la salle pour ceux qui désirent les conserver.

Simon et moi lisons tour à tour, scandant, rythmant les phrases, tandis que les enfants reprennent en chœur et frappent en mesure dans leurs mains.

Cher Dieu fumes-tu des cigarettes ?
As-tu soif du sang des soldats ?
Ressembles-tu à un squelette ?
As-tu des ailes ou un fusil ?

Bois-tu trop de vin comme papa ?
Dors-tu le dimanche comme lui ?
Dieu, voles-tu plus haut qu'un ballon ?
As-tu une maison sur le dos ?

Dieu, cher, très cher Dieu,
As-tu froid comme l'hiver ?
Ta bouche est-elle plus noire qu'un puits ?
Pourquoi fabriques-tu la mort ?

As-tu des griffes, Dieu, comme le tigre ?
Es-tu plus léger que l'oiseau ?
Plus lourd que le ventre de maman ?
Manges-tu de la viande dans ton riz ?

Attrapes-tu la rougeole, comme moi ?
Ou la mort comme grand-papa ?

Cher Dieu, je te crois.
Cher Dieu, je ne te crois pas.
Cher Dieu, tu entends quand j'appelle ?
J'aimerai savoir si tu m'écoutes...

Nous nous échauffons. La porte du fond s'entrouvre ; un groupe d'adultes entre sur la pointe des pieds.
Aujourd'hui, on tient la forme. Il y a des jours comme ça !
Avec Simon et les autres, on se saisit de n'importe quoi : un seau, un bout de bois, un clou, un morceau de vitre, et c'est une avalanche de mimiques, de saynètes. Les enfants nous rattrapent, et bientôt nous devancent. Le rythme s'accélère. On fourmille, on foisonne, on s'embrase. On s'en donne à cœur joie.
Moi, j'y mets le paquet.
De toutes mes mains, de tout mon buste, de toutes mes jambes, je m'élance !
Ma tignasse se défait, mes épingles jonchent le sol. Ma queue de cheval me fouette les omoplates. Je fais des sauts répétés, on me croirait montée sur des ressorts. Je cabotine. Mon ombre, grotesque, énorme, s'agite sur le mur blanc. Je suis ridicule à souhait.
Les enfants rient, se tiennent les côtes. Leur joie me pousse, puis m'entraîne. Je grimpe sur une chaise ; je bondis sur une table.

LA CITÉ FERTILE

Sur le plateau qui bascule, dressée sur la pointe des pieds, je bats des ailes et fais mine de m'envoler.
De la glu me retient par les semelles, mes efforts sont vains. D'un air contrit, je débite :
— Et maintenant, disait Tchouang, je ne sais plus si je suis un homme qui rêve qu'il est un papillon, ou un papillon en train de rêver qu'il est un homme !

Au bout de cette déclaration, j'ai droit à un long silence, rompu par un tonnerre d'applaudissements !

6.

De l'autre côté
Depuis près d'un an, depuis la mort de Luc, les certitudes s'ébranlent ; l'avenir s'ouvre comme un gouffre.
Deric revoit ce Luc, debout. Et puis, l'autre Luc, écroulé.
Depuis près d'un an, Deric ne cesse de penser à Luc, son associé, son ami. Le rire de Luc, son teint bronzé, ses larges épaules, son corps toujours en mouvement. Luc sur son voilier. Luc dirigeant les débats. Luc à 200 à l'heure.
Et puis, l'autre Luc : visage immobile, corps éteint. Luc, empoigné par le froid.
L'un et l'autre, Deric cherche désespérément à les rassembler.

Au début, cela semblait bénin.
— Une petite saloperie, je m'en débarrasse cette semaine.
Une intervention rapide, Luc serait de retour dans une quinzaine de jours.
Pourtant, même cette absence paraissait longue, Luc était indispensable à l'entreprise. Mais après les tâtonnements, les consultations, la ronde des spécialistes, ce fut le grave pronostic qu'on lui cacha.
Les cellules dévoreuses prirent possession de sa chair. Il y eut les rayons, suivis du refus des rayons par l'organisme trop atteint.
Puis, les ravages de plus en plus visibles : le buste se réduisant, les os qui saillent sous la peau, les ecchymoses, les oreilles-cartilages enserrant une face étroite comme une lame, la craie des mains, l'ardoise des cernes, le dessèchement des membres.

LA CITÉ FERTILE

Les mots ne furent bientôt qu'un long murmure plaintif. Le regard de Luc se blessait au plafond et aux murs. Des larmes lui volaient dans les yeux.
En si peu, si peu, si peu de temps... Luc tout entier entra dans la poussière.

Des piles de dossiers s'amoncellent. Profitant du boom sur la construction, les commanditaires réclament de nouveaux plans, exigent des placements de plus en plus rentables. Il est plus souvent question de chiffres d'affaires que d'architecture.
À la maison on parle voyages, vacances, relations. En quoi cela aide-t-il à comprendre, à franchir le vide ? On oublie, c'est tout ! On regarde ailleurs. On se distrait. On entasse par-dessus, c'est tout !
— Il aurait fallu prendre le temps d'aller vers cette mort. Pour vivre mieux, il aurait fallu la reconnaître... Je l'ai su trop tard.
Est-ce Luc qui a dit cela ?
Luc, étendu dans son lit d'hôpital comme dans une barque.
L'haleine forte de Luc, son souffle entrecoupé, la douceur éperdue de son regard...

Le cimetière est blafard sous son ciel plombé. Les gens, les arbres, sont gris. La chair de cette foule, si vivante encore, est déjà traîtreusement minée. Luc était un roc. Luc devrait être ici. Marchant parmi ceux-ci. Éclatant de rire au bord de sa propre fosse.

La boîte oblongue entre dans le rectangle de terre éventrée. La famille, les amis, jettent, l'un après l'autre, dans le sol béant, une fleur qui frappe le cercueil verni.
À l'intérieur de son enveloppe de chêne, imputrescible, Luc langé comme un enfant, serré dans son costume sombre, ressemblait tout à l'heure à un collégien endimanché.
Des traînées de brouillard s'écartent pour laisser passer un soleil anémique. Suzanne n'est qu'une tache noire, courbée et sans visage.
De l'autre côté des grilles du cimetière, la vie attend. Attend chacun.
L'intervalle est clos.
L'intervalle d'une existence, d'un coup gommée, évanouie.
Un homme est mort. La belle affaire ! Mort, enterré. À jamais, disparu.

Les gens pressent le pas à mesure qu'ils s'écartent de la tombe, comme s'ils avaient peur d'être happés à leur tour. Ils éprouvent du chagrin, mais ne veulent avoir aucun rapport avec ce qui s'est déroulé ici. Eux, appartiennent à l'existence et l'existence leur appartient.

   Ils se hâtent. Ils ne seront pas la proie de cette terre mangeuse d'hommes. Ils possèdent des jambes, des automobiles, pour fuir. Tandis qu'elle, la mort, s'amenuisera, disparaîtra derrière eux. Se dissipera au creux de l'air, au bord des tombes, entre les arbres.

Eux parlent, bougent, respirent. Eux et les morts sont d'une autre étoffe, d'une autre rive.

Vite, ils franchissent les grilles.

Dehors, la vie les reconnaît et leur ouvre les bras.

Comme ils s'y précipitent.

Les pas
La salle de conférences, avec ses portes capitonnées, ressemble à un îlot au centre d'une énorme ruche. Les bruits du dehors s'y heurtent et s'y brisent.

On parle, on parle, on discute. Deric se lève pour mettre en marche le ventilateur, il porte la main à son front. Ses collaborateurs s'inquiètent :

— Tu n'as pas l'air bien, tu devrais te reposer.

S'il allait, lui aussi, s'effondrer ?

Deric écrase son mégot dans l'énorme cendrier. Le plancher fait eau de toutes parts, la table oscille comme un radeau dans la tempête, des mains s'y agrippent, les visages grimacent autour.

La face de Luc est de plus en plus tranquille. Deric retient la barre de son lit d'hôpital, se cramponne de toutes ses forces.

— Ne t'en va pas...

Mais Luc, allongé dans le blanc des draps, glisse comme un voilier vers la haute mer.

Deric déambule dans la ville, s'assoit à la terrasse d'un café.

Des filles, longues, jeunes, ou s'arrangeant pour le paraître, défilent sur le boulevard, s'attablent.

L'aventure est là. Il suffirait d'un geste, d'un mot, d'une chaise vacante.

LA CITÉ FERTILE

Un visage efface l'autre. Trop de visages. Deric n'a envie de faire signe à personne.
Qui cherche-t-on à rencontrer ? Son propre reflet dans d'autres yeux ? Connaître un visage ? Un seul ?... Aller au bout d'un seul visage. L'aimer assez pour cela.
Deric se lève, marche de nouveau.
Ses mains ont vieilli, elles ont des taches rousses, leurs veines sont apparentes. Deric voudrait changer de peau. Mais pour devenir qui ?
Il retrouve sa voiture. Où aller ?
Les nerfs à vif, il en veut aux passants, aux feux rouges, aux autres conducteurs. Il tourne le bouton de la radio, écoute les nouvelles d'une oreille distraite. Il cherche de la musique, éteint aussitôt.

Enfin il s'arrête devant l'immeuble vétuste de Simon. Qu'est-ce qui l'a entraîné jusqu'ici ?
L'ascenseur de Simon est en panne. Deric prend l'escalier, parvient au cinquième et sonne.

IV

Une metropolis
J'aimerais parfois raconter l'histoire d'une metropolis prise à ses propres pièges. Les cœurs d'enfants l'auraient désertée, les marronniers en seraient absents ! D'une cité que Dieu ou son image aurait rayée de ses tablettes. D'une capitale bourrée de millions de créatures, où cendres et richesse, bidonvilles et maisons d'acier se superposent. Une ville dont le cri de ralliement ne serait plus que : « Débrouille, débrouille, débrouille-toi ! » Une agglomération hurlant sous la volée des coups, périssant sous l'ordure, l'invective ; paralysée dans ses nerfs, accablée de violences.

Une ville, une cité, une metropolis, qui tremble de s'élever au-dessus d'elle-même et qu'une énorme verrue ronge. Une Babylone qui nous rattrape un peu plus tous les jours.

Quelle voix prendre ensuite pour chanter les saisons de la tendresse humaine ? Pour ranimer demain ?

Je trace et retrace un chemin qui sans cesse s'ensable. J'ai des dégoûts, des découragements ; je porte sur ma face tous les masques de la laideur. Puis, comme une fièvre récurrente, j'ai espérance à nouveau.

Je me débats dans les labyrinthes, ou bien je nage dans les significations. Je grimpe aux crêtes de moi-même, puis m'abîme dans les citernes.

Des pulsions me traversent, des accents emportent ma voix. Soudain, je deviens pleurs, je deviens chant, je deviens gorge. Je ressuscite et me romps. Brève, brève, brève et longue comme la durée. Je me romps et ressuscite !

*
* *

LA CITÉ FERTILE

Qui ?
L'existence a beau faire ; la vie, j'y crois. J'y crois, sans doute, pour vivre.
En dépit de tout, j'aime notre temps. Naïvement peut-être ; mais je ne refuse pas cette naïveté qui perce des fenêtres dans l'épaisseur du sang.
Donc, j'aime.
Si je rabâche tant pis. J'aime me reste sur la langue et m'inflige d'en reparler. Et qui sait ? À force de multiplier ce mot, il résonnera dans quelques lointaines oreilles. D'autres et d'autres et d'autres bouches que les nôtres, l'innoveront.
Une fois encore, la terre me poignarde. Mes nerfs saillent, ma chair faiblit, mon âme devient friable.
Partout, on hurle, on appelle au secours. Je plonge dans toutes les souillures. L'horreur m'étourdit, les cruautés me bondissent à la face. Je longe des couloirs d'hôpitaux où des visages fuligineux vacillent. Je deviens ces hommes, ces femmes, prostrés dans des chambres insalubres, je me tasse avec eux au coin des taudis ; je fume, comme eux, pour dissiper la vue de cette pourriture. J'avance dans les rizières ; chaque carré de boue est une tombe, le ciel déverse l'enfer.
Je suis jaune, je suis blanche, je suis rouge, je suis noire. On me crache à la figure sur les cinq continents.
Souvent, le sens de tout m'échappe, et m'échappe ce fil qui relie aux soleils du dedans. Pourtant j'ai le goût – que je sais, que je sens au fond de chacun – d'une nécessaire transparence, mais qui l'épellera ?
Au bout du malheur, tout au bout des borborygmes, du souffle étranglé, des mots à foison, des coïts à toutes façades, de la dérision des cœurs, de la chair torturée, au bout, tout au bout, au bout du bout du bout... qui l'épellera ?
Tant que mon corps me soutiendra, je continuerai de reprendre élan.
Cependant, je me hâte. Je me hâte, avant que la maladie – toujours tapie dans les ténèbres de la chair – ne m'étreigne dans sa gueule puante, ne me fasse ensuite pourrir dans son giron.
À chaque seconde, en chaque cellule, je meurs, je mue, je renais. Mon corps freine, mon corps se précipite pour rejoindre, en fin de course, sa première chimie.

Alors, PFFFFFTTT !... Qui disparaît ?
Qui ?

* ***
*

ANDRÉE CHEDID

Sourire
De plus en plus souvent, je transforme mes paroles en actes. D'être sans âge et sans statut me donne toute liberté.
Je dis : je danse ce qu'il y a de gai en moi, et je danse.
Je dis : je parodie ce qu'il y a d'inachevé en moi, et je parodie.
Je dis : ce matin je vais mettre toute mon ardeur à sourire, et je souris.
Avec le sourire, j'inaugure ma matinée. Rien n'est plus contagieux. J'agis expérimentalement. Je descends les marches du métro, j'achète mon ticket avec le sourire. Je tends ce billet avec le sourire. La préposée prend un air surpris, fermé ; j'insiste. Puis, forcément, ses lèvres s'entrouvrent. Je propage des sourires sur ma gauche, sur ma droite. Des touristes en bénéficient et me le rendent. À l'intérieur du wagon, je dilapide les sourires.
Cela finit par prendre !
La grisaille se dissipe, l'écorce se craquelle.

Comme chacun, je suis multiple. Pourtant, la même. Je me ramifie vers l'avant, vers l'arrière ; et pourtant je marche dans l'aujourd'hui...
Parfois, je me sépare de ma mémoire et laisse mes chagrins se diluer dans l'océan obscur de mon sang.
D'autres fois je la convoque, cette mémoire, pour qu'elle me livre, illico, une brassée d'images heureuses qui rehausseront ma journée.

7.

La visite
Serge ouvre la porte, et Deric pénètre chez Simon dans la pièce de forme arrondie.
L'électrophone est en marche. Assis par terre, une demi-douzaine de jeunes gens dînent autour d'une table basse. Trois enfants jouent près de la cheminée. Antonio s'avance :
— Vous êtes le frère de Simon, entrez. Il ne va pas tarder.
Deric s'installe au bord d'une chaise, croise, décroise ses jambes, garde les mains sur les genoux, ne sait quelle contenance prendre. Les autres s'écartent pour lui faire place. Il s'accroupit enfin auprès d'eux sur le sol. Ses vêtements se tendent, résistent, font des faux plis. Pour la première fois Deric leur envie ces vêtements, souples et ternes, que l'espace absorbe.
Quelqu'un sonne. C'est une jeune femme aux joues pleines, au nez long.
— J'étais seule, je suis venue.
Elle s'agenouille auprès de Deric, demande une cigarette :
— Comment va Livie ?
Deric s'embarrasse dans sa réponse ; se rend aussitôt compte qu'il est le seul à se sentir gêné. Sur le fond musical, les autres se parlent, lui parlent, à mots libres, déliés.
Deric ôte sa veste, la lance sur un meuble, dénoue sa cravate, essaie de se défaire de son air emprunté, claque des doigts pour suivre le rythme endiablé du pick-up.
Il en fait trop, et le sent.
— Vous êtes sûr que Simon revient ?

— D'une minute à l'autre.
Ces regards-là ne questionnent pas, ne jugent pas ; cela aussi le déconcerte. La musique s'est tue. Deric essaie de peupler le silence. C'est inutile. Quelqu'un met un autre disque, hausse le volume. La fille qui vient d'entrer se lève :
— C'est quoi cette musique ?

Simon arrive peu après, un énorme rouleau de papier sous le bras. Il ne manifeste aucun étonnement à la vue de son frère :
— Salut, Deric ! Tu restes dîner.
Tout a bien marché, grâce à l'appui des habitants Simon a obtenu de la municipalité une grande salle. Pour les fêtes, on fera venir les enfants des autres banlieues.
Simon raconte en détail :
— Demain, on part en tournée. Après notre retour, Livie se sera reposée. Dès qu'elle sera avec nous on commence les répétitions.
Simon parle du retour de Livie comme s'il en était sûr. Deric est certain du contraire ; lui sait qu'elle ne reviendra pas, Natia le lui a affirmé. Il faudra qu'il pense tout à l'heure à téléphoner à Natia pour expliquer son retard.
— Tu assisteras à notre spectacle, Deric ?
— Je me croyais exclu.
— Exclu ?
Simon et les autres éclatent de rire. Deric ne sait plus comment retirer ce mot.
— J'aimerais te parler seul, Simon.
— Bien sûr.
— Maintenant ?
— Si tu veux.

*
* *

Face à face
Ils descendent ensemble, traversent le boulevard, entrent dans un café.
Simon fait signe à la caissière, précède son frère dans l'arrière-salle. Ils s'assoient face à face. Les grands miroirs multiplient leur image.
— Tu ne te demandes pas pourquoi je suis venu ?
— Tu es venu, c'est tout.
— C'est la première fois que j'entre chez toi.

Le garçon apporte les boissons, se retire.
— J'avais besoin de parler. J'ai senti qu'avec toi...
— Je t'écoute.
— Tu as le temps ?
— J'ai tout mon temps.
— Ce sont des questions qui n'ont pas de réponse, mais qui, d'un coup, deviennent plus importantes que tout. On ne peut en parler à tout le monde. Elles donnent l'air bête...
Les bruits, les néons, de la grande salle filtrent à peine à travers la porte. Sur le large cadran blanc de la pendule, les aiguilles noires pâlissent. Deric ne pense plus à appeler Natia.
Accoudé sur la table, le visage entre ses mains, Simon n'est plus qu'un regard :
— Voilà, j'avais un ami, il s'appelait Luc...

* *
*

Le jardin immobile
Le parquet fraîchement encaustiqué brille autour du large tapis chinois.
Sur les murs, tableaux anciens et modernes se côtoient ; des bibelots en jade voisinent avec un mobile en étain. Les voilages sont écartés, les portes-fenêtres entrouvertes.
Le jardin, avec son massif de fleurs, son gazon coupé ras, ses quelques arbres qui dépassent le mur de clôture, pénètre par toutes les vitres.
Sur la droite, le miroir qui encadre la cheminée du grand salon réfléchit l'image de Livie et Natia enfoncées dans le canapé blanc.
Celle-ci examine sa belle-sœur d'un air satisfait. En moins d'un mois, la transformation est complète. Deric verra bien que Livie est retournée pour de bon ; qu'elle appartient ici, comme lui.
Mais pour l'instant Deric est encore bouleversé par la mort de Luc et par l'entrevue avec son frère.

Le jardin s'offre à travers les vitres.
Tout au fond, Paulo et Gilles sont presque irréels, tant ils sont propres et sages.
Le gros ballon multicolore semble englué sur la tablette du gazon. Le jardinier se penche depuis un siècle sur la même rose.
Livie avance vers la fenêtre :

— Vous ne jouez pas ?
Gilles ne bouge pas. Paulo s'approche et la tête levée :
— Quand est-ce qu'on rentre chez nous ?
Elle hésite :
— Quand les vacances seront finies.
— Je ne veux pas de vacances !
Natia rappelle Livie :
— Viens, j'ai quelque chose à te montrer...
Livie se retourne, mais continue de sentir le regard de Gilles dans son dos. Elle fait quelques pas vers l'intérieur ; puis, presque malgré elle, revient à la fenêtre.
L'enfant la dévisage en silence.
Sans doute espère-t-il que Simon va subitement apparaître sur un cheval ailé ou sur une fusée. Que Simon va soudain atterrir en plein cœur du jardin. Qu'il fera éclater les vitres, qu'il transpercera de ses flèches le ballon, le jardinier, et la rose.
Et puis, qu'il les emportera, tous les trois, à califourchon, derrière lui.

***

Le voilier
Il y a un an, Livie tourne la clef de la serrure, pénètre dans leur pièce ronde. Simon est déjà rentré.
Ce soir, il n'a même pas pris le temps d'ôter sa cape noire. Il se tient, debout, au centre de la chambre, comme un grand mât auquel Paulo et Gilles s'accrochent.
Simon étale les bras et se balance. Simon navigue, passe au large, roule comme un voilier.
Autour, la mer s'agite, l'orage gronde ; les enfants glissent le long de ses hanches, de ses jambes ; il les rattrape chaque fois avant la chute, la noyade. La peur les fait hurler de plaisir.
Simon oscille, bourlingue, prend le vent de biais. Simon tournoie dans les remous, vire à travers le Pacifique, remonte tous les golfes des Lions, croise toutes les îles Canaries, aborde la Méditerranée.
La foudre attaque. L'embarcation craque. Tous trois sont éclaboussés de vagues, imbibés de sel, les cheveux pleins d'embruns, la tête pleine de rumeurs.
Voguant par-dessus les rochers, crevant les nuées, ce soir, Simon se surpasse. Paulo et Gilles s'arc-boutent sous les trombes d'eau, se retiennent l'un à l'autre, s'agrippent à leur père.

Livie les regarde, comme des grappes suspendues à une vigne. Tous trois secoués du même rire ensoleillé :
— Je vous aime.
— Embrasse-nous !
Elle se rue vers eux. Elle les enlace.
Une béatitude diffuse confond leur chair.

* * *

Père et fils
Deric, de jour en jour plus silencieux, se retire dans sa chambre. Livie se demande ce qui le tourmente.
Étendu sur son lit, Deric ferme les yeux.
Lui et Simon marchent sur des trottoirs parallèles, s'interpellent par-dessus le trafic, ne parviennent pas à traverser la chaussée, où se presse la file ininterrompue des voitures, pour enfin se rejoindre.
Simon et Deric courent aux deux extrémités d'un champ de blé, s'embourbent dès qu'ils tentent de se réunir.
Simon apparaît, disparaît, revient, s'éclipse. Deric l'appelle, le cherche partout ; le cherche jusqu'au fond de lui-même.
Ils sont frères, ils sont comme jour et nuit. Tantôt père et fils, tantôt fils et père. Ils partagent et ne partagent pas les mêmes mots. Ils sont comme l'eau et l'huile. Ils partagent et ne partagent pas la même vie.

— Parle-moi, Simon. J'ai froid au-dedans.
Ce n'est pas sa propre jeunesse que Deric essaie de retrouver, Deric est né adulte ; il a toujours été différent. C'est autre chose qui lui manque soudain. Autre chose qui remue tout au fond et qu'il ne sait pas nommer. Autre chose. Une sorte de soif, mais aussi une sorte de paix qui affleurent sur le visage de Simon.

Livie frappe à la porte de sa chambre. Deric entrouvre les yeux :
— Tu n'es pas bien, Deric ?
Il hésite, puis :
— Et toi, tu es vraiment bien ici ? Dans cette maison, avec Natia ? Avec nous, je veux dire ?...

V

Mai
Un lien de plus en plus fragile m'attache à ma propre existence, me laisse du jeu, me laisse hors jeu. Je flotte comme à distance de moi-même, me permettant des paroles qui n'aboutissent pas, qui ne tendent pas forcément à des conclusions logiques. Je me méfie des certitudes, pourtant j'ai soif d'unité. Allez comprendre ! Sachant – presque biologiquement – qu'elle est là, cette unité, à portée de nous, pourtant indicible ; je tâtonne à sa recherche.
J'invente des mots sans ordonnance, pour qu'ils soient flèches vers une cible que je ne vois pas. Je saisis au vol des images qui me parlent. Je les transmets, je les dis. Peut-être lèveront-elles des arches neuves, ailleurs ?

Misère et merveilles, tendresse et crimes, horreurs diluviennes et sources ; entre toutes ces contradictions l'homme se débat. L'homme se cherchera jusqu'à la fin des âges dans le silence et dans le cri, et peut-être ne se trouvera pas !
Tout est sans doute mieux ainsi. Souvent la vérité est un piège. Vérité-citadelle, vérité-forteresse, vérité toute cuirassée, qui font ressortir muselières et terreurs du magasin d'accessoires.
Abîmes et accès à la lune, fange et pureté, ghettos et fraternité, massacres et clairière ; entre ces algues, la vie navigue, attendant que nous lui inventions un parcours plus limpide. Nous portons au-dedans une terre invisible, rejointe par plongées, et dont nous ramenons, quelquefois, la rosée sur notre peau.
« Verrous, débloquez-vous ! » Voilà ce que, par moments, Mai fut à cette ville.
Mai fut, aussi, une ruée du dedans.

LA CITÉ FERTILE

Je remonte la rue qui mène au grand Théâtre. Des gens venus de partout n'en reviennent pas de s'aborder. Un restaurateur au seuil de son café m'offre, gratis, un verre de limonade. Plus loin, je m'agglutine à la foule.
Quelqu'un, vu mon âge, me conseille de me tirer de là. Je laisse dire. Il y a des circonstances où je refoule mon âge dans la nuit des temps.
Les groupes sont désorganisés, les propositions souvent confuses, mais on parle et l'on écoute. Je me promène de groupe en groupe. De petites planètes mobiles tournent autour d'orateurs improvisés. On ouvre les portes de sa cage. Des visages se rencontrent qui ne se seraient jamais rencontrés. On est du même bord, on est aux antipodes, on s'explique. La patience, pour une fois, est infinie. On dit le mal de vivre. On s'interroge sur Dieu, la justice, les guerres... Une mère se souvient de la mort de son enfant, une jeune femme raconte ses journées à l'usine, un étudiant s'enflamme.
J'approche. Je m'unis à cette foule. Je mets le doigt sur ses pulsations. Un monsieur, une serviette noire serrée sous son aisselle, me souffle à l'oreille :
— Tous les démons sont lâchés !
Sans savoir si la phrase est de moi ou d'un autre, du tac au tac je réponds :
— Si nous abandonnions nos démons, les anges s'envoleraient !

* * *

Devant le pupitre
C'était il y a cinq ans. Livie me rejoint sur cette place, me demande si j'ai aperçu Simon. Il est sûrement ici, nous le cherchons ensemble.
Plus haut, nous traînons sous les arcades. Un large auditoire fait cercle autour d'un homme d'une soixantaine d'années. Celui-ci ressemble à un notaire du début du siècle, les cheveux gominés, la moustache fine. Il est venu avec un pupitre d'écolier qu'il installe dans un coin de la plate-forme.
L'homme distribue ensuite des feuilles ronéotypées sous le titre « Mes poèmes » Puis il se place derrière son pupitre. La main droite sur le couvercle de bois, il bombe le torse, déclame.
Ça rime, ça ronronne, ça dure, c'est « poétique » à faire pleurer ! Le public le blague gentiment sans qu'il se trouble. Soudain, il bute sur un alexandrin, se raidit, panique. Bon enfant, la foule l'encourage, lui tend une rime, une autre. Il s'en saisit, s'excuse humblement, reprend.
Les yeux de l'homme scintillent, sa face s'illumine, ses propres mots le grisent. Quelqu'un profère une obscénité, mais les applaudissements font écran.
Le poète se penche en avant, envoie des baisers à l'assistance :
— C'est le plus beau jour de ma vie !

* *

Bienvenue, ô vie
Les murs reculent, nos carapaces se fendent. Un souffle, un chant surgit. Une explosion de joie et d'angoisse, un lyrisme parfois échevelé s'emparent de la place. Je respire à cette même cadence.
« C'est tout ce que vous avez retenu ? » me demandera-t-on plus tard.
Surtout cela oui : qu'au fond de nous existe un vivier rejoint par coups de sonde et dont nous ramenons parfois à la surface le cristal ou les bouillonnements.
Nous retrouvons Simon.
Immense, sur les marches du théâtre qu'il monte, puis redescend. Une foule le suit. Il va, vient, lance des morceaux de poèmes, ou bien il les inscrit sur les murs :

> Le feu qui luit et qui flambe,
> ils l'ont les éphémères...
>
> Marche sans voir devant toi,
> le zénith est ton cœur...

Ses yeux brillent, les mots vivent. Les frontières du temps, des lieux, s'abolissent. La parole appartient à tous. La parole est partout.
Simon continue d'inscrire, lisiblement, à la craie jaune ou bleue :

Le bateau t'adoptera si tu le mérites...

Je te construirai une ville avec des loques, moi !...

En vérité, nous ne savons rien, la vérité est au fond de l'abîme...

Simon nous aperçoit et nous fait signe. Livie est au comble de l'émotion. Tous deux échangent un regard. J'aime ce que contient ce regard. Cependant, plus loin, quelque chose m'inquiète ; quelque chose qui germe aussi au fond de ce jour.
« Ah, non, non et non ! Pas de prédiction. Vis l'instant, vieille feuillue ! Bois cette eau, ma givrée, avant que le temps ne la souille ! » Je me parle tout bas, je me rudoie. Même si tout, toujours, se dégrade et que les haines l'emportent, d'autres clartés nous sauveront. Je m'imprègne de cette confiance, sinon pourquoi et comment vivre ?
— *« Bienvenue, ô vie ! » crie Simon.*

LA CITÉ FERTILE

Il est tout en haut des marches, le front moite, les mains tendues vers cette foule de plus en plus nombreuse.
— « Bienvenue, ô vie ! Je pars pour la millionième fois... façonner dans la forge de mon âme la conscience incréée de ma race. »

Simon nous rejoint. Une étudiante aux cheveux lisses le rattrape :
— *C'est de qui tout ce que tu viens de dire ou d'écrire ? On aimerait savoir.*
Simon s'approche d'une colonne, trace autour, à la craie, les noms des auteurs. Sans majuscules, sans espace, comme s'il s'agissait d'un seul et même mot : eschyle mallarmé malcolmlowry michaux démocrite dédalusdejamesjoyce...

Un monsieur à lunettes relève les inscriptions, d'un air appliqué, sur son petit carnet de moleskine noir.

8.

La maison
Livie est rentrée ce matin chez elle pour rapporter des jouets aux enfants. Une autre concierge remplace la Portugaise partie en vacances. Celle-ci lui tend une lettre de Simon.
Livie grimpe les étages en la lisant : Simon est en tournée, il rentrera dans une semaine.
Dans la grande pièce traînent un chandail, un manteau, des souliers. Livie les remet dans l'armoire entrouverte de Simon, où d'autres vêtements sont suspendus. Elle les touche, frotte sa joue contre la manche d'une veste, s'accroupit pour ranger les chaussures. C'est le même lacet déchiré, le même cuir mou avec ses craquelures. Elle a mal et les repousse au fond du placard, referme le battant.
Un disque est resté sur le pick-up. Livie le met en marche, hausse le volume et se balance lentement.
La musique aussi lui fait mal ; elle essaie de résister à ce sentiment qui la trouble, n'y parvient pas, éteint.

* ***
*

Ensemble
... On a seize, dix-sept, vingt ans, ensemble. On marche dans un bois, on découvre un sentier, on respire une herbe. On s'étend. On laisse venir le silence.
D'autres fois on s'endort, enlacés, sur un rocher géant qui surplombe

la mer ; on la reçoit, cette mer, avec ses algues, on l'entend qui remue tout autour. On écarte bras et jambes ; on les abandonne au sel et à la nuit.

On a vingt ans à peine ; on s'enferme des journées, ici, dans cette même pièce. La neige s'entasse sur le large vasistas, le poêle rougit. On se dévêt d'un seul élan. On allume la rampe des réflecteurs pour se voir dans une glace. On se plaît dans ce couple, debout et nu, qui vous regarde. On fait l'amour dans les bois, les chambres, les criques. On est agneau, chaton, tigre. On s'amasse comme un grain, on s'étire comme les plantes. On se reprend d'une seule traite, on dort d'une seule coulée.

On est deux, on est un ; se le disant et sans le dire. Les yeux aspirent le visage de l'autre. Les yeux lui rendent son visage.

On se glisse ensemble dans la même peau.

*
* *

Tout au bout
Livie ouvre la fenêtre de leur appartement. Les bruits de la ville déferlent, noient la musique. Elle reconnaît le marché et les ruelles grouillantes que Simon aime.

Elle se laisse prendre un moment à Simon. Elle s'embrase comme lui, par instants, du seul bonheur de vivre, d'entrer dans la foule, d'épouser la rue. Puis, elle referme la fenêtre et s'en va, abandonnant les jouets.

Sur le boulevard Livie hèle un taxi pour s'éloigner au plus tôt et retrouver la maison de Natia. Son petit monde coupé du monde, à l'autre bout de la ville.

Juste comme la voiture démarre elle aperçoit Aléfa venant vers elle dans sa robe bleuâtre et qui porte une énorme miche de pain sous le bras.

La vieille soulève plusieurs fois la miche pour faire signe à Livie. Mais la jeune femme fait semblant de ne pas la voir, se hâte de donner l'adresse au chauffeur. « Je suis pressée. »

Le feu passe au vert avant que la vieille n'ait eu le temps de traverser.

VI

Une pelouse
J'avais appelé pourtant, et secoué ma miche de pain dans sa direction. Trop tard ! Livie s'est enfoncée dans le taxi, aussitôt englouti par le flot des voitures. Mes réflexes me lâchent. Il n'y a pas si longtemps je pouvais encore traverser très vite au feu orange.

La nuit dernière, j'ai rêvé d'un lieu retranché où nous étions tout un groupe sur une pelouse énorme, que l'obscurité menaçait.
Un sentiment à la fois de beauté et de malaise se dégageait de l'endroit.
Une jeune femme qui ressemblait à Livie tenait au bout de ses doigts une allumette enflammée qui, bizarrement, ne se consumait pas. Pourtant, elle faisait tout ce qu'elle pouvait pour éteindre cette minuscule lueur. Elle allait, venait, agitait le bras, et même soufflait dessus.
J'étais dans les affres, et ne comprenais pas qu'elle s'acharnât ainsi, risquant de nous plonger définitivement dans le noir.
Soudain un vol de mouettes passa au-dessus de nos têtes avec des cris à fendre l'air.
Après leur passage, la flamme s'éteignit.
Les gens, aspirés par les pieds dans une citerne glauque, disparurent de ma vue. La pelouse les suivit.
Réveillée en sursaut, j'eus du mal à m'en remettre.
Pourtant, malgré cette tristesse qui collait à ma peau, je me laissai, peu à peu, surprendre, puis captiver par les battements de la ville.

LA CITÉ FERTILE

* *
*

Personne
Plus tard, je m'y enfonçai. Le soleil de cette matinée me mit d'humeur radieuse. Frôlant les boutiques, je me suis reconnue, dans une vitrine. Vraiment pas de quoi pavoiser !

Pourtant la constatation ne m'attristait pas et j'eus soudain une boulimie de déguisements.

Tout de suite, pour moi toute seule, j'ai joué au mannequin ; m'affublant de robes imaginaires, de soies criardes ou de toiles rêches. Je grandissais, rapetissais, aux mesures de tout ce que m'offraient les étalages. Ce plaisir m'a duré un bon moment.

Puis, je me suis embarquée sur le trottoir d'une grande avenue. Une multitude de visages venaient à ma rencontre. Je devenais ce gros homme sorti de la boulangerie, au pas lourd à cause de ses varices ; cet autre, puis celui-là.

Ce bel adolescent couleur sable qui émerge au coin d'une rue, c'est moi. Cette fille qui porte un lacet autour du front et du brouillard dans l'œil, encore moi. Et cette autre avec sa face rougeaude à côté de ce garçon aux oreilles vastes et molles, toujours moi !

Je suis cet employé de banque ignoré par son directeur. Je suis ce jeune homme ombrageux qui crie « non » à tout ce qui le sollicite. Ce poète qui a mis sang et vie dans ce recueil dont personne ne veut. Cette femme sans amour qu'un nez énorme défigure.

Je suis ces amoureux, debout comme une grappe, leurs quatre yeux dans un seul regard, et qui embellissent, de leur seule présence, la façade lépreuse, le pavé gras. Ce quinquagénaire qui s'affuble de chemises lilas et s'ondule les cheveux. Cette ménagère la tête recouverte d'un foulard éteint, avec son pesant cabas qui déborde et déforme son épaule.

Ces visages à cris, ces visages comme des dalles, ces visages qui s'offrent, ces visages serrés comme un pruneau, ce sont les miens !

Cette femme brune et belle, rongée par un cancer. Cet homme qui croyait aux idoles et que les idoles ont trahi. Celui que la folie traque. Celui qu'un travail détesté accule. Celui, ceux, celles, dans lesquels la mort couve et sans cesse se bâtit.

Je suis eux, ils sont moi.

À présent, l'œil en coulisse – comptant la trouver courtoisement en attente de mon bon vouloir – je cherche ma propre image dans une autre vitrine.

Personne. Plus personne.
Envolée, Aléfa !

***

Féminitude
Les deux mains dans sa poche, le petit garçon du papetier m'examine depuis un moment, tandis que je grignote mon croûton ;
— Toi, je te reconnais !
Je détache l'autre bout de la miche et le lui tend. Nous mangeons côte à côte.
— Je te reconnais, tu ressembles au père Noël.
Mon sang ne fait qu'un tour. Féminité, féminitude, dans quels gouffres de l'âge t'es-tu laissé engloutir !
Je m'en arracherai des larmes, et d'un coup perds cette distance à laquelle j'accède, parfois, tout naturellement. Comme s'il avait remarqué mon désarroi, l'enfant reprend :
— Un père Noël sans barbe.
Retirée dans mes pensées moroses, il ne me reste plus un filet de voix.
C'est lui, une fois encore, qui me tire d'embarras.
— Tu sais, le père Noël et toutes ces balivernes, en tout cas, moi, je n'y crois plus.

L'enfant m'observe avec sérénité, avant de me réclamer un autre bout de pain. Je me débarbouille dans son œil limpide, tandis qu'il fait des boulettes avec la mie.
— Où est l'autre ? Celui que je vois souvent avec toi ? Celui qui porte une cape ?
Je lui dis qu'avec Simon nous préparons une fête et qu'on l'invitera.
— Après, je pourrai lui parler à Simon ?
— Bien sûr.
— Quand je serai grand, c'est à lui que je veux ressembler.
— Il te ressemble.

9.

La réception
Par-dessus la tête des invités, Natia fait signe à Livie de la rejoindre. Celle-ci se fraye un passage à travers le salon. Sur le plateau qu'on lui tend, elle prend un verre, le boit d'un trait. Quelqu'un lui saisit le coude.
— Où te cachais-tu pendant toutes ces années ?
Livie répond rapidement. Pressée de toutes parts elle continue d'avancer comme si elle ramait dans des eaux lourdes. À côté du buffet, recouvert d'une nappe en dentelle, elle se débarrasse de son verre, en reprend un autre, cherchant à se sentir plus légère, et en même temps à s'ancrer.
Natia l'appelle encore.
Deric son bras autour des épaules d'une jeune femme coiffée d'une épaisse frange l'observe, un sourire au coin des lèvres.

Un homme jeune approche, tend les deux mains :
— C'est toi, Livie ! Je croyais ne plus jamais te revoir.
La voix est familière. Elle cherche un nom à ce visage, interroge le regard derrière les lunettes.
— Tu ne me reconnais pas ?
Les traits émergent peu à peu de la mémoire et de leur léger empâtement. Livie reconnaît la courbe moqueuse de la bouche, le bleu des yeux :
— Paul !
N'avait-elle pas un moment hésité entre lui et Simon ?
— Laisse-moi te regarder.

— Natia m'attend.
Il la retient, la dévisage, remonte les années. Soudain, un regret furtif...

... Il y a sept ans, après une répétition, Simon cherche un air sur sa guitare :
— C'est une chanson pour toi, Livie.
Ce soir-là, Livie a glissé loin de Paul, vers la musique, le chant, les silences de Simon.
— Ça n'a pas tellement bien marché pour Simon ?
Elle se cabre dès qu'on parle de Simon dans ces termes. Personne ici ne peut comprendre Simon. Personne.
— Il est heureux. Il sait ce qu'il aime.
Elle s'éloigne, plonge dans la ruche des invités. À son passage, des sourires entendus s'échangent.
Paul la suit un moment, retenant contre lui cette lointaine et fraîche image : Simon courbé sur sa guitare, Livie la tête penchée embrassant son épaule. Et lui, Paul, heureux-malheureux, qui les regarde.
Puis, lui, Paul, lançant une plaisanterie méchante ; passant nerveusement la main dans sa touffe de cheveux rebelles. Puis, filant, d'un bout à l'autre de la ville ; à fond de train, dans sa décapotable rouge...

Livie vient de rejoindre Natia.
— Alors tu retrouves un de tes amoureux ?
Celle-ci brûle d'envie de la présenter à ses amis. Elle a déjà annoncé, commenté la rupture avec Simon.
Quant à Deric...
Natia est pleinement rassurée, il suffit de le voir évoluer avec aisance au milieu de cette assemblée. Elle pousse un soupir de soulagement, prend, Livie par le bras, l'entraîne.

*
* *

Ailleurs
Plus loin, dans l'embrasure d'une porte, un homme parle d'une voix qui recouvre, de temps à autre, l'abondance des mots. Ces mots qui bourgeonnent et montent sans fin des quatre coins de la salle.
L'homme dit : « Sables. » Il dit : « Désert. » Il dit : « L'eau. » Il répète : « L'eau. Je sais maintenant le prix de l'eau. »

Il parle comme Simon.
Livie se retourne, aperçoit un profil, une tempe grise. Elle voudrait s'approcher ; mais reste là, immobile, épinglée par la curiosité de ses interlocuteurs.
« Qui est cet homme là-bas ? » On ne sait pas, on ne le reconnaît plus. Sans doute a-t-il vécu loin.
On entoure Livie. Une meute de questions l'assaille. Son existence et celle de Simon sont mises en pièces.
Elle voudrait aller vers cet homme aux lentes paroles, lui parler de Simon. Elle cherche à capter ce qu'il dit au-delà, en deçà, des bavardages autour. Des bribes de phrases lui parviennent. Elle entend : « Le même fleuve... cette faim... la mort éclaire... l'instant est sans prix... on l'apprend... »
Livie essaye d'échapper à ces mains qui la retiennent. Elle boit un verre, un autre, puis un autre. Elle patauge parmi tous ces mots, elle s'égare dans ces bruissements.
La voix de l'homme l'atteint de nouveau. Ce qu'il dit – même dans ce lieu – paraît à sa place.
Livie se dégage enfin, cherche l'homme du regard.
Il s'est éloigné. A-t-il prononcé ces paroles, ou bien est-ce elle qui désirait les entendre ?
Elle s'approche des portes-fenêtres.
Le jardin clos s'est obscurci. Un vent furieux bat les vitres.

*
* *

La fête
Les deux battants d'une des fenêtres s'ouvrent avec éclat. Le vent s'engouffre, pousse les invités les uns contre les autres, renverse quelques-uns comme des quilles.
Dans le fond, le buffet s'écroule dans un bris de vaisselle, parmi des cris.
Livie perd l'équilibre, se retient aux rideaux. Deric l'aperçoit, abandonne la jeune femme à la frange, accourt.
Annoncée par une seconde rafale, Aléfa fait soudain une tonitruante entrée.
Ahurie, Livie rattrape la vieille par le bras, la suppliant de se retirer. Elle la rejoindra tout à l'heure dans le jardin.
Mais Aléfa, tournoyant comme une bourrasque, emportée par son propre mouvement, lui échappe et s'enfonce dans la salle.
— Deric, retiens-la !

Un espace s'est dégagé au milieu de la pièce. Tout autour les invités se relèvent, s'époussettent, reprennent, comme si de rien n'était, leurs conversations.

Livie essaie encore de rattraper Aléfa, mais ses genoux fondent à chaque pas. Elle suit du regard les étranges manœuvres de la vieille. Où veut-elle en venir ?

Aléfa paraît immense, elle est sans doute chaussée de cothurnes. Sa sempiternelle robe bleuâtre est recouverte par plaques de bouts d'étoffes multicolores qui s'agitent à chacun de ses pas. Son visage est outrageusement fardé.

— Deric, il ne faut pas la laisser faire.
— Laisser faire qui ?
— Aléfa. Elle va tout bouleverser !

Aléfa apparaît, disparaît. Livie la perd de vue, la retrouve.

Aléfa va d'un siège à l'autre, se prélasse sur un divan ; se relève, saute à clochepied évitant les meubles, s'écroule enfin dans une bergère.

Aléfa s'approche d'un groupe, débite un compliment, en reçoit un autre.

Aléfa s'éloigne, se dirige vers un canapé, s'étend de tout son long, avale à pleine bouche une poignée de noisettes qu'elle gardait en réserve au fond de sa poche.

Soudain, Aléfa se redresse, s'élance, prend appui des deux paumes sur une table au plateau de marbre, apostrophe l'auditoire :

« Les eaux du large laveront, les eaux du large sur nos tables... »

On l'applaudit du bout des doigts. Les causeries, un instant interrompues, reprennent.

Aléfa fait la fête. Aléfa se déploie, s'allonge, s'élargit.

Ensuite, jouant à la chaisière, d'un coup, elle se recourbe : petite, étriquée, elle trottine de l'un à l'autre, demandant son écot.

Livie l'appelle encore, mais sa voix lui revient comme une balle contre un mur. Deric l'entraîne :

— Viens danser.
— Je ne peux pas laisser Aléfa.
— Laisse-moi faire, je m'occupe d'elle. Attends-moi ici.

Aléfa a tout de suite reconnu Deric, et lui jette les bras autour du cou. Ils s'embrassent, ils rient ensemble.

Puis la vieille se penche, murmure à son oreille ; sans doute lui donne-t-elle des nouvelles de Simon ?
Livie les suit des yeux. Voilà que, subitement, Deric dégrafe ses précieux boutons de manchette, sa chevalière ; voilà qu'il les jette au fond du verre à moitié vide d'Aléfa. Voilà qu'Aléfa les avale avec le liquide.
Voilà qu'ils rient plus fort, à toute gorge, côte à côte.
Voilà qu'ils dansent tous les deux. Ils n'ont peur de rien, même pas du ridicule !
Voilà qu'ils chantent à tue-tête tous les deux : « Les eaux du large... »

Natia passe en coup de vent :
— On te cherche partout, Livie.
— Je surveille Aléfa.
Natia rit, mais d'un rire pincé.

Les feuilles du jardin frémissent.
Livie vient de remarquer le clin d'œil d'Aléfa à Deric. La vieille prépare son prochain coup. Et lui, la laissera faire !

*
* *

Qui ?
Parmi les invités la vieille en choisit un au hasard. C'est un homme d'une cinquantaine d'années qui parle avec assurance, autour duquel plusieurs personnes gravitent.
Aléfa s'approche, affable :
— Qui êtes-vous ?
D'une voix neutre l'homme décline son nom avec un demi-sourire, certain d'être tout de suite reconnu.
Aléfa garde un œil terne. L'homme se tourne vers ses voisins pour reprendre la conversation.
La vieille s'avance un peu plus, tire la manche de l'homme ; pose sa main sur son avant-bras :
— Qui ?
D'une voix toujours calme, l'homme répète son prénom, son nom. Puis, de nouveau, s'adresse à l'assistance qui ne semble pas se rendre compte de ce curieux manège.

Aléfa insiste :
— Qui ?
Sans se laisser démonter, l'homme recommence : nom, prénom, auxquels il ajoute cette fois sa profession.
La main de la vieille se serre plus pressante :
— Qui ?
Les sourcils de l'homme se joignent, sa bouche se contracte. Il ne veut pas perdre patience ; il reprend plus fort, haussant le ton, articulant chaque mot. Elle l'interrompt :
— Je ne suis pas sourde.
L'homme baisse alors la voix : nom, prénom, profession, lieu de naissance, âge...
— Qui ?
Elle le retient toujours. La chaleur de cette paume brûle à travers le tissu de la manche. L'homme remue le bras, ne parvient pas à se dégager. Il recommence une troisième fois.
Elle, aussi :
— Qui ?
Rien ne la contente, cette vieille ! Comment va-t-il faire pour s'en débarrasser ? L'homme cherche un soutien dans le regard de ses amis.
Mais, l'un après l'autre, ceux-ci s'écartent comme s'ils craignaient d'être pris sous le même feu.
L'homme se retrouve, seul, face à ce :
— Qui ?
L'homme a perdu son sourire, mais il ne veut pas d'esclandre. Il tire une carte de visite de sa poche et la lui tend. Là, tout est inscrit. En noir et en relief ; s'y ajoutent même les titres et les décorations !
Aléfa lève la carte, secoue le bras.
Celle-ci retombe en poussière, s'éparpille sur le sol.
— Qui ?
L'homme lutte entre l'angoisse et la colère, jette un regard éperdu autour de lui.
Personne ne vient à son aide.
Soudain, il décide de retourner la question, de la poser à son tour.
Mais Aléfa est loin. Déjà trop loin. Déjà agrippée à une autre manche, harcelant quelqu'un d'autre ; puis quelqu'un d'autre, puis quelqu'un d'autre encore.
— Qui ?

Toujours, adossée au mur, Livie la regarde. Saurait-elle répondre, si Aléfa lui adressait la même question ?
Qui est-elle, Livie ? Ce n'est jamais cela qu'on vous apprend dans l'existence. Jamais, nulle part, cela.
Et Aléfa ? Qui est Aléfa ?
Cette Aléfa qui se tient, en cette seconde précise, à côté du lampadaire jaune ?
Cette même Aléfa qui, subitement vient de disparaître, absorbée au fond de ses propres pas.

Natia pénètre dans la chambre où Livie se repose depuis plus d'une heure.
— Tu vas mieux ?
— J'avais tellement bu. Je croyais qu'Aléfa...
— Tu es si malheureuse, Livie ?
— Qu'est-ce qui est arrivé ?
— Rien de grave. Mais ne reste pas seule ! Il y a encore plein de monde. Viens, descends...

VII

Le même jour, la rue
Je rôde depuis ce matin autour de la maison de Deric, essayant d'apercevoir Livie. Il faut que je lui parle.
Elle est close cette maison, serrée comme un poing. Avec mon allure ils ne m'ouvriront jamais.
J'emplis mes poumons d'air, je rassemble mon courage, j'avance dans l'entrée de marbre, évitant de passer trop près de la loge du concierge. Je sonne au rez-de-chaussée.
J'entends des pas, de l'autre côté de la porte quelqu'un m'observe à travers l'œillère ; je prends mon air le plus innocent.
L'examen ne m'est pas favorable ; on ne me recevra pas.
Je baisse la tête pour qu'apparaissent mes cheveux blancs et que ceux-ci les rassurent. Rien. Les pas s'éloignent.
Cette nuit, j'ai veillé Simon. Une grosse fièvre le tient depuis trois jours, il appelle Livie dans son sommeil. Elle ne le sait pas. Lui ne m'a pas dit où elle se trouvait, il m'a fallu la découvrir seule.
Livie finira bien par sortir. Je m'assois sur le trottoir, adossée à l'immeuble. Dès le matin, un traiteur n'a pas cessé de faire des livraisons. « Ce soir, il y a une réception », m'a confié un des livreurs.
Dans l'après-midi, il m'a semblé apercevoir Livie à une fenêtre du premier étage. J'ai crié vers elle, les mains en porte-voix. Les battants se sont ouverts, une dame m'a injuriée grossièrement, puis elle m'a claqué la fenêtre au nez.
Je m'assois de nouveau, m'amassant le plus possible pour passer inaperçue.

LA CITÉ FERTILE

Les rues ici sont calmes, les trottoirs presque vides, j'ai l'impression d'être observée de partout.

J'attendrai. Livie finira bien par apparaître. Pour passer le temps je m'invente des histoires. Je visite un astre, ou bien je plonge dans les boyaux de la terre.

Les heures ont filé.

Ensuite, sont arrivés, en masse, les convives.

J'ai pensé que je pourrais me glisser dans leurs rangs, et entrer dans la maison grâce à ce subterfuge. Je veux voir Livie, je sens qu'elle m'appelle. Je ne sais si je parlerai de Simon, c'est elle qui, sans doute, m'en parlera.

L'occasion se présente enfin ; je me mêle à un groupe d'invités qui sortent d'une flambante voiture.

La porte s'ouvre toute grande. Une soubrette les débarrasse de leurs manteaux.

Dès le vestibule, moi, on m'a virée !

J'avais beau protesté, ni ma tête, ni mon accoutrement ne sont conformes.

J'ai pourtant eu le temps d'apercevoir Livie dans le reflet d'une glace. J'ai l'impression que nos regards se sont croisés.

J'attendrai dehors ; peut-être viendra-t-elle me rejoindre ?

La nuit est douce. Je dormirai, s'il le faut, à la belle étoile.

10.

La danse
Il se fait tard. Les disques défilent sur le pick-up, le fumoir est encore bourré de monde. Livie danse avec Deric, avec Paul, avec d'autres.
Dans le jardin, c'est la nuit.
Une nuit qui par moments flageole, s'attend d'une seconde à l'autre à être gagnée par la lumière du matin.
Paul se penche vers Livie, lui parle à l'oreille. Elle hoche la tête lentement.
Un brouillard de fumée matelasse le plafond, les murs. Livie s'abandonne à la musique. Ses jambes, sa taille, ses bras sont habités par le rythme. Sa nuque est prise. Sa bouche chante, ses yeux sont envahis.
— Tu es bien ?
— Je suis loin.
— Où ça, loin ?
— Loin, c'est tout.
Paul se rapproche, serre son corps contre le sien. Livie l'écarte, doucement.
Quelqu'un sonne à la porte d'entrée. Qui peut venir à cette heure ? Natia appelle Deric. On sonne de nouveau.
— Je vais ouvrir.
Deric se dépêche, court vers la porte, ouvre.
— Simon, c'est toi !
Simon entre. D'une voix calme il demande :
— Où est Livie ?

LA CITÉ FERTILE

D'un geste Deric montre le fumoir.
Simon le précède, traverse sans se presser la grande pièce aux lumières tamisées. Des gens, enfoncés dans leurs fauteuils, parlent entre eux ; fatigués, ils ne se retournent pas.
— Je n'étais pas encore venu chez toi.
— Ça a changé depuis qu'on y habitait en famille.
— Pas tellement.

Natia se précipite, les rattrape :
— Tu ne vas pas faire d'histoires, Simon ?
Le sourire de Simon s'accentue. Il entre seul dans le fumoir.
— Accompagne-le, Deric.
— Laisse.

Simon pénètre dans l'ombre du fumoir et s'assoit par terre, dans un coin. Personne n'a remarqué sa présence. Il allume une cigarette, il regarde les couples danser.
Soudain, il reconnaît les chevilles de Livie, ses mollets, ses genoux, cette façon à elle de faire bouillonner sa jupe en tournant.
Livie lui a écrit que les enfants étaient à la campagne. Elle ne sait pas qu'il est de retour.
Un besoin d'elle a brusquement terrassé Simon. Malgré sa fièvre et l'heure tardive il a grimpé sur sa moto, il a traversé la ville.
À présent, il la voit, et baigne dans une sorte de tranquillité.
Elle existe, Livie. Elle est là.

Là, dans ses chevilles, ses jambes, son genou, ses hanches, ses doigts qui claquent la mesure, cette main qu'il va prendre tout à l'heure dans la sienne.
Elle est là. Il la touche du regard. Malgré ses tempes qui battent, il se sent en repos.
Elle peut danser avec un autre, c'est vers lui qu'elle tend son visage, Simon le sait, obscurément.
Parfois Livie entraîne son danseur vers la fenêtre. Que cherche-t-elle de l'autre côté ?
La balançoire blanche est-elle toujours à la même place dans le jardin ?

Livie passe, repasse auprès de Simon sans le voir. Celui-ci vient de reconnaître Paul qui parle à la jeune femme avec insistance.
Livie attire Paul de nouveau auprès de la fenêtre. Elle s'attarde, de nouveau, à regarder dehors.
Puis ils reprennent leur danse.
Le disque s'est arrêté. Simon se lève pendant que les couples se défont.
Paul choisit dans la pile une autre musique.
Simon avance vers Livie.

Il fait tellement sombre qu'elle ne l'aperçoit qu'au dernier instant. Soudain, debout, en face d'elle, le voilà :
— Simon !
Sa bouche reste ouverte. Les mots ne viennent plus.

Paul qui a remis le pick-up en marche se retourne.
C'est la même image ! Après tant d'années : la même image.
Simon, Livie, les yeux de l'un rivés sur le visage de l'autre.
Et lui, Paul – comme en ce soir lointain – les fixant.
Ensuite, les suivant, Simon et Livie, une fois encore, durant quelques pas, tandis qu'ils s'éloignent, se tenant par la main.
Ils traversent la grande salle à peine éclairée. Quelques chuchotements accompagnent leur passage.
Natia court vers eux. Livie l'embrasse. Et les voilà repartis.
Paul les regarde de dos tandis qu'ils s'en vont, Simon et Livie, l'un à côté de l'autre, leur image de plus en plus ténue.
Le temps vole en éclats. La nuit du jardin se transperce de fentes claires.
Partagé entre la raillerie et l'attendrissement, Paul les poursuit du regard jusqu'à ce qu'ils traversent ensemble le seuil et qu'ils lui échappent de nouveau.

Deric rejoint le couple à l'extérieur.
Livie grimpe sur la motocyclette derrière Simon. Elle entoure ses épaules, couvre son dos de baisers.
La rue est parfaitement lisse sous les lampes à arc des réverbères. Nue et lisse sous son essaim d'étoiles.
Le moteur vrombit, vibre, avant que la machine ne se mette en marche.
Simon et Livie foncent vers la ville.

Deric fixe un moment la chaussée vide. Derrière lui, comme un vieux navire vermoulu, la demeure craque et vacille avec sa cargaison de passagers.

Deric jette encore un regard sur la rue. Plus loin celle-ci s'enfonce dans le noir, dans l'inconnu. Deric a beau se pencher, il n'en distingue pas le déroulement.

Cette route n'est pas la sienne. La sienne s'arrête ici. Ici.

Deric se retourne ; rentre dans sa maison.

Tassée dans ses vêtements, Aléfa s'est réveillée juste à temps pour assister au départ.

Le cœur en feu, elle se lève, s'ébroue joyeusement.

Puis, le pas allègre, empruntant le même chemin que la motocyclette, Aléfa s'embarque vers sa journée.

11.

La ville
La ville émerge peu à peu des derniers tronçons de nuit.
Simon et Livie filent, presque seuls, sur le boulevard. Autour de la place de l'Arc, la moto décrit des cercles et des cercles et des cercles. Leurs jeunes corps, de biais, naviguent dans le même mouvement.
Entre les bâtisses s'installent des zones violettes éclairées à l'arrière. Le gris de toits d'ardoise par instants s'électrise. Une vitre réverbère le soleil naissant.
La vitesse fait décoller ensemble la machine et toute la cité.
— Je suis bien !
La motocyclette amorce son dernier tour, puis bondit vers l'avenue qui en jardins.
— Qu'est-ce que tu dis ?
— Ne te retourne pas ! J'ai dit : je suis bien !
L'une après l'autre, les rues encore vides s'offrent d'un trait. Les portes sont plus qu'une seule porte ; les arbres, qu'un seul arbre.
Livie voudrait dire « Doucement ». Elle crie « Plus vite ». Le vent, la course emportent, confondent la joie, les mots. Durer dans cette seconde. Durer !...
Même la mort serait un éblouissement.

Se frottant la face contre le dos de Simon, Livie respire l'odeur de sa peau sous le tricot de laine.
— Je t'aime.

— Qu'est-ce que tu dis ?
Elle répète :
— Je t'aime.
Lui, reprend, le visage de nouveau vers elle :
— Je t'aime !
— Tu es fou, ne te retourne pas !
L'aube s'accoude sur les toits, rend plus moelleuse les pierres douces des maisons anciennes, plus précises les arêtes des buildings.
À l'avant, à l'arrière, l'asphalte s'étire. Maintenant, elle borde les quais, accompagne le fleuve qui affleure, par plaques et dans toute sa largeur aux ouvertures du parapet.
Tout est beau à crier !
Simon accélère, se retourne une fois encore.
Et soudain...
Les voilà rejetés. Simon et Livie.
Se brisant avec leur machine. Démembrés, perdus, baignant dans leur sang.

Non, ce n'est pas comme cela que la chose arrive...
Livie voit le corps de Simon lancé comme un projectile par-dessus le guidon. La tache orange et bleu de son tricot décrit un tracé de foudre.
Elle tombera, après. Au dernier zigzag de la machine.
À peine blessée, elle se relève, se précipite auprès de lui. Auprès de Simon déjà absent pour toujours.
Livie à peine blessée, mais pire que morte. Bien pire.
Plantée ensuite au milieu de la chaussée, refusant d'y croire, les bras levés, elle hurle au secours.

Non, ce n'est pas comme cela que la chose survient...
Ils sont l'un derrière l'autre sur la moto. Un camion débouche subitement, brûle les feux rouges, prend leur machine de plein fouet.
Ils sont partis, d'un coup, sans le savoir.
Partis ! Expulsés ensemble, dans l'éclatement de l'aube.

L'une après l'autre ces images avaient assailli Livie.
Est-ce pour conjurer le sort ? Le bonheur inquiète-t-il à ce point ?
Livie se serre contre Simon, se serre contre la vie.

— Moins vite, mon amour.
Sans entendre ses paroles, il ralentit.

La cité est encore vide.
Pour mieux la surprendre, ils continueront leur chemin à pied, poussant la machine. Ils déambuleront, prenant des détours, s'appuyant au parapet, redécouvrant les ponts et leur reflet ; redécouvrant l'eau. S'émerveillant des arbres et des pierres ; de leurs mains qui se tiennent, de leurs doigts qui s'entrelacent, de la tendresse humide de leurs lèvres.
Plus loin, ils entreront dans un café entrouvert, aux chaises encore retournées, plaisanteront avec le patron derrière son comptoir.

Autour d'eux, la ville se met en branle.
Autobus, voirie, camions, défilent. Le métro imprime sa légère vibration aux murs.
Les chaises sont en place. La patronne polit l'appareil à café. Le garçon son balai. Quelques clients apparaissent.
Autour, la ville s'anime de ses milliers de piétons. Mais peu à peu, elle se laisse garrotter par ses milliers de véhicules maillons d'une chaîne interminable.

Assis l'un en face de l'autre, Simon et Livie n'en finissant pas de se reconnaître.

VIII

À bout de course
L'ombre s'étale devant moi, je suis à bout de course. Ma propre histoire s'est dissoute depuis longtemps ; mais emportée par celle des autres, le souffle me tenait encore, je ne détalais pas.
Partir avec la dernière vision de Simon et Livie dans leur course me plairait. Trop simple, l'image ?
Sans doute, mais elle en contient tellement d'autres.
Oui, j'aimerais partir sur ce départ-là ; il me garde en chemin. Nos vies ont un terme, la vie n'en a pas. En dépit de l'angoisse je veux considérer demain d'un œil lavé.

Mon corps, depuis quelques jours, est moins docile. Tout au fond de moi, une force s'absente. La mort est à l'œuvre en tisse, en douceur, – qu'elle en soit remerciée ! – son nécessaire complot.
Je vais à sa rencontre avec une sorte d'allégresse.
J'ajouterai ma poussière à la poussière commune. Mon visage se fondra en des milliards d'autres visages ; ainsi – même si bientôt je ne le sais plus – l'avenir me réservera tout un avenir.

Mort, ma décriée, cela fait si longtemps que tu fourmilles dans ma peau, que j'ai lentement apprivoisé tes yeux et consens à ton dernier transport.
Mort, mon innocente, cela fait si longtemps que je te fréquente, j'ai aboli tes

masques. Tu n'es plus putréfaction, tu es liseuse d'avenir. Tu n'es plus raideur, tu es ventre de vie.

Est-ce dans cette marche qui me ramène, avec constance, au bord de fleuve que j'ai senti, par moments, affleurer cette eau, cohérente et commune, qui nous hante inlassablement ?
Au fond d'elle, le temps en miettes, l'horreur et la beauté, le flux des événements, la confusion des existences, la vie la mort, s'accordent-ils ?
Plus loin que la raison – qui déblaie le chemin, que je salue comme telle, mais rien de plus – un lieu, sans cérémonies et sans nom, par instants émerge d'entre toutes nos ronces. Nous n'en recueillons encore que les balbutiements.
Mais elle, la vie, à l'affût de nous, s'acharne, je le sens, à entailler l'ombre.
Oui, elle, la vie, cherche à s'offrir à page ouverte.
Un jour peut-être, qui sait ?...

Mais trêve de gravité.
Allons, trêve !

Nous sommes en août.
Par endroits, la cité est une coque vide. Eparpillés sur les routes ses habitants l'ont abandonnée. Des grappes de touristes s'y amassent, la tâtent ; l'auscultent avec gourmandise et timidité.
Nous sommes en août. Il est presque midi. La mort me fait signe.
Puisqu'elle m'accorde cet avertissement et le temps de m'y préparer, je descends vers ma berge pour l'accueillir à ma façon.
Oui, j'aimerai, ultime coquetterie, lui souhaiter bienvenue d'un large geste du bras, tandis qu'adossée à mon monticule de gravier – la tête au soleil, les pieds au vent, l'oreille pleine des bruissements de la ville et du proche chantier – je garderai jusqu'à l'instant final l'œil mobile. Le regard, jusqu'au suprême instant, à la poursuite d'un chaland, d'un homme ou d'une femme qui passe ; ou bien fixé sur les lentes vagues qui s'en vont vers la mer.
S'il ne tenait qu'à moi, je frotterais aussi le ciel de crépuscule pour qu'il rosisse ma face, et la rende plus avenante.
Toute peuplée de cette attente, jour après jour, je descends vers ma berge.
Mais rien n'est survenu, mais rien ne survient.
Me serais-je trompée ?

LA CITÉ FERTILE

Un jour, puis un jour, puis d'autres jours encore...
Mes os tiennent toujours !

Heureusement je n'ai prévenu, rassemblé personne. Aucun adieu assaisonné de dernières paroles, regrets ou alleluias !
Pourtant ce spectacle saugrenu, planté sur ce morceau de berge, m'aurait égayée par son humeur à la fois solennelle et bouffonne : l'hôte d'honneur remettant sans cesse sa visite, la fièvre des invités allant sans cesse croissant.
Récapitulons : mes globules s'ébattent, mon sang circule, mon cœur chute dans le vide puis se raccorde. Je me dis : « À présent, ça y est... il s'éloigne, ce cœur, il me fuit, il me lâche. » Mais, d'un coup, il se raccroche, inspire, expire, reprend son battement musclé.
Pour hâter l'échéance, je me démène au-dedans, sans résultat notoire. La mort fait la sourde et me laisse bêler !

Pourtant, pourtant, pourtant, pourtant, ce n'est pas un piège. Je le sens, mes amis, ma trompette a sonné !

J'en porte tous les stigmates. À mes mains, ces marbrures ; à mes lèvres, cette pâleur. Mes pensées s'enfoncent dans une toison laineuse, dont j'ai de plus en plus de mal à les extirper.
J'attends l'écarquillement ! J'attends la déchirure !
Ma défroque, mon ébauche, ce corps-de-moi se cramponne.
Tant pis. Tant mieux. Je patienterai. Je patiente.

Sur cette berge, où, de toutes parts, je suis à découvert ; j'attendrai que la Belle me désigne, sérieusement.

IX

Le dernier compagnon
C'est dimanche, encore août. Les vacances ont aspiré au loin une foule de gens.
Seule, assise sur ma rive, j'attends toujours.
Ah, voilà quelqu'un !

Un homme titube sur les marches, prend appui sur la balustrade de fer, descend vers moi.
Poussant des « hourras », il trébuche, agite un litre de rouge dans ma direction. Parvenu à mes côtés, l'homme me fait une courbette, et me tend sa bouteille pour que je boive au goulot.
Sous ce soleil, le vin ne me fait pas envie. Offensé, l'ivrogne sursaute :
— C'est une plaisanterie ?
Puis il s'embarque dans un discours sur le vin, l'amour, la liberté, ponctué de fortes tapes dans mon dos et de hoquets bruyants.
Je bois quelques gorgées pour calmer son débit. Il insiste :
— C'est tout ?
Je transige, je négocie :
— Plutôt une cigarette.
Il s'assoit près de moi, ravi.
Il sort son tabac noir, l'enroule entre ses doigts qui tremblent. Coupant en deux la cigarette, il m'en donne la moitié. Les allumettes c'est moi qui les fournis, j'ai toujours un bazar au fond de mes longues poches.

Nous fumons.
— *Tu es toute seule, la vieille ! J'ai bien fait de venir.*

Il se rapproche, nos flancs se touchent. Les poils de son menton sont blancs. Rouge et bouffie, sa face bourgeonne. Au moindre mouvement ses habits libèrent des nuages de poussière.
Après la cigarette, il tire du fromage, du pain, du saucisson, d'une besace crasseuse qu'il porte en bandoulière, et m'en offre aussi.
— *Tu vois, je suis gentil.*
— *C'est vrai, tu es gentil.*
Il me souffle son haleine vineuse au visage. Je grignote sans appétit. Il me taquine :
— *Ce sont tes dents, Maria... Doucement, piano, et surtout ne te fais pas de soucis. Toi et moi, on a tout notre temps !*
Je demande :
— *Pourquoi, Maria ?*
Il répond :
— *Pourquoi pas ?*
Il mange, il boit, vidant toute la bouteille. Il se pourlèche les lèvres.
— *Après la sieste, Maria, je te raconterai ma vie.*
Il frotte ses omoplates contre le monticule de gravats qui me sert encore de dossier et cherche à y creuser sa place. Il gratte son crâne chauve, le recouvre d'un grand mouchoir bleu pour se protéger du soleil vissé juste au-dessus de nous.
— *Les femmes, ça ne craint rien, c'est toujours plein de cheveux !*
Il rit et se laisse glisser contre moi, abandonnant sa tête sur mon épaule. J'hésite à le déplacer, il a l'air si heureux. Je finis par caler sa joue, le mieux possible, à l'endroit le plus charnu de mon anatomie.
— *Tu es gentille, Maria.*
À moitié assoupi il reprend :
— *Comment tu m'appelles, dis, Maria ? Donne-moi un nom.*
— *Je t'appelle : Silène !*
— *Silène ?... Oui, ça me plaît. Où est-ce que tu as été chercher ça !*
— *Tu es gentil, Silène. Dors maintenant.*

Il faut qu'il dorme, autrement il ne pourra pas tenir debout. Ni s'en aller. Je voudrais bien ensuite qu'il s'en aille.

Pour la visite que j'escompte et pour entendre l'arrêt final, je préférerai le superbe et noble face à face. Et que l'ivrogne soit loin.
Celui-ci s'endort, ronfle, rote. Il pue le vin. Il me souffle sa chaleur dans le cou.
Sa tête pèse, mon épaule s'engourdit. Le bonhomme sourit aux anges.
Ah ! le piquant et ridicule tableau !
Pourvu qu'il ne prenne pas à l'Autre le caprice de m'emporter comme ça, soudée à ce drôle d'inconnu.
À moins que, par malice, me détachant du suprême protocole, me dévoilant jusqu'au bout combien nue est la vie...
l'habile Moissonneuse...

* * *

Exit
Le sommeil du clochard a duré deux bonnes heures.
À genoux, il furetait tranquillement dans ses affaires, rangeait sa besace, quand la chose s'est annoncée.

Je l'ai d'abord lue, cette mort – la mienne – inscrite sur la face de Silène, dès l'instant qu'il s'est retourné vers moi.
Je l'ai vue, je l'ai épelée, lisiblement ma mort, dans le tremblement des lèvres, dans les yeux exorbités de mon compagnon.
Je l'ai apprise, soudain, comme une nouvelle imprévue !
Il s'affolait, le pauvre homme.
J'ai tout de suite cherché à le tranquilliser. C'était déjà trop tard ! Mon souffle flanchait, ma langue n'obéissait plus.

Il y a de moins en moins d'air. Les narines dilatées, le cou tendu, la gorge béante, j'essaie d'en happer le plus possible autour. Je sens ma bouche toute tirée en avant, comme un rouget hors de la mer.
Horrifié, l'œil toujours rivé sur ma personne, Silène, debout, se démène, s'agite.
J'aimerai le rassurer « Calme, calme, Silène... », mais les mots restent enterrés tout au fond de moi. « Calme, du calme, ami... »
D'où il me regarde cela doit forcément paraître plus sombre que cela n'est.
« Calme, Silène, calme... »
Aucun frémissement n'atteint mes lèvres.

LA CITÉ FERTILE

L'homme se débat, se lamente, appelle au secours.
« Si tu savais, Silène, tout est plein de ressources ; même ça !... » Je ne parviens plus à prononcer. Je dis, je parle dans le silence.
Mon sentiment, tout seul, finira-t-il par lui parvenir ?
L'homme trépigne, hurle. Des gens dévalent les marches, accourent à ses cris.
De tous côtés des pas convergent vers mon endroit.
J'entreprends mon ultime combat dans ce charivari.
Pour apaiser la frayeur des passants qui m'encerclent, je tente de recomposer, d'aplanir mon visage.
Mes traits m'échappent ; un fil insaisissable les sépare de ma volonté. Je ne peux rien sur eux et finis par les laisser à leur crispation.
Au centre de l'énorme brouhaha, au beau milieu des cris, des pas, des gestes désordonnés de mon dernier compagnon : c'est l'avalanche, l'éboulement...

Quel exit !

Pourtant   non   cela se prolonge.
L'œil   l'oreille   lentement se tapissent
Je vois   j'aperçois   de ne sais quel regard   ma vie en raccourci   la vie en son entier
Des hommes   des femmes   des peuples d'enfants   de partout   de toujours   se pressent autour de moi sans me retenir
Sans   qu'à eux   je ne me retienne

Emportant leur image tout contre ma chair   je glisse dans le courant qui m'entraîne   à son tour
L'univers   s'entrouvre   m'accueille

Je fais la planche   entre deux eaux
Mon visage perd ses angles   mon corps se polit

Légère, légère   et plus légère encore   je me faufile   en souplesse   comme un poisson   dans la panse herbeuse de l'éternité

Textes cités

Proverbe maori	511
Shakespeare : *Sonnets I, CXLVI*	511
Proverbe chinois	515
Proverbe abyssin	518
Poèmes de l'Ancienne Égypte	539, 541, 543
Saint-John Perse	588

NEFERTITI ET LE RÊVE D'AKHNATON

Les Mémoires d'un scribe

Pour Alice et Roger Godel.

Pour Michèle et Jean-Luc Koltz.

SITUATION

FONDATION DE LA CITÉ D'HORIZON   1369 Av. J.-C.

L'emplacement, choisi par le pharaon Aménophis IV (Akhnaton) et son épouse Nefertiti, pour fonder leur nouvelle capitale : la Cité d'Horizon (l'actuelle Tell el Amarna), se situe à mi-chemin entre Memphis (Le Caire) et Thèbes (Louxor) sur la rive orientale du Nil.

À cet endroit les falaises du haut désert s'écartent du fleuve, dessinent un large hémicycle de terre fertile dont la longueur mesure quelques douze kilomètres et la largeur un peu moins de cinq. Au flanc du cirque rocheux, furent taillées de grandes stèles établissant l'étendue et les limites de la ville et portant le récit de sa fondation :

« Voici la place qui n'appartient à aucun prince, à aucun dieu. Personne n'en est le possesseur. Voici le lieu de tous... La terre y trouvera sa joie. Les cœurs y seront heureux. »

DESTRUCTION DE LA CITÉ D'HORIZON   1347 Av. J.-C.

Lorsque le général Horemheb conquit le pouvoir, il se fit introniser dans l'ancienne capitale de Thèbes. La haine qu'il nourrissait à l'égard d'Akhnaton, de Nefertiti, et de tout ce que le jeune couple avait défendu, éclata au grand jour.

Des milliers d'hommes furent expédiés vers la Cité d'Horizon dans le but de la détruire. Ceux-ci mutilèrent les tombes, renversèrent les édifices, martelèrent sauvagement les noms d'Akhnaton et de Nefertiti sur tous les murs.

L'idée d'une renaissance de la Ville étant désormais exclue, les derniers habitants aidèrent au démantèlement de leurs propres maisons. La Cité fut pratiquement rasée. On déversa une couche de ciment sur les ruines, comme pour conjurer l'infection dont ce lieu maudit avait été le siège.

Il ne resta debout que le Château d'en-haut. La reine Nefertiti, témoin du saccage, y avait trouvé refuge avec son scribe, Boubastos.

I

Moi, Boubastos, élève et fils d'Aménô – le scribe aux doigts agiles – ayant trouvé refuge auprès de la reine Nefertiti dans le Château Septentrional, j'écrirai, jusqu'à complet achèvement, tout ce que la reine et ma mémoire me dicteront.

Nous voici, elle et moi, rejetés aux confins de la Ville d'Horizon, ou plutôt de ce qu'il en reste !

Le général Horemheb, qui règne sur l'Égypte depuis trois ans, a ordonné la fin du rêve d'Akhnaton et la destruction de sa Cité. Rasée jusqu'au sol, anéantie, celle-ci n'est plus qu'un océan de pierres, qu'une débâcle de rocs pétrifiés.

J'entreprends ce récit en cette première saison de l'année, en plein mois de l'inondation... Nefertiti, en cet instant même, est assise le dos à la fenêtre. Je me trouve, en face d'elle, accroupi dans un angle de la pièce, cherchant toujours pour m'y fondre la compagnie des murs. Pour que sa voix parvienne à ses lèvres, envahisse ensuite l'espace qui nous sépare, atteigne mon oreille, il faut autour de la reine comme une absence, comme un blanc.

Je m'efforce de ne pas exister, de n'être que deux doigts serrés autour d'un roseau trempé d'encre noire. Deux doigts prompts à saisir ses paroles, trop longtemps emmurées, pour les traduire en signes sur ce papyrus.

Moi, misérable scribe de dernier rang, que l'âge a rendu ventru et presque aveugle ; moi, si peu doué, – au point que mon père et maître Aménô avait très tôt renoncé à me destiner aux plus honorables fonctions – voilà qu'il m'est échu de faire durer la Cité d'Horizon.

Je transcrirai, comme il est de mon devoir. J'écrirai, j'écris, pour les voyageurs, pour les marins, pour les conteurs des pays lointains et différents. Pour ceux d'à présent, pour ceux d'après. J'écris pour que l'histoire d'Akhnaton et de Nefertiti – étrange, déjà lointaine, pourtant si proche des hommes – soit copiée, recopiée, rapportée, retranscrite. Pour qu'elle chemine de feuille en feuille, de bouche en bouche ; chaque siècle y ajoutant sa marque, l'usage de ses propres paroles, son reflet. Même si cette histoire dérive en cours de route, je ne m'en inquiète plus ; il en restera toujours, je le crois, un écho. Un appel, un espoir, que chacun peut entendre.

J'écris, pour qu'à travers moi, à travers d'autres, et puis d'autres encore, cette aventure capte un jour ton œil, lecteur mon frère ; pour qu'elle frappe à ton cœur, ami d'un autre temps.

Je regarde Nefertiti.

À longueur de jour, je marche derrière elle, sans cesse à l'affût de ce qu'elle dira. À force d'être aux aguets tout ce qu'elle éprouve finit par retentir dans mes propres os.

Quelquefois, sa vie lui est d'un poids terrible. Son corps se fait lourd, presque sans âme. Ses mots ne parviennent plus à se former.

Pour chasser l'obscurité qui l'envahit : je danse, je chante, m'accompagnant d'un tambourin ou d'une harpe. Je fais tout pour lui être agréable et pour la divertir. Le plus souvent, j'y parviens.

D'autres fois, la reine s'éloigne pour errer dans les chambres vides ; ou bien, à l'aube, elle s'enfonce dans les chemins qui vont au désert. Sans qu'elle me le dise, je sais qu'elle veut être seule. Tassé au bas des marches, ou devant notre demeure à l'abri d'un vieux Sycomore, je reste là, à l'attendre.

Quand je me repose sous l'arbre, je détache la chèvre pour qu'elle rôde autour de moi et lèche ma nuque de sa langue grise. J'ai perdu Senb, mon singe, dans le naufrage de cette ville, dès que les malheurs se sont violemment abattus sur nous tous ici. Je m'en remets mal.

Sur ce rouleau de papyrus, à la suite des paroles de la reine, il m'arrivera de glisser mes propres souvenirs. Du commencement à la fin : j'ai vécu cette Cité. Mais de l'autre bord, celui des humbles. Dans l'ombre où je me plaisais, il m'a semblé, parfois, que je gardais une vue plus détachée, et par suite plus exacte, plus mesurée de l'histoire, que ceux qui la font.

NEFERTITI

Ce soir, Nefertiti est assise le dos à la fenêtre. Le Nil, gonflé, torrentueux en cette saison, roule jusqu'à la hauteur de son cou. Les oiseaux migrateurs strient l'air, puis filent en vol bas vers les marais.

Le visage de la reine est ailleurs. Elle me fixe sans me voir.

Pour ne pas la distraire de ses pensées, mon roseau touche à peine ma feuille blanche ; je trace des traits de plus en plus effilés dans un frottement imperceptible.

Autour de nous le temps s'arrête. Le silence grandit. Je cesse, un moment, d'écrire pour prendre part à ce silence.

Enfin Nefertiti tourne la tête et fixe longuement le crépuscule. Terre et ciel prennent feu, puis d'un coup sombrent dans le noir.

La reine se lève.

Se haussant de toute sa taille elle s'immobilise avant de se diriger, à pas lents, le cou redressé, vers la terrasse. Elle avance lentement, très lentement. Ce soir, faisant effort pour franchir des gouffres profonds et d'invisibles obstacles, elle va se mettre en route vers son passé.

La reine me tourne le dos, mais elle sait que je l'accompagne. Elle sait qu'à pas furtifs je l'ai déjà rejointe, et que j'ai trouvé – non loin d'elle – mon endroit dans un coin de la terrasse. Elle sait, sans se retourner, que je suis déjà installé, à même le sol ; que je désire, comme elle, que le rêve d'Akhnaton soit délivré de la mort par l'écrit.

Nefertiti prend appui sur la balustrade, et contemple, sous la lune, ce qui reste de la Cité d'Horizon. Impuissante, muette, elle a assisté jusqu'au bout à l'agonie de cette ville.

Maintenant, elle se courbe au-dessus de ces ruines, à l'écoute d'une réponse qui ne vient pas. Elle patiente, se penche encore plus, attend. Au milieu de cette désolation, quelque chose se lèvera, se mettra, de nouveau, à respirer.

De tous ses yeux la reine contemple cette terre, cherchant à faire surgir le passé. En dépit du mal dont souffre, depuis quelques années, son œil gauche, et qui donne une enflure à sa pupille, la splendeur de Nefertiti n'est pas altérée. Au contraire, il me semble qu'à cause de cette beauté soudain atteinte, blessée, vulnérable, la reine est plus proche. J'oublie la distance qui nous sépare ; les obstacles de la naissance et du rang s'écroulent. Je parle d'elle sans majuscule. Je la nomme familièrement, fraternellement.

« ... Chacune de ces rues, Boubastos, Akhnaton les a voulues, tracées. Nous avons veillé, ensemble, à la construction de chacune de ces bâtisses. À présent, il me suffit de fermer les paupières, pour que se redressent les temples et les maisons, pour que respirent les jardins, pour que se croisent les routes.
Il me suffit de patienter, mon scribe, de fixer longuement ces décombres, pour que notre Ville resurgisse.
Pour qu'elle s'élève, pierre après pierre, hors de ce lieu dévasté. Pour qu'elle se redresse : à nouveau vivante ; presque en dehors de ma volonté. »

Moi, Boubastos, j'ajoute qu'on la ravagera encore leur Cité d'Horizon. On fracassera jusqu'à ses derniers blocs de granit, on dépècera ses monuments. La Ville sera la proie d'autres ennemis, elle tombera aux mains des voleurs ; tombes et temples appellent toujours la rapine. Plus tard, bien après nous, des bandits venus d'ailleurs flaireront l'odeur du butin. S'acharnant à leur tour, ils mettront cette terre à sac.

Je ne prétends pas être devin. J'ai l'esprit insouciant, peu fait pour les prévisions ; mais il m'arrive d'imaginer l'avenir, comme si je m'y trouvais. Tel qu'il se déroulera peut-être...

L'âge m'est venu. Je me rends mal à cette évidence, d'autant plus que, vu ma petite taille, je dois comme jadis, me hisser sur la pointe des pieds pour atteindre la cruche posée au creux du Sycomore.

Mes proches m'ont raconté qu'à ma naissance, je tournais le visage avec obstination vers le sol. Les prêtres, dans ce cas, annoncent à la famille la mort prochaine du nouveau-né. Défiant d'obscures lois, j'ai survécu ! Celles-ci, se vengent sans doute à leur tour, empêchèrent ma nature de prendre tout son essor.

Quand j'étais nourrisson, ma mère me portait contre sa poitrine dans une besace, accrochée à son cou pour lui laisser les mains libres. Elle est morte bien avant que ses traits ne se gravent dans ma mémoire. Son absence a creusé un vide que rien n'a jamais vraiment comblé.

Avant le pagne et la ceinture que mon père m'offrit à mon entrée à l'école, j'allais vêtu d'un simple collier. Le froid, le chaud, rudoyaient ou flattaient ma peau. J'aimais que l'air fût ma seule robe.

Entêtés à me faire grandir, mes parents me bourraient de viande d'âne, réputée pour ses vertus bénéfiques. Comme j'étais doué pour la musique et que j'improvisais des vers, bientôt ils se consolèrent en me prêtant – en échange de quelques victuailles – aux hôtes du voisinage pour leurs festivités.

Je dansais aussi. N'importe où et lorsque cela me prenait. Je dissimulais la forme rétrécie de mes membres en prolongeant mes bras par des bâtons sculptés. Les enfants faisaient cercle autour de moi en battant des mains. Même les grands m'acclamaient.

Tout cela, en dépit de ma difformité, me gardait d'humeur joyeuse !

Nefertiti a pris de l'âge, elle aussi. Ses traits me semblent surtout marqués par la solitude, et par sa vie frappée de malheur. Son front, ses yeux, font penser à la surface d'un lac que les bourrasques labourent ; une eau que chaque reflet entaille.

Avant, ma pensée s'insurgeait à l'idée que le tissu de la vieillesse viendrait un jour se plaquer sur son visage, sur sa fraîcheur, sur le lisse de sa peau. Y a-t-elle songé avec la même révolte ? Y songe-t-elle parfois encore ?

« L'histoire nous enserre, Boubastos. L'histoire nous empoigne, dès notre venue au monde. Il n'est pas indifférent d'être né ici ou ailleurs, dans ce temps ou dans un autre, parmi ceux-ci ou bien ceux-là. Pourtant, l'esprit sait rompre l'enveloppe.
Je crois que le souffle d'Akhnaton, où qu'il se soit incarné, aurait été empli des mêmes pensées. Je suis certaine que son âme audacieuse aurait, partout, dépassé les frontières de sa personne, de son pays, et les limites étroites du temps.
Décris cette terre d'Égypte, mon scribe, telle qu'elle existait avant sa naissance. Montre cet empire : vaste, ancien, puissant. Cite quelques dieux – il y en avait des multitudes ! – avant d'annoncer ce qui est « Vie et lumière » et qui se nomme : Aton.
Jusqu'alors Boubastos, les dieux, étaient à l'image des hommes et de leur peur... »

Il y a quatre mille ans, des habitants s'étaient fixés près du ruban fertile qui borde le Nil. Ils connaissent le silex, utilisent l'os pour les poinçons. Ils font de la vannerie, du tissage, de la céramique ; bientôt des statuettes et des objets de métal.
Puis, vint le grand Ménès, unificateur de la Haute et de la Basse Égypte.
À mesure que j'écris, je lis à haute voix, quêtant l'approbation de la reine. Je déblaie, je prépare la place d'Akhnaton.
Nefertiti se détache de la balustrade, traverse la terrasse, me quitte sans un mot. Je l'entends descendre les marches d'un pas vif.

Les dieux ?... Ils m'embarrassaient ! Dès l'enfance, j'interrogeais mes proches à leur sujet. Mes questions les horrifiaient ; ils me battaient pour me faire taire. Je hurlais.
« Cognez plus fort ! », conseilla un prêtre du temple voisin, « l'homme n'écoute que celui qui le frappe ; son oreille est dans son dos ».
Les dieux ?... Ils grouillaient ! Accompagnés de leurs tribus de demi-dieux et de démons, de leurs clans, de leurs rites, de leurs mythes. Je craignais qu'un jour les portes de l'autre monde ne cèdent sous leur poids, qu'ils ne se déversent par flots, prenant en chasse les hommes, les expulsant de partout, s'appropriant la terre entière pour s'y étaler.
Un immense clergé était à leur service : religieux en adoration perpétuelle, lignées de prêtres, purs et pères divins. La richesse des temples défiait l'imagination.

Pourtant le peuple se plaisait aux fêtes et cérémonies offertes en l'honneur des divinités ; il en profitait pour boire et manger durant plusieurs jours.

Au cours des siècles éclatèrent quelques révoltes, vite réprimées.

De tous ces dieux, lesquels nommer ?
Je cite Amon, le très puissant, à qui l'on joignit Râ, le dieu solaire. Nout, la femme-ciel ; les pieds au sol, elle s'arc-boute, s'allonge à l'extrême, sa face et ses cheveux touchant le sol. Sous son ventre étiré se tient Geb-la-terre, largement étendue. Je salue Isis à la recherche du corps dépecé d'Osiris son époux.

Je ne m'attarde pas sur les dieux-taureaux, les dieux-vautours, Sobek le crocodile, Bastet la chatte. Mais un instant sur Khnoum, le bélier-potier, car il façonna l'Œuf d'où devait éclore le monde.

J'oublie Sekhmet la lionne, Thoueris l'hippopotame, Horus le faucon... Mais pas Thoth le sage, l'ibis, ce patron des scribes que mon père vénérait. Mon cœur s'attendrit au souvenir de Hathor ; enfant, je m'imaginais dans le creux de sa jupe, essuyant mes larmes, buvant à son sein.

C'est Bès, mon favori. Dieu mineur, gnome aux jambes torses. Je parle à Bès d'égal à égal. Je conserve toujours auprès de moi son effigie.

Après deux ou trois tentatives, Aton paraît. Il n'a pas de visage, il vient de l'horizon. Est-ce un dieu, je me le demande ? Peut-être n'est-il rien d'autre que nous-mêmes ? Un nous-même plus mystérieux, plus accompli.

Un simple disque solaire allait le représenter.

L'ombre a dévoré tout le blanc de ma feuille ; je distingue de moins en moins mon tracé.

Nefertiti vient d'apparaître, je ne l'avais pas entendue revenir. Elle porte une petite coupe de terre, ronde et plate ; à l'intérieur une mèche en corde se consume lentement.

— J'ai fini de parler des dieux...

La reine ne m'entend pas. Je me lève. J'avance vers la faible lueur pour tenter de lui lire mon texte à haute voix. Nefertiti recule, et de la tête fait « non ».

— Demain, je parlerai des rois...

Depuis l'anéantissement de notre Cité, nous ne possédons plus rien. Aucun instrument pour lire le temps ; même pas un de ces vases coniques, haut d'une coudée, percé d'un trou vers le fond, dont la contenance et le diamètre sont calculés de façon que l'eau s'écoule en douze heures. Pour nous guider la nuit, j'observe les étoiles ; le jour, c'est au soleil que je me confie.

Je croyais être le premier réveillé, mais Nefertiti est déjà dehors. Par l'embrasure de ma pièce, je l'aperçois qui arrose le Sycomore abreuvé de soleil.

Empoignant ma besace, pleine de nourriture préparée depuis la veille, je me précipite pour la rejoindre, poussant à fond mes courtes jambes sur le large escalier. La reine a dû m'entendre dévaler les marches, car elle me crie de ne pas me hâter.

J'aurais mieux fait de l'écouter ! Dans ma précipitation, j'ai oublié, là-haut, le sac rigide – avec sa courroie de suspension que l'on place autour du cou – qui contient mon flacon d'encre et ce dont j'ai besoin pour écrire. J'ai la mine si déconfite que Nefertiti éclate de rire.

Je dépose ma besace à ses pieds, et me voilà reparti.
Je grimpe à nouveau l'escalier. Je cours malgré ses recommandations.
Je redescends, aussi rapide qu'une nuée de sauterelles.
— Me voici !

La reine s'est mise en marche, et je l'ai suivie.

Nous avançons tous les deux sur la route du nord, parmi les ruines, en direction des carrières. Au loin, s'étalent les carcasses des édifices publics ; leurs galeries détruites, leurs plafonds défoncés...

Plus près, sur notre gauche, parmi l'amoncellement de pierres, je reconnais le Palais d'été. Il ne reste plus trace de la « fenêtre de l'apparition », celle où Akhnaton, entouré de sa famille, se présentait à la foule.

C'est vers cette extrémité septentrionale que la ville se développait. De nouveaux domaines, mis en chantier, ont été laissés inachevés au moment de l'abandon de la cité ; il reste quelques murs d'enceinte.

Nefertiti s'arrête devant une des seules maisons encore debout.

Comment celle-ci a-t-elle pu échapper au désastre ? L'intérieur est intact. Il restait à hisser et mettre en place, au-dessus de la porte de la façade principale, un linteau de pierre gravé au nom du propriétaire. Ce linteau, tiré jusque sur le perron, gît devant nous grossièrement recouvert de décombres.

De ses deux mains, la reine écarte le sable, la pierraille, et fait apparaître le cartouche. Je lis : le nom de l'homme, suivi de : « Râ dit qu'il vivra ! » Je ne peux m'empêcher de penser que les dieux ne tiennent jamais parole.

Nefertiti a repris sa marche. Seules créatures dans cette Cité défunte, nous avançons l'un derrière l'autre. On dirait le soleil et son ombre morcelée.

Nous allons, nous allons, cortège exigu : Nefertiti et moi, son scribe, liés ensemble, jusqu'à la mort.

Peu avant d'atteindre les falaises de calcaire, la reine fait halte auprès d'une des stèles-limitrophes. Cette fois, je lis les paroles d'Akhnaton. Je les lis comme on chante : balançant la tête, berçant les mots :

> « Ceci est mon serment de vérité :
> Je veux faire de ce site
> un lieu de vie pour chacun.
> Puisse-t-il aussi m'être accordé
> que Nefertiti, vivante à toujours,
> atteigne un âge avancé
> après une multitude d'années. »

La reine m'écoute les yeux clos. Puis, elle s'assoit contre la borne. Elle est si triste, je n'ose pas la regarder.

Loin des arbres et de leur ombre, nous ne souffrions pourtant pas de la chaleur. En cette saison, celle-ci décroît de jour en jour ; car le fleuve au début de sa crue inonde les terres.

Pour rien au monde je ne me serais livré aux plaisirs de la baignade ou de la pêche à partir d'une barque. En ce mois-ci, le Nil est violent, querelleur ; je ne suis pas un rival à sa taille !

— D'abord, il y eut Ménès...

La reine me fait signe qu'elle m'écoute. J'ai trouvé pour m'y accroupir un bloc de pierre fraîchement dégrossi.

— Ménès « le combattant », fondateur de la première dynastie. Il érige sa capitale Memphis ; règne soixante-deux ans, avant d'être tué à la chasse, par un hippopotame qu'il poursuivait.

Après une lecture à haute voix, il m'arrive d'ajouter à ce texte, sans les lui lire, mes propres commentaires. C'est une entente tacite entre Nefertiti et moi. Dans ce lieu de fin du monde, ce lieu à nu, à vif, toutes les contraintes sont abolies. Je navigue dans sa liberté ; comme elle dans la mienne.

— Bientôt l'Ancien Empire...
Je nomme Djeser, roi de la troisième dynastie. Les mots de « Vie-Santé-Force » personnifient le pharaon. Évasée sur le sol, effilée vers le ciel, la Pyramide à degrés fait son apparition.

Je parle d'Imhotep, philosophe, médecin, architecte, homme d'État que le peuple révérait. « Dans l'esprit d'Akhnaton quelque chose de ce sage se perpétuait... »

— Vers la quatrième dynastie, les souverains guerroient aux frontières ; multiplient vers l'ouest de fructueuses expéditions. Sous Kheops, Khefren, Mykerinos, les Pyramides se lissent. Pépi Ier étend sa puissance à l'est. Au nord, des tribus de Bédouins, plusieurs fois vaincues, jamais soumises, ne cessent de nous harceler.

Pour un fait rare dans les Annales de ceux qui gouvernent le monde, je salue Kheti III de la neuvième dynastie.

— Après la destruction de sa ville de Thinis par un roi ennemi, Kheti reconnut, publiquement, l'injustice de sa propre cause. « La chose arriva en vérité par ma faute. Les ennemis ne sont pas condamnables, ils étaient dans leur bon droit. Le coupable, c'est moi. »

Une révolte éclata une centaine d'années plus tard. L'autorité fut partout contestée et le monarque chassé. Les pauvres dépouillent les propriétaires de leurs terres. Celui qui, la veille, n'a pas de pain, se trouve maître d'un grenier. Celui qui est vêtu d'habits d'or se retrouve en haillons.

Mais la juste flambée dégénère. Des chefs sans pitié ordonnent d'iniques mises à mort. N'y aura-t-il jamais d'éveil sans cruauté ; de victimes que ne corrompront pas leurs faces de vainqueurs ?

J'abordai le Moyen Empire, quand je m'aperçus, par l'emplacement du soleil, que le milieu du jour était dépassé.

Ami de mon ventre, j'avais dans ma besace de quoi manger. J'en tire la gourde de vin, de beaux oignons, des fèves et quelques concombres. En échange de ce que je lui offre, la reine me donne une poignée de figues avec un pain. Je retourne à mon rocher. Las d'être accroupi j'allonge les jambes.

— Sesostris Ier fixe sa capitale à Thèbes, dans le sud. L'Égypte est plus prospère que jamais. Elle occupe la Nubie, entretient d'excellentes relations avec la Phénicie. On a écrit que pour accomplir nos travaux colossaux, les ouvriers d'Égypte s'exécutent avec entrain et bonne volonté, que les surveillants n'eurent jamais besoin de sévir. Sur les parois d'un temple, l'un d'eux a fait graver : « Je fus un bon père pour mes subordonnés... » Est-ce vrai ? En été, sur ce sol chauffé au rouge, comment peut se vivre toute une journée ?

Malgré quelques monarques qui en menacent l'unité, la cohésion du pays se maintient.

Cinq cents ans avant notre ère, le destin s'assombrit. L'Égyptien rasé et doux se laisse terrasser par des hordes aux barbes sombres. Nous tombons sous la domination des rois-pasteurs, ces pillards venus d'Asie qui possèdent ce que nous ne connaissons pas encore : des armes en fer, des chevaux pour traîner les chars de combat.

— Vers la dix-septième dynastie, la volonté de se libérer s'affirme. Ahmôsis, un roi du sud, « revêt sa cuirasse, se précipite sur l'ennemi comme un griffon furieux et lui brise le dos. Son drapeau flotte au sommet de la plus haute tour ».

Je me laisse emporter, je récite par mémoire. Je rythme, je martèle mes mots, je galope derrière Ahmôsis, je me suspends à sa bannière qui claque au vent.

Est-ce le vin ? Mes joues s'enflamment, je tressaille au souffle de la victoire.

« ... Boubastos, reste juste de voix !
À la suite de ces triomphes, décris les abords de la forteresse jonchée de cadavres, le massacre des chefs prisonniers. Rappelle-nous ces vieillards rassemblés à coups d'aiguillon, comme de la volaille. Ces femmes noires portant leurs nouveau-nés dans des hottes, fuyant sous les palmiers tandis que les flèches les transpercent. Ces hommes marqués au fer rouge.
Pourquoi les guerres ? Pourquoi ? Laisse cette question en suspens.
Akhnaton, qui refusa de verser le sang, est-il d'un autre monde ? Ou bien annonce-t-il le monde qui vient ? »

Mon père Aménô n'avait pas tort de dire qu'être scribe était le plus enviable des métiers. La plupart d'entre eux n'aiment pas les militaires. Ils s'irritent que certains de leurs disciples se laissent éblouir par les vaines apparences de la gloire ; préférant parfois un char attelé et deux chevaux fringants au calame [1] et à la palette ! À ces jeunes fous, les scribes tenaient le même discours : « L'existence du soldat est un cauchemar. Même victorieux et de retour dans sa terre natale, son cerveau et son corps demeurent comme un bois mangé de vers. »

— Voici le Nouvel Empire, le nôtre.
À une période de troubles, succède une ère de grandeur et de prospérité. L'histoire manquant d'imagination se calque sur elle-même ; ou bien, suit les mouvements d'un invisible balancier ?
L'expansion territoriale se poursuit. Non par esprit de conquête, mais pour prévenir toute attaque des peuples avoisinants.
Le clergé devient de plus en plus puissant.
— Thoutmès Ier s'avance à la tête d'une lignée de rois chasseurs et guerriers. Il a plusieurs fils, mais leur préfère Hatchepsout, sa fille. Gracile, le regard aigu et droit, grâce à une volonté indomptable, celle-ci régnera durant vingt-deux ans. Soutenue par des nobles et par le général architecte Senmout, qu'elle aimât, elle épouse son demi-frère Thoutmès II. Ce

1. Roseau servant de plume.

dernier sera assassiné. Hatchepsout prend pour second époux Thoutmès III son neveu, et le maintient dans son ombre. Elle se proclame roi, s'habille en pharaon, porte la barbe.
À sa mort, Thoutmès III devient l'un des rois les plus glorieux qu'ait connu l'Égypte.
Un empire immense est légué à Aménophis III ainsi qu'à sa femme la reine Tiy, tous deux parents d'Aménophis IV, le futur Akhnaton.

Des jours que nous n'avons pas repris notre récit.
Au long de cette dernière nuit j'entendais la reine aller et venir non loin de l'endroit où je me repose. Cette ténébreuse demeure l'accable, sans doute souhaite-t-elle ma compagnie. Je suis prêt à bondir vers elle, mais ses pas se sont éloignés. J'arpente ma pièce de long en large pour lui faire savoir que je veille à côté, qu'il suffit qu'elle m'appelle...
Elle n'a pas appelé.
Sur le manuscrit, tout est en place pour que se dressent Akhnaton et sa Cité.
Pour Nefertiti, l'épreuve sera terrible, mais nous ne pouvons plus reculer. À ses traits tirés, je sens qu'elle lutte avec le silence, qu'elle hésite comme au bord d'un gouffre.
Quand l'astre solaire, ayant atteint son zénith, amorce son déclin, je sais que c'est trop tard et qu'elle ne parlera pas. Pour pousser les portes de la Cité d'Horizon, il lui faut tout le secours de l'aube.
Elle n'entamera son récit, qu'un matin. Mais lequel ?

Je crains parfois que la mort ne nous emporte – l'un ou l'autre, l'un avec l'autre – avant l'achèvement de notre tâche. Une mort naturelle ?... Ou un assassinat perpétré par un meurtrier à la solde du pharaon Horemheb ? Dans ce lieu désert, rien, personne ne nous protège, même pas un aboiement de chien ! Notre dernier lévrier a succombé il y a quelques mois. Nous sommes véritablement à la merci du moindre mauvais coup.
Mais que sommes-nous pour nos ennemis ? Une reine vaincue, un scribe obscur. Deux souffles dans une Cité muette. L'on nous juge, sans doute, inoffensifs. On nous laissera, je crois, nous éteindre paisiblement.

Paisiblement ? La paix ne nous sera accordée qu'une fois ce travail accompli. Quand nous pourrons imaginer, plus loin, dans les temps futurs, d'autres et d'autres scribes assis sur des nattes, déroulant notre papyrus ou sa copie, la lisant à voix haute.

« La parole et l'écrit sont plus solides qu'une stèle, disait mon père Aménô. Un nom dans la bouche des hommes édifie dans le cœur la plus invulnérable des pyramides. »

Durant ces jours d'attente, je me contente d'embellir la première partie du papyrus. Sur les textes, tracés en noir, j'ajoute et détache les titres en rouge. Je possède dans les deux couleurs une encre d'excellente qualité. J'ai toujours pris grand soin de ma calligraphie et de la manière dont mes signes prennent corps sur la page.

C'est l'aurore. Nefertiti se dirige vers le fleuve. Je marche dans ses pas. Son visage est lisse, tranquille. Notre récit commencera aujourd'hui.

Avant de partir, nous avions bu du lait de notre chèvre, une véritable friandise. Je suis parvenu à maintenir en état un jardin où poussent toutes sortes de légumes. Nous ne manquons de rien. J'ai même découvert une cave à vins enfouie sous les décombres. La reine se contente de peu, mais prend plaisir à mon appétit. Je mange à ma faim qui n'est pas négligeable. J'ai encore sur le ventre ces trois plis qui servent de coussinet à mes mains, parfois lassées d'être trop actives.

Nous descendons vers la rive orientale empruntant la route du roi. Nefertiti presse le pas comme si, à bout de patience, les mots se bousculaient dans sa gorge. Mais elle cherche un lieu où parler.

Elle avance toujours, gardienne de cette cité en miettes, se retournant parfois pour s'assurer que je la suis. Puis elle me fait signe de marcher à ses côtés.

Nous longeons le Palais de Plaisance, avec son lac, dont le quai descend par degrés jusqu'à l'eau. Le fond est à sec. Sec, aussi, le jardin qui l'entoure, où la famille royale pique-niquait au milieu de la foule. Piétinées, les plates-bandes. Les arbres : abattus. Il reste, sur les rebords de la piscine, quelques peintures de lotus et de nénuphars qui semblaient, jadis, émerger de l'eau.

Au bord de la route s'entassent les squelettes des lévriers du chenil royal.

Plus loin, se dresse un kiosque. La reine s'arrête, me le désigne du doigt

comme si elle venait de le découvrir. Cette construction, en bois, si fragile, dressée au milieu des ruines monumentales, ressemble à un défi.
Nefertiti se dirige résolument vers le Nil. Au bord de la rive, elle s'assoit sous un saule, dont les branches s'arquent et trempent leurs extrémités dans le fleuve.
Je m'installe sous ce même feuillage.
Je n'ai ni luth ni tambourin. La nature qui ne m'a guère favorisé m'a pourtant doté d'une voix mélodieuse.
Je chante le chant de l'eau :

> « Il est doux de s'en aller vers le fleuve
> pour te rejoindre.
> Regarde je descends dans l'eau
> je traverse les vagues...
>
> Quand ton amour est là,
> mon cœur est plein de force,
> l'eau aussi ferme que le sol. »

« ... Enfant, j'ai connu la mer. Pas longuement, car Thèbes où j'ai vécu, en était éloignée. Je ne sais quelles circonstances m'ont amenée à passer quelques jours au bord de cette grande eau. Ce temps je ne l'oublie pas.
Au crépuscule, accompagnée de Sekee ma nourrice, j'avançais sur le rivage jusqu'à l'endroit où la dernière vague venait mourir. Sur la terre humide, j'appliquais mon pied, forçant ma cheville dans le sable. Pour quelques secondes, je voyais, gravée dans le sol, une forme aussi vraie que la chair.
Très vite, la vague buvait tout.
Je recommençais. Mes efforts étaient vains. Mais je recommençais, avec une obstination qui faisait rire Sekee.
Mon acharnement, comparé à la froide victoire de l'eau, paraissait dérisoire. Je suppliais pourtant Sekee de faire comme moi. Même pour un bref instant, cette trace vivante, plantée dans la terre, avec ses creux et ses reliefs, me procurait une joie intense. Une conviction obscure m'habitait : la victoire aveugle de la mer n'était qu'apparente, tandis que le sillage humain – vulnérable, éphémère – se prolonge à l'infini.
Je l'ai su très tôt : l'impossible est le seul adversaire digne de l'homme.
— *Fais comme moi, Sekee !*
Je la suppliais. Ma nourrice refusait de se prêter à ces jeux.
— *Sois raisonnable, on nous attend.*
Le vieux Palais attendait. Et alors, qu'il attende !
Sekee me tire par la main. Je lutte. Elle se fâche. Je la revois, énorme, dans sa tunique droite retenue par de larges bretelles. Elle gronde, le sang lui cuivre la face.

Le visage tourné vers l'eau, je résiste, puis me laisse entraîner. Sur le rivage, la mer ramène tout à elle, puis file vers l'avant...
— Tourne la tête, tu vas tomber à force de regarder ailleurs.
Les yeux fixés sur l'horizon, je ne l'entends pas.
— Admire plutôt ces jardins, ce Palais. Regarde par ici. Viens...
— Non !
Pour moi, en cet instant, seule la mer existe.
Seule la mer !

Avant d'entrer au Palais, Sekee s'accroupit dans une allée du jardin.
— Approche !
Je m'engouffre dans sa jupe. Sekee chasse, par des tapotements légers, le sable de mes jambes ; elle frotte mes mollets, écarte mes orteils. Puis, sa joue contre la mienne, elle me remet mes sandales, en riant. Son souffle chaud me chatouille l'oreille, je ris à mon tour. Me portant sur son dos, elle parcourt à petits pas les allées droites, bordées de fleurs.

Ma mère est morte peu après ma naissance. C'était une proche parente de la reine Tiy ; cette dernière m'adopta. Je fus élevée à Thèbes, dans le palais d'Aménophis III au milieu de leurs filles et de leur fils unique, dont j'allais devenir l'épouse.

Durant mon enfance, Sekee ne me quitta pas. Elle a le visage foncé, luisant ; une peau toujours fraîche. Elle affirme :
— Il vaut mieux être propre que beau !
Sekee est plantureuse, odorante. Je roule sur sa poitrine, sur son ventre, comme dans un champ d'argile. Sa chevelure demeure cachée.

Un jour, j'ai aperçu ma nourrice sans coiffe ; des cheveux blancs cernaient sa face. Ses yeux m'apparurent ternes sous des paupières tombantes, sa bouche s'enfonçait dans les rides, son cou était maigre comparé à son vaste corps.

Je la fixais stupéfaite. En un geste, elle avait pris cent ans. La vieillesse se révélait d'un seul coup. Je perdais dans l'instant ma forteresse, mon refuge, mon oasis ; j'en tremblais. J'éclatais en sanglots sans que Sekee comprenne pourquoi.

Sa coiffe remise ne fit plus de différence ; nos rapports avaient changé. Je jouais à être protégée, comme pour la rassurer ; mais c'était elle, à présent, qui avait besoin de protection. Je décidais d'être un rempart contre tout ce qui la menacerait. De tenir en respect les rides, la maladie, la mort...

NEFERTITI

Ma mère Setamon mourut à treize ans. Beaucoup plus âgé qu'elle, mon père lui survécut à peine.
Bien que princesse royale, Setamon n'aurait jamais joué aucun rôle à la cour. Par sa beauté, son ascendant, la reine Tiy repoussait dans l'ombre les femmes de son entourage.
Sekee me racontait ma mère ; elle l'avait tenue sur ses genoux. La reine Tiy m'en parlait aussi. Les deux sœurs se ressemblaient : mêmes yeux fendus, mêmes pommettes hautes d'asiatiques, le teint mat, l'œil vert. L'une aurait été en creux, ce que l'autre fut en relief.
Pour moi, Setamon a toujours treize ans. Treize ans ; tandis que j'ai vécu tous mes âges !
Sur certains êtres, à peine entrevus ou simplement imaginés, le temps travaille à rebours ; le temps n'efface pas, mais rajoute. Ma mère Setamon m'a toujours habitée.
Souvent je déambule avec elle à travers le hall à colonnes. Je me promène à ses côtés, tandis qu'elle tient dans ses bras l'enfant que je fus.
— Passe-la moi, Setamon. Nefertiti est trop lourde pour toi.
Elle me la passe. J'écarte le temps. Je me reconnais dans cet enfant que je porte tandis qu'au même instant, je me vois marchant à côté de ma mère.
D'autre fois, je deviens la mère de Setamon. Je la prends tout contre moi. Elle se suspend à mon cou. Je la serre plus fort, la consolant de je ne sais quoi. De tout ! De sa vie si tôt soufflée ; de ces nuits, avec mon père, ce vieil homme...
— Setamon, ma petite fille.
Je la tire du lourd sommeil et de l'oubli. Je prends sa main dans la mienne.
— Viens !
Soudain, je suis sa sœur et nous avons le même âge. Nous parcourons les jardins. Nous nous blottissons dans un kiosque, ma mère – trop jeune, si jeune – et moi !
Elle est grave, Setamon. De la suprême gravité de la jeunesse. Je voudrais la voir rire :
— Viens ! Courons !
Nous courons vers le fleuve. Je cueille un fruit du cocotier ; je le fends avec une pierre. Nous le partageons.
— Viens, ma Setamon, ma mère, mon enfant !
Nous nous asseyons sur la rive, nos jambes pendent dans l'eau. Nos quatre pieds frétillent, font des vagues, se grimpent dessus, comme de petites bêtes, écartent les bancs de poissons.
— Tu ris, Setamon, ma belle !... Enfin, tu ris ! »

Nefertiti s'est tue. Puis, elle me demande d'annoncer la naissance d'Akhnaton.
J'enroule le papyrus de façon à laisser un espace clair après son récit. Je change de calame. J'écris...

— La reine Tiy, qui avait donné plusieurs filles à Aménophis III, ne se consolait pas de n'avoir pas d'enfant mâle. Vers la vingt-cinquième année du règne, ses prières devenant de plus en plus ardentes, un fils lui fut accordé.

Ce petit prince, placé sous la protection du dieu Amon, reçut le même nom que son père, celui d'Aménophis. Il naquit à Thèbes, où le soleil est ample, la brise tonique, la nuit couverte d'étoiles.

Dès la naissance de l'héritier, la cour offrit des fêtes somptueuses.

Le clergé d'Amon s'inquiéta de l'arrivée d'un futur maître. Si la Reine Tiy s'irritait parfois de leur hégémonie, le Pharaon – adonné surtout aux plaisirs de la chasse, ou bien entreprenant des campagnes expéditives – n'entravait guère leur pouvoir.

« ... J'avais un an lorsque la reine Tiy donna naissance à Aménophis IV. Très vite – la proche parenté est chère aux Égyptiens – elle décida que je serais l'épouse de son fils unique.
L'arrivée de ce descendant mit le pays en joie.
Au pied de la montagne thébaine, le Palais s'illumina. À lui seul, cette nuit-là, il prolongeait le jour. Le lendemain, une fête nautique se déroula sur le lac. Tous les enfants royaux se promenèrent dans la barque d'or en compagnie du Roi et de sa Reine.
Le voilier vogua lentement, longuement, avant d'accoster. Récitations, danses, chants jaillissaient de partout :
"Aménophis ! Puisses-tu vivre pour nous des années sans fin."
Plus tard, les filles de Tiy me racontèrent cette promenade. J'étais parmi elles. Elles me passaient de bras en bras. Puis, l'une oublia l'enfant emmaillotée que j'étais, sur le sol, parmi les herbes. J'en arrachais une petite poignée que je portais à ma bouche. Sekee affirme que ce soir-là j'ai failli étouffer et qu'elle m'a sauvé de la mort.
Une mort pour une naissance ! Le deuil avec la fête. Cette image contient une sorte de perfection qui, par moments, me séduit.
Un roi venait de naître. La gloire, la richesse, la toute puissance de Thèbes, les ancêtres, les grands, le peuple, s'approprièrent ce petit corps vagissant.
Toute l'Égypte avait son nom aux lèvres. Devant son berceau, les dos se courbaient.
L'on se courbait devant celui qui portait gravés dans le sang tous les appels du monde, toute sa tendresse, toute sa misère, toute sa révolte, toute sa joie, toute son humilité.
Un roi venait de naître qui méritait d'être un homme. »

Depuis qu'elle a donné un fils au Roi, l'influence de la reine Tiy ne cesse de grandir. À son titre d'« Épouse Royale » s'ajoute celui, non moins important, de « Mère Royale ».

La cour où grandit le petit prince s'épanouit dans un monde en paix ; la dernière bataille d'Aménophis III en Nubie remonte à plusieurs années. La guerre est oubliée. Sauf par quelques témoins qui racontent leurs campagnes d'Asie et rêvent tout haut d'un passé de plus en plus fabuleux à mesure qu'il s'éloigne.

Akhnaton vit dans un univers de femmes, entouré par sa mère et ses sœurs. Aucun militaire ne préside à son éducation.

J'avais à peu près douze ans et lui sept, quand j'entrevis, pour la première fois, le petit prince. C'était au cours d'une grandiose réception.

Ce jour-là, mon père Aménô, chargé d'enregistrer les dons présentés par les ambassadeurs étrangers, m'avait emmené au Palais avec lui. Pour lui faciliter sa tâche, je lui tendais sa bouteille d'encre et taillais ses calames.

La fête battait son plein. Une splendeur qui surpasse toute description. Pour en donner une image il me faudrait déverser sur le blanc de ma feuille, dans une seule coulée, plusieurs flacons aux encres d'or.

Au milieu des tintements de coupes, du son des tambourins, dans un tourbillon de couleurs, escortés par les porte-parasols, j'aperçois – avançant dans le péristyle, conduit par la main de sa mère – le petit prince au regard triste.

Pour mieux le voir, je demande à Aménô, mon père, de me porter sur ses épaules.

NEFERTITI

Les danseuses avec leurs crotales, les musiciens, entourent les grands prêtres et les nobles aux costumes somptueux, aux sandales en fines lanières. Ce ne sont que diadèmes, colliers à plusieurs rangs, pectoraux, bracelets aux poignets, aux chevilles.

Comme un loriot égaré dans un ciel rutilant, le petit prince, dans son pagne de lin plissé, avance, les pieds nus.

Sa maigreur est frappante, son corps tout étiré. Mon père me raconta ensuite que la faiblesse de sa constitution était un grave sujet d'inquiétude. J'appris que parfois des tremblements le saisissaient, le secouant des pieds à la tête, le jetant contre le sol. « N'as-tu pas remarqué la forme allongée de son crâne ? Certains pensent qu'il n'atteindra jamais l'âge d'homme. »

Toute la journée la reine et moi n'avons pas quitté la grande pièce ouverte sur le balcon. La nuit, un vent violent s'est levé qui n'a cessé de heurter les murs.

Une brusque détresse envahit Nefertiti. Elle va et vient devant moi, pareille à une louve qui sent la mort venir et qui retient son hurlement...

Je m'écrie :

— Il n'y a pas de mort. Akhnaton est toujours vivant !

Elle me regarde comme si elle ne m'avait pas entendu. Son désir d'emporter le roi et sa cité par-dessus le temps la consume. Parfois, la paralyse.

Je reprends :

— La Cité d'Horizon revivra. Plus tard, dans d'autres lieux, dans d'autres temps, elle revivra !

Sans un mot la reine me quitte et sort sur le balcon assailli par les vents du désert.

J'observe Nefertiti, tandis qu'elle s'appuie à la balustrade, le visage tendu vers la falaise. Souhaite-t-elle que les sables emplissent ses yeux, ses narines, sa bouche, et la réduisent au mutisme éternel ? Un vent furieux gonfle et roussit ses robes. Sa face, ses mains, ses bras s'enduisent d'une poussière safran.

Je m'approche à pas feutrés. Je me tasse dans l'encoignure du balcon, veillant sur sa détresse, respectant son silence. Je cherche aussi à protéger

mon rouleau de cette pellicule jaunâtre, d'empêcher le crissement de mon roseau sur ces grains de sable qui s'incrustent dans le parchemin.
La reine se redresse. Un sursaut du corps, comme si elle avait brusquement résolu de faire front au désert.
Mais, au-dedans, encore une fois, l'âme chute.
Elle chute, son âme, je vous le dis ! Une de ces chutes pâles, blanches, entre des parois râpeuses le long desquelles il est impossible de se retenir.
Je lance dans le vide :
— Demain sera autre. Demain est différent !
Au fond de ces désespoirs – auxquels il arrive à chaque créature humaine de plonger – au fond de ces gouffres qui s'entrouvrent sans s'annoncer, à l'occasion d'un fait parfois minime : une ombre, une parole qui blesse – j'ai appris, peu à peu, à me mettre en veilleuse, à attendre, à patienter.
— Demain sera différent !
Mes paroles n'ont pas prise.
Ce soir, sa solitude est une nasse trop serrée. Seul, Akhnaton, allant vers elle, les bras ouverts, les mains tendues ; lui seul, ce soir, parviendrait à la sauver d'elle-même, à la tirer de l'ombre.
Nous l'avons enfin traversée cette nuit !
Le désert a repris son sable. Le désert a lâché son étreinte sur les pierres et sur nous.
Il a suffi de peu de chose ce matin pour s'accorder à la clémence de l'air, pour respirer sous un ciel débarrassé de nœuds. De si peu de chose...
Je vais vers la reine, je lui tends une grenade, gonflée de graines, roses, juteuses et d'une saveur aigrelette...
Il a suffi de ce peu, pour qu'un passé de fraîcheur et de rires resurgisse.
Pour qu'apparaisse – dévalant les marches larges et plates du Palais – la jeune Nefertiti avec Rouia, Mériné et d'autres compagnes.

« Je descends les marches en courant. Sekee portant un panier nous suit, majestueuse ; nous rejoint pour nous distribuer des grenades comme celle-ci, Boubastos. Nous suçons les graines écarlates entre les jeux.
Nous en connaissions des jeux ! Jongler avec des fruits ou des cailloux. Jouer aux dames. Se placer dos contre dos, allonger les bras de chaque côté, attraper nos mains tandis que deux autres compagnes butent leurs pieds contre les nôtres, saisissent nos mains, raidissent leurs corps.
Au commandement de Sekee, nous tournons comme une roue, jusqu'au vertige, jusqu'à la chute ; au milieu d'éclats de rires.
Tamit, la chatte, s'accrochait à nos jambes. Le chien Neb, dormait d'un seul œil. Des singes grimpaient aux arbres puis revenaient vers nous pour qu'on leur mette des dattes dans la main.
Qu'est devenu ton singe, Boubastos ? »

J'ai baissé la tête, j'ai murmuré : « Plus tard... »
La reine a repris son récit comme si elle ne m'avait rien demandé.
Le chagrin m'envahit. Senb, mon singe, a disparu lorsqu'Akhnaton a été arraché à ses lieux. Dans l'affolement de ces jours atroces, Senb s'est échappé sans que je ne m'en aperçoive ! Quand j'ai retrouvé mes esprits, c'était trop tard...
Après des années, il m'arrive parfois de chercher l'animal entre nos ruines, comme s'il allait soudain surgir des pierres et bondir vers moi. Comme s'il allait approcher, avec ses grimaces et ses gambades, pour m'encercler tendrement le cou de son long bras flexible.

« Chedou, le chef-jardinier, habitait une cabane au bout du jardin. Nous allions souvent le voir travailler et l'écouter, car il parlait à flots.

Une fois...

Le jeune Aménophis – qui avait sans doute échappé pour un moment à la suite royale – se trouvait là, à moitié caché sous l'ombrage d'un cep de vigne. J'étais seule à l'avoir aperçu. Il me fit un léger signe de tête, comme pour me demander de ne pas trahir sa présence.

Chedou était un homme de petite taille au large visage. C'est lui qui veillait à la bonne ordonnance des jardins.

Aménophis se tient à l'écart, immobile, attentif. Mes yeux ne cessent d'aller vers les siens. »

Je reprends : Chedou veille à la bonne ordonnance des jardins, à la régularité des rectangles coupés par des allées perpendiculaires. C'est Chedou qui décide de la couleur des bordures de fleurs, de l'épaisseur des ceps de vigne, lui qui s'enorgueillit d'avoir orné le jardin royal de dix-huit espèces d'arbres, lui qui veille à ce que chaque kiosque – prêt à recevoir un hôte – soit pourvu d'une jarre d'eau fraîche dissimulée sous des feuilles, lui qui s'occupe des pièces d'eau où flottent les nénuphars, qui surveille les autres jardiniers quand ceux-ci emplissent au bassin des jarres rondes, pour les déverser ensuite dans les rigoles...

Quand la reine se tait, je m'efforce de décrire les choses par le dehors. Il faut que le décor tienne. J'en éprouve la nécessité. J'essaye de cerner le passé, de maintenir l'image entre des arêtes précises, d'être un peu l'architecte de ce récit. Le temps efface ou décolore. Que restera-t-il de nous, si je m'écarte trop des apparences ?

Il me semble, parfois, que les paroles de Nefertiti se centrent vers le dedans ; que par moments elles réduisent les apparences en cendres, pour que ne survive que le feu des profondeurs.

Alors, je remanie ce texte ; je m'appuie sur mes souvenirs, je pose à la reine d'autres questions. Je m'attache à ce qui se voit, à ce qui se palpe. Je m'attarde sur un détail, je m'enracine.

« Tandis que Chedou poursuit son récit guerrier, je regarde Aménophis. L'avancée de son visage s'est accentuée. Ses yeux sont limpides, son regard tourné vers le dedans. Il y a en lui, une pureté qui m'enivre.
Je suis assise, Boubastos, au milieu de mes compagnes, Chedou raconte d'autres exploits.
Aménophis se trouve dans l'ombre. Je le regarde sans fin.
Chedou s'exalte. Sa voix s'arme, sa voix s'enfle. Sekee applaudit aux victoires !
Aménophis se tient en retrait un peu comme un mendiant. Je ne veux voir que lui. Sa présence atténue la colère de Chedou, assourdit la violence... »

Chedou qui ne vivait que parmi les plantes, qui paraissait n'avoir pour seul ennemi que les insectes, le rat, le lézard, les serpents, qui connaissait les plus infimes secrets de la nature « la graisse de loriot est excellente contre les mouches, le frai des poissons contre la puce... » ne rêvait que de batailles, de gloire et de combats !

La fureur invincible du Pharaon-guerrier l'habite. Le jardinier se met en mouvement, ses bras frappent l'air, ses yeux s'exorbitent.

Rouia, Mériné, Sekee et les autres aiment avoir peur :
— Encore, Chedou !

Chedou condamne l'ennemi : ces hommes d'« ignoble naissance » qui brûlent nos cités, massacrent jusqu'aux oiseaux. Chedou fait le siège de leurs villes, s'empare des habitants, les met dans les chaînes, les attache à des pieux, les scelle au fer rouge.

Aménô s'étonnait, que ceux qui ne peuvent que pâtir de la cruauté des puissants épousent souvent leur cause. Cette crainte qu'inspirent leurs maîtres, cette dureté, on dirait que certains ne rêvent que de l'exercer à leur tour.

« Les paroles de Chedou m'atteignent par vagues.
Je pénètre dans le regard d'Aménophis, lui dans le mien. La vie vient à nous.
Je ferme les yeux pour garder son image.
Les paroles de Chedou tambourinent, bataillent au loin.
Je vis à côté. Autre part.
Tout le jardin est témoin des succès de Chedou-Pharaon. Les acclamations du peuple, les adulations des prêtres montent vers lui. Les prisonniers le précèdent la corde au cou. Des chefs sont massacrés en grande pompe. La voix de Chedou tonne. Chedou n'est plus qu'un gosier plein de haine.
Mes compagnes se pressent les unes contre les autres.
Vallées, cités, déserts glorifient Chedou-Pharaon.
Soudain Aménophis se redresse.
Il est debout. Il avance. Il tremble comme sous le froid. Sa voix lui échappe. Chedou qui vient de l'apercevoir, se jette face contre terre.
Devant ce geste de révérence, les yeux d'Aménophis s'emplissent de larmes. Il fait un signe de la main pour que Chedou se relève. Les mots viennent enfin :
— Il ne faut plus de guerres. Il nous faut la paix sur toute la terre. Relève-toi, Chedou. Ne te courbe devant personne. Personne !
Aménophis s'éloigne, les pas mal assurés.
Chedou et Sekee se regardent. Mes compagnes chuchotent. Je voudrais m'élancer à sa poursuite, lui crier :
— Je sens comme toi, Aménophis. Je suis avec toi. Avec toi.
Sekee m'attrape la main et me retient.
La suite royale, sans doute à la recherche du prince depuis un moment, l'aperçoit, le rejoint. Nobles et grands prêtres s'amassent autour de lui, se referment comme autour d'une proie, le cachant à ma vue. »

Je ne sais où, ni quand, la reine reprendra son récit. En attendant, je navigue à l'intérieur de moi-même, je me promène dans mes allées ; je cours après mes mots.

En même temps que mon roseau, j'affûte mon écriture, pour que l'un et l'autre puissent porter jusqu'aux siècles à venir les traces d'Akhnaton, de Nefertiti, et de leur amour. Ces traces, cet amour, j'en suis le témoin, depuis que mon père Aménô – gloire et salut à sa mémoire ! – a obtenu pour moi, grâce à l'amitié que lui portait l'intendant du Trésor Toutou, cette charge de scribe de petit rang. La modestie de mes fonctions, et celle de ma taille, m'ont toujours permis de passer inaperçu et de me glisser, dans les lieux d'où s'élance leur histoire.

L'amour ?... Je n'en ai vécu qu'un seul versant. Qui aurait pu m'aimer ? S'attacher à mon corps qui ressemble à un sac d'orge mal ficelé. Caresser ma face épatée, tantôt hilare, tantôt ruisselante de larmes ; oui, toute ma chair précède, avec une force d'orage, la moindre de mes émotions.

Pourtant, rien ne se compare à l'amour ; ce sentiment qui comble et torture, qui agrandit et réduit. Ce mystère plus indestructible que la plus indestructible cité, plus tenace que toutes les philosophies ! Je parle ici, qu'on m'entende bien, de cet amour qui est soulèvement de l'être, de cet amour qui est partage. De cet amour, que j'ai vu naître puis s'élargir, entre Nefertiti et Akhnaton. De cet amour que j'ai aimé, et qui continue de m'illuminer jusqu'à ce jour.

Quant aux ébats du corps... Loin de moi l'idée de les mépriser ou de les couvrir d'un voile ; mais ce sont là choses plus accommodantes. Malgré ma forme inachevée – mais à laquelle la virilité n'a jamais manqué – j'en

NEFERTITI

ai eu ma part, largement ! Non, je n'ai pas négligé les plaisirs. Je sais boire plus que de raison ; jusqu'à ce que la boisson me donne une démarche chancelante. Je sais m'accompagner d'un tambourin ; alors, d'un coup, mes genoux s'affermissent, mes pieds n'hésitent plus, mes mains s'étirent jusqu'aux limites de l'univers.

J'ai beaucoup fréquenté danseuses et chanteuses ; ces femmes que l'on dit « complaisantes ». Généreusement elles m'apprirent toutes les ressources du corps. Elles me pressaient contre elles, m'offrant à la fois le repos de leurs ventres, de leurs seins, de leurs bras.

Nefertiti et Akhnaton étaient destinés l'un à l'autre ; à la fois par un mouvement du sort, et par la volonté triomphante de la reine Tiy qui désirait ce mariage.

Mon père m'avait cependant mis en garde contre cet excès de confiance. Tiy, pensait-il, conformera son désir aux raisons de l'Empire, si ces raisons changeaient. Et qui peut prévoir, disait mon père, ce que réservent les lendemains d'une aussi vaste contrée ?

Je haussais les épaules, peu enclin à ces subtilités.

Depuis qu'elle parle de sa jeunesse, l'apparence de la reine se transforme. On dirait qu'elle se plonge dans une rivière dont elle sort, à chaque fois, rafraîchie. Son buste se redresse, ses hanches sont plus souples.

Elle marche, comme avant. Dans une sorte d'allégresse ; à larges et rapides enjambées, survolant presque le sol...

« Je cours, Boubastos. Je cours vers Aménophis, dès que je l'aperçois. Rien ne peut me retenir. De tous les recoins du jardin, de tous les angles du Palais, je vole vers lui.

Mais les grands prêtres d'Amon, chargés de son éducation et qui ont pour mission d'en faire un initié, le protègent jalousement. Je me heurte souvent à leur cercle sans fêlure.

J'ai appris que le prince était un élève studieux, qu'une soif de connaître le dévorait.

Je patientais, je savais que nous deviendrions des époux. La reine Tiy me l'avait annoncé. En signe d'acquiescement, j'avais baissé la tête ; aussi, pour cacher la chaleur qui me montait au visage et les battements de mon cœur. Une passion aussi visible aurait sans doute inquiété ce puissant caractère, qui savait dominer les autres autant qu'elle-même.

Un jour, je me trouvais dans l'école du Palais.

Une vingtaine de fillettes, apparentées à la famille du Pharaon ainsi que les filles du Vizir, fréquentaient cette bâtisse carrée. L'été, les portes restaient ouvertes.

Je me trouvais, ce jour-là, auprès d'une de ces portes.

Accroupi sur une natte, notre maître se tenait en face de nous. C'était un homme d'âge avancé ; presque aveugle à force de s'être penché sur des manuscrits. Il ne regrettait rien ; le sacrifice de ses yeux lui paraissait de peu de poids en regard de ce qu'écrire et lire lui avaient apporté. Il s'efforçait de

nous faire partager son émerveillement. "Rien ne surpasse les livres. L'homme périt, le corps retourne à la poussière. Mieux vaut un livre, qu'un palais bien construit."
Notre maître connaissait le calcul et les astres, la grammaire, la géographie, les histoires divines et humaines. "L'écrit, reprenait-il, n'est pas fait de stèles de fer, ni de pyramides d'airain : les unes peu à peu couvertes de sables, les autres pleines de chambres oubliées. L'écrit, quand il est beau, continue, continuera d'être prononcé."
Souvent, il nous récitait par cœur des textes anciens. Alors ses prunelles devenaient transparentes ; sa face, d'une finesse extrême, se faisait oublier.
Dans cette salle, ne vivaient plus que la parole et la bouche qui la prononçait.

J'ai le sentiment que quelqu'un me fixe. Je détourne la tête, cherchant vers le jardin.
Aménophis se tient près d'un arbre ; il m'attend. Je n'ose pas bouger. Mériné, qui vient à son tour de l'apercevoir, me donne des coups de coude et rit dans sa main.
Venant à mon secours, mon maître me demande de réciter un poème de mon choix.
Je me lève. Je parle vers cette porte ouverte, vers le jardin, vers l'arbre, vers Aménophis.
Je ne parle que pour lui :

> "Mon ami
> J'entre partout avec toi
> Avec toi je ressors de partout
>
> Ton cœur est puissant
> Ton amour me rend forte
> Viens ! Regarde-moi."

Je quitte mon banc, entraînée par sa présence. Je franchis le seuil de l'école. Mon maître n'a pas fait un geste pour me retenir.
Je marche vers lui. Aménophis me semble immense, malgré son extrême minceur. Je fixe son visage, que mes compagnes trouvent laid, avec ses lèvres épaisses, ses yeux ensommeillés, son menton trop long.
J'approche.

Il me tend les mains.
Ni grands prêtres, ni compagnes, ni Sekee, ni personne, ne nous sépareront !
Nous allons sous les arbres. Nous avons le même âge, nous avons seize ans.
Ma main glacée se réchauffe dans la sienne. Sa main fiévreuse se rafraîchit dans la mienne. Il ne parle pas ; jamais il ne dilapide ses mots. Nos corps se touchent ; le même frémissement nous parcourt. Fibres, racines souterraines nous lient, à jamais.
Bientôt, notre amour pourra éclater au grand jour.

D'autres fois, nous parlions. Je lui racontais mon maître, il me parlait du sien.
— Un jour, l'écriture appartiendra à tous les hommes.
Je ne comprenais pas. Je savais le temps, le travail, l'attention que cet enseignement exigeait. Je me souvenais de ces plaquettes de calcaire polies, ou de ces débris de poterie que l'on nous confiait, au début, de peur que nous n'entachions, dans notre ignorance, la pureté d'un papyrus. Je lui dis avec quel soin notre maître avait remis, à chacune, la feuille intacte. Avec quelle sollicitude il avait ensuite aidé chaque écolière à la dérouler lentement sur ses genoux. De quelle façon appliquée, précise, le maître avait trempé le calame de roseau dans l'encre noire avant de le lui tendre. Comment chacune avait retenu son souffle pour suivre la naissance de ce tracé sur la partie blanche et plane.
— Combien de maîtres faudrait-il ? Combien d'écoles ?
Aménophis m'interrompit.
— Il faudra trouver. Nous trouverons.
Aménophis met une telle ardeur à se faire comprendre que parfois un trop plein de mots se bouscule dans sa bouche. Soudain, je le vis blêmir, presser ses tempes entre ses paumes.
Je le savais sujet à des tremblements qui le jetaient à terre ; je n'en avais pas encore été témoin. Les uns voyaient dans ce mal un signe de faiblesse congénitale, les autres une marque de divinité. Je n'acceptais aucune de ces interprétations. Ce qui m'importait c'était de soulager l'horrible souffrance.
Celle-ci foudroya ses traits, déforma sa mâchoire béante d'où la salive s'écoulait. Du fond de sa gorge, il hurla :
— Va-t-en ! Ne regarde pas !
Pourtant, en lui, rien ne me répugnait. J'aimais chaque parcelle de ce corps tordu, en proie au désastre. Mes lèvres se seraient posées sans dégoût au bord

de ses lèvres humides, le long de son buste qui suait. Je me serais étendue à ses côtés attendant que le mal cède.
Mais ses yeux me suppliaient, de le laisser seul. Je m'éloignai, bouleversée.

Plus tard, Aménophis me rassura. Il m'affirma qu'il avait appris à entrer, puis à sortir de l'abîme. Appris à se livrer, à s'abandonner à ses convulsions jusqu'au total oubli. Appris, dès la dernière secousse, à reprendre possession de ses esprits.
Il en surgissait, disait-il, les membres reposés, les muscles plus souples.

Durant les longues périodes où je fus privée de sa présence, les paroles, les pensées d'Aménophis ne me quittaient plus.
Que l'écriture demeure le privilège des scribes et des grands me paraissait, à mon tour, injuste. La terre changera quand il sera donné, un jour, à tous les hommes, le pouvoir de s'exprimer ! "Tous les hommes..." Ces mots faisaient leur chemin.
Boubastos, qu'en pensait ton père le grand scribe Aménô ? »

Mon père respectait la hiérarchie. Il pestait contre mon indifférence à la fortune et aux honneurs
— Jamais tu ne seras haut fonctionnaire. Jamais tu ne disposeras d'un nombreux personnel. Jamais tu ne sortiras de ton rang !
À plusieurs reprises, il tenta de m'initier aux secrets de l'administration, à ceux du recrutement des fonctionnaires, aux règlements du commerce, aux lois de la guerre et de la police.
Brusquement, il m'interrogeait : « Quelle est la ration d'une troupe en campagne ? Combien de briques exige la construction d'une rampe de dimensions données ? » J'en restais muet.
Mon père s'indignait et me prédisait un avenir médiocre. Tout scribe qui souhaitait s'élever devait pouvoir, avec facilité, passer d'un service à l'autre.
Finalement, Aménô s'était résigné. Me jugeant uniquement capable de recopier un conte ou un poème sur une feuille que j'enluminais avec des inscriptions à l'encre verte, bleue, jaune et qu'il jugeait d'un bel effet, il me recommanda à l'intendant Toutou. Celui-ci pensant qu'un nain lui porterait chance m'engagea aussitôt. Il me confia des menus travaux d'écriture et, entre-temps, me laissait vivre à ma guise.
Plus tard, s'apercevant que je m'attachais au jeune Aménophis et que celui-ci m'appelait souvent auprès de lui, l'intendant me suggéra de noter les faits et gestes du futur Pharaon. Lui-même éprouvait pour le prince un dévouement sans réserve.
Ces notes développèrent mes dons d'observation. Bien que ces premiers écrits aient disparu dans le désastre, des passages entiers s'imposent

parfois à ma mémoire, surgissent devant mes yeux. Il me suffit alors de retranscrire le passé sur ce rouleau.

De ce temps-là, j'étais aussi dans les bonnes grâces du Vizir Ramôse, un fervent du jeune prince. À l'opposé, le grand prêtre Djadé me persécutait. Dès que je croisais son chemin, celui-ci me traitait de « cruche vide », de « tête sans front », menaçant de me faire infliger la bastonnade s'il continuait à me voir traîner à la suite du futur roi. Par chance, j'étais un personnage risible et peu dangereux. Aussitôt qu'il avait proféré insultes et menaces, Djadé m'oubliait.

« Nous avions découvert au bout d'une allée, un endroit écarté où nous nous retrouvions.
  Il fallait échapper à l'entourage, fuir des centaines d'yeux qui, partout, m'épiaient, pour retrouver le regard d'Aménophis.
  Il garde souvent les paupières mi-closes, comme pour ne pas dissiper l'eau profonde, qui emplit ses yeux.
  Je le revois, m'attendant : assis dans le crépuscule, la tête un peu de côté.
  Je me penche sur ses lèvres pleines. Au bout de mon index, je suis le long de cette bouche charnelle le dessin d'un sourire impalpable.
  Tout en Aménophis est sensuel et limpide à la fois. La pulpe des lèvres, l'échancrure des narines, l'emprise de son regard filtrant, s'allient à une sorte d'absence, à un élargissement vers un monde secret et sans limites. Ce visage qui s'avance comme une proue, s'amenuise jusqu'à l'extrême finesse du menton. Sa peau, toujours empreinte d'une légère sueur, est parcourue de petites vagues souterraines où affleurent ses plus intimes remous.
  Tout, en Aménophis, s'enracine dans le corps. Tout se prolonge vers l'ailleurs.
  À chaque seconde, je le sens auprès de moi ; mais aussi, à l'avant de nous. Il m'attire. Il m'inquiète. Son rêve, dans lequel je plonge, toute vivante, j'en saisis, par éclairs, la sagesse et l'extrême folie.

  Le temps nous presse ; encore plus que nous ne le supposons.
  Sans préambule, Aménophis me parle de la mort, des dieux, de la justice, du bonheur, de la paix...

— La résurrection a toujours hanté nos ancêtres. Mais personne n'est revenu de ce séjour pour nous dire comment vivent et de quoi manquent les morts. Le royaume de l'au-delà n'est pas qu'un reflet du nôtre. Pèse-t-on une âme dans des balances semblables à celles d'ici-bas ? Le bien, le mal, se mesurent-ils ?

Aménophis n'attendait pas de réponse. Nous n'en possédions aucune. Il questionnait pour creuser une terre vieillie, pour creuser d'autres sillons :

— Les dieux sont dans la main du clergé. Ils font de la mort un piège.

Je retrouvai dans ces dernières paroles l'influence de la reine Tiy. Sekee l'apercevait souvent en compagnie de son fils. Des liens étroits les unissaient.

Tiy avait longtemps cherché à libérer la cour de la tutelle du clergé d'Amon. Aménophis III s'irritait lui aussi de leur pouvoir ; mais, trop absorbé par ses chasses, il n'avait entrepris aucune action contre eux. Ses fréquentes absences rassérénaient les grands prêtres qui, par moments, avaient senti peser sur eux d'obscures menaces.

La reine, bien que d'un tempérament vigoureux, n'était après tout qu'une femme. Quant au seul descendant royal, ce n'était qu'un jeune prince maladif, voué semblait-il à une mort prochaine.

Aménophis reprenait :

— L'empire des morts ne leur suffit pas, il leur faut encore celui des vivants ! Les grands prêtres possèdent des domaines innombrables, du bétail par milliers, des troupes de paysans, tout un peuple de scribes, des masses d'ouvriers. Ils ont des policiers à leur solde, des intendants grassement pourvus pour diriger les travaux de leurs champs. Leurs entrepôts sont pleins ; dans les magasins de Karnak s'amoncellent les produits de leur sol.

Enrichis par les victoires des Pharaons-guerriers et par l'épargne du peuple, ils ont bâti des temples où s'étale le superflu. Ils créent de nouveaux sanctuaires, de nouvelles barques sacrées, élèvent d'autres murailles, d'autres obélisques couverts de plaques d'or. Par crainte des dieux et de la mort, les hommes leur gardent une soumission aveugle.

Aménophis continua :

— Dans une pièce du Palais, la reine Tiy a fait construire une chapelle à Aton, le dieu-soleil. Un jour, je t'y emmènerai.

Soudain, il me sembla que derrière la haie des lauriers, quelqu'un nous écoutait. Je crus reconnaître la robe et la coiffe de la reine Tiy. Mais la forme disparut sans que j'aie pu m'en assurer.

Aménophis poursuivit :

— Je construirai pour Aton un temple à Karnak. Je le représenterai sans visage par un disque d'or : un signe que toute la terre pourra reconnaître. Ses

rayons seront terminés par des mains qui distribuent la vie. Des mains qui caressent et protègent.
Il me tendit une feuille de papyrus marquée de quelques signes.
— Garde ceci. C'est le début de mon Hymne au Soleil. Plus tard, je le compléterai.

"Soleil vivant qui vit depuis l'origine...
Dieu unique de toutes les créatures...
Tout chemin est ouvert parce que tu es là..."

— Qui a contemplé un dieu à face humaine ou animale ? Mais chacun a vu le soleil, le voit, le verra. Le soleil est souffle de vie. Le soleil nous habite. Le soleil défie la mort et ressuscite. Le soleil se lève pour tous.
Il répéta :
— Pour tous.
Le soir tombe. Je glisse la feuille de papyrus dans mon corsage, je m'éloigne.
— Tout chemin est ouvert, puisque tu es là...

D'autres fois, c'était moi qui attendais Aménophis. Le galop du cœur, le tremblement heureux de tout mon être dès qu'il apparaissait, je n'ai cessé, plus tard, en dépit des années et des épreuves, de les revivre.
Chaque fois, d'un élan, je vole vers ses bras qui s'ouvrent. Je pose ma tête sur son épaule, avec la même ardeur.
Ma nourrice me mettait en garde contre de trop fréquentes rencontres. Malgré l'affection que me portait la reine Tiy, Sekee croyait que celle-ci tirerait ombrage de nos longues confidences. Ma jeunesse, l'attirance physique que nous éprouvions l'un pour l'autre, rassuraient la reine ; mais elle voulait être seule à partager les pensées, à connaître les desseins de son fils.
Aménophis brûlait aussi du désir de rencontrer ce peuple d'Égypte, que le palais gardait à distance. En ta compagnie, Boubastos, et grâce à la complicité du vizir Ramôse, je sais qu'il a franchi certains soirs les portes du palais pour s'enfoncer dans Thèbes... »

Ces soirs-là, en cachette, Aménophis et moi son scribe, nous quittions le palais.

À la sortie des jardins, je me retournais vers l'admirable façade. Ce palais, près du fleuve, semblait fait d'air et de roc. D'énormes rochers, animés, colorés par chaque mouvement du soleil, l'encerclaient.

Nous longions la rangée de sphinx, qui relient le palais au temple. Peu à peu nous quittions les palmiers royaux, les larges acacias pour des arbres faméliques ; le grand bassin des nénuphars pour une rigole d'eau grise ; des allées rectilignes pour des chemins tortueux ; l'élévation des édifices pour des bâtisses à ras de sol, rondes comme des pots.

Je précédais le prince. Ayant traîné, enfant, dans les ruelles de la ville, j'en connaissais tous les dédales.

Dans le voisinage du palais, le jeune Aménophis se couvrait en partie la face ; plus loin, il marchait librement. La population ignorait son visage ; au cœur de la cité, personne ne risquait de le reconnaître. L'intendant Toutou partageait notre secret et lui avait procuré un pagne d'une étoffe grossièrement tissée. Cette pauvreté lui seyait.

Je le menais partout. Au milieu de ce petit peuple dont j'étais issu, je me trouvais chez moi. Comme eux, je m'amusais à tout faire basculer dans un rire. Comme eux, malgré d'accablants malheurs, je ne parvenais pas à user l'espérance. Comme eux, je goûtais les histoires courtes qui se moquent des grands ou qui raillent les travers de leur propre existence. J'aimais leurs plaisanteries impertinentes, et pourtant dépourvues de venin.

Je prétextais qu'Aménophis était un jeune scribe du nom d'Outa et qu'étant son aîné, je l'initiais aux secrets de l'écriture. Différent de la plupart des scribes qui méprisaient les métiers manuels, je disais qu'Outa appréciait et cherchait à mieux connaître le travail des artisans.

Nous entrons chez le forgeron toujours à la gueule de son four ; chez l'ébéniste, qui a son bois pour champ, et qui termine un coffre. Nous pénétrons dans les boutiques exiguës : celle du cordonnier, qui nous montre un lot de sandales et nous fait voir comment il tanne les peaux à l'huile et à la graisse ; celle du potier, qui, dans un éclat de rire, exhibe une amphore à panse ronde :
— Tu poseras pour ma prochaine amphore, Boubastos mon frère !
Nous visitons les ateliers des dessinateurs, des sculpteurs, des orfèvres, des armuriers... Ceux-ci exposaient leurs objets sur des étagères, attendant l'approbation du directeur des travaux. Ce dernier jugeait si ces statuettes, vases de pierre, miroirs, bijoux, arcs, harnais étaient dignes de figurer dans la maison des dieux et des morts.
Plusieurs se plaignaient de la dureté des surveillants :
— Jamais une bonne parole ! « Allons, faites agir vos bras, compagnons ! » C'est tout ce qu'ils savent dire.
Aucun ne se plaignait que son nom s'efface, tandis que durerait celui des maîtres.
Le jeune prince s'émerveillait de tant d'ingéniosité et d'art ; s'indignait que de si parfaits artisans soient si mal récompensés.
— Ce peuple pauvre, ce peuple roi, je lui donnerai sa place.

Un soir, nous avons croisé Zopyre, le barbier. Celui-ci rentrait de sa randonnée quotidienne. Il me proposa de m'éclaircir la face et de la débarrasser de ses poiles disgracieux. Ceci à la lumière d'une torche que maintiendrait Outa.
Pour me raser, Zopyre se mit à genoux tandis que je me tenais sur mes pieds.
Auprès de notre groupe à ras de terre, Aménophis, tenant la torche à bout de bras, semblait toucher aux étoiles.
Attirée par l'étrange spectacle, une foule envahit la petite place. Zopyre improvisa des vers pour faire rire à mes dépens. J'en étais la victime

consentante. Quand je trouvais une répartie, les applaudissements crépitaient en ma faveur.

Parfois nous poussions jusqu'aux rives du Nil où des maçons – des prisonniers venus des provinces lointaines formaient souvent une main-d'œuvre appréciée – fabriquaient des briques crues avec le limon qu'ils mélangeaient avec du sable et de la paille hachée. D'autres fois nous attendions la file des mineurs qui rentraient du désert, épuisés.

Le jeune prince écoutait, interrogeait, s'étonnait. Si proche des temples, du palais, cette misère, allant parfois jusqu'à l'angoisse de manquer de pain, le bouleversait.

En ce temps-là, Thèbes était le carrefour du monde. Depuis le delta jusqu'aux cataractes, portées par le Nil, toutes les richesses passaient par la grande cité. Les épices et les bois aromatiques de l'est, l'encens du pays de Pount, les somptueux tissus de Syrie, les armes, les vaisselles ciselées de Phénicie, les bronzes de Mycènes, les vases peints des Iles...

Noirs de Nubie, Asiatiques aux longues robes, marchands de Phénicie, hommes des collines de Crète, des jardins de Perse, des monts de Syrie, Nomades, Barbares, ceux du désert, de la mer, des hauteurs, s'entremêlaient.

Aménophis écoutait ces étrangers ; ces visionnaires venus d'Asie qui racontaient leurs songes ; ces prophètes d'ailleurs ; ces prêtres qui adoraient d'autres dieux ; ces guérisseurs qui préparaient d'autres remèdes ; ces poètes qui chantaient d'autres chants.

Derrière ces visages rencontrés dans la cité populeuse, ou bien à la cour, le prince disait reconnaître la face unique, universelle, de l'homme.

Ces jours derniers, j'ai beaucoup raconté, beaucoup écrit. Maintenant, dans notre Cité morte, le soleil vient de sombrer derrière la plus haute falaise. Il se fait tard.

D'Aménophis et son scribe jusqu'à Nefertiti et son même scribe, il me semble qu'une arche vient d'être jetée au-dessus du temps, rattachant un jeune pharaon à son épouse touchée par l'âge ; reliant le jeune Boubastos que j'étais au Boubastos d'aujourd'hui.

Tandis que nous continuons de dialoguer, la reine et moi, précédés, guidés, par nos âmes du passé, je me demande parfois où nous sommes. Où suis-je ? Dans ce corps, là-bas, au loin ? Dans ce corps-ci ? Où sommes-nous, en vérité ? Dans l'existence d'à présent où nous avançons pas à pas, jusqu'à ce que mort s'ensuive ; ou bien dans ce rêve que nous ne cessons de retisser ?

Par moments, je me demande si notre histoire a eu lieu. J'en douterais parfois, si je n'avais pour preuve ces pierres. Bien que fracassées, martelées, elles témoignent pour la Cité d'Horizon, et pour ceux qui l'ont bâtie.

La reine Tiy, à qui Aménophis ne cachait rien, connaissait nos randonnées. Les pensées, qu'elle-même avait fait naître dans le jeune prince, prenaient une importance qu'elle n'avait pas prévue et qui l'inquiétait.

— Le culte que je voue à Aton, je l'ai toujours maintenu dans l'ombre.

— La place du soleil n'est pas à l'ombre !

Elle se tourmentait de ses réponses. Son désir de changement touchait non seulement aux dieux, mais aux hommes.

— Tu vas soulever la colère des nobles, ils se plaindront aux grands prêtres. Le bras du clergé d'Amon s'abattra. Rien ne peut leur résister. Ils emploieront tous leurs pouvoirs, et jusqu'à la magie...

— La magie est un mensonge ! Une chaîne de plus pour nous ligoter. Je veux un dieu à mains ouvertes. Un dieu sans menace, que toute la terre reconnaîtra.

— Chaque race tient à ses propres divinités.

— Ce dieu embrassera l'univers entier, sinon où serait sa bonté ? Où serait son amour s'il ne l'étendait à toutes les créatures ?

La reine Tiy s'assombrissait, secouait lentement la tête ; sa lourde coiffure noire accentuait ses traits. Elle étirait de chaque côté ses bras puissants et nus, comme pour faire obstacle :

— Tu vas trop loin.

Aménophis faisait face. Bien que d'apparence plus chétive, sa force était égale à la sienne :

— J'irai jusqu'au bout.

Elle le fixa avec une immense pitié :

— Tu seras seul.

— Je ne serai jamais seul.

— Qu'est-ce que tu dis ?

— Nefertiti sera auprès de moi. Jusqu'au bout.

NEFERTITI

La belle santé d'Aménophis III périclita soudain. Le Pharaon qui venait d'atteindre cinquante ans, miné, vieilli par une maladie persistante, sentait sa fin proche.

La vue de son fils, dont l'état lui paraissait de plus en plus précaire, le poussait à assurer, sans tarder, la succession.

À la même époque, des troubles s'annonçaient dans les possessions de l'est. Les conseillers d'Aménophis III lui recommandèrent de renouer au plus tôt des liens avec le royaume de Mitanni, état-tampon entre ces contrées agitées et les envahisseurs Hittites.

Le Pharaon envoya une ambassade à Tusratta, roi de Mitanni, lui demandant en mariage Taduhépa, l'aînée de ses filles pour le jeune Aménophis.

Mon père Aménô qui connaissait, mieux que quiconque, les lois des pays avoisinants, fit partie de cette délégation. Convaincu de mon attachement à l'autre mariage, il me cacha sa mission et ne m'en parla qu'au retour.

La réponse de Tusratta ne tarda pas. Il enverrait la princesse Taduhépa en Egypte. Il se réjouissait de cette union.

Aménophis III craignait qu'il ne soit difficile de convaincre son épouse de la nécessité de ce lien. Celle-ci avait fixé son choix sur Nefertiti, comme elle de petite noblesse et fille de sa sœur, Setamon.

Le Pharaon prit d'abord le rapide consentement de la reine Tiy pour de la ruse. Il la savait capable de patientes manœuvres, dont elle usait souvent avec lui et les grands prêtres.

Mais son accord se confirma, la reine devançait les désirs de son époux. Elle proposa d'annoncer, elle-même, cette résolution à Nefertiti. Puis, elle s'arrangerait pour l'éloigner quelque temps du palais.

« *Tout le monde savait, sauf moi, Boubastos !*
Même Sekee, qui n'osait pas me le dire. Même Aménophis, dont je ne comprenais pas le subit éloignement.
Je le cherchais, désespérément. Je continuais de l'attendre, au bout de notre allée. Je l'apercevais, marchant dans les jardins, au milieu d'une nombreuse assemblée. Je ne parvenais jamais à lui parler.

Un matin, la reine Tiy entra.
Je la revois, dans sa robe blanche plissée ; son collier bleu et or s'élargissant jusqu'aux épaules.
Elle m'annonça le mariage sans ménagement, ajoutant que personne ne devait s'y opposer ; qu'il en allait de la sauvegarde de l'empire et du salut du jeune Aménophis.
Je ne trouvai rien à répondre.
J'étais morte. Glacée et morte ; me demandant comment je tenais encore debout.
Elle me dit qu'elle avait donné des ordres pour qu'on rénove une vaste demeure où avait vécu ma mère ; que je m'y trouverais bien, qu'elle viendrait me visiter.
Au nom de "Setamon" Tiy eut un tremblement dans la voix. Elle s'avança, me prit contre elle, me serra dans ses bras, fondit en larmes.
Les cœurs sont insondables, Boubastos ! J'en suis sûre, même en cet instant, la reine m'affectionnait.

NEFERTITI

Le jour de l'arrivée de Taduhépa, j'étais parmi ceux du palais qui se pressaient dans les jardins pour la voir.

Ayé, un des maîtres du prince, et le jeune Horemheb, officier de garnison, précédaient le cortège.

Au milieu de femmes de sa cour, dans des robes à volants, et de courtisans en pagnes brodés, j'aperçus Taduhépa.

Elle avançait, les yeux au sol. Menue, légère, parée d'atours ; elle tenait entre ses mains la statuette d'Ishtar, déesse-guérisseuse, que Tsuratta offrait au Pharaon Aménophis III pour lui faire recouvrer la santé.

Taduhépa avait douze ans. Elle me parut si frêle, si malheureuse que mon aversion tomba. Ces jours derniers, je mordais mes lèvres jusqu'au sang à la pensée qu'Aménophis pouvait tenir une autre contre lui ; mais à la vue de cette enfant je ne pouvais retrouver ma colère. La souffrance que ne tempérait plus la fureur me parut encore plus vive.

« Taduhépa, tandis que tu avances entre la rangée des curieux, tandis que tu marches vers le kiosque d'apparat où se tient la famille royale ; tandis que tu te diriges vers lui, dont tu ne sais rien ; je ne peux te haïr. »

Devant le kiosque, je ne vois pas encore Aménophis. Par moments, j'imagine qu'il va surgir d'entre les siens, qu'il va – indifférent aux remous – quitter la plate-forme, descendre les marches, venir vers moi d'un pas tranquille et décidé.

Tout ce faste, toutes ces cérémonies tomberont en poussière ! Nous nous tiendrons par la main. La petite Taduhépa versera quelques larmes, vite séchées.

En vérité, pas un seul message d'Aménophis ne m'était parvenu. Qu'il ait cessé de m'aimer, de me désirer pour compagne, je l'aurais compris, accepté. Mais ce silence...

La tête toujours baissée, Taduhépa commence à gravir les marches.

De toute sa taille, Aménophis se dresse. Il parcourt d'abord la foule du regard.

Est-ce moi qu'il cherche ?

Non, il se tourne vers la jeune Mitanienne, descend une, deux, trois marches... Les yeux encore au sol, celle-ci dépose la statuette entre les mains du prince.

Enfin, elle lève son visage vers lui... »

Je me trouve, en compagnie d'Aménô, sur la plate-forme. Placés derrière les souverains, nous faisons face à la princesse. Oui, elle vient de lever son visage vers le jeune Aménophis.

Soudain, Taduhépa a un mouvement de recul. Personne ne l'a sans doute préparée à l'étrange apparence du prince. Son crâne effilé, ses yeux brumeux, la longueur du menton, la minceur du buste, la largeur des hanches, ne peuvent, au début, que surprendre. Plusieurs fois, elle remue la tête, d'un côté puis de l'autre, effrayée, cherchant refuge parmi ceux de sa propre cour.

Un de ses proches pose alors sa main sur l'épaule de la jeune fille et la pousse en avant. Doucement, fermement.

« Dans le grand domaine situé au milieu des champs, où l'on m'avait exilée en attendant le mariage d'Aménophis, j'allais vivre une autre existence.
Pourtant mes yeux se fermaient encore à la vie. D'être séparée d'Aménophis, je souffrais trop. Une plaie que je croyais par moments cicatrisée saignait au moindre rappel : l'odeur de sa peau, le goût de ses lèvres, l'insistance d'une parole où il m'assurait de son amour... Le souvenir le plus bref ravivait ma peine.
J'étais comme le gibier qui se précipite et s'enfonce dans ses propres filets. Je connaissais les pièges de la mémoire, je m'y laissai pourtant capturer.
Je n'étais pas faite pour vivre sans le plus brûlant amour.
Depuis des jours, des mois, je n'ai plus de paroles sur lesquelles prendre appui ; mais je refuse d'imaginer qu'Aménophis se soit ravisé et qu'il ait renoncé à sa réforme.
Au réveil, je me débats dans mes propres marécages. Puis, au cours des heures, loin des solennités de la cour, avec Sekee je me promène librement dans la campagne. Je regarde cette vallée, je découvre ses habitants.
Ce sont eux, peu à peu, qui m'arracheront au désespoir.

Cette terre d'Égypte – que ne rompt aucun vallonnement et qui, de chaque rive du fleuve, semble se presser vers le désert – est soudain là, sous mes yeux. Elle m'aura beaucoup enseigné : la clémence de l'eau, la compagnie des bêtes, l'amitié d'un arbre, la joie d'une moisson... Et par-dessus tout, le visage de son peuple.

J'y ai vécu tout un cycle de saisons : celle de l'inondation, celle de l'apparition des terres, enfin, celle des récoltes. Un cultivateur me révéla qu'il existait trois sortes de jours : les bons, les menaçants, et les jours ennemis.

J'ai assisté aux vendanges ; regardé les vendangeurs debout dans des cuves, se tenant à des cordes et qui piétinent les grappes. Assis au sol, deux musiciens les accompagnent de leurs chants.

J'ai su qu'on pouvait avoir sommeil, qu'on pouvait avoir faim. Que des maisons, faites de boue, étaient noires au-dedans comme au-dehors.

Le dur labeur de l'homme des champs me devenait familier ; son travail qui commence à l'aube et ne prend fin qu'à la nuit tombée.

J'ai aperçu un ouvrier harassé de fatigue, endormi sous un tamaris ; tandis que le contremaître, campé devant lui, frappait dans ses mains pour le réveiller :

— Sors de terre, ou je t'y ferai rentrer pour de bon !

J'ai suivi les moissonneurs qui coupent les épis, avec leur faucille à manche courte si bien taillée pour la paume. Derrière eux, des femmes ramassaient les gerbes pour les mettre dans des couffins.

J'ai entendu, au crépuscule, une vieille mendier une poignée de ce blé :

— Soir après soir, je suis revenue sans rien trouver. Ne me fais pas la méchanceté de me laisser repartir les mains vides.

Cette fois, le surveillant céda. Sekee, du côté de l'autorité, désapprouvait : j'eus du mal à le convaincre qu'il ne s'agissait pas d'un larcin.

J'ai caressé des ânes gris et doux, qui trottent allègrement et soulève des nuages de poussière, malgré des paniers à pleins bords suspendus à leurs flancs. J'ai approché des bœufs à têtes énormes, auxquels parle, à voix basse, le bouvier :

— Foule bien la paille, mon frère. Elle seule nous restera, car le grain va à nos maîtres !

J'ai écouté le semeur amoureux de sa terre, sortie de l'eau. Limoneuse, lisse, sans trace d'herbe, sans le moindre caillou :

— Belle plus que toute chose, ma fraîche, te voici revenue !

J'ai accompagné le laboureur qui tient le mancheron, claque son fouet, guide l'attelage avec des cris gutturaux. J'ai vu un gaillard, portant sur ses épaules un petit veau, traverser un étroit bras du canal. Un berger, au milieu de ses moutons, m'a laissé écouter sa complainte.

De ces hommes des champs, j'ai connu la bienveillance, j'ai connu l'hospitalité. Dans des huttes misérables où ils dorment à côté de leurs bestiaux, j'ai partagé leur galette de pain avec une laitue. J'ai mangé des figues, une tranche de melon. J'ai bu le jus des dattes.

J'appris que ces cultivateurs étaient souvent exploités et battus par les représentants de leurs maîtres. Souvent harcelés – ne t'offense pas, Boubastos – par les scribes, les arpenteurs, les collecteurs qui viennent questionner, mesurer, noter, peser, emporter les produits les meilleurs. "Pires qu'une cohorte de rongeurs, qu'une nuée de sauterelles, que le loriot picoreur de fruits !" disent-ils.

J'ai marché sur des sentiers qui bordent les cultures, sur des chemins qui longent le Nil, sur ceux qui vont aux marais.

Parfois, je m'avance seule dans un champ de lin piqué de bleuets. Un nuage épais de cailles vole par-dessus ma tête. »

Je sais la morgue de certains scribes qui cherchent à se donner du prix auprès des privilégiés : je connais leur esprit tatillon, le plaisir qu'ils prennent aux chicaneries.

Mon père Aménô, qui ne partageait pas mes vues, mais qui savait, en toute chose, garder bonne mesure, me montra un jour *le manuel de hiérarchie*. Une des parties était consacrée aux emplois – de plus en plus nombreux, de plus en plus spécialisés – des scribes. Mon père ajoutait que l'administration souffrait de cette enflure.

— Mon fils, apprends la parole de ceux qui savent écouter. Il y a abondance des chambres dans la demeure d'éternité pour l'homme dont la langue est modeste ; mais une épée tranchante arrête celui qui veut se faire valoir.

J'avais sans doute été accusé en haut lieu d'avoir servi d'escorte au jeune Aménophis ; et blâmé d'être un fidèle de ses utopies. Car on m'éloigna du jeune prince, sans toutefois me permettre de faire partie de la cour réduite de Nefertiti qu'on avait exilée.

Puis, on m'assigna une fonction qui me causa du déplaisir ; celle d'encadrer les esclaves qui entretiennent canaux et routes, entrepôts et quais.

Aménophis III parut se relever des premières atteintes de son mal. Il reprenait goût au pouvoir, au plaisir. J'appris qu'il avait fait entrer plusieurs concubines, tolérées et choisies par la reine Tiy, dans son harem.

Il s'ensuivit plusieurs naissances, dont celles des deux successeurs du futur Aménophis IV, Semenkharê et Nebkherê qui deviendra Toutankhamon.

Mon père s'efforça de me trouver un autre office. Il m'accusait de manquer d'agilité, m'affirmant que je ne pourrais jamais me tirer d'affaire dans ce monde d'intrigues et de flatteries si je continuais d'agir de la sorte. Ces pratiques le rebutaient aussi, mais il fallait en user pour faire son chemin.

Il me relata ensuite comment il avait désarmé son entourage, en le faisant rire à mes dépens :

— La nature voulant se rattraper de l'avoir affublé d'un corps nain, a doté mon fils Boubastos d'une colonne dorsale si rigide qu'elle ne saurait en aucun cas se courber, au risque d'en faire voler tous les os en éclats !

Il me rapporta cela avec une bonne humeur mêlée de tendresse et d'envie ; avant de m'annoncer qu'il venait de m'obtenir une charge de greffier au tribunal.

Je n'étais pas au bout de mes tribulations. J'avais surtout affaire à de petits voleurs. Je prenais acte des interrogatoires, je recopiais les jugements.

Pentou, un magistrat qui avait pour devise « Ne sois pas trop dur » siégeait parfois dans cette salle. Mais le plus souvent c'était Rensi. Dès que l'accusé apercevait ce représentant d'une justice implacable, il se mettait à geindre :

— Malheur à moi ! Malheur à ma chair !

Moins cruels que les Assyriens qui allaient jusqu'à empaler les voleurs, nos châtiments consistaient en des bastonnades de la plante des pieds ou des mains. Parfois, dans le cas des pilleurs de tombes, de l'ablation des oreilles et du nez.

J'entendais hurler dans l'enceinte :

— Par quel moyen as-tu acquis ce vase, enfant de personne ?

— Je l'ai trouvé dans ma maison.

— Alors montre-moi ses pattes !

Ou encore :

— D'où te vient cet argent, fils de rien ?

— En échange de sacs d'orge...

— De l'orge ? Fumier ! Toi, tes ancêtres et ta descendance jusqu'à la septième génération ne produirez jamais assez d'orge pour cet argent-là.

— C'était l'année des hyènes, ô mon juge ! Tout le monde avait très faim.

Cela se terminait mal. Nombreux étaient ceux qui achevaient leurs pauvres vies dans les carrières ou les mines.

Je me souviens de Tô, le joueur de trompette. On l'accusa d'avoir subtilisé un collier d'or, puis de l'avoir revendu. Les policiers l'enjoignaient de livrer ses complices ; malgré les bastonnades il répétait sans faillir :

— Je n'ai rien vu, je n'ai rien fait !
On le jeta en prison. On confisqua son instrument. Quelque temps après, on découvrait les vrais malfaiteurs.
Tô fut rendu à sa trompette et à la liberté.

Quelquefois, préposé aux querelles, je prenais acte de chaque répartie avec jubilation. Les plaignants s'enivraient de leurs propres paroles. L'insulte ne dégénérait jamais en bataille. Le soir, sur mon papyrus, je recopiais ce défilé d'injures, les calligraphiant avec un plaisir extrême, leur donnant sur ma feuille blanche la forme d'un serpent folâtre :
Tête d'écuelle, tu n'attires que les oies !
Narines sans souffle !
Tu as des oreilles comme des galettes !
Le soleil se voile devant ta face !
Tu ne mérites que du fourrage !
Ta bouche est verrouillée comme un poing !
Ta parole n'a même pas la valeur du noir de l'ongle !
Pot de bière vide !
Sac d'ombre !
Qui percera les voiles de ton esprit !
L'intelligence est passée à côté de toi !
Ton phallus, c'est de la pâte à pain !
Langue de trident !
Bateau sans capitaine !
Fils d'une planche !
Cervelle de pépin !

Je tiens d'abondants rapports, d'inépuisables dossiers.
Des liasses de papiers s'entassent contre les murs. Je crains qu'ils ne nous enfouissent bientôt sous leur poids.
Je me demande si d'autres pays pousseront plus loin que le nôtre cette passion des archives, des registres, des inscriptions.
Je plains véritablement ceux qui chercheront plus tard à nous déchiffrer.

« *"Tu m'as promis, ô mon cœur, de supporter courageusement cette absence. Ne t'impatiente pas, ni ne te lasse."*
Un matin, Boubastos, un messager m'a remis ces mots d'Aménophis, sur un éclat de calcaire. De nouveau, j'habitais mon corps.
Je ne me demandais que bien plus tard quelle était cette promesse qu'Aménophis me rappelait, et la raison de cette soudaine missive ? Sekee m'avoua alors, d'un seul coup, que le prince m'avait envoyé plusieurs missives que son entourage avait l'ordre de subtiliser.
Je regardai Sekee, stupéfaite ; comment avait-elle pu se rendre complice de cette action ? De grosses larmes roulèrent le long de ses joues, elle se mit à trembler.
Je la serrai contre moi pour apaiser son chagrin. Ma nourrice m'expliqua qu'il avait été nécessaire d'accepter cette consigne pour qu'on l'autorise à m'accompagner. « Pour rien au monde, je n'aurais voulu t'abandonner. »
L'envoyé me fit savoir qu'il ne pouvait plus retourner à Thèbes, et qu'aucun message ne pouvait être remis au prince.
Je savais que le mariage avec Taduhépa était proche. Quelle attente me demandait-il ? Et pourquoi ?
Pourtant ces paroles, que j'avais tout de suite apprises par cœur, m'accompagnaient sans cesse, me pénétraient d'une confiance dont j'ignorais l'issue.
Persuadée – par je ne sais quel pouvoir, quel accord, quel battement de l'amour – que ma pensée l'atteindrait, je prenais ses mots à mon propre compte, et les lui répétais sans cesse dans le silence :
"Mon cœur, je supporterai courageusement cette absence. Je ne m'impatienterai ni ne me lasserai." »

II

« La reine Tiy arriva sans grande escorte et sans se faire annoncer. À peine franchi le porche, devant quelques courtisans assemblés dans la petite cour qui donne partout sur la campagne, elle m'ouvrit les bras.
— Je suis venue jusqu'ici pour te ramener à Thèbes. Nous repartons tout de suite.
Son audace me plaisait. Cette manière qu'elle avait de rejeter, par à-coups, tout le cérémonial ; de rompre avec l'usage et ses propres habitudes, car Tiy aimait la pompe, le cortège, les honneurs.
— Taduhépa a disparu !
Je me tenais à ses côtés dans le char. Quelques paysans accouraient vers nous. La reine pressa le départ, le cheval partit au galop.
— Disparu ?
Tiy s'enveloppa de mystère :
— Les dieux, sans doute...
Je n'en saurais pas davantage. Elle chercha aussitôt à faire de moi son alliée :
— Il faut une épouse à Aménophis. J'ai toujours souhaité que ce soit toi.
Elle prit mes mains dans les siennes.
Malgré tous ses calculs, la reine était de bonne foi, sa chaleur se communiquait, on éprouvait le désir de se confier à elle.

J'entre dans le palais de Thèbes. J'avance avec la reine Tiy entre les colon-

nades, sous les plafonds ornés. Tant de splendeur me pèse. Ceux de la maison royale se courbent à notre passage.
Je me sens étrangère, presque hostile à ces lieux. Je n'appartiens plus à ici. Cette terre, ces hommes que j'ai rencontrés là-bas ne me quittent plus. »

Le jeune Aménophis avait demandé mon rappel. Depuis la veille, j'avais reparu à la cour.

Le scribe Hâty - au service du prince depuis mon éloignement - aussi maigre que j'étais replet, m'accueillit d'un air lugubre.

Les jours d'Aménophis III touchaient à leur fin. Le mal s'était subitement aiguisé, et ne le laissait plus en paix.

Le jeune Aménophis avait repris de l'ascendant sur la cour, son père le laissait déjà gouverner. Il venait d'être nommé co-régent, et l'on annonçait son mariage prochain avec Nefertiti.

Mais Taduhépa ?

Chacun interprétait à sa façon le mystère de sa disparition. Les uns disaient que la vue d'Aménophis ébranlait la jeune princesse ; et que celui-ci - bien que se pliant en apparence aux vœux de son père - avait déjà destiné Taduhépa à Zaddi, un jeune prince vassal.

Zaddi était arrivé en toute hâte de sa ville sentinelle de Tunip ; les jeunes gens se plurent et repartirent, ensemble.

D'autres assuraient que la jeune Mitanienne s'était volontairement noyée à cause d'Aménophis. Un guetteur l'avait aperçue, un soir. En dépit de ses appels, elle avait écarté les joncs pour pénétrer dans le lac. Puis, elle avait disparu sous les fleurs d'eau.

Quelques-uns poussèrent la malveillance jusqu'à utiliser des hommes à leur solde pour fouiller ce lac. Ils arrachèrent des brassées de tiges, écartèrent les nénuphars, raclèrent les fonds ; mais ne découvrirent aucun cadavre. La conduite du roi Tsuratta confondait les calomniateurs. Ce dernier continuait de maintenir d'étroites relations avec l'Égypte. Ses missives faisaient preuve de la même allégeance. Les plus récentes s'adressaient, à la fois, à Aménophis III et « au co-régent, son fils bien-aimé ».

« Le lendemain, le vizir Ramôse me conduisit à la salle de réception où les souverains m'attendaient, entourés de leurs proches conseillers.

Dès l'entrée, je fus saisie par le changement d'Aménophis III.

Assise à ses côtés, sur un fauteuil à dossier élevé reposant sur quatre pieds de lion, la reine Tiy paraissait plus verticale, plus imposante que jamais.

Le Pharaon, affaissé sur un siège dont le dossier n'était pas plus haut que la main, était vêtu de vêtements larges et brodés qui dissimulaient le bas sculpté du meuble.

Sous la somptuosité de la tiare et l'éclat des colliers, son tassement, son immobilité, sa carrure rétrécie m'impressionnèrent.

M'apercevant, il redressa le buste. Mais, aussitôt, retomba, s'enlisant dans ce corps gonflé, qui paraissait vide de fibres et d'os.

La mort planait sur cette salle. La reine me fit signe d'approcher.

Arrivée auprès d'eux, je m'assis sur un tabouret à leurs pieds.

D'ici, je remarquais encore plus les ravages subis : l'arête exemplaire du nez, l'équilibre du front, le modèle de l'ovale, la fente des yeux en amande, étaient comme brouillés. Une peau amollie - effondrée autour des dents manquantes qui avaient souffert d'abcès répétés - enveloppait tous ses traits.

J'étais troublée et sans parole. Depuis l'enfance, j'éprouvais le sentiment de notre fragilité. Pour ne pas me laisser prendre en traître, j'imaginais à l'avance, les visages aimés plongés dans un bain de rides et de bouffissures. Mais la réalité à chaque fois me surprenait.

Parfois, je faisais le contraire ; lavant à grande eau les visages anciens, leur usure se dissipait, les chairs retrouvaient solidité, l'œil reprenait regard.

Mais la juteuse, palpable, réalité de la jeunesse était toujours plus belle que

son image. La jeunesse, avec sa pulpe odorante et ferme qui se presse sous le grain serré de la peau.
Consternée, je regardais Aménophis III. La dévastation était au-delà de tout retour.
Pourtant, quelque chose luttait encore.
Par éclairs, son esprit se cabrait. Sa nuque se soulevait. Une lueur aiguë s'emparait de sa prunelle. Puis, celle-ci s'aveuglait de nouveau et le roi retombait dans sa torpeur.

Sans me retourner, je reconnus les pas du prince venant vers nous du fond de la salle.
Je fis un mouvement pour me lever, courir vers lui. La reine me fit signe de rester en place.
Ensuite, je sentis la main d'Aménophis sur mon épaule.

J'en reconnais la fièvre. Sa force est toujours vivante. Je ferme les yeux pour qu'elle me traverse.
Peu après, il s'assoit auprès de moi sur les coussins. »

À Karnak, à l'est du temple dynastique d'Amon, le co-régent venait de faire construire un sanctuaire au dieu-soleil.

Ses croyances lui attiraient à présent le soutien des jeunes hommes, que ses doctrines nouvelles enthousiasmaient. Des dignitaires, comme l'intendant Ioûty, le lieutenant Moïse, le grand-prêtre Merinê, déclaraient qu'ils s'étaient ralliés à son enseignement. D'autres suivirent. Observant la tournure que prenaient les événements, certains espéraient, sans doute, en tirer quelque avantage.

Ramôse, homme de haut rang, qui avait été vizir et préfet de Thèbes au temps de la splendeur d'Aménophis III, devint très vite un des plus fervents alliés du jeune prince. Son soutien influença la reine Tiy, qui s'enflamma de nouveau pour les convictions de son fils.

La chapelle funéraire de Ramôse, creusée dans la falaise et d'abord dédiée à Amon, portait sur sa plus récente paroi des bas-reliefs représentant le jeune Aménophis. Celui-ci s'adressait au vizir en ces termes : « Les paroles du soleil sont devant toi, elles sont connues à mon cœur. L'Unique s'est découvert à ma face. Je compris.»

Ces idées s'infiltraient aussi dans la population, comme s'il existait partout l'attente d'un éveil.

Le jeune prince se promenait ouvertement ; son sourire, son affabilité émouvaient les cœurs. Le symbole du disque solaire apparaissait peu à peu sur les murs de la cité. Sans que le peuple renonce à ses petits dieux familiers ; ce signe leur parut clair, intelligible.

Aménophis commençait à s'opposer au clergé ainsi qu'à certains de ses nobles. Comme le Pharaon tenait son pouvoir des dieux, ceux-ci n'osèrent pas l'attaquer de face.

De plus en plus convaincu, de plus en plus soutenu, le jeune prince était prêt à aller jusqu'à la rupture.

Mon père Aménô, à qui je faisais part de mon ardeur, tenta de me tempérer.

Il m'assura : que de vastes idées peuvent égarer ceux qui s'y attachent. Qu'un cœur généreux n'était parfois qu'un cœur gonflé de mirages. Qu'à son avis, ce prince était un visionnaire qui ne tenait pas assez compte de la nature des choses et des hommes. Que...

Je rétorquai : que nous ne sortirions jamais de l'ombre si nous ne marchions vers une lumière, même indécise. Que la nature des choses de demain était souvent faite avec les rêves d'aujourd'hui. Que les hommes ne survivraient jamais à eux-mêmes s'ils ne se risquaient en avant. Que...

Notre discussion s'épuisait d'elle-même. Aucun n'avançait d'un seul pas dans la direction de l'autre !

Pour ma part, je céderai tout le panthéon des dieux pour le limpide, Aton !

Pour ce soleil dont je suis le fils, au même titre que les rois, l'étranger, ou le plus miséreux des hommes.

Je renoncerai allègrement aux dieux-cynocéphales, aux dieux-Ibis, aux déesses à tête de chatte, aux crocodiles vénérés, aux poissons d'eau douce, aux cobras. Je m'écarterai des quarante-deux Démons terribles, des quatres Génies, des dieux Vautour et Scarabée. Je quitterai sans pleurs la déesse Lionne qui se complaît dans les fleuves de sang ; le dieu-Chacal qui hante les déserts.

Tous ces dieux-Majuscules qui encombrent ma mémoire !

Tous ces Bastet, Thoth, Khonsou, et même Hathor ! Tous ces Nekhbet, Sebek, Khnoum, Sekamet, Apis, Ptah, Horus, et j'en passe... Le dieu de

l'aurore, Khepri ; celui de midi, Râ ; celui du coucher, Atoum qui engendra Chou et Tphébis, qui mirent au monde Geb et Nout... Tous je les abandonnerai sans inquiétude pour Aton, le très nu ! Tous !
Sauf peut-être mon petit gnome protecteur, Bès, qui me préserve du mauvais œil. Je le tiens souvent dans le creux de ma paume. Rien que de le contempler avec ses mains aux hanches, sa tête ornée de plumes, ses rondeurs, sa langue tirée, me rend d'humeur joyeuse !
Je garderai Bès. C'est dit !

La mort d'Aménophis III, le Magnifique, plongea la cour dans le deuil. Le mariage de Nefertiti et du jeune prince, eut lieu sans solennité excessive, suivi de leur intronisation.
La « maison d'éternité » du Pharaon défunt était prête. Son embaumement se fit dans les règles. Avec un soin extrême, chaque partie de son corps fut enveloppée de bandelettes de la plus fine étoffe de lin, enduites de gomme.
Durant les premiers temps, la reine Tiy assuma la direction de certaines affaires publiques. On s'adressait fréquemment à elle ; aidée de ses conseillers, elle signait une partie des actes officiels.
Dans quelques-uns de ces actes, il lui arrivait de remplacer le nom d'Amon par celui d'Aton.
Le grand Roi était retourné dans l'au-delà. Qu'emportait-il avec lui ? Toutes ces richesses, ces victuailles qui saturaient sa tombe, le mettaient-elles à l'abri ?
Dès le seuil de l'autre monde, faits et méfaits seraient comptabilisés :
— Je n'ai pas calomnié les très-hauts. Je n'ai pas fait de péchés contre les hommes. O Dieux, larges de pas, avaleurs d'ombres, briseurs d'os, mangeurs de sang, ne vous dressez pas contre moi ! », faisait-on dire au roi.

« Seule avec le jeune roi, je pénétrai dans ce temple de Karnak qu'il avait fait élever durant mon absence.
Dans tous les autres temples, après la grande salle hypostyle, d'autel en autel, les lieux s'assombrissent jusqu'au foyer central.
Ici, des flots de lumière inondent le sanctuaire.
— Vois, le soleil est libre.
Ailleurs un demi-jour craintif ou une lueur blafarde semble se diffuser à travers des massifs d'herbes, avant d'atteindre les fidèles.
Ici, l'éclairage se répand d'une seule coulée.

Ces temps derniers, Aménophis avait été encouragé par les uns, dissuadé par les autres, d'entreprendre sa réforme. Il avait été en lutte avec ses propres déchirements. Mais à force de subir ces tourments et de passer tant d'obstacles, l'autre vie s'intensifiait.
Maintenant, il savait où se diriger, et souhaitait mon consentement.
Jamais il n'éprouva ou ne me fit sentir qu'étant une femme, j'étais incapable de ce regard qui surpasse le présent, ou de ce souffle qui force l'avenir.
Nous étions différents, autant qu'on peut l'être, nous cherchions à le rester. Mais il se fiait à moi, me croyait apte à inventer, à découvrir. Sa confiance multipliait mes moyens.
Il me révéla qu'il souhaitait abandonner son nom d'Aménophis pour celui d'Akhnaton, "celui qu'adopte Aton".

Il m'exposa son projet de fonder, avec l'aide de ceux qui partageaient la nouvelle espérance, une autre capitale.

Il pensait qu'un terrain intact - il avait consulté à ce propos des architectes et son ami le sculpteur Bek - nous libérant de cet amoncellement de siècles, de gloire, de merveilles et d'ombres, faciliterait le renouveau.

Parce qu'elle naîtrait sous le signe du soleil, libre de toute attache, je proposai que cette capitale se nomme : la Cité d'Horizon.

Ce choix renforça notre accord. »

Un vent de liberté souffle sur Thèbes. Les préparatifs du départ se font au grand jour. Sur le fleuve, on aménage la barque royale, on dispose le chargement, on manœuvre les voiles. Rameurs, mariniers et capitaine se tiennent prêts.

Le souverain annonça qu'il remonterait le Nil vers l'évasement du delta, vers l'ouverture sur la mer, dans l'espoir de trouver, entre Thèbes et Memphis, un lieu favorable à l'établissement de la Cité d'Horizon.

Il parle en plein jour à la population, dont une grande partie souhaite se joindre à cette recherche. Il leur demande de patienter quelque temps encore.

Akhnaton partira d'abord en compagnie de sa reine et de quelques fidèles. Dès la découverte de l'emplacement, il dépêchera des messagers vers l'ancienne capitale. Pour mettre la ville future debout, il lui faudra l'aide et le secours de chacun de ses habitants.

Dans des endroits secrets, les grands-prêtres, rassemblant les mécontents, faisaient naître une agitation sournoise. Ils laissaient courir le bruit que l'esprit du roi portait les stigmates de la folie, que son délire serait bientôt néfaste à tous.

Le clergé se reprochait d'avoir permis aux événements d'aller si loin. Mais qui, au début, pouvait imaginer que l'adoration pour Aton - parfois ardente, parfois en sommeil - de la reine Tiy, indiquait autre chose que cette versatilité si commune aux femmes ? Qui pouvait prévoir que les extravagances d'un jeune prince étaient autre chose qu'un simple caprice d'adolescent ?

Une telle détermination habitait à présent le corps malingre d'Akhnaton, que ces hommes avisés sentaient qu'ils ne pouvaient s'opposer ouvertement à cette volonté. En attendant, ils se soumettraient, en apparence, à ce titre d'« Akhnatoyn ». Ce nom haï confirmait que la réforme était en marche.

Il leur paraissait même nécessaire, en ces jours d'égarement, d'accepter la promiscuité avec la foule. Le peuple, soudain sans bride - dont ils assuraient que la nature même appelle la sujétion et qui n'a d'oreilles que pour l'autorité - ces hauts dignitaires se voyaient contraints d'admettre qu'on l'associe aux projets de la cour.

Ils se plaignaient, à voix basse. Cet Akhnaton confondait tout : les humbles et les grands, l'amour et la religion, l'Égyptien et l'étranger.

De plus, ce vœu de fonder ailleurs une capitale était un outrage à Thèbes. Quelle cité oserait se dresser face à Thèbes, l'irremplaçable ? Depuis plus de deux siècles, après la longue hégémonie de Memphis, celle-ci était devenue le centre du monde.

Thèbes, lieu majeur, privilégié, pivot du colossal empire qui s'étend des eaux de l'Euphrate jusqu'à la Nubie. Thèbes, demeure des arts, des dieux, de la parole !

Où s'éloignait le jeune roi, dispersant la force, la cohésion de Thèbes ?

Ce départ amoindrissait déjà le renom de la capitale ; car par sa seule présence, le Pharaon confère au site où il réside un caractère sacré.

Quelques jours plus tard, ceux du voyage montèrent à bord.

Après Akhnaton et Nefertiti, je comptais, parmi d'autres : Ayé, le père nourricier ; Merinê, le grand-prêtre ; le sculpteur Bek, des maîtres-bâtisseurs, des vérificateurs du sol, des contemplateurs d'étoiles...

Je reconnus Ramôse et l'intendant Ioûty ; le jeune commandant Horemheb, et puis l'autre intendant, mon bienfaiteur Toutou. Sekee, la nourrice de la reine ; Nakht, l'ancien vizir obèse, un homme amène et doux qui ne renvoyait jamais un suppliant - même s'il ne pouvait rien pour lui - sans avoir longuement écouté sa supplique.

Je saluais Mâhou, le policier, qui s'endormait chaque fois qu'il prenait la garde et ne se séparait jamais de son oie, Smonn. Agressive, vigilante, Smonn avertissait son maître du moindre accroc, en poussant pour l'éveiller des cris rauques accompagnés de coups de bec.

Zopyre, le barbier, dont j'avais obtenu l'embarquement grâce à l'ami

Toutou, me précéda du côté de la poupe. Puis trois musiciens embarquèrent, suivis de quatre scribes, tous élèves d'Aménô.
Mon père m'escorta jusqu'au quai. Se baissant pour m'embrasser, il me glissa à l'oreille qu'il se demandait parfois si notre folie n'avait pas sa raison. Il ajouta, ému, que, sans doute, ses yeux comme sa vision s'étaient peu à peu rétrécis avec l'âge.

J'ai cité Nakht l'obèse, Mâhou avec son oie, Zopyre le barbier, les quatre scribes...

Le cinquième, c'était moi : Boubastos, votre très humble serviteur !

« *La population s'était rassemblée sur l'embarcadère pour les adieux.*
À l'écart, on avait dressé une plate-forme pour la reine Tiy et les dignitaires. Celle-ci avait promis de nous rejoindre dès que la ville aurait commencé de s'élever.
Peut-être, poussée par un de ces brusques changements dont elle était coutumière, s'embarquerait-elle au dernier moment avec nous ?
Non, elle se tenait debout, immobile, à l'avant de son cortège ; le dominant comme une haute sculpture qui fait partie du corps même de Thèbes, et dont celle-ci ne se défera jamais. Seules les lèvres de la reine avaient frémi, une tristesse profonde assombrissait ses yeux.
Malgré sa joie, Akhnaton éprouvait le même arrachement. Il regarda longtemps en direction de sa mère.
Elle nous parut de plus en plus imposante, à mesure que le voilier s'écartait.
Nous naviguons avec une lenteur extrême. Il semble que la brise se ligue avec tout ce qui cherche à nous retenir.
Le pilote commande aux rameurs de se mettre à l'œuvre. Leurs chants rythment le battement de l'eau.
J'avance, seule, vers la proue recourbée.

Rien ne se compare au mouvement des eaux.
Rien ne débute aussi obscurément, venu de l'intimité du sol, pour ouvrir, aussi largement, à la dimension des mers. Rien n'est aussi totalement assujetti aux sources, aussi sûrement entraîné vers l'inconnu.

Sur les bords du Nil, les rives avec leurs maisons de boue, leurs hommes, leurs arbres, leurs herbes, leurs bêtes, tremblent à l'intérieur de leurs propres reflets.
Thèbes s'efface au loin. Quittera-t-elle jamais nos racines ?
Je me tourne vers Akhnaton qui m'a rejointe :
— Trouverons-nous l'autre cité ?
— Ce lieu existe, je le reconnaîtrai.
Il m'entoure de son bras :
— Nous le reconnaîtrons ensemble. »

Nous nous sommes réveillés à l'aurore, entourés de toute une flottille. Des hommes, des femmes, des enfants, tassés dans des barques plates, n'ont pas résisté au désir de nous suivre. Ils nous ont rejoints et nous acclament.

À l'arrière, Ayé, le père nourricier, accompagné d'Horemheb, dont la voix a de brusques accents de dureté, leur enjoint de rebrousser chemin. Mais Nakht l'obèse, toujours d'humeur joviale, toujours essoufflé, grimpé sur une solive, leur crie à tue-tête qu'ils sont les bienvenus. Zopyre et les musiciens l'imitent.

Le débonnaire Mâhou - réveillé en sursaut par Smonn, son oie - ne sait vers qui pencher : l'autorité d'Horemheb ou la pente naturelle de son cœur qui le pousse à joindre ses vivats à ceux de cette foule radieuse ?

Bouleversé par les chaudes manifestations de ce peuple qui a tout abandonné pour le suivre, Akhnaton les invite à faire route avec nous.

Le voyage dura. Des jours, des nuits...

Nous remontons tranquillement vers le nord. Sans hâte, à l'affût de chaque paysage.

L'Égypte pressée autour de son Nil ressemble à une coulée verte bordée d'un désert plat ou de collines jaunâtres.

Parfois, nous abordons et jetons l'ancre. Akhnaton et Nefertiti, entourés d'une petite assemblée, débarquent sur la rive.

Accroupi sur des cordages, je les suis du regard, notant mes observations tandis qu'ils parcourent la berge. Puis, ils remontent à bord, et nous poussons plus loin.

Les petites barques surpeuplées appareillaient, comme nous ; puis, hissaient de nouveau leurs voiles.
Agglomérée, pressée dans le fond des embarcations, la foule demeure confiante et ne s'impatiente pas.

Sur la rive gauche du Nil, à mi-chemin entre Thèbes et Memphis, j'aperçois une plaine un peu exhaussée qui décrit un vaste cirque.
Vers le fond, ce cirque prend appui contre des falaises de craie.
Akhnaton étend son bras, allonge sa main, pointe l'index avec insistance en direction du grand hémicycle.
Il vient de reconnaître sa terre.
Cette fois, il débarquera seul.

Longuement, on le vit aller et venir sur la rive.
Puis il s'enfonça dans la plaine, marcha vers les falaises, avant de disparaître au loin.
Dans la barque royale, les futurs bâtisseurs discutaient des avantages de l'emplacement.
Le léger surélèvement de cette plaine la garantissait contre les inondations. Ses falaises couperaient les vents de sable, protégeraient de ce haut désert où se réfugient parfois des brigands.
Placée plus au nord, l'été y serait moins torride qu'à Thèbes.
Sur la berge opposée, la vallée plus basse, fertilisée par le limon, servirait aux cultures qui permettraient de faire face aux besoins immédiats de la population.
Tous étaient impatients de mettre pied à terre et de rejoindre le jeune souverain. Nefertiti dut plusieurs fois les retenir.

« J'étais impatiente de quitter le voilier, de courir à travers la plaine, pour retrouver Akhnaton. Mais je sens qu'il faut le laisser à lui-même ; pour s'imprégner de ce site, la solitude lui est nécessaire.
Revenu de sa longue randonnée, il arpente de nouveau le rivage avant de repartir s'asseoir sur une roche grise. Sa mince silhouette emplit d'une étrange présence ce cirque blanc et vide. Je ne le quitte pas des yeux.
Longtemps, il garda le buste penché en avant, les coudes au corps, le visage entre ses paumes, comme s'il écoutait monter des profondeurs de son être les rumeurs de la cité future.
Dans la barque, tout est silencieux. De la flottille ne parvient non plus aucun bruit.
Enfin, Akhnaton se redresse. Il respire largement.
Je suis loin, je suis près de lui ; il le sait. La Ville d'Horizon - avec ses bâtiments publics, ses temples, ses maisons d'artisans et d'ouvriers, ses jardins, ses tombes, ses maisons de vie - s'édifient en lui, et puis en moi. La cité se construit, nous construit.
J'entends les rires de tous les enfants qui se mêleront à ceux des nôtres. Je vois un beau vieillard assis dans l'allée des saules pleureurs. Je chauffe mes mains parmi d'autres mains, au grand brasier d'hiver placé au milieu de la ville. J'entre dans un jardin qu'une jeune femme arrose.

Au crépuscule, Akhnaton est revenu.

Il s'est d'abord dirigé vers Bek et ses amis pour les consulter. Le sculpteur lui annonce que tous approuvent ce choix.
— *Nous débarquerons demain.*
Il me prend la main, m'entraîne sur le débarcadère. Nous marchons vers le fond de la plaine.
Cette première nuit, nous la passerons, seuls. Sous les étoiles, à même la terre.

Nous avons veillé, dormi, veillé encore.
Assis l'un en face de l'autre, Akhnaton ferme les yeux tandis que ses longs doigts caressent mes sourcils, mes tempes, mes joues, les ailes de mon nez, mes lèvres ; comme s'il cherchait à fixer, autrement que par le regard, chacun de mes traits.
À mon tour, j'explore son visage. Je repose ensuite ma tête entre ses deux mains ouvertes.
Puis, sa bouche vient sur la mienne.
Nos cœurs, nos gestes sont en équilibre. Nos corps, heureux.
Aujourd'hui encore, où tant de choses se sont éloignées, où tant d'événements sont advenus, rien ne peut s'abolir. Aux moments les plus sombres - après que les calamités se sont abattues ; que le désarroi, la détresse ont paru altérer sa nature ; quand, plus effroyable que tout, la mort l'a empoigné - rien n'aura véritablement changé. Je n'ai cessé de sentir, je sens encore, que nous nous tenons embrassés, joints par les mêmes fibres, enveloppés dans le même tissu originel.
Jusqu'à ce jour, Boubastos, l'image de cette première nuit sur le sol de la Ville d'Horizon m'envahit, non pas comme un souvenir, mais comme un flot de douceur et d'espoir qui s'infiltre en permanence sous ma peau.
Sur les fondements de la nouvelle cité, la terre s'abandonnait à la nuit ; et nous, l'un à l'autre.

L'aube nous surprend. Akhnaton l'accueille avec des cris de joie.
— *Tu seras ma vivante à jamais !*
Nous courons vers un coin isolé, où la berge est noire, spongieuse.
Quand l'un de nous presse son pied sur la terre bourbeuse, l'eau gicle de ses sandales et l'éclabousse. Nous éclatons de rire. »

Pour fixer l'étendue de la Cité d'Horizon, le roi fit placer des bornes autour de l'hémicycle. Sur chaque côté de ces stèles-limites se graverait, à la longue, le récit de cette ville et de sa fondation.

J'assistai à la première inscription. Les mots, que dictait le jeune Pharaon, naissaient sous les éclats du calcaire : « Voici le lieu qui n'appartient à aucun dieu, à aucun prince. Voici le lieu de tous. Ici le soleil emplira le pays de son amour. »

Une hâte fiévreuse, sacrifiant parfois la solidité, conduisait par moments l'exécution des travaux. La cité fut édifiée en quatre ans. On aurait dit qu'une menace pesait sur son établissement, que chaque pierre en place découragerait toute tentative adverse.

Akhnaton et Nefertiti ne devaient plus quitter ce site.

La population augmentait. Toute l'Égypte s'enthousiasmait pour les idées du jeune pharaon. Par milliers, des travailleurs venus des régions proches accouraient à notre aide avec leurs propres outils. Bikhuru, commissaire d'une province voisine, offrit ses services avec ceux d'un certain nombre d'habitants. Ribaddi, un soldat de haut rang, appelé le Magnanime, arriva avec une partie de sa troupe.

Un soir, une très vieille femme débarqua. Elle tenait une lampe d'argile ; et, enroulée dans ses voiles, une grosse pierre serrée contre sa poitrine.

Ceux qui étaient venus de Thèbes sur la Barque royale apprenaient à manier la pioche, à fixer les briques, à déplacer les matériaux. Me souvenant que mon père Aménô - bien que ses doigts n'aient jamais soutenu qu'un calame - me disait tenir du très sage et très ancien vizir Otep ce dicton : « Il faut que les mains qui tiennent l'étendard ou le roseau

puissent aussi saisir la pioche ou bien la houe », je me mis, moi aussi, à l'ouvrage.
À la tombée de la nuit, je m'écroulais ; et me faisais oindre le corps d'huile et de baume par Sekee. Celle-ci, depuis l'embarquement, me montrait les signes d'un intérêt certain.

La ville se bâtissait avec l'empressement, avec l'entrain de tous. Chaque jour arrivait de nouvelles recrues.
Le jeune Pharaon se déplaçait, sans cesse, d'un endroit à l'autre, d'un groupe à l'autre, sans manifester de fatigue. L'ardeur qui le tenait en haleine s'accordait à une force de plus en plus tranquille. Durant ces quatre années, il n'éprouva aucun signe de son mal.
En lui, l'esprit prompt et ferme s'alliait à l'exaltation du cœur. Il se montra capable d'imaginer ; puis d'accomplir.
Avec l'aide de ses compagnons, il dressait des plans, arbitrait, choisissait, avec une rigueur, une connaissance qui émerveillaient son entourage. Aucun détail ne lui paraissait négligeable : la chaussée pour ceux qui marchent, les routes pour les chariots, la ventilation pour l'été, lorsque ciel et désert chauffés à blanc étreignent les villes jusqu'à l'étouffement.
Il voulut que les quartiers forment des îlots distincts, liés entre eux par des rues rectilignes rendant faciles tous les accès. Il promit des chemins pour l'ombre et la promenade ; fit venir des caisses déjà plantées de pommiers, grenadiers, amandiers, des spécimens de flore et de faune d'autres contrées. Rêvant avec Nefertiti d'une cité où les murs respirent, il fit peindre des fresques où l'oiseau, les poissons, la gazelle s'ébattent parmi les plantes de la vallée.
Maisons et palais seraient construits en briques crues, sauf les seuils, les ouvertures, les colonnes, raffermis par la pierre. Toutes les maisons auraient un seul étage agrémenté d'un jardin. Pour ceux qui souhaitaient une chapelle, celle-ci serait à ciel ouvert. Dans les parois des falaises, on creuserait les tombes.

« En quatre ans, la Ville d'Horizon fut debout. Une multitude d'étrangers venus s'y établir la surnommèrent : la Cité du Globe.
Dans ce même temps, nous avons eu trois filles : Meret, Meket et Ankhès.
Le temple se trouve au centre de la capitale. Son sanctuaire principal n'a pas de toit. Pour honorer ce dieu de vérité, rien ne doit s'opposer à la pénétration de la lumière. Les voix sépulcrales des grands prêtres d'Amon qui rendaient les fidèles craintifs, étaient remplacées par la voix familière de Merinê, acquis à nos convictions.
Ici chacun prierait avec ses propres mots.
— Le clergé a enfoui ses dieux dans des tanières et les hommes dans la peur. Le seul mystère est celui de la vie.
J'écoute Akhnaton.
— Le mystère du soleil qui n'en finit pas de renaître, du sang qui nous maintient debout, de l'arbre qui s'élance... Voilà le divin, voilà la vie !
Il en voit partout la marque : dans le bruissement des feuilles, dans un jeune veau qui gambade, le poussin qui heurte l'intérieur de sa coquille, la brise qui gonfle la voile.
— La vie s'allonge dans son éternité, mais remue aussi dans tout ce qui est périssable. Si Dieu existe, il est mouvement, vigueur et turbulence de l'amour. Il est ce qui passe, il est ce qui demeure. Il est dans l'instant, et dans l'ailleurs.
Il se fait jour en nous.
Malgré ses tâches, démesurées, quand Akhnaton me parle c'est comme du fond d'une vallée paisible, d'un silence, d'une clairière... Il me confie qu'il poursuit son Hymne à Aton et qu'il m'en lira des passages.

À *l'inverse, je me souvenais d'un autre Hymne, celui que* Thoutmès III *adressait à Amon et que Sekee avait appris du jardinier Chedou :*

"*Tu as piétiné l'ennemi,
ils sont dans la terreur.
Je te salue comme un vengeur,
debout sur le dos de sa victime !*"

J'écoute Akhnaton. Il me semble entendre les paroles de notre peuple à travers la sienne ; ce peuple dont la bienveillance entraîne souvent les actions.

"*Tu as créé toute la terre.
Tout pays étranger si loin qu'il soit,
tu le fais vivre aussi.
Ta bonté embrasse l'univers.
Tu unis dans ton amour les êtres et les choses.
Par toi vivent tous les hommes.*"

Sa voix porte loin. Je l'entends toujours cette voix, reprise en échos, inspirant d'autres hymnes. Vivante ! »

Les travaux sont terminés. La Cité d'Horizon vient de naître. Ce qui fut un désert s'anime. Partout des jardins, des bâtisses, une population nombreuse.

Voici la Ville, notre Ville, surgie d'un rêve, de notre peine, de notre sueur ! Ma joie éclate. Je m'agenouille, je baise la terre. J'étreindrais le ciel, si je pouvais ; mais celui-ci s'obstine dans sa distance !

Oui, je vogue, à l'aise, dans la peau de cette ville. Ma Ville !

Elle se dresse entre des murs de couleurs, au milieu de ses arbres et des banderoles qui avivent tous les carrefours.

J'échappe à Sekee, à ses appas proéminents, pour rejoindre « la gerbe de tous les péchés, le sac de toutes les malices » - je t'entends d'ici, ô mon père Aménô ! - Noupa, la rameuse. Celle-ci me reçoit vêtue d'une résille.

Nous passons une heure couchés ensemble. Après, je lui offre un petit présent.

Quand elle devient trop exigeante, je fuis dans l'autre direction et me console en m'emplissant le ventre avec ce que m'a cuisiné Sekee.

— Tu es une mère pour moi !

Sous chaque sein maternel, une nourricière sommeille. Je savoure avec délice la chair d'une caille ou d'un poisson. J'embaume l'oignon et l'ail ; tandis que, tout en me malmenant :

— Chair bonne pour l'embroche ! Pastèque, viveur, pansu ! »,

Sekee me contemple avec ravissement.

Ceux du milieu de la mer, ceux des pays alentours, dépêchent leurs envoyés vers la Cité du Globe pour faire allégeance au Pharaon.

Parfois l'on voit débarquer des files de prisonniers, les mains liées derrière le dos, ils se prosternent aux pieds du roi. Opposé à tout geste d'abaissement Akhnaton les fait aussitôt libérer de leurs entraves.

De nombreux rebelles trouvent refuge dans cette cité où supplices et décapitation ne seront jamais en pratique.

Au contraire, des seigneurs avides de puissance et mécontents de frayer avec des dignitaires souvent d'humble origine - « Moi qui étais un homme qui mendiait son pain, me voici conseiller », me confiait Abiddip - repartent vers Thèbes, insatisfaits. Ces derniers ne peuvent tolérer le comportement des jeunes souverains, ni que ceux à qui la naissance octroie tous les privilèges puissent délibérément les rejeter. Ni qu'ils puissent - pour se rapprocher de leur peuple et s'offrir le temps de vivre - se contenter de peu.

Le pouvoir, avec toutes les faveurs qui l'accompagnent, leur semble un bien si précieux qu'ils sont disposés à y brûler leur existence. Ces hommes tournent le dos à la Ville d'Horizon et repartent pour l'ancienne capitale, pleins de ressentiment.

Souvent mêlé à la foule, j'encourage les lutteurs, les boxeurs ou les tireurs de flèches. Ou bien, je me joins aux bouffons et aux mimes dont les exercices me sont familiers.

Un jour, tandis que je gambadais au rythme d'un tambourin, grisé par les acclamations de la foule qui faisait cercle autour de moi - Senb, d'un seul bond, me sauta au cou !

Frottant sa joue velue contre la mienne, entourant mon cou de ses longs bras, mon singe me fit comprendre qu'il se plaisait en ma compagnie, et qu'il ne s'en passerait plus. Je me laissais faire.

Notre bonne entente ne devait prendre fin qu'en ce jour sinistre où Senb a disparu dans les décombres de notre cité.

Senb m'emboîtait si parfaitement le pas, qu'à nous deux, nous ne formions qu'une seule ombre.

Quand - l'esprit alourdi par un excès de vin ou par un brin de tristesse - je m'essayais à des farces insipides, Senb me soutenait de ses applaudissements jusqu'à ce que je retrouve équilibre.

Les trois petites princesses affectionnaient mon singe. Lorsque les vivats

NEFERTITI

montaient vers le couple royal et ses enfants, debout sur le balcon du palais, nous nous tenions derrière eux, Senb et moi. Meret et Meket venaient nous chercher et nous attiraient au premier rang.

« Même en public, Akhnaton joue avec ses filles. Il fait grimper Meret sur ses épaules ; il attache Meket à une gazelle qui trottine à nos côtés ; il tient la petite Ankhès dans ses bras. Il les embrasse sans se lasser. Sans doute regrette-t-il de n'avoir jamais eu de fils ; mais jamais il ne songea à s'en plaindre, à me le reprocher, à chercher d'autres épouses.

Même en public, Akhnaton glisse son bras autour de ma taille et me serre contre lui.

Parfois, il parcourt la capitale, seul, dans son chariot. D'autres fois, il nous prend avec lui. Nos enfants, dévêtues, s'appuient sur le rebord du char, font des signes à ceux qui passent. Le roi se retourne vers elles, se retourne vers moi. Nos lèvres se touchent.

Certains nous reprochent de nous offrir en spectacle. Nous détruisons, disent-ils, l'image divine du Pharaon. Mais nous ne souhaitions que cela : briser les murs, abolir les distances !

Akhnaton insistait auprès de Bek et des autres artistes pour que l'on nous dépeigne tels que nous étions : mangeant, buvant, rendant grâces, nous promenant, nous embrassant... Tel qu'il était, avec son visage qu'il savait trop long, ses hanches larges, ses cuisses maigres. Il ne cachait pas ses imperfections et se montrait avec une courte jupe de lin, le buste nu.

Nous ne refusions aucune des joies du corps que le cœur dicte : ces mains qui se cherchent puis se tiennent ; ce réconfort d'un bras sur une épaule ; ce souffle chaud près d'une nuque ; ces baisers l'un à l'autre, ces baisers sur les joues, sur les coudes, les poignets, les genoux d'un enfant.

Nous ne nous privions d'aucune parole d'amour, elles apaisent et fortifient.

— Tu es celle que j'aime... je n'épouserai que toi. »

Contrairement à ses ancêtres, Akhnaton n'avait pas de harem. En général, le rang inférieur de la femme - même de la Pharaonne, quand elle se tient aux côtés de son époux - était marqué par sa petitesse. Sur tous les bas-reliefs le roi représente Nefertiti à la même échelle que lui.
Nos contes, nos écrits ne sont pas tendres pour les femmes. Seules, celles qui, prenant de l'âge, perdent du même coup les attributs de leur féminité, trouvent grâce sous la plume des chroniqueurs. Les jeunes, on les dit « légères, capricieuses, bavardes, indiscrètes et perfides » !
Quant aux hommes - fidèles, dévoués, affectueux, courageux, raisonnables, et combien grands ! - j'aurais tendance à les exalter comme chacun, si cette affaire n'avait déjà été abondamment traitée, et si ce matin même ma dispute avec Toutou n'avait provoqué chez moi une sourde colère contre le genre masculin. J'ai surpris l'intendant, que j'ai toujours jugé un peu trop révérencieux, dans les bras de Noupa la rameuse, je l'ai entendu se moquer d'Akhnaton, ridiculisant toute la conduite du jeune pharaon.
À bien réfléchir nous possédons, les hommes, un héritage de droits auxquels il me déplairait de renoncer d'un seul coup. Bien que je n'en aie jamais abusé - ou même dans certains cas usé - croire à la supériorité de notre sexe et jouir de ses avantages réconforte chacun de nous. « Un homme peut introduire des concubines dans sa maison. Un homme devenu haut fonctionnaire peut répudier sa femme de condition modeste, pour en trouver une plus conforme à son nouvel état. Un homme a le droit de battre sa femme, sans toutefois tomber dans l'excès. Si celle-ci commet l'adultère, elle sera punie de mort ; dans le même cas, un homme

n'est l'objet d'aucune sanction. Une femme est vieille à trente ans. Un homme se concilie tous les âges. »

Le travail de sape, non, ce n'est pas moi, Boubastos, qui l'entreprendrai ! Ou alors que vienne la femme-scribe capable d'ébranler l'édifice. Une femme-scribe ? Cette seule idée a de quoi divertir !

Akhnaton semble cependant résolu à donner une autre image du couple de la femme. J'avoue, par moments, en être troublé.

Ces agissements inquiètent l'intendant Toutou, et bien d'autres. N'a-t-il pas fait graver sur la toute première stèle de la Cité d'Horizon un hommage à son épouse ? « Puisse-t-il être accordé à mon âme que Nefertiti la bien-aimée atteigne un âge avancé après une multitude d'années. Elle demeurera à jamais : la Belle-qui-vient. »

Venue de Thèbes, l'imposante barque de la reine Tiy longe le rivage, les quais éclatants de blancheur, puis jette l'ancre devant la Cité d'Horizon.

Cela fait huit ans que nous sommes établis ici ; depuis quatre ans, la construction de la ville a pris fin. Bien qu'Akhnaton n'ait cessé de l'inviter, lui apprenant par l'entremise de ses messagers qu'il lui avait fait bâtir dans la nouvelle capitale un palais et un temple, la reine Tiy remettait sans cesse son arrivée. Cette fois, venait-elle pour rester ?

Le jeune Pharaon se tenait, avec les siens, devant le débarcadère. Ses hanches drapées d'un pagne de lin, il attendait avec Nefertiti, revêtue d'une robe flottante. Meret, Meket, Ankhès remuaient autour d'eux.

J'avais tressé des guirlandes, l'une pour Senb, l'autre pour moi. Mon singe refusa de porter la sienne, et je dus m'affubler des deux. Mais Senb manifesta de l'aversion pour ma physionomie ainsi parée, et se mit à grappiller, à grignoter ma collerette jusqu'à ce que je m'en débarrasse. Il s'en saisit alors et distribua leurs pétales aux jeunes princesses réjouies.

Massée le long des berges, la foule guettait dans une attente fiévreuse. Sur la plate-forme aménagée à l'intérieur de la barque, la reine Tiy n'était pas encore apparue.

Nakht, le gros vizir, s'essoufflait autour des derniers préparatifs. Le grand-prêtre Merinê conversait avec le commissaire des provinces Bikhuru. Sekee, auprès de l'intendant Iôuty, essuyait une larme ; tandis que Toutou - l'autre intendant - resté à l'arrière après une nuit de jouissances avec la rameuse Noupa, s'occupait du banquet.

Le commandant Ribaddi, demeuré ici comme je l'ai dit avec sa troupe

NEFERTITI

depuis la fondation de la cité, leur avait enseigné des travaux pacifiques et avait contribué à sa construction.

Le jeune lieutenant Horemheb, qui se déplaçait souvent pour inspecter les garnisons aux frontières, était encore absent. Je me posais souvent des questions à son sujet et à celui de son ralliement.

Le vizir Ramôse, vieilli, blanchi, s'appuyait au bras du sculpteur Bek entouré d'élèves et d'artisans. Ayé, le père nourricier, s'était avancé au bord du quai.

Mâhou - qui n'avait pas besoin d'être aiguillonné par Smonn un jour comme celui-ci - se tenait l'œil écarquillé au bas du débarcadère. Son oie, enfermée dans la petite cour de sa maison, faisait retentir tout le quartier de ses criailleries.

La reine Tiy se faisait toujours attendre.

Enfin Tiy se montra, avança au milieu d'une haie de courtisans chamarrés. Puis, elle s'immobilisa pour s'offrir, longuement, à la vue de la foule.

Sa tête menue supporte sans effort une perruque apprêtée, que surmonte une couronne d'or ornée de cornes et d'aigrettes. Sous un large pectoral, sa robe à plis se tient raide comme une voile tendue de vent.

Précédée de hérauts, entourée de majordomes, de porte-éventails, de porte-parasols, de serviteurs qui soulèvent les étendards de plumes, la reine Tiy suivie de deux enfants d'une huitaine d'années, Semenkharê et Nebkherê. Engendrés par Aménophis III peu avant sa mort, ceux-ci étaient les fils de concubines choisies par la Grande Épouse. Tiy avait ensuite fait élever les deux garçons à la cour. Ils rencontraient leur demi-frère Akhnaton pour la première fois.

L'apparence spectaculaire de la reine Tiy stupéfia l'assemblée. Le silence se fit solennel, énorme. Les dos se courbèrent ; les genoux ployèrent ; certains se prosternaient au sol.

Mais, d'un bond, Akhnaton et Nefertiti, abandonnant tous signes extérieurs de révérence, s'avancèrent au milieu de leurs filles : les bras ouverts, à moitié nus et dans un désordre joyeux.

Terre prodigue, sortie blanche et verte du désert, la Cité d'Horizon

émerveillait les visiteurs. Avant de s'engager sur le débarcadère, la reine Tiy la contempla :
— C'est comme une lueur du ciel !
Devançant ensuite l'assemblée, elle marcha aux côtés de son fils. Akhnaton la mena par les sentiers bordés de plates-bandes multicolores, à travers des jardins d'agrément, entre des maisons d'où montait le son des luths et des harpes. Il lui désigna les édifices aux murs enluminés ; les nombreux puits pour l'eau, les bassins de lotus, les rivières à poissons. S'arrêtant sur le parcours, il l'invita à se reposer dans un kiosque approvisionné en jarres de vin et en fruits frais.
Elle visita ensuite les ateliers des peintres et des sculpteurs. Djehoûti terminait un buste en pierre calcaire peinte de Nefertiti :
— Des mains de Djehoûti, je voudrais aussi ton visage.
Enfin, ils se dirigèrent vers le lieu du banquet.
Senb, qui ne m'avait pas lâché la main, sentant approcher le moment le plus succulent de la journée, se mit à tressauter. Je fis de même. Portant Ankhès à califourchon sur ses épaules, Sekee venait de nous rattraper. Comme elle, et comme bien d'autres, j'avais ma place au banquet.

« Sois libéral quand tu célèbres une fête ! » disait Otep le Sage. « N'importe quoi sorti du grenier ne doit pas y retourner. »
Il y avait abondance de nourriture et de boissons. La table, décorée de guirlandes, était chargée d'éclatantes grenades rouges, de cuisses de bœuf, d'autres viandes, de monceaux de pains et de gâteaux, de pyramides de légumes et de fruits.
La reine Tiy, habituée aux solennités de Thèbes, était décontenancée par ce banquet sans apparat, où régnait une familiarité joyeuse. Des dignitaires et des représentants du peuple partageaient ensemble le grand repas.
Les sourcils froncés, Houya le chambellan de la reine-mère, qui avait d'abord inspecté les cuisines, s'affairait à présent autour des serviteurs pour essayer de rattraper, ou de corriger, les nombreuses erreurs dans le cérémonial.
La reine Tiy se laissa gagner par l'humeur des convives et de leurs hôtes. Imitant Nefertiti qui tenait dans sa main un petit canard rôti et le portait à sa bouche, elle saisit une caille qu'elle mordit à pleines dents. Akhnaton rongeait sur l'os un dernier morceau de bœuf ; tandis que Meket, nue et

NEFERTITI

fine, grimpait sur ses genoux. Puis tous burent le vin dans des coupes de dimensions respectables.

Semenkharê et Nebkherê, en compagnie des jeunes princesses, n'eurent aucun mal à se mettre de la partie.

Houya hochait la tête.

Plus loin, un orchestre jouait en sourdine.

Ravi par toute la scène, Djehoûti se tenait accroupi dans un angle de la salle et prenait des croquis sur ses tablettes d'argile.

« Le lendemain, Akhnaton emmena la reine Tiy vers son temple. Il en avait surveillé les travaux, s'était attaché à chaque détail de la tombe royale. Il en avait gardé le secret, persuadé que cette surprise réjouirait sa mère.
La statue de la reine Tiy et celle d'Aménophis III se dressaient entre les colonnes extérieures de la bâtisse.
Accompagnés du père nourricier Ayé - qui cherchait à obtenir une entrevue avec la reine - suivis d'une partie de la cour, la mère et le fils s'arrêtèrent devant le temple. Puis, m'entraînant avec eux, ils pénétrèrent dans l'édifice.
L'intendant Houya se chargea de maintenir la foule hors de l'enceinte. Mais craignant que la reine ne prenne goût à la Cité d'Horizon et ne décide d'y faire sa résidence, Houya laissait paraître des signes d'inquiétude et d'irritation.
Depuis la veille, Semenkharê et Nebkherê s'étaient mis à l'allure de la Cité. Leur tenue avait rapidement changé. Ils couraient avec des enfants de toutes conditions, découvrant les rues, se réfugiant sous les tonnelles, jouant avec les chiens, les gazelles, nageant avec les jeunes princesses.
La plupart des Thébains, émerveillés par la beauté du temple mais surpris par la conduite de la cérémonie, attendent devant l'enceinte la sortie de leur reine.

Akhnaton prend d'une main, celle de sa mère ; de l'autre la mienne. Nous entrons tous les trois, nous marchons dans l'allée des chapelles, jusqu'au sanctuaire.
Sur l'autel, brûlent quelques grains d'encens. Rien autour. Rien sur les murs,

sauf les traces fugitives du soleil levant. Le roi n'accomplit aucun rite, ne prononce aucune prière. Il fait seulement une légère inclinaison de la tête. Tout est silencieux.
Puis, il lève la face vers ce ciel qui entre sans réserve.
Le roi sourit. J'imagine les battements de son cœur, à la pensée qu'il offre à la reine Tiy, l'accomplissement d'un rêve qu'elle lui a transmis : l'édification dans les pierres de ce qui n'était qu'une espérance.
L'émotion aveugle Akhnaton. Dans ce sanctuaire, les choses se déroulent tout autrement.

Depuis qu'elle est entrée dans ce temple, la Reine cherche les signes d'un cérémonial, d'un rituel. Une marque de la magnificence divine. Ce ciel qui pénètre, sans mystère, jusqu'à l'autel, doit lui paraître trop terrestre.
Je la vois se tasser, perdre de sa taille, s'accabler d'âge. Je vois sa tête remuer imperceptiblement.
Akhnaton - tout à sa joie - ne pressent, n'entrevoit rien encore. Au bout d'un moment, se tournant vers elle, il se heurte à un visage fermé :
— Je veux être enterrée à Thèbes.
Au cri de sa mère, Akhnaton ne trouve pas de réplique.
— Il me faut ton serment.
Déjà il s'élançait avec elle vers l'avenir, déjà... Il dut s'imposer un effort pour rebrousser chemin.
Elle insiste :
— Il faut que tu me jures, solennellement, que je serai enterrée à Thèbes auprès d'Aménophis III.
Il avait espéré faire transporter le catafalque de son père dans cette Cité. N'a-t-elle pas admiré sur la façade leurs deux statues ? Le roi pâlit. Je crains que ses convulsions ne le reprennent et ne le jettent au sol. Il n'arrive pas à desserrer les lèvres. La reine attend sa réponse.
— Jure-le-moi.
Elle se tourne vers moi, cherchant mon soutien. Je sais qu'il ne peut, ni ne veut s'opposer à la volonté de sa mère ; mais il faut lui laisser le temps d'accepter, de comprendre.
J'attends, les yeux fixés sur Akhnaton.
— À Thèbes, tu seras aux mains des grands-prêtres.
— Je me méfie des grands-prêtres autant que toi, mais il faut compter avec eux. Ecoute-moi, mon fils... Mais peux-tu m'entendre ?

Il fait oui de la tête.

— Dans ta propre Cité, beaucoup d'Égyptiens regrettent leurs croyances ancestrales et tiennent toujours à leurs propres dieux. Il faut aussi que je te mette en garde contre les agissements de certains adeptes de la foi nouvelle. Dans plusieurs provinces, ils martèlent le nom d'Amon sur les parois des temples. Ils se glissent dans les tombes pour y inscrire en signes écarlates le nom d'Aton.

— Je n'ai pas voulu cela.

— Ton univers n'est pas de ce monde ! Même les tiens ne te comprennent pas.

Akhnaton qui répugne aux demi-mesures use pourtant à l'égard des adorateurs de l'ancien dieu d'une complète clémence. Il ne veut tirer sa force que de la liberté de chacun. Il répudie les fanatiques, les rigoristes, les persécuteurs qu'il trouve parmi les siens.

— Laisse-moi te dire encore ceci : qui peut comprendre cette tendresse que vous étalez devant tous ? Ni vos gestes, ni vos vêtements ne vous distinguent de la foule. Le peuple a besoin de porter ses yeux vers le haut. En devenant comme eux, tu t'abaisses, tu détruis ton image.

— De quelle image parles-tu ?

— Un souverain doit garder sa face divine, son mystère.

— La face divine est partout.

— Tu vas trop vite, tu vas tout détruire. Patiente...

— Patienter. Prendre de l'âge. Le regard se limite, et tout reprend comme avant.

Sa voix s'éleva, il ne la maîtrisait plus. Je m'approchai, lui pris la main.

La reine s'en offusqua, et me jeta un regard sévère.

Elle insistait. Le mécontentement avait gagné les provinces. Ne se sentant plus soutenus par un pouvoir assez fort, des princes locaux se rallieront bientôt aux ennemis qui font toujours pression à leurs frontières.

— L'empire s'agite...

Dans le passé, le Pharaon expédiait une de ses troupes. Il suffisait de quelques sanctions militaires, tout rentrait dans l'ordre.

— Je hais la violence. Je ne souhaite que la paix pour tous.

— Réveille-toi ! Sais-tu que ton vassal, Aziru l'Amorrite, est dans les termes les plus amicaux avec les Hittites ? Sais-tu qu'il prétend que tu ne réponds jamais à ses suppliques, qu'il raconte que tu lui expédies des conseils empreints de bienveillance, de douceur, mais qui ne lui sont d'aucun service ? Ce prince se moque de toi. Ce n'est pas ce langage qu'il attend !

Akhnaton se taisait.

— *Écoute mon conseil : méfie-toi d'Aziru et de bien d'autres...*
La bouche de la reine se fit soudain énorme, prophétique. Sa poitrine haletait. Elle hurla :
— *Tu me fais peur, tu cours vers l'abîme.*
Un épais silence s'installa.
La reine Tiy sentit que dorénavant chacune de ses paroles tomberait dans le vide. Et Akhnaton, que les siennes se briseraient contre un mur.
Sortant de son apparente torpeur, Akhnaton se dirigea enfin vers sa mère. Il entoura ses épaules de son bras, se pencha, lui embrassa la tempe.
— *Sois tranquille. Tu seras enterrée à Thèbes, selon ton désir.*
Elle ne demanda plus rien. Elle savait qu'en ce qui le concernait, lui, il resterait inébranlable. »

Devant le temple, la foule s'était dispersée.

Quand la reine Tiy apparut, aux côtés du jeune Pharaon et de son épouse, je me trouvais devant l'enceinte avec quelques personnes qui attendaient.

Ayé, le père nourricier, qui n'avait pu jusqu'ici obtenir une entrevue avec la reine, guettait sa sortie. Dès qu'il la vit, il s'avança vers elle. Elle lui demanda aussitôt où se trouvaient les deux enfants. Elle ajouta qu'elle ne pouvait s'attarder, des obligations l'attendaient à Thèbes. Elle y repartirait le lendemain.

Soulagé de ce qu'il venait d'entendre, l'intendant Houya repartit en toute hâte pour annoncer la bonne nouvelle à quelques courtisans soupçonneux et inquiets. Dès leur arrivée, ceux-ci avaient craint que la reine, cédant aux injonctions de son fils, ne décide de demeurer dans la Cité d'Horizon.

Semenkharê et Nebkherê étaient introuvables. Depuis l'aube, ils gambadaient à travers la ville, accompagnés de leurs chiens. Les jeunes princesses et d'autres enfants les avaient rejoints. Nakht, le gros vizir, qui s'était essoufflé à les suivre, me supplia de le remplacer dans cette rude besogne. Ce que je fis avec allégresse, Senb à mes trousses.

Ils ont tiré à l'arc, monté des pur-sang. Ils se sont initiés à la lutte à main plate. Senb grimpé sur mes épaules - nous avions lui et moi, dans cette posture, la taille d'un petit d'homme - nous nous sommes amusés à ce combat, mon singe frappant sa paume ridée contre celles, toutes lisses, des jeunes princes.

Ils me demandèrent de leur prêter mon équipement de scribe. Vu leur haut rang, ils avaient droit à une palette d'ivoire, mais ne dédaignèrent pas ma palette de bois ; ni mes calames - des joncs maritimes que je venais de mâchonner devant eux pour leur donner la forme d'un minuscule pinceau. Ils frottèrent ces calames contre mes couleurs solidifiées, faites d'ocre et de suie ; ils dessinèrent l'un après l'autre.

Puis ils repartirent, courant vers d'autres jeux. Nebkherê possédait une pierre étrange dont il faisait jaillir des étincelles. « J'emporterai cette pierre dans ma tombe », proclamait-il. Il disait vrai : cet objet gris et fruste fut ajouté aux fabuleuses richesses que devait contenir la châsse de Toutankhamon.

Akhnaton souhaitait que ses deux jeunes frères restent à la Cité d'Horizon. Mais Ayé, à l'écart avec la reine Tiy, venait de lui offrir ses services pour l'éducation des jeunes princes à Thèbes.

Rentrant vers le palais, nous nous sommes heurtés aux enfants. Ni l'un ni l'autre ne voulaient repartir.

— Je les garde !

La reine Tiy se tourna vers Akhnaton :

— Je serai seule.

À la moindre souffrance de sa mère, le Pharaon n'avait jamais su résister.

— Ce sera comme tu voudras... Mais tu pourrais laisser un des deux avec nous.

Elle céda :

— Toi, Semenkharê, tu restes.

Les jeunes princes, inséparables, se mirent à pleurer.

— Je ne peux pas rester sans fils. Qui me protégera dans mon vieil âge ? Penchée sur Nebkherê, Tiy lui parla tout bas. L'enfant se laissa convaincre.

— Ayé revient avec nous. Il s'occupera de toi.

Meret s'approcha :

— Un jour, j'irai à Thèbes.

Ayé lui caressa les cheveux :

— Oui, plus tard, tu viendras avec Semenkharê.

La reine Tiy embarqua, le lendemain, au crépuscule.

D'étranges déplacements avaient eu lieu autour de la barque royale durant toute la journée. Nombreux étaient ceux de Thèbes qui avaient

décidé de demeurer ici ; nombreux ceux de la Cité d'Horizon qui repartaient vers l'ancienne capitale.
Sur le quai presque désert, rien ne ressemble à l'arrivée triomphale de la reine. Je me tiens près du débarcadère. Senb, couché de tout son long sur le sol, cache sa tête entre ses deux mains et la berce en gémissant. Sur le ponton, la reine Tiy a esquissé un geste rapide dans notre direction ; puis elle s'est éclipsée.
Akhnaton et Nefertiti se tiennent, sans leurs enfants, l'un près de l'autre. Longs, fragiles, leur vue me fait mal.
Les noires prophéties de la reine Tiy continuent de peser. Le temps se crispe. La barque s'accroche à nos berges ; ses voiles sont de plus en plus obscures.
Enfin, le voilier s'écarte, s'éloigne, laissant derrière lui des sillons d'eau sombre. Ce n'est plus qu'un trait, qu'un point, qui glisse, en amont, vers Thèbes.
Au bord du fleuve, Nefertiti et Akhnaton sont d'une immobilité terrifiante. Leurs mains hésitent à se toucher. On dirait cependant qu'ils ne forment qu'un seul corps.
À mes pieds, Senb gémit toujours.

La vie reprend le dessus. Elle anime les pierres de la cité, embrase les cœurs.
La Ville d'Horizon se laisse, de nouveau, porter par l'ardeur de ses habitants. « Ne laisse personne derrière toi au passage du fleuve, tandis que tu t'épanouis dans le bac ! » répétait le sage Ramôse. Ici, personne n'a été abandonné sur l'autre rive.
Semenkharê ne quittait plus Meret, il oubliait Thèbes et son frère Nebkherê.
Les paroles funestes de la reine Tiy se sont dissipées. La population ne se souvient que de sa prestigieuse visite.
Cependant, dans l'ombre, le mécontentement s'accroît. Il m'arrive d'en découvrir les marques. Un jour, chez un intendant des travaux, j'ai trouvé, caché derrière un monceau de glaise, de petites figurines de singes qui caricaturaient scandaleusement la famille royale. Plus tard, en des lieux divers, j'ai retrouvé des effigies du même modèle.
On dirait un signe de ralliement ; le symbole, peut-être, d'une sourde sédition.

« *Akhnaton demandait aux artistes de nous peindre tels que nous étions, sans concessions. Il ne voulait pas que l'on dissimule ses propres déficiences : ses jambes trop maigres, ses hanches larges, son ventre bas, son menton allongé. Certains exagéraient ses traits, retrouvant, peut-être, dans cet excès, la marque d'une autre perfection.*

J'aimais sa bouche aux lèvres gonflées, savoureuses ; ses grands yeux fendus qui absorbaient le monde. Lorsque je plongeais dans son regard, je quittais les limites de mon corps, je me mouvais à l'intérieur d'un fleuve immense. Il suffit que je ferme mes paupières, Boubastos, pour retrouver cette eau.

Dans l'eau de ce regard, l'herbe, la pierre, la vie, la mort, le passé, l'avenir ne sont plus qu'un.

Quelque temps après la visite de la reine Tiy, je mis au monde la petite Baket. Toutes nos filles, sauf Ankhès, la troisième, ressemblaient à leur père.

Il y avait du bonheur dans notre cité ! Le bonheur... Ce mot traverse difficilement les lèvres. Mais comment nommer ce qui battait entre nos tempes ? Comment dire, décrire, la joie ?

Même aujourd'hui, au milieu de cette dévastation, il m'arrive de tout revivre. Même aujourd'hui, dans notre ville saccagée. Par-dessus les ruines du présent, je crie parfois vers le soleil de ces temps disparus. Je crie vers notre Cité, si loin à l'arrière. Je crie vers d'autres cités, si loin devant.

D'autres fois, colère et lassitude m'envahissent. La face des hommes m'apparaît destructrice, cruelle, sombre. L'"humanité" n'a soudain aucun sens, excepté celui que nous lui rêvons. L'espoir ne me semble pas digne d'un esprit éclairé.

Je me dis alors que l'on ne peut rien attendre des humains... sauf quelques soubresauts vers la lumière qui précèdent ou annoncent des chutes encore plus profondes, des obscurités plus terrifiantes encore.

Ensuite, presque malgré moi, l'espérance renaît.

Est-ce une forme de peur ? Une manière de se détourner, de se tromper, de chercher consolation ? Est-ce plutôt une re-connaissance plus équitable de cet éternel conflit d'ombres et de clartés qui s'attache à l'espèce humaine ?

J'ai traversé tant d'horreurs, mais aussi des avenues radieuses. J'ai vécu de tels déchirements, mais aussi tant d'amour. Nous avons souffert de trahisons, de malveillances, de rancunes ; mais nous avons été témoins d'actes innombrables, qui réconcilient avec l'existence, avec la vie.

À cause de cela, mon scribe - et bien que notre propre aventure soit saccagée et morte - il m'arrive de retrouver foi en un plus loin qui nous échappe ; en d'autres temps, en d'autres vies... »

Malgré les recommandations de la reine Tiy, les jeunes souverains continuaient, comme avant, à parcourir la Cité debout dans leur char, étroitement enlacés.

Exposé au regard de tous, leur amour affermissait la confiance de chacun dans le destin de cette ville née de leur entente. Mon peuple se reconnaissait dans leur gaieté, dans leur ardeur à vivre, dans leur gravité. Les femmes, aussi, bénéficiaient de ce spectacle. Bien qu'elles aient toujours joui en Égypte d'une condition plus libérale que dans d'autres civilisations, aucune d'entre elles, même reine, n'avait été aussi étroitement associée à la vie de son époux. Puisqu'une épouse avait soudain tant de prix aux yeux d'un Pharaon, chaque femme se sentait reconnue.

J'en venais peu à peu, moi aussi, malgré d'ancestrales préventions contre l'autre sexe, à prendre toute la mesure de ce changement.

Pour s'imposer, la reine Hatchepsout avait dû se maintenir en lutte durant tout son règne... Prendre vêtement d'homme, porter la barbe... Utiliser les armes viriles de la force, de la puissance, de l'attaque...

Et la reine Tiy ? Enjôleuse, coléreuse, rusée, et si douée d'esprit ; n'était-elle pas vouée par son tempérament exceptionnel à ce rôle en coulisses, que l'on dévolue volontiers aux maîtresses-femmes ? Leur influence consistant à fomenter ou à démasquer des intrigues ; à faire triompher, en le manipulant, leur fils ou leur époux ?

Rien de semblable ici. Akhnaton aimait Nefertiti pour ce qu'elle était. Il la voulait elle-même.

Elle était cet autre, cette compagne qu'il ne fallait pas altérer. Il avait besoin, pour que la vie prenne un sens complet, d'une femme égale et

pourtant différente. Ensemble, ou bien l'un à la place de l'autre, ils recevaient leurs sujets. Ils se promenaient main dans la main. Ils assistaient sur le même rang aux cérémonies.
En ce domaine, comme en tant d'autres, le Pharaon innovait.

J'accompagnais parfois Akhnaton ou Nefertiti dans les ateliers. L'un et l'autre s'intéressaient aux œuvres qu'on leur montrait, en suscitaient d'autres, discutaient avec les artistes, les artisans. Dans la Cité d'Horizon, l'art comme l'existence échappait aux règles ; l'art comme l'existence abandonnait le rigide, le séculaire, le conventionnel, se mettait en mouvement, respirait. Un enchevêtrement d'herbes, une vrille de vigne, un visage ingrat devenaient matière à beauté. Les bas-reliefs en ronde-bosse atteignirent en notre temps une perfection inégalée.

Le corps retrouvait partout sa place chaude et tangible. L'âme habitait la terre.

J'ai vu Djehoûty terminer la tête en calcaire peint de la reine, celle que surmonte la haute coiffe. Sous quels décombres se cache-t-elle aujourd'hui ? Des yeux la contempleront-ils un jour ?

J'ai assisté à la naissance des traits de la reine sous le ciseau de Bek, le plus grand d'entre tous.

Bek, avait une dizaine d'années de plus que le jeune couple, son visage régulier était d'une tranquille beauté, ses tempes commençaient à blanchir. Il vouait au Pharaon et à Nefertiti une ferveur totale.

La petite Baket était née depuis peu et la reine approchait de ses trente ans, au moment de ces séances. Aujourd'hui, tandis que je fixe ce même visage sur lequel vingt autres années ont passé, je retrouve sous les quelques rides, les cernes, le gonflement d'une des pupilles, le cou moins ferme, la beauté d'autrefois. Souvent, dans un geste juvénile, il arrive à Nefertiti de rejeter comme avant le visage vers le haut, sans arrogance, mais pour mieux l'offrir à la brise.

Déjà, du temps où Bek la sculptait, apparaissait cette légère enflure du globe de l'œil gauche - maladie fréquente dans nos régions et dont les dégâts sont lents, insidieux. Cette atteinte rendait plus attachante la transparente beauté de la reine. Bek lui-même, je le sentais, en était remué.

NEFERTITI

Le face à face du sculpteur et de Nefertiti me troublait. Celui-ci dégrossissait, taillait le bloc de grès ; puis il déposait ses outils et fermait les yeux. Ensuite, il palpait longuement de ses doigts, le front, les joues, la bouche de pierre. Recueilli derrière ses paupières closes, il cherchait à éveiller sous cette matière inerte la palpitation de la chair, la vibration de l'être, la tiédeur du sang, à percevoir la fermeté de la peau, l'exquis duvet.

Le visage de la reine était soudain à nu.

De son côté, le regard tendu de Nefertiti suivait chaque effleurement. Elle frissonnait, à la vue de ces doigts animés, attentifs, parcourant sa face découverte.

Est-ce que j'invente ? Les émotions, les mots que je dis ne sont-ils, parfois, que les miens, ceux d'un esprit que l'imagination débauche ? Est-ce que j'introduis dans d'autres cœurs, dans d'autres bouches, ce que mon cœur et ma bouche sont seuls à ressentir ?

Je me suis pourtant efforcé, foi d'Aménô ! - que mon père aux paroles exactes et mesurées m'en soit témoin - de demeurer fidèle à l'Histoire. Mais je m'en évade parfois, malgré moi. Ma substance se glisse presque malgré moi dans l'événement entre les signes. À toi, lecteur, de trier, de démêler l'écheveau...

Loin, là-bas, dans l'avenir, lecteur mon frère (c'est ainsi qu'il me plaît de te nommer) si par chance ce parchemin échappe au naufrage, à la destruction, à l'oubli, souviens-toi - je t'en ai averti dès l'ouverture de ces mémoires - que celles-ci te parviendront quelque peu altérées. Car il te faudra comprendre qu'avant de t'atteindre, ce manuscrit sera passé de scribe en scribe, et chaque fois sans doute, faiblement modifié ; qu'il aura traversé des siècles et des siècles, chacun sans doute le remaniant selon des modes nouveaux.

Fais-moi confiance, ami - comme je le fais au cœur intarissable des hommes - et crois en ma parole : ceci n'est pas une fable, ceci est un récit. Si je te le raconte comme une vérité, c'est que la vérité de la Cité d'Horizon doit toucher ton être, en tous lieux, en tous temps, et quelle que soit la manière dont elle te sera relatée.

Cette conviction m'aide à persévérer, à mener jusqu'à terme cette chronique. Écoute, je poursuis...

Me voici dans l'atelier de Bek. La reine, ces derniers temps, insiste pour que je demeure auprès d'elle durant les séances de travail chez le sculpteur.
Je laisse Senb à la porte, attaché à sa corde. Trop facétieux, mon singe fouillerait dans tous les recoins, déplacerait les objets à sa guise. Je tâche de me rendre utile. J'époussette les figurines en terre cuite, j'humecte les mottes d'argile, je nettoie, je frotte les instruments. Ou bien, je me tiens coi.
Immobile et rond comme un pain sorti du four, je reste des heures accroupi sur un socle de granit.

— Un jour, Boubastos, je t'immortaliserai !
— Avec Senb ?
— Avec Senb.

Bientôt ce fut fait. Bek chargea l'un de ses élèves de me reproduire, en position de scribe, sur un bas-relief. Avec ma palette à godets d'encre sur les genoux, avec mes trois calames derrière l'oreille. Il m'avait posé au pied d'un cortège de musiciennes aux jambes élancées et bondissantes. À l'autre extrémité de la frise, semblable à un dieu tutélaire, Senb veillait.

Disparue à présent dans la débâcle de la cité, mon effigie ! Perdue cette image-de-moi en compagnie de Senb et de mes musiciennes !

Saccagées, éparpillées, enfouies dans les sables, ces empreintes de pierre : peuples de vendangeurs, de pêcheurs, de moissonneurs de blé ; engloutis ces bancs de poissons, ces essaims de tourterelles, ces troupeaux d'oies et de brebis ; effondrés ces colonnes, ces disques solaires, ces visages royaux...

« La Cité était construite ; mais nous persistions à la développer, à l'embellir. Les habitants y semblaient heureux. Nos lois étaient souples ; nous les savions perfectibles.
Akhnaton voulait que l'enseignement soit à la portée de tous. Avancer, se surpasser, lui paraissait essentiel pour chacun et fructueux pour l'ensemble de la population.
Il se levait très tôt. À l'aube il continuait de tracer sur un papyrus son Hymne au Soleil. Au crépuscule, il me lisait quelques lignes à haute voix :

> "Tes rayons sont partout :
> sur le bétail et l'herbage,
> sur l'oiseau et la créature,
> sur chaque barque
> qui remonte le fleuve
> pour rejoindre la Grande Mer.
> Soleil, tu dissipes
> toutes nos obscurités.
>
> Quand tu te lèves,
> les hommes se redressent
> et vivent !"

La population se promenait dans les jardins publics, discutait sur les places. Elle était vive et remuante. Nos rues s'animaient à toute heure.
Des enfants, des femmes, des têtes chenues, des hommes de tous les âges et

de toutes conditions, des étrangers en grand nombre, l'aimaient, y travaillaient, la parcouraient en tous sens.

Avec mes filles ; ensuite, seule, je me rendais dans l'atelier de Bek. Je me retrouvais et ne me retrouvais pas, dans ce visage qui naissait d'entre ces mains. Parfois, Bek s'arrêtait de travailler et il fermait les yeux. Ses doigts remontaient alors le long du cou, du menton, des lèvres, des tempes de pierre. Ses doigts palpaient chaque parcelle de cette peau de grès.

À présent que tout est consommé et que ma propre fin approche, je me dévoile devant toi, mon scribe. Je me dépouille de tout, et même de cette confusion dans laquelle les gestes graves et lents du sculpteur me jetait.

Sur mon visage de chair, j'ai voulu les mains de Bek. Je les ai appelées, désirées.

Nos regards se rencontrent, se reconnaissent, se fuient, s'attirent encore. Un tumulte se lève dans mon sang. J'aurais voulu embrasser les paumes de ces mains et les garder pressées contre mes lèvres.

Bek maîtrisait ses gestes, retenait ses pensées. Je faisais de même. Ce feu dura quelques jours. La brusquerie avec laquelle nous nous détournions l'un de l'autre nous rapprochait encore.

C'est alors, souviens-toi Boubastos, que je t'ai demandé de m'accompagner. Ta présence, ta drôlerie brisaient le cercle magique, rompaient la densité de l'air.

En d'autres siècles, d'autres contrées, que serait-il advenu ? J'aimais Akhnaton. Pourtant la vue, puis le souvenir de Bek me remuaient. Les hommes, dit-on, savent vivre plusieurs amours à la fois. Mais nous ?... Un jour, plus tard, peut-être, les femmes sauront aussi...

Pour l'instant, je n'y pressentais que déchirements, désarroi, doutes. Dans un temps que je peux imaginer différent, un temps où tout serait possible, aurais-je vécu le partage ?

Qu'aurait-il pu se passer ? Vivre, pleinement, ce vertige. Mais, ensuite ?... J'aurais voulu choisir. La liberté me paraît - me paraîtrait toujours je le pense - plus complète, plus totale dans le choix. Que savons-nous vraiment de ce que nous ferions à travers d'autres circonstances, dans d'autres mondes que nous ne soupçonnons même pas, à l'intérieur d'autres vies ?

J'aime Akhnaton, je n'en doute pas. À sa fidélité ne peut répondre que la mienne. Pourtant, durant ces quelques jours, Bek m'a envahi. L'image de Bek habite ma chair, bat dans mes veines.

Au fond de mon silence, je ne cesse de lui parler. Il m'entraîne au bord de l'eau ou vers les sables du désert. Il me conduit à travers les crépuscules et les matins. Je lui parle, je l'écoute. Je souhaite sa présence à chaque instant du jour.

Un rêve me délivra.
Le long d'un chemin de campagne que nous parcourions ensemble, Akhnaton me quitta brusquement pour s'enfoncer dans un champ de maïs. Un bras de canal nous séparait.
Il s'éloignait à grands pas. Par moments, les hautes tiges me le cachaient. À d'autres, elles s'écartaient pour laisser paraître, dans un éclair, tourné vers moi, son masque douloureux. Je le rappelais. Mais il repartait de l'avant.
La distance entre nous devint infranchissable. Akhnaton n'entendit plus mes appels. Je ne pouvais non plus le rejoindre ; des liens entravaient mes genoux, la boue collait à mes jambes.
Éveillée de ce cauchemar - c'était pendant la sieste - je bondis hors de ma couche, hors du palais à sa recherche.
Je l'ai trouvé, assis, au milieu d'une assemblée ; ils discutaient ensemble de l'aménagement du quartier des tisserands.
Dès qu'il m'aperçut, Akhnaton se leva et me fit place à ses côtés.
Son accueil, sa tendresse, dissipèrent aussitôt mes songes.

Cette nuit-là, tandis qu'il caressait mes cheveux, il me sembla qu'il s'était douté de mon état ces temps derniers.
Comme autrefois pour Taduhépa - le souvenir de ma souffrance me poignarda soudain - nous n'en avons pas parlé.
Les bras d'Akhnaton étaient fermes, légers. Je m'y sentais libre et en repos. À mon tour, je souhaitais, tout en le laissant à lui-même - le protéger de toute menace.
Quelques jours après, en face de Bek, qui sculptait mon visage, je me tenais, apaisée. »

III

Heureux dans une cité heureuse - sa fondation remontait, à présent, à douze années - je me réveillais pourtant en pleine nuit, le corps baigné de sueur et d'angoisse.

Il suffirait peut-être d'un incident, d'un malheur imprévisible pour que l'équilibre de cette ville soit rompu. Comme ce contrefort désertique qui barre, par endroits, l'horizon, je me disais que si une roche, une seule, cédait, la falaise tout entière dévalerait, s'écroulerait.

Je chassais ces pensées, elles revenaient. Pourtant, la Cité était en paix, l'existence y était stable ; la population en était solidaire, l'avenir restait sans cesse à créer.

Mes affaires allaient bien ; j'avais même renoué avec Noupa, la rameuse. Celle-ci eut l'inconsciente cruauté - que j'eus vite fait de lui pardonner - de m'avouer qu'elle renonçait aux visites de l'intendant Toutou depuis qu'elle avait découvert que celui-ci avait l'esprit aussi contorsionné que mon anatomie !

J'étais heureux, content ; je le répète. Heureux comme la plupart des habitants de notre ville. Et pourtant, je me voyais sur une crête d'où l'on domine tout le paysage et ses alentours. Tandis que mon œil gauche s'emplissait de gaieté, de confiance, mon œil droit demeurait ombrageux sur le qui-vive.

Trop lucide, cet œil-là, pour me laisser croire longtemps que les peuples tranquilles ont une histoire, que les cités du bonheur se perpétuent, que l'amour a longue vie !

Les hommes sont-ils toujours ainsi faits qu'ils s'élancent vers le désastre, entraînés souvent par leur propre nature ? L'œuvre est-elle ainsi faite qu'elle ne s'érige qu'au bord des cratères ?

Ici, les pierres édifiées, la population équitablement logée, nourrie, nous respirions enfin ! Nous pouvions, enfin, songer à faire prospérer la Cité, à dresser d'autres plans, à établir des lois justes et larges, à soutenir la libre parole ; à maintenir à l'intérieur de notre territoire des rapports d'homme à homme qui s'étendraient, peu à peu, à toute l'Égypte et aux pays avoisinants.

Pourtant, je ne sais dire en quoi ni comment, je pressentais le malheur. J'en guettais, et à la fois j'en repoussais, le signe avant-coureur.

Puis ce signe arriva.

« Au terme d'une maladie, qui semblait après une lutte acharnée avoir été vaincue, Meket, notre seconde fille, est morte, subitement. Elle avait la constitution délicate et pourtant résistante de son père. C'est elle qui lui ressemblait le plus.
Meket avait neuf ans. Dans la salle étroite, rectangulaire, où elle vient d'expirer, je revois Akhnaton, portant le corps nu, encore tiède, de sa fille dans les bras.
Je le revois, balayant de son haleine ce visage arrêté. Soufflant dans ses mains puis sur ce buste impassible, comme pour retenir, par la chaleur de sa propre respiration, cette autre chaleur qui fuit ; comme pour barrer passage à ce froid qui, membre après membre, envahit, fixe et durcit.

L'enfant s'est éteinte, mais les pleureuses ne se manifestent pas encore. Retenant leurs pleurs jusqu'à ce qu'Akhnaton lui-même reconnaisse, puis accepte ce départ ; jusqu'au moment où il dépose son enfant, froide et raidie, sur la couche déjà prête, couverte d'un drap blanc.
Alors les lamentations s'élèvent ; les suivantes gémissent, secouant bras et têtes. Meret, Ankhès, Baket sanglotent, tassées l'une contre l'autre. Nefer, la dernière née, qu'allaite une servante, vient d'être emportée dans une autre pièce. Dans un coin, effondrée sur ses deux genoux, Sekee, la vieille nourrice, balance son gros corps d'avant en arrière pour bercer son chagrin.
Les images défilent devant mes yeux inertes ; je ne sais plus si j'existe. Nous

ne sommes plus, nous aussi, que des figures sur une frise ; pétrifiées dans le malheur.
Par vagues, la présence proche d'Akhnaton me saisit, puis me lâche. Nos bustes s'inclinent ensemble vers ce petit corps rigide, livré à tous les regards. Nous le fixons sans le voir. Sans y croire.
Autour de nous les cris déchirent l'air, les clameurs se propagent. Des hyènes hurlent à l'intérieur de nos ventres. Des éperviers lacèrent nos entrailles. Mais nous demeurons enfouis, ligotés, dans le terrible silence de notre chair.
Longtemps après, mon bras s'est allongé vers lui. J'ai entouré la taille d'Akhnaton, j'ai senti sa peau sous la mienne, j'ai senti sa vie battre à l'intérieur de ma paume. Sa vie meurtrie, sa vie vivante.
Les larmes nous sont enfin venues. »

À partir de ce moment, la santé du roi commença à décliner. La mort de Meket l'avait ébranlé ; son entourage ne pouvait manquer de s'en apercevoir.

Peut-on, comme je l'ai fait, parler de « signe avant-coureur » ? Je ne suis pas de naturel crédule ! Je me suis toujours ouvertement moqué des prophéties, talismans, sorts, jours que l'on qualifie de « fastes » ou de « néfastes » ; de toutes ces marques de croyances qui engendrent plutôt la peur que la vérité.

Pourtant, il arrive qu'un seul fait contrarie, parfois, la succession des événements. Il arrive qu'une route soit soudain déviée. Une pierre sur un chemin : le chariot bute, se renverse, la tragédie se met en marche. Un débris dans l'argile : la façade s'effondre. Un mot, un geste malencontreux : tout se fausse et se brouille jusqu'à la fin.

J'ai souvent été témoin de ces enchaînements. Et l'Histoire - dont mon père et maître Aménô, à force d'obstination, est parvenu à m'inculquer les rudiments - en est également remplie. Fléaux, malheurs, épreuves s'abattent sur des personnes ou des peuples entiers, puis les talonnent longuement.

À quoi attribuer ces mauvaises fortunes ?

Incrédule et de même peu porté à m'incliner devant la fatalité, à soumettre mon esprit aux arrêts du destin ; je reste cependant bouche bée devant ce qui nous atteint à l'aveugle, et porte en germe un flot de calamités.

Il m'était arrivé de pénétrer, avec le roi, à l'intérieur du temple. Après la disparition de Meket, il m'y invita de nouveau.

Depuis peu, j'abandonnais Senb aux soins de Sekee. Celle-ci vivait ses derniers jours ; je crois que les singeries de mon compagnon lui auront rendu cette période plus légère.

Dans le sanctuaire, je vis ce que je n'avais jamais vu : Akhnaton se prosternant face contre terre. Lui, qui se tenait toujours debout au pied de l'autel, le visage toujours redressé !

Nefertiti qui nous accompagnait en fut frappée. Elle hésita quelques secondes, mais ne l'imita pas.

Le Pharaon passait, seul, de plus en plus de temps au temple. Se reprochait-il d'avoir trop négligé son dieu jusqu'ici, au profit des affaires de la Cité ?

Ses paroles, ses prières prenaient plus d'envol. Se dressant à une hauteur qui ne cessait de s'élever, elles établirent, peu à peu, presque à son insu, une distance entre Akhnaton et le commun des hommes qu'il avait, avec tant d'ardeur, cherché à rejoindre.

L'Égypte, qui venait de traverser quelques années tranquilles, avait des raisons d'inquiétude. L'Égypte, cette tête immense d'où partent une multitude de bras, c'était d'elle, de son pouvoir central que dépendaient d'innombrables ramifications, provinces conquises ou alliées.

Les habitants de la vallée du Nil se souvenaient d'avoir été maintes fois sauvés du péril, puis du joug des peuples avoisinants et belliqueux, grâce à leurs rois-combattants. Sages, sceptiques, ils n'ignoraient pas non plus que la lignée des Pharaons glorieux avaient souvent doté ce pays d'une étendue considérable du fait de leur propre offensive. Alors l'invasion devenait un « haut fait », l'attaque, une « action d'éclat ».

La grande occupation de ces souverains avait été la guerre. Ils aimaient la puissance. Ils savaient régner, dominer ; serrer entre des mains rudes et fermes les rênes du pouvoir.

Que pouvaient devenir ces rênes entre les mains ouvertes et prodigues d'un Akhnaton ? Et ce pouvoir qu'il dénonçait, qu'en adviendrait-il ?

Porté par sa nature à la bienveillance plutôt qu'à l'hostilité, à la douceur plus qu'à la violence, le peuple d'Égypte se reconnaissait en ce roi. Jusqu'où pouvait-il l'accompagner ? Jusqu'à quelles limites ? Et celui-ci - dans cette sorte d'élévation qui le faisait par moments presque quitter terre - ne s'écartait-il pas à son tour ?

Dans la Cité d'Horizon, les langues se déliaient. Personne plus qu'Akhnaton n'aura suscité plus de dévotion, ni plus de haines. « Laisse entrer la bonne parole, disait mon père. Quant à l'autre : qu'elle demeure dehors ; ou bien noie-la dans l'obscurité de ta chair. Mais surtout, Boubastos, mon fils demeure silencieux. Ton silence fera échec à tes ennemis. »

Tandis que le Pharaon se nourrissait de l'espoir que l'Égypte et ses provinces - peut être plus tard la terre entière - seraient, un jour, unies par le même culte, le même amour ; ses ennemis se multipliaient.

Aziru, l'Amorrite, assiégeait l'une après l'autre les villes-frontières. « Méfie-toi d'Aziru !... » La prédiction de la reine Tiy se réalisait.

Des contrées avoisinantes, des lettres affluaient : c'étaient des suppliques adressées au roi, elles nous parvenaient sur des tablettes d'argile cuite. L'écriture sur ces missives était différente de la nôtre ; des caractères angulaires, raides et sans images, mais la plupart des scribes savaient la déchiffrer.

Princes, gouverneurs de nos villes-frontières tremblaient sous les menaces de l'Amorrite. Celui-ci ralliait les mécontents, renforçait ses troupes.

« Tunip, ta ville pleure ! Hâte-toi de nous secourir. Nous ne voulons pas subir le même sort que Niy ou Kadesh. Si tes soldats et tes chariots tardent à nous venir en aide, Aziru nous envahira comme il l'a fait de nos villes-sœurs ! »

Les souverains alliés nous assaillaient de leurs plaintes. Les territoires d'Égypte, disaient-ils, étaient pleins de maraudeurs qui molestaient et volaient leurs émissaires. Bientôt, ceux-ci refuseraient de traverser ces régions dangereuses pour se présenter au Pharaon.

Les États-tampons - qui s'étaient toujours tenus du côté de la couronne - récriminaient aussi. L'un d'eux poussa l'inimitié jusqu'à retenir prisonnier un ambassadeur de la Cité d'Horizon venu lui apporter, de la part du roi, des conseils de tolérance et de modération.

Ce geste hostile plongea Akhnaton dans le désarroi. Il en discuta avec Bikhuru, l'un de ses plus fidèles commissaires. Celui-ci, accompagné par le vieux soldat Ribaddi, recommanda de lever une armée qui se porterait rapidement aux frontières. Tous deux craignaient que l'empire ne s'émiette si l'ordre n'était rapidement rétabli.

Je vis le roi se courber sous ces paroles.

Bikhuru et Ribaddi qui l'avaient toujours soutenu, envisageaient à présent le recours aux armes.

Akhnaton céderait-il ? À la violence répondrait-il par la violence ? En quoi la Cité du Globe mériterait-elle alors son nom ?
En quoi aura-t-elle changé la face de cet empire si, déjà, elle composait avec la guerre ? Fallait-il accepter de trahir, de condamner tant d'espoir ?
— Plutôt renoncer à l'empire que sacrifier des vies !
Les deux hommes répliquèrent :
— Si nous tardons, ce sera encore plus terrible.
— Tout sera perdu.
— L'amour ne peut gouverner longtemps.
Ils insistaient :
— Il faut se battre. La douceur ne peut rien contre la force.
— L'amour ne peut rien contre la violence.
— Si l'on veut tout changer, il faut être prêt à défendre jusqu'au bout ce changement.
— L'adversaire veille.
— Quel est l'ennemi qui de lui-même renonce à ses avantages ? À ses armes ?
Akhnaton entrerait-il dans la ronde ? Celle où la vengeance appelle d'autres vengeances ; où les haines lèvent d'autres haines.
D'horribles visions lui revinrent en mémoire ; des holocaustes, des exterminations... Il hochait la tête.
— Mes amis, nous avions espéré...
— Les faits nous commandent.
Le roi se débattait ; il se débattait encore. Il chercherait d'autres issues :
— La vie... Qu'y a-t-il de plus important ? De quel droit peut-on l'ôter ?...
Akhnaton ne se résignerait pas.
Les deux hommes se retirèrent.

Au crépuscule, je vis le roi et Nefertiti aller et venir le long du fleuve. Par moments, il s'appuyait au bras de sa compagne.
Je suivais le roi, le talonnant comme son ombre. Une ombre moins joyeuse que celle qui l'accompagnait jadis, la nuit, dans les vieilles rues de Thèbes. Une ombre collée au sol, serrée, trapue, souffrante ; un peu à l'image du cœur d'Akhnaton.
La reine, non plus, ne le quittait pas. Ils se parlaient, ils se tenaient les

mains. Je sais qu'elle l'encourage à résister. Puis, Akhnaton la quitte, s'éloigne pour pénétrer seul dans le temple.
Son visage est pâle, sa maigreur s'accentue. J'ai peur que les forces du roi ne l'abandonnent. La reine me charge de veiller sur lui.
Je suis moi-même en pleine tourmente ; des tempêtes de sable battent mes flancs, criblent mes joues. Des questions m'assaillent, me harcèlent. L'Histoire m'emporte dans sa marche.
Qu'est-ce qui est vrai ? Comment aider les hommes ? Faut-il se plier aux réalités de l'événement, et quelles sont ces réalités ? Et la réalité tout court ? Tout cela s'agite sous mon crâne, peu fait pour d'aussi graves pensées. Toutes mes parois vont éclater.
Non, mon corps réduit livre peu de prise à la maladie et aux troubles. Je suis d'un naturel robuste. Mes jambes courtes, arquées, bourrées de muscles, s'ancrent solidement dans la terre.
Tandis qu'Akhnaton...

J'appréhende, avec la reine, que ses convulsions ne le reprennent.
Je me glissais partout derrière lui, l'œil inquiet. Je le suivais jusque dans le temple.
Malgré mon ventre et mes hanches rebondies, j'étais passé maître dans l'art de me contracter, de me rétrécir pour me rendre invisible.
Il avait suffi d'un seul regard, d'une seule caresse, pour que Senb comprenne qu'il fallait, dorénavant, que je me déplace sans lui. Mon singe, sans le moindre caprice, renonça à me poursuivre. Son humeur cependant s'en ressentit. Ses yeux jaunes baignaient dans un liquide moins transparent, l'éclair de sa prunelle se ternissait.

Auprès de l'autel, Akhnaton écarte, élève ses deux bras.
Face aux bannières du furieux dieu Baal, du sanguinaire Tessup, de la terrible Ishtar, que pouvaient les mains ouvertes de son dieu-soleil ?
Que peuvent des mains ouvertes ? J'ajoute pour me réconforter : du moins, en ce temps ?...
Je vois celles du Pharaon se tendre vers la lumière ; ses doigts se séparent, ses paumes s'élargissent.
Son regard cherche. Ailleurs, plus loin, dedans ? Je ne sais ! Sans doute

qu'Akhnaton tente d'imaginer un lieu où les haines cesseraient de renaître, où le venin des guerres et de la puissance se dissiperont, où les hommes ne songeront qu'à avancer, ensemble.

Ici, dans ce sanctuaire, le temps glisse sur le roi. La solitude l'enveloppe, atténue sa souffrance.

Pour moi, c'est le contraire : j'ai besoin des autres.

Adossé à un muret de pierre, je m'assoupis, la tête dodelinant sur ma poitrine.

Puis, je me réveille en sursaut.

Akhnaton est toujours là. À la même place, dans la même pause. Immobile.

Sa ferveur paraît redoubler. Je redoute que cet endroit ne lui devienne, peu à peu, un refuge.

« Setep, notre dernière fille, naquit un an après la mort de Meket. Nous n'avions pas souhaité cet enfant. Il nous semblait qu'il nous fallait rassembler toutes nos forces pour faire face à l'adversité. De tous côtés, nous le savions, des épreuves allaient s'abattre.
Tout mon corps s'est cabré contre ce petit être qui grandissait en moi. Il me ravissait une partie de ma substance, cette substance que je souhaitais consacrer, entièrement, à Akhnaton. Ces derniers temps, celui-ci vivait dans l'inquiétude, dans la détresse, je sentais peser sur lui des menaces précises.
Je ne désirais pas cet enfant. J'imaginais un âge lointain où il nous aurait été possible de choisir le temps des naissances. Mais en même temps, je m'en voulais de me raidir ainsi contre sa venue.
Dès l'apparition de Setep, mon cœur l'adopta. Je m'attachai à elle aussi fortement qu'à toutes les autres. À présent que mes filles se sont éloignées, dispersées, je crois que Setep reste la plus attentive à mon sort, et à celui de notre ville.

Rien ne parvient à distraire Akhnaton. Aucun rire, aucun geste, aucun des jeux de ses filles et du jeune Semenkharê, les vagissements de la petite Setep, les premiers mots de Nefer le laissent indifférent.
Il ne se lamente jamais, mais s'enfonce dans une affliction muette dont je ne parviens pas à le tirer. Il me demande de le laisser à lui-même et se dirige, à pas lents, vers son temple.
Partageant mes craintes, tu l'accompagnes Boubastos, sans te faire voir.

Au début de cette sombre période, la seule éclaircie qui nous fut accordée vint de Sekee, ma nourrice. Celle-ci nous fit ce don surprenant : le spectacle de sa mort.
Jamais nous n'avions vu pareille mort ! Assise sur sa couche, Sekee chantait pour l'accueillir.
Elle se défendrait contre les crocodiles et les monstres qui peuplent l'au-delà, disait-elle en souriant. Elle réciterait la litanie des méfaits qu'elle n'avait point commis ! Quant à ceux dont elle se sentait coupable, elle n'en rebattrait pas les oreilles divines, qu'elle tenait en trop haute considération. Elle ajouta qu'elle reviendrait souvent parmi nous, pour boire, manger, respirer l'air de la vie.
Reprenant son chant, Sekee nous quitta, radieuse, comme pour une sortie au jour.

J'ai lu certaines Lettres de nos provinces. J'ai appris l'invasion d'Aziru, je connaissais les recommandations de Ribaddi et de Bikhuru.
Comme Akhnaton, je pense que prendre les armes serait un retour au passé ; que nous devons dissuader, convaincre. Les opposants doivent se faire entendre. Qu'ils viennent à la Cité d'Horizon : il y a de la place pour tous ici !
La plus grande partie de la population veut ces temps nouveaux, nous en sommes convaincus. Céder à la violence serait les trahir.
Nous discutions de longues heures. Brusquement, Akhnaton portait ses mains à son front, comme s'il craignait que son esprit ne lâche :
— Tu feras survivre cette ville !
Il s'accroche à mon bras. À l'idée d'être sans lui, je tremble de tous mes membres. C'est son feu qui m'éveille. Mes certitudes sont les siennes. Je m'appuie contre sa poitrine :
— Ton sang vit. Ne t'inquiète pas...
Il secoue la tête :
— Si je devais m'éloigner...
— Qui peut te forcer à t'éloigner ?
— Quoi que je fasse : il faut que tu restes.
— Je resterai.
J'ai répondu, sans comprendre le sens de ses paroles, ni des miennes.
— Je resterai.
Il parut s'apaiser.

NEFERTITI

J'appelle à l'aide toutes les puissances de la terre et du soleil. Tout le tréfonds des femmes, toute leur chaleur, tout leur courage. J'appelle toutes les sèves du monde, tous les élans, toutes les racines. J'implore je ne sais quelles liaisons mystérieuses, avec l'air qui ranime, avec l'eau qui garde en vie. J'invoque d'impalpables liens avec ceux, avec celles, du passé, de l'avenir, qui vivent du même espoir que le nôtre. J'appelle, j'implore tout ce qui dans cette vie nous sert à traverser la vie...

— *Quoi que je fasse, tu seras là ?*
— *Je serai là.* »

Un matin, l'intendant Toutou annonça aux souverains qu'un envoyé d'Horemheb demandait à les voir.
Depuis son départ subit de la Cité d'Horizon, Horemheb donnait rarement de ses nouvelles.
Promu au grade de général, il gouvernait d'une main ferme une contrée de l'est, inspectait les fortifications qui protègent l'immense étendue de notre pays.
Ce messager débarqua avec une trentaine de prisonniers, accusés de complot, qu'il venait livrer aux mains du Pharaon.
C'était un jour d'hiver. Un brasier géant, que des serviteurs attisaient, brûlait sur la grande place.
Une file d'hommes grelottants, aux trois quarts nus, marchaient liés les uns aux autres. Leurs mains entravées par des cordes étaient retenues dans leur dos.
Muni d'un bâton, dont il les menaçait et les frappait, je reconnus à ma surprise, le policier Mâhou.
Depuis la disparition de Smonn, son oie, Mâhou s'était aigri. Il avait troqué sa face débonnaire pour celle d'un petit tyran qui semblait le combler d'aise. Cette métamorphose me révulsa. Je le dirai à Mâhou quoi-qu'il en coûte.
Akhnaton fit délier les prisonniers sur-le-champ.
L'envoyé d'Horemheb, l'intendant Toutou et quelques autres, indignés par ce geste se tournèrent vers le grand-prêtre Merinê, cherchant un appui. Celui-ci ne dit mot.
Le Pharaon demanda au vizir Ramôse - dont l'une des charges était de

rendre la justice - de contrôler la véracité des faits. D'interroger ces hommes sur leurs actes ; d'en chercher les raisons avant de conclure à leur innocence, ou à leur culpabilité.

Des mouvements d'impatience, quelques clameurs s'élevèrent de la foule :

— Ce sont des rebelles !
— Condamne-les !
— Partout on les aurait exécutés !

Akhnaton leur fit face :

— Si on commet l'injustice en tous lieux, on pratique la justice à la Cité d'Horizon.

Ce furent les dernières paroles, qu'il prononça en public. J'en fus témoin et les consigne ici.

J'ajoute que sa voix était ferme, que sa haute stature nous dominait tous.

Je me souviens encore du regard qu'il jeta sur ces hommes. Un regard secourable, fraternel.

Peut-être songeait-il qu'il avait été, lui aussi, un rebelle. Un rebelle que sa naissance, sa royauté, avaient gardé hors d'atteinte.

Du moins, jusqu'à ce jour...

« Peu à peu, même les proches commencèrent à dénigrer la Cité d'Horizon. Meret, notre aînée, nous accusa d'avoir édifié un monde illusoire, un monde de faibles et d'aveugles. Elle nous reprochait de ne pas tenir notre rang. Elle évoqua, pour nous l'opposer, la prestigieuse reine Tiy. Sa visite restait gravée dans la mémoire de l'enfant, l'encourageant, disait-elle, à porter le front haut.
Meret s'exprima d'un ton hautain, altier. Je me rappelai que toute jeune déjà elle donnait des ordres impérieux, même à la vieille Sekee. Akhnaton en avait été troublé.
De deux ans plus âgée qu'elle, Semenkharê était sous le charme de Meret. Elle lui parlait sans cesse de Thèbes, le forçant à s'en souvenir, lui demandant de lui dépeindre la somptueuse capitale.
Meret était reconnaissante à Semenkharê de rester ici, auprès d'elle ; mais elle lui disait, qu'à sa place, elle aurait envié Nebkherê, reparti vers Thèbes il y avait plus de quatre ans, avec Tiy et le précepteur Ayé.
Pour Meret, la vraie capitale de l'Égypte se trouvait là-bas.
À ses yeux que représentait la Cité d'Horizon, jamais tout à fait achevée, toujours en projets, face à Thèbes ! L'inébranlable Thèbes, soutenue par sa glorieuse renommée, enracinée dans des siècles d'histoire !
Je n'attachais pas assez de poids aux paroles de Meret. Je n'y voyais que caprices d'adolescente.
Je savais par ailleurs, l'attachement de Semenkharê pour Akhnaton.
Dès son arrivée ce prince avait adopté les croyances, les espoirs de son aîné, avec la ferveur et l'élan de la jeunesse pour tout ce qui est novateur. »

Des messagers continuaient d'affluer vers la Cité d'Horizon. Exténués, les yeux chargés d'horribles visions de razzias, de déroute, ils supportaient mal nos quais éclatants de blancheur où viennent s'amarrer de longues barques, nos maisons rehaussées de couleurs, nos silos remplis de blé. La vue de cette population pacifique déambulant dans des allées pleines d'ombrages les révoltait. Des hurlements d'épouvante retentissaient à leurs oreilles, qui leur faisaient haïr les chants qui s'élevaient de nos temples et de nos jardins.

À peine remis des fatigues de la route, ces envoyés demandaient à être mis en présence du Pharaon pour lui raconter la suite des événements.

Les envahisseurs de plus en plus hardis n'épargnaient aucune région, la pénétration ennemie ne faisait que s'accroître. De l'est, de l'ouest, les attaques redoublaient. Seul le pays de l'extrême sud demeurait loyal, paisible.

Les jours passaient sans que ces hommes n'obtiennent d'entrevue.

Des fonctionnaires trop zélés, alléguant que les souverains étaient absorbés par leur réforme, faisaient obstacle à toute rencontre.

Les émissaires patientaient quelque temps ; puis, abandonnant leurs Lettres aux mains de qui voulaient bien les prendre, ils repartaient exaspérés.

Le bruit se répandait que dans ce royaume le pouvoir n'était plus aux mains de personne. Certains déclaraient que le futur maître de l'Égypte se tenait quelque part dans l'ombre, attendant le moment favorable pour intervenir.

Les anciens comparaient cette période aux dernières années du règne d'Hatchepsout. Ils soutenaient que les nombreux traités de paix, la trop longue trêve imposée par cette reine avaient, peu à peu désagrégé l'empire. Dès sa disparition, Thoutmès III - qu'elle s'était acharnée à tenir à l'écart - entra en action et devint l'un des plus illustres conquérants de la terre. Grâce à d'héroïques campagnes, le grand Thoutmès rétablit l'ordre, brisa les coalitions, fit respecter la couronne, rendit l'Égypte à ses vastes desseins.

Ne pouvant persuader le roi d'entrer en guerre, le commissaire Bikhuru nous quitta pour rejoindre sa province menacée. Peu de temps après, nous parvint la nouvelle de son assassinat.

Levant une troupe, Ribaddi s'était lui aussi mis en route. Il défendit jusqu'au bout l'un de nos postes-frontières, mais ne survécut pas à la chute de cette ville.

Ces faits finissaient par atteindre Akhnaton. Il les ressentait douloureusement, et s'accusait de la perte de ses compagnons.

Les appels, les capitulations ne se comptaient plus. Les défections se multiplièrent. Certains expédiaient des messages de ralliement à Aziru qui prenait, chaque jour davantage, figure de vainqueur. D'autres offraient leur soumission à Tiy, toujours maîtresse de Thèbes, et au précepteur Ayé. Son ascendant sur la reine, l'influence qu'il exerçait sur les affaires publiques se confirmaient.

Noupa, la rameuse - dont le grand cœur se renforçait face à l'adversité - me jura qu'elle se tiendrait, même à sa place obscure, aux côtés des jeunes souverains qu'elle savait en péril. Elle s'occupait de Senb que je négligeais beaucoup ; nettoyant, nourrissant mon singe sans jamais rien me demander en retour.

Aux frontières, la confusion était totale. À qui demeurer fidèle ? Au Pharaon défaillant ? Au conquérant nouveau ? Comment se défendre sans le secours des armes ? Où se trouvait la loyauté ; où la trahison ?

Plusieurs chefs rebelles avaient épousé des Égyptiennes. Leurs choix, parfois, les divisaient. D'autres fois, ces femmes incitaient leurs époux à profiter des faiblesses du pouvoir pour conquérir leur souveraineté.

Quelqu'un me confia la tragique histoire de Nesia. Celle-ci poussa son époux à se soulever contre le Pharaon et son empire. Une troupe de campagne, rompant avec les ordres d'apaisement d'Akhnaton, commandée par le propre frère de Nesia, assiégea la ville.

Nesia monta sur les remparts, exhortant la population à combattre, adjurant les assaillants de reculer.

Ses cris, ses hurlements couvrent les bruits de la bataille ; jusqu'au moment où la jeune femme reçoit, en pleine poitrine, une flèche décochée par son frère. Elle s'écroule.

Arqué par-dessus la muraille, son beau corps se vide de tout son sang, tandis que la ville se rend au représentant d'un roi de plus en plus désarmé.

La reine Tiy se félicitait d'avoir ramené Nebkherê à Thèbes. Dans l'ancienne capitale, j'avais toujours mes sources. J'appris qu'elle voyait dans ce jeune prince - bien que Semenkharê fût son aîné - le futur descendant des Pharaons.

Depuis longtemps, Tiy avait renoncé à conseiller Akhnaton, à expédier des missives vers la Cité.

La souveraine blanchissait, se ridait. Mais refusant d'admettre l'affaiblissement de l'âge, elle se mouvait à vive allure. Sous l'instigation d'Ayé, elle se laissait flatter, manier par les grands-prêtres d'Amon. Peu à peu, ceux-ci retrouvèrent pouvoir et arrogance.

Mon père Aménô, en ces temps douloureux, incertains, comme j'aurais souhaité entendre ta parole !

Tu t'éteignais, lentement. Avec la même sérénité, la même retenue, là-bas au fond de ta campagne, dans ta maison des champs. Ta voix pourtant s'élève en moi. J'entends : « Il vient avant son temps, ce fou, ce sage, cet Akhnaton que tu aimes, mon fils. Son esprit est profond. Son cœur sans malice est sans défense contre ce monde. Poursuis ta route, Boubastos, puisque c'est la tienne... »

Si tu étais ici, que de questions je t'aurai posées, mon père ! Que vaut de déposer les armes face à l'hostilité ? L'art, la philosophie, l'amour, sont-ils une force ou de simples refuges ? Qui a raison, du poète ou du guerrier ? Du pacifique ou du conquérant ? Où est le courage, dans le glaive ou le refus du glaive ? Faut-il chanter les victimes ou célébrer les vainqueurs ? Notre vrai langage ne doit-il pas être partout le même, que l'on soit Égyptien, Babylonien, Nubien, que sais-je encore !

Aménô, as-tu les réponses ? Existent-ils des réponses ? Parfois, je crois savoir où je me tiens. D'autres fois, rien qu'à voir cette terre déchiquetée, puis, celle que j'arpente à présent en ruines, en cendres, en compagnie de Nefertiti, ma tête vole en éclats !

Aménô est passé de vie à la mort, face au Nil, dans l'incomparable vallée.

Sa maison en boue durcie se prolonge par un portail recouvert de roseaux et de feuilles de bananiers qui atténuent les rigueurs de l'été.

C'est là, j'en suis certain, qu'Aménô s'est tenu, assis, - le regard sur cette plaine horizontale et verte, vers ce fleuve qui s'écoule - dans la tranquille attente de sa fin.

« Je repousse encore, loin de moi, le souvenir des derniers jours d'Akhnaton ; pourtant, Boubastos, il m'arrive aussi de les appeler. Au moins, durant ces jours, il était là. Je pouvais lui parler, le sentir.

Aucune image, aucun rêve, aucune figure de l'esprit ne remplacent la vue ou le toucher d'un front, d'une chevelure, de vrais yeux, de la peau... Toute cette présence de la chair ! Aucune pensée n'est plus vive que la chaleur d'un ventre, qu'un souffle tiède, que l'embrasement des mots sur des lèvres véritables.

Depuis quelque temps, nos couches sont séparées, mais toute la nuit je guette ses mouvements. Notre monde déchiré le pénètre, le taillade.

Parfois Akhnaton se réveille en sueur, puis un vent glacé s'empare de son corps. Il frissonne. Des vagues courtes le traversent.

Il me demande de le réchauffer. La bouche ouverte, j'exhale mon haleine chaude sur sa poitrine, ses épaules, ses jambes. Je frotte ses membres, un à un.

Sous la lumière d'une torche, je vois les coins de ses lèvres se redresser ; il esquisse un sourire. J'embrasse ses paumes ; lui, les miennes.

Chacun de nos gestes nous apporte une lueur. Nous reprenons confiance, l'obscurité recule. Nous remontons, ensemble, jusqu'à l'aube.

— Tu me survivras...

Il reprend :

— N'abandonne pas notre Cité.

D'autres nuits, Akhnaton arpente la pièce, use les heures sous son va-et-vient.

J'essaye de marcher à ses côtés. Dès que j'approche, il se détourne brusquement comme s'il ne voulait plus me reconnaître. Empoignant la torche fixée au bas du mur, il en souffle la flamme.
Tout chemin vers lui m'est soudain barré.
Je recule, je m'assois sur le sol, je le laisse à ses ombres, à son silence.
À travers les tentures, la lune nous éclaire à peine.
Les pommettes d'Akhnaton sont de plus en plus saillantes, ses joues de plus en plus creuses. Sa tête s'alourdit, tombe en avant.
Ces soirs-là, impuissante à le soulager, je me sentais inutile et perdue.

Des dignitaires venus de Thèbes nous apprirent, sans ménagement, la mort de la reine Tiy.
Cette nouvelle ébranla Akhnaton jusqu'aux racines. Il ne devait plus s'en relever.
Il se reprochait d'avoir hâté la fin de sa mère, se plaignait d'être incapable de mener à bien sa réforme.
— Quoi que je fasse, tu feras survivre cette cité.
De nouveau, je le lui promis.
Je proposais qu'il nomme Semenkharê co-régent. Le jeune prince venait de prendre Meret pour épouse. Me fiant à ses convictions, j'étais persuadée qu'il amènerait celle-ci à comprendre le péril et à soutenir notre action.
La santé d'Akhnaton périclite. La rumeur s'en propage. La Cité, en butte à toute sorte d'animosité, risque d'être bientôt à la merci d'adversaires audacieux.
Je pense que la présence du jeune couple auprès du roi découragera les attaques, rétablira la confiance. Il me semble urgent d'établir Semenkharê - fidèle aux idées d'Akhnaton - comme prétendant légitime au trône d'Égypte. »

Tiy mourut comme elle avait vécu. En plein mouvement.

Sétou le jeune scribe - qui plus tard devait tenir la chronique de Toutankhâmon - me raconta que, ce jour-là, depuis l'aurore, la souveraine parcourait à larges enjambées ses chambres immenses. Depuis la veille, elle avait ordonné à sa cour de quitter ses appartements. Elle ne souhaitait garder auprès d'elle qu'Ayé, quelques serviteurs, Sétou le scribe, et Nebkherê qui avait quinze ans.

Dans sa marche impétueuse, à travers les salles presque vides, elle entraînait le jeune prince derrière elle, le pressant de conseils, l'exhortant.

Elle lui annonça qu'il régnerait bientôt sur l'Égypte, car Semenkharê, son aîné, n'en avait plus pour longtemps. Plus tard, à la lumière des événements, je me suis souvent demandé si la disparition prématurée du corégent n'était pas due à un complot dont Tiy aurait été l'instigatrice ?

Quant à Akhnaton, Sétou m'affirma que pas une fois la reine ne l'avait cité dans ses propos.

L'on sentait pourtant - toujours selon Sétou - par des brusques silences précédant une parole soudain trop véhémente, que le souvenir de son fils la bouleversait toujours.

La reine Tiy passait, repassait devant son scribe comme l'éclair, traversant d'une seule traite l'enfilade de ses pièces. À d'autres moments, elle tournait en rond, changeait de direction et ses parcours se faisaient plus serrés.

Par instants, Tiy semblait traquée par une meute et tentait de lui échapper par des mouvements imprévus. Les traits de son visage s'accusaient, on aurait dit qu'elle s'affublait d'un masque.

— Nebkherê, tu seras : Vie-Santé-Force. Ce modèle a été trop négligé, la terre d'Égypte s'en va à la dérive.
L'adolescent la suivait, fasciné. Elle lui recommanda de se rendre, dès son intronisation, à la Cité d'Horizon, et de demeurer entre les deux capitales le temps de reprendre le royaume tout entier sous son autorité. Ensuite, il devrait se fixer à Thèbes.
— Tu rendras leur prospérité aux sanctuaires.
Elle se tourna vers Ayé, qui acquiesça d'un signe de tête.
De nouveau, la reine suffoqua.
Dans une turbulence de gestes, de vêtements, elle se rua vers une baie ouverte.
Elle se pencha en avant, respira à pleins poumons l'air du dehors, et reprit lentement souffle.
La démarche plus pesante, elle chercha à aller vite, à conclure. Prenant appui sur l'épaule de Nebkherê, forçant le pas, elle se remit à parler :
— Fais en sorte que ton nom soit glorieux.
Élève des temples aux dieux abandonnés. Bâtis des tombes éternelles. Emplis ces tombes d'or et d'argent, de pierres précieuses, de linge, de mobilier. Ainsi, tu traverseras les siècles. Les richesses résistent mieux que le cœur...
Elle s'arrêta, déchirée par ce qu'elle venait de dire, ajoutant presque à regret :
— Tout glisse entre les doigts ouverts. L'existence leur échappe. Peut-être même l'éternité !
Sa respiration s'entrecoupa. Elle décrocha le fermoir plat posé sur sa nuque, défit d'un geste rapide son collier aux rangs innombrables et le laissa tomber à ses pieds. Hâtivement, elle ôta sa couronne, l'envoya rouler loin d'elle, sur le sol.
Elle haletait, aux abois.
Un coup sec la heurta en pleine poitrine. Face au choc, elle garda le buste droit, le visage impassible.
Droite, raidie, elle attendit la prochaine attaque. Celle-ci ne tarda pas.
Le second coup s'enfonça dans sa poitrine, la foudroya.
Elle poussa un cri colossal, avant de s'effondrer.

Ayé fit ouvrir toutes grandes les portes.
Les dignitaires, en attente dans l'antichambre, s'engouffrèrent dans la

salle où gisait la vieille reine. Installé depuis plusieurs jours à Thèbes, le général Horemheb les accompagnait.

Certains redressèrent le cadavre, l'étendirent sur une couche, le revêtirent des parures semées sur le sol.

Le jeune prince, bouleversé par la scène précédente et par cette mort, se terrait dans la foule des courtisans.

Au bout d'un moment, Ayé se dirigea vers l'adolescent et le tira de la cohue. Les regards se tournèrent alors vers Nebkherê. En se courbant, tous reculèrent pour lui céder passage.

L'enfant se tenait, à présent, sur une estrade, immobile, au bord des larmes. De taille moyenne, le corps bien fait, il avait des traits fins, un visage en parfait équilibre. Un nez droit, une bouche pleine, des yeux noirs et graves qui s'allongeaient vers les tempes.

Aucun son ne s'éleva. Autour de la dépouille, des servantes s'affairaient.

Écartelé entre son loyalisme envers le roi et les pressions de Meret, Semenkharê attendait que les événements lui dictent sa conduite. Depuis la mort de la reine Tiy, sa jeune épouse le poussait à se rendre à Thèbes pour s'y faire reconnaître par tous, et surtout par son cadet Nebkherê.

L'esprit d'Akhnaton sombrait dans la nuit.

Comme le Nil en période d'inondation, qui se rejette tantôt sur une rive, tantôt sur une autre, son choix se portait, en moins de rien, d'une décision à la décision opposée.

Un soir, sur la terrasse, en présence du co-régent et d'autres témoins, le Pharaon ordonna à son épouse Nefertiti de partir et de résider dorénavant dans le Château Septentrional, au bas des falaises, à l'extrême limite de la Cité.

Ce soir-là, j'étais en fureur à cause de ce que je venais d'entendre. Nefertiti me fit signe de n'en rien laisser paraître. Elle s'approcha du roi, cherchant à parler. Mais Akhnaton lui tourna le dos, s'éloigna ; la laissant, seule, au milieu des assistants.

Quelques émissaires d'Horemheb firent bientôt leur apparition dans la Cité d'Horizon. Ce militaire, qui avait commencé sa carrière dans les armées, se découvrant tout aussi doué pour la diplomatie, venait de se faire nommer vice-régent de la partie sud du pays, régie par Thèbes.

Ces envoyés précédèrent de peu l'arrivée de certains représentants du haut clergé qui ne tardèrent pas à négocier un accord avec le grand-prêtre Merinê. À condition que le culte d'Amon et d'anciens dieux soient rétablis dans la Cité d'Horizon, ils promirent de consacrer en retour quelques temples de Thèbes au dieu Aton.

Ils obtinrent aussi que Semenkharê et son épouse leur rendent visite, accompagnés d'Ankhès, la troisième fille du Pharaon. Le mariage de cette dernière avec Nebkherê raffermirait la dynastie fortement ébranlée par tous ces changements.

À la même époque, Moïse, qui propageait depuis quelques années la réforme d'Akhnaton dans des provinces lointaines, apprenant les troubles dont souffrait le roi, revint en hâte à la Cité d'Horizon.

Une entrevue lui fut accordée. Au palais, on estimait que le Pharaon était devenu inoffensif, « qu'on avait seulement à ouvrir la bouche et à lui répondre pour l'apaiser avec des discours » ; « que la vue des effets néfastes de l'hérésie » calmerait la fougue des zélateurs.

Apercevant Akhnaton qui venait vers lui du fond de l'immense salle, Moïse fut saisi par l'aspect du roi. D'un seul élan, il courut vers lui et dans un geste inhabituel, serra dans ses bras ce corps emmuré, cet esprit en déroute :

— Tu nous as tant appris...

Au fond de cette chair abandonnée, il sentit alors comme une brève étincelle.

Très vite, les gardes s'approchèrent, priant Moïse de se retirer.

Apprenant que Nefertiti avait été reléguée aux confins de la ville, Moïse sortit à sa recherche.

Toutes les routes vers la reine étaient barrées, des garnisons en défendaient l'approche.

Personne, sauf moi - Aménô, mon père, que de fois j'ai loué ta semence qui me fit nain ! - ne parvenait en ces temps de suspicion à se glisser d'un lieu dans un autre sans se faire arrêter.

Moïse quitta la Cité d'Horizon. Une ère avait pris fin, nous ne devions plus le revoir. Bien plus tard, j'appris son exode à la tête du peuple qu'il s'était choisi.

NEFERTITI

Nefertiti parlera-t-elle encore ? Je le crois. Elle s'efforcera de le faire jusqu'à la fin, elle matera son cœur usé par les souffrances, ravagé par cette séparation...

Pour qu'Akhnaton et sa Cité demeurent, je sais qu'elle ira, avec moi, jusqu'au bout de ce récit. Mais quand ?

Je la sens parfois très douloureusement atteinte.

Je garde cependant ma feuille prête, mon roseau toujours encré. J'espère. Je patiente...

« C'était une fin de journée, Boubastos. Le ciel embrasait la terre. Je reprenais confiance.
Cette dernière nuit Akhnaton avait enfin dormi. Assis aux côtés de Semenkharê, le co-régent, il paraissait en repos.
Les deux souverains avaient réuni une nombreuse assemblée sur la terrasse du palais. Quelques visiteurs de marque, deux ou trois grands-prêtres de Thèbes arrivés depuis peu, une masse d'invités.
Je me tenais à distance, entourée d'un groupe de femmes. Meret vint à nous, elle portait dans ses bras la plus jeune de ses sœurs.
J'observais de loin un des grands-prêtres qui se penchait sur Semenkharê et lui parlait à l'oreille. Puis ce dernier s'adressa au roi pour lui transmettre un message.

Soudain, Akhnaton est debout.
Dressé de toute sa taille, il m'interpelle, me désigne du doigt, m'ordonne de partir sur l'heure, de m'enfermer dans le Château Septentrional pour n'en plus ressortir.
Sa voix est ferme, mesurée. Pourtant, ce n'est plus sa voix.
Les convives se dispersent.

Autour de nous, il reste les grands-prêtres et certains familiers.

NEFERTITI

Il reste l'immense espace de dalles entre Akhnaton et moi.
Je m'avance, cherchant à combler ce vide, à comprendre. Je souhaite de toutes mes forces que ces gens s'écartent, disparaissent et me retrouver, un moment, seule en face de lui. Mais l'entourage reste là.
Quand je fus proche, je vis que ses yeux contredisaient ses lèvres ; son regard me suppliait. Que voulait-il me faire savoir ? Fallait-il que je résiste, que je refuse d'obéir ? Ou plutôt que j'accepte cet éloignement temporaire pour le bien et la sauvegarde de notre Cité ?
Tu allais bondir à mon secours, Boubastos ; mon geste t'a retenu. Si le pire arrive - pourtant je ne l'envisageais pas encore - à toi seul, je confierai notre secrète alliance. Toi, seul, maintiendra le dernier lien entre nous.
Les demandes d'Akhnaton, mes promesses, me hantent : "Quoi que je fasse, il faut que tu restes. N'abandonne jamais cette Cité."
Semenkharê, et les autres m'offrent un visage froid. Je lève la tête vers Akhnaton, pour une parole, un signe...
Brusquement, il me tourne le dos. Je le vois, je l'entends encore, il quitte la terrasse, ne me laissant que l'écho, de plus en plus faible, de ses pas.
Il ne me reste qu'à suivre les gardes, qu'à le quitter, qu'à rejoindre, loin, si loin de lui, le Château qu'il m'assigne.

Neuf ans se sont écoulés.
Ce soir-là, je ne me doutais pas de ce qui adviendrait, car alors, je me serais accrochée à ses pas. Aucune force n'aurait pu nous séparer.
Je ne me doutais pas, ce soir-là, que je voyais Akhnaton - lui qui fut à la fois mon amour, mon époux, mon père, mon frère, mon dieu, mon enfant - pour la dernière fois. »

À partir de là, les événements se précipitent.

Semenkharê et Meret partent pour Thèbes avec la jeune Ankhès qui épouse Nebkherê.

Peu de temps après, le co-régent périt de mort violente. Certains prétendent qu'il est tombé de son chariot en pleine course. D'autres, que s'étant égaré durant une chasse royale, il fut piétiné par un troupeau d'ânes sauvages.

Quelques dignitaires annoncent cette mort à Akhnaton et le persuadent de se rendre à Thèbes pour assister aux funérailles du co-régent, sans toutefois prévenir Nefertiti.

Un matin, Akhnaton s'embarqua pour Thèbes. Jamais il n'arriva.

J'ai eu beau m'enquérir ; jusqu'à ce jour le secret demeure, les lèvres restent scellées. Je n'ai jamais su - le saura-t-on jamais ? - comment la mort est venue à ce roi sans pareil.

Fut-elle violente cette mort ? Fut-elle tranquille ? L'a-t-il appelée, ne pouvant se résoudre à ce chemin en arrière, qu'il accomplissait sans doute malgré lui ? Ou bien l'a-t-elle prise en traître, donnée par une main ennemie ?

Où qu'il soit, que la vie accompagne celui qui a surpassé le temps.

« Dans cette falaise où prend appui le Château Septentrional, Akhnaton avait fait jadis creuser nos tombes. Il avait choisi ce lieu - livré au soleil le plus âpre et aux vents du désert - à cause de sa solitude et de sa nudité. Comme il en interrompait sans cesse la construction, car il lui paraissait plus urgent de consacrer d'abord aux vivants les forces de la Cité, les travaux n'en furent jamais achevés.

Aucune tombe, aucune momie n'emprisonnent Akhnaton !
Il a achevé sa course. Il a rejoint le soleil en mouvement. Ce soleil sans royaume, sans déclin.
Lui qui fut toujours à l'étroit dans son corps, dans le temps, sur la terre... cette disparition lui ressemble.
Un esprit aussi libre, aussi vaste que le sien ne pouvait que s'unir à l'air. »

Escorté par le général Horemheb et le vizir Ayé - dont les noms allaient apparaître de plus en plus souvent sur les cartouches royaux, Nebkherê surnommé Toutankhâton, fut intronisé à Thèbes.

L'ampleur des festivités, la somptueuse procession marquaient aux yeux de tous que le culte d'Amon venait d'être rétabli.

Pourtant, il ne fut pas encore question d'abandonner la Cité d'Horizon, qui jouissait toujours d'un certain prestige. Nefertiti, toujours vivante, et dont on avait relâché la garde depuis la disparition d'Akhnaton, avait redonné cœur et fermeté à une partie de la population. Grâce à elle la ville, par moments, retrouvait espoir. On ne pouvait, non plus, négliger le dieu Aton qui conservait un grand nombre de disciples.

Sous les conseils des plus hauts personnages de Thèbes, Toutankhâton et son épouse Ankhès furent dépêchés vers cette Cité du Globe. Le jeune Pharaon se souvenait que cette ville l'avait ébloui lors de sa visite avec la reine Tiy ; il avait même envié Semenkharê d'avoir pu y demeurer. Ankhès ne se contenait plus de joie de retrouver le lieu de son enfance.

À peine arrivés, les jeunes souverains se hâtèrent vers le Château d'en Haut.

Nefertiti, frappée par une certaine ressemblance physique entre ce couple et celui qu'elle formait avec Akhnaton, pensa que tout recommençait ; et que la réforme retrouverait son second souffle.

Mais sa fille Ankhès et Toutankhâton ne tardèrent pas à être déçus ; la Cité d'Horizon avait perdu son éclat.

Comparé aux fastes de Thèbes, tout ici semblait flétri, empreint de torpeur : ces chapelles solitaires désaffectées, ces maisons inachevées, ces chiens qui erraient sans maîtres, ces fermes abandonnées où mourait le bétail, ces quelques temples démolis dont les pierres dérobées fournissaient des matériaux pour d'autres constructions. Tout donnait l'impression d'une ville délaissée. En dépit des efforts de Nefertiti, l'incomparable cité se décomposait un peu plus chaque jour.

Est-ce l'endroit de parler de Senb ? Ce chagrin-là non plus ne me quitte pas. Durant les heures où j'essayais, désespérément, de connaître le sort d'Akhnaton, où je retournais sans cesse vers la reine exsangue, fiévreuse et qui ne connaissait plus une seconde de repos, j'ai perdu et pleuré mon singe ! Je crains même qu'il n'ait été victime de ces chacals, qui trouvent refuge la nuit dans nos habitations vides.

Malgré l'insistance de Noupa, la rameuse, je n'ai jamais pu remplacer Senb, par une autre bête. Noupa consacre à présent son cœur et ses forces à rassembler les chiens perdus - ceux des chenils royaux et tous les autres - à les soigner, à les nourrir.

Très vite, je crois, Nefertiti s'aperçut que Toutankhâton ne ressemblait d'aucune façon à son prédécesseur. L'âme brûlante, rétive, audacieuse d'Akhnaton, sa vision intrépide n'avaient rien de commun avec ce caractère malléable, se pliant aux protocoles, fait pour se laisser guider.

Séjournant à son tour dans une capitale, puis dans l'autre, conciliant les deux cités, les deux cultes ; rendant Aton au rôle secondaire qu'il occupait avant le changement, tout en restaurant son temple aux environs de Thèbes ; élevant à la même époque une statue colossale d'Amon dans la Cité d'Horizon, Toutankhâton abandonnait l'adoration d'un dieu unique et sacrifiait, sans résistance, à l'ancien panthéon de dieux.

Bientôt, renonçant à une partie de son nom, le jeune roi se fit appeler « Toutankhâmon ». Dès lors, la suprématie de Thèbes et de l'ancien dieu ne firent plus aucun doute.

À l'inverse, malgré la ténacité et les efforts de Nefertiti et de ses partisans, de plus en plus réduits, la Cité d'Horizon semblait au bord du naufrage.

Toutankhâmon, le petit Pharaon docile régna sept ans.

Pour ses funérailles, on déploya une pompe qui dépassait en magnificences celle de tous ses devanciers. On emplit sa tombe de trésors abondants. Sur sa momie, parmi d'autres images, il emportait cependant celle des mains ouvertes d'Aton, ce dieu délaissé.

Ayé, vieillissant, demeura auprès d'Ankhès et continua de gouverner. Mais cette période intérimaire ne dura pas - et l'influence du père nourricier déclinait rapidement.

De longue date, le général Horemheb, préparait son entrée.

Ces derniers temps, j'ai du mal à faire parler Nefertiti ; souvent je me vois contraint de poursuivre, sans son aide, ce récit.

L'absence d'Akhnaton lui est, par moments, insoutenable : une plaie qui la ronge. Elle s'enfonce alors dans des grottes où chaque pensée déchiquette, où chaque souvenir lacère, où l'on ne peut plus rien partager.

Je sais pourtant qu'une flamme, minuscule, indomptable, l'habite. Et que cette flamme brûle sans cesse au fond du Château d'en Haut ; comme un rêve pour demain, comme un rêve qui survit.

Désirant s'unir à la famille royale, sans toutefois se lier au sang infamant d'Akhnaton, Horemheb épouse une jeune sœur de la reine Tiy. Celle-ci a trente ans, elle a toujours vécu loin de la cour.

Le chef suprême de l'armée, que l'on appelle déjà « le plus grand des grands, le plus puissant des puissants, le seigneur du peuple », se fait couronner parmi les ovations de la foule. Dès lors, les documents officiels datent le début de son règne à la mort d'Aménophis III, dont il se prétend le véritable continuateur.

Sous le règne de Toutankhâmon, puis sous la conduite d'Ayé, aucun sanctuaire d'Aton n'avait été profané. L'animosité accumulée contre l'ancien Pharaon ne s'était pas encore déchaînée.

Mais Horemheb « le vertueux » proclama qu'il venait enfin sauver le pays du chaos et de l'utopie, ramener l'ordre et l'action. Il mettrait fin, affirmait-il, à l'incurie du pouvoir, améliorerait les conditions du peuple, châtierait les prévaricateurs en leur tranchant le nez.

Recourant au fanatisme, le souverain fait avancer sa contre-réforme à

pas de géants. Il promulgue des édits, expédie ses troupes vers les frontières et poursuit, en tous lieux, les partisans d'Akhnaton.
Chefs captifs, prisonniers aux bras liés défilent sans arrêts dans les rues de Thèbes. Cherchant vers le nord une nouvelle patrie, Moïse et son peuple quittent l'Égypte. Quelques familiers de l'ancien Pharaon, dont Ankhès, sont supprimés.
En même temps, les temples s'emplissent de richesses, des centaines de statues en pierre rare sont érigées. Comblés de domaines et de serviteurs, les grands-prêtres ne tardent pas à retrouver tout leur pouvoir.
Enfin, le général Horemheb entreprend contre la Ville d'Horizon son action destructrice. Celle-ci devra être rasée, anéantie, effacée de la mémoire des hommes.

Notre Cité, dont la population désarmée ne pouvait plus offrir de résistance, tomba entre des mains hostiles, implacables. Des troupes fanatisées démolirent les édifices, martelèrent les noms d'Akhnaton et de Nefertiti, sur les frontons, brisèrent la tête et les membres des statues.
Par-dessus l'horrible vacarme, j'entends encore ces vociférations contre « le scélérat, l'hérétique, le criminel ». Si la momie d'Akhnaton avait existé, ils lui auraient refusé une pierre où reposer sa tête ; ils auraient réduit son corps en cendres et dispersé cette cendre aux quatre vents.
Dans le Château d'en Haut, où je me trouvais, seul, avec Nefertiti, chaque matin un garde déposait quelques vivres, et puis disparaissait. Malgré notre désir de nous mêler à la population, malgré mes stratagèmes, nous n'avons jamais pu franchir les portes surveillées par des gardiens en arme.
De la terrasse, pétrifiés par l'acharnement des démolisseurs, nous regardions des pans de murs, des colonnes, des toitures s'écrouler dans un orage de poussière et de bruit.
Espérant que la mort nous saisisse à notre tour, nous avons assisté, impuissants, au démembrement de notre Cité.
Mais aucun assassin n'a pénétré jusqu'ici. Personne n'est venu. Personne !
Estimant sans doute que le plus grand châtiment infligé à Nefertiti serait qu'elle assiste, avec ses yeux de vivante, à l'anéantissement du rêve d'Akhnaton, Horemheb ordonna que le Château Septentrional demeure debout et intact.

Les derniers habitants ont fui. Ou bien se sont rangés du côté des vainqueurs.
Les immondices s'accumulent dans les rues. La poussière s'est couchée.
Maintenant, tout est silence.
De grands oiseaux avides et les bêtes du désert affluent vers notre Cité.

« La Cité d'Horizon n'est plus qu'une surface plane, illustrée de carrés, de triangles, de lignes. Aussi abstraite - aussi vivante - qu'une écriture sur une page. Chaque jour, un peu plus - est-ce mon œil gauche de plus en plus voilé qui me procure cette distance, cette vue moins resserrée des choses ? - le passé, me semble-t-il, n'est plus qu'avenir.

Les cours d'eau desséchés, les rocs tombés des falaises, ce vent glacial de l'hiver qui mugit entre les rues offertes, cette fournaise qui s'abat, l'été, sur les terrains sans arbres, le vide, l'absence, l'absence, le vide...

Rien, plus rien n'arrive à me convaincre que tout est vraiment mort.

À côté, ailleurs, tout continue.

Le Nil poursuit son avance, le martin-pêcheur son vol plongé, la terre ses saisons...

À côté, ailleurs, d'autres vies, d'autres présences traversent d'autres lieux, d'autres temps...

Si nos voix, Boubastos, n'ont été que les nôtres, elles n'auront pas rejoint d'autres voix. Elles n'auront pas fait voir l'horizon sans mesure d'Akhnaton.

Pour lui qui n'a cherché ni triomphe, ni victoire ; pour qui le soleil - fertile en naufrages, en défaites, en nuits - ne cessait de revivre, le moindre espoir était un pas vers l'espérance.

Ce rêve, les traces de cette Cité, sur lesquels je veille encore, surgiront plus tard des monceaux de notre Ville et de tous ses débris.

Je n'abandonnerai rien.

Jusqu'au bout. »

En ce jour, le manuscrit vient à sa fin.

Nefertiti a plus de quarante ans. Elle se cachera pour mourir. Je retrouverai, plus tard, son corps parmi les pierres, mêlé aux décombres de sa Cité.

Je m'attends ensuite à l'arrivée d'innombrables visiteurs. L'existence de la reine, son souffle resté longtemps vivant dans la ville éteinte, les attirera. Si je fais confiance à l'un de ces visiteurs, je lui remettrai ces mémoires. Sinon, je les enterrerai, en lieu sûr. Des fouilleurs, plus tard, les retrouveront.

Je n'ose penser à ce que deviendra ce papyrus quand il aura passé de mains de scribes en mains de scribes, et cela de siècle en siècle ! Pour ma part, j'ai fait conformément à ma mémoire et aux paroles qui m'ont été dictées. Mais puis-je affirmer sans mentir, qu'entre les mots de Nefertiti et ma propre transcription ne se soient glissés des pensées et des sentiments de mon cru ?

Laissons là ces scrupules, le temps presse.

Je termine et signe, ici : « Boubastos, fils d'Aménô le scribe aux doigts agiles. »

Hommage te soit rendu, ô mon père qui força un roseau entre mes mains oisives. Sans cette fonction, jamais je ne me serais mis à l'écoute d'Akhnaton : un esprit comme le monde, jusqu'ici, n'en a jamais connu !

Aujourd'hui, en l'An II du règne d'Horemheb, dans la dernière saison de l'année, au mois dit des récoltes, ce manuscrit est, enfin, venu à complet achèvement.

REPÈRES

Chronologie approximative

Naissance de Nefertiti	1388 av. J.-C.
Naissance d'Aménophis IV - dit Akhnaton -, fils d'Aménophis III et de la reine Tiy	1387
Co-régence d'Aménophis IV et son père	1371
Mort d'Aménophis III	1370
Naissance de Semenkharê, fils d'Amenophis III	1370
Naissance de Nebkherê - dit Toutankhâmon -, fils d'Aménophis III	1369
Aknaton et Nefertiti quittent Thèbes à la recherche de leur Cité d'Horizon	1369
Naissance de Meret, leur fille aînée, future épouse de Semenkharê	1368
Naissance de leur fille Meket	1367
Achèvement de la Cité d'Horizon	1366

ANDRÉE CHEDID

Naissance d'Ankhès, leur troisième fille et future épouse de Toutankhâmon	1366
Première visite de la reine Tiy à la Cité d'Horizon	1362
Naissance de Baket, quatrième fille	1360
Naissance de Nefer, cinquième fille	1358
Mort de Meket	1358
Naissance de Setep, sixième fille	1357
Mort de la reine Tiy	1355
Co-régence d'Akhnaton et de son gendre Semenkharê	1354
Mort d'Akhnaton	1354
Règne de Toutankhâmon	1354-1347
Règne du général Horemheb	1347-1327
Destruction de la Cité d'Horizon	1347
Début de cette Chronique	1345
Mort présumée de Nefertiti	1344

LES MARCHES DE SABLES

À Gabriel S. Saab

« Écoute... Toi tu penseras que c'est une fable, mais selon moi c'est un récit. Je te dirai comme une vérité ce que je vais te dire. »
PLATON, *Gorgias*.

Grains de poussière qui rêvons de durée, bâtis pour l'horizon et la demeure, pour les racines et le souffle, nous nous déplaçons sans cesse d'un verre à l'autre de l'immuable sablier...

Ces mêmes marches de sable qui entraînent nos pas vers leur fin nous hissent hors de notre peau et nous confrontent à la vie insondable...

ÉTAPES

I. FUITES AU DÉSERT 767

    Thémis 767
    Cyre 769
    Marie 778
    Athanasia 791

II. LA FORTERESSE DES SABLES 813

    Thémis 813
    Cyre Marie Athanasia 843
    Thémis 850

III. DERNIÈRES MARCHES 889

    Cyre Marie Athanasia 889
    Thémis 898

Lieu : Egypte
Période : environ IIIe-IVe siècle après J.-C.

I

FUITES AU DÉSERT

THÉMIS

J'ai connu ces trois femmes : Cyre, Marie, Athanasia ; leur aventure me poursuit. Je ne voudrais pas que leurs traces se perdent à jamais dans ce désert qui enserre largement notre vallée. Ce désert où elles ont cherché asile, ou bien ont choisi de se retirer.
 Désert parsemé de monastères, refuges de ces temps agités. Désert jaunâtre qui s'étend jusqu'aux sables, jusqu'aux falaises des pays avoisinants ; ou bien désert salin, d'un blanc très aigu, qui s'étire jusqu'à la mer.
 Étroit et fécond territoire que le nôtre !
 Bousculé, enrichi par l'histoire, il navigue par-dessus tous les bouleversements.

 Vieil homme à peu de distance de sa mort, j'entreprends ce récit pour parler d'elles. De ces trois femmes, si dissemblables et si proches.
 Ce sol, ce siècle, les événements seront en place ; mais à l'arrière. Ce sont elles qui m'importent !
 Elles avec leurs visages, leurs existences, leur rêve. Le hasard les réunira, un jour, en plein désert, à une étape de leur parcours. Étrange, imprévisible rencontre.
 À cette intersection de leurs chemins, chacune charriant déjà tout un passé fait d'héritage et de souvenirs, elles décideront de faire route ensemble. Dans quel but, vers quelle fin ?
 À la recherche d'Athanasia, que je n'ai cessé d'aimer et que j'ai retrouvée

douze ans après sa fuite au désert, il m'a été donné de partager quelques jours de leurs trois vies.

J'ajouterai à ce qu'elles m'ont dit tout ce que j'ai pu ensuite, patiemment, reconstituer. De moi, je parlerai à distance, comme d'un étranger, d'un témoin, parfois mêlé à l'action.

Le jour de leur rencontre : Cyre, venue d'un milieu rural et pauvre, a treize ans ; Athanasia vient d'atteindre la soixantaine, mère de deux fils elle fut l'épouse d'un magistrat, Andros ; la troisième, Marie, native d'Alexandrie, avait déjà rompu depuis neuf années avec sa vie de courtisane.

Comment les nommer, les désigner, ces trois femmes ? Peut-on les appeler des « anachorètes éprises d'absolu » ?

Ce serait simplifier ; leur diversité est grande, leurs voies si différentes. Mais aussi pourquoi les qualifier ? Les mots sont étroits ; la réalité s'en évade.

À cette réalité, je laisserai libre cours. Qu'elle s'exprime comme elle pourra, à travers silence et paroles. Son essence nous échappera toujours.

Pour moi, ces trois femmes auront fortement survécu. Je souhaite qu'elles survivent encore.

Encore et plus loin, pour d'autres...

Qu'elles rejoignent l'avenir tourmenté ou paisible. Qu'elles se mêlent à la cohorte des vivantes, des vivants. Tous et toutes, mortels !

CYRE

Droit devant elle, les yeux mi-clos, Cyre marche depuis trois jours dans le désert.
Ce qu'elle poursuit ne peut être visible, ni se matérialiser dans une bâtisse mesurable faite de ces briques en terre crue.
Droit devant elle, Cyre avance sans destination.
Ce qu'elle cherche, sans trop le savoir, c'est un lieu que n'encerclera aucun mur ; un endroit, adouci par un arbre qui s'élèverait miraculeusement au milieu des sables, pour y établir sa future demeure. Elle sent qu'elle ne se trompe pas, qu'elle a raison de partir, de quitter la grande maison, de chercher sa place ailleurs.
Humble, obéissante à l'extrême, il arrive que Cyre soit soudain envahie de révolte et de certitude ; qu'une forteresse que rien ne peut ébranler s'érige dans son cœur. Cyre façonne alors des morceaux de son existence ; elle se dirige, elle conduit quelques-uns de ses pas avant de retomber, peu après, dans le destin que les autres, ou les circonstances, ne cessent de lui tracer.
Cette soudaine confiance, cette hardiesse fondent sur elle comme une bourrasque !
Le signe en est toujours le même : dans sa poitrine, des passereaux captifs tournoient et frappent de leurs ailes, de leurs becs, contre ses côtes. Leur tourbillon effréné ne lui laisse plus de repos et la pousse à agir.

*
* *

Il y a trois jours, cela s'est de nouveau produit. Une émotion intense

suivie, cette fois, de l'inébranlable décision de ne plus rien supporter, de quitter à jamais son couvent.
Poussée de l'intérieur, la massive porte de bois se referme derrière elle, en un sinistre claquement.
Immobile, Cyre écoute ce fracas avec indifférence.
Le vacarme s'est complètement désagrégé quand elle entame sa longue marche ; seule, face au désert.

Il faisait plein soleil.
Rejetée dans la colossale solitude, Cyre avança sans se retourner.
Les images du dernier repas, les paroles, les gestes qui l'avaient acculée au départ l'escortèrent un moment encore.

*
* *

Après avoir servi ses sœurs qui mangent autour d'une longue table, Cyre se tient, comme d'habitude, accroupie dans l'angle des vieux murs qui s'effritent et poudrent ses vêtements. Elle attend la fin du repas pour ramasser les restes.

Par maladresse, par compassion ou par goût de l'abstinence, une des sœurs vient de déverser le contenu de son écuelle sur le sol, en jetant un regard du côté de Cyre. L'enfant se précipite à quatre pattes, fascinée par ces aliments plus consistants.

Elle a faim, toujours faim. Les règles d'extrême frugalité qu'on lui impose depuis trois ans, dès son entrée ici, elle les contourne comme elle peut. Toujours vigilante, la supérieure la met en garde contre le péché de gloutonnerie, lui recommande le jeûne ; la contraint au pain rassis et à l'eau. Son appétit ne s'apaise pas.

Cyre suit des yeux sa propre main qui avance, tel un petit animal, vers la nourriture éparse. Ses doigts frémissent, son cœur tambourine. Elle va enfin amasser dans sa paume ce mélange de pâte et de graines pour le porter à ses lèvres...

Mais brusquement – comme si tout cela avait été prémédité – les sœurs ont repoussé leurs bancs, se sont levées, ensemble, ont fait cercle autour de l'enfant.

Sœur Isidore découvre sa cheville, soulève son pied chaussé d'une solide sandale.

Cyre n'aperçoit plus que cette semelle qui monte, qui monte au-dessus d'elle ; qui s'abat soudain sur le dos de sa main.

Cyre pousse un cri. Des rires éclatent, des rires fusent.

Cyre retire brusquement sa main, la cache sous son aisselle gauche. Elle a honte, elle a mal. Toujours à genoux, elle fixe l'une, l'autre, sans comprendre, mendiant un regard ami.

Rien. Rien que des rires qui déforment leurs bouches, agitent leurs vêtements.

D'un coup, tous les passereaux du monde se sont éveillés. Ils battent des ailes dans la poitrine de Cyre, se cognent à ses flancs, se bousculent dans sa gorge.

Cyre n'éclate pas en sanglots. Cyre se cabre, Cyre se redresse. Ses mâchoires se serrent. Son aspect bouffon qui égaie tant ses sœurs a disparu. Une colère sourde met le feu à ses prunelles, fait trembler ses lèvres. Cyre-la-sotte, Cyre-la-simple, Cyre-l'éponge, plus mal fagotée que ses sœurs, engoncée dans un sac de toile grisâtre, avec son bonnet de chiffons multicolores sur la tête, a subitement l'apparence d'une Gorgone. Son cou s'allonge ; sa face blanchit, se fige. Elle va cracher du venin.

Quel démon s'est emparé de cet agneau ?

Stupéfaites, épouvantées, faces grimaçantes sous la « coule » – ce capuchon qui leur couvre tête et nuque –, les sœurs reculent. Puis, en bloc, elles se jettent sur Cyre. Elles la saisissent, la traînent hors de la salle ; la poussent vers la cour, la chassent hors des murs.

Bloquée par leurs dizaines de mains, la porte massive du couvent claque dans son dos, avec un bruit fracassant.

Le vacarme retentit dans le vide et, lentement, s'amenuise en d'infinis échos.

* * *

Cyre marche, Cyre avance, mais n'arrive pas à se défaire de ces faces haineuses.

Faces d'hyènes, et de loups, qu'elle entraîne dans sa course ! Elles lui rappellent ces bêtes mystérieuses, diaboliques, qui peuplent les visions de certains moines de la solitude.

Du temps de sa petite enfance, le vieil ermite Orose, qui campait non loin de sa bourgade natale, lui racontait les songes obscurs et bestiaux qui hantent souvent les nuits des plus vénérables d'entre eux.

Elle, Cyre, ignore les cauchemars. Ses nuits sont lisses, ses rêves bienveillants.
Seule la réalité lui a, parfois, offert des images cruelles et maléfiques. Dans ses songes, entourée de créatures ailées et souriantes, ailée elle-même, Cyre se promène, lestée de pesanteur, et flotte à moins d'une coudée du sol ou de l'eau. Elle glisse au-dessus du fleuve, frôlant de ses jupes le bord des voiliers. Elle vole à hauteur de branches par-dessus le champs vert émeraude. Hommes, femmes, enfants de son village l'applaudissent.

Bientôt tous l'accueilleront, leurs bras chargés d'oranges et de grenades, dont elle a depuis longtemps oublié parfums et saveurs.

Cyre marche, avance à bon pas.

Cette fois, c'est décidé, elle ne reviendra plus.

Pourtant, elle s'est déjà retrouvée devant cette porte close. Durant des heures, durant toute une nuit d'attente, avant que ses sœurs ne consentent à lui ouvrir, à la laisser entrer.

Chaque soir, par petits groupes, celles-ci font le tour de la bâtisse ; inspectant les murs, se dégourdissant les jambes. Souvent elles questionnent l'horizon, à l'affût d'un de ces moines pèlerins qui parcourent incessamment le désert. En quête d'abri et de nourriture, il arrive que l'un d'eux se fixe, pour un bref séjour, dans l'enceinte du couvent. Trois cellules, écartées du grand bâtiment, sont à la disposition de ces ermites voyageurs.

À travers la plaine sablonneuse qui s'étend autour de l'édifice, les sœurs courent, s'amusent, lancent, le plus loin possible, la balle de chiffons jaunes.

— Cyre, vite, va chercher la balle !
— Ramène la balle, Cyre !

L'enfant se précipite.

Par brimade ou par jeu, ses aînées se dispersent, se cachent ; pénètrent, en rampant, l'une derrière l'autre, dans la cour intérieure du couvent.

Quand Cyre revient, la lourde porte brune est verrouillée. Il n'y a personne alentour. Cyre s'adosse aux murs, recule avec terreur devant la montée de la nuit. Le soleil s'affaisse. L'ombre se hisse ; puis s'étale, dévorant sables et ciel.

Cyre hurle ; en vain.

Du haut des terrasses, ses compagnes l'arrosent d'injures et de cailloux :

LES MARCHES DE SABLE

— Sois brave, Cyre ! Montre que tu n'as pas peur. Ton ange gardien te protège !

— Pas un mot, Cyre ! Souviens-toi que tu as fait vœu de silence !

— Le désert n'a pas de bouche, pas de lèvres, pas de paroles, Cyre ! Toi et lui, vous êtes pareils !

Les premières fois, elle chancelait sous leurs moqueries. Elle claquait des dents, élevait des bras suppliants.

Aussitôt, les sœurs disparaissaient.

En pleine nuit, elle longeait l'enceinte en boue durcie, s'y frottait avec des gémissements. Aux endroits où les murailles lui semblaient plus fragiles et plus tendres, Cyre humectait de salive les briquettes, pour qu'elles s'amollissent, cèdent et lui ouvrent passage.

Découragée, elle se couchait enfin, le long de la porte. Là, se recroquevillant comme un fœtus, elle patientait. Attentive au moindre pas, à la moindre lueur. Cyre patientait...

Un sommeil de jeunesse, candide et capiteux, l'enroulait peu à peu dans ses langes.

Ces nombreuses nuits ont aguerri l'enfant.

Le lendemain, quand la porte s'entrouvre, Cyre n'éprouve que reconnaissance envers ses compagnes qui l'admettent de nouveau dans leur sein. Toute la journée, elle cherchera sur leurs visages une parcelle d'amour.

Un signe, une caresse l'auraient inondée de gratitude et de bonheur. Mais les faces restent fermées, les yeux désapprobateurs.

Alourdie d'une faute qu'elle ignore – mais dont elle se sent néanmoins coupable –, tête basse, elle reprend sa place au couvent.

Cyre reprend sa place de balayeuse de poussières, de laveuse de sols, de ramasseuse d'excréments. Sa place d'amuseuse aussi.

L'enfant, qui a un sens inné de la farce et du mime, possède une voix sans pareille. Quand elle chante – sans parole à la suite de son vœu –, les sons se prolongent en une mélopée cristalline, qu'elle accompagne de gestes lents et tristes à bouleverser les pierres.

Mais soudain, la musique se hachure, se brise en trilles bouffonnes, qu'elle souligne par des mouvements saccadés, drolatiques. Ses trémoussements et dandinements provoquent des éclats de rire.

Parfois, mélodie sans faille, qui l'étonne elle-même et trouble ses sœurs.

D'autres fois, débit de sonorités, rythmes brefs, pirouettes, qui les dérident.
Chant et spectacle terminés, ses compagnes reprennent aussitôt contenance. Comme si elles voulaient s'arracher aux charmes de cette créature risible, insensée, et se faire pardonner leur propre complaisance, elles redoublent d'exigence et de sévérité. Les ordres jaillissent, les commandements pleuvent. Cyre est sommée de reprendre ses occupations serviles au plus tôt, et de ne pas se dérober aux prières rituelles du couvent, même si elle n'a pas droit à la parole.

— Récites-les dans ton cœur, Cyre, le Seigneur Tout-Puissant te surveille.

— Répète-les à chaque heure, Cyre. N'en manque pas une seule !

***

Cette fois, Cyre ne rentrera plus. Elle s'en ira, droit devant elle ; sans direction ; menée, poussée par elle ne sait quoi.

Le soleil à son apogée rend le désert rêche. Dans cet espace inflexible, on n'imagine même pas un oasis, des herbes, une flaque d'eau ; ni la grâce d'un ciel obscur bourré d'étoiles. Tout est aride, blanchâtre. Du blanc rigide des morts, du blanc stérile des feuilles qui résistent à l'écriture. Cyre avance dans ce désert minéral : croûte durcie sous la plante des pieds, immense fournaise, sables mêlés de sel qui forment des plaques cristallines.

Cyre avance dans ce paysage inanimé.

Elle avance. Minuscule, vivante ; retenue dans sa forme absurde : ventre légèrement ballonné d'avoir trop mangé des fèves mal cuites, corps revêtu d'un sac, serré par une lanière de cuir, qui descend aux mollets.

L'enfant a tiré de sa poche – son seul bien, son passe-temps – une baguette de saule qu'elle fait tournoyer dans l'air et qui lui tient compagnie. Elle est coiffée d'un amalgame de chiffons colorés qui la protègent des rayons solaires, et s'effilochent autour de son front.

Ses sœurs lui ont jeté par-dessus le mur une besace.

Suspendue par une cordelette autour de son cou, celle-ci pend, avec une amulette, entre ses seins charnus.

La première nuit, Cyre se coucha contre la terre. Malgré la rugosité du sol, elle y découvrit plus de bonté que dans les visages dont elle venait de se séparer.

Elle dormit. Elle dormit bien.

À l'aube, elle s'assit, croisa les jambes, convoqua son âme joyeuse. Elle espérait la voir apparaître, gnome farceur dont les visites étaient toujours impromptues.

Elle chercha autour d'elle. Rien ne bougeait.

Ne pouvant se servir de paroles, Cyre jappa. Elle jappa à l'adresse de son âme. Celle-ci refusait de répondre.

Le visage de l'enfant se rembrunit. Ce n'était pas le regret de ses compagnes, ni celui de la grande maison qu'elle avait quittée la veille, qui l'attristait ; mais un écran de roseaux serrés venait de s'abattre devant elle, obscurcissant l'horizon.

Cyre avait passé les treize années de sa courte vie sous la tutelle et la protection des autres. Entourée de sa nombreuse famille, puis de maîtres exigeants, enfin de sœurs malveillantes, elle avait toujours vécu en communauté et, malgré les mauvais traitements, toujours à l'abri.

Subitement, elle se retrouvait libérée mais seule. Sans commandement, et sans défense ! Avec sa besace, sa baguette pour uniques compagnons.

Cyre se releva, marcha. Infiniment petite, infiniment perdue ; forme négligeable dans l'immensité.

Cyre respira, de plus en plus fort, cherchant à peupler le vide. Son souffle gonflait sa poitrine, frappait contre ses tempes, emplissait le silence.

Craignant d'être dévorée par l'espace, doutant de sa propre existence, Cyre palpa ses joues, son ventre, ses cuisses, puis repartit rassurée.

Plus tard elle interrogea le ciel, y cherchant le tracé d'un oiseau ; ou bien, elle se courbait vers la terre pour y découvrir un insecte. Même un scorpion aurait été bienvenu !

Durant ces premiers jours, rien ne répondait à ses appels.

C'était pourtant préférable que de rencontrer ces troupes de brigands qui sillonnent le désert. Ceux-ci se jettent sur les couvents mal protégés et font d'énormes razzias ; s'ils épargnent les ermites, ils font subir les pires exactions aux rares femmes anachorètes qui s'aventurent dans ces solitudes. À ces dernières, il est recommandé de se raser la tête, de s'habiller en moines.

Cyre a résolu d'aller droit devant elle.

Pour ne jamais se tromper, ni rebrousser chemin dans ce paysage sans repères, elle creuse, chaque soir, un sillon dans le sable, y incruste sa baguette de jonc. La pointe la plus fine est dirigée vers l'avant, à l'opposé de la route qui la ramènerait au couvent. Grâce à ce rappel, chaque matin, Cyre s'engage dans la bonne direction.

Son jeune corps résiste bien. Elle le nourrit de fèves crues, dont elle garde toujours une provision en poche ; de quelques herbes sauvages, qu'elle a dénichées au hasard du parcours ; d'un pain rassis qu'elle émiette pour le faire durer. Elle boit, parcimonieusement, l'eau contenue dans sa besace.

Le quatrième jour, Cyre déboucha sur des vastes vallonnements recouverts d'un sable moelleux et jaunâtre. À cette vue, de larges pans de tristesse s'effondrèrent, un flot de gaieté l'envahit.

Plus loin, elle s'accroupit sur un petit monticule. Son âme joyeuse ne tarda pas à faire son apparition ;

« Bienvenue, mon âme » ! pensa Cyre. Cela faisait longtemps qu'elle ne l'avait plus visitée.

Pour lui faire fête, Cyre chanta.

Elle chanta comme jamais.

N'ayant charrié, depuis trois ans, aucune parole, sa voix avait gardé un éclat sans mélange. Une voix capable de s'élever jusqu'au cri le plus strident qui ferait reculer les hyènes ; capable, aussi, de se rassembler, de se duveter comme un plumage de caille.

*
* *

Cyre n'aperçut pas d'abord « la chose ».

Mais soudain, comme une brûlure, elle sentit autour d'elle une présence. Elle se retourna. Le chant se brisa dans sa gorge.

Levant de nouveau les yeux, elle aperçut, allant et venant, en face, sur un autre soulèvement de terrain, une forme qui ne lui rappelait rien de connu.

Avançant sur deux pattes, de taille humaine, « la chose » faisait penser à une racine de bois calciné, surmontée d'une touffe de chanvre.

Effrayée, Cyre se redressa.

« La chose » s'arrêta quelques secondes avant de reprendre sa manœuvre.

Maîtrisant sa peur, Cyre décida d'aller voir au plus près.

À son approche, « la chose » détala, accéléra son pas. Courant vers l'occident, elle s'éloignait à une rapidité inouïe, tandis que Cyre mettait toute son énergie à la poursuivre.

La distance qui les séparait ne semblait pas se réduire.

L'une à la suite de l'autre, elles gravirent et redescendirent les dunes. La première, se déplaçant à une vitesse peu commune, effleurait à peine le sol. L'autre s'enlisait par moments jusqu'aux chevilles, reprenait sa course, les jambes lourdes, le souffle hachuré.

Soudain, elles s'arrêtèrent et se tinrent immobiles.

L'une en face de l'autre, sur deux croupes de sable, séparées par un torrent à sec où subsistaient un buisson et quelques herbes noircies, elles se regardaient.

« La chose » ne bougea plus et scruta Cyre, longuement.

Pour ne pas l'effaroucher, celle-ci se tenait tranquille. Sa peur s'étant usée, elle laissait pendre ses bras de chaque côté de son corps et attendait.

« La chose » s'éloigna, lentement, puis revint sur ses pas, l'examinant encore.

Elles s'observèrent ainsi, longtemps, attentivement. Aucune n'osant réduire l'écart.

Fantôme, animal, démon ?... Cyre se demande ce que représente cette forme osseuse sur laquelle flottent quelques lambeaux d'étoffe.

Au bout d'un long moment, elle soulève sa baguette de jonc, dessine dans l'espace un large signe de croix.

Au lieu de fuir ou de se dissoudre, « la chose » fait mine d'approcher.

Cyre la scrute de nouveau ; on dirait un sarment de vigne avec des durillons noirs sur son écorce ligneuse. Y a-t-il de la chair sous cette peau racornie qu'aucun vêtement ne protège ? Une épaisse touffe laineuse, blanche, retombe sur ce qui est, sans doute, le visage.

Devant cette créature qu'elle ne sait pas nommer, l'enfant se sent pénétrée d'une compassion immense. La baguette glisse d'entre ses doigts, tombe à ses pieds.

Cyre fait un pas en avant.

Puis, ses bras s'ouvrent, s'ouvrent. S'ouvrent à l'infini...

Alors, « la chose » dévala le monticule, traversa le lit du torrent mort.

Dans un élan effréné, elle se jeta dans les bras de Cyre, qui se refermèrent aussitôt autour d'elle.

Des hoquets, des cris brefs montent de l'inconnue.

Elle étouffe ses sanglots, pressant ses lèvres contre l'épaule de l'enfant.

MARIE

Cela faisait neuf ans que Marie s'était réfugiée dans le désert pour y mener sa vie d'anachorète.

Fuyant tout contact, et n'ayant presque jamais revu la figure humaine, la rencontre avec Cyre l'avait d'abord désorientée. À présent, elle s'abandonnait dans les bras de l'enfant, s'étonnant de ses propres sanglots.

Qu'il était loin, le temps où Marie ressemblait à une femme ! Frottée par les vents de sable, pigmentée par le soleil, parcheminée par le froid, sa peau terreuse était recouverte d'escarres et de plis. Enfoui quelque part dans cette enveloppe roussie, l'autre corps – arrêté à vingt-cinq ans, en pleine éclosion – se débattait parfois, repoussant avec fureur les parois de cette prison de chair fibreuse.

L'image de son jeune corps sacrifié, qui resurgissait dans sa splendeur d'antan, continuait de hanter Marie.

Neuf ans déjà qu'elle avait quitté ses amants, ses convives, sans adieu. Qu'elle s'était levée de table au milieu du fastueux repas. Qu'elle était sortie, en pleine nuit, dans ses habits de fête.

Ce soir-là, rien ne l'aurait arrêtée !

Ce soir-là, elle parcourut une partie de la ville à pied, passa tout près de la maison de Jonahan, eut un moment d'hésitation. Jonahan, le juif, était le seul qui partageait son secret, le seul qu'elle regretterait.

Le vieil ânier Zabour l'attendait au coin de la ruelle des verrotiers.

Durant quelques années, Zabour s'était fait ermite ; puis, il était revenu à la ville. Il préférait, disait-il, la compagnie de son âne et les méandres familiers de la cité aux plaines arides où l'on perd son chemin et aux falaises percées de tanières et de labyrinthes.

Il était entendu que l'ânier conduirait Marie jusqu'au désert.

Il lui avait apporté quatre grands pains, une jarre d'huile, qui pouvaient durer plusieurs années. Chemin faisant, il lui indiqua les moyens de survivre : les rares points d'eau, l'emplacement de certains monastères qui offrent le gîte et nourriture, les hameaux, en bordure du désert, où les villageois déposent sous un monceau de pierres des graines et de l'eau à l'intention des errants.

Les vêtements de Marie, en somptueuses étoffes d'Alexandrie, s'étaient usés plus rapidement qu'elle-même. Sauf pour ces quelques dépouilles nouées autour de ses hanches et de son cou, ils avaient fini par tomber en poussière.

Si longtemps éloigné des humains, le corps de la jeune femme avait perdu toute sa pulpe. Elle s'y était habituée.

L'hiver, quand l'air du soir la mordait, elle enviait ces moines anachorètes dont les poils s'allongent, se massifient jusqu'à former un pelage protecteur. Pour s'abriter du froid, elle s'enfouissait parfois dans un trou, creusé non loin de sa cabane, et s'y enterrait, du sable jusqu'aux épaules.

Son front, ses joues, son cou semblaient modelés dans la même matière cartilagineuse que le nez, que les oreilles trop grandes. Ses bras aux ligaments apparents ajoutaient leurs rameaux secs à un tronc aride. Ses cuisses, ses mollets laissaient saillir les lanières fortes et souples des muscles, qui permettent aux jambes de détaler à la moindre alerte.

À présent Marie baigne dans un sentiment confus de bien-être et d'hébétude, et se demande ce qui la garde ainsi engluée dans les bras de l'enfant.

Qu'est-ce qui l'a vaincue tout à l'heure ? Etait-elle à bout, cette fois, de prières et de solitude ? Ou est-ce un arrêt du ciel, encore impénétrable, qui a empêché sa fuite et l'a clouée sur place ?

Malgré ses tentatives il lui a été impossible de s'éloigner. Une force aussi grande que celle qui l'avait poussée jadis au départ l'a saisie et jetée vers cette inconnue.

*
* *

Cyre restait immobile, tenant contre elle cette « chose » difforme qui pleurait.
Recevant, absorbant dans sa propre chair toutes ces secousses, toutes ces larmes, elle n'osait pas bouger.
Petit à petit la violence s'atténua, les pleurs diminuèrent.
Du temps passa.
Lorsque Marie releva son visage, Cyre ne put maîtriser un mouvement de répulsion et de recul.
Malgré leurs grimaces, leurs traits souvent ingrats, ses sœurs arboraient physionomie humaine sous la capuche qui dissimulait leur chevelure. De vrais visages de chair, convenablement nourris, où la bouche, le nez, les joues étaient en place, où la couleur des yeux se distinguait clairement.
Mais ici ?... On ne voyait plus, on ne comprenait plus !
L'ossature du visage semblait broyée, nivelée par des mains maladroites. Le nez était plat, la bouche effacée. Les lèvres craquelées laissaient paraître des crocs noircis. Toute la face avait perdu expression. S'il n'y avait eu ces larmes, cette station debout, on aurait pu douter qu'il s'agissait d'une créature humaine !
Consciente de l'effroi qu'elle venait de provoquer, Marie fit quelques pas en arrière et enfouit son visage dans ses mains.
Aussitôt Cyre se reprit. Honteuse de son geste, elle s'approcha.
Doucement, fermement, elle décolla du visage meurtri les deux mains crispées. Avec ses doigts, elle souleva l'épaisse tignasse blanche, découvrit le front, les yeux. Ceux-ci étaient grisâtres, décolorés ; mais dans leur sombre prunelle brûlait une lumière radieuse.
Enfin Cyre se pencha, posa un furtif baiser sur la joue enfoncée.
Un sourire ineffable irrigua le visage de Marie. Elle se saisit de la main de la jeune fille, déposa à son tour un baiser à l'intérieur de la paume charnue.
Des années que ses lèvres n'avaient effleuré aucune chair. Des siècles...

*
* *

Sur le bateau qui s'éloignait du port d'Alexandrie en direction des lieux saints, plus de trois cents pèlerins se pressaient à bord.
Marie s'était jointe à eux, non par piété, mais pour le plaisir de se trouver durant plusieurs jours en compagnie d'hommes de tous âges, venus de tous bords. Cette multitude, d'où les femmes étaient pratiquement exclues, offrait un large choix à ses désirs.

Malgré son déguisement – une ample chemise, un capuchon recouvrant ses cheveux bruns serrés en bandeaux –, certains l'avaient reconnue. Quelques-uns, qui s'étaient embarqués plutôt par habitude que par conviction, lui était reconnaissants d'être venue. Grâce à sa présence secrète, ces nuits de lente navigation leur paraîtraient moins austères.
Ce champ clos serait un prodigieux lieu de chasse ! Comme ces hommes qu'elle comprenait si bien, Marie aimait la chasse. Durant le voyage, elle pourrait donner libre cours à ses appétits ; libre cours à son goût du changement et de la conquête.
Sa sensualité était sans limites. Ne trouvant plaisir que dans les plaisirs, elle en imaginait toujours de plus ardents et s'était, peu à peu, acquis une réputation qui la plaçait bien au-dessus de toutes les autres courtisanes de la cité.
Personne ne savait aussi bien que Marie organiser des saturnales. Personne mieux qu'elle ne savait composer des cortèges extravagants qui parcouraient les beaux quartiers, le soir, au son des tambourins. Elle entraînait à sa suite des processions carnavalesques d'hommes fardés portant costume féminin, de femmes en tuniques obscures arborant des faces blanchies.
Dans de riches demeures, Marie préparait des fêtes inoubliables. Baignée de parfums, couverte d'étoffes chatoyantes, parée de bijoux, elle se levait au milieu du repas et dansait. Se dénudant, se rhabillant, se dénudant encore, elle enfiévrait l'assistance. Ses bacchanales duraient jusqu'à l'aube ; ses matins sombraient dans le sommeil.

En ce siècle chaotique où le christianisme et paganisme régnaient tour à tour – se détrônant, s'excluant, puis se morcelant en querelles intestines, avant de s'escorter à nouveau et de se détruire encore –, des voix prophétiques annonçaient la fin des temps.
D'anciennes croyances s'effondraient, ou bien s'amalgamaient à la foi nouvelle. Celle-ci prospérait, s'effondrait, renaissait dans les tourments.
En ce siècle de convulsions et de brusques accalmies, l'énergie farouche de Marie ne trouvait sens et épanouissement que dans les plaisirs.
Gaspillage d'un bien précieux ? Mais pourquoi et pour qui ménager corps et âmes ? Pour quoi et pour qui – à condition toutefois qu'on en bannisse tous ses sentiments – renoncer à ces voluptés sans mélange ?
Le cœur engourdi de Marie ne lui avait, jusqu'ici, causé aucun

tourment. Elle se persuadait que cet organe n'avait pour fonction que de battre inlassablement pour retenir la vie.
— Qu'est-ce qui maintient le cœur en activité ? Quelle force invisible se cache derrière nos univers ? Les preuves de l'existence de Dieu sont innombrables...

Marie haussait les épaules. Carès l'ennuyait avec sa rhétorique ! Adepte du christianisme, il se nourrissait de discours théologiques, et rivalisait publiquement d'éloquence avec Celse, le philosophe païen.

Leurs enseignements étaient assidûment suivis par quelques grandes dames d'Alexandrie qui ne comprenaient mot à leur casuistique, mais se pâmaient d'admiration devant leurs mystérieux discours, applaudissant aux phrases les plus obscures, aux tournures les plus boursouflées.

Marie n'avait qu'impatience pour ces péroraisons ! Marie aimait mieux le vin qui vous soulève de terre. Marie préférait la sensualité qui vous sort de votre peau.

Philosophe, savant, financier, lettré, elle avait connu, fréquenté, repoussé, apprécié des hommes de savoir et de pouvoir et ne regrettait rien. Ces rencontres l'enrichissaient. Elle n'aurait jamais échangé sa place contre celle de ces femmes respectables, à l'abri de leurs murs, de leurs enfants, de leur époux ; de ces femmes qui ne perçoivent qu'un monde borné, qui ne parcourent qu'une existence exiguë, insipide.

— Courtisane !

L'insulte glissait sur Marie sans laisser de trace.

« Courtisane », un nom qui attirait à la fois l'opprobre et l'envie. En ce temps, ces femmes-là n'étaient-elles pas plus accordées à la vie ? Plus adulées, plus maîtresses de leur choix ? Plus attentives au brassage d'idées qui agitaient ce monde entre deux mondes, plus sensibles à ce bouillonnement qui avait pour centre Alexandrie ? Ville unique, sertie au bord de la plus vitale des mers, s'étoilant vers toutes les régions du globe !

Courtisane, Marie se sentait plus proche, mais jamais dupe, de ces hommes qui la fascinaient. Eux faisaient l'histoire, s'accommodaient de l'existence, maîtrisaient les réalités. Tandis que les femmes, aux regards raccourcis, empêtrées dans leurs racines, se retranchaient et s'ancraient à un rêve stationnaire.

Marie ressemblait à ces sols qui dissimulaient sous une surface lisse d'incomparables alluvions. Elle se reconnaissait dans ce Nil qui charrie les terres profondes, les barques et leur cargaison ; qui reflète les rives et les événements du ciel.

Semblable à ce fleuve qui traverse l'Égypte, libre et en mouvement, elle visitait les esprits et les corps comme une suite de paysages, infiniment semblables, infiniment variés, avant de s'engloutir dans la mer.

Le nombre de ses amants ne se comptait plus ; il arrivait que le nom de « Marie » devînt, entre eux, un signe de ralliement.

Une santé florissante, que l'ivresse, les ébats, les veillées n'entamaient pas, lui conservait un teint de fille à peine pubère. S'étourdissant de célébrations raffinées, se pliant aux volontés de ses partenaires, imposant d'autres fois les siennes, Marie créait sans cesse de nouveaux divertissements, inventait des jouissances délectables.

— Pécheresse ! Courtisane ! Impie ! Débauchée !

Ces mots sonnaient comme un carillon de fête !

Ayant rompu avec sa famille hellène – celle-ci, passée du paganisme au christianisme avant sa naissance, vivait modestement dans les faubourgs d'Alexandrie –, se préservant de tout attachement, rien, jusqu'ici, n'avait entravé Marie ou ne l'avait détournée de cette existence qui convenait à sa nature insatiable.

Dès qu'elle voyait naître chez l'un de ses amants un sentiment suspect – certains adolescents, qui croyaient en l'amour souverain et rédempteur, avaient cherché à lui faire changer d'état –, elle s'empressait de le décourager. S'offrant à lui jusqu'à l'assouvissement, elle ridiculisait ensuite sa rêverie, si peu conforme à sa dignité d'homme.

Seul Jonahan l'avait troublée. Lui aussi était jeune. Trop jeune. Si Jonahan était arrivé au début de son existence, si moins d'années les avaient séparés, alors, peut-être ?

D'un geste, Marie écartait ses regrets ; son regard expert, aigu, la sauvegardait de toute illusion. Un regard mûri, ou simplement usé ?

Elle ne savait pas, elle ne cherchait pas à le savoir. Excepté lorsque, gorgée de voluptés, saturée des joutes de l'esprit, Marie se trouvait soudain démunie.

Parfois, en pleines réjouissances, ou en pleines palabres, Marie s'éveillait au bord du vide. Prise de vertige, elle chancelait, glissait, aspirée dans un puits sans fond. À ces moments-là, il lui arrivait de penser que seuls la main et le cœur de Jonahan l'auraient secourue et tirée du néant.

Mais elle surmontait ces faiblesses, s'irritait de n'avoir pu, entièrement, extirper de sa nature l'immémoriale soif d'amour.

Pour s'en défendre, elle ménagea à Jonahan d'autres rencontres et le prit comme confident. Il ne tarda pas à devenir son ami le plus sûr.

Plus tard, c'est à Jonahan – bien que de religion différente, il pouvait tout comprendre – qu'elle relata ce combat qui devait, après des mois, la conduire au désert.
Allant et venant sur la terrasse du jeune homme, d'où l'on apercevait le port avec ses entrecroisements de galères et de vaisseaux venus des contrées avoisinantes, elle raconta cette soirée étrange, terrible, où elle avait entendu, pour la première fois, l'appel.
Son corps s'enlaçait avidement aux corps de Carès, d'Our et de Cilia qu'elle avait elle-même initiée et dont les mains, la jeune bouche se révélaient particulièrement expertes.
— J'étais là, avec eux, et nulle part ailleurs.
Sa chair remuait de plaisir quand le souffle l'avait transpercée, déplaçant d'un seul coup sa vision du monde.
— L'Esprit-Saint m'a retournée, je ne trouve pas d'autre mot.
Toute la salle s'était illuminée, puis était retombée en cendres.

*
* *

La lutte ne faisait que commencer : un affrontement avec soi-même, un corps à corps épuisant.
Parfois, Marie s'accrochait de tous ses ongles à un radeau où s'entassaient ses biens au complet tandis qu'un courant inflexible l'entraînait vers le large, forçant ses doigts à se resserrer, à lâcher leur proie. D'autres fois, persuadée que sa vie jusque-là n'avait été que travestissement, glissant hors de ses robes, de ses ornements, contemplant à distance toutes ses possessions, un regret la saisissait aux entrailles. Déchirant à l'idée d'abandonner cette vie animée, ses appétits refluaient, la poussant, durant quelques jours, aux excès les plus grands.
L'appel, le cri de Dieu, l'investissait par moment, s'emparant de chaque parcelle de son être. À d'autres, toutes ses fibres, chaque goutte de son sang rejetaient avec violence cette domination.
À peine retrouvait-elle, avec soulagement, les pratiques de son existence habituelle qu'elle était de nouveau prise d'assaut par cette voix, pressante, qui la secouait jusqu'au tréfonds, la traversait de sa foudre.
Ainsi Marie passait d'une joie étale à une convulsion de tout l'être ;

d'une trépidation fiévreuse à une tranquillité inconnue. Tout s'élargissait et se réduisait en même temps. Tout paraissait à la fois simple et embrouillé.
Éperdue, elle se déplaçait d'une contrée à l'autre de sa nature ; sachant qu'il lui faudrait bientôt choisir, qu'elle ne pouvait habiter le tout.
Durant cette période, Marie s'usa à dissimuler les marques de sa métamorphose, et n'en souffla mot à personne. Sauf à Jonahan.
À lui, elle parlait presque chaque jour. Parce qu'il savait écouter, peu à peu, en Marie, l'écheveau se dévida.
Elle comprit qu'en elle une zone profonde qui ne pouvait jamais être livrée à un amour humain venait de se découvrir. D'une manière évidente, inéluctable, elle sut qu'elle ne pourrait plus résister à l'appel ; qu'un chemin se dégagerait, qu'il lui faudrait suivre.
Elle entrevit aussi que, sa décision prise, elle n'aurait encore rien atteint. Durant des années, son âme en friche resterait ce lieu de batailles, de conflits ; ce lieu d'équilibre et de négations.
Elle pressentit que, sans doute, quoi qu'elle fît, elle serait toujours en route ; et qu'il n'y aurait jamais, pour elle, d'arrivée.

*
* *

Au début, s'éloignant des grandes communautés qui peuplaient le désert, Marie avait résolu d'éviter toute rencontre.
Grâce à l'ânier, qui savait où il la menait, elle trouva refuge dans une caverne occupée par un vieil ermite.
Celui-ci, agenouillé, paraissait en oraison ; mais, dès que Zabour lui toucha le bras, il tomba en poussière.
L'ayant dépouillé de ses habits, ils enterrèrent ses restes sous le sol de la caverne. L'ânier déclara alors que la proximité des cendres et des vêtements du saint homme serait bénéfique à Marie et l'aiderait dans son salut.
Glissant dans sa poche le collier et les bagues de la courtisane, il lui assura que, durant de nombreuses années, il déposerait du gros pain qui se conserve plus d'un an, de l'eau et des graines au pieds de son abri.
Accompagné des braiments de son âne, Zabour s'éloigna, non sans se retourner plusieurs fois, le regard attendri.

Avec ses antres, ses grottes, ses refuges, ses falaises percées de galeries, ses cahutes à l'ombre de vieux fortins en ruine, ses trous dans le sol dans lesquels on pouvait à peine se retourner, ses niches dans les sépulcres, ses gîtes au creux des arbres, ses cavités dans les rocs, le désert ressemblait à un vaste terrier criblé de créatures à peine humaines.

Les femmes qui se vouaient à Dieu pratiquaient l'ascèse dans leur maison, ou se fixaient dans une cabane proche de leur village ou de leur cité. Elles devenaient rarement anachorètes ; on en comptait cependant quelques-unes dont les traces se perdaient dans les sables.

Celles-ci n'ignoraient pas qu'elles couraient de graves dangers. Leur corps, leur esprit, leur assurait-on, offraient moins de résistance aux duretés du climat, aux intempéries de l'âme. De plus, elles risquaient d'être la proie de ces hordes de brigands qui sillonnaient le désert.

Ces bandits qui pillent les monastères et détroussent sans beaucoup de profit les ermites n'osent pas brutaliser ces « hommes de Dieu », de peur de déchaîner le courroux du ciel. Parfois, après les avoir dépouillés, ils se prosternent à leurs pieds et réclament leur bénédiction.

Une femme solitaire ne jouissait pas de cette considération. Les moines eux-mêmes s'en méfiaient.

Au cours de terribles nuits où les tentations fondaient sur eux malgré jeûnes prolongés et silence, le Mal prenait souvent figures féminines. Formes voluptueuses, chevauchant les flammes, brandissant des couteaux ; monstrueusement entremêlées à des aspics, des lions, des léopards...

Si, par aventure, une femme anachorète croisait leur chemin, elle leur était suspecte. Ces ermites se demandaient si cette apparence insolite n'était pas un prolongement de leurs songes démoniaques ?

Pour celles qui s'obstinaient dans leur choix, la nature avait vite fait de résoudre la difficulté. L'air aride et brûlant empoignait leur corps, gerçait leur peau, drainait la chair du ventre et des hanches ; asséchait, jusqu'à les racornir, les seins les plus capiteux.

Il ne suffisait pas de partir. Ce retrait du monde ne supprima pas les demandes les plus intimes de Marie ; le passé et ses entraînements continuaient de la hanter. Pour réduire ce corps affamé, elle l'enferma dans l'obscurité de la caverne, le laissa, des jours, sans manger et sans boire.

Plus tard, elle l'exténua par de longues marches au soleil ; elle le frotta aux sables, elle l'enfouit durant des heures dans le sol.

LES MARCHES DE SABLE

Un soir, la femme aperçut un errant. Ses cheveux, noués dans le dos, lui descendaient aux talons, son sexe était recouvert de feuilles de lolium. L'homme avançait d'un pas tranquille, glorifiant Dieu à haute voix. Marie brûlait de l'approcher et de lui demander ses lumières ; mais une crainte, une pudeur inconnue la retenaient.
Emportant ses louanges et sa paix, l'ermite s'enfonça dans le lointain.

Au début, Marie ne chercha pas à s'éloigner de son antre ; puis, peu à peu, elle apprit à connaître le désert.
Elle habita des tombeaux, se terra dans un arbre fossilisé des steppes salines, s'accroupit durant des semaines dans les marais, livrant son corps rétif aux moustiques et aux guêpes.
Durant toute une saison, elle accompagna un troupeau de buffles, qu'un moine avait domestiqué puis abandonné, et qui vaquait sans maître. Le jour, elle s'abritait sous leurs ventres, elle se couchait contre leurs flancs chauds.
Ses habits pouvaient s'effilocher et tomber en lambeaux, sa chair indurée lui servirait bientôt de revêtement !
Parfois, quand elle se regardait, un dégoût subit soulevait le cœur de Marie. Pourquoi avait-elle rompu avec elle tous ses privilèges, avec tous ses biens, dans la verdeur de l'âge ? Pourquoi quitter le temps avant que celui-ci ne s'écarte ?
Par moments, toutes les réponses lui échappaient et des blasphèmes se pressaient dans sa bouche. Une folle envie de vie, de poisson, de viande, de chansons dissolues l'envahissait. Elle ne s'en délivrait que par des danses obscènes, dont la lune, à son apogée, était le seul témoin.
Le plus dur à surmonter était le souvenir de Jonahan. À l'aube, elle revoyait son visage aimant, l'imaginait sous les caresses d'autres doigts. Pourquoi avoir sacrifié cet amour fragile au seul amour qui résistât à la durée ? À cet absolu qui n'est peut-être qu'invention de l'esprit, qu'image sans empreinte ?
En plein désarroi, Marie songeait au retour : fouler, une fois encore, le sol d'Alexandrie, la superbe. Reprendre corps et visage, courir vers Jonahan. Revivre !
Comme une bête qui se jette subitement sur sa proie, la solitude la déchiquetait. À ces moments-là, la jeune femme se serait contentée d'être un simple nom sur les lèvres de Cilia, un bref souvenir dans la mémoire de Carès, une pensée au cours d'une promenade de l'ânier.

Rien qu'une évocation sur des bouches vivantes !

Enfin, lorsque tout s'effondrait et que Marie frôlait les gouffres, soudain, venue des tréfonds de la vie, et de ses propres entrailles, une terre féconde faisait surface.

Argile où l'espérance prend racine ; terreau commun dans lequel les inventeurs, les bâtisseurs, les créateurs de mots, de sons, d'images ne cessent de puiser ; humains d'où les fous d'absolu, d'indicible, cherchent contre tout argument à tirer réponses, et qui secrète une part du fertile univers ; tout cela refluait vers elle.

Alors Marie respirait. Le sang renaissait dans ses vaisseaux, ses prières coulaient de source.

* *

N'ayant personne à qui se confier, Marie s'attachait à sa propre parole. Durant ces années de solitude – à voix basse, à voix haute –, elle ne cessait de monologuer. Tantôt, elle projetait ses mots devant elle comme une volée d'hirondelles, comme une meute sauvage ; tantôt, elle les rassemblait, troupeau rassurant où elle cherchait à se blottir.

Peut-être devrait-elle, un jour, y renoncer ? Peut-être, un jour, lui serait-il demandé de s'allier au silence total ?

Marie n'y est pas encore préparée ; ses mots continuaient de la soutenir, de la protéger.

Elle harangue les étoiles et le vent. Elle chuchote aux insectes, aux reptiles. Elle murmure à la poussière. Elle se rabroue, s'encourage. Elle brave ou glorifie Dieu.

Au début, pour laisser des traces de son passage, Marie écrivait sur les parois de sa caverne, sur l'écorce d'un vieil arbre, sur les briques en boue séchée de sa hutte. Elle s'y complaisait ; mariant, rythmant les mots ; dévoilant sa pensée à travers ces signes.

Mais pressentant le danger de ce jeu qui s'éprend de lui-même, de cette roue de chimères et de vanités, un matin elle gratta toutes ses marques, humecta les parois, effaça, partout, la durée.

Depuis, elle ne dessinait que sur le sable ; sachant que la brise du soir viendrait tout égaliser.

LES MARCHES DE SABLE

*
* *

L'apparition de Cyre l'avait stupéfaite.

Sa tournure, son habillement embrouillé, ce ramassis de chiffons multicolores sur sa tête, égayant la sévérité des dunes, l'avaient fascinée.

Face à cette butte où l'enfant se tenait les jambes écartées, les bras pendants, la bouche ouverte, Marie se demanda s'il lui serait encore possible de s'adresser à une créature humaine. À force d'être retournée sur elle-même, sa parole avait perdu toute autre direction.

Soudain, elle détala, talonnée par l'autre.

Se retournant plusieurs fois durant sa course, elle s'émut de cette poursuite pataude et naïve.

Enfin, les bras ouverts de Cyre avaient fait fondre sa méfiance.

Avec fougue, Marie s'y était précipitée.

À présent, elles marchent sur les sables, précédées par leurs ombres.

Marie regarde leurs silhouettes qui se rejoignent, s'entrecroisent. Puis, elle examine l'enfant dont elle n'ose plus s'approcher. Qu'est-elle venue faire par ici ? Est-elle la messagère d'un secret qu'elle-même ignore ?

L'immense écrin jaunâtre, au couvercle chauffé à blanc, s'approprie ces vivantes : Marie au visage effilé, Cyre aux traits de villageoise ; Marie effleurant à peine le sol, Cyre s'essoufflant, soulevant derrière elle des nuages de poussière.

Happées par l'énorme cloître de feu, elles avancent, sans se toucher : Marie, filament calciné entraînant derrière elle Cyre dans sa forme trapue.

Marie devançant Cyre, Cyre lestant Marie.

L'aînée parle, parle. L'enfant la fixe de ses grands yeux aux extrémités retombantes.

Submergée de paroles, Marie ne s'aperçoit pas que l'autre ne dit mot. Tout son passé s'éloigne, se décroche. Dorénavant, puisque Dieu a placé cette jeune créature sur son chemin, il ne s'agira plus que d'avenir !

À la pensée de la protéger, de l'initier aux ressources du désert, Marie exulte. Elle lui sera utile, elle la guidera. Si, un jour, Marie réalise que l'enfant servira mieux le Seigneur en retournant parmi les siens, dans son village, elle l'y raccompagnera sans regret et repartira seule.

— Qui t'a menée jusqu'ici ?

L'enfant ne dit rien.

— Réponds-moi, n'aie pas peur.

L'enfant la fixe, ses yeux de plus en plus élargis. Marie s'inquiète.
— Est-ce que tu m'entends ?
Cyre fait oui de la tête.
— Tu ne veux pas parler ? Mais pourquoi ?... Je te fais peur ?
Elle fait « non », en remuant ses lèvres. Puis, de sa main gauche, elle recouvra sa bouche.
— Tu as fait un vœu ?
L'enfant acquiesce et sourit.
Marie se rapproche, déçue ; elle aurait tant voulu partager les mots, entendre des réponses. Ne doit-elle pas s'efforcer de rompre ce silence de l'enfant ?
Celle-ci sourit toujours ; un sourire radieux.
— C'est bien, je parlerai pour nous deux.
S'agenouillant dans le sable, l'enfant trace à l'aide de sa baguette les seules lettres qu'elle connaît.
Marie lit : « CYRE ».
— Et moi, je m'appelle « Marie ».

*
* *

C'est le crépuscule. Les couches d'air s'aplanissent ; ce soir, elles ne tiennent pas en réserve ces vents furieux qui soufflent, parfois, durant des jours. Terre et ciel ne font qu'un.

Assises au pied d'une falaise où un large renforcement leur servira pour quelques temps d'abri. Marie grignote des herbes et des graines, Cyre engloutit une pleine poignée de fèves et croque une galette de pain durci.

Après avoir mangé, Marie récite des prières ; Cyre l'accompagne avec des battements de mains.

Plus tard, l'enfant emplira ses paumes de sables, les élèvera par-dessus sa tête, fera gicler d'entre ses doigts des cascades de poussière.

Arrosée d'une pluie jaunâtre, Cyre éclatera d'un rire qui découvrira ses dents étincelantes.

Un rire resplendissant qui entraînera celui de Marie !

ATHANASIA

Non loin, Andros se mourait.

Dans une grotte enfouie au sommet de cette même falaise, Athanasia, revêtue de sa robe de moine, se penche au-dessus de l'agonisant, hésite encore à tout lui révéler.

Pour la première fois depuis cinq ans qu'ils vivent côte à côte, elle ose enfin toucher, caresser ce visage criblé de rides ; sécher ce front, ces joues enduits de sueur, nettoyer ces membres ; essuyer du bout de ses doigts l'écume blanche qui suinte aux commissures des lèvres.

— Bénis-moi, Andros.

Le vieil ermite soulève sa main avec peine ; mais elle retombe avant qu'il n'ait pu esquisser un signe. Sa respiration ronflante, hachurée, ses soubresauts, toute cette lutte bruyante, forcenée, contre la mort, s'apaise. Andros paraît même consentir au départ, et glisser, avec soulagement, dans la calme enveloppe de son cadavre.

Au bord de l'aveu, Athanasia, avec un amour que l'âge n'a pas altéré, contemple cette face qui pâlit, qui s'absente. Si elle décide de parler, il faut faire vite.

Elle hésite de nouveau. Cette révélation tardive pourra-t-elle les rapprocher, aider Andros à s'éteindre plus tranquillement ? Ou bien bouleversera-t-elle ses derniers instants ?

Athanasia voudrait se suspendre à ce corps, arrêter le temps ; les empêcher de s'engloutir.

Elle veille. Depuis des jours, elle veille. S'accrochant à la couche d'Andros, comme à une carriole entraînée par d'invisibles chevaux, Athanasia lutte contre son départ et contre l'effondrement de leur mémoire commune.

Les roues de la charrette s'enlisent, tournent à vide, repartent ; entraînant le vieil homme dans leur course têtue.

De tous ses bras, Athanasia s'agrippe aux couvertures trouées, à la natte vétuste.

Transpercée de ces hurlements qu'elle n'a cessé d'entendre depuis l'exécution de leur fils Rufin, une tempête de sable s'engouffre dans la grotte et l'aveugle. Des vents vertigineux, emplis de vociférations, tourbillonnent autour d'elle et du lit mortuaire.

*
* *

Le long de l'imposant Corso – bordé de sycomores et de gracieux portiques –, les enchaînés avancent entre une haie de soldats.

Cherchant à ne rien perdre du spectacle, la foule, amassée des deux côtés, déborde sur l'avenue. Celle-ci donne sur une esplanade bâtie pour les rencontres et les célébrations. Plus loin, un pont traverse des canaux teintés de sang, qui charrient, depuis toute une saison, d'innombrables cadavres.

Perdus dans la foule, Athanasia et Andros, accompagnés de leur ami Thémis et de leur aîné, Antoine, ne peuvent plus rien pour leur jeune fils Rufin, qui marche parmi les condamnés.

Quelques jours auparavant, certains prétendaient avoir aperçu l'enfant parmi un groupe d'illuminés qui avaient arraché plusieurs idoles à leur socle et tenté de les démolir. Rufin, qui passait là par hasard, chercha à leur échapper ; mais, en ces jours meurtriers, il était plus facile de passer d'Orient en Occident que de se faufiler d'un quartier à l'autre de la cité.

Exacerbé, fiévreux, Antoine tente de percer la cohue, dans l'espoir insensé de se porter au secours de son jeune frère. La main ferme d'Andros le retient par l'épaule. Thémis s'approche, lui prend le bras, lui parle à voix basse. Le jeune homme se dégage avec hostilité.

Thémis recule, cherche le regard d'Athanasia. Il voudrait l'entraîner loin d'ici, l'empêcher d'assister à ce défilé.

Les yeux absents, elle reste clouée sur place. Thémis la reconnaît à peine ; Athanasia, belle, heureuse, devenue cette torche de douleurs, ce masque grisâtre, cette bouche trouée !

Qu'ont-ils à faire, Andros et elle, parmi ces faces frénétiques, ivres de leur propre fureur ?

LES MARCHES DE SABLE

Depuis des années, soutenu par la soldatesque, le pouvoir change de mains. Les deux croyances – chrétienne et païenne –, rongées par des divisions internes, se côtoient pacifiquement, s'accommodant de leurs différences. Soudain, elles s'emportent l'une contre l'autre, oublient leurs propres divergences, s'unissent derrière leurs bannières. Et c'est l'enchaînement des tueries, des représailles, des vengeances. Adeptes du Christ renversant les idoles, détruisant les temples. Adorateurs de Zeus, d'Amon ou d'Héraclès dévastant les lieux de prière, brûlant les images saintes.

Une fois de plus, le rôle de la divinité sera-t-il d'armer le bras, de frapper les iconoclastes, de réduire les schismatiques, de proscrire l'homme libre ? Ou bien est-ce les hommes qui manipulent leurs dieux, pantins à la solde de haines habilement changés en devoirs sacrés ?

Pour le moment, les divinités païennes retrouvent faveur : leurs partisans dominent et font régner l'épouvante ; leurs panthéons temporaires se redressent, d'autres sanctuaires se bâtissent en leur honneur. Temps de désordre, où les fondements du passé s'ébranlent. Temps de sévices, de colères exacerbées. L'agitation est contagieuse, la terreur se propage.

Ajoutant au déséquilibre de ce monde qui s'entre-déchire, des voix prophétiques annoncent sa fin prochaine.

Face à cette destruction imminente, certains, transportés par une frénésie de jouissances, accumulent richesses et plaisirs tandis que ceux qui ont à peine de quoi subsister s'oublient dans leur labeur. Quelques-uns se réfugient au désert pour fuir l'implacable servitude fiscale ou pour échapper aux persécutions. Un grand nombre, écœurés par cet univers absurde et ses contradictions, s'enfoncent dans les sables, espérant retrouver, à travers la vie d'ermite, une source originelle que le siècle a étouffée.

C'est par amour pour Andros qu'Athanasia a adopté le culte chrétien et fait baptiser ses deux fils. Peu portée vers la religion, elle imagine mal qu'un Dieu d'amour puisse sauver ou rejeter les hommes selon leur allégeance. Mais persuadée qu'Andros, dont elle admire l'intelligence et le caractère, a trouvé dans cette foi un accomplissement, elle s'efforce à son tour de la comprendre.

Athanasia éprouve, il est vrai, une tendresse maternelle pour cet enfant divin, puis pour ce crucifié. Elle a toujours été saisie d'une compassion immense pour la Vierge Marie, dont elle ne pensait pas subir, un jour, les affres ; plus cruelles, peut-être, puisqu'elle ne partage pas la ferveur de ses fils.

Souvent, avec leur ami Thémis, Andros et Athanasia ont discuté de ces questions. En dépit de chemins différents, leur entente est restée profonde.

Ébranlé par le fanatisme des siens, Andros demeure convaincu qu'une religion ne peut se juger d'après ses aberrations. Il estime que les croyants ne doivent pas déserter ; mais continuer de lutter parmi les leurs, pour sauvegarder la pureté de leur foi et travailler à son triomphe.

Thémis – qui n'ignore rien de la complexité des affaires religieuses et politiques de toute la région – a voué son existence à combattre et dénoncer les injustices, où qu'elles soient ; à se rendre, s'il le peut, sur les lieux où elles se commettent pour tenter de soustraire les persécutés à leurs bourreaux ; à harceler de missives ceux qui détiennent le pouvoir : « Que chacun soit libre de prendre la route qu'il croit bonne. Ni la confiscation des biens, ni le bûcher, ni le pal ne peuvent prévaloir contre la loi de l'esprit. On peut briser et tuer le corps si l'on veut. L'esprit s'échappe. Eût-on fait violence au langage, l'âme emporte avec elle la pensée libre ! »

Andros comme Athanasia partageaient ces vues avec Thémis ; son influence sur Antoine qui venait d'atteindre sa vingtième année leur était agréable. Thémis l'initiait à l'histoire, à la philosophie, aux lettres grecques et romaines ; son enseignement trouvait un large écho chez le jeune homme.

Mais à présent ?... En cet instant où Rufin est entraîné vers son martyre, que pèsent les idées de Thémis ? Que valent ses paroles de tolérance, de modération ? Antoine ne veut plus l'entendre, ne veut plus qu'il le touche. À peine supporte-t-il la main de son père sur son épaule. Son visage est blême, terriblement inerte.

L'orage gronde au-dedans : son long corps est parcouru de tremblements, ses tempes battent. Il voudrait rejoindre la macabre escorte, arracher un glaive, une hache aux gardes, tailler un chemin d'évasion aux condamnés.

En cet instant, Antoine n'a d'yeux, d'oreilles, de cœur que pour son jeune frère Rufin !

Andros s'accroche à son fils :

— Tu ne peux rien, Antoine. Reste avec nous.

S'il bouge, la foule tentaculaire se saisira de lui et réclamera sa mort.

— Nous n'avons plus que toi, Antoine ! Ne nous quitte pas.

La raison et l'amour ont singulièrement pâli, mais Andros remue quelques miettes d'espoir :
— Paix, paix, mon enfant. Bientôt Rufin rejoindra notre Sauveur.
Ces mots ne sont que de nouvelles blessures. Père et fils, prisonniers de cet océan de corps, savent que toute action est impossible.
Aucun d'eux ne se souvient qu'Athanasia les a suivis.
Celle-ci sent sa tête se vider ; une envie de vomir lui monte à la gorge. Ses genoux ploient, elle s'effondre, se noie dans la foule, et risquerait d'être piétinée si Thémis ne l'avait aperçue.
Celui-ci se débat, s'ouvre un passage jusqu'à elle.
Les uns s'écartent, d'autres viennent à son aide et transportent la femme évanouie loin de la cohue.

Arrivés au bout du Corso, il reste aux condamnés une certaine distance à parcourir pour atteindre l'esplanade.
Antoine entraîne son père derrière lui. Andros résiste mais, chargé d'une rage invincible et tirant celui-ci par la main, Antoine continue à se frayer un chemin jusqu'à la place d'exécution. Il veut être là. Il veut regarder jusqu'au bout. Il faut que l'horrible scène se grave en lui, à jamais. Il faut que, tenace, l'image alimente sa vengeance, dût-elle attendre des années pour s'accomplir.
Alourdis de chaînes aux pieds, de colliers de fer autour du cou, les prisonniers avancent, à pas lents, laissant à la populace le loisir de les abreuver d'injures et de leur lancer des déchets.
Leur groupe se compose de quelques hommes, de plusieurs adolescents et d'une femme à la tignasse rousse, dont la voix enflammée s'élève, dominant les autres cris.
Soudain tous les regards se tournent vers une allée latérale. Les rictus s'effacent, les visages s'épanouissent. Une hilarité générale s'empare de la foule, qui s'ouvre en deux pour laisser passer le dernier des condamnés auquel les autorités ont réservé un traitement différent.
Il s'agit du vieux juge Busiris, que l'on a déguisé en femme et fait grimper sur un chameau.
Sous la conduite de son guide, un ancien centurion qui manie avec dextérité une baguette de jonc, l'animal exécute les contorsions les plus bouffonnes, et le vieillard cahoté prend des poses grotesques pour ne pas choir et se rompre le cou.
Porté par les rires énormes de la foule, le vieux Busiris éclate de rire à

son tour. Perché sur son animal, oubliant qu'il se rend à son propre supplice, le vieil homme ajoute encore à la plaisanterie en pouffant et en se tordant de rire.

On a blondi les cheveux du juge, on l'a revêtu de robes multicolores sur lesquelles on a peint une croix noire. On a prolongé ses somptueux vêtements par une traîne, jaune et luisante, qui flotte autour de la queue du chameau et balaye le sol.

Plus tard, le guide se servira de cette étoffe soyeuse pour étrangler le vieil homme.

Enfin, l'extravagante apparition ayant rejoint le peloton des proscrits, la multitude se resserre et retrouve son masque implacable. De sa voix aiguë et uniforme, elle injurie ce juge « plus glouton qu'un porc », cette petite troupe réduite à l'impuissance ; et en appelle aux dieux que ces chrétiens ne cessent de profaner !

La foule invoque Dionysos jeté au bas de son autel ; Apis, dont la statue a été mutilée ; d'autres idoles détrônées ; d'autres encore, aux effigies martelées... Malgré un grand nombre de conversions à la religion nouvelle, ces divinités, qui ont traversé des générations, imprègnent encore la chair et les pensées de ce peuple qui – par sursauts – se soulève de fureur contre ceux qui cherchent à les supprimer.

Parmi les captifs, la plus agitée était une femme aux cheveux roux nommée Maura.

Récemment convertie, Maura, les yeux exorbités, la chevelure épaisse, s'élançait vers son supplice avec une passion de néophyte. Comme si elle craignait que ses persécuteurs, décidant soudain de lui faire grâce, ne le privent des palmes du martyre ; elle se retournait sans cesse vers ses compagnons, les priant d'accélérer leur marche.

Apercevant Rufin – le plus jeune –, qui pouvait avoir dix ans, elle le héla, s'empara de sa main et le tira jusqu'à la tête du cortège.

La veille, Maura avait repoussé les offres d'un réseau secret, formé en grande partie de boutiquiers. Ceux-ci venaient souvent au secours des condamnés pour les aider à fuir ; grâce à leurs nombreuses connivences, ils leur procuraient une succession de refuges dans les campagnes.

Ces marchands agissaient surtout pour jouer un bon tour à la police ; depuis qu'elle prêtait main-forte aux agents des finances pour assurer la rentrée des impôts, celle-ci était devenue leur bête noire. Ces boutiquiers ne réclamaient aucun paiement ; ils s'estimaient largement rétribués de

LES MARCHES DE SABLE

leur peine par le seul plaisir qu'ils avaient à tromper les autorités et leurs serviteurs.

La masse rougeâtre des cheveux, la face fiévreuse effleuraient la tête aux boucles noires de Rufin. Cherchant à lui communiquer sa flamme, Maura exhortait l'enfant à répéter ses paroles qu'elle entremêlait de citations évangéliques :

— Reprends après moi, petit. Entraînons-les !

Dérouté par ces cris, par cette exaltation dont il n'avait pas l'habitude, l'enfant se retourna plusieurs fois vers la foule, cherchant à retrouver le visage retenu et grave d'Athanasia.

— Répète après moi ! Nous les aiderons ensemble à entrer dans la vie éternelle.

La langue sèche, l'enfant ne parvenait pas à répondre aux appels exacerbés de Maura. Elle se pencha vers lui :

— Comment t'appelles-tu ?

— Rufin.

— Fais comme je te dis, Rufin. Moi, je connais les voies du Seigneur !

Il répéta, à sa suite, dans un murmure :

— Alléluia, courons vers le Seigneur !

— Pourquoi vous taisez-vous, mes frères ? Ne vous laissez pas conduire tête baissée à l'abattoir. Faites comme moi, faites comme l'enfant. Avancez en glorifiant le Très-Haut. Les portes du ciel s'ouvrent devant nous !

Elle secoua le bras du jeune garçon :

— Plus fort, Rufin ! On t'entend mal. Plus fort !

Les gardes laissaient faire avec des sourires amusés.

Depuis des jours, l'enfant vivait dans la démesure. L'avant-veille, attiré par la fumée rouge qui montait d'un quartier de la ville, il était parvenu aux abords du temple qu'une populace déchaînée mettait à sac.

Quelqu'un avait forcé une torche flambante dans sa main, et des soldats l'avaient très vite capturé. Les chrétiens avaient été tellement battus et maltraités que Rufin, se proclamant fièrement des leurs, cessa d'affirmer son innocence, Rufin s'était laissé jeter avec eux au fond du cachot.

Maura s'époumonait :

— J'étais la dernière, je serais la première...

Ses hurlements redoublaient :

— Plus fort, mon enfant ! Répète après moi : Le Seigneur mon Dieu est entré dans ma maison. Le Seigneur m'a reconnu ! Suivez-moi, suivez-nous à la rencontre du Seigneur !

Le souvenir de sa mère retenait encore Rufin. Il avait peur, très peur. Sa peau moite et glacée dégageait une odeur animale.

Rufin sentait bien que tout était perdu. Les siens étaient impuissants ; Thémis, malgré ses relations, avait été incapable de le sauver. Mais aurait-il accepté d'être sauvé, seul, après cette nuit de tortures ?

À présent qu'il les connaissait, un à un, ces exaltés de la veille, Rufin se sentait solidaire de chacun d'eux. Il avait partagé leurs souffrances, leur terreur ; il avait entendu le son mat des coups administrés par leurs tortionnaires, leurs respirations saccadées. Il avait subi avec eux le poids de l'attente ; passé deux nuits, deux jours, ensemble, dans ce cachot puant de sueur et de déjections. Plus rien ne pouvait les séparer.

Il ne lui restait qu'un désir : se réfugier pour quelques instants dans les bras d'Athanasia ! Redevenir, pour quelques instants, un enfant sur les genoux de sa mère ; se blottir contre son ventre, frotter son visage contre la douce poitrine, puiser amour, puiser confiance dans cette chair maternelle.

Il se serait même contenté d'apercevoir Athanasia. Rien que de loin... De la découvrir comme jadis, debout à l'ombre du vieil eucalyptus de leur jardin. Cette seule image l'aurait aidé à triompher de la mort ; à l'affronter sans gémissements.

Mais Athanasia n'était plus la même ; ces deux journées l'avaient transformée. Rufin revoyait son visage de la veille se pressant aux barreaux de la prison, cherchant son fils parmi les condamnés.

Il la voit, repoussée par les gardes.

Ce visage labouré, défiguré par la douceur, ne cesse de ressurgir, traversant, anéantissant l'autre visage, calme, tranquille, rayonnant.

Bouleversé d'avoir été la cause de cette dévastation et de ne plus rien pouvoir pour sa mère, Rufin s'élança, soudain, à la suite de Maura.

Les cris de celle-ci atteignaient un paroxysme :

— Reprends après moi, petit : Suivez-nous jusqu'aux portes du ciel ! Les archanges ouvrent leurs bras. Nous sommes les élus du Seigneur !

À son tour, Rufin se déchaîna, reprenant les gestes et les vociférations de la femme.

— ... les élus du Seigneur !

— J'entrerai dans mon Royaume. Il est venu pour jeter le feu sur la terre ! Qui sommes-nous pour éteindre ses flammes ?
— ... le feu sur la terre !
Maura se pencha, posa un baiser sur sa tête.
— C'est bien, petit, continue après moi, jusqu'à la fin : Buvons joyeusement à cette coupe, mes frères, remercions le Seigneur. Mourir pour lui, c'est vivre !
— ... c'est vivre !
Enivré par ses propres cris, l'enfant est au bord du vertige. Parmi le troupeau serré et morne des condamnés, certains pressent le pas et se mettent à chanter.
— En vérité, il n'y a ni homme, ni femme, ni enfant ! Nous ne sommes plus qu'un. Nous ne sommes plus que les membres du Bien-Aimé.
— ... du Bien-Aimé, répète l'enfant.

L'air, épaissi par la fumée, montait d'un bûcher hâtivement mis en place.
Le jeune Rufin fut saisi en premier.
Durant quelques instants, son corps se raidit, batailla. Sa bouche se déforma d'horreur. Puis, d'un coup, ses muscles se détendirent, il s'abandonna aux mains de ses gardes et se laissa entraîner.
Maura essaya de rattraper l'enfant arraché à son étreinte. Repoussée, elle roula par terre en convulsions. Un des hommes, à califourchon sur sa poitrine, la maintint, le dos au sol.
Tandis que la roue avance, Rufin clôt ses paupières.
L'espace s'emplit de silence.
Andros garde les yeux fermés, lui aussi.
Les os de son enfant se brisent dans son propre squelette.

La roue pivota. Le bourreau dégagea le corps flasque de Rufin.
L'unique vie de son enfant venait d'être arrachée aux entrailles d'Andros.
Encouragés par la populace, les tortionnaires débitèrent ce corps en morceaux, qu'ils jetèrent ensuite dans le brasier. Ainsi, aucun ossement ne pourrait devenir objet de culte.
Alimentant sa vengeance, s'aguerrissant à ce spectacle sanglant, Antoine garda les yeux ouverts. Jusqu'au bout.

*
* *

Au fond de cette grotte, taillée dans la haute falaise – au pied de laquelle Marie et Cyre se sont fixées pour quelques jours –, Andros continue d'agoniser. Souvent Athanasia se lève, recule jusqu'au fond de l'antre, essuie ses larmes du revers de sa manche ; avant de revenir s'agenouiller auprès du moribond. La pâleur de celui-ci, ses traits aspirés au-dedans par la maigreur et la maladie font de ce visage une surface plane sur laquelle tous les visages précédents viennent s'inscrire.

Athanasia revoit celui des vingts ans d'Andros, ses yeux pleins d'audace, sa bouche pulpeuse ; celui des trente ans, plus attentif, plus réfléchi, aux contours toujours fermes, avec cette imperceptible ride au coin des paupières ; celui des quarante ans, cruellement touché, bosselé par la douleur. Visage qu'Athanasia confond par moment avec celui – mort ou vivant – de Rufin ou d'Antoine, leur fils.

**

Pour le sauver des persécutions en cours, Andros avait entraîné son fils aîné au désert. En menant quelque temps en sa compagnie une vie d'ermite, il pensait l'éloigner de tout danger. Andros espérait aussi que la plaie béante qu'était la mort de Rufin se refermerait, et que le désir de vengeance qui hantait Antoine se transformerait, sa foi s'affermissant, en pardon. Le chemin serait ardu, mais la croyance d'Andros semblait fortifiée par l'épreuve.

Pour ne pas entraver leur fuite, ou se retrouver seule dans la cité, Athanasia avait accepté de se retirer dans son couvent.

Ce jour-là, au seuil du monastère, Athanasia les regarde partir, les mains crispées, les ongles plantés dans ses paumes.

Elle se retient pour ne pas les rappeler. Vivre loin d'Andros lui paraît au-delà de ses forces. Cette vie qu'elle a tant aimée lui semble vaine, éteinte ; depuis la mort de Rufin, depuis ces événements qui les ont détruits un à un, Athanasia a perdu le goût du présent et de l'avenir. Tandis qu'elle les regarde s'éloigner, elle voudrait que tout s'arrête.

Andros l'emportera avec lui, où qu'il aille. Il le lui a dit, elle en est persuadée, et ils n'ont pas d'autre choix ! Mais Athanasia souffre de n'avoir plus d'autre réalité que le rêve.

Pourtant, elle s'y fera.

Une lueur obstinée s'éveillera, et durant des années elle n'aura que cette clarté ténue pour la tenir debout.

Athanasia – bâtie pour le jour à jour, pour tout ce qui se voit, se touche, se palpe – se contentera de cette miette d'espérance. Elle se persuadera que les luttes fratricides cesseront bientôt, qu'Antoine retournera à la ville. Qu'elle revivra avec Andros !

Cinq années s'écoulèrent, un temps qui stagne ou qui s'élance. Toujours sans nouvelles des siens, Athanasia décida de quitter le couvent et de partir à leur recherche. Elle en parla à la supérieure qui consentit à ce départ.

La séparation serait difficile, les religieuses l'avaient entourée comme des sœurs et des filles ; elle-même avait su se rendre utile. En apparence, sa vie au couvent s'était déroulée sans heurt et dans une sorte d'harmonie.

Pourtant, jamais la douleur d'être loin d'Andros, l'angoisse de tout ignorer du sort d'Antoine ne s'étaient relâchées ; continuellement une main aux griffes pointues lui étreignait, lui lacérait le cœur.

Le jour du départ, ses sœurs l'aidèrent à se transformer en moine, lui rasèrent la tête, lui donnèrent un bâton de pèlerin.

Elle partit.

L'âge, la souffrance l'avaient marquée, elle prit le nom d'Isma et n'eut aucun mal à se faire passer pour un ermite.

Durant de lentes années, le désert poursuivit son travail d'érosion. Les traits de plus en plus charpentés, la voix de plus en plus éraillée, Athanasia devenait méconnaissable.

Elle voyagea seule, questionnant tous ceux qu'elle croisait sur sa route, visitant un monastère après l'autre ; s'y fixant pour de longs séjours dans une de ces cabanes réservées aux ermites.

Deux autres années défilèrent sans qu'elle eût rien appris sur Andros ou Antoine. Le mystère qui enveloppait la vie des errants était si épais que leurs existences singulières se dissolvaient rapidement dans celles de tous ces ermites, innombrables et anonymes, tapis dans le désert.

Un matin, durant l'une de ces aubes qui se présentent comme un gouffre, ou un mur infranchissable, étant rapidement sortie de son abri pour fuir l'immobilité et faire quelques pas sous le soleil levant, Athanasia l'aperçut.

Elle vit Andros. Venant le long d'une dune, s'avançant vers elle ; à pas lents.
Ces sept années avaient fait de lui un vieillard. Mais elle l'aurait reconnu entre des milliers !
Elle allait s'élancer à sa rencontre, quand il s'agenouilla sur le sable. Les mains jointes, il priait avec une ferveur, un recueillement qui la clouèrent sur place et semblaient exclure tous les vivants.
Maîtrisant ce cœur rempli de soubresauts, elle attendit, espérant qu'à mesure qu'il se rapprocherait Andros la reconnaîtrait à son tour. Sa joie était telle qu'elle en oublia Antoine ; et se retint pour ne pas courir, se jeter aux pieds de son amour, entourer ses jambes de ses bras, lui embrasser les genoux.
Andros continuait d'approcher, très lentement, s'appuyant sur son bâton.
À quelques pas d'elle, il éleva le bras en direction de la bâtisse :
— Tu habites dans ce monastère, mon frère ?
Le souffle coupé, elle ne répondit pas, mais glissa sa main sur son visage dénaturé comme pour en effacer les marques.
— Je suis un vieil homme atteint par la maladie et à moitié aveugle. Je vis seul dans une grotte et suis venu, parmi vous, chercher un compagnon de solitude et de prières.
Athanasia décida de le suivre et d'être ce compagnon.
Persuadée qu'il parlerait de leur fils Antoine, de leur existence durant cette longue séparation, elle pensait qu'elle pourrait, bientôt, lui dire qui elle était.
Andros et Athanasia partagèrent le même abri, séparé en deux par une paroi intérieure. Comme poussés par une secrète parenté, ils s'étaient ajustés, tout naturellement, l'un à l'autre.
Elle apprit tout sur son fils, sur leur vie en commun, sur les déchirements qui avaient suivi ; mais jamais les circonstances ne lui permirent de révéler son identité.
Chaque fois qu'elle était sur le point de parler, il lui semblait que se faire reconnaître rattacherait Andros à ce passé dont il cherchait à se détourner. Tendu vers la prière, aspiré par la contemplation, toute attache terrestre l'entravait.
Athanasia se tut ; sans toutefois perdre l'espoir de lui parler un jour.
Cinq autres années passèrent...

*
* *

LES MARCHES DE SABLE

Le vieil homme respire de plus en plus mal. Ses membres s'agitent, des râles gonflent sa poitrine. Mais son visage flotte au-dessus de cette tourmente comme un îlot de paix.

Athanasia déborde de tendresse pour ce vieux corps flétri par l'âge, dégradé par la maladie. Elle voudrait le serrer dans ses bras, poser ses lèvres sur cette bouche trempée d'écume.

Rien en Andros ne la rebute, ne lui répugne. Malgré ce temps qui les a tenus éloignés, l'intimité des jeunes années a presque fait un même corps de leurs corps dissemblables, les a presque nourris d'un même sang.

Andros vient d'ouvrir les yeux :

— Tout est lumière, Isma.

Tant de paix dans ce regard ! Athanasia voudrait s'y enfoncer, s'y dissoudre. Elle ne peut ni ne veut imaginer un monde dont Andros serait absent.

Mais soudain elle sait qu'il n'a que quelques instants à vivre ; que les portes se refermeront irrémédiablement sur un avenir jusqu'ici toujours probable et en lequel elle n'a cessé d'espérer. Ce mur contre lequel elle va dorénavant se heurter se dressera devant elle pour toujours.

Athanasia se penche, s'accroche des deux mains à la couche du mourant et, dans un tumulte d'amour et d'effroi, murmure :

— Je suis Athanasia !

La grotte entière prend feu. Les yeux encore ouverts d'Andros deviennent démesurés :

— Pourquoi ?

Puis rien.

Plus rien que son dernier souffle.

La grotte se resserre autour d'Athanasia comme un étau. Cette dernière parole d'Andros, elle sait qu'elle n'en pénétrera jamais le sens. Ce « pourquoi ? » la poursuivra jusqu'à sa fin.

Athanasia appelle, crie, s'efforçant de ramener Andros. Il est au-delà de tout appel, au-delà de tout cri. Andros ne peuple plus aucun lieu de la terre !

L'absence est, cette fois, totale. La solitude, absolue.

Les sanglots l'étouffent. Athanasia voudrait fracasser sa tête contre la paroi rocheuse. Athanasia voudrait s'attacher à ce cadavre et se décomposer, lentement, avec lui. Elle hait ce désert qui lui a volé tant d'années ;

elle hait cette folie des hommes mal taillés pour la paix et qui n'aspirent qu'aux massacres.

Athanasia repousse Dieu, rejette l'âme. Que lui fait l'âme, invisible, impalpable, à laquelle Andros aura consacré la fin de sa vie ! L'âme muette d'Andros, son âme soudain tarie, qu'est-elle lorsque le corps s'absente ? Que reste-t-il de l'âme lorsque voix, gestes, regards se sont interrompus ? Faut-il inventer l'âme, l'imaginer, la nommer, la rêver, pour ne pas affronter l'existence telle qu'elle est ? Oui, telle qu'elle est : à la solde du temps et des événements !

Athanasia vomit l'âme !

En cet instant, elle ne voit plus, ne croit plus qu'en ce « corps », en voie de pourrissement.

Trop, elle a trop souffert ! Elle voudrait en finir de tous ces deuils, de toute cette solitude... De ces obscurités qui n'étaient soutenables que parce que Andros vivait ; de tous ces tourments qu'elle n'endurait que parce que Andros était encore de ce monde, et qu'un jour il serait là, dans la chaleur, la proximité de sa présence.

Oubliant de rabattre les paupières du mort, Athanasia sort de la grotte, hagarde.

Le soleil est à son zénith ; elle lui offre sa face et ses yeux, pour qu'ils soient consumés. Mais sa chair est forte, elle résiste aux agressions.

Empruntant le chemin que ses pas et ceux d'Andros ont tracé au flanc de la falaise, Athanasia descend vers la plaine. Sa tête est vide ; même les sanglots l'ont quittée. Elle marche, sans savoir, où ses pas la mènent ; elle s'enfonce dans cette étendue vacante, démesurée.

Aveugle et sourde, Athanasia descend le long du chemin pierreux.

Parvenue au bas de la falaise, elle n'entendra pas tout d'abord ces rires. Elle ne verra pas ces deux créatures qui remuent et rompent la léthargie du désert.

*
* *

Après leur première nuit passée au pied de la falaise, Marie et Cyre, accroupies l'une en face de l'autre, abritées du soleil par un pan rocheux, partagent des graines, du pain, de l'eau.

— Je connais un endroit avec de l'herbe et une mare. Nous pourrons y vivre quelques jours.

LES MARCHES DE SABLE

Marie hésite à reprendre la route et cherche d'abord à s'habituer à l'enfant, à traduire ses mouvements, à traverser son mutisme. Faut-il l'entraîner vers plus de silence encore ? Faut-il l'accompagner dans un monastère ou bien la ramener dans son village ?
— Tu t'es perdue ?
De son index, Cyre trace sur les sables la forme de son couvent ; elle insiste sur la hauteur des murs, sur la porte massive, carrée. Puis, ses doigts s'allègent, filent sur la surface du sol et s'éloignent à toute vitesse de la bâtisse close.
— Tu as fui ?
Cyre fait oui de la tête.
— Et ton village ? Depuis combien d'années l'as-tu quitté ?
Cyre amasse dans sa paume trois cailloux.
— Trois ans ?
Elle ne sait pas au juste. Elle ignore aussi son âge : est-ce dix, onze, treize ans ?
— On te recherche ?
Cyre gonfle ses joues, souffle sur le couvent qu'elle rend à la poussière.
— Tu veux tout effacer ?
L'enfant lui donne ses deux mains.
— Tu voudrais qu'on reste ensemble ?
L'enfant fait « oui, oui », par des saccades répétées de la tête et du corps.

Marie continuera à poser des questions et décidera d'attendre quelques jours avant de repartir. Peut-être iront-elles visiter le vieil ermite Macé dont l'ânier lui avait parlé jadis.
— Quand tu te sentiras perdue, va le voir, il t'aidera.
Si Macé vit toujours, il habite un fortin en ruine, non loin de cette falaise.
Cyre lape le creux de ses mains pour ne rien perdre de la bouillie. Pour elle, Marie aimerait faire surgir de terre des fruits, des légumes à profusion. Mais tout est aride ; dans ses déplacements, elle n'a rencontré qu'un seul arbre aux feuilles grisâtres, aux racines apparentes et multiples. Marie s'était même réfugiée, durant quelque temps, dans le trou creusé par d'autres à l'intérieur de ce vieux tronc.
De ses deux mains, Marie relève la touffe de cheveux plâtreux et coriaces qui lui retombent sur le front. Pour amuser l'enfant, elle jette une fève en l'air et la rattrape dans sa bouche. Puis, elle invite Cyre à l'imiter.

Celle-ci essaye à son tour ; mais la graine rebondit sur sa joue et tombe dans le sable. Elle furètent longtemps avant de la retrouver.

Captivées par ce jeu, elles recommencent, riant aux larmes.

Un rire qui s'élance par-dessus leurs têtes, retombe et se déverse sur leurs épaules, arrose le désert. Marie se baigne dans les fontaines de ce rire oublié !

Mais a-t-elle jamais connu un tel rire ? Même dans sa propre enfance ? Marie ne garde le souvenir que de rires gras ou de ricanements qui, lors de sa vie précédente, accompagnaient l'excès de boissons, les mets raffinés et les paroles lubriques. De rires qui tournent en dérision le rire.

Les temps se chevauchent. Marie se rétracte, puis Marie se détend. Marie se laisse inonder par ce rire neuf qui ressemble à la joie.

Tout à leurs rires, elles n'ont pas entendu Athanasia qui descend vers elles d'un pas erratique.

Le capuchon rejeté sur ses épaules, se parlant à elle-même, faisant de larges mouvements de bras, Athanasia avance dans leur direction. Soudain, alertée, Marie se retourne et l'aperçoit.

Cyre lève les yeux, fixe à son tour la grande figure vêtue de bure.

Les rires se sèchent dans leurs gorges.

Cyre s'est redressée. Debout, elle contemple cette femme au visage baigné de larmes. Ebranlée par cette souffrance dont elle ignore la cause, Cyre s'incline lentement devant Athanasia.

— Qui es-tu ?

L'esprit ailleurs, celle-ci lance sa question, pose la main sur la tête de l'enfant, sans chercher de réponse.

Marie se lève, et lui fait face avec ses yeux brûlants.

Devant cette forme presque nue, aux contours atrophiés, Athanasia recule.

— Ne t'effraie pas ! Jadis, j'étais une femme...

Marie se tient à l'écart, attendant que l'autre s'habitue à son apparence et vienne vers elle.

Athanasia, elle aussi, était une femme jadis ; l'âge et le désert se sont alliés pour la défigurer. Est-ce aussi pour cette raison, pour qu'il puisse garder d'elle une image radieuse, qu'elle ne s'est jamais fait reconnaître d'Andros ?

Les ravages du climat et du temps, Athanasia les a subis malgré elle. De Marie, il en est tout autrement.

Surprise par cette rencontre, tirée hors de sa propre tourmente, Athanasia devine chez cette créature étrange au regard dévorant un choix délibéré de réduire son corps. Une volonté de devenir roche et brasier.
— Le Seigneur m'a voulue ainsi.
La voix soyeuse s'accorde mal à cette forme pétrifiée.
Athanasia se rapproche :
— Comment t'appelles-tu ?
— Je m'appelle Marie. L'enfant se nomme Cyre... Et toi ?
Athanasia remet son capuchon, sèche les larmes du revers de ses mains :
— Je viens de perdre mon époux.
Elle n'a plus de nom. Elle n'est plus que cela : une femme en deuil de son amour. Le reste s'efface : tous ses passés, tout l'avenir. Noyée dans ce malheur, cent fois imaginé et pourtant inimaginable, plus rien n'a de réalité pour Athanasia.
— Il est mort. Andros est mort !
— Pourquoi portes-tu cet habit de moine ?
— Je ne sais plus. Je ne sais rien. Andros est mort !
— Quand est-il mort ?
— Ce matin...
— Et tu l'as laissé ?
Le présent transperce les brumes. Athanasia se retourne vers la falaise, cherchant des yeux l'ouverture de la grotte.
Des paroles d'Andros lui reviennent en mémoire : « Quand je serai mort, bouche l'entrée de la caverne, mon frère, et pars à la recherche d'autres compagnons. »

*
* *

Athanasia précède Cyre et Marie sur le sentier qui grimpe vers la grotte. Malgré la chaleur et son souffle saccadé, Athanasia force le pas. Mais, à l'entrée, elle hésite.
— J'entre la première, dit Marie.
Marie s'approche de la couche ; les yeux du vieillard sont ouverts, vitreux. Elle se tourne vers la femme :
— C'est à toi de fermer ses paupières.
Le visage d'Andros semble rajeuni. Délivré des dernières convulsions, le corps a rejoint ce visage dans sa paix.
Athanasia se penche à son tour au-dessus du cadavre et cherche les traces d'Andros dans cette figure immobile, lointaine. Elle s'impose de le

regarder, de l'accepter tel qu'il est devenu. Elle touche ce froid de la peau, elle caresse la chair bleuâtre des mains. Un sursaut de révolte la rejette en arrière ; soudain elle veut, elle réclame le retour du souffle d'Andros. Qu'il revienne, ce souffle, qu'il l'habite à nouveau ! Même séparé d'elle, dans un autre lieu du monde, que ce souffle fasse exister Andros, où qu'il soit ! Loin, ailleurs, qu'Andros se lève, qu'Andros respire !
Qu'Andros soit, une fois encore !
Athanasia embrasse ce front de glace, pose ses lèvres au coin de cette bouche qu'elle n'a pas approchée depuis tant d'années. D'où lui venait cette patience ? N'aurait-elle pas dû forcer le temps ?
Tout est trop tard. Le couperet s'est abattu, l'avenir est clos.

Toute la nuit, les trois femmes ont veillé.
Une mèche de la lampe à huile se consumait, projetant leurs ombres sur les parois.
Dans un coin de la grotte, Marie prie à haute voix :
— Seigneur, toi qui es mort et ressuscité, reçois ton serviteur Andros.
La mort ne lui fait plus peur. Ces derniers temps, le combat s'est apaisé, les bras du Seigneur se sont refermés autour de Marie, cette douceur la réconforte. Le passé ressemble à un paysage à peine traversé ; il lui arrive même de penser à Jonahan sans trouble et sans regret.
Marie suit des yeux chaque geste d'Athanasia :
— Tu ne m'as pas dit ton nom ?
— Athanasia.
— L'esprit d'Andros vient d'échapper à toutes les prisons ; réjouis-toi, Athanasia. Tes larmes sont une nouvelle naissance.
Cyre va, vient, nettoie la grotte, recouvre les pieds nus du mort d'une peau de chèvre. Cyre entre et sort de la caverne, amasse des morceaux de roche qui serviront à murer l'entrée.
Parfois Cyre s'approche du cadavre et, familièrement, lui tapote les mains, lui caresse la face. Elle en a vu des morts, son enfance en était peuplée ! Que d'enfants à jamais immobiles, que de vieillards doucement assoupis qu'elle a lavés, enveloppés de leur linceul. Que d'oncles, de tantes, de frères, de sœurs, de cousins, enfouis dans le coin du village sous leurs monticules de terre ; petites barques renversées, dissymétriques, pétries de la même argile que la maison des vivants. Troupeau de morts qui augmente avec les années et ne vous quitte plus.
Ne pouvant partager les prières de Marie, ni les larmes d'Athanasia,

Cyre, tout en continuant de frotter, s'est mise à chanter. Un chant sans paroles, que les mots de Marie viennent ponctuer. Cette musique limpide résorbe les aspérités de la grotte, la cassure de la mort. Envahie par ce chant, Marie accompagne son oraison d'un mouvement du buste et de la tête. Le visage d'Athanasia s'aplanit :
— C'est beau, petite ! Qui t'a appris à chanter ?
L'enfant hésite au bord de la réponse. Puis, sans rien dire, reprend le chant.
Les sons filent sans la césure des mots. Ils entraînent et relient entre eux les choses, les lieux, les créatures.
— Pourquoi ne parles-tu jamais ?
Très bas, Marie dit :
— Cyre a fait vœu de silence.
Marie, pour qui les paroles sont pain de vie, et qui n'a cessé de les ranimer au plus profond de sa solitude, se demande si elle n'a pas été placée sur le chemin de Cyre pour les lui redonner et la tirer de son mutisme, quel qu'en soit le prix ?
Du même geste que les ancêtres qui embaumaient leurs morts, Cyre vient de placer une brique sous la nuque d'Andros. De ses deux paumes elle lisse sa robe de bure.

Avec des briques, de la boue, de la pierraille, les trois femmes élèveront, durant trois jours, un muret pour boucher l'entrée de la grotte.
Avant de tout refermer, Cyre et Marie regardent, une dernière fois, par la minuscule ouverture, vers l'intérieur.
Enfin, c'est le tour d'Athanasia. Le visage d'Andros reçoit et renvoie les rayons qui s'infiltrent dans la caverne.
Andros navigue, souverainement, vers son éternité ; vers ce lieu de réconciliation qu'il a tant appelé. Les divinités se rejoindront pour l'accueillir : Sérapis, le secourable ; Zeus, le rayonnant ; Jéhovah, le Très-Haut ; et ce crucifié aux paumes trouées, aux mains ouvertes. Là-bas, ciel et terre ne seront qu'un.
Le front collé aux pierres, Athanasia contemple Andros de tous ses yeux. Dans ses entrailles, paix et cris s'affrontent. A-t-elle jamais cru en cette éternité où les corps se redressent et revivent comme jadis ? De quel jadis parle-t-on ? Quel jadis entraîne-t-on avec soi dans sa tombe ? Quel moment, quelles pensées, quel âge d'une existence seront là, présents, ressurgis ?

Trop de questions se pressent auxquelles Athanasia n'a jamais trouvé de réponse.

Faut-il des réponses ? Ne suffit-il pas d'avoir cette foi qui dissout les montagnes, et qu'elle n'a jamais ressentie ?

En dépit de l'horreur et du désespoir, Athanasia ne croit, n'espère qu'en la vie. Cette vie qui ne cesse de se hisser à travers les obstacles, d'apparaître à chaque battement, à chaque regard.

Tandis que la survie...

Comment l'imaginer ?

— Andros...

Athanasia le contemple à travers ce qui n'est plus qu'un trou dans le mur. Jamais plus elle ne le retrouvera, sauf au fond d'elle-même. Mais qu'est-ce qu'une image, qu'un souvenir, comparé à la présence ?

Prise de vertige, Athanasia recule, s'adosse à la paroi rocheuse.

Bourrant de pierres l'ouverture qui se réduit, Cyre et Marie accompliront, sans elle, le travail jusqu'au bout.

Se plaçant au milieu des deux femmes, Cyre leur tend les mains ; puis les entraîne sur le chemin qui redescend vers les dunes.

Soulevant des nuages de poussière, se rattrapant l'une à l'autre, elles dévalent la pente.

Soudain Athanasia s'arrête, se retourne vers la grotte.

Celle-ci s'est éloignée, rétrécie ; le muret qui isole la tombe s'est dissous dans les parois de la falaise. Devant, s'étale une plaine aride ; un temps privé d'amour, un temps sans abri, un temps morcelé, qu'Athanasia a du mal à affronter.

Tandis que, là-haut, son compagnon, ayant atteint son terme, repose, dans sa durable demeure.

Cyre lâche les mains de ses compagnes, s'ébat autour d'elles comme un jeune animal. Cyre n'a jamais été aussi heureuse ; elle voudrait que ces instants durent, durent, se changent en un présent perpétuel !

Cyre va, vient, trottine entre ses mères, entre ses sœurs aînées : c'est ainsi qu'elle les nomme dans le silence de son cœur. Cyre se sent protégée ; Cyre protège à son tour.

Cyre chante, soulevée par sa voix. Son chant emporte tout... Jusqu'à ce mort qu'elles viennent d'ensevelir, aïeul au doux visage qui les a simplement devancées dans ce « paradis-jardin » peuplé d'anges, de plantes, de bêtes tranquilles.

La mort est une promenade, une embarcation, un avenir... Si elle n'avait pas fait vœu de silence, voilà ce que Cyre aurait murmuré à Athanasia.
— Ne pleure pas. La mort est un jardin, un voyage.

*

Conduites par Marie, qui se rappelait les conseils et les indications de l'ânier concernant le vieux Macé, elles arrivèrent au bout de quatre jours en vue du fortin en ruine, espérant que le moine à présent centenaire s'y abritait toujours.

La lente marche dans ce désert, la nourriture partagée, toutes ces heures passées ensemble avaient uni ces trois femmes si dissemblables.

Cyre sautillait sur les dunes, débordait de vivacité et de tendresse, courait de Marie à Athanasia. Sa mère, sa grand-mère étaient mortes en couches ; sans trop le savoir, Cyre en avait été cruellement privée. Elle se trouvait, tout d'un coup, comblée par la présence de ces deux femmes d'âges différents, qui prenaient la place de ces parentes disparues.

Parlant peu d'elle-même, Athanasia avait surtout écouté Marie dont les paroles ne tarissaient pas. Elle pénétrait si intensément dans l'histoire de sa compagne que sa propre vie reculait, que sa propre douleur desserrait les griffes.

Comme si d'avoir retrouvé oreille humaine emplissait sa tête de souvenirs, sa bouche de mots, Marie, tout en se racontant, s'interrogeait sur la signification de ces derniers jours. Arrachée à cette solitude, si farouchement défendue jusqu'ici, elle s'en était libérée d'un seul coup, poussée par une force invincible. Par moments, Marie se demandait si elle n'était pas la proie de tentations qui la poussaient à trahir le cri absolu, l'appel de feu, qui ne pouvaient s'épanouir que dans un renoncement total. Ou bien si, au contraire, il lui fallait à travers cette double rencontre déchiffrer un autre message.

S'il était encore de ce monde – mais ne disait-on pas que les plus saints atteignaient un âge très avancé ? – le vieux Macé l'éclairerait sur son choix. À ce croisement de son existence, elle éprouvait le besoin d'un autre regard sur sa vie, un regard tranquille et détaché. La présence de Macé serait, sans doute aussi, d'un grand réconfort pour Athanasia...

ANDRÉE CHEDID

Comme elles arrivaient toutes les trois devant les murailles rougeâtres et morcelées de l'ancienne forteresse romaine, Marie décrocha quelques lambeaux de la coiffe de Cyre, prit un morceau du voile d'Athanasia et s'enroula le corps.

Puis, elle ouvrit la marche.

II

LA FORTERESSE DES SABLES

THÉMIS

De loin, je les ai aperçues : trois silhouettes dont je distinguais à peine les formes, avançant vers notre fortin.

Au crépuscule, c'est par ce chemin de décombres noyé sous la poussière que je grimpe souvent jusqu'au sommet de l'une des quatre tours, massive et démantelée. De là, j'ai vue sur l'immense paysage s'écoulant de toutes parts vers l'infini.

Je venais de prendre ce soir-là un repas frugal et tardif avec Macé ; puis nous avions longuement parlé.

Je vis ici aux côtés de Macé depuis une vingtaine de jours, non pour me joindre à ses prières, ni invoquer son Dieu, mais pour d'autres préoccupations qui tiennent au sens même de la vie.

Je ne prie ni ne crois ; pourtant, les choses sont moins simples. Je tenterai de m'en expliquer peu à peu et d'éclaircir en moi quelques parcelles de ces zones obscures où se terre peut-être l'essentiel.

En dépit de nos voies si divergentes il me semble que nous nous rejoignons, Macé et moi, comme si – à la moelle de nos désirs, à la source de nos questions – quelque chose au fond de nous portait le même nom.

Depuis ma lointaine jeunesse, j'avais toujours entendu parler de Macé. Sa renommée dépassait celle des autres ermites, rejoignait celle de ses illustres prédécesseurs. Antoine, Paul, Sisoès, Jean le Reclus..., dont l'existence se transfigure en légende et en mythe.

Mais Macé, lui, était encore vivant ; bien vivant. Sa réputation s'étendait aux pays voisins ; pour le voir, l'écouter, de nombreux visiteurs venaient d'au-delà des frontières, de Palestine, d'Anatolie, de Syrie, de Samarie.

Depuis quelques années – grâce à des inscriptions qu'il avait clouées sur des rochers aux alentours de la forteresse –, Macé suppliait ses visiteurs de passer leur chemin. Devenu centenaire et sentant la fin proche, il écrivait à ses frères pèlerins de comprendre sa requête, et de le laisser, en bout de vie, seul en face de son Créateur.

J'avais lu l'inscription et j'hésitais.

Puis, poussé par je ne sais quelle soif, par quel besoin irrépressible, j'ai enfreint la supplique. Homme de mesure, trop sourcilleux de sa liberté pour ne pas respecter celle des autres, je m'étonne encore de cette impudence.

L'aube venait d'éclater ; un soleil perçant taraudait le paysage, accusant ses moindres replis. Très vite, au creux d'un rempart, je découvris la retraite du vieux moine.

J'ai appelé :

— Macé, ne me rejette pas ! Il faut que je te parle.

Le vieil homme s'est extirpé de son étroit réduit, comme une chenille hors de son cocon ; à chaque mouvement, des nuages de poussière l'environnaient. Dehors, en pleine lumière, ses yeux se mirent à clignoter.

— Je suis Thémis, tu ne me connais pas. Mais sans doute as-tu rencontré Andros, mon ami, mon frère.

— Andros !

Macé avança vers moi :

— Sois le bienvenu. Qu'est devenu Andros ?

Tandis qu'il me prenait le bras et m'entraînait vers un autre bastion de la forteresse, je promis de lui raconter dans quelles atroces circonstances j'avais rencontré Antoine qui venait de se séparer de son père. Cela remontait à plus de huit années ; depuis, je n'avais plus rien su du sort de mon ami.

Au bas de l'enceinte se dressait un talus percé d'une galerie et qui se prolongeait par une fosse.

— Andros a séjourné quelque temps ici avec Antoine. Si tu le désires, ce sera ton abri.

Nous nous sommes enfoncés dans les entrailles du talus, fuyant ce soleil qui crible chaque parcelle du sol et de cette citadelle en ruine.

Plus tard, en souriant, Macé me confia que j'avais été le seul à oser « traverser sa parole écrite ».

*
* *

Ces mots me reviennent tandis qu'aujourd'hui, du haut de cette carcasse de pierres, je regarde s'approcher ces trois errants, marchant en file l'un derrière l'autre. Le premier court en avant sur des jambes effilées et nues d'échassier ; puis il revient vers les deux autres, les encourageant à franchir la dernière distance qui les sépare de notre fortin. Parfois, il étire un long bras dénudé dans notre direction.

Ils viennent de contourner la roche, celle qui porte taillée dans sa pierre l'inscription. La supplique de Macé ne peut passer inaperçue ; ils l'ignorent cependant, et continuent d'avancer. Sans doute les visiteurs viennent-ils de loin et sont-ils étrangers à notre langue ?

Le second porte un habit de moine. Le troisième est empaqueté dans des vêtements informes surmontés d'une coiffe bigarrée, qui défie les tons neutres du désert. Le premier, comme je l'ai dit, va, vient, multipliant ses gestes fébriles.

Ma curiosité est en éveil, mais rien de tout cela ne me surprend. En ces temps de troubles et de désarroi, en ce désert aux mirages, vers lequel ruissellent les bizarres, les hallucinés, les égarés, les fuyards et les saints, je m'attends à tout !

À tout... mais cependant pas à ce que j'allais bientôt apprendre : que ces trois-là étaient des femmes, et que l'une d'entre elles n'était autre qu'Athanasia, l'épouse d'Andros.

Je savais que, pour fuir le monde ou se consacrer à Dieu, certaines femmes se réfugiaient dans ces couvents qui s'élèvent aux abords du désert ; mais je ne pouvais imaginer qu'elles puissent parcourir seules ces contrées arides, loin de la protection d'autres pèlerins.

Après le martyre de Rufin, Andros avait lui-même accompagné, puis quitté Athanasia au seuil d'un de ces monastères, avant de s'enfoncer plus profondément dans le désert en compagnie d'Antoine son aîné. Parfois des moines faisaient de brefs séjours dans ces grandes et silencieuses demeures ; quelques cellules, écartées du corps du bâtiment, leur étaient consacrées.

Bien qu'on citât, à voix basse, deux ou trois noms de femmes anachorètes, personne de ma connaissance n'en avait croisé ; celles-ci n'auraient d'ailleurs éveillé que méfiance, et les rigueurs de la vie d'ascète auraient tôt fait de les décourager.

Il y avait pourtant Julia.

Dès que je fus en âge de comprendre, Alypa, ma nourrice, qui me gavait de légendes et de lait, me raconta l'histoire de cette Julia qui accompagnait Cepsime le Sage dans ses pérégrinations.

Main dans la main, tous deux parcouraient les dunes, dormant sous l'étoile, attirant les foules qui s'attachaient à l'image singulière d'un couple. Un couple où la femme n'était pas tirée de l'homme, mais sa compagne absolue.

Ensemble, ils clamaient que la vérité n'était pas dans les cieux, mais dans la connaissance, engourdie au fond de chacun comme une source tarie. Une source capable de rejaillir, de submerger les vieilles croyances et d'irriguer de nouveau les esprits, les cœurs et l'existence.

Originaire de Samarie, croyant sans croyances, Cepsime aux mains miraculeuses, à la langue incandescente, ne se déplaçait jamais sans sa bien-aimée Julia, une prostituée de Sidon qu'il avait surnommée « fille de l'Univers ».

— Toi et Moi nous ne sommes qu'un, ajoutait-il. Toi et Moi, nous sommes Nous.

Elle lui survécut, longtemps.

Pétrie de cette liberté qu'il lui avait apprise, elle en vécut jusqu'au bout le souffle et les dangers.

Refusant de se réfugier dans l'une des innombrables sectes qui fleurissaient à travers le pays, de s'abriter derrière les murs d'un couvent ou de se rassurer dans l'espoir d'un Paradis où elle retrouverait le corps ressuscité de son amour, elle continua de parcourir villages et désert, dénonçant partout les cultes et les idolâtries.

Impie, éternelle rebelle, Julia ne cessait de dire que l'homme était grand parce que debout et maître de la parole. Elle ne se lassait pas de répéter qu'il était nécessaire, vital, d'attiser l'étincelle au fond de soi pour que se levât enfin le feu de l'âme.

Puis, un jour, des fanatiques de tous bords – trouvant soudain cause commune – se joignirent pour la lapider.

On laissa pourrir le corps de Julia sur une place de village. Très vite il se consuma. Très vite un arbre au feuillage ombreux poussa sur son cadavre.

Bien que dévote, Alypa, ma nourrice, me racontait ce couple, cette liberté, cette mort, avec des larmes dans les yeux. Elle ajoutait qu'elle avait fait le pèlerinage pour contempler cet arbre tricentenaire, pour écouter l'oiseau invisible qui ne cessait d'y chanter.

À travers ma nourrice j'en venais moi aussi à rêver à ces deux amants iconoclastes, à ces amants-sentinelles, à Cepsime, à Julia.

Témoin de cette terre d'Égypte au carrefour de tant de terres, de son histoire gravée dans l'histoire de tous ; témoin des souffrances de ce peuple et de celles de mes proches ; enfin, témoin de moi-même et venant d'atteindre mes soixante ans, je suis sans doute venu ici, auprès de Macé, loin des rumeurs de la cité, pour chercher à comprendre. Comprendre un tout petit peu plus, un tout petit peu mieux.

Et s'il n'y avait rien à comprendre ?

Dans ce cas, je serai venu, tout simplement, pour parler de mes inquiétudes, pour soulever des questions... Peut-être les partager ?

Dogmes, erreurs et vérités tant de fois reproduites, simulacres ou répétitions, tous ces épisodes illuminés, toutes ces chroniques sanglantes, j'en sourirais si nos conduites moutonnières ne nous transformaient parfois en hyènes, serviteurs déchaînés de toutes les violences ! Alors, comment sourire ?

Malgré un regard narquois ou détaché que l'on porte souvent sur ce monde éphémère que nous sommes toujours sur le point de quitter, comment se défendre d'avoir le cœur rongé, l'âme aveuglée ?

Oui parfois je pense que ce monde stagne ; sinon dans ses entreprises, du moins dans sa signification. Que ce monde se singe et que nos paupières enduites de résine emmurent notre vision.

Ni la passion ni la raison ne peuvent rendre compte de l'énigme. Celle-ci, je la suppose d'une autre nature que la nôtre : insaisissable, indicible. Elle échappe, elle échappera toujours à l'esprit humain.

Pourtant, l'univers ne cesse de nous tendre son rébus, aiguisant notre curiosité, nos impatiences. Dans quel but ? Et cet univers, comment le définir ? « Dieu, les dieux, le hasard ? Un hasard qui serait d'essence divine ? » Je m'étonnerai toujours de notre prétention à saisir l'infini, à capturer l'éternel, nous qui ne sommes que des instants de chair ! Je suis sûr que nos vocabulaires ne coïncident pas, que nos lois ne se comparent pas et que, si l'autre réalité existe, elle échappe à toutes nos mesures.

Ce monde que j'ai vécu – débordant de prophètes, de voyants, de messies, de divinités, d'anges, de démons – m'a souvent dérouté ; effrayé parfois. Je me suis toujours gardé des séductions de la foi, comme de son réconfort.

Mais alors, pourquoi être venu ici, jusqu'à Macé ? Le vieil ermite, me semble-t-il, a dépouillé la religion de ses viscosités comme de ses triomphes. Pour cheminer dans cette voie – qui m'a toujours paru restreinte, parce que en était exclue une si grande part de l'humanité –, Macé s'est fait humble comme l'amour.

En cela, il m'inspire affection et respect.

*
* *

Lassé de raideurs, le ciel en cette fin de journée se détend et se teinte.

Depuis mon arrivée dans cette forteresse, chaque soir je monte jusqu'à la plate-forme, au sommet de l'une des trois tours encore debout. De cette place, je regarde l'air s'assouplir, les dunes devenir moelleuses. Je contemple tous ces rosâtres, tous ces jaunes qui irisent sables et rochers, avant de se déverser dans l'horizon.

Ce soir, enveloppées des derniers reflets du jour, ces trois créatures me sont apparues. Passant outre à l'inscription, elles approchent sans presser le pas, soudain assurées d'être parvenues à leur but.

Je suis descendu, j'ai traversé la cour chargée de décombres, j'ai couru jusqu'à l'abri de Macé pour lui signaler cette venue.

Le vieux moine était en prière. Pensant qu'il fallait en hâte le prévenir, j'allais poser ma main sur son épaule lorsqu'il se retourna :

— Qu'elles entrent ! Qu'elles viennent !

À ma stupeur, sans hésiter, il en parla comme s'il savait déjà que ces pèlerins étaient des femmes. Toutes les fois qu'il sortait de ses longues heures de recueillement, son visage me paraissait régénéré, son teint plus lisse. Il ajouta :

— Je vais à leur rencontre.

Quel élan le poussait à les accueillir, comme s'il les attendait depuis toujours ?

Avant de me quitter, Macé me demanda de ne pas me montrer avant qu'il ne me fît signe. Il formula cette requête avec tant de délicatesse que je pouvais en être blessé, et me sentis en accord avec ses raisons intimes.

Ainsi, je demeurai trois jours au fond de mon talus. Soleil et nuit s'y confondaient.

De ces femmes je parlerai longuement. Je les ai vues arriver, je les ai vues – au bout de neuf jours – repartir. Très vite, après ce départ, leur destin se dénouera dans le sang, la mort, mais aussi la vie.

À travers elles, plus tard à travers d'autres, j'ai recomposé leurs existences. Mais peut-on pénétrer les esprits et les cœurs, et ne s'infiltre-t-on pas soi-même dans la substance d'autrui ?

Lorsque Cyre, Marie, Athanasia franchiront le seuil de notre forteresse, elles auront derrière elles toute une charge de vie ; un poids qu'elles déposeront, pour un temps, dans ce lieu protégé. Puis elles reprendront cette marche qui les mènera chacune au bout de son destin.

De ces trois femmes que séparaient l'âge, le milieu, la localité et que rien ne devait normalement réunir, j'ai retracé, avec passion, le chemin imprévu qui les a, pour un temps, rassemblées. J'ai dit quelles circonstances ont permis leur rencontre ; quelles nécessités des événements et du cœur ont fait éclater leur isolement. Mais je continue de m'interroger sur l'étrange hasard qui a permis cette jonction, ce parcours ; bientôt ce dénouement...

Lorsque toutes trois auront quitté cette forteresse, mon propre séjour tirera vers sa fin. On aurait dit que mon rôle consistait à me trouver ici, à ce croisement ; et qu'avec leur départ ma fonction s'arrêtait.

Et même, à la réflexion, il me semble que ce que j'étais venu chercher auprès de Macé se trouvait inscrit dans le tissu de leurs trois vies.

Après leur départ, Macé lui-même me conseillera de me retirer. « Ta vocation, me dira-t-il, est ailleurs que dans ce lieu tourné vers l'absolu. »

Mais pourquoi parler de vocation ? Dans ma ville où j'ai choisi de terminer mes jours, je me contenterai de noircir des feuillets ; et, tout en poursuivant ce récit, de me familiariser avec la mort.

Je me demande parfois ce qui reste d'une longue vie. Quel reliquat subsiste au creux de nos paumes ? L'amitié de quelques-uns, la permanence d'un ineffable espoir ? En dépit de multiples amours, l'intensité d'un petit nombre ; d'un seul, peut-être ?

En vérité, pour ma part, je crois n'avoir aimé qu'Athanasia ; qui n'en aura jamais rien su !

Serait-il exact de dire que ce fut par amour de l'amitié que je portais à Andros, par amitié pour l'amour que je portais à Athanasia, par respect de leur amour réciproque qu'il m'a fallu n'en jamais rien laisser paraître ?

Serait-il vrai d'ajouter que ce sentiment, nourri de songes, m'a sans doute plus enrichi et guidé que bien des amours qui se sont accomplies ?

À quelque temps de l'ultime échéance, que reste-t-il encore ? Peut-être l'insoluble question, celle qui m'assaille depuis l'enfance et qui ébranle les fondements de notre existence, de nos civilisations ? Ce battement répété, ces « pourquoi ? », ces « comment ? » qui se heurtent au silence. Appel, demande auxquels cette non-réponse même procure comme une sorte d'apaisement.

Je laissai donc Macé se diriger vers l'entrée du château fort. La porte en éclats, les murailles effondrées avaient laissé une large ouverture béante sur la membrane jaunâtre, infinie, du désert. Cette peau de sable se coagulait par endroits en un tissu plus brun, et ne se rétractait qu'à l'approche de la nuit dont la soudaineté me surprenait toujours.

Je vois le vieux moine de dos, en attente, face à la crevasse qui s'évase vers cette immensité. Je le revois, superbe et redressé malgré son grand âge, la capuche retombée sur sa nuque, un flot épais de cheveux blancs coulant sur ses épaules.

D'où je me tiens, dans l'étroite embrasure surélevée, je regarde sans être vu. Malgré toutes ces années, malgré cette situation inattendue, j'ai tout de suite reconnu Athanasia.

J'ai d'abord pensé qu'étant depuis des jours plongé dans ce monde sans femmes j'étais la victime d'un mirage, d'un rêve tenace. Mais j'ai dû bientôt me rendre à l'évidence. Qui d'autre qu'Athanasia aurait fait ce geste que je reconnaissais parfaitement ? Seule Athanasia avait cette manière de saluer à l'arrivée comme au départ : le bras gauche lentement tendu vers l'avant, la main largement ouverte, les doigts desserrés...

Ce geste en direction de Macé rejoint la dernière image que je conserve d'elle.

*
* *

À l'orée du désert, il y a près de quinze ans, elle se retourne et me salue de ce même mouvement du bras, avant de s'enfoncer dans les sables, en compagnie d'Andros et de leur fils Antoine.

Après le martyre de Rufin, tous les trois s'étaient réfugiés dans ma maison au centre de la cité. Mais cela ne pouvait durer : toutes les habitations étaient visitées, et les adeptes du Christ qui s'abritaient chez leurs amis païens rapidement retrouvés.

Les propos d'Antoine, qui ne pensait qu'à venger son frère, avaient été entendus, rapportés aux autorités, et l'on recherchait activement le jeune homme.

Grâce à l'éloignement, Andros espérait sauver le corps et l'âme de son fils, empoisonnée par la haine.

Dans ce pays troublé par d'intarissables rivalités intestines – un village se portant à l'assaut d'une agglomération voisine, la cité se scindent en quartiers adverses –, le jeu de bascule est constant. Il suffisait souvent que le pouvoir local changeât de mains pour que la multitude retournât les victimes en bourreaux, les bourreaux en victimes.

Je vois venir le temps où le culte païen, peu à peu, s'éteindra ; des lendemains où l'on établira l'interdiction de le célébrer. Pour le moment, comme ces grands malades voués à une fin prochaine, le paganisme a des sursauts violents et brefs.

Pour ce qui est de la cruauté, les chrétiens ne le leur cèdent en rien. De part et d'autre, j'ai assisté aux mêmes scènes d'horreur, aux mêmes soulèvements de la foule ; j'ai entendu les mêmes cris de haine, j'ai vu des créatures traquées et poursuivies jusqu'au fond de leurs sanctuaires... Terrées parmi leurs idoles brisées, leurs images détruites, elles attendaient – impuissantes, immobiles – le massacre !

Souvent notre race humaine me paraît malfaisante, irrémédiablement.

Cette pensée m'atteint et dans le même temps m'avilit. Je m'efforce de dessiller les yeux, d'éveiller les regards assoupis ; d'exhumer, de dénoncer cette altération de la vie dont nous sommes les artisans aveugles. Puis, pour survivre – répugnant à la croyance d'un salut réservé à quelques-uns –, je reprends espoir.

Le changement ne viendra ni des institutions, ni des lois, ni de l'histoire, mais plutôt, il me semble, d'une vision transfigurée tournée vers notre nature profonde.

Mais quelle est cette nature, et comment la sonder ?

Dotée d'un peuple plus clément que d'autres, infiltrée par un Nil immense qui brasse dans un mouvement constant l'argile et l'horizon, les saisons et l'éternité, cette vallée, à la fois changeante et uniforme, que n'a-t-elle subi ?

Aux pharaons du terroir ont d'abord succédé les Perses. Dominant le pays durant quatre-vingt ans, ceux-ci faisaient toujours appel à des forces extérieures pour réprimer les nombreuses révoltes.

Ce furent ensuite les conquérants grecs. En butte à des émeutes passagères, limitées d'ordinaire aux villes, ils en venaient rapidement à bout. Ces Grecs donnèrent beaucoup à l'Égypte et en reçurent beaucoup ; et la plus séduisante des civilisations hellènes s'épanouit, face à la mer, dans la cité d'Alexandrie.

Quant aux Romains – depuis la bataille d'Actium jusqu'à l'empereur Constantin converti au christianisme et mort depuis quelques décennies –, ce furent surtout des administrateurs. Quadrillant le pays d'un réseau d'agents, de gouverneurs, de préfets, ils semblaient avant tout soucieux d'assurer la rentrée des redevances et des taxes.

Les pharaons d'Occident, qui arboraient le cartouche égyptien surmonté de la figure d'Horus, ne s'étaient jamais donné la peine de parler la langue du pays, et s'adressaient en grec à ses habitants. Il arrivait même que les troupes locales, sous commandement romain, pour se faire comprendre de leurs chefs, se mettent à bredouiller des mots de latin. Rome, souvent confondue avec l'impitoyable fisc, prenait, aux yeux du peuple, figure de rapace.

Je suis, quant à moi, issu d'une famille gréco-égyptienne, gratifié du titre de « civis romanus ».

Voyageur venu visiter les sanctuaires et entendre les colosses de Memnon saluer leur mère l'Aurore par ce chant surgi de leurs entrailles de pierre, mon grand-père demeura dans le pays et épousa, non sans difficulté, une indigène. Possédant quelques ressources, il s'incorpora à une sorte de classe moyenne faite de propriétaires fonciers. J'ai conservé le nom et l'idiome de mes origines grecques.

Les privilèges que conférait à ma famille l'hellénisme, ajouté à la citoyenneté romaine, les investissaient vis-à-vis de leur entourage d'un sentiment de supériorité qui m'a toujours mis mal à l'aise.

Le gouvernement romain favorisait cette différence, que je me suis efforcé de rompre en accord avec Andros et quelques autres. Éloignés de la côte et fixés dans une métropole au centre du pays, il nous semblait qu'en deçà du vernis hellénique et romain l'emprise de cette terre était en nous la plus forte. Pour ma part, je sentais circuler dans mes veines la patience du sang de ma mère, et l'horreur des actes violents.

Ce brassage des origines, je crois l'avoir bien vécu. En avoir éprouvé même une sorte de gratitude. Plongé dans l'humus de cette terre, ces croisements, cette fusion m'accordaient, me semble-t-il, un regard global qui m'aidait à sortir de mes enclos, à imaginer la planète !

Ainsi en est-il, en sera-t-il, je crois, d'autres cités, présentes et futures, de par le monde : éléments du dehors renforçant une population qui, sans doute, sans eux, aurait fini par s'anémier ; ou du moins par suffoquer parmi ses seules racines.

* *
*

Sur cette terre multiple, les croyances s'assortissent, s'enchevêtrent ou s'opposent. Parfois fructueuse alliance ; d'autres fois chaos, gâchis.

À l'intérieur d'une même foi, les divisions abondent, les hérésies foisonnent. Écartelé, démembré par ses adeptes, les uns proclamant sa divinité absolue, les autres la contestant, le Christ emportait son mystère de l'autre côté du temps !

Au début de mon séjour, je me suis entretenu de ce sujet avec Macé. Il me raconta avoir assisté, ici même, à l'affrontement de deux évêques.

Elie et Georges, vieillards respectés, étaient venus jusqu'à lui pour exposer leur désaccord et trouver des accommodements.

Tout de suite, le ton s'éleva.

Majestueusement grimpés chacun sur un tertre, les deux prélats emplirent la place d'armes de la forteresse d'une houle de gestes et de cris. Leurs vêtements bouillonnaient, leurs vastes barbes oscillaient. Ils s'insultaient, se traitant mutuellement d'« hérétiques » et de « schismatiques ». Puis, refusant d'entendre les adjurations de leur hôte, les deux vieillards, pour une fois à l'unisson, repartirent, unanimement convaincus que les prières et les conseils de Macé ne sauraient en aucun cas correspondre aux réalités du moment.

À l'extérieur, chacun rejoignit son groupe de partisans.

À une courte distance les uns des autres, ceux-ci s'étaient, humblement, tenus à l'écart du château fort. Repliés sur eux-mêmes, ils s'observaient, sans en avoir l'air ; dans le faible espoir de pactiser bientôt.

Mais la foudroyante apparition, dos à dos, des deux vieillards irascibles leur ôta, d'un coup, toute illusion.

Quelque temps après, durant l'office de l'évêque Elie, le feu prendra à son baptistère. Enfonçant les portes, faisant sonner les clairons, sabres à nu ou lançant des flèches, les adeptes de Georges, se ruant sur la foule recueillie, porteront leurs coups au hasard, blessant les uns, tuant les autres. Quelques-uns s'acharneront sur les vierges, qu'ils insulteront, violeront, exécuteront.

Sitôt après, les adeptes de l'Église adverse subiront le même sort.

Cette fois, les choses iront encore plus loin : l'évêque Georges sera massacré, son cadavre, hissé sur un âne, traversera une partie de la ville sous les huées. Ensuite, les cendres de son corps consumé seront éparpillées autour du sanctuaire détruit.

Un univers où les femmes auraient plus d'ascendant ne nous sauverait-il pas de ces infamies ? Je me le suis demandé. Ce n'est pas que je les imagine sans défauts, et il m'est arrivé de trouver plus d'ouverture et de bienveillance chez les hommes que chez leurs épouses, car le monde sur lequel elles peuvent agir, trop rétréci pour leurs facultés, les transforme souvent en petits tyrans du foyer, en despotes des leurs. Mais je ne les crois pas capables de nous conduire aux exterminations !

Portant et donnant vie, l'accueillant, la conduisant à terme à travers chaque parcelle de leur corps, de leur cœur, elles ne peuvent fabriquer ce monde de carnage, et leur nature même s'insurge de ce sang répandu !

En période d'hostilités, j'ai vu peu d'êtres échapper aux enchaînements de la haine, aux généralisations hâtives, aux jugements qui englobent toute une communauté. Je peux témoigner qu'Andros fut de ceux-là.

Après le martyre de Rufin, le cadavre de son jeune fils greffé pour toujours dans sa chair, je le revois dans ma maison cherchant à convaincre Antoine de renoncer à la vengeance et de partir, avec lui, au désert. Le jeune homme finit par céder, mais je vis briller dans son regard une lueur implacable qui me fit douter du résultat.

Assistant ensuite au renoncement d'Athanasia qui, pour soutenir son époux, s'apprêtait à se retirer dans un couvent, j'eus honte de mon incrédulité.

Hélas, plus tard, la triste fin d'Antoine, que son père a sans doute sue, ne fit que confirmer mes soupçons.

Après ce drame, tout tomba dans le silence.

Malgré de nombreuses tentatives, je n'ai jamais rien pu apprendre concernant Andros et Athanasia. Jusqu'à l'arrivée de celle-ci dans ces ruines, je me demandais si elle était toujours en vie...

À présent, j'attends que Macé m'appelle.

Je tempère mon impatience et laisse monter en moi les images du passé. Toutes ces images qui comblent, en partie, le grand fossé de l'absence.

Depuis la fuite de mes amis, depuis la rencontre fortuite avec Antoine, aucun signe ne m'était parvenu. J'allais bientôt apprendre la suite, de la bouche même d'Athanasia.

* * *

Jusqu'à ce jour j'entends les pas d'Athanasia qui arpentent, à grandes enjambées, l'arrière-cour bordant la salle où je me trouve avec Andros et son fils aîné, au lendemain de la mort de Rufin. Ma vaste demeure n'est plus pour eux trois un refuge assez sûr. Dès la tombée du jour, je les mènerai loin de la ville vers une hutte, enfouie dans les champs de maïs, où ils sont attendus.

Athanasia va, vient, monte, redescend les marches qui conduisent à l'étage. Elle n'est qu'errance et douleur. Seul ce mouvement ininterrompu lui permet de retenir ses larmes, d'étouffer son cri. De nouveau, Athanasia porte Rufin dans son ventre... Mais ce n'est plus ce corps vivant, ce corps neuf qui palpitait dans ses flancs. Rufin n'est plus qu'un corps agrandi, immobile, un corps ensanglanté, qui se heurte aux organes de sa mère, se presse contre ses viscères, bouscule son cœur, obstrue sa respiration. Un corps qui réclame son retour à l'existence.

Jamais elle ne pourra l'expulser vers la vie ! Athanasia n'est plus, cette fois, que le berceau d'un cadavre.

Les poings crispés, la face nouée, glabre, Antoine ne se laisse pas approcher. Il repousse ma main sur son épaule, il se détourne des paroles de son père. Entend-il, au moins, ce réseau de pas autour de nous ? Devine-t-il cet enchaînement de gestes qui sauve sa mère de l'égarement ? Antoine hurle :

— Je les exterminerai tous ! Je vengerai mon frère !

Transpercée par ce cri, soudain ancrée sur place, Athanasia s'immobilise un long moment, avant de se retourner et de remonter vers nous.

L'autre jour sur le Corso, si elle avait porté un glaive, si elle ne s'était pas évanouie, n'aurait-elle pas, elle aussi, poignardé les bourreaux de son enfant ?

J'eus soudain l'impression, tout au bout de la salle, qu'une tempête de sable forçait son entrée.

Elle était là !

Je revois ses vêtements blêmes, sa figure démontée. J'entends ce souffle en saccades.

Pendant qu'elle marche dans notre direction, je ne cesse de la fixer.

Au fur et à mesure qu'elle avance, tandis que son regard se porte sur

Antoine, sur Andros, sur l'un puis sur l'autre, son pas se ralentit, comme si, peu à peu, les raisons profondes qui l'ont toujours accordée aux espérances de son époux surgissaient de nouveau.
Graduellement, son visage se tempère, ses traits s'adoucissent. Parvenue à nos côtés, de ses deux bras elle encercle la taille de son fils et le prend contre elle.
Antoine ne résiste plus, son corps pétrifié a soudain fléchi. Serré contre sa mère, Antoine pleure. Ils sanglotent tous les deux.
À cet instant précis, ou est-ce à présent, je ne sais plus, tant les saisons s'emmêlent, tant les images se chevauchent, j'entends, clairement, la voix de Rufin :
— Ne bouge pas. Fais l'arbre !
Et je revois Athanasia dans son jardin en fleurs, les bras écartés, la tête pivotant légèrement d'un côté puis de l'autre pour suivre les mouvements circulaires de l'enfant.
Rufin tourne, tourne, autour d'elle, jusqu'à l'épuisement.
Tandis qu'il s'écroule – les joues en feu, couvert de sueur –, Athanasia est déjà accroupie pour l'accueillir entre ses jupes.
Avant, maintenant, en rêve ou en vérité, je ne cesse de contempler Athanasia.
Je voudrais être cet enfant, être Antoine, être Andros, être tous ceux qu'elle a aimés, qu'elle a touchés. Tous ceux auxquels elle a offert la tendresse de sa chair, de son cœur.
Rufin n'est plus qu'un tas de cendres, Rufin n'appartient plus à la vie. Il ne reste qu'Antoine : l'existence d'Antoine à sauver, l'âme ébranlée d'Antoine à secourir.
Athanasia caresse les cheveux noirs aux boucles serrées tandis que ses yeux cherchent ceux d'Andros.
Je les accompagnerai ce soir. Après une nuit dans la hutte, je les mènerai par des chemins de terre et d'eau, avec la complicité des paysans, souvent païens, jusqu'aux confins du désert.
Ensuite, les deux hommes laisseront Athanasia au seuil d'un couvent ; une femme n'est pas un compagnon d'évasion et de solitude !
Monastère, isolement... Athanasia n'a de disposition ni pour l'un ni pour l'autre. Elle partira cependant, elle se cloîtrera, pour aider Antoine à fuir.
À la place d'Andros, l'aurais-je quittée ? Ne l'aurais-je pas plutôt entraînée, avec moi, quels qu'en fussent les risques ? Le plus grand risque, la plus grande folie n'est-elle pas de se priver d'un tel amour ?

Si j'avais été Andros... mais que vais-je encore imaginer ?
La vue d'Athanasia me déchire encore. En quelques jours sa peau s'est ternie, dos et nuque ont perdu leur aplomb, le vif de l'œil s'atténue. Pourtant, une douceur infinie émane de sa personne.
Derrière un rideau de saules où s'amarrent quelques embarcations, un des bateliers nous attendait et nous avons remonté le courant. De refuge en refuge, comme d'autres fugitifs, nous nous abritons, prudemment, durant le jour, pour reprendre dans l'obscurité notre lente navigation.
Puis je les ai quittés à l'orée du désert : cachette où les uns fuient l'implacable servitude fiscale ou bien tanière de pieux anachorètes ; abri des persécutés qui, parfois, y périssent de soif et de faim, parfois se font dévorer par des bêtes sauvages ; ou bien aubaine de brigands organisés en bandes.
Ils se sont enfoncés, tous les trois, dans les sables... Je les ai regardés disparaître, ne sachant pas si nous allions jamais nous revoir.

*
* *

Isolé dans mon refuge, je ne vis pas Macé pendant deux jours. Au troisième matin, il passa et me pria de le rejoindre avant la tombée du jour. Il m'indiqua le lieu de la forteresse où il se trouverait en compagnie de ses trois hôtes, et ne me dit rien de plus.
Quand je refais en pensée ce court itinéraire qui sépare mon talus du demi-bastion mangé par les sables, je suis saisi du même trouble. Des pulsations battent à mes tempes, à mes poignets ; mes genoux faiblissent ; tout mon sang tremble.
Je m'étonne et m'émerveille qu'un sentiment que tant d'événements, tant d'années auraient dû réduire continue de m'ébranler, d'infiltrer ma chair, d'empoigner mon cœur, de pénétrer, de démonter mon souffle. Que l'esprit soit comme l'émanation de cette chair provisoire, vulnérable, ne cesse de m'éblouir... Vivre n'est que l'image puissante que nous nous créons de la vie. Maîtres de sa densité, nous ne vivons que la passion de vivre ; c'est la ferveur que nous portons à la vie qui la rend indomptable.

Là-bas, assises autour de Macé, les trois femmes me tournent le dos. J'avance sur cette couche sablonneuse qui assourdit mes pas. La plus jeune se retourne et descend vers moi. Dévale plutôt dans sa boule de vêtements, battant des mains, chantant d'une voix cristalline. Elle me prend par le bras et m'entraîne vers ses compagnes.

Tandis que nous grimpons vers la petite surélévation, l'enfant se retourne plusieurs fois et m'offre une face joyeuse, arrondie, qui contraste avec la sécheresse du lieu. Son regard pétille, mais elle ne répond pas à mes questions ; sa bouche ne s'ouvre que sur le chant.

Débouchant sur la plate-forme, je remarque la seconde. Accroupie, ses bras enserrent ses genoux à la manière de certaines statues antiques. À mon approche, elle redresse le cou.

Une touffe blanche, rugueuse – pareille à ces herbes hirsutes, malades d'aridité, qui surgissent mystérieusement de quelques replis du sable – surmonte sa tête. Sa peau colle à l'ossature du front et des joues. D'énormes yeux absorbent toute sa personne, engloutissent ce qu'elle regarde.

À l'opposé de la première, celle-ci fait corps avec le désert ; quelque chose en elle de resserré et de démesuré force la crainte et le respect. Je me souviens qu'avant de m'asseoir aux côtés de Macé je me suis arrêté devant elle, immobilisé durant quelques secondes.

Toujours de dos, la troisième ne s'est pas retournée. Le vieux moine ne lui a sans doute pas dit mon nom, préférant nous laisser la liberté de nos actes.

J'ai eu un moment d'hésitation et senti la ferme pression de la main de l'enfant autour de la mienne. J'ai fait le tour de la femme assise, et pris place auprès de Macé.

En face, la forme était enveloppée d'un vêtement de bure prolongé par une capuche qui recouvrait la tête baissée. Durant quelques instants, j'ai cru que je m'étais trompé et que cette femme ne pouvait pas être Athanasia.

Du temps a passé. Un silence dont j'éprouve encore la pesanteur.

Enfin, la femme a relevé son visage et m'a regardé...

*
* *

Je repense à Cyre. Fille d'un père laboureur et d'une mère à peine nubile qui mourut peu après sa naissance, elle appartenait à ce petit peuple soumis et jovial qui se suffit d'un plat de lentilles et d'un pain par jour, ce peuple utilisé par les conquérants hellènes ou romains, exploités par leurs propres maîtres. Un petit peuple dont la proverbiale bonhomie se ponctue d'éclats, d'explosions de fureur, très vite résorbés dans la trame d'une patience infinie.

Sans penser à ce qui lui adviendrait, Cyre, d'un coup de colère, s'était évadée du couvent et de la tyrannie de ses sœurs. Fascinée par ce désert sans limites, dont elle n'avait pas eu le temps de subir les rigueurs, rencontrant, peu après, Marie puis Athanasia, elle avait rapidement retrouvé sa disposition naturelle faite de rires et de bonté.

Robuste malgré sa petite taille, Cyre se plia dès l'enfance aux corvées les plus pénibles, s'occupant des champs, des bêtes, des outils. Servante de son père et de sa marâtre, puis de nombreux frères et sœurs qui ne cessaient de naître, elle fut à sa demande placée au service de Sapion, puissant propriétaire foncier.

Humble à souhait, bourdonnante de chansons et de paroles, Cyre devint rapidement le « bouffon chéri » d'une ribambelle d'enfants. Tribu multiforme aux incalculables liens de parenté, l'influence de cette famille Sapion s'étendait sur toute la contrée.

Cyre, l'aînée de l'obéissant laboureur, vécut, de sept à douze ans, dans l'imposante demeure de Son Excellence, à proximité de son propre village.

Sapion, personnage considérable, était un haut fonctionnaire si puissant qu'il échappait même à la férule de l'État. Plusieurs fois anobli, on le prénommait « maître des largesses sacrées, maître des monnaies, et maître des domestiques ». Ceux-ci étaient légion. Parmi eux, les plus favorisés le suivaient en ville, où Sapion faisait de brefs séjours, accompagné par certains membres de sa famille. Ils y menaient grand train dans un palais princier bâti à la romaine, agrémenté d'un majestueux escalier et de colonnes à chapiteaux exubérants.

Confiée à l'eunuque Ganymède, Cyre fit une seule fois partie du voyage.

Un parent de Sapion, vieil oncle irascible et jouisseur, l'apercevant dans une des galeries de la maison, l'appela ; puis, la retenant d'une main tremblante, se mit de l'autre à pétrir sa poitrine. L'enfant poussa un cri, le repoussa et, insensible à ses malédictions comme à ses menaces, elle courut se réfugier chez l'eunuque. Mais celui-ci, n'osant la prendre en charge, lui conseilla de céder ou de fuir.

Elle s'enfuit.

Le lendemain, se retrouvant devant la masure de son père et de sa marâtre, tous deux, terrifiés, lui ordonnèrent de ne plus jamais paraître devant leurs yeux.

Aux confins de la petite agglomération, Cyre se dissimula dans des cahutes de pierres ou de branchages. De ses cachettes, elle avait vue sur le puits et la pierre creuse dans laquelle les paysans déposaient des vivres destinés à l'ermite Orose. Natif du village, celui-ci quittait à intervalles réguliers sa retraite du désert pour amasser sa provision de nourriture avant de regagner sa solitude.

L'enfant attendit son passage et, pour subsister, picora dans ses aliments. Il ne tarda pas à venir. Un matin, elle l'aperçut penché sur la margelle du puits, emplissant sa besace d'eau fraîche. Elle s'approcha. Tandis qu'Orose, qui avait fait vœu de silence, l'écoutait, les paroles de Cyre se précipitaient, se bousculaient dans sa bouche.

Enfin, l'ermite et l'enfant repartirent, ensemble, la main dans la main. Jamais Cyre n'avait été traitée avec autant d'égards et de douceur ! Toute à sa joie, elle gambadait autour d'Orose et l'amusait de ses pitreries. Se réjouissant du large appétit de l'enfant, il lui abandonnait la plus grande part de sa nourriture, se contentant de quelques graines trempées dans de l'eau.

Pour elle, pour les autres, et sans doute pour lui-même – on ne savait jamais quelles passions Satan pouvait soulever dans les cœurs les plus tranquilles –, il décida de la confier au couvent le plus proche. Il avait aperçu la haute bâtisse emmurée durant l'une de ses errances.

Par des gestes, l'ermite lui fit comprendre quelle devait être leur future destination.

Cyre s'agrippa alors à sa manche, le suppliant de la garder auprès de lui. Mais il hocha si tristement la tête qu'elle ne voulut pas ajouter à son tourment et capitula :

— J'irai où tu veux.

À la porte du couvent il sonna, et s'apprêtait, la paix dans l'âme, à repartir quand elle lui saisit la main, la baisa et dit :

— Écoute-moi pour la dernière fois. Aucune parole ne franchira plus mes lèvres. Je serai ta fille dans le silence, pour toujours.

Plus tard, j'ai cherché à retrouver Orose pour lui raconter la fin de l'enfant. C'est lui qui, rompant pour quelques heures le silence, me retraça cette partie de l'existence de Cyre.

À la pensée qu'il l'avait lui-même conduite à ce monastère d'où il lui avait fallu fuir de nouveau, les yeux embués de larmes, l'ermite remua la tête, douloureusement, de la même façon qu'il venait de me le décrire, tandis que Cyre vivait encore et bondissait encore autour de lui.

* *
*

... Enfin Athanasia releva la tête et me regarda.

Combien le temps nous maltraite ! Ébranlant le corps jusque dans ses fondements, malaxant nos traits, contrefaisant nos faces ; nous laissant, pourtant, une marque indéfinissable qui nous rend unique, reconnaissable malgré les altérations. Tandis que la chair dérive et se dégrade, quelle est cette lueur, ce point d'attache qui persiste et nous relie à nos visages les plus effacés ?

Apprenant plus tard, de la bouche d'Athanasia, comment s'étaient passées ces dernières années, je mesurais l'emprise de la foi sur Andros. Après la disparition d'Antoine, cette totale consécration à Dieu m'apparaissait comme un refuge qui l'avait rendu aveugle à tout ce qui l'entourait, et même à sa compagne.

Je regarde Athanasia.

Douze années se sont ajoutées aux traces de tant de peines et aux stigmates du désert. Mais enfouie sous plus de rides encore, couverte de vêtements encore plus inattendus, il me semble que je l'aurais reconnue !

Elle aussi me reconnaît, je le vois à son premier regard.

Elle attend un peu avant de se tourner vers Macé et de dire :

— C'est Thémis. Que ce lieu soit béni !

*
* *

Le séjour des trois femmes durera neuf jours, et nous avons vécu ces neuf jours comme à la lisière de deux mondes.

La constance du désert, la ténacité de l'horizon consolidaient nos vies si précaires et si diversement chargées. La vision continuelle de cette immensité plaçait nos personnes et nos existences dans une perspective plus éclairée.

Nous déplaçant à l'intérieur de cette enceinte de pierres, de cette forteresse dont les cassures étaient multiples, dont chaque entaille s'ouvrait sur l'étendue, j'allais rencontrer ces trois femmes, comme nulle part ailleurs.

Avec Marie, ensuite avec Athanasia, nous avons grimpé sur les ruines ; nous avons longé le pourtour des murailles ; nous nous sommes arrêtés devant ces brèches qui nous découvraient un infini empreint de tous les jeux, de toutes les nuances du soleil.

À l'image de ce lieu, Macé nous protégeait et nous livrait à la fois à nous-mêmes. Libre de tout jugement, de toute routine, il s'était retiré après avoir dit :

— Au fond du hasard se dissimulent les signes.

Avec Cyre, qui s'obstine dans son silence joyeux, mimiques et sourires remplacent les mots. Si je parle à l'une ou l'autre des deux femmes, l'enfant vient souvent vers nous ; puis s'éloigne, avec un instinct sûr, quand nous souhaitons ne pas être entendus.

Cyre s'amuse de tout : des pierres, des étoiles, de la terre qu'elle rend boueuse en l'aspergeant avec l'eau du puits. Elle la modèle ensuite, en fait d'innombrables nouveau-nés, qu'elle emmaillote avec des bouts de tissu avant de les nicher, serrés les uns contre les autres, dans la cavité d'un vieux mur.

* *
*

Sur les remparts de l'ouest, où je me trouve en compagnie de Marie, tandis que le crépuscule corrige l'austérité des sables et la double d'un pelage moiré, pigmenté, je salue l'univers !

Il m'arrive d'interrompre le cours des choses pour prendre le temps de m'émerveiller. Rendre grâce même sans objectif, puisque je ne prétends à aucune destination, m'est certainement bénéfique.

Oui, souvent, je m'incline devant cet univers qui se raconte avec largesse.

J'honore les mers et leur profusion d'espèces ; j'admire les terres prodigues ; j'exalte l'air, porteur de planètes et d'oiseaux ; je sais gré du mystère de la vie, cette trouvaille !...

Et même ici, devant ce paysage épuré et au comble du dénuement, je contemple, ébloui, ce spectacle exubérant qui précède la retombée des ténèbres.

J'observe Marie, debout devant moi comme une réplique du désert. Mon regard n'a aucune prise sur elle et glisse sur ses yeux vitrifiés.

Nous nous sommes déjà brièvement parlé, je sais à présent qui elle est, j'ai plusieurs fois séjourné dans sa ville, j'ai même rencontré Jonahan. Son nom revenait parmi d'autres noms comme un épi au milieu de gerbes chatoyantes. Un nom qui lui brûle la gorge, qu'elle ne peut s'empêcher de prononcer et qu'elle noie aussitôt parmi d'autres.

Le crépuscule recouvre la plaine déteinte, et moi je drape Marie d'images de son passé.

J'ai étoffé ses jambes, je lui ai rendu la courbe de ses hanches, j'ai arrondi son ventre, j'ai remodelé ses seins. J'ai souligné ses yeux d'un trait noir, j'ai coloré ses joues, j'ai ourlé et rosi ses lèvres. J'ai remplacé la touffe, hérissée, cotonneuse, qui surmonte son crâne pelé par une chevelure abondante, aux multiples frisures retombant sur sa nuque et son front.

Sachant qu'elle connaissait, comme la plupart des femmes de sa cité, l'art de se teindre les cheveux, j'ai hésité, un moment, entre le blond et le noir !... J'ai tout de suite renoncé à charger sa coiffure de ces édifices de faux cheveux dont se parent les coquettes, férues de nouvelles élégances.

Se rend-elle compte des transformations que mon esprit lui fait subir ? J'ai l'impression, tandis que je l'embellis, redécouvrant à son corps sa jeunesse et sa pulpe, que mes yeux sont devenus une surface polie et lisse dans laquelle elle va, une dernière fois, se mirer.

Quelque chose de l'autre Marie continue de vivre en celle-ci, faisant germer dans ma tête toutes ces représentations.

Dans l'œil terni par les peines et l'âge, il suffit parfois d'une étincelle pour que s'illumine un feu éteint. Il suffit d'une fraction de geste pour que renaissent une silhouette, une démarche ; d'un frémissement sur des lèvres d'agonisant pour qu'apparaissent, sous le masque, des traits oubliés. Il suffit, parfois, de si peu pour que tout un être se révèle ou vous revienne en mémoire. De si peu...

Marie se déplace d'un bord à l'autre du rempart tandis que je reste assis à la contempler. Nous ne nous parlons pas. Son allure fiévreuse s'apaise par moments ; alors, elle revient vers moi, s'arrête, cherche mon regard, comme s'il lui fallait traverser d'autres yeux pour venir à bout d'elle-même, et rompre, enfin, définitivement avec sa propre personne.

Tandis qu'enveloppée de cette cape en peau de chèvre, râpée et vétuste, elle parcourt d'est en ouest le chemin de guet de cette fortification, je lui invente et la revêts d'un vêtement damassé de couleur indigo auquel j'ajoute une longue traîne vermeille qui alanguit sa marche. Je rehausse ses robes de broderies à fil d'or ; je laisse un voile verdâtre, plus léger qu'une rivière, couler de ses cheveux à ses épaules. J'encercle ses bras nus de larges bracelets ciselés.

Comme ce désert en péril de nuit qu'un soleil délirant embrase avant que la terre vorace ne l'engloutisse, mon imagination illumine Marie d'éphémères et chatoyants ornements.

Je ne saurais dire si j'évoquais avec exactitude sa physionomie ; je mêlais, sans doute, son visage à ceux de superbes créatures que j'avais fréquentées à Alexandrie. Les pommettes que je lui voyais étaient probablement celles de Mercusia, la bouche celle de Priscille, la chevelure celle d'Hélène, l'iris de l'œil celui de Paula...

Chrétiennes ou païennes, les plus douées d'entre ces courtisanes possédaient un degré de culture et de civilisation qu'aucune femme de rang ne pouvait atteindre. Quelques-unes de ces femmes ayant choisi cette forme de liberté n'enviaient guère les épouses que les textes et les lois enserraient trop souvent dans des liens dénués d'amour.

Matrones matronantes, les premières n'atteignaient leur plein épanouissement qu'à l'âge où la jeunesse décline. Les autres – je parle des plus éclairées – se découvraient mieux à travers cette connaissance de l'autre. Leur esprit bénéficiait de l'éveil de tous leurs sens, s'animait à travers cette diversité d'amants : savants, philosophes, magistrats, docteurs, lettrés.

À l'approche de la maturité, un petit nombre d'entre elles se faisaient épouser par des hommes assez puissants pour les imposer à leur entourage.

Désavouant certaines dépravations, certains luxes effrénés, je me suis pourtant toujours insurgé contre ceux qui accablent ces courtisanes, après en avoir abusé. À deux ou trois d'entre elles, que j'ai plus précisément connues, je garde estime et tendresse, respectant par-dessus tout leur goût du risque, leur soif d'irradier la vie, d'ajouter à la terne existence. Pour une partie de ces femmes, singulièrement douées, il restait peu de choix entre la prostitution et la sainteté.

Parmi les épouses, Athanasia et quelques autres furent l'exception. Renoncer, se désister était son honneur, sa noblesse ; son abnégation ne se transforma jamais en d'autres formes de possession.

Mais Athanasia, il est vrai, avait rencontré l'amour.

Comme si elle lisait mes pensées et voulait soudain me pousser jusqu'aux limites de la mémoire, Marie me fit face :

— Parle-moi d'Alexandrie.

D'un coup, la splendeur d'Alexandrie recouvrit la forteresse.

Ses larges rues à angles droits avancèrent sur les dunes, ses vastes maisons flanquées de tourelles jaillissaient des sables, ses villas, ses jardins s'étalaient sur le sol désertique. Sur ses toits en terrasses, j'aperçus ceux qui y passaient leurs nuits.

Je décrivis ensuite la voie commerçante, le grouillement des bazars. Je la nommais, elle, Marie, entrant et sortant des boutiques, suivie de serviteurs de plus en plus chargés. La profusion des images que m'offrait cette cité des songes n'avait d'égale que celles de sa réalité multiforme.

— Parle encore.

Je ne savais pas si elle prenait plaisir à ces évocations ou si elle cherchait – se plongeant une dernière fois dans ses souvenirs – à les quitter plus complètement.

— Parle, je t'écoute.

J'ai parlé, je parle, je parlerai encore... Je raconte Alexandrie, si différente de ma propre ville enserrée dans le cœur du pays et pour laquelle je garde préférence !

Alexandrie possède cette magie des cités de la mer. Elle règne sur deux ports qui s'évasent vers le monde ; tandis que le troisième, énorme lac salé, la relie aux terres intérieures.

Alexandrie m'attire par tous ses appâts, mais quelque chose d'indomptable au fond de ma nature m'a toujours fait flotter par-dessus ses filets. J'aime cependant sa cohue, son brassage de races : Noirs d'Afrique, gens d'Asie, coolies chinois, Grecs, Romains ou Scythes...

Je détaille les agréments de cette métropole : son théâtre avec ses mimes et ses danseurs, son hippodrome dont l'entretien est exorbitant, son gymnase où se retrouve la fleur de la jeunesse, ses bains publics au chauffage toujours assuré grâce aux fameuses citernes souterraines.

J'enchaîne sur sa population : mobile, ardente ; fascinée par la gloriole et l'apparat. Oisifs, frondeurs, flâneurs, les citadins s'attroupent à toute heure et peuvent rapidement glisser du jeu à la subversion.

Fruit à la fois opulent et vénéneux, Alexandrie se superpose à cette contrée et lui demeure étrangère. Ne s'exprime-t-elle pas toujours en langue grecque ? N'affiche-t-elle pas une sorte de dédain pour l'art égyptien qu'elle juge pesant et ostentatoire, pour cette race qu'elle croit inapte à la réflexion ?

J'en viens aux cirques, aux combats sanguinaires des gladiateurs, aux incessantes disputes religieuses entre juifs, païens, chrétiens divisés en factions internes et qui prennent souvent prétexte du moindre incident pour s'engager dans des querelles sanglantes.

Marie m'écoute, Marie m'entend, tandis que, pour elle, je décris ce vaste arsenal ouvert au commerce de toute la terre, ce colossal chantier où races, religions, métiers, superstitions s'entremêlent sans jamais se fondre tout à fait, où l'équilibre reste suspendu à un fil, où la paix ne cesse de côtoyer l'abîme.

Le crépuscule est à son comble. Je dépeins et vois, du même coup, s'abattre sur nos fortifications, sur le désert alentour, une nuée de paons avec leurs queues ocellées, un troupeau de singes, des chats par centaines, qui embarrassent et ravissent les citoyens de l'incomparable cité.

Marie est aux aguets :

— Pendant que tu parles, je les vois aussi. Je leur jette du pain, des noisettes. Ils s'ébattent autour de moi !... Sur la même avenue, égayée d'animaux, j'aperçois, tassé au bas d'une bâtisse jaune, un amas de haillons entre lesquels se meuvent, faiblement, cinq enfants aux yeux gigantesques, aux corps rétrécis plongés dans leurs sacs de peau trop larges. Ils geignent, ils n'ont plus la force d'appeler. L'un d'eux me présente son moignon ; un autre ne parvient pas à soulever sa main pour chasser les mouches agglutinées sur ses paupières et aux commissures de ses lèvres. Je m'approche et découvre, par terre, au centre de cet amoncellement de guenilles, une écuelle à demi remplie de farines si longuement trempées dans l'eau qu'elles ne peuvent avoir qu'un goût de pourri ; d'ailleurs il s'en dégage une odeur nauséabonde. Pourtant, il nous est défendu de faire l'aumône car l'État distribue régulièrement sa ration de blé aux sept mille cinq cents indigents de la ville. Malgré les faveurs de mes protecteurs, les richesses qui m'abritent, tout ce doublage de robes, de bijoux, de repas, d'objets de grand prix qui me masquent toute cette misère et m'occupent délicieusement – oui, délicieusement, pourquoi le nier ? – je me heurte à cette famine et m'y blesse. Est-ce cela qui m'a arrachée au sommeil ? Ou bien est-ce le cri de Dieu, et son terrible aiguillon ?

« J'ai rompu avec Alexandrie. En moi, le combat s'est enfin relâché. J'y ai rongé mon corps, exacerbé mon esprit. Il m'en reste le souvenir, presque matériel, d'une chape d'or et de pierreries qui serait tombée de mes épaules et se serait affaissée à mes pieds. Mes tourments ont-ils pris fin ?

« Comme pour briser tout enchaînement, je vais d'un acte de destruction à l'autre. Depuis cette rupture avec ma ville, pour m'aventurer plus loin et plus haut, je me garde de tous rapports avec les créatures, les choses, les lieux. Je rejette l'habitude, la fixité. Je sais que tout est illusoire, passager ; et cette notion, je veux, sans cesse, en être pénétrée. La seule durée que je m'accorde est celle de l'âme ; la seule continuité celle de ce Dieu qui occupe, peu à peu, toute la place dans mon être au point de l'abolir.

« Je chasse parfois jusqu'à ces pensées qui en essaiment d'autres, et d'autres et d'autres encore qui bourdonnent entre mes tempes, m'étourdissant. M'enfonçant dans le refus, j'ai vécu ces neuf années fixée sur la mort.

« Thémis, les événements de ces derniers jours m'ont vivement troublée. Je ne comprends ni cette rencontre avec Cyre et Athanasia, ni le réconfort que j'en ai éprouvé ; ni l'élan qui m'a conduite jusqu'ici ; ni ce face à face avec toi. J'essaye de déchiffrer ces derniers signes que m'offre le destin avant le grand silence. »

J'écoute Marie, j'essaye de devenir un autre, de repousser mes doutes. Sans doute s'est-elle méprise sur ma présence auprès de Macé ? Ce n'est pas à cause de sa relation avec le ciel – ce ciel dont je ne trouve nulle part de preuve ou d'écho – que j'ai cherché, pour quelques jours, la compagnie du vieux moine, mais à cause de ses liens presque charnels avec ce pays et ses habitants.

Durant sa très longue vie, Macé n'a cessé d'entrecouper sa retraite de retours parmi les siens. Ce va-et-vient, cet assemblage de distance et de rapprochements, de retraits et de rencontres, d'innocence et d'expérience lui confèrent une sagesse toute temporelle que je préfère aux solitudes plus sublimes.

Malgré mon incroyance, je sais aussi qu'une vie plus haute ne peut être atteinte que si l'on ajoute à tous nos quotidiens, à toutes nos réalités palpables la dimension de l'absolu, de l'indicible, véritable essor de l'esprit et de toute création.

Sensible à certaines explications de Marie, je réprouve cependant ce saccage de son corps ; j'en ressens révolte et compassion.

Ce qu'elle nomme « Dieu » m'apparaît alors comme un ennemi, un oiseau de proie qu'elle aurait abrité dans son sein et qui plante ses griffes dans sa chair ; ou même une sorte de double, cruel, contraignant, qui la hante et la mène à sa perte ! N'est-ce pas là une tentation maléfique qui corrompt les ardeurs les plus pures et transforme en l'un de ces ascètes moroses, qui n'ont qu'aversion pour leur propre personne et par suite pour toute l'humanité, les plus vivantes des créatures ?

Ce refus, cette négation n'aboutissent-ils pas à un mur, à une route sans issue ?

Sans oser se l'avouer, Marie n'éprouve-t-elle pas une furieuse envie d'entrer dans le siècle ? Comment la délier de cette promesse faite à elle-même ? Comment empêcher sa déroute, son malheur ?

Je me posais ces questions tandis qu'elle me parlait, tandis qu'elle se parlait à voix haute.

Sans doute ai-je le souffle trop court pour saisir sa conduite. Quel que soit l'enjeu, sans doute suis-je incapable de pousser aussi loin. Mais il me semble qu'à cette croisée de chemins il faudrait que Marie décide de nouveau. Si devant d'autres alternatives elle s'en tient à ce choix, alors peut-être me laisserai-je convaincre.

En dépit de mon incrédulité, quelque chose en moi demeure sensible à cette démesure, comme si le fond de chaque humain recelait le germe de toutes les humanités possibles, de tout le surhumain, de toutes les aberrations comme de tous les dépassements.

Quelque chose en moi est touché, captivé par ces visionnaires, prophètes, inventeurs d'images ou de paroles qui, vivant aux limites d'eux-mêmes, lancent et soutiennent, contre toute évidence, un cri qui contribue quelquefois aux rares progrès de notre terre.

Le soleil déclina d'un coup. Marie s'était éloignée, je la voyais à peine. Accoudée aux remparts, on aurait dit une sentinelle qui s'efforce de reconnaître des visages surgis de l'ombre. Je l'entendis égrener les noms de ses compagnons et compagnes de jadis : « Damien, Carès, Our, Nebra, Aquilas, Houm, Ater, Zalia, Apollos, Hélène, Cilia, Arika, Jonahan... » Elle répéta : « Jonahan » avant de se retourner :
— Qu'est-il devenu ?
— Qui était Jonahan ?
Elle hésita, puis parla précipitamment comme pour se débarrasser de ses souvenirs. Je cherchai dans les miens. Ne s'appelait-il pas Jonahan l'ami de M'Zana, ce jeune géomètre éthiopien que j'avais connu ? Un médecin réputé qui opérait ses malades par cautérisation ?
— C'est sûrement lui.
Je lui racontai la suite. Les membres de la nombreuse colonie juive d'Alexandrie, à laquelle appartenait Jonahan, avaient été expulsés de la ville il y a quelques années par Bisa, un patriarche fanatisé ; celui-ci avait ordonné la fermeture de leurs synagogues et permis le pillage de leurs maisons. Son règne fut bref – les exilés retrouvèrent leurs lieux de culte et leurs biens –, assez long cependant pour qu'Antoine, qui s'était enfui du désert, abandonnant Andros, se mît au service du haineux vieillard, dans l'espoir que celui-ci tournerait bientôt sa fureur contre les païens.
Je ne nommai pas Antoine, mais revins à Jonahan. Ma mémoire s'éclaircissait ; j'évoquai les cheveux lisses et noirs du jeune homme, son profil bien tracé, ses yeux verts, au regard à la fois mélancolique et fantasque.
— C'est sûrement lui... Et ses mains ? Te souviens-tu de ses mains ?
Je ne me souvenais pas.
— Jamais je n'ai vu de telles mains...
J'allumai une torche dont je fichai le bâton en terre ; Marie me décrivit ces mains dans le moindre détail, s'étonnant elle-même, je pense, de l'abondance de ses impressions.
Elle me dépeignit les creux, les reliefs, la souplesse des paumes, à travers la peau fine le battement bleu des veines du poignet ; la longueur des phalanges, la lunule claire et visible des ongles sans stries. Cette observation minutieuse ne pétrifiait pas les mains de Jonahan ; elles me

parurent, au contraire, vivantes, mouvantes ; elles se levaient, s'ouvraient, se refermaient, s'étendaient, se tendaient vers nous...
Je pensai et dis tout haut :
— De telles mains posées sur un malade, sur un mourant, quel apaisement !
— On ne se tire pas indemne des caresses de ces mains-là.
Très vite, elle reprit :
— Je n'ai jamais fait l'amour avec Jonahan.
— Que craignais-tu ?
— D'aimer...
Le mot flamba dans la magie du soir et s'éteignit aussitôt. Puis j'entendis :
— Je voulais le plus absolu de l'amour.
Je déclarai soudain que, pour elle, j'aurais souhaité que Jonahan fût là et qu'ils fissent l'amour toute une nuit. J'ajoutai que l'amour charnel était un moyen de connaître, de se connaître ; qu'elle l'avait sans doute oublié et que, neuf ans après son départ, elle se devait de reconsidérer sa vie. Peut-être embrasserait-elle alors une autre existence, son corps refleurirait, elle était encore jeune. Ou bien, son choix renforcé, elle repartirait, plus libre, vers le même destin.
— Tu appartiens au siècle, tu ne peux comprendre... Je suis étrangère à tout cela.
— Le crois-tu ?... En vérité, Marie, le crois-tu ?
— Regarde, mais regarde ce que je suis devenue !
Des deux mains elle écarta la lourde chape brune qui la recouvrait : des morceaux de tissu pendaient autour de cette chair difforme, agglutinée à son squelette. Elle me fit penser à ces oiseaux qu'un enfant pervers suspend par les pieds aux branches d'un acacia et que rongent les aigles, le soleil, les vents de sable.
— Ne te cache pas. Tu es belle !

Je m'approche de Marie sans aversion.
Je repousse la cape de ses épaules. Mes deux bras l'entourent. Mes doigts découvrent son ossature fragile, les ligaments du cou, les salières du dos, la brisure des reins.
Repoussant le soleil qui lapide le paysage, l'ombre étale sa fraîcheur, égalise terre et ciel.
Piquée au bas d'un muret, la flamme de la torche jette sur nous de courtes lueurs.

— N'aie pas peur, Marie.
Elle n'a pas peur. J'avance vers elle, dans un mouvement de compassion immense. Ni commisération ni pitié : mais compassion. Un attendrissement de tout mon être, comme si j'entrais dans ses pensées, comme si je saisissais le sens de son combat.
Soudain la misère de son corps est la mienne ; la fièvre, la demande, les tourments de son esprit sont les miens.
Un bref instant, j'ai senti ses muscles se crisper. Peut-être frémit-elle à la pensée que ce corps a perdu les chemins, les ressources de la volupté, et qu'il ne saura plus venir à la rencontre du mien ?
J'aurais voulu trouver des mots à dire. Je ne les trouvais plus.
Étendu et prenant contre moi cette femme, dont je voyais le regard s'animer et retrouver peu à peu son eau, je la berçais, je caressais sans dégoût sa peau calleuse, ses seins asséchés.
Petit à petit, entraîné par son propre trouble, je fus à mon tour envahi de désir.
Marie se serra contre moi.
Ce que nous partagions, en cette nuit étrange, n'était pas de l'amour ; et cependant j'ai chéri cette femme ; de toutes mes forces je l'ai chérie, peut-être bien au-delà de l'amour !
Cette nuit-là, nous nous sommes pénétrés dans toute l'acceptation du terme. Cette nuit-là, je le dis sans orgueil, j'ai secouru Marie. Comme elle m'a secouru, j'en suis persuadé, sans que je sache précisément de quel péril. Mais lequel d'entre nous peut se targuer d'être affranchi de ses nasses intimes et tyranniques chargées de hantises et de manquements ?
Mystérieuse filiation avec l'autre, avec l'univers, qu'éveille parfois l'acte d'amour ! En ces instants de savoureuse absence, les brisures du monde se trouvent soudain résorbées ; recouvertes d'une plaine infiniment clémente.
— As-tu froid, Marie ?
Depuis longtemps elle n'éprouvait aucune sensation de chaleur ou de froid.
— Mais ton corps chante toujours, lui dis-je.

*
* *

À l'intérieur de la fortification, longeant la basse-fosse et le bastion écroulé, Macé parlait avec Athanasia.
C'était la première fois que le vieil ermite la rencontrait mais, peu de temps après leur fuite, il avait connu et abrité Andros et son fils Antoine.

Pourchassés par un détachement de recrues composé d'Hellènes, de Romains et d'indigènes – petite cohorte aguerrie aux épreuves du désert et expérimentée dans la recherche des fugitifs –, ils avaient tous deux parcouru les plaines de sel percées de pointes et de crêtes qui tailladent les semelles, blessent la plante des pieds. Plus tard, sur le lac salin, une brusque tempête avait fait chavirer leur embarcation ; ils avaient été sauvés de la furie des flots par un vieux pêcheur intrépide qui avait élu domicile dans une antique barque à rames, et que la terre trop inerte faisait bâiller. Dénoncés et de nouveau poursuivis, Andros et Antoine s'étaient égarés dans la vallée de boue puante qu'ils avaient traversée enfoncés jusqu'aux côtes. Il avaient ensuite marché durant six jours et six nuits avant d'atteindre – épuisés, mourant de faim et de soif – le refuge de Macé.

Ils avaient vécu trois saisons auprès du vieil ermite, et étaient repartis ensemble.

Macé ne sut jamais ce qui leur était advenu. Mais il se souvenait de l'un comme de l'autre ; de la patience de l'aîné, de la véhémence du plus jeune.

Pour assouvir l'ardeur d'Antoine que l'enseignement d'Andros irritait, Macé lui avait confié la construction de cellules qui leur serviraient d'abris, le creusage d'une fosse, la réparation d'un mur de soutien. Infatigable, robuste, il se démenait, fouillait les entrailles du sol, se ruait sur les pierres qu'il transportait à dos d'homme. Antoine se dépensait sans compter comme s'il cherchait à brûler ses jours.

Le supplice de Rufin continuait de le tourmenter. Il se persuadait que le fantôme de son jeune frère lui reprochait de s'abriter dans le désert et la dévotion, tandis que ses persécuteurs vivaient toujours.

La nuit, grimpé sur la plus haute tourelle, il s'imaginait Rufin jetant des morceaux de son corps dépecé au pied du renforcement où lui-même s'efforçait de dormir.

En réponse à l'une des questions de Macé, j'entendis :

— Andros est mort. Il est mort !

La voix d'Athanasia déchire l'espace, m'atteint en plein cœur.

Depuis ma surprenante rencontre avec Antoine à Alexandrie, personne n'avait jamais rien pu m'apprendre sur le sort des ses parents. Athanasia cria vers moi :

— Approche, Thémis, approche ! Ton ami Andros est mort !

J'approchai.

Le soleil était à son zénith. De l'autre côté de la cour, face aux murailles éclatées, Athanasia arpentait un tertre tandis que Macé, accroupie à ses pieds, la tête légèrement penchée, recueillait chacune de ses paroles.

Elle, si contenue, si fière, était méconnaissable !
Toutes les révoltes, tous les orages s'étaient emparés d'Athanasia. Ses ternes et larges vêtements de bure, gonflés par une soudaine tempête de sable, s'enroulaient autour de son buste, des ses jambes ; un vent furieux s'engouffrait dans sa capuche. Les gémissements des mères, les clameurs des femmes se déchaînaient dans sa voix.

Athanasia hurla.

Elle hurla contre les combats, les massacres, les luttes sanglantes et fratricides. Envahie par la douleur, Athanasia ne se possédait plus. Je vis ses bras se tordre, ses yeux s'exorbiter :

— « La mort est une autre naissance », voilà ce que tu disais, Andros ! C'est faux. La mort, c'est la mort. Tu n'es plus là pour me répondre. Plus là pour le reconnaître !

Elle nous prit à partie :

— Quelle face a-t-il, ce Dieu devant qui tu t'inclines, Macé ? Quel souffle empoisonné exhale-t-il pour causer tant de destructions ?... Il n'a pas de visage ! Il est le vide. Il n'est rien ! Rien qu'un aveuglement, rien qu'un mirage de vos esprits confus. Rien qu'une sauvegarde, rien qu'un refuge contre l'inconnu, rien qu'un soutien pour vos cœurs chancelants ! J'en étais sûre, j'aurais dû les en convaincre. Mais je me suis tue ! J'ai tenu compte de leurs croyances, j'ai respecté leurs illusions. J'ai été docile... Docile ! J'aurais dû dénoncer ces doctrines auxquelles ils se sont sacrifiés. J'aurais dû m'insurger contre ces pratiques qui m'ont empêchée de rejoindre Andros, de soustraire Rufin à ces croyants, de retenir Antoine...

« Thémis ! Ton ami Andros est mort ! Durant cinq ans nous avons vécu côte à côte. Pour ne pas troubler sa piété, je n'ai pas osé me faire reconnaître. Docile, toujours docile, je me suis soumise à sa foi. Ébranlée par moments par la chaleur de ses convictions, par le mystère de la vie auquel je n'avais trouvé aucune réponse !... Andros, ton ami, est mort ! Et toi, Thémis, je te retrouve ici ! Que fais-tu en ce lieu ? Es-tu entré en religion toi aussi ? »

— Thémis est un esprit libre, murmura Macé.

CYRE MARIE ATHANASIA

Les trois femmes, dont le séjour chez Macé serait bref, vivaient à l'intérieur de la forteresse délabrée, dans des cellules contiguës taillées dans les vieux murs. Cyre logeait dans celle du milieu.
Ensemble elles avaient ménagé l'intérieur de ces lieux à l'abandon – habités jadis par des ermites –, nettoyant les recoins, les débarrassant des araignées empêtrées dans leurs toiles, des cadavres raidis de petits rongeurs du désert, des chauves-souris figées et agrippées aux plafonds bas. Du plat de leurs mains elles avaient égalisé le tas de sable qui recouvrait les sols ; le soir, elles s'étendaient, s'allongeant pour dormir, occupant entièrement l'espace rétréci. Au matin, elles quittaient leurs traces encore chaudes, se séparaient de l'empreinte de leurs corps inscrits dans ces lits de poussière.
Un trou percé dans chaque mur leur permettait de communiquer entre elles, de se passer de la nourriture et de l'eau. La nuit, couchée dans son silence, Cyre écoutait les paroles de Marie et d'Athanasia aller et venir au-dessus d'elle. Si palpable chacun de ces mots qu'il suffirait peut-être de lever les mains pour les saisir au passage, pour les serrer tendrement entre ses doigts, pour les frotter contre sa joue ! Mais par crainte de briser leur envol, de les empêcher d'arriver à destination, Cyre garde les bras croisés sur sa poitrine ; remuant simplement la tête, de gauche à droite, dans la direction des deux voix.
Comme une membrane protectrice, la roche les enveloppe toutes les trois ; cet abri est un ventre où leurs liens se fortifient, où le cœur reprend souffle. Elles ont déposé pour quelques jours le poids de leurs existences pétries de souffrance et de joie, enchevêtrées au siècle, à l'histoire, à leurs

âges, à leur condition. Elles laissent, elles laisseront les images de leur passé se dérouler de l'une à l'autre, se dénouer devant Macé, cheminer dans la pensée de Thémis qui tentera d'en raccorder les fils. Puis, elles reprendront en main leurs destins pour repartir.

Terre rase, à l'écart de l'événement et des instants éphémères ; table de poussière plongeant ses racines dans la durée ; terre dénudée où chaque parole, chaque regard, chaque geste prend sa véritable mesure, multiplie l'échange, tisse une peau neuve par-dessus les plaies : voilà ce désert ! Et voilà ces femmes – qui, au cours de leurs vies particulières, n'auraient jamais pris les mêmes chemins, ne se seraient jamais abordées – éprouvant la force, la nécessité de cette inimaginable rencontre.

Rien que des pas dans le sable, rien que trois vies arrachées au monde, jetées à la face du temps, et bientôt aspirées, englouties par ce même temps inflexible ! Mais voilà qu'à travers l'étrange face à face – résultant de quel projet du ciel, de quelle trame de la création, ou de quel hasard ? – le manque à vivre se met à vivre. Voilà qu'une compassion enfouie s'éveille ; voilà que des rivières qui se heurtaient aux barrages du quotidien, qui ne pouvaient s'épanouir, s'élargir vers toutes les berges de soi trouvent des échos, des relais, une écoute. Peu de choses en ces jours perdus ? Tant de choses, pourtant :

— Athanasia, connais-tu ce désert que j'aime ?

La voix rocailleuse de Marie traverse la grotte de Cyre avec son lot d'images.

— Marie, connais-tu ce désert que parfois je hais ?

Leurs voix se suivent, se rejoignent ; Cyre les entend distinctement. Sans doute se tiennent-elles serrées tout contre la paroi de leur cellule, leur bouche au niveau de la petite trouée dans le mur. Toujours étendue, Cyre se laisse porter par ce flot de paroles qui se forment plus librement derrière ces rideaux de pierre.

Par moments, Cyre voudrait joindre son histoire aux leurs. Elle voudrait dire ses impressions du désert, faire savoir comment et pourquoi elle s'y trouve. Cyre voudrait raconter les mauvais traitements subis, expliquer que sa fuite l'a délivrée des exactions des siens, de ses supérieures et de ses maîtres. Mais ce désert, elle ne souhaite que le traverser pour parvenir à un endroit peuplé d'arbres et d'oiseaux ; à une campagne avec des champs d'un vert si vert et un bout de fleuve. Elle dirait – si elle pouvait parler, mais Cyre n'en a pas le droit et plaque sa paume contre sa bouche pour s'en empêcher – qu'elle se sent rassurée, heureuse, depuis la rencontre. Marie ne lui fait plus peur. Athanasia ressemble à sa mère morte en couches ; une mère jamais vue ; mais tellement désirée, tellement imaginée ; une mère qui aurait vieilli, une mère puissante et secourable qui repousse menaces et moqueries, qui éloigne les dangers. Elle ajouterait, car Cyre pourrait tout leur dire, que même aux jours les plus cruels rien n'était parvenu à écraser son « âme joyeuse », son appétit de boire, de manger, de chanter, de remuer. Si elle pouvait, Cyre crierait sa faim de toutes les nourritures, proclamerait cette sensation de bien-être qu'elle éprouve depuis qu'elle est ici.

Des morceaux de la vie d'Athanasia, des bribes de l'existence de Marie traversent la cellule de l'enfant. La nuit s'installe peu à peu. Les voix se dissipent, se taisent.

Athanasia frappe contre la paroi :
— Je t'entends bouger, tu ne dors pas, petite ?
Cyre gratte et tape à son tour.
— Alors chante, Cyre, chante pour nous !
Marie reprend aussitôt :
— Chante pour nous, Cyre, chante !
Cyre se met debout dans sa cellule ; le ventre en avant, elle se hausse sur la pointe des pieds. Les bras pendus de chaque côté du corps, elle ressemble à une statuette blanchie par les rayons de lune qui pénètrent dans son antre. Cyre étire son cou, renverse sa tête en arrière, lance sa voix tantôt vers l'étroite voûte, tantôt vers l'extérieur.

Le chant monte, tournoie dans le minuscule espace, déborde sur le dehors. La musique n'a pas besoin de paroles pour exprimer tout Cyre. Toute son histoire, toutes ses humiliations, toute son allégresse. Tout !

Macé, qui avait le sommeil fragile, entendit la voix limpide. Quittant sa caverne, il se dirigea à pas lents vers un rocher fixé au bas de l'épaisse muraille. Assis, à l'écoute de ce chant qui descendait vers lui, il levait de temps en temps les yeux vers les renforcements qui servaient d'abris aux trois femmes.

La nuit fraîchissait. La citadelle se découpait en sombre sous la haute lune. Autour, firmament et dunes s'étaient rejoints pour ne former qu'un unique horizon. Plus tard, la rosée de l'aube humecterait les terres arides.

Un peu plus loin dans la vallée, Thémis s'était endormi sous les étoiles.

*

Durant la journée, chacune partait de son côté, puis elles se retrouvaient, se séparaient de nouveau pour se revoir encore.

Après quelques heures d'absence, lorsque Cyre apercevait Marie ou Athanasia, elle courait vers l'une ou vers l'autre. Parfois, elle suivait Thémis dans sa marche, zigzaguant avec lui, découvrant les bastions, les tourelles, les passages secrets de la fortification. D'autres fois, elle restait accroupie auprès du vieux Macé qui lui racontait l'épopée de cette citadelle romaine témoin de tant d'invasions, de batailles, de triomphes et dont il ne restait plus que ces blocs ravagés.

Cheveux au vent, faisant des moulinets avec sa coiffe qu'elle balance à bout de bras, Cyre dévale la pente sablonneuse, saute par-dessus un amas de pierres pour rejoindre Athanasia. Celle-ci lui ouvre les bras. L'enfant se plonge en frétillant dans l'ample vêtement de bure.

Les doigts d'Athanasia pénètrent dans l'épaisse chevelure, remuent les boucles serrées. Puis, comme ailleurs, comme avant, comme plus loin, elle respire la jeune nuque enduite de sueur :

— Rufin...

Très vite elle se ressaisit ; mais Cyre lève son visage et l'interroge du regard.

— J'avais un fils. Ses boucles ressemblaient aux tiennes. Quand il avait couru, il avait la même odeur que toi.

Elle se tait, mais Cyre veut qu'elle continue. Elle saisit le bras d'Athanasia, le secoue pour lui faire comprendre qu'elle veut en savoir plus sur Rufin.

— Je ne sais pas.

Cyre insiste. Ses yeux supplient, ses mains s'accrochent au tissu de la robe brune.

— Rufin est mort !

Les doigts de Cyre se desserrent, son regard s'embue ; c'est donc encore cela ce chagrin qui ne cesse d'envahir Athanasia. Sans le vieil homme, sans ce fils, Athanasia est vraiment seule, plus seule encore que Cyre !

Subitement, celle-ci se souvient de l'autre fils, cet « Antoine » dont Athanasia a prononcé le nom devant Marie. Qu'elle parle de ce fils-là puisque c'est l'unique vivant qui lui reste ! Cyre brûle d'envie d'entendre parler d'Antoine, peut-être se verront-ils un jour ; elle est toute prête à l'aimer. Cyre se suspend au cou d'Athanasia, plante ses yeux dans les

siens, pense si intensément à Antoine que la femme finit par entendre cette question muette.
— Je ne peux pas parler d'Antoine. Je ne pourrai jamais !
La voix d'Athanasia s'est brisée, son visage se crevasse. Cyre fait un bond en arrière, pousse un hurlement de bête comme si l'insoutenable douleur de l'autre venait de la transpercer.
L'enfant saisit entre ses mains les mains d'Athanasia, les embrasse, les retourne, couvre les paumes de baisers. Elle ne sait plus quoi faire pour apaiser ce mal ; elle voudrait s'arracher une poignée de cheveux pour les lui donner. Puis, se ravisant, elle ramasse le bonnet de chiffons multicolores tombé à ses pieds et s'en coiffe farouchement jusqu'au bas des oreilles, dissimulant ces boucles criminelles qui ont éveillé de terribles souvenirs.
— Ne cache pas tes boucles, Cyre.
La peau, les lèvres d'Athanasia se recolorent. Elle respire à fond, se reprend, cherche à tranquilliser l'enfant. Elle lui prend la main, l'entraîne vers les sables.
— Viens, j'ai une histoire à te raconter...
Laissant les ruines loin derrière, elles avancent dans la plaine. Le soir monte, le feu du ciel se laisse lentement absorber. Le sable se tigre de lanières d'ombres.
— Je ne veux pas que tu souffres à ma place, Cyre... C'est grâce à toi que je vais mieux. Sans toi et Marie, je me serais laissée mourir. Tu m'entends, Cyre ? Quand tu es là, le désert n'est plus du désert. Le désert devient une grande plage qui descend vers la mer.
Cyre n'a jamais connu la mer. Elle ne connaît que son hameau, la demeure de ses maîtres, le couvent triste ; puis ce désert qui lui a donné une famille, une maison-forteresse !
Tout en marchant, Athanasia raconte la mer. Et Cyre la voit, cette mer ! Elle la touche, la goûte ; elle y pénètre et nage parmi les barques et les poissons.
À la fin du récit, Cyre fourrage dans sa poche, en retire une plante naine aux feuilles grasses qu'elle a découverte entre les marches effondrées. Cyre la sépare en deux pour en offrir la moitié à Athanasia.
— C'est pour moi ?
La mine réjouie, Cyre fait « oui » de la tête.
— Tu ne veux vraiment pas parler, Cyre ?
Avec gravité cette fois, Cyre fait « non ».
Comment soustraire l'enfant à ce vœu ? Le silence convient si mal à sa nature exubérante.
— Vraiment pas, Cyre ?

L'enfant se bute, bâillonne sa bouche de ses deux mains crispées.

* * *

Un jour, à l'aube, rentrant de l'une de ses longues randonnées solitaires, Marie allait à la rencontre de Cyre et d'Athanasia.

La large robe marron que Macé lui a donnée dissimule sa maigreur. Quelque chose en Marie semble transformé ; ses pas sont moins saccadés, ses gestes moins brusques. Le regard est plus tranquille, le front plus lisse ; mais ses cheveux, poudreux, hirsutes, ressemblent toujours à ces pousses rares et drues qui émergent par surprise du désert. Un vent têtu gonfle les pans de son vêtement.

— J'ai besoin de te parler, Athanasia.

Cyre se tient d'abord en retrait ; puis elle pousse doucement ses deux amies vers les dunes et les regarde s'éloigner en se tenant par les épaules.

Se retournant, elle aperçoit Thémis aux abords de la citadelle et lance des cris gutturaux dans sa direction.

À son tour, celui-ci lui fait signe.

Otant ses savates qui auraient entravé sa course, Cyre se précipite pieds nus, riant des coups de vent qui lui cinglent le visage.

Arrivée auprès de Thémis, la face voilée d'une pellicule jaunâtre, elle retire de sa poche l'autre moitié de la plante grasse et la lui tend.

Assises côte à côte, Athanasia et Marie fixent la vallée sans fin. Assouplie par de légers dénivellements de terrain, veloutée par les premières lueurs dorées et rosâtres du matin, celle-ci se brouille par moments quand des sautes de vent chaud, piqué de grains de sable, la traversent.

Rien ne brise ou ne ponctue cette surface horizontale. Rien ne distrait l'attention de cet espace incommensurable.

Athanasia s'agenouille, se penche en avant, enfonce ses bras dans ces couches sablonneuses :

— Du sable, du sable, du sable et encore du sable... Ici, rien ne peut vivre !

— Si l'on descend, si l'on s'enfonce, plus bas, beaucoup plus bas, on trouve une autre vie.

— De quelle vie parles-tu, Marie ? Je ne vois que poussière, que sécheresse.

— Très au fond, il y a des nappes d'eau. Parfois il m'arrive de les toucher. Alors c'est la vie. Cela aussi, c'est la vie.

— Ceux que l'on aime, ceux qui vous aiment font la vie. Le grouillement du monde fait la vie, tous les hommes avec leurs lambeaux de bonheur et de souffrance. La vie remue, change, broie, apaise, soulève. Cette immobilité n'est pas la vie.

— Comment as-tu vécu tant d'années dans ce désert ?

— En attente... En attente et par amour.

— Ni les autres ni le monde ne sont à la hauteur de l'amour. Dieu seul peut combler l'amour !

Le vent souffla plus fort, harcelant les dunes, tourbillonnant autour des deux femmes, fouettant leurs visages et leurs mains.

Marie se coucha de tout son long, la joue contre la poussière :

— Ce Dieu que je trouve pour le perdre aussitôt. Mon âme est tantôt douloureuse, tantôt bienheureuse. Je crois avoir enfin traversé tous les doutes, tous les tourments, quand la détresse m'agrippe de nouveau. Mes journées, mes nuits sont atroces et radieuses, torturantes et sereines. Je ne connaîtrai jamais le repos, et pourtant je ne veux rien d'autre. Rien d'autre, Athanasia. Je le sais plus que jamais.

Les vents continuent de siffler, brassent les ondes de chaleur, criblent le sable de sables. Les rayons du soleil s'infiltrent comme des aiguilles dans d'énormes pelotes de poussière. Marie hésite avant de parler de Thémis.

— Thémis t'aime ?

La question d'Athanasia résonne étrangement. Marie se soulève sur ses coudes :

— Tu sais qui Thémis aime...

La tempête de sable escamote l'horizon, encercle les deux femmes. Elles se lèvent, cherchent la forteresse des yeux. Celle-ci a disparu sous d'épais nuages ocre.

Soudain, la voix de Macé s'élève. Énorme, sonore, elle transperce la rage des vents.

S'étant aperçu de l'absence des deux femmes, le vieil homme est monté sur le chemin de ronde et, les mains en cornet devant la bouche, il appelle dans toutes les directions.

Assaillies, aveuglées par les sables, s'accrochant l'une à l'autre pour avancer, Athanasia et Marie se cramponnent à ce long cri qui les guide vers les fortifications.

THÉMIS

Macé s'était retiré dans le désert à plus de quarante ans.
Opposé à toutes mortifications, rien dans son apparence ne le rapprochait de ces spectres humains disséminés à travers les sables.
Il gardait son corps en état d'extrême propreté. Envahi par la masse floconneuse de ses cheveux et de sa barbe, son visage étonnait par cette peau bistre et flambante, par l'éclat de l'œil, par les dents toujours claires.
S'il disait n'avoir jamais été affronté à des démons à cornes et à pieds fourchus, à des dragons phénoménaux aux narines embrasées, à des hydres aux yeux globuleux le long de leurs sept tentacules, il avouait, à la consternation de quelques-uns, n'avoir jamais été honoré non plus par ces apparitions béatifiques de chérubins aux ailes phosphorescentes, de séraphins altiers ou d'autres milices célestes.
Ayant vécu, aimé, copulé, Macé n'avait jamais été tourmenté par ces visions fragmentaires du corps de la femme : seins surmontés de dards, croupes ondoyantes, sexes s'ouvrant sur de la vase. Alléchants et repoussants, appâts et pièges, ces tronçons de chair obsédaient un grand nombre d'ermites.
Se défendant de la magie comme du miracle, l'éloignement de Macé ne ressemblait ni à une fuite ni à une rupture. Après la confrontation avec le siècle, cette distance lui donnait un regard moins limité sur l'existence et les hommes. Il avait appris que la vie échappe à tous les préceptes, à toutes les trappes, et se gardait de tout jugement.
Macé ne juge ni les moines brouteurs marchant à quatre pattes et se nourrissant d'herbes ; ni les moines souches tapis dans le creux des arbres ; ni les moines stationnaires, en adoration perpétuelle les bras en

croix, pourrissant sur place, et qui invitent les vers, agglutinés sur leurs plaies, à dévorer à leur faim cette pitance que Dieu leur offre ; ni les moines stylites, au sommet de leur colonne, entourés de la vénération d'une foule médusée ; ni les moines souterrains, serrés dans un tombeau où ils ne peuvent ni s'asseoir ni se coucher, et qui ne dorment que d'un œil.

Macé ne les juge pas. Mais lui se couchera de préférence sur un lit de roseaux, conviant et bénissant le sommeil. Lui se déplacera sur ses jambes aussi longtemps que celles-ci le porteront.

Ayant renoncé, l'âge venu, aux périples qui le menaient à travers le pays vers une multitude de villages et quelques cités, Macé circule, à présent, à l'intérieur et autour de ses ruines.

Bien que ses pas se raccourcissent et que ses os se soient tassés, le vieil homme découvre, chaque jour, un autre coin de la forteresse, une nouvelle percée sur l'horizon.

Il admire la transfiguration des dunes sous le soleil couchant, s'extasie devant les déguisements de la lune, s'interroge à propos des variations de l'aube.

À tous les sortilèges du surnaturel Macé préfère le spectacle des choses. Là se révèle la face de l'Éternel.

Chef d'une importante maison de commerce, Khênos, le père de Macé, vendait, trafiquait, échangeait avec les marchands des pays avoisinants. Son négoce s'étendait à l'Arabie, à l'Éthiopie, à l'Inde, et prospérait allégrement. Choyant ses seize enfants, les comblant de tous les avantages de la richesse, Khênos avait une prédilection pour le tout dernier, ce Macé venu tardivement au monde, le jour où son père atteignait soixante ans.

L'enfant avait reçu tous les dons du Seigneur : beauté, force, intelligence, et comblait les espérances que Khênos avait d'abord mises dans ses cinq premiers fils. Ceux-ci, s'entredéchirant dans des querelles d'intérêt, avaient eu le temps de le décevoir.

Khênos imaginait Macé à la tête d'une fortune plus vaste encore que la sienne, d'un domaine encore plus étendu. Un jour, il en imposerait à tous les autres propriétaires fonciers et même au pouvoir central.

Mais le père mourut avant d'avoir compris que, dès son plus jeune âge, ces faveurs ne procuraient à Macé qu'un sentiment de honte. Né du côté des maîtres qui abreuvent d'insultes et de coups leurs serviteurs, Macé se sentait proche de ceux que l'on avilit. Les avantages dont il jouissait l'emplissaient de malaise et d'humilité.

Ayant dépassé la trentaine, Macé fut nommé juge auxiliaire, sous la dépendance d'un citoyen romain. L'idiome local étant banni des tribunaux, la plupart des affaires étaient traitées en grec, langue qu'il avait apprise en même temps que l'égyptien.

La juridiction de Macé s'étendait aux petits vols, aux dissensions autour du projet d'un édifice administratif, aux délits collectifs : un bourg se portant à l'assaut d'un autre parce que des moutons s'étaient égarés, à cause d'une récolte subtilisée, du chapardage d'un verger, d'un chemin usurpé.

Pour ces vétilles il fallait parfois en référer à Byzance ; ainsi la population demeurait en constant rapport avec le gouvernement central souverain. L'accumulation des paperasseries, les lenteurs de la justice étiraient souvent les procédures sur toute une existence. Pour certains, cela devenait une raison de vivre, comme si disputes et conflits étaient l'un des meilleurs moyens de « passer le temps ».

Le règlement de situations plus sérieuses incombait au tribunal de l'évêque ou des militaires. Intolérance, influences y rendaient la justice plus expéditive.

Tous ces rapports, ces sentences, ces arrêts qui finissaient par ligoter les plus misérables ne satisfaisaient guère Macé.

« Dans quelle balance Dieu juge-t-il le bien et le mal ? »

Sa propre question le troubla. Il décida d'y consacrer une période de réflexion, avant que les lois et la routine ne l'assujettissent tout à fait.

Sa décision fut facilitée par l'événement qui allait suivre.

Rentrant chez lui, Macé trouva les portes de son logis grandes ouvertes. Noz, son unique serviteur, ne répondait pas à son appel.

Ayant cédé la plupart de ses possessions à ses sœurs et frères, le jeune juge n'avait conservé que cette maison, la moins importante de tout le patrimoine, et les services du vieux Noz qu'il traitait filialement. Malgré ses petites dimensions, ce logis contenait un riche mobilier et quantité d'objets de prix.

Franchissant le seuil, Macé s'aperçut que les lieux avaient été complètement dégarnis ; et il découvrit, dans la pièce principale, six hommes hirsutes et en loques, affairés à ramasser ce qui restait. Surpris, les voleurs lâchèrent leur butin et détalèrent.

Devant ces murs soudain si nus, devant cet espace soudain libéré, Macé éprouva un tel soulagement qu'il rappela les fuyards, courut après eux, rattrapa le dernier ; et, le tirant par sa robe, il le supplia de revenir et d'achever sa besogne.

D'abord abasourdi, celui-ci finit par se laisser convaincre. Bien que cette conduite lui parût inconcevable, la bonne foi de ce propriétaire bizarre ne pouvait être mise en doute ! Ne venait-il pas de décrocher la somptueuse tenture pourpre et damassée pour aider ensuite l'intrus à y enrouler torchères, vase d'albâtre, chaîne à gros maillons, collection de monnaies et vaisselle en vermeil ?

Enfin, le juge souleva le pesant colis et, le plaçant bien d'aplomb sur le dos de l'homme, il glissa par-dessus son épaule l'extrémité de l'étoffe qu'il avait fortement nouée, lui recommandant de la tenir serrée entre les deux mains.

Avant de rejoindre ses compagnons, le larron se retourna plusieurs fois vers Macé.

Debout sur son perron, la face radieuse, celui-ci répétait :

— Va, va, ne t'inquiète pas, tout est bien ainsi.

Ayant pris goût à ce vide, et s'alarmant à la pensée d'un nouvel envahissement d'objets qui, masquant son inquiétude, l'éloignerait de cette interrogation sur le sens même de la vie, Macé décida d'aller vers plus de vide encore.

D'abord, pour assurer la tranquillité du vieux Noz et de sa famille, il leur légua sa maison ; puis, laissant derrière lui ses proches, ses amis, sa fonction, le juge s'en fut au désert.

Durant les premières années, Macé revenait d'une manière continue vers diverses agglomérations. S'élevant quand il le fallait contre les injustices, les superstitions, les fanatismes qui resurgissent sans cesse, il répliquait à ceux qui lui réclamaient des réponses :

— Je ne vous apporte que des questions !

Très vite il avait reconnu que chaque interrogation en provoquait une autre ; que la réponse résistait, que les sens reculait toujours. Ni maintenant ni plus tard l'homme ne déchiffrera la vie dans son essence et sa portée véritable.

Pourtant Macé n'avait jamais regretté d'avoir, raisonnablement, voué ses jours à ce cheminement sans issue. De moins en moins tendu vers les solutions, il était heureux d'avoir immergé sa vie dans ce mystère. De plus en plus humble, il se soumettait à ce Dieu unique et secret, à l'observation de la prière, à la lecture du Livre saint.

À présent, centenaire, il lui restait à attendre la mort. Mais il n'avait jamais négligé de fréquenter celle-ci ; non par goût de l'ombre, mais parce qu'elle lui semblait – que l'on soit croyant ou incroyant – l'exacte mesure de toutes choses.

À sept ans, Macé s'était égaré un soir dans un souterrain qui menait à une ancienne chapelle funéraire. Celle-ci venait d'être profanée, et des momies gisaient sur le sol à côté de leurs sépultures.

L'enfant n'avait pas été terrifié par ce spectacle ; ces corps embaumés ne lui parurent même pas funèbres. Fatigué d'avoir tant couru à travers la nécropole, il s'assit, adossé aux fresques de couleur ; puis se mit à parler au cortège des disparus.

Peu après, sa tête reposant sur le ventre d'une momie, il s'endormit, paisible, jusqu'au lendemain.

Macé ne dissociait pas les vivants des morts, ni ne séparait l'âme du corps ; pour lui, la nature était une. Il lui semblait que, pour s'accomplir, une vie humaine doit tendre à la fois vers ciel et terre ; comme l'arbre, elle doit s'élancer vers le haut tout en répandant, en déployant ses racines dans ce sol qui le nourrit.

**

Les vents de sable venaient de s'apaiser. Athanasia se frotta les yeux, le front, de ses deux paumes, comme si elle s'éveillait d'un sommeil fiévreux.

Ensuite elle descendit vers moi :

— Pardonne-moi, Thémis. Je ne sais pas où je vais. Tout est sombre, embrouillé, depuis qu'Andros n'est plus.

À l'autre bout du fortin, rentrant d'une de ses interminables randonnées, j'aperçus Marie. Elle se faufilait entre les décombres, passa au loin, sans nous voir.

— De nous trois, seule Marie a choisi le désert. Même si elle lutte encore, sa destination est claire. Marie marche vers sa paix, Thémis, plus absolument que n'importe lequel d'entre nous.

Dans l'instant, je ne trouvai rien à répondre ; mais je savais que nous nous parlerions bientôt, et que le séjour chez Macé tirait vers sa fin.

Athanasia me quitta, se dirigea vers le vieil ermite qui attendait, assis sur un rocher, les mains posées sur les genoux. Elle se pencha, lui

murmura quelques mots à l'oreille ; puis elle s'éloigna seule en direction de son abri.
Soudain, l'air retentit de joyeux glapissements.
Bondissant au milieu de la cour, Cyre nous interpellait.
Des quatre coins de la forteresse, nous nous sommes retournés vers l'enfant ; puis vers la singulière apparition qu'elle nous désignait par ses cris de gorge et sa gesticulation.

*
**

Un jeune moine replet, à barbe et chevelure rousses, assis sur un buffle, le corps dodelinant au rythme déhanché de son animal, arriva de l'ouest, entra par la brèche dans la muraille éventrée, pénétra plus avant jusqu'au centre de la fortification.
Un sac bien rempli était ficelé sur la croupe de la bête, tandis qu'un autre, vide, se balançait à son cou.
Le moinillon portait une robe de bure décorée de longues feuilles de palmier maintenues autour de sa taille par des ficelles de chanvre. Le vêtement court s'arrêtait à mi-jambe et laissait paraître des mollets rebondis aux poils fauves, des pieds charnus glissés dans d'aériennes sandales, faites de lanières de roseaux.
Il avait parsemé sa barbe bouclée de feuilles et de fleurs sèches ; deux coquillages pendaient à ses oreilles. Ses cheveux frisés, qui n'avaient pas été démêlés depuis plusieurs saisons, resplendissaient pourtant : large halo rougeâtre capturant les rayons du soleil. De l'abondante tignasse surgissaient une plume d'autruche dressée comme une flèche, une queue d'onagre rabattue sur sa nuque.
Parvenu au centre de l'ancienne place d'armes, le jeune moine mit pied à terre, accrocha la corde de son buffle à un muret, frappa plusieurs coups sur son tambourin, pivota, se courba plusieurs fois et se présenta :
— C'est moi, Pambô ! Le moine girouette, le moine pirouette, le moine tourne-vent !
Puis, d'un coup, s'accompagnant de son petit tambour qu'il battait en cadence, il se mit à gigoter, à se dandiner, à tourbillonner, balançant des mots par-dessus nos têtes :

*
**

Je suis le moine girouette,
Pirouette, alouette !
Je tourne tourne
Et me retourne
Selon les gens
Selon les temps !

Coquillages et fumées,
Torsades et moulinets,
Volutes et culbutes,
J'encercle la pleine lune,
J'auréole l'infortune.
Tout ce qui vire
Tout ce qui vrille
J'emporte dans ma résille !

Aimant ce qui est rond :
Le bombé, le renflé,
Les crânes déplumés !
Flattant mon bufflon,
Chatouillant mon bedon
Et bon comme un ânon,
Je m'enroule à la foule
Ou me roule en boule
Selon l'air
Ou les saisons !

Au diable, la fortune !
Je vis sans un pécune,
Sauf piécettes et médailles,
Sauf l'or pris aux canailles !

Joues d'enfants, seins de femmes,
Que le ciel là-haut me damne !
Tout ce qu'on peut embrasser,
Cajoler, caresser
Me remue corps et âme !

LES MARCHES DE SABLE

C'est moi, Pambô,
Ni laid ni beau !
Ventre de caille,
Cuisses de volaille,
Dieu m'a bâti pour la ripaille !

Je suis Pambô
Ni laid ni beau.
Je sèche les larmes,
Je brise les armes,
Je danse au-dessus des vacarmes !

J'attire dans ma besace magique
Despotes, aspics et fanatiques
Et, les vidant de leur venin,
Je vous les rends plus blancs que lin !

Quand la Grande Mort m'accueillera,
Je dissiperai tous ses tracas
En lui disant sans nul détour :
« Tu n'es qu'un vaste calembour ! »

Et la Mort, se mourant de rire,
Me déliera de tout mourir !

Je suis Pambô,
Moine girouette,
Ni laid ni beau,
Sans queue ni tête !

Je tourne tourne
Et me retourne
Selon les gens
Selon le temps !

*
* *

Ayant terminé son spectacle par une série de variations sur son tambourin, le jeune moine se tourna vers son public.

Il salua d'abord d'une inclinaison de tête Athanasia : celle-ci était accroupie sur un monceau de pierraille. Tandis que l'extravagante scène se déroulait, j'avais vu, peu à peu, son dos s'assouplir, ses traits se détendre.

Pour Marie, au loin et debout contre un des bastions du mur d'enceinte, Pambô exécuta une salutation profonde.

À moi, il offrit un coquillage tiré de sa poche.

À Cyre, bouche bée, et qui avait esquissé des pas de danse à sa suite, il donna une fleur séchée cueillie d'entre sa barbe.

Devant Macé, il se prosterna :

— Je suis illettré, je n'ai pas pu déchiffrer ton inscription ! Dans mon oasis une rumeur circule, disant que tu ne veux voir personne et que c'est cela que tu as inscrit. Moi, je ne crois pas aux rumeurs ! Me souvenant de ton grand âge, j'ai voulu te visiter et t'offrir une fête avant que tu ne disparaisses.

Les yeux de Macé ne m'avaient jamais semblé aussi bleus ni sa barbe aussi blanche ; il répliqua d'un ton enjoué :

— Bienvenue, mon fils ! Il est vrai que mes jours tirent à leur fin, et, comme tu vois, je me trouve en nombreuse compagnie. Ces derniers temps, ma supplique et ma solitude ont été tant de fois traversées que je finis par y voir la main du Seigneur. Ennuyé par les prières fossilisées d'un vieillard, il y a déversé un sang neuf, un bouillonnement d'inquiétudes, de sentiments, de passions, que l'âge avait assourdi. Vous croyiez avoir besoin de moi, Pambô, c'est moi qui avais besoin de vous !

Macé demanda ensuite au jeune moine de le soutenir jusqu'à sa cabane.

Pendant qu'il se redressait, je sentais qu'il venait d'être repris par un de ces accès de douleur qu'il s'efforce de dissimuler ; le sourire quitta sa bouche, le bleu des yeux s'obscurcit. En se levant, il pressa sa main contre son flanc gauche, mordit sa lèvre, avant de se mettre en marche, appuyé au bras de Pambô.

Je les accompagnais, Cyre nous suivait, bondissant derrière nous, dessinant des ronds dans l'air avec sa baguette de saule.

— C'est la première fois que j'entre dans une ancienne forteresse, Macé, je voudrais en faire le tour avant de repartir. Oui, je m'en vais demain, on m'attend pour une célébration ; j'ai mille et un tours que je n'ai pas le temps de te montrer, et l'on me fait venir de partout au moment des réjouissances. J'aime l'eau, le frais, le vert, et me déplace d'oasis en oasis. Sans offense, Macé, je déteste le sec, les pierres, le sable ; pour toi j'ai fait exception !

Durant ces derniers mots il frotta, tendrement, sa tête contre l'épaule du vieillard :

— Le jardin est en toi, Macé !

Puis le jeune moine se tourna vers Cyre :

— Confie-moi à cette enfant, Macé. Elle me fera visiter le site.

— Tu ne lui tireras pas une seule parole.

— Elle entend, elle écoute, elle fait ce qu'il y a de mieux ! Je ne sais ce que tu en penses, Macé, mais à mon idée, depuis Babel, que l'on soit d'un seul pays ou même d'une seule famille, chacun possède sa langue à soi et ne parle que pour lui... Je préfère la musique ! Elle, au moins, réunit ! Souvent, avec une flûte, un tambourin et quelques chansons, j'assemble jeunes et vieux. J'agglutine des foules, les ennemis de la veille se tombent dans les bras !... Tu m'accompagnes, petite ?

Elle fit oui de la tête une multitude de fois, pour qu'il sût combien elle en était joyeuse.

Elle aurait tant voulu aussi qu'il l'appelât par son nom ! Inscrire, pour lui, dans la poussière – comme elle l'avait fait pour Marie – les seuls signes qu'on lui avait appris et qui formaient : « CYRE. » Mais le jeune moine était illettré, il l'avait dit tout à l'heure. Cela le lui rendait plus proche encore !

Main dans la main, Cyre et Pambô s'éloignèrent.

Tout le reste du jour je les vis entrer et sortir des fortifications, disparaître dans une anfractuosité, reparaître à une meurtrière, raser le parapet, se poursuivre le long des remparts, s'enfoncer dans les tranchées, remonter en courant les marches qui s'effritent.

J'entendais leurs rires parmi la dévastation des lieux, leurs exclamations joyeuses entre les murailles lézardées, leur course dans les décombres, leur gaieté face au désert !

Sans doute Cyre n'avait jamais été aussi heureuse !

J'y songe souvent. Une pensée très douce ; un baume qui apaise, un peu, le souvenir de sa tragique fin.

*
* *

Le soir même, Pambô nous offrit une dernière représentation :

— Je suis aussi charmeur de serpents !

Après cette annonce, il décrocha le sac qui flottait autour du cou de son buffle et en sortit une flûte, dont il tira des sons exquis.

En peu de temps, s'échappant des ruines, glissant sur les roches, se faufilant entre les pierres, émergeant d'un sable mou, une troupe rampante fit son entrée, et se dirigea vers le flûtiste.

Nous étions là, les cinq, trop fascinés pour avoir peur.

Assise auprès de Cyre, Athanasia lui avait passé le bras autour du cou. Marie se tenait toujours à l'écart. Macé s'était accroupi non loin de Pambô.

Aspics, crotales, vipères, scorpions, serpents à cornes et à sonnettes – sauf pour quelques couleuvres inoffensives, pour deux ou trois lézards et un caméléon égaré –, la race venimeuse était au complet.

Leurs sifflements affolèrent le buffle, qui se mit à beugler et à tirer sur sa corde.

Le moinillon bondit alors vers son animal et, lui caressant le museau :

— N'aie pas peur, Antilope ! Je suis là.

Puis, se tournant vers nous, l'œil rieur :

— Quand je l'appelle « Antilope », son courage se redresse. Avec ce seul mot il affronte les fléaux, les démons, les brigands de notre vie pleine d'embûches !... Calme, Antilope ! Calme, calme, ma beauté !

La bête s'apaisa, secoua de plaisir son mufle humide, d'où s'écoulait une mousse baveuse qu'elle essuya familièrement dans la barbe de Pambô.

Enfin, celui-ci se rassit et se remit à souffler dans son instrument.

Familière et vaincue, la tribu des serpents se groupe, cerne le joueur et se hisse sur lui. Il les accueille avec une placidité souriante, tandis qu'ils se lovent entre ses genoux, encerclent ses bras, enlacent son buste.

Au bout d'un moment, Pambô dépose sa flûte sur le sol et, tenant certains reptiles entre ses mains, il leur ouvre la gueule, décroche leur aiguillon et les rend à leur liberté, débarrassés de venin. Dans le même temps, il en pousse d'autres vers le sac entrebâillé.

— Ceux-là resteront d'éternels tueurs, je n'y peux rien changer ! Ils s'entre-dévoreront jusqu'au dernier !

Marie se détourna brusquement et nous quitta, pendant que le jeune moine bouclait la ficelle autour de l'ignoble grouillement.

C'est alors que le yerbo[1] apparut, bondissant sur ses longues pattes arrière. Tiré de son terrier par ces mélodies envoûtantes, le petit rongeur roulait des yeux épouvantés.

Pambô fit signe à Cyre qui se précipita :

— Il est à toi, je te l'offre !

---

1. Gerboise du désert.

LES MARCHES DE SABLE

Le lendemain, à la pointe du jour, j'aperçus – s'éloignant sur les dunes – le jeune moinillon sur la croupe noire de son buffle.
Longtemps, je les suivis des yeux.
Leurs formes cahotaient dans le lointain, se rapetissaient.
Jusqu'au bout, je les ai regardées s'effacer, se réduire. Puis se dissoudre.

* *

Depuis ces derniers jours, il me semblait qu'Athanasia était, peu à peu, retournée à sa véritable nature. Elle avait retrouvé son air tranquille, elle s'occupait de Cyre et de Marie. Elle s'oubliait de nouveau.
Après avoir fait ensemble le tour du mur d'enceinte, nous nous sommes assis, face au jour levant, dans l'ombre du portail défoncé.
En dépit de l'âge, Athanasia m'émeut toujours. Ses hautes pommettes se sont affaissées ; sous les yeux, les cernes se sont noircis et creusés ; le menton a perdu son galbe ; jadis si transparente, la peau a pris de l'épaisseur. Et pourtant, comme je me la rappelle !
Entre mille, je l'aurais reconnue ! Au fond de toute apparence, le visage initial se perpétue ; les traits de chacun, d'abord brouillés dans le flou de l'enfance, plus tard noyés dans le flottement de la vieillesse, possèdent une texture unique, permanente, identifiable sous tous les changements.
Chaque visage, à nul autre pareil – voilé par l'âge et les souffrances, l'empâtement ou la maigreur –, se retrouve, semblable, par sa découpe, ses volumes, la percée singulière de son regard, par je ne sais quoi d'indéfinissable et de différent. Je m'étonne de nouveau :
— Andros ne t'avait pas reconnue ?
Athanasia ferma ses paupières, se détourna, les épaules serrées.
J'aurais voulu effacer ma question !
Au bout d'un long moment, elle me fixa et, d'une voix calme :
— Peut-être m'a-t-il reconnue... Je me le demande. Peut-être est-ce moi qui m'aveuglais d'espoir, attendant jour après jour, année après année, l'instant où je pourrais enfin lui dire : « Je suis Athanasia », l'instant où tout changerait, où nous nous aimerions, homme et femme, comme jadis. Mais rien de cela ne devait s'accomplir. M'ayant retrouvée, peut-être me gardait-il auprès de lui seulement pour m'offrir sa protection, me signifiant par ce refus de me reconnaître que nous resterions ensemble à condition d'ignorer nos liens. Pour se consacrer à la prière, sans doute aussi pour détruire les sursauts de révolte qui ne pouvaient manquer de surgir au

souvenir de ses épreuves et de celles des siens, il lui fallait abolir le passé. M'a-t-il reconnue, Thémis ? Je ne sais plus...

Je me taisais, ne voulant pas la forcer à poursuivre. Elle devina ma pensée :

— Laisse-moi continuer. Avec toi, aussi loin que je me souvienne, j'ai toujours pu écouter et parler. Avec Andros ?... Nous étions si différents. Pourtant, c'est lui que j'aime.

Ces mots se prolongeaient, leurs échos rejoignaient notre lointaine jeunesse.

— J'ai accepté la foi d'Andros à laquelle je n'ai jamais su croire. Je l'ai acceptée au point de me séparer de lui. Tout ce que pensait, tout ce que faisait Andros me remuait, m'attachait par son élévation. Toi et moi, Thémis, nous nous ressemblions. Sceptiques, nous ne voulions pas être dupes des croyances et de leurs zélateurs, mais cependant toute quête véritable, toute voie élargie nous attirait, nous troublait.

« Les pensées qui me viennent maintenant m'ont à peine effleurée durant les cinq années que j'ai passées auprès d'Andros, dans cette grotte, séparés par une cloison que nous franchissions rarement. Je le voyais s'enfoncer dans une contemplation qui rejetait, de plus en plus, l'extérieur ; qui le défendait des reniements, des doutes qui l'on peut-être assailli. L'abandon de sa foi aurait été le désaveu de sa vie même. Pour la soutenir, il lui fallait écarter le passé et tout ce qui en faisait partie. Ma présence, Andros ne pouvait l'accepter que si elle était celle d'un autre.

« Toutes ces réflexions n'ont fait que me traverser car je ne cessais – m'enfermant moi aussi dans un songe – de me persuader qu'un jour, un jour, un jour les yeux d'Andros s'ouvriraient et que j'entendrais : "Viens, tu es Athanasia."

« Oui, je ne cessai de rêver qu'un jour, un jour, un jour... ma langue se délierait : "Je suis Athanasia". Et tout serait simple !

« Rien n'est simple ! Je me suis usée et nourrie de cette attente. Respectant une ferveur qui ne m'a jamais gagnée, m'occupant à quelques travaux, m'attachant à une plante grasse au pied de notre caverne, émerveillée souvent par le rayonnement de son sourire, j'ai apprivoisé l'attente et me suis tue.

« Mais pas jusqu'à la fin ! »

Elle raconta ensuite les derniers moments d'Andros ; ce cri qu'elle n'avait pas su retenir : « Je suis Athanasia ! »

Je la revis, penchée au-dessus de l'agonisant ; emportée par la tourmente, par ce besoin vertigineux d'une épaule, d'une caresse, d'une parole d'amour ; envahie par cette nécessité dévorante de sentir son compagnon auprès d'elle, partageant avec elle les affres de sa prochaine absence.

— Je l'ai arraché à sa paix ! Il s'en allait si tranquillement... J'ai rompu notre accord. J'ai détruit cinq années de patience !

Elle me cita la dernière parole d'Andros, ce « pourquoi ? » qu'elle ne cessait d'entendre.

Ce mot, elle le tournait, le retournait, lui cherchant mille significations ; ne se satisfaisant d'aucune.

Devant notre portail en ruine, le jour a beau étinceler, ce « pourquoi ? » planté dans le cœur d'Athanasia recouvre tout l'univers et s'enfonce dans l'obscurité.

J'évoque Cyre, le passage de Pambô ; tout ce qui peut éveiller l'intérêt d'Athanasia.

Marie passe près de nous. Effleurant le sol, elle contourne les fortifications ; disparaît derrière un amas de pierres. Nous nous taisons pour la suivre des yeux.

Je reparle de Cyre. Ces derniers jours, Athanasia a retrouvé pour elle certains gestes qu'elle avait pour ses enfants. Elle s'inquiète de son avenir.

— Cyre a besoin d'une famille, besoin des autres, besoin de parler. Qui la délivrera de son vœu ?... Je l'accompagnerai dans un village, j'y resterai le temps qu'il faut pour m'assurer qu'elle est heureuse. Ensuite je rejoindrai le couvent aux confins de la vallée. J'y terminerai mes jours au milieu de ces sœurs charitables à qui Andros m'avait confiée. De nous trois, seule Marie a entendu l'appel. Sa fuite au désert est un commencement...

Athanasia repartira. Peu après, je retournerai dans ma cité. Cette cité qui fut la sienne et celle d'Andros : la cité de notre jeunesse !

Y repense-t-elle quelquefois ? Malgré des temps douloureux et parfois iniques, il m'en reste un lot d'images heureuses qui éclatent souvent en moi et me régénèrent.

**

Construite non loin de l'ancienne Memphis, enfoncée dans les terres, notre cité contrastait avec Alexandrie évasée sur la mer, évasée sur l'ailleurs.

Exacerbés par la supériorité des Grecs, exaspérés par la puissance de

Rome, malgré de sporadiques et violents retours aux croyances païennes, notre ville et son arrière-pays s'étaient engouffrés dans le christianisme.

Cet acte de foi était aussi un défi, une victoire du pays profond sur la race des vainqueurs.

La Bible fut traduite et transcrite du grec en démotique : écriture brève, plus accessible au peuple, et qui succédait à la majesté des hiéroglyphes. Exaltée par les idées nouvelles, la population se persuadait que le Christ était né non pas à Bethléem, mais ici, près d'eux, dans leur désert de Thébaïde si propice au face à face avec le ciel.

Étrange époque ! Mais l'humanité n'a pas fini d'en connaître de semblables ! Prenant appui sur un culte, une certitude, un dogme, une pratique – dont la marque commune est l'exclusion d'autres membres de la communauté –, les hostilités succèdent aux accalmies.

Surprenante, déroutante période, où le christianisme – élémentaire et frustre, encore dans son jeune âge – demeure imprégné de reliquats de paganisme. On invoque Jésus à la place d'Apollon ou d'Osiris, on s'épouvante de Satan comme du cruel Horus, on grave sur la même amulette – Cyre en porte une autour du cou – des versets de la Bible et des adresses à l'Oracle. Ces enchevêtrements qui auraient pu nous unir nous vouent, au contraire, à des conflits haineux et désordonnés ; à des renversements d'alliances entre païens, juifs, chrétiens ; à des animosités internes, à de fraîches ententes, à de nouvelles coalitions, à de stériles conflits.

Si je situe ces quelques événements, ce n'est pas pour brouiller les visages de Cyre, Marie, Athanasia ; ni pour noyer sous la multiplicité des circonstances leur chemin singulier, mais parce que je sais – et souvent le déplore – combien l'histoire force nos destins !

D'une manière abusive, l'histoire empiète fréquemment sur l'existence des uns, les dominants, les broyant à mort ; tandis qu'elle ménage les autres, les frôlant à peine de son aile toute-puissante. Mais toujours, quelle qu'en soit la manière, familles, cités, pays, civilisations, siècles enroulent leurs anneaux, dès sa naissance, autour de chaque humain.

Cependant, j'en suis persuadé – et l'usage de la vie me le confirme –, la brèche existe par où l'esprit peut se libérer.

Par moments, l'homme est capable de se hausser au-dessus de sa propre existence ; de respirer au rythme de toute la terre, dont il se sent l'héritier autant que le géniteur.

Modelés par nos sols, et par nos ancêtres, n'est-il pas aussi dans notre pouvoir d'embrasser le monde ? Grains de poussière qui rêvons de durée, chutant et nous déplaçant sans cesse d'un verre à l'autre de l'immuable sablier, nous sommes faits, en même temps, pour l'horizon et la demeure, pour les racines et le souffle !

Périodiquement attiré par Alexandrie, où je m'arrêtais au cours de mes nombreuses randonnées, j'ai toujours tenté – non sans difficultés, et tout en continuant de célébrer cette cité insigne – de rester clairvoyant.

Sous son éclat, je discernais ses pénombres. Je devinais ses inconséquences, son désarroi sous ses ornements. À côté de ses docteurs, savants, philosophes, dont les lumières surpassent ce temps, je voyais se presser un monde de rhéteurs, de petits-maîtres au langage contourné, sans cesse fêtés, ovationnés par leurs cabales.

Je goûtais, par moments, la moisissure dans le fruit. J'éprouvais le vide derrière le clinquant. Séduit par l'ensorcelante cité, je résistais à ses mirages.

De même, ma propre ville – à laquelle je suis plus viscéralement attaché –, je me suis toujours efforcé de ne pas la chérir aveuglément.

La révérant pour des qualités totalement opposées à celles d'Alexandrie – ce quelque chose de natif, de fruste, de bienveillant, de probe, de rude, de rond qui la caractérise –, je m'indigne souvent de cette sotte opposition qui la dresse contre la cité rivale ! Se targuant de son ignorance qu'elle confond alors avec l'attrait d'une vie naturelle, simple, sans apprêt, elle n'a souvent que blâme pour toute recherche, pour toute connaissance nouvelle, qu'elle juge vaines, détestables, et s'emporte contre ceux qui se consacrent à l'exercice de la parole ou de l'écrit.

Parce qu'elle est « ma cité », devrais-je applaudir quand, par exemple, je l'entends clamer que l'étude, le labeur de ceux qui se penchent sur la fonction des chiffres ou des mots n'est qu'opération vaine ou que verbiage ? Que la philosophie comme la poésie dilapident le temps ?

Parce qu'elle est « ma cité », que son rire, ses bons mots m'enchantent, que l'endurance de sa population, son penchant pour l'espoir, malgré fausses promesses et pauvreté, me remuent, que sa sagesse foncière m'en impose, devrais-je embrasser toutes ses convictions ?

Lorsque, endoctrinée par une faction ou par une autre, je la vois – elle si tolérante, si retenue – se ruer soudain sur les « impies » du moment et les mettre en pièces, devrais-je, par fidélité, m'aligner sur sa fureur ?

Doit-on se joindre à sa cité et aux siens quoi qu'ils fassent, épouser leur cause quelle qu'elle soit ?

J'avoue n'avoir jamais été – et ne serai jamais – cette sorte de citoyen.

... J'ai parlé d'images heureuses ! Celles de nos jeunes années affluent de nouveau.

Andros commençait d'exercer sa charge de magistrat, j'étais son meilleur ami, Athanasia venait d'entrer dans son existence. Une parenté étroite les liait et leur mariage fut rapidement conclu.

Ils s'aimaient. Évidence que j'étais le seul à constater, l'amour étant supposé tenir une place négligeable dans ces alliances légitimes.

L'aurais-je remarqué si je n'avais pas été envahi par le même sentiment ? Si j'étais demeuré celui que j'avais été jusque-là, ne croyant qu'à l'amitié et qu'au plaisir, aurais-je vu cet amour, y aurais-je attaché autant de prix ? Aurais-je saisi l'ampleur et la force de l'amour lui-même, le plaçant dorénavant au-dessus de toute faculté humaine ? État incomparable, prodigieux, dont aucune exploration, aucun examen n'interprétera le mystère. Remède souverain, ou mutilation. Présent ou absent, l'amour est au noyau de l'existence.

Au bout d'une longue vie, j'en demeure persuadé.

Autant que je m'en souvienne – si je perds, parfois, la mémoire des faits, celle de mes sentiments reste vivace –, je ne pense pas avoir vécu comme une privation cet amour sans issue.

Tandis que nous nous trouvons face à face, entourés par ce monde d'éboulements, de ruines, et nous-mêmes dévastés, j'environne Athanasia de nos souvenirs, et me loge à l'intérieur de ces images que je voudrais lui faire partager.

Andros tient à la main une de ces lanternes en forme de maison, qui brille de toutes ses fenêtres. Tous deux sont devant leur seuil pour m'accueillir. Rufin se jette à mon cou.

Jadis comme en cet instant, Athanasia a la tête découverte. La même raie sépare en deux ses cheveux : ils sont gris, ils étaient noirs, touffus, ondulés. Ses yeux, si larges et si bruns, se cernent à présent d'un trait bistre qui en accuse la profondeur.

L'image comprend aussi l'escalier que je remonte, l'énorme eucalyptus accolé à la façade... J'entends le frémissement de ses feuilles odorantes, sous la brise persévérante du soir.

Se retournant, Athanasia me précède ; je reconnais avec délice la mèche rebelle qui se boucle sur sa nuque.

Andros nous suit, levant haut sa lanterne.

Ensemble et différemment, comme je les ai aimés !

LES MARCHES DE SABLE

Je n'ai pas manqué d'aventures amoureuses, mais toujours limitées dans la ferveur et le temps. Ce que j'éprouve pour Athanasia s'apparente au rêve, et serait taxé de folie, d'extravagance par ceux qui se targuent, en toutes circonstances, de demeurer réalistes et concrets. Étrange contradiction, en effet, chez cet « homme de raison » que je crois avoir toujours été, un homme dont la démarche est formée de doutes et d'interrogations ! Mais qu'y a-t-il de plus fécond qu'un rêve ? Je parle de ces grands songes provocateurs – aiguillons de toute œuvre –, de ces visions, de ces utopies qui nous habitent et nous construisent autant que le cours des choses. Pour être nous-mêmes pleinement, je veux dire : pour gravir, pour aller au-delà, ou simplement pour mieux vivre, qu'y a-t-il de plus entraînant qu'une étoile incrustée dans notre chair, qu'une soif jamais assouvie ?

Avec Andros, nous reconstruisons le monde, convaincus d'être à l'aube d'une fondamentale transition.

L'un païen et sceptique, l'autre chrétien et croyant, nos vues étaient souvent identiques. Confiants dans l'avenir, nous nous moquions des prophètes du malheur qui annonçaient la fin des temps et voyaient partout des signes funestes. Un hiver pas assez froid, un été pas trop chaud, un limon moins épais, une mine d'or qui s'épuise, le vol oblique d'une bande de passereaux, la sécheresse d'un grenadier : tout était prétexte à jérémiades et à terreur.

Plus tard Antoine se mêlait à nos discussions. Son père me le confiait souvent pour que je lui enseigne les langues, un peu de philosophie, et la musique. Le jeune homme était particulièrement doué. Son esprit alerte n'eut aucun mal à apprendre. Il devint aussi un excellent joueur de flûte et fut bientôt un des meilleurs lanceurs de javelot du stade.

Antoine ressemblait trait pour trait à sa mère ; mais, selon celui qui l'habite, la même apparence, les mêmes structures composent un visage tout à fait différent. Un flamboiement du regard, une moue dédaigneuse de la bouche passaient soudain sur la physionomie du jeune homme, révélant un aspect de sa personne plus dur, plus arrogant, qui, par moments, m'inquiétait.

Deux ou trois faits restent gravés dans mon souvenir ; ou bien est-ce seulement la suite des événements qui les fait apparaître avec plus de relief que d'autres ?

Une nuée d'hirondelles traversait, retraversait le bout de ciel au-dessus du jardin. Elles fendaient l'air dans une gaieté vertigineuse, quand l'une d'elles, s'éloignant imprudemment de sa troupe, s'égara dans la chambre d'Antoine.

Aussitôt celui-ci referma la fenêtre.

L'oiseau tourbillonna dans un battement d'ailes effréné, se cogna au plafond ; s'accrocha avec ses griffes ; puis glissa le long des tentures de soie et atterrit sur le sol. Piteux, misérable, il avança, frôlant le bas des murs, chancelant sur ses pattes grêles.

De nouveau, il s'élança, heurtant le mobilier, se jetant contre la croisée et les vitres.

Rufin s'était précipité pour ouvrir les battants.

— Laisse ça, Rufin !
— Mais, l'oiseau...
— Laisse, je te dis. Je veux voir.
— Voir quoi ?
— Ce qu'il va faire, ce qui va lui arriver...

Rufin se battit en vain. Son aîné le poussa dehors et coinça la porte.

Il resta enfermé durant des heures, observant le combat solitaire de l'hirondelle.

Enfin, il parut sur le perron. Pâle et triomphant, il tenait, entre le pouce et l'index, l'oiseau par l'extrémité de son aile.

Comme une pierre, il lança le petit corps rigide aux chats qui somnolaient près d'un buisson de fleurs mauves.

Absents pour quelques jours, Andros et Athanasia se trouvaient à la campagne, dans le vaste domaine qu'ils avaient hérité de leurs parents. Je n'appris la scène que beaucoup plus tard, par Djisch, le serviteur nubien, qui habitait dans les soubassements de la maison, et auprès de qui Rufin, en larmes, s'était réfugié.

Ce jour même, poussant la grille du jardin, j'entendis les sons les plus mélodieux que l'on pût concevoir, et j'aperçus Antoine.

Accroupi près du jet d'eau, le jeune homme jouait de la flûte. Ignorant tout de la scène précédente, le sourire heureux, j'allai m'asseoir à ses côtés.

Les familles d'Andros et d'Athanasia avaient adopté le christianisme depuis plus d'une génération. Cette croyance, qui avait d'abord conquis ses adeptes dans la masse, s'étendait peu à peu à d'autres couches de la société et captivait une partie des dirigeants.

Andros, qui ne se serait jamais contenté de suivre une foi léguée par les siens, et qui s'intéressait aux diverses religions de notre pays – car refour complexe où l'Orient et la Grèce mêlent leur riche nature, où la Bible juive demeure livre sacré –, découvrait dans la venue de Jésus une immense espérance et dans son enseignement une puissante innovation.

Andros ne professait aucun mépris pour les divinités païennes ; il y pressentait, au contraire, des manifestations encore confuses d'une vérité cachée et retrouvait dans le cœur de leurs adorateurs ce même désir des hommes de croire et d'espérer. Il pensait que des doctrines pouvaient s'associer, parfois se fondre, et qu'elles pourraient, peut-être, un jour, mener un certain nombre vers ce Messie, Sauveur unique, tant attendu.

Des philosophes païens, des gnostiques, des juifs reconnaissaient à leur tour ce Christ, au même titre qu'un Alexandre le Grand, qu'un Valentin, maître de sagesse ; ou qu'un Abraham.

Andros n'essaya jamais de m'influencer, ni d'agir sur Athanasia. Depuis son plus jeune âge, bien qu'élevée dans la foi, celle-ci n'éprouvait aucun sentiment religieux et n'observait le culte que pour être agréable à son époux.

Rufin me paraissait d'une nature semblable.

Pour Antoine, c'était différent. Par moments, son rigorisme m'étonnait. Il reprochait à Athanasia sa tranquillité et condamnait, avec une ardeur de néophyte, toute autre croyance qu'il traitait d'« abjecte superstition ».

Andros le raisonnait et semblait le convaincre. Avec moi il évitait toute question à ce sujet.

Un soir, il venait de terminer la lecture de *Dialogues* que je lui avais conseillés :

— Thémis, apprends-moi à me connaître.

Son masque, brusquement douloureux, me troubla.

J'aimais Antoine comme un fils ; je décidai de lui consacrer le plus de temps possible.

Hélas, les événements nous devancèrent.

Je me rappelle une autre scène. Elle me revient, si tangible que je pourrais la décrire dans chaque détail.

J'ai été tenté d'en parler, ici, à Athanasia ; mais je crains de raviver ses blessures. Chacun des visages qui la composent s'étant, depuis, défait dans la mort ou le malheur.

Comme il nous faudrait saisir, chérir, respecter tous ces instants de bonheur pendant qu'ils sont encore là, à notre portée, dans un équilibre fragile, presque miraculeux, avant que le temps et la mort, son complice, ne s'en emparent pour les réduire en poussière ! Je m'émerveille de notre mémoire, de ses restitutions ; mais parfois je souhaiterais qu'elle ne soit plus qu'une feuille blanche, vide ! Ces images bienfaisantes qui nous reviennent et qui ne peuvent se vivre nous laissent parfois encore plus accablés.

Je ne sais à quel moment cette scène se situe. Avant ou après qu'Antoine m'eut dit : « Apprends-moi à me connaître » ?

Je les vois : Athanasia, Andros, Rufin, Antoine. Je nous revois dans ce voilier qui appareille. Le barquier s'appelait Makar, c'était le frère de Djisch, le Nubien. Ce dernier, qui nous accompagnait, venait de hisser la haute voile ; il expliquait à Rufin la manœuvre et lui tendit l'un des cordages.

La toile beige, rafistolée, prit lentement le vent.

Nous remontions le courant. J'étais à l'avant. J'observais tantôt l'eau brune qui se sépare, fuit, ondule en larges vagues plates et luisantes ; tantôt les terres immobiles, planes et vertes, rapidement rejointes par les premières falaises du désert.

J'ai beaucoup voyagé, mais aucun paysage ne m'empoigne comme celui-ci ! Je parle du paysage nu, loin des temples et des palais ; de ces sols vert émeraude serrés entre fleuve et sables. Paysage à la fois mouvant et immobile, à la fois grave et ensoleillé. Paysage ajusté à l'éternel présent, comme à l'éternelle durée. Nulle part je n'ai vu cette majesté sans raideur, cette noblesse sans apprêt, cette douceur sans mièvrerie, qui se reflètent et se retrouvent souvent dans l'allure et la physionomie du peuple de nos campagnes.

Depuis quelque temps, fidèle à sa nature clémente, le pays traversait une période de tolérance et d'accalmie. Qui d'entre nous se serait douté alors – pourtant je suivais de près la vie publique et m'intéressais aux relations extérieures dont nous dépendons toujours – de ce qui se fomentait dans l'ombre ?

J'entends les rires du batelier mêlés à ceux de Rufin et d'Andros. Je me retourne, Antoine vient de les quitter et marche le long de l'embarcation.

Soudain il tombe à l'arrêt et grimace devant ce qu'il vient de découvrir sous l'une des banquettes.

Les yeux fermés, la tête légèrement rejetée en arrière, Athanasia respire en cadence ; épousant le rythme de la navigation. Son sourire se répand sur son visage.

*
* *

— À quoi penses-tu, Thémis ?

Je reviens de si loin. Je lève la tête vers cette autre Athanasia dont la voix éraillée me surprend à chaque fois :

— Au voilier de Makar.

— J'ai toujours préféré le fleuve au désert et les cités aux sables, pourtant me voici.

Elle baisse la tête et ne dit plus rien.

***

Mes souvenirs m'absorbent de nouveau : Makar interroge la brise, observe les renflements de la voile. Djisch apprend à Rufin à manier le gouvernail.

Bientôt nous abordons. Andros a jeté l'ancre.

Athanasia avance sur la planche en bois qui relie la barque à la berge ; tandis qu'elle traverse, l'un de ses pendants d'oreilles se décroche et tombe dans la vase.

Makar et Djisch se précipitent, s'agenouillent, plongent leurs bras jusqu'aux aisselles dans la boue. Décontenancée, confuse, Athanasia les supplie de se relever.

Ils s'obstinent, fouillent fiévreusement la vase comme s'ils venaient de subir une perte abominable, eux qui ne vivent que de privations !

Je devine l'embarras d'Athanasia. Subitement, elle ôte la seconde boucle, se penche et la force dans la paume bourbeuse de Makar :

— Prends, vends-la. Elle est à toi.

Les deux Nubiens se regardent, pétrifiés.

Andros répète et confirme les paroles de son épouse ; alors seulement, Makar refermera sa main sur le joyau.

Sur le chemin du retour, Antoine nous a confié qu'il avait découvert sous la banquette, à moitié dissimulées dans des guenilles, de petites effigies en terre cuite représentant ces grotesques idoles à têtes d'animaux, et ce risible Bès, divinité naine à la langue pendante et aux jambes torses ! J'essayai de lui faire comprendre le sens de ces objets, et de plaider pour Bès, protecteur du sommeil, génie de l'art et de la danse. Il ne voulut rien entendre, me répondit par des sarcasmes, et reprocha à sa mère de s'être défaite, entre des mains impies, d'un bien précieux qu'elle avait reçu en dot.

Non, cette scène, je ne la situe pas exactement, mais je pense qu'elle s'est déroulée avant cet « Apprends-moi à me connaître » d'Antoine.

Je crois me souvenir que, durant la période qui précéda la fin tragique de Rufin, nous nous étions beaucoup rapprochés.

Sans renoncer à ses certitudes, Antoine commençait d'admettre que d'autres chemins contenaient leur part de vérité.

**
* **

— Thémis, durant les cinq dernières années où j'ai vécu à côté d'Andros, il me parlait parfois de toi.

Malgré sa voix rauque, je vois dans cette Athanasia l'Athanasia de jadis. Je brûle alors de raccorder les temps, de prendre cette femme sous ma protection, d'effacer les stigmates de l'âge.

— Andros me parlait aussi de moi. De cette épouse qu'il décrivait telle que je n'étais plus ! Il m'en traçait un portrait embelli ; je tremblais alors d'être reconnue et de dissiper son dernier rêve. Je ne lui ai jamais vu le moindre signe d'amertume, mais je crois qu'il ne lui restait plus guère d'illusions en ce monde. Après trois ans de vie commune, le départ d'Antoine avait, je crois, ruiné en lui toute espérance.

J'attendis, mais Athanasia se tut de nouveau.

Je ne voulais pas la presser de questions.

Notre matinée s'était déroulée sous un ciel détendu, assoupli par quelques nuages. Nous avions à peine eu besoin de l'ombre du portail.

Athanasia ne parlerait plus et je me demandais ce qu'elle savait, ce qu'elle avait appris au sujet de son fils. Je me le demande toujours. Andros lui a-t-il dit la vérité, ou bien lui-même l'ignorait-il ?

Nous nous sommes levés.

Planté au sommet du ciel, le soleil brillait sans assaillir, sans aveugler, sans provoquer l'habituelle fournaise.

Du même pas, nous avons rejoint l'intérieur de la forteresse.

**
* **

L'effroyable et dernière rencontre avec Antoine eut lieu il y a une dizaine d'années.

Je m'étais retrouvé à Alexandre, où mon ami Synesius, l'architecte, m'avait demandé de lui venir en aide pour surveiller l'un de ses chantiers.

Synesius s'était surtout qualifié dans la construction d'édifices publics, et plusieurs de ses projets étaient en cours d'exécution. Je devais, pour ma part, m'assurer de la qualité du matériau, vérifier la taille et le polissage des pierres.

M'étant toujours passionné pour ce qui appartient en propre à un métier ou à un art, je me tournais souvent vers M'Zana, le géomètre éthiopien, pour lui demander des conseils et des éclaircissements. J'admirais les méthodes et la dextérité du jeune homme, sa connaissance du terrain, la beauté de ses graphiques. Grâce à lui, j'appris à manier des instruments de mesure, à calculer l'épaisseur d'une pierre, à arpenter, à dessiner un tracé. Nous nous étions liés d'une solide amitié.

Un soir, glissant du haut d'un rocher dont j'examinais le nivellement, je m'étais largement entaillé la cuisse, et mon genou s'était ouvert jusqu'à l'os. M'Zana proposa de m'emmener sans tarder chez un médecin juif qui serait bientôt réputé et qui avait découvert un traitement efficace pour guérir les plaies béantes.

Celui-ci cautérisa ma blessure d'une main experte et si agile que j'en souffris à peine. J'évitais ainsi les suintements, les purulences d'une chair baveuse ; ma plaie se cicatrisa rapidement. En quelques jours je pus reprendre mes travaux.

Ce jeune médecin – pourquoi son nom a-t-il d'abord fui ma mémoire ? – n'était-ce pas ce Jonathan dont me parlait Marie ? J'en suis à présent convaincu, d'autres détails me le confirment. Durant mon bref séjour, je l'aurai peu fréquenté, mais une ou deux fois nous nous sommes longuement entretenus de ce qui nous intéressait. La minutie de ses soins, jointe à tant de prévenance – il m'avait permis de le suivre dans les quartiers populeux où il se rendait fréquemment –, son intelligence des crises dans lesquelles sa ville était sporadiquement précipitée m'impressionnaient.

Ni chrétien ni païen, Jonahan se prononçait d'une manière moins tranchante, moins passionnée sur les conflits qui ne cessaient d'agiter et de diviser les deux principales communautés.

Il me raconta que, trois ans avant notre rencontre – environ une année après le départ de Marie au désert –, il fut contraint, comme la plupart de ses coreligionnaires, de s'exiler dans une autre cité. Le patriarche Bisa, nommé au siège d'Alexandrie, s'était soudain déchaîné contre les juifs, fermant leurs synagogues, confisquant leurs biens, les bannissant du jour au lendemain.

Le règne de l'implacable vieillard fut de courte durée. Des évêques plus éclairés, soutenus par Rome, s'unirent pour le démettre de ses fonctions.

Ils le remplacèrent par Ebrachite, un fils de chevrier, connu pour sa dévotion à la Vierge et son esprit pacificateur.

Les synagogues furent rouvertes, les biens rendus ; aucun d'eux n'étant parti en terre étrangère, les juifs furent bientôt de retour. Retrouvant leur ancien statut qui leur avait paru jusqu'ici assez satisfaisant, ils reprirent confiance et s'intégrèrent de nouveau à la vie de la cité.

Hélas, Ebrachite venait de rendre l'âme !

En plein office, après avoir bu le vin dans le ciboire, s'agrippant de ses deux mains à la nappe de l'autel, il tituba. Puis s'abattit sous les yeux médusés des fidèles, entraînant sa mitre et sa crosse dans sa chute.

Encouragé par de récentes dissensions internes, renforcé par de nouvelles recrues, Bisa ne tarda pas à reparaître. Malgré quelques opposants dont l'influence s'était usée, son siège lui fut promptement rendu.

Depuis son retour, Bisa ménageait surtout ceux qu'il avait persécutés et bannis. La loi romaine conférant aux évêques et aux patriarches le pouvoir de s'immiscer dans les affaires publiques, il s'empressa d'exempter les juifs de certaines taxes, et facilita leurs observances.

Cette mansuétude inquiétait Jonahan, elle dissimulait à son avis une sombre machination ; il était persuadé qu'un caractère aussi haineux que celui de Bisa ne pouvait demeurer longtemps sans objet. Plusieurs indices lui faisaient craindre une nouvelle attaque ; mais cette fois d'une autre violence et dirigée, semblait-il, contre les païens. Les privilèges que l'évêque venait d'octroyer à sa propre communauté étaient une façon de les contraindre, de les forcer à le soutenir ; ou, du moins, de les dissuader d'intervenir ou de s'interposer entre l'assaillant et ses futurs ennemis.

Je demandai à Jonahan ce qu'il comptait faire. Il répondit qu'il avait tenté ces derniers temps d'approcher non pas cette armée de moines fanatiques – corbeaux noirs et lugubres – qui entouraient Bisa, mais ces factions de jeunes gens dont certains meneurs étaient des étudiants. Ceux-ci avaient partagé le bienfait d'un enseignement plus large. Jonahan ne pouvait se faire à l'idée que la jeunesse pût se fourvoyer dans des voies aussi étroites, il cherchait le moyen d'entrer en relation avec quelques-uns d'entre eux. Il m'en cita trois :

— Leurs frères aînés étaient mes compagnons d'études.

Comme je connaissais plusieurs familles d'Alexandrie, Jonahan m'en nomma quelques-uns.

Plus tard, me retrouvant seul, le nom d'Antoine éclata soudain en moi comme la foudre. Le fils d'Andros n'étant pas originaire de cette cité, je n'avais pas, dès le début, fait le rapprochement.

Quel est cet élan dans l'homme qui ne cesse de retomber, chaque progrès rattrapé, refoulé vers l'arrière ? Jusqu'à quand nous soumettrons-nous à nos propres venins, nous laisserons-nous piéger par les mêmes mots, leurrer par les mêmes triomphes ?

Je pense souvent à ce crucifix – instrument de supplice réservé aux esclaves –, symbole sans éclat, devenu ce trophée brandi par des mains victorieuses ! Je pense à cette croix des humbles déguisée en croix triomphante, à cette croix d'amour changée en croix de vengeance ; à ce croisement de bois mal équarri transformé en sautoir de pierres précieuses.

Dieu est hors de cause. S'il existe, ayant consenti à notre liberté, n'est-il pas la première victime de ce mal ? Ce ne sont pas les religions qu'il faut proscrire, mais ce que les hommes en font !

Je songe parfois à un monde sans Dieu, bien qu'en nos temps cela soit inimaginable ! À un monde délivré d'idolâtries et de persécutions.

Mais l'homme n'en sécrétera-t-il pas d'autres ?

Quand nous aurons écarté Dieu, domestiqué la grande terreur de la nature, dominé l'univers, accumulé les ressources ; quand nous n'aurons que la matière avec laquelle nous colleter, les plafonds ne sembleront-ils pas trop bas pour notre attente ? Et cette inquiétude, cette même peur devant l'énigme du monde ne sont-elles pas, depuis l'aube, figées dans notre sang ? D'où viendra notre salut ?

Jonahan me relata un épisode de la vie du patriarche Bisa, qui ne pouvait manquer d'affecter ce caractère déjà enclin à la cruauté. Ces incidents tragiques, survenus durant son enfance, m'éclairèrent sur sa conduite, sans l'excuser.

Durant la prime jeunesse de Bisa, Alexandrie était tombée pour quelque temps aux mains d'un gouverneur païen, particulièrement zélé. Persuadé que les siens auraient bientôt à se défendre contre la progression et la souveraineté du christianisme – prenant prétexte de quelques plaintes négligeables qu'il enfla démesurément –, il s'en prit à ses adversaires, proclamant qu'il ne mettrait fin aux persécutions que lorsque le sang chrétien aurait atteint ses genoux.

Le gouverneur édicta une loi ordonnant aux chrétiens d'abjurer leur foi ; décida que, pour servir d'exemple, les apostasies se déroulaient en public.

Bisa avait deux grands-pères qu'il aimait également.

L'aïeul maternel se nommait Ater. C'était un commerçant fortuné, uniquement occupé à faire prospérer ses richesses.

L'autre, qui s'appelait Paul, travaillait dans une forge. Passionné de livres saints, durant ses moments de repos, celui-ci martelait des versets de la Bible dans de petites plaques en fer, qu'il distribuait ensuite à ses proches.

Quand les gardes, venus chercher Ater, lui apprirent ce qu'on attendait de lui, il refusa de les suivre. Contraint par la force à quitter sa prospère boutique, il s'en alla, l'air superbe, se refusant à jeter un seul regard derrière lui.

Lorsque plus tard, dans sa prison, un geôlier tenta de lui arracher le crucifix qui pendait à son cou, Ater se débattit avec une telle vigueur que l'autre dut céder, non sans le menacer des pires tortures. Il les subit, dans un silence qui stupéfia ses bourreaux. Ensuite, on l'expédia dans les carrières de porphyre où l'on manquait de bras.

Ramené, quelque temps après, grâce à l'influence d'un négociant païen, Ater avait refusé une aide plus décisive qui aurait exposé son ami à de graves dangers. Comme ce dernier, d'autres païens condamnaient la conduite du gouverneur et cherchaient, par tous les moyens, à écarter du pouvoir cet homme nuisible. Souvent ils dérobaient leurs « frères chrétiens » aux autorités et se chargeaient de leur trouver un asile sûr.

De nouveau, Ater fut sommé d'abjurer. De nouveau, il refusa. Plus rien ne pouvant le sauver, il demanda à voir son petit-fils, Bisa. La protection de son ami lui obtint cette ultime faveur.

Apercevant son aïeul derrière les grilles du cachot, l'enfant s'approcha en pleurant.

Ater lui tendit son crucifix, et lui recommanda de ne jamais s'en séparer. Puis, il déposa entre les mains du jeune garçon, une manche qu'il venait d'arracher à sa robe de bure, pour qu'il la remît aux siens en souvenir.

Bisa, devenu patriarche, gardait ce crucifix pendu à une cordelette de chanvre, contre sa peau, tandis que la croix pectorale en améthyste frappait tous les regards. La manche du saint martyr fut découpée en fines lanières pour que chaque membre de la famille reçut sa part de relique.

Quant à l'autre grand-père, Paul, le jour où un détachement de légionnaires envahit sa forge – peu de temps après le martyre d'Ater –, il fut saisi de tels tremblements qu'il succomba à sa terreur et se rendit sans tarder.

Prenant les soldats à témoin, il jeta sa Bible dans le fourneau, et se hâta de marteler à coups destructeurs la plaque sur laquelle il venait de graver un verset du Livre des Proverbes :

Il y a six choses que hait l'Éternel,
Et sept qui lui sont en abomination :
Les yeux hautains, la langue menteuse,
Les mains qui répandent le sang innocent,
Le cœur qui forme de mauvais desseins,
Les pieds qui se hâtent pour courir au mal,
Le faux témoin qui profère des mensonges,
Et celui qui sème les querelles entre les frères.

Cette profanation ne devait pas suffire. L'officier annonça à Paul qu'on le sommait, à présent, de se soumettre à l'apostasie publique.
Suant à grosses gouttes, le forgeron s'inclina.
Le couvrant de sarcasmes, les gardes le revêtirent d'un voile, d'un couronne ; puis forcèrent entre ses mains une boule d'encens et des fruits, pour l'offrande aux dieux.
L'enfant Bisa, qui se rendait souvent à la forge, aperçut son aïeul, au milieu des soldats hilares, dans cet accoutrement.
Humilié, épouvanté, il courut chez sa mère et lui raconta l'avilissante scène. Celle-ci, furibonde, se tourna contre son époux, le couvrit d'opprobre et compara son père renégat au sien, le bienheureux Ater ! Jamais plus le nom de Paul ne traversa ses lèvres sans qu'elle l'accompagnât d'un puissant jet de salive et sans qu'elle bénît le ciel d'être la fille d'un martyr et d'un saint !

Dressé sur une estrade, l'autel, couvert d'offrandes, est entouré de grands prêtres qui officient.
La grande place s'ouvre sur la mer. Au loin, les vagues moutonnent à peine. Une lumière gaie, transparente, se propage sur l'eau, sur la terre, sur la foule bruyante et railleuse.
Livide, les yeux hagards, Paul s'est joint à la longue file des abjurateurs. Il y en a de toutes sortes. Certains, poussés par des parents et des amis affolés, se pressent de sauver leur vie et celle de leurs proches. D'autres, des fonctionnaires, honteux, défaits, se laissent conduire par leurs subordonnés. D'autres enfin, plus assurés, courent aux autels, et, jurant qu'ils n'ont jamais été chrétiens, brandissent un « libellé ».
Ce certificat portait le nom du requérant, sa filiation, son lieu d'origine, sa résidence, suivis d'une formule à peu près identique : « J'ai toujours été dévoué au service des dieux, et maintenant aussi, en votre présence,

selon l'édit, j'ai encensé l'autel, j'ai fait la libation et j'ai mangé de la viande sacrée. En conséquence je vous prie de me donner votre attestation. Portez-vous bien. » En dessous, les autorités signaient. Celui qui avait en sa possession un tel papier ne risquait plus rien.

Les faussaires se mirent à l'œuvre. Si l'on connaissait la marche à suivre, on pouvait obtenir un de ces précieux « libellés » moyennant un prix élevé.

Peu de temps après l'apostasie, Bisa apprit que la subordination de son grand-père avait été encore plus totale ! Découvrant qu'il avait une belle voix, on l'avait nommé vigile du Sérapeum et maître des cérémonies.

Ce temple était consacré à Sérapis, dieu de l'Empire. Sa colossale statue, qui le représentait comme un homme d'âge mûr avec une barbe et des cheveux ondulés, se trouvait au centre de l'édifice.

Déité hybride – résultant d'un croisement entre le taureau Apis, seigneur de la fécondité, et Osiris, homme-dieu, souverain des morts et des résurrections –, Sérapis possédait une nature composite. À celle-ci s'ajoutaient les qualifications des divinités grecques, Zeus, Dionysos et ce fils d'Apollon, Asclépios, ordonnateur des maladies et de la santé.

Le service de garde, dont faisait dorénavant partie Paul le forgeron, se composait de reclus volontaires, voués aux soins du sanctuaire. C'est là, entouré de ses nombreuses génisses, que séjournait le taureau assimilé à Apis. Ces vigiles ne quittaient le temple qu'au moment des processions qui défilaient à travers la ville.

La fête la plus imposante avait lieu au moment de l'intronisation d'un nouvel animal, lorsque le premier venait à mourir. Après avoir momifié, puis enseveli l'ancien dans la chapelle funéraire, on couronnait celui que les grands prêtres avaient découvert et reconnu, grâce à des taches caractéristiques réparties sur son corps.

Cette déification donnait lieu à de splendides réjouissances.

C'est alors que Paul chantait !

Grimpé sur un toit, le jeune Bisa regarde la procession qui se déroule à ses pieds, reconnaît son grand-père, entend le chant.

La voix est superbe, prenante. Une voix qui module, monte, redescend, se juche sur des crêtes, s'enfonce dans l'argile. Une voix qui se distille comme le vin, s'égrène dans une vasque ; se disperse pour revenir, renforcée, et soudain presque redoutable.

Infatigable, la voix de Paul. Une révélation !

Bisa écoute, écoute... Fasciné, révolté. Adorant, haïssant dans le même souffle ce grand-père inattendu !

Ce timbre inégalé enthousiasme la foule qui s'attroupe, s'exclame, acclame ce jongleur de sons à qui les dieux ont accordé des accents aussi sublimes.

Au paroxysme du ravissement et de la fureur, l'enfant Bisa jure sur la croix d'Ater, qu'il porte toujours contre sa poitrine, de mettre plus tard en pièces ce monument célèbre entre tous. Jure de réduire en cendres cet édifice admirable, ce Sérapeum honni !

* * *

Jonahan me conseilla de quitter cette ville, dont je connaissais insuffisamment les détours, avant que n'éclatât la répression. Il la sentait proche. Elle frapperait dur et dans le désordre. Je risquerais, parmi bien d'autres, d'en être la victime.

Persuadé que la tyrannie de Bisa n'aurait qu'un temps, il m'assurait que je pourrais bientôt revenir et que nous nous reverrions.

Je ne voulais pas partir. Surtout pas avant d'avoir vu Antoine dont j'avais découvert le logement. Je pensais être capable de lui ouvrir les yeux ; de le détourner, avant qu'il ne fût trop tard, d'une entreprise criminelle.

Mais aucun argument, aucune supplication ne vint à bout de la haine du jeune homme.

Il me déclara que le sang de son frère Rufin n'avait jamais cessé d'enflammer ses veines ; et qu'il venait de fuir le désert, où son père s'engourdissait dans un lâche recueillement.

Quant à sa mère, Athanasia, il l'avait toujours soupçonnée d'incroyance. Pourtant elle se rangeait, chaque fois, du côté d'Andros ; plaidant pour cette religion abâtardie de son époux, cette religion qui refuse de prendre les armes même pour se faire justice ! Au risque de périr seule – et sans même le recours de la foi –, elle avait accepté une retraite qu'il jugeait stérile ; et dont lui-même s'était enfin délivré.

Il espérait, il souhaitait ne plus jamais les revoir.

Quant à moi, il me reprocha de l'avoir relancé jusqu'ici.

Puis, sur un ton grave, il condamna mes conceptions « universalistes et complaisantes du monde et des hommes » ! Elles avaient pu le séduire un certain temps mais, confrontées aux réalités, elles lui paraissaient « ingénues, illusoires, inefficaces ».

Antoine m'assura, ensuite, qu'il avait découvert en la personne du patriarche Bisa – il se signa d'une manière ostensible en le nommant – un véritable chef ; auquel il se dévouait corps et âme. Grâce à des hommes de cette trempe :

— Une même bannière flottera sur toute la terre. La vérité est une, Thémis ; tout amalgame est l'œuvre de Satan.

Dans un geste que j'ai encore du mal à traduire, il posa avec une subite cordialité sa main sur mon épaule et me pria, avec insistance, de quitter Alexandrie dès le lendemain. L'assainissement de cette ville allait bientôt commencer. On la délivrerait de tous ces philosophes, corrupteurs de la jeunesse ; de tous ces lettrés, esprits brillants et pernicieux. On la débarrasserait de ses idolâtres les plus forcenés. Enfin, elle pourrait surgir purifiée et sans tache, digne de la nouvelle foi !

La belle chevelure d'Antoine est invisible, serrée sous le casque que surmonte un court aiguillon.

Je revois, au bout de ses doigts, se balancer l'oiseau mort ; celui qu'il lancera, tout à l'heure, à travers le jardin. Tandis que les chats déchiquetteront le petit cadavre, j'entendrai, tout proches, les sanglots de Rufin.

Sur le beau visage d'Antoine je reconnais les traits réguliers d'Athanasia.

Mais cette bouche-ci peut devenir cassante ; ces yeux-là, durs comme l'airain.

Une autre scène se ranime, celle de ce soir lointain où, débarquant du voilier, il s'emporte contre sa mère qui vient de glisser sa boucle d'oreille dans la main de Makar.

À un signe d'Antoine, des jeunes gens en armes pénètrent dans la pièce et nous entourent. Encadré, épaulé par la petite troupe arrogante et belliqueuse sur laquelle il exerce son autorité, l'adolescent s'épanouit, se redresse.

Il leur donne l'ordre de me faire traverser la garnison et de me conduire, sous protection, jusqu'au lieu où je désire me rendre.

Son regard évite le mien. Nous nous quittons sans une parole.

Je ne suis toujours pas parti. Je ne me résigne pas à abandonner cette ville sans tenter encore une fois d'approcher, de dissuader Antoine...

De son côté, Jonahan multiplie les entrevues.

Deux jours après, l'on m'empêcha de franchir la porte de sa garnison, et je continuais à chercher désespérément Antoine. Soudain, à la nuit tombée, je l'aperçus.

Je le vis, ivre de son pouvoir, le visage illuminé par des torches brandies par des centaines de mains. À la tête d'une troupe démesurément grossie qui agitait des lances et des haches, il les exhortait à le suivre, leur promettait la plus sainte des victoires.

La plupart des autorités étant passées aux mains de Bisa, il n'existait plus de force capable d'endiguer cette fureur.

Pris de folie, je fonçai dans la foule. Je me frayai un passage avec mes coudes, mes poings, mes épaules, dans l'espoir insensé d'atteindre Antoine, de le supplier, de le retenir.

L'un de ses gardes, m'apercevant, me saisit par les vêtements, me cogna en pleine poitrine ; m'envoya rouler par terre, ma tête frappant le sol.

Je perdis connaissance.

Quand, plus tard, je repris mes esprits, il n'y avait plus que quelques curieux autour de moi.

Ils m'annoncèrent, satisfaits, que les « défenseurs du Christ » étaient partis à l'assaut de la maison de Priscilla et de son père, ces « ennemis de Dieu ».

Priscilla était la fille d'un mathématicien célèbre, nommé Phéon. Belle, sage et savante, elle était à juste titre l'héritière de son père, qui lui avait tout enseigné. Comme lui, elle se réclamait du glorieux passé de la Grèce, et particulièrement de Platon.

Ses leçons d'astronomie et de philosophie étaient notoires. Sa gloire dépassait les frontières, et l'on venait de loin pour suivre son enseignement. Le renom de Priscilla rejaillissait sur toute l'école d'Alexandrie, reconnue pour être la plus prestigieuse de ce temps.

Sans que Priscilla s'en doutât – dénuée qu'elle était de tout esprit de suspicion –, de sourdes rivalités se tissaient autour d'elle. Profitant de modifications, puis d'un raidissement dans la conduite des affaires publiques, certains cherchèrent à ternir son image.

On commença d'insinuer qu'elle était constamment occupée de magie et d'astrologie. On lui reprocha – ouvrant ses cours à chrétiens et païens sans distinction – de détourner la vraie jeunesse de ses croyances. On l'accusa de la séduire grâce aux artifices de Satan. On l'accabla, enfin, des plus diaboliques iniquités.

Sur le perron de sa maison, je reconnus Priscilla. Elle se débattait au milieu d'un groupe de soldats qui tentaient de l'arracher aux bras de son père.

S'étant finalement débarrassés du vieil homme, en le massacrant devant son seuil, ils poussèrent la jeune femme jusqu'au bas du large escalier de marbre blanc.

Les jambes tenues écartées par quatre gardes, elle fut traînée à travers les rues.

Son dos raclant le sol, sa tête soulevée par un effort de volonté stupéfiant, elle gardait sa face tendue vers l'avant.

Les yeux ouverts, elle assistait à son propre supplice, surplombant par instants ce spectacle d'épouvante, tandis qu'on la tirait jusqu'au lieu de son exécution.

Ses os rompus, broyés, firent de son corps un sac de son, éventré et sanguinolent.

Mais la tête, redressée, veillait et résistait toujours.

Alors, ils l'écrasèrent à coups de briques.

Puis ils précipitèrent son cadavre dans la chaudière remplie de bitume.

La mission d'Antoine fut un succès. Cet acte décisif réussit, en effet, à décapiter l'école d'Alexandrie.

Ovationné par la multitude, félicité par ses supérieurs et monté en grade, le jeune homme eut également l'insigne privilège d'approcher le patriarche Bisa, qui lui tendit son anneau à baiser.

En vérité, partout, le ciel prêtait main-forte à leur cause. Partout, le paganisme entrait en agonie.

Raffermi par ces triomphes, Bisa décida que le temps était venu de réaliser son rêve d'enfance : la destruction du Sérapeum.

Les circonstances favorisaient une action massive et complète. Quelques païens insurgés, décidés à se défendre jusqu'au bout, s'étaient retranchés dans le temple. Lançant de la toiture des projectiles à ceux qui osaient s'aventurer dans leurs parages, ils en avaient grièvement blessé quelques-uns.

Pour continuer d'effaroucher d'éventuels assaillants, les insoumis apparaissaient à tour de rôle dans divers ébrasements de l'édifice, montrant des visages convulsés, des yeux hagards, des bouches tordues, et répétaient en hurlant les dernières prophéties de l'oracle. Ils annonçaient que la moindre atteinte au lieu sacré entraînerait le malheur immédiat de l'adversaire, que le renversement de la statue vénérée de Sérapis produirait non seulement la ruine d'Alexandrie, mais celle du monde entier.

Ces apparitions saisissantes, ces cris firent d'abord reculer les moins crédules.

Mais talonnant, agitant ses fidèles, l'acharnement du Patriarche eut raison de leurs terreurs. Ceux-ci, enfin déchaînés, se ruèrent sur le temple et l'incendièrent dans une sorte d'extase.

Rongé par le feu, ses matériaux carbonisés, le Sérapeum s'affaissa, écrasant la plupart des rebelles en son sein.

Bisa ordonna ensuite l'anéantissement final.

Le souvenir même de ce lieu devait être aboli ; bien que disloqué, calciné, tout ce qui restait debout serait réduit en poussière, arasé.

Résistant à l'écrasement, à peine noircie par les flammes, l'altière et monumentale sculpture trônait au-dessus du saccage : Sérapis, de toute sa hauteur, bravait ses ennemis.

Obéissant aux ordres d'Antoine, quelques guerriers opiniâtres se mirent alors à l'œuvre. Ils escaladèrent l'idole et se hissèrent jusqu'à sa foisonnante chevelure.

Puis, l'encerclant de puissants cordages, se juchant sur une bosse, se perchant sur le moindre ornement, ils la ligotèrent tout en se laissant lentement glisser le long de la face, du torse, des hanches, des jambes, jusqu'aux robustes chevilles de pierre.

L'extrémité des cordes retombant sur le sol était ramassée par une foule irascible, impatiente de contribuer à l'effondrement du paganisme haï.

S'ouvrant passage dans la cohue, quelques militaires aux pectoraux saillants conduits par le jeune chef exalté se dirigèrent vers la statue et commencèrent d'entamer sa base, à formidables coups de hache.

Des centaines de mains fiévreuses tiraient déjà sur les cordes.

Comme la foudre, une fêlure traversa le sommet de la statue, une autre remonta du piédestal. On entendit de loin leurs sinistres craquements.

Sérapis chancela, perdit l'équilibre.

Emportant dans sa chute quelques hommes encore agrippés à ses flancs, le colosse s'abattit dans un bruit assourdissant. Il éclata en fragments énormes, aplatissant tout ce qui se trouvait sur son chemin ; mutilant, fracassant la multitude sous sa masse.

Antoine, qui commandait frénétiquement la manœuvre, fut l'une de ces nombreuses victimes.

Un lobe de l'oreille du dieu avait suffi à le broyer.

Comme Alexandrie n'avait subi aucun dommage, comme le monde demeurait toujours en place après la dévastation du temple et la mise en pièces de l'idole, la puissance du Patriarche s'en trouva redoublée.

On ne cessa de fêter Bisa, de le combler, de le représenter – sur les porches d'églises, dans les édifices publics, en bas-reliefs, en hauts-reliefs, en fresques, en icônes –, la barbe majestueuse, l'œil souverain, foulant aux pieds les ruines de ce Sérapeum dont il avait juré de se délivrer.

* * *

J'erre, la nuit, dans cette ville qui me glace l'âme. Des milans avides tournoient et plongent entre les décombres. Quelques hyènes du désert font de rapides incursions nocturnes pour prendre part au festin.

Je n'ai jamais revu Jonahan. Il avait installé un camp, aux abords de la ville, et prenait soin des blessés, des mourants.

Quant à l'architecte Synésius, je fus heureux d'apprendre qu'il avait pu s'échapper avec toute sa famille, leur statut d'étrangers ayant facilité leur évasion.

Son vaste projet était à terre ; plus tard, peut-être, quelqu'un d'autre l'achèverait. Ou bien, qui sait, lui-même, un jour, revenu ?... Aucun retournement n'était à exclure !

Avant de m'éloigner à jamais de cette ville, j'ai arpenté, une dernière fois, l'un des chantiers de Synésius.

Au milieu des fondations inachevées, des marches tronquées, des assemblages incomplets de pylônes et de murs, j'aperçus M'Zana.

Allant, venant, agitant ses graphiques, le géomètre haranguait une innombrable main d'œuvre dont je ne voyais nulle trace !

Quand il m'aperçut, il se précipita à ma rencontre, s'inquiétant de mon genou comme si l'accident s'était produit la veille, qu'aucun désastre n'avait eu lieu depuis, et que je reprenais simplement ma place de surveillant du matériel.

Me tenant par le bras, l'Éthiopien me parla d'abondance, parsemant son discours de termes d'école – rébarbatifs et secrets – qu'il avait toujours pris soin d'éviter jusque-là. Ses calculs et ses tracés m'avaient toujours été présentés en termes assez clairs pour que je puisse les mettre en application.

Tandis que le langage de son métier se faisait de plus en plus doctrinal et minutieux, celui du quotidien s'aventurait, errait de désordres en divagations.

Je fis mes adieux à M'Zana qui m'écouta avec un immense sourire comme si le temps n'existait plus.

Il me confia un lot de diagrammes, me submergea d'une série

d'axiomes, et partit en hâte vers d'invisibles équipes auxquelles il distribuait des consignes à voix haute.

Je quittai M'Zana, organisant, bâtissant, faisant surgir de terre des bâtiments de rêve. Heureux !

Trois ans après, j'appris la fin de Bisa : le Patriarche était mort dans son lit, d'un violent accès de goutte.

Comme s'ils guettaient sa disparition, mais n'osant intervenir tant qu'il lui restait un souffle de vie, ennemis et partisans (je ne fus pas étonné d'apprendre que beaucoup de ses fidèles, lassés de sa tyrannie, s'étaient joints aux autres opprimés) se précipitèrent sur sa dépouille. L'arrachant aux siens, sans provoquer de véritable résistance, ils emportèrent et jetèrent son cadavre, encore tiède, dans une fosse pleine de carcasses d'ânes et de chameaux qui pourrissaient à bonne distance de la cité.

Bisa fut remplacé par Asser, évêque candide et rayonnant, que l'on coiffa d'une mitre, à qui l'on força une crosse entre les mains, malgré ses humbles protestations.

Ayant atteint ces hautes fonctions sans avoir jamais exercé son autorité, aussi effacé que l'autre était impérieux, se courbant dans une confusion extrême devant ceux qui lui baisaient la main, on se hâta de prendre Asser pour « l'agneau bienheureux » désigné par le ciel pour se charger de leurs fautes et racheter leurs péchés.

On approuva l'évêque de faire revenir tous ses « frères païens » ; on l'applaudit de refaire de sa ville celle de tous les réfugiés.

D'autres années s'écoulèrent...

Je n'avais jamais cessé de penser à Andros et à Athanasia. Certaines amitiés creusent dans la chair des sillons que seule la mort supprime.

Qu'étaient-ils devenus depuis que je les avais quittés au seuil du désert ? S'étaient-ils rejoints ? Leur avait-on appris les actions et la mort de leur fils aîné ?

J'espérais que non.

Huit ans après la disparition d'Antoine, je suis parti à leur recherche.

Je savais que la forteresse en ruine de Macé était ce carrefour que les passagers du désert croisent presque toujours à un moment ou l'autre de leur chemin ; et que je pourrais sans doute y recueillir quelques témoignages concernant mes amis.

Peut-être y apprendrais-je aussi quelque chose sur moi ? Quelque chose qui m'aiderait à franchir les dernières étapes de mon existence...

Chacun, en effet, traverse sa vie, si contenu en lui-même – proche, trop proche, enclos dans sa particularité ; aveuglé, du fait même de se trouver de l'autre côté de ses propres yeux ; remué par ses cadences, ses turbulences intimes – qu'il n'a jamais de sa personne une vue complète et dégagée.

Pourtant, le regard des autres – nous jugeant parfois dans une totalité – ne nous fixe-t-il pas dans une image qui nous trahit d'une autre façon ?

Alors ?

Je ne suis pas allé vers Macé pour ses réponses. J'espère, et crois me douter, qu'il n'en a pas.

Je vais... simplement pour aller. Pour garder, sans doute, saveur au chemin.

* * *

Ce matin, elles nous quitteront.

Athanasia et Marie ne ramèneront pas Cyre dans sa famille, comme elles l'avaient d'abord pensé. Lorsque l'enfant a compris que toutes deux cherchaient à situer son village pour l'y conduire, apeurée à l'idée de retomber sous la coupe de sa belle-mère ou de Sapion, le puissant notable, elle a poussé des cris si plaintifs qu'elles y ont tout de suite renoncé.

Elles la mèneront à l'oasis la plus proche, réputée pour ses nuées d'oiseaux, ses dattiers, ses trois sources, ses dizaines de yerbos et la bonhomie de ses habitants ; celle que Pambô lui a abondamment décrite pendant qu'il visitait les ruines, l'autre jour, en sa compagnie.

En parlant, le moinillon avait déposé entre les mains de Macé une longue feuille enroulée sur laquelle il avait tracé le chemin à suivre jusqu'à l'oasis de Houm. Il avait même dessiné les haltes possibles au cours des deux jours de marche, signalant : un ruisselet bordé de pousses d'herbes, un épais buisson, un monceau de plantes grasses gonflées d'eau, un arbre au tronc torsadé.

Marie, renforcée dans son besoin d'atteindre Dieu à travers le plus complet isolement et la privation de tout autre sentiment, les quitterait aux abords de l'oasis.

Athanasia passerait quelques jours avec l'enfant, avant de rejoindre son couvent.

C'est ce qui était prévu.

Si diverses, et cependant si proches, ces trois femmes ! Tandis qu'elles se séparent de Macé, leur vue me réconforte, me rafraîchit.

Ici, durant quelques jours, sous l'œil du grand vieillard, la réserve de Marie, les effusions de Cyre, le cœur crevassé d'Athanasia se sont rejoints. Ni l'âge, ni la naissance, ni le passé n'ont fait obstacle à cette réunion.

Tout à l'heure, le soleil assiégera le ciel. Son écorce blanchira, séchera les moiteurs de l'aube, couvrira les sables d'une chaleur uniforme.

Mais l'immuable étendue possède aussi ses remous, ses frissonnements ; ses formes ambiguës et changeantes. Elle dénude, et propose, en même temps, ses mirages.

Fuir au désert n'est jamais un aboutissement. Plutôt une confrontation redoutable avec son image en nous : celle d'un infini tenace, évident. Insaisissable.

Avec Macé, nous les avons accompagnées toutes trois jusqu'au bout de la piste qui mène vers Houm.

Puis elles nous ont quittés, chacune à sa manière.

Je ne verrai plus Athanasia ! Pourtant, ce séjour nous a reliés par-delà les années et les autres. Ai-je tort de ne rien faire pour la retenir ?

En s'éloignant, elles se retournent souvent et nous saluent. Macé lève le bras pour leur répondre :

— Quand elles auront franchi la cinquième dune, nous ne les verrons plus !

Il a prononcé ces mots sans tristesse, ajoutant :

— Thémis, je ne parle que pour moi... Après ton départ, je clouerai d'autres suppliques autour du fortin, ainsi vous serez les derniers vivants que j'aurai reçus.

J'écoute à peine. Une existence loin d'Athanasia retrouvée m'apparaît soudain vide, insignifiante. Sans contenu !

Je me vois, dévalant, remontant les bancs de bancs de sable, à sa poursuite :

— Athanasia ! Athanasia !

Alors, tenant toujours la main de Cyre, elle s'arrêterait et me fixerait, perplexe.

Je me revois, encore et encore et encore..., me déplaçant à vive allure, la rappelant.

Mes sandales, qui s'ensablent, ralentissent peu à peu ma course. Mon souffle léger peu à peu s'appesantit :

— Athanasia ! Athanasia !

Je n'ai pas bougé de place.

Macé attend, sans doute, que je consume mes songes, que j'épuise ces chimériques allées et venues, avant de donner le signal du retour.

La cinquième dune est dépassée.

L'horizon n'offre que son propre spectacle.

Nous nous retournons et marchons, lentement, vers le fortin.

III

DERNIÈRES MARCHES

CYRE MARIE ATHANASIA

Cyre lâche et reprend la main d'Athanasia ; lâche et reprend la main de Marie.
Bientôt, elles atteindront l'oasis où Pambô les attend ! Athanasia y restera quelque temps. Pas Marie. Rien ni personne ne pourra plus retenir Marie.
Cyre trotte entre l'une et l'autre. Infatigable, elle détale, revient, s'élance, rebrousse chemin, multipliant le parcours dans l'allégresse. Parfois l'enfant s'arrête, écarte le devant de sa robe, aperçoit – soutenu par une bande d'étoffe qui enveloppe son buste – son yerbo niché entre ses seins.
Cyre a abandonné dans les ruines sa baguette de saule qui peuplait une solitude disparue. Sa mémoire ne veut préserver que le bonheur : Marie, Athanasia, qu'elle nomme dans sa tête « mère, grand-mère », Macé qu'elle appelle son « aïeul », le fortin dévasté qu'elle tient pour sa maison.
De partout, on l'aime. De partout ! La vie est pulpeuse. La bouche de Cyre se gonfle de mots odorants et juteux qu'elle voudrait offrir à ces deux femmes, à son yerbo ; et déverser sur la terre entière.
Mais la promesse faite à Orose il y a trois ans, au seuil du couvent, bloque toujours sa parole.
— Je serai ta fille dans le silence.
Le vieil ermite muet fut le premier à la recueillir, à la comprendre. Lui aussi fait partie des territoires de son cœur.

Après neuf années de solitude, ces rencontres, ce séjour chez Macé ont consolidé le choix de Marie.

Il était nécessaire qu'elle ressentît amitié et tendresse ; qu'elle traversât une fois de plus les tensions, les frémissements, le plaisir de la chair ; qu'elle fût mise à l'épreuve du partage, du bienfait d'être auprès des autres, avant de rompre les dernières fibres, avant de plonger dans un renoncement sans retour.

— Il me semblait que j'aimais le Seigneur. J'ai découvert des pensées, des désirs qui lui étaient étrangers. Le contempler, Lui. Lui seul. Voilà ma vérité. Me comprends-tu, Athanasia ?

Athanasia ne comprend ni ne sent de cette manière ; mais elle se laisse absorber par ce visage de feu.

— Je t'écoute, Marie. Je t'écoute.

— La prière est mon unique chemin. J'ai cru tout abandonner mais la rupture n'était pas totale.

Elle attend un moment, puis :

— Comme j'ai aimé vous aimer !... J'ai vécu au désert, Athanasia. Mais, à présent, je sais qu'il me faut vivre du désert. De ce désert qui palpite dans le langage de Dieu. Le Seigneur est invisible, mais il parle. Il ne cesse de nous parler. Nos propres paroles brouillent la sienne, bouchent le passage à sa voix... J'attends le signe qui fera tomber mes dernières écailles. Alors, mêlée à l'air et à l'éternité, mon âme deviendra le lieu du Seigneur... Oui, ayant tout quitté, il faut maintenant que je me quitte. Tu me comprends, Athanasia ?

Athanasia ne comprend pas, mais elle s'ouvre aux pensées de Marie.

— Je suis avec toi.

Toutes trois viennent de franchir la deuxième halte, et se dirigent vers ce ruisselet entouré d'herbes que Pambô a pris soin d'encercler sur son tracé.

**
* **

Parvenue au rebord de la falaise, Cyre s'étend de tout son long et cherche l'endroit indiqué. Soudain, elle gesticule pour que les autres viennent la rejoindre.

Au bas du rocher, un groupe d'hommes hirsutes, portant des armes, accompagnés de moines armés eux aussi, entourent le ruisseau. On entend leurs rires et leurs éclats de voix.

L'un d'eux remonte sa soutane et, sautillant sur une seule jambe, s'approche d'un énorme sac qu'il taillade plusieurs fois à l'aide d'un poignard. Puis, dans la bousculade et les cris, il distribue le butin.

Enfin, ils boivent et mangent longtemps avant de s'endormir autour du petit bras d'eau.

Effrayées, Cyre, Marie, Athanasia se cachent au fond d'une cavité rocheuse, espérant qu'au matin ils seront repartis.

C'est en pleine nuit que survint l'accident.

Le yerbo s'échappa du corsage de Cyre. S'en étant tout de suite aperçue, et sans prendre le temps de remettre ses sandales, elle se précipita à sa poursuite.

La pleine lune éclairait la course espiègle du petit rongeur, que Cyre rappelait avec des sons de gorge. Ses pieds se coupaient sur la rocaille, s'écorchaient sur les pierres.

Le yerbo s'arrêtait, la narguait, repartait de plus belle.

Elle finit par le rattraper. La petite bête s'abandonna tout de suite entre ses mains, se laissant caresser avec délice. Elle en pleura de soulagement.

C'est au moment où elle frottait son nez contre le minuscule museau qu'elle sentit un élancement. Une douleur pénétrante, partant de sa cheville, traversa le mollet, la cuisse, et se planta dans l'aine.

Le lendemain matin, les brigands avaient disparu.

Mais Cyre, la jambe enflée et rouge, tremblait de fièvre et ne pouvait plus se mouvoir.

Un nouvel accès de fièvre s'est emparé du corps robuste de Cyre.

Ses membres se sont appesantis, sa peau s'est couverte d'éruptions jaunâtres. En une nuit, son visage s'est décharné, ses yeux se sont perdus au fond de leurs orbites.

L'enfant a mal. Elle plaque sa main contre sa bouche pour contenir ses cris. La sueur agglutine ses cheveux, sa respiration est haletante.

La petite troupe de soldats et de moines-brigands est partie depuis l'aube. Tout en bas, le ruisseau coule paisiblement ; quelques déchets jonchent le sol.

Athanasia et Marie soulèvent Cyre.

Avec précaution, elles la transporteront jusqu'au bord de l'eau, pendant que son yerbo, agrippé à sa robe, lui frotte les joues de ses babines humides.

À l'ombre de la falaise, Athanasia s'agenouillera auprès de l'enfant et cherchera la plaie.

Découvrant une pustule brune sur l'attache de la cheville, elle y appliquera ses lèvres, aspirant à plusieurs reprises. Sa capuche a glissé et laisse voir l'épaisse et souple chevelure grise qu'elle a laissée pousser depuis la maladie d'Andros.

Marie trempe un bout d'étoffe et des herbes dans le ruisselet ; puis les étend sur le front et les tempes de l'enfant.

La douleur comprime ses hanches, progresse dans ses viscères ; Cyre grimace, retenant toujours son cri.

L'oasis de Pambô est à quelques heures de route. Athanasia décide d'aller y chercher du secours.

Marie s'est couchée auprès de Cyre ; au long de l'interminable nuit, des vagues de sommeil les engourdissaient l'une après l'autre.

Le lendemain, la femme a recouvert une grosse pierre, d'abord de sable, puis avec le sac éventré laissé par les bandits. Ensuite, elle a aidé l'enfant à s'adosser à cette boule moelleuse.

Tournant le dos au chemin qu'Athanasia a emprunté la veille, Marie s'accroupit auprès de Cyre et l'observe. Ni le silence ni la maladie ne sont faits pour ce corps charnu et solide. Elle voudrait résorber toute cette fébrilité dans son propre sang, qui n'est déjà que fièvre.

L'enfant soulève son bras comme un fardeau écrasant, allonge, avec effort, les doigts vers la joue de Marie qu'elle caresse comme au premier jour.

Soudain, secouée de spasmes, elle ne parvient plus à coordonner ses gestes, et s'exaspère d'avoir perdu son seul moyen de s'exprimer.

Enfin, elle sombre dans l'inertie. La douleur est sans doute moins vive mais le combat a pris fin.

— Reviens, Cyre. Reviens !

Brusquement, Marie reconnaît le signe : il faut rendre la parole à l'enfant, elle seule pourra y parvenir.

Elle se penche, leurs visages se touchent :

— Écoute, petite. J'ai besoin de ton aide. Je retourne bientôt au Seigneur. Alors donne-moi ton silence. Il me le demande. Moi, je te donnerai la parole en retour. Ainsi, pour toi et pour moi, tout sera en ordre et nos promesses seront tenues.

Tirée de sa torpeur, Cyre semble se débattre, ses mâchoires se serrent, sa poitrine se contracte.

Aucune ne voit, s'approchant d'elles, Athanasia grimpée sur le buffle, précédée par Pambô qui le tient au bout de la corde.
— Parle, petite. Au même instant, je te le jure, j'entrerai dans le silence. C'est seulement un échange. Tu n'auras pas trahi ton vœu.
Cyre s'agite encore ; hésitante, tiraillée.

D'un coup : il fut là.
Il est là, devant elle : les jambes écartées, les mains aux hanches, les joues charnues, la barbe plus ornée que jamais !
Extirpant la queue d'onagre de sa tignasse mordorée, il la dépose d'un geste large et gracieux aux pieds de Cyre.
Soudain ranimée, celle-ci sursaute, s'appuie sur ses deux mains, se redresse et, dans un cri :
— PAMBÔ !
— Tu as dit : « Pambô ! »... Tu as parlé, Cyre ! Tu as parlé !
Le moinillon ne se tient plus de joie.
— Je suis venu te chercher. Nous irons dans l'île, au bout du fleuve. Tu te rappelles, l'île ? Je t'en parlais dans la forteresse.
Les doigts de l'enfant trouvent assez de force pour saisir le petit rongeur et le montrer.
— Oui, on emmènera ton yerbo. Je t'en trouverai un autre. Ils peupleront l'île, tu verras !
Pambô se trémousse. Il a encore pris de l'embonpoint, mais son corps, agile, ne tient pas en place et rebondit sans cesse sur ses mollets bombés.

Je suis Pambô
Ni laid ni beau,
J'emporterai Cyre
Et son yerbo !

Enfin, il se met à genoux, pour examiner la jambe de l'enfant :
— Remue tes orteils...
Elle s'y efforce, mais n'y arrive pas. La main potelée et douce de Pambô palpe le pied, la cheville, remonte jusqu'au genou. De son index, il appuie sur l'articulation.
— Tu as mal ?
— Je ne sens rien.
Le visage de Pambô s'est brusquement assombri ; ses lèvres roses et

pleines se sont figées. Le temps d'un éclair... Puis il a repris sa face joviale. Athanasia a remarqué ces brusques changements.
— Pambô, emmène-moi dans l'île !
Comme une mélopée, elle répète :
— Pambô ! Pambô ! Pambô !
D'un sachet suspendu à sa taille, le moinillon tire de longues feuilles noirâtres qu'il pulvérise sur la jambe de l'enfant.
— Marie ! Athanasia !... Athanasia ! Marie !
Les yeux de Cyre vont, viennent de l'une à l'autre ; cela fait longtemps qu'elle brûlait d'envie de les appeler par leur nom :
— Athanasia ! Marie !
La première se penche, l'embrasse :
— Mon enfant, c'est bon de t'entendre.
La seconde s'arrête, bouche entrouverte, au bord de la parole. Athanasia comprend quel échange vient d'avoir lieu.

Celle-ci s'assoit par terre, les draperies de sa large robe de bure forment un berceau entre ses jambes écartées. Avec des précautions infinies, Marie et Pambô y installent la malade. La vue de sa jambe boursouflée, grisâtre, leur fait mal.

Athanasia couvre de baisers ce visage en feu, ces paumes moites. À travers les pulsations et le souffle de son propre corps, elle s'efforce de maintenir en vie ce corps exténué. Quel décret du ciel ou quelle absurdité de la nature lui arrache, un à un, ses enfants ?

Cyre répète en cadence :
— Pambô, Pambô, Pambô !... Emmène-moi dans ton île, Pambô !
Puis, levant son visage vers Athanasia :
— Tu viendras ?
— Je vous accompagnerai.
L'enfant voudrait que Marie soit avec eux aussi. Mais elle ne la questionnera pas. Marie a pris à son compte tout le silence de Cyre. Tout le silence de Cyre, tout le silence du désert. Elle partira ; seule, loin.
— Pambô, Pambô, Pambô !
Ivre de cette parole retrouvée, Cyre répète : « Pambô ! » avec des inflexions rythmées sur lesquelles le moinillon parade et cabriole.

Retenant ses larmes, celui-ci continue de se dandiner, de se singer, de se rendre encore plus risible, de bonimenter sur leur île.
— Pambô, Pambô, Pambô !
Cyre oublie qu'elle a mal, Cyre joue avec le nom de « Pambô », lui fait

prendre toutes les formes, le module, le rythme, ce nom, tout en balançant sa tête de droite à gauche, de gauche à droite.

Subitement, la voix de l'enfant s'est cassée.

Des tremblements, des saccades s'emparent de son corps, l'agitent, le secouent. Ses membres affolés luttent contre un ennemi invisible, se désarticulent. Le cou tendu, la bouche ouverte, Cyre halète, s'asphyxie, happe l'air qui lui échappe.

Des mains se tendent, des bras la soutiennent. Marie s'accroupit derrière l'enfant et la prend tout contre elle. Athanasia à genoux l'évente d'un morceau de tissu. Le regard de Cyre se tourne en tous sens, implore.

— N'aie pas peur ! crie Pambô.

S'emparant de sa flûte il en tire la plus extravagante des mélodies. Un pâle sourire s'esquisse sur les lèvres blanchies.

Puis, d'un coup, le combat a pris fin.

Le buste s'est brusquement affaissé, le menton est tombé en avant. Les yeux démesurément agrandis fixent le vide.

Des sanglots déchirent l'air.

Marie a aidé à la toilette du cadavre ; puis, ensemble, ils l'ont attaché avec des cordes sur le dos du buffle.

Athanasia et Pambô ont embrassé Marie, et celle-ci s'est éloignée en direction du désert, sans un mot. En plus du silence, il lui reste à abolir au fond d'elle-même la source de la parole. Il lui faut cesser d'aimer, de souffrir, de sentir, il lui faut cesser d'être pour devenir l'espace et le lieu du Seigneur.

Les deux autres la regardent s'éloigner ; elle ne se retournera plus.

De chaque côté du buffle chargé du cadavre de l'enfant, Athanasia et Pambô marchent en direction du fleuve.

*
* *

Au bord du fleuve, tous deux ont couché Cyre sur un radeau.

Pambô laissera son buffle en gage au possesseur de la petite embarcation, faite de bûches perdues et grossièrement assemblées.

— Nous atteindrons l'île demain soir.

Avant de s'éloigner, le jeune moine confie Athanasia au passeur, que cette scène n'a pas surpris, tant la mort lui est familière :

— Trouve-lui un guide pour la conduire où elle veut.

— Je ramène l'animal au village. Attends-moi ici.

Le buffle se cabre, résiste, tire sur sa corde en reculant.

— Va, va, Antilope. Je reviens te chercher dans trois jours. Va, ma belle, foi de Pambô, je reviens !

Repoussant la rive du bout de sa longue perche, qu'il manie avec agilité, le moinillon se retrouve rapidement au centre du bras d'eau.

Se tournant vers Athanasia, debout sur la berge, il lance en signe d'adieu :

— Qu'a-t-elle à nous répondre, la vie ? Rien... Insulte-la ! Bénis-la ! Rien, rien, et toujours rien... Fais comme moi, fais comme elle, Athanasia : continue d'exister !

À la veille des grandes crues, le fleuve s'amasse, contient ses remous qui affleurent à peine. Ses vagues sont plates. Sur sa surface nivelée, des taches luisantes et noires se côtoient.

Une brise soulève la courte tunique de Pambô, découvrant ses cuisses trapues.

De minuscules coquillages, des fleurs séchées glissent de sa barbe et parsèment le corps de Cyre.

Sous le large corsage, maintenu à la taille par une ceinture de chanvre, le petit rongeur bondit comme dans une cage ; ou bien il s'accroche, de toutes ses griffes, à la poitrine velue.

Le bras levé, dans un va-et-vient incessant, Athanasia salue le jeune moine et l'entend chantonner :

Je suis Pambô
Ni laid ni beau
J'emporte Cyre
Et son yerbo.

Je la coucherai
De part en part
Sous quatre couches
De nénuphars.

Le Tout-Puissant
Et les oiseaux
Veilleront ensemble
Sur son tombeau !

Pendant que le radeau s'engage dans le coude du fleuve et lentement disparaît, le chant s'amenuise, se dissipe.
Le bras d'Athanasia retombe de tout son poids.
De l'autre côté du fleuve, la vallée s'étale, verte, fertile, peuplée. Elle s'irrigue de canaux, respire sous ses arbres, avant d'aller buter contre l'autre pan du désert.
Le dos d'Athanasia se courbe, sa taille se casse, ses genoux ploient. Elle voudrait porter dans son cœur et puis donner toute l'herbe, tous les fruits des vallées, mais chaque fois ce sont les sables de la mort qui viennent tout recouvrir. Athanasia est lasse, très lasse. Elle aimerait ne plus voir, ne plus sentir, ne plus souffrir. Sombrer.

Du hameau perdu sous les palmiers, une nuée d'enfants accourent vers les berges, surprennent cette étrangère, immobile face à l'eau.
Ils encerclent Athanasia, agrippent ses jupes, la harcèlent de questions, la tirent, l'entraînent vers le village. « Continue d'exister ! » lui a crié Pambô. Leurs petites mains s'accrochent, leurs yeux noirs pétillent :
— Viens, viens, on va jouer !
Ils l'entourent, ils captent comme une proie cette femme toute neuve, venue d'ailleurs. Ils la veulent, elle leur plaît ; ils se la disputent :
— Viens ! tu resteras chez moi. Non, chez moi ! Non, chez moi !
Par dizaines, des filles, des garçons la poussent en avant. Le visage tourné tantôt vers le fleuve, tantôt vers les huttes en terre battue agglutinées l'une à l'autre, Athanasia résiste de moins en moins. Elle finit par se laisser conduire, consentante, par cette troupe en haillons débordante de rires, gesticulante et vivace.

THÉMIS

Trois années ont disparu, depuis notre départ de la forteresse.
J'ai retrouvé ma cité. Ma maison avoisine l'ancienne demeure d'Andros, démolie et remplacée par une emphatique bâtisse à colonnades, dont les propriétaires sont toujours absents.

Djisch, le Nubien – si attaché au petit Rufin –, vit auprès de moi depuis le jour où l'enfant a péri, et que ses parents étaient venus se réfugier ici avec Antoine.

Tous les matins, réveillé avant les autres, je sors sur mon balcon au moment où l'aube commence à imprégner le ciel.

Mon premier geste solitaire est de me diriger vers mon cruchon, dissimulé dans sa cage de feuillage. Il est rempli d'eau, que la nuit a rafraîchie. Je le soulève et bois avec délice.

J'aime chaque instant de ce bref parcours : les quelques pas sur les dalles blanches, écarter les feuilles, découvrir ma cruche d'argile et sa paroi suintante, la saisir par son anse, puis par tout son galbe, enfin verser le flot dans ma bouche.

L'eau fraîche me pénètre, coule, ruisselle, se répand au-dedans.

Lavé des humeurs de la nuit, je reviens m'accroupir sur une natte, face à ma table basse sur laquelle j'étale une feuille intacte.

Pour écrire, j'ai besoin que le soleil ait craquelé l'ombre ! Comme si, ayant trop vu, trop vécu, il me fallait absolument, avant d'entamer une autre journée, tremper ma plume, mon cœur, mon esprit dans l'évidence renouvelée de l'aube.

De cette place, entre les balustres de pierre qui clôturent le balcon, j'aperçois mon jardin.

Il n'est pas grand. D'ici, mon regard le parcourt en entier : l'allée courte entre des herbes folles ; mes deux arbres – l'eucalyptus et le flamboyant, face à face – qui me gratifient parfois de feuilles odorantes ou de pétales rouges, tombés de leurs branches à mes pieds.

Je vois jusqu'à la grille – badigeonnée par Djisch d'une teinte pourpre qu'il affectionne – que je garde toujours entrouverte.

Souvent, j'imagine Macé saisi par la mort, durant ses heures de prière, le lendemain même de notre départ.

Conservée à cause de la sécheresse, son apparence pétrifiée serait en attente d'une main secourable qui, d'un simple toucher, rendrait son corps friable à la poussière.

Je songe à Marie, détournée de l'humus de la parole et de la chair. Volontairement privée des ressources de l'une et de l'autre, mais à qui sera épargnée la pourriture qui leur est également propre.

Marie, squelette blanc, aussi épurée que le désert.

J'ai appris la fin de Cyre.

Nous sommes parfois d'immenses tympans sur lesquels, tour à tour, les pulsations du vaste monde et les traces éphémères de quelques humains viennent battre et s'inscrire.

Malgré le chagrin de sa mort, le souvenir de Cyre m'illumine.

Je la vois : son yerbo sur l'épaule, chantant, parlant au ciel et à la terre, gambadant aux sons de la flûte de Pambô !

J'ai su qu'Athanasia n'avait pas rejoint le couvent qu'Andros lui avait choisi, mais qu'elle avait vécu quelque temps dans un hameau – non loin de l'île où Cyre avait été enterrée –, adoptée par la population et ses enfants innombrables.

J'ai ensuite perdu ses traces ; mais je l'imagine vivante, portée, quoi qu'il advienne, vers l'avenir.

J'ai retrouvé ma ville.

Je ne peux habiter longtemps loin d'une métropole. Étrange contradiction qui me fait « de la cité », mais y vivant à l'écart, jaloux de mon exil intérieur.

Troublé, depuis l'enfance, par le mensonge et les ruses dont s'arme peu à peu l'existence, je m'étais secrètement engagé à ne jamais devenir cet « homme fait » qui sacrifie la fin aux moyens et qui n'a de cesse qu'il n'ait rejoint son « personnage ».

Ne pouvant rester éternellement adolescent, à onze ans je m'étais juré de demeurer « hors d'âge ». Rempli de gratitude à l'idée d'être au monde, je refuse en même temps de lui appartenir.

Cet écart constant m'a, sans doute, privé de quelques bienfaits. J'y gagne, en retour, d'être affranchi des sautes de l'opinion, du flux et reflux des styles et des coutumes, des variations de la renommée.

Cet éloignement m'accorde une liberté inviolable. Il n'est pas toujours aisé de s'en accommoder ; mais elle continue d'être, à la fois, mon ancre et ma direction.

Oui, je me sens de la cité ; au bout d'un moment, villages, campagnes, désert m'encerclent, m'étouffent. Même la nature, y donnant son plein, m'y paraît trop prodigue et finit par passer inaperçue aux yeux de leurs habitants.

Je préfère les arbres contrebalançant les édifices ; un tapis vert, des bosquets en fleurs s'opposant au gris des bâtisses ; des morceaux de ciel par-delà d'étroites rues ; une pièce d'eau au fond d'une impasse. Je préfère l'oiseau des villes, plus fervent que d'autres, qui s'obstine à gazouiller par-dessus nos quartiers, à frôler de ses ailes nos pierres les plus ternes.

Chaque matin, je savoure une tranquillité peuplée.

Ayant plongé dans les terreurs et la démence de l'histoire, partagé des vies détruites, traversé la mienne tant de fois anéantie, j'ai glissé dans des abattements profonds.

Mais du fond de mes ténèbres, toujours, indéfectible étoile, l'espoir m'est revenu !

La certitude que les yeux sont loin d'être accomplis, que l'homme n'est qu'à son commencement. Et que, dans nos propres existences, rien n'est bouclé, jusqu'à la fin ! Tout cela m'aide à vivre.

Un jour, j'en ai la conviction, haines, atrocités, guerres ne seront plus ce remède souverain contre l'ennui, cette distraction suprême, ce bâillon sur l'inquiétude, cette manière d'étouffer l'interrogation fondamentale, la seule qui vaille, de notre présence, de notre absence à la vie.

Ce dernier hiver fut rude. Pas de pluies ; mais un froid sec, impérieux, qui assiège et s'approprie nos demeures, construites pour les chaleurs interminables de l'été.

Pendant plus d'un mois, je n'ai pu m'asseoir au balcon pour y travailler.

À présent, je reprends cette heureuse habitude, avec ses rites qui provoquent la mise en train.
Souvent l'écriture résiste, la feuille blanche me rejette, les mots refusent de s'y laisser piéger. Quel désir alors de s'y soustraire, d'échapper à cette besogne ardue, de fuir dans des plaisirs plus légers !
À ces moments-là, je suis à l'affût de Djisch. Portant un plateau de fruits et une boisson tiède, son apparition régulière, une heure après la mienne, est l'évasion attendue. Nous bavardons, longuement. Le Nubien, qui n'est pas dupe, devinant que la page est rétive, fait rebondir l'entretien. Nous avons vieilli ensemble, Djisch et moi ; nos rythmes se complètent ; nous nous comprenons à demi-mot.
D'autres fois, l'écriture se dénoue, les paroles s'offrent. Chacune est ce terreau d'où germent d'autres mots, entraînant pensées, visages, sentiments à leur suite. Le sang s'écoule sans obstacle dans mes veines, ma respiration s'élargit. La stagnation fait place à l'élan.
Le plateau déposé sur un coin de la table, Djisch disparaît aussi vite qu'il est venu.

**

Ce matin, depuis mon lever, quelque chose tressaille au fond de moi, dont je ne trouve pas la cause.
J'ai écrit quelques lignes, j'ai presque vidé mon cruchon d'eau. Tout me paraît habituel.
Puis, la grille d'entrée s'est mise à grincer. Ce crissement perçant, que je reconnais chaque fois qu'un visiteur, qu'un ami franchit ma porte, ne se produit jamais avant le soir.
Mes deux coudes prenant appui sur ma table, je me penche en avant.
Je tends le cou. Je cherche et regarde entre les petits chapiteaux du balcon.
Quelqu'un entre. Hésite. Referme la grille. Avance à pas lents dans mon jardin, vers ma maison.

Ceci fait-il partie de mon récit ? L'imaginaire a-t-il pris le dessus, ou bien cela se passe-t-il vraiment, ici, dans cet instant ? Je ne sais plus. Soudain je ne sais plus, la frontière entre l'existence et le rêve s'est dissoute ; peut-être tiennent-ils d'une même réalité, peut-être ne cessons-nous jamais d'imaginer ?

Portant un balluchon, vêtu d'un ample vêtement marron, la tête recouverte d'une capuche, quelqu'un se dirige vers ma maison.

Je me penche autant que je peux par-dessus ma table basse, je regarde de tous mes yeux. Quelqu'un approche malgré l'heure inhabituelle, quelqu'un vient dans ma direction.

Je repousse ma table, d'un bond je suis debout.

Je me retourne, rentre dans ma demeure, traverse ma chambre, le couloir, le palier rond, et je dévale précipitamment l'escalier qui descend vers la grande salle. Je me précipite vers la porte d'entrée.

Pendant ce temps, quelqu'un gravit, graduellement, une à une, chaque marche de mon perron, à ma rencontre.

Quelqu'un ?

Elle, Athanasia...

LA MAISON SANS RACINES

« ... au tréfonds de mon sang
m'abîmer
   pour partager le poids porté par
les hommes
   puis relancer la vie... »
BADR CHAKER ES-SAYYÂB
1926-1963

« Ta maison ne sera pas une ancre,
mais un mât. »
Kahlil GIBRAN
1881-1931

*à M. C. Granjon,
en de proches
et lointaines racines.*

CHAPITRES

En chiffres romains :
juillet-août 1932.

En chiffres arabes :
juillet-août 1975.

En italique : la marche,
un matin d'août 1975.

Ce n'était rien. Rien qu'un bruit sourd, lointain. Sans les incidents de ces dernières semaines, il serait passé inaperçu. Personne n'aurait songé à un coup de feu.

Kalya ne s'en inquiéta pas outre mesure, mais revint sans tarder à la fenêtre qui donnait sur la Place.

Quelques secondes auparavant, accoudée à ce poste d'observation, elle avait reconnu, face à face, Ammal et Myriam, sveltes, souples, en larges vêtements jaunes. Elles étaient apparues en même temps, venant de côtés opposés du terre-plein. Kalya suivrait du regard – elle le leur avait promis – la marche des jeunes femmes se dirigeant l'une vers l'autre pour se rejoindre au centre de la Place.

Une fois réunies, les événements se dérouleraient selon le plan prévu.

Mais, durant les courts instants où Kalya avait été rappelée à l'intérieur de la pièce, tout avait basculé. Les deux figures solaires avançant dans l'aube naissante s'étaient brusquement figées. L'image s'était assombrie. Etait-ce un cauchemar ? La marche allait-elle reprendre ? La rencontre aurait-elle lieu ?

Laquelle vient d'être touchée par un projectile parti on ne sait d'où ? Laquelle des deux – vêtues de jaune, habillées des mêmes robes, coiffées des mêmes foulards, chaussées des mêmes espadrilles – vient d'être abattue comme du gibier ? Laquelle est couchée sur le sol, blessée à mort peut-être ?

Laquelle se tient à califourchon, jambes et genoux enserrant les hanches de la victime ? Laquelle, penchée au-dessus de sa compagne, lui soulève le buste, s'efforce de la rappeler à la vie ? La question n'a presque pas d'importance. Ce matin, elles sont une, identiques.

* *
*

Kalya referma brusquement la fenêtre qui donnait sur la Place. Une place vide ; sauf pour ces deux corps embrassés.
Elle traversa le living en courant. Odette, tassée dans son fauteuil mauve, revêtue de son éternelle robe de chambre à ramages, la rappela en retirant ses boules Quiès.
— Qu'est-ce qui se passe ? Où vas-tu ?
Kalya continua sa course, lança :
— Je te raconterai plus tard.
Sa tante n'avait rien su, rien entendu. Chaque matin, poudrée, peinturlurée, elle s'enfonçait, durant des heures, dans sa bergère défraîchie. Chaque matin, elle sirotait l'invariable café turc que Slimane – le cuisinier soudanais venu avec elle d'Egypte il y a une dizaine d'années – lui servait sur un plateau d'argent massif. Se gavant de biscuits et de confitures, elle ressassait des souvenirs en sa compagnie. Celui-ci se tenait assis, vu son âge et ses innombrables années de service, sur un tabouret cannelé, non loin du fauteuil.
Au passage accéléré de Kalya, surpris par sa précipitation, Slimane se leva et la suivit jusque dans l'entrée.
Il la vit ouvrir, sans hésiter, le tiroir de la commode ventrue, en faux Louis XVI, dont le placage s'écaillait ; puis tirer, d'entre les napperons, un revolver. Elle fourra l'arme dans la poche de son tricot et, d'un pas rapide, se dirigea vers la sortie.
— Où va-t-elle à cette heure ? soupirait Odette, se parlant à elle-même et trempant son biscuit dans la tasse fumante. Une fantaisiste ! Ma nièce a toujours été une fantaisiste. Pas étonnant qu'elle ait choisi ce drôle de métier. Photographe ! A-t-on idée !
Au moment où Kalya prenait l'escalier, elle s'aperçut que Slimane était toujours derrière elle. Il pressentait un danger.
— Je viens avec vous.
Elle se retourna, le supplia de n'en rien faire :
— Non, non. Ne quitte pas Odette. Ni l'enfant surtout, elle dort encore.
L'absence prolongée de Slimane lui parut étrange.
Odette se redressa, ses pieds tâtonnèrent à la recherche de ses pantoufles en velours rouge. Ne les trouvant pas, elle renonça à poursuivre sa nièce jusque

dans l'escalier, termina son café, emporta un biscuit et se dirigea vers la fenêtre que Kalya venait de quitter.
Slimane devait la rejoindre quelques minutes plus tard.

Kalya s'appuya contre la rampe. Son cœur battait à se rompre. Elle posa sa paume dessus, le sentit tressaillir, le tapota pour l'apaiser. Tel un petit animal familier avide de caresses, le muscle se calma et elle put entreprendre la descente des cinq étages.
Parvenue au second palier, elle entendit derrière elle des pas rapides, légers.
— Sybil, qu'est-ce que tu fais là ? Remonte tout de suite.
Persuadée que sa petite-fille dormait du sommeil de ses douze ans, elle n'avait même pas songé à entrer dans sa chambre pour la rassurer.
— Où vas-tu ?
— Remonte. Je t'expliquerai plus tard.
— Je viens avec toi.
L'enfant s'entêta. Ses longs cheveux blonds en désordre, ses paupières gonflées, son visage barbouillé de nuit lui donnaient un air sauvagement obstiné.
— Ne me laisse pas !
Le temps pressait. Il fallait au plus vite rejoindre les deux jeunes femmes. Il fallait avancer sur la Place, le revolver bien en vue pour prévenir toute menace, empêcher un prochain coup de feu avant l'arrivée de l'ambulance. Cela aussi avait été prévu, en cas d'accident.
Il fallait sauver ce que Myriam et Ammal avaient partagé ; maintenir cet espoir qu'elles voulaient porter, ensemble, jusqu'au centre de la Place, où devaient bientôt converger les diverses communautés de la ville. Sauver cette rencontre préparée depuis des jours.
Sybil continuait de dévaler les marches, en pyjama, pieds nus, sur les talons de sa grand-mère. Dans l'entrée de l'immeuble, Kalya insista :
— Remonte vite. Je ne veux pas que tu me suives.
— Je ne te suivrai pas. Je resterai ici. Je veux voir ce que tu fais.
Il n'était plus temps de discuter.
— D'accord, mais reste là sous le porche. Tu me verras en entrebâillant la porte. Ne sors à aucun prix, c'est juré ?
— Juré.
— C'est moi qui reviendrai vers toi.
Elle la quitta, fit quelques pas. Reviendrait-elle ? Dans quelques minutes serait-elle encore en vie ? Cela ne comptait pas, ne comptait plus. Mais elle craignait surtout pour l'enfant. Par instants, elle regrettait amèrement de

n'avoir rien su prévoir et de l'avoir emmenée dans ce pays. Elle se retourna une fois encore :
— Quoi qu'il arrive, tu ne dois pas me suivre. Au moindre danger, tu remontes chez Odette. C'est promis ?
— C'est promis.

**

Sybil et Kalya s'étaient fixé rendez-vous dans ce Liban, lointain pays de leurs ancêtres. Venues chacune d'un autre continent, cela faisait près d'un mois qu'elles s'étaient rencontrées, pour la première fois, sur un sol à la fois familier et inconnu. Petite terre de prédilection que l'enfant surprenait nichée dans quelques lignes du livre d'histoire ou de géographie, ou bien qui surgissait dans la conversation de son père Sam. Elle en rêvait. Ces rives légendaires, ces mondes de temples, de dieux, de mers, de soleils, elle souhaitait les voir, les reconnaître ; pouvoir plus tard en parler autour d'elle.

Pour la première fois, la fillette et sa grand-mère vivaient côte à côte. Ce fut d'abord un temps de bonheur, de promenades, d'entente. Puis la consternation de ces dernières journées.

Depuis une semaine, l'aérodrome était clos, le port bouclé. Les quartiers communiquaient mal, d'obscures menaces pesaient sur les habitants et leur cité.

Sybil se mit à crier :
— Je ne veux pas qu'il t'arrive quelque chose. Je t'aime, Mammy !

Jamais elle ne l'avait appelée « Mammy », mais plutôt par son prénom : « Kalya ». En Amérique, où elle avait été élevée, son père c'était « Sam » ; sa mère, la Suédoise, « Inge ». Kalya revint rapidement pour serrer l'enfant dans ses bras :
— Je t'aime tellement, moi aussi.

Sybil s'étonna de sentir contre son coude un objet rugueux, métallique. En se penchant elle aperçut le revolver. Elle n'eut pas le temps de poser des questions. Kalya, dans sa robe blanche, s'était de nouveau éloignée.

La Place était encore déserte. Sous les deux corps, soudés l'un à l'autre, s'étalait une nappe de sang aux bords déchiquetés.

De cette masse un cri s'éleva, aigu, déchirant. Puis ce fut le silence.

Le revolver au poing, les yeux tantôt fixés sur une fenêtre, tantôt sur une porte pour prévenir toute attaque, tout danger, Kalya se mit en marche.

Le chemin allait lui paraître interminable. La distance, infinie...

1.

— Kalya ! Kalya !

Arrivée depuis près d'une heure par un précédent avion, Sybil, accoudée à la barrière, son sac de marin à ses pieds, attend en compagnie d'une hôtesse les voyageurs de Paris. Elle lève les bras, les secoue, appelle ; puis fonce dans le passage interdit. L'hôtesse la rattrape.

— Tu ne peux pas faire ça !
— C'est ma grand-mère ! La septième dans la file d'attente.
— Comment peux-tu savoir ? Tu ne l'as jamais vue.
— Je la reconnais.
— Avant de te laisser partir avec elle, je lui demanderai ses papiers.
— Ses papiers, pour quoi faire ? Je te dis que c'est elle, j'en suis sûre.
— Depuis le temps que tu me parles du Liban, tu vas enfin le connaître, Sybil. Et même avant moi ! avait dit Sam.
— Tu t'occuperas bien de ta grand-mère, avait repris Inge.
— Après notre voyage, nous irons vous rejoindre.

À l'aérodrome de New York, le couple venait de confier leur fillette à l'hôtesse ; le lendemain, ils s'envoleraient pour l'Amazonie. Ethnologues tous les deux, ils comptaient vivre durant deux mois parmi une peuplade primitive, pour l'étudier et rapporter un film. Personne ne pourrait les joindre pendant ce séjour. Ils partaient sans inquiétude. Kalya, la mère de Sam, n'avait qu'une cinquantaine d'années et ce projet de vacances avec sa petite fille, que les circonstances avaient tenue éloignée d'elle jusqu'ici, la comblait de bonheur. Une correspondance s'était nouée entre la grand-mère et l'enfant ; elles préparaient cette rencontre depuis des mois.

Ce pays que son fils ne connaissait pas, Kalya n'en avait conservé que de brèves images. Celles de certains étés, lorsque, fuyant une Egypte torride où sa famille s'était établie depuis des décennies, sa propre grand-mère Nouza l'emmenait en villégiature à la montagne. Cela remontait à une quarantaine d'années. Traditions, nostalgies n'attachaient pourtant pas Kalya. Alors, pourquoi ce choix ? Sans doute, d'abord, à cause de l'insistance de Sybil.

Englobant mer, collines, montagne dans une effervescence lumineuse, le petit pays, il est vrai, était beau ; et ses habitants, tels qu'elle s'en souvenait, doués pour le sourire. Cherchait-elle aussi à retrouver Nouza ? Nouza rendue à la poussière dont le souffle l'accompagnait toujours. Ou Mario, son premier amour ? Non, elle ne souhaitait pas tellement revoir celui-ci. Il faisait partie de ces rêves d'adolescente auxquels on se raccroche parfois, comme à des bouées, et puis qui s'évanouissent, un autre amour plus réel ayant pris toute la place.

Dans le hall d'arrivée, l'atterrissage simultané de plusieurs avions créait une indescriptible pagaille : braillements, poussière, charivari de valises, appels de bienvenue ou récriminations, tollé des portefaix.

Les deux bras qui s'agitent, la nappe dorée de la chevelure se soulevant à chaque pas, glissant dans le moutonnement de la foule, Kalya les a reconnus. Se tournant vers sa voisine :

— La petite qui remue, là-bas, celle dont je vous ai parlé, c'est elle.
— Sybil ?
— Oui.
— Si blonde !... Ce ne serait pas plutôt l'autre, votre petite-fille ? En robe verte avec d'énormes yeux noirs et des cheveux sombres. C'est elle plutôt qui vous ressemblerait.

D'année en année, de photo en photo, Kalya a suivi l'enfant et la connaît par cœur. Et puis, surtout, il y a cette vivacité, cet élan qui ne trompent pas.

— Non, non, c'est la blonde. J'en suis sûre.

*
* *

Devant les douanes, un homme traverse le passage interdit, murmure quelques mots au préposé, emporte les valises.

— C'est Mme Odette qui m'envoie. Je vous emmène avec la petite dans mon taxi.

Sur la banquette arrière, Sybil et Kalya se tiennent la main, sans trop se regarder, sans trop se parler. Il faut un peu de temps pour traverser tout ce temps, pour combler toutes ces distances.

Un soleil décisif s'empare du ciel, gomme les bleus, plaque un tissu blanchâtre par-dessus la cité. Un vent chaud, léger s'engouffre, imprégné d'odeurs de pins et de mer.

— Je pourrai me baigner ?
— Bien sûr.

Le chauffeur conduit à vive allure, presse sur le champignon, prend les virages à angle droit, dépasse les véhicules en sifflotant, le coude appuyé au rebord de la fenêtre, la main effleurant à peine le volant. Fixés par des punaises sur la boîte à gants, l'Immaculée Conception et le Sacré-Cœur voisinent. Un rosaire de nacre, entortillé d'un collier à pierres bleues qui chassent le mauvais œil, les relie.

Kalya embrasse Sybil. Ses joues embaument un mélange de sel, de sueur, d'eau de lavande. La voiture ralentit en débouchant sur la corniche, Tewfick offre aux touristes le loisir d'admirer :

— Regardez, c'est unique ! Mer, montagnes tout ça d'un seul coup. Il n'y a pas à dire, c'est le plus beau pays du monde !
— Je le savais, dit l'enfant.

Dans le rétroviseur, le chauffeur examine les traits des voyageuses.

— Vous êtes d'ici ?
— Pas tout à fait, dit Kalya, mes grands-parents avaient déjà émigré.
— Vous êtes quand même d'ici ! Chez nous, « on émigre », c'est dans le sang. N'importe où je vous aurais reconnue. Vous, et même l'enfant.

Ici ou ailleurs, à travers brassages et générations, Tewfick les reconnaît toujours, ces émigrés, à je ne sais quoi : une échancrure des narines, une découpe de l'œil, une conformation de la nuque, un claquement particulier de la langue, un hochement de tête. Il les découvre parfois à un geste issu de ces contrées anciennes, et qui se perpétue, comme un fil conducteur mêlé à d'autres habitudes, à d'autres mouvements.

Pour éviter un autre taxi qui vient de changer de direction, la voiture fait une embardée et freine brusquement. Kalya et Sybil sont projetées l'une contre l'autre ; de vieux journaux, des magazines, des pommes, une veste, une écharpe entassés au-dessus du dossier se déversent sur leurs épaules.

Tewfick, furibard, bondit sur la chaussée. Sautant à son tour hors de son véhicule, l'autre conducteur approche le poing levé.

Sans jamais en venir aux mains, les deux hommes montrent des dents, s'injurient. Se saoulant de sarcasmes et d'imprécations, au grand divertissement des badauds, ils vont jusqu'à se menacer du revolver que chacun, selon la coutume, garde dissimulé sous son siège.

Peu exercées à ces mimodrames à ciel ouvert, qui n'ont pas cours sous leurs climats, les passagères se tiennent, médusées, au fond de la voiture. Subitement, elles voient les conducteurs s'arrêter. Interrompant d'un commun accord leur dispute, ils se tapent sur l'épaule, se congratulent, s'offrent des cigarettes, s'adressent salamalecs et bénédictions.

— À bientôt, qu'Allah te protège, vieux frère !
— Que Dieu te garde en santé, ami !

Mêlé au moindre événement, à toutes les colères, à toutes les réconciliations, Dieu vient d'apparaître sur le devant de la scène. Son nom se prononce à tout bout de champ, soumis aux hommes, à leurs violences, à leurs amours.

Tewfick redémarre, arborant un sourire rayonnant.
— Rien qu'une querelle de famille. Pas besoin de constat. Ici, tout se règle entre soi. Tout s'arrange.

« Tout s'arrange. » Kalya se souviendra plus tard de ces paroles.

Quittant le seuil du vieil immeuble bistre, pénétrant dans cette Place que cernent portes closes et volets tirés, cette Place sur laquelle pèse la solitude des petits matins, Kalya, tout au début de cette lente marche, se répète encore ces paroles : « Tout s'arrange ! »

Elle repousse l'idée que c'est la mort – celle de l'une des deux jeunes femmes ou la sienne – qui l'attend au bout du chemin. Mort qui en déclenchera une autre, puis une autre, puis une autre encore. Engrenage que nul ne pourra arrêter. Inexorable enchaînement déclenché par l'action d'un seul.

Pourtant, ce matin, tout devait se renouer. Il n'est peut-être pas trop tard. Malgré les violences de cette dernière semaine, la paix peut encore être sauvée.

Kalya avance peu à peu, se dirige vers le centre de la Place. « Ne noircis pas le jour avant qu'il ne soit terminé. » Ce proverbe tournoie dans sa tête. Elle marche, posément, pour ne pas provoquer d'autres coups de feu. Elle va, sans se presser, pour ne pas effrayer Sybil qui se tient derrière elle – en pyjama, pieds nus, collée au lourd battant de l'entrée – et qui observe chacun de ses gestes par l'entrebâillement du portail.

Cette marche dont l'issue demeure incertaine, ce chemin de mort ou de vie, se déroulera longtemps. Longtemps. Des morceaux de passé, des pans d'existence s'y accrocheront. Images lointaines, scènes plus proches. Résidus des terres anciennes basculant vers les océans d'oubli. Signes avant-coureurs qui assaillent. Prémonitions qu'elle a repoussées, ces derniers temps. Aveuglement inconscient ou conscient ?

Elle prend appui sur un pas après l'autre. Elle se force à ralentir, surveillant chaque recoin de la Place, craignant à chaque instant qu'un franc-tireur –

ANDRÉE CHEDID

caché on ne sait où, défendant on ne sait quelle cause, ou jouant à terroriser – ne tire une fois encore sur ce tassement d'étoffes jaunes, là-bas, secoué de tremblements ; ne crible de balles ces deux jeunes femmes qui ne sont plus que plaintes confuses et remous. Kalya avance, avance, avance, sans hâte apparente...

I

Que penserait ma grand-mère Nouza si elle me voyait ? Si seulement elle pouvait me voir, ici, en cet instant, avec ce revolver au poing ?

— Kalya, si tu me cherches, tu me trouveras dans la salle de jeux.

Mes parents se sont embarqués sur l'*Espéria* depuis le port d'Alexandrie. Ils débarqueront à Marseille. Ensuite ce sera la cure à Vichy, le bol d'air à Chamonix ; plus tard le Touquet, Capri ou Venise selon l'humeur, sans oublier le séjour final à Paris. Ils m'ont confiée à ma grand-mère. Je viens d'avoir douze ans. Cet été 1932 est le troisième que nous passons ensemble.

L'indépendance de Nouza m'apprend la mienne. À la montagne, au Grand Hôtel de Solar, nous vivons dans deux chambres contiguës. Je peux aller et venir à mon gré. Anaïs, la femme de chambre, qui est censée m'accompagner dans mes sorties, ne demande qu'à me laisser la bride sur le cou.

Nouza est toujours coiffée, habillée, légèrement fardée, prête pour le regard des autres. Je ne l'ai jamais vue en robe de chambre ou en déshabillé. Ses lèvres fines teintées de rose, ses yeux d'un bleu rieur témoignent de sa joie de vivre. Deux peignes d'écaille relèvent en chignon sa chevelure à peine blanchie. Un léger mouchoir de gaze diaprée entoure son cou pour en dissimuler les rides.

Nouza porte en permanence une bague de jais et ne se sépare jamais de ce médaillon qui renferme la photo de Nicolas. Elle parle toujours de son défunt époux, son aîné de quelques années, comme d'un vieil homme réfléchi et sage, un peu trop austère à son goût.

* * *

« Orthodoxe et schismatique », selon les religieuses du pensionnat catholique où elle a été élevée, Nouza, sans être pratiquante, ne se déplace jamais sans son « icône ». Une Vierge brunâtre et dorée à la peau couverte de craquelures, au regard humide et vaste.

Dès son arrivée, Nouza fixe l'image sainte au mur de sa chambre d'hôtel. Le cadre en bois précieux, fabriqué selon ses instructions, comprend un support pour le verre empli d'une huile épaisse sur laquelle flotte une bougie plate. La mèche brûle de jour et de nuit ; sauf en de rares occasions où Nouza boude son icône, quand celle-ci n'a pas accédé à l'un de ses désirs. Dans ce cas, elle souffle sur la flamme et plonge, pour quelques heures, la Mère de Dieu dans le blâme et l'obscurité. La lueur étant rarement éteinte, j'en concluais que ma grand-mère menait une existence qui lui paraissait satisfaisante, troublée de peu d'angoisse, frappée par peu de malheurs, ponctuée d'une infinité de petits plaisirs devenus inestimables avec l'âge et qu'elle accueillait avec un élan juvénile malgré ses cinquante-six ans.

— Écoute, Sainte Madone, ce soir tu dois me faire gagner ma partie de poker !

Elle lui parlait tout haut, je l'entendais par la porte entrouverte.

— Tu ne vas pas laisser Vera, cette perruche défraîchie, ou Tarek, ce gâteux, ou encore Eugénie, ce monceau de graisse, remporter la victoire !

Nouza acceptait mal que cette génération de « vieillards » fût la sienne ; ses enthousiasmes ne s'étaient pas usés, sa glace ne lui renvoyait pas de figure défaite. Son regard, il est vrai, effleurait à peine les miroirs.

— Moi, je m'incline devant toi et te prie chaque jour, Sainte Vierge. Et puis souviens-toi que mes partenaires sont tous catholiques et que dans leurs églises tu ressembles à je ne sais quoi..., de la pâte à guimauve ! Chez nous, c'est tout le contraire, vois comme on te fait belle : chaude, orthodoxe, ensoleillée ! Je ne vais pas te rebattre les oreilles avec ce que tu sais, je te rappelle seulement, douce Marie, que je dois gagner ce soir. Je suis veuve et mes ressources sont limitées. Anaïs, Anaïs, n'oublie pas de placer dans mon sac le carnet, le crayon, mes lunettes, le bâton de rouge à lèvres.

Passant sans transition du monologue au dialogue, Nouza interpelle la femme de chambre qui nettoyait la baignoire. Gréco-maltaise et sans attaches – ni père, ni mère, ni époux, ni enfants, quelle aubaine ! –, Anaïs, aux chairs plantureuses et anémiques, écartelée entre le dévouement et la rage contenue, entre l'agacement et d'irrépressibles vagues de tendresse, vit auprès de Nouza depuis une vingtaine d'années.

Inséparables toutes deux et de même rite, elles partagent pour l'icône une dévotion toute semblable.

2.

De nouveau, c'est la mer ; sans marées, sans embruns, une mer offerte. Une plaine phosphorescente et liquide qui, parfois, se démonte, bouillonne, se déchaîne ; puis s'apprivoise, d'un seul coup, absorbant jusqu'à la moindre écume, ne faisant entendre au bord du littoral qu'un léger clapotis. On aperçoit des pédalos, des voiliers.
Un terre-plein divise la route.
— C'est un palmier nain, à côté des lauriers-roses. Regarde les trois pins parasols. L'arbre rouge s'appelle un flamboyant.
Kalya se souvient de ces végétations, des larges pelouses d'Égypte, des parterres de capucines, de géraniums, du baobab.
— Chez toi ce ne sont pas les mêmes arbres, Sybil ?
— Ni le même soleil, ni la même mer, ni les mêmes gens...
— Tu vas aimer, tu crois ?
— J'aime déjà. J'adore.
Oubliées par les promoteurs ou protégées par un propriétaire opiniâtre, quelques maisons-tiges coudoient des buildings. De prétentieuses villas aux couleurs clinquantes, aux balcons ventrus défigurent des pans entiers de la côte. Les hôtels, les stations balnéaires se suivent à un rythme rapide. Un palais impose son outrecuidante façade ; tandis qu'au bas des falaises, s'emboîtant les unes dans les autres, des cabanes en fer-blanc s'entassent, suivies d'un amoncellement de tentes brunâtres.
— Là, en bas, qu'est-ce que c'est ?
Sans répondre, le chauffeur presse sur la pédale, accélère. Sybil insiste, pose la main sur son épaule :

— Ce sont des habitations ? Il y a des personnes qui vivent là-dedans ?
— C'est provisoire.
La voiture file plus vite encore, prend le tournant qui débouche sur un autre paysage.
Songeuse, la fillette se tourne vers sa grand-mère.
— Tu as vu ?
Cafés, casinos, restaurants aux enseignes lumineuses paradent au bord des plages. Des décapotables blanches, rouges, jaunes se croisent avec leur cargaison de garçons et de filles en blue-jeans, cheveux au vent. Ils échangent des saluts.

* * *

Aux abords de la ville, cinq hommes armés obligent le taxi à s'arrêter :
— Contrôle.
Le chauffeur tend ses papiers.
— Ta carte d'identité ?
Tewfick fouille fébrilement au fond de ses poches.
— La voilà, je croyais l'avoir oubliée.
— Il faut toujours avoir sa carte, tu le sais. Elles, qui c'est ?
— Des touristes. Une grand-mère et sa petite-fille.
L'homme s'adresse à Kalya :
— Passeports ?
— J'ai déjà montré mes papiers.
— Donnez-les-lui quand même, reprend Tewfick.
Le chef est borgne, il a une énorme verrue sur la lèvres supérieure. Il examine page à page chaque carnet.
— Tu as dit : « une grand-mère et sa petite-fille » ? L'une vient d'Amérique, l'autre d'Europe ?
— De nos jours les gens bougent, les gens voyagent.
— Ceux qui le peuvent ! Mais ces deux-là ne se ressemblent pas.
— C'est leur affaire.
Les quatre adolescents font le tour de l'automobile, tenant la crosse de leur mitraillette serrée contre leur hanche. Ils éraflent en passant un bout d'aile, un panneau de porte. Tewfick ne sourcille pas.
— Qu'est-ce qu'ils veulent avec ces fusils ? demande Sybil qui se croit au cinéma.
Kalya ne sait que répondre. Après les brefs événements d'il y a quelques

années, elle pensait que tout était redevenu calme. Vers quoi entraîne-t-elle l'enfant ? Elle a soudain la tentation de rebrousser chemin et de repartir.

L'homme à la verrue se penche vers l'intérieur, examine les passagères une fois encore. Il leur rend ensuite les passeports avec le sourire, et dans un mauvais anglais :

— *You have holiday, good holiday. Nice place here!*

Déjà le groupe arrête une prochaine voiture. Tewfick se met lentement en marche, puis fonce. Plus loin, il se lance dans une diatribe à l'encontre de ce gouvernement de vendus, de la pagaille qui règne dans le pays, de ces exactions par des forces incontrôlées.

— Qui étaient ces hommes ?

Il crache par la fenêtre :

— Tantôt ceux-ci, tantôt ceux-là. Ils s'y mettent tous. Ils feront sauter le pays.

Puis, se rattrapant et tenant à rassurer les voyageuses :

— Ce n'est rien. Ça n'arrivera plus. Des soldats de comédie ! Du vent tout ça. Du vent !

Le chauffeur continue cependant de marmonner en hochant la tête.

*
* *

— Elles ne devraient plus tarder !

Sur son palier du cinquième étage repeint en laque rose, Odette, vêtue d'une robe d'intérieur à ramages, coiffée d'un turban fuchsia, chaussée de pantoufles en velours, accompagnée de Slimane en tunique blanche ceinturée de rouge, se tient devant l'ascenseur.

Ses bras s'ouvrent, des exclamations fusent :

— Kalya ! Ma petite Kalya ! Quarante ans sans se revoir ! Quarante ans, tu imagines !

L'âge, la cataracte, l'affaissement des paupières embuent d'une douceur poignante le regard jadis si impassible d'Odette. Des senteurs de violettes et d'ambre imprègnent sa peau et ses baisers.

— Si seulement ton oncle Farid était encore vivant ! Il t'aimait tant. Tu étais sa préférée.

Odette voudrait verser quelques pleurs, renifle sans y parvenir. Tirant d'une de ses poches un kleenex, elle l'abandonne aussitôt pour s'emparer d'un mouchoir au point de Venise. Plongeant sa face dans le carré de lin, elle tamponne des larmes fictives en soupirant. Stupéfaite de ces effusions méridionales, Sybil se tient, pétrifiée, le dos au mur.

— Venise ! Oh, Venise ! Farid m'y promenait en gondole. Depuis la mort de mon bien-aimé je n'ai jamais voulu remettre les pieds en Europe !

II

En cet été 1932, Farid décida de fuir les chaleurs d'Egypte pour rejoindre Nouza, sa sœur, à la montagne. Ses décisions tenaient toujours du caprice et de l'improvisation. Tyrannique et brouillon, irascible et sentimental, joueur invétéré, passant du poker au baccara, à la roulette, aux courses, couvrant son interlocuteur d'injures ou le louant avec excès, Farid se mouvait selon ses convenances, dans le droit fil des traditions familiales ou sur les escarpements de la plus explosive fantaisie.

Il était tout l'opposé de Joseph, son aîné. À treize ans, à la mort de son père, ce dernier s'était trouvé à la tête d'une confortable fortune et d'une tribu de frères et sœurs dont il assumait la responsabilité. Sur sa photographie de premier communiant, Joseph affichait déjà un air solennel, qu'il devait ensuite arborer en toutes circonstances.

Le caractère dispendieux de Farid – à moins de trente ans il avait presque entièrement dilapidé son héritage –, ses dérèglements proverbiaux irritaient Joseph, garant de l'honorabilité du clan. Réunissant un de ses nombreux « conseils de famille » – Nouza y était hostile et ne s'y rendait jamais –, il avait sommé Farid de changer de conduite ; s'il ne s'exécutait pas, l'aîné, qui en avait le pouvoir, se verrait forcé de le placer sous tutelle. Farid haussa les épaules et s'expatria.

Tandis que Joseph se mariait à la fille d'un riche commerçant, propriétaire des « Grands Magasins » du Caire, tandis qu'il procréait, prospérait, devenait le premier notable de sa communauté, son cadet sillonnait les routes de France et d'Italie au volant de son Hispano-Suiza. S'amourachant de comédiennes en renom, de danseuses-vedettes – elles ne résistaient pas à son bagout, à son allure de conquérant, à l'irrégularité envoûtante de ses traits –, Farid repoussait, systématiquement, les partis que ses proches lui proposaient dans l'espoir qu'un mariage viendrait à bout de sa vie de bamboche et de gaspillage.

Avant de mettre ses menaces à exécution, Joseph avait péri dans un accident de voiture. Par un jour de pluie – si rare en ces contrées –, retournant vers la capitale après une visite à un riche paysan loueur d'une de ses terres, son automobile dérapa sur un sentier boueux et se renversa dans le canal. Joseph, qui ne savait pas nager, se noya dans la vase.

Naviguant d'un casino à l'autre, d'un palace au prochain, Farid fut rappelé en hâte.

Il ne tarda pas à prendre son rôle d'aîné au sérieux. Pour se conformer à sa nouvelle fonction, il se maria aussitôt à une très jeune fille d'origine modeste, dont le physique était à son goût.

Odette avait une bouche gourmande, un corps sensuel, mais une démarche nonchalante et des yeux sans chaleur. Attelée à un époux violent et impétueux, qui l'adula jusqu'à son dernier souffle, cette placidité lui permit de traverser sans encombre les nombreuses années d'une existence parsemée de scènes et de bourrasques.

*
* *

— Kalya, ton oncle arrive dans deux jours ! annonça Nouza, le sourire aux lèvres.

Farid venait de câbler à sa sœur. Plus tard, quand les lignes à longue distance furent établies – sa fébrilité trouvant là son instrument idéal de communication –, Farid usa et abusa du téléphone. Décrochant le récepteur à tout bout de champ, appelant d'un continent à l'autre à des heures indues, après des mois, voire des années de silence, il faisait soudain irruption dans l'existence de ses proches pour clamer au bout du fil qu'il débarquait le lendemain ; ou bien pour souhaiter un anniversaire dont il s'était brusquement et chaleureusement souvenu.

En vieillissant, il s'imaginait, non sans complaisance, à la tête d'une table immense où tous les membres de la tribu – de plus en plus dispersés de par le monde – seraient enfin rassemblés. Il se voyait, lui qui en avait été la brebis galeuse, s'adressant à un « conseil de famille » pour discuter du sort de leur progéniture, condamner une conduite inconvenante, désapprouver le choix d'une profession. Mais les temps avaient changé et ce rêve patriarcal ne se réalisa pas.

Rebelle à ces coutumes et satisfaite d'avoir, depuis son veuvage, échappé à toute autorité, Nouza se moquait gentiment de son frère :

— Tu te crois au temps des califes ! Tu oublies les drames, les querelles, les procès, les imprécations ? C'était tout ça aussi, la famille ! Toi, au moins, tu devrais t'en souvenir.

Farid la fixait avec indulgence.

— Tu ne changeras jamais, disait-il.

Sans doute à cause de ce tempérament rétif, pour lequel il gardait de secrètes affinités, aimait-il Nouza plus que tout autre. Ne parvenant jamais à lui faire emboîter le pas, il se rattrapait sur Odette, sa docile et tranquille épouse, exerçant sa domination sur celle-ci, sur les domestiques ; et, plus tard, sur ses cinq enfants.

Sous ses tumultes Farid cachait des trésors de sensibilité. Il rattrapait ses fureurs par de vibrantes déclarations de tendresse, suppliait qu'on lui pardonnât ses colères, ses semonces injustes et inondait l'offensé de cadeaux. Odette accueillait avec la même sérénité orages et repentirs. Ses enfants s'éloignèrent dès l'âge adulte, émigrèrent vers différents pays.

Durant la longue maladie qui devait l'emporter – et qui le délivra à la fois de son embonpoint et de ses humeurs –, fils et filles se retrouvèrent à son chevet. Le cuisinier boiteux, le vieux chauffeur, la bonne yougoslave et Slimane le Soudanais assistèrent à sa fin. Personne ne pouvait contenir ses larmes.

Farid accueillit la mort comme un hôte bienvenu qu'il avait trop longtemps négligé ; mais dont il n'avait jamais tout à fait gommé l'existence.

3.

— Kalya, j'ai réservé vos chambres au Grand Hôtel, l'une à côté de l'autre. Je ne sais pas si ce seront les mêmes.

Retrouverait-elle ces larges couloirs recouverts de moquettes à motifs étranges, où des dragons verts enlacent des nénuphars bleus ? Y aurait-il ces doubles portes en bois foncé s'ouvrant sur de vastes chambres ? Ces mêmes balcons donnant sur le bois de pins et sur le saule pleureur ? Au rez-de-chaussée, la même salle de jeux ?

— J'espère que tu ne seras pas déçue, beaucoup de choses ont changé depuis. Attends que je calcule : nous sommes en 75, ça fait quarante-trois ans !

Ce ne sont pas des souvenirs que Kalya vient chercher, plutôt un autre lieu – libre, neutre, une sorte de no man's land. Un lieu détaché de son propre quotidien et de celui de Sybil. Une terre rarement visitée, d'où surgissent quelques images, quelques visages. Un décor impartial pour un vrai tête-à-tête : le face à face avec Sybil répondant, à travers les années, à ce face à face avec Nouza. Kalya aime ces rencontres singulières qui apprennent à mieux se comprendre, peut-être à mieux s'aimer.

Elle ne cherche pas tant à retrouver qu'à découvrir. À communiquer avec cette enfant venue d'ailleurs ; mais aussi à s'informer, sans préjugés, sur ce pays toujours en filigrane ; à déchiffrer son destin si particulier qui échappe aux rengaines de la mémoire.

Dans le living d'Odette, canapés et fauteuils sont enveloppés, comme par le passé, de housses d'été en coutil grège. Les rideaux de taffetas sont maintenus par des cordelettes de soie du même ton. Des tapis persans, bourrés de naphtaline pour les protéger contre les mites, sont enroulés, superposés, placés au bas du mur.

Sybil ne résiste pas au plaisir d'une longue glissade sur les dalles qui débouchent sur une véranda en saillie.

De chaque côté de la pièce, des vitrines fermées à clé contiennent des vases irisés de Damas, des opalines laiteuses d'Iran, des statuettes en jade, des coupes d'albâtre. Un amalgame de bibelots précieux voisine avec de la bimbeloterie. Près d'une commode en laque rouge, sur une table ronde, recouverte d'une nappe en brocart, Odette a mis en évidence ses pièces d'orfèvrerie : plateaux, miroirs, bonbonnières.

— Nos trésors ! Est-ce que tu les reconnais ?

Entre ces vitrines verrouillées, ces objets à sauvegarder, Kalya respire mal. Les yeux d'Odette se mouillent.

— Je les ai sauvés !

— De quoi ?

— De la révolution ! Depuis la mort de Farid, je vends peu à peu mes bijoux pour vivre. Que Dieu le bénisse, c'était un grand seigneur. Il m'en offrait beaucoup ! Dans mes armoires, j'ai des piles de linge. Ici, on ne risque plus rien, c'est le paradis ! Un pays tranquille, le pays du miracle. Tu as entendu cette expression, n'est-ce pas ? C'est le nom qu'on lui donne : « le pays du miracle ».

Sur une tablette, parmi d'autres portraits, ceux de Nouza et de Farid se détachent. À peu de temps de sa mort, amaigri, les traits tirés, celui-ci s'efforce de prendre une pose avantageuse. Adossée à la rampe d'un bel escalier, Nouza, même immobile, semble sur le point de s'élancer.

III

Nouza libère rarement Anaïs de son service, elle a toujours quelque chose à lui demander. Elle l'expédie au village pour que celle-ci lui rapporte un médicament qu'elle oublie aussitôt, lui donne une tapisserie au petit point à terminer. Sur le canevas, Nouza prend plaisir à inventer le graphisme, à choisir les laines aux teintes explosives ; mais, très vite, la suite la lasse. Remuante, capricieuse, l'application n'est pas son fort.

Par besoin d'une présence, par crainte inavouée de se trouver seule, Nouza occupe Anaïs à des riens. Fréquemment elle lui commande un café turc, l'invite à participer à ses « jeux de patience », lui confie les cartes à battre puis à disposer sur le tapis vert.

Entre ma grand-mère et moi, la porte reste entrouverte.
— Tu es là, Kalya ?
— Je suis là.

Elle m'appelle de temps à autre, se contente d'une voix qui réponde à la sienne.
— Tu vas bien, ma petite fille ?
— Je vais bien, grand-maman.

Une voix qui rompe le silence, ce silence qu'elle redoute et dans lequel au contraire je me complais.

Anaïs, qui n'a pas d'existence propre, qui n'a jamais eu ni d'époux ni d'amant, vivra, cet été-là, la plus extravagante des passions.

Henri faisait partie du groupe des jeunes gens en villégiature, à Solar,

avec leur famille. Par quelle aberration s'éprit-il d'Anaïs, si terne et d'un âge certain ? Trop timide, risqua-t-il avec elle ce qu'il n'osait entreprendre ailleurs ?
Elle y crut à cet amour. Elle y crut et s'enflamma.
Sous mes yeux, Anaïs se changeait en une autre. Sa peau devenait translucide, ses hanches émergèrent de leur gangue, son visage irradia. Touchée, éblouie par la grâce de cette métamorphose, j'en fus longtemps marquée.
— La montagne fait des miracles. As-tu remarqué la bonne mine d'Anaïs ?
Nouza s'était-elle doutée de l'aventure ? Elle choisit de l'ignorer. Ayant connu flambées et désespoirs, sachant la précarité de certaines amours, la constance de certaines autres, elle avait acquis bienveillance et même considération pour tout ce qui touchait aux tumultes du cœur. Elle se fit moins exigeante ; sans en avoir l'air, elle s'arrangea pour qu'Anaïs vécût sa chance à fond. Ce furent dix-sept jours d'un bonheur fougueux et bref.
Ensuite Anaïs retrouva son ancienne enveloppe. Peu à peu elle reprit son masque, sa corpulence, ses vieilles habitudes. Parfois un léger tremblement s'emparait de ses lèvres, de ses mains, c'était tout. Le reste parut s'effacer.
Dès le retour au Caire, elle demanda un long congé. Elle souhaitait connaître Malte, son île natale.
— Je n'y ai jamais été. J'ai peut-être encore de la famille là-bas.
— Tu reviendras, Anaïs ?
Jamais elle ne revint. Jamais elle ne fit signe.
Jamais Nouza ne l'oublia. Elle devait lui survivre encore quelques années.

Exposée de toutes parts, Kalya progresse lentement vers le centre de la Place, comme si elle suivait une procession. Elle avance dans une zone de silence opaque, entourée de maisons engourdies. Un silence sinistre, à l'opposé de tous les silences qu'elle aime. Un silence qui contraste avec celui des lacs, des arbres, des montagnes. Un silence rempli de menaces, étranger au silence paisible de ses chambres d'enfant, de ses chambres d'adolescence, de ses chambres d'adulte. Un silence à mille lieues de tous ces silences qui débordent d'images, de rêves, de chants intimes. De tous ces silences voulus, désirés.

Elles viennent vers elle, du fond de sa mémoire, toutes ces chambres. La dernière surtout, plantée dans la ville, au cœur de Paris. Les vagues, les pulsations du dehors battent contre les vitres, les turbulences s'amortissent contre les murs. Les mouvements de la cité imprègnent cependant les pierres, s'infiltrent comme des ondes dans cette chambre, l'emplissant de vivantes rumeurs. Silence plein, dense, riche de paroles, tues. Silence pareil à celui du corps qui, secrètement, se régénère.

Rien de tel ici. C'est un silence funeste qui se rabat comme un couvercle sur la Place. L'endroit est étouffant, clôturé par des bâtisses de trois à six étages. Tout n'est que fermeture et torpeur.

Du fond de cet amas d'étoffes jaunes il y a plusieurs minutes que le cri a surgi, puis s'est tu. Kalya l'a entendu de là-haut, penchée pour la dernière fois à la fenêtre. Un seul cri, enterré sous le poids des silences.

Kalya se retourne pour être certaine que Sybil ne la suit pas. Elle l'aperçoit, dans son pyjama fleuri. Près du portail entrebâillé de l'immeuble, l'enfant lui fait signe qu'elle ne bougera pas.

Rassurée, elle reprend sa marche. Le chemin est interminable. Il contient toutes les angoisses de la terre, toutes ses lamentations.

Autour de la Place, habite une population mixte, originaire de plusieurs communautés. Leurs existences se sont toujours entremêlées. Malgré les premiers troubles, personne ne songe à déménager. Mais, à cause des incidents qui ont éclaté ces derniers jours, de crimes rapidement colportés et qui ont touché leurs différents groupes, ils s'écartent des amis de la veille, évitent de se rencontrer. Ils craignent des affrontements qu'aucun d'eux ne souhaite.

Derrière leurs volets clos, pour le moment, ils dorment. C'est ainsi que les choses avaient été prévues par Ammal et Myriam. Il fallait prendre la population par surprise. Les habitants n'attendaient que cela, que l'hostilité cessât et qu'on leur donnât le moyen d'être ensemble de nouveau.

Amies depuis l'enfance, rien ne parviendra à faire d'Ammal et de Myriam des ennemies. Rien. Avant l'aube, chacune d'elles quittera sa maison pour aller vers cette rencontre. Arrivant de l'est et de l'ouest de la Place, elles seront habillées toutes deux des mêmes robes, de cette couleur éclatante qui exclut deuil et désolation. Elles tiendront une même écharpe jaune à la main. Leur chevelure sera recouverte d'un fichu de même coloris, du même tissu. Ainsi elles seront identiques, interchangeables.

Parvenues, ensemble, au centre du rond-point, elles se tendront les mains, échangeront un baiser symbolique. Puis elles secoueront leurs écharpes, appelleront à haute voix tous ceux qui attendent autour.

Au même instant, des guetteurs, stationnés sur le parcours, répercuteront la nouvelle. Celle-ci sera reprise, propagée de quartier en quartier par d'autres amis à l'affût.

Les gens sortiront de chez eux, de plus en plus nombreux, la plupart n'attendant que ce signe pour se rassembler. Ils se rejoindront dans ce lieu à ciel ouvert. De là, ils convergeront en masse vers le cœur de la cité. Ils investiront rues, ruelles, squares, boulevards de leurs milliers de pas, réclamant la fin immédiate de toute dissension, de toute violence.

Ceux de la discorde ne parviendront pas à endiguer ce fleuve aux alluvions puissantes...

4.

Entre deux glissades, Sybil examine sur les rayonnages les photos de famille. Elle trouve Nouza drôlement coiffée, avec ses cheveux à petits crans, curieusement vêtue d'une robe en lamé, étroite et courte. La bouche souriante, le regard malicieux lui rappellent Kalya :
— Vous vous ressemblez.
Odette lui reprend le portrait des mains, scrute à son tour.
— Toi aussi tu lui ressembles. Vous bougez de la même façon. Elle ne savait pas rester en place.
La fillette s'éloigne, tire de son sac de voyage le dernier disque des Pink Floyd que son père lui a offert à l'aérogare. Elle s'approche de l'électrophone :
— Je peux ?
— Tout est à toi ici, lance Odette qui est retournée s'asseoir.
Sybil se balance, tournoie, au son de la musique. Elle court vers Odette, la tire hors de son fauteuil :
— Viens danser !
Celle-ci se laisse faire. Bientôt c'est le tour de Kalya. La fillette les entraîne toutes deux.
Muni de son éternel plateau rempli de tasses de café, de verres de sirop, de biscuits et de confitures, Slimane vient d'apparaître. Le spectacle d'Odette cherchant à garder le rythme le stupéfie.
— Toi aussi, viens !
Sybil l'aide à se débarrasser du plateau, le pousse vers les deux autres. Il n'a pas le temps de protester.

— Odette, Kalya, prenez la main de Slimane.
Le cercle se referme, la ronde reprend.
« C'est fou, absolument fou ! » murmure Odette, tandis que tous quatre gambadent à travers la salle. « Ces éducations à l'américaine sont complètement extravagantes... Si l'un des voisins nous voyait ! »
Elle hausse les épaules, éclate de rire, déclenche du même coup le rire du Soudanais.

Dans l'atmosphère surchauffée, le parfum de violette et d'ambre d'Odette s'agglutine aux odeurs de transpiration, de naphtaline, de café, de sirop de mûres, d'oignons venues de la cuisine. La ronde tourne, tourne. Les senteurs marines mélangées à celles des pins envahissent par bouffées ce living dont les portes-fenêtres s'ouvrent sur le dehors.

— Je t'ai vue pour la première fois au Grand Hôtel. T'en souviens-tu, Kalya ? Tu estivais avec ta grand-mère. Je venais d'épouser Farid. Tu avais douze ans, j'en avais vingt-cinq. Tu étais folle de danse, toi aussi !
Elle baissa le ton pour ajouter :
— Et Mario, t'en souviens-tu ?

IV

Ma grand-mère Nouza vient de me passer le télégramme :
— Lis.
Je lis : « Arrive avec Odette. Ton frère affectueux, Farid. »
— Ce sera toujours le même, il décide en trois minutes et tout doit s'arranger. Tant mieux, il me manquait.

Quelques jours après, nous sommes assis – mon grand-oncle, ma grand-mère, Odette enceinte et moi – dans la salle à manger aux murs ornés de glaces du Grand Hôtel.
De taille moyenne, qu'il redresse sans cesse, mon grand-oncle soigne sa mise : chemises de chez Sulka impeccablement blanches avec initiales brodées sur la poche, costume en tissu de chez Dormeuil, cravate de chez Charvet. Il grille une cinquantaine de cigarettes et deux cigares havane par jour, en avalant la fumée.
Dès le début du repas, après avoir déposé sur la nappe ses lunettes à grosse monture d'écaille, Farid entre en ébullition. À travers des bribes de phrases adressées tantôt à sa femme, tantôt à sa sœur, je comprends qu'il ne supporte pas que le directeur de l'hôtel, son « soi-disant ami Gabriel », ne soit pas venu l'accueillir et le placer à la meilleure table. Malgré son légendaire appétit, il touche à peine aux hors-d'œuvre :
— Tu trouves que ces plats ont du goût ?
Odette remue la tête d'une manière vague qui ne veut dire ni oui ni non. Nouza, l'œil moqueur, tapote le bras de son frère.

— Fred, Fred...
C'est ainsi qu'elle l'appelle dans ses moments de tendresse, ou bien pour lui faire sentir qu'elle ne se laissera pas impressionner par ses explosions. C'est plus fort que lui. N'osant se tourner contre sa sœur, une partenaire qu'il sait à sa taille, il agresse de nouveau son épouse.
— Ce sont d'exécrables bouillies ! Dis-le si tu n'es pas de mon avis.
— Je suis toujours de ton avis, mon trésor.
Cherchant encore querelle, Farid accuse à présent Odette de n'avoir pas protesté contre le piètre emplacement de la table, contre la médiocrité du menu. Ses lèvres roses et charnues accusent un léger pincement, tandis que ses yeux bruns, décolorés, gardent le même air impassible. Le ton monte, Farid l'invective, fulmine.
Je n'y tiens plus, je repousse ma chaise, me dresse.
— Tu ne peux pas parler à Odette comme ça !
— Mais enfin, Kalya, qu'est-ce qu'il t'a fait, ton pauvre oncle ?
Ma tante me dévisage comme si je tombais d'une autre planète. Découvrant avec stupeur ma nature et réalisant qu'il ne pourra pas plus se frotter à moi qu'à sa sœur, mon grand-oncle s'amadoue :
— Toi et ta grand-mère vous êtes naturellement hors de cause.
— Je ne te parle pas de moi, ni de ma grand-mère, mais de ta femme !
La main d'Odette saisit la mienne, me force à me rasseoir.
— Ne fais pas de peine à ton oncle, je t'en supplie, Kalya.
Celui-ci gratte sa moustache, tire de son étui en or une cigarette qu'il se met à fumer fébrilement.
Le regard tranquille d'Odette, mon visage que je sais en feu, le clin d'œil narquois de Nouza me douchent. Je me rassois.
Quelques minutes après, mon grand-oncle fait signe au sommelier. En expert, et d'une voix modérée, il se plaint de ce goût de bouchon qu'il trouve au vin et réclame une autre bouteille.
Au plat suivant, c'est la fraîcheur des rougets qu'il met en doute. Cette fois, il convoque le maître d'hôtel.
— La sauce épicée est un vieux truc qui ne cache rien.
— Ces rougets sont extra-frais.
— Extra-frais ! Comment le sais-tu ? Est-ce toi qui les a pêchés ?
Le ton grimpe. Quelques dîneurs nous fixent d'un air désapprobateur. Farid baisse la voix :
— Le directeur, où est-il ?
— Un dîner d'affaires... dans sa chambre.
— L'a-t-on prévenu de mon arrivée ?

La réponse est prudente :
— Sans doute pas.
— Eh bien, qu'on le prévienne. Tout de suite.

***

Le directeur ne tarda pas à faire son entrée. Son corps ballonné se terminait à une extrémité par des pieds menus, chaussés d'étincelantes bottines en cuir jaune ; à l'autre, par un visage sphérique, surmonté d'un crâne miroitant. Une couronne de cheveux blancs, bouclés, touffus recouvrait ses tempes. Il dodelinait en marchant.
— Mon ami, mon ami ! s'exclama-t-il, ouvrant ses bras à mon grand-oncle.
Celui-ci bondit hors de sa chaise. Tous deux s'étreignirent. Les excuses chuchotées du directeur furent sans doute convaincantes, car j'entendis :
— Ah ! ces Nordiques, je les connais, Gabriel. Du feu, ces femmes-là ! Du feu !
Le directeur s'adressait maintenant à l'ensemble de la table d'une voix assurée :
— Et ce menu ?
Un silence embarrassé lui fit écho. Il reposa la question :
— Comment avez-vous trouvé mon menu ?
— Excellent ! coupa mon grand-oncle.
— Je dirige en personne les cuisines. Je vais même écrire un livre de recettes. Je suis un gourmet, un gastronome, tu le sais, Farid. Tu en as eu la preuve tout à l'heure : les rougets. Comment les as-tu trouvés ?
— Bonissimo ! Excellentissimo !
Satisfait de ces superlatifs dont Farid raffolait, Gabriel fit rasseoir son ami et, s'appuyant sur le dossier de sa chaise :
— Après dîner, monte prendre le café dans ma chambre. Nous serons entre hommes. Nous discuterons « affaires ».
Il lui donna une chiquenaude, accompagnée d'un clignement d'œil qui n'échappa à personne, tira de sa poche un cigare havane qu'il lui offrit. Puis, se tournant vers nous d'un air affable :
— Ces dames nous excuseront.
Hésitant entre les plaisirs qui lui étaient promis et l'austérité patriarcale qu'il s'était imposée, Farid observa tour à tour sa femme, sa sœur, puis son hôte. Ce dernier intervint de nouveau :
— Vous permettez, jolie Madame, que votre mari me rejoigne ?

Échapper, rien qu'un moment, aux tumultes de son époux ! Odette quitta son air évasif, acquiesça avec un large sourire :
— Tu dois y aller, mon chéri.

Farid lui prit la main, la porta à ses lèvres, y posa un long baiser et, s'adressant à moi :
— Une femme comme la mienne, c'est rarissimo ! Tu n'as que douze ans, Kalya, mais n'oublie jamais qu'Odette, ta tante, est la meilleure des épouses. Un véritable trésor !

**

Cet été-là, tandis qu'Anaïs se consumait au feu d'une surprenante passion, je rencontrai Mario, mon premier amour.

Malgré mon jeune âge, Nouza aspirait à me faire « entrer dans le monde ». Un soir, elle m'autorisa à l'accompagner au bal.
— Tu t'assoiras à côté de moi. Tu pourras regarder les gens danser.

Sous une pergola, des tables, recouvertes de nappes d'une blancheur immaculée, se dressaient autour d'une plate-forme rectangulaire. Le buffet croulait sous les nourritures. Sur le quatrième côté, les neufs musiciens de l'orchestre accordaient leurs instruments.

Très sollicitée, glissant d'un partenaire à l'autre, ma grand-mère avait demandé à Anaïs de rester dans les parages ; elle pourrait ainsi me raccompagner dans ma chambre si je m'ennuyais.

Entre les danses, Nouza cherchait ses lunettes et me mettait à contribution :
— Kalya, ma chérie, mes lunettes, il me les faut. Sans elles, je suis perdue.

Je les trouvais dans son sac, entre les plis d'une serviette de table ou par terre. Elle les portait rarement, préférant jouer de son regard éloquent et bleu.

Au son des valses, des tangos, des charlestons, les danseurs rejoignaient et quittaient la piste. J'étais trop jeune pour qu'un cavalier songeât à m'inviter. J'endurais mal mon immobilité. J'avais des fourmis dans les jambes, je battais la mesure avec mes pieds.

Mon grand-oncle se pencha vers moi et, tout bas :
— Il y a sept ans, à Monte-Carlo, j'ai gagné le premier prix de tango. Tu aurais dû voir ça ! Aucun de ces gringalets ne m'arrive à la cheville. Il est vrai que ma cavalière avait une allure de déesse !

Jetant en direction d'Odette un regard nostalgique et compatissant, il poussa un énorme soupir.
— Ta tante, elle, a évidemment d'autres qualités.

La musique s'emballe, attaque une rumba. Je trépigne sur place.
Un goût prononcé pour la danse est une particularité des femmes de notre filiation. Nouza me racontait que ma bisaïeule Foutine aurait pu être danseuse si elle était née ailleurs, en des temps différents.
— Dommage, dommage. Elle aurait pu danser *Le Lac des cygnes* !
J'ai connu Foutine à la fin de sa vie, elle avait près de quatre-vingt-dix ans. Je la revois, percluse, son bassin, ses membres inférieurs anesthésiés. Bloquée sur son divan rouge, elle tricotait durant des heures. Elle semblait oublier ainsi l'engourdissement de son corps, se réconfortant, sans doute, du spectacle de ses doigts rapides, habiles, à l'agilité miraculeusement préservée.

Ma bisaïeule avait beaucoup dansé durant son adolescence dans les salons de son père, petit gouverneur d'une province syrienne au temps de l'empire ottoman. Au milieu d'un cercle familial restreint, elle évoluait, ondoyante et souple, laissant flotter au bout de ses doigts un mouchoir en mousseline de couleur. Sa mère, à genoux sur un tapis de Smyrne, tirait d'une cithare des sons vivaces ou languissants pour l'accompagner.

Dès qu'elles quittaient la maison, mère et fille se cachaient la face derrière un voile, pour se conformer à la coutume ambiante. Je m'étais souvent demandé comment elles avaient vécu cet enfermement. Ma grand-mère Nouza n'avait pas connu cette contrainte ; en Égypte, la tradition du voile était moins astreignante et déjà contestée.

Contrairement à sa mère, Nouza n'avait pas le goût du solo. Elle ne concevait la danse qu'en compagnie d'un partenaire, trouvant plus de plaisir à charmer celui-ci qu'à s'ébattre toute seule...

Qu'est-ce qui m'a brusquement saisie ? Oubliant toute timidité, renonçant à toute réserve, je me suis élancée sur la piste.
Nouza n'eut pas le temps de s'interposer. L'aurait-elle fait que cela n'aurait servi à rien, j'étais hors d'écoute, et ma grand-mère, qui n'avait pas un sens aigu de la discipline, m'aurait sans doute laissé faire.
Emportée par la mélodie, je me suis faufilée parmi les danseurs. Toutes les joies de la terre et du ciel me possédaient. Je virevoltais, tourbillonnais.

J'étais au-delà de toute parole. À la fois moi-même et plus du tout moi ! Une autre. Plus heureuse, plus libre.

Je me surpris à bondir sur l'estrade des musiciens ; à sauter à pieds joints d'une chaise vide à l'autre. Je grimpai enfin sur la table du banquet, que je parcourus dans toute sa longueur, en voltigeant sur la nappe neigeuse débarrassée de vaisselle et de couverts, parsemée des restes d'une décoration florale. Quelques verres se mirent à tinter.

Inconsciente de ce qui se passait autour, j'ai poursuivi ma course dans le bonheur.

Quand la musique prit fin, mes membres soudain se relâchèrent, le souffle me manqua. Durant quelques secondes, je me tins immobile, les bras ballants ; je me sentis confuse, nue.

Très vite les applaudissements, les bravos éclatèrent. Je fus inondée par une pluie de confettis.

J'ai longuement soupçonné mon grand-oncle Farid, soutenu par ma grand-mère, d'avoir déclenché cette ovation. Je m'étais promis de questionner, un jour, Odette à ce sujet.

5.

— J'avais tout deviné pour Mario. Tu étais une enfant si précoce.

Odette dévisage Kalya, attendant une réponse. Celle-ci fait un effort pour se souvenir. Mario avait des cheveux noirs, épais, des pommettes saillantes, le visage hâlé des sportifs, beaucoup d'assurance. Il venait de terminer ses études de droit. Etait-il grand ou de taille moyenne ? Le temps avait tout effacé.

— Je me souviens à peine.
— Si... Si... Raconte-moi...
— Je n'ai pas grand-chose à raconter.
— Tu ne me feras pas croire ça ! À nos âges on n'a plus rien à cacher. Moi aussi, j'ai une belle histoire d'amour à te dire. Et puis, je te réserve une surprise.

Les yeux d'Odette pétillent. Son regard, jadis si inerte, s'est animé avec l'âge ; tandis que la bouche, qui avait été pulpeuse, sensuelle, s'est fripée, rétrécie.

— Commençons par Sybil, pour elle aussi j'ai une surprise. Va dans sa chambre, je vous rejoindrai.

**

Kalya arriva à temps pour empêcher la fillette de coller au mur des photos de Travolta, de *West Side Story,* de Bob Dylan, d'Einstein lapant un cône de glace, de ses parents au bord d'une piscine.

Elle l'aida à ranger ses effets dans le bahut aux couleurs déteintes, éloigna la chaise défoncée. Un lustre, à globes empoussiérés et bleuâtres, pendait du plafond dont le plâtre s'écaillait. Toutes les pièces de l'appartement, négligées au bénéfice du living, se dégradaient lentement.

Odette entra, tenant une boîte de chaussures qu'elle déposa entre les mains de Sybil.

— Je te confie Assuérus.

Pétrifiée sur sa feuille de laitue, la tortue cachait tête et jambes sous sa carapace.

Sybil se coucha sur le tapis troué ; celui-ci recouvrait la partie du plancher où manquaient plusieurs lattes. Elle posa Assuérus sur son ventre, ferma les yeux, retint sa respiration. Rassuré, l'animal s'aventura lentement en direction de son cou. Etendue sur le dos, l'enfant ne bronchait pas et continuait de retenir son souffle Kalya prit peur, l'appela :

— Sybil !

Elle ne répondit pas. Kalya s'accroupit, l'appela plus fort.

— Je faisais la morte, pour ne pas effrayer la tortue. Tu vois, elle s'est cachée de nouveau.

Elle souriait d'un air moqueur :

— Tu avais peur qu'elle ne me dévore, c'est ça ?

Odette précéda sa nièce à travers l'appartement.

— Viens dans ma chambre. Tu avais l'air inquiète pour l'enfant. Est-elle malade ?

— Non, elle est en pleine santé. Je ne sais pas ce qui m'a pris.

Elle se rappela le parcours depuis l'aérodrome. Raconta la dispute, les campements, le contrôle, le malaise qui s'ensuivit, la tentation qu'elle avait eue de repartir.

— Tellement de contrastes entre...

Odette l'interrompit :

— Crois-tu que ça manque de misère dans ton pays ou dans le sien ? C'est plus caché, c'est tout. S'il reste un coin de paradis, c'est le nôtre.

En quelques mots elle conjurait menaces et périls, et, prenant les bras de sa nièce :

— Viens voir !

— Pourtant il y a quelques années...

Kalya lui rappela la flambée meurtrière qui avait fait la première page des journaux.

— Il y a quinze ans ! Tu as bien vu, ça n'a pas duré. Tout s'arrange.

Les mêmes paroles revenaient.
— Mais les causes, les raisons ?
— Tu questionnes trop. Tu ressembles à Myriam.
— Myriam ?
— La fille de Mario, tu la connaîtras. Elle lui donne beaucoup de soucis. Pauvre vieux, je le plains.
— Ce pays, le connais-tu vraiment ?
— Si ton oncle pouvait t'entendre, il te gronderait, lui qui ne voulait que des femmes sans problèmes autour de lui ! Un pays, Kalya, c'est comme les humains : l'orage, puis l'arc-en-ciel.

L'Histoire se résumait pour Odette à une suite de scènes intimes. Ses turbulences, ses équilibres évoquaient les querelles du foyer, outrancières mais sans conséquences. Elle n'imaginait pas d'autres modèles aux conflits des peuples et des nations que ceux de ces tempêtes conjugales qui se dénouaient toujours en embrassades et en festins.

Elle venait d'ouvrir à deux battants la fenêtre de sa chambre :
— Que je suis bien ici ! Regarde.

Toitures et terrasses s'enchevêtraient allègrement sous un soleil persistant, euphorique.

À l'entrée de l'immeuble, dans l'entrebâillement de la porte, Sybil, le cœur battant, suit des yeux chaque mouvement de sa grand-mère. Celle-ci progresse, peu à peu, le long du chemin distendu. Pas d'obstacles à contourner. Pas de bassin, pas de kiosque à longer. Pas d'arbres ni de banc sur ce terre-plein. Ni treillage, ni palissade, ni feuillage, ni talus. Rien qu'un tronçon d'asphalte, entouré de bâtisses, si rapprochées les unes des autres qu'on dirait un mur d'enceinte.

Une place. Un emplacement vide. Un plateau de théâtre à l'abandon, graduellement éclairé par ces feux de la rampe que sont les premières lueurs du soleil levant.

Rien qu'un espace imaginaire ? Une séquence de cinéma, où la scène cruciale, plusieurs fois reproduite, obsède comme une rengaine ? Son ralenti décomposant les images, les gestes, pour que ceux-ci impressionnent et se gravent dans l'esprit du spectateur. Un spot répété sur l'écran télévisuel, offert simultanément à des millions de gens.

Terrible, ce lieu, tragiquement prémonitoire, qui pourrait n'être qu'imaginé !

Pourtant il est là. Il existe. À chaque pas, Kalya éprouve la consistance du sol. Dans sa poitrine ne cesse de retentir le cri strident, réel, poussé par Ammal ou Myriam, par Myriam ou par Ammal.

C'est bien elle, Kalya, dans sa robe blanche, son tricot de coton aux points relâchés ; elle en reconnaît la texture, elle sent autour des cuisses et des genoux la flexibilité soyeuse de la jupe. Elle, Kalya, arrivée depuis peu avec sa petite-

fille d'au-delà des mers. Soudain enfoncées, liées toutes les deux à cette histoire si lointaine et si proche à la fois.

Tout cela est vrai. C'est bien un pistolet qu'elle tient dans sa main, sa crosse rugueuse qu'elle serre sous sa paume. C'est bien le pontet, la détente dont elle a repoussé le cran de sûreté, qu'elle sent autour de son index.

Kalya trace, presque malgré elle, un fil indélébile qui va, vient, de Sybil jusqu'à elle, et plus avant jusqu'aux jeunes femmes si dangereusement à découvert...

6.

Odette prend l'air contrit dès qu'elle parle du départ d'Égypte :
— Ça n'a pas été facile de tout quitter. Mais, après tout, ton oncle repose, ici, dans le sol de ses aïeux. Plus l'âge avance, plus je m'enracine. Et toi, Kalya ?
— Je ne crois pas, non.
Que sont-elles, les racines ? Des attaches lointaines ou de celles qui se tissent à travers l'existence ? Celles d'un pays ancestral rarement visité, celles d'un pays voisin où s'est déroulée l'enfance, ou bien celles d'une cité où l'on a vécu les plus longues années ? Kalya n'a-t-elle pas choisi au contraire de se déraciner ? N'a-t-elle pas souhaité greffer les unes aux autres diverses racines et sensibilité ? Hybride, pourquoi pas ? Elle se réjouissait de ces croisements, de ces regards composites qui ne bloquent pas l'avenir ni n'écartent d'autres univers.
— Pourquoi es-tu revenue ici, avec l'enfant ? Justement ici ?
Odette n'imagine qu'un type d'« émigrés » : ceux qui ont jadis quitté leur pays natal pour fuir la famine ou les luttes sporadiques entre communautés, ou pour « faire fortune ». De père en fils, ceux-ci prolongent la nostalgie d'une petite patrie de plus en plus fictive, de plus en plus édulcorée. Par à-coups – tendre, odorante, radieuse sous sa pèlerine de soleil –, celle-ci resurgit au cours d'un repas composé de plats du terroir ou dans l'intonation un peu traînante de voyageurs venus de là-bas ; ou encore parmi les clichés jaunis que l'on déverse sur la table après le repas.
— Ça, c'était l'oncle Selim, le grand-père de Nouza, avec sa femme, la

tante Hind. Celui-ci, c'est Mitry, le cousin poète, en culottes courtes. Celui-là, attendez que je me rappelle... Ah ! oui, Ghassan, encore un oncle établi à Buenos-Aires, propriétaire de la plus grosse fabrique de calicot. Celle-ci, c'est Chafika, c'était une beauté.

D'autre fois, c'est le cliché d'un site qui émeut. Un bout de montagne enneigée, piquée de quelques cèdres ; un morceau de mer phosphorescente longeant une plage irisée, avec ses parasols d'un rouge déteint, ses larges cabines bleues. Ou encore la photo d'un bourg ou d'un hameau, « berceau de la famille », soudé à un flanc de colline planté d'oliviers. Un lieu semblable, de prime abord, à n'importe quelle agglomération du pourtour de la Méditerranée ; mais le simple fait de le nommer, de le contempler, de le toucher du doigt sur ce papier terni éveille en chacun un sentiment ému de douce appartenance.

L'émigré de la première génération retournait au pays pour y trouver épouse ; pour s'y faire bâtir un mausolée en vue de futures et fastueuses funérailles. Dans son village, il gardait une position privilégiée, maintenue par une correspondance continue, par des envois réguliers de fonds à ceux des siens qui demeuraient sur place. Ces coutumes s'effaçaient avec les générations suivantes.

Odette répète sa question :
— Pourquoi ici ? Justement ici ?
Il y a de multiples raisons à cette décision. Les demandes répétées de l'enfant, le désir d'une rencontre loin de leurs quotidiens respectifs.
Aussi par tendresse. Tendresse pour cette terre exiguë que l'on peut traverser en une seule journée ; cette terre tenace et fragile. Pour le souvenir d'élans, d'accueils, d'un concert de voix. Pour Nouza qui introduisait, épisodiquement, dans ces paysages d'été son beau visage mobile.
— Pour Nouza. Pour mieux connaître, aimer ce pays. Pour Sybil.
— Mitry aurait pu tout vous expliquer. Dommage qu'il ne soit plus là. Il connaissait bien nos régions, leur histoire, leurs croyances... De ce temps-là, personne ne l'écoutait. Nous ne nous intéressions pas à ces choses. Tu te rappelles Mitry ?

V

Cet été-là, une semaine après le départ de mon grand-oncle, aussi intempestif que son arrivée, Mitry était venu nous rejoindre au Grand Hôtel. A son retour en Egypte, Farid, lui ayant trouvé le teint pâle, la mine abattue, nous l'avait expédié avec une lettre pour Odette lui recommandant d'acquitter tous les frais du séjour de son « très cher cousin ».

Orphelin et sans fortune, Mitry avait toujours été hébergé, avec l'accord de Nouza, par mon grand-père Nicolas. À petits pas, à petits gestes, à voix basse, il vieillissait à leur ombre. Malgré sa discrétion, il devait profondément marquer leurs existences.

Le cousin Mitry était atteint d'un eczéma chronique qui recouvrait son corps de plaques de rougeur. Des fragments de peaux sèches se détachaient de son visage et de son cou, tombaient en copeaux ou en poussières sur ses épaules et les revers de sa veste. Esquissant un sourire d'excuse il les balayait avec des mouvements furtifs, tandis que nous faisions semblant de ne rien voir. En public, il portait des gants de fil, couleur bistre, pour dissimuler ses mains.

Silencieux et doux, Mitry avait tout pour déplaire à Farid. En plus, « il écrivait » ! Pas seulement des lettres, mais pour son propre plaisir :

— Un poète !

Le comble de l'insanité ! La famille s'en était aperçue à quelques taches d'encre violette qui maculaient ses doigts, à cette bosse sur la dernière phalange du médius. Son incapacité à faire de l'argent, à courir le beau sexe, à prendre rang dans la société rendaient le jugement de mon oncle sévère et sans appel. À son avis, le cousin, voué à la médiocrité, possédait un cerveau infantile, peu enclin au développement. Il avait fallu toute la fermeté de son beau-frère Nicolas – un homme plus âgé dont la sagesse et la prospérité lui en imposaient – pour que Farid se retînt de brocarder Mitry et son jardin secret.

Bourré de contradictions, mon grand-oncle avait le cœur assez large pour y englober ceux dont les goûts, le caractère, les préoccupations étaient aux antipodes des siens. Par à-coups, il s'inquiétait de la santé de son cousin.

Cette sollicitude venait de valoir à Mitry ce séjour à la montagne ; voyage dont il se serait volontiers passé. Il appréhendait les déplacements, ne se sentait en sécurité que parmi ses livres, dans l'antre de sa chambre, nichée à l'entresol, avec ses volets mi-clos. Il accumulait dans son alvéole des bouquins de toutes sortes que Farid n'eut jamais la curiosité d'ouvrir. Mitry évitait, il est vrai, d'introduire qui que se soit dans sa chambre qu'il entretenait minutieusement. Ma grand-mère, qui doutait de la virilité d'un homme qui vaque aux soins du ménage, s'en exaspérait parfois ; mais laissait faire sous l'injonction de Nicolas, son époux. Elle devait se retenir pour ne pas pousser Anaïs à entrer dans la pièce de Mitry pour lui refaire son lit, emporter son linge à laver, épousseter dans les coins.

Auprès de rares amis le cousin avait acquis une réputation d'érudit, mais il taisait son occupation favorite : la poésie. Il consignait ses innombrables poèmes dans de minces cahiers d'écolier, noircissant les pages d'une écriture appliquée, sans ratures, aux majuscules ornées. Il tassait ensuite ces feuillets, qu'il n'aurait jamais songé à faire imprimer, dans des boîtes de carton, qu'il glissait sous son lit.

Un après-midi, à voix basse, il m'en parla. Sans doute parce que je n'étais qu'une enfant et qu'il ne craignait pas mon jugement.

Plus tard, il me fit pénétrer dans sa chambre. Les murs étaient recouverts d'un papier peint décoré de fougères brunâtres, les rideaux étaient tirés. Je m'assis sur le tabouret bas surmonté d'un coussin en tissu damassé.

Debout devant moi, Mitry me lut un texte fabriqué à mon intention. J'en garde un souvenir mièvre, celui d'une ritournelle assez convenue. En revanche, je conserve une mémoire très vive de ses yeux vert d'eau qui s'éclairaient au fur et à mesure de sa lecture, du rajeunissement de ses traits, de ces plaques de rougeur qui semblaient s'estomper.

Tandis qu'il lisait, emporté par sa voix, tout s'allégeait autour de nous. La chambre prenait des ailes. Pigmentés par une lumière tamisée qui filtrait à travers l'épaisseur des tentures, les meubles, les murs semblaient s'embraser sous l'ardeur qu'il mettait à prononcer ses mots. Des mots d'une platitude extrême auxquels j'avais failli me laisser prendre.

Mon affection pour Mitry redoubla. Mais je devais dorénavant douter de la relation entre le bonheur qu'on éprouve à ses propres imaginations et le résultat qui en découle.

Il me confia le poème.

— C'est pour toi. N'en parle jamais.

Une fois dégrisé, se jugeait-il avec clairvoyance ? Ou bien sa modestie naturelle l'aurait-elle, même en cas de talent, maintenu dans cette obscurité ?

Je gardai le poème. Il m'était plus précieux que les mots qu'il enfermait.

7.

— Je possède tous ses cahiers, dit Odette. Mitry me les a confiés avant de mourir. Sa bibliothèque, je l'ai laissée. Il avait trop de livres
Odette et Mitry s'étaient connus plus profondément, plus durablement que Kalya n'aurait imaginé.
— Mitry s'intéressait à l'histoire de nos communautés. Bien qu'orthodoxe, c'est lui qui m'a expliqué la liturgie maronite. Farid avait accepté que nos fils soient élevés selon mon propre culte. Ton oncle était croyant, mais ne pratiquait pas. Sauf durant sa maladie ; il m'accompagnait alors aux offices. Avec l'âge, on se rend compte que la religion c'est important, n'est-ce pas ? Je vais à la messe tous les matins, c'est une chance que la chapelle des Frères soit à deux pas. Et toi, tu es croyante au moins ?
— Je ne saurais pas te dire... Je serais plutôt agnostique.
— C'est quoi « agnostique » ? Encore une autre religion ?
— Pas exactement.
— Tu n'es pas athée au moins ?
— Non plus.
— Ici, la religion prime tout, elle marque toute l'existence.
— Croire est une affaire intime.
— Si tu penses comme ça, alors tu te trompes de pays, de peuple, de contrée !

VI

— Orthodoxe, c'est quoi ?
Nouza n'avait rien d'une dévote, elle s'emmêlait dans les principes, dogmes, fêtes et cérémonies de nos diverses communautés. Evitant de me fournir des explications, œcuménique avant l'heure, elle déclara :
— Toi, ma petite fille, tu es à la fois catholique et orthodoxe, qu'est-ce que ça change ? Le bon Dieu est au carrefour de tous les chemins.
— Le bon Dieu, tu y crois, grand-maman ?
Je poussais trop loin, n'allait-elle pas me gronder ? Ma demande dénotait un scepticisme inhabituel qu'elle ne souhaitait pas encourager. Pour toute réponse, elle pointa l'index en direction de l'icône. Au-dessus de la courte flamme, le visage de sa toute-puissante et suave compagne irradiait.
— Voilà ma réponse : la Mère de Dieu ne me quitte jamais !
Pouce, index, médius joints, se signant trois fois selon sa propre liturgie, Nouza m'invita à l'imiter. La petite mèche étant presque consumée, elle me pria de remplacer la bougie plate qui flottait au-dessus de l'huile de paraffine. Grâce à ce rituel, qui la secourut durant sa longue existence et qu'elle me demandait, durant nos vacances, d'accomplir à sa place, elle pensait m'attacher, sans trop de questions, aux mystères de la foi.
Au cours de l'opération, j'admirais le modelé du dessin, le dégradé des tons, l'expression à la fois souveraine et humble de l'icône. Me laissant séduire par tant de beauté, je restais cependant étrangère à toute ferveur.
La pratique religieuse de ma grand-mère se bornait à ce culte, à la visite annuelle au cimetière où reposait son époux, au repas des fêtes de Pâques

où l'évêque Anastase était leur hôte. Il portait sur la tête une haute et rigide coiffe noire. Son corps interminable était revêtu d'une soutane soyeuse et sombre. Il avait des yeux de braise, une barbe superbement effilée.
L'évêque portait en sautoir une croix en améthyste que ses fidèles lui avaient offerte. Après avoir béni, au moyen d'une branche de buis trempée dans de l'eau sainte, chaque pièce de la maison, il tendait la main et nous offrait à baiser son anneau au large chaton mauve.

Après le repas, il fumait des cigarettes Gianaclis en compagnie de son hôtesse qui en avait toujours une provision. Depuis la mort de Nicolas, qui avait vainement essayé de lui faire perdre cette habitude, Nouza s'adonnait librement à ce plaisir.

Constantin le cuisinier, qui déplorait les incessantes violations de son territoire par ma grand-mère, toujours prodigue en conseils et en suggestions, apparaissait à la fin du déjeuner. En veste blanche, les mains croisées devant son gros ventre, il recevait les félicitations du prélat dont il était une des ouailles. Puis il s'inclinait pour baiser la bague à son tour.

*
* *

— Est-ce qu'il croyait en Dieu, grand-père Nicolas ?
Je revenais à la charge ! Tant d'obstination lui déplut, Nouza hocha la tête, trancha :
— C'était un homme instruit.
Sa réponse renforça mes soupçons. De cette multitude de religions, de toutes leurs ramifications, chacune garante de la seule vérité, chacune excluant l'autre, comment Dieu s'en tirait-il ?
— Dieu est l'immensité, n'est-ce pas ? Dieu est pour tous les hommes ? Dieu est sans haine, n'est-ce pas ? Dieu est la bonté même ? Sinon Dieu ne serait pas Dieu, n'est-ce pas, grand-maman ?
J'avais sûrement un ton pathétique, le problème me bouleversait. Je m'agrippai à son bras.
— Explique-moi Dieu, grand-maman !
Se déchargeant de toute responsabilité en ces domaines épineux, se libérant de tout motif d'inquiétude, Nouza me planta là pour rejoindre sa chambre. Durant quelques heures, notre porte de communication resta fermée. À travers la cloison, je l'entendis discuter avec Anaïs du choix de sa toilette.
— Je mets la longue robe mauve, ou la courte en lamé ?

Ensuite vint le tour des boucles d'oreilles dont la couleur devait s'assortir au vêtement.

Pour me renseigner il restait le cousin Mitry. Aussi obscur que Farid était voyant, celui-ci se tenait à l'écart durant la journée. Il ne nous rejoignait toutes les trois qu'aux heures des repas.

Un matin, dans les couloirs du Grand Hôtel, je l'ai abordé avec mes doutes. Il ne m'a pas éconduite, bien au contraire ; heureux de m'initier à un savoir que méconnaissaient ses plus proches, à des problèmes dont ceux-ci ne se souciaient même pas.

Mitry me raconta les disputes christologiques qui ensanglantèrent le passé, les querelles islamiques qui le déchirèrent. Histoire de ruptures et de réconciliations, de conquêtes, d'humiliations, de sang et de larmes. Loin de sa bibliothèque, il en savait par cœur le contenu.

Nous marchions ensemble dans le bois de pins proche de l'hôtel. Dans ses pas, je remontais les allées des schismes et des unions, celles des batailles, des rétractations, des trêves ; celles des massacres et des sanglots.

— La mort fascine les hommes, c'est étrange.

Pour remédier aux noirceurs de son récit, Mitry ramassait une pomme de pin tombée au pied d'un arbre, la cognait avec une pierre jusqu'à ce que des pignons s'en échappent. Il m'offrait, ensuite, les graines dans sa paume gantée.

— Je ne devrais peut-être pas te raconter tout ça. C'est trop pour ton âge.

— Il faut tout me dire. Tout.

Je semblais si décidée qu'il continua. Il s'efforçait de tracer des chemins à l'intérieur de ces méandres, de trouver des mots simples pour rendre compte de ces discussions houleuses, embrouillées, autour de la succession du Prophète, autour du dogme de la Trinité qui divisaient les uns et les autres jusqu'à l'exécration. Fallait-il être partisan d'Ali, cousin et gendre du prophète Mahomet ; ou bien être fidèle au calife, son successeur choisi par consentement général ? Fallait-il attribuer au Christ une ou deux natures, une ou deux volontés ? Fallait-il être uniate, monothélite, nestorien, chalcédonien, monophysite ? Ces démêlés aboutissaient à des luttes assassines, à des carnages, à de meurtrières fureurs.

Mitry confirmait :

— Jusqu'aujourd'hui, dans ce pays, il y a quatorze possibilités d'être

croyant, monothéiste et fils d'Abraham ! N'est-ce pas trop compliqué ? Tu n'es qu'une enfant, Kalya.
— Continue. Je veux tout savoir.

Il reprenait, atténuant de temps à autre les terreurs de l'Histoire en me faisant admirer la chaîne des montagnes, l'éventail feuillu d'un vallon entre deux falaises écorchées ; en m'apprenant à aimer la lumière, à respirer à pleins poumons, à entendre couler le torrent, à rendre grâce pour tous les bleus du ciel et pour ce jour de paix :
— C'est fragile. Chaque jour de paix est un miracle. N'oublie pas cette pensée. Où que tu sois, au plus profond de ta tristesse, elle t'aidera à sourire.

Pour moi, il ramassa des brindilles d'herbe au creux d'un rocher, cueillit une feuille odorante dans un massif touffu.

Puis il enchaîna. Jamais je ne l'ai trouvé aussi captivant ; jamais plus il ne sera aussi disert. Il me relata ces aubes sanglantes, ces luttes intestines, ces destructions, ces carnages ; me décrivit ces ascètes-guerriers et ces zélés de tous bords.

— Bref, conclut-il, sur cette surface minuscule tout a eu lieu : le pire comme le meilleur ! Admirable petite terre, mais dangereuse.

Je ne le quittais pas des yeux.

— Admirable ou dangereuse, reprit-il, selon ce qu'on en fera !
— Tu crois en Dieu, cousin Mitry ?

Il réfléchit, gratta son front. Les fragments de peau boursouflés causés par l'eczéma tombèrent en fine poussière sur ses sourcils. Il tira un large mouchoir de sa poche, se tamponna le visage en clignant des yeux.

— Je crois en Dieu.

Malgré les ombres et en dépit d'un jugement lucide, il avait fait son choix. Ne pouvant se passer d'une soif de perfection et d'un dessein final, il prenait, posément, humblement, place dans la foi de ses ancêtres. Je l'en admirai.

Kalya gravit-elle un chemin à rebours ? Une pente abrupte qu'elle prend un temps considérable à remonter ?
Avance-t-elle, à perte de vue, comme une somnambule ? Est-ce l'angoisse de ces derniers jours qu'elle a maquillée en tragédie ?

Elle s'est déjà retournée deux fois pour chercher Sybil des yeux. Elle ne se retournera plus. Elle a confiance, la fillette gardera parole, elle restera à l'abri.
Il y a trois ans, une petite fille, vêtue et coiffée de laine rouge, courait sur un champ neigeux, entre les bouleaux argentés... Kalya conserve cette photo dans son portefeuille. Pourquoi n'avoir pas laissé l'enfant là-bas, dans un pays préservé, loin de ces guets-apens ?
Kalya ne se retournera pas non plus vers la fenêtre du cinquième étage, celle qui s'ouvrait d'abord sur la marche rayonnante d'Ammal et de Myriam. Ensuite, sur leur immobilité.
À présent, coude à coude, Odette et Slimane se penchent à cette même fenêtre. La face blafarde de la femme est toute proche du visage d'ébène du Soudanais.
Kalya avance. Elle ne cherche pas à imaginer les lendemains. Elle avance, elle avance. C'est tout.

Sauf la sienne, aucune ombre ne se meut sur la Place. Peut-être que le tueur est encore à l'affût, embusqué à l'angle d'une bâtisse ? Armé par d'autres mains ? Ou attendant son bon plaisir, celui du chasseur infatué de son fusil qui fera, quand il le décidera, un carton sur ce qui bouge ?

Kalya avance elle ne sait vers quoi. Un épilogue heureux : les jeunes femmes se relèvent, des centaines de gens accourent autour d'elles ; Sybil, Odette, Slimane se joignent à la liesse générale ? Ou bien l'autre fin : celle qui mène aux abîmes ?

Cette dernière supposition lui paraît impossible. Pourtant, ces derniers jours, un obus s'est abattu sur la Place, démolissant le bazar. La boutique vermillon – serrée entre les immeubles de rapport – s'est écroulée, tuant Aziz le commerçant, avec qui Sybil s'était liée d'amitié.

Avant, Kalya et la fillette avaient dû écourter leur séjour à la montagne sur le conseil du directeur de l'hôtel. Depuis plus d'une semaine, elles sont revenues habiter chez Odette en attendant que l'aéroport, fermé par mesure de prudence, s'ouvre de nouveau.

*
* *

Les pensées de Kalya se contredisent. Le vacarme de son cœur s'amplifie.

De cette masse d'étoffes jaunes qu'elle ne quitte plus du regard, elle entend monter tantôt un gémis sement funèbre, tantôt les souffles de la vie...

8.

Armardjian, le fleuriste le plus réputé de la ville, vient de livrer un immense bouquet de fleurs.
— C'est pour toi, Kalya. Tu permets ?
Odette déchire l'enveloppe :
— C'est de Mario ! J'en étais sûre. Il sait que tu es arrivée hier. Cinq douzaines de roses ! Un geste digne de Farid. Des seigneurs, les hommes de ce pays ! As-tu jamais connu cela ailleurs ?
Cet envoi doit précéder de peu la visite de Mario, qu'Odette a soigneusement organisée. Allant, venant d'une pièce à l'autre, elle donne des ordres à Slimane concernant le petit déjeuner qui sera pris, tout à l'heure, sur la véranda. Elle lui recommande de disposer les trois fauteuils d'osier autour de la table basse, de recouvrir celle-ci de la nappe en organdi. Elle distribue ensuite les fleurs dans une demi-douzaine de vases, frappes à la porte de sa nièce :
— Fais-toi belle, Kalya ! Je m'occupe du reste.
Elle ajoute plus bas :
— C'est un homme riche. On l'estime à... je ne sais plus combien, mais ça fait beaucoup, beaucoup d'argent.
Cette manie qu'ont ceux d'ici d'évaluer les gens à leur compte en banque !...
On ne pourra plus arracher Odette à son plaisir. Elle va transformer une amourette en un roman à épisodes en une affaire à réussir, et organiser toute une mise en scène autour de deux acteurs qui ne sont pas vus depuis

quarante ans. Persuadée que, de nos jours, une enfant de douze ans peut être mise au courant de tout, Odette a fait de Sybil sa confidente.

— Il faut les laisser seuls. Ne quitte pas ta chambre avant que je vienne t'appeler.

Kalya jette un rapide coup d'œil au miroir. S'éloigne, puis revient à son visage qu'elle se contente, chaque matin, d'entrevoir.

L'âge a laissé ses empreintes. Son travail de sape a engorgé les veinules, flétri le tissu, amolli les contours, alourdi les paupières, cerné le regard. Comment réagir devant ce constat ? N'est-elle pas, par moments, inacceptable, la vie que malmène de cette manière ? Cette vie qui s'achève par un départ prématuré ou qui s'étire en de lentes moisissures ?

L'existence pourrait se juger ainsi, Kalya la perçoit autrement. En dépit des années, quelque chose retient sa part d'adolescence. Le frémissement de la jeunesse, ses élans glissent, peu à peu du corps à l'âme et s'y maintiennent.

Photographe, Kalya ne s'est jamais lassée de cet art, ni d'un amour qui résistait aux saisons. Elle a vécu des amitiés, des instants fertiles. L'ombre n'a jamais bloqué trop longtemps l'horizon. La vie l'aimait, et se faisait aimer en retour.

Le visage d'Odette, abondamment poudré, se glisse dans l'entrebâillement de la porte :

— Tu es prête ? Il sera bientôt ici, ton amoureux !

VII

Ce soir-là, la musique m'avait happée.
Je m'étais envolée de ma chaise, où rien ni personne ne m'aurait retenue ! Je pouvais compter sur l'indulgence de Nouza et sur le caractère fantasque de Farid dont les extravagances transperçaient fréquemment le terrain des respectabilités.

Je dansais, seule, au milieu des couples. Leur premier étonnement passé, ceux-ci s'étaient habitués à mes mouvements.

La musique se développa en un rythme plus lent. Avec sa cavalière qu'il serrait de près, Mario croisa plusieurs fois mon chemin. La jeune femme portait une robe maussade, beige à col blanc, un chignon haut perché. Elle résistait et cédait à la fois à l'insistante pression du danseur. Son visage insignifiant se colorait dès que celui-ci tentait d'accoler sa joue contre la sienne.

Mario portait un costume moins convenu que celui des autres jeunes gens : un blazer vert bouteille sur un pantalon de flanelle blanc, sa cravate avait des rayures rouges et vertes. Ses cheveux noir corbeau étaient ondulés. Ses pommettes hautes, ses yeux légèrement tirés lui donnaient un air asiatique. Je ne me souviens plus de la forme de son nez. Mais je revois sa bouche, des lèvres fortement colorées. Il avait le regard narquois.

Il s'arrêta au milieu de sa danse, quitta brusquement sa partenaire et se dirigea vers moi. Il me saisit le poignet, le maintint avec force dans sa paume. Il s'en dégageait une chaleur électrique.

— Dommage que tu sois si jeune, Kalya. Dommage ! Mais je te retrouverai. Je te retrouverai, c'est promis.

Sourire, regard, musique, paroles. Surtout les paroles ! Quelques mots, quelques secondes avaient suffi. J'étais tombée amoureuse.

Personne n'avait remarqué ce bref interlude ; sauf sa partenaire au chignon. À moins qu'Odette ne s'en soit, également, aperçue ? Elle évoluait non loin, au bras d'un sexagénaire que Farid lui avait choisi. Ce dernier, trop pénétré par le souvenir de ses flamboyantes performances à Monte-Carlo, refusait de se commettre dans un banal tour de piste avec la compagne de ses jours.

L'après-midi ma grand-mère me confiait à Anaïs, puis elle partait s'enfermer dans la salle de jeux. Chacun souhaitait l'inviter à sa table. Baccara, bridge, poker, rami, elle passait avec dextérité d'un jeu de cartes à l'autre. Nouza avait la main, elle avait l'œil ; elle perdait et gagnait avec la même gaieté.

Pour retrouver Henri, le long jeune homme timide, Anaïs m'abandonnait et me fixait rendez-vous, au bout de deux heures, au pied de l'ascenseur.

Je les ai aperçus une première fois, au fond du jardin de l'hôtel, sortant d'une cabane en tôle. Ils jetaient autour d'eux des regards inquiets. Une seconde fois, remontant dans ma chambre avant l'heure dite, je trouvai, en tas sur le seuil, les chaussures en toile d'Anaïs, ses bas de coton blancs, sa robe imprimée de fleurettes orange.

Sur la pointe des pieds, avant qu'ils ne se doutent de ma présence, je rebroussai chemin.

Je n'ai revu Mario qu'à deux reprises. Il déambulait souvent dans la rue centrale du village parmi des garçons et des filles dont il était, à vingt-deux ans, le plus âgé. Parfois le groupe pénétrait dans la maison de l'un d'entre eux, dont les parents, descendus en ville, étaient momentanément absents. Ils fumaient à loisir, buvaient modérément, ébauchaient des flirts qui se bornaient à des baisers, à des effleurements.

Ils m'appelaient pour que je me joigne à eux. À cause de mon jeune âge, ils se désintéressaient très vite de ma compagnie.

Je les quittais pour m'isoler encore plus dans un coin de jardin du Grand Hôtel. Devant une des tables les plus éloignées – verte, ronde, fraîchement repeinte –, assise tout au bord de la chaise en rotin, je m'amusais, songeuse, à rayer le gravier avec mes semelles, dans l'espoir insensé de découvrir un billet d'amour entre les cailloux. Au bout d'un moment, un serveur m'apportait un verre de limonade. La boisson gazeuse devenait de plus en plus fade et tiédasse à mesure que le temps s'écoulait.

C'est alors que je revis Mario. C'était la veille de mon départ.

Il apparut soudain sur le perron ; descendit, seul, les marches avec cette assurance qui ne le quittait pas. Il portait toujours des chaussures à semelles de crêpe qui assouplissaient sa démarche et venait sans hésiter dans ma direction. Il approchait. Il fut enfin tellement près qu'il me prit le verre des mains.

— Tu ne mets pas encore de rouge, je dois deviner la place de tes lèvres sur le verre.

Il y posa les siennes et but, lentement, les yeux mi-clos, m'observant entre ses cils. Mes jambes tremblaient. Il me rendit la coupe.

— Je t'ai laissé le fond. À toi de boire maintenant.

De l'index, il me montrait le léger cerne de vapeur que sa bouche avait laissé sur la paroi.

— Là. Pose ta bouche exactement là. Et bois.

Je bus, mon regard dans le sien. L'écœurante et tiède mixture me parut la plus magique des boissons.

Débouchant de la porte à tambour de l'hôtel, le groupe venait d'envahir le perron. Filles et garçons formaient une gerbe de couleurs. Exubérants, de belle humeur, ils cherchaient Mario des yeux.

La fille au chignon avait dénoué sa chevelure, qui tombait en larges vagues mordorées sur ses épaules. Elle avait abandonné sa morne robe beige pour un chemisier rouge et une jupe plissée d'un blanc éclatant. Elle appela d'une voix claironnante et sûre :

— Mario ! Tu viens ?

Celui-ci se retourna dès le premier appel et lui fit signe de la main. Il n'avait eu aucune intention de s'attarder auprès de moi, il lança :

— Je viens tout de suite !

Mais, de nouveau, avant de partir, détachant chaque syllabe, il murmura dans un souffle :

— Un jour, promis, je te retrouverai.

9.

Il était neuf heures précises. Mario sonna à la porte et franchit le seuil de l'appartement d'Odette. Tant d'années avaient passé. « Je te retrouverai » lui parut risible, dérisoire. Comment ajusterait-il l'image de la petite fille, au regard impétueux, à celle d'une femme qui avait dépassé la cinquantaine ?

Ce qui le troublait encore plus était la scène que venait de lui faire son fils à propos de Myriam. Étudiant en droit, Georges était un élève aussi brillant que l'avait été son père ; il avait la même assurance doublée d'un caractère plus intransigeant, plus batailleur.

Georges n'approuvait aucun des comportements de sa sœur. À son avis, celle-ci se mêlait de ce qui ne regardait pas les femmes ; elle devenait de plus en plus secrète et mystérieuse. Elle n'était même pas rentrée la dernière nuit.

Des siècles de pères, de frères, d'époux, gardiens de l'honneur, avaient toujours encerclé, protégé mères, sœurs, femmes et filles. Chez Georges, ces tendances étaient innées, il ne voulait même pas qu'on en discutât. Sous la poussée des idées nouvelles, en ville surtout, les coutumes changeaient ; mais ces racines, nourries aux mêmes sèves, se raccrochaient, imposant par à-coups des conduites aussi violentes que surannées.

Mario essayait de tempérer son fils.

— Myriam a sans doute passé la nuit chez Ammal.

— C'est tout ce que tu trouves à dire ? Crois-tu que la famille d'Ammal, musulmane et croyante, n'est pas, elle aussi, choquée de ces libertés ?

— Ce sont des amies d'enfance.

— Elles se montent la tête toutes les deux.

***

Livrés aux rayons matinaux qui transpercent le store bleu roi de la véranda, Kalya et Mario osent à peine s'observer. Leurs formes de jadis font écran à celles de maintenant.

Odette s'agite, emplit les tasses de café, beurre les tartines, crible l'air de ses paroles. Digne, silencieux, Slimane se tient en retrait.

Le mariage de Mario avec une héritière dévote, ses innombrables succès féminins, son récent veuvage qui l'avait, curieusement, désorienté, Odette aurait dû en parler à Kalya

Angèle, son épouse, lui avait toujours évité soucis matériels, problèmes familiaux. Elle poussait le dévouement jusqu'à héberger son irascible belle-mère, la signora Laurentina, qui avait vécu jusqu'à sa mort auprès d'eux. Italienne, émigrée au Liban depuis sa tendre enfance, celle-ci s'était mariée à un jeune homme du pays. Toute sa vie, elle s'était targuée d'être « du nord et de souche milanaise », contrée où une population laborieuse et active savait ce qu'était le travail.

— Pas comme ces fainéants du sud, qu'ils soient de l'extrémité de la Botte ou de ces rivages-ci !

Elle jetait souvent des regards chagrins en direction de son époux, un coiffeur pour homme qui dilapidait ses maigres ressources au tric-trac, aux cartes et à la loterie.

Persuadée que l'air vif de sa Lombardie contrebalançait, dans le sang de Mario, les moiteurs des rives méditerranéennes, la réussite de son fils la comblait. Ses études brillantes lui avaient permis de gravir l'échelle sociale ; d'abandonner le milieu modeste de son père pour ne fréquenter que ceux que l'argent et la naissance favorisaient.

Depuis qu'Angèle l'avait quitté, Mario – persuadé que seuls les liens familiaux résistaient aux épreuves – butait contre le mur qui s'élevait entre Myriam et Georges. Jusque-là son épouse était parvenue à le lui dissimuler. Les heurts traversés par le pays, par les régions avoisinantes, secouaient les deux adolescents, redoublant leur opposition. Leur père en fut ébranlé.

Du jour au lendemain, il renonça à ses conquêtes féminines, à cette habileté avec laquelle il naviguait d'une aventure à l'autre, ou en menait plusieurs à la fois. Il adopta une règle de conduite irréprochable qui l'autorisait dorénavant, pensait-il, à prôner les bons principes et l'entente familiale.

***

Kalya paraissait « de passage ». De passage, comme en ce lointain après-midi, dans le jardin du Grand Hôtel, son verre de limonade à la main.

De passage, et à l'aise dans cet état migrateur, comme si elle pensait que l'existence elle-même n'était que cela : un bref passage entre deux obscurités. Comme si dans la maison de la chair si périssable, dans celle de l'esprit si mobile, dans celle du langage en métamorphoses, elle reconnaissait ses seules et véritables habitations. Malgré leur précarité, elle s'y sentait plus vivante, moins aliénée, qu'en ces demeures de pierre, qu'en ces lieux hérités, transmis, souvent si agrippés au passé et à leurs mottes de terre qu'ils en oublient l'espace autour.

— Eh bien, nous voilà !

Larguant d'un coup les personnages que les années leur ont fabriqués, Mario et Kalya viennent de prononcer les mêmes mots et d'éclater du même rire. Maintenant, ils peuvent tranquillement se dévisager.

— Qu'est-ce qui vous arrive ?

Odette prend un air boudeur. Ces deux-là lui arrachent une intrigue qu'elle a soigneusement mise en route. Ils la frustrent d'une romance qui aurait alimenté ses futurs commérages.

Oubliant les recommandations de sa tante Sybil apparaît dans son pyjama fleuri, Assuérus entre les mains.

Le charme se rompt de partout. Résignée, Odette offre un tabouret à l'enfant et lui beurre une tartine.

— Tu veux de la confiture de dattes ? C'est une spécialité.

Sybil fait oui. Elle salue Mario par son prénom et s'installe sur les genoux de sa grand-mère.

— C'est la fille de Sam, mon fils.

— J'aimerais te présenter mes enfants. Surtout Myriam...

— Pourquoi « surtout Myriam » ? interrompt Odette. C'est pourtant Georges qui te donne le plus de satisfaction !

Kalya avance comme si elle marchait depuis toujours. Elle avance, pas à pas, depuis des éternités, au fond d'un immense vide. Elle n'avance que depuis quelques secondes, dans un air criblé de paroles et de halètements. Une marche immémoriale et si brève cependant.
Dans sa tête, tout se bouscule. Qui de Myriam ou d'Ammal perd tout ce sang ? Laquelle se soulève, laquelle est blessée ? Parviendra-t-elle à les rejoindre ? Elle ne le sait pas encore.
Cette Place, cette zone limitée et précise, se dilate, s'amplifie, se gonfle de tous les vents mauvais. Le bruit inlassable des armes, le martèlement de pas hostiles l'encerclent ; puis viennent mourir sur les rebords du trottoir. Rien n'est encore dit. Les colères peuvent encore s'éteindre. Le jour peut encore s'éclairer.
Des paroles d'agonie reviennent sur les lèvres. Des corps douloureux, venus de tous les siècles, de tous les coins de la terre, surgissent autour d'elle. Vagues courtes et continues, cortège d'espoir qui se brise contre un mur de ciment. Les hommes convoitent la mort.

Kalya ne cesse de marcher, se raccrochant à chaque lueur pour tromper l'angoisse, pour franchir cette dernière distance. Il faut qu'elle se hâte. En même temps, il ne le faut pas ; l'embusqué risquerait alors de s'affoler, de tirer encore.
Elle surveille l'encoignure d'une porte, le coin d'une fenêtre. Son regard revient vers cet amas d'étoffes jaunes, empilées sur la nappe rougeâtre ; vers ces deux jeunes femmes dont elle partage pensées et sensations.
Kalya n'a plus peur, même si un cri la traverse par moments, comme un

couteau enfoncé dans le ventre. Elle arrivera jusqu'au bout. Elle y arrivera. Il y a tant de force en chaque créature humaine. Tant de force en elle.
Ombres et lumières se tiennent. Le malheur se greffe à l'espérance, l'espérance au malheur.

Faudrait-il frapper aux portes pour que les habitants viennent à leur secours ? À l'arrière, dans les ruelles avoisinantes, les nouvelles se propagent rapidement.
Odette quitte la fenêtre, court vers le téléphone pour alerter la police.
— Ne bouge pas, Slimane, surveille ce qui se passe. Je reviens.

Du Nil bleu au Nil vert, puis de maître en maître, remontant de la Haute à la Basse-Egypte, Slimane a commencé son périple depuis l'âge de huit ans. Ses joues balafrées portent la marque de sa tribu. Il y a cinquante ans, il avait abouti un beau matin chez Farid et ne l'avait plus quitté. Selon son humeur, celui-ci l'appelait tantôt « mon fils », tantôt « âne bâté ».
Ils ont vieilli ensemble, presque quotidiennement, entre le gris et les joies d'une longue vie, émigrant une dernière fois, il y a quelques années, du Caire à Beyrouth. Le Soudanais regarde toujours vers l'horizon, où les lieux se confondent et se rejoignent sur une ligne tranquille, immuable. Sa peau noire a le poli des galets. Ses yeux, la fraîcheur de l'ombre. Depuis la mort de Farid, Odette et ses possessions représentent son seul univers. Aucun grincement ne l'habite. Tout glisse avec un bruit d'ailes dans son cœur indulgent.
Slimane regarde par la fenêtre. Les battements de son sang restent calmes, mais une inquiétude indécise s'accroche comme un nuage.
Il reconnaît Kalya. Son regard, embué par l'âge, ne distingue pas les deux jeunes femmes dans cette masse colorée au centre de la Place. Il se demande où est l'enfant. Il ne parvient pas, même en se penchant, à l'apercevoir dans l'encadrement de la porte.

Kalya serre le pistolet dans sa paume. Cette arme qu'elle a refusée il y a trois jours quand Georges insistait pour qu'elle la gardât, et qu'il a, malgré son refus, déposée dans la commode de l'entrée. Tout à l'heure, elle n'a pas hésité à s'en saisir. À présent, elle la tient braquée devant elle. S'en servira-t-elle ? Saura-t-elle s'en servir ?
Elle jette sans arrêt des regards autour d'elle, cherchant à voir, à prévoir.

Tenant en joue la haine, masquée, obscure, venue on ne sait d'où, elle avance. Il faut qu'Ammal et Myriam vivent. Elle veut vivre, elle aussi. Le visage de Sybil la traverse, lui sourit. Elle n'a jamais rien connu de plus clair, de plus vivant que ce visage. Elle s'en souvient avec délices.

Le spectacle de cette Place volant en charpie ; de cette cité vomissant de ses entrailles ses machines de mort ; celui d'hommes, de femmes, d'enfants pris sous le grain de tempêtes meurtrières et de rafales insensées, n'est même pas imaginable. Pas encore.

Le cœur de Kalya bat vite, fort, comme celui de cette ville que l'angoisse harcèle, puis abandonne. La femme entre, comme en rêve, dans ce chemin qui s'allonge...

10.

La sonnerie retentit. Slimane se dirigea vers l'entrée. Emportant sa tortue, Sybil lui emboîta le pas, le devança, ouvrit la porte.
Surprise, la jeune femme crut s'être trompée d'étage. Elle était vêtue d'un blue-jeans et d'un chemisier rose ; sa chevelure noire, touffue, ombrait un visage énergique aux traits fins.
L'enfant l'embrassa sur les deux joues, se présenta :
— Je m'appelle Sybil. Je suis arrivée hier avec ma grand-mère Kalya.
— Est-ce que mon père... ?
— Tu veux dire Mario ?
— Oui.
La fillette cria en direction de la véranda :
— C'est Myriam !
— Tu connais mon nom ?
L'enfant la débarrassa du sac rouge et mou qu'elle portait en bandoulière et poussa Myriam devant elle en jouant. Celle-ci gardait les sourcils légèrement froncés, une expression grave dont elle ne parvenait plus à se défaire.
Le soleil ne donnait pas son plein. La matinée était encore tiède, douce ; les fauteuils d'osier, la table servie, la présence discrète et prévenante de Slimane, le visage avenant de cette étrangère, l'accueil remuant d'Odette lui donnaient envie d'être gaie, d'oublier la dureté du monde extérieur. Elle se pencha au-dessus de son père, l'encercla de ses bras.
— J'ai appris par Georges que tu t'inquiétais, je suis venue te rassurer. Chez nous, Kalya, même majeure on doit rendre des comptes à la famille, au père, au frère. Surtout au frère !

Elle parvint à en rire, glissa sa main dans les cheveux de Mario.
— Si, si, ne proteste pas, et pose-les tes questions.
— Tu étais chez Ammal ?
— Où voulais-tu que je sois ?
— Les examens sont terminés, qu'est-ce que vous avez encore à vous dire ?
— De plus en plus de choses.
— Vous complotez, ou quoi ?
Il lança ces mots en badinant et chercha tout de suite à les reprendre :
— À vos âges on peut rêver...
et lui tendant les mains :
— Reste un moment avec nous.

Elle resta. Traversant le store, des rayons bleutés coloraient les visages, traînaient sur le sol et les murs. Elle s'accroupit par terre, reprit son air grave. Regardant de biais Kalya, elle se demandait qui était cette femme dont Mario attendait la venue.

Elle était, lui avait-il confié, une photographe assez connue. Était-ce sérieux ? À quelles sortes de photos s'intéressait-elle ?
— Vous êtes ici en vacances, ou professionnellement ?
— En vacances. Rien qu'en vacances. Tout mon temps est à Sybil.

Ce mot « vacances » plusieurs fois répété parut à Myriam insolite, presque gênant.
— Pourquoi justement ici pour des vacances ?
— J'y pense depuis longtemps, Sybil aussi.
— C'est surtout moi qui voulais venir. L'idée est la mienne, n'est-ce pas, Kalya ?

Myriam continua de dévisager cette femme ; elle lui semblait lointaine et familière à la fois. Son regard attentif s'évadait par moments comme pour mieux absorber un climat étranger.

Kalya était, sans doute, à mille lieues de se douter de ce qui se tramait ici ; inconsciente, mais d'une tout autre manière qu'Odette et son entourage. Ceux-ci, cramponnés à des barques qui prenaient eau de toutes parts, s'obstinaient à s'accrocher aux voiles du souvenir.
— Vous me donnerez vos impressions avant de repartir.

Baie en cinémascope, somptueux hôtels, plages privées, voitures rutilantes, sites archéologiques, luxe et loisirs, plaisirs conjugués de l'Orient et de l'Occident : voilà comment se présente le pays ! Véritable dépliant du rêve. Etaient-ce ces images-là que Kalya ramènerait ? Cartes postales pittoresques, diapos ensoleillées, visions euphoriques ?

Myriam aurait souhaité amorcer une conversation, lui dire : « Pas ça. Ne ramenez pas ça ! Il y a plus, il y a mieux, il y a pire. » Un conglomérat de visages, de coutumes, de croyances, de terres fertiles, de sols arides. Des versants neufs, de vieux rivages. Se partageant le même individu : un profil actuel, l'autre archaïque. Des mondes complexes, enchevêtrés, tout à l'opposé des univers miroitants d'Odette. Elle était sérieusement atteinte leur petite terre, personne ne se l'avouait. Toujours étincelante sous le baume de la prospérité, elle dissimulait ses fièvres, ses crises, ses pesanteurs. Les contrastes faisaient partie de sa magie. Etrangers et touristes la jugeaient généreuse et rapace à la fois ; aimaient sa joie de vivre, s'offusquaient de son étalage de richesses ; s'extasiaient de ses qualités de cœur et d'accueil, se gaussaient de ses fanfaronnades. Ils admiraient ses cultures, blâmaient son goût exorbitant de l'argent, s'étonnaient de son amalgame de sectarismes et de libertés, d'affabilités et de fureurs subites. Petite terre devenue le lieu d'un trafic d'armes intensif ; marchands venus des quatre coins du globe suscitant des vocations sur place ; tout ici se négociait. Armements récupérés sur les champs de bataille voisins, revolvers d'une brève guerre civile remplacés par des engins plus modernes, attirail sophistiqué réclamant la présence de techniciens, d'instructeurs.

Pourrait-elle expliquer certaines choses à Kalya, pour qu'elle ne reparte pas aussi légèrement qu'elle était venue ? Pour qu'elle ne ramène pas de fausses idées, de fausses photos ?

Il fallait être muré dans son propre territoire, comme l'étaient Odette et bien d'autres, pour ne rien voir, ne rien pressentir. Mais Myriam se tut, elle en avait pris l'habitude. Pour s'adresser à Kalya dont les yeux, par instants, semblaient l'interroger, ce n'était ni le lieu ni le moment.

Assise auprès de la fillette, qui tapotait tendrement la tête ridée de la tortue, Myriam caressa les cheveux étincelants. Lisse et flottante chevelure se déplaçant à chaque mouvement ; d'un blond ardent, comme on n'en voit qu'au cinéma. Si différente de la sienne, épaisse, sombre, retenue par une trame serrée.

Qu'y avait-il de commun entre son monde et celui de Sybil ? Privilégiées toutes les deux, mais de façon si différente. Modernisme et simplicité chez la première. Modernisme plus fragmenté chez Myriam, aisance plus clinquante.

Dans l'univers de l'enfant, les problèmes vitaux étaient résolus ou bien écartés. Ici ils éclataient en surface ; se faisaient de plus en plus urgents, de plus en plus aigus.

VIII

Entourée d'une baguette de bois blanc, la petite photo de mon grand-père Nicolas, placée au bas de l'icône, risquait de passer inaperçue. Cette réduction, cette modicité dans le choix du cadre ne concordaient guère avec les goûts de Nouza ; elle les avait pourtant choisies pour satisfaire au désir de simplicité de son défunt époux.

Mon grand-père est mort de pneumonie quand j'avais sept ans. Je l'aimais et l'admirais pour de multiples raisons.

Sa chambre, à l'écart de la vaste maisonnée, se découvrait au fond d'un sombre couloir. Elle était contiguë à l'escalier qui plongeait vers les cuisines.

Mon grand-père était gourmand. Il descendait plusieurs fois par jour les quelques marches qui le conduisaient chez Constantin. Le cuisinier l'accueillait chaque fois avec le même plaisir. Il lui offrait la primeur d'une entrée ou d'un dessert ; ou bien un de ces pains, ronds, plats et tièdes, qu'il bourrait d'olives noires et de fromage de chèvre, sur lesquels il versait un filet d'huile qu'il parsemait de quelques feuilles de menthe. Nicolas préférait ces incartades aux repas réguliers. Malgré cela, il ne changea jamais d'aspect et garda jusqu'au bout une corpulence moyenne, un estomac à peine bombé. Il préférait sauter déjeuners et dîners plutôt que de se priver de ces incursions, à la fois amicales et gourmandes, dans la cuisine. Il y prenait du bon temps, assis à la même table que Constantin dont la compagnie lui était plus agréable que celle des convives de Nouza.

*
* *

Une fois, il m'invita dans sa chambre. Je le revois, appuyé au battant grand ouvert :
— Entre, petite Kalya.

Je pénétrai dans un périmètre d'éclatante blancheur, si différent de l'antre obscur du cousin Mitry. Rideaux en lin naturel, murs badigeonnés à la chaux, lit de camp recouvert d'un tissu de coton en nids d'abeille. Table, chaise, armoire, recouverts d'une peinture blanche et laquée. Beaucoup de vide autour.

Claire, ensoleillée était aussi l'apparence de mon grand-père : moustache grisonnante, cheveux argentés qui moussent sur les tempes, yeux d'un bleu transparent. Il porta toujours le même pantalon bistre blanchi par les lavages, une chemise crayeuse à col ouvert.

Enfant d'émigré, Nicolas avait introduit, avec quelques autres, l'élevage du ver à soie en Egypte, sa patrie d'adoption. Doué pour les finances et le négoce – bien que sans instruction –, mon grand-père pensait qu'il était de son devoir de faire fructifier ses talents. « S'enrichir » demeurait pour lui un jeu de l'esprit, un exercice de l'intelligence et de la volonté. L'effort, la performance le séduisaient. Il en repoussait cependant, pour son propre compte, les résultats matériels. Embarrassé dès qu'il se trouvait dans un décor opulent, raffiné, tel qu'était devenu celui de Nouza, il avait choisi, pour ne pas la gêner, de vivre à l'écart.

Progressant d'une entreprise à l'autre, Nicolas avait fait fortune. Il se trouva rapidement à la tête de trois immeubles en ville et de plusieurs hectares de terrains agricoles qu'il louait à des paysans.

En dépit de cette prospérité, mon grand-père gardait des goûts de pauvre. Il n'aimait fréquenter que les plus démunis. L'argent, la réussite restaient des notions abstraites qui ne se traduisaient, concrètement, qu'à travers le bien-être qu'il pouvait dispenser aux siens.

Ses largesses s'étendaient aux membres désargentés de sa famille. Foutine, la mère de Nouza, dont le mari gouverneur était mort ruiné, le cousin Mitry firent toujours partie de la maison. Sans compter de nombreux collatéraux qui ne le sollicitèrent jamais en vain. Pour d'autres misères, dont le pays était fertile, Nicolas gardait une caisse secrète où il puisait abondamment.

Quant à Nouza, son épouse, de plusieurs années sa cadette, sa beauté qui l'éblouissait et l'intimidait à la fois méritait à ses yeux le plus beau des écrins. Il se plaisait à lui offrir maison, jardin, nombreux personnel, chauffeur et voiture, bijoux et toilettes. Il lui payait les voyages de son choix, y prenait rarement part.

Nicolas louait à l'année, pour son épouse, une loge à l'Opéra, tandis qu'il se contentait d'écouter les grands airs d'*Aïda,* de *Tosca,* de *Manon Lescaut* sur son gramophone à cornet. Il réservait deux places permanentes dans une des tribunes du champ de courses, heureux qu'elle pût s'y rendre, élégante, parée, accompagnée le plus souvent par son frère Farid, friand, comme sa sœur, de mondanités.

Lorsque ses petits-enfants venaient en visite, mon grand-père « montait aux salons ». Après le repas, il se mettait à quatre pattes devant le canapé en velours rouge, proposait aux garçons de grimper sur son dos et faisait le tour des pièces en feignant d'avoir des obstacles à franchir. Les petits perdaient souvent l'équilibre, roulaient à terre. Mon grand-père leur apprenait à ravaler leurs larmes, à transformer chaque chute en joyeuse plaisanterie. Persuadé que les filles – de race plus pleurnicharde – ne sauraient réagir aussi sainement, il ne leur offrait jamais cette monture.

Un jour, je le pris en traître. Je sautai sur son dos, m'agrippai à ses épaules :

— En avant, grand-papa !

Il ne résista pas. J'eus droit à la longue promenade entrecoupée de bonds. Je fis exprès de me laisser tomber à l'endroit des dalles pour lui montrer de quoi j'étais capable.

Le choc fut plus violent que je ne l'avais prévu. Nouza s'affolait et accourait pour me relever. Mes grimaces se transformèrent en sourire, en rire éclatant. J'étais debout. Mon grand-père me tendit la main.

— Tu aurais mérité de t'appeler Kalil ! Pas Kalya.

Munie de ce compliment suprême, je filai rapidement vers les toilettes pour asperger d'eau mon front douloureux et mes genoux écorchés.

À partir de là, il me voua une attention assidue, jusqu'à m'inviter à plusieurs reprises dans sa chambre.

Il mourut trop tôt. Avant que les questions que j'aurais aimé lui poser n'aient mûri. Des questions qui étaient sans doute les siennes, mais qu'il ne voulait pas imposer à Nouza, de peur d'alourdir une existence insouciante et, somme toute, harmonieuse.

***

À l'occasion de la « Fête des morts », Nouza m'entraînait parfois sur la tombe de mon grand-père. Ce cimetière, avec d'autres appartenant à diverses communautés chrétiennes, se situait dans la banlieue du Caire. Ils avoisinaient les quartiers populeux.

Emportant une large gerbe de glaïeuls rouges, Nouza avance, entre les tombes, dans l'allée des eucalyptus, s'arrête sous les feuillages pour en respirer les senteurs.

— Fais comme moi, Kalya, ça nettoie les poumons.

Je la suis, en titubant, un imposant pot de chrysanthèmes roussâtres dans les bras. Leurs corolles compactes me bouchent, en partie, la vue.

Transportant une cargaison de lys – qui symbolise aux yeux de ma grand-mère le caractère intègre du défunt –, Omar, le chauffeur, nous suit.

Musulman, il n'est pas indifférent à ces rites ; il n'a jamais connu mon grand-père mais il a le respect des morts. Comme d'autres coreligionnaires, il porte une affection soutenue à la sainte de Lisieux, à cette petite Thérèse, chargée de roses, dont l'église se trouve à quelques kilomètres de la capitale. A l'occasion de la guérison de sa mère, Omar a même fixé un ex-voto, parmi des centaines d'autres, au pied de sa statue.

Devant le mausolée familial, Nouza défait prestement les ficelles, déchire l'emballage, jonche les dalles de fleurs écarlates et liliales. Je place le pot de rigides chrysanthèmes en retrait. Le soleil est à son zénith, d'ici quelques heures ces plantes se faneront. Qu'importe ! Ce qui compte, c'est le geste, la profusion, et même le gâchis. L'hommage rendu en est d'autant plus précieux.

Entouré d'une marmaille rieuse et en loques, talonné par sa femme, enceinte pour la onzième fois, Elias, le gardien des sépultures, apparaît. Les paupières lourdes, traînant derrière lui son tuyau d'arrosage percé à plusieurs endroits, il se dirige vers Nouza.

Tout de suite il prend les devants. Le nettoiement du caveau a été négligé, il le sait. Il en débite les causes : deuils et maladies, vents du désert, chasse aux voleurs. Il jure ensuite de balayer, de chasser toutes les poussières à grands jets d'eau :

— Reviens dans trois jours, dans deux jours. Reviens demain ! Tu verras.

La dorure des épitaphes scintillera, le jaspé des marbres reparaîtra, festons et guirlandes de pierre resurgiront. Promis, juré ! Il voudrait prendre ses enfants à témoin, mais ceux-ci se sont déjà dispersés parmi les tombes et jouent avec une balle en caoutchouc à moitié pelée. Il les rappelle en secouant les bras. Connaissant par cœur son discours, ils répondent, en écho, par des hurlements et des rires :

— Promis, juré ! Juré, promis !

Les deux mains plaquées sur son ventre, le regard affaissé, son épouse approuve de la tête en poussant des soupirs.

Après le départ de Nouza – celle-ci ne reviendra pas avant une longue année –, Elias retombera dans sa somnolence, oubliera ses promesses.

Faisant mine de croire à ses serments, ma grand-mère distribue billets et piécettes aux enfants soudain accourus de tous les coins du cimetière. Ils sautillent autour d'elle, les mains tendues. Leurs yeux, les commissures de leurs lèvres sont englués de mouches, leurs vêtements troués laissent paraître des morceaux de cuisse, de ventre, d'épaules.

— Prends mon porte-monnaie, Kalya. Donne-leur tout ce qu'il contient.

Sa légèreté me choque. J'ai honte, je me détourne, je m'éloigne.

— Je ne peux pas.

Mes chaussettes en fil blanc sont trop bien tirées, mes chaussures en vernis rouge à barrette étincellent sous la pellicule de poussière.

Une fillette de mon âge me poursuit. Elle vient de saisir l'extrémité de ma jupe en tussor bleu et me retient. L'air extasié, elle en palpe longuement l'étoffe soyeuse entre le pouce et l'index. Je la regarde, pétrifiée. Je voudrais disparaître sous terre ; ou bien échanger nos robes, l'embrasser, la ramener avec nous.

— Je m'appelle Salma, et toi ?

Elle me traverse de son immense regard ; me sourit avec curiosité et sollicitude.

— Et toi ?

11.

La dernière nuit avait été rude. Ammal et Myriam venaient d'apprendre qu'en pleine ville des hommes armés avaient stoppé un autocar, abattu une dizaine de passagers. Le même jour, dans la proche campagne, d'autres avaient découvert les cadavres mutilés de cinq jeunes gens jetés au bas d'un talus.

Qui avait commencé ? Quel acte avait précédé l'autre ? Déjà les fils s'enchevêtraient. Déjà haines et désirs de vengeance se répondaient.

Assis dans le salon, Georges frappait le sol du pied, ouvrait, refermait la radio, fumait cigarette sur cigarette, attendant le retour de Myriam. Dès que celle-ci avait paru, il s'était levé, lui avait barré le passage.

— C'est à cette heure-ci que tu rentres ?

Au lieu de répondre, elle avait demandé des nouvelles de son père.

— Tu as oublié, il est chez Odette. Il nous en aura pourtant parlé de son « rendez-vous d'amour ». Encore une de ses vieilles histoires ! Mais toi, d'où viens-tu ?

La jeune fille avait haussé les épaules, s'était dirigée vers sa chambre. Il l'avait rejointe, puis, attrapant la bandoulière de son sac rouge et lui saisissant le bras, il l'avait ramenée, de force, vers lui :

— Tu vas me répondre ?

Myriam était parvenue de nouveau à lui échapper.

— Je n'ai rien à te dire.

Elle avait couru vers la sortie et claqué, derrière elle, la porte de l'appartement. Cette fois, il n'avait pas tenté de la suivre.

Elle s'était adossée quelques instants au mur pour reprendre souffle. Puis elle avait sonné chez Odette.

Georges en voulait à son père de bien des choses, de sa faiblesse envers Myriam, de ce qu'il avait fait endurer à Angèle. Une épouse irréprochable, une mère exemplaire ! Pourtant, elle ne l'avait jamais tenu dans ses bras ; plus tard, elle ne l'avait jamais embrassé, sauf sur le front en de rares circonstances. Georges en avait-il souffert ? Il ne voulait pas y penser.

Déçue, humiliée par Mario, Angèle se gardait de tout autre contact. Son fils ne voulait s'en souvenir que comme d'une femme pieuse, respectable, qui n'aurait jamais cherché à se mettre en avant, ni à ridiculiser les siens.

Une autre image le poursuivait. Il revoyait sa mère, assise, les mains croisées. Le soir, elle se tenait tout près de la lampe à l'abat-jour mauve posée sur le guéridon. Mario était toujours absent, Angèle semblait l'attendre indéfiniment, tressaillant au moindre bruit sur le palier. Sous la lumière tamisée, ses joues se striaient de teintes violettes. Ses cheveux clairsemés, taillés à la garçonne avec une frange noire, n'adoucissaient pas ses traits. Ses yeux bruns piquetés de paillettes d'or prenaient l'expression d'une biche aux abois. A ces moments-là, Georges se sentait prêt à se battre pour elle, à la défendre contre ce père qui l'avait fait souffrir.

Dès qu'elle le pouvait, Angèle tirait un rosaire de sa poche et priait. Elle priait pour Georges, pour Myriam, pour l'infidèle Mario, pour les proches, les voisins, les parents éparpillés de par le monde. Elle priait même pour sa belle-mère Laurentina, purgeant sans doute en Purgatoire ses humeurs coléreuses. Elle priait aussi pour son petit pays, plaignant du fond du cœur ceux que les hasards de l'existence avaient fait naître hors de la religion catholique. Elle étendait ensuite ses prières au monde entier, plaçant ses espérances dans une conversion de la planète qui résoudrait tous les problèmes, toutes les infidélités, toutes les guerres et qui devait advenir, selon les Écritures, avant la fin des temps.

Après la mort de son épouse, Mario s'était mis à fréquenter l'Église. Comme si la défection de ce précieux intercesseur auprès du ciel – qui, à coups de neuvaines et d'indulgences, le blanchissait de ses péchés – le laissait sans défense et sans garantie face à un avenir irrécusable.

A l'opposé de Georges, l'existence étriquée de sa mère révoltait Myriam. Ses caresses lui avaient manqué, elle ne s'en cachait pas. Dès son enfance, prenant tout à rebours de ce tempérament frigide et dévot, elle se jurait d'être tout autre. Elle l'était naturellement.

Elle choisirait l'homme de sa vie, ils s'aimeraient avec passion. Elle couvrirait ses enfants de baisers.

Jamais elle ne permettrait à Georges d'entraver ses désirs, de contrecarrer ses projets, de changer sa manière de voir. Ni à Mario non plus. Mais celui-ci était plus nuancé, plus maniable. Il se laissait tour à tour influencer par chacun de ses deux enfants.

***

Dès l'instant qu'ils avaient ri ensemble, Mario abandonna, avec soulagement, son air conquérant. Auprès de Kalya il se sentit soudain à l'aise, débarrassé de ce personnage ambitieux, sûr de lui, qu'il s'était forgé et qui lui devenait de plus en plus pesant.

Il renonça à poser des questions à Myriam sur son absence. Celle-ci bavardait avec Sybil qui n'arrêtait pas de l'interroger. Elle n'avait aucune de ces timidités, aucune de ces gaucheries des petites filles de jadis. Kalya admirait cette aisance, ce visage ouvert, ces mots qui bondissaient. Elle s'émouvait aussi de sa curiosité ; tournée vers Myriam, l'enfant s'informait de tout.

Assuérus grignotait paisiblement sa feuille de salade. Sous le store de la véranda, l'ombre bleutée virait au blanc, annonçant les fortes chaleurs de la matinée.

— Entrons dans le living, nous aurons plus frais, dit Odette.

Slimane avait déjà refermé les volets.

— Tu te souviens, Kalya, de nos maisons d'Égypte ? Des oasis après la canicule et la poussière du dehors.

Entrant dans cette pénombre, Kalya retrouva ce délassement des muscles, cette paix de yeux agressés par les feux du dehors. Elle éprouva de nouveau ce plaisir de la peau qui absorbe le clair-obscur, celui du regard baigné dans une quiétude liquide qui adoucit angles et contours.

Des gouttes de sueur perlaient sur le front de Sybil, à la racine des cheveux où le blond est plus blond encore. La chaleur n'incommodait pas la fillette qui s'adaptait à tout et à chacun. Avec un aplomb tranquille, le regard en éveil, elle s'adressait à l'un, à l'autre, puis revenait vers Myriam, l'interrogeant sur ce pays et ses habitants ; sur elle-même, son âge, son futur métier. Enfin, se campant devant son interlocutrice, les mains à la taille :

— Moi, je serai danseuse !
— Danseuse !

Imaginant l'effet de cette déclaration sur Farid, Odette eut un haut-le-corps. Elle l'entendait d'ici : « Mon arrière-petite-nièce sur les planches ? Jamais ! Tout ça, c'est Folies Bergère et compagnie ! » Perplexe, elle se tourna vers Kalya.

— Tu as entendu ? « Danseuse ! »

Danseuse ! Kalya sourit à l'enfant, à ce cortège de femmes qui remontent le temps. Sourit à l'aïeule jouant sur sa cithare incrustée de nacre, pour accompagner les balancements de sa fille ; à Foutine, l'arrière-grand-mère, ondoyant sur les dalles blanches et noires du gourvernorat, un mouchoir de mousseline au bout des doigts. À Nouza évoluant avec souplesse dans les bras d'un partenaire ; à elle-même sous la pergola, gambadant sur la table du banquet. Sourit à toutes ces danses.

Sybil confia la tortue à Myriam et s'exécuta sur-le-champ. Une pirouette, un entrechat, un jeté. La nappe claire de ses cheveux planait autour d'elle. Elle termina par une cabriole, suivie d'un grand écart.

— Tu seras danseuse !

Myriam applaudit de toutes ses forces. Elle enviait cette enfant de là-bas ; dans son pays, elle ne rencontrait pas d'obstacles à ses dons. Souvent elle souhaitait partir loin, vivre ailleurs, n'avoir que sa propre existence à bâtir. Ici, il fallait tenir compte des familles, des coutumes, des religions, des milieux. On était pris au piège, serré dans un étau. Comment s'y soustraire ? Comment surtout rester indifférente à ces remous, à ces craquements qui minaient peu à peu toute la région ? Comment ne pas s'en préoccuper, s'en inquiéter, ne pas chercher à modifier ce qui pouvait l'être encore ? Les troubles récents risquaient de devenir lourds de conséquences. Fallait-il prévenir Kalya ? Lui conseiller de repartir au plus tôt avec l'enfant ? Ou bien, espérant qu'il ne s'agissait là que d'accidents violents mais passagers, fallait-il au contraire leur laisser le temps ? Elles paraissaient si heureuses de lier connaissance ici. Particulièrement sur cette terre-ci.

Avec Ammal, et leurs amis de plus en plus nombreux, il fallait décider d'un plan d'action qui arrêterait tout engrenage.

— Kalya, je vous ferai rencontrer Ammal.

Auprès de l'étrangère, Myriam se sentait en confiance. Elle aurait aimé lui parler, lui confier son désarroi, ses convictions. Ce n'était ni l'endroit ni le moment ; plus tard, l'occasion se présenterait. Cette dernière nuit, la jeune femme n'avait pas fermé l'œil, cela aussi contribuait à tout obscurcir.

Odette venait de passer au cou de Sybil une chaînette portant une pierre bleue et une médaille :
— Le bleu, c'est contre le mauvais œil.
— Le mauvais œil, c'est quoi ?
Odette plissa le front, se lança dans des explications confuses avec des anecdotes à l'appui.
— La médaille aussi te protégera. Je l'ai fait bénir à Lourdes. Regarde, c'est l'Immaculée Conception, tu la reconnais ?
— L'Immaculée quoi ?
— Sam n'a jamais été croyant, s'excusa Kalya.
— Il a baptisé sa fille au moins ? Tu es baptisée, Sybil ?
— Baptisée ? je crois que oui.
— Mais Jésus... Tu sais qui est Jésus et saint Joseph et la Sainte Vierge ? La Sainte Vierge, tu connais ?
— Tu veux dire Maman Marie ?
— Maman Marie ?
— J'aime beaucoup Jésus, je connais son histoire. Lui et Maman Marie, je les aime beaucoup.
Kalya souriait. L'icône de Nouza, tantôt grondée, tantôt vénérée, émergea du fond de sa mémoire.
Fronçant les sourcils, Odette ajouta sur un ton de reproche :
— Maman Marie, c'est comme ça que tu appelles la Mère de Dieu ?

*
* *

— Comment t'appelles-tu ?
— Ammal. Et toi ?
— Myriam.
Plantée sur une colline, l'école a de partout vue sur la mer. La cour de récréation s'échappe vers des pentes bordées d'oliviers et de pins. Les deux petites filles les dévalent à la poursuite du ballon. Il rebondit de plus en plus vite sur les cailloux.
— Tiens, je te le donne.
— Garde-le, il est à toi.
Là-haut, leurs camarades les rappellent pour continuer la partie. Elles remontent en se tenant la main. Ammal porte des nattes enrubannées de bleu, Myriam a une tignasse sombre, aux boucles serrées, retenue par des barrettes rouges. Elles courent, se séparent, se rejoignent, se tirent l'une

l'autre sur la montée, dessinent des ronds autour des troncs d'arbres. Elles s'essoufflent, rient, s'arrêtent pour respirer et contempler la mer.
— Tu vas souvent à la mer ?
— Quelquefois.
— Je sais nager, et toi ?
— Pas encore.
— Un jour, je partirai.
— Où ça ?
— Là-bas.
Tour à tour, de l'index, elles montrent l'horizon.
Elles ont sept ans, huit ans, dix ans, douze ans.
Elles posent et se posent des questions ; ces questions enjouées et graves de l'enfance.
— Ton Dieu a un autre nom que le mien ?
— Il s'appelle Allah, mais c'est le même.
— Tu crois que c'est le même ?
— C'est le même.
— Moi aussi, je le crois.
— On le prie différemment, c'est tout.
Elles ont douze ans, treize ans, seize ans. Elles se passent leurs cahiers, leurs livres, leur peigne, leur miroir ; échangent robes et chandails.
Elles ont dix-sept, dix-huit ans. Elles réfutent certaines coutumes, certaines habitudes. Parfois il suffit d'une chiquenaude pour que les cloisons s'abattent dans leurs cendres ; d'autres fois, ce sont de vieux chênes tenaces dont les racines ne cessent de repousser. Les jours s'additionnent, semaines et mois défilent.
Elles ont dix-neuf ans. Elles sortiront des beaux quartiers. Elles veulent voir, savoir. Elles entreront dans ces banlieues qui s'encastrent au flanc des villes, dans ces villages dispersés dans la montagne aride. Elles parlent à ces enfants qui pataugent dans des flaques de boue, à ces femmes décharnées ou aux chairs épaisses que l'existence déserte, à ces adolescents fiévreux dépourvus d'avenir. Elles vont, viennent, cherchent à comprendre le sens de l'existence, la signification de tout cela. Elles dévorent livres, journaux, se font des amis.
Elles ont vingt ans. Elles rajustent leurs interrogations, enjambent du même mouvement routines et préjugés ; font un pacte contre tout ce qui sépare et divise.
— Entre nous il n'y aura pas de cassure.
— Jamais.

— Tu ne changeras pas, quoi qu'il arrive ?
— Quoi qu'il arrive !

L'une fait du droit, l'autre est en pharmacie. Leurs familles les souhaitent mariées, établies, pourvues d'enfants, abandonnant des études qu'elles espèrent provisoires.

Différentes de leurs mères, elles sont sveltes, elles ont des seins menus, de longues cuisses, une allure déliée. Elles parlent sans fard de l'amour. Elles le vivent passionnément, difficilement, entre liberté et tabous. Elles fascinent les garçons, en même temps les inquiètent.

Elles se confient peu à ces mères trop passives ou trop remuantes, qui dilapident leur existence oisive entre somnolence ou mondanités. Ammal va parfois vers sa grand-mère, silencieuse et voilée. On dirait que l'âge a libéré sa parole. Tendre et souriante, elle a vu glisser un demi-siècle, assisté à la décomposition d'un vieux monde, au bouillonnement d'un autre qui n'a pas encore mûri. Elle encourage sa petite-fille :

— Apprends autant que tu peux. Vis. Moi, je n'ai rien su. Je ne sais même pas si j'ai vécu. Apprenez aussi, toutes les deux, à vous connaître.

Elles se heurtent à leurs pères, à leurs frères, affrontent les « on-dit ». L'univers leur parvient par ondes et par échos. Elles vivent un temps mobile, fertile. Vigilantes, elles maintiendront l'ouverture entre les uns et les autres. Ils sont nombreux ceux qui le souhaitent. Pourtant, elles le savent, ceux qui pensent autrement sont nombreux, eux aussi.

— Tout ce que je vous raconterai sur notre jeunesse vous semblera si différent de la vôtre, Kalya. Elle ajouta avec une pointe d'agacement :

— Si éloigné de votre Paris !

IX

Paris !... Peut-on aimer une ville comme une personne ? C'est pourtant comme cela que je l'ai aimée.

Ma grand-mère venait de quitter la salle de jeux. Dès qu'elle me voyait, elle s'avançait vers moi, le visage radieux, le sourire aux lèvres. Jamais on ne devinait à son expression si elle avait perdu ou gagné. Dans le jardin du Grand Hôtel, elle m'entraîna vers sa table préférée, celle qui longe la haie des lauriers-roses.

— Je m'ennuie de Paris ! Tu te rappelles, Kalya, il y a quatre ans nous y étions ensemble. Tu n'avais que huit ans, tu dois à peine t'en souvenir.

Pourtant, je m'en souvenais. À ce seul mot : « Paris », je me sentais libérée, entraînée dans une effervescence du corps et de l'âme.

— Toujours les mêmes têtes, toujours les mêmes mots, toujours les mêmes jeux !... Je m'ennuie, j'étouffe ici.

Ma grand-mère ajouta que, depuis la mort de Nicolas, elle ne pouvait plus se permettre un voyage aussi long, aussi coûteux.

— Cinq jours de paquebot, des trains, des hôtels. Mais j'y retournerai avant de mourir.

— Tu ne vas pas mourir, grand-maman. Tu es encore jeune.

Elle me pinça le menton :

— C'est toi qui dis ça !

Nouza tira de son sac un poudrier en écaille, l'ouvrit, sonda le miroir. Ses cinquante-six années avaient laissé des traces sur la carnation et le modelé du visage. Elle plaqua sa main sur son cou, étira la peau qui s'était affaissée, jeta un second coup d'œil dans la glace.

— Non, non, ça ne servira à rien !

Elle secoua la tête, claqua sa langue plusieurs fois contre son palais pour se moquer de ce geste inutile. M'offrant son sourire, son regard bleu vif, elle se redressa, bougea ses épaules, remua ses jambes, évaluant les muscles de son dos, la vigueur de ses mollets.

— Ça ira encore. Mais je veux revoir Paris avant de trop vieillir.

Nouza ne devait pas « trop vieillir ».

Cinq ans plus tard, à la porte de son domicile cairote – au milieu d'une malle-armoire, d'un charivari de valises et d'une boîte à chapeau qu'Omar le chauffeur avait commencé à ranger dans le coffre de la voiture –, ma grand-mère s'effondra. Foudroyée comme un bel arbre.

On me raconta qu'elle tenait à la main son passeport, son billet marqué « Marseille » et qu'on eut du mal à les lui faire lâcher.

J'étais loin. À Paris, en pension. L'été du Grand Hôtel fut le dernier que nous ayons passé ensemble.

***

Nouza étendit le bras derrière elle, rompit une branche du laurier, piqua trois fleurs roses dans son corsage, m'offrit le reste :

— C'est vrai, Kalya, tu te rappelles Paris ?

C'était en août. Elle avait loué un appartement du côté d'Auteuil, au fond d'une impasse qui s'appelait « Jouvence ». Pour pouvoir aller et venir à son gré, elle avait engagé une gouvernante qui me promènerait. Celle-ci était une Suissesse, au buste large, aux petits yeux gris, que la grande ville horripilait.

Dès le premier regard, je tombai amoureuse de cette cité.

« Paris, reine du monde ! » chantonnait mon grand-oncle Farid à chacun de ses retours.

Au Caire, la rue m'était presque étrangère ; les transports en commun, du domaine interdit. Entre demeures et jardins je me déplaçais dans un milieu clos. Autour, plus loin, d'autres mondes remuaient, dont je n'avais aucune idée, que je ne connaîtrais sans doute jamais. Pourtant, leurs appels me lancinaient.

Après avoir quitté l'impasse Jouvence, j'entraînais ma gouvernante, malgré ses réticences, dans le métro. Je m'y engouffrais avec ravissement, humant cette odeur particulière qui tient de la pierre moite, souterraine et de la densité des humains.

Devançant mon accompagnatrice, je dévalais les marches, me faufilais dans la foule. À l'intérieur du wagon, je fixais ces visages, innombrables, éphémères, anonymes. À chacun j'inventais une histoire. J'aimais voir défiler les stations ; j'apprenais tous leurs noms par cœur, je reconnaissais les affiches : Dubo Dubon Dubonnet, Bébé Cadum, Pile Wonder, Chocolat Meunier, Cirage Eclipse...

Sur la plate-forme extérieure de l'autobus, appuyée au parapet, je laissais soleils ou pluies me balayer la face. Je dévorais des yeux chaque morceau de ville.

Durant nos promenades le long de la Seine ou dans les avenues bordées de vitrines étincelantes, la Suissesse soupirait après ses lacs, ses sentiers de montagne, ses arbres à elle « sortis de terre et non du macadam ». Elle se plaignait du tintamarre, de l'air souillé. Ses dénigrements plaquaient une dalle sur mes élans, mais je m'en débarrassais aussitôt, laissant toutes mes ailes, tous mes souffles m'envahir.

La gouvernante me menait à travers les Tuileries, m'octroyait quelques tours de balançoire, m'aidait à grimper sur un cheval de bois du manège. Elle ne me félicitait jamais d'avoir décroché ces anneaux que je faisais tinter autour de ma baguette. Elle m'arrachait des mains la sucette bariolée de rouge, de jaune, que je venais de gagner et la jetait au fond d'un panier public.

— C'est plein de microbes ! Jamais je ne vous laisserai manger ça !

Pour me consoler, elle m'achetait un cerceau ou une corde à sauter, que j'avais vite fait d'égarer.

Au bord du grand bassin, je n'y tins plus. Je profitai d'un de ses moments d'inattention pour m'échapper, seule, vers la rue de Rivoli. La gouvernante me courut après, mais je parvins sans mal à la semer.

Libre. J'étais libre ! Je me laissai emporter par mes pas.

Je traverse la cour du Louvre, me mêle aux passants, me retrouve face aux quais, remonte la rue de l'Arbre Sec, la rue Vauvilliers, la rue du Jour ! Leurs noms chantent encore dans ma tête. Je me retrouve quai de la Mégisserie. En me faufilant entre les voitures et un car de touristes, je traverse et poursuis mon chemin jusqu'au pont des Arts.

Reprenant souffle, je m'accoude à la rimbarde et contemple, à n'en plus finir. Images d'eau, de ciel, mobilité du fleuve, des nuages, des péniches, glissant sous les arcades : je voyage. Immobilité des édifices, leurs dômes, leurs colonnes, leur durée : je m'enracine. J'exultais. J'exulte. C'est beau à en pleurer !

Plus tard, des gouttelettes de pluie m'accompagnant tout au long du parcours, j'ai retrouvé, sans me perdre, le chemin de l'appartement.

J'entre, les joues en feu, débordante d'appétits et de fougue, à l'instant où la gouvernante en larmes est en train d'offrir sa démission.

La pâleur de ma grand-mère me surprend, m'effraie. Je réalise la peur que je lui ai faite.

— C'était si beau, grand-maman. Si beau !

C'est tout ce que je trouve à dire. Cela a suffi, car Nouza me prend dans ses bras et renonce à me gronder.

Je débordais de tendresse pour elle, pour Paris, pour la terre entière. Je courus vers la Suissesse, sautai à son cou, lui demandant pardon, jurant de ne plus recommencer.

Elle retira sa démission.

Mais, quelques jours plus tard, rappelée d'urgence auprès de son frère qui venait de subir une opération, elle nous quitta sans regret. Nouza soupçonnait un faux prétexte. Haussant les épaules, elle me prit par la main :

— Les gouvernantes c'est pas pour nous, Kalya. Ni nous pour elles ! On se débrouillera, seules, toutes les deux.

*
* *

Durant une semaine, nous ne fûmes plus que Nouza et moi. Le soir, lorsque ma grand-mère sortait – elle avait des amis, des relations, on recherchait sa compagnie –, la voisine venait, de temps à autre, s'assurer que j'étais bien tranquille.

Les programmes des spectacles s'empilaient sur un pouf de velours. A travers les photos, je fis la connaissance de Joséphine Baker, Mistinguett, Maurice Chevalier, Georges Milton, Damia, Yvonne Printemps, Lucienne Boyer, Pils et Tabet...

Aucun journal ne traînait dans l'appartement. Nouza ne se préoccupait guère des événements du monde. Nicolas avait vainement essayé de l'y intéresser.

Nous étions en 1928. Le pacte de Paris, qui rendait l'Amérique solidaire de l'Europe, venait d'être signé. Mussolini martelait ses déclarations hostiles, le menton de plus en plus proéminent. Hitler se profilait derrière Hindenbourg, s'organisait dans les ténèbres. Briand cherchait à mettre la guerre hors la loi. La crise économique allait s'abattre sur le monde.

Deux ou trois fois j'ai surpris Nouza au téléphone. Imprudemment elle laissait les portes ouvertes entre nous. Sa voix prenait d'étranges et pathétiques intonations.

Un soir, ce fut déchirant. Ses paroles se hachuraient, reprenaient, entrecoupées de soupirs. Je me retenais pour ne pas voler à son secours. J'entendis :

— Alors, c'est fini ?... C'est fini.

Je n'osais pas comprendre.

Elle sortit enfin de sa chambre, le visage bien plus livide que le jour de ma fugue.

* * *

Pour rejoindre le navire qui nous ramènerait à Alexandrie, nous avions pris une calèche. Nous étions précédées d'un taxi qui transportait les nombreux bagages de Nouza.

La veille, Farid avait téléphoné de Montecatini, annonçant qu'il embarquerait sur le *Champollion* avec nous.

Dès qu'elle se trouva cachée sous la capote de cuir, Nouza fondit en larmes. Je revois la scène comme si elle se déroulait au fond d'une lagune. Ma grand-mère portait une robe vert jade, des chaussures assorties, un chapeau à voilette turquoise qu'elle soulevait de temps à autre pour se tamponner les yeux avec un mouchoir de même couleur. L'intérieur de la calèche faisait penser à une grotte brunâtre.

— Pourquoi pleures-tu, grand-maman ?

— Paris !... Je ne verrai plus Paris.

Je fondis en larmes à mon tour.

— Moi aussi, j'aime Paris !

Elle entoura mes épaules de ses bras, me serra contre elle. J'avais le sentiment qu'on nous arrachait notre respiration, notre liberté ; et que jamais plus nous ne retrouverions ensemble la cité perdue.

Le *Champollion* était à quai. Main dans la main, les yeux rougis, nous avons escaladé la passerelle qui conduit au grand navire blanc. Mon grand-oncle n'était nulle part. Bientôt on lèverait l'ancre.

Soudain, penchées au-dessus du bastingage, nous le vîmes. Il courait d'un bout à l'autre du débarcadère, cherchant à nous apercevoir. Nous lui fîmes signe. Il hurla dans notre direction, s'empêtrant dans ses mots, expliquant qu'il venait d'être retenu par une affaire urgente, qu'il nous rejoindrait dans une quinzaine de jours. Nouza en conclut que, depuis son coup de fil de la veille, il avait fait une rencontre et qu'il était retombé amoureux.

Pour se faire pardonner, Farid exhiba une moisson de cadeaux qui lui emplissaient les bras.

— Pour toi, ma sœur chérie. Et pour la petite !

Il avait écumé les boutiques, dépensé sans compter ! « Dépenser » était pour lui le plus grisant des plaisirs ; « économiser » représentait la chose au monde la plus haïssable.

La passerelle venait d'être enlevée, Farid chercha désespérément le moyen de nous faire parvenir ses présents.

Découvrant un jeune matelot qui rejoignait le paquebot par la soute, il les lui confia avec un gros billet.

Celui-ci nous remit les paquets, en pleine mer, tandis que Marseille s'effaçait à l'horizon.

Sur la Place tout est calme, derrière les murs les voix se sont tues. Kalya continue d'avancer seule.

Ses vacances avec Sybil à la montagne ont été brusquement écourtées. Ensuite, depuis ce second séjour chez Odette, d'autres troubles ont éclaté, d'autres affrontements ont eu lieu. Certains secteurs de la ville ont plongé pour quelques heures dans l'obscurité. On a parlé de saisies d'armes, entendu les sirènes hurlantes des ambulances.

Sur ce chemin qui sépare le porche, où se tient toujours la fillette, jusqu'à l'amas d'étoffes jaunes éclaboussées de sang, les souvenirs assiègent, vacillent, étirent le temps, se mêlent à de terribles images : colonnes de prisonniers, champs de cadavres, cités douloureuses, Londres sous le blitzkrieg, Paris occupé. La terre n'en finira-t-elle jamais d'endurer ces tortures ? Cette ville-ci qui brille encore sur la mer, va-t-elle à son tour s'enfoncer dans l'abîme ?

Où va ce chemin ? Kalya ne le sait pas. Le temps n'a plus de mesure. Parfois il se serre à l'intérieur d'une main, d'autres fois il se disperse et file avec le vent.

La femme va-t-elle soudain s'immobiliser ? Ses lèvres tremblent, sa peau se glace. Un trait de feu traverse son cœur.

La vie s'agrippe pourtant, déroule ses crevasses, sa clarté, expire et se ranime.

Les jambes avancent, précèdent, entraînent : un pas devant l'autre, un pas, puis un pas, et un pas. Puis un pas...

Par moments, Kalya reprend conscience de ce corps ; de la plante des pieds se frottant aux semelles des sandales, du mouvement répété des cuisses, du *flottement de la jupe autour des mollets, de la tension du cou. Elle reconnaît et palpe la matière dure, granulée de la crosse du revolver.*

Autour, rien ne semble respirer. Même les oiseaux désertent avec leur battement d'ailes.

Kalya avance à l'intérieur d'un cauchemar. Un danger menace, des liens invisibles entravent ses genoux, elle piétine, s'enfonce jusqu'aux chevilles dans une terre bourbeuse. Elle pourrait, elle voudrait être ailleurs. Dans un autre pays, un autre monde, sur un autre chemin. La mort est-elle au bout de celui-ci ?

Nicolas est parti avec le sourire, étendu dans la barque étroite de son lit de camp. Le soleil, qui atteignait son zénith, offrait à sa chambre nue tout l'éclat de sa blancheur. Nouza s'est écroulée au milieu d'un débordement de malles, de valises, de cartons, son billet de voyage à la main. Anaïs s'est pendue au vieil olivier de son village natal ; elle portait la robe à fleurettes orange des jours heureux. Mitry s'est éteint à petit feu comme il a vécu, additionnant mots et savoir. Farid a pris le large dans son lit à baldaquin ; en hôte généreux, il a poussé son cri de bienvenue :

— Entre, la belle ! Tu es ici chez toi, je t'attendais !

Parer la mort de beauté, de féminité, lui rendit son départ triomphant ; il s'en fut rapidement, comme s'il craignait de rater une nouvelle aventure. Slimane, que les humeurs et les excentricités de Farid n'avaient jamais troublé, sanglotait à son chevet. Odette et ses enfants, accourus de divers coins du monde, pleuraient eux aussi.

Kalya tremble pour Sybil et se retourne. Près du portail ouvert, la fillette agite les bras pour la rassurer.

Kalya insiste, refait le geste de la repousser en arrière pour bien lui faire comprendre qu'elle ne doit à aucun prix bouger de sa place. La vue de l'enfant qui secoue les bras et fait quelques pas en arrière, comme si elle devinait l'inquiétude de sa grand-mère, la tranquillise.

Si seulement tout pouvait recommencer. Si le film pouvait se dérouler à l'envers. Myriam et Ammal seraient toujours en marche, avançant dans l'éclat de leurs vêtements.

Là-bas, autour des deux jeunes femmes, la mare de sang ne fait que s'agrandir...

12.

Ammal et Myriam venaient de déposer Kalya et la fillette devant le perron du Grand Hôtel de Solar. Puis elles étaient reparties dans la Peugeot blanche.

Sans le bavardage de Sybil et sans l'entrain de Kalya, le retour vers la ville leur parut morne. Une patine sombre couvrait les branches d'arbres. Un ciel, pourtant sans nuages, pesait sur le flanc des montagnes. À chaque tournant, le bleu de la mer prenait des teintes verdâtres. Des insectes s'écrasaient et se démantelaient contre le pare-brise.

— J'ai soif.

Ammal freina. Elles se dirigèrent à pied vers la source tapie entre les roches brûlantes. L'eau leur parut amère ; des deux mains, elles inondèrent leurs cheveux, leurs fronts, leurs cous, leurs aisselles. Puis elles cherchèrent à se réconforter, à se trouver des raisons d'espérer, à se dire que les récentes atrocités seraient les dernières.

Les mots affleuraient mal, se réduisaient en poudre dès la traversée des lèvres. Il ne leur restait que la certitude de leur amitié.

*
* *

En cette fin de juillet 1975, le Grand Hôtel avait changé. Il était presque vide, les estivants qui le fréquentaient jadis partaient en majorité pour l'Europe. Il avait perdu de son prestige ; sa façade se délabrait lentement.

Gabriel, l'ancien directeur de joyeuse corpulence, mort depuis de nombreuses années, avait été remplacé par un Italien, titulaire d'un diplôme d'hôtellerie, aux traits nerveux, au sourire courtois. Il arborait des lunettes noires et une quarantaine avantageuse.

Les tables, les parasols, les chaises du jardin avaient déteint. La haie de lauriers-roses avait doublé de volume. Le saule pleureur aussi. Des parterres de capucines bordaient le gazon. De grandes dalles beiges remplaçaient le gravier.

Sybil rejoignit un groupe d'enfants autour de la balançoire. Ils chahutaient, se lançaient un ballon multicolore, se poursuivaient avec des cris. Un garçon saisit la robe de Sybil et ne lâcha plus sa prise. Elle se débattit, lui échappa, contourna les tables en courant, effleura au passage sa grand-mère.

— Il ne m'aura pas !

Près de la grille, le garçonnet la rattrapa. Elle lutta avec de moins en moins de conviction. Kalya les vit repartir, réconciliés, vers les autres, en se tenant la main.

Sur le siège de la balançoire, debout, l'un face à l'autre, ils s'élevèrent ensemble d'une même flexion de genoux. Haut, de plus en plus haut. Leurs visages, couverts de sueur, se touchaient, s'éclairaient. Les cordes étaient tendues à se rompre.

— Tu n'as pas peur ?
— Je n'ai jamais peur.
— C'est comment ton nom ?
— Sybil.
— Un drôle de nom !
— Et toi ?
— Samyr. Avec un y.
— Moi aussi, avec un y !

*
* *

La chambre que Kalya et Sybil partageaient n'était plus celle de Nouza. Elle avait cependant les mêmes rideaux de cretonne et donnait sur le même bois de pins. Mais la véranda était beaucoup plus étroite.

La fillette tomba à la renverse sur le lit.

— Kalya, j'aime ce pays. Je reviendrai chaque année.

Elle s'endormit tout habillée, le sourire aux lèvres. La lumière qui venait des lampadaires du jardin rendait ses cheveux plus phosphorescents. Kalya recouvrit l'enfant de son manteau, embrassa ses mains.

La nuit entrait peu à peu, amenant ses ombres.

Les paroles alarmantes, échangées à voix basse par Ammal et Myriam dans la voiture, s'infiltraient dans la pièce, tournoyaient en cercle au-dessus du lit de l'enfant.

Du fond du jardin, un ululement strident se fit entendre.

X

— J'exècre les chauves-souris ! Parfois elles crient dans la nuit, s'engouffrent dans les chambres, s'accrochent aux cheveux ! Si tu éclaires, ferme bien les fenêtres, Kalya, recommande ma grand-mère.

Après une longue promenade en compagnie d'Anaïs, je me suis assoupie, tout habillée, sur le couvre-lit mauve. Dans la véranda, Nouza, Odette et Mitry, assis autour d'une table de bridge, se parlent à mi-voix. Les rideaux de cretonne ont beau être tirés, j'aperçois leurs trois ombres et j'entends le tintement de leurs tasses de café sur les soucoupes.

De temps à autre, Nouza pénètre dans la pièce, se penche sur moi.

— Tu n'as besoin de rien, Kalya ? Tu dors ?

— Si, si, je dors.

Son rire résonne dans la nuit tiède, elle me saisit la main, couvre ma paume de baisers. Puis elle repart pour rejoindre les autres.

Mon grand-oncle Farid est parti aussi intempestivement qu'il était venu. Depuis son départ, tout a repris un rythme paisible. Odette, sa victime consentante, a le regard moins vague ; elle jacasse plus librement sans s'entendre dire à tout bout de champ :

— Ça n'intéresse personne ce que tu racontes là.

Mitry baisse la tête moins souvent, arrose son café de quelques gouttes d'alcool, a des gestes prévenants.

Nouza se vante de ses derniers exploits au poker, tente d'initier Odette au bridge.

— C'est trop compliqué, Nouza. Toi, tu as une tête. Pas moi.

Elle préfère le tric-trac dont elle partage les plaisirs avec le cousin. Celui-ci emporte partout avec lui la boîte aux incrustations de nacre héritée de son père. Il ne se départ jamais de ses gants de coton, même pour manier les pions et les dés.

Faute de parler de sa propre poésie – tenté d'en confier quelques pages à Nicolas, il s'est toujours retenu, de peur de le décevoir – Mitry cite abondamment les poètes qu'il admire : Shakespeare, Ibn Al Roummi, Hugo :

> *O nature, il s'agit de faire un arbre énorme*
> *Mouvant comme aujourd'hui, puissant comme demain,*
> *Figurant par sa feuille et sa taille et sa forme*
> *La croissance du genre humain.*

Lamartine, Musset, Al Moutanabbi, Chawqui :

> *Là des restes d'autel, ici de grands palais*
> *Déposant leur vigueur, ont pris la pourriture.*

Odette s'extasie. Ma grand-mère, impatiente, grille sa huitième cigarette. Le jour se retire, les heures tombent une à une.

À cause des insectes volants, on retarde le moment d'allumer le réflecteur. Nouza revient dans ma chambre pour vider le cendrier.

Je me redresse, j'allume la lampe de chevet :

— Il est tard ?

Elle sourit. Tard ! Pourquoi tard ? Pour qui ? Ce mot n'a aucun sens. La vie est longue, enveloppante, pourquoi calculer, se presser ? Qu'y a-t-il à rattraper ? Aucune menace ne pèse. La saison sera longue, aucun conflit, aucune guerre ne viendra l'interrompre. La folie des hommes a lieu ailleurs, très loin.

— Une oasis ! répétait Farid. Nous sommes nés dans un Eden ! Au moins, dans nos pays, nous pouvons être certains de mourir de mort naturelle !

Une terrible impatience me saisit. Je voudrais m'en aller, être ailleurs. J'ai beau aimer Nouza ; son oisiveté, son regard sans nuages me déroutent. Je veux grandir, déguerpir, vivre autrement, sentir différemment. Ouvrir les yeux jusqu'à ce qu'ils me brûlent.

ANDRÉE CHEDID

L'aboiement plaintif du chien de l'hôtel s'exerce ce soir contre la lune. Quelque chose de défait, de fané dans le visage de ma grand-mère m'attendrit.

Je la force à s'asseoir sur le divan. Je la démaquille. Elle se laisse faire en bâillant.

Je décroche sa chemise de nuit de la penderie. Je reviens vers elle. Je lui ôte ses chaussures, ses bas. Je la déshabille comme un enfant.

13.

En ville, les événements se précipitaient. Des rumeurs, faisant état d'échauffourées suivies de violences, étaient parvenues jusqu'au Grand Hôtel.

Rassurante, Odette affirmait au bout du fil qu'il ne s'agissait que d'actes isolés. Il n'y avait qu'à se tenir tranquille, tout rentrerait dans l'ordre prochainement.

Pourtant, au bout d'une semaine, Mario était monté à Solar pour ramener Sybil et sa grand-mère en ville. Kalya se demandait si ces nouvelles avaient gagné l'étranger. Mais les parents de la fillette, qui voyageaient dans la brousse, étaient hors d'atteinte ; du moins éviteraient-ils ainsi toute angoisse au sujet de l'enfant. Elle serait de retour avant eux.

Sybil se sépara de ses camarades et de Samyr sur le perron de l'hôtel. C'était une fin d'après-midi ; le jardin était presque désert, sauf pour l'unique court de tennis rosâtre où quatre adolescents échangeaient des balles maladroites dans la lumière chancelante.

— Moi aussi, je pars demain, dit Samyr.

Il lui glissa dans la main une boîte d'allumettes dans laquelle il avait enfermé un bout de ficelle en forme d'anneau.

Elle promit de le revoir en ville dans quelques jours. Ils iraient ensemble à la plage.

Mario avait les mains crispées sur le volant de sa voiture. Il expliqua sa venue, il pensait qu'il valait mieux redescendre avant que les routes ne soient coupées.

— C'est déjà arrivé ?
— Pas encore. Mais nous venons d'avoir des ruptures de courant. Cela non plus n'était jamais arrivé.

Durant la descente, le jour s'éteignit brusquement. Les phares déversaient, à chaque tournant, leurs lumières blafardes sur les bas-côtés des falaises soutenues par des murs de pierre. Au fond des vallées, la capitale s'illumina par fragments.

Le regard tendu, Mario parlait en haletant. Il ne pouvait plus dissimuler ses craintes pour le pays, pour ses enfants. Georges militait avec fièvre dans un parti. Myriam et Ammal cherchaient, en utopistes, à rallier toutes les communautés dans un même but.

Chacun, à sa façon, l'inquiétait. Leurs discussions le bouleversaient. Alerté par une expression de mépris sur le visage de son fils, par une colère intempestive chez sa fille, il se demandait comment parer au drame qui pourrait naître de leurs affrontements. Ses paroles ne trouvaient pas d'échos, ne faisaient qu'attiser leurs disputes.

— C'est la guerre ? demanda Sybil.

Elle en parlait comme d'un film, des images sans réalité. Elle répéta :
— Ce sera la guerre ? La vraie guerre ?

Kalya gardait le silence. Mario chercha à dissiper le malaise.
— Vous partirez. Sybil, tu termineras tes vacances dans le pays de ta grand-mère.
— Je veux rester. On restera, dis, Kalya ? Au moins quelques jours encore.

Celle-ci posa la main sur le bras de Mario :
— Ce n'est peut-être pas aussi grave ?

Il reprit sans conviction :
— Peut-être pas.

Certaines rues étaient bloquées. Ils contournèrent plusieurs pâtés de maisons avant d'atteindre l'immeuble d'Odette.

Devant la cage d'escalier, ils croisèrent Myriam. Celle-ci était pressée, elle bouscula son père au passage sans le reconnaître. Il la rattrapa, posa les mains sur ses deux épaules :
— Où vas-tu ?

Elle parla avec précipitation de voitures piégées, d'enlèvement, de vendettas.
— Qui est responsable ?

— On ne sait pas. Personne ne connaît les coupables. Chacun les désigne dans le camp opposé.

Myriam s'approcha de Kalya avec un intérêt qui la surprit.

— Nous allons tenter quelque chose. Si vous êtes encore ici, je vous tiendrai au courant.

Elle se pencha, embrassa Sybil.

— Mais, si vous le pouvez, partez. Partez dès que possible.

— Je ne veux pas partir, reprit l'enfant.

Le lendemain, tous les départs furent annulés Des combats sporadiques ayant éclaté autour des pistes d'atterrissage, on avait dû fermer l'aérodrome. Les autorités affirmaient que ces mesures étaient provisoires. La population, elle aussi, en était persuadée.

*
* *

Odette les attendait, assise au milieu de ses bibelots. Les vitrines illuminées rendaient les opalines plus chatoyantes, les verreries de couleur plus scintillantes encore.

Le Soudanais, qui dressait la table, fredonnait à voix basse une mélodie de son enfance et les regardait du coin de l'œil.

La fillette s'approcha :

— Qu'est-ce que tu chantes ?

— Je peux te l'apprendre si tu veux.

— Oui, oui.

— Répète après moi :

> *L'eau s'en vient l'eau s'en va*
> *Elle est sèche comme la famine*
> *Et plus tendre que le cœur.*

Sybil chantonna à sa suite.

— Tu apprends très vite !

— Où est ma tortue ?

Slimane lui montra la boîte à chaussures ; il avait veillé à tout, Assuérus ne manquait ni d'eau ni de laitue.

Mario se retira. Dès qu'il fut parti, Odette assiégea sa nièce de questions :

— Comment as-tu trouvé l'hôtel, Kalya ? Et le directeur ? Un drôle de type, non ? Ta chambre, c'était la même ? Et les glaces de l'entrée ? Tu as vu, ils les ont presque toutes enlevées ! Et les marbres de la salle de jeux, par quoi les a-t-on remplacés ? Et le gravier, tu ne trouves pas horribles ces dalles beiges ?

Les incidents de ces derniers jours ne semblaient pas l'avoir affectée. Les réponses trop concises de Kalya ne la satisfaisaient pas. Celle-ci aurait voulu ajouter qu'elle n'avait jamais aimé le Grand Hôtel, ni son décor en stuc ; qu'elle n'y était revenue qu'à cause de Nouza.

Odette n'en avait pas pour son compte :

— Tu n'as rien à me raconter ?

— C'était trop rapide.

Elle insista, lui demanda son opinion sur le nouveau directeur :

— Pourquoi porte-t-il toujours des lunettes noires ? On dirait qu'il a quelque chose à cacher. Tu n'en sais rien non plus ? Où est le temps, le beau temps passé ? Où sont Nouza, Farid, Mitry ?

Elle insistait sur chaque nom, comme pour mieux les graver dans son cœur. Elle soupira, évoqua Gabriel, ses talents de cuisinier, son penchant pour les danseuses de cabaret. Puis elle accompagna d'un sourire indulgent le rappel des incartades de Farid :

— Ton oncle avait un de ces tempéraments ! Comme c'est loin tout ça.

Slimane finissait de mettre la table. En entendant prononcer le nom de Farid, il tourna son visage vers nous, fit un profond signe de tête pour témoigner sa sympathie.

La nuit était couleur d'ambre. Les vitrines illuminées donnaient un aspect irréel au salon.

Odette murmura quelques confidences à propos de Mitry qui n'avait été qu'une pâle silhouette dans son existence jusqu'à cet été-là.

— C'est loin, perdu dans la nuit des temps !

XI

Nouza sommeille sur le divan. Je la contemple, comme si c'était elle ma petite-fille.

Les peignes d'écaille ont glissé de ses cheveux à peine gris, leur désordre auréole son visage détendu. Ses rides se dissipent. Ses épaules arrondies, son cou de gazelle s'offrent à la nuit. Je voudrais la photographier, la garder, ainsi, pour toujours. Mes yeux n'y suffiront pas. Ni ma mémoire.

Plus tard, je m'achèterai un appareil pour capter tous les instants que j'aime et les garder en vie. Je pense, malgré mes douze ans, à la vieillesse, à cette décrépitude qui guette, à ces corps voûtés, affaiblis, qu'un jour la terre absorbera. Tandis que je la regarde, même elle, Nouza, passablement meurtrie par les ans, je ne peux l'imaginer vraiment ravagée ; ni même disparue, anéantie.

Je n'imagine pas, non plus, la retrouver dans un autre monde. Quelle forme prendrait cet autre monde ? Sous quel aspect m'apparaîtrait Nouza ? Serait-elle ma grand-mère, ou bien Nouza jeune fille, ou bien Nouza enfant ?

Il faudra faire vite pour l'appareil de photos, avant qu'elle prenne encore de l'âge, avant que j'aie moi-même les moyens de me le payer.

Dès que je l'aurai, je photographierai ma grand-mère sous tous les angles : le soir, dans sa robe en strass ; le matin, appuyée contre la balustrade du balcon. Je surprendrai ses sourires, ses clignements d'œil ; cette mèche rebelle qui lui donne un air espiègle. Ses bras qui s'ouvrent pour m'accueillir :

— Viens, petite Kalya, j'aime quand tu es là.

* * *

    Les ombres de Mitry et d'Odette s'impriment sur le rideau de cretonne qui me sépare de la véranda. À l'intérieur, j'éteins pour laisser ma grand-mère dormir. J'avance sur la pointe des pieds, j'écarte un coin du rideau, je regarde à travers le voilage.
    Dehors les becs de gaz du jardin papillotent. Une clarté diffuse se répand sur la boîte de tric-trac ouverte entre les deux joueurs. J'aperçois le cornet à dés gainé de rouge, les pions blancs et noirs. Je reconnais la main gantée de Mitry, la main aux ongles cramoisis d'Odette qui repose sur le rebord de la boîte de jeu.
    La voix de Mitry se détache, récite comme une mélodie les paroles d'un poème. Je ne distingue pas les mots, mais j'aime le bruit qu'ils font.
    Le gant de fil bistre me fascine. Il ne jette plus les dés, il ne déplace plus les pions, il avance, lentement, vers la main nue d'Odette. Je ne devrais pas être là, mais je reste clouée sur place, hypnotisée, craignant le pire : le cri outragé d'Odette, le réveil en sursaut de Nouza.
    C'est le contraire qui se produisit.
    Lorsque les doigts gantés touchèrent enfin les doigts de la femme, celle-ci, d'un geste prompt, saisit la main hésitante et l'étreignit avec fougue.
    J'avais honte d'être là et d'avoir tout vu. Je remis le rideau en place et reculai dans la pièce tandis que Nouza s'éveillait en m'appelant :
    — Je retourne dans mon lit. Tu n'es pas encore couchée, Kalya ?
    Avec ses index elle se frottait les yeux, tout en s'humectant les lèvres du bout de sa langue comme les chats.
    — Grand-maman, tu sais ce que je voudrais pour mes treize ans ?
    — Dis-le, tu l'auras.
    — Un appareil de photos.
    Elle n'attendit pas mon anniversaire. Quelques jours après, elle me glissa autour de l'épaule une housse en cuir rouge qui contenait un Kodak.

14.

Des explosions successives se déclenchèrent dans divers endroits de la capitale ; c'était, disait-on, le fait d'irresponsables qui échappaient à toute recherche. Suivirent quelques jours de calme, mais l'aérodrome ne s'était pas rouvert.

La cité paraissait au seuil d'un drame dont on ne mesurait pas les conséquences. Ses habitants se persuadaient que des accommodements tacites entre de mystérieux protagonistes devaient rétablir l'ordre et la concorde entre les communautés. Pour cette population optimiste, tournée vers le bonheur, chaque signe d'apaisement la poussait à tourner la page ; à revenir, avec confiance, à ses activités.

* *

Dans le quartier d'Odette, le bazar à la devanture écarlate allait devenir la première boutique à voler en éclats.

Celle-ci se dressait à gauche de la Place. Sybil s'y rendait souvent. Elle avait l'habitude, dès son jeune âge, de faire les courses, et venait d'obtenir d'Odette et de Kalya la permission de s'occuper de quelques emplettes à la place de Slimane.

Le commerçant, Aziz, un homme aimé de tous, joufflu, les yeux en boule, s'interrompait, dès le chant du muezzin, pour prier plusieurs fois par jour. Il portait une calotte brune sur son crâne chauve et prenait soin de son épaisse moustache qui retombait des deux côtés de sa bouche.

Aziz mettait sa fierté à prouver à ses nouveaux clients – les anciens en étaient déjà persuadés – que dans son échoppe on trouvait de tout ! La fillette s'amusait, pour voir, à lui demander une marchandise insolite : un yo-yo, un scoubidou, un disque des Beatles, un masque de carnaval. En moins d'une minute, il extrayait l'objet de l'indescriptible fouillis et l'exposait triomphalement.

— Timbres, journaux, magazines en trois langues, dentifrice, chewing-gum, cirages, bière, kleenex, cigarettes, crèmes de beauté, whisky et tambourins, aiguilles, laines à tricoter, jouets, ballons, aspirine... Demande ce que tu veux puisque j'ai tout !

Sa nomenclature le comblait d'aise, il aurait pu la poursuivre longtemps, ponctuée du mot « puisque ». « Puisque » resurgissait sans cesse parmi ses phrases, comme si une relation de cause à effet donnait cohérence à son existence, reliait entre eux ces objets multiples et disparates qui envahissaient ses quelques mètres carrés.

Le boutiquier tira sur le large tiroir d'un bahut vétuste qui résista. De ses deux bras tendus, il tira encore. Des gouttes de sueur perlaient sur son front, sur la toison bouclée et noire que découvrait une chemise multicolore, largement ouverte.

— Tiroir du démon, ouvre-toi puisque je te le commande !

Le casier céda si brusquement que le marchand tomba à la renverse, les quatre pattes en l'air. Sybil eut du mal à retenir son rire.

— Ris ! N'aie pas honte de rire puisque ça fait rire, et puisque je ne me suis rien cassé !

Il en riait lui aussi. Elle l'aida à se relever. Il finit par retirer du tiroir bourré d'objets de pacotille une petite boîte en marqueterie. Il en souleva le couvercle, un refrain aigrelet s'en échappa qu'Aziz accompagna en fredonnant rêveusement.

— C'est une chanson de Paris.

— Tu connais Paris ?

— Un jour, moi aussi, je voyagerai ! À la libération de Paris, sur cette Place la foule chantait, applaudissait. Tu n'étais pas encore née. Fais-moi plaisir, prends cette boîte, elle est pour toi. À ta grand-mère j'offre cette grappe de raisins. Elle se rappellera le goût sans pareil de nos fruits ! Elle t'en fera goûter. Elle est d'ici, ta grand-mère ?

— Pas tout à fait. Ses grands-parents sont partis pour l'Égypte, il y a plus de cent ans. Elle habite l'Europe.

— Et toi ? Tu as un autre accent.

— Moi, c'est l'Amérique mon pays.

— U.S.A., O.K., Pepsi-Coca-Cola ! Je connais ! Mais tu gardes dans le sang des traces du pays, même si tu ne le sais pas.
— Tu trouves ? Ah ! j'en serais contente.
Elle frappa des mains.
— *I am happy, happy !*
— *You like here ?*
— *I love it.*
Cet endroit était une vraie caverne aux trésors, et Aziz, un magicien si différent des commerçants pressés de là-bas. Malgré le va-et-vient de sa clientèle, il avait toujours une attention pour Sybil, l'aidait à remplir son sac, lui demandait des nouvelles d'Odette et de Kalya.

La fillette choisissait souvent le moment de la sieste pour pénétrer dans la boutique déserte. Elle y découvrait le marchand qui somnolait sur son comptoir ou bien, par terre, adossé à un sac de farine ou de riz. Elle s'asseyait à ses côtés. Ils baragouinaient durant plus d'une heure, sautillant d'une langue à l'autre, s'accompagnant de rires et de gesticulations.

*
* *

Ce fut quelques jours plus tard, à l'heure de la sieste, que l'explosion se produisit.

Avant qu'Odette ou Kalya aient pu la retenir, la fillette dévalait les marches et se précipitait vers la boutique fumante.

Les deux mains plaquées contre ce qui restait de la vitrine, écrasant son visage contre la glace poussiéreuse, elle eut du mal à apercevoir, puis à reconnaître dans cette masse sanglante, inerte, molle, le corps d'Aziz, affalé sur son comptoir.

Elle entra, le cœur brûlant.

Les étagères, saturées d'objets, s'étaient écroulées sur un monceau de gravats. Des fragments de poutres et de ferraille se mêlaient à toutes sortes de débris.

Sybil avançait dans un cauchemar, un film de terreur.

Des gens du quartier s'étaient rassemblés sur la Place. Quelques-uns, suivis par les parents d'Aziz qui poussaient des hurlements, pénétrèrent dans le magasin par les ouvertures béantes.

La fillette refusait de croire à ces images. Elle voulait toucher son ami, le réveiller. Comme dans ces feuilletons où le mort, jamais tout à fait mort, se redresse, le lendemain, pour enchaîner une nouvelle séquence, elle était

certaine qu'Aziz se lèverait et reprendrait sa place dans sa boutique reconstruite. Elle l'entendait déjà :
— C'était pour rire ! Puisque je t'ai fait peur, tu as droit à un Coca-Cola, plus un chocolat Suchard gratis.
Sybil ignorait la mort, la vraie. Dans son pays, la mort avait lieu ailleurs ; loin des regards, dans des lits d'hôpitaux, au cours d'accidents d'avions ou de voitures. Les cadavres se volatilisaient, ou s'éclipsaient discrètement dans des cercueils en bois vernis.

Au cours de cette même matinée, Sybil avait encore fait des achats chez Aziz. En quittant la boutique, elle s'était retournée sur le seuil pour un nouvel au revoir. Il tenait entre ses deux mains sa minuscule tasse rose et sirotait avec délice son épais café. Il lui avait lancé :
— À demain, si Dieu veut !
Dieu n'avait pas voulu. Elle tendit les doigts en avant pour lui toucher l'épaule. Était-ce vraiment le sien, ce visage ? Ce masque sanglant, saupoudré de sable. Son crâne s'était fendu, sa bouche grimaçait, ses yeux pleins de malice étaient glauques, immobiles.
Malgré sa répulsion, la fillette approcha encore plus. Elle posa la main sur la nuque de son ami qu'elle tapota doucement, comme pour le consoler d'être devenu cette chose repoussante et grotesque ; et pour lui promettre, dans leur charabia, de ne jamais l'oublier. Ni lui ni son pays. Ni la mort. Jamais.

Lorsque Kalya, peu après, la tira en arrière, cherchant à la soustraire de cette vision, elle résista.
— Pas encore.
Un lapin en peluche glissa d'un des rayonnages, atterrissant sur le comptoir. Le choc déclencha sa mécanique. L'animal se mit à battre allégrement du tambour en effleurant plusieurs fois la tête du boutiquier.
Foule, ambulanciers, policiers s'agitaient autour du bazar. Des commentaires se mêlaient aux cris. D'où venait le coup ? Aziz appartenait-il à un mouvement clandestin ? Rien n'était clair. Les soupçons s'entrecroisaient. Fièvres et méfiances se propageaient insidieusement.

XII

La première mort à laquelle j'assistai fut celle de mon grand-père. Le médecin de famille, un cousin éloigné, lui avait annoncé avec solennité et ménagement que ses jours étaient comptés. Nicolas lui sut gré d'avoir tenu sa promesse de ne rien lui cacher. Puisque le sort avait été assez généreux pour lui permettre de mourir dans son lit, il tenait à regarder la mort en face, persuadé qu'il s'agissait là d'une affaire de la plus haute importance.

L'été tirait à sa fin. Voyageant de montagnes en villes d'eau, la famille s'était éparpillée en France, en Italie. Par hasard je me trouvais là, mon grand-père en paraissait satisfait. Malgré mon jeune âge, il voulait me préparer à l'idée de la mort, de la disparition.

Quelque temps auparavant, j'en avais discuté avec lui, me rebellant à la pensée que l'existence puisse prendre fin ; refusant que la vie, si brève, nous soit arrachée sans que nous ayons demandé à venir au monde, ni à en sortir. Il n'avait oublié ni ma révolte ni ma véhémence.

Se disant que le problème continuait de me préoccuper, il cherchait le moyen de me présenter cette fin inéluctable comme un accomplissement, plutôt qu'une amputation. Il tentait de me persuader qu'accepter la mortalité donnait son véritable poids à chaque événement, le rendant tantôt plus dense, tantôt plus léger :

— Devant la mort, cela ne pèse pas grand-chose ! me disait-il quelquefois.

Et d'autres fois :

— Quel bonheur que chaque miette de bonheur, quand on sait que tout a une fin !

À son avis, ce regard-là sur la destinée m'aiderait à vivre. Il ne se trompait pas.

Je n'ai jamais su ce que mon grand-père pensait de l'après-vie. Il ne paraissait pas s'en inquiéter. On aurait dit qu'une telle situation, échappant au domaine de l'imaginable, n'était pas de son ressort. Il ne souhaitait pas se bercer d'illusions, mais laissait les portes ouvertes. Il envisageait, sans réticence, le bien-fondé de toutes les croyances, à condition que celles-ci ne se barricadent pas derrière des murs, ne s'entourent pas de barbelés hostiles aux autres.

Nicolas avait préparé sa mort. Il s'était arrangé pour éviter aux siens le spectacle de sa dégradation et de ses souffrances. Pour faire route et passer le cap de l'agonie, il demanda le seul soutien du cuisinier, Constantin, timonier à toute épreuve. Avec l'aide du marmiton, celui-ci devait tout remettre en ordre après le décès et avant l'entrée de Nouza et la mienne dans la petite chambre.

— Constantin, laisse entrer Kalya. Il est bon qu'elle sache ce qu'il est important de savoir, et que le départ est facile. Ces choses la soucient.

Je revois mon grand-père dans son lit de camp, étendu sur la couverture de coton dans son costume de tussor grège. Les volets entrouverts laissaient filtrer le soleil. Deux ventilateurs en marche gonflaient les rideaux comme des voiles.

Son visage lisse et calme nous souriait. Un sourire lointain ou proche selon les reflets du jour.

Nouza sanglotait, découvrait sur la table de nuit des lettres pour chacun de nous. Il écrivait qu'il s'estimait comblé d'avoir atteint le bel âge (à son époque, soixante ans était une performance) ; qu'il se jugeait privilégié d'avoir vécu, avec les siens, loin des horreurs de la guerre, des luttes civiles, des déportations. Il leur demandait de la gaieté plutôt que des pleurs.

Mitry se tenait prostré au pied du lit. Le soir, il déposa quelques feuillets de poèmes dédicacés à Nicolas – de ceux qu'il n'avait jamais osé lui lire – au coin de l'oreiller. On les plaça dans le cercueil.

J'y ajoutai un anneau surmonté d'un scarabée en turquoise auquel je tenais énormément.

Farid débarqua le lendemain, fulminant contre sa sœur qui ne l'avait pas prévenu à temps.
— Mon seul beau-frère ! Le meilleur des hommes ! Je l'aimais, je l'aimais. Je l'adorais !

Odette n'était pas encore apparue dans nos existences.

15.

À l'explosion succédèrent des jours d'accalmie. Dans les journaux, sur les ondes, les déclarations rassurantes se multipliaient.
— Rien qu'un accident, soutenait Odette. Je te l'avais bien dit, Kalya. C'est une fuite dans une bonbonne de gaz qui a fait tous ces dégâts dans le bazar. D'accord, ici il arrive qu'on bâcle, qu'on soit négligent, imprudent, coléreux ; mais on n'est pas fou ! Personne ne veut la catastrophe. Nous sommes de bons vivants, tous de bons vivants ! Tu n'as rien à craindre. Tu peux rester avec l'enfant jusqu'au bout de vos vacances. Nous pourrons monter pour une semaine à la montagne avant votre départ. Cette fois, je vous accompagnerai.

*   *
 *

À l'aide d'échafaudages et de panneaux, les ouvriers avaient camouflé le trou béant du bazar. Des affiches vantant les produits d'Elisabeth Arden, des poudres à laver, le whisky Black and White, les lignes d'aviation T.W.A., Air France, Air India, M.E.A., ou des lieux archéologiques, en bariolaient les façades.
— L'aéroport va bientôt s'ouvrir.
Sybil supplia sa grand-mère de rester quelques jours de plus. Elle voulait revoir ses camarades du Grand Hôtel, nager avec Samyr, interroger Myriam.
— Peut-être que je ne reviendrai jamais plus. Laisse-moi encore un peu de temps.

La mort violente d'Aziz l'avait bouleversée. Chaque jour, elle longeait la nouvelle palissade, caressait les images publicitaires, le bois mal équarri ; regardait vers l'intérieur par les trous.

Le magasin avait été dégarni, nettoyé. Autour du grand vide, d'énormes poutres en fer soutenaient les plafonds et les murs. Du fin fond de cette cavité il semblait, par moments, à Sybil que son ami accourait vers elle en ballottant, les bras remplis d'un amoncellement de babioles.

— Il faut se dépêcher. Tout remettre en place, sinon je perds tous mes clients. Viens m'aider, petite.

Ce vide le désorientait, Aziz jetait autour de lui des regards éperdus.

— J'ai encore des centaines de choses dans mes réserves. Faisons vite avant l'arrivée des acheteurs.

Sybil se retint pour ne pas lui faire remarquer qu'il était mort. Il venait d'arrêter son balancement, souffla, et, s'adressant de nouveau à elle :

— Approche

Elle s'approcha, fit semblant de croire à son existence.

— Puisque tu ne m'as pas oublié, Sybil, prends la coiffe qui est posée sur ma tête. C'est mon cadeau de ce matin. Je te l'offre, en souvenir.

À travers les planches disjointes de la palissade, Sybil venait de repérer, sous un tas de gravillons, la calotte brune du boutiquier. Elle glissa son bras dans la brèche, saisit entre le pouce et l'index un bout du tissu laineux. Le tirant à elle, elle déplaça des nuages de poussière.

La coiffe enfin entre ses mains, elle la tint serrée contre sa poitrine. Puis elle se mit à courir en direction de l'immeuble.

Elle grimpa l'escalier quatre à quatre, croisa Odette dans le living.

— Où étais-tu, Sybil ?
— Dehors.
— Tu es toujours dehors.

Elle ne répondit pas, la quitta brusquement pour s'enfermer dans sa chambre.

Sybil tira du bas de l'armoire son sac de marin. Tout au fond elle y plaça avec soin la calotte en partie carbonisée et disposa par-dessus quelques feuillets de kleenex.

Dorénavant elle l'emporterait avec elle. Partout.

***

Mario évitait de parler des événements lorsqu'il rendait visite à ses voisines. Malgré les tracas que lui causaient ses enfants dont les désaccords ne faisaient que croître, il se persuadait que leurs conflits étaient puérils et se résorberaient du jour au lendemain.

Un matin, Georges sonna à la porte et prit Kalya à part. Quand ils furent seuls, il tira un revolver de sa poche pour le lui donner.
— C'est pour vous.
— Pour moi ?
— Odette est trop âgée. Slimane ne saura pas s'en servir. Dans ce pays, on ne doit plus rester sans une arme.
— Je ne comprends pas.
— N'importe quoi peut éclater.
— Votre père pense...
— Mon père, ça l'arrange de ne rien voir.

Son index passé dans l'anneau de la calotte, Georges balançait le pistolet d'avant en arrière.
— Je vous expliquerai son maniement.
— Jamais je ne me servirai d'une arme.
— Vous vous laisseriez assassiner ? Vous et les vôtres, sans bouger ?
— Assassiner ? Pour quoi ? Par qui ?
— Vous venez d'ailleurs, ça se voit ! Vous ne pouvez rien comprendre à ce qui se prépare ici, votre vieil humanisme n'a plus sa place dans notre système. L'espoir de nous réunir tous n'est qu'une source de tensions. Regardez l'histoire ! Des belles idées ne suffisent pas, rassembler des gens différents dans un même endroit crée la haine. Je vous choque ? Vous êtes comme Myriam, comme Ammal. Pensez ce que vous voulez, moi je vous laisse cette arme.

Malgré le refus de Kalya, il détailla les pièces du revolver, lui indiqua la manœuvre :
— Ici, le poussoir ; par-dessus, le cran de sûreté. Vous libérez le barillet en pressant sur cette détente.
— Je vous l'ai déjà dit, jamais je n'utiliserai une arme.
— Et si l'enfant était menacée ? Cette fois, vous ne répondez plus.

Il raconta des combats de rues auxquels il venait de participer.

— J'ai un conseil à vous donner : partez avec Sybil dès que possible. En attendant, protégez-vous. Ça n'a rien d'extraordinaire d'avoir une arme chez soi. Chacun en possède une dans ce pays.

Georges ouvrit le tiroir de la commode, glissa le revolver entre les napperons.

XIII

— Viens par ici, Nouza, j'ai un cadeau pour toi.

Le lendemain de l'arrivée de mon grand-oncle, nous nous trouvions dans le hall du Grand Hôtel, avant de passer dans la salle à manger. Depuis la scène de la veille, le directeur nous avait réservé la table la mieux placée, près des portes-fenêtres, avec vue sur le jardin. Gabriel avait lui-même veillé à la décoration florale.

Farid, l'air énigmatique, entraîna sa sœur vers l'endroit le plus retiré de la salle. Odette suivait ; mon grand-oncle la pria, d'un ton sans réplique, de le laisser seul avec sa sœur. Sans doute avait-il une affaire de famille à régler ; l'épouse se retira, à reculons.

J'étais là, moi aussi. Mon grand-oncle ne m'avait pas encore assigné mon rôle. Nouza prit les devants, déclara :

— Kalya, tu restes avec nous.

Cette mise en scène n'était qu'un autre de ses caprices ; et ma grand-mère savait le plaisir que j'aurais à défaire le paquet, à découvrir la surprise. Farid n'osa pas la contredire ; il me traitait, selon les circonstances et l'heure, en gamine insouciante ou en adolescente responsable avec qui l'on pouvait partager un secret.

Nous nous tenions dans le coin le plus tranquille du hall. Farid déposa le paquet sur le guéridon d'angle, recouvert d'un napperon en velours bleu nuit. Il prit un air grave.

— Nouza, ouvre ce paquet.
— Laissons Kalya l'ouvrir.

La lampe, affublée d'un abat-jour en taffetas bois de rose à plis, cerclé de glands de même couleur, diffusait une lumière irisée qui enveloppait le mystérieux objet.

Farid jeta un regard autour de lui pour s'assurer qu'il n'y avait personne dans les parages. Puis il ordonna :

— Allons-y, Kalya !

Je fis durer le plaisir, déballant à mon rythme. D'abord le ruban en soie écarlate : je l'enroulai autour de mon doigt, le nouai avant de le jeter au sol.

— Tu ne devineras jamais ce que c'est ! souffla mon grand-oncle dans l'oreille de sa sœur.

Je m'attaquai au papier glacé, imprimé d'étoiles d'or. Ensuite j'ôtai plusieurs feuillets de papier de soie ; leur crissement m'enchanta. Mon grand-oncle ne quittait pas sa sœur des yeux, attendant l'effet final.

Enfin, les joues enflammées, il ôta ses lunettes, en frotta les verres avec un mouchoir à ses initiales.

— Je suis sûr que c'est la première fois que tu verras un objet pareil.

Je parvins à la boîte en carton, gainée de cuir.

— Je pourrai garder cette boîte, grand-maman ?

— Mais oui, elle sera pour toi.

Des tas de papiers jonchaient la moquette. L'impatience nous gagnait, mais je prolongeais l'attente. La dernière feuille en papier végétal était d'un velouté subtil. Je la caressai de tous mes doigts. N'y tenant plus, mon grand-oncle m'arracha le présent des mains.

— Fermez les yeux, toutes les deux.

Il se débarrassa de l'ultime enveloppe ; plaça l'objet bien en vue sur le velours et sous le faisceau lumineux.

— Maintenant, toutes les deux, ouvrez les yeux. Regardez !

La surprise de ma grand-mère n'avait d'égale que la mine réjouie de Farid.

— C'est un bijou, Un vrai bijou ! Il appartenait à une sultane.

Il souleva la chose, la lui tendit. Nouza eut un geste de recul, cacha ses mains derrière son dos.

— Jamais je n'y toucherai !

C'était un petit revolver qui ressemblait à un jouet, avec sa crosse en nacre, son canon, son barillet en argent.

— Pourquoi m'offres-tu ça, Fred ?

— Pour te protéger.

— Me protéger de quoi ?
— Tu oublies ce qui s'est passé chez tes voisins ; il y a six mois à peine. Nouza frissonna. D'un coup d'œil, elle lui rappela ma présence.
— Ne me parle pas de ça.
Il continua :
— Ce pauvre Antoine se serait défendu si seulement il avait eu une arme. Il s'est livré comme un bœuf à ses assassins. Olga a été tirée du lit, bâillonnée, chloroformée, poussée sous le sommier. Ils ont achevé son époux à coups de couteau, juste au-dessus d'elle.
— Je t'en supplie, assez !
— On croit que ça n'arrive qu'aux autres ! Quand je suis loin, je pense à toi. Sans homme dans la maison depuis la mort de Nicolas !
— Mais Mitry...
Il haussa les épaules, se retint de tout commentaire. Dans la lignée des vrais hommes, Mitry n'avait pas sa place. Un scribouilleur qui portait des gants de fil !
Farid tira de sa poche de minuscules balles qu'il plaça dans le chargeur.
— Je t'apprendrai à t'en servir. C'est un pistolet de dames. Mais efficace.
— Je n'en veux pas.
Son frère rempocha le cadeau, l'air contrit. Cherchant à se donner une contenance il ôta et remit plusieurs fois ses lunettes ; sortit de sa poche son étui à cigarette, et, le trouvant vide, pesta contre la négligence d'Odette.
Enfin il s'empara de la main de sa sœur qu'il porta à ses lèvres.
— C'est comme tu veux, ma chérie. Une mesure de protection, c'est tout.
Avant de nous quitter, il me caressa les cheveux d'une main distraite.
— Ne t'en fais pas, Kalya, nous trouverons une autre façon de la protéger, ta grand-mère.
Il donna un coup de pied dans le tas de papiers accumulés au bas du guéridon :
— Quel désordre !
et s'éloigna d'un pas nerveux en direction de sa femme.

À l'autre extrémité du hall, un châle de soie frileusement jeté autour de ses paules, Odette tricotait une liseuse aux points lâches pour sa belle-sœur Nouza qui ne la porterait jamais.

* * *

J'appris, plus tard, que deux hommes avaient pénétré, la nuit, chez les voisins de Nouza pour les cambrioler. Le couple dormait, mais le bruit avait réveillé Antoine. Dans le noir, il avait cru reconnaître la voix du chauffeur.

— Vittorio, c'est toi ? Vittorio !

L'un d'eux se jeta sur lui, le maîtrisa ; tandis que l'autre chloroformait, empaquetait la femme, la poussait sous le lit.

La montre volée avait un rabattant incrusté de petits rubis et des initiales ; les meurtriers furent rapidement découverts.

Au cours du procès, en longs voiles de veuve, la plantureuse et joviale Olga dut longuement se disculper d'une terrible accusation de complicité. Les journaux en avaient fait leur pâture, beaucoup d'amis s'étaient éloignés.

Reconnue innocente, Olga ne s'en remit jamais. Ses yeux se déplaçaient comme des oiseaux en cage, sa nuque s'était courbée. Son visage avait durci, blanchi comme du plâtre.

16.

Un anneau maléfique encercla peu à peu la ville. Les murs se couvraient de graffitis. On parlait d'autres meurtres, d'autres enlèvements. Des armes de tous calibres firent leur apparition. Machines de guerre, chars d'assaut, jeeps porteuses de canon surgirent des boyaux de la terre. Quelques obus furent lâchés. Des enfants montaient dans les étages d'immeubles élevés pour suivre les balles traçantes, voir les éclairs d'artillerie. Ils avaient l'impression d'assister à un feu d'artifice, la peur n'était pas encore au rendez-vous.

Quelques jours plus tard, Georges avait été aperçu au volant de sa Fiat, près du cinéma Diana. Un groupe d'hommes lui barrait la route ; ils étaient montés avec lui dans le véhicule et, le poussant de côté avec un revolver braqué sur sa nuque, l'un d'eux avait pris sa place de conducteur.

La voiture démarra à toute vitesse. Quelques heures après, elle fut retrouvée, intacte, dans un fossé. Mais Georges avait disparu.

Mario téléphonait partout, courait d'un endroit à l'autre, cherchant à établir des contacts, à savoir par qui son fils avait été enlevé et de quelle manière négocier sa délivrance.

Malgré son calme apparent, ses mains tremblaient, il les cachait derrière son dos. Ses veines se gonflaient aux tempes et au cou.

**

Ammal et Myriam décidèrent de rapprocher la date de leur réunion ; un mouvement comme le leur, sans armes et sans politique, devait rapidement s'affirmer.

La disparition de Georges les avait bouleversées. Face au danger, aux violences aveugles, les oppositions devaient s'effacer. Il fallait retrouver Georges coûte que coûte, le convaincre que ni les doctrines ni la religion ne devaient déterminer les rapports ; que les luttes partisanes étaient fatales, qu'il n'en résulterait qu'un engrenage désastreux.

Elles pensaient pouvoir compter sur Kalya et lui expliqueraient le déroulement du plan. Dès qu'elles se seraient rejointes au centre du terre-plein, chacune agiterait son écharpe jaune, ce signal lumineux de paix, de ralliement. Des guetteurs stationnant autour répercuteraient la nouvelle. Celle-ci se transmettrait de bouche en bouche, des amis appelant des amis et ceux-ci d'autres amis.

Des foules dans l'attente se mettraient en route, quelques-unes secoueraient des écharpes ensoleillées au-dessus de la multitude. Ils envahiraient les cinq rues et les quelques tortueuses ruelles qui montent vers la Place. Ensuite tous redescendraient, massivement, vers la cité. Hors des appartenances, des clans, des catéchismes, des féodalités, des idéologies, leurs voix éveilleraient celles du silence, dissiperaient les peurs, changeraient ces paroles tues en une seule parole de concorde, de liberté. Une parole pour tous.

— Nous ne devons plus attendre, ce sera demain.

**

Ce sera demain. C'est déjà aujourd'hui.

D'une seconde à l'autre, l'aube va se répandre sur la Place. Cette certitude d'une journée de soleil, Kalya en a perdu la douce habitude.

Il fait sombre dans l'appartement d'Odette. Elle ouvre les volets de sa chambre. Elle viendra tout à l'heure s'accouder à cette fenêtre pour assister à la rencontre des deux jeunes femmes, puis à l'arrivée de la foule.

Kalya fouille dans sa valise pour y chercher une écharpe claire qui s'alliera aux leurs, mais elle ne trouve rien. Plus tard elle en demandera une à Odette. Elles les agiteront de la fenêtre avant de descendre se joindre à la foule.

De légers écartements dans le tissu de la nuit laissent filtrer des traits blanchâtres, fluorescents.

Kalya a bien dormi, malgré l'excitation de la veille.

— D'ici vous pourrez nous voir. Ammal arrivera par la ruelle en face. Moi, par celle qui longe notre immeuble. En vous penchant, vous m'apercevrez.

Myriam montrait de l'index les deux points opposés, dessinait d'un mouvement des mains tout le parcours ; ponctuait le rythme de la marche en battant du poignet : ce seront des pas lents, espacés, solennels. Puis ses mains se joignaient, ses doigts s'entrelaçaient pour signifier la réunion.

— Ne bougez pas avant que nous nous soyons rejointes, attendez le signal de l'écharpe. Alors seulement vous téléphonerez à ce numéro. Ceux qui habitent plus loin attendent votre appel.

Elle donna à Kalya un bout de papier en boule où elle avait inscrit les six chiffres.

— Au bout d'un quart d'heure vous pourrez descendre avec Sybil.
— Avec Sybil ?
— Vous n'aurez rien à craindre. Notre message aura atteint des centaines de personnes. Tout est au point. Il y aura un énorme rassemblement. Très vite la Place regorgera de gens. Ensuite, en foule, avant que des luttes fratricides ne commencent, nous inonderons la ville comme un torrent. J'aimerais que tu sois avec nous, Kalya.

Elle la tutoyait pour la première fois.

— Viens nous rejoindre avec l'enfant. Ce sera un grand jour pour Sybil. Un immense souvenir.

Kalya s'imagina mêlée aux vagues de la foule, tenant Sybil par la main. Un immense souvenir, en effet.

— Nous avons devancé la date, il fallait faire vite avant que...
— Avant que ?

Myriam n'avait pas achevé sa phrase.

Kalya insista :

— Avant quoi ?

Comme si elle craignait que le doute ne s'installât et n'amoindrît ses forces, la jeune femme coupa court :

— À demain, Kalya. C'est bon de savoir que tu es là, à ta fenêtre, à veiller sur nous.

*
* *

Dans le living, face à la véranda qui a vue sur la mer, Odette, enfoncée dans sa bergère, attend, elle aussi, la montée du jour.

Dans la cuisine contiguë, Slimane lui prépare son petit déjeuner. Chaque matin, depuis quarante ans, il le fait avec une application qu'aucune habitude n'a altérée. Une odeur de café et de pain grillé s'infiltre dans la pièce.

Odette n'est pas au courant de la rencontre. Elle aurait refusé d'écouter des « rumeurs non fondées », de se laisser avoir par les « nouvelles mensongères des journaux ». Le projet des deux jeunes femmes lui aurait semblé provocant, inutile. Elle aurait tenté de les retenir.

À l'autre bout de l'appartement, Kalya s'accoude à la fenêtre qui donne sur la Place. Par moments, par-dessus l'espace découvert, elle sent peser une menace imprécise. Son cœur se grippe. Elle presse sa main contre sa poitrine, somme le petit métronome de poursuivre ses battements sans trop l'incommoder.

Sur le plateau d'argent du petit déjeuner, Slimane ajoute deux paquets de cartes à jouer. Odette raffole des jeux de patience. Souvent, au cours de la matinée, il se place derrière elle, lui conseille de retourner une carte plutôt qu'une autre, lui indique une série à laquelle elle n'avait pas prêté attention.

— Tu as raison, Slimane, je suis si distraite ! Ici, qu'est-ce que tu en penses ? Je joue le noir ou le rouge ?

Le soleil va bientôt submerger toits et terrasses, ruisseler sur les murs, imbiber le sol. Le ciel virera d'abord au bleu liquide ; puis, peu à peu chauffé à blanc, prendra une consistance de pierre.

La Place déserte ressemble à une arène, à une page blanche. Tout peut encore s'inscrire, avant que..

— Avant que. Avant que. Avant que.

Kalya se surprend à répéter les mots de Myriam. La jeune femme avait curieusement buté sur ces trois syllabes : « Avant que. »

*
* *

Ammal vient d'apparaître à l'autre extrémité du plateau. Une tache jaune, un tracé, une esquisse. Au fur et à mesure qu'elle avance, son foulard, sa robe, ses espadrilles prennent de la netteté.

— Nous arriverons de chaque côté de la Place, au même moment.

Kalya appuie son buste contre la traverse, se penche en avant. Au pied de l'immeuble, débouchant d'une proche ruelle, Myriam vient de faire son entrée.

— Faire vite, avant que...

... *avant que la ville se scinde avant que le dernier passage se bloque avant que les otages servent de monnaie d'échange avant meurtres et talion avant que les milices rivales essaiment et se combattent avant le premier le deuxième le troisième « round » avant les mutineries les factions les accrochages avant que les armées d'ici et d'ailleurs martèlent saccagent terrifient avant que les cessez-le-feu s'enchaînent sans effet que les réfugiés se jettent sur les routes à la recherche de leurs communautés d'origine avant que les villages soient livrés aux pillards avant que les francs-tireurs abattent leur gibier avant que les chefs s'allient s'attaquent se réconcilient pour se combattre encore avant que l'ennemi se découvre dans la maison voisine avant que l'ami de ce matin se transforme en bourreau du soir avant que les délateurs se multiplient avant les trêves dérisoires avant que routes chemins boulevards se hérissent de machines mugissantes funestes avant que bazookas mortiers lance-roquettes Katioucha 357 magnum canons de 106 Kalachnikov fusées missiles Sol-sol bazookas deviennent des mots de tous les jours avant l'assassinat des chefs et le massacre des innocents avant que les bâtisses s'effondrent que les corps brûlent et se rompent avant qu'herbes et poussières s'abreuvent de sang avant que les mères hurlent de douleur que les enfants soient marqués à jamais avant que par centaines les habitants fuient cette terre meurtrière et meurtrie avant que les équilibres se rompent que l'éternel montreur embrouille les ficelles s'écroule dans un enchevêtrement de poulies de toile de cordages parmi ses marionnettes démantibulées avant que l'acrobate-miracle symbole de cette cité vaincue par trop de machinations trop de tempêtes chancelle et tombe de son filin avant que le pire devienne le pain de chaque jour avant que le barrage de toutes les fraternités de tous les dialogues se brise que l'horreur dévaste submerge avant que avant que avant avant avant...*

* ***
*

Avant n'est déjà plus. Tandis que Kalya se déplace d'un point à l'autre du terre-plein, il ne reste plus que l'après.
Devant elle, ce n'est plus le vide de la page blanche. La page est souillée, éclaboussée. La mare de sang s'élargit.
Chacun de ses pas continue de tracer une ligne précaire, fragile. Une ligne qui, partant du seuil où se tient Sybil, conduit au centre du terre-plein où gisent ces deux corps.
Le destin est en suspens. La mort ne sait encore sur qui se ruer...

17.

Sveltes, élancées, Ammal et Myriam avancent dans cette flambée d'étoffes jaunes. Pour ne pas se différencier, elles ont recouvert leurs cheveux d'un foulard de même couleur. Chacune tient à la main une longue écharpe soyeuse du même ton.
Kalya retient son souffle, elle ne les quittera pas des yeux.
Sans presser le pas, sans détourner la tête, les jeunes femmes progressent vers le centre de la Place. La fièvre s'élance dans leurs membres, fait trembler leur cœur.

* * *

Dans sa tunique en coton blanc ceinturée de rouge, Slimane entre dans la chambre et propose à Kalya de se joindre à Odette pour le petit déjeuner.
Celle-ci quitte alors la fenêtre et se dirige vers lui.
— Merci, Slimane. Je viendrai plus tard.
Le Soudanais porte en son cœur toute la clémence du monde. Ses cheveux grisonnants sous la calotte multicolore, sa prévenance, son regard voilé de douceur sont un spectacle apaisant.
Il indique la chambre de Sybil.
— Je l'entends remuer. Est-ce que je l'appelle ?
— Plus tard.
C'est Kalya qui l'appellera quand tout sera fini. Pourquoi a-t-elle pensé « fini » ? Elle se corrige : « Quand tout commencera ». Avec l'enfant, elles

parcoureront cette ville, déjà aimée, déjà gravée dans leur chair. Main dans la main, avant de se séparer, elles marcheront une dernière fois ensemble. Ensuite, chacune reprendra l'avion qui la ramènera dans son pays respectif, mais elles reviendront une autre année ; elles se le promettront avant d'embarquer.

Slimane est reparti. Kalya l'a regardé disparaître, fermer la porte derrière lui. À cause de rapiéçages maladroits qu'elle vient de remarquer au bas de la tunique impeccablement blanche, à cause d'un morceau de tissu différent et plus écarlate recousu au dos de la ceinture élimée, elle se souviendra très distinctement de cette sortie. Ce décorum, ces apparences maintenues par Odette malgré la modicité de ses moyens actuels, Slimane y contribue largement.

*
* *

Après le départ de Slimane, au moment où elle se dirigeait tranquillement vers la fenêtre, Kalya crut entendre un claquement sourd. Mais elle n'y prêta pas attention.

Sur la Place, pourtant, tout venait d'être joué.

Avançant le buste, Kalya se pencha le plus loin possible sur le rebord de la fenêtre.

Les deux jeunes femmes étaient au sol. L'une, immobile, sur le dos, perdant son sang. L'autre, à califourchon sur le corps de la victime, se courbait, se redressait, se baissait de nouveau.

Muette, pétrifiée, elle refusa d'y croire.

Quelques secondes après, elle traversait le living et se précipitait vers la sortie. Du fond de sa bergère, Odette la rappelait, se pressant de retirer ses boules Quiès :

— Qu'est-ce qui se passe ? Où vas-tu ?

Kalya lança quelques mots en continuant sa course. Stupéfait de ce changement, Slimane la suivit jusque dans l'entrée. Là, elle retira un objet caché dans un tiroir de la commode. Son geste fut tellement rapide qu'il n'eut pas le temps d'apercevoir le revolver.

Penché au-dessus de la cage d'escalier, le Soudanais la regardait descendre.

— Qu'est-ce qu'il y a ? Un accident ? Je viens.

Sans s'arrêter, elle cria :

— Non, non. Reste, Slimane. Ne quitte pas Odette, ni l'enfant !

Peu après, Sybil, pieds nus, vêtue de son pyjama, déboucha sur le palier.

Assourdie par ses propres pas sur les marches, par le battement de ses tempes, se reprochant d'avoir quitté la Place de vue même pour quelques secondes, Kalya n'avait pas entendu la fillette qui courait sur ses talons.
Odette s'extirpa de son fauteuil, chercha ses pantoufles, renonça à les trouver, puis se dirigea en tremblant vers la fenêtre.
Sur la Place, elle reconnut la robe jaune de Myriam, elle l'avait aidée à en compléter l'ourlet. Sans comprendre ce qui se passait, elle sentit s'abattre le poids du malheur et courut vers le téléphone pour prévenir la police, l'ambulance, les pompiers.
Jamais Odette ne s'était sentie aussi seule. Tellement seule. Où étaient les hommes de sa vie ? Farid, la force de Farid ? La tendresse de Mitry ? Au moins si Mario était là pour la soutenir ! Toujours à la recherche de son fils, celui-ci n'avait pas reparu depuis quarante-huit heures. Les proches voisins étaient encore en vacances ; loin, très loin, en Europe, en Amérique...

*
* *

À présent que l'enfant avait quitté l'appartement, Slimane se demanda auprès de qui il devait rester. Sur laquelle devait-il veiller ? Sur la vieille femme ou sur l'enfant ?
Il jeta un regard vers Odette. Affolée comme un papillon de nuit qui se cogne aux lampes, elle courait dans tous les sens. Il contempla durant quelques secondes les vitrines, l'entassement des choses et des souvenirs et sourit avec indulgence à cet univers qui se défaisait.
Puis, imaginant la fillette venue de si loin et qui repartirait bientôt vers des mondes neufs, il eut soudain peur d'un risque, d'un danger qu'il pressentait sans le comprendre. Aussitôt il choisit de la rejoindre.
— L'enfant est dans la rue, je cours la ramener.
— Fais vite, Slimane, ne me laisse pas trop longtemps seule.

Un coup de feu avait rompu le silence. Un son amorti, recouvert d'une autre nappe de silence. Un seul coup de feu. Quelques secondes d'inattention et tout avait basculé.
Kalya avance dans ce silence durci, dans ce vide. Murs, portes, volets restent clos. Elle avance dans ce lieu de nulle part, semblable à d'autres et d'autres lieux d'où s'élève et se répand le malheur.
Rien qu'un terre-plein. Rien qu'un tronçon d'asphalte. Rien qu'un tueur, peut-être encore à l'affût Un tueur sans cause ? Un zélateur interchangeable ? Rien ne bouge. Sauf cette robe blanche de Kalya idéale pour faire un carton.
Une ligne médiane va de l'immeuble jusqu'au centre de la Place, un sillon mène de Sybil jusqu'à Myriam et Ammal, un axe conduit la vie. Un intervalle qui dure et dure. Une trêve, assaillie de questions, alourdie de souvenirs.
L'étroite main du temps enserre les vies, puis les déverse dans la même poussière. Pourquoi abréger cette étincelle entre deux gouffres, pourquoi devancer l'œuvre de mort ? Comment arracher ces racines qui séparent, divisent alors qu'elles devraient enrichir de leurs sèves le chant de tous ? Qu'est-ce qui compose la chair de l'homme, la texture de son âme, la densité de son cœur ? Sous tant de mots, d'actes, d'écailles, où respire la vie ?

**
*

Kalya arrive. Kalya approche. Quelques secondes encore.
L'embusqué n'a plus tiré une seule balle. La jeune femme, au buste redressé, ne s'agite plus. Elle se calme, elle attend un secours proche. Peut-être que l'autre n'est que légèrement blessée ?
Les fenêtres s'ouvriront, l'ambulance arrivera. Tout n'est pas encore dit...

18.

Avant le coup de fil d'Odette, un des guetteurs avait déjà signalé l'accident. Une ambulance, en stationnement dans un quartier proche, s'était mise en route. La sirène se fit entendre avant que le véhicule blanc débouchât sur la Place. Des infirmiers mirent rapidement pied à terre, suivis de cinq hommes qui portaient une civière et des appareils de première urgence. Ils entourèrent les jeunes femmes, éloignèrent Kalya et le petit rassemblement qui venait de se former. Quelqu'un hurla :
— C'est grave ? Elle est morte ?
D'abord il n'y eut pas de réponse. Puis le responsable se dirigea vers l'attroupement.
— Ne vous inquiétez pas, elle va s'en sortir.
— Mais tout ce sang ?
— Elle n'est que blessée.
Kalya chercha à se rapprocher, à se faire reconnaître d'Ammal ou de Myriam, à leur dire quelques mots.
— Venez demain à l'hôpital. Elle a beaucoup saigné, mais ça s'arrangera.
Kalya ne savait toujours pas laquelle des deux avait été atteinte, mais cela importait peu. Touchées ensemble, elles guériraient ensemble, plus liées, plus décidées que jamais. Les nombreux infirmiers les encerclaient et les transportèrent dans l'ambulance. Avant que celle-ci démarrât, le jeune médecin lança à la foule :
— Rentrez chez vous. Tout ira bien.

Les plus inquiets continuaient de s'agglomérer autour de la tache de sang près de laquelle gisait une écharpe jaune.

* *
*

Une brise se leva. L'écharpe oubliée ondoya sur place, flotta. Puis celle-ci se déplaça en un mouvement tantôt rapide, tantôt lent, déployant sa radieuse couleur.

Kalya chercha à se débarrasser de son arme, heureuse de ne s'en être pas servie. Un sentiment de paix, de confiance, d'indescriptible bonheur l'envahissait. Elle se dirigea vers le rebord du terre-plein, vida le barillet, fourra les balles dans sa poche, comptant s'en défaire plus tard, et jeta le revolver au fond du caniveau.

Se retournant vers la Place, elle reconnut l'écharpe. Celle-ci frémissait, se gonflait, remuée, poussée par la brise. Kalya songea à la récupérer pour la rendre à l'une des deux jeunes femmes. Elle servirait une prochaine fois. Rien n'était perdu.

Devant le porche, Sybil lui faisait de grands signes de bras. Slimane se tenait derrière elle, il avait emporté la tortue qui errait sur le palier.

Le regard de Kalya allait d'une image à l'autre : de l'écharpe diaphane à la blonde fillette puis au visage paisible du Soudanais. Elle cria :

— Tout va bien. Tout va bien !

Ensuite elle repartit en direction du caniveau, préférant se séparer au plus tôt de ces balles de plomb.

XIV

— Tu te rends compte, Kalya, de ce que Fred voulait m'offrir ? Une arme. A moi ! Tu imagines ta grand-mère une arme à la main ? Il est fou, ton oncle ! Parfois je crois qu'il est vraiment fou.

Nous arrivions devant la porte de sa chambre d'hôtel. Nouza l'ouvrit brusquement en riant toujours. Le spectacle qui l'attendait la laissa stupéfaite.

Devant le miroir à trois faces, Anaïs s'était glissée dans une des robes de ma grand-mère, qu'elle avait du mal à boutonner.

Elle perdit contenance. La houppette avec laquelle elle se poudrait lui tomba des mains. Elle éclata en sanglots, Nouza ne savait plus quoi dire. Je lui pris la main.

— Ce rose lui va beaucoup mieux qu'à toi, grand-maman.

Elle ne s'en offusqua pas et profita de ma réplique pour retourner la situation.

— Tu vois, Anaïs, ma propre petite-fille trouve que cette robe est plus belle sur toi que sur moi. Elle a sûrement raison.

Suffoquant à travers ses larmes, Anaïs protesta par des hochements de tête répétés.

— J'en fais souvent trop, ne dis pas le contraire. Je me frise, je me parfume, je me farde, je choisis des toilettes à la mode. Tout ça pour tromper le temps. Mais l'âge est venu. Il est là, bien là. Garde donc cette robe.

Depuis quelque temps, Anaïs négligeait son service, se troublait au moindre propos.

Soupçonnant qu'une rencontre avait, bouleversé cette existence trop terne, Nouza s'en était émue. Cherchant à lui faciliter sa conduite, elle éprouvait en même temps une profonde tristesse, comme si elle prévoyait qu'il était trop tard pour Anaïs et que son innocence même la condamnait. Elle n'osa pas lui en parler.
Anaïs ramassa la houppette, s'enveloppa de sa blouse de travail et, se tournant vers ma grand-mère :
— Je vous fais un café ?
— Pas de café.
Puis, me prenant à témoin :
— Sais-tu, Anaïs, ce que mon frère Farid a voulu m'offrir ? Devine ! Kalya était présente.
— Je ne sais pas.
— Un revolver !
— Un revolver ?
— À cause de ce qui s'est passé l'an dernier, chez les voisins. Tu te souviens de ce meurtre ?
Anaïs frissonna, pâlit.
— Jamais je ne pourrai l'oublier.
— Si des voleurs débarquaient chez moi, je ne crierais pas. Je ferais semblant de dormir, de ronfler. Ou bien je leur dirais : « Je vous donne tout ! Prenez tout, je ne vous ai pas vus. Mais laissez-moi vivre. »
Anaïs opina de la tête :
— La vie, c'est ça qui compte. La vie...

Elle se rappelait l'assassinat. Tout le quartier, toute la ville en avaient été ébranlés.
Anaïs en tremblait encore. Elle connaissait le beau Vittorio, si élégant dans sa tenue bleu marine, coiffé de sa casquette rigide. Il venait quelquefois lui demander service et lui plaisait beaucoup. Mais Anaïs, elle, ne plaisait à personne. Surtout pas à Vittorio. Il n'avait d'yeux que pour des demi-mondaines, des femmes a fourrures, à bijoux, exagérément fardées. Elle l'avait aperçu en leur compagnie. À se demander s'il n'avait pas été leur souteneur ?

Le même soir, Anaïs dépiqua les pinces de la robe rose et la mit pour rejoindre Henri. Depuis une semaine, le jeune homme était devenu son amant.

19.

Au moment précis où Kalya, penchée au-dessus du caniveau, jetait les balles au fond de la rigole, elle entendit :
— Kalya ! Kalya ! Maintenant je peux venir ? Je viens !
L'enfant ne lui laissa pas le temps de répondre. Échappant à la surveillance de Slimane, elle s'élança sur le terre-plein.
Clouée sur place, Kalya ne pouvait que la regarder accourir.

L'enfant fendait l'air, couronnée par la gerbe étincelante de ses cheveux.
Elle courait pieds nus, l'écharpe faillit la faire trébucher. Elle s'en dégagea d'un bond et redoubla de vitesse.
La longue chevelure, déployant autour d'elle sa masse flexible et claire, évoquait le chaume, les épis, le printemps.
Sybil filait à toute allure. Filait plus vite encore.
Par instants, on aurait dit qu'elle planait ; que ses pieds ne toucheraient plus jamais au sol.
Derrière elle, Slimane s'était mis en mouvement.
Il était trop tard pour rappeler la fillette, la ramener dans l'immeuble. Le danger avait disparu, l'aube balayait tous les recoins de la Place.
L'enfant cria encore :
— Je viens ! J'arrive !
Kalya avait mis un genou à terre et se tenait immobile pour la recevoir dans ses bras écartés

XV

De tous les recoins de l'ombre, de tous les rivages de l'été, du fond de toutes les tristesses, des bords de tous les sourires, des angles de l'absence, de tous les déserts, de tous les ciels, Nouza ne cesse de surgir aux carrefours de ma vie, les bras ouverts, pour me recevoir.

Lorsque je pénètre dans la salle de jeux, ma grand-mère se redresse, laisse tomber ses cartes, au risque de perdre la partie, m'embrasse :
— Tu me manquais, Kalya. Comme tu as bien fait de venir.

Certains dimanches, quand je quitte le pensionnat et que sa voiture, conduite par Omar, vient me chercher, je fais glisser le toit ouvrant et regarde la ville du Caire debout sur la banquette, malgré les protestations d'Anaïs :
— Tu avales toute la poussière. Tu vas te rendre malade !
L'avenue défile loin de mystérieuses ruelles, que je devine à l'arrière mais qu'Omar n'empruntera jamais. Nous côtoyons le tramway qui remonte d'Héliopolis avec son amoncellement de passagers ; leurs corps enchevêtrés débordent des portes et des fenêtres, s'agglutinent sur les toits
Plus loin, nous abordons la Place de la Gare bourrée d'automobiles, de carrioles tirées par des ânes, d'autres poussées à main d'homme. Un cortège de chameaux se faufile entre la masse des piétons. Les gestes saccadés du policier, vêtu de blanc, s'interrompent d'un coup ; baissant les

bras, celui-ci renonce à régler le trafic, ôte son fez rouge et se tamponne abondamment le front et le cou en maugréant.

Je lis le temps sur la Grande Horloge, nous sommes encore loin de l'heure du déjeuner chez ma grand-mère, dont je suis l'hôte une fois par mois. Je reconnais le « passage des départs », son va-et-vient perpétuel. Nous l'avons traversé cinq fois ensemble, Nouza et moi, pour nous rendre en villégiature à Alexandrie, au Liban, ou vers des pays lointains.

En voiture, nous longeons le Nil. Le buste penché au-dehors, je le contemple avec ses felouques éternelles. Je m'en repais les yeux, me répète que c'est le « fleuve des fleuves », me promets d'en garder mémoire à travers tous les paysages de ma vie.

Anaïs et Omar me promènent ensuite dans le jardin des Grottes avec ses aquariums et ses rocailles ; ou bien dans le parc d'Acclimatation.

Après la visite à l'hippopotame « Sayeda Zeinab » dont les chairs bulbeuses, contrastant avec l'œil minuscule et les fines oreilles m'emplissent de gaieté, je me dirige vers la cage de l'orang-outang.

Je pourrais contempler celui-ci durant des heures. Ses yeux me fixent avec une mélancolie extrême, je ne sors jamais indemne de ce face à face. J'ai l'impression que la bête cherche à me communiquer sa parole cruellement emprisonnée dans une chair opaque, et que, si j'étais vraiment à l'écoute, cette parole me parviendrait.

Une bande d'enfants joyeux et moqueurs se pressent autour de l'automobile, caressent de leurs mains poisseuses les ailes étincelantes qu'Omar frotte et fait briller chaque matin avec sa peau de chamois.

Ils nous accueillent avec des ovations et réclament l'aumône. L'un d'eux me salue à travers le pare-brise, l'autre joue avec l'essuie-glace, le troisième se tire la langue dans le rétroviseur. Des fillettes s'amusent à parader, à rire de leurs reflets dans les enjoliveurs.

À coups de chasse-mouches, Omar les éparpille. J'essaie en vain de retenir son bras. Anaïs me pousse à l'intérieur de la voiture.

Embarrassée de ma personne, je m'assois avec gaucherie au bord de la banquette. Un garçon éclopé, à l'œil borgne, tape contre la vitre, m'offre d'une main un dahlia, et me tend l'autre :

— Bakchich !

Je n'ai pas de sac, mes poches sont vides. Pas même un bonbon.

— Donne. Donne-lui, Anaïs.

— Pourquoi à celui-ci et pas aux autres ? Tu vas déclencher des bagarres dès que nous serons partis.
La voiture démarre.
Nous pénétrons peu après dans le quartier résidentiel, loin des pulsations et des misères de l'énorme cité qui frémit, qui grouille et se débat au loin.

Chargée d'images trop lourdes, je cours vers Nouza et me blottis dans ses vêtements soyeux.
— Si tu savais, grand-maman.
— Je sais, je sais. Mais qu'y pouvons-nous ?
— Si tu avais vu...
— Il faudrait leur consacrer toute sa vie, tu entends, toute sa vie. Sinon, à quoi ça sert ? Une goutte d'eau dans la mer ! Tu en parleras à ton grand-père Nicolas.

*
* *

De tous mes six ans, de tous mes sept ans, de mes neuf ans, dix, douze ans, j'ai couru vers Nouza qui m'accueillait toujours, et me fêtait à chaque fête.
Tendre, rétive Nouza, si légère et si forte. Ma capricieuse et frivole grand-mère, fougueuse et indomptable. Ma fraîche, ma libre Nouza. Ma rivière, mon rocher.

20.

Mario venait de garer sa voiture dans un sous-sol proche et s'apprêtait à rentrer chez lui. Après une folle équipée de trois jours, il avait enfin obtenu la libération de Georges. Celui-ci le rejoindrait plus tard, dans la matinée.

À la sortie du garage, voyant passer l'ambulance, il ne s'était pas douté que Myriam, sa propre fille, était à l'intérieur.

Débouchant sur la Place il aperçut, avec étonnement, Kalya au bord du caniveau, penchée en avant, les bras ouverts. Au même instant, il reconnut Sybil courant vers elle à fond de train. Que faisaient-elles dehors à cette heure ? De quel jeu s'agissait-il ?

Et Slimane ? Pourquoi avançait-il lentement, dressé de sa haute taille ?

— J'ai retrouvé Georges !

Mario crie vers l'un, vers l'autre. L'ont-ils entendu ? Ils n'ont d'yeux que pour la fillette qui s'élance à toutes jambes.

L'image le captive à son tour. Mario prend un tel plaisir à regarder cette belle enfant, à admirer ses grandes enjambées, la légèreté de ses bras, l'élan de tout son corps, le flux de sa chevelure qu'il n'entend pas le sifflement assourdi de la balle. Celle-ci, en pleine course, vient de la frapper entre les omoplates.

Sybil fonce toujours, comme si elle non plus ne s'en était pas aperçue.

Elle court. Elle continue d'avancer durant quelques secondes. Puis elle s'abat. D'un seul coup.

Le Soudanais se précipite. Dans sa hâte, la tortue lui échappe des mains, tombe sur le dos et rebondit plusieurs fois sur le sol.

Slimane vient d'atteindre l'enfant. Il s'agenouille, il la soulève et, retrouvant toutes ses forces, se redresse la portant dans ses bras. Debout, aveugle à ce qui l'entoure, il lève vers le ciel un regard interrogateur.

Soudain, n'y tenant plus, le Soudanais se met à pivoter, à tourbillonner sur place. De plus en plus vite comme un derviche tourneur. Enfermé dans son vertige, il tournoie, tournoie, sans pouvoir s'arrêter.

Une berceuse, venue du fond de son enfance et des terres du Nil, transperce chagrin et brumes, remonte jusqu'à ses lèvres. Alors seulement, il ralentit. Un tour après l'autre, de plus en plus doucement.

Les mots de Slimane se mêlent à ceux de la vieille chanson. Ses paroles relient l'histoire du fleuve – avec ses fosses, ses cataractes, son delta – à celle de la mystérieuse vie. La voix du Soudanais s'étrangle, se démonte ; puis, peu à peu, s'élargit :

> *L'eau s'en va l'eau s'en vient*
> *De l'amont à l'aval*
>
> *Elle emporte les sources*
> *Et les bouches de la nuit*
> *Elle parle marécages*
> *Remue soleils et boue*
> *Elle déborde de crues nouvelles*
> *Dévore le souffle des mers*
>
> *De l'amont à l'aval*
> *L'eau s'en vient l'eau s'en va*
> *Elle est sèche comme la famine*
> *Et plus tendre que le cœur.*

Slimane ne bouge plus. Il est très calme, tout à sa mélodie.

Slimane chante pour l'enfant tranquille qui semble dormir. Cette enfant venue de loin. De loin, de si loin. Tout comme lui...

Une décharge de chevrotines le cribla à son tour, interrompant le chant.

Une fois de plus, le silence.
Kalya a achevé son parcours. Le cœur ne sait plus à quoi se retenir, l'un après l'autre les muscles lâchent. La femme s'effondre lentement. Sur le sol, elle n'est plus qu'une masse inerte.
Il y a quelques secondes, les bras ouverts pour recevoir Sybil, elle a vu l'enfant, frappée, arrêtée en pleine course. L'image fatale, irréversible, a gommé d'un coup sa propre vie. Elan et forces l'abandonnent. Elle ne lutte pas et ne veut plus de ce souffle qui s'attarde au bord des lèvres.
Tout se passe très vite. Mario, il ne sait comment, se trouve soudain là, agenouillé auprès de Kalya, cherchant à se faire entendre :
— J'ai retrouvé Georges. Tout s'arrange.
Il insiste, il ment. Il espère que ses mots l'atteindront :
— Sybil prendra l'avion demain. Tout s'arrange. Tout s'arrange.
« Tout s'arrange » se ramifie, multiplie ses échos. Kalya voudrait hocher la tête, mais la phrase s'obstine. Elle se mélange à « je te retrouverai un jour », à d'autres et d'autres paroles entendues, à celles de Slimane et de Sybil qui chantaient ensemble : « L'eau s'en va, l'eau s'en vient. »
Le sourire de Nouza cherche à transpercer les brumes.

Des hommes, des femmes envahissent le terre-plein. Des volets s'écartent. Des portes s'ouvrent. Des cris, des hurlements montent de partout ; cette violence aveugle ne peut pas, ne doit pas durer.
Demain, l'apocalypse, l'océan des démences ? Demain, la paix ?

LA MAISON SANS RACINES

Un garçonnet, qui a tout vu, contemple la Place et les gens. Dans sa tête, les choses se sont mises à remuer.

Harcelée par la brise, l'écharpe jaune, maculée de sang, garde dans ses plis la clarté tenace du matin.
Le morceau d'étoffe s'élève, s'enfle, se rabat rejaillit, s'élance, flotte ; retombe à nouveau et s'envole de plus belle...

L'ENFANT MULTIPLE

*À CHARLOT,
du rire aux larmes
des larmes au rire.*

*Pour LORETTE KHER,
au soleil de la vie.*

*Enfant de nos guerres
Enfant multiple
Enfant à l'œil lucide
Qui porte le fardeau
d'un corps toujours trop neuf*

Ainsi tourne le monde : Manège, que domine le temps et que module l'histoire. Pourtant, des rênes fragiles – celles de la liberté – demeurent entre nos mains ; guidant hors des pistes nos provisoires montures vers notre propre destin.

Un matin d'août, se rendre à son travail en traversant Paris à pied. Découvrir la ville à la sortie de sa nuit ; observer son développement graduel hors du bain révélateur. S'en imbiber les yeux. Bénir le sort de faire partie de cette cité. La surprendre, parcourue par de rares passants, dans sa captivante nudité. Se tenir, parfois, au bord d'un trottoir : compter jusqu'à vingt, jusqu'à trente, quarante... sans qu'une voiture s'annonce sur la chaussée. Naviguer le long de ses avenues, serpenter au fil de ses ruelles, contourner ses places ; côtoyer la Seine qui se cuivre, les arbres qui s'enluminent. Goûter à ce silence rythmé par tant de souffles. Ressentir ce face à face, chargé de tant de vies. Chanter en dedans. Savourer.

Tout cela n'arrivait plus à Maxime !
En se dirigeant vers son Manège, le forain arborait, depuis quelque temps, un air morne. Une moue renfrognée, désabusée, qui coïncidait mal avec sa face ronde, ses petits yeux rieurs sous des sourcils en broussailles, sa moustache en touffe, sa joviale calvitie. Il accentuait celle-ci en rasant de près le haut du crâne ; conservant une couronne de cheveux, brunâtres et peu fournis, par-dessus les tempes et la nuque.
Sa quarantaine bien entamée lui donnait, selon l'humeur, un flamboiement d'adolescence ou une apparence sourcilleuse, réfléchie. Son visage, naturellement débonnaire, se crispait de plus en plus souvent, envahi par des vaguelettes de colère ou par la crainte de se laisser berner.
Ayant pris de l'embonpoint, cela se remarquait à cause de sa taille à peine moyenne, Maxime Lineau avait décidé de se rendre chaque matin

jusqu'au lieu de son travail en marchant d'un pas vif. De toute la famille, seul l'oncle Léonard avait de la stature, il mesurait un mètre quatre-vingt-cinq ; il était musclé, chevelu. Son neveu avait toujours envié son air d'athlète, admiré son tempérament vigoureux.

En route, il arrivait à Maxime de croiser quelques « joggers ». Les plus vieux lui faisaient pitié avec leur souffle haletant, leurs jambes de volaille. S'ils levaient la tête pour le saluer, ils exhibaient un sourire forcé qui ressemblait à un rictus. Il n'éprouvait qu'agacement face à ces pratiques étrangères si allégrement adoptées ! Lui s'en tenait aux habitudes de son enfance, le sport se limitant à des jeux de ballon dans la cour de l'école de sa commune.

Sauf pour quelques déplacements vers les pays avoisinants, le forain n'avait jamais voyagé.

La chance qui lui avait souri au début de l'installation de son Manège, s'était brusquement retirée. La Bourse était en chute, les spéculateurs prévoyaient le pire. Ignorant les dédales des opérations financières, Maxime ne possédait ni actions, ni obligations ; mais le marasme se répandait sur tout, même sur son petit commerce. Un commerce auquel il se consacrait depuis près de cinq ans, et qu'il qualifiait d'« artistique » en souvenir de son oncle Léonard. Lui seul, l'aurait compris !

Dès qu'il leur avait annoncé son intention de quitter son poste dans l'administration pour acquérir un Manège, sa famille avait poussé les hauts cris. Quitter un emploi de tout repos pour se lancer dans une aventure aussi peu reluisante relevait, à leur avis, de la pure démence.

— C'est un saltimbanque que tu veux devenir ? Un saltimbanque !

*
* *

Mis à part cet oncle Léonard, il n'y avait jamais eu d'excentriques chez les siens. Tous avaient constamment maintenu « l'extravagant bonhomme » à distance, ne le conviant qu'aux noces et aux baptêmes. Durant ces fêtes, on l'encourageait à divertir l'assemblée, on l'applaudissait. Ses mimiques, son visage glabre et gai, ses lobes d'oreilles flasques derrière lesquels flottaient des cheveux souples et mi-longs, fascinaient le petit Maxime.

Dénué de rancune, Léonard s'en donnait à cœur joie. Il faisait grimper son neveu sur ses épaules, et caracolait autour de la table des banquets en hennissant, en lançant de bons mots à chaque invité.

De si haut, les visages fondaient dans un rire éternel ; ni gronderies ni menaces ne montaient à l'assaut de l'enfant perché. Celui-ci se sentait libre, hors d'atteinte. Radieux.

Tiraillé entre les élans répétés vers son oncle et un tempérament plus terre à terre, plus conformiste, qui le rapprochait des membres de sa tribu ; fluctuant d'un comportement à l'autre, Maxime eut sans cesse du mal à se situer.

Puis, soudain un fossé se creusa entre lui et ses proches. Le mot : « saltimbanque », étincela, flamboya sous sa peau. Maxime se lança dans son projet, comme il l'avait fait jadis courant à fond de train à la poursuite de son cerf-volant.

***

En maillot de bain, le torse nu, les pieds en feu, l'enfant file à travers champs. Sa longue corde s'élève, s'étire vers le ciel, jusqu'à l'insecte géant, l'oiseau multicolore qui fend l'air.

C'est l'aube ou bien le crépuscule, l'heure indécise et tranquille où les choses sont plus magiques, les adultes moins exigeants. Léger et souverain, fragile et vif, le cerf-volant – choisi, offert par Léonard – pivote, pirouette, hésite, taquine, quitte et reprend le vent... À la merci de l'intrépide jouet, le gamin s'immobilise, repart, accélère ; s'arrête de nouveau, bondit une fois encore.

Mais un soir, un ballet d'oiseaux de passage fonça sur le magnifique objet, fracassant son fragile mécanisme, déchiquetant ses papiers coloriés. L'un d'eux s'entortilla dans la corde. Ses pattes, ses ailes, ne parvenaient plus à se dégager de la frêle carcasse.

L'hirondelle et le cerf-volant se blessèrent, s'entaillèrent mutuellement. Puis s'effondrèrent, emmêlés, aux pieds du gamin.

Secoué de sanglots et de gémissements celui-ci s'agenouilla, s'efforçant de rassembler les débris épars.

Le lendemain, il enfouit l'oiseau de plumes avec l'oiseau de papier – on ne les distinguait plus l'un de l'autre – sous la même motte de terre.

L'idée de posséder un Manège dynamisa Maxime.

Se délivrer des murs jaunis, des humeurs de son chef de bureau, de sa table en bois de hêtre tachée d'encre qui l'enchaînait durant des heures ; abandonner ces dossiers, ces colonnes de chiffres, ces noms indifférents, à force d'être anonymes, tout cela l'enchanta ! Il quitterait même sans regret les ordinateurs qui avaient fait, depuis peu, leur apparition dans l'entreprise et qui l'avaient d'abord émerveillé.

Durant les fins de semaine, Maxime parcourait sa ville à pied pour choisir l'emplacement de son futur Manège.

À quelques pas de Notre-Dame, non loin du Châtelet, il découvrit l'endroit souhaité : place Saint-Jacques, au bas de la mystérieuse Tour, au coin du jardinet.

Il consulta, dépouilla lois et coutumes, se mit en quête d'un permis et d'une série d'autorisations. En dépit de difficultés, de démarches administratives, des demandes de crédits bancaires et des risques à courir, ce fut une période heureuse. Durant cette période-là Maxime fut tellement épris de la vie, qu'en retour celle-ci lui insuffla ardeur, énergie.

D'avance il imaginait la plate-forme tournante, surmontée de chevaux rutilants, de véhicules bariolés. À la pensée de ces flots d'enfants montant à l'assaut de son futur Manège, il exultait. Bien que tenacement célibataire, et persuadé qu'il n'aurait jamais d'enfants à lui, il se réjouissait de leur procurer bientôt gaieté, plaisir et friandises en guise de récompense.

Maxime ne vivait pourtant pas en solitaire, et se débrouillait pour ne jamais manquer de compagne. Jugeant son physique peu attirant, il s'étonnait de séduire, d'enjôler si facilement les femmes les plus diverses, éprouvant une satisfaction continue de ses conquêtes hâtives, de ses aventures nombreuses et sans conséquences. Il se félicitait d'avoir toujours rencontré des partenaires – souvent mariées – qui considéraient l'amour avec insouciance et ne cherchaient guère les prolongements.

Avec Marie-Ange, une esthéticienne de la rue d'Aligre, les choses avaient failli tourner plus sérieusement. Ils se reprirent à temps, le mari devenant de plus en plus soupçonneux.

*
* *

Avant l'installation du Manège, Maxime se passionna pour l'historique de la Place et s'acheta un guide des monuments de la capitale.

Sur cet emplacement se dressait – au Moyen Age – l'une des plus importantes églises de Paris, point de départ du pèlerinage de Saint-Jacques-de-Compostelle ; et souvent, le passage des Croisés se lançant à la reconquête des Lieux Saints.

Au XIVe siècle, Nicolas Flamel, l'« Alchimiste », fut le bienfaiteur de cet imposant édifice. La rumeur publique affirmait que l'homme corres-

L'ENFANT MULTIPLE

pondait avec d'autres alchimistes de par le monde ; surtout des Arabes de Séville et des Juifs d'Orient, détenteurs du secret de la « pierre philosophale » qui transmue les métaux en or.

Ces liens mystérieux et privilégiés entre Occidentaux, Arabes et Juifs, faisaient depuis des siècles de cette Place un tremplin entre différentes civilisations ; une secrète zone d'entente dont Maxime, plus tard, devait se souvenir.

L'Église fut ensuite rebâtie par Louis XII, consolidée par François Ier. Détruite, en 1797, par la Révolution, sa Tour fut rachetée par un démolisseur qui la loua à Dubois, l'armurier. Ce dernier, astucieusement, fit tomber du haut, goutte à goutte à travers un crible, du plomb en fusion qu'il recueillait dans de larges baquets. L'affaire se révélant fructueuse profita à deux générations d'héritiers.

* *

Maxime surveilla en détail la construction du Manège, choisissant chacun de ses éléments. Cherchant à le décorer « à l'ancienne », il scruta la qualité des bois, le tain des sept miroirs ovales, l'entrelacement des guirlandes, l'arrondi de la coupole. Il décida du coloris – l'un sur tout le corps, l'autre aux crins et aux extrémités – des robes composées des douze chevaux. Le treizième serait blanc, avec une crinière, des brides et des sabots cuivrés. Il n'opta que pour un seul véhicule : un carrosse, digne de celui du Chat botté, avec deux banquettes en velours cramoisi. Il exigea une mécanique parfaite et de tout repos.

L'État lui loua une bonne surface, au sud-ouest de la petite Place. Le forain s'y installa, s'y implanta, comme si ce jardinet et sa Tour de cinquante-deux mètres faisaient dorénavant partie de son patrimoine.

Les premiers jours, il s'y promena en propriétaire. Admira la restauration des pierres ; s'arrêta au bas des statues, debout dans leurs niches : l'Aigle de Saint-Jean, le Bœuf de Saint-Luc, le Lion de Saint-Marc. Depuis 1891 – il venait de l'apprendre – le service météorologique utilisait cette Tour comme observatoire, qui ne pouvait être visitée sans autorisation spéciale. Le forain en éprouva une soudaine fierté, son domaine s'étant comme agrandi du côté des astres, il se trouvait associé à une part d'étoiles et de firmament !

Les deux premières années furent radieuses ; le forain se persuada que, de toute éternité, ce lieu, cette place, les avaient espérés, attendus, son Manège et lui.

Au départ, tout lui réussissait. Fillettes et garçonnets accouraient, l'argent rentrait en abondance, ses conquêtes féminines se multipliaient. Il suffisait qu'il jette son dévolu sur une accompagnatrice d'enfants, une étudiante de passage, une commerçante du quartier, pour aussitôt aboutir à un rendez-vous.

Sa famille continuait de l'ignorer, elle ne lui manquait guère. Trouvant son comportement stupide et suranné, il se délivra du même coup des contraintes dominicales, et de ces interminables repas à l'occasion des fêtes laïques, ou religieuses dont elles n'avaient que le nom.

* *

À la troisième année, les difficultés apparurent. Le bien-être peu à peu se dissipa.

La crise mondiale se développait, sa dette se faisait plus lourde. Tracasseries et corvées se multiplièrent. Les femmes devenaient lointaines. La graduelle désaffection des enfants, compléta l'affligeant tableau.

Les derniers six mois avaient été particulièrement ardus ; les soucis affluaient comme marée montante. Le découragement s'était saisi de Maxime, il négligea son entreprise, il ne se soucia plus de sa propre personne.

Les cycles du Manège le plaçant, avec une régularité de métronome, face à l'un des sept miroirs, ceux-ci lui renvoyaient impitoyablement son image. Il avait quarante-quatre ans, il en paraissait dix de plus. Sa silhouette était pesante, ses épaules se voûtaient, son pull noir et mité ne dissimulait plus son ventre rebondi et flasque ; ses joues étaient molles, ses yeux presque inexistants, sa plaisante calvitie prenait un aspect cireux, lugubre.

Même les regards des femmes s'étaient transformés ; lorsqu'ils croisaient le sien, ils demeuraient éteints, indifférents. En revanche, Maxime récoltait la sollicitude et les sourires coopératifs des vieilles dames. Leurs clignements d'yeux, leurs mots de sympathie – semblant lui indiquer qu'elles le considéraient déjà comme quelqu'un de leur âge – le faisaient frémir.

De plus en plus tôt, le forain recouvrait son installation d'une bâche grisâtre avant de repartir, abattu, désenchanté, vers son logement du douzième.

Il s'appliquait, à présent, à faire de misérables économies, qui ne renflouaient guère son entreprise. Pour diminuer les frais d'électricité, il n'alluma plus les lampions ; il n'acheta plus de cassettes, remettait sur son électrophone des rengaines usées qui avaient disparu de tous les « top » en renom. Durant les congés scolaires, il renonça à embaucher une aide. Il élimina les bâtonnets en bois, la multitude d'anneaux suspendus à leur morceau de bois ; et par suite, les friandises distribuées aux vainqueurs.

Maxime éprouvait de la satisfaction à punir, de cette manière, ces gamins pourris par la télévision ; à sanctionner ces gosses d'aujourd'hui, de plus en plus gâtés, de moins en moins innocents, que les manèges avec leur danse giratoire, leurs chevaux éternellement bondissants, leur carrosse ciselé, ne faisaient plus rêver ! Régulièrement il se félicitait d'être demeuré sans « marmaille ».

Lésinant, mégotant – comme l'avait fait toute sa lignée familiale, sans que jamais son patrimoine ait prospéré – il retrouvait à travers ces manœuvres étriquées, une tradition d'épargne et de prévoyance qui, jusque-là, lui avait fait défaut. Restrictions, calculs, éveillèrent en lui d'ancestrales habitudes qui le rassuraient. Il devint mélancolique, aigri, parcimonieux ; se cuirassa dans des sentiments amers.

**

Rejoignant l'autre part de sa nature – plus réaliste, plus routinière – Maxime se surprit à téléphoner à sa famille pour se faire inviter. Il s'y rendit un dimanche.

Celle-ci eut d'abord le triomphe modeste. Mais tandis que le forain détaillait ses ennuis, relatait sa déconfiture, ils l'assaillirent soudain de conseils et de remontrances :

— On t'avait pourtant prévenu ! Ton Manège a été ton « démon de midi » ! Il faut t'en débarrasser. Retrouveras-tu ton ancien poste ? Tu n'es pas vieux, mais tu n'es plus très jeune non plus. De nos jours tout ça est pris en compte...

Maxime se rallia à leurs points de vue. Il revendrait.

Un fabricant d'automobiles électriques venait de lui faire une offre. Ce dernier confectionnait des pistes magnétisées pour de nombreuses foires et des parcs d'attraction ; sa « Formule I » connaissait un succès croissant. Il s'agissait de petits véhicules multicolores qui se cognaient dans un vacarme assourdissant, leur collision provoquant une explosion d'étincelles. Une musique tonitruante montait de plusieurs batteries à la fois ;

tout autour une couronne de lampes au néon s'allumait, s'éteignait à un rythme d'enfer.

Pour conclure l'affaire, l'acheteur arriva en Ferrari conduite par un chauffeur à casquette, et se dirigea vers la petite Place située à un carrefour enviable et très commerçant.

Il faisait chaud, l'homme tomba la veste. Il portait une chemise en soie, couleur saumon ; avec des initiales brodées sur la poche extérieure. Il avait des ongles manucurés, des lunettes à monture d'écaille. Il ne ferait pas de cadeau au forain.

De son côté, celui-ci s'efforcerait de tirer le meilleur prix de ce qu'il n'appelait plus qu'« un caprice, une marotte ».

Il en voulait au souvenir de son oncle Léonard, au cerf-volant voué au naufrage. Il prit en grippe ces stupides chevaux de bois aux sourires immuables ; ce carrosse au prix exorbitant dont les dorures s'écaillaient. Il se détourna de cette série de miroirs, cerclés de guirlandes, qui lui rejetaient une image de perdant.

Maxime ne songea plus qu'à se débarrasser de ce Manège qui avait absorbé cinq ans de sa vie !

Avec l'acheteur, la discussion avait été âpre. Elle n'avait pas encore abouti.

Le lendemain à sa sortie du métro, Maxime s'approcha du Manège en traînant les pieds et en maugréant.

Il souleva la pesante bâche, la replia au fur et à mesure, grommela à la pensée qu'il faudrait épousseter tout cet attirail, huiler tous ces essieux.

À la fin du parcours, il découvrit, avec exaspération, le carrosse

Là, à l'intérieur, il aperçut soudain – tapi sur la banquette rouge, couché en chien de fusil – un gamin, un vagabond aux pieds nus qui sommeillait tranquillement.

Stupéfait, puis saisi d'une insurmontable fureur, le forain se rua sur la portière. Il la tira si violemment à lui, qu'elle faillit lui rester entre les mains

— Dehors, sale môme ! Dehors ! hurlait-il.

Réveillé en sursaut l'enfant se redressa, se frotta les yeux.

— Dehors ! J'ai dit : dehors !

Sous le feu de cette colère, de ces vociférations, le gamin demeura pétrifié, sur le qui-vive.

— Dehors ! Dehors ! tonnait la voix.

Suffoquant de rage, ne trouvant pas d'autres mots, Maxime plongea son bras droit au centre du carrosse et agrippa l'enfant par son tee-shirt bleuâtre. L'arrachant à sa banquette, il le souleva, lui faisant franchir le seuil de la portière béante, le balançant ensuite par-dessus la plate-forme ;

et dans un vol plané, l'exaspération redoublant sa force, il le fit atterrir sur le terre-plein, les cheveux hirsutes, les pieds nus.

L'enfant vacillait sous le choc. Il exécuta un ou deux pas de côté, attendant que ses jambes s'arrêtent de trembler, avant de faire face au forain. Puis, sur un ton dont il s'efforçait de chasser toute panique :
— J'étais venu faire un tour de piste. Il n'y avait personne, alors, en attendant...
— De qui te moques-tu ? coupa Maxime. Un tour de piste, en pleine nuit ?
La nuque redressée, les pieds soudain d'aplomb, la voix raffermie, l'enfant fit encore un pas en direction du forain :
— Chez nous, c'est toujours la nuit.
— Où ça, chez vous ?
L'autre se figea de nouveau.
— Tu ne veux pas me répondre ?
Maxime attendit, regagnant son souffle. Mais, le fixant de son regard lointain, le gamin gardait les lèvres serrées.
— Je m'en fous de savoir d'où tu viens ! Je sais que fagoté comme tu l'es, sans chaussures, avec ta tête de...
Soudain, en pleine tirade, il s'aperçut qu'à la place du bras gauche de l'enfant, il n'y avait que du vide ! Rien qu'un moignon tuméfié, pointant hors de sa chemisette en coton.
Le forain s'arrêta net, interrompant ses invectives.

Le vieux Joseph glissa, autour de l'annulaire de son petit-fils, la bague surmontée du scarabée couleur sable.

— La bague de ton père, elle est pour toi. Porte-la toujours, je l'ai fait resserrer à ton doigt.

S'efforçant de sourire, il serra l'enfant contre lui, caressant sa nuque. Il ne parvint pas, durant quelques secondes, à décoller son corps du sien.

Il le confia ensuite à un passager ami. Ce dernier rejoignait sa famille, installée depuis plusieurs années de l'autre côté de la Méditerranée.

Tous deux prendraient le même cargo qui les débarquerait à Chypre. Ensuite, ils gagneraient Paris par mer et par chemin de fer, les moyens les plus économiques. Le trajet devait prendre entre cinq et sept jours.

*
* *

Gare de Lyon. Fin mai 1987. Plein midi.

Un soleil novice explosait dans un ciel qui avait, jusqu'ici, boudé la belle saison. Il se répandait, fourmillait au-dessus de la ville, transperçait les verrières du hall ; illuminait les locomotives et les wagons, faisait scintiller les rails. Sous cette flambée de lumière, même le souvenir des nuages, avec cette couleur cendre dont ils badigeonnent visages et pierres, s'effaçait. Enjambant un printemps moisi, le temps se surpassait. L'été s'annonçait triomphal.

Au bout du quai d'arrivée du train de Marseille, Antoine et Rosie Mazzar – l'œil en éveil, le cœur accéléré – attendaient l'enfant.

— Tu crois qu'on le reconnaîtra, le jeune cousin ? demanda-t-elle.

Depuis quinze ans, dès le début de cette insaisissable guerre, à la fois civile et fomentée du dehors, le couple vivait à Paris. D'innombrables, d'impénétrables conflits ligotaient leur petite patrie, la bouclant dans une ratière dont personne n'entrevoyait la sortie. Antoine et Rosie n'y étaient jamais retournés.

Le modeste héritage d'un vieil oncle, naturalisé – dont l'émigration datait du siècle dernier – leur avait permis d'acquérir une blanchisserie. Tous deux frisaient la cinquantaine. Leurs affaires se portaient bien.

Jadis, au pays, vendeuse dans une boutique de colifichets, alléchée par le luxe ambiant, prenant modèle sur les « femmes du grand monde » dont la description des toilettes et des réceptions emplissait les pages des magazines, Rosie avait eu une jeunesse imprévoyante et frivole. Amoureux et jaloux, Antoine lui reprochait son insouciance et ses coquetteries.

Dès l'arrivée en France suivie de l'achat de la boutique, elle assuma son rôle de « patronne » avec assurance et sens des responsabilités. Rosie changea d'allure, arbora un chignon tissé de cheveux blancs, qu'elle refusait de teindre ; se vêtit de robes aux tons neutres recouvrant ses mollets, de bas sombres accompagnés de chaussures à talons plats. Son époux remarqua, avec satisfaction, qu'elle se conformait, de plus en plus, à l'image de sa propre mère : dévouée, parfaite cuisinière, gestionnaire ordonnée.

Mais, très vite, il se détourna de son austère épouse pour s'éprendre de Claudette, la jeune femme, juchée sur des talons aiguilles, accoutrée de jupes courtes et virevoltantes, parée de colliers clinquants et de longs pendentifs émaillés.

Celle-ci venait à la boutique deux fois par semaine. On lui confiait un lot de vêtements – appartenant à la clientèle de la blanchisserie – qu'elle emportait à domicile pour exécuter les retouches et les travaux indiqués.

Les jours de sa visite, Antoine se débrouillait pour demeurer dans les parages. Émoustillé par la présence de Claudette, il ne parvenait pas à cacher son trouble. Sa femme se renfrognait, s'efforçait de ne rien laisser paraître de son agacement dans la crainte de déchaîner la colère de son époux. Il l'avait prévenue, suite au dernier contrôle médical où le médecin lui avait trouvé une tension trop forte, qu'il lui fallait dorénavant ménager son cœur, vulnérable et en péril à la moindre contrariété.

Rosie ne pouvait tabler que sur l'arrivée du petit cousin pour modifier la lente dégradation. Sa présence obligerait Antoine à se conduire en parent sérieux ; à garantir à l'enfant une atmosphère respectable.

— Sûrement qu'on le reconnaîtra, répondit Antoine à la question de sa femme. Depuis sa naissance, ça fait bien onze ans, nous n'avons jamais manqué de photos. Ta cousine Annette y veillait !

La foule quittant le train en masse, recouvrait tout le quai ; avançait en rangs serrés, à grande vitesse, vers les sorties. Rosie et Antoine craignaient de rater l'arrivée de l'enfant ; mais lui les cherchait aussi. Il portait, suspendue autour du cou, une pancarte avec les noms des époux Mazzar inscrits en lettres capitales.

— Joseph ! Joseph ! Par ici ! s'écrièrent-ils ensemble en l'apercevant.

D'un geste, l'enfant se débarrassa de sa pancarte et s'élança vers eux.

— Tante Rosie ! Oncle Antoine !

Soudain frappés de stupeur, ceux-ci reculèrent d'un même pas.

L'enfant s'immobilisa à son tour :

— Oncle Antoine ?... Tante Rosie ?... C'est vous ?

Dépassant la courte emmanchure, ils venaient de découvrir le moignon. La vue de cette chose mutilée, incongrue, leur avait donné un haut-le-cœur. Ils restaient là, abasourdis, figés sans rien trouver à dire.

L'enfant qui venait de comprendre la raison de leur repli, prit les devants. Se dressant sur la pointe des pieds, il étendit, puis enroula son bras valide autour du cou de la femme, ensuite de l'homme, les amenant – l'un après l'autre – jusqu'à lui, pour les embrasser.

Rosie eut juste le temps de glisser à l'oreille d'Antoine :

— Le vieux aurait pu nous prévenir...

Mais soudain, saisie de honte de sa propre répulsion, elle se pencha, attira le gamin contre sa poitrine. Dans une confusion extrême, elle le serra contre elle, redoublant de ferveur. Elle embrassa ensuite ses cheveux, ses joues, en murmurant :

— Mon petit, cher petit...

De nouveau, sous ses lèvres, elle éprouva une sensation étrange : un vide, un creux, à l'emplacement de la pommette droite. Sans en avoir l'air, elle examina l'endroit que sa bouche venait d'effleurer. Il ne pouvait s'agir que d'un éclat de mitraille : l'extraction avait laissé une cicatrice apparente, un renfoncement.

De l'autre côté de la Méditerranée, c'était toujours l'enfer. Qu'y pouvaient-ils ? Ils s'efforçaient de ne plus y penser.

Mis à part ces mutilations, l'enfant était beau. Sa chevelure brune formait un casque de boucles serrées épousant une tête bien ronde. Il avait le nez droit, des narines palpitantes, finement dessinées ; des yeux noirs et luisants comme des olives. Ses épaules étaient fermes, larges, ses jambes musclées ; il respirait la santé. Sa peau avait absorbé de larges tranches de soleil. Toute sa personne rayonnait d'un indéfinissable éclat.

Ce corps tronqué, ce visage meurtri, avaient, semblait-il, laissé l'âme indemne, vivace.

— Mon petit, mon petit, reprenait Rosie.

Au bord des larmes, elle pressait toujours le gamin contre elle, comme si elle cherchait à le faire entrer dans ce ventre qui n'avait jamais porté d'enfant.

Toute sa chair s'émouvait, palpitait d'une fibre jusqu'ici inconnue. Le plaisir d'une effusion maternelle lui avait-il manqué à ce point ? Au milieu de la foule qui défilait et du vacarme persistant de la gare, à deux pas d'Antoine qui trouvait le temps long, Rosie persistait dans ses caresses, remuait ses doigts dans l'épaisse chevelure.

L'enfant en éprouva, lui aussi, du réconfort. L'absence de sa mère, de la douceur de ses bras, lui revint en mémoire. Depuis un an, il habitait seul, avec son grand-père.

— Joseph, mon petit Joseph !...

— Je ne suis pas Joseph, murmura-t-il. Je m'appelle : Omar-Jo. Tante Rosie, je m'appelle : Omar-Jo.

Submergée par l'émotion, elle ne l'entendit pas. Se berçant de ses propres paroles, elle répétait l'enivrante rengaine :

— Mon enfant, mon petit, mon Joseph chéri... Cette fois, il se dégagea de son étreinte, se planta carrément devant ses deux cousins et déclara d'une voix claire :

— Mon nom c'est : Omar Jo.

Ils n'eurent d'abord aucune réaction. L'enfant insista :

— Je m'appelle Omar-Jo. Omar, comme mon père. Jo, comme mon grand-père Joseph.

Le temps écoulé, l'éloignement, avaient gommé les événements du passé. Rosie venait de se souvenir de ce « malheureux mariage » ; c'est ainsi que sa famille désignait l'union de « la pauvre cousine Annette ». À cette pensée, à celle de ses strictes convictions religieuses, elle se raidit. Antoine, dont la foi se limitait à un esprit de clan, se sentait contrarié lui aussi. À quel dogme, à quelle croyance, à quelle société, appartenait cet étrange enfant qu'il comptait faire le sien ?

— De quelle religion es-tu, petit ?
— De celle de Dieu, répliqua l'enfant.
— Qu'est-ce que tu veux dire ?
— De celle de ma mère et de celle de mon père... De toutes les autres, si je les connaissais.

Rosie rompit son silence :
— Tu sais bien que la vraie religion...
— Si Dieu existe..., reprit l'enfant.
— Si Dieu existe ! s'effara Antoine qui n'accomplissait aucun de ses devoirs religieux, mais que le statut de chrétien, fils de l'Église romaine, rassurait.
— Si Dieu existe, reprit tranquillement l'enfant, il nous aime tous. Il a créé le monde, l'univers et les hommes. Il écoute toutes nos voix.

L'évocation de Dieu au cœur de ce va-et-vient, de ce tintamarre, de cette pluie qui s'abattait soudain en trombes sur les plaques vitrées de la voûte, parut bizarre et déplacée aux deux époux.

— Ce n'est pas un endroit pour prononcer le nom du Seigneur, déclara Rosie. Rentrons.
— Dieu est partout, murmura l'enfant cherchant, en vain, un signe d'approbation sur l'un ou l'autre visage.

Sa cousine venait de le saisir par sa seule main et l'entraîna, à la suite de son époux, vers le parking.

Les rapports avec l'enfant se présentaient moins harmonieusement qu'elle ne l'aurait espéré. Ils auraient à faire front à « une forte tête ».

*
* *

Le couple quitterait bientôt son deux-pièces, pour s'installer dans une tour du treizième arrondissement. Le nouvel appartement – choisi sur plan, acheté à crédit – serait plus spacieux que celui-ci. L'enfant y aurait sa propre chambre.

Omar-Jo se défit, habilement, de son sac à dos. Il en extirpa des sachets de coriandre, de menthe séchée, de cannelle, de café moulu à la turque ; et même une bouteille d'arak, enroulée dans une feuille de carton ondulé.

— Grand-père vous envoie tout ça !

Rosie avait préparé des feuilles de vigne avec des pieds de mouton, du fromage blanc assaisonné d'huile d'olive, pour ne pas dépayser l'enfant. Elle lui avait également confectionné des gâteaux fourrés de pistaches et saupoudrés de sucre. Il mangea avec appétit.

Omar-Jo se servait et maniait son couvert avec dextérité. Il éplucha une pêche avec ses dents, proposa de faire la vaisselle, puis le café :

— J'en ai l'habitude, même avec un seul bras ! Il faisait allusion à ce vide, tout naturellement, cherchant à les mettre à l'aise.

Au dessert, il raconta des anecdotes sur son village, sur sa vie avec son grand-père, dont il partageait l'existence depuis l'accident.

Parlerait-il de la journée tragique ? Celle qui l'avait obligé à quitter la ville pour se réfugier, à la montagne, auprès du vieux Joseph ? Antoine et Rosie étaient avides d'en connaître les détails ; mais ils n'osèrent pas replonger l'enfant dans l'horreur de ces souvenirs.

— Nous t'avons inscrit à l'école pour la rentrée. Ce n'est pas loin, tu pourras y aller à pied. Tante Rosie te montrera le quartier.

— Sauras-tu te débrouiller ? demanda celle-ci.

D'un geste espiègle le gamin s'empara du stylo dont le capuchon débordait de la poche d'Antoine, tira du fond de la sienne un carnet, à moitié rempli, traça sur une page blanche, en belle calligraphie, son nom en arabe et en français.

Après le repas, ils lui présentèrent les nombreuses photos de famille. Celles-ci étaient placées en divers endroits, sur des napperons en dentelle, dans des cadres de différents formats.

— Tu te reconnais ? Ici dans les bras de ta mère Annette. Là avec le vieux Joseph. Avec tes cousins Henri, Samir ; avec ta cousine Leila. À ton anniversaire de huit ans...

Il chercha des yeux une image de son père Omar ; mais n'en découvrit nulle part.

Étourdiment Rosie lança :

— Le jour de l'accident, c'est bien ton père qui a voulu traverser la ligne de démarcation, entraînant la pauvre Annette avec lui ?

L'enfant se tut. Il paraissait ailleurs, hors d'atteinte. La soirée se termina comme elle pouvait.

Depuis quelques semaines, la ville avait retrouvé sa paix. La population, une fois de plus, se persuadait que la tourmente avait pris fin, que la concorde allait se maintenir.

C'était un dimanche après-midi. Il faisait chaud. Cela sentait la poussière et la moiteur de l'air marin.

Omar portait un blue-jean foncé, une chemise à carreaux beige au col entrouvert. Annette avait revêtu sa robe d'été à fleurettes orange, terminée par trois volants. Elle ne portait pas de bas ; la couleur de ses chaussures en toile capucine, se mariait avec les tons de son vêtement.

— Si nous allions nous promener, Omar ? suggéra-t-elle.

— Oui, allons nous promener.

Ils étaient d'accord, presque toujours. Omar-Jo en éprouvait un sentiment de bien-être qui amenuisait, assourdissait, les scènes de violences qui se succédaient, depuis plus de douze ans, à l'extérieur.

L'enfant se souvenait de tout.

Il pouvait, à chaque instant, revivre la scène en son entier. Il pouvait, à chaque seconde, comme pour de vrai, pénétrer dans la pièce inondée de soleil qui donne sur l'étroit balcon ; se glisser entre son père et sa mère, les frôler, se frotter aux jupes d'Annette, se suspendre aux épaules d'Omar ; entendre leurs voix, leurs rires.

Écouter leurs rires... En dépit des risques quotidiens, des dangers de toute nature – même leur statut était critique – ils riaient, beaucoup, ensemble.

Ce matin-là, leurs visages si jeunes, si proches se reflétaient dans le

miroir rectangulaire du living. Omar entourait de son bras la taille de sa femme, puis il l'embrassait sur la joue.
Omar-Jo se tenait accroupi sur le sol. Il dessinait. Il avait choisi de rester à la maison.
— Nous te rapporterons une glace. Quel parfum veux-tu ?
— Du chocolat. Le grand cornet.
— Le plus grand !
Ils disparurent la main dans la main, laissant, derrière eux, la porte entrouverte.

Omar et Annette ont cinq étages à descendre ; l'immeuble n'a pas d'ascenseur.
Tout en continuant de colorier sa page, Omar-Jo entend distinctement leurs pas sur le carrelage. Au fur et à mesure qu'ils s'enfoncent, leur rythme s'accélère. Il devine le double saut qu'ils exécutent, comme d'habitude, par-dessus les trois dernières marches donnant sur chaque palier.
Il imagine leur course, leurs enjambées. On les dirait assoiffés de mouvement, attirés par le dehors. Ils vont de plus en plus vite, ignorant la rampe, dévalant joyeusement les étages, s'élançant à la rencontre de ce qui les attend.

*
* *

Omar-Jo se demandera toujours, pourquoi il a subitement rejeté ses crayons de couleur ? Pour quelle raison il a couru vers le balcon pour leur crier qu'il avait brusquement changé d'avis ; qu'il voulait, à présent, les rejoindre.
— Ouh ! Ouh ! Papa, maman ! Je viens.
Ils ont quitté le seuil de l'immeuble ; ils entendent son cri, l'aperçoivent, l'appellent à leur tour :
— Descends vite. On t'attend !
Ses sandales à la main pour ne pas perdre une seconde, il se précipite, pieds nus dans l'escalier.

Parvenu au bas des marches, Omar-Jo s'était accroupi pour remettre ses sandales.

Il en chaussa une. Une seule.

Une violente explosion déchira l'air ; suivie d'une autre déflagration qui fit trembler toute la bâtisse.

La seconde sandale à la main, l'enfant se rua vers l'extérieur.

— Écoute..., reprit le forain, s'efforçant de retrouver son calme peu après la découverte de l'enfant amputé. Avec tes pieds nus et sans un sou en poche, je ne t'aurais jamais laissé monter dans mon Manège. Ni de nuit, ni de jour ! »
— Mes chaussures sont dans ton carrosse, riposta l'enfant. Il faut me les rendre.
C'en était trop !
— M'en débarrasser, tu veux dire ! Et toi, avec ! Toi et ta vermine, allez ouste, hors d'ici au plus vite.
— De la vermine, je n'en ai pas ! Jamais eu ! Regarde.
Il s'approcha, secoua son abondante chevelure noire, glissa son unique main dans la masse bouclée.
— Dis-moi si tu trouves un seul pou là-dedans ?
— Tire-toi ou j'appelle la police !
— La police ! Pourquoi la police ?
L'enfant se tenait droit, dans une posture assurée et calme. D'un coup d'œil il avait jaugé l'individu qui lui faisait face. Derrière ses injures et son irritabilité, l'homme lui parut fragile, sensible ; et même compatissant.
À cause de tout ce qu'il avait vécu dans sa patrie détruite, Omar-Jo avait acquis, malgré son jeune âge, une exacte perception des humains ; un jugement sur l'existence et sa précarité qui le rendait à la fois lucide et patient.
— Pourquoi « tire-toi » ? Pourquoi « la police » ? Pourquoi me parles-tu avec ces mots-là ? On pourrait s'arranger, s'entendre, toi et moi.
— S'arranger ? Comment veux-tu qu'on s'arrange ?

L'ENFANT MULTIPLE

Toujours au pied du Manège, Maxime examinait le gamin, cherchant toutefois à éviter ses yeux qui tentaient de rencontrer les siens. Dans son esprit il l'associa aux jeunes délinquants de six à quatorze ans qui se faufilent dans le métro, les grands magasins ; à ces voleurs à la tire, capables aussi de trafics plus pernicieux. « De la graine de criminels ! » aurait soutenu la famille.

Que le galopin ait perdu un bras n'était pas une raison pour tout excuser ! Dieu sait au cours de quelle rixe de gangs, de quelle équipée de petits malfrats, l'accident avait eu lieu ?

— Mes chaussures ! Je voudrais mes chaussures, réclama l'enfant d'une voix tranquille.

Maxime grimpa sur la plate-forme du manège, se dirigea vers le carrosse, dont la portière était restée ouverte ; aperçut la paire de baskets, bien alignés sous la banquette.

Au moment de les empoigner, il recula, prit l'air dégoûté et brailla :

— Viens les chercher toi-même, tes sales godasses !

L'enfant ne se fit pas prier. D'un bond, il atterrit sur le Manège, à deux pas du forain.

Cette fois, celui-ci remarqua, sur sa pommette droite, un carré de peau rafistolée au-dessus d'un creux. La joue avait, sans doute, été transpercée par une sorte de lame. Cette constatation confirma ses soupçons : le gamin devait faire partie d'une dangereuse bande de voyous. La méfiance de Maxime redoubla.

Durant ce laps de temps, l'enfant enfilait ses baskets, en nouait les lacets, tout en cherchant toujours les yeux de son interlocuteur.

— Je n'ai pas d'argent, mais je veux rembourser ma nuit dans ton carrosse.

— Me rembourser ? Comment ça ?

— Utilise-moi, tu ne le regretteras pas.

— T'utiliser ? Avec ton seul bras, à quoi peux-tu servir ?

Sans sourciller, l'enfant reprit :

— Je nettoierai ton Manège, je le ferai briller. J'en ferai un vrai bijou !

Il attendit quelques instants, avant d'ajouter :

— Tous mes services, je te les offre : gratis !

Sentant qu'il touchait là un point sensible, il insista :

— Tu m'entends : GRATIS !

Maxime jeta un coup d'œil en direction de la cabine en bois qui renfermait le tiroir-caisse ; il y laissait toujours une petite somme d'argent.

Peut-être que le garnement en avait forcé la serrure ? Sans en avoir l'air, il s'y dirigea, remua plusieurs fois la poignée. Tout paraissait en ordre, indemne.

L'enfant qui avait compris la manœuvre, se carra sur ses jambes et retourna d'un coup les poches de son pantalon kaki qui lui arrivait aux genoux. Leur contenu se déversa aux pieds du forain : chewing-gum, pointe Bic, trois crayons de couleur, un carnet, un canif, de la menue monnaie, un mouchoir en boule, quatre billes en verre...

— Je ne t'ai rien pris. Je ne suis pas un voleur.

— C'est bon, c'est bon, reprit Maxime gêné. Ramasse tout ça, et va-t'en.

L'enfant se baissa, recueillit d'abord les piécettes, les lui montra :

— Elles ne sont pas d'ici, elles sont de chez moi. Elles ne valent plus rien, juste le souvenir.

— Ça va, ça va..., maugréa le forain jetant un coup d'œil furtif sur cette monnaie étrangère dont il ne distinguait pas l'origine.

Le gamin ramassa le reste ; puis les quatre billes d'agate qu'il exposa dans sa paume ouverte :

— Choisis. Il y en a une pour toi.

— Qu'est-ce que j'en ferai ? Allons, range ça.

— Tu n'as jamais joué aux billes ?

— Mais si, mais si...

— Alors, fais comme moi, garde-la en souvenir.

Entre le pouce et l'index, Maxime saisit avec précaution la plus coloriée des quatre, avec sa torsade orange et vert au centre. Elle lui rappelait l'ancienne bille, avec laquelle il gagnait toujours.

Jadis, dans un grand bocal, le jeune Maxime collectionnait des petites boules d'acier et de verre de différentes dimensions.

À plus de quatre-vingts ans, Ferdinand Bellé l'entraînait dans sa quatre-chevaux pour « faire les courses en ville » et le récompensait en lui offrant chaque fois, une bille au retour.

Coupant court à toutes les objections de son épouse – qui avait vingt ans de moins que lui et qui tremblait de le voir au volant – il quittait la maisonnette provençale aux tuiles rondes, accompagné de Maxime le fils des voisins.

Des bicoques – en planches de bois mal jointes, ou en pierre mal équarries – s'accolaient, comme des verrues, à l'étroite bâtisse, la prolongeant de chaque côté. Posé à flanc de colline, le logis des Bellé ressemblait, de loin, à ces masures de sorcières qui illustrent les contes d'enfants.

Cette maisonnette aux formes erratiques avaient vue sur le Mont Saint-Victoire. « La Montagne de Cézanne », déclarait Denise qui venait de prendre sa retraite de l'enseignement.

Dès qu'il s'installait dans sa voiture, l'âge quittait Ferdinand Bellé, les années lui tombaient des épaules. Il pouvait ne plus compter sur ses jambes pour le soutenir ; sa vue s'accommodait, ses mains cessaient de trembler. Il se laissait bercer le long des chemins de campagne. Il prenait ensuite les tournants sur l'aile, s'abandonnant à un sentiment de puissance qui le ranimait, avant de se lancer sur l'autoroute pour rejoindre les files d'automobilistes dans leur exaltant instinct migrateur.

Au retour, touchant terre, Fernand retrouvait l'évidence et recouvrait son écorce de vieillard. Sa longue colonne vertébrale se voûtait, ses doigts effilés pianotaient, inutilement, dans l'air ; ses pantalons trop larges flottaient sur des jambes-fantômes ; son visage trop maigre semblait n'offrir qu'un profil.

Le dernier tronçon du sentier s'arrêtait à quelques mètres de la maisonnette ; il fallait abandonner le véhicule, faire le reste du chemin à pied.

Suivi du vieil homme haletant, l'adolescent gravissait la pente, chargé de toutes les marchandises.

La rétribution ne se faisait pas attendre. Le bocal fut bientôt rempli à ras bord. Pour faire usage de toutes ces billes, l'enfant se mit à en pratiquer les jeux. Il en devint, bientôt, le champion incontesté.

Quelques années plus tard, Ferdinand Bellé, veuf et toujours vivant, continuait de recevoir la visite de Maxime. La passion des billes avait cédé la place à celle des boules. Tous deux rejoignaient ensemble les équipes de boulistes du village le plus proche.

Ferdinand était presque aveugle. Déplaçant le cochonnet, les joueurs s'accordaient, parfois, pour le laisser gagner. Ne mettant jamais en doute sa propre victoire, le vieillard se laissait applaudir avec délices.

C'étaient de longues et joyeuses parties arrosées de pastis.

Le chant des cigales s'amenuisait. Le bleu minéral du ciel se dissolvait dans les teintes fruitées du soir.

— Alors, demanda Omar-Jo, qu'est-ce que tu dis de ma proposition ?

La mémoire toujours encombrée du souvenir de ses propres billes, le forain empocha celle au cœur torsadé, qu'il tenait encore entre ses doigts :

— Quelle proposition ?

— Tu m'utilises sur ton Manège.

Évitant de répondre, Maxime cherchait à en savoir plus sur l'étrange garnement. Il montra du doigt le moignon, puis le renforcement au sommet de sa joue :

— Qu'est-ce qui t'a fait ça ?

— Un accident, reprit l'enfant peu disposé à des confidences.

— Tu fais partie d'une bande ?

Là-bas aussi, il existait des bandes : mobiles, dangereuses, toutes armées. Des groupes insaisissables, impossibles à contrôler.

— Moi, je ne fais partie de rien.

Il avait une façon bien à lui de relever la tête, sans arrogance, mais comme pour définir son territoire, pour en fixer l'infranchissable limite.

— Si je t'emploie, il faut quand même que je sache d'où tu viens ?

— Je ne te demande pas d'où tu viens, répliqua l'enfant.

Il dévisagea son interlocuteur, s'attardant, comme chaque fois, sur les yeux, cherchant le fond du regard, ajouta :

— Un homme qui aime son Manège, je n'ai pas besoin de savoir d'où il vient. Il est de ma famille.

— De ta famille ? Où est-ce que tu vas chercher ça ?

— Pas la famille du sang, mais l'autre. Parfois ça compte beaucoup plus. On peut la choisir.

— Tu veux dire que tu m'as choisi ?
— Oui, maintenant je te choisis !
— Il faudrait que ce soit réciproque, tu ne penses pas ?
— Ça le sera.

Les derniers temps avaient été si ternes, si déprimants, le forain prit subitement plaisir à cet échange provocant. Il se courba en deux, salua avec drôlerie l'ébahissant gamin :

— Très flatté de votre choix. Sincèrement ; très sincèrement, je vous en remercie jeune homme !

L'enfant l'aidait à présent à replier la bâche ; puis à la fourrer sous la plate-forme dans une espèce de niche en bois.

— Ça fait longtemps que tu rôdais autour d'ici ?
— Plus d'un mois.
— Je ne t'ai jamais vu !
— Tu ne vois personne, je l'ai remarqué.
— Tu m'observais ?
— Parfois tu as l'air si fatigué, si triste.
— Tu n'as jamais fait un tour sur mon Manège ?
— Jamais.
— Tu manques d'argent ?
— Pour le moment, j'en manque.
— Tu as un domicile au moins ?
— Pas loin d'ici.
— Une famille ?
— J'habite chez des cousins de ma mère. Ils vivent à Paris depuis quinze ans.
— Ils ont une carte de séjour ?
— Ils sont français. Naturalisés
— Ah bon... Mais tes parents alors ?

L'enfant détourna la tête, il ne pouvait encore répondre à cette question-là. S'il prononçait seulement les noms d'Annette et d'Omar il était certain que sa bouche prendrait feu.

— Ils t'ont abandonné ?

L'enfant se raidit, le souffle presque bloqué :

— Ils ne m'auraient jamais abandonné ! Jamais.

Conscient du trouble qu'il venait de causer le forain se reprit :

— Tu me raconteras ça plus tard. Enfin, si tu veux.

Avant l'ouverture du Manège, il lui fallait veiller à une série de tâches. Maxime s'éloigna pour s'en occuper.

***

Assis, les jambes pendantes au bord du Manège l'enfant contemplait la petite Place, s'interrogeait sur l'énigmatique Tour, guettait l'arrivée des promeneurs.

Il était sept heures du matin. Sauf pour quelques pigeons qui se déplaçaient, sans entrain, sur la terre battue, le square était encore désert.

L'arrivée de la vieille dame, aux pas incertains, aux jupes lourdes, au foulard mauve, modifia l'ambiance. Elle tira de son cabas un sac en papier brun pour le vider de ses graines, qu'elle éparpilla sur le sol, sur sa tête, ses épaules et dans ses paumes ouvertes.

Mystérieusement avertis de sa présence, les pigeons, tirés de leur torpeur, accouraient de toutes parts ; se multipliaient, voltigeaient, roucoulaient, picoraient.

La femme ressemblait à un vaste perchoir piqué d'ailes. Sa frimousse chiffonnée et défaite, se lissait, rougissait de plaisir.

Au même moment, sur un des bancs publics, un jeune homme griffonnait sur un carnet.

Soudain, il rayait rageusement ses lignes, arrachait la feuille et la jetait. Il y en avait déjà une douzaine, roulées en boule, à ses pieds. Ensuite, il recommençait. L'angoisse, s'accroissant chaque fois, entaillait son front, crispait ses mâchoires.

Enfin, il se leva. Il arpenta, dans l'agitation, le jardinet ; avant de se diriger vers le lion de pierre grise, posé sur une plate-bande au bas de la Tour.

La statue moyenâgeuse ressemblait à un immense chat. Il le caressa, longtemps, entre les oreilles, tout au long de l'échine, et sembla retrouver – grâce à ce geste sensible et familier – un nouvel élan.

Quelques minutes après, il reprenait sa place sur le banc. Il se remit à noircir, avec fébrilité, des pages qu'il conservait, cette fois, en les détachant du carnet et en les fourrant, au fur et à mesure, dans ses poches.

Tout à leur affaire, indifférents à l'environnement comme aux frémissements de la cité qui émergeait, peu à peu, de sa léthargie, ni le jeune écrivain, ni la femme aux pigeons ne s'étaient entrevus.

Omar-Jo, lui, avait tout découvert. Il avait tout observé, tout considéré, de ce qui s'était déroulé dans et autour de ce lieu, dont il faisait déjà partie. La petite Place, avec son square, ses personnages épisodiques, sa Tour et son Manège, poursuivait, lui semblait-il, une existence autonome, en marge de la cité.

Son regard se porta, ensuite, plus loin ; sur ces passants surgis de la bouche du métro la plus proche. De plus en plus nombreux, ceux-ci, inattentifs les uns aux autres, se dirigeaient à un rythme accéléré vers leurs propres destinations.

**

Omar-Jo se leva, fit lentement le tour de la piste, posa la main sur le toit sculpté du carrosse. Au bout de quelques secondes, il s'adressa au forain qui s'évertuait à rafistoler l'étrier d'un des chevaux de bois :

— Ton Manège est beau. Mais moi, j'en ferai le plus beau de la ville. Le plus beau de tout le pays !

Sans attendre de réponse, l'enfant se dirigea vers la cabine, y pénétra, fouilla dans un coffre rouillé, en tira des chiffons et des produits d'entretien. Derrière le tiroir-caisse, il découvrit un plumeau, un balai. Amassant le tout, il revint sur la plate-forme et se mit tout de suite au travail.

Passant du cheval gris moucheté, au noir, au fauve, à l'alezan, au baicerise, il frotta leurs jambes, leur poitrail, leurs flancs ; les bouchonnant comme s'ils étaient vivants. Il lustra leurs crinières et leurs queues, fit étinceler brides et rênes. À califourchon sur chaque monture il rinçait, puis curetait l'intérieur de leurs oreilles, de leurs naseaux.

— Des nids à poussière ! s'exclama-t-il à quelques pas de Maxime qui le fixait bouche bée.

Finalement, il entreprit le nettoyage du carrosse. Il balaya les lames du parquet, brossa la banquette en velours rouge sur laquelle il avait dormi ; épousseta les roues, astiqua les dorures. Avec une dextérité stupéfiante, se servant de son seul bras, l'enfant répara l'étrier, fit reluire les sept miroirs.

À la fois lui-même et plusieurs, il se projetait sans cesse d'un lieu à un autre. Maxime en avait le vertige ! Il ferma, rouvrit de nombreuses fois les yeux, se demandant s'il ne délirait pas.

Soudain, appelé par des glapissements joviaux, il aperçut l'enfant, perché sur la toiture, en train de polir la coupole écarlate.

— Descends, tu vas te casser le cou ! Descends tout de suite. S'il t'arrive quelque chose, ce sera moi le responsable !

— On le verra de partout notre toit. Même du haut du ciel !

— Quel singe tu fais ! s'écria le forain mi-grondeur, mi-admiratif, au gamin qui venait d'atterrir à ses côtés.

— Tu veux dire : « Malin comme un singe ! » riposta l'enfant détournant aussitôt l'expression en sa faveur.

— C'est ça : « Malin comme un singe ! » Tu as réplique à tout ! Eh bien, à présent, tu vas peut-être accepter de répondre à ma question.

— À quelle question veux-tu que je réponde ?
— Comment t'appelles-tu ?
— Je m'appelle : Omar-Jo.
— Omar-Jo ?... Ça ne colle pas ensemble ces deux prénoms-là.
— Je m'appelle : Omar-Jo, insista l'enfant.
— À quoi ça ressemble ? À rien !
— C'est mon nom.
— Je t'appellerai Joseph. Ou bien : Jo, si tu préfères. Un diminutif que tout le monde reconnaîtra.
— Ne touche pas à mon nom !
La voix se fit cassante. Malgré la nature enjouée du gamin, Maxime comprit que celui-ci pouvait soudain élever un mur de résistance devant ce qui le heurtait.
— Je ne cherchais pas à te fâcher.
— Je m'appelle : Omar-Jo, reprit-il plus doucement. Omar et Jo : ensemble !
— Omar-Jo, acquiesça l'autre.
— Tu pourras, si tu veux, ajouter un troisième nom à ces deux-là.
— Un troisième nom ?... Lequel ?
— Je t'expliquerai plus tard.
« Plus tard », pensa Maxime. « Ma parole, il s'installe ! Il se croit déjà chez lui. » Le forain constata que les choses étaient déjà en place ; et que désormais son Manège ne pourrait plus se passer de l'astucieux gamin.
— Tous mes services : gratis. GRATIS ! chantonna Omar-Jo.

Il rangea à leur place, chiffons, balais, produits ; et revenant vers Maxime :

— Je te ferai aussi un spectacle !

— Un spectacle ?

Sans laisser à ce dernier le temps de réagir, il se précipita de nouveau dans le réduit.

Coincé entre l'électrophone, le tiroir-caisse et l'accumulation d'objets divers, il s'attifa de tout ce qui lui tombait sous la main. Puis, il se grima en raclant les restes de quelques pots de peinture.

Maxime, qui l'observait à travers la vitre de la cabine, éprouva de nouveau un vague soupçon qu'il repoussa aussitôt. Agité de sentiments contradictoires il oscillait, depuis l'apparition de l'enfant, entre la méfiance et la sympathie.

Il alla chercher une chaise de jardin, et revint s'installer face au Manège dans l'attente du singulier garnement. La curiosité, l'impatience du spectateur, avant le lever de rideau, le gagnait peu à peu.

L'électrophone se mit en marche. Une musique allègre et syncopée annonçait l'entrée du galopin.

Cheveux orange, joues multicolores, paupières et bouche écarlates, le plumeau ficelé à la place du bras manquant – lui donnant l'apparence d'une créature bizarre mi-humaine, mi-volatile –, en quelques pirouettes, Omar-Jo se présenta.

Il déambula ensuite entre les figures du Manège ; fit claquer un baiser sur le museau du cheval alezan, grimpa sur un autre, se dressant de toute sa taille sur la selle. Il entra, ressortit plusieurs fois du carrosse jouant tour à tour, au monarque ou au laquais, au seigneur ou au mendiant.

Toute la piste se ranimait. Maxime se remémora ses enthousiasmes passés, ses premiers élans.

— Regarde-moi bien !

L'enfant sauta à pieds joints sur la terre battue, avança vers le forain, circula autour de son siège, les pieds à l'équerre, en dodelinant des hanches. Il traçait des moulinets dans l'espace, à l'aide d'une canne invisible ; soulevait et remettait un chapeau absent ; lapait l'air avec de brefs coups de langue.

Maxime éclata de rire.

— Quel clown !

— Je ne te rappelle personne ?

Le gamin insista, exhibant la canne et le chapeau manquants, forçant ses pieds vers l'extérieur ; terminant par une chute sur le dos, ses jambes tricotant l'air.

— Chaplin ! Charlie Chaplin ! s'exclama Maxime.
— Bravo, c'est ça !... Eh bien, ce sera mon troisième nom.
— Comment ça ?
— Omar-Jo Chaplin !
— Omar-Jo Chaplin ?... Tu n'y penses pas !
— Je ne pense qu'à ça !

Il vouait, depuis son plus jeune âge, un culte à ce « Charlot », maltraité, comme lui, par les événements et les hommes. À ce « Charlot » attelé aux malheurs, mais qui savait en divertir les autres. S'en divertir.

— Tu crois vraiment que c'est une idée ? demanda le forain.

Toute cette situation lui paraissait incongrue. De plus ces trois noms disparates – issus de pays et même de continents différents – étaient la marque d'un cosmopolitisme qui ne lui disait rien de bon.

— C'est une très bonne idée. Elle te rapportera gros.

L'enfant avait hérité de ses ancêtres – navigateurs, champions du négoce, créateurs de comptoirs de marchandises sur tout le pourtour de la Méditerranée depuis l'antiquité – un sens aigu du commerce.

— Tu verras, je t'amènerai des foules. Je les ferai rire... Rire jusqu'aux larmes !

Il buta sur le dernier mot. « Larmes » évoquait trop de sang versé, trop de tragédies réelles, de déchirements vécus. En hâte, il se reprit :

— Je voulais dire : rire à se tordre. Ils se tordront tous de rire, tu verras !

**

Omar-Jo revint, jour après jour. C'était le temps des vacances, il disposait de beaucoup de liberté.

— Nous mettrons des affiches autour du square. Je les ferai moi-même, avec mes trois noms.

Les paroles de l'enfant prenaient rapidement corps, il trouvait toujours le moyen d'exécuter ses idées. Emporté par le courant Maxime se laissait faire. Ils s'accordaient sur bien des points ; décidèrent de prolonger les heures d'ouverture, achetèrent des lampions pour former une couronne scintillante autour de la coupole.

Les récompenses – sucettes et diverses friandises – avaient réapparu. Pour guider les enfants jusqu'à leurs places, les installer sur leurs montures, fixer leurs liens, Omar-Jo apparaissait parmi eux en divers déguisements. Garçons et fillettes accouraient de plus en plus nombreux ; le gamin comptait sur son futur spectacle pour qu'ils se multiplient.

Après la disparition des enfants, quelques adultes nostalgiques ne résistaient pas au plaisir de faire un tour de piste. Même Maxime se surprit, un soir, à califourchon sur le cheval bai-cerise, tandis qu'Omar-Jo battait la mesure en marchant tout autour.

**

— Et ta famille ? Tu m'as dit que tu avais une famille ici ?
— Ce sont des cousins : Rosie et Antoine. Ils ont une blanchisserie.
— Qu'est-ce qu'ils pensent de tout ça ?
— Ils me laissent faire. Je suis en vacances.
— Moi, je veux être en règle, je ne veux pas d'ennuis.
— Je leur demanderai de venir te voir.

Tourmentée par sa vie de couple qui ne prenait guère le chemin qu'elle avait escompté – la rupture avec Claudette ne s'annonçait d'aucune manière – Rosie décida de rechanger d'apparence, de ranimer sa coquetterie éteinte. Elle sacrifia son chignon, teignit ses cheveux blancs. Elle redécouvrit ses jambes bien galbées sous des jupes moins enveloppantes, ses seins effrontés sous des chemisiers moins amples. En peu de temps elle parvint à aguicher un jeune libraire qui apportait son linge, à laver au poids, tous les mardis.

Également absorbés par les affaires de leur commerce, Antoine et Rosie furent soulagés d'apprendre que « ce malheureux enfant traumatisé par la guerre » venait de trouver un emploi divertissant qui deviendrait, peut-être, lucratif. Omar-Jo les avait persuadés qu'après l'apprentissage, le forain le rétribuerait. Durant l'année scolaire, il continuerait de consacrer quelques heures par semaine au Manège, ainsi que les dimanches et jours fériés.

Un après-midi les cousins décidèrent d'aller voir sur place, et de faire la connaissance du forain.

Ils se congratulèrent mutuellement :
— C'est un débrouillard votre petit cousin !

— C'est vrai qu'il est beau votre Manège !

Il les trouva rassurants, convenables. Cherchant à les tranquilliser à son tour, il promit d'assurer à l'enfant tous ses repas durant ses heures de présence.

Ils se quittèrent dans les meilleurs termes.

Chaque soir, Omar-Jo et Maxime partaient dans des directions opposées pour se rendre à leurs domiciles respectifs.

Quelquefois, la soirée se prolongeant, l'enfant avait obtenu la permission de dormir chez le forain. Il s'était aménagé une couche sur le canapé de la seconde pièce.

Chaque année, au mois d'août, Antoine et Rosie retrouvaient leur cabanon aux environs de Port-Miou.

Lui, s'adonnait aux plaisirs de la pêche. Elle, faisait trempette ; puis rentrait s'occuper du ménage, de la cuisine : écaillant, accommodant jusqu'à la nausée les poissons quotidiennement ramenés par son époux.

L'enfant avait demandé de rester à Paris.

— Il y a beaucoup de projets pour le Manège. Maxime a besoin de moi, je ne peux pas partir.

Sur-le-champ, Rosie avait acquiescé. L'éloignement de Claudette, les innombrables tête-à-tête qu'elle aurait avec Antoine, seraient, pensait-elle, propices à un rapprochement.

Il n'en fut rien.

Évitant toujours le cœur du sujet, ils évoquaient leur enfance, leur passé commun, leur petit pays en transes. Prenant chacun un parti différent, ils se chamaillaient à tout propos. Ils en vinrent enfin à discuter de l'enfant ; là aussi, leurs points de vue divergeaient, ou plutôt fluctuaient : l'un prenant toujours, quelle qu'elle soit, la position opposée à celle de son conjoint.

— Ma pauvre cousine Annette ! Il aurait été préférable pour tout le monde qu'elle se marie à quelqu'un de sa propre religion, soupirait Rosie.

— À quoi servent tes regrets ! Personne n'y peut plus rien.

— Annette a tout fait de travers.

— N'accable pas cette pauvre fille.

— Quelle idée d'avoir obligé Omar à quitter l'Égypte...
— Première nouvelle : c'est la première fois que j'entends dire qu'elle l'a obligé à quoi que ce soit ! Ils étaient tous les deux d'accord pour ce mariage.
— Quel était son métier à lui ? Je ne m'en rappelle plus.
— Chauffeur. Chauffeur de maître.
— De « bonne à tout faire », Annette était devenue « jeune fille de compagnie », elle aurait pu prétendre à quelqu'un de mieux placé, de plus débrouillard... À quelqu'un comme toi, Antoine !

Rosie cherchait parfois, désespérément, à flatter son époux pour s'attirer ses faveurs.

— Grâce à toi, Antoine, regarde le chemin que nous avons fait.

Il lui rendit le compliment :

— Tu y es pour quelque chose, toi aussi, Rosie.
— Ce qui fait la force d'un couple : c'est l'homme, insista-t-elle.
— Un couple, c'est l'homme et la femme, répliqua-t-il.

Elle le fixa, stupéfaite. En quelques mois, cette Claudette était-elle parvenue à lui extirper des préjugés devant lesquels, elle, Rosie, avait toujours plié ?

— La vie n'a pas laissé le temps à Annette et à Omar de prouver de quoi ils étaient capables, continua Antoine.
— Elle n'était pas laide, Annette, tu t'en souviens ? Trop maigre peut-être...
— Je ne trouve pas.
— Ses cheveux étaient si raides, son nez un peu long, sa peau très pâle. Et puis, elle était timide. Tellement timide.
— Elle était douce plutôt. C'était cela son charme.
— Ah tu trouves ?... Il est vrai que le cousin Robert, celui qui avait fait fortune au Brésil, l'aurait volontiers épousée. Elle le trouvait trop vieux, et trop riche. Tu imagines : « trop riche ! ».
— Omar-Jo me plaît, coupa Antoine. Il est vif, ingénieux. Il aurait pu nous rendre des tas de services. À présent c'est trop tard, il est embarqué sur ce Manège.
— Il n'est peut-être pas trop tard.

Après quelques instants de réflexion, elle reprit :

— Cet hiver, est-ce qu'on l'emmène avec nous à la messe du dimanche ? Nous ne savons même pas à quelle religion il appartient. Le vieux Joseph t'en a-t-il parlé au téléphone ?

— On posera la question à l'enfant, il a son franc-parler. Quant au vieux Joseph, il parlait à Dieu face à face ; il n'avait pas besoin d'intermédiaires, disait-il. Je ne crois pas qu'il ait changé.

— Un vieux païen, oui. Pourtant c'est lui qu'on faisait venir, à toutes les cérémonies, pour marcher en tête de cortège.

Illettré, ne signant qu'avec son pouce maculé d'encre, le vieux Joseph était le meilleur conteur de la région. Durant les veillées d'hiver, ceux du voisinage se rassemblaient autour de lui. Pendant les longues soirées d'été, d'autres villageois traversaient les collines pour venir l'entendre.

Il excellait aussi dans le chant, dans la danse. Pour les baptêmes, les mariages, les enterrements, on avait chaque fois recours à lui. Entièrement vêtu de blanc ou de noir, selon les circonstances, c'est lui qui précédait et conduisait le cortège.

Il avait de la carrure, et portait si fièrement son mètre soixante-quatorze qu'il en paraissait dix de plus. Son nez légèrement busqué, ses lèvres pleines, ses yeux gris – parfois graves, souvent rieurs – donnaient à sa physionomie noblesse et générosité.

Selon les fêtes ou les deuils, il redressait, en les gluant, les deux bouts de son épaisse moustache, ou bien les laissait retomber de chaque côté de sa bouche. Sa toison noire et bouclée, devenue poivre et sel avec l'âge, lui couvrait la nuque.

La voix du vieux Joseph était sonore ; sa poignée de main réchauffait. Il ne craignait ni le froid, ni le chaud ; ni le sec, ni l'humide ; ni neiges, ni soleils ; et portait, sous tous les climats, des chemises sans col dégageant un cou puissant, un décolleté entrouvert qui exposait aux regards sa poitrine velue. De son index recourbé, il y frappait comme sur une porte :

— Du béton ! Du béton tout ça. Mais dedans, l'oiseau chante et bat des ailes !

À la tête des cortèges, Joseph remuait, en balancements circulaires, un grand sabre recourbé à pommeau d'argent. C'était son bien le plus précieux.

Il portait un pantalon très ample, serré autour des chevilles. Se soulevant sur un pied, il pirouettait dans un sens puis dans l'autre ; tournoyait comme une toupie avant la pause finale, qui lui permettait de reprendre le balancé tranquille.

Après ce préambule, son chant s'élevait. Un chant composé de prières rituelles mêlées de paroles improvisées. Sa voix chaleureuse, souveraine, déliait les cœurs, remédiait aux chagrins.

— Si tu étais moins paillard et moins mécréant... », grondait le curé nanti, comme un grand nombre de prêtres montagnards, d'une épouse et d'une ribambelle d'enfants, « je t'aurais confié la mission d'appeler les fidèles aux offices à partir du clocher. » Une coutume qu'il appréciait beaucoup chez les adeptes de l'autre croyance. « Mais, je te connais Joseph, tu es capable d'inventer des mots à toi... Et alors, où irions-nous ? »

Veuf d'une épouse qu'il avait tendrement chérie, Joseph avait élevé, seul, Annette, son unique enfant. À la mort de sa femme Adèle, il avait cinquante ans ; ses appétits sexuels étaient loin d'être éteints.

Chaque deux semaines, il confiait sa fillette à des voisins et disparaissait. Il devait, disait-il, se rendre dans la cité pour y conclure des affaires urgentes. On faisait semblant de le croire ! De notoriété publique, il différait de ses compatriotes par une singulière inaptitude au commerce. Soit pour la transaction concernant un terrain hérité, soit pour la vente des produits de son jardin, ses affaires s'étaient toujours révélées désastreuses. « Je n'aime pas assez l'argent », s'excusait-il.

Vivant de peu, avec agrément, il considérait la richesse et le désir que certains en avaient comme des freins à la liberté ; ou du moins au sentiment qu'il avait de cette liberté.

En ville, logeant indifféremment chez l'une ou chez l'autre, il visitait gratuitement les prostituées, leur rendant de menus services, égayant leurs soirées de danse, de chants et de récits. Elles le recevaient toujours à bras ouverts.

Un grand nombre d'entre elles venaient d'Europe centrale ou des Pays baltes, leur blondeur était particulièrement appréciée. D'autres arrivaient d'Amérique latine, de France, d'Espagne, d'Italie... Joseph les interrogeait, visitait la terre en les écoutant.

Le monde lui parut vaste, prodigieux, hybride et foisonnant ! De toutes parts surgissaient amours et violences, fidélités et trahisons, injustices et liberté. Mêmes rêves, mêmes désespoirs, mêmes renaissances. Et partout, cette même mort ! Une tenace solidarité aurait dû lier, lui semblait-il, sur cette image évidente, essentielle, de la mort, tous les humains.

— Pas besoin de quitter mon coin de terre, je m'embarque sur vos corps, mes belles ! Sur vos paroles, je parcours le monde entier.

Le véritable voyage il le souhaitait pour d'autres ; et plus tard, pour l'enfant de son unique enfant.

Depuis la mort d'Adèle, il évitait de rencontrer Nawal, une prostituée qui avait été la femme d'un voisin, colporteur. Jadis il l'avait aimée, désirée à la folie ; sa silencieuse épouse en avait, sans doute, souffert.

Joseph effaçait le souvenir de cette faute, en redoublant de soins et de tendresse envers la petite Annette, la fille d'Adèle.

Celle-ci eut une enfance heureuse. Plus tard, Joseph approuva son mariage avec Omar ce jeune homme d'une autre religion, qu'il adopta à première vue. Il sut convaincre tout son village qui accueillit le jeune couple et regretta ensuite leur départ pour la capitale, peu de temps après la naissance du petit Omar-Jo.

L'enfant vit le jour tandis qu'éclataient les premières hostilités. Malgré la commotion, la population se persuada qu'il ne s'agissait que de secousses passagères. Entre frères, les pires luttes ne peuvent s'éterniser.

Les luttes s'éternisèrent... Souvent rejointes, alimentées, fortifiées, par le dehors. Plus de dix ans s'étaient écoulés.

En écoutant son transistor qu'il gardait suspendu autour du cou pendant ses heures de jardinage, le vieux Joseph qui venait d'atteindre ses quatre-vingts ans, apprit, en plein après-midi, qu'une voiture piégée venait d'exploser dans le quartier où habitait Annette.

Il chercha à quitter sa colline et à descendre au plus tôt vers la capitale. Haletant, bouleversé, il frappa aux portes des voisins possesseurs d'un véhicule. La plupart étaient absents, d'autres hésitaient devant cette plongée dans l'enfer.

— Pourquoi imaginer le pire ? Cela fait des années que ça se détraque, que ça se pulvérise de partout. Rien n'est arrivé aux tiens. Rien ne leur arrivera.

— Je veux en être sûr.

Non loin, le jeune Édouard réparait sa motocyclette.

— Je t'emmène où tu veux.

Il grimpa sur sa machine, appuya à plusieurs reprises sur la pédale, fit pivoter les guidons, ronfler les gaz, tandis que le vieil homme s'installait sur le siège arrière.

— Vas-y, à toute vitesse ! Je t'indiquerai les raccourcis.

Il la connaissait par cœur sa montagne, depuis la splendeur de ses sommets, jusqu'à ses moindres escarpements. Le tuyau d'échappement faisait un tel vacarme que le vieux approcha ses lèvres de la tempe du jeune homme pour lui souffler les bonnes directions à l'oreille. Les chemins étaient mal goudronnés, accidentés ; ils espéraient que la machine – de seconde main, passablement usée – tiendrait le coup. Ils escomptaient, aussi, échapper aux divers groupes armés, ceux de tous bords ou d'aucun bord, qui stoppent les véhicules pour des contrôles, ou des demandes de rançons.

Parvenus à l'endroit même de la catastrophe, ils ne purent s'en approcher qu'à pied.
Les autorités venaient d'isoler la voiture éclatée. Autour, sur une large surface, un cordon reliait des pieux rouges, rapidement fixés au sol. La déflagration avait eu lieu, exactement, au pied de l'immeuble de ses enfants ; Joseph sentit ses genoux flancher, son cœur lui remonta dans la gorge.
Il se força passage entre la police et la foule hurlante. Se glissa, suivi d'Édouard, sous le cordon de protection.
Soudain, face à la monstrueuse carcasse, il fut saisi d'une brusque pulsion de refus, et décida de grimper jusqu'à l'appartement, convaincu d'y retrouver Omar, Annette et Omar-Jo.
Sa force lui revint, comme la foudre. Jailli de ses talons, elle redressa ses jambes, hissa, souleva son vieux corps ; le projetant à l'assaut de la centaine de marches. Toujours talonné par le jeune homme, il accéda rapidement au cinquième étage.
La porte du logement était restée entrouverte.
Il appela. À l'intérieur, il fouilla partout. Ce ne fut pas très long. Il ne trouva personne.
Dans le living, il avait failli glisser sur les crayons de couleur éparpillés sur les dalles et s'étaler de tout son long.
Il sortit sur le balcon. Personne, là non plus.

**

À bout de souffle, il redescendit se joindre à la multitude qui se pressait autour de l'automobile détruite.
Aveuglé par les rideaux de poudre jaunâtre, Joseph marchait les bras tendus en avant, évitant les obstacles. S'accrochant au bras d'un ambulancier il réclama le nom des victimes et la liste des hôpitaux. Il n'obtint aucune réponse.
— Je connais les hôpitaux, on en fera le tour ensemble, proposa Édouard. S'ils sont blessés, on te les guérira !
Le vieux cherchait à se persuader que sa petite famille se trouvait hors du quartier, au moment de la déflagration. Pourtant, là-haut, cette porte

entrouverte le tourmentait, minait sa confiance. Il avança, les yeux au sol, cherchant presque malgré lui une trace des siens ; souhaitant ne jamais en trouver.

Il en trouva.

Ce fut d'abord : un lambeau de la robe à fleurettes orange. Ensuite : la singulière bague d'Omar, surmontée du scarabée couleur sable.

Amassant l'un et l'autre, il eut cette fois la certitude de leur disparition.

— Qu'as-tu trouvé ? demanda le jeune homme.

Il se retint de dire : « Ils sont morts » comme si ces paroles une fois prononcées, les condamnaient irrémédiablement ; détruisaient une dernière illusion à laquelle, malgré l'évidence, Joseph se raccrochait encore.

Avec des gestes d'automate, il poursuivit sa recherche. Muni d'un bâton, il écarta les déblais, fouilla les crevasses.

Au bout d'un quart d'heure, il découvrit, au bord d'une fosse, une des sandales d'Omar-Jo.

Il l'aurait distinguée entre mille ! C'était lui qui avait remplacé la lanière usée par cette lanière-ci, plus épaisse et grossièrement recousue.

Plus loin, à quelques pas de l'engin mortel – l'auto saccagée ressemblait à une hydre prête à renaître, à bondir, à tout faucher – le vieil homme fut, de nouveau, confronté à l'horreur.

Émergeant d'un morceau de tee-shirt bleuâtre, qu'il lui avait lui-même offert, il venait de reconnaître le bras de son petit-fils.

Son bâton lui tomba des mains. Sa vigoureuse charpente oscilla, se résorba ; jusqu'à ressembler à une motte de terre. Du plomb brûlant se déversait dans ses entrailles.

Édouard approcha avec précaution. Pressentant la catastrophe, il n'osait rien dire. Cherchant à signaler au vieux sa présence attentive auprès de lui, il toucha son épaule. Ensuite, le jeune homme se pencha, embrassa Joseph entre ses omoplates :

— Je suis là, je ne te quitte pas.

Puis, il attendit.

Après une longue immobilité, Joseph s'ébranla de nouveau.

Une sombre colère le galvanisa. Ses pieds martelèrent le sol, l'orage enflamma ses traits.

D'un jet, il escalada le monticule le plus proche, formé de gravats et de débris.

Planté sur le sommet du tertre, ses deux bras se dressèrent vers le ciel. Un ciel bleu pervenche. Les flambées d'une succession d'incendies, l'ascension des cendres tentaient, en vain, de ternir la céleste clarté.

Durant quelques instants il l'exécra, ce ciel. Ce ciel inentamable, bouclé sur ses secrets !

— Je ne chanterai jamais plus ! Je ne danserai jamais plus ! Pour quoi, pour qui ces célébrations, ces cérémonies ! Plus jamais ! hurla-t-il.

S'adressait-il à quelqu'un ? À ce Dieu qui ne le préoccupait guère, et qui lui imposait soudain sa présence à travers ce désastre, ces questions, ses propres imprécations ? Son frère Job — celui de la Bible de son enfance — lui revint en mémoire, avec ses paroles provocantes et rebelles. À la fin, s'apaiserait-il comme lui ? Se réconcilierait-il, plus tard, avec ce Dieu féroce, ce Dieu devenu agneau ?

Pour l'instant, il fulminait, tournant sa fureur contre les hommes. Ceux de cette cité, ceux des terres avoisinantes, ceux de tout l'univers.

— Criminels ! Fratricides ! Bourreaux des innocents ! Vous n'arrêterez jamais de tuer, de vous haïr ! Où est-ce que ça vous mène tout ça ? Un peu plus vite dans la fosse. Dans la même énorme fosse !

Surplombant le cirque chaotique de pierres, de ferraille, d'os, de chair et de sang, l'imposante silhouette du vieillard, rivée à son tertre, emplissait l'horizon.

Environné de rideaux de sable jaunâtres, sa forme, charnelle et fantomatique, apparaissait, disparaissait, aux yeux de la foule.

Retenant ces larmes qui l'auraient, de nouveau courbé, secoué de sanglots, Joseph se soulevait sur la pointe des pieds, étirait ses muscles, les contractant jusqu'à la douleur.

**

Deux bras venaient d'encercler ses hanches. Quelqu'un cherchait à le tirer, à le faire descendre de sa butte. Un cri de femme transperça le vacarme :

— Ton petit-fils est vivant ! J'ai vu les ambulanciers emporter Omar-Jo.

Joseph se raidit, se dégagea brusquement de cette emprise. Il venait de reconnaître la voix de Nawal.

— Plus de mensonges ! Tu mens toujours ! Va-t-en ! Éloigne-toi !

Redoublant d'efforts, elle parvint à le déloger de son tertre. L'amenant à elle, Nawal l'attira contre sa poitrine, puis le berça comme un enfant.
— Crois-moi, j'ai vu Omar-Jo partir sur ses deux jambes. De mes yeux, je l'ai vu !
C'était vrai. Elle avait reconnu l'enfant de cette enfant ; l'enfant de cette Annette, qui aurait pu être la sienne. Penchée à sa fenêtre, peu après l'énorme détonation, elle avait vu le gamin se débattre, malgré son épaule sanguinolente, pour échapper aux ambulanciers. Il s'obstinait à rester sur place, pour retrouver sa mère et son père.
Les oreilles de Nawal retentissaient encore de leurs deux noms qu'il hurlait d'une voix déchirante et continue.

Cela avait été trop tard pour Omar-Jo. Les siens venaient de sauter en même temps que l'engin fatal.
Des déflagrations, des éclats de métal survenant, par la suite, blessèrent grièvement d'autres habitants du quartier, et lui arrachèrent son bras gauche.
Nawal avait tout vu ; elle pouvait témoigner de chaque moment de cette scène. Elle affirmait que l'enfant, qui perdait son sang par flots, avait fini par céder aux ambulanciers et se laisser emporter.
— Tu dois me croire : Omar-Jo est vivant !
Cette sensuelle odeur d'encens et de jasmin, la couleur de cette voix incandescente, ce souffle brûlant contre sa nuque, la proximité de ce corps familier, annulèrent pour quelques secondes le lieu et le temps du malheur, ranimèrent pour quelques secondes – en dépit de tant d'années révolues – un désir, une fièvre étrange. Le vieux Joseph ferma ses paupières, un frisson de volupté lui parcourut l'échine.
Mais s'indignant contre lui-même il se ressaisit aussitôt :
— Menteuse ! Ne continue pas à mentir !
Elle desserra son étreinte, lui jeta un regard douloureux avant de lui tourner le dos, et de s'éloigner en clopinant.
— Vieux fou ! maugréa-t-elle avec tendresse. Tu ne changeras jamais.
Il la suivit du regard tandis qu'elle s'évanouissait, resurgissait, disparaissait, en boitillant, au milieu des voiles de poussière.
Sous sa maigreur, sous sa chevelure hérissée et blanchie, sous cette démarche chancelante, c'était encore la même Nawal qu'il avait si fougueusement possédée.
— Tu as toujours menti, s'entendait-il répéter, envahi par l'afflux des souvenirs.

Joseph, qui haïssait le mensonge s'était mis à mentir. Mentir à Élias, le colporteur, son meilleur ami dont Nawal était l'épouse. Mentir à Adèle, sa femme, bientôt enceinte d'Annette.

Ils s'étaient aimés ; partout et à toute heure. Au pied de la source, sous l'olivier, entre les pins, sur la terrasse aux dalles brûlantes, dans le lit conjugal. Nawal se débrouillait pour prévenir Joseph, qui habitait le village voisin, dès qu'Élias partait en tournée.

Le temps leur était compté ; elle accourait, nue, sous sa robe. La soif de s'unir les taraudait. Ils se prenaient, se reprenaient, dans une jubilation extrême ; s'enivraient de caresses et de baisers.

— Guéris-moi de toi, Nawal ! suppliait-il.

Elle reprenait :

— Guéris-moi de toi !

Adèle gardait le silence. S'était-elle doutée de leur relation ? Il ne chercha pas à le savoir. Il évitait le regard de son épouse et fuyait la présence de son ami.

Plusieurs fois, ils avaient cherché à se quitter. Mais leur lien, si contraignant dans le plaisir comme dans la douleur, était impossible à trancher.

Adèle s'éteignit en donnant naissance à Annette.

Dévoré de remords, Joseph parvint à rompre avec Nawal. De son côté la jeune femme, respectueuse du souvenir de la morte, disparut.

Elle quitta le village, pour ne plus y reparaître. Les recherches d'Élias, son époux, furent vaines. Il se résigna à cette perte ; et mourut, dans la même année, écrasé par un camion au cours d'une de ses randonnées.

Durant une des nuits où Joseph trouvait refuge chez les prostituées, il monta dans une chambre avec l'une d'entre elles.

Brusquement la porte s'ouvrit, les lumières s'éteignirent. Une femme entra. D'un commun accord, elle remplaça la première.

L'acte d'amour prit soudain une autre saveur.

Dès qu'il reconnut Nawal, celle-ci s'éclipsa. Cette fois, à jamais.

Plus tard, Joseph devait apprendre que Nawal avait eu un enfant d'un marin, dont le navire avait passé un mois à quai. Elle s'était rangée à la suite de cette naissance.

De longues années après, elle aida son fils à s'établir ; elle pourvut au financement, contribua à l'organisation de son commerce de peinture. Elle s'occupait aussi des livraisons, conduisant elle-même le camion vers divers coins du pays.

Depuis la mort d'Adèle, Joseph se consacrait à sa fille. Annette avait hérité de la patience et de la candeur de sa mère ; il cherchait à la protéger de tous les périls ; surtout des hommes de son espèce dont le sang trop corsé, la nature trop impétueuse l'auraient fait souffrir.

Lorsque Annette lui présenta Omar, il acquiesça aussitôt. D'un clin d'œil il avait jaugé le jeune homme. Celui-ci était à la fois robuste et doux ; rieur et tranquille. Il rendrait sa fille heureuse ; Joseph en était convaincu.

Joseph retrouva son petit-fils à l'hôpital. Il devait attendre plusieurs semaines avant de pouvoir le ramener chez lui.

Le soir même de l'accident – cherchant à sauver les restes d'Omar et d'Annette de la fosse commune – le vieil homme, accompagné d'Édouard, était revenu sur les lieux de la catastrophe.

Dans la confusion générale, il échappa aux contrôles, traversa la cohue.

À l'intérieur d'une boîte à outils vide, que son jeune compagnon tenait par sa double anse, Joseph entassa tout ce qui avait appartenu aux siens : des morceaux de tissu de la robe à fleurettes orange, des loques de la chemise à carreaux beiges, du blue-jean ; une portion du cabas de sa fille, une des pochettes du portefeuille de son gendre... À ces fragments, s'agglutinaient des lambeaux de chair.

Plus tard, toujours assisté d'Édouard, le vieil homme se rendit au cimetière de sa communauté.

Asma, la gardienne des sépultures, une femme erratique et impérieuse, hantait, comme à l'accoutumée, les allées du cimetière à la recherche de son époux.

Celui-ci, prétendait-elle, se gavait de nourriture, au détriment de ses huit enfants. Ensuite, pour digérer et dormir en paix tout le reste de la journée, il s'abritait dans un caveau de notable. Spacieuses, dotées d'une chapelle funéraire, plus fraîches l'été, plus tièdes l'hiver, ces tombes-mausolées possédaient tous les avantages. Elles lui permettaient, aussi, d'échapper aux cris de son épouse et aux corvées qu'elle tentait de lui imposer.

Pour qu'Asma perde ses traces, il changeait sans cesse de caveau.

Renonçant à des incursions intempestives et vaines, elle se contentait, le plus souvent, de tonner à travers le cimetière, appelant à sa rescousse, les anges, les saints, les morts d'un certain rang ; et sa ribambelle d'enfants qui cherchaient, eux aussi, à la fuir.

— Votre fainéant, votre pourri de père mange tout votre pain, mes malheureux petits !... Et vous, ô respectables morts, il vous rend complices de ses noirceurs !

Édouard et le vieux Joseph aperçurent la gardienne de loin. Comme d'habitude, elle fulminait. Sa chevelure roussâtre, hirsute, son visage belliqueux, surplombaient la houle de vastes robes noires qui lui descendaient jusqu'aux chevilles.

Selon la religion, et même selon les rites – ce petit pays en offrait près d'une quinzaine, différant à quelques nuances près – les cimetières demeuraient strictement séparés.

Déterminé à ne pas entamer une discussion avec Asma, dont la religiosité à fleur de peau s'offusquerait de toute alliance de doctrines ou de liturgies, le vieux Joseph avait décidé – comme s'il leur en avait fait la promesse – de ne pas séparer dans la mort ces deux êtres si parfaitement unis dans la vie.

Il tendit une somme conséquente à la gardienne avant de lui faire sa demande. Ne pouvant résister à la vue de l'argent, celle-ci fourra les billets dans sa poche à double fond, confectionnée en cachette de son vaurien d'époux.

Le vieil homme lui montra ensuite la boîte portée par Édouard, et réclama un modeste emplacement pour les siens. Il avait repéré un coin, au bas du mur de clôture en partie écroulé, qui donnait sur des champs ; puis, au loin, sur la mer.

— Qui sont-ils ? demanda la gardienne.
— L'explosion de la voiture piégée... Tués sur le coup. Ma fille, son mari.
— C'est tout ce qui reste de ces enfants de Dieu ?
— C'est tout.
— Ton gendre était-il du même rite que toi ? questionna-t-elle d'un air entendu sans jamais se douter qu'il était d'une autre croyance.
— Un enfant de Dieu, grommela le vieux.
Elle s'en contenta.

— Voilà ce que nous faisons dans ce pays de tous les enfants de Dieu !
gémit-elle, tâtant tout de même avec satisfaction l'argent empoché.

Avec l'aide d'Édouard, Joseph enterra la boîte.
En guise de couronne, il enroula autour d'un pieu un pan de tissu à fleurettes orange et l'enfonça dans le sol.
Sur une tombe défoncée, il trouva un tronçon de marbre blanc, qu'il emporta pour la poser par-dessus le carré de terre. Avec son canif à plusieurs lames, il y grava, patiemment, les deux initiales « A et O » entrelacées.

Dès qu'Omar-Jo serait guéri, il lui indiquerait l'emplacement de cette tombe.
Plus tard, il glisserait au doigt de son petit-fils, la bague d'Omar surmontée du scarabée sacré.

— Quel bouffon ! s'exclama Maxime dans un éclat de rire.

Depuis deux semaines, Omar-Jo inventait, chaque jour, un nouvel accoutrement. Cette fois c'étaient des ailes ; elles lui poussaient partout. Ailes en papier, en tissu, en plastique, couvertes de peintures voyantes représentant des visages grotesques flottant, comme des nénuphars, au milieu de flamboyantes géométries. Sur son nez géant et rouge se perchait une volumineuse guêpe. Des bémols renversés remplaçaient ses sourcils.

Il s'était fait offrir, par Antoine et Rosie, un harmonica bon marché dont il tirait d'abondantes vibrations ; y ajoutant parfois un trémolo farceur, ou bien une note stridente qui attirait vers sa personne tous les regards.

Averti par le bouche à oreille, et par les affiches collées autour de la Place, le public commençait d'affluer.

— Je te vois venir, maugréa Maxime. Bientôt tu me demanderas un salaire.

— Offre-moi, de temps en temps, un tour dans ton carrosse, continue de me nourrir, et je donne tout le reste gratis. « Gratis », comme je l'ai déjà dit !

— Allons-y pour « gratis ».

L'aventure avait mis Maxime en appétit. Il se frottait les mains en voyant s'allonger la file des garçonnets et des fillettes, impatients de monter à l'assaut de son Manège. Certains adultes déploraient d'avoir trop tôt poussé hors de leurs corps d'enfants ; ces corps libres, ces corps légers qui tournoyaient en musique sur des montures de rêve !

Au soir, lorsque Maxime et le gamin recouvraient ensemble les rutilantes figures de la sombre bâche, ils éprouvaient la même tristesse, le même sentiment d'une inévitable séparation.

— Il faudra penser à faire des nocturnes, suggéra l'enfant.

— Des nocturnes ? Jusqu'où vas-tu encore m'entraîner ?

Omar-Jo avait déjà obtenu que le forain reprenne le jeu des anneaux suivi de la distribution des sucettes. Il y ajoutait parfois un « photomaton » de sa face diversement grimée ; ou bien de son moignon métamorphosé en fontaine d'où jaillissaient des fleurs artificielles ou des rubans multicolores.

Il suffisait de semer certains mots, pour que la moisson lève. Ce mot « nocturnes » ferait son chemin dans la tête de Maxime, l'enfant en était persuadé. Il fallait simplement attendre ; Omar-Jo savait patienter.

*
* *

Avant son départ, Rosie s'était une dernière fois inquiétée pour son jeune neveu qu'ils laissaient avec le forain. Pourtant celui-ci leur avait fait bonne impression. Antoine la rassura tout à fait. L'enfant s'adapterait encore plus vite de cette façon ; tout dans son tempérament semblait le pousser vers les autres.

— Crois-tu qu'il est convenablement nourri ? s'inquiéta-t-elle.

La nourriture demeurant un des liens les plus solides qu'un grand nombre d'émigrés maintenaient avec un passé ancestral, Rosie se demandait, si durant leur absence, les plats de son pays ne manqueraient pas à l'enfant. Omar-Jo à qui elle avait posé la question s'en étonna ; il aimait ces plats-là, plus que d'autres ; mais sa nature aventureuse ne le portait pas vers la nostalgie. Seuls lui manquaient, parfois jusqu'au supplice, les êtres qu'il aimait.

— J'ai une idée, proposa Rosie. Je cuisinerai, exprès pour monsieur Maxime, un plat de chez nous. Tu le lui porteras de ma part. Vous pourrez ensuite le partager.

— Je ne suis pas sûr que ça lui plaira.

— Notre cuisine plaît toujours, affirma-t-elle.

Elle fabriqua un gâteau de viande mélangé à du blé concassé, qu'elle fourra de hâchis de bœuf, d'oignons frits, de pignons ; et l'accompagna d'une purée de pois chiches, arrosée d'huile d'olive.

— Tu verras, ça lui fera plaisir.

Omar-Jo en doutait.

*
* *

Précédé d'une forte odeur de nourriture, il apparut devant le forain tenant dans son unique bras le plateau recouvert de papier aluminium.
— Qu'est-ce que tu caches là-dessous ?
— Un plat de chez nous. C'est pour toi, de la part de ma cousine.
Du bout des doigts, Maxime souleva la feuille d'alu.
— Ça baigne dans l'huile et la graisse ! Catastrophique pour mes artères. Embarque tout ça !
S'attendant à cet accueil, l'enfant, sans prononcer une parole, rebroussa chemin. En route, il se demandait comment rendre ce plat à Rosie sans l'offenser gravement ?
Soudain, il pensa à la clocharde, qu'il croisait chaque matin sur son parcours.

Celle-ci se tenait assise, adossée, à l'angle des Grands Magasins. Coiffée, en toutes saisons, de trois bonnets de laine de couleurs différentes emboîtés l'un dans l'autre, chaussée de bottes courtes en caoutchouc verdâtre, elle s'entourait – comme d'une clôture protectrice – d'une demi-douzaine de sacs en plastique bleus, remplis à ras bord. Avec ce qu'elle continuait d'amasser, à chaque aube, dans les poubelles environnantes, elle accroissait, de jour en jour, ses misérables biens. On ne lui connaissait pas de domicile fixe. Elle faisait partie du décor ; personne ne songeait à la déloger.
Omar-Jo éprouvait de la fascination pour ce personnage à l'aspect théâtral, et une pitié extrême pour ce visage, encore jeune, mais terriblement bouffi, pour ces lèvres enflées et mauves, ce cou sale, ces doigts bosselés émergeant de crasseuses mitaines. Elle avait dû subir bien des malheurs pour en arriver là. Et le malheur, il connaissait...
De son côté, la clocharde se sentait attirée par ce gamin manchot, à la joue trouée. À quel effroyable accident avait-il échappé ? Leur sympathie réciproque se satisfaisait de cette connivence, de cette silencieuse complicité. Ni l'un, ni l'autre, ne se posèrent jamais de questions.
Chaque matin, au passage, l'enfant la saluait :
— Bonne journée, madame !
Elle répondait sur un ton badin :
— Bonne journée, monsieur !
Dès qu'Omar-Jo lui présenta le plat, la clocharde applaudit des deux

mains. Immédiatement, elle tira de l'un de ses sacs une bassine éculée, et lui demanda d'y verser les aliments.

— Ça sent rudement bon, je vais me régaler !

Elle racla le fond du plat avec de la mie de pain. Omar-Jo en était heureux, soulagé. Le soir, en rentrant, il pourrait raconter à Rosie que Maxime avait tellement apprécié sa cuisine qu'il n'en restait plus rien. « Regarde, plus une seule miette ! » insisterait-il.

Avant de repartir, il glissa quelques mots à l'oreille de la clocharde :

— Un jour, on vous invitera au Manège.

— Je viendrai, répliqua-t-elle ravie.

Il l'imaginait très bien, sorcière ou fée, surgissant du carrosse, pour danser et chanter sur la plate-forme tournoyante.

Omar-Jo arriva au Manège à l'heure de la pause de midi.

Collé à la vitre de la cabine, il trouva un mot de Maxime lui demandant de le rejoindre dans un bistrot voisin.

Il trouva le forain attablé devant une bouteille de Beaujolais, entamant un copieux plat d'andouillettes et de frites.

— Viens manger, gamin !

— Et tes artères ? demanda celui-ci en riant. Tu n'y penses plus tout d'un coup !

Debout sur un des chevaux de bois, ou bondissant hors du carrosse comme un diable de sa boîte, Omar-Jo accompagnait de cent façons la cavalcade des enfants. Il allait, venait, dansait, bonimentait, s'adressait souvent aux spectateurs.

Filles et garçons accouraient de plus en plus nombreux. Ensorcelés par le spectacle, les parents déboursaient sans se plaindre.

Les affaires continuaient de prospérer. Maxime acheta les derniers disques en vogue ; alluma les lampions de plus en plus tôt.

Le forain déclinait de nouveau les invitations dominicales de la famille. Celle-ci fut déçue d'apprendre qu'il ne se débarrasserait plus du Manège. Au contraire, il y avait repris goût, et il y consacrait la plus grande partie de son temps.

— Comment vas-tu t'en tirer ? Toi-même tu nous disais...

— À présent, je m'en tire. Je m'en tire même très bien.

C'était à n'y rien comprendre. Sa voix était joviale, enjouée. Peut-être était-il sous l'effet de la boisson ? À force de vivre seul !... Ils songèrent à expédier, vers la capitale, en éclaireur, l'un de ses proches qui pourrait le raisonner.

Ils se consultèrent sans parvenir à un accord.

Lorsqu'il sentait son public avec lui, applaudissant et riant de ses loufoqueries, Omar-Jo changeait brusquement de répertoire.

D'abord, il faisait taire la musique ; ses pitreries se fracassaient contre un mur invisible. Ensuite, il laissait un silence opaque planer au-dessus des spectateurs.

D'un seul geste, il arrachait alors les rubans ou les feuillages qui dissimulaient son moignon. Puis, il présentait celui-ci au public, dans toute sa crudité.

Il ôtait son faux nez. En se frottant avec un pan de sa chemise, il se débarbouillait de son maquillage. Sa face apparaissait d'une pâleur extrême ; enfoncés dans leurs orbites, ses yeux étaient d'un noir infini.

Il s'était également dépouillé de ses déguisements qui s'entassaient à ses pieds. Il les piétina avant de grimper sur leurs dépouilles comme sur un monticule, d'où il se remit à parler.

Ce furent d'autres paroles.

Elles s'élevaient du tréfonds, extirpant Omar-Jo de l'ambiance qu'il avait lui-même créée. Oubliant ses jongleries, il laissait monter cette voix du dedans. Cette voix âpre, cette voix nue qui, pour l'instant, recouvrait toutes ses autres voix.

L'enfant multiple n'était plus là pour divertir. Il était là aussi pour évoquer d'autres images. Toutes ces douloureuses images qui peuplent le monde.

Mené par sa voix, Omar-Jo évoque sa ville récemment quittée. Elle s'insinue dans ses muscles, s'infiltre dans les battements du cœur, freine le voyage du sang. Il la voit, il la touche, cette cité lointaine. Il la compare à celle-ci, où l'on peut, librement, aller, venir, respirer ! Celle-ci, déjà sienne, déjà tendrement aimée.

Ici, les arbres escortent les avenues, entourent les places. De robustes bâtiments font revivre les siècles disparus, d'autres préfigurent l'avenir. Une population diversifiée flâne ou se hâte. Malgré problèmes et soucis, ils vivent en paix. En paix !

Là-bas les îlots en ruine se multiplient, des arbres déracinés pourrissent au fond de crevasses, les murs sont criblés de balles, les voitures éclatent, les immeubles s'écroulent. D'un côté comme de l'autre de cette cité en miettes, on brade les humains !

Omar-Jo se déchaîne, ses paroles flambent. Omar-Jo ne joue plus. Il contemple le monde, et ce qu'il en sait déjà ! Ses appels s'amplifient, il ne parle pas seulement pour les siens. Tous les malheurs de la terre se ruent sur ce Manège.

Tout s'est immobilisé. Les chevaux ont terminé leur ronde. Le public écoute, pétrifié.

Maxime, perplexe, n'ose pas faire taire l'étrange enfant.

Après ces cris d'angoisse, il ne reste d'autre issue que de renouer avec la vie.

Omar-Jo ressort de sa poche son vieil harmonica et, retrouvant son souffle, il en tire, une fois de plus, des sons mélodiques et vivaces.

Lentement, le Manège se remet à tournoyer.

Ne sachant plus si elle vient de plonger dans l'actualité la plus cruelle ; ou si elle n'a fait qu'assister à une pantomime, la foule applaudit.

— À ton âge, d'où tiens-tu ces choses ? demanda Maxime, plus tard, dans la soirée.

— Un jour, je te raconterai.

— Tu parles parfois comme un enfant, parfois comme un adulte. Quand es-tu toi-même, Omar-Jo ?

— Chaque fois.

*
* *

Le forain était bien décidé à questionner l'enfant sur son passé. Dès le lendemain, il l'interrogea de nouveau.

— Ton bras ? Qu'est-ce qui t'est arrivé au juste ?
— Laisse...
— Un accident ?
— Un accident, si tu veux.
— Je ne veux rien, moi. Je veux savoir, c'est tout. Quelle sorte d'accident ?
— La guerre...
— Encore une de ces guerres de barbares !
— Pas plus barbares que d'autres ! rétorqua l'enfant.
— Je ne t'attaquais pas.

À cause de leur mariage mixte Omar et Annette s'étaient intéressés, plus que d'autres, à l'Histoire. Il y avait toujours eu des livres chez Omar-Jo. Depuis le début de l'humanité la barbarie avait ensanglanté la Terre ; en Europe, il y avait peu de temps, l'horreur régnait partout.

— Je ne cherchais vraiment pas à t'offenser, reprenait Maxime. Tout ça c'est peut-être une affaire de religion ? En quel Dieu crois-tu ?
— Il n'y a qu'un Dieu, répliqua l'enfant. Même si les chemins ne se ressemblent pas. Mon père et ma mère le savaient. Ils sont morts des mêmes violences, dans la même explosion. Si je crois : c'est en un seul Dieu. Mais les hommes ne veulent pas voir, ni savoir. Ils sont aveugles.

Maxime se demandait si lui-même avait la foi ? Et s'il l'avait, de quelle sorte de croyance s'agissait-il ? Il participait, comme la plupart des gens, à des cérémonies religieuses qui devenaient chaque fois l'occasion de fêtes et de ripaille ; en dehors de cela, il n'était guère pratiquant.

S'efforçant de poursuivre le dialogue avec l'enfant, il continua :

— Sais-tu que certains Croisés partaient de cette Place où nous nous trouvons, pour se rendre dans tes contrées ?
— Je le sais. Les guerres se portaient bien en ce temps-là aussi !
— Ils se combattaient, mais parfois ils pactisaient. Je me suis documenté là-dessus. Saladin était toujours disposé à avancer sur les chemins de la paix. À une époque une véritable entente s'était établie entre chefs chrétiens et musulmans. Frédéric, l'empereur germanique, écrivait au sultan du Caire : « Je suis ton ami. » Sais-tu qu'un certain Nicolas Flamel entretenait des relations étroites avec ceux de l'autre côté de la Méditerranée ?
— Je le sais, dit l'enfant. C'est comme toi et moi.
— Pourquoi pas ! Et peut-être, ajouta le forain en riant, que nous découvrirons ensemble la pierre philosophale. Celle qui change tout en or.
— Nous changerons tout en or, dit l'enfant. Tu verras !
— Ton bras, Omar-Jo ? Tu ne m'as toujours pas raconté comment tu l'avais perdu ?

Omar-Jo n'avait pas ressenti l'arrachement de son bras, ni l'impact du fragment de métal traversant sa joue.

La disparition d'Omar et d'Annette l'avait insensibilisé à toute autre douleur.

Plusieurs heures après, l'enfant s'éveilla dans un lit d'hôpital. C'est alors seulement qu'il se souvint du champ de supplices, émergeant des flots d'une poussière jaune et gluante. Il revit l'amoncellement des blocs de ciment et de ferraille, le ventre béant du véhicule éclaté ; l'enchevêtrement de pistons, de bielles, de vitres, d'ailes et de roues, lui donnait l'aspect d'une bête monstrueuse, avide de sacrifices humains.

Omar-Jo chercha son bras, puis sa main gauche sous les draps. Il chercha ce bras qui s'était avancé, cette main qui s'était frayé passage parmi les décombres pour ramasser un morceau du tissu à fleurettes orange...

Mais il ne les trouva plus.

Bientôt le vieux Joseph ramena son petit-fils chez lui, à la montagne.

Au bout d'un mois – les hostilités s'étant, une fois de plus, interrompues – il lui confia qu'il avait enterré, sous le même carré de terre, les restes de ses parents.

Omar-Jo voulait s'y rendre seul, le plus vite possible.

Le vieil homme ne s'y opposa pas. Lui et son petit-fils étaient semblables : leur décision prise personne ne pouvait les ébranler.

Ce cimetière, situé dans une banlieue proche d'une des zones de combat, avait eu son lot de projectiles. Il présentait un aspect désolé.

Clôturé par un mur, en partie effondré, ses caveaux étaient bordés d'arbres de Judée anémiques, de buissons chétifs, de quelques palmiers déplumés.

Les grilles de l'entrée principale gisaient par terre parmi bosses et trous. Plus loin, certaines dalles, grisâtres et fendues, avaient été hâtivement remplacées par une série de briquettes branlantes, cernées d'une couche de ciment noir. Un tombereau avec son contenu de pelles, de pioches, de limes, et sa roue sortie de la jante, était couché sur le côté.

Tout attestait de la négligence du gardien des lieux. Abrité au fond d'un mausolée, celui-ci, comme à son habitude, sommeillait paisiblement.

Omar-Jo avança dans l'allée centrale au milieu d'une douzaine de mausolées dont certains étaient dotés d'une chapelle funéraire. Leur somptueuse apparence, mise à mal à travers douze années de guerre par d'incohérents bombardements, devait assurer à leurs occupants, dans l'autre monde, le même statut que celui dont ils avaient bénéficié ici-bas.

Le gardien se félicitait de l'absence de ces familles de notables, pour la plupart à l'étranger. Il pouvait ainsi user de leurs sépultures, comme il l'entendait.

Dès l'apparition d'Omar-Jo, un molosse sans collier sortit de sa niche, s'approcha en grondant et en exhibant ses crocs.

Dissimulant sa peur, l'enfant poursuivit son chemin. La bête fit de même.

Ils se retrouvèrent face à face. Les grognements s'étaient changés en aboiements, qui alertèrent Asma à l'autre bout du cimetière.

Celle-ci accourut en hurlant. Le son de sa voix avait suffi ; l'animal s'ancra sur place, ses quatre pattes raidies.

Une tornade surgit bientôt au bout du sentier : des babouches vertes battaient les talons de la gardienne, ses robes noires bouillonnaient, gonflées de fureur ; sa tête était couronnée d'une tignasse éparse, rougeâtre, teinte au henné. Saisi par cette soudaine apparition, par cette chevelure frémissante qui paraissait grouillante de serpenteaux, l'enfant demeura interloqué.

Asma s'était précipitée dans l'espoir de trouver, au bout de sa course, un propriétaire repenti. Pris de remords, ce dernier, dès son retour au pays, venait certainement la récompenser d'avoir prodigué tant de soins à ses chers disparus.

La vue du gamin la stupéfia et la déçut.

En s'approchant, elle remarqua sa joue rafistolée, son amputation. Il venait sans doute mendier. Lui fallait-il, elle, déjà si misérable, venir en aide à plus misérable encore ?

— Je n'ai rien. Ce n'est pas la peine de me demander l'aumône.

— L'aumône ?... Je ne suis pas un mendiant ! Je suis le petit-fils de Joseph H. C'est mon grand-père qui m'envoie. Il y a un mois, il a enterré mon père et ma mère dans ce cimetière.

Elle s'en souvenait. En échange d'un bout de terre, le vieil homme l'avait grassement rémunérée. Se disant que le gamin avait été chargé par le vieux Joseph de renouveler le versement, elle gratifia celui-ci d'un éclatant sourire.

— Ton grand-père est un prince. Un vrai prince. Le descendant du prince est le bienvenu !

Elle se courba, appliqua ses deux paumes de chaque côté de la croupe du chien, et poussa l'animal en avant, de toutes ses forces.

— Disparais, abruti ! Ce garçon, c'est comme mon fils. Va te coucher, Lotus ! « Couché », j'ai dit.

La queue entre les jambes, le molosse ne se le fit pas redire. Il se dirigea d'un pas lent vers son second abri, creusé à l'ombre d'une ancienne stèle funéraire. Le terreau, nouvellement remué, procurerait une confortable fraîcheur durant les prochaines heures qui s'annonçaient torrides.

— Ton grand-père t'a chargé d'une commission pour moi ?

— Il m'a dit : « Asma tiendra parole, elle t'indiquera l'emplacement. »

— Rien d'autre ?

— Rien d'autre.

C'était, décidément, la journée des duperies ! Dissimulant son désappointement, elle chercha du même coup à se dédommager :

— Il faudra d'abord que tu me rendes un service.

— Ce que tu veux, dit l'enfant.

Voulant aussitôt se disculper auprès du vieux Joseph, à qui le gamin rendrait forcément compte de sa visite, elle prit celui-ci à témoin en se lançant dans une de ses habituelles diatribes.

— Tu répéteras à ton grand-père que je suis mariée à un vaurien. À un parasite ! Il ne pense qu'à manger, qu'à faire la sieste. Il va même jusqu'à profaner l'intérieur des caveaux en...

Elle s'arrêta net ; soupira, renifla avant de reprendre :

— Non, ça je ne peux pas le répéter, tu n'es qu'un enfant après tout ! Mais lui, Joseph, il comprendra. Dis-lui que j'ai dû taire certaines choses, à cause de ton jeune âge ! Tu as bien compris ?... Tu ajouteras que ce fainéant change sans arrêt de cachette pour me faire perdre sa trace. Il a rendu mes propres enfants complices de cet abominable jeu. Depuis des semaines, il ne vient même plus coucher la nuit chez nous. Heureusement que Lotus est là pour nous défendre, moi et mes petits ! En ces temps de chambardements, les voleurs, les maraudeurs, les assassins sont partout. Comment pourrais-je me passer de Lotus ? Il ne t'a pas fait trop peur au moins ?

Les mains en cornet devant sa bouche, Asma se mit à appeler sa marmaille, d'une voix tonitruante.

— Saïd ! Élie ! Où êtes-vous cachés, fils de chien ! Il y a du travail par ici !... Marie ! Emma ! Soad ! Vous avez des cœurs de pierre, pas des cœurs de filles !... Naguib ! Brahim ! Boutros ! Où êtes-vous mes enfants ? Vous me ferez tous mourir !

Elle menaçait de se déchirer la poitrine, de se griffer la face jusqu'au sang. Elle gesticulait dans tous les sens. Soulevant ses manches de tragédienne, elle agitait ses robes de vagues et de remous.

Mesurant ces excès d'un œil à la fois lucide et indulgent ; tenant compte de la fatigue, de l'exaspération et de l'outrance de ce caractère ; l'enfant gardait son calme, attendant l'embellie.

La voix de la gardienne s'apaisa.

Ses robes s'amassèrent autour d'elle, sa chevelure s'aplatit. Elle s'appuya sur l'épaule du gamin, et murmura, plaintive :

— C'est vrai qu'ils me feront mourir. Tous les travaux je les fais seule, je ne suis qu'une femme après tout ! Tu le diras à ton grand-père. Tu lui diras que c'est pour cette raison que je t'ai demandé de me venir en aide. Une heure ou deux seulement. Je te montrerai ensuite la tombe de tes parents.

Elle se baissa, l'embrassa sur le front.

— Elle t'a drôlement arrangé la guerre, mon pauvre petit !

— Je t'aiderai, dit-il, pressé de retrouver la tombe.

Asma lui prit la main, l'entraîna vers le tuyau d'arrosage qui gisait sur le sol. Elle souleva le boyau, l'enroula autour de la nuque d'Omar-Jo, le fit pendre par-dessus son épaule et plaça le collet dans sa main droite :

— De cette façon, tu pourras te débrouiller.

Elle l'accompagna ensuite jusqu'au branchement d'eau :

— Tu arroseras les tombes qui en ont besoin, et puis l'allée centrale. Mais pas de gâchis. L'eau vaut plus cher que le diamant ! Elle peut disparaître d'une seconde à l'autre... Alors, tu crois que tu sauras t'en occuper ?

— Je saurai, dit l'enfant.

Sentant qu'elle pouvait lui faire confiance, elle lui indiqua où trouver, le travail accompli, la sépulture de ses parents.

— Quand tu auras terminé l'arrosage, tu la découvriras au bout du cimetière, au bas d'un mur écroulé. Tu reconnaîtras la dalle sur laquelle ton grand-père a gravé leurs initiales.

— Je la reconnaîtrai.

Malgré la désolation des lieux, Omar-Jo allait éprouver, grâce à cette eau, quelques moments d'euphorie.

Filtrant tantôt l'orifice du tuyau, tantôt le libérant, il en faisait jaillir un mince filet ou un torrent, un ruisseau ou une cascade.

Il se plut à faire revivre l'herbe, à ranimer les feuillages en berne, à inonder les racines stagnantes. Il pourchassa la poussière qui recouvrait les marbres d'un linceul noirâtre, faisant affleurer leurs veines et leur vernis. Les fleurs artificielles scintillèrent, les flaques de boue se changèrent en étang ; quelques corbeaux s'y précipitèrent, mouillant leurs ailes, y barbotant avec délice.

Faisant fi de toute épargne, Omar-Jo prodigua à cette terre aride et meurtrie, des flots liquides qu'elle résorbait aussitôt. Participant à cette soif, à ce désir, il s'imbiba la face, s'aspergea la tête et le cou, s'inonda le corps. Puis, à pleine bouche, il but de larges goulées de cette eau effervescente.

Un peu plus tard, l'enfant n'eut pas de mal à reconnaître le carré de marbre avec les initiales d'Omar et d'Annette sous « 1987 », date de leur éternelle union.

Omar-Jo filtra l'eau avec ses doigts pour qu'elle s'écoule en pluie fine, en caresses, sur les deux noms entrelacés.

Finalement, il s'agenouilla ; posa sa joue sur la dalle.

Sa face était trempée d'eau douce, mélangée à l'eau plus salée des larmes.

Omar-Jo quittait et reprenait le spectacle, comme s'il n'existait aucune cloison entre un monde et l'autre.

Il circulait autour du Manège, pénétrait dans la foule de plus en plus nombreuse. Il taquinait l'un ou l'autre, effleurait leurs visages avec son mouchoir jaune ou sa tulipe en tissu ; posait un baiser, qui laissait une grosse tache écarlate, sur la joue d'un tout-petit.

Tous les zannis, tous les fools, tous les gracioso, tous les jongleurs, les nomades, les clowns blancs, les monsieur Loyal, les Auguste, des temps passés et présents l'habitaient tour à tour.

Entremêlant irrévérence et cérémonies, éloquence et diableries, silence et acrobaties, il gardait en éveil l'attention des jeunes et des vieux. Il cherchait parfois à faire de Maxime son partenaire ; mais celui-ci résistait.

L'enfant se servait alors de son plumeau comme interlocuteur ; l'injuriant ou le flattant, avant de s'en épousseter langoureusement la face.

Omar-Jo savait communiquer ; même ses dérapages sinistres semblaient acceptés par le public. Il parvenait à s'infiltrer dans chaque âge, comme s'il les avait tous traversés ; métamorphosant en un clin d'œil sa chair lisse et fruitée en un tissu fragile et flasque.

— À douze ans comment sais-tu tout cela ?

L'enfant l'ignorait. Ce savoir jaillissait de lui comme si chaque étape de l'existence s'était gravée dans ses fibres ; comme si jeunesse, âge mûr, vieillesse, faisaient déjà partie de son être. Aucune de ces périodes ne lui inspirait de la crainte, ou de l'aversion. Il suffisait qu'il pense à son grand-père Joseph, juché sur ses quatre-vingt-six ans, pour mesurer par exemple les ressources du vieil âge.

Un soir, peu avant la fermeture, Omar-Jo se jeta à trois pattes sur la plate-forme en hurlant comme un chien à la lune :

— Solitude !... Solitude !... Revenez demain, mes amis ! Revenez !

Était-ce le comble de l'habileté ? Maxime se le demandait tandis, qu'épuisé, il était tombé assis, auprès d'Omar-Jo, les jambes pendantes au bord du Manège. Côte à côte, l'enfant et le forain se partagèrent une barre de chocolat.

— Pourquoi as-tu poussé ce cri terrible ? Il me déchire.
— Ne t'inquiète pas, Maxime. Tu ne seras jamais seul.
— Qu'est-ce que tu en sais ?
— Tu m'as !
— Ah ? fit Maxime.
— Et moi, je t'ai !
— C'est comme ça que tu vois les choses ?
— C'est comme ça qu'elles sont.
— En tout cas, par ta faute, je n'aurai pas de vacances cet été : on travaille !
— Tu veux dire qu'on joue ! conclut l'enfant.

*
* *

Depuis quelque temps, parmi les habitués du Manège, l'attention de Maxime s'était fixée sur une jeune femme d'une trentaine d'années. De son chignon, planté haut sur la nuque, s'échappaient des mèches blondes ; elle portait des lunettes rondes, cerclées d'une fine monture dorée. Son visage était avenant, rieur. Un grain de beauté, surmontant sa lèvre supérieure, lui donnait un air mutin.

Tous les jours, elle changeait de corsage ; mais jamais de jupe. Celle-ci, toujours la même, était d'un rouge flamboyant ; elle s'évasait, en corolle, à partir de la taille et recouvrait à peine les genoux. Les bas et les chaussures étaient de même couleur. Le forain l'avait surnommée « la femme-coquelicot ».

Le succès du Manège se reflétait sur la personne du forain. Il avait perdu du ventre, changeait chaque matin de chemise ; souriait plus souvent.

Les grand-mères qui, durant sa déroute, l'avaient considéré comme quelqu'un de leur génération, le traitaient, à présent, en fils aîné ; à la rigueur, en jeune frère cadet. Les mères, et autres accompagnatrices, redevinrent à ses yeux plaisantes et pleines d'attraits. Lorsqu'il passait entre leurs rangs pour distribuer les tickets, il risquait, en direction de l'une ou de l'autre, une œillade, une plaisanterie.

Mais il gardait une prédilection pour la femme-coquelicot. Celle-ci arrivait en tenant par la main une fillette aux boucles apprêtées, engoncée dans une robe en percale rose. Elle portait de hautes chaussettes en fil blanc, des escarpins vernis. Son aspect guindé contrastait avec l'allure naturelle et décontractée de son accompagnatrice.

Toutes deux passaient une grande partie de l'après-midi auprès du Manège. Chaque fois qu'un tour se terminait, d'une voix autoritaire et capricieuse, la petite fille en réclamait un autre. Cela n'en finissait jamais, d'autant plus qu'on lui cédait facilement.

Lorsqu'elle redescendait sur le terrain, elle réclamait, sur-le-champ, un ballon, une toupie, une glace, une barbe à papa, vendus dans une boutique à côté.

De retour, elle exigeait un autre tour de piste.

— Il est tard, ce sera le dernier, Thérèse.

L'enfant ne tenait aucun compte des avertissements. Elle regrimpait sur la plate-forme, jetait son dévolu sur l'un des chevaux, obligeant, s'il s'en trouvait, le premier occupant à déguerpir.

Omar-Jo l'observait de loin.

Dès que le Manège se mettait en mouvement, une complète métamorphose s'opérait.

Le buste penché en avant, la joue contre l'encolure de la bête, Thérèse paraissait en pleine cavalcade. Ses boucles se relâchaient, ses lèvres se desserraient. Bouche ouverte, elle aspirait le vent ; imaginant l'espace, elle s'oubliait.

En un saut, Omar-Jo atterrit sur un cheval voisin. Cherchant à rivaliser avec l'insolente écuyère, il leva une jambe à l'horizontale, se maintint en équilibre.

Elle le fixa, émerveillée.

— Je fais aussi bien que toi, lui lança-t-elle. Mais sur un vrai cheval ! Mon père possède une écurie.

La femme-coquelicot ne quittait pas le gamin du regard. Depuis plus d'une semaine, pour assister à son spectacle, elle se prêtait aux caprices de Thérèse.

Elle avait vu quelques-uns de ses déguisements, quelques-unes de ses interprétations. Hier encore, il déambulait en « Charlot », petite forme déchirante et sombre, surgissant parmi les montures bariolées.

Avec un morceau de charbon, il s'était dessiné la fameuse moustache ; s'était procuré un nœud de cravate noir, et même un chapeau rond. Ses manches de veste, d'une longueur excessive, dissimulaient l'absence de son bras gauche. De l'autre, il faisait tournoyer, avec aisance, une branche taillée en forme de canne.

En parlant, il entremêlait différentes langues en un murmure magique. Puis, soudain, il élevait la voix :

> J'habite toute la terre
> Je pleure ou bien je ris
> Pour là-bas Pour ici
> Pour les grands Pour les petits
> J'habite sous la terre
> Qui ne m'a pas englouti !

Lorsqu'il passait à proximité de Thérèse elle avançait sa main cherchant à saisir un pan de son vêtement comme pour s'assurer de son existence. Mais, chaque fois, il lui échappait.

— Encore un tour ! insista la fillette.

La femme-coquelicot fouilla dans son sac.

— Je n'ai plus d'argent, Thérèse. Rien que des tickets d'autobus pour rentrer.

Persuadée que sa détermination provoquerait le miracle, la petite fille ne tint aucun compte de la réponse qu'on venait de lui faire.

— Un dernier tour. Dépêche-toi, le Manège va partir ! poursuivit-elle en trépignant.

— Elle est à vous cette petite ? demanda le forain.

— Oui, dit la femme qui continuait de fourrager fébrilement dans son sac.

— Ne cherchez plus.

Il saisit l'enfant par la taille, la souleva et la posa, à califourchon, sur le cheval alezan.

La femme-coquelicot se confondit en excuses.

— Je vous rembourserai demain, sans faute.

— C'est gratis.
— Gratis !... Mais pourquoi, gratis ?
— Pour mon plaisir.

Il avait aimé faire ce geste. Il répéta : « Gratis, gratis... » pour la saveur du mot. Tout de suite après il se demanda s'il venait d'accomplir un acte spontané, ou si c'était, simplement, en prévision de quelques faveurs ?

Baissant ses lunettes jusqu'au bout de son nez, la femme lui découvrit des yeux d'un gris-bleu plein de malice.

— Je m'appelle Maxime.
— Comme Sainte-Maxime ?
— Mais, moi, je ne suis pas un saint. Loin de là !

Il se souvint, avec agacement, d'Odile, une camarade d'école, bavarde, collante et laide. Année après année, elle lui faisait parvenir des vœux le jour de son saint patronymique ; des cartes si fadasses qu'elles lui donnaient envie d'échapper à tous les saints, apostoliques et romains pour s'appeler : Levy ou Omar, par exemple !

— Appelez-moi Max, suggéra-t-il.

Elle enchaîna :

— Votre petit garçon est formidable. Si j'étais dans le cinéma, je l'engagerai tout de suite.

— Ce n'est pas mon fils. Mais c'est tout comme, s'empressa-t-il d'ajouter.

— Je n'ai jamais rien vu de plus tragique et de plus drôle que cet enfant ! Je reviens tous les après-midi.

— Je l'avais remarqué.

Il se faisait tard, le Manège amorçait ses derniers tours. Le public s'était, en grande partie, dispersé.

Apercevant à travers le hublot une masse touffue de cheveux, Maxime cria en direction de la cabine :

— Omar-Jo, quand tu te seras rhabillé, viens par ici. On t'attend !

L'enfant se dévêtait ce jour-là d'un habit de lumière, rehaussé des couleurs d'Arlequin.

Émergeant de la cabine son corps soudain fluet et chétif avait l'aspect d'un papillon aux ailes brûlées. Son moignon perçait au bout de la manche de son tee-shirt. Les fards, mal effacés, laissaient de longues traînées brunâtres sur ses joues.

— Tu sais ce qu'elle vient de me dire la dame ? Que tu devrais faire du cinéma.

— La vie c'est du cinéma, répliqua-t-il.
— D'où viens-tu ? demanda la femme.
— De partout.
— Je m'en doutais.
Ils semblaient se comprendre à demi-mot.
— Comment t'appelles-tu ? demanda l'enfant.
— « Cher », à cause de ma mère, américaine. Et Anne ; mon père était français.
— Tu as un double nom, comme moi.
— Oui, comme toi. Mais on m'appelle surtout « Cher ».

Maxime s'éloigna pour boucler le Manège, et en faire descendre Thérèse qui soudée à son cheval exécutait, presque seule sur la piste, ses derniers tours.

— Ma mère s'appelait Annette, dit Omar-Jo. Anne, Annette, c'est presque pareil.

Il la fixa, compara un instant une jeune femme à l'autre. D'apparence, elles n'avaient rien de commun.

— Ça me fait plaisir d'avoir le même nom que ta mère.

Le son de sa voix lui plut. Sa simplicité aussi ; et cette gaieté qui émanait de sa personne.

— Je t'appellerai « Cheranne ».
— Cher et Anne ? Les deux ensemble ?
— Non : « Cheranne ». En un seul mot.

Cher grand-père,

À présent, j'habite un Manège. Tu l'aimeras beaucoup. Je te le dis parce que tu viendras me voir bientôt, j'en suis sûr. Ta danse du sabre fera merveille au milieu des chevaux de bois, tous les enfants t'applaudiront. Plus tard, quand je serai grand, je rachèterai ce Manège. Il sera à nous deux !
Je ne vois pas beaucoup Antoine et Rosie, ils sont très occupés. Comme tu le sais, le commerce prend du temps. Ils sont partis en vacances depuis quelques jours, ils en avaient besoin. Nous nous sommes mis d'accord, eux et moi, pour que je reste.
Ne t'inquiète pas, grand-père, j'ai des amis. C'est, d'abord, le forain : il s'appelle Maxime. Maxime comme le saint ; mais ce n'est pas un saint ! Il grogne trop souvent, et pour pas grand-chose. Mais ça ne dure pas. Sans qu'il me le dise, je crois qu'il m'aime bien ; je l'aime bien moi aussi.
L'autre personne, je viens de la connaître, s'appelle : Cheranne. Elle me fait penser à Annette, ou bien peut-être que je dis ça à cause de leurs noms qui se ressemblent. Tu les verras bientôt Maxime et Cheranne. Maintenant que le pays est plus calme, tu pourras prendre l'avion et venir en quelques heures. Fais-le en automne. Beaucoup de choses se préparent ici, et le Manège sera encore plus beau ! Tu viendras, n'est-ce pas ? Je t'attends.

Ton petit-fils qui t'aime
Omar-Jo

Le vieux Joseph avait fait de son mieux pour que l'enfant quitte le pays.
— À ton âge, il faut visiter la Terre.
Au début, Omar-Jo ne voulait pas entendre parler de ce départ. Il se raccrochait à son aïeul, aux gens du village, hospitaliers et chaleureux. Il craignait, en changeant de lieu, d'effacer de sa mémoire le souvenir de ses parents.
— Omar et Annette ne s'effaceront jamais ; ils t'habiteront toujours. Ne reste pas enfermé ici, Omar-Jo. Tu es né avec la guerre, tu ne dois pas vivre avec la guerre. Il faut voir le monde, connaître la paix. Les racines s'exportent, tu verras. Elles ne doivent pas t'étouffer, ni te retenir.
— Grand-père, tu n'es jamais parti ?
— Je n'ai pas pu, les circonstances... Ma tête, elle, a beaucoup voyagé !
— La mienne aussi voyage.
— Ça ne doit plus te suffire, petit. Tes yeux ont besoin d'autres horizons.
— Loin de toi, je serai si seul.
— Tel que tu es, tels que nous sommes, toi et moi, nous ne serons jamais seuls. Mais tu garderas toujours au fond de toi un coin de solitude, parce que tu aimes ça ; parce que tu auras besoin de ça pour te retrouver. Tu disais parfois à tes parents : « Faites comme si je n'étais pas là », tu te souviens ?
— Qu'est-ce que je ferai, là-bas, après l'école ?
— Je te fais confiance, Omar-Jo, tu trouveras.
Joseph se disait aussi qu'un enfant ne doit pas partager, trop longtemps, la vie d'un vieil homme. Il fallait le reconnaître, il était devenu vieux : le

corps ne suivait plus la fougue de l'âme, la chair devenait plus sourde aux frémissements du cœur, l'espoir s'était engourdi. Omar-Jo devait bâtir autrement, ailleurs, que sur le seul passé ; et transformer les images dévastatrices en images d'avenir.

S'obstinant dans son refus, l'enfant se cramponnait à son grand-père ; traînant des heures, à sa suite, dans la maisonnette ; puis, dans le jardinet et le terrain alentour.

Enfin, il s'était laissé convaincre. Joseph étant illettré, ce fut Omar-Jo qui rédigea la première lettre à Antoine et Rosie. Ensemble, ils attendirent la réponse.

Quelques jours avant le départ, l'enfant s'attarda près du carré de vignobles, se plongeant dans l'observation d'une fourmilière. Au crépuscule, il se percha entre les branches du grand pommier.

De là, il contempla la ville. Sa ville, bordée de mer, entourée de riantes collines. Qu'elle paraissait innocente et joyeuse, de si loin, de si haut ! Elle, la cité meurtrière !

Joseph aurait souhaité donner à Omar-Jo le sabre des cérémonies, son bien le plus précieux. Mais l'encombrant paquet compliquerait son voyage.

À la veille du départ, il lui offrit, dans un petit sac transparent, une poignée de terre de leur colline.

Au port, quelques minutes avant l'embarquement, il glissa, à l'annulaire de son petit-fils, la bague d'Omar surmontée du scarabée.

— Je te quitte, dit l'enfant retenant ses larmes.
— Tu m'emportes, dit le vieux.

Annette avait trouvé son premier emploi à quatorze ans, comme bonne à tout faire, chez Lysia, une veuve émigrée d'Égypte.

Ruinée par de récentes mesures de séquestrations des biens, Lysia avait accompli en 1962 le chemin inverse de celui de ses ancêtres, partis du Liban il y avait une centaine d'années pour fuir les conflits communautaires et la famine. Ces derniers avaient trouvé refuge et fortune sur la terre du Nil, et s'y étaient parfaitement intégrés.

La révolution datant de 1952 devait mettre fin à de criantes injustices. Elle s'était déroulée pacifiquement à l'image de ce pays tolérant et peu sanguinaire. Des mesures inattendues s'étaient, plus tard, abattues sur quelques familles les privant de leurs biens. Lysia s'était trouvée dans le lot, et dut abandonner la villa héritée de son père. Sa somptueuse demeure, tenue par une ribambelle de serviteurs, avait navigué durant quelques décennies, hors du temps, sous sa conduite à la fois autoritaire et familière.

Dans chaque pièce de la villa trônait la photographie de son époux. Il y avait une cinquantaine d'années que celui-ci, passionné de nautisme, avait disparu en mer avec d'autres plaisanciers, lorsque son yacht à voile sombra à la sortie du port d'Alexandrie.

Lysia contemplait toujours ses portraits en larmoyant :

— Si seulement tu étais encore ici, à mes côtés, mon pauvre Élie !

Avec le temps le beau jeune homme ressemblait à un petit-fils plutôt qu'à un mari. Son regard tourné vers le lointain cherchait, semblait-il, à échapper à la somptueuse demeure et à son ardente geôlière.

Depuis son exil, Lysia habitait un deux-pièces à Beyrouth, dans un immeuble moyen. Tentant d'y faire revivre son opulent passé, elle avait récupéré, grâce à des amis influents : des vases et des assiettes de Chine, un tapis Boukhara, un canapé signé Jansen, des bibelots de jade, des verreries de Damas, son argenterie, pour en bourrer son étroit logement.

Dans cet espace saturé, on se déplaçait à grand-peine. Lysia espérait, par cet étalage, rappeler à tous ses visiteurs sa splendeur écoulée ; et leur imposer le respect toujours dû à une personne de son rang.

Dans le même espoir, elle passait plusieurs heures devant sa glace cherchant à recomposer un visage longtemps évanoui.

Sa table de toilette, surmontée d'un miroir ovale cerclé de chérubins, était encombrée de pots et de flacons.

Chaque matin, devant Annette, elle entreprenait sa métamorphose ; engloutissant, graduellement, sous les pâtes et poudres, ce visage naturel et blême, attendrissant de fragilité.

De temps à autre, elle s'adressait à la jeune bonne, dont la présence silencieuse et discrète la réconfortait.

— Te rends-tu compte, Annette ? J'avais neuf domestiques à mon service, maintenant je n'ai plus que toi !

Se reprenant, elle lui faisait signe d'approcher, et lui tapotant la joue :

— Mais tu les vaux tous ! Tous.

Le résultat de son maquillage multicolore la satisfaisait. Sauf pour le cou, qu'elle finissait par envelopper dans des foulards de soie, ou par dissimuler sous des colliers à l'africaine.

En brossant sa chevelure jaunâtre et métallique, elle confiait à Annette d'autres bribes de son passé, se vantait de ses succès, de ses fréquentations.

Soudain, impatientée par ses cheveux rétifs – elle n'avait plus les moyens de se payer le coiffeur – elle les enfermait dans un turban fuchsia.

— Comment me trouves-tu, Annette ? demandait-elle sans se soucier de la réponse.

Puis, en soupirant, elle glissait à son bras, à ses doigts, des faux bijoux qui remplaçaient mal ses joyaux confisqués.

Annette éprouvait de la compassion pour Lysia qui soutenait chaque jour cette lutte dérisoire ; elle ressentait même une sorte d'attachement pour cette vieille dame inconsciente et tenace, généreuse et mesquine. Celle-ci la comblait subitement de colifichets et de robes à l'ancienne,

qu'elle reprenait aussitôt. Elle l'hébergeait, la nourrissait copieusement, lui donnait de l'argent de poche, mais n'avait jamais proposé de gages.
— Qu'en ferais-tu ? Chez moi, tu as tout ce qu'il te faut !

— Plus tard, disait Lysia, c'est moi qui m'occuperai de te trouver un époux.
— Non, pas ça. Jamais ça !
Ce « non » vigoureux et sans réplique, la stupéfia. Sans doute avait-elle mal compris.
— Tu as bien raison, Annette. C'est trop tôt, bien trop tôt pour y penser.
Elle n'avait pas l'intention de hâter les événements. Cette enfant pouvait lui être utile durant longtemps encore ; la charge d'un mari et d'enfants bouleverserait leur situation commune.
Mais Annette revint à la charge.
— Je veux dire que : c'est moi, qui choisirai mon époux. Moi, seule !
Leurs deux visages se reflétèrent, ensemble, dans le miroir ovale.
Lysia fixa, avec un étonnement indicible, celui de la jeune fille d'habitude si conciliante. Que lui réservait l'existence ? Quels souvenirs amoncellerait-elle pour ses vieux jours ?

L'idée que la « jeunesse », cette belle et brève jeunesse, était gaspillée sur des êtres qui ne pouvaient en jouir, ni en tirer profit, la faisait frémir : « Quel gâchis ! »
Si on pouvait lui offrir une seconde chance, si ses seize ans, à elle, Lysia, pouvaient être de retour... À ce prix, elle accepterait pour sien, même le visage d'Annette. Elle s'approprierait ces yeux ternes, ces cheveux plats, ce nez allongé. Oui, pour être « jeune », une fois de plus, elle entrerait, s'il le fallait, dans la peau d'Annette. Ensuite, elle s'en débrouillerait !

La vieille dame repoussa sa chaise, se redressa péniblement. Ses articulations se faisaient douloureusement sentir.
Debout, sa maigreur lui donnait l'apparence d'un épouvantail : une tête de mannequin en plâtre, fixée au bout d'un bâton noueux.
Lysia ne portait ni soutien-gorge, ni culotte, sous sa combinaison bleue.

Seins, ventre, fesses s'étant racornis, sa chair desséchée n'avait plus rien d'impudique.

Elle avait gardé l'habitude, durant les matinées, de se promener à moitié dévêtue ; allant et venant, comme jadis – lorsque son corps était pulpeux et désirable – sous le regard des domestiques comme si ceux-ci n'avaient été que des ombres, des fantômes asexués.

Cinq jours que la femme-coquelicot n'était pas reparue. Le dernier après-midi, Maxime s'était retenu pour ne pas corriger l'insupportable fillette ; il se demandait avec inquiétude s'il existait des points communs entre la mère et l'enfant. À son soulagement, il n'en trouva aucun.

— Elle doit ressembler à son père !
— Quel père ? De qui parles-tu ? demanda Omar-Jo.
— De cette Thérèse. Elle fait faire à sa mère tout ce qu'elle veut. Si elle était à moi...
— Tu oublies que c'est toi qui lui as offert un tour de piste gratis.
— Ce n'était pas pour cette petite garce !
— Ah ?... C'était pour qui ?
— Ne prends pas l'air innocent, Omar-Jo. Au fait, comment s'appelle-t-elle ?
— Qui ça ?
— Eh bien, sa mère !... Vous n'en finissiez pas de vous parler. Elle t'a certainement donné son nom.
— Elle s'appelle : Cheranne.
— Cheranne ? C'est encore une invention à toi, ce nom-là.
— Appelle-la : Cheranne. Je parie qu'elle te répondra.
— Tu ne manques pas de toupet, Omar-Jo. Dès qu'ils te plaisent tu traites les inconnus comme des amis, tu les tutoies comme s'ils avaient ton âge !
— Pourquoi perdre du temps, Maxime ? Elle est courte la vie.
— Dire ça à douze ans ! Tiens tu aurais mérité quelques bonnes corrections toi aussi. Tu n'en as jamais reçu de ton père ? Tu ne réponds pas, tu as du mal à t'en souvenir. Ça ne devait pas être très souvent. Dommage, ça t'aurait fait du bien !

Omar-Jo n'avait que huit ans à l'époque. Ce soir-là, assis par terre devant la télévision, il refusait d'aller se coucher malgré les injonctions d'Annette.

Depuis plus d'une heure, la canonnade avait subitement repris. Ces derniers temps, l'illusoire trêve avait duré ; en dépit de sporadiques affrontements, l'existence s'était, peu à peu, normalisée.

Ce soir-là, le sifflement des bombes avait été plus insistant. Les combats reprenaient-ils ? Omar et Annette chuchotaient, en se tenant par la main. Sans vraiment les inquiéter – le voisinage avait toujours été ouvert, accueillant – leur situation particulière les rendait plus vulnérables que d'autres. Ils cherchaient à se parler, ensuite à téléphoner à des proches, sans inquiéter l'enfant.

— Il est l'heure de te coucher, Omar-Jo.

Celui-ci ne bronchait pas. Il avait augmenté le volume du son. Le cou tendu, la tête en avant, il cherchait à échapper aux bruits des projectiles ; à entrer dans l'image, pour y trouver refuge.

Le sifflement des lance-roquettes, le grondement des canons se rapprochaient.

Annette et Omar revinrent à la charge. Il leur fallait, à tout prix, demander conseil ; peut-être trouver asile dans un abri proche. Leur immeuble n'avait ni cave ni sous-sol.

— Laissez-moi regarder ! Laissez-moi tranquille ! s'écria Omar-Jo.

Toujours assis il glissa sur le sol, s'avançant jusqu'à toucher l'écran.

Omar, d'ordinaire si calme, bondit vers son fils. Il le souleva, l'emporta sous son bras dans la chambre d'à côté. Celui-ci se débattait furieusement.

S'asseyant sur le lit, il étendit l'enfant sur le ventre et lui administra la fessée.

La stupéfaction d'Omar-Jo le rendit muet. Le visage redressé il fixait sa mère, debout dans l'entrebâillement de la porte, tout aussi ahurie que lui.

— C'est la première et la dernière fois », conclut Omar après avoir remis l'enfant sur ses jambes. « Nous ne vivons pas des temps faciles. Toi, tu dois apprendre à grandir encore plus vite que les autres, Omar-Jo. »

Il l'embrassa, le serra contre lui. L'enfant sentit contre sa joue le grattement de la moustache de son père. Sa mère, qui s'était rapprochée, lui passait la main dans les cheveux.

— Rien ne vous arrivera. Jamais rien ! supplia-t-il.
— Rien, dit Omar.
— Rien, rien ! reprit Annette. Il ne faut pas t'inquiéter.

Le nombre des obus qui pilonnaient la nuit semblait se réduire.

— Mon père m'a fessé une fois. Une seule fois.
— Et des gifles ? Tu n'en as jamais reçu ? demanda Maxime.
— Personne n'oserait me gifler. Personne !
— C'est bon, ne te fâche pas. Mais je ne vois vraiment pas la différence. C'est toujours des coups, non ?
— Une gifle, c'est une insulte.
Il reprit en s'esclaffant :
— Moi, seul, j'ai le droit de me gifler. Regarde !
Du plat de la main, il s'administra une série de baffes sur une joue, puis la seconde. Le sang rosissait ses pommettes ; il riait aux éclats.
— J'ai compris : tu me mets en garde, dit le forain, et tu fais ton cirque de nouveau !
— Je me défends comme je peux, oncle Maxime.
— Oncle Maxime ? Depuis quand suis-je ton oncle ?
— Je t'ai adopté ! dit-il, avant de s'éloigner en pirouettant.
Leur dialogue se poursuivit par-dessus la bâche.
— Alors, c'est toi qui m'adoptes ? Je te remercie de me prévenir, Omar-Jo. Je ne m'étonne plus de rien ; avec toi, l'envers devient toujours l'endroit !
Après un dernier entrechat, l'enfant revint se planter devant le forain.
— Si jamais je l'abandonnais, ton Manège, voilà ce qu'il deviendrait…
Il étira son bras, donna à sa main, à ses doigts la forme d'un avion : ailes et carlingue. S'accompagnant ensuite de vrombissements, de sifflements, il fit voler la machine, d'abord, en rase-mottes ; puis, s'élever et virer, avant

de se retourner, de se cabrer, de piquer vers le sol pour s'y écraser dans une étourdissante explosion.

— Vantard ! Sale petit orgueilleux !

— Tu as raison, oncle Maxime. C'est l'orgueil qui me tient debout. Qui nous tien debout, là-bas.

*
* *

Le soir, ils quittaient le square, ensemble, pour retrouver le logement du forain.

Quand la nuit était douce, ils rentraient à pied ; flânant le long de la rue de Rivoli, allongeant le chemin pour remonter par le boulevard Henri IV, contemplant les vitrines du Faubourg-Saint-Antoine.

— Ça te plairait qu'on soit installés, tous les deux, dans un salon comme celui-ci ?

— Pas tellement, fit l'enfant, je préfère ton carrosse.

Omar-Jo entraînait le forain, derrière lui. Ils pénétraient l'un après l'autre, dans les cours, dénichaient un vieux puits, une fontaine, l'escalier des Mousquetaires, un lavoir. L'enfant découvrait différents passages, s'amusait de leurs noms.

— Passage de l'Homme, du Cheval-Blanc, de la Bonne-Graine, de la Main-d'Or...

— Sacré gamin, tu m'apprends mon quartier !

À proximité du Manège, l'enfant chercha à savoir ce que représentaient les quatre statues sur la façade du théâtre du Châtelet.

Maxime dut consulter son guide

— Ce sont : le Drame, la Comédie, la Danse et la Musique.

— Un jour, je ferai tout ça.

— Tout ça, ensemble ? Tu ne doutes de rien !

— Dans notre futur spectacle.

— Notre futur spectacle !... Tu vois un peu loin, Omar-Jo, tu ne trouves pas ?

D'autres fois, ils s'arrêtaient en chemin, s'asseyaient sur un banc public ; mangeaient un sandwich, arrosé de bière et de limonade.

C'est là, qu'un soir, Omar-Jo traduisit au forain la lettre qui lui avait été adressée par son grand-père.

Ami Maxime, pour mon petit-fils, merci !
Je viendrai voir votre Manège, un jour. En attendant, il tourne dans ma tête ; je le chéris et le décore de tous les fruits de mon jardin. Par moments, il s'élève comme une soucoupe volante, et plane ou tournoie juste au-dessus de ma maison.
Depuis quelque temps, nos journées sont tranquilles. Les transports publics sont rétablis, le courrier a repris. Je crois pouvoir, bientôt, t'expédier des abricots et des pêches. Tu t'en régaleras.
Notre existence, notre Manège à nous, s'enfonce encore dans les ruines ; mais à présent que les armes se sont tues, de village en village nous arrivons, peu à peu, à recomposer la chaîne, et à nous retrouver. Il faudra bien que ça tourne rond, un jour ! Que notre peuple tout entier remonte sur le même Manège qui s'ébranlera, progressera sur une musique d'espoir. Tu me comprends, Maxime ? Tu sais que je ne rêve pas ? Souviens-toi de vos propres guerres et de l'horrible occupation...
Omar-Jo t'aura dit que je ne sais pas écrire. C'est l'instituteur du village voisin qui est venu, tout exprès, pour cette lettre. Mais la signature sera de moi. Tu la trouveras au bas de cette page. Ce sera la marque de mon pouce, avec un peu de terre dans les plis.
Merci, ami Maxime. Il fallait que l'enfant connaisse un monde en paix.

— Donne-moi cette lettre, je veux la garder, dit le forain.
L'enfant posa ses lèvres sur la trace du gros pouce. Puis, il la lui tendit.

* * *

Parfois Maxime et l'enfant dînaient à la terrasse d'un café.
— Ce soir, c'est toi qui choisis l'endroit, Omar-Jo.
Ils s'arrêtèrent devant la brasserie des Trois Portes. Maxime détailla le menu, fixé à l'extérieur.
— Viens. Viens vite.
L'enfant le tirait par le bras.
— Laisse-moi examiner le menu. Si ce n'est pas trop cher, on entre.

— On entre en tous cas.
— Tu ne vas tout de même pas me donner des ordres !
— Tu as dit : ce soir c'est toi qui choisis. J'ai choisi : on entre !
Il l'entraîna vers la vitre dont le rideau intérieur était soulevé.
— Regarde. Là-bas, au fond. Tu vois ?
— Je vois plein de monde.
— Vers la droite : la jupe rouge, le tablier noir... Celle qui tient le grand plateau.
— La femme-coquelicot !
— Justement. Tu m'en parlais tout à l'heure. Alors, on entre ?
Maxime suivit l'enfant. Ayant pris les devants, celui-ci repéra une table qui dépendait du service de la jeune femme.
— À cette heure, Thérèse est sûrement au lit. Tu l'auras pour toi tout seul la femme-coquelicot.
— Tu garderas ta part, j'en suis sûr, Omar-Jo.
— Moi, j'aurai Cheranne !

Annette avait souffert de l'absence de cette mère qu'elle n'avait jamais connue, de sa grand-mère trop tôt disparue.

Malgré la sollicitude de Joseph, l'entourage féminin lui avait toujours manqué. Depuis qu'elle connaissait Lysia, elle reportait sur la vieille dame une part de cette tendresse réprimée. Elle l'entourait de mille soins, partageait les mêmes affinités, les mêmes antipathies.

Lysia souffrait de ne pas avoir « table ouverte », ses moyens ne le lui permettaient plus. Ne pouvant offrir que le café, le thé ou des limonades, Annette s'appliquait à présenter le plateau avec un napperon en dentelle, une fleur coupée ; à agrémenter ces boissons, de confitures ou de gâteaux de sa confection.

Lysia avait une cousine, Élise. Celle-ci, ayant émigré quelques années auparavant, ne connaissait ni restrictions, ni difficultés. Son époux, Émile, un habile homme d'affaires ayant pu exporter une grande partie de leur fortune, tous deux vivaient luxueusement dans une proche banlieue qui dominait la cité portuaire. Malgré son affection pour sa cousine, Lysia ne pouvait s'empêcher de l'envier.

— Si ton Élie n'était pas mort, cela aurait été pareil pour toi, ma pauvre Lysia. Sans un mari pour s'occuper de ses finances, une femme ce n'est pas grand-chose ! Je te le dis, si je n'avais pas eu Émile...

Continuant de mener sa vie de rentier, Émile, à l'embonpoint affirmé et à l'élégance britannique, faisait fructifier leurs biens. Il consacrait ses journées à dessiner des chartes et des graphiques qui lui permettaient de suivre les quotations boursières de leurs divers placements. Fin gourmet, il donnait chaque matin des directives au cuisinier. L'après-midi, avec le concours du jardinier, il s'occupait de ses fleurs. Il avait même obtenu une race de roses panachées, baptisée « les Émiliotes », primée dans plusieurs concours.

Lorsque la saison s'y prêtait, au moment du départ, il en offrait une au bout de sa haute tige, à chaque invitée.

À part le cuisinier, le jardinier, avec leurs aides, le chauffeur, un domestique soudanais amené d'Égypte, le couple avait, également, à son service une jeune femme d'une trentaine d'années qui était sourde-muette.

* *

Zékié possédait un ovale de Madone, une bouche sensuelle, des yeux verts. Ses cheveux sombres et luisants, tressés en deux macarons, recouvraient ses oreilles. Elle était régulièrement vêtue d'une robe noire, de bas noirs ; et chaussée de souliers vernis à barrettes. Elle portait toujours un tablier impeccablement blanc et amidonné, ainsi qu'une coiffe rigide du même tissu. Pour servir à table, elle mettait des gants de fil.

Lysia, au tempérament plus brouillon, n'aurait jamais imposé à Annette une telle livrée ; ou bien pressentait-elle qu'en aucun cas, la jeune fille n'aurait accepté de revêtir cet accoutrement.

Apparemment, Zékié s'y conformait. Son visage demeurait lisse, son sourire presque trop affable. Mais parfois son regard laissait filtrer des éclairs de haine, qu'Annette avait surpris. Une fureur brève, brûlante, transperçait alors son mutisme et ce masque de douceur.

Insouciant, inattentif, le couple ne s'apercevait de rien. Sans égards, Élise rabrouait la jeune femme par gestes, devant témoins. Pointilleux, Émile la prenait sans cesse en défaut, lui indiquant, par quelques mouvements mimés, de quelle façon elle aurait dû agir. Pour toute réponse, Zékié baissait humblement la tête, cachant ses ressentiments au fond de ses prunelles.

Durant le repas, Annette se tenait à quelques pas de Lysia veillant au moindre appel ; lui donnant ses pilules, recouvrant ses épaules d'un châle si le besoin s'en faisait sentir.

— Cette Zékié est une diablesse ! commentait Élise sans baisser le ton. Je l'ai surprise plusieurs fois en compagnie du jardinier : un homme marié, qui a une femme et cinq enfants ! Il les rejoint chaque dimanche à la montagne ; mais durant la semaine il couche ici. Je suis sûre, Émile, qu'il se passe des choses inavouables sous notre toit.

Elle s'irritait de l'indifférence de son époux dès qu'elle abordait ce sujet ; finissant par se demander si, lui aussi, n'avait pas profité des faveurs de cette dépravée.

— Elle fait bien son service, précisa Émile.
— Nous serions bien ennuyés, si elle tombait enceinte !
— On la renverra dans sa famille, voilà tout.
— Elle sera drôlement reçue dans son village.
— C'est son affaire.

Durant tout cet échange, la sourde-muette avait gardé un visage impassible. Le cœur serré, Annette la suivait du regard, se demandant si certaines de ces paroles ne s'étaient pas infiltrées blessant ses tympans bouchés.

La jeune fille songea aussi, avec anxiété, à son futur enfant. Comment, par qui, lui viendrait-il ?

Tandis qu'Émile siestait, Élise ouvrait largement ses armoires en l'honneur de sa cousine.

— Je vais tout te montrer !

Habituée à cet étalage, Zékié exposa robes, manteaux et fourrures. Elle les maintenait, l'un après l'autre, au bout de leur cintre, disparaissant derrière chaque vêtement exhibé.

— Cape d'hermine de chez Revillon, récitait Élise. Robe de chez Maggy Rouff, déshabillé de chez Vionnet. As-tu remarqué ces emmanchures ?... Vison beu, col de renard, veste d'astrakan, tailleur de chez Chanel. Quelle coupe !... Jaquette de Schiaparelli... Approche, regarde un peu ce boutonnage.

— Comment as-tu fait pour sauver ces merveilles ! soupirait Lysia.

Dans sa jupe et son corsage de petite confection, elle se sentait amoindrie, déchue. Appelant Annette à la rescousse, elle lui glissa à l'oreille :

— Elle ne se rend pas compte que tout ça c'est du passé. Du passé !

*
* *

En 74, deux ans après cette visite, les hostilités éclatèrent.

En 77, la villa fut mise à sac : bibelots, cristaux, vaisselle, réduits en miettes ; tapis et meubles lacérés et brûlés. La vengeance plutôt que le pillage semblait être le mobile du saccage.

Devant la garde-robe éventrée : vêtements et fourrures, découpés en charpies avec un soin maniaque, s'amassaient en une pyramide dérisoire. Au fond d'un des placards, on découvrit le cadavre d'Élise enveloppé dans son manteau de zibeline le cou serré dans un col de renard. Le corps mitraillé d'Émile gisait dans le jardin au milieu de ses « Émiliotes ». Les journaux n'avaient fait grâce d'aucun détail.

À cause de la lettre Z, rageusement gravée sur les boiseries, les soupçons se portèrent sur la sourde-muette. Personne ne retrouva sa trace. Celle du jardinier, non plus. Sa femme l'attendit, en vain, durant des années.

Ce fut bien avant ce drame, quelques mois après le dernier repas chez ses cousins – la paix régnant encore – que Lysia, accompagnée d'Annette, s'envola pour l'Égypte.

L'enfant et le forain se frayèrent passage dans la salle enfumée et bruyante, pour aller s'asseoir tout au fond de la brasserie. De leur table ils découvraient une large partie du restaurant, ainsi que les portes battantes qui s'ouvraient et se refermaient, à un rythme fiévreux, sur les cuisines.

Cheranne, qui prenait la commande d'un groupe de touristes, ne les avait pas encore aperçus.

— Fais-lui signe, souffla Omar-Jo.

Se remettant à peine de sa surprise, Maxime cherchait à lui cacher son émotion.

Impatient, l'enfant se dressa sur sa chaise. Avant que le forain n'ait pu le retenir, il appela par-dessus les têtes des dîneurs :

— Cheranne ! Cheranne ! C'est nous !

Il fallut quelques secondes à la jeune femme pour se souvenir de son nouveau prénom. Dès qu'elle aperçut Omar-Jo, elle le reconnut ; son visage s'éclaira. Elle se haussa sur la pointe des pieds, éleva le bras pour répondre à son salut.

— Je viens ! s'écria-t-elle.

Empoignée par un sentiment qu'elle n'avait pas éprouvé depuis longtemps, elle s'empressa de boucler la commande.

— Tu es content, Maxime ? demanda l'enfant en la voyant s'approcher.
— C'est la première fois que je mets les pieds dans cette boîte.

— Mais elle, Cheranne, comment la trouves-tu ? Tu ne réponds pas ?... Tu lui as offert un tour gratis, ce n'est pas dans tes habitudes !
— Tu connais mes habitudes ?
— Tu es plutôt près de tes sous, non ?
— Mes parents ont trimé toute leur vie.
— Les miens aussi.
Déjà les bras de Cheranne entouraient l'enfant.
— Si je m'attendais à te voir !
Sous l'éclat des lustres Maxime remarqua ses quelques rides ; puis cette fossette au menton qui lui gardait un air juvénile. Derrière ses lunettes, ses yeux gris-bleu pétillaient.
— C'est moi qui vous offre l'apéritif.
Sa peau nacrée sentait la lavande.
— Ça fait longtemps que vous travaillez ici ? demanda Maxime.
— Le soir, je fais des remplacements.
— Et votre fillette ?
— Ce n'est pas la mienne. Je la promène les jours de congé, c'est tout.
Le forain éprouva un réel soulagement à la pensée que l'agaçante Thérèse n'avait aucun lien de parenté avec la jeune femme.
— C'est grâce à elle, Omar-Jo, que j'ai pu te découvrir.
Le gamin occupait toute son attention.
— Vous avez des enfants ? questionna Maxime.
— Je n'ai jamais pu en avoir. C'est tant mieux, puisque j'ai divorcé.
Le forain n'osa pas lui poser d'autres questions.
— Tu deviendras un grand comique, Omar-Jo », continua Cheranne. Elle lui caressa le moignon. « Même de ça tu sauras tirer profit. »
Puis, tournée vers Maxime :
— Je reviendrai m'asseoir avec vous après le service, si vous m'attendez. Je te chanterai une de mes chansons, Omar-Jo.
— Une de tes chansons ?
— Je fais les paroles, mon ami Sugar compose la musique.
Maxime prit un air interrogateur.
— Sugar est un vrai musicien, un Noir de Los Angeles. Depuis deux ans, il vit à Paris.
— Vous chantez dans quelle langue ?
— Dans les deux. Ma mère était américaine.

*
* *

Dès la mort de son père Cheranne, qui avait douze ans, était retournée, avec sa mère, aux États-Unis. Harriet avait retrouvé sa famille dans une petite ville du Middle West. Elle ne s'était jamais habituée à l'exil.

Tout à l'opposé, Cheranne ne songeait qu'à retrouver Paris. Son mariage avec Steve avait retardé ce retour. Depuis son divorce elle était revenue vivre dans sa ville natale essayant, non sans mal, d'y gagner sa vie.

La rupture avec Steve avait eu lieu depuis plus de deux années. Par moments, celui-ci resurgissait dans son existence. Cheranne en était à la fois heureuse et tourmentée.

Peu de temps après le déjeuner chez ses cousins, Lysia reçut une lettre de son avocat. Celui-ci l'assurait qu'elle avait de bonnes chances de récupérer une partie de ses biens, ou du moins d'obtenir quelques compensations. Elle décida de faire le voyage d'Égypte, en compagnie d'Annette.

Au Caire, elle logea chez une amie d'enfance. Laurice habitait encore, à cause de la modicité des anciens loyers, son appartement de neuf pièces. N'ayant plus les moyens de l'entretenir, celui-ci se délabrait graduellement. Des lattes manquaient aux parquets, les tapis étaient usés jusqu'à la corde, les tentures se détissaient, fauteuils et canapés, dont le capitonnage se trouait, avaient perdu un bras ou un pied. À la plupart des lustres manquaient quelques motifs de cristal, les torchères pendaient de travers sur des murs écaillés. Tout respirait la poussière et la négligence.

Durant les rares journées d'hiver, l'on tremblait de froid dans ces vastes demeures. Laurice avait placé un réchaud cylindrique à pétrole dans la chambre de Lysia. Pour en éliminer l'odeur et humidifier l'atmosphère, ce réchaud était surmonté, en permanence, d'une casserole d'eau dans laquelle flottaient des feuilles d'eucalyptus.

Laurice rassemblait chaque après-midi, autour de tables de jeux, une dizaine d'amies pour d'interminables parties de pinacle ou de bridge. L'hôtesse offrait les boissons ; les invitées apportaient confiseries et cigarettes. Ne pouvant plus jouer pour de l'argent, chacune fournissait, à son tour, le cadeau des gagnantes : une paire de bas en nylon soustraite à un stock précieusement conservé, un mouchoir en linon, une paire de gants, des échantillons de parfums de Paris.

Lysia retrouva ce petit monde désuet avec un mélange d'agacement et de plaisir. C'étaient toujours les mêmes plaisanteries, les mêmes fâcheries, les mêmes ragots, les mêmes gentillesses. S'y ajoutaient une litanie de plaintes, d'incessants soupirs concernant le passé, qu'elles paraient de grâces excessives. Le mirage, de plus en plus mythique, d'anciens jours retrouvés, de fortunes récupérées animait leurs existences limitées ; et leur conservait le goût des lendemains. Certains frères et maris, stagnant comme elles dans leurs regrets, dilapidaient leurs dernières années dans des procès sans fin.

Lysia n'enviait pas leurs façons de vivre, et se félicitait d'y avoir échappé. Elle ne souhaitait même plus reprendre possession de sa villa, ni habiter dans un de ces appartements immenses et poussiéreux, fichés dans des immeubles en décomposition.

La veille, ayant été immobilisée, durant deux heures, à l'intérieur de l'ascenseur en panne subite, elle s'était juré de monter dorénavant à pied. Depuis, elle gravissait, en haletant, les six étages, appuyée au bras d'Annette.

— Notre deux-pièces vaut mieux que tout ça, tu ne trouves pas ?

Sa vision des choses semblait se modifier. Elle se sentait plus proche d'Annette que de ses anciennes amies. Elle se reprocha son égoïsme vis-à-vis de cette enfant qui venait d'avoir vingt ans, le sommet de la jeunesse ! Ensuite ce serait, comme pour chacun, l'irrémédiable déclin. Malgré les bravades de la jeune fille, il fallait que Lysia s'occupe de lui trouver un époux. Dès son retour, elle en parlerait sérieusement au vieux Joseph.

*
* *

Au bas de l'immeuble, Lysia héla un taxi pour se rendre chez l'homme de loi.

Dans les rues, sur les trottoirs une masse grouillante progressait avec lenteur et bonhomie. Parfois son mouvement se bloquait par simple pression interne.

Annette ressentait une instinctive sympathie pour cette population d'où émergeaient sourires et tristesse, misère et malice. La voiture avançait au pas. Elle remarqua une femme corpulente, habillée d'une robe bariolée, qui la fixait de son œil vif ; un tout-petit aux yeux cerclés de mouches, à califourchon sur l'épaule de sa mère en noir. Un mendiant bossu, au regard plein de sagesse, approchait la main tendue. Un gros homme catarrheux, une mallette brune serrée contre sa poitrine, hésitait, en haletant, au bord de la chaussée, avant de plonger dans la multitude.

D'innombrables jeunes visages ponctuaient ce foisonnant défilé.

Le chauffeur gardait son calme, conduisait sans soubresauts. En peu de paroles, avec une réserve innée, il expliqua sa cité, les contraignants problèmes qui assaillaient son pays. S'inquiétant du confort de la vieille dame, de temps en temps, il se retournait.

— Vous allez bien ?

En chemin, Lysia lui demanda s'il serait libre durant les deux semaines de son séjour. Ils convinrent rapidement d'un prix et du rendez-vous quotidien.

— Comment t'appelles-tu ?

— Omar.

— Je peux lui faire confiance, murmura-t-elle penchée vers Annette. Au premier coup d'œil je sais juger un individu.

Omar était vêtu d'une chemise à carreaux au col ouvert et d'un pantalon gris. Il avait le teint basané, des cheveux fournis et frisés, de larges yeux noirs ; une stature imposante dont il semblait s'excuser. De sa personne se dégageaient bienveillance et tranquillité.

Son regard croisa plusieurs fois celui d'Annette dans le rétroviseur. Ils en éprouvèrent, l'un et l'autre, une émotion si neuve qu'elle les gêna.

Il était plus de minuit quand Cheranne vint s'asseoir à la table de Maxime et d'Omar-Jo. Ses mèches retombaient sur son front, son teint avait pâli ; des cernes plus sombres soulignaient le bas de ses yeux.

Elle s'accouda sur la table, plongea son visage entre ses mains.

— Quelques minutes, et ça ira.

Tous deux la regardaient sans échanger un mot. Leur silencieuse présence lui faisait du bien.

Cheranne leva enfin la tête. Sans ouvrir les yeux, elle avança sa main vers la joue de l'enfant et la caressa, en aveugle. Cette chair pulpeuse sous le grain serré de la peau, les battements d'un sang neuf sous cette tempe, l'aidèrent à émerger de sa fatigue.

— C'est Omar-Jo qui vous a aperçue le premier. C'est lui qui a eu l'idée d'entrer, dit le forain. Il était sûr qu'on ne vous dérangerait pas.

— Il avait raison.

Elle souleva ses paupières, regarda l'enfant ; et d'une voix chaude :

— Tu as les meilleurs yeux du monde, mon petit clown !

Un mot, un geste suffisaient pour ramener les souvenirs. Omar-Jo n'en éprouva, cette fois, aucune douleur, mais le sentiment d'un bonheur revécu.

La Brasserie vidée, restait remplie de fumées, de chaleur et de traces de toutes ces voix qui s'y étaient entrecroisées dans un brouhaha indescriptible.

En un ballet précis, efficace, les serveurs débarrassaient les dernières tables ; puis les apprêtaient pour le lendemain.

Maxime encerclait son assiette de boulettes de mie de pain.
— Il fait très beau ce soir. Allons nous promener tous les trois, suggéra Cheranne.

Avec eux, elle rattraperait le temps perdu loin de cette ville. Avec eux, elle redécouvrirait Paris. Elle oublierait cette partie de son enfance enfouie, de l'autre côté de l'Océan, dans d'insipides et confortables banlieues.

**

Arrivée en France avec un groupe d'étudiantes Harriet avait rencontré Jacques à Paris. Ils s'étaient épousés en moins d'une semaine. Le couple ne s'était jamais entendu. À cause de leur fillette, leur union ponctuée par une série de ruptures et de réconciliations dura dix ans. Cher entendait encore ces éclats de voix qui la tenaient éveillée, et en larmes, toute la nuit.

Mal à l'aise dans cette capitale dont elle trouvait la population moqueuse, et peu hospitalière, Harriet s'efforçait, sans y parvenir, d'éveiller chez l'enfant la nostalgie de son propre pays. Elle évoquait sans cesse sa Baie, superbe et scintillante, les innombrables soleils, la convivialité de ses habitants. Elle peuplait ses contes d'animaux de là-bas : de dauphins doués de parole, de baleines dansantes, de caïmans immobiles, de hardis papillons, de hérons aux pattes interminables, de tortues de toutes dimensions, de lamantins aux plantureuses mamelles, de lézards, de pélicans, de hiboux.

L'enfant écoutait ces récits avec indifférence, cherchant à faire dévier ces histoires « d'ailleurs » vers les secrets et les légendes de Paris.

Dès son divorce Harriet ramena la petite Cher à Arosville ; une bourgade, face au golfe du Mexique, qui s'étalait sur plusieurs kilomètres. L'enfant atteignait ses onze ans.

Cheranne allait accomplir le chemin inverse de celui de sa mère. L'adolescence passée, elle se promit de retrouver sa ville natale. La rencontre avec Steve retarda de plusieurs années ces retrouvailles.

**

— Vous vous sentez mieux ? demanda Maxime.
Cheranne souleva la tête, s'éclaircit la voix, se mit à fredonner :

« *Pour l'ami fidèle*
Je cultive une rose blanche
En juillet comme en janvier »

— C'est une chanson du Sud. Une chanson de ma mère.
Elle reprit :

« *Pour l'ami cruel*
Qui s'attaque à mon cœur
Je ne cultive ni épines ni broussailles
Mais la rose blanche aussi »

Tandis qu'elle prononçait ces dernières paroles, l'image de Steve s'imposa, dissipant tout autre sentiment. Malgré leur séparation, elle ne parvenait pas à l'oublier.
Elle se tourna brusquement vers Omar-Jo.
— Je peux te chanter des chansons à moi, si tu veux ?
— Des chansons à toi ?
Elle tira de la poche de son tablier une liasse de feuillets et des crayons de couleur, qu'elle éparpilla sur la nappe jaune. Ses pages ressemblaient à des bouts d'étoffe, rapiécés en tous sens.
— Votre écriture on dirait des insignes, des graffitis, remarqua Maxime.
— J'ai du « peau-rouge » en moi, dit-elle. Mais toi, Omar-Jo, tu viens de beaucoup plus loin encore !
De nouveau, Maxime se sentit exclu de leur dialogue. L'enfant lui toucha l'épaule :
— On est tous ici, chez toi, Maxime. Chez toi, chez moi, chez nous ! chantonna-t-il.
Le forain lui sourit et demanda si on pouvait fêter cette rencontre en buvant.
— C'est ma tournée, fit Cheranne appelant le jeune Fernand qui terminait son service.
— Lis-nous tes chansons, demanda Omar-Jo.
— Vous ne vous moquerez pas, Maxime ?
Il n'avait aucune intention de se moquer. Devant Cheranne, il perdait toute défense ; il se laissait plutôt envahir par un contentement qu'il n'avait partagé avec aucune femme.

— Vous gardez toujours un petit air narquois, reprit-elle en souriant
L'enfant s'interposa :
— Maxime est un poète ! Qui d'autre qu'un poète aurait tout laissé tomber pour s'acheter un Manège ? Qui d'autre aurait choisi pour compagnon un clown, un étranger, un éclopé comme moi ?
— Tu exagères toujours, dit le forain.
— Je ne suis plus ton compagnon, ton ami ?
— Ce n'est pas ce que j'ai voulu dire.
— Omar-Jo a raison, interrompit Cheranne. Qui d'autre que Maxime ?
Les boissons aidant, une plaisante griserie s'empara de tous les trois. Cheranne saisit la main gauche de Maxime, la main droite de l'enfant.
— C'est la ronde ! À la vie, à la mort !
Pour fermer la chaîne, Maxime chercha l'autre main d'Omar-Jo. Puis, brusquement, gêné de sa bévue, il entoura ses épaules de son bras et serra l'enfant contre lui.
— À la vie, à la mort ! À la mort, à la vie !
Ils se balancèrent ainsi, un long moment, répétant en chœur :
— À la vie, à la mort ! À la mort, à la vie !
C'est durant cette chanson que Maxime songea, pour la première fois, à offrir une prothèse à Omar-Jo.

Cheranne chanta ensuite ses propres chansons. Elles parlaient toutes d'amour. D'amours vulnérables et chimériques, de miracles et de blessures ; avec des mots singuliers.
Les lumières s'étaient éteintes. Fernand, le serveur, avait allumé, au centre de la table, la grosse bougie fichée dans un pot brun entouré d'une granuleuse collerette de cire fondue. Puis, il s'était éloigné sur la pointe des pieds.
— À la mort ! À la vie ! reprenaient-ils.
Encerclés par une zone d'ombre, tous trois semblaient flotter sur un îlot, ou une embarcation. Leurs ombres réunies et mouvantes se projetaient et dansaient au plafond.

— Et la musique ? demanda Omar-Jo.
— La musique : c'est Sugar. Je vous le présenterai.
Les doigts de Maxime serrèrent ceux de Cheranne. Elle répondit à leur pression. Ils échangèrent un regard.

Fernand accourut en vêtement de ville.

— On t'appelle au téléphone, Cher. Ça vient de très loin.

La jeune femme arracha sa main de celle de Maxime, se leva d'un bond, fourra dans sa poche la liasse de ses chansons, et se dirigea en courant vers la cabine.

— Tu reviendras ? appela l'enfant.

Elle ne se retourna pas.

Lysia rattrapait ses années d'épargne, en dévalisant les boutiques. Son homme d'affaires lui avait pourtant conseillé l'économie : malgré quelques améliorations, ses ressources resteraient modestes.

Dans son miroir, sa vue affaiblie – qu'elle se gardait de corriger par des lunettes – lui renvoyait une image flatteuse et floue. Se voyant telle qu'elle souhaitait se voir, elle résistait mal à l'achat de voyantes et printanières toilettes, et rentrait chaque soir, chez Laurice, chargée de paquets.

Généreuse, elle combla aussi son hôtesse de cadeaux. À sa cousine Élise, cherchant, à la fois, à la remercier des nombreux repas pris à la villa et à l'impressionner par sa nouvelle situation, elle rapportait un sac en crocodile. Quatre ans après, ce même sac fut retrouvé dans les décombres de la villa saccagée. On ne l'avait pas ouvert ; il contenait pourtant une bague de prix et une liasse de billets.

Vers le milieu de son séjour, il ne restait plus à Lysia de quoi acheter quelque habillement à Annette. Celle-ci s'en trouva soulagée ; la vieille dame aurait décidé de lui offrir, selon l'humeur, un de ces vêtements qui l'auraient mis mal à l'aise : une jupe et un corsage à fanfreluches, ou bien un habillement semi-monacal.

*
* *

En fin d'après-midi, lorsque la lumière devenait moins acide et que la chaleur se dissipait, Lysia accompagnée d'une amie s'installait sur le siège arrière de la voiture.

— Fais-nous faire une belle promenade, Omar !

Elle laissait au chauffeur le choix de la destination ; tandis qu'Annette prenait place à ses côtés.

Derrière, les deux femmes papotaient ; sans se soucier de ce qui se déroulait de l'autre côté des vitres.

Omar ne parlait que pour Annette. Il lui montra la Cité des morts, le Vieux Caire ; partait en direction des Pyramides, du Barrage, de Matarieh :

— Durant leur fuite en Égypte, Marie, Joseph et l'enfant Jésus ont trouvé refuge, ici, sous un arbre. Nous aussi, musulmans, nous révérons cet endroit.

Il bifurquait souvent vers des chemins de campagne, qui lui rappelaient son propre village, éprouvant, il ne savait pourquoi, le désir de lui faire aimer, sentir, palper sa propre terre.

Usant de peu de mots, il répétait :

— Vois par là. Regarde sur ta gauche. Ce village, ce canal, ces champs... Plus loin, le désert... C'est beau tout ça ! Est-ce que ça ressemble à chez toi ?

Elle faisait non de la tête. Elle ne trouvait aucune similitude entre ses collines à elle, ses radieuses montagnes, sa mer si bleue, visible de presque partout ; et ce fleuve large et lent, ces terrains d'un vert si vif rapidement enserrés par des falaises de sable.

Elle ne trouvait aucun rapport entre ce Nil majestueux et les sources pétulantes ou les torrents de sa montagne. Les banians séculaires couvant de solides racines, n'avaient aucune parenté avec les grands pins maritimes ornés d'audacieuses branches. Les patientes felouques ne se comparaient guère aux barques hardies des pêcheurs.

Il répéta sa question :

— Est-ce que ça ressemble à chez toi ?

— La beauté les rassemble, dit-elle d'un coup.

— Oui, c'est ça, la beauté, reprit-il. « La beauté... »

Sous son siège il lui montra une boîte en carton, contenant quelques livres.

— Je m'instruis tout seul. Il y a tant de problèmes ici et dans le monde. Je veux apprendre, connaître. Je te passerai de la lecture si ça te plaît aussi.

— Nous partons bientôt, répondit-elle tristement.

D'autres fois, il indiquait du doigt les maisons faites de boue ; lui faisait remarquer les femmes en vêtements séculaires battant leur linge au bord des canaux, les gamins nus et rieurs grimpés sur le dos des bufflesses. Des paysans, les pieds enfouis dans la vase, bêchaient le sol des autres. Annette pensa, instantanément, à son père Joseph qui possédait un lopin de terre bien à lui.

Elle les imagina face à face : le vieil homme flamboyant, loquace, remuant, et ce jeune homme pétri d'argile et de silences. « Si dissemblables », songeait-elle. Quelque chose pourtant, qu'elle n'arrivait pas à définir, les rapprochait.

Le jour du départ, le chauffeur était monté dans l'appartement pour emporter les valises.

Lysia téléphonait. Annette restait accoudée à la fenêtre.

— Il me manquera ce pays, dit-elle sans se retourner.

— Tu lui manqueras, reprit Omar à quelques pas derrière la jeune femme.

Inconsciente de ce qui se passait entre les deux jeunes gens, Lysia, au comble de l'excitation – son avocat venait de lui annoncer que l'allocation qui lui parvenait mensuellement serait doublée – se précipita vers Omar :

— J'ai besoin d'un chauffeur à plein temps ; viendrais-tu chez nous ? On te signera un contrat d'un an, on s'occupera de tes papiers. Es-tu d'accord ?

Le souffle coupé, Annette courut hors de la chambre pour ne pas entendre la réponse.

*
* *

Quelques mois après, lorsque Annette et Omar annoncèrent à Lysia leur intention de se marier, celle-ci, suffoquée, demeura la bouche ouverte, avant de plonger dans un accès de fureur. Se sentant coupable d'avoir été la cause de ce rapprochement, elle menaça, trépigna.

— Tu repars ! Tu repars dès la semaine prochaine, Omar. Moi, qui te faisais confiance !

Se rendaient-ils compte des difficultés que cette union allait causer ; et que leur situation était sans issue ?

— Je n'aurais jamais pensé ça de toi, Annette ! Que va dire ton malheureux père ? Tu veux donc le tuer !

Sans hésiter, le vieux Joseph demanda de rencontrer Omar en tête à tête. Ce dernier arrêta son véhicule à l'entrée du village et continua son chemin à pied. Les curieux étaient déjà aux fenêtres. Il contourna l'église, pénétra dans un jardinet, tira sur le cordon qui déclencha un bruit de clochettes.

Le vieil homme ne se fit pas attendre.

Ils se plurent sur-le-champ.

Au bout de quelques minutes, les rires d'Omar et de Joseph se faisaient écho. Ils firent ensuite le tour du verger, partagèrent le même repas. Leur amour d'Annette accomplit le reste.

Persuadé que Dieu avait le cœur assez vaste pour contenir tous les croyants du monde, passés, présents, à venir ; même les mécréants de son espèce, Joseph se chargeait de convaincre d'abord son entourage, puis la communauté déjà composée de cinq rites différents.

Il y réussit. Les deux hommes possédaient un don commun : celui d'éveiller la sympathie.

Conviée peu après au mariage, Lysia se félicitait d'avoir été l'instigatrice de cet « heureux événement ».

— Un bel exemple de cohabitation ! proclamait-elle.

C'était en 1973, à la veille de l'éclatement.

Omar-Jo devait naître trois ans après, sur une terre déjà divisée, meurtrie.

Il semblait impossible à toute la population que cet état de guerre et de tension pût durer.

Au bout du fil, la voix de Steve venait de loin et se rapprochait par à-coups. Cheranne jeta un long coup d'œil dans la Brasserie, aperçut la seule table éclairée où Maxime et Omar-Jo se tenaient à côté l'un de l'autre. Elle ferma la porte de la cabine téléphonique pour mieux écouter.

Malgré leur rupture, Cheranne et Steve se laissaient des repères. Ils savaient toujours où se retrouver.

Ce dernier avait abandonné sa carrière de sportif, qu'il regrettait parfois de n'avoir pas poussée à fond ; il en avait, par moments, rendu son épouse responsable. Depuis, converti dans les affaires, il paraissait satisfait ; l'audace de ses projets, l'attrait de l'argent lui servaient de moteur.

Dans l'appareil il lui demandait des nouvelles, annonçait sa prochaine arrivée et son désir de la revoir.

Tout en l'écoutant, elle se souvint de leur dernière rencontre, il y avait près d'un an. Fatigué d'un long voyage, Steve avait dormi chez elle. Ils se retrouvaient toujours avec le même enthousiasme juvénile, mais très vite les choses se gâtaient. Dans leurs échanges, Steve usait d'une ironie constante qui laissait ses phrases à elle en suspens. Mais allongés l'un à côté de l'autre, la proximité silencieuse de leurs corps semblait, chaque fois, les ressouder.

Cette nuit-là, Steve avait gémi dans son sommeil, elle en ignorait la cause. Suivant chacune leur cours, leurs existences avaient peu à peu dérivé ; pourtant Cheranne supportait mal l'idée que Steve pût être malheureux.

Elle remonta les draps par-dessus leurs têtes, entoura ses larges épaules de son bras ; il continuait de se plaindre, de soupirer dans son rêve. Elle appliqua sa poitrine contre le dos de Steve, enlaça ses jambes aux siennes, lui communiquant sa chaleur. L'oreille collée à ses omoplates, elle se tenait tranquille, pressée contre lui, attendant que son souffle s'apaise.

Le calme revint. Il se retourna sans sortir de son sommeil. Elle s'endormit en lui tenant la main.

D'autres fois, c'était lui qui, par quelques mots, quelques caresses, chassait ses inquiétudes. En dépit de leurs divergences, ils parvenaient l'un et l'autre, d'une manière indicible, à se réconforter.

Cheranne jeta un coup d'œil furtif vers la salle. Maxime et Omar-Jo lui parurent lointains, naviguant dans un autre univers. Elle s'en détourna, et serrant l'appareil entre ses mains :

— C'est bon de t'entendre, Steve.

— Tu travailles si tard ? demanda-t-il.

— J'étais avec des amis.

Il y eut un silence.

Elle imaginait la réaction de Steve face au forain et à l'enfant ; il lui aurait dit qu'elle ne fréquentait et n'aimait que « des obscurs, des éclopés ».

— Tes chansons ont-elles été éditées au moins ?

— Pas encore.

Elle sentit, de nouveau, son regard moqueur, et éprouva l'envie de fuir. Il la retint en lui parlant de ses nombreux déplacements aux États-Unis et à l'étranger.

— Tu es content ? Tes affaires marchent ?

— Ce n'est pas la peine que je t'en parle, coupa-t-il, tu n'y comprendrais rien.

Elle aurait aimé qu'il se confie. Peut-être était-ce sa faute et n'avait-elle jamais su s'y prendre ?

Il reprit d'un ton buté :

— Alors, tu en es toujours au même point ?

Cheranne n'eut soudain qu'une envie : celle de s'éloigner, et de retrouver Omar-Jo et Maxime. Elle se revoyait, comme tout à l'heure, assise entre l'un et l'autre. Elle chercha à les apercevoir à travers le hublot de la cabine.

Ses lunettes venaient de glisser sur le bout de son nez et la salle lui parut floue ; elle distingua à peine ses deux amis ; on aurait dit un seul tronc, à deux têtes. Ou plutôt un seul mât, flottant sur une mer nocturne, tranquille.

— Je dois partir, Steve.

— Je t'ennuie... Dis-le que je t'ennuie. Mais de quoi peut-on parler avec toi ?

Il se mit à ressasser ses griefs.

— Tout ça n'a plus rien à faire avec nous, Steve. C'est du passé.

Elle n'arrivait pourtant pas à se détacher du fil, à couper court. Enfin, le récepteur glissa de ses mains. Elle le laissa pendre, faire des ronds au bout de son câble ondulé tandis qu'elle quittait la cabine.

En se dirigeant lentement vers la table, Cheranne dut résister plusieurs fois à l'impulsion de rebrousser chemin, de ressaisir l'appareil, de renouer la conversation interrompue.

Maxime se levait pour lui avancer la chaise. Sa figure ronde, son sourire avenant l'attendrit.

— Cheranne, nous avons un projet pour le Manège, dit l'enfant. Un projet avec toi, si tu acceptes.

— J'accepte, dit-elle.

— Avant de savoir ?

— Ça me plaira. Je sais que ça me plaira.

Pour présenter le spectacle imaginé par Omar-Jo, Maxime envisagea l'installation d'un petit chapiteau. Confiant dans le dynamisme de l'enfant qui avait déjà transformé le Manège en une attraction unique, le forain se plongea dans des plans, des calculs et entreprit les démarches nécessaires.

Avec l'aide de Cheranne et de Sugar, Omar-Jo était sûr de réussir un spectacle attrayant et singulier.

Sugar avait vingt-deux ans. Cheranne était venue un soir dans sa boîte de nuit ; les paroles de la jeune femme convenaient à sa musique ; ils travaillaient ensemble depuis plusieurs mois.

Dès la rencontre avec Omar-Jo, Sugar l'invita dans sa chambre d'un immeuble du treizième. La fenêtre s'ouvrait sur les toits ; les plaques en zinc se revêtaient d'écailles chatoyantes les jours de soleil. Ils se confièrent, rapidement, l'un à l'autre.

— Je suis né à La Nouvelle-Orléans. Mon père est mort quand j'ai eu neuf ans ; j'appris alors qu'il avait deux épouses et deux familles. Il ne m'a rien laissé, même pas un lacet de chaussure !

Sugar se tut quelques instants avant de reprendre :

— Certains disent : « Rien ! » ; moi je dis : « Tout ! » Il m'a « tout » laissé ! La folie de la musique, c'est de lui que je la tiens. C'était ça, mon héritage ! Partout où il y avait de la musique, mon père était chez lui ; et c'est pareil j'y suis chez moi. Il improvisait sur sa guitare toutes les nuits. Il n'était jamais à court d'inspiration.

« Durant quelque temps il posséda une Cadillac ; il me fourrait derrière et m'emmenait partout avec lui. Lorsqu'il jouait, j'adorais mon père ; je riais, je pleurais en l'écoutant. Quand je te regarde ou que je t'écoute, Omar-Jo, j'ai l'impression qu'avec toi aussi le rire et les larmes : c'est pareil. Tout ça remonte d'un même fond, d'un même cœur, d'un même puits.

« Dès que mon père cessait de jouer, il me faisait peur. Il piquait de terribles colères dès qu'il buvait, et il buvait depuis le réveil. C'était un drôle de type ! Il se teignait les cheveux en rouge et en vert, il portait des costumes bleu ciel et des chaussures jaunes. Souvent, quand il approchait, je prenais mes jambes à mon cou. Puis quand il reprenait sa guitare : il devenait un dieu, je ne pouvais plus le quitter.

« À ses funérailles il n'y avait même pas un cercueil, même pas une pierre tombale en son nom. On l'a planté en pleine terre. Ma mère avait usé sa jeunesse dans le chagrin ; ensuite elle a disparu, je n'en ai plus jamais entendu parler. Comment étaient tes parents, Omar-Jo ?

— Parle-moi encore de toi, Sugar. Je te raconterai ma vie un peu plus tard.

— Après la mort de mon père je me suis dit : si la musique est en lui, elle est sûrement en moi aussi. Mais je ne voulais pas que ce soit à travers le même instrument. J'ai choisi le saxo. Je ne suis pas mon père et pourtant je viens de lui. Je joue comme lui avec mon cœur qui cogne dans tous les sens jusqu'à emporter « all body and soul » : tout le corps et toute l'âme. C'est comme faire l'amour. Tu me comprends, Omar-Jo ?

— Je te comprends.

Dehors, sur les toits, des pigeons patauds avançaient en se dandinant sur le bord des gouttières. Ils ne retrouvaient leur grâce d'oiseau qu'en déployant leurs ailes pour s'envoler.

Sugar emplit la main de l'enfant de graines :

— Vas-y, ils ont l'habitude, ils n'ont pas peur.

Omar-Jo enjamba le rebord de la fenêtre, tandis que Sugar en sourdine l'accompagnait de son saxophone.

Les pigeons picorèrent dans la paume de l'enfant, s'installèrent sur sa tête et ses épaules.

La musique reflétait cette image, cette rencontre, environnée de clartés magiques qui précèdent la chute du jour.

— Tout ce que je mets dans ma musique c'est l'histoire de ma vie.

À l'intérieur de la pièce tout un pan de mur était tapissé de photographies.
— Qui sont-ils ? demanda Omar-Jo, s'asseyant en tailleur, sur le sol, en face de ces nombreuses reproductions.
— Mes idoles !
— Donne-moi leurs noms.
Le visage de Sugar semblait taillé dans une boule d'ébène, ses yeux noirs étaient parsemés de particules jaunes et brillantes ; sa taille filiforme s'allongeait jusqu'à toucher le plafond. Le jeune homme pointa son index devant chaque photo, scanda un nom après l'autre, les accompagnant par le rythme des claquettes :
— Dizzy Gillespie, Charlie Parker, Cab Calloway, Duke Ellington, Dave Brübeck. Celui-ci c'est mon père... Buddy Rich, Louis Armstrong, Billie Holliday, Milt Jackson, Ella Fitzgerald, Nat King Cole. Encore une photo de mon père... Thelonious Monk, Stan Gator, Coltrane, Pharaoh Sanders...
— Pharaoh ? interrompit l'enfant. Celui-là vient peut-être du pays d'Omar, mon père à moi.
— N'oublie pas, Omar-Jo, de me raconter toute l'histoire de ta famille.
— Je le ferai... Maintenant Sugar, redis-moi les noms de tes musiciens. Répète-les lentement ; je veux tous les apprendre par cœur.
Il recommença en frappant, cette fois, des mains à chaque syllabe. L'enfant, qui s'était relevé, esquissait pour l'accompagner des pas, puis des claquettes.
— Demain, je te les chanterai tous ces noms. De mémoire !
— Et toi, Omar-Jo, tu n'as pas d'idoles ?
L'enfant hésita.
— Aucune idole ? reprit Sugar.
— Oui, dit-il après un moment de réflexion. J'ai une idole. Une seule.
— Qui est-ce ? demanda Sugar.
— La prochaine fois, je te rapporterai sa photo.

Interrompant pour trois jours leurs vacances, Antoine et Rosie étaient remontés à Paris pour inspecter la blanchisserie confiée aux soins de Claudette durant leur absence.

Le lendemain de leur arrivée, ils décidèrent d'aller faire un tour du côté du Manège.

Tous les chevaux étaient en main, le carrosse débordait de marmots. Une longue file d'attente patientait près du guichet. Une foule nombreuse se pressait autour de la piste.

— Voilà une affaire qui ne chôme pas ! s'exclama Antoine.

Ils ne reconnurent pas tout de suite Omar-Jo, qui venait de troquer son accoutrement « Chaplin, » pour son déguisement « abeille ». Il remuait de larges ailes transparentes, le visage dissimulé sous des poils marron et soyeux.

Dès qu'il aperçut ses deux parents, il quitta d'un bond la plate-forme tournante, et se précipita dans leur direction. Rosie recula devant cette face hirsute et poilue ; cet enfant la surprenait toujours.

Devinant le malaise de sa cousine, celui-ci décolla en hâte une partie de son masque pour lui offrir une joue lisse et rose. Elle y posa un baiser.

Les voix d'adultes se mêlaient à celles des enfants :

— Omar-Jo ! Omar-Jo, reviens ! Encore, Omar-Jo ! Encore !

Se retournant vers son public l'enfant promit de revenir sans tarder.

Observant ce qui se déroulait autour de lui Antoine éprouvait des regrets, et même de l'amertume, de n'avoir pas su tirer profit des dons de ce gamin. Son commerce en aurait sûrement bénéficié ! Il fit mentalement le compte de ce que rapportait un seul après-midi, comme celui-ci, au

forain. Multipliant le nombre des enfants par le prix des billets et par les heures d'ouverture, il obtint un chiffre alléchant.
— Vous avez autant de monde tous les jours ? demanda-t-il.
— C'est pareil tous les jours, répondit Omar-Jo. Bientôt nous aurons un chapiteau, avec un vrai spectacle.
— Te rends-tu compte, chuchota-t-il à sa femme tandis que l'enfant s'éloignait de nouveau, de ce que cela représente comme entrées ? Tu as manqué de flair, Rosie ; tu aurais dû l'empêcher de nous quitter. Avec lui, nos affaires auraient prospéré !
— Omar-Jo, dans une blanchisserie !
Antoine haussa les épaules, ce petit malin se serait débrouillé avec n'importe quoi et n'importe où.
— Une blanchisserie, un Manège... c'est du pareil au même. Tout ça, c'est du commerce ! Et pour faire de l'argent, il est drôlement doué ton petit cousin !
Rosie suivait l'enfant des yeux. Sa gaieté multipliait celle des autres. Lui et la foule s'épaulaient, se renvoyaient la balle. Une jubilation réciproque les envahissait.
— Il s'agit d'autre chose que de profit, glissa-t-elle. Tu ne le sens pas, Antoine ?
Celui-ci jugea la réaction de son épouse, absurde, infantile ; il se détourna pour s'adresser directement à l'enfant qui s'approchait une fois encore.
— Qu'est-ce que tu gagnes au Manège ? s'enquit-il d'un ton sérieux.
— Je suis logé. Je suis nourri.
— D'accord. Mais ce n'est pas ça que je te demande. Qu'est-ce que tu gagnes ? Qu'est-ce qu'on te paie pour ton travail ?
— Je ne travaille pas, je m'amuse ! dit l'enfant. Eux, je les amuse aussi !
Il secouait son bras dans la direction de ceux qui l'acclamaient.
— Tu ne réponds pas à ma question, insista Antoine.
Frétillant des ailes, faisant des sauts et des grimaces, Omar-Jo était reparti.
Antoine se demandait s'il n'était pas de son devoir d'intervenir pour protéger les intérêts de cet enfant mineur, dont il avait la garde.

Reconnaissant de loin Rosie et Antoine, Maxime venait vers eux.
— Votre Omar-Jo a sauvé mon Manège ! dit-il en les saluant.
— Je ne m'attendais pas à tout ça ! reprit Antoine admiratif.

— À votre retour de vacances, je viendrai vous voir. J'ai des plans pour Omar-Jo, continua le forain.

— Moi aussi, je voulais vous parler de l'enfant.

— Alors : rendez-vous en septembre !... Bientôt nous monterons un chapiteau-miniature, nous avons déjà une petite équipe d'animateurs. Je m'occupe des dernières formalités. Pour l'inauguration vous serez mes invités.

— C'est moi qui vous inviterai d'abord, intervint Rosie. Pour vous, monsieur Maxime, je ferai un dîner avec nos spécialités. Omar-Jo m'a dit combien vous avez apprécié ma cuisine, que vous n'avez pas voulu en laisser une miette ! Ça m'a fait plaisir, monsieur Maxime. Vraiment plaisir.

À l'écart de l'assistance, Sugar et Cheranne assis côte à côte sur des chaises en fer, prenaient des notes, élaboraient le futur programme.

Dès que Rosie et Antoine s'éloignèrent, Maxime fixa longuement la jeune femme. Il aurait souhaité que la foule se dissipe ; puis que Sugar et Omar-Jo s'éloignent, pour se retrouver seul en face d'elle.

Saurait-il lui parler ? Lui qui amorçait une aventure avec quelques gestes, quelques bons mots, devenait soudain face à Cheranne, timide et bredouillant.

Elle venait de l'apercevoir et l'appela :

— Approchez, Maxime... Venez voir un des projets.

— Le soir de l'inauguration, j'inviterai plein de monde, annonça le forain. Toute la famille, tous les amis d'Omar-Jo. Toute ma famille aussi.

Il imagina l'arrivée des siens, leur ébahissement. Seraient-ils toujours désapprobateurs, en désaccord ? Ou se laisseraient-ils conquérir ? Une fois de plus Maxime regretta l'absence de l'oncle Léonard, disparu au fond de la poussière avec le cerf-volant, mais qui revivait si souvent, dans sa pensée.

— Vous aussi, Cheranne, vous pourrez inviter qui vous voulez...

Il attendit sa réponse, celle-ci lui aurait permis de savoir si la jeune femme avait une relation, un lien, avec un autre homme. Avec cet homme au téléphone, celui avec lequel elle avait si longuement conversé l'autre soir, dans la cabine de la brasserie.

Mais elle ne murmura que : « Merci, Maxime », et continua de garder le silence.

Maxime avait obtenu les renseignements concernant la prothèse qu'il comptait offrir à Omar-Jo. Il lui fit bientôt part du rendez-vous pris chez le meilleur praticien.

Par un pluvieux après-midi, ils attrapèrent l'autobus. Durant le trajet, le forain souriait d'un air heureux.

À l'arrêt, il y eut une bousculade. Ne pouvant se retenir par une main à la barre, Omar-Jo glissa sur les marches et atterrit au bord du trottoir. Maxime l'aida à se relever, à épousseter son vêtement.

— Tu verras, après la prothèse tout ça n'arrivera plus. Tu seras un enfant normal.

— Je suis un enfant normal, rétorqua Omar-Jo en se redressant.

Conscient de sa maladresse, Maxime noya son embarras sous un flot de paroles, dont le débit ne s'arrêta qu'au seuil du cabinet médical.

Le chiropracteur essaya plusieurs prothèses à l'enfant. Maxime insista pour acquérir la meilleure.

L'assistant exposa le modèle et en démontra le système d'accrochage. Il en vanta ensuite l'extrême mobilité, la finesse des rouages, les qualifications ; et fit admirer l'enveloppe couleur chair.

— On s'y méprendrait, n'est-ce pas ?

Le moignon exposé de l'enfant, toutes ces manipulations en sa présence, avaient gêné le forain. Il souhaitait qu'Omar-Jo soit doté, le plus vite possible, de cet organe qui doublerait son habileté ; et puis qu'on n'en parle jamais plus !

— Quand est-ce que ce sera prêt ? demanda-t-il.

— Nous prendrons les mesures, et dans trois semaines vous venez la prendre. Tu verras, mon petit bonhomme, tu en seras satisfait. Quand tu auras des manches, personne n'y verra rien.

— Je n'en veux pas.

Nette, sans réplique, détachant les mots, la voix d'Omar-Jo avait résonné dans la salle de consultation.

Il s'ensuivit un long silence pétrifié.

Cette fois, le regard levé vers le forain, l'enfant répéta :

— Pardonne-moi, mon oncle Maxime, mais je n'en veux pas.

Ils quittèrent rapidement le cabinet médical. Impressionné par la réaction du gamin, le chiropracteur avait refusé de toucher des honoraires.

De tout son être, de tout son corps, Omar-Jo avait soudain rejeté l'appareillage, cet organe artificiel qui se serait accolé à sa chair mutilée, mais si vivante.

L'enfant s'était, peu à peu, habitué à son moignon. Fondus sous la blessure close, même les points de suture en faisaient partie.

Ainsi avait-il l'impression que l'image de son vrai bras pouvait continuer à l'habiter ; d'autant plus présente, d'autant plus irremplaçable, que ce bras gisait, au loin, mêlé à la terre de son pays, faisant partie de cette même poussière qui recouvrait Omar et Annette. Ce membre, qu'il oubliait par moments pour exister et mieux se mouvoir, il fallait en même temps que sa représentation demeure en lui comme une amputation, comme un cri permanent On ne pouvait troquer ce bras, ni trahir son image. Son absence était un rappel de toutes les absences, de toutes les morts, de toutes les meurtrissures.

Depuis quelques temps, là-bas, la paix semblait revenue. Mais qui jurerait que la grenade, qui renfermait la folie des hommes, n'exploserait pas une fois de plus ?

Il fallait vivre cependant. Vivre en gardant le lien et l'espoir.

— Tu n'es pas fâché ? demanda-t-il à Maxime sur le chemin du retour.

— Tu as bien fait, Omar-Jo. Tu restes toi ! Et toi, c'est unique, ça ne se remplace pas.

Se donnant la main, ils rentrèrent en déambulant, comme ils aimaient le faire ; s'engageant dans un parcours inattendu, à travers de surprenantes ruelles.

Au bout d'une heure, à quelques mètres de la place Saint-Jacques, ils aperçurent le Manège, au complet, qui tournait toujours.

Quelques jours après, Omar-Jo entra dans la chambre de Sugar tenant une large enveloppe brunâtre.

— Devine ce qu'il y a là-dedans.

— Ton idole ! annonça sans hésiter le jeune Noir.

L'enfant tira le guéridon recouvert d'une nappe rouge, jusque sous la lampe fixée au plafond. Celle-ci, encerclée d'un abat-jour en émail blanc, possédait un fil coulissant qui permettait de l'abaisser à la bonne distance de la surface à éclairer.

Omar-Jo posa l'enveloppe sous l'éclat lumineux. Puis, il en extraya lentement la photographie, faisant durer l'attente. Il la présenta d'abord à l'envers pour ménager ses effets.

Au bout de quelques instants, il la rabattit du bon côté.

En pleine lumière, comme sous les feux d'un projecteur : un vieil homme dansait.

Il dansait, le vieux Joseph.

À la tête de son cortège, on ne voyait que lui !

Sa chemise en coton noir, à ras de cou et à manches longues, soulignait la puissance de ses épaules, la largeur de son buste. Un ample pantalon, à la turque et du même noir, se serrait autour de ses chevilles. Il portait des sandales à grosses lanières, qui découvraient ses pieds nus.

L'un, dressé sur la pointe, adhérait au sol et soulevait le corps puissant. L'autre, se tenait à l'équerre au bout de la jambe repliée, amorçant la pirouette.

Un bras s'allongeait à l'horizontale. Le second, à la verticale, dressait au-dessus de la tête du danseur un sabre recourbé entamant sa spirale.
Le cérémonial de la danse allait débuter.

Sur la photo en noir et blanc on distinguait les rides du vieil homme, ses lèvres gercées, un bout de sa langue. Son profil d'aigle, sa fière moustache ajoutaient à sa prestance
Son ardeur embrasait le papier glacé, transperçait le temps et l'espace ; s'inscrivait dans un éternel présent.
— C'est mon grand-père, dit Omar-Jo.
— Quel mouvement, fit Sugar. Quel mouvement !

Pour se sentir plus proche de son petit-fils, le vieux Joseph décida de fabriquer un Manège, conforme à celui de la place Saint-Jacques. Omar-Jo lui en avait fait parvenir de nombreuses photographies en couleurs. Il installerait ce second Manège au pied du carré de vignes, sur son propre terrain.

Après treize ans de combats, le pays traversait une manière d'accalmie, ponctuée par quelques échauffourées.
    La capitale s'était tant de fois scindée en deux, puis refragmentée – multipliant les divisions et les conflits – que la population, pourtant tenace, avide d'espoir, demeurait sur ses gardes.
    Tous les cas de figures avaient vu le jour, toutes les querelles avaient été subies. Celles-ci resurgissaient, sans cesse ; s'épuisaient, pour rejaillir de nouveau. Villes ou montagnes plongeaient alors dans des luttes sanglantes, fraticides souvent conduites par des forces extérieures. Dans l'ombre, trafiquants de drogue et d'armes prospéraient, attisant pourriture et désordre grâce auxquels ils échappaient à toute loi, à tout châtiment.
    Que les hommes puissent se livrer à leur propre extermination rendait fou le vieux Joseph.
    Son village, miraculeusement épargné jusqu'ici, donnait l'exemple d'une communauté ouverte ; en dépit d'impitoyables événements, ils vivaient solidaires, en harmonie. Si ce hameau n'avait pas souffert sur son sol, dans ses pierres, chacun cependant avait perdu un parent, un ami, à l'intérieur de cette petite patrie devenue un véritable traquenard.

Ici, chaque habitant avait longuement porté le deuil d'Omar et d'Annette.

* * *

L'idée du Manège se fixa dans l'esprit de Joseph comme un signe, celui d'un obstacle aux cercles de la destruction. Cette plate-forme tournante représenterait l'existence, avec ses tours de piste plus ou moins longs. Les joueurs se cédaient la place, en une suite naturelle, tandis que se perpétuait l'éternelle chevauchée sous une coupole protectrice.

Le vieil homme était reconnaissant au Manège de Maxime d'avoir servi de tremplin à Omar-Jo. L'enfant respirait, évoluait ailleurs que dans le souvenir. Il existait autrement que dans le passé, les antagonismes, la peur. Les fantômes d'Annette et d'Omar, bientôt peut-être son propre fantôme, lui serviraient de soutien plutôt que d'entraves.

Joseph imagina son Manège à lui, s'élançant à travers l'espace. Il le rêvait : survolant la Méditerranée ; s'élevant, pour prendre de la vitesse, par-delà les nuages. Il le voyait redescendant en vue de la Côte d'Azur, s'engageant ensuite dans la ligne médiane qui mène droit vers Paris.

Une fois arrivé – grâce au plan détaillé de la cité que le vieil homme consultait en poursuivant de son index sur la carte les parcours décrits, dans chaque lettre, par l'enfant – il repérerait Notre-Dame. De là, il manœuvrerait habilement en direction du Châtelet.

Lorsque son Manège se trouverait, enfin, au-dessus de celui de Maxime, le couronnant comme d'un diadème, par une habile manœuvre Joseph arrêterait sa course. Son propre Manège flotterait alors, planerait, tournerait, à quelques mètres du premier, au même rythme et dans le même mouvement.

Ils poursuivraient ainsi, réplique aérienne ou terrestre l'un de l'autre, leur danse fraternelle à travers les années.

Joseph cloua au tronc de l'olivier centenaire une photographie, plusieurs fois agrandie, du Manège de Maxime. Il s'y référait, chaque matin, avant d'entreprendre ses travaux.

Il commença par aplanir une bonne surface de terrain, avant d'y élever la plate-forme arrondie qui servirait de piste. Il planta ensuite un solide pieu au centre du plancher, en fixa une quinzaine d'autres autour, à l'horizontale ; chaque pôle devant s'aboucher à une figure taillée dans le bois.

Joseph renonça très vite à la fabrication des chevaux, préférant les remplacer par des animaux plus familiers. Ce furent : un coq, un chien bâtard, un ânon, une chatte goutteuse, un lapin obèse, une bête à Bon Dieu, une chèvre, un ver à soie...Tous de sa composition. Le carrosse devint un chariot. Il ajouta une brouette dans laquelle les marmots s'entasseraient joyeusement.

Le vieux maniait à merveille le marteau et la scie. Il n'ignorait rien des secrets de la varlope ou du vilebrequin ; utilisait avec compétence la gouge, le rabot, le polissoir.

Souhaitant en offrir la surprise à son voisinage une fois les travaux accomplis, le vieil homme se fit aider de quelques jeunes gens pour élever une palissade de planches et de branchages autour de son chantier.

À longueur de journée, et une partie de la nuit, il besognait sans fatigue apparente, débitant des troncs d'arbres, les dégrossissant, les assemblant. Durant des heures, il chevillait, collait, chantournait en sifflotant ; ou en écoutant le transistor suspendu à son cou.

L'entreprise arrivait à conclusion ; il ne restait qu'un dernier animal à fabriquer.

Joseph décida de faire de celui-ci une créature à part. Une bête magique, sortie tout droit de sa tête, et qui ne ressemblerait à rien de connu. Un animal rêvé, inventé, avec des yeux mobiles ; et qui posséderait, tout à la fois, des pattes, des ailes, des nageoires, lui permettant de se débrouiller sous n'importe quelles circonstances et dans n'importe quel lieu !

Il le désignerait d'un surnom qui témoignerait du lien entre son petit-fils et lui-même. Amalgamant, combinant les lettres et syllabes de leurs deux prénoms combinant les lettres et les syllabes dans tous les sens le vieux Joseph chercha longtemps.

Une nuit, la trouvaille l'arracha de son sommeil :

— Josamjo !... Ce sera « Josamjo » ! s'exclama-t-il.

Aujourd'hui, j'achève la confection de Josamjo, dictait-il dans une de ses dernières lettres. De tous mes animaux, c'est celui que je préfère ! Beaucoup se demanderont si cette bête étrange existe vraiment. Toi seul Omar-Jo, et moi, connaîtrons la clé de ce nom dans lequel nos prénoms resteront mélangés, liés l'un à l'autre, pour toujours. Toi et moi, saurons que Josamjo existe, parce que nous l'avons imaginé, fabriqué, voulu !

Bientôt nos amis abattront la palissade. Ce jour-là j'offrirai, à chacun, un tour gratis. Un tour immobile, puisque mon Manège à moi a tout d'un Manège : sauf la mécanique. Dans ce domaine-là, je reste un véritable crétin !

Après que je serai venu te visiter, tu reviendras ici avec Maxime, Cheranne et ton copain Sugar, pour de longues vacances, vu que la trêve dure et qu'on parle de désarmer bientôt toutes les factions.

Je te quitte à présent, petit. Notre Josamjo, que je viens de terminer, attend ses couleurs. J'ai choisi les plus coûteuses, les plus chatoyantes.

Ton vieux Joseph à toi.

* * *

Le vieil homme s'était souvenu que le fils de Nawal était marchand de couleurs. Il éprouvait souvent des remords d'avoir si brusquement repoussé son ancienne amie, le jour de la disparition d'Annette et de son gendre. En commandant des pots de peinture au jeune homme il se dit qu'il aurait l'occasion de s'excuser auprès de la mère.

Dès que Joseph évoquait Nawal, ses sentiments demeuraient ambigus ; une cuisante nostalgie se mêlait à une sourde exaspération.

Rouchdy arriva dans sa camionnette avec un stock de pots de peinture.

Sa mère, assise sur la banquette du conducteur, immobile, les mains croisées sur le ventre, s'efforçait de passer inaperçue.

Joseph s'approcha, ouvrit la portière, l'invita à rejoindre son fils à l'intérieur de la maison, où il leur offrit du café et des figues de son jardin.

* * *

Dès le lendemain, le vieil homme entreprit de peindre Josamjo.

Mais ce jour-là, ce même jour : la mort devait le surprendre.

Celle-ci eut cependant des égards. Elle lui laissa le temps de disposer autour de lui, sur une partie de la piste, ses cinq pots de peinture.

Elle lui permit, en outre, de grimper à califourchon sur sa bête – l'enduit de la veille avait déjà séché –, d'étaler une première couche sur l'encolure et la tête de l'animal ; d'aviver, ensuite, sa crinière-à-plumes de tons vifs et francs.

La mort patienta encore.

Elle lui laissa appliquer, avec soin, d'autres couches, bordant les formes, accusant les reliefs.

L'odeur d'huile et de térébenthine le grisait agréablement.

Pour parachever ce premier travail, il trempa son pinceau dans un liquide visqueux et doré, il le souleva tout dégoulinant de soleil. Puis, soudain, un sourire satisfait aux lèvres, le vieil homme s'écroula.

Cela eut lieu sans secousses, sans angoisse prémonitoires. Le vieux Joseph s'était effondré sans heurt, sans bruit, comme un sac de son, autour de l'encolure humide de Josamjo.

Les traces cuivrées de la peinture encore fraîche s'imprimèrent sur sa chemise blanche, largement entrouverte, et strièrent de larges traits son cou et toute sa face.

Les villageoises revêtirent le cadavre de son habit noir de chantre. Elles le chaussèrent de ses sandales aux semelles trouées d'avoir tellement dansé sur les chemins cailloutiers.

Prévenue par son fils, Nawal était accourue pour la dernière toilette.

Elle sanglotait, baisant les mains raidies de ce vieux fou qu'elle n'avait jamais cessé d'aimer.

Le prêtre du village voisin qui l'avait rarement aperçu aux offices mais qui le connaissait de longue date, plaça son propre crucifix sur la large poitrine du vieil homme :

— L'ami de tous a sa place dans cette vie et dans l'autre, conclut-il.

Personne n'avait réussi à débarbouiller le visage du vieux Joseph, à en faire disparaître les dernières marques de peinture. Tout cet or lui collait à la peau.

— De l'excellent produit importé d'Allemagne, murmura Rouchdy à sa mère. De la couleur indélébile... Ne te fatigue pas, tu n'arriveras jamais à l'effacer !

C'est ainsi que Joseph entra dans la nuit de son cercueil : des empreintes jaunes sur les mains, des traces de soleil au front.

C'était l'automne. La mise en place du chapiteau n'était plus qu'une affaire de jours.

En vue de l'inauguration, Maxime s'était commandé un costume bleu nuit et un chapeau claque. Il serait l'annonceur du futur spectacle ; Cheranne et Omar-Jo lui avaient préparé son discours.

Pour l'instant l'enfant, en habit de lumière agrémenté de plumes et de guirlandes, caracolait autour de la mouvante plate-forme.

Soudain il s'arrêta, comme poignardé dans le dos. Il pivota, tituba. Ses muscles le lâchaient. Il dut prendre appui et s'adosser au carrosse.

Cheranne qui suivait du regard ses déplacements appela le forain :

— Maxime, venez vite... Omar-Jo ne va pas bien.

Habitué aux brusques ruptures de ton du gamin, le forain haussa les épaules :

— Il n'y a pas de quoi s'inquiéter, tout ça fait partie de son théâtre !

— Pas cette fois, Maxime. Regardez-le bien.

Le visage de l'enfant était gris cendre, son corps tremblait. Aucun son ne sortait de sa gorge.

Même le public, qui l'applaudissait, il y a quelques secondes encore, s'était tu, mal à l'aise.

— Il se passe quelque chose d'anormal, j'en suis sûre, insista Cheranne. Allez voir, Maxime.

Le forain s'approcha, tandis que la musique cessait, que la piste s'arrêtait de tourner.

Désorientés, les enfants ne savaient plus s'ils devaient demeurer sur place, ou bien rejoindre leurs parents.

Les mains en cornet devant sa bouche Maxime souffla en direction du gamin :
— Tu ne crois pas que tu vas un peu trop fort, Omar-Jo ? Cette fois, tu inquiètes tout le monde avec tes bouffonneries !
Se tournant avec effort vers le forain, l'enfant lui jeta un regard suppliant :
— Viens me chercher, oncle Max. Je ne joue plus. Je n'arrive plus à bouger, je te le jure.
D'un bond Maxime se retrouva sur la plate-forme.
Le visage de l'enfant avait encore pâli, il frissonnait de tous ses membres.
Le forain le souleva, l'emporta dans ses bras, hésita un moment le cœur battant. Puis il se dirigea vers la cabine, pour attendre le retour de Cheranne qui avait couru chercher du secours.
C'est le lendemain que Maxime reçut le télégramme annonçant la disparition du vieux Joseph. Il était mort la veille, au courant de l'après-midi.
Le forain n'éprouva pas la nécessité de l'annoncer à l'enfant, persuadé que celui-ci le savait déjà.

La grande fête s'organisait ; elle aurait lieu sous peu.

Cheranne préparait ses chansons ; Sugar, ses musiques. Durant les répétitions, tous deux se déplaçaient avec souplesse et grâce. Tout en donnant l'impression d'improviser, ils dessinaient sur le sol une danse de planètes, aux mouvements précis et codifiés, en rapport constant l'un avec l'autre.

Omar-Jo ajoutait des sketches à ses clowneries. Son corps de plus en plus agile parvenait à d'acrobatiques exploits ; son visage de plus en plus mobile glissait sans cesse de la candeur à la lucidité, de la fraîcheur à la désolation. Sa langue de plus en plus déliée inventait des mots-fleurs, des mots-fouets, des mots-éclairs, des mots-captifs.

Maxime apprenait ses annonces par cœur. Exerçant sa voix, tous les matins, il s'étonnait de lui trouver du timbre et de l'étendue.

La nuit de l'inauguration, les lampions clignoteraient jusqu'à l'aube autour du Manège et du chapiteau. Les permis avaient été obtenus. Des nuages fumigènes, bleus et roses, monteraient des quatre coins du jardinet ; puis, s'écarteraient sous les fréquentes envolées de ballons multicolores.

Après le spectacle, une salle de la Brasserie des Trois Portes, réservée à cette intention, accueillerait amis et familles. À la fin du repas, un verre de champagne à la main, environné de confettis et d'applaudissements, Maxime se lèverait. Il commencerait par :

— À toi, Omar-Jo ! D'abord et avant tout, à toi !

Ensuite, il poursuivrait, s'exprimant selon ses pensées.

Enfin, pour conclure, le forain annoncerait une surprise à tout ce monde réuni.

— Après la fête, j'aurai à faire une annonce publique. Une surprise !
Maxime n'avait pu se retenir d'en parler.
— Quelle surprise ? demanda Cheranne.
— Une surprise pour tous. Surtout pour toi, Omar-Jo !
— Pour moi ?... Qu'est-ce que c'est, oncle Max ?
— C'est mon secret ! Si je te le disais, ce ne serait plus une surprise.

Depuis, chaque dimanche, Maxime se plongeait dans un mystérieux dossier.
— Ces paperasses, ces damnées paperasses, grommelait-il en griffonnant dans les marges.
La présence de l'enfant, son va-et-vient perpétuel dans leur deux-pièces, l'agaçait :
— Va donc te promener, Omar-Jo !
— Qu'est-ce qui te met de si mauvaise humeur, oncle Max ? Des taxes, des impôts ?
— Dans nos pays civilisés, c'est comme ça, que veux-tu ! Tout se fait par écrit... Chez vous, continua-t-il sur un ton moqueur, je suppose qu'on ne les paie même pas, les impôts !
— C'est bien possible. Chez nous : c'est le chambardement !
— Bon. Très bien. Maintenant laisse-moi à mes affaires.
— Du côté de mon père, reprit l'enfant sans se laisser démonter, mes ancêtres ont inventé la paperasserie ! « Une nation de scribes », voilà comment on les appelait. Ils inscrivaient tout sur des rouleaux de papyrus. Il en est resté des masses et des masses. Du côté de ma mère : c'étaient des découvreurs de l'alphabet. C'est sur le sarcophage d'Ahiram que...
— Qu'est-ce que tu viens me raconter là ! coupa Maxime. Est-ce que je t'ai demandé un cours sur l'antiquité ?
— Tu as parlé de « civilisation », non ?
— Compris, Omar-Jo ! J'ai encore égratigné ton fameux amour-propre. En réponse, toi tu m'envoies à la figure tes tombes et tes pharaons !
— On est quittes, oncle Max ?
Celui-ci éclata de rire :
— On est quittes, sacré gamin !

*
* *

— Je te confie le Manège pour la journée, avisa le forain une semaine après.

— Toute la journée sans toi ?

— Je viendrai te chercher ce soir, vers six heures. Nous rentrerons ensemble comme d'habitude.

L'après-midi, Cheranne s'étonna de ne pas trouver le forain sur place.

— C'est encore son précieux secret ! dit l'enfant.

La jeune femme avait longuement réfléchi à cette « surprise », à ce « secret » pour lequel Maxime avait prévu une déclaration solennelle. Il ne pouvait s'agir que de son prochain mariage, se dit-elle ; le forain attendait cette occasion pour présenter sa jeune épouse, maintenue discrètement à l'écart jusqu'au soir, où tous se trouveraient réunis.

Rien qu'en y songeant, Cheranne éprouva quelque chose qui ressemblait à du chagrin une brûlure au fond de sa gorge. Avait-elle voulu ignorer qu'un sentiment s'éveillait ? Un sentiment sans cesse bridé par la passion qui la liait à Steve.

Cela faisait plus d'un mois que ce dernier ne donnait plus signe de vie ; elle ne savait plus si ce silence lui était bénéfique ou pas. À travers son existence, elle parcourait ainsi des phases de déchirures ou d'apaisement, d'équilibre ou de fragilité.

Dans la journée, pour gagner sa vie, Cheranne continuait de promener des enfants ou d'accompagner des dames âgées. La veille, grâce à Sugar, elle avait eu une entrevue avec le patron de son cabaret. Ce dernier avait écouté les chansons de la jeune femme qui lui avaient plu. Très vite il l'engagea pour les chanter, deux fois la semaine, après minuit. Elle devait débuter le lendemain.

— Maxime sera de retour à six heures, confirma l'enfant.

— Je l'attendrai avec toi.

À six heures, Maxime ne reparut pas. À sept heures, à huit heures, non plus.

Cette absence prolongée confirma Cheranne dans ses soupçons.

— Il a peut-être été voir son « secret », glissa-t-elle d'un ton neutre.

Ils attendirent encore.

Plus brèves, les journées fraîchissaient. La foule s'était éclipsée depuis un long moment. Le jardinet avait sombré dans le noir.

Le moment était venu de recouvrir le Manège de sa pesante bâche ; Sugar était arrivé à point pour les aider.

Après, ce fut neuf heures. Bientôt, dix. Et puis, onze.
Le jeune saxophoniste dut les quitter pour se rendre au cabaret :
— Je viendrai demain aux nouvelles.

— Il passe une bonne soirée. Et nous, il nous oublie ! reprit Cheranne.
— Ça ne peut pas être ça, répliqua l'enfant.
L'inquiétude le gagnait, mais il luttait pour ne pas se laisser envahir. Omar-Jo avait l'impression que s'il cédait à la crainte, il insufflerait cette angoisse à la jeune femme. Qui sait si elle n'atteindrait pas Maxime qui, peut-être, en cet instant même, avait besoin de toutes ses forces pour faire front à des tracas, à un réel danger ?
— Allons voir dans l'appartement, dit l'enfant d'une voix assurée. J'ai dû mal comprendre, c'est chez lui qu'il nous attend.

Maxime n'était pas chez lui.
— Tous deux cherchèrent, en vain, des marques de son passage.
Le modeste immeuble n'avait pas de gardien. Ils descendirent dans la rue, interrogèrent la vendeuse de journaux, dont le kiosque restait ouvert jusqu'à des heures tardives.
De son poste d'observation celle-ci remarquait, d'un œil curieux et familier, les allées et venues de ses habituels clients.
Elle n'avait pas vu Maxime. Elle n'aurait pas pu le rater ; s'il n'achetait pas un journal, il la saluait toujours en passant.
— Qu'est-ce qui lui est arrivé ? Un accident ?
À force d'être confrontée, depuis plus de quarante ans, aux titres des journaux, la vendeuse évoluait dans un monde de catastrophes. Persuadée que, d'un jour à l'autre, les calamités s'introduisaient dans l'existence de chacun, elle répéta :
— Mon Dieu ! Un accident est arrivé à Maxime !
Sans lui répondre, Cheranne et Omar-Jo étaient promptement repartis.

Tout au long de la nuit, de commissariats en hôpitaux, ils cherchèrent ensemble le forain.

Ce n'est qu'au petit matin qu'ils apprirent que Maxime, légèrement éméché, s'était fait renverser par une voiture surgie, place de la Concorde, de l'un des tunnels.

Omar-Jo et Cheranne le découvrirent dans une salle de réanimation.

Étendu sur un matelas recouvert d'un tissu en plastique transparent, il y était retenu par des sangles. Des tuyaux lui sortaient du nez, de la bouche ; d'autres partaient de ses membres et de sa poitrine. Le teint plombé, les yeux clos, cernés : il haletait. On apercevait la chair livide de ses épaules découvertes.

Maxime n'était plus qu'un corps en perdition qui s'agrippait, animalement, à ce qui lui restait de souffle. Une respiration entrecoupée remontait par rafales jusqu'à ses lèvres, se disloquait, pour reprendre de nouveau, comme poussée par un moteur invisible.

— Au début, le pauvre homme délirait, confia l'infirmière. Il n'arrêtait pas de réclamer : « Chaplin, Chaplin ». Vous savez : « Charlot ! ». Depuis, il a glissé dans le coma.

Condamné à ce champ de bataille rétréci, au ring exigu de son lit, le forain s'efforçait, par à-coups, de déjouer les assauts de la mort.

Par moments, ses pieds remuaient, s'agitaient, comme s'ils cherchaient à fuir cette menace, à courir au loin.

D'autres fois, son visage prenait un air farouche, pugnace, se préparant à entrer dans la mêlée, à affronter le violent corps à corps.

Puis, à bout de forces, le patient se relâchait, se repliait sur lui-même ; abandonnant tout l'avantage à son puissant adversaire.

*
* *

La veille, portant un magnum de champagne sous le bras, Maxime avait été pris en écharpe par une voiture.

Celle-ci l'avait traîné plusieurs mètres sur la chaussée. D'autres véhicules, aux derniers coups de freins, avaient pu, par chance, l'éviter.

Les ambulanciers trouvèrent le forain, couché sur le dos, baignant dans une mare écarlate.

Sur le sol, le sang épais et lourd se mélangeait aux bulles aériennes, aromatiques, qui s'échappaient de la bouteille fracassée.

Debout au pied du lit, accoudé contre la balustrade, Omar-Jo ne quittait pas son ami des yeux.

Cette fois, c'en était trop ! Depuis sa naissance, la mort n'avait pas cessé de le pourchasser, lui et les siens. Elle finissait toujours par les rattraper, et par vaincre.

Cette fois, il ne se laisserait pas faire ! Cette fois, la mort ne survenait pas par surprise. Elle s'annonçait ! Omar-Jo avait eu le temps de la reconnaître, de la démasquer ; et à présent, de lui faire face.

Une énergie irrésistible s'empara de l'enfant. Le soir, il refusa de quitter l'hôpital. Convaincu que le forain vivait ses dernières heures, le personnel permit au gamin de rester à ses côtés.

Après le départ de Cheranne, Omar-Jo s'approcha de Maxime et lui parla à mi-voix :

— Tiens bon, oncle Max ! J'ai besoin de toi. Nous avons tous besoin de toi : Cheranne, Sugar, moi et les autres. Tiens bon, tu vas guérir. Je ne te lâche pas d'un pouce. Ensemble nous gagnerons, toi et moi !

Par tous les moyens dont il disposait, l'enfant essayait d'atteindre Maxime, de pénétrer dans son univers bouclé. Par la voix, le contact, il tentait de se glisser dans la camisole de ce corps grièvement frappé ; de se tailler, par les paroles et le toucher, une entrée dans cette chair close.

— Tiens bon, oncle Max. Tiens bon.

Il répétait les mêmes mots ; appliquait sa paume sur le front de son ami, sur ses épaules ; caressait le revers de ses mains.

— Je ne partirai d'ici qu'avec toi. Tu sais comment je suis : une tête de mule !

L'ENFANT MULTIPLE

À l'aube d'une très longue nuit, Omar-Jo perçut un très léger cillement des paupières. Plus tard, un plissement des lèvres. Il les signala aux infirmières qui prévinrent l'assistant.

Plus tard, des sons inarticulés montèrent jusqu'à sa gorge. Sa respiration se fit moins hachurée.

Deux jours après, le forain quittait la salle de réanimation pour une des chambres d'hôpital.

C'est en pénétrant dans cette chambre ensoleillée – étendu sur le lit roulant que poussait un infirmier – qu'il aperçut, au coin de la pièce, une grande tache rouge éclaboussant tout un coin de la pièce.

— « La femme-coquelicot ! » furent ses premières paroles.

Les joues de l'enfant s'étaient creusées. Ses yeux immenses, qui brillaient comme jamais, absorbaient tout son visage.
Le forain l'appela :
— Viens, Omar-Jo...
D'un bond il se leva de la chaise où il s'était laissé tomber, et accourut.
— Plus près...
Le blessé s'agita, ouvrit plusieurs fois la bouche sans qu'aucun son ne parvienne à ses lèvres.
— Ne parle pas encore, oncle Max. Tu ne dois pas te fatiguer.
Le forain frissonna, se débattit, comme si ce qu'il avait à dire ne pouvait plus attendre.
— Approche-toi, suggéra Cheranne.
L'enfant baissa la tête. Son oreille effleura la bouche du forain.
— La surprise, Omar-Jo le secret..., prononça-t-il.
Il reprit son souffle pour déclarer d'un trait :
— Maintenant tu t'appelles Omar-Jo Chaplin-Lineau... Lineau comme moi.
— Ça rime, fit l'enfant qui ne trouvait plus ses mots.
— Ça rime et je t'adopte !... Tous les papiers sont signés.
Il chercha à ajouter :
— Le champagne... c'était pour...
Mais l'infirmière, qui venait d'entrer, fronça les sourcils, insista pour qu'il se calme.

Dès qu'elle fut sortie, Maxime rappela l'enfant.

— Encore un mot... un seul.
— Un seul, c'est promis ?
— Promis.
— Alors, je t'écoute.
— Tout ça, c'est : « Gratis ! », murmura-t-il. « Gratis ! »
— « Gratis ! » reprit l'enfant comme s'ils s'étaient transmis un mot de passe.
— « Gratis, gratis, gratis », reprit-il en tournoyant sur la pointe des pieds autour du lit.

Pour la première fois depuis l'accident le forain souriait.

Cheranne avait mis, ce jour-là, beaucoup de soin à sa toilette.

La veille, Steve avait reparu ; il resterait à Paris pour toute une semaine. Elle allait le rejoindre, en sortant de l'hôpital, dans un restaurant du côté de l'Étoile.

Jamais Cheranne n'avait paru aussi plaisante, aussi radieuse. Le forain remarqua ses cheveux plus courts, plus bouclés ; des lentilles de contact avaient remplacé ses lunettes. Son parfum, frais et piquant, embaumait.

— Ce soir, c'est moi qui te remplace ici, dit-elle à Omar-Jo changeant subitement de plan.

Elle longea le lit, se rapprocha, posa un baiser sur le front de Maxime. Puis, elle lui passa doucement la main dans les cheveux.

— Je passerai cette nuit auprès de vous, Maxime.

Il tenta, sans trop de conviction, de protester.

— Ne dites rien, c'est décidé. C'est auprès de vous que je veux rester.
— En rentrant... J'ai reconnu votre couleur... articula-t-il avec effort.
— Ma robe-coquelicot ! Je sais que vous l'aimez.

Elle se décida à mentir :

— Je l'ai mise exprès pour vous, Maxime.

Tandis qu'elle les exprimait ces paroles lui parurent soudain vraies, sincères.

Tout à l'heure elle téléphonerait à Steve et trouverait une excuse. Peut-être qu'ils remettraient leur rendez-vous au lendemain ; ou à un autre jour ? Peut-être qu'ils ne se reverraient plus ? Elle hésita un moment, eut envie de courir vers lui ; mais il était trop tard pour revenir sur sa décision.

*
* *

Sugar qui passait chaque jour à l'hôpital pour prendre des nouvelles, était revenu – tard cette nuit-là, après son numéro – traîner autour du Manège.

Il y trouva Omar-Jo

Dès que celui-ci lui annonça que le forain était hors de danger, ils s'affairèrent, d'un commun accord. Ils déchirèrent d'abord l'affiche qui annonçait l'annulation du spectacle, la diminution des heures d'ouverture du Manège pour cause d'accident, la remplaçant par une pancarte qui fixait l'inauguration du Chapiteau à une date ultérieure, et le retour au plein emploi de la piste de jeux.

Il était plus de deux heures du matin. Pour fêter le retour du forain, tous deux ôtèrent la bâche, allumèrent les lampions, mirent la plate-forme en mouvement.

Puis, sans se consulter : l'un dansant, l'autre jouant de son saxo, ils firent le tour du Manège et du jardinet désert.

La lune n'était pas au rendez-vous. Mais qu'importait !

Sugar et Omar-Jo jouaient et dansaient, pour toutes les obscurités du monde et pour toutes ses clartés. Pour tous les Maxime, les Joseph, les Omar ; pour toutes les Annette, les Cheranne. Pour tous les amis connus et inconnus qui peuplent la planète. Pour ceux que la vie favorise et pour ceux qu'elle malmène. Pour toutes les heures à venir, toujours et sans cesse à ranimer !

Omar-Jo et Sugar dansaient, jouaient, rythmaient, se balançaient en cadence, stationnaient, gambadaient...

Tandis que de rares noctambules pénétraient dans le square pour les écouter, les regarder, de fines gouttes de pluie s'étaient mises à tomber.

L'hiver était proche.

Tout courait vers le froid, vers la violence, vers la mort. Tout filait vers l'été, vers la paix, vers la vie.

Tournant, tournoyant sans fin, le Manège pour suivait sa ronde.

Bibliographie[1]

Aux Éditions Flammarion

Romans
Le Sommeil délivré, 1952.
Le Sixième Jour, 1960.
Le Survivant, 1963.
L'Autre, 1969.
La Cité fertile, 1972.
Néfertiti et le rêve d'Akhnaton, 1974.
Les Marches de sable, 1981.
La Maison sans racines, 1985.
L'Enfant multiple, 1989.

Nouvelles et Récits
Les Corps et le Temps suivi de *L'Étroite Peau*, 1978.
Mondes Miroirs Magies, 1988.
À la mort, à la vie, 1992.
Les Saisons de passage, 1996.
Lucy, la femme verticale, 1998.

Poésie
Fêtes et Lubies : petits poèmes pour les sans-âges, 1973.
Cérémonial de la violence, 1976.
Cavernes et Soleils, 1979.
Textes pour un poème (1949-1970), 1987. (Réédition de livres épuisés.)
Poèmes pour un texte (1970-1991), 1991. (Réédition de livres épuisés.)

---

1. Les dates indiquent les premières parutions ; plusieurs rééditions ont suivi, notamment dans des collections de poche.
   La classification est faite par ordre chronologique pour les publications chez Flammarion, et par ordre alphabétique pour les autres éditeurs.

Par-delà les mots, 1995.
Territoires du souffle, à paraître en 1999.

THÉÂTRE
Théâtre I – Bérénice d'Égypte – Les Nombres – Le Montreur, 1981.
Théâtre II – Échec à la reine – Le Personnage, 1993.

LIVRES POUR LA JEUNESSE
Derrière les visages, coll. « Père Castor », 1984.
Les Manèges de la vie, coll. « Père Castor », 1989.
La Grammaire en fête, illustrations Bruno Gilbert, coll. « Père Castor », 1993.
Les Métamorphoses de Batine, coll. « Père Castor », 1994.

CHEZ D'AUTRES ÉDITEURS

ROMANS
Dans le soleil du père : Géricault, ill. en coul., coll. « Musées secrets », Éd. Flohic, 1992.
La Femme de Job, Éd. Maren Sell / Calmann-Lévy, 1994 ; (Éd. Actes Sud, 1997 ; Babel, n° 207).
Géricault et Andrée Chedid, Éd. Flohic, 1992.
Guy Lévis-Mano, avec la collaboration de Pierre Torreilles, nouv. éd. mise à jour, coll. « Poètes d'aujourd'hui », n° 218, Éd. Seghers, 1974.
Jonathan, Le Seuil, 1955.
Le Liban, Le Seuil, 1969.

RÉCITS
L'Étroite Peau, illustrations Hassan Massoudy, Gallys, trad. en arabe Naïm Boutanos, édition bilingue français-arabe, Éd. Dar al-Arab, 1985.
Rencontrer l'inespéré (entretien avec Annie Salager et Jean-Pierre Spilmont), Éd. Parole d'Aube, 1993.

LIVRES POUR LA JEUNESSE
Le Cœur et le temps, Éd. L'École, 1976.
Le Cœur suspendu, Éd. Castermann, 1981.
L'Étrange Mariée, coll. « Grands albums », Éd. Le Sorbier, 1983.
Grammaire en fête, Éd. Folle Avoine, 1984.
Grandes Oreilles, Toutes Oreilles, Éd. Laffont.
Lubies, Éd. L'École, 1976.

LIVRES ILLUSTRÉS
À travers, sept diptyques à l'acrylique de Jacques Clauzel, Éd. À travers[1], 1994.

---

1. Éditions À travers, 7, rue Jean Berard, 30660 Gallargues-le-Monteux.

Au vif des vivants, illustrations de Marc Pessin, avec quatre encres de chine de J. de Féline, Éd. Le Verbe et l'Empreinte, 1991.
Empreintes, cinq dessins griffés dans des lavis d'acrylique de Jacques Clauzel, Éd. À travers, 1995.
Entrecroisements, dessins griffés dans des lavis d'acrylique de Jacques Clauzel, Éd. À travers, 1998.
États, eaux fortes de Javier Vilato, Éd. Fata Morgana, 1993.
La Fête à Zouzou, illustrations de Mariette, Éd. Le Verbe et l'Empreinte, 1980.
Les Feux du chant, gravures au carborandum de Jacques Clauzel, Éd. À travers, 1996.
Le Grain nu, gravures de Marc Pessin, Éd. Le Verbe et l'Empreinte, 1994.
Le Jardin perdu, calligraphies de Hassan Massoudy, Éd. Alternatives, 1997.
Marées, gravures de Javier Vilato, Éd. La fenêtre, 1992.
La Mort devant, illustrations de Bernard Carlier, Éd. Le Verbe et l'Empreinte, 1977.
Né de la terre, illustrations de J.-M. Pomey, Éd. La Chouette Diurne, 1996.
Origines, six aquarelles de Jacques Clauzel, Éd. À travers, 1997.
Petit horoscope pour rire, dessins griffés dans des lavis d'acrylique de Jacques Clauzel, Éd. À travers, 1995.
Reflets, (14 haïkus), sept diptyques à l'acrylique de Jacques Clauzel, Éd. À travers, 1994.
Les Saisons de passage, illustrations de Michel Lablais, Éd. Simoncini, 1992.
Sept, illustrations de Érik Bersou, Éd. Gravos Press, 1996.
7 Plantes pour un chant, illustrations de Donatienne Sapriel, Éd. Folle Avoine, 1986.
7 Plantes pour un herbier, illustrations de Tanguy Dohollan, 2ᵉ éd., Éd. Folle Avoine, 1985.
Territoires du silence, illustrations de Leopoldo Novoa, Éd. La Chouette Diurne, 1994.

Rééditions en livres de poche

Castor-Poche
L'Autre, n° 22.
Derrière les visages, n° 80.
L'Enfant multiple, n° 321.
Les Manèges de la vie, n° 245.
Les Métamorphoses de Batine, n° 477.
Le Sixième Jour, n° 109.
Le Survivant, n° 188.

Garnier-Flammarion
Fêtes et Lubies, éd. Anne Troterau, coll. « Étonnants Classiques », n° 2049.
Néfertiti et le rêve d'Akhnaton, n° 516.

J'ai lu
L'Autre, n° 2730.
La Cité fertile, n° 3319.
L'Enfant multiple, n° 2970.

La Femme en rouge et autres nouvelles, n° 3769.
La Maison sans racines, n° 2065.
Les Marches de sables, n° 2886.
Les Saisons de passage, n° 4626.
Le Sixième Jour, n° 2529.
Le Sommeil délivré, n° 2636.

LIBRIO
L'Autre, n° 203.
L'Enfant multiple, n° 107.
Le Sixième Jour, n° 47.
Le Sommeil délivré, n° 153.

OUVRAGES ET ARTICLES SUR ANDRÉE CHEDID

ACCAD (Evelyne), « Entretien avec Andrée Chedid », *Présence Francophone*, n° 24, 1982.
DOBZYNSKI (Charles), « Vérité féminine, vérité universelle : Andrée Chedid », *Europe*, n° 746, 1991.
IZOARD (Jacques), *Andrée Chedid*, coll. « Poètes d'aujourd'hui », Paris, Seghers, 1977.
SPILMONT (Jean-Pierre), « Miser sur ces clartés profondes et périssables », article et entretien, in *Rencontrer l'inespéré*, Paroles d'Aube, 1993.

COLLECTIF

« Andrée Chedid, voix multiple ». Avec des contributions de Jérôme GARCIN, Lorand GASPAR, Bernard GIRAUDEAU, Edmond JABES, Bettina KNAPP, Robert SABATIER, Jean TARDIEU et Pierre TORREILLES, *Sud*, n° 94-95, 1991.
« Chantiers de l'écrit », actes du colloque de Toronto consacré à l'œuvre d'Andrée Chedid, Albion Press, 1996.
« Éloge d'Andrée Chedid » in *Les Éloges*. Avec les contributions de Anne PORTUGAL, Richard ROGNET, Jean-Pierre SIMÉON, Paris, Société des Gens de Lettres, 1994.

Les archives d'Andrée Chedid sont déposées à l'IMEC. On pourra éventuellement y consulter la thèse de Marie-Josée LE CORRE : « L'écriture d'Andrée Chedid et sa dimension intertextuelle », soutenue en 1996 à l'Université Stendhal de Grenoble.

ADAPTATION CINÉMATOGRAPHIQUE

L'Autre, film français de Bernard Giraudeau (1990). Produit par Tarac Ben Amar.
Le Sixième Jour, film franco-égyptien de Youssef Chahine (1986), avec Dalida. Produit par MISR International et Lyric International.

TABLE

Préface de Jean-Pierre Siméon	5
Le Sommeil délivré	15
Le Sixième Jour	139
Le Survivant	245
L'Autre	373
La Cité fertile	505
Néfertiti et le rêve d'akhnaton	609
Les Marches de sables	763
La Maison sans racines	903
L'Enfant multiple	1043
Bibliographie	1179

Aubin Imprimeur
LIGUGÉ, POITIERS

Composition réalisée par S.C.C.M. (groupe Berger-Levrault)

Achevé d'imprimer en septembre 1998
N° d'impression L 56840
Dépôt légal septembre 1998
Imprimé en France